Jean-Marc Ligny

AQUA™

JEAN-MARC LIGNY

AQUA™

THRILLER

Übersetzung
aus dem Französischen von
Ulrike Werner-Richter

GUSTAV LÜBBE VERLAG

Dieser Titel ist auch als Hörbuch bei Lübbe Audio lieferbar

Gustav Lübbe Verlag in der Verlagsgruppe Lübbe

Titel der französischen Originalausgabe:
»AQUA™«

Textredaktion: Angela Kuepper
Umschlaggestaltung: Rolf Hörner
Umschlagmotiv: © Eva Könsgen, Köln; Linaa Woitha, Köln
Satz: Dörlemann Satz, Lemförde
Gesetzt aus der Weiss
Druck und Einband: CPI – Ebner & Spiegel, Ulm

Printed in Germany
ISBN 978-3-7857-2358-6

5 4 3 2 1

Sie finden uns im Internet unter: www.luebbe.de
Bitte beachten Sie auch: www.lesejury.de

PROLOG

Wasser, Wind, Staub

… Und hier unser aktueller Wetterbericht, präsentiert von »Air-Plus – Gesunde Luft für Ihr Zuhause«. Unser Topthema heute lautet: Orkan in Großbritannien. Vor etwa 60 Minuten erreichte ein Orkan der Windstärke 12 die Britischen Inseln. Bis zur Stunde geht man bereits von mindestens dreißig Todesopfern aus. Mehr dazu in wenigen Augenblicken.

In den Niederlanden verstärkt man indessen in Erwartung der Sturmausläufer die Deiche. Man hofft so, dass sie dem Unwetter einigermaßen standhalten werden. Im Anschluss geben wir Ihnen praktische Ratschläge zum Schutz Ihres Eigentums.

Die extreme Trockenheit in Andalusien geht mittlerweile in den dreizehnten Monat. Der Anbau von Orangen ist seither völlig zum Erliegen gekommen. Hören Sie dazu unser Dossier, das sich mit den tief greifenden sozialen Folgen beschäftigt.

Die Quallenplage an der italienischen Adriaküste nimmt beängstigende Ausmaße an. Tausende der hochgiftigen Tiere werden zurzeit an den Stränden angeschwemmt. Unsere Reporter sind vor Ort und berichten exklusiv für Sie.

Eine Warnung noch an unsere Hörer, die in den Alpen unterwegs sind: Nach mehreren Erdrutschen mussten einige Bundes- und Landstraßen gesperrt werden. Betroffen sind auch Autobahnen. Nach einer kurzen Unterbrechung für einen Werbespot unseres Sponsors Green Links geben wir Ihnen einen Überblick über die Verkehrssituation. Sie hören EuroSky, die aktuellsten Wetternachrichten für Ihre Region. Bleiben Sie dran!

Haben Sie Probleme mit der Trinkwasserversorgung? Das System *Global Filter* verwandelt auch das Wasser des Baches in Ihrer Nachbarschaft zu Trinkwasser. Die neuartige Technologie PolluKill™ von BioGen Labs arbeitet auf der Grundlage transgener Bakterien, die jedem Wasser ohne Gefahr für den menschlichen Organismus zu klarer Reinheit verhelfen. Für nur 1499 Euro haben Sie immer frisches Trinkwasser bereit. Zwei kostenlose Nachfüllungen sind im Preis inbegriffen. Bitte beachten Sie: Das aufbereitete Wasser darf weder zur Zubereitung von Säuglingsnahrung noch zum Waschen von Kleinkindern verwendet werden.

Sintflutartiger Regen peitscht, von heftigen Sturmböen getrieben, über die Windschutzscheibe des Volvo-Fünfzigtonners. Obwohl die Scheibenwischer auf höchster Stufe arbeiten, werden sie der Wassermassen längst nicht mehr Herr. Der tosende Wind rüttelt wie mit eisernen Fäusten an der Karosserie des Lkw, doch die zwölf mit Polycarbonatreifen bestückten Räder halten ihn auf dem Asphalt wie auf einer Schiene. Er weicht keinen Zentimeter von seiner Bahn ab. In etwa hundert Metern Abstand folgt ihm ein zweiter, in feinen Wasserstaub eingehüllter Lastwagen mit der gleichen Exaktheit. Regen prasselt erbarmungslos auf die beiden glänzenden, mit der Shell-Muschel versehenen Tanks.

Plötzlich ertönt in den mit unzähligen elektronischen Kontrollleuchten ausgestatteten Fahrerkabinen ein Alarmsignal. Auf dem oberen Teil der Windschutzscheiben beider Laster erscheint eine rote Leuchtschrift, die in drei Sprachen – Niederländisch, Englisch und Deutsch – verkündet: *Checkpoint in 500 m. Haltepflicht.*

Die beiden auf Autopilot geschalteten Lkws bremsen synchron, bis sie vor der blinkenden Schranke des Autobahnkreuzes von Zurich am Ufer des Wattenmeeres seufzend zum Stehen kommen. Jenseits der teilweise unter Wasser stehenden Fahrbahn toben entfesselt wütende Wellen, brechen sich schäumend am Deich, überziehen die graugrüne Landschaft mit gelblichem Salz und untermalen das Brüllen des Orkans mit ihrem düsteren, drohenden Rollen. Die in langen Reihen am Ufer des Ijsselmeeres aufgestellten Windräder hat man wegen des Sturms abgeschaltet. Die Rotoren vibrieren und schwanken gefährlich auf den Mastspitzen und verstärken den höllischen Lärm mit ihrem schaurigen Klagen. Nur eines der Windräder scheint einen Defekt im Sicherheitssystem zu haben – es dreht sich wie verrückt und dröhnt wie eine ausgerastete Riesenhornisse. Sollte es zerbersten, was jeden Moment passieren kann, würden die vom Sturm weggepeitschten, über vierzig Meter langen Rotorblätter alles enthaupten, was sich ihnen in den Weg stellt.

Neben der blinkenden Schranke steht ein Wärterhäuschen aus Aluminium, ein winziger, unsicherer Zufluchtsort zwischen den entfesselten Elementen. Die Polizisten bemühen sich gar nicht erst ins Freie; sie setzen sich lieber per Funk mit dem ersten Tanklastzug in Verbindung.

»Identifizieren Sie sich.«

»Transport 106 A und 106 B. Wir fahren für Shell.«

Kurzes Schweigen.

»Sie sind nicht angekündigt. Was haben Sie geladen?«

Limonade, du Spinner, denkt der Fahrer und verzieht ironisch das Gesicht. Doch er antwortet in ausdruckslosem Tonfall: »Flüssiggas. Eine Notlieferung.«

»Wohin?«

»Den Helder.«

»Auf die andere Seite? Der Abschlussdamm ist geschlossen. Zu stürmisch. Sie müssen außen um das Ijsselmeer herumfahren.«

Scheiße. Eine Sekunde lang spielt der Fahrer mit dem Gedanken, die Schranke einfach zu durchbrechen, aber die Polizei könnte die Schwenkbrücke an der Lorentzschleuse öffnen lassen, ehe die Tanklaster dort wären, und damit fiele der gesamte Auftrag ins Wasser. Er entschließt sich zu verhandeln. Zwar hat er seine Argumentation vorbereitet und immer wieder geübt und wiederholt, aber trotzdem ist und bleibt sie eine der Schwachstellen des Plans.

»Unmöglich. In Den Helder sitzen sie im Dunkeln. Fünfzehn Windräder sind umgeknickt, der Strom ist ausgefallen, Krankenhaus und Flughafen stehen vor dem Kollaps. Sie brauchen den Treibstoff für ihre Generatoren, und zwar schnell.«

»Das ist nicht mein Problem«, gibt der Polizist zurück. Seine Stimme knistert über die Lautsprecher. »Der Abschlussdamm ist geschlossen. Punkt. Ich halte mich an die Vorschriften.«

Der Fahrer schickt seinem Hintermann über einen verschlüsselten Kanal ein kurzes Warnsignal, mit dem er ihn anweist, sich für Plan B bereitzuhalten, falls der Polizist sich nicht doch noch erweichen lässt.

»Hören Sie, ich habe eine Sondergenehmigung von Shell, die von den Behörden der Stadt Groningen gegengezeichnet ist. Darin steht, dass ich meine Ladung so schnell wie möglich und auf dem kürzesten Weg ausliefern muss, und zwar unabhängig vom Wetter. Wollen Sie sie sehen?«

Wieder ein kurzes Schweigen. Dann dringt eine andere Stimme aus dem Lautsprecher, die tiefer und älter klingt. Vermutlich der Chef.

»Was sagen Sie, warum wollen Sie unbedingt über den Abschlussdamm?«

Der Fahrer erklärt den Sachverhalt zum zweiten Mal, während er unter dem Sitz nach seiner Mini-Uzi tastet. Immerhin könnte der Chef auf die Idee kommen, seine Aussage genauer zu überprüfen – in diesem Fall käme selbstverständlich sofort Plan B zum Einsatz. Doch der Chef gibt sich verständnisvoll. Vielleicht hat er aber auch nur keine Lust, einen Verweis zu kassieren.

»Okay, ich mache Ihnen die Schranke auf. Allerdings muss ich Sie darauf aufmerksam machen, dass Sie die Fahrt auf eigene Gefahr unternehmen. Da draußen auf dem Damm bläst es verdammt heftig.«

»Danke, Chef.«

»Ich sage den Kollegen auf der anderen Seite Bescheid, dass Sie kommen.«

»Einverstanden.«

Während die Ampel von Rot auf Grün umschaltet und die Schranke sich langsam hebt, lässt der Fahrer seine Maschinenpistole wieder unter den Sitz gleiten, schaltet den Autopiloten ab und legt den zweiten Gang ein. Der schwere Tanklastzug setzt sich ächzend in Bewegung, unmittelbar gefolgt von dem zweiten Lkw, der das Wärterhäuschen im Vorbeifahren mit Fontänen braunschlammigen Wassers bespritzt.

Apokalypse

Abschlussdamm (niederländisch *Afsluitdijk*, friesisch *Ofslútdyk*) ist ein Sperrdamm am Eingang der einstigen Zuiderzee zwischen Den Oever (Provinz Nordholland) und Zurich bei Harlingen (Provinz Friesland), für dessen Bau 15 Millionen Kubikmeter Kiesellehm und 27 Millionen Kubikmeter Sand verwendet wurden. Er ist 32 Kilometer lang und 90 Meter breit und wurde am 28. Mai 1932 fertiggestellt. Genau um 13:02 Uhr des genannten Tages wurde der Damm geschlossen und trennt seitdem das seit September 1932 offiziell Ijsselmeer genannte Binnengewässer, die ehemalige Meeresbucht Zuiderzee, vom Wattenmeer und ist eines der Hauptelemente der Zuiderzeewerke. Über den Damm führt die niederländische Autobahn Rijksweg 7. Im Damm befinden sich die Schiffsschleusen von Den Oever und Kornwerderzand sowie 25 Ablassschleusen mit einem Durchflussdurchsatz von maximal 5000 m^3/sec. Im 20. Jahrhundert lag die Deichkrone etwa 7,50 Meter oberhalb des Wasserspiegels.

Nachdem sie die Schleuse von Kornwerderzand hinter sich gelassen haben, gibt es kein Zurück mehr. Der Fahrer des Volvo macht ein Kreuzzeichen auf sein Lenkrad, küsst sein Kruzifix und betet mit leiser Stimme ein Vaterunser, während er das Gaspedal durchtritt. Er hätte den Augenblick geistiger Sammlung gern mit seinem Kollegen geteilt, der zweihundert Meter hinter ihm fährt, doch außer Warnsignalen in Notfällen ist ihnen jeglicher Funkkontakt untersagt.

Die leere und schnurgerade Autobahn erstreckt sich vor ihm bis zum Horizont – zumindest so weit, wie er überhaupt etwas durch die Wassermassen auf seiner Windschutzscheibe erkennen kann. Und in der Tat, es »bläst verdammt heftig«. Meterhohe, vom Orkan getriebene und von einer Springflut noch verstärkte Wellen brechen sich mit monströsen Schaumfontänen an der Böschung des seit dem ersten Deltaplan immerhin um zehn Meter erhöhten Dammes, branden in schlammigen Strömen über die Fahrbahn und reißen tonnenweise Erde und Ton mit sich, die sich ins Ijsselmeer ergießen. Auch das Binnenmeer wird von einer bösartigen, braunschaumigen Dünung bewegt, auf der abgerissene Algen und tote Fische und Vögel treiben. Der Himmel ist ein unglaubliches Chaos angeschwollener, tiefvioletter Wolken, die im Dämmerlicht noch bedrohlicher wirken. Die Wasserfurie wütet überall; wie zerbrechlich wirkt die schmale Zunge aus Sand, Stein und Beton, die sich mitten in den Tumult hinein erstreckt!

Starr vor Angst klammert der Fahrer sich ans Lenkrad seines Lkw, den er, so gut mächtige Sturmböen und Aquaplaning es eben zulassen, in der Spur zu halten versucht. Jetzt fehlt nur noch, dass er vor dem Erreichen des Ziels einen Unfall baut! Ein kurzer Blick auf das Entfernungsradar zeigt ihm, dass sein Kollege trotz des unfreiwilligen Schleuderkurses, den auch er über sich ergehen lassen muss, einen Abstand von 350 Metern einhält. Gut so. Der Fahrer beschleunigt weiter. 130 … 140 … Der Tachometer ist zwar frisiert, trotzdem fangen die Lämpchen auf dem Armaturenbrett an zu blinken, und ein schriller Alarm ertönt. Er kappt den Kontakt. Jetzt hört man nichts anderes mehr als das Sirren des Wasserstoffmotors, erstickt vom Zorn Gottes, der rings um den Lkw wütet. Noch einmal betet der Fahrer zum allmächtigen Herrn und denkt dabei daran, wie schön es wäre, wenn der Allerhöchste selbst den Reinigungsauftrag zu Ende bringen könnte, für den man ihn ausersehen hat. Doch wirklich damit rechnen kann er nicht; seit hundert Jahren schon hält der alte Abschlussdamm den immer stärker werdenden Stürmen tapfer stand. Mochten die Holländer ein noch so lasterhaftes und vom Geist des Bösen verdorbenes Volk sein – solide bauen konnten sie!

150 Stundenkilometer. Schneller ginge es jetzt wirklich nicht mehr, sonst würde ihn der Sturm von der Fahrbahn katapultieren. Doch die Geschwindigkeit dürfte ausreichen. Er durchfährt die Aufschüttung Breezanddijk mit der im Meerwasser versunkenen Tankstellenruine, den ehemaligen Parkplätzen und Häusern. Das Ziel liegt nun noch acht Kilometer entfernt. Der Fahrer hofft, dass die Polizisten am Autobahnkreuz sich nicht inzwischen mit Groningen oder Den Helder in Verbindung gesetzt haben und dass nicht längst ein paar Abfangjäger unterwegs sind, um die Tanklaster zu bombardieren. Doch nein, das ist unmöglich – bei so viel entfesselter Naturgewalt kann sich kein Flugzeug in der Luft halten. Wieder wirft er einen Blick auf den Radarschirm. Sein Kollege folgt ihm nach wie vor in einem Abstand von 350 Metern. Auch er wird wie ein Spielball über die Fahrbahn geschleudert und arbeitet sich durch Wolken aus Schaum wie ein metallener Wal. *Vater unser, der du bist im Himmel, geheiligt werde dein Name, gib uns die Kraft, unsere göttliche Mission zu erfüllen, schenke meiner armen, sündigen Seele die ewige Glückseligkeit … Oh, mein Gott, was für eine entsetzliche Welle! Sie wird uns fortreißen! Wir werden es nicht schaffen, hilf Himmel! Aber nein, sie schwappt vorbei, sie schwappt wirklich vorbei, halleluja! Gott ist mit uns. Ehre sei Gott und dem heiligen Amerika!*

Das Ziel kommt in Sicht. Als der Regen für Sekunden ein wenig nachlässt, erkennt der Fahrer den zylindrischen Turm des Denkmals, das zu Ehren der Erbauer genau an der Stelle errichtet wurde, wo der Damm am 28. Mai 1932 geschlossen worden war. Beide Fahrer haben die Geschichte des Abschlussdamms auswendig lernen müssen. Letzter Blick auf den Radarschirm – der Kollege ist immer noch da, in 370 Metern Entfernung. *Gib Gas, Junge! Du kannst jetzt nicht mehr kneifen! Gott ist mit uns. Er wird uns in seine ewige Glückseligkeit aufnehmen. Das Paradies erwartet uns!*

Der Tanklastzug fährt mit voller Geschwindigkeit in die Ausfahrt, die die Böschung hoch zu einem Parkplatz und den fünf Betonzylindern führt, auf denen die Geschichte des Damms erzählt wird. Zwei sind nicht mehr da, die Wellen haben sie verschlungen. Auch auf der anderen Seite der Autobahn hat das Denkmal gelitten. Der Turm ist zur Meerseite hin abgebröckelt, und der Regen frisst sich voller Wut in die entstandene Öffnung. Die Ausfahrt wird immer wieder von schäumender Gischt überschwemmt, doch dank Gottes großer Güte verliert der Sturm für einige Augenblicke an Gewalt, sodass die beiden Tanklaster sich auf der Fahrbahn halten können.

Der Fahrer rast mit Höchstgeschwindigkeit bis zum Ende des Parkplatzes, drückt den Fernbedienungsknopf und wirft das Lenkrad nach rechts herum.

»Näher, mein Gott, zu dir!«, schreit er aus vollem Hals. Der Volvo kommt von der Straße ab, durchbricht das Geländer, reißt das Gitter mit, holpert über die aufgeschütteten Steinblöcke hinunter und stürzt in die tobenden Fluten. Vierhundert Meter hinter ihm macht der zweite Tanklastzug genau das Gleiche.

Zehn Sekunden später bricht die Apokalypse los.

In den Tanks ist natürlich kein Flüssiggas, sondern zwanzig Tonnen eines hochkomprimierten Gemischs aus Quecksilberdämpfen, Argon und Krypton in einer Umhüllung aus Verbundmaterial – einem Epoxid aus Kohlenstoffnanoröhren, Aramiden und Polytetrafluorethylen –, die wiederum in einem Stahlzylinder steckt. Dieser enthält außerdem zwei Super-Magnetrons an beiden Enden der Umhüllung, die von der Wasserstoffzelle des Lastwagens betrieben werden. Die Fernbedienung, auf deren Knopf der Fahrer vor seinem Freitod gedrückt hat, ist auf die Wassertiefe am Fuß des Deichs eingestellt. Sie aktiviert die Magnetrons, sobald die Lastwagen auf Grund gesunken sind. Durch das Elektronenbombardement werden die Gase ionisiert und in Plasma verwandelt, das sich auf eine Temperatur von 3500 Grad Celsius aufheizt. Nach fünf Sekunden erreicht das Plasma die kritische Schwelle, wird instabil und explodiert in einer 10000 Grad Celsius heißen Feuerkugel.

Mehrere Hundert Meter rechts und links der beiden Explosionsherde verwandelt sich der Damm sofort in eine Masse brodelnden Magmas. Druck und Hitze lassen das Meer zurückweichen. Eine Säule aus kochendem Dampf durchdringt die Wolken. Dann kehren die Fluten wütender denn je zurück. Eine hoch aufgetürmte Wellenwand ergießt Millionen Tonnen Wasser auf den sich auflösenden

Damm, der wie ein simpler Sandhaufen einfach weggeschwemmt wird und einen neuerlichen Dampfpilz in die brodelnden Wolken entlässt. Die Nordsee stürzt sich ins Ijsselmeer und auf die benachbarten Polder wie eine schwarze Wand aus schäumendem Wasser. Sie zermalmt alles, was ihr im Weg steht, und schwemmt die Trümmer ins Landesinnere. Weitere Extremwellen folgen. Sie vollenden das Zerstörungswerk. Breite Breschen werden in die von Rissen und Spalten durchzogenen Reste des Abschlussdamms gerissen. Ohne an Wucht zu verlieren, überrollen die Wassermassen die Deiche an der Küste und ertränken Tausende von Quadratkilometern des tiefer liegenden Landes unter ihren schlammigen, tosenden Fluten.

Doch die zweifache Plasmaexplosion hat noch eine weitere Folge: Eine elektromagnetische Schockwelle breitet sich mit hoher Geschwindigkeit im Umkreis von etwa 150 Kilometern Entfernung aus und zerstört jedes elektrische oder elektronische Gerät. Bis auf die Provinzen Limburg und Südbrabant wird das gesamte Land lahmgelegt und versinkt in Dunkelheit und Schweigen. Lichter gehen aus. Autos, Züge und Untergrundbahnen bleiben stehen. Flugzeuge stürzen ab. Fernsehgeräte werden schwarz. Radios verstummen. Computer hängen sich auf. Die gesamte Telekommunikation bricht ab. In den Krankenhäusern fallen Scanner und Dialysegeräte einfach aus, und fernbediente chirurgische Instrumente stecken im Fleisch der Patienten fest. Windräder hören auf, sich zu drehen, und Kraftwerke produzieren keinen Strom mehr. Die hydraulischen Pumpen bleiben stehen, Kanäle laufen erst voll und dann über. Hydroponische Gewächshäuser und Legebatterien versinken in Kälte und Schwärze. Verkehrsampeln erlöschen, Navigationssysteme spielen verrückt, die Verkehrsflusskontrollen auf den Autobahnen funktionieren nicht mehr. Die Leuchttürme gehen aus, Schiffe kommen vom Kurs ab und sind dem Sturm hilflos ausgeliefert. In den Fabriken halten die Förderbänder an. Polizei, Sanitäter und Feuerwehr sind handlungsunfähig. Die Niederlande versinken im Chaos. Ein Viertel des Landes steht komplett unter Wasser. Und über dieser Hölle heult der Orkan. Er wütet und tobt mit unverminderter Kraft; das Schicksal der Menschen ist ihm gleichgültig.

> … und nun, meine lieben Freunde, kommt der Augenblick, den Sie alle erwartet haben. Heute küren wir den Sieger unseres großen Spiels »Zu dumm, um aus dem Bus zu gucken«, den Kandidaten – oder die Kandidatin –, der unserer gestrengen Jury den besten Blödsinn erzählt hat. Der glückliche Gewinner darf sich über eine wunderbare Wohnung in der luxuriösen Schweizer Enklave Sion freuen, inmitten der gesellschaftlichen Crème de la crème und einer Umwelt, die ab-so-lut geschützt ist! Ehe wir jedoch den Gewinner bekannt geben, möchte ich Ihnen das lauschige Liebesnest vorstellen, das unser Sponsor Rebuilt uns zur Verfügung gestellt hat …

»So ein Blödsinn«, seufzt Aneke Schneider. Sie lümmelt sich auf dem Sofa in ihrem Reihenhaus in Swifterbant, nördlich des Polders Flevoland. Zwischen den Fingern hält sie einen erloschenen Joint und verfolgt zerstreut die Sendung »Zu dumm, um aus dem Bus zu gucken« auf dem großen Wandbildschirm. Das von dem berühmten Moderator Wim Brinker geleitete Spiel ist so ungefähr das Schwachsinnigste, was sie je gesehen hat, wird jedoch angeblich von zehn Millionen Niederländern regelmäßig eingeschaltet. Aneke hätte gerne weitergezappt, aber das Gras, das Rudy anbaut, ist einfach viel zu gut, und sie weiß nicht mehr, wo sie die Fernbedienung gelassen hat. Zum Aufstehen hat sie jedenfalls nicht die geringste Lust. Von Zeit zu Zeit wirft sie einen müden Blick auf ihre vierjährige Tochter Kristin, die bäuchlings auf dem Teppich liegt und mit Hingabe dabei ist, auf ihrer Babybox-Konsole außerirdische Monster zu massakrieren. In regelmäßigen Abständen knurrt, grölt und kracht es aus dem Kästchen, und ebenso regelmäßig jauchzt Kristin: »Hey, jetzt hab ich dich!«

Ich sollte mal was zu essen machen, denkt Aneke und seufzt erneut. *Es ist fast sieben, und die Kleine hat bestimmt Hunger … Außerdem muss ich mich um die Gewächshäuser kümmern*. Draußen tobt ein heftiger Sturm. Der

Wind brüllt, und Regen klatscht gegen die heruntergelassenen Läden; Aneke befürchtet, dass die Gewächshäuser Schaden nehmen könnten. Um die Anlagen zu überprüfen, braucht sie nur in Rudys Büro zu gehen, den Computer zum Leben zu erwecken und die Kameras und die Anzeigen für Temperatur, Luftfeuchtigkeit, pH-Wert, die Leistung des Verteilers und solche Dinge zu kontrollieren. Doch selbst diese Anstrengung erscheint ihr fast unmenschlich. Aneke neigt dazu, zu viel zu rauchen, wenn Rudy nicht da ist. Es hilft ihr, die Einsamkeit und die Langeweile zu ertragen, redet sie sich selbst ein, fühlt sich aber trotzdem in gewisser Hinsicht schuldig. Sie ist immerhin fünfunddreißig und sollte es allmählich ein wenig gemächlicher angehen lassen. Und überdies vergeudet sie ihre Zeit mit »Zu dumm, um aus dem Bus zu gucken«, während Rudy sich in Brüssel aufhält, wo er mithilfe der Gewerkschaft seine Position vor der Agrarkommission vertritt. Rudy züchtet Blumen, unter anderem auch die berühmten holländischen Tulpen. Das mag zwar nichts Besonderes sein, aber immerhin ist es besser, als in homöostatischen Fabriken transgene Hühnchen ohne Federn für den Export zu züchten. Allerdings wird die holländische Tulpenproduktion von einer chinesischen Konkurrenz bedroht, die mit Mafiamethoden arbeitet und, so vermutet Aneke zumindest, Tausende von Kindern unter sieben Jahren dazu zwingt, für zwei Yuan am Tag zu schuften, um das von Universal Seed ausgebrachte Saatgut wieder aufzulesen. Und zu allem Überfluss hat die europäische Agrarkommission aufs Neue die Subventionen der holländischen Blumenzüchter verringert, was dazu führt, dass Leute wie Rudy auf einem ohnehin engen Markt – denn wer hat heutzutage noch die Mittel, Blumen zu verschenken? – die Preise nach oben korrigieren mussten. Das Risiko, in die Pleite abzudriften, ist seither für kleine Unternehmer stark angestiegen.

Das alles nervt Aneke ganz ungemein. Hinzu kommt, dass das freudlose, unendlich flache und landschaftlich uninteressante Flevoland sie deprimiert. Sie sehnt sich nach Bayern, wo sie geboren ist und wo es echte Bäume und eine Vegetation gibt, die diesen Namen wenigstens verdient. Das ist der wahre Grund für ihr exzessives

Rauchen. *Rrrooooarr-pfiuu-bumm-arrrgh* kommt es aus der Babybox. Auch dieses Geräusch macht sie nervös.

»Dreh ein bisschen leiser, Mäuschen«, murmelt sie. »Du musst aber jetzt sowieso aufhören, wir essen nämlich gleich.«

»Noch nicht, Mama. Ich habe es fast geschafft!«

Plötzlich erlischt alles. Die Babybox, der Wandbildschirm, die Lichter, die Klimaanlage.

»Mama! Meine Box ist kaputt! Und es ist ganz dunkel!«

»Bestimmt ist der Sturm schuld daran. Bleib, wo du bist, Mäuschen, ich hole ein paar Kerzen.«

»Mama, ich habe Angst!«

Kristin fängt an zu weinen. Aneke tastet sich zu ihr. Ihr Töchterchen umklammert ihre Beine.

»Das ist wirklich nicht schlimm, Mäuschen. Es ist nur der Sturm. Gleich wird es bestimmt wieder hell. Und inzwischen stellen wir überall Kerzen auf, das sieht ganz toll aus.«

»Wie zu Weihnachten?«

»Ganz genau, wie zu …«

Aneke unterbricht sich und lauscht. Ein merkwürdiges Geräusch dringt von draußen an ihr Ohr. In Windeseile überlagert es das gewohnte Toben des Sturms. Es ist ein tiefes Grollen, ein erschreckendes, beängstigendes Gurgeln, das stärker und stärker wird. Schon verschluckt es alle anderen Geräusche.

»Was, zum Teufel … Kristin, lass meine Beine los!«

Aneke schiebt ihre Tochter beiseite, die sofort wieder zu heulen anfängt, rennt ans Fenster, wobei sie sich am Tisch stößt, und öffnet die Läden mithilfe der Kurbel, weil der Strom ausgefallen ist. Und im violetten Zwielicht der Abenddämmerung sieht sie …

Sie kann es einfach nicht glauben. Swifterbant liegt drei Kilometer vom Ijsselmeer entfernt. Es ist unmöglich! Und doch …

Eine Welle kommt auf sie zu. Eine gigantische Welle. Eine Wand aus glänzend schwarzem, mit bleichem Schaum gekröntem Wasser. Donnernd und fauchend rollt sie auf das Dorf zu und verschlingt alles in ihren flüssigen Rachen. Kommt näher und verschlingt, kommt näher und verschlingt, KOMMT NÄHER!

»Mäuschen! Bring dich in Sicherheit!«

Hoffnungslos. Lächerlich.

Wolken

Einsam? Hässlich? Schüchtern?

Begegnen Sie Ihrem Traumpartner auf **Love Links**!

– Erschaffen Sie sich Ihren Lieblings-Avatar aus Millionen Möglichkeiten!

– Optimieren Sie Ihre Konversationskünste mit dem Optimizer, den Sie mit einem Klick kostenlos downloaden können!

– Wählen Sie den zu Ihrem Psychoprofil passenden Partner nach Maß!

– Berühren Sie ihn (sie), fühlen Sie, wie sein (ihr) Herz klopft – Sie benötigen nur Ihre Manside (v. 2.3 oder höher) oder Ihr Sensornetz (v. 8.0 + MultiSensor-Karte)!

Mit einem Wort: Erleben Sie die Liebe!

Love Links® ist ein Produkt von MAYA™

Nein zu Teledrogen – eine Initiative von MAYA™

Sie ist jung, schön, sehr schüchtern und heißt Jennifer. Seit etwa fünfzig Stunden bemüht sich Wilbur, sie »zu beschlagen«, wie er sich ausdrückt. Sie beschlagen bedeutet, mit ihr zu schlafen. Natürlich nicht in der niederen Wirklichkeit – Wilbur hat im richtigen Leben noch nie mit einer Frau geschlafen. Es wäre zu gefährlich, angesichts der vielen Krankheiten und mutierten Viren. Außerdem scheut er sich vor dem Unvorhersehbaren und Unerwarteten. Und welches Mädchen würde sich in der Wirklichkeit schon mit Wilbur abgeben wollen?

Doch in der virtuellen Realität ist Wil ein unverbesserlicher Aufreißer, ein Fuchs im Hühnerstall von Love Links. Und seine Beute ist beeindruckend: nicht weniger als sechzig Mädchen in zwei Jahren, darunter mehrere Schauspielerinnen, Top-Models und Stars des virtuellen Raums. Und das, obwohl ihn Mädchen, die es ihm allzu leicht machen und sich im Handumdrehen vor ihm ausziehen, überhaupt nicht interessieren. Was ihn vor allen Dingen anmacht, ist die Eroberung. Er trifft sich gern mit jungen Damen, die als schwierig gelten, macht ihnen geduldig und mit viel Leidenschaft den Hof, entfaltet seine Verführungskünste, und schließlich »beschlägt« er sie, um sie danach wegen einer anderen zu verlassen.

Wilburs größter Trumpf ist sein Avatar, den er mit viel Fingerspitzengefühl aus hunderttausend Gesichtern und fünfzehntausend verfügbaren Körpern zusammengestellt hat. Herausgekommen ist eine einzigartige Komposition, eine ganz besondere Mischung. Sein Avatar hat halblanges, leicht kupferfarben schimmerndes Haar, eine sonnengebräunte Haut, Gesichtszüge, die er teilweise bei den Filipinos, teilweise bei den Massai entlehnt hat, ein grünes und ein blaues Auge und einen Schönheitsfleck im Mundwinkel. Er weiß, dass solche kleinen Fehler sehr verführerisch wirken können; ein perfektes Gesicht ist nicht erotisch. Was die Auswahl des Körpers angeht, so hat er nicht auf die derzeitig herrschende Mode der Gewichthebertypen gesetzt, sondern sich mit langen, geschmeidigen Gliedmaßen und einem jugendlichen Aussehen ausgestattet, die Grazie und Harmonie mit dem Eindruck von Kraft und Macht vereinen. Kleidung steht bei MAYA unbegrenzt zur Verfügung, und Wilbur passt sich meist dem Geschmack seiner jeweiligen Eroberung an. Jennifer bevorzugt den Ninja-Stil, was für Wilbur eine Tunika aus mit japanischen Schriftzeichen bestickter, roter Seide, eine weite, schwarze Dreiviertelhose und weiche schwarze Schuhe bedeutet.

Jennifer trägt ein Bustier aus weißer Spitze, eine naturweiße Pluderhose, hübsch gemusterte Lederpantöffelchen und eine rosa Perle im Bauchnabel. Ein fuchsiafarbenes Bandana hält ihre blonden Haare zusammen und enthüllt zierliche, mit Ringen geschmückte Ohrläppchen. Sie hat sich einen ausgesprochen nordischen Typ ausgesucht – große, unschuldig dreinblickende blaue Augen, eine extrem helle Haut, rosige geschürzte Lippen, ein eigensinniges Kinn und eine zarte Nase in einem ovalen Gesicht. Die Rundungen ihres

Körpers sind vollendet, doch wie sollte es in der virtuellen Realität auch anders sein?

Hand in Hand gehen Wil und Jennifer über eine samtweiche grüne, mit mehrfarbigen Gänseblümchen gesprenkelte Wiese, an deren Rand ein Wald aus bemoosten Eichen aufragt, der sich bis in ein lauschiges Tal mit einem kristallklaren, von blühendem Weißdorn gesäumten Bach erstreckt. Jenseits davon liegt eine heitere Landschaft mit sanften Hügeln und baumbestandenen Tälern im goldenen Sonnenlicht. Bunte Schmetterlinge tanzen von Blüte zu Blüte, Vögel zwitschern, und Grillen zirpen. Es ist ein wundervoller Frühlingstag, der zum Nichtstun und zum Schäkern einlädt. Glücklich lächelt Jennifer den Spatzen zu, die ohne jede Scheu um sie herumflattern. Wil denkt, dass es langsam an der Zeit ist, die letzte Bastion zu nehmen.

»Wie schön es hier ist, Wilbur«, ruft Jennifer und klatscht in die Hände. »Hier bin ich noch nie gewesen.«

»Ich kann dir noch viel romantischere Stellen zeigen«, lächelt er und streicht ihr leicht über das seidige Haar.

»Ach nein, ich möchte noch ein wenig bleiben.«

Eine Meise setzt sich auf ihre Schulter. Jennifer küsst sie vorsichtig auf ihr Federhäubchen. Die Meise lächelt sie an – zumindest erweckt sie den Eindruck. Wil ist nicht ganz zufrieden. Beim nächsten Mal würde er die Vögel etwas scheuer programmieren, um seine Eroberung nicht zu sehr abzulenken. Piepsend fliegt die Meise davon. Mit plötzlich ernst gewordener Miene wendet Jennifer sich Wilbur zu.

»Wenn man das Glück hat, solche Augenblicke genießen zu dürfen, dann kann man kaum mehr glauben, dass das wahre Leben so verkommen ist.«

Er greift nach ihren Händen und schenkt ihr sein betörendstes Lächeln.

»Jennifer, meine Süße, warum sollten wir uns mit der Realität beschäftigen? Hier ist alles heiter, alles lädt uns ein. Findest du nicht, dass diese Blumenwiese wie geschaffen ist, sich darin niederzulegen?«

»Sich niederzulegen?«

Das junge Mädchen runzelt die zarten Augenbrauen. *Langsam*, mahnt sich Wilbur.

»Natürlich! Mit einem Grashalm zwischen den Lippen kann man den Vögeln lauschen oder die Wolken vorbeiziehen sehen. Ist dir schon einmal aufgefallen, dass manche Wolken ganz außergewöhnliche Formen haben?«

Jennifer hebt die Augen zum Himmel.

»Hier sind keine Wolken.«

Mit dem rechten Auge klickt Wil diskret auf die Option *Wolken*, wählt *Kumulus* und dann *Sofort*.

»Aber sicher! Sieh doch!«

Hübsche flockige Wölkchen segeln langsam über hundertjährige Eichen hinweg. Ihre Formen entstehen im Zufallsgenerator; eine sieht tatsächlich aus wie ein rundliches Hinterteil.

»Oh!«, ruft Jennifer.

Sie wird rot und schlägt sich eine Hand vor den Mund, um nicht loszuprusten. Wilbur lacht offen, sowohl über seine Befangenheit als auch über den Streich der Software. Er greift wieder nach der Hand seiner Eroberung und zieht sie mit sich ins Gras hinunter. Ein Teppich aus weichem Moos bedeckt einen runden Felsbrocken, der dort bewusst als Kopfstütze liegt.

Sie strecken sich auf dem Moos aus. Wils Arm schiebt sich unter Jennifers Nacken, seine andere Hand streicht ihr zärtlich über die Schulter. Sie tut, als wolle sie wieder aufstehen, bleibt dann aber doch liegen und betrachtet verträumt lächelnd die langsam dahintreibenden Wolken. Wilbur kocht zwar innerlich, lässt sich aber nach außen hin nichts anmerken. Weit weg, irgendwo anders, in seinem in der Realität vergessenen Körper spürt er eine schmerzhafte Erektion.

»Ich bin so glücklich«, seufzt Jennifer. »So etwas ist mir nicht mehr passiert, seit …«

»Pst«, murmelt Wilbur. Er richtet sich halb auf und legt ihr einen Finger auf die Lippen. »Wir sind jetzt und hier. Lass uns den Augenblick genießen.«

Er beugt sich über sie. Jennifer öffnet die großen Augen, die zwar erstaunt wirken, ihn im Grunde aber locken. Ihre Lippen begegnen sich, öffnen sich sanft und warm, ihre Zungen kosten einander zum ersten Mal. Wil hat darauf geachtet, die Option Sensibilität seines Avatars mit besonderer Sorgfalt zu wählen. Jennifer legt ihm die Arme um den Hals. Die zarten Finger des jungen Mädchens fahren durch Wils kupferfarbenes Haar. *Endlich*, jubiliert er innerlich, *endlich! Fünfzig ununterbrochene Stunden hat es gedauert, aber jetzt habe ich sie da, wo ich sie haben wollte.* Ihr Kuss wird immer ungestümer. Wil streichelt mit seiner freien Hand über Jennifers nackten Bauch, ehe er sie unter das Bustier gleiten lässt. Jennifer erstarrt.

»Wilbur, bitte!«

»Was denn, mein Liebling?«

»Ich …« Sie errötet. »Ich habe das noch nie gemacht.«

»Oh!« *Eine Jungfrau! Das ist ja unglaublich!* »Keine Angst, meine Geliebte. Es ist das süßeste Vergnügen, das du dir vorstellen kannst.«

Seine Hand gleitet erneut unter die Spitzen. Leidenschaftlich küsst er Jennifers Lippe. Sie zittert.

Wichtige Nachricht von MAYA – Dringlichkeitsstufe 1

Mist!, begehrt Wil innerlich auf. *Doch nicht ausgerechnet jetzt!* Er streichelt Jennifers Busen und kitzelt die hart aufgerichtete Brustwarze. *Ein ausgezeichneter Avatar, der sensibel auf Stimulation reagiert*, registriert er zufrieden. Doch die Nachricht von MAYA, die unten in seinem Blickfeld aufblinkt, stört ihn. Es scheint sich um eine persönliche Nachricht zu handeln, die Jennifer nicht erhalten hat. Mit geschlossenen Augen, halb geöffneten Lippen und stoßweise atmend ist sie dabei, die Freuden der Sexualität für sich zu entdecken. Genau wie er selbst ist sie wahrscheinlich entweder mit einer Manside oder einem Sensornetz ausgestattet. Beide Hilfsmittel können ihnen als Feedback alle in der virtuellen Realität erlebten Gefühle übermitteln. *Das hast du wohl nicht erwartet, du kleine Genießerin? Aber nur zum Schwatzen braucht man keine Manside.*

**Achtung! Sicherheitswarnung! MAYA fordert Sie auf,
sofort alle Aktivitäten einzustellen!**

Später, MAYA. Mist!

Wil und Jennifer rollen sich im Moos und bedecken sich mit Küssen. Wils Hand knetet Jennifers Brüste. Er hat nicht einmal bemerkt, wann sie ihr Bustier ausgezogen hat. Er küsst ihre Rundungen, er leckt sie, arbeitet sich zu ihrem Bauch vor, saugt an der rosa Perle …

Äußerst wichtiger Hinweis! Dringlichkeitsstufe 1 ++
MAYA fordert Sie auf, Ihr Login einzugeben.
Beenden Sie umgehend jegliche Aktivität!

Später, habe ich gesagt! Während seine Hand sich langsam unter Jennifers Pumphose vortastet und Jennifer noch ein wenig zögernd seine Lenden streichelt, ruft Wilbur mit dem linken Auge ein schwarz heruntergeladenes Dienstprogramm seiner Manside auf, das ihm nicht nur gestattet, seinen Zeitrahmen unbegrenzt zu verlängern – was er schon lange tut –, sondern auch den Kontakt zu MAYA zu unterbrechen und seine Internetpräsenz zu vertuschen. Es ist ein nützliches kleines Hackerprogramm, aber ebenso illegal wie die Teledroge Zipzap, die er sich regelmäßig herunterlädt, um durchzuhalten.

Ein Klick mit dem rechten Auge, und die Nachricht von MAYA verschwindet.

»Wilbur … nein … ich … Oh!«

Jennifers Geschlecht ist geschmeidig, seidig, feucht und warm unter seinen Fingern. *Eine echte Qualitäts-Manside*, denkt Wil anerkennend. *Sie überträgt sogar Körpersekrete. Wahrscheinlich von Virtual Life oder Hyperreal. Die junge Dame scheint nicht ganz mittellos zu sein. Nun gut, dann soll sie für ihr Geld auch etwas bekommen!*

Jennifer fürchtet sich, ihre Pumphose abzulegen, oder hat vielleicht vergessen, wie es geht. *Umso besser*, freut sich Wilbur. Seine Eroberung sogar entkleiden zu dürfen ist in der virtuellen Realität zu einem viel zu seltenen Erlebnis geworden, weil man sich dort üblicherweise mit einem Wimpernschlag an- und auszieht. Wilbur lässt das Stück Stoff an ihr heruntergleiten – Jennifer windet sich ein wenig und wehrt sich schwach – und enthüllt den Schatz, den er seit fünfzig Stunden begehrt. Er ist lieblich, rosig und feucht in blonde

Löckchen und zwischen langen, seidigen Tänzerinnenschenkeln eingebettet. Mit einem Klick entfernt Wil seine eigene Kleidung. Die Größe seines Gliedes beeindruckt Jennifer, doch seine jugendliche Gestalt beruhigt sie. Sie wagt es, ihn vorsichtig mit den Fingern zu liebkosen. Plötzlich ist alle Zurückhaltung dahin. Sie umfasst das Objekt ihrer Begierde und steckt es sich gierig tief in den Mund. *Meine Güte, für eine Jungfrau bist du ganz schön geschickt!*

Tatsächlich stellt sich Jennifer als unersättliche Gespielin heraus. In der virtuellen Realität gibt es weder Versagen noch Müdigkeit oder gereizte Schleimhäute, noch nicht einmal eine andere Befriedigung als die rein geistige. Und das Zipzap verstärkt das Vergnügen noch. Wilbur bietet sein gesamtes Talent auf, stillt seine eigenen Bedürfnisse und die seiner Geliebten und lässt sie auf den Wellen ihres Orgasmus geradezu surfen. Er ergießt sich mehrmals in seine Manside, da unten, in einer anderen Welt; doch das beruhigt ihn nicht. Erneut bestürmt er seine Eroberung …

Und plötzlich ist alles verschwunden. Totale Schwärze.

Horden

Die berühmt-berüchtigte Verminderung der Treibhausgase, deren Unwirksamkeit hinlänglich bekannt sein dürfte, ist eine Erfindung der Europäer, mit der sie unserer Wirtschaft schaden wollen. Es steht außer Frage, dass wir weder unsere Lebensart verändern noch unsere Industriellen bestrafen werden, nachdem Experten nachgewiesen haben, dass ein Klimawandel eine völlig natürliche Sache ist und sich in der Vergangenheit schon hundertfach wiederholt hat. Im Übrigen ist unsere moderne Technologie selbstverständlich in der Lage, den meisten klimatischen Phänomenen die Stirn zu bieten.

John Bournemouth, Gouverneur von Kansas

Gerade hatte Wilbur noch auf einer wunderbar weichen, grünen Wiese mit Jennifer gebumst, die ihm schamlos ihren süßen Arsch anbot – und dann war plötzlich alles weg. Ein völliges Nichts, absolutes Schweigen. Abgesehen von der schweißnassen Manside, die ihn stört, spürt er nichts mehr. Er hasst diese unangenehme Erinnerung an die Wirklichkeit. In dem vergeblichen Versuch, die Szene zurückzuholen oder wenigstens das Hauptmenü aufzurufen, klickt er zunächst mit dem rechten, dann mit dem linken Auge. Null! *Breakdown*.

»So eine Scheiße!«, grummelt er.

Mit ausgestreckten Händen tastet Wilbur sich zur Konsole vor, berührt den Sensor, streicht über den Bereich, über den man sich manuell einloggen kann – kein Resultat. Nichts. Allmählich bekommt er es mit der Angst zu tun.

Vorsichtig nimmt er die Cyglasses ab, die an der Haut um seine Augen festgeklebt sind. Fünfzig Stunden ununterbrochen zu surfen hinterlässt nun einmal Spuren. Ganz zu schweigen von den Zipzap-Flashs, die zu zählen er irgendwann aufgehört hat. Noch immer kocht ihm davon das Hirn. Er blinzelt, weil er mit der hellen Beleuchtung seines »Liebesnests« rechnet, das in Wahrheit der Keller des Zweitwohnsitzes seiner Eltern ist. Wilbur hat ihn sich so eingerichtet, dass er hier sozusagen ständig online leben kann. Es ist ihm sogar möglich, in der virtuellen Realität zu essen und zu scheißen. Der Kühlschrank befindet sich unmittelbar neben der Konsole, und er hat sich ein *Wayout* programmiert, das ihn direkt zur Toilette befördert.

Auch in seinem Keller ist es stockfinster. Nur die Notleuchte über der Tür wirft einen schwachen Schein. Die Konsole arbeitet nicht. Der Kühlschrank ist aus. Das Klo stinkt zum Erbarmen.

Gibt es etwa ein Problem mit der Stromversorgung? *Unmöglich!* Wilbur lebt in der Enklave von Garden City in Kansas, wo Internetverbindung, Wasser und Energieversorgung grundsätzlich garantiert werden. Selbst bei Versorgungsengpässen verfügt die Enklave über eigene Generatoren, und die Telekommunikationsnetze sind durch eine vierfache Redundanz abgesichert.

Nicht ohne Probleme befreit sich Wilbur von seiner vor Schweiß klebrigen Manside. Sie stinkt nach Pisse und Ficken – einfach ekelhaft! Er geht zum Waschbecken. Seine dürren Beine wollen ihn kaum tragen. Er zittert am ganzen nackten, madenweißen Körper und wird von Krämpfen geschüttelt – das sind die Folgewirkungen des Zipzap. Als er den Wasserhahn öffnet, tröpfelt eine braune, nach Chlor stinkende Brühe mit Rostrückständen heraus. *Kein Wasser? Also, das ist doch wirklich ... Haben die Alten etwa die Wasserrechnung nicht bezahlt?* Dabei haben seine Eltern Geld, sogar viel Geld. Wilburs Vater ist Vorstandsvorsitzender von Resourcing, dem wichtigsten Großkonzern für Umwelttechnologien im Zusammenschluss der *worldwide*. Mag ja sein, dass Wilburs Eltern den Zweitwohnsitz nicht oft nutzen, aber schließlich tut er es, verdammt! Und alle wissen es. Na ja, zumindest die Lieferanten.

Er verlässt seine stinkende Bude, geht nach oben ins Erdgeschoss und durchquert mit zusammengekniffenen Augen die leeren Räume. Das Tageslicht schmerzt. Trotzdem fällt ihm auf, dass mit dem Tageslicht etwas nicht stimmt – es sieht gelblich und staubig aus. Wilbur betritt das in grünem Marmor gehaltene Bad und drückt auf den vergoldeten Duschknopf. Die gleiche Ekelbrühe tröpfelt aus den fünf beweglichen Duschköpfen. Trotzdem wäscht er sich, so gut es eben geht, trocknet sich mit einem Handtuch aus echter Baumwolle ab und zieht sich einen mit dem Familienwappen – einem Adlerfang, der die Weltkugel hält – bestickten Morgenmantel über.

Aus reiner Gewohnheit betätigt er den Knopf für die Domotik, um sich etwas zu essen bringen zu lassen, denn er muss feststellen, dass er großen Hunger hat. Das Zipzap kappt alle in der virtuellen Realität unnötigen Körpergefühle.

Keine Antwort. *Was, zum Teufel, ist hier los?* Er schaltet das Visiofon im Wohnzimmer an – einen sehr langsamen, wenig interaktiven Stromkreis, der unter allen Umständen funktionieren soll –, doch auch hier tut sich nichts. Der Bildschirm wird nicht einmal hell. Als letzten Ausweg drückt er auf den roten Knopf mit der Aufschrift *Emergency*. Das Resultat ist das Gleiche. Jetzt bekommt Wil es ernsthaft mit der Angst zu tun.

Die Nachbarn, denkt er. *Ich muss zu den Nachbarn gehen. Vielleicht stimmt ja mit dem Haus etwas nicht.*

Die Nachbarn wohnen zweihundert Meter entfernt. Das dürfte schwierig werden, vor allen Dingen, wenn die Sonne scheint. Wilbur ist ein Geschöpf der virtuellen Realität; sein Körper kommt mit der UV-Strahlung nicht zurecht. Es gibt Überlegungen, die Enklave mit einer Kuppel zu überdachen, doch die Kosten für die Maßnahme sind extrem hoch.

Er tritt vor das große Glasfenster, um festzustellen, wie das Wetter draußen ist. Jetzt erst entdeckt er die Nachricht, die von einer Drohne auf die fotosensible Scheibe projiziert worden ist. Sie ist schon fast erloschen, doch Wilbur kann sie gerade noch entziffern:

Achtung – erwarten Tornado der Stärke F 6.
Evakuierung per Hubschrauber hat begonnen.
Bitte nur das Notwendigste mitnehmen.

Wilbur fallen die eindringlichen Warnungen auf MAYA ein, die er entnervt weggedrückt hat, als er gerade dabei war, seine neueste Eroberung zu »beschlagen«. Wie war noch gleich ihr Name? Ah ja, Jennifer.

Er tritt auf die Freitreppe hinaus und konsultiert fast automatisch die Wetterberichtstafel, die neben dem Eingang installiert ist und die ihn normalerweise darauf hinweist, ob er das Haus verlassen kann und wenn ja, mit welchen Schutzvorkehrungen. Die Tafel ist erloschen.

Die Hitze ist erdrückend. Hier draußen herrschen mindestens 40 Grad. Die mit Staub und atmosphärischem Ozon aufgeladene Luft ist schwül und erstickend. Wil überquert den transgenen Rasen, der zwar immergrün, aber auch fusselig und wellig wie ein alter Teppich ist, und erreicht die mit verbrannten Baumskeletten gesäumte Straße. Überall liegen Papiere, Spielzeug und Haushaltsgegenstände herum. Die Evakuierung muss unter großem Zeitdruck vonstattengegangen sein. Im Staub sind Raupenspuren zu erkennen – vermutlich Armeepanzer. Hubschrauberspuren sind auch da.

Wilbur hört hinter sich ein weit entferntes Grollen. Er dreht sich um.

Am Horizont, jenseits der weißen Villen, türkisen Pools, immergrünen Rasenflächen und sterbenden Bäume sind die Horden der Hölle dabei, den Himmel zu erstürmen.

Eine gewaltige tintenschwarze Wolke mit violetten Tumoren und Auswüchsen türmt sich, von fahlen Blitzen durchzuckt, bis zum Firmament empor. Tentakeln wachsen aus ihr heraus; sie drehen und winden sich wie Dämonenzungen.

In der Mitte aber erkennt man bereits den schrecklichen, unglaublichen Trichter des Tornados. Die unermessliche, monströse Windhose wirbelt mit apokalyptischem Dröhnen Myriaden von Trümmern mit sich herum, die aus der Entfernung zwar klein aussehen, sich jedoch als Lastwagen, Mauerstücke und Brückengeländer herausstellen können. Ein Tornado der Stärke F 6 bedeutet Windgeschwindigkeiten von über 500 Stundenkilometern und einen Trichter mit einem Durchmesser von fünf Kilometern – das reicht aus, um die gesamte Enklave dem Erdboden gleichzumachen. Die Sonne wird zur schwefelfarbenen Kugel. Wind kommt auf und formt neckische kleine Staubwirbel. Blätter, Papier und leichte Abfälle fegen durch die leeren Straßen.

In atavistischer Angst erstarrt, bleibt Wilbur wie angewurzelt stehen. Er zittert am ganzen Körper und pinkelt sich voll. Der Wind seufzt in den leeren Straßen. Irgendwo klappert ein Fensterladen. Das titanische Dröhnen des Tornados übertönt das fortgesetzte Donnergrollen. Die Windhose nimmt inzwischen den halben Himmel ein. Sie ist nur noch wenige Kilometer entfernt. Unerbittlich kommt sie geradewegs auf die Enklave zu wie ein Finger Satans.

Endlich reagiert Wilbur. Er rennt ins Haus, saust in den Keller und verbarrikadiert die Metalltür. Die Idee ist lächerlich, und das weiß er auch.

Er reißt die fleckige, stinkende Matratze vom Bett, verschanzt sich unter dem Konsolentisch, verstaut die Matratze vor seinem Körper und wartet. Sein schlaffes Fleisch bebt. Zähneklappernd und mit weit aufgerissenen Augen starrt er in die Schwärze und hört, wie das Grollen draußen jeden anderen Laut verschlingt.

Minuten später bricht das Inferno los.

Den Kopf zwischen den Knien, die Hände im Nacken verschränkt und eingehüllt in seinen Matratzenkokon, spürt Wilbur, wie die Wand, an die er sich anlehnt, zunächst zu vibrieren beginnt, dann Risse bekommt und zuletzt zerbirst. Über ihm brüllt, tobt, explodiert, knallt und splittert es. Die Kellerdecke wird fortgerissen. Trägerbalken und Schutt stürzen in einer Gipswolke in sich zusammen, die ihm den Atem raubt. Das Chaos erreicht seinen Höhepunkt. Nichts als Trümmer sind übrig, die durch den Raum wirbeln und mit übermenschlicher Gewalt gegen Mauerreste und seine Matratze gepresst werden. Die Matratze hält die schwersten Stöße ab, und – so merkwürdig es auch klingt – der Tisch weicht nicht von der Stelle. Wilbur schreit aus Leibeskräften wie ein verängstigtes Tier, doch er kann sich selbst nicht hören. Schlammiges Wasser bricht in seinen Verschlag ein und durchnässt ihm Füße und Hinterteil. Irgendwo ist ein Feuer ausgebrochen; er kann den Rauch riechen. Der immense Druck verstopft ihm die Ohren, Blut rinnt ihm aus der Nase. Er bekommt kaum noch Luft.

Und dann ist alles so schnell vorbei, wie es begonnen hat. Man hört es zwar noch donnern, doch das ist nur ein normales Gewitter. Schwerer schwarzer Regen klatscht auf die Ruinen.

Wie erstarrt bleibt Wilbur noch lange Zeit mit verstopfter Nase und summenden Ohren stocksteif sitzen. Irgendwann begreift er, dass er noch lebt.

Er hat überlebt! Er hat einen F 6 überlebt!

Langsam und schmerzerfüllt faltet er seine Gliedmaßen auseinander, stößt die mit Gipsstaub und Wasser getränkte Matratze von sich und verlässt seinen Verschlag. Der Tisch ist völlig verzogen und mit Schutt bedeckt, unter dem er die verbogenen Reste seiner Konsole zu erkennen glaubt. Er verspürt deswegen kein Bedauern – noch nicht. Wilbur durchquert den ehemaligen Kellerraum, dessen Wände von Rissen durchzogen sind, watet durch das schlammige Wasser und klettert über Trümmerstücke. Dort, wo die Kellerdecke war, gähnt ein riesiges Loch. Vom Haus sind nur noch ein paar Stahlstreben und einige Mauerreste geblieben. Der schwarze Himmel erbricht tropische Regenmassen. Er hebt das Gesicht und lässt es vom Regen abduschen, der zwar lauwarm und sauer ist, doch das ist ihm gleich. Er lebt!

Von oben aus den Ruinen dringen Stimmen an sein Ohr.

Der Rettungsdienst, denkt Wilbur sofort.

»Ich bin hier!«, ruft er. »Hier im Keller. Holt mich raus!«

Er stürzt den Schuttberg hinunter zur Tür, die sich jedoch in ihrem verzogenen Rahmen nicht öffnen lässt. Hastig klettert er wieder hinauf.

»Hilfe! Hilfe! Ich sitze hier im Keller fest.«

Die Stimmen kommen näher. Wilbur hört Schritte und herumkollernden Schutt. Gips und Staub fallen durch das Loch in der Decke.

»Bitte hierher! Holt mich raus!«

Seine Stimme erstirbt, als er das Gesicht entdeckt, das sich über sein Gefängnis beugt. Es ist schwarz, schmutzig, fleckig und vernarbt. Das Haar hängt in grauen Strähnen herunter. Der Mann betrachtet Wilbur aus blutunterlaufenen Augen mit einem zahnlosen Grinsen. In der Hand hält er eine Eisenstange.

Ein *Outer*.

»Hey, Leute«, wendet sich der Outer mit einem dreckigen Lachen an seine unsichtbaren Kumpane. »Hier im Keller ist eine Kakerlake.«

Natürlich hat die Plasmabarriere der Enklave den Tornado nicht überstanden.

Entsetzt weicht Wil zurück. Am Fuß des Schuttbergs sinkt er in sich zusammen. Vier, fünf Outer in Lumpen springen in den Keller. Alle sehen furchtbar aus, sind bewaffnet und ungeheuer fröhlich.

»Mann, der hat aber einen hübschen kleinen Arsch!«

»Mensch, wir haben einen erwischt!«

»Na, der wird sein blaues Wunder erleben.«

… kurz, ganz Europa ist bestürzt über das Ausmaß der Katastrophe, die nach ersten Schätzungen und wie bereits gemeldet gestern Abend zwei- bis dreihunderttausend Menschenleben gekostet und mehr als fünf Millionen Wohnungen vernichtet hat. In einem Kondolenzschreiben an Königin Juliana II. hat Präsidentin Fatimata Konaté ihrer tiefen Trauer Ausdruck gegeben und dem niederländischen Volk ihr Mitgefühl ausgedrückt …

Schlammiges Wasser schwappt bis zum grauen Horizont. Es ist früher Morgen. Vereinzelt ragen Mauern der von dem Tsunami zerstörten Gebäude aus der endlosen Wasserfläche. Schlammige Baumleichen mit abgebrochenen Ästen. Verbogene Schilder, die den Verlauf von Straßen angeben. Eingestürzte Autobahnbrücken. Verhedderte Elektrokabel. Auf dem Wasser schwimmt jede Menge Unrat – Möbelstücke, Plastikzeug, Bücher und Zeitungen. Dinge des täglichen Lebens. Tausende von Tierleichen treiben auf den Fluten. Hin und wieder auch die von Menschen. Nichts bewegt sich, nur das schwappende Wasser. Bis auf die neutrale Stimme des Korrespondenten ist kein Laut zu hören. Am rechten unteren Bildrand erscheint das Logo von Euronews im bräunlichen Wasser.

Die Familie des Bürgermeisters von Kongoussi sitzt wie gebannt im abgedunkelten Wohnzimmer vor dem alten 16/9-Fernseher. Die Fensterläden sind geschlossen. Draußen herrscht eine Gluthitze. Die Klimaanlage ist defekt, der Ventilator verwirbelt nur heiße Luft. Im Raum ist es mindestens 45 Grad warm. Der Bildschirm, der kurz vor der Überhitzung steht, flimmert von Zeit zu Zeit. Die blaugrünen Bilder der im Wasser versunkenen Niederlande, die seit dem Beginn der Nachrichten ständig wiederholt werden, scheinen für Familie Zebango von einem anderen Stern zu stammen. Mit vor Staunen offenen Mündern nehmen sie die unendlichen Wasserflächen und die tief hängenden Wolken zur Kenntnis, die sich über den Ruinen ausregnen.

Es ist Félicité, die Jüngste, die als Erste das ausspricht, was alle anderen denken.

»Mensch, ist das ungerecht! Die Leute dort müssen sterben, weil es zu viel Wasser gibt, und wir haben nicht genug. Sie sollten uns etwas davon abgeben.«

»Still, Félicité«, schimpft ihre Mutter Alimatou. »Über eine so schreckliche Katastrophe mit so vielen Toten darf man keine Witze machen.«

Dabei hat Félicité recht, denkt der Vater Étienne. *Bei dreihunderttausend Toten in Holland spricht man von einer schrecklichen Katastrophe. Aber von den anderthalb Millionen Toten durch die Trockenheit in unserem Land redet niemand. Burkina Faso ist der Welt völlig egal.*

Als Politiker, der sich über die internationale Situation und deren Folgen für den inneren Zustand seines Landes bewusst ist, kann Étienne Zebango sich denken, welche Konsequenz die Katastrophe in Europa für Burkina Faso haben wird. Man würde viel Geld in den Wiederaufbau der Niederlande stecken, was wiederum eine weitere Kürzung der den ärmsten Ländern der Welt – zu denen Burkina Faso gehört – bereits zugesagten finanziellen Hilfen bedeute. Außerdem würde die geschwächte öffentliche Hand die ONG, die nichtstaatlichen Organisationen, zu Hilfe rufen, die dann natürlich unabkömmlich wären, um in Burkina gegen Trockenheit und Malaria zu kämpfen. Die Medien würden sich wie die Geier auf das Katastrophengebiet stürzen und auch in Zukunft das langsame Sterben der Hälfte des afrikanischen Kontinents ignorieren. Kongoussi würde eines Tages im Sandsturm krepieren, aber davon würde nie jemand erfahren.

Étienne bringt es nicht fertig, die sogenannten »Notsituationen«, die tagtäglich in der ganzen Welt vorkommen – allein der Ausdruck ist schon ein Euphemismus –, nicht am Zustand seiner eigenen Heimat zu messen, am Zustand der Stadt, für die er verantwortlich ist. Der Todeskampf von Kongoussi ist vielleicht nicht spektakulär, aber er schreitet unerbittlich voran. Viele Menschen haben die Stadt verlassen, um im Süden des Landes oder rings um die kümmerlichen Reste des Niger ein Zuhause zu finden, wo es mehr Wasser gibt. Die verbleibende Bevölkerung wird jeden Tag durch Hunger oder Krankheiten, die auf unsauberes Wasser zurückzuführen sind, weiter dezimiert. Malaria, Denguefieber, Durchfälle und Bilharziose grassieren bereits, die Cholera hat die Stadt bisher Gott sei Dank noch verschont. Zehn Jahre Trockenheit haben die Einwohner ruiniert, die jegliche Hoffnung auf Erträge aus Viehzucht, Ackerbau oder gar Tourismus haben aufgeben müssen. An Investitionen ist nicht mehr zu denken. Hinzu kommt die Demütigung, ständig bei der öffentlichen Hand, den nichtstaatlichen Organisationen, der Afrikanischen Union und den internationalen Vereinigungen betteln zu müssen. Kongoussi ist nur eine Akte unter Tausenden.

Étienne Zebango ist seit ihrer Gründung im Jahr 2011 Mitglied der PRB, der zurzeit in der Regierungsverantwortung stehenden Partei für die Erneuerung Burkinas. Von Anfang an hat er sich bemüht – zunächst im Stadtrat, später als beigeordneter Bürgermeister und dann als Bürgermeister –, die von der Präsidentin eingeforderten Prinzipien anzustreben: ökonomische Solidarität, dauerhafte Weiterentwicklung, Umweltschutz, Unabhängigkeit auf den Gebieten Energieversorgung und Ernährung, Zugang zu freier, kostenloser Bildung sowie öffentlichen Dienstleistungen für alle. Das sind natürlich löbliche Grundsätze, allerdings erfordern sie ein Minimum an gesellschaftlicher Organisation. Wie jedoch soll man das alles bewerkstelligen, wenn die Stadträte einer nach dem anderen wegsterben oder auswandern, Geschäfte schließen, weil die Kunden wegbleiben, Bauern in unfruchtbarem Sand herumstochern, Viehzüchter gezwungen sind, die Kadaver ihrer toten Tiere selbst zu essen, wenn Bewässerungskanäle nichts als Staub enthalten und der Asphalt der Straßen sich in der Sonne verflüssigt, ohne dass ein Lkw seine Spuren hinterlässt? Oder wenn das Wasser nicht mehr vom Staat geliefert wird, sondern von einer Mafia, die horrende Preise nimmt, ohne die gesundheitliche Unbedenklichkeit zu garantieren? Was soll er noch versprechen, planen oder verkünden? Woher soll er die erforderlichen Mittel nehmen? Und wie soll er unter diesen Umständen noch an das Überleben der Stadt Kongoussi glauben?

Schon oft hat Étienne daran gedacht, abzudanken und die erdrückende Verantwortung, den Todeskampf einer Stadt und einer ganzen Region zu verwalten, auf andere Schultern abzuladen. Auch er hätte seine Familie gern an einen Ort gebracht, wo es noch Wasser gibt – an die Elfenbeinküste vielleicht, oder nach Mali. Doch abgesehen davon, dass dieser Schritt seine Karriere als zukünftiger Abgeordneter vorzeitig beenden würde – was ihm allerdings inzwischen zweitrangig erscheint –, würde er der Stadt Kongoussi den vorzeitigen Todesstoß versetzen. Étienne weiß genau, dass es niemanden gibt, der ebenso kompetent und den demokratischen Idealen verschrieben ist wie er und der zudem bereit wäre, ihn abzulösen. Die Macht würde aufgeteilt werden und sich verflüchtigen wie eine Wasserlache in der Sonne; die sich selbst überlassene Provinz würde im Chaos versinken, und jeder würde nur noch versuchen, sein Schäfchen ins Trockene zu bringen. *Struggle for life,* würde ein Amerikaner wohl sagen. Es sind düstere Perspektiven, denen Präsidentin Fatimata Konaté um jeden Preis Einhalt gebieten will. Und Étienne ist *verantwortlich*. Manchmal weiß er vor Angst weder aus noch ein, doch er ist nicht in der Lage, sich dieser Verantwortung zu entziehen, weil er damit ewige Schande auf sein Haupt laden würde – es ist sein Gewissen, das ihn verpflichtet.

»Étienne? Hast du keine Lust auf deinen Tee? Was beschäftigt dich so sehr?«

Er hebt die Augen zu Alimatou, seiner üppigen Frau, die gerade dabei ist, die Essensreste vom Tisch abzuräumen. Es hatte *Foutou* gegeben, gestampfte Wurzelgemüse, allerdings ohne die traditionelle Okra-Sauce, weil es auf dem Markt keine Okras mehr zu kaufen gibt. Dann wirft er einen Blick auf sein Glas voll Tee aus getrockneter Pfefferminze – frische Minze ist so teuer geworden, dass auch ein Beamter sie sich nicht mehr leisten kann – und trinkt einen Schluck. Der Tee ist fast kalt und kaum gezuckert, denn auch Zucker ist inzwischen rationiert, obwohl kein Mensch weiß, warum. Glücklicherweise haben sie wenigstens noch ausreichend Wasser zur Verfügung. Alimatou hat als vorausschauende Hausfrau Reserven angelegt, die zwar auch nicht unerschöpflich sind, die aber die Engpässe erträglicher machen.

»Sagst du es mir, oder muss ich raten?«, drängt sie.

Étienne zuckt die Schultern und trinkt seinen Tee aus. Sie schenkt ihm sofort ein zweites Glas ein.

»Du weißt doch«, seufzt er. »Die Lage …« Er zeigt auf den Fernseher, wo im Augenblick Werbung für ein Wassertest-Set zu 9900 CFA läuft, das innerhalb weniger Sekunden die Wasserqualität misst. »Ich frage mich, ob und wie wir den Hals noch mal aus der Schlinge ziehen können.«

Er erzählt ihr von seinen Überlegungen bezüglich der Naturkatastrophe in den Niederlanden und den indirekten Auswirkungen auf Kongoussi. Étienne zieht Alimatou gern zurate. Sie verfügt über einen gesunden, natürlichen Instinkt und ist sowohl über die Vorgänge in der Stadt als auch die weltweite Entwicklung bestens informiert. Sie ist ein ausgemachter Fan von Fatimata Konaté, die sie in den Rang eines weiblichen Idealbildes erhoben hat, »Fatou« nennt und sehr gut zu kennen vorgibt, weil ihre Tante Bana eine enge Freundin der Mutter der Präsidentin ist. Hadé Konaté lebt in Ouahigouya und leitet einen Zirkel, in dem Bangré, eine Art Hellseherei, betrieben wird.

Alimatou sitzt mit aufgestütztem Kinn am Tisch und hört ihrem Mann aufmerksam zu. Die Kinder sind fort – entweder in der Schule, die trotz allem noch geöffnet ist, oder irgendwo, wo es zumindest vermeintlich ein wenig kühler ist.

»Du machst dir mal wieder Sorgen um nichts und wieder nichts«, erklärt sie schließlich. »Es wird ganz bestimmt bald besser.«

»Wie kommst du darauf?«

»Weil Fatou sicher eine Lösung findet.«

»Ach ja? Hat sie dich angerufen, um dir das zu sagen?«

»Nein, Bana hat es mir gesagt.«

»Ah, die gute alte Tante Bana! Das hat sie bestimmt beim Bangré gesehen! Diese Hexengeschichten sind doch nichts als Fabeln, Alimatou. Du bist doch sonst so vernünftig! Ist dir etwa die Sonne zu Kopf gestiegen?«

»Du solltest diese Dinge nicht einfach so abtun, Étienne. Madame Konaté ist eine große *silatigui*, die in Ouahigouya und weit darüber hinaus einen ausgezeichneten Ruf genießt. Und sie hat allem Anschein nach ein Wunder für Kongoussi vorausgesehen. Sie sagt, dass sich Fatou persönlich um uns kümmern wird.«

Étienne zuckt die Schultern, trinkt seinen Tee aus und hält ihr sein Glas hin.

»Weib, du fantasierst. Gib mir lieber noch einen Schluck Tee, statt dummes Zeug zu reden.«

Geier

<Sidwaya.com> – 10. Oktober

Neuerliche Einschränkungen bei Trinkwasser
Die Oberste Wasserbehörde setzt erneut Einschränkungen in der gesamten Sahelzone durch [Artikel lesen]
Dori: Überleben mit einem Liter täglich [praktische Ratschläge]
Ouagadougou: Sand aus dem Wasserhahn [weiter zur Reportage]
Ziga: Wasseraufbereitungsanlage ohne Nachschub. 500 Arbeitsplätze vernichtet [Artikel lesen]
Interview mit Claire Kando, Ministerin für Wasserversorgung und Ressourcenverwaltung: »Entsalztes Meerwasser von der Elfenbeinküste zu importieren käme den Staat zu teuer« [ganzes Interview hören]
Banfors: Der »Exodus des Durstes« führt zu heftigen Spannungen zwischen Einheimischen und Flüchtlingen aus dem Norden [weiter zur Reportage]

Fatou hat nicht mehr die Kraft, sich zu bewegen.

Wie zerschlagen kauert sie in einem windschiefen Liegestuhl im Schatten der Ziegelmauer ihres Hauses und lässt die trüben, verklebten Augen über den leeren, staubigen, unter einer unbarmherzigen Sonne brütenden Hof gleiten. Hartnäckige Fliegen sammeln sich auf ihren halb geschlossenen Lidern und den aufgesprungenen Lippen; von Zeit zu Zeit versucht sie, die Plagegeister mit einer müden, mechanischen Handbewegung zu verjagen, doch es nützt nichts. *Fliegen gibt es immer noch genug*, denkt sie. *Für sie ist mehr als ausreichend Nahrung da*. Für die Geier im Übrigen auch. Seit Tagen schon sitzen sie erwartungsvoll auf den oberen Ästen des vertrockneten Tamarindenbaums in der Mitte des Hofes und warten darauf, dass Fatou stirbt. Oder Idrissa, der im Hinterzimmer liegt und an Malaria dahinsiecht. Die Geier scheinen es zu wissen. Sie wissen immer im Voraus, wenn jemand stirbt. Manchmal verlassen sie die Tamarinde und fliegen mit schwerem, langsamem Flügelschlag davon. Dann hört Fatou, wie sie sich kreischend um einen Leichnam zanken – draußen auf der Straße oder in einem anderen Hof. Irgendwann kehren sie satt und vollgefressen zurück und warten weiter. Sie haben alle Zeit der Welt.

Fatou hebt die Augen zum Himmel. Sie sucht nach einer Wolke, nach einem Rastplatz für den Blick, nach einem Wunder. Doch sie sieht immer nur das Gleiche: Der Himmel ist ockerfarben, die Luft trüb von rotem Staub, und die verschleierte Sonne brennt mit tödlicher Kraft. Die Temperatur im Hof beträgt mindestens 55 Grad. Es ist bestimmt fünf oder sechs Jahre her, dass Fatou die letzten Wolken gesehen hat; zumindest solche Wolken, die dicht genug waren, dass es daraus hätte regnen können. Und auch wenn sich die Regierung noch so sehr bemüht, die wenigen Wölkchen mit Salzkristallen zu bombardieren, die Stammeszauberer Opfer bringen und Imame und Priester um Regen beten – es hilft nichts. Gott hat das Land verlassen, ebenso wie die Geister der Vorfahren und die Hilfsorganisationen. Und was den Staat angeht, so verfügt er über keinerlei Mittel mehr. Geblieben sind nur die Geier – und die warten geduldig. Geier geben niemals auf.

Fatou hört, wie Idrissa im Hinterzimmer stöhnt. Was sagt er? Egal – Fatou kann ohnehin nichts für ihn tun. Sie hat kein Sulfadoxin mehr, und auch das Aspirin ist alle. Noch nicht einmal Wasser hat sie für ihn. Den kümmerlichen Rest im Vorratsbehälter würde nicht einmal mehr ein Hund anrühren. Hunde gibt es übrigens auch keine mehr; sie sind alle tot, entweder verhungert oder von verzweifelten Menschen gegessen. Davor waren es die Hühner, und vor diesen die Ziegen und Schafe. Und jetzt sind die Menschen dran, angefangen bei Kindern und Greisen.

Fatou hat drei Kinder gehabt. Die beiden älteren sind mit sieben und fünf Jahren an Typhus und Durchfall gestorben, weil dieses Schwein von Omar Kelemory ihnen ekelhaftes Wasser aus seiner vergammelten Zisterne verkauft hatte, und das auch noch zu einem horrenden Preis. Wer weiß, aus welchem verdorbenen Flussarm er es abgepumpt hatte! Seit die Regierung sich wieder um die Verteilung des Trinkwassers kümmert, ist es ein wenig besser geworden. Trotzdem hat Fatou auch ihr Nesthäkchen Alpha verloren. Wimmelnd vor Würmern und aufgebläht wie ein Ballon, ist er in ihren Armen gestorben. Sie hatte nicht ausreichend Milch für den Kleinen, aber auch kein Geld, um Milchpulver zu kaufen. Ihre leeren Brüste hängen schlaff herab, ihr Bauch ist eingefallen, und die Haut spannt über ihren Knochen. Fatou ist erst dreißig Jahre alt, doch man könnte sie ohne Weiteres auf das Doppelte schätzen.

Wieder stöhnt Idrissa. Deutlich dringt der Laut durch die lastende Stille. Die Stille! Außer dem Knirschen des Sandes und dem Krächzen der Geier ist kein Laut zu hören. Früher spielten und lachten Kinder im Hof, die Alten palaverten im Schatten der Tamarinde, und die Frauen hielten am Brunnen ein Schwätzchen. Wenn die moslemischen Nachbarn zum Fest des Fastenbrechens ein Schaf schlachteten, durften alle – auch die Andersgläubigen – an der Feier teilnehmen. Und dann die jungen Mädchen, die sich darum stritten, welche von ihnen mit dem schönen Morin auf seinem Motorrad zum See fahren durfte … Früher, da teilte man miteinander und half sich gegenseitig. Heute kümmert sich jeder nur noch um seine eigenen Toten, und manchmal noch nicht einmal das. Aus Kongoussi ist eine den Geiern, den Fliegen und dem Harmattan ausgelieferte Geisterstadt geworden.

Fatou würde weinen, wenn sie noch Tränen hätte. Doch sie ist genauso ausgetrocknet wie der Tamarindenbaum. Vielleicht noch nicht ganz so tot, doch das wird nicht mehr lang auf sich warten lassen. Die Geier warten schon. Aber noch will sie sich ihnen nicht überlassen. Noch nicht. Sie hört, wie Idrissa röchelt. Sie müsste vielleicht doch einmal nach ihm sehen, aber sie hat nicht die Kraft aufzustehen. Überhaupt keine Kraft. Sie schließt die Augen. Und verjagt keine Fliegen mehr.

Markt

Mitteilung der Obersten Wasserbehörde von Burkina Faso
Richtlinie zur Wasserverteilung in den Provinzen Ouagadougou, Bam, Dori und Fada n'Gourma:
Zulässige Höchstmenge: 20 Liter pro Person und Woche
Anlieferung durch Tanklastzüge: Belieferung erfolgt jeden Freitag
Abnahme aus der Wasserleitung: Montag, Mittwoch und Freitag von 18:00 Uhr bis 19:00 Uhr
Staatlich festgesetzter Preis: derzeit 10 CFA/Liter

»Schläfst du, oder bist du tot?«

Mühsam öffnet Fatou die Augenlider einen Spaltbreit. Vor ihr steht ihre Nachbarin Josephine. Die letzte Nachbarin und außer ihr einzige Überlebende des Hofes. Josephines Mann Blaise ist vergangenes Jahr an Aids gestorben, und eigentlich hätte auch sie sich anstecken müssen, aber sie ist noch einmal davongekommen. Davor hatte sie Denguefieber, doch auch daran ist sie nicht gestorben. Später prostituierte sie sich auf der Straße nach Ouaga, um wenigstens ein bisschen Geld zu verdienen; noch nicht einmal einen Tripper hat sie sich dabei eingefangen. Josephine ist unverwüstlich, sie hat das *baraka*. Die kleine, sehr rundliche Frau bringt es tatsächlich noch fertig, sich hübsch zu kleiden und sogar zu schminken. Ihr Boubou sieht sauber aus. Womit mag sie ihn gewaschen haben? Aber so ist sie nun einmal: adrett und kokett in jeder Lebenslage.

Josephine hat einen leeren 20-Liter-Kanister aus gelbem Plastik in der Hand.

»Ist heute Wassertag?«

»Mensch, Fatou, es ist Freitag! Hast du das etwa vergessen?«

»Warte, ich komme mit.«

Ein wenig ermutigt bringt Fatou es fertig, aus dem Liegestuhl aufzustehen und sich ins Haus zu schleppen. Idrissa hört sie und stöhnt erneut.

»Ich gehe Wasser holen«, ruft sie ihm zu. »Vielleicht bekomme ich ja sogar Sulfadoxin.«

Sie sagt es nur so dahin, um ihn zu trösten, denn natürlich weiß sie ganz genau, dass sie kein Geld hat, um das Medikament zu kaufen. Mehr als ein 100-CFA-Schein ist ihr nicht geblieben, und dafür bekommt sie gerade einmal 10 Liter Wasser, und das auch nur, wenn das Wasser von der Regierung geliefert wird und damit der Preisbindung unterliegt. Mit dem Wasser und dem kümmerlichen Rest eines Sacks Hirse – sie wagt kaum, nachzusehen, wie viel es tatsächlich noch ist – muss sie die ganze Woche auskommen. Und danach wird man weitersehen.

Fatou windet sich ein staubiges, ausgebleichtes Tuch um den Kopf, steckt den Geldschein in eine Falte, greift nach ihrem alten Benzinkanister mit der Aufschrift *Total*, der immer noch nach dem Treibstoff riecht, den er in besseren Zeiten einmal enthalten hat, und geht zur Tür, wo Josephine auf sie wartet.

»Wie geht es deinem Mann?«, erkundigt sich die Nachbarin.

»So lala«, antwortet Fatou.

Josephine schnalzt zweideutig mit der Zunge, und die beiden Frauen machen sich unter der brütenden Sonne auf den Weg zum Marktplatz, wo der Tanklastzug erwartet wird.

Zwar ist Josephine im Gegensatz zu Fatou in Schwatzlaune, doch die Gesprächsthemen gehen ihnen schnell aus. Worüber könnte man sich auch schon unterhalten? Über den Harmattan, der schon seit Tagen weht? Über die vorrückende Wüste? Über die Stadt Kongoussi, die allmählich versandet? Über diejenigen, die in den Süden abwandern, um dort ihr Glück zu versuchen? Oder über die Toten, die vielen, vielen Toten? Tote sehen sie auf ihrem Weg mehr als genug: saubere, von den Geiern blitzblank abgenagte Skelette, einen leprakranken Alten – Lepröse werden von den Geiern verschmäht –, der seinen Handstummel noch immer nach oben streckt, als erwarte er ein Almosen, ein Baby, das erst kurz zuvor im Graben abgelegt worden sein muss und an dem sich bereits der erste Aasgeier zu schaffen macht. Die Frauen achten nicht auf die Leichen; sie sind alltäglich geworden. Die Straßen liegen da wie ausgestorben. Früher wimmelten sie vor Menschen, und es stank nach Autoabgasen. Jetzt ist es der sandige Wind, der den beiden Frauen das Atmen so sehr erschwert, dass sie Mund und Nase mit einem Zipfel ihrer Kopfbedeckung schützen müssen. Sie kommen nur langsam voran. Fatou wird manchmal von einem Schwindelgefühl gepackt und muss sich auf ein Mäuerchen setzen oder auf Josephine stützen, um nicht hinzufallen. Die Freundin macht sich Sorgen um Fatous Gesundheit, doch Fatou entgegnet nur: »Geht schon.« Was hätte sie auch sonst sagen sollen? Was würde es ändern, wenn es nicht ginge?

Endlich erreichen sie den Marktplatz, der nur mehr aus Reihen leerer, halb zerfallener Verkaufsstände unter toten Bäumen besteht. Hier und da findet man noch ein wenig kümmerliches Gemüse, ein paar runzelige Yamswurzeln, eine Handvoll armseliger Kolanüsse, den ärmlichen Krimskrams von Leuten, die ihre letzte Habe an den Mann zu bringen versuchen; der unverwüstliche Amulettverkäufer verspricht Glück, Liebe und Reichtum, an einem Stand wird das vor Fliegen wimmelnde Fleisch von einem Hund oder Werweißwas angeboten, und ein Mechaniker macht Reklame für die Reparatur von Motorrollern, obwohl es gar keine Motorroller mehr gibt. Früher fand der Wochenmarkt auf dem gesamten Platz statt; es war laut, es duftete, Bäume schmückten den Platz und boten Schatten.

Zwar wird der Wasserwagen erst in einer halben Stunde erwartet, doch bereits jetzt stehen etwa hundert Frauen mit Eimern, Kanistern und Kalebassen Schlange. Einige von ihnen wagen einen kurzen Ausflug zu den kümmerlichen Angeboten, ohne jedoch die Straße aus dem Blick zu verlieren. Man begrüßt sich, wechselt hier und da vielleicht ein paar Worte, doch die meisten Frauen hocken mit trüben Augen und gesenktem Kopf im Staub. Eine von ihnen, ein wandelndes Skelett in farblosen Lumpen, lässt plötzlich ihren Kanister fallen und stürzt zu Boden. Sie liegt im Sand, doch niemand kümmert sich darum, wie es ihr geht. Nach einiger Zeit kommt eine andere Frau, stellt fest, dass die Gestürzte längst tot ist, greift nach ihrer Kalebasse und drückt sie an sich, als wäre sie ein wertvoller Schatz.

Eine Stunde vergeht, doch der Wasserwagen ist immer noch nicht da. Aber das ist normal. Eine weitere Frau fällt um. Sonnenstich oder Entkräftung – woher soll man es wissen? Als sie versucht, sich wieder aufzurichten, helfen ihr die anderen, ziehen sie in den Schatten eines Verkaufsstandes und benetzen ihre Lippen mit ein paar Tropfen Wasser. Doch sie ist zu schwach, ihren Platz in der Warteschlange wieder einzunehmen, und wird den Tanklastzug versäumen.

Eine weitere Stunde verstreicht. Allmählich entsteht Unruhe bei den Wartenden. Was, wenn der Wasserwagen nicht kommt? Es wäre nicht das erste Mal. In einem Fall hatte der Lkw eine Autopanne, ein andermal wurde er von Straßenräubern überfallen, und es ist auch schon vorgekommen, dass die Tour aus unverständlichen, verwaltungstechnischen Gründen einfach abgesagt wurde. Aber jede der wartenden Frauen braucht doch Wasser! Woher sollen sie es nehmen? In der Menge machen wilde Gerüchte die Runde. Es heißt, dass der Bürgermeister immense Wassermengen horte, dass ein Zauberer aus dem seit zehn Jahren ausgetrockneten See Wasser habe sprudeln lassen und dass für die kommende Woche Regen angesagt worden sei. Irgendwer behauptet, jemanden zu kennen, dessen Bekannter auf einen Anruf hin Wasser aus Mali bringen würde.

Endlich kommt der Wasserwagen. Es ist nicht der Lkw der Regierung, sondern ein uralter Isuzu Diesel, der auf seinen defekten Stoßdämpfern daherschaukelt und dicke, schwarze, nach Öl stinkende Rauchwolken ausstößt. Die Frauen stürmen auf den Lkw zu. Vier mit M 16 bewaffnete Muskelmänner springen aus dem Führerhaus. Mit rücksichtslosen Kolbenstößen halten sie die Frauen in Schach, während der Fahrer den Schlauch an die Pumpe anschließt.

»Das Wasser ist rationiert«, verkündet der Mann. »Wir können maximal zehn Liter pro Person abgeben.«

Die Frauen protestieren. Ein neuerliches Handgemenge entsteht. Die Muskelmänner stellen sich schlagbereit mit erhobenen Gewehrkolben rings um den Wasserlieferanten auf. Die Frauen beruhigen sich und reihen sich so gut es geht wieder in die Warteschlange ein. Die Erste reicht dem Lieferanten ihren Kanister, bekommt ihre zehn Liter und reicht ihm ihren 100-CFA-Schein.

»Das macht aber zweihundert«, erklärt der Fahrer.

»Was? Das ist doch der reinste Diebstahl!«

»Ich kann nichts dafür. Der Sprit ist schon wieder teurer geworden, und das schlägt sich natürlich auf den Wasserpreis nieder. Zweihundert!«

Empörte Schreie werden laut. Das Gewühl droht in eine offene Meuterei auszuarten. Die Leibwächter schießen mehrmals in die Luft und richten ihre Waffen auf die Frauen. Denen aber nützen weder Geschrei noch Palaver, weder Diskussionen noch Verhandeln, weder Tränen noch Wut – zehn Liter Wasser kosten zweihundert CFA. Punkt. Und wenn es euch nicht passt, dann seht doch zu, wo ihr euer Wasser herbekommt! Die Frauen nehmen ihren Anteil in Empfang, zahlen den exorbitanten Preis und kehren gedemütigt in ihre Häuser zurück. Fatou, die für ihren letzten Hunderter gerade einmal fünf Liter Wasser bekommen hat, fragt sich, wie sie es schaffen soll, mehr als drei Tage damit auszukommen. Vier vielleicht, wenn sie sich nicht wäscht.

Josephine hat nicht auf sie gewartet. Sie geht allein nach Hause. Ihre Schritte sind noch mühsamer als auf dem Hinweg. Die fünf Liter Wasser wiegen schwer in ihrer Hand und noch schwerer in ihrem Herzen. Sie hat nicht widerstehen können, ein paar Schlucke zu trinken; das Wasser ist braun, voller undefinierbarer Schwebstoffe und schmeckt stark nach Schlamm. Schon jetzt rumort es in ihrem Magen. *Ich werde wohl eher am schlechten Wasser sterben, als dass ich verdurste*, denkt sie. Doch es ist ihr gleich. Vielleicht vergiften sich dann wenigstens ein paar Geier an ihrer Leiche.

Endlich ist Fatou zu Hause. Sie schwankt vor Schwäche. Mit einem erleichterten Seufzer stellt sie den Kanister ab. Sie hat Bauchschmerzen und das Gefühl, sich ganz schnell hinsetzen zu müssen. Aber zunächst ist Idrissa an der Reihe. Noch nicht einmal an das Sulfadoxin hat sie gedacht.

Sie schüttet ein wenig von dem fauligen Wasser in einen Becher und geht in das stickige, düstere Hinterzimmer.

»Idrissa, ich habe dir Wasser gebracht. Sulfadoxin habe ich leider nicht bekommen.«

Stille.

»Idrissa? Hörst du?«

Stille. Noch nicht einmal sein rasselnder Atem ist zu hören.

Fatou stellt den Becher auf einen Schemel und nähert sich der Matte, auf der Idrissa liegt. Er ist in die einzige Decke des Hauses eingewickelt. Sie weiß längst, was sie erwartet, doch sie will sich selbst überzeugen.

Der wie mit Pergament überzogene Kopf Idrissas liegt ganz gerade. Seine weit geöffneten Augen starren das Wellblechdach an. Fatou zieht die Decke von seinem Körper und legt ihr Ohr an die ausgemergelte Brust mit den hervorstehenden Rippen. Dann richtet sie sich wieder auf und drückt ihm die Augen zu. Sie empfindet keinen Schmerz. Das Schicksal hat eben einmal mehr zugeschlagen.

Sie trinkt das lauwarme Wasser und denkt an die harte Arbeit, die ihr bevorsteht. Sie muss den Leichnam in den Hof zerren, wo sich die Geier seiner annehmen werden. Doch ihr bleibt ein Trost: Jetzt hat sie mehr Wasser für ihren eigenen Bedarf zur Verfügung.

ERSTES KAPITEL

Todestriebe

276000 Tote und Vermisste, 5,3 Millionen Obdachlose, ein Schaden, der sich in einer Größenordnung zwischen 700 und 800 Milliarden Euro bewegt – so sieht die vorläufige Bilanz der Katastrophe aus, die vorgestern die Niederlande heimgesucht hat. Ein Viertel der Landfläche steht meterhoch unter Wasser, im Rest des Landes gibt es fast nirgendwo mehr Strom. Auch die Nachrichtenverbindungen sind weitestgehend unterbrochen. Experten zufolge sind dies Hinweise darauf, dass die Zerstörung des Abschlussdamms (siehe Skizze) auf etwa einen Kilometer Länge Folge eines Sabotageaktes sein könnte und nicht zwangsläufig auf den Orkan zurückzuführen ist, der zeitgleich über die Region hinwegfegte. Zwar wurde der Ausdruck Anschlag bisher nicht ausdrücklich erwähnt, jedoch auch nicht ausgeschlossen. Natürlich werden bei Anschlägen sofort Erinnerungen an die Vorgehensweise radikal-islamistischer Gruppierungen wie den Islamischen Dschihad wach; in diesem Fall jedoch wird zusätzlich in eine ganz andere Richtung ermittelt. Wie man weiß, existiert in Amerika eine der europäischen Politik extrem feindlich gesonnene Fundamentalistengruppe: die Göttliche Legion.

»Nicht Franzose, nicht Bretone: Ich bin aus Saint-Malo.«
Wahlspruch von Saint-Malo seit der Ersten Republik 1590

Laurie steht am Fenster ihres Schlafzimmers und verfolgt mit starrem Blick, wie schlammiges Wasser zwischen den losen Pflastersteinen der gegenüberliegenden Place Vauban hindurchsickert. Eben erst hat es aufgehört zu regnen, aber es sind nicht die häufigen Schauer, die den alten Platz unter Wasser setzen. Es ist das Meer, das in die Stadt eindringt.

Seit einiger Zeit ist es bei jeder Springflut das Gleiche: grünliches, stinkendes Meerwasser überschwemmt den Platz, sickert in Lauries Haus ein, setzt für etwa eine Stunde das Erdgeschoss unter Wasser und zieht sich dann wieder zurück. Was bleibt, sind gräuliche Ablagerungen und ein Geruch nach Algen und Schlamm. Die Mauern des Hauses sind mit Wasser vollgesogen; alles ist feucht und schimmelt. Das Erdgeschoss ist so gut wie unbewohnbar geworden. Es sind nicht die Festungsmauern, die an diesem Dilemma schuld sind. Seit Jahrhunderten widerstehen sie den Stürmen aus Nordost, werden regelmäßig mit Silikon imprägniert und lassen allenfalls Gischt durch. Der Baumeister Vauban hatte an alles gedacht – an heftige Stürme ebenso wie feindlich gesonnene Engländer –, doch wie hätte er wissen sollen, dass der Meeresspiegel eines Tages ansteigen würde? Inzwischen dringt regelmäßig Meerwasser in die tiefer gelegenen Teile der Altstadt ein, lässt die Mauern verrotten und macht den Bewohnern das Leben schwer. Man hat alles Mögliche probiert und probiert weiter – Pumpen, Drainagen, Trockenlegung, Erhöhung und Abdichtung –, doch bisher war jeder Versuch zum Scheitern verurteilt. Das Wasser kommt immer wieder zurück. Zwar ist Saint-Malo nicht so stark betroffen wie die Stadt Venedig, die langsam, aber sicher in ihrer Lagune ertrinkt, doch der Vergleich ist nicht von der Hand zu weisen. Viele Bewohner haben die Stadt bereits verlassen.

Laurie zittert, niest und putzt sich mühsam die schon wieder verstopfte Nase. Die blöde Erkältung wird sich den ganzen Winter hindurch festsetzen und den Weg für Bronchitis, Angina und andere Infektionen bereiten. Im Sommer sind es Sonnenbrände und Asthmaanfälle, die Laurie zu schaffen machen. Schlechte Gesundheit, schlechtes Wetter, schlechtes Meer. *Was will ich eigentlich noch hier?* Sie zieht die Nase hoch, seufzt und betrachtet die Festungsmauern, den einzigen Horizont, den sie sehen kann. Wellen donnern von außen gegen das alte Gemäuer und besprühen den Rundweg mit gelblichem Salz. Seit gestern ist der Sturm ein wenig abgeflaut, und die Wolken erwecken nicht mehr den Eindruck, die Erde unter sich zermalmen zu wollen. Trotzdem – das Wetter ist und bleibt ekelhaft. Und außerdem ist es absolut kein gutes Zeichen, wenn man hören kann, wie sich die Dünung an den Steinen bricht.

Als Laurie ein kleines Mädchen war, hatte sie immer Angst, dass die Festungsmauern den Stürmen nicht standhalten könnten. In ihren Albträumen sah sie eine gigantische schwarze Welle, die über den Platz hereinbrach und ihr Haus unter sich zermalmte. Doch ihre Eltern versicherten ihr, dass die Mauern unzerstörbar wären und allem standhalten würden. Auch Lauries Eltern konnten nicht ahnen, dass das Meer eines Tages *unter* den Mauern hindurch in die Stadt eindringen würde. Jedenfalls vermochten sie Laurie schon damals nicht wirklich zu beruhigen. Sie hatte einfach Angst vor dem Meer. Lauries Vater aber, der in Saint-Malo geboren und Fischer war, wie zuvor schon sein eigener Vater, schien es undenkbar, dass in seiner Familie jemand Angst vor dem Meer haben könnte. Respekt – das ja. Aber Angst? Niemals! Als die Eltern es endlich geschafft hatten, das kleine, alte Geschäftshaus innerhalb der Festungsmauern für einen horrenden Preis zu kaufen, fühlte Vater Prigent sich wie im Paradies. Zumal die Hausfassade mit einer echten, alten Segelrahe geschmückt war und neben dem Eingang ein riesiger, rostiger Anker stand. Ehe die Fassade verputzt wurde, war auf dem Schaufenster in großen Lettern das Wort *Exotarium* zu lesen. Von Anfang an fragte Laurie sich, was für exotische Dinge man in diesem Laden wohl hatte erwerben können. Die Antworten der Eltern, die von tropischen Fischen, Fundstücken aus der Zeit der Korsaren und Merkwürdigkeiten aus den Kolonien sprachen, fielen ihrer Meinung nach nie wirklich befriedigend aus. Vielleicht wussten sie selbst nicht, was in dem Geschäft früher verkauft worden war. Nach dem Tod der Eltern nahm Laurie sich vor, es ernsthaft in Erfahrung zu bringen, doch sie hat den Entschluss nie in die Tat umgesetzt. Es interessiert sie nicht einmal mehr. Das Haus widert sie an.

Hier wiederholt sich alles, alles dreht sich im Kreis. Sie rennt gegen Wände an und hat die Befürchtung, auf Dauer im Kopf ebenso zu verschimmeln wie die Fundamente des Hauses. Warum muss sie ausgerechnet jetzt an ihre Eltern denken, obwohl sie doch, sobald es eben ging, auf Abstand ging? Sind es ihre verdammten Seelen, die sie heimsuchen? *Sie sind tot, Laurie. Du kannst die Vergangenheit nicht ändern. Aber wenn du natürlich Lust auf eine anständige Depression hast, brauchst du bloß so weiterzumachen.*

Oder an Vincent zu denken. Dann ginge es noch schneller.

Vincent. Der attraktive, sanfte, sinnliche Vincent. Vincent, der ihr gezeigt hat, wie schön und heiter die Liebe ist. In einer Welt voller Bösartigkeit und Irrsinn war er ihr ein sicherer Ruhepol. Mit seiner Zärtlichkeit und Weisheit hat er ihr geholfen, den Tod der Eltern zu überwinden. Vincent, der Taoist. Vincent, der Fatalist. Aber auch er war zerbrechlich. Diese Welt, die er vorgab beherrschen zu können und die er glaubte überwunden zu haben, brachte ihn schließlich doch zu Fall. Er wurde computersüchtig, verschanzte sich in der virtuellen Realität und gab sich dem Zipzap hin. Die Teledroge zermürbte sein Hirn innerhalb weniger Wochen und verwandelte ihn in einen krampfenden Zombie, einen Avatar seiner selbst. Er erkannte Laurie nicht mehr, lehnte sie ab, vergaß sie. »Du bist zu gut für mich«, murmelte er an jenem letzten Tag, als sie noch einmal versuchte, ihn seiner Manside und seinen Psycho-Flashs zu entreißen. Er stieß sie zurück, und sie floh vor ihm. Sie akzeptierte den erstbesten Job, der sich bei SOS bot, und fuhr nach Tirana, wo sie aidsinfizierte Prostituierte im Endstadium mit Impfstoff versorgte. Doch trotz eines Monats inmitten finsterster menschlicher und gesundheitlicher Misere konnte sie ihren Liebeskummer nicht vergessen. Von wegen *Save OurSelves!* Sie hatte es ja nicht einmal fertiggebracht, Vincent vor sich selbst zu retten.

Als sie aus Tirana zurückkehrte, war Vincent verschwunden. In seiner Wohnung in Paramé hatten sich Ökoflüchtlinge einquartiert. MAYA, die große Illusion, hatte Vincents Hirn aufgefressen und ihn wahrscheinlich zu einem gefühllosen Bündel werden lassen, das in irgendeinem Irrenhaus vor sich hin vegetierte. Laurie versuchte gar nicht erst, ihn zu finden. Sie wollte ihn lieber als den Vincent aus glücklichen Zeiten in Erinnerung behalten. Zeiten der Liebe, in denen nichts anderes Bedeutung hatte. Zu spät! Die Erinnerung rührt Laurie zu Tränen. Sie rinnen über ihre Wangen wie die Regentropfen auf der Fensterscheibe.

Na toll! Und jetzt?

Durch den Schleier aus Tränen und Regentropfen erkennt sie etwas Grauweißes, das, vom Sturm vorwärtsgetrieben, über die Festungsmauern trudelt. Etwa ein Vogel? Er benimmt sich reichlich merkwürdig. Laurie wischt sich die Augen. Aufmerksam beobachtet sie das taumelnde Tier. Tatsächlich, es ist eine große Möwe, die es augenscheinlich nicht mehr schafft, vernünftig zu fliegen. Wie ein Spielball im Wind bringt sie es trotz ihrer ausgebreiteten Flügel nicht fertig, den Auftrieb zu nutzen. Von Zeit zu Zeit flattert sie unkoordiniert. Jetzt ist sie über dem Platz. Der Sturm treibt sie genau auf das Haus zu. Sie müsste landen, müsste irgendwo Schutz suchen! Doch dazu scheint sie nicht fähig zu sein. Windböen werfen sie hin und her. Und plötzlich kracht sie mit voller Wucht gegen das Fenster. Die Scheibe zersplittert. Blutend und zitternd bleibt die Möwe inmitten von tausend Scherben auf dem Holzfußboden liegen. Regenschwaden peitschen durch das zerborstene Fenster. Laurie beugt sich zu dem blutenden Tier hinunter. Sie möchte es in den Arm nehmen, ihm helfen, es trösten. Erst im letzten Augenblick schreckt sie zurück und begreift. Die roten, aus den Höhlen tretenden Augen, die erstarrten Flügel, die verkrümmten Füße, der wie zu einem stummen Schrei geöffnete Schnabel und der schwere, abgehackte Atem können nur eins bedeuten: Der Vogel leidet an Botulismus. Seevögel steckten sich häufig an, wenn sie tote Fische aus gekippten Gewässern fressen oder sich auf mit Schweinejauche gedüngten Feldern aufhalten. Es handelt sich um eine mutierte, extrem ansteckende Form der Krankheit, die sich durch einfachen Kontakt auf den Menschen übertragen kann – vor allem, wenn Blut im Spiel ist. Die neue Form des Botulismus führt innerhalb von drei Tagen zum Tod; ein wirksames Gegenmittel gibt es nicht.

Erschrocken schlägt Laurie die Hand vor den Mund, weicht zurück und sieht zu, wie der Vogel langsam stirbt. Das Tier schaut sie an. Es versucht sogar, den Kopf zu drehen, als wolle es um Hilfe betteln. Qualvoll strengt es sich an, wieder auf die Beine zu kommen, doch seine Füße sind ebenso gelähmt wie die Flügel. Der Vogel atmet schwer. Er wird bald sterben.

»Tut mir leid, altes Haus«, murmelt Laurie. »Ich kann dir nicht helfen. Wenn ich dich anfasse, muss ich auch ins Gras beißen.«

Die Möwe zittert. Ihre Bewegungen werden schwächer. In ihren weit aufgerissenen Augen spiegeln sich Panik und Qual. Der durch das zersplitterte Fenster hereinströmende Regen durchnässt sie, setzt den Holzfußboden unter Wasser und mischt sich mit den Glasscherben. Gerade als sich Laurie fragt, wie sie das Tier aus dem Haus bekommen soll, klingelt ihr Telefon.

Sie nimmt es vom Gürtel, befestigt es am Ohr und setzt sich auf ihr Bett.

Der Anrufer ist Markus Schumacher, der Big Boss von SOS-Europa höchstpersönlich.

»Und, Laurie, was treibst du so?«, fragt er in seinem schwerfälligen Französisch, dem man sogar in der fremden Sprache noch den Kohlenpott-Akzent anhört. »Ich habe dir wer weiß wie viele E-Mails geschickt. Warum antwortest du nicht?«

»Ich war beschäftigt«, weicht Laurie aus. »Was willst du?«

»Was ich will?«, explodiert Markus. »In Holland hat es fünfhunderttausend Tote gegeben, Millionen sind obdachlos, das halbe Land steht unter Wasser, und du fragst, was ich will? Du fährst in die Niederlande, Laurie. Dort braucht man im Augenblick jede Hand. Wieso bist du überhaupt noch hier?«

Gute Frage! Die habe ich mir eben auch schon gestellt!

»Nein danke«, erklärt sie. »Da ist mir zu viel Wasser.«

»Was? Du willst nicht?«

»Ganz genau. Ich will nicht. Wasser habe ich hier wirklich selbst mehr als genug. Zweimal täglich dringt das Meer in mein Erdgeschoss ein, und eben ist eine Möwe durch mein Schlafzimmerfenster gekracht; sie krepiert gerade jämmerlich auf dem Fußboden. Ich habe weiß Gott keine Lust, nach Holland zu fahren und mir beim Aufsammeln von Wasserleichen den Tod zu holen. Und hysterische Überlebende sind im Augenblick auch nicht mein Ding. Mein Bedarf an Nässe und Misere ist absolut gestillt! Im Moment träume ich nur noch von einem trockenen Land, wo viel Sonne scheint und wo nicht irgendwelche Vögel vor meinen Füßen liegen und sterben. Du wirst ohne mich auskommen müssen, Markus.«

»Du hast nicht das Recht ...«

»O doch, das Recht habe ich! Wenigstens ab und zu habe ich das Recht, mich einmal nicht mit dem Elend der Welt solidarisch zu erklären, sondern mich um meine eigenen Probleme zu kümmern.«

Die Möwe öffnet den Schnabel. Ihre Zunge ist angeschwollen. Erneut versucht sie, auf die Beine zu kommen, sackt jedoch sofort wieder in sich zusammen. Ihr Atem geht stoßweise. Laurie wendet ihr den Rücken zu. Sie erträgt es nicht, dem langsamen, qualvollen Todeskampf des Vogels zuzusehen.

»Ich setze dich vor die Tür!«, droht Markus.

»Gut«, lacht Laurie bitter, »setz mich doch vor die Tür! Für wen hältst du dich eigentlich? Etwa für den Vorstandsvorsitzenden von *worldwide*? Du bist Chef einer nichtstaatlichen Hilfsorganisation, nicht der eines weltumspannenden Konzerns. Oder müssen wir bei SOS etwa demnächst stempeln?«

»Denk doch mal an die Unglücklichen ...«

»Oh, das tue ich – ich tue im Augenblick nichts anderes. Aber ich zähle mich dazu, stell dir mal vor! *Save OurSelves* heißt der Laden. Helfen wir uns selbst! Und deshalb fange ich erst einmal bei mir an. Nur, dass ich niemand anders zu Hilfe rufe.«

»Laurie, so kenne ich dich ja gar nicht!«

»Tut mir leid, aber du hast mich auf dem falschen Fuß erwischt,

Markus. Ruf mich einfach später noch mal an. Vielleicht ändere ich meine Meinung ja noch. Tschüs.«

Laurie trennt die Leitung und befestigt das Telefon wieder an ihrem Gürtel. Besorgt dreht sie sich um.

Die Möwe ist tot.

Kill them all

> Fühlen Sie sich allein? Haben Sie keine Freunde? Ist Ihre Familie weit fort? Hat Ihr Partner Sie verlassen? Quälen Sie sich nicht länger! Schließlich gibt es *Virtual Companion*™, der Gefährte, der immer zur Stelle ist, wenn Sie ihn brauchen. Er spricht, hört zu, versteht und tröstet. *Virtual Companion*™ verfügt in der Basisversion über einen Wortschatz von 75 000 Worten, eine Erweiterung ist per kostenfreiem Download möglich. Er spricht 42 Sprachen und kennt 1200 Gesellschaftsspiele. Sie können ihn nach eigener Maßgabe und Anforderung völlig frei gestalten und ihn sowohl zu Hause als auch unterwegs benutzen.
> *Virtual Companion*™ steht in drei Versionen zur Verfügung – als Mann, Frau oder Kind – und ist damit für jedes Lebensalter einsetzbar. Zögern Sie nicht länger! *Virtual Companion*™ bringt Ihnen die Lebensfreude zurück.
>
> Virtual Companion™, das Exklusivprodukt von HoloLife®, einem Unternehmen der MAYA-Gruppe

Nachdem Laurie die tote Möwe mit zwei Paar Haushaltshandschuhen an den Händen sicher eingepackt und in einem Müllcontainer entsorgt hat, fegt sie die Glassplitter zusammen, schrubbt den Blutfleck auf dem Holzboden mit Desinfektionsmittel fort und klebt einen Müllsack über die zerbrochene Fensterscheibe. Danach weiß sie nichts mit sich anzufangen. Natürlich könnte sie das Erdgeschoss säubern, doch wozu? Morgen wird es aller Wahrscheinlichkeit nach wieder eine Flut geben, und das Meer wird erneut ins Haus eindringen.

Langsam wird es dunkel. Mit hereinbrechender Nacht kommt die Zeit, die Laurie am meisten fürchtet – die Einsamkeit des Abends. Das traurige, in der Mikrowelle aufgewärmte Abendessen, das sie allein am Küchentisch verzehrt, das nicht klingelnde Telefon, die schillernde Leere des Fernsehprogramms, die mit Spams und Werbung vollgepfropfte E-Mail-Box, das ziellose Surfen im Internet, mit dem sie sich wenigstens die Illusion erhält, am Weltgeschehen teilzunehmen, der Stadtlärm, den sie mit melancholischer Musik zu übertönen versucht, und schließlich das kalte Bett, das viel zu groß für sie ist. Ausgehen? Sich in einer Bar mit irgendwelchen Säufern abgeben, die ohnehin nur Augen für ihren Arsch haben? Bekannte anrufen, denen sie nichts zu sagen hat und mit ihrer Schwermut nur auf die Nerven geht? Durch die düsteren, engen Gassen irren und sich von Ökoflüchtlingen anmachen lassen? Besäße Laurie ein Auto, würde sie ganz schnell ganz weit wegfahren. Aber ein Auto ist ein Luxus, den sie sich noch niemals leisten konnte. Für eine Hilfsorganisation zu arbeiten bedeutet zwar, dass man viel von der Welt sieht, doch mit der Bezahlung ist es nicht allzu weit her. Ob sie das Angebot von Markus vielleicht doch annehmen soll? Soll sie nach Holland fahren und sich die vielen Leichen, die Trümmer und die Krankheiten antun?

»Gott straft uns. Der Herr lässt uns für unsere Sünden büßen. Er hat uns verdammt und schickt uns die sieben Plagen der Apokalypse, weil wir das Goldene Kalb angebetet und uns mit Satan verbündet haben. Morgen schon werden uns die Vier Reiter mit Namen Weltgericht, Krieg, Hungersnot und Krankheit erreichen. Die große Hure Babylon wird fallen. Tut Buße! Tut Buße!«

Scheiße. Der schon wieder, denkt Laurie. Zum zweiten Mal an diesem Tag steht sie am Fenster und beobachtet den Platz. Unten läuft ein grauköpfiger, struppiger, spindeldürrer Mann wild gestikulierend mit großen Schritten über die Straße. Er trägt eine weiße, bis zu den Knien reichende Tunika mit der Aufschrift *Göttliche Legion*. Mit nackten Füßen patscht er durch den Schlamm. Laurie kann sein Gesicht nicht sehen – die Hälfte der Straßenlaternen funktioniert nicht –, doch sie erkennt den Mann auch so. Er ist einer der Ökoflüchtlinge, die im ehemaligen Hotel de la Cité in der Rue Sainte-Barbe untergebracht sind. Einer, der sich für erleuchtet hält; ein Verrückter, wie es deren so viele gibt.

»Die sieben Siegel sind erbrochen, das Tier ist mitten unter uns. Wir alle tragen sein Zeichen. Tut Buße, ihr Ungläubigen, ihr Unzüchtigen, ihr Internetabhängigen! O Herr, schütze uns vor dem Tier und seinem entehrenden Zeichen. Schütze uns vor Huren und der virtuellen Realität, lass es keine Frösche regnen. Ihr Irrgläubigen, werft euch vor dem Licht des Herrn in den Staub! Denn Babylon wird fallen!«

Laurie hebt die Hand, um das Fenster zu schließen, und muss feststellen, dass es bereits geschlossen ist. Das Gezeter des Ökoflüchtlings dringt ungehindert durch den doppelten Plastikfilm, der das Loch in der Scheibe mehr schlecht als recht verschließt. Laurie greift nach der Fernbedienung ihrer Stereoanlage, schaltet sie ein und ruft den wildesten Song ab, der ihr einfällt: *Holocaust* von Kill Them All, einer Gruppe, die sich dem Harsh-Sound verschrieben hat. Lauries Bruder Yann hat ihr den Titel geschickt. Sie dreht die Lautstärke bis zum Anschlag. Ein infernalischer Lärm erfüllt den Raum und bringt die noch intakten Scheiben zum Vibrieren. Das Stück hört sich an wie eine Mischung aus einem Bombenanschlag und einer Schrottpresse, in der das übersättigte Gejohle des Sängers fast ertrinkt. Normalerweise verabscheut Laurie diese Art Klangchaos, doch in diesem Fall kann sie ein grimmiges Lächeln nicht unterdrücken, als sie sieht, wie der Prediger seine Fäuste zu ihrem Fenster hinauf schüttelt und unhörbare Verwünschungen ausstößt. Besiegt von der satanischen Technik, trollt der Ökoflüchtling sich schließlich und verkündet seine Bannflüche an anderer Stelle.

Laurie dreht zurück auf Zimmerlautstärke und ersetzt das Gejohle durch Kirlian Camera, eine italienische Dark-Wave-Gruppe vom Anfang des Jahrhunderts, deren Musik sie liebt, weil sie ihrer Schwermut voll und ganz entspricht. Doch Kill Them All hat sie an ihren Bruder erinnert, und plötzlich kommt sie auf einen Gedanken: Wie wäre es, wenn sie in die Pyrenäen fahren und ihn dort besuchen würde? Viel zu lange schon haben sie sich aus den Augen verloren; genau genommen, seit sie ihn Markus vorgestellt und seine Qualitäten als Programmierer gerühmt hat. Damals suchte Schumacher einen neuen Webmaster für die Homepage von SOS-Europa, weil der alte dem Zipzap verfallen war – wie so viele andere auch. Seither scheint Yann seinen Weg gemacht zu haben. Allerdings hat Laurie nichts mehr von ihm gehört, und ihre sporadischen E-Mails sind ohne Antwort geblieben.

Sie nimmt das Telefon vom Gürtel und zögert. Wie wird er ihren Anruf aufnehmen? Als Geschwister haben sie nicht sehr viel gemein, sind sich aber auch keineswegs feindlich gesonnen. Und doch könnte es kaum unterschiedlichere Charaktere geben. Ihre einzige Gemeinsamkeit besteht darin, dass sie beide vor ihren Eltern geflohen sind, sobald sie die Volljährigkeit erreicht hatten. Laurie hat die Gelegenheit wahrgenommen, die Welt kennenzulernen und sich mit der rauen Wirklichkeit herumzuschlagen, Yann hingegen hat sich in den Bergen der Pyrenäen verschanzt, verlässt sein Schlupfloch so gut wie nie und erkundet lieber die Sphären von Bytes, Algorithmen und Systembefehlen. Glücklicherweise ist er bisher wenigstens nicht der Versuchung des Zipzap erlegen – soweit Laurie weiß.

Ich rufe ihn einfach mal an, denkt sie.

»Yann Prigent«, befiehlt sie dem Telefon und befestigt es an ihrem Ohr.

Der Anrufbeantworter meldet sich. *Hallo, hier ist Yann Prigent. Ich bin gerade superbeschäftigt. Entweder, Sie versuchen es später noch einmal, oder Sie sagen mir, was Sie von mir wollen.*

»Yann, hier ist Laurie. Nimm doch bitte ab!«

Sie wartet. Dann versucht sie es noch einmal.

»Yann, hier ist Laurie, deine Schwester. Hast du vielleicht zwei Minuten Zeit zum Reden?«

Wieder wartet sie, ehe sie drängt: »Yann, Scheiße noch mal, nimm endlich ab! Hier ist Laurie, ich muss dir unbedingt etwas sagen!«

Endlich meldet er sich.

»Hallo, Laurie. Ich kann echt gerade nicht, weil ich einen riesigen Fisch an der Angel habe. Wenn ich den loslasse, bin ich am Arsch. Ruf lieber morgen wieder an, falls ich dann noch lebe.«

Freizeichen.

Dieses Arschloch! Zwei Jahre haben wir uns weder gesehen noch auch nur ein Wörtchen miteinander gewechselt, und er lässt mich einfach so in die Röhre gucken! Mensch, Yann, ich bin alles, was du noch an Familie hast! Das kannst du doch nicht machen. Gerade will sie ein weiteres Mal anrufen – sie kann nämlich ganz schön dickköpfig sein –, als ihr ein siedend heißer Schauer über den Rücken läuft. *»Falls ich dann noch lebe«? Was sollte das heißen? Yann, du bist doch hoffentlich nicht auch dem Zipzap verfallen?*

Im Feed

Satellit Mole-Eye 2AC
Typ: EcoSat (umlaufend).
Aufgabenbereich: Aufspüren, Registrieren und Analysieren von Wasservorkommen in der Tiefe.
Ausstattung: 1 Wasserstoff-Maser, 2 Molekular-Laser, 3 Spektrografen, 3 Multifrequenz-Scanner, 12 hochauflösende Kameras, davon 4 panchromatisch mit Auflösung bis 1,5 cm.
Übertragung: UV-Laser, Quantenverschlüsselung mit OverCode© Enigma.*ww*.
Umlaufbahn: polar, 301,7–542,4 km.
Umlaufgeschwindigkeit: 7,4 km/sec.
Gewicht: 4237 kg.
Baujahr: 2029.
Auftraggeber: GeoWatch Inc.
Eigentümer: Resourcing.*ww*.
Start: 12.11.2029 13:41 UTC mit Trägerrakete MDD 4,5 von Startplattform SeaLaunch-Energia.

Quelle: R2O, Aufstellung der in Umlaufbahn befindlichen Objekte

O nein, Yann ist durchaus nicht dem Zipzap verfallen. Im Grunde bereut er es sogar, seine Schwester so kurz angebunden abserviert zu haben, doch das, was er im Augenblick tut, ist tausendmal wichtiger als Laurie. Yann ist nämlich gerade dabei, in einen Satelliten von GeoWatch einzudringen, obendrein noch einen Mole-Eye, und zwar einen EcoSat auf der Suche nach unterirdischen Wasseradern – eine solche Chance bekommt man nicht jeden Tag geboten.

In drei Minuten ist es so weit.

Brennend vor Ungeduld überprüft Yann ein letztes Mal seine Hardware; vor allem die Demodulatoren, die Schwachstellen des Systems. Draußen stöhnt und bebt die Nacht unter einem eisigen Wind, der von den schneebedeckten Gipfeln herunterweht, doch Yann kümmert sich nicht darum. Er hat auch den Tag davor schon nicht wahrgenommen und weiß längst nicht mehr, seit wie vielen Stunden er inzwischen schon wartet, sich vorbereitet, jeden Schritt genauestens plant und sein Eindringen in den Mole-Eye immer und immer wieder akribisch durchspielt. Sollte ihm der Coup gelingen, wäre dies das absolute Highlight seiner Karriere als Hacker. Wenn er die Sache allerdings in den Sand setzt und erwischt wird, wäre das sozusagen sein Tod. Man würde seiner Spur folgen, ihm nachspionieren, ihm Hunderte von Schnüfflern an die Fersen heften – er könnte keinen Schritt mehr im Internet tun, ohne dass sämtliche Alarmglocken schrillten. Virtuell wäre er ein toter Mann. Hätte er jedoch Erfolg …

Alles fing mit einem jungen »Schüler« von Yann an, der beim Herumsurfen zufällig eine Backdoor auf der Seite von GeoWatch entdeckte. Ob es sich um einen Bug in der Programmierung oder einen Zufallstreffer handelte, konnte Yann nicht mehr in Erfahrung bringen. Der Novize hatte gerade noch Zeit, seinen Fund herunterzuladen, ehe die Wachhunde von Enigma ihn zerfleischten. Schade, denn mit einem solchen Glückstreffer hätte der Junge durchaus Karriere machen können.

Noch zwei Minuten.

Yann streift sein Sensornetz über und zwängt sich mit der geübten Selbstverständlichkeit einer schon tausendmal wiederholten

Geste in seine Handschuhe. Grinsend erinnert er sich an das verblüffte Gesicht seines Freundes Steph bei der Erkenntnis, dass eine der heruntergeladenen Dateien die Fortbewegungskoordinaten von Mole-Eye enthielt.

»Der Satellit kommt um 19 Uhr 32 genau 471 Kilometer über deinem Kopf vorbei«, hatte Steph ihm die Zahlenreihen übersetzt. »Mach bloß keinen Blödsinn! GeoWatch ist ein ziemlich großer Fisch und kann sicher ganz schön schmerzhaft zubeißen!«

»Lass das mal meine Sorge sein! Schick mir lieber die Koordinaten rüber.«

»Wenn du dich mit GeoWatch anlegst, habe ich dich nie gekannt. Ich hänge nämlich am Leben!«

»Steph, du tauchst weder in meinem Rechner noch sonst wo auf, und dieses Gespräch hier hat nie stattgefunden. Aber lass die Daten rüberwachsen.«

Wenn man für eine nichtstaatliche Organisation wie SOS arbeitet, kann es recht nützlich sein, an die Backdoor eines so diskreten Unternehmens wie GeoWatch heranzukommen, selbst wenn es nur für kurze Zeit ist. Aber die winzige Chance beim Schopf zu packen und sich direkt in einen EcoSat einzuhacken – das muss das echte Nirwana sein! Jedenfalls hat Yann so lange gedrängt, bis Steph nachgegeben hat.

Noch etwas mehr als eine Minute.

Yann setzt die Cyglasses auf, drückt entschlossen den Knopf mit der Aufschrift *Connect* auf seiner Konsole und macht sich durch sein persönliches *Wayout* davon, einer einfachen Antigrav-Plattform, die durch die Zufallsverschwommenheit seiner Vorstellung driftet. Nur hier fühlt er sich wirklich sicher. Selbst die Cyberpolizisten von NetSurvey wären nicht in der Lage, die vielen unterschiedlichen Verschlüsselungen zu entwirren, mit denen Yann sich geschützt hat. Zumindest würden sie verdammt lange dafür brauchen.

Konzentriert wiederholt Yann die Einzelheiten seines Plans. Die Umlaufbahn des Mole-Eye befindet sich nur 470,8 Kilometer über ihm genau im Zenith. Bei einer Geschwindigkeit von 7,4 Kilometern pro Sekunde bleibt ein Zeitfenster von genau 24 Sekunden.

Schon der kleinste Irrtum würde Yann nicht nur um eine einzigartige Chance bringen, sondern möglicherweise auch um den Verstand; die Wucht des Feedbacks wäre in der Lage, seinen Neuronen ebenso zuzusetzen wie eine Überdosis Zipzap.

»Ich muss es schaffen«, murmelt er vor sich hin. »Und ich werde es schaffen!«, fügt er sofort hinzu, als wolle er sich Mut zusprechen.

30 Sekunden.

Durch das Sensornetz spürt er in seinem Körper die Vibrationen der sich ausrichtenden Parabolantenne.

Yann greift nach seinem Werkzeug, startet den Automorph, atmet noch einmal tief durch und wirft sich in den sich öffnenden Feed.

Die Hyperbeschleunigung des Elektronenstrahls entlockt ihm einen unwillkürlichen Schluckauf. Schon ist er vor der Firewall. Wie geplant geht er dank des Automorphs als niederfrequenter Schmarotzer durch, wie sie in dieser Höhe relativ häufig auftreten. Und jetzt heißt es alles oder nichts. Yann generiert eine dringende Inspektionsanweisung, in die er seine Amöbe einbaut, einen einfachen, polymorphen Trojaner, eingepackt in Tequila, einen fünfzig Jahre alten Virus, der längst als überaltert angesehen und von den Virenschutzprogrammen ignoriert wird.

3 Sekunden. Yann schätzt, dass Tequila sich zu etwa 30 Prozent entpackt hat. Weitere 21 Prozent, und der Trojaner würde tätig werden.

5 Sekunden. Yann ärgert sich, dass er keinen schnelleren Virus benutzt hat, doch es stimmt natürlich, dass ein solcher weniger diskret und damit erheblich gefährlicher wäre.

5,6 Sekunden. Endlich ist der Trojaner aktiv geworden. Yann kann ihn als Hologramm in seinem Gesichtsfeld erkennen. Fieberhaft bemüht er sich, die Firewall zu überwinden. Gleichzeitig aktiviert er seinen Ariadnefaden, eine nette, kleine Utility, die im Raster unsichtbare Bezugspunkte anlegt, mit deren Hilfe er bei einem auftretenden Problem sofort den Rückzug antreten kann. Das Programm hat er einem Decyb bei MONET geklaut – man sollte sein Werkzeug eben nicht herumliegen lassen!

8,1 Sekunden. Die Firewall ist ziemlich widerspenstig, doch irgendwann öffnet sich die Bresche und saugt ihn in ein von seinem Trojaner generiertes Unterprogramm ein. Yann frohlockt. Sein Plan funktioniert wunderbar! Vielleicht sogar ein bisschen zu gut. Tequila zeigt sich nämlich wirkungsvoller als vorhergesehen und beginnt, den Kernel zu attackieren. Yanns Nachforschungen gestalten sich schwieriger und vor allen Dingen riskanter. Schon drei Mal hat sich der virtuelle Boden unter seinen Füßen aufgelöst und ihn um Haaresbreite ins Nichts taumeln lassen.

Ich sollte schnellstens die Platte putzen. Die Fehlfunktionen werden Enigma sicher ziemlich bald auffallen!

14,5 Sekunden. Endlich hat Yann es geschafft, auf die Datenbanken zuzugreifen, allerdings erreichen die strukturellen Auflösungserscheinungen eine kritische Marke. Einer seiner eingeschleusten Kontrollmechanismen warnt ihn, dass eine Laserverbindung zu einem anderen Satelliten aufgebaut wird. Yann bemüht sich, so viele Daten wie irgend möglich abzurufen, um schnell verschwinden zu können, ehe die Situation ernsthaft brenzlig wird. Er nimmt mit, was ihm unter die Finger kommt. Aussortieren kann er später immer noch.

21,9 Sekunden. Zwei Sysex von Enigma dringen in den Kernel ein. Glücklicherweise ist Yann soeben damit fertig geworden, seinen letzten verfügbaren Speicherplatz zu füllen. Yann hat gerade noch genügend Zeit, dem Trojaner den Befehl zur Selbstlöschung zu geben, ehe er seinen Ariadnefaden aktiviert und sich in den Feed wirft.

23,1 Sekunden. Yann materialisiert sich in seinem *Wayout* just in dem Moment, als die Sysex den Feed kappen.

»Puh! Das war verdammt knapp. Aber es hat geklappt!«

Und während Yann begeistert in den entwendeten Daten herumstöbert, stellen die Sysex von Enigma nach eingehender Analyse fest, dass es sich bei dem Alarm um eine durch außergewöhnlich starke Sonnenwinde hervorgerufene Fehlfunktion gehandelt haben muss und eine Information des Kunden nicht notwendig ist. Das System von Mole-Eye wird neu gestartet, nachdem alle Datenbanken komplett zur Überprüfung eventueller Verluste gesichert wurden.

Denn GeoWatch gibt Information nicht einfach weiter. Sie verkauft sie. Und zwar teuer.

Finden Sie Ihre Lebensfreude wieder. Alles andere erledigen wir.

QuietLife.com übernimmt für Sie:
Schadensmeldungen jeder Art – Bestattung – Umsiedlung – Behördengänge – Wiederaufbaukredite – Krankenhauskosten
Als Opfer einer Klimakatastrophe haben Sie viele Sorgen. Legen Sie sie vertrauensvoll in unsere Hände.
QuietLife.com, damit das Leben weitergeht.

QuietLife® ist ein Dienst der Gruppe Flood™

Rudy sitzt auf dem Rand eines Zodiac der Feuerwehr von Lelystad und braust durch Swifterbant. Sein Hintern hängt nur Zentimeter über dem Wasser. In das Fellfutter seiner Bomberjacke aus Lammnappa kuschelt sich ein nasses, zitterndes Kätzchen. Rudy ist ebenso verwirrt wie das kleine Tier. Sein verstörter Blick streift die Ruinen der Häuser, ohne etwas zu erkennen. Er sieht Mauerreste, eingestürzte Dächer und entwurzelte Bäume, die sich in einem Gewirr von Elektrokabeln verfangen haben. Auf dem schlammigen Wasser dümpeln jede Menge Trümmer, aber auch die aufgetriebenen Kadaver von Hunden, Katzen, Vögeln, Kaninchen, Schafen und Kühen. Die meisten menschlichen Leichen wurden in der Zwischenzeit entfernt. Es gibt weder Licht noch Farbe. Ein bleierner Himmel hängt tief über braunen Wassermassen, die bis zum Horizont reichen, grauem Schutt und der fahlen Blässe zerstörten Lebens und verstreuter Habseligkeiten. Außer dem Plätschern des Wassers zwischen den Gebäuderesten und dem Surren des Bootsmotors ist kaum ein Laut zu hören. Nur manchmal das Husten oder das unterdrückte Schluchzen eines Überlebenden.

Fünf Gerettete befinden sich an Bord; hinzu kommen vier Feuerwehrleute, Rudy und eine auf dem Boden des Bootes liegende Leiche. Das Zodiac ist fast überladen. Drei Frauen und zwei Männer haben sie aus dem Wasser gefischt und in glänzende Wärmedecken eingewickelt. Stumm und stumpf starren die Menschen vor sich hin – sie können es noch nicht fassen, dass sie mit dem Leben davongekommen sind. Den Toten haben die Feuerwehrleute in einen Plastiksack gesteckt, doch alle haben zusehen müssen, wie er an Bord gehievt wurde – eine fahle, aufgedunsene Leiche; Zunge und Augen sind von irgendwelchen Tieren angefressen. Eine der Frauen, eine Alte, in deren Arm eine Glukoseinfusion steckt, scheint das Bewusstsein zu verlieren. Sie ist kreidebleich; ihre Lippen und die Fingerspitzen, die sich in die Wärmedecke krampfen, haben einen bläulichen Schimmer. Die zweite Frau stützt sie und hält die Infusionsflasche. Die dritte Gerettete starrt niedergeschlagen vor sich hin. Sie wird von Fieberschüben geschüttelt. Wasser tropft aus ihren langen Haare auf ihre Knie. Einer der beiden Männer gibt merkwürdige Geräusche von sich. Vergeblich bemüht er sich, das Schluchzen zu unterdrücken, das ihn von Zeit zu Zeit übermannt. Der andere, deutlich jüngere Mann würde den Feuerwehrleuten gern zur Hand gehen, doch er ist an der Schulter verletzt und viel zu erschöpft, um sich zu bewegen.

Auch die Feuerwehrleute sind erschöpft. Ihr Einsatz dauert inzwischen schon den vierten Tag an. Bis auf die Haut durchnässt, waten sie tagtäglich im Schlamm, klettern im Schutt herum, laden Dutzende von Leichen ins Boot, befreien Überlebende mit Pickel und Schaufel, durchsuchen bröckelnde Ruinen, versuchen Hysteriker zu beruhigen und Todgeweihte am Leben zu erhalten, schlafen und essen irgendwann zwischendurch und halten sich gegenseitig irgendwie aufrecht – um Himmels willen nicht zusammenklappen!

Außer seinem ehemaligen Nachbarn Herman van der Hoek kennt Rudy niemanden an Bord des Zodiac. Herman gehört der freiwilligen Feuerwehr von Swifterbant an und hat es Rudy ermöglicht, auf dem Boot mitzufahren. Eigentlich hätte Rudy helfen sollen, doch bisher ist er nicht besonders nützlich gewesen. Auch das Kätzchen hat Herman gerettet. Beinahe wäre er sogar ins Wasser gefallen, als er mit seinem langen Haken nach dem Beistelltisch angelte, auf dem das kleine Tier jämmerlich miauend und mit schlammverklebtem Fell vorbeitrieb.

»Lass das doch!«, schimpfte der Gruppenführer, ein Berufsfeuerwehrmann aus Lelystad. »Das Vieh ist bestimmt krank und wird sowieso sterben.«

Aber Herman hörte nicht auf ihn. Er rettete die Katze und hat sie Rudy anvertraut. Dabei huschte sogar der Anflug eines Lächelns über sein gutmütiges, rundes Gesicht. Ein prima Kerl, dieser Herman – immer das Herz auf dem rechten Fleck, eine joviale Stimmungskanone, die mit flapsigen Bemerkungen ebenso schnell war wie mit dem Öffnen von Bierdosen. Wie Rudy hat auch er bei der Katastrophe seine gesamte Familie verloren, als er gerade im Einsatz und damit beschäftigt war, fremden Menschen das Leben zu retten. Jetzt lacht Herman nicht mehr, kein Witz kommt über seine Lippen, und er öffnet auch keine Bierdose mehr. Dafür schuftet er wie ein Tier. Er zerrt Überlebende aus den Ruinen, hievt sie an Bord, wärmt sie auf, findet manchmal sogar ein tröstendes Wort und steckt Kindern aufgefischtes Spielzeug zu.

Rudy hat ein schlechtes Gewissen, dass er nicht so nützlich und großmütig sein kann wie Herman, doch seit er durch die Ruinen von Swifterbant fährt, fühlt er sich wie gelähmt. Dabei wusste er durchaus, was ihn erwarten würde. Im Verlauf der drei Tage, während der er mit Händen und Füßen darum kämpfte, zumindest zu versuchen, sein Haus zu erreichen, hat er schreckliche Bilder gesehen, herzzerreißende Berichte von Überlebenden gehört, erschöpfte Retter getroffen, die ihm das schiere Entsetzen beschrieben oder nur noch ein hoffnungsloses Kopfschütteln für ihn übrig gehabt haben. Über das Schicksal von Aneke und Kristin gibt es keinen Zweifel. Sie standen auf der ständig aktualisierten Liste, die statt der Abfahrtszeiten der Züge über die Bildschirme des Bahnhofs von Lelystad flimmerte. Der Bahnhof ist dank seiner erhöhten Lage zur Schaltstelle für Informationen und zum Hauptquartier der Rettungskräfte umfunktioniert worden. Die endlos lange Liste von Toten und Vermissten wird tagtäglich von Tausenden ängstlicher Augen verfolgt. Auch Rudy stand in der Menge, aus der immer wieder Schreie und Weinen aufbrandeten. *Aneke Schneider, verstorben. Kristin Klaas, verstorben.* Zweimal hat er die komplette Liste durchgelesen, hat die grünen, flackernden

Buchstaben an sich vorbeilaufen lassen, immer in der verrückten Hoffnung, dass sich ein Fehler eingeschlichen haben könnte, der beim nächsten Durchlauf korrigiert würde. *Dringende Nachricht für Herrn Ruud Klaas: Aneke und Kristin warten am Empfang. Wir bitten den Irrtum zu entschuldigen*. Doch das Wunder geschah nicht. *Aneke Schneider, verstorben. Kristin Klaas, verstorben*. Unerbittlich. Und niemand konnte ihm erklären, wie und warum. Oder wo er sie finden könnte. Niemand. Überall liefen völlig überlastete Menschen orientierungslos herum, telefonierten, schimpften, seufzten. Ladentische und Schalter wurden von Überlebenden belagert und waren unerreichbar. Ab und zu tauchten seltsame Gerüchte auf, die irgendwer irgendwo aufgeschnappt hatte und die sich wie ein Lauffeuer verbreiteten: Die Welle sei fast hundert Meter hoch gewesen; das Wasser scheine vergiftet zu sein; jemandes Onkel sei an Botulismus gestorben; einige Opfer hätten Stromschläge erlitten, weil Hochspannungsdrähte gerissen und ins Wasser gefallen seien; kein einziges Windrad habe die Flut überstanden; einige der Pumpen schienen wieder zu funktionieren; der Deichbruch sei ein Attentat und Werk des islamischen Dschihad gewesen; nein, Schuld an der Katastrophe sei mit Sicherheit die Göttliche Legion, diese fundamentalistischen Schweine; ein neuerlicher Orkan kündige sich an … *Aneke Schneider, verstorben. Kristin Klaas, verstorben*. Wie sollte er sie finden? Wo sollte er suchen?

Ich muss hin, sagte Rudy sich immer wieder. *Ich muss es mit eigenen Augen sehen*. Es war ihm unmöglich, angesichts grün flimmernder Buchstaben auf einem abgenutzten Bildschirm wirklich zu trauern. Er konnte einfach nicht draußen bleiben und als Zuschauer an dem von Medien gezähmten Drama teilnehmen. Seine Frau und seine Tochter waren tot, verdammt noch mal! Sie waren gestorben, während er in Brüssel um den Mindestpreis von Tulpenzwiebeln gefeilscht hatte. Sie hatten die gigantische Welle mit voller Wucht abbekommen, sie hatten dem Tod ins Gesicht schauen müssen, während bei ihm gerade mal das Licht kurz geflackert hatte.

Aber Rudy will sehen, will das Ausmaß der Katastrophe begreifen, will Anekes und Kristins Angst und ihr Entsetzen teilen. Und so hat er sich in den Kopf gesetzt, auf irgendeine Weise nach Swifterbant zu kommen. Er weiß, dass das Gebiet völlig abgeriegelt und der Zutritt weder für Schaulustige noch für Familienmitglieder der Opfer gestattet ist. Nur Rettungskräfte dürfen hinein. Er will sein zerstörtes Haus, die zersplitterten Gewächshäuser und sein vernichtetes Leben *mit eigenen Augen sehen*. Solange er es nicht gesehen hat, kann er nicht daran glauben; alles würde zu dem schrecklichen Albtraum, der schon jetzt seine Nächte heimsucht – zumindest in den wenigen Stunden, in denen er manchmal etwas Schlaf findet.

Zufällig lief er im Hauptquartier im Bahnhof schließlich Herman über den Weg. Endlich ein bekanntes Gesicht! Rudy fragte ihn nicht nach seiner Familie; die furchtbare Antwort stand seinem Nachbarn klar und deutlich ins Gesicht geschrieben. Aber er sah ihn sofort als seinen Retter an, als ein winziges Licht im Dunkel.

»Herman, du bist doch bei der Feuerwehr. Könntest du mich vielleicht mitnehmen?«

»Kein Problem«, antwortete der gute Herman. »Ich rufe dich an, sobald wir losfahren.«

Und er hielt Wort. Morgens um sechs Uhr rief er an, weckte sämtliche Nachbarn, die zusammengepfercht im Wartesaal des Bahnhofs schliefen, und sagte Rudy, dass es eine Stunde später vom Hafen von Lelystad aus losginge. »Du solltest unbedingt pünktlich sein. Wir werden nämlich auf keinen Fall warten.« Rudy war pünktlich – schließlich hatte er vorgesorgt.

Jetzt ist es drei Uhr nachmittags, und ihre Ausbeute besteht aus einem Toten und fünf Überlebenden, einem völlig unerwarteten Ergebnis. Rudy hat feststellen müssen, dass die Katastrophe viel schlimmer gewütet hat, als es auf den von den Medien gezähmten Bildschirmen aussah: überflutete Felder, soweit das Auge reicht, eine traurige, wässrige, mit Kadavern, Holzstämmen und Trümmern übersäte Ebene, massakrierte Wälder, ineinander verhakte Baumleichen, niedergemähte Windräder, Häuser, die dem Wasserdruck nicht standgehalten haben und eingestürzt sind, und Rettungsmannschaften, die, mit armseligem Werkzeug ausgestattet, zwischen den Ruinen herumwaten. Er hat die Ausdünstungen von Zersetzung, Verwesung und freigewordenen Chemikalien gerochen und den faden Gestank des verdorbenen, bösartigen, zerstörerischen Wassers. Er hat das große, graue, vom Tod über alle Dinge gebreitete Leichentuch gespürt. Er hat die Seelen der Opfer im Wind seufzen hören, übertönt von den Hilferufen der Überlebenden. Er hat kaum geholfen, doch die Feuerwehrleute haben Verständnis gezeigt und seine stumme Unbeweglichkeit respektiert. Hauptsache, sie wurden nicht bei der Arbeit behindert.

Und jetzt erreichen sie sein Haus. Rudy wechselt einen Blick mit Herman, der die Lippen zusammenpresst und die Augen abwendet. Rudy betrachtet die Ruinen. Er erkennt nichts wieder, obwohl er genau weiß, dass es dort gewesen sein muss. Er sieht Mauerstücke, ein eingestürztes Dach, entwurzelte Bäume – wie überall sonst auch. Dinge des täglichen Lebens dümpeln auf dem abgestandenen Wasser. Rudy greift nach einem Plastikteil, das zufällig in Reichweite kommt. Es ist eine Babybox-Spielkonsole. Ob sie seiner Tochter gehört hat? Sicher ist er sich nicht. Er findet nichts, was ihn mit seiner Vergangenheit verbindet, nichts, was ihn an sein früheres Leben fesselt. Die Welle hat alles davongetragen, einschließlich Aneke und Kristin. *Verstorben. Verstorben*. Grüne Buchstaben auf einem Bildschirm …

Leer und ausgetrocknet findet sich Rudy inmitten dieser Todeslandschaft wieder – ohne Dramatik und ohne trauern zu können. Verdammt zum Weiterleben und besessen von einem Albtraum, den er nicht selbst erlebt hat.

In der Tiefe seiner warmen Lederjacke beginnt das Kätzchen zu schnurren.

Refugees.org

Satzung für **ökologische Flüchtlinge**
Beizufügende Dokumente:
✓ Personalausweis
✓ Schadensmeldung
✓ Rechnung (neueren Datums) eines öffentlichen Dienstleisters
✓ Mietvertrag (Mieter) oder Besitzurkunde (Hauseigentümer)

- ✓ letzte Einkommensteuererklärung
- ✓ letzte Gehaltsabrechnung (ggf.)
- ✓ Familienstammbuch
- ✓ Aufenthaltsgenehmigung (Ausländer)
- ✓ Bescheinigung des Arbeitgebers (bei Arbeitsplatzverlust)
- ✓ Antrag auf Anerkennung als Flüchtling (Vordruck 1024-A)
- ✓ Bankverbindung
- ✓ Überweisungsbeleg über 39,73 Euro (Antragsgebühr)

Voraussichtliche Dauer der Antragsbearbeitung: 3 *Monate*

Auch wenn die ehrenamtliche Mitarbeiterin von Refugees.org hinter einem Schalter des Bahnhofs von Lelystad sitzt – sie ist ebenso erschöpft wie die Tausende von Flutopfern, die sie den ganzen Tag an sich vorüberziehen sieht. Tausende verwüsteter Gesichter, tief gefurchter Wangen, struppiger Bärte, bleicher, schmutziger Hände und nasser Haare, die auf die Ladentheke tropfen. Tausende unvollständiger Anträge, besonderer Fälle und Ausnahmegenehmigungen. Verwirrte Alte, schreiende Babys, genervte Mütter, Männer, die vor Angst stumpfsinnig vor sich hin starren, und stumme, hektische Jugendliche. Von allen wird die ehrenamtliche Helferin behandelt, als hinge das Leben jedes Einzelnen ganz allein von ihr ab, während sie in Wirklichkeit nichts weiter tut, als sie auf provisorische Unterkünfte und Auffanglager zu verteilen. Dort erwarten sie dann ihre Anerkennung als Ökoflüchtling, die jedoch nur ganz wenige – das weiß sie – auch erhalten. Gerade erst ist sie aus Dresden gekommen, von wo sie als Verstärkung angefordert wurde. Angesichts des menschlichen Elends hat sie sich abgeschottet und ihr natürliches Mitgefühl erstickt. Ausgestreckte Hände übersieht und Tränen ignoriert sie. Sie muss so vorgehen, um ihr seelisches Gleichgewicht zu wahren und, wie von allen erwartet, einen Fels in der Brandung abzugeben. Gnade Gott denen, die es nicht schaffen, sich an diesen Felsen zu klammern.

Sie legt den letzten Antrag in ein Körbchen mit der Aufschrift »Unvollständig« und richtet die blauen Augen auf den nächsten Antragsteller, den die drängende Menschenmenge vor ihrem Schalter stranden lässt. Es ist ein untersetzter Typ, etwa vierzig, mit glattem schwarzem Haar, runder Nase, einem länglichen Gesicht und einem Wikingerschnurrbart, der auf sein von einem Dreitagebart beschattetes Kinn hinunterfällt. Ein Ohrring ziert sein rechtes Ohr. Er trägt eine Bomberjacke aus Lammnappa mit einer deutlichen Beule in Brusthöhe. Eine Waffe? Will der Kerl sie etwa angreifen? Sie selbst hat eine solche Situation noch nicht erlebt, doch sie weiß von anderen, die sogar mit dem Leben bezahlt haben.

Der traurige Dackelblick des Mannes jedoch straft jeden Verdacht auf Aggressivität Lügen. Aus der Beule im Blouson ertönt zunächst ein leises Miauen, und plötzlich lugt der zerzauste Kopf eines jungen Kätzchens hervor, das die Helferin von Refugees.org aus runden Augen erstaunt anschaut. Die junge Frau muss unwillkürlich lächeln. Das Kätzchen kommt ihr vor wie ein Sonnenstrahl, wie eine Insel der Zärtlichkeit in diesem endlosen Ozean aus Leid. Sie streckt die Hand aus und lässt ihre Fingerspitzen von dem kleinen Tier beschnüffeln.

»Er heißt Moses«, erklärt der Mann. »Jedenfalls habe ich ihn so genannt, weil er aus dem Wasser gefischt wurde.« Er krault das Kätzchen zwischen den Ohren. Sofort beginnt Moses, hingebungsvoll zu schnurren. »Er ist ein Flüchtling, genau wie ich«, fügt er tonlos hinzu.

»Richtig.« Die Ehrenamtliche besinnt sich. »Ich hoffe, Ihr Antrag ist vollständig.«

Eins zu tausend, dass er es nicht ist. Trotz des nicht enden wollenden Ansturms ist das Körbchen mit den vollständigen Anträgen gähnend leer. Man könnte glauben, dass die kafkaeske Liste der beizufügenden Dokumente eigens erfunden wurde, um die Zahl der offiziell anerkannten Ökoflüchtlinge drastisch zu reduzieren und damit die Statistik zu schönen.

»Sie sind Deutsche«, stellt der Mann fest, als er ihren sächsischen Dialekt hört.

»Ja«, seufzt sie. »Geben Sie mir bitte Ihren Antrag.«

»Sie erinnern mich an Aneke. Aneke, meine Frau. Sie ist … sie war auch Deutsche.«

Die junge Frau seufzt erneut. Ihr Gesicht nimmt einen gereizten Ausdruck an, der für Grübchen auf ihren Wangen sorgt.

»Seit heute Morgen sind Sie ungefähr der Fünfhundertste, den ich an seine verstorbene Frau, Schwester, Tochter oder Cousine erinnere. Ich bin weder Ihre Amme noch Ihr Psychotherapeut, okay? Und jetzt geben Sie mir endlich Ihren Antrag oder verschwinden Sie. Hinter Ihnen warten noch ungefähr zehntausend andere.«

»Richtig, ich stehe mir schon seit Stunden die Beine in den Bauch.«

»Ich bin es so satt!«

»Geht es da vorn vielleicht endlich weiter?«

»Was ist denn nun mit seinem Scheißantrag?«

Rudy zieht einige schlecht bedruckte Blätter aus der Brusttasche, wobei Moses' Köpfchen wieder auftaucht. Das Papier ist grau, feucht und voller Katzenhaare. Die junge Frau von Refugees.org überfliegt den Antrag und nickt verdrossen.

»Da fehlt aber eine ganze Menge.«

»Ich habe nicht mehr bekommen können. Alle Kanäle sind entweder außer Betrieb oder überlastet. Schließlich hat sich hier eine Katastrophe abgespielt!«

»Gut. Herr …« Sie wirft einen raschen Blick auf die Papiere in ihrer Hand. »… Ruud Klaas, haben Sie vielleicht die Möglichkeit, irgendwo unterzukommen – bei Familienangehörigen, Freunden oder Bekannten?«

Rudy schüttelt langsam den Kopf. In Wahrheit hat er auch niemanden gefragt, weil er beim besten Willen nicht wüsste, wem er sich auf unbestimmte Dauer zumuten könnte, abgesehen vielleicht von seinen Eltern in Haarlem – doch wahrscheinlich wäre auch das schmutzigste Lager dem Aufenthalt bei seinen Eltern vorzuziehen. Wie viele Europäer seiner Generation ist auch Rudy ein individualistischer Einzelgänger. Seine Freundschaften sind eher oberflächlich und von kurzer Dauer; immer hat er den geschützten Kokon seines vernetzten Hauses der aggressiven Außenwelt vorgezogen. Wenn die Natur ein feindliches Gesicht aufsetzt und das Klima zum Killer wird, wenn in Amsterdam jede Nacht Desperados, Full Moon

Killers und andere Fans kollektiver Mordanschläge ihr Unwesen treiben, wenn es einem Abenteuerausflug mit ungewissem Ausgang gleichkommt, abends einmal auszugehen, wird das eigene Zuhause schnell zum Zufluchtsort und letzten sicheren Kuschelnest. Was nun seine Eltern in Haarlem angeht … Rudy muss nur daran denken, dass sein Vater ein bedeutendes Mitglied der Nederlandse Euro-Front ist und seine Mutter sich mit ziemlicher Sicherheit von der Göttlichen Legion beeinflussen lässt, um sich, ohne lange zu überlegen, für ein Flüchtlingslager zu entscheiden, und zwar ganz gleich, wie weit weg und wie unsicher es sein mag. Außerdem haben seine Eltern ihn ohnehin verstoßen.

Die ehrenamtliche Mitarbeiterin von Refugee.org tippt eifrig auf ihrem Mobiltelefon herum. Dabei murmelt sie Worte auf Deutsch, die Rudy allerdings problemlos versteht: »Ausgelastet … voll … unter Quarantäne … ausgelastet …« Schließlich sieht sie ihn an.

»Buchholz.«

»Wie bitte?«, fragt Rudy nach.

»Buchholz. Das liegt in Deutschland. In der Nähe von Hamburg.«

»Gibt es nichts mehr in der Nähe?«

»Nein. Ansonsten bliebe nur noch Wroclaw in Polen.«

»Und … wie ist es da so?«

»Na, Tennis, Golf, Schwimmbad, Sauna und jede Menge Feinschmeckerrestaurants«, antwortet die junge Frau sarkastisch. »Was erwarten Sie denn?«

Rudy zuckt die Schultern. Während der Tage des Umherirrens, der Bestürzung und der Hoffnungslosigkeit hat er allerlei über die Flüchtlingslager gehört – Gutes und Schlechtes. Darunter waren auch sehr unterschiedliche Meinungen über die in Belgien und den Niederlanden neu entstandenen Camps. Von Buchholz allerdings hat er noch nie gehört. Wahrscheinlich ist es ganz neu.

»Einverstanden. Also Buchholz.«

Die Frau nickt und tippt wieder auf ihrem Handy herum. Daraufhin spuckt ein angeschlossenes Gerät eine Mikrokarte aus, die sie Rudy aushändigt. Auf der Karte, die noch nach warmem Plastik riecht, steht sein Name.

»Das ist Ihr vorläufiger Code als Antragsteller. Sie können damit nach Buchholz fahren und dort maximal drei Monate bleiben. Aber Sie dürfen sie keinesfalls verlieren.«

»Und was ist mit meiner Akte?«

Sie greift nach einem bedruckten Blatt, kreuzt ein paar Stellen an und legt es auf den Schaltertisch.

»Das sind die fehlenden Unterlagen. Den Rest behalte ich hier. In Buchholz sollte es eine gesicherte Internetverbindung geben, wo Sie Ihre Akte vervollständigen können. Die Verantwortlichen werden Ihnen erklären, wie es geht. Viel Glück!«

Der Anflug eines Lächelns erklärt das Gespräch für beendet. Ein Umschlag fliegt in das entsprechende Körbchen, die junge Frau blickt den nächsten Antragsteller an. Rudy wendet sich ab, doch plötzlich wird er noch einmal zurückgerufen.

»Mijnheer Klaas!«

Die ehrenamtliche Helferin hält ihm einen in fettiges Papier gewickelten Butterbrotrest hin. Rudy runzelt die Stirn. Sieht er tatsächlich schon so verhungert aus?

»Für Moses«, lächelt die Deutsche. »Ich hoffe, er mag Salami.«

Dolly-Syndrom

Mein Sohn ist mein Ebenbild.

Selbstverständlich! Wir von **General Genomics** garantieren eine zu 99,99 %* getreue Reproduktion der besten Elterngene.

Optimiert wird das Resultat durch unser im eigenen Haus entwickeltes, eingetragenes Produkt *BodyCount®*.

Ihr Kind bekommt nur das Beste von Ihnen – so lautet das Grundprinzip von **General Genomics**.

* hochgerechnete statistische Untersuchungen

General Genomics ist ein eigenständiger Zweig der **Posthuman *ww***

»… und sicher war es der innigste Wunsch unseres lieben Wilbur, im Sinne unseres Herrn und Heilands ein Heim und eine Familie zu gründen. Müssen wir nicht genau diese Absicht in seinem leidenschaftlichen Eifer erkennen, im Kontaktnetz eine gleich gesinnte Seele zu finden? Führte nicht die brennende Liebe, die Gott ihm im Übermaß geschenkt hat, dazu, dass er den Sicherheitsalarm überhörte …?«

So ein Quatsch, denkt Anthony Fuller, der zufällig diesen Satz der Traueransprache des Pfarrers mitbekommen hat. *›Unser lieber Wilbur‹ war wieder mal bis zur Halskrause mit Zipzap vollgedröhnt, wie eigentlich immer. Und was den ›leidenschaftlichen Eifer‹ angeht, so würde ich eher von einem leidenschaftlichen Pimmel reden!*

Fuller hält sich die Hand vor den Mund, um das Lächeln über sein zotiges Wortspiel zu verbergen, und tut, als müsse er sich räuspern – nur für den Fall, dass doch jemand hingesehen hat. Lachen ist im Moment wirklich nicht angebracht, denn immerhin ist es sein Sohn, der heute eingeäschert wird. Fuller findet den Pfarrer unsäglich, die ganze Zeremonie einfach lachhaft und das Ambiente des Krematoriums ungefähr so originell wie ein Flughafenhotel. Außerdem hatte er diesen Sohn längst verstoßen, enterbt und vergessen – er hatte ihn aus seinem Leben gestrichen. Wäre es nach ihm gegangen, so wären die Ruinen des Hauses in Garden City Wilburs Grab und die Geier seine Sakramente geworden. Es war Wilburs Mutter, die den ganzen Zirkus arrangierte: Pfarrer, Kerzen, Blumen und der mit dem Familienwappen geschmückte Sarg. Fuller wirft seiner Frau einen verstohlenen Blick zu. Pamela sitzt neben ihm auf einer unbequemen Holzbank – als hätten die Überlebenden kein Recht, sich wohlzufühlen! – und sieht mit ihren runden, rot geweinten Augen, der auf den Wangen verlaufenen Wimperntusche und dem zerknüllten Taschentuch, das sie sich unter ihre Hakennase hält, wie ein Huhn aus, das gerade ein Ei legen will.

Das Bild führt zu einem erneuten Grinsen, das Fuller, so gut es eben geht, hinter einer schmerzverzerrten Grimasse verbirgt. Ungeduldig rutscht er auf der Bank herum. Am liebsten würde er den Pastor samt Sargträgern und dem ganzen Drum und Dran zum Teufel schicken, Wilbur in den Ofen stecken und dann nie wieder darüber reden. *Vielleicht habe ich ja doch eine Dexomyl zu viel genommen*, überlegt er. Dexomyl ist ein stark stresslösendes Medikament, das bei Vertragsverhandlungen und Aktionärssitzungen unabdingbar ist, allerdings euphorisierende Nebenwirkungen hat. Vor der Zeremonie hat Fuller gleich zwei geschluckt, was möglicherweise ein wenig voreilig war. Eigentlich müsste er eine Calmoxan einnehmen, um seine Lachlust ein wenig zu unterdrücken und die Verkrampfung seines Kiefers zu lindern, doch das geht nicht vor den Augen all dieser Leute.

Dabei sind es nicht einmal viele Leute. Fuller tut, als müsse er seine Sitzposition auf der harten Bank kurz verändern, um einen Blick in die Runde werfen zu können. Außer Pamela und ihm sind noch seine Schwiegereltern John und Jackie Hutchinson da, beide so steif, als hätte man sie in Stärke gesteckt. Sicher träumt John von grandiosen Pogromen gegen Juden, Neger, Kanaken, Kokser und Schwule – alles Leute, die seiner Ansicht nach für Wilburs Tod verantwortlich sind. Auch Anthonys eigener Vater Richard Fuller III. ist gekommen. Er hat großen Wert darauf gelegt, trotz seiner bereits achtzig Jahre im eigenen Hubschrauber anzureisen und so der Enklave Eudora die Macht seiner Familie zu demonstrieren. Ein unbedeutender Unterdirektor der K-State-Universität, an der Wilbur offiziell eingeschrieben war, ist ebenfalls anwesend; wahrscheinlich hat man ihn geschickt, um eine Unterstützung oder ein Sponsoring zu ergattern. Dann sitzen da noch Rachel, eine bigotte Nachbarin vom Typ Schwarze Witwe, die grundsätzlich keine Trauerfeier auslässt, ein paar entfernte Cousins von Pamela, deren Namen Fuller längst vergessen hat und von denen er sich fragt, was sie eigentlich hier zu suchen hatten, Consuela, die venezolanische Pflegerin von Tony Junior, unterwürfig und unauffällig, wie es sich gehört, und schließlich Tony Junior selbst.

Tony Junior kauert verkrümmt in seinem Rollstuhl, der im Mittelgang steht, und mustert seinen Vater mit grauen, durchdringenden Augen. Anthony wendet sich unangenehm berührt ab. Hat er nicht gerade auf den pergamenttrockenen Lippen ein ironisches Lächeln gesehen? Unmöglich! Junior ist gelähmt, und sein verzerrtes Gesicht kann, wie die Ärzte behaupten, keine Gefühle ausdrücken. Aber er kann sehen, hören und verstehen. Und denken kann er auch.

Tony Junior ist fünfzehn und sieht aus, wie Anthony vermutlich mit achtzig aussehen wird. Er ist schon jetzt verkalkter als sein Großvater, der sich allerdings ausgesprochen gut hält. Sein Körper ist vollkommen gelähmt, bis auf die großen, intensiv dreinblickenden, grauen Augen mit dem malvenfarbenen Rand um die Iris. Junior repräsentiert geradezu die Degeneration an sich, was umso trauriger ist, als sowohl sein Seh- als auch sein Hörvermögen sowie sein Intellekt nicht nur vollendet, sondern sogar überentwickelt sind. Tony Junior ist der missglückte Klon seines Vaters und leidet unter dem Dolly-Syndrom, einer sehr seltenen, genetisch bedingten Krankheit, die ähnlich wie Progeria zu einer beschleunigten Zellalterung führt. Seit dem Alter von fünf Jahren, als man die Krankheit entdeckte, wird er mit modifizierten Stammzellen aus menschlichen Embryos behandelt, eine Therapie, die seine Eltern etwa fünfzehntausend Dollar im Monat kostet. Ungefähr einmal im Jahr kündigt der behandelnde Arzt des Jungen, Doktor Kevorkian, Juniors bevorstehenden Tod an, falls man sich nicht entschließe, ihn einer weiteren, noch kostspieligeren und bisher kaum erforschten Behandlung zu unterziehen. »Verstehen Sie, sein Leben hängt davon ab«, pflegt er zu sagen. Fuller blecht, ohne mit der Wimper zu zucken, doch er sieht, wie sein Sohn sich unerbittlich und unausweichlich in eine lebende Mumie verwandelt, ohne jemals eine sichtbare Verbesserung festzustellen.

Anthony bemüht sich, seinem Sohn so selten wie eben möglich über den Weg zu laufen, denn der einzige Fortschritt, den er beobachtet – ein kaum messbarer, aber dennoch erkennbarer Fortschritt –, ist Juniors verderblicher Einfluss auf seine Umgebung, und zwar angefangen bei Anthony selbst. In Anwesenheit von Tony Junior hat er immer den Eindruck, sich einer Verkörperung des Bösen schlechthin gegenüberzusehen – es könnte der Tod höchstselbst sein, der ihn hinter dem unveränderlichen, geisterhaften Lächeln auf dem wächsernen Gesicht herausfordert, oder etwas grässlich Krankhaftes, das ihm Schauder des Ekels über den Rücken jagt. Nein, schlimmer noch: Schauder des Entsetzens.

Natürlich wurde BioGen Labs – das Labor, das die genetische Auswahl und das Klonen durchführte – zu Schadenersatz und Schmerzensgeld in einer derart exorbitanten Höhe verurteilt, dass Fuller das Unternehmen gleich im Anschluss für einen geradezu lächerlichen Preis erwerben und den Vorstandsvorsitzenden vor die Tür setzen konnte. Der Mann würde nie wieder irgendwo sein Brot finden, dafür hat Fuller gesorgt. Seither wird bei BioGen Labs transgenes Getreidesaatgut für die ärmsten Länder der Welt hergestellt. Es ist billig und erzielt hohe Erträge, wenn auch steril. Alles in allem hat sich der gesamte Vorgang letztlich als so rentabel erwiesen, dass er die Kosten für Tony Juniors genetisch verändertes Leben voll und ganz abdeckt.

Trotzdem fragt sich Anthony noch immer, wie er diesen ungeheuren Fehler begehen konnte. Klar, vor fünfzehn Jahren war er noch jung und voller Schwung, stürzte sich kopfüber in alle technologischen Neuerungen und zögerte auch nicht, Risikokapital einzusetzen. In der damaligen Zeit gehörte es in reichen Familien einfach zum guten Ton, mindestens ein geklontes Kind zu haben. Dahinter stand das hehre Ziel, den Stammbaum künftiger Weltbeherrscher zu veredeln und zu verbessern. Hinzu kam, dass Pamela nach der sehr schwierigen Geburt von Wilbur unfruchtbar wurde, trotzdem aber um jeden Preis ein zweites Kind haben wollte. Erst später erfuhr Anthony, dass Pamela damals von ihren Eltern manipuliert worden war, denn ihr Vater besaß ein hübsches Portfolio von BioGen-Aktien. Sie folgten also der herrschenden Mode, und als bei Tony Junior die ersten Degenerationserscheinungen erkennbar wurden, verbrachten sie – vor allem natürlich Pamela – die meiste Zeit damit, das Kind zu pflegen. Dabei vernachlässigten sie Wilburs Erziehung, der sich in der Folge zum Faulenzer und Nichtsnutz entwickelte – ein computersüchtiger Drogenabhängiger, der schließlich von Outers abgeschlachtet wurde. Anthony, der felsenfest daran geglaubt hatte, Vater zweier zukünftiger Mitgesellschafter und späterer Erben des riesigen Firmenimperiums zu sein, zu dem Resourcing *ww* inzwischen geworden ist, steht mit leeren Händen da. Einer seiner Söhne ist tot, der andere gelähmt und zu keiner selbstständigen Handlung fähig – ganz zu schweigen von der Ehefrau, die abgestumpft von Prozac4 immer weiter in die Bigotterie abdriftet.

Wieder lässt Anthony insgeheim den Blick durch die Runde schweifen, doch die Lachlust ist ihm vergangen. Jetzt ist ihm eher nach Heulen zumute, weniger um Wilbur als vielmehr um sein eigenes Schicksal und die Trostlosigkeit seiner Familie. Die leichte Depression hat vermutlich mit dem Nachlassen der Wirkung des Dexomyl zu tun. Nein, es ist ganz sicher nicht Fullers Art, sich zu beklagen und in Selbstmitleid zu verfallen. Er stellt sich jeder Situation – aufrecht, mit hoch erhobenem Kopf, klarem Blick und zusammengebissenen Zähnen, denn sein erklärtes Ziel ist es, zu gewinnen. Diese Haltung hat er von seinem Vater gelernt, dem imposanten Richard Fuller III. »Du stammst von den Jayhawkers ab, mein Sohn, und die Jayhawkers haben Amerika und damit die freie Welt aufgebaut. Vergiss das nie!«, pflegte er zu sagen. Und wenn der kleine Anthony dann murrte oder gar zu weinen anfing, bekam er einen Tritt in den Hintern, der sich gewaschen hatte. Vielleicht hätte Anthony die gleiche Methode bei Wilbur anwenden sollen, anstatt ein Vermögen für den Unterhalt dieses Parasiten auszugeben.

Ein kurzer Blick aus dem Augenwinkel zeigt, dass Junior ihn noch immer fixiert. *Mein Gott, warum muss man ihn denn ausgerechnet so platzieren, dass ich ihn sehe? Könnte nicht wenigstens jemand seinen Rollstuhl umdrehen?*

Plötzlich stehen alle auf und beginnen, ein Requiem zu singen. Überrascht folgt Fuller ihrem Beispiel und versucht, es ihnen gleichzutun. Er brummt irgendetwas, weil er ohnehin weder Text noch Melodie kennt. In religiösen Dingen ist er nie unterwiesen worden, weil für Richard Fuller III. der einzige Gott, den zu ehren sich lohnte, der Dollar war. Pamela bemerkt es natürlich sofort und weist ihn, ohne mit dem Singen aufzuhören, mit strengem Blick auf das auf der Bank liegende Gesangbuch hin. Fuller greift danach, weiß jedoch nicht, auf welcher Seite er suchen soll, und blättert fieberhaft. Das Buch entgleitet seinen Händen und fällt vernehmlich auf die Fliesen. Jetzt ist es der Pfarrer, der Fuller mit strengem Blick mustert. Fuller explodiert.

»Verdammt, ich habe wirklich keinen Bock mehr! Lasst uns endlich mit dem blöden Getue aufhören!«

Die Trauergemeinde erstarrt. In der eintretenden Stille ist nur Tony Junior zu hören, der eine Reihe kurzer, durchdringender Schreie ausstößt. Es hört sich an wie das Lachen einer Hyäne.

Reliquie

State of Kansas – Douglas County
Welcome to Eudora
People: 3800 (~~growing~~)
Visitor's fee:
$ 19 per hour
$ 59 half a day
$ 99 per day
Special rates on week-ends!
Get your member card
Refugees not admitted

Endlich ist die Zeremonie beendet. Fuller und seine Frau nehmen die Beileidsbekundungen entgegen und verabschieden sich. Die Trauergemeinde steht in der großen Empfangshalle des Krematoriums von Eudora. Ein Stück abseits wartet eine andere Familie, die als nächste an der Reihe ist. Pamela, die während der Einäscherung ununterbrochen geschluchzt hat, umklammert die Urne mit Wilburs Asche, die der Pfarrer ihr in die Hand gedrückt hat, als wäre sie eine Reliquie von Jesus Christus persönlich. Fuller ist ausgesprochen enttäuscht vom Aussehen der Urne – es handelt sich um eine gewöhnliche, schwarze Plastikschachtel, die ein wenig an eine Schmuckschatulle für billiges Talmi erinnert. Er hat etwas wesentlich Massiveres erwartet, aus Marmor oder Stein vielleicht, und auf griechisch oder römisch getrimmt. Allerdings will er um jeden Preis vermeiden, Pamelas Aufmerksamkeit auf die in der Empfangshalle ausgestellten Urnen zu lenken, die wie Baseball-Pokale glänzen. Wilbur die ganze Zeit in einem Baseball-Pokal zu tausend Dollar das Stück auf dem Kaminsims ansehen zu müssen – nein danke! Er hat schon genug für den ganzen Zirkus hier blechen müssen, und das für einen Nichtsnutz, der den Preis seines Sarges nicht wert ist.

Fuller fühlt sich nervös, abgeschlagen und ziemlich gereizt. Zwar ist es ihm gelungen, während der Einäscherung auf der Toilette eine Calmoxan zu nehmen, doch die Pille scheint durch den Hormon- und Vitamincocktail, den er jeden Morgen zum Frühstück trinkt, ihre Wirksamkeit einzubüßen. Nach seinem Ausbruch ging die Zeremonie weiter, als ob nichts geschehen wäre, doch Fuller ist sich sicher, dass sämtliche Anwesenden ihn insgeheim tadelnd gemustert haben.

Pamelas Vettern begrüßen ihn mit einer dem Anlass entsprechenden Miene, murmeln banale Beileidsbezeugungen, reichen ihm lasche Hände und ziehen sich so hastig zurück, als könne er eine ansteckende Krankheit übertragen. Bei Pamela zeigen sie sich beredter, küssen sie, nicken und flüstern ihr etwas ins Ohr – bestimmt etwas gegen ihn. Anthony fällt auf, dass er ihre Namen noch immer nicht kennt. Doch als sein Vater ihn auf betont männliche Art umarmt, vergisst er sie sofort. Mit seinem glatten Erobererschnurrbart, den im Wind des Erfolgs wehenden weißen Haaren, dem perfekt sitzenden Maßanzug und der vergoldeten Remote Manager von Texas Instruments am Handgelenk gibt sich Richard III. auch im vorgerückten Alter noch wie ein Tycoon vergangener Jahrhunderte. Er hält sich übrigens tatsächlich dafür, obwohl er bei Exxon Hydrogen nur noch Ehrenvorsitzender ist und das Gehalt für seine Tätigkeit im Vorstand von Resourcing höchstens dafür reicht, seine Callgirls zu bezahlen.

»Nur Mut, mein Sohn. Du weißt ja, in Lawrence ersteht aus der Asche stets ein Phönix.«

Papa ist doch wirklich immer für einen Scherz gut, denkt Anthony, während er mit schmerzverzerrtem Gesicht die wuchtige Umarmung seines Vaters erträgt. *Außerdem sind wir hier in Eudora, nicht in Lawrence.*

Pamelas Eltern scheinen noch immer empört über sein Verhalten zu sein, denn sie würdigen ihn keines Blickes. Schließlich kommt der Abgesandte der K-State in Manhattan (Kansas) an die Reihe. Mit schüchtern an die Brust gedrücktem E-case tritt er zögerlich auf Anthony zu. Sofort entscheidet Fuller, dass ihm das Männlein unsympathisch ist und dass er bestimmt keinen müden Cent herausrücken wird.

»Mister Fuller? Darf ich Ihnen mein aufrichtiges Beileid aussprechen? Wilbur war ein ausgesprochen angesehener Student unserer Universität …«

»Reden Sie kein dummes Zeug! Wil hat nicht ein einziges Mal auch nur den Fuß in Ihr Institut gesetzt.«

»In der Tat, Sir, und das macht mich unendlich traurig. Dennoch hätte er Herausragendes leisten können. Einigen Professoren ist er aufgefallen …«

»Hören Sie, Mister« – *wie hieß der Kerl noch gleich? Scheiß-Gedächtnislücken! Ich muss unbedingt vorsichtiger mit dem Metacain sein!* –, »ich habe meinen Sohn von der KU abgemeldet, weil es mich zu teuer kam und nichts brachte. In diese Kaschemme in Manhattan habe ich ihn doch nur geschickt, um ihn hier nicht am Hals zu haben. Sie brauchen sich also gar nicht erst die Mühe machen, mir vorzugaukeln, er hätte bei Ihnen seine Begeisterung für die Wissenschaft entdeckt. Worauf wollen Sie hinaus? Was versuchen Sie, mir zu verkaufen?«

Der kleine Mann sackt unter Fullers beißender Ironie sichtlich in sich zusammen.

»Mein Name ist Peter Lawson, und ich bin stellvertretender Rektor der zur Debatte stehenden Kaschemme, die mit Sicherheit nicht so viel Geld zur Verfügung hat, wie die Consulting *ww* sie der herausragenden Kansas University in Lawrence bewilligt. Wir bekommen nicht einmal finanzielle Unterstützung von einer der von *world-wide* gekauften Regierungen. Trotzdem schlagen wir uns einigermaßen durch und vermitteln unser Wissen an Studenten, die sich noch Gedanken um ihre Zukunft und die ihres Landes machen. Ihr Sohn allerdings gehörte nicht dazu, so leid es mir tut.«

»Wir Fullers bauen mit eigenen Händen an der Zukunft Amerikas, Lawson«, explodiert Anthony. »Wir Fullers investieren in leistungsfähige Institute, die Kansas weiterbringen, und nicht in irgendwelche Pennernester mitten in der Wüste! Und ich verbiete Ihnen, meinen Sohn während seiner eigenen Trauerfeier zu beleidigen!«

Alle Köpfe wenden sich seiner Donnerstimme zu. Lawson verkriecht sich immer tiefer in seinen mausgrauen Anzug.

»Aber ich habe ihn nicht …«, beginnt er.

Er beendet den Satz jedoch nicht, sondern dreht sich auf dem Absatz um und eilt aus dem Krematorium. Weil zum wiederholten Mal alle Blicke auf ihm ruhen, zieht Fuller es vor, ihm zu folgen. Er fühlt sich so nervös, dass er am liebsten eine Zigarette rauchen würde. Schade, dass Tabak im gesamten Bundesstaat verboten ist. Außerdem hat er seit seinen verrückten Studententagen in Harvard nicht mehr geraucht. Mit der Hand umschließt er die Schachtel Calmoxan in seiner Hosentasche, wagt jedoch nicht, eine zweite Pille zu nehmen – er muss schließlich noch arbeiten.

Mit spöttisch verzogenen Lippen sieht er zu, wie Lawson auf dem mit anämischen Bäumen bepflanzten Parkplatz in einen alten, auf Ethanol umgerüsteten Chevrolet steigt und nach einigen Startschwierigkeiten über die 1420. Straße Nord auf den Ausgang der Enklave zuholpert. *Na, dann viel Glück bei der Heimfahrt*, denkt Fuller. Den K10 Highway darf Lawson mit der alten Schrottschleuder nicht befahren; er wird also wohl oder übel mit der 442 und der US 24 vorliebnehmen müssen. Diese Straßen sind allerdings in einem so jämmerlichen Zustand, dass Lawson für die hundertfünfzig Kilometer mindestens drei Stunden brauchen dürfte. Außerdem liegen ein paar Outer-Nester an der Strecke, und er muss durch das Gebiet der Shawnees, die Bleichgesichtern gegenüber nicht gerade freundlich gesinnt sind und gern auch mal ein Lösegeld erpressen. *Er hat sein Leben aufs Spiel gesetzt, um herzukommen*, wird Fuller mit einem Mal klar. *Und ich weiß noch nicht einmal, was er eigentlich wollte.*

Sein Blick schweift über die unbewegliche Landschaft, die wie eine Kulisse unter einem eintönig weißen Himmel daliegt. Der mit kränklichen Bäumen und vertrockneten Blumen bepflanzte Friedhof, dessen Rasenfläche – es handelt sich um Evergreen© von Universal Seed™ – in einem satten Veronesergrün prunkt, ist von ausgedörrten Feldern umgeben, die sanft zum Bett des Wakarusa abfallen. Der ehemalige Fluss ist zu einem brackigen, zwischen Steinen dahinsickernden Rinnsal geworden. An seinem Ufer entlang verläuft die Grenze der Enklave, die von einer fünfzehn Meter hohen, aus einem eigenen Fusionskraftwerk gespeisten Plasmawand umschlossen wird. Ein doppelter, mit allen nur denkbaren Alarmen gesicherter Stacheldrahtzaun verbarrikadiert vonseiten der Enklave den Zugang zur Grenze. Wer der Plasmawand nämlich zu nahe kommt, wird mit 40000 Volt bei lebendigem Leib geröstet. Der einzige Schwachpunkt der Festung ist die Ausfahrt der K10, die von zwei Maschinengewehren, einem Raketenwerfer, einer Radaranlage und einer rund um die Uhr präsenten Patrouille der Eudora Civic Corp. bewacht wird. Das Leben in Eudora ist friedlich und vermittelt immer noch den Eindruck von Reichtum und Sorglosigkeit. Die Frage ist allerdings, wie lange noch. Als Fuller genauer hinsieht, muss er feststellen, dass das Moderkraut, eine sich mit virenartiger Geschwindigkeit ausbreitende Grasart, die sich aus transgenen Kulturen entwickelt hat und allen Unkrautvernichtungsmitteln widersteht, es tatsächlich geschafft hat, die Plasmawand zu durchbrechen und seine hässlich graugrünen Kissen immer weiter auszubreiten. Eines Tages wird wohl ganz Kansas unter dem Kraut ersticken. Fuller seufzt entmutigt. Ob es irgendwann gelingen wird, die Schranke wieder zu schließen und die Irrtümer vergangener Jahrzehnte zu reparieren? Oder ist die viel gerühmte Kreativität der Amerikaner nichts als eine verzweifelte Flucht nach vorn – eine Flucht in die Wüste?

Das Auftauchen seiner Frau in der offenen Säulenhalle vor dem Eingang des Krematoriums unterbricht Anthonys desillusionierten Gedankengang. Pamela trägt Wilburs Urne noch immer so, als ob sie einen wertvollen Schatz enthielte, und trotz der Prozac4, mit denen sie sich zweifellos vollgestopft hat, schäumt sie vor Wut.

»Na toll!«, zischt sie ihn an. »Super-Vorstellung! Ich nehme an, du bist richtig stolz auf dich.« Tränen schießen ihr in die Augen. »Mein Gott, was sollen die Leute bloß von uns denken? Und erst George. Der arme George.«

»Wer ist denn George?«

»George Parrish, unser Pfarrer. Wenn du ein wenig häufiger zum Gottesdienst gingest, würdest du ihn kennen …«

»Pamela, es reicht«, schneidet ihr Anthony das Wort ab. »Du hast deine Überzeugungen, ich habe meine. Darüber haben wir schon tausendmal diskutiert und müssen es nicht schon wieder durchhecheln. Außerdem störst du – ich bin gerade dabei, meine Nachrichten abzurufen.«

Das entspricht zwar nicht der Wahrheit, doch Anthony hat herausgefunden, dass es sich hervorragend als Ausrede eignet, um einem Streit mit Pamela aus dem Weg zu gehen. Da geschäftliche Dinge in ihrem Eheleben grundsätzlich unbedingten Vorrang haben, zieht Anthonys Frau sich in solchen Fällen meist zurück – zwar schmollend, aber ohne weitere Fragen.

Anthony wirft einen bedeutungsvollen Blick auf den Minicomputer am Handgelenk – es ist die neueste Technik von Nokia, *made in China*, und sowohl leistungsfähiger als auch schneller als die vergoldete Texas Instruments seines Vaters – und überfliegt die zahlreichen Mitteilungen, die er während der Zeremonie erhalten hat. Wie vorhergesehen, zieht Pamela sich schmollend zurück.

Allerdings hat Fuller nicht die Absicht, sich sofort wieder seinen Geschäften zu widmen. Vorerst möchte er die für Mitte Oktober recht angenehme Temperatur von 28°C genießen. Doch eine rot gekennzeichnete Nachricht höchster Priorität macht ihn neugierig. Die Message stammt von GeoWatch.

GeoWatch? Was mag da los sein? Ist etwa ein Satellit verloren gegangen?

Fuller klickt die Nachricht an, decodiert sie und liest mit, während sie über den winzigen Bildschirm flimmert:

Fremdzugriff auf Sat Mole-Eye 2AC
Bericht Enigma im Anhang
Erwarten Anweisung.

Ein Don Juan der Ministerien

In jener Zeit wird sich die Welt verwandeln [...]
Hohe Uferböschungen stürzen ein
Wie Mauern aus Kalkstein
Bei einem Tornado.
Das Wasser der Flüsse versickert,
Wälder werden zu Wüsten,
Von großen Städten bleiben nur Ruinenfelder.
Dort, wo klares Wasser plätscherte,
Gibt es nichts mehr als Sandbänke.

Aus dem *Njeddo Dewal*, einer Initiationserzählung des Volks der Fulbe, übertragen von Amadou Hampaté Bâ (Nouvelles Editions Ivoriennes, 1993)

»Tut mir wirklich leid, Monsieur Coulibaly, aber die Präsidentin ist sehr beschäftigt. Sie kann Sie im Augenblick nicht empfangen.«

»Was soll das heißen – sie kann nicht? Ich habe einen Termin!«

Yéri Diendéré, die junge, hübsche und sehr kompetente Sekretärin der Präsidentin, schürzt entschuldigend die Lippen und zuckt die von ihrem Boubou unbedeckten Schultern. Dabei erbeben ihre Brüste unter dem gemusterten Stoff, was den scharfen Augen des Premierministers durchaus nicht entgeht.

»Sämtliche Termine sind abgesagt worden. Es geht um eine äußerst wichtige Angelegenheit.«

»Was für eine wichtige Angelegenheit? *Meine* Angelegenheit ist wichtig!«

Issa Coulibaly hebt ostentativ einen umfänglichen Attaché-Koffer über seinen Wanst. Der Premierminister ist fett, verschwitzt, kleidet sich wie ein Mafioso in einem billigen Film und hält sich für unwiderstehlich. Yéri kann ihn nicht leiden. Wieder zuckt sie die Schultern, fängt Coulibalys Blick auf und zieht ihren Boubou zurecht.

»Die Präsidentin hat keine genaueren Angaben gemacht. Sie erzählt mir durchaus nicht alles.«

Mit diesen Worten heftet sie den Blick wieder auf den Computerbildschirm und gibt dem Premierminister so zu verstehen, dass sie die Unterhaltung als beendet betrachtet. Doch so schnell gibt Coulibaly nicht auf.

»Wird diese wichtige Angelegenheit lange dauern?«

»Jedenfalls hat sie alle Termine abgesagt«, erwidert Yéri lakonisch.

»In diesem Fall könnten wir beide doch irgendwo etwas trinken gehen«, schmeichelt Issa mit seinem schmierigsten Lächeln. »Nur wir zwei. Wir warten einfach gemeinsam darauf, dass sie fertig wird.«

»Ich habe zu arbeiten«, erwidert die Sekretärin in einem Ton, der so trocken ist wie der Wüstenwind Harmattan.

»So schlimm wird es schon nicht sein! Als ich hereinkam, warst du gerade dabei, dir die Nägel zu lackieren.«

»Mein derzeitiger Auftrag besteht darin, unerwünschte Besucher abzuweisen.«

»O je! Bist du heute etwa mit dem linken Bein zuerst aufgestanden? Oder hast du Kummer?« Im Bemühen um ungezwungene Lässigkeit legt Issa Coulibaly einen seiner elefantösen Schenkel auf eine Schreibtischecke. »Du darfst dich Onkel Issa ruhig anvertrauen.«

In der Hoffnung, einen tieferen Einblick in den Ausschnitt von Yéris Boubou zu erhaschen, beugt er sich über den Schreibtisch. Angewidert schiebt Yéri ihren Stuhl zurück. Während sie sich noch fragt, wie sie den Schleimer loswerden soll, öffnet sich die Tür hinter ihr, und eine sehr erregte Fatimata stürzt ins Vorzimmer. Hastig steht Coulibaly auf. Sein Schweiß fließt in Strömen.

»Ach, Issa, gut, dass du da bist.«

»Was soll das heißen: gut, dass ich da bin? Darf ich dich daran erinnern, dass wir einen Termin hatten?« Wieder hebt er sein Aktenköfferchen. »Das Außenhandelsdefizit …«

»Vergiss das Außenhandelsdefizit! Es gibt ein innenpolitisches Wunder!«

»Ich verstehe nicht ganz.«

»Komm einfach mit!«

Fatimata führt den Premierminister in ihr Büro, das nur unwesentlich kühler ist als der Backofen, in dem die Sekretärin den ganzen Tag ergeben vor sich hin röstet. Energiesparmaßnahmen. Als die Tür sich hinter dem aufdringlichen Coulibaly schließt, der wie ein braves Hündchen hinter der Präsidentin hertrottet, stößt Yéri einen erleichterten Seufzer aus.

Nie käme es dem Don Juan der Ministerien in den Sinn, auch nur den Versuch zu wagen, die Präsidentin zu bezirzen, obwohl die üppige Vierzigerin seinem Schönheitsideal weitaus mehr entspricht als die magere Yéri. Fatimata flößt ihm Respekt ein. Sie verfügt über die ruhige Kraft großer Baobab-Bäume, die sich in ihrem langsamen, aber unbeirrbaren Wachstum durch nichts behindern lassen. Seit zwei Jahren steht sie an der Spitze des Landes und hat es trotz der Trockenheit, des allgemeinen Mangels, der Epidemien, der Landflucht und der immer knapper werdenden internationalen Hilfe mit einer geradezu heroischen Kraftanstrengung geschafft, dass Burkina Faso noch immer nicht im Sand untergegangen ist. Sie ist die Tochter des Nationalhelden Alpha Konaté, dessen Ruhm dem von Thomas Sankara in nichts nachsteht. Konaté hat das Land aus dem »ultraliberalen Teufelskreis« befreit, eine stabile Wirtschaft etabliert und wurde bei dem Putsch im Jahre 2011 feige ermordet. Sein Geist lebte in der Politik von Amadou Diallo weiter, dessen Partei zunächst dreiundzwanzig korrupte Militärs absetzte, ehe sie Fatimata zur Premierministerin wählte. Die historische Tragweite und die geistige Größe des *naaba* Konaté haben sich auf seine Tochter vererbt. Und die geschichtliche Weiterentwicklung des Landes, an der Issa Coulibaly teilhaben darf, setzt sich trotz der immensen Schwierigkeiten fort.

Das geräumige, luftige Büro der Präsidentin befindet sich im Herzen des Präsidentenpalastes. Nachdem der alte Palast bei den Bränden anlässlich der Volkserhebung des Jahres 2023 vollständig niederbrannte, hat man ihn im neosudanesischen Stil wiederaufgebaut. Zwar ist das Büro ausgesprochen spartanisch möbliert, doch verfügt es über einen kaum ein Jahr alten Quantum Physics Computer, der mit intermolekularen Quantenverbindungen arbeitet. Auch wenn das Land zu den ärmsten der Welt gehört, ist es sich schuldig, unter Anwendung modernster Technik mit ebendieser Welt in Verbindung zu bleiben; die Zeiten des Kupferdrahts und der Brieftauben sind nun einmal vorbei, und ohne Kommunikationsmöglichkeiten würde man endgültig im Dunkel der Geschichte verschwinden.

Der Quantum Physics besteht aus einem eleganten, durchsichtigen Touchscreen, der in einen Rahmen aus Okoume-Holz eingelassen ist, sowie einer holografisch auf die Arbeitsfläche des Schreibtischs projizierten Tastatur. Ihr sanft rosiger, elektronischer Schimmer kämpft vergeblich gegen die glühenden Sonnenstrahlen an, die durch die Ritzen der geschlossenen Fensterläden dringen. An der Decke röchelt eine Klimaanlage, ohne der Wüstenhitze Herr werden zu können.

»Was siehst du?«

Mit gerunzelten Augenbrauen studiert Coulibaly den Bildschirm. Dabei wischt er sich mit einem derart penetrant nach Kölnischwasser duftenden Seidentuch über die Stirn, dass Fatimata unwillkürlich einen Schritt zurückweicht.

»Es scheint eine Art Satellitenbild zu sein.«

»Richtig. Aber weißt du auch, was es darstellt?«

Der Premierminister unterzieht das Bild einer genaueren Betrachtung. Er erkennt eine hügelige, in Falschfarben dargestellte Halbwüste, die von Isobaren durchzogen und mit Flecken in merkwürdigen Farben übersät ist, deren Bedeutung ihm nicht klar ist. In der Nähe einer Ansammlung von Punkten, die wahrscheinlich eine Siedlung darstellt, findet sich eine tiefblaue Fläche, die zur Mitte hin noch dunkler wird. Etwa ein See?

Er richtet sich auf und schüttelt zweifelnd den Kopf.

Fatimata zeigt auf die vielen Punkte. »Das hier ist Kongoussi. Und das dort«, sagt sie, und deutet auf den blauen Fleck, »ist der Bamsee.«

»Der Bamsee? Aber der ist doch seit zehn Jahren ausgetrocknet!«

»Nicht einfach nur ausgetrocknet. Wir haben ihn systematisch ausgebeutet, um unsere Felder zu bewässern, und der ausbleibende Regen ließ ihn schließlich versanden. Hinzu kamen die Abholzung der Uferzonen, die dadurch einsetzende Erosion und der Harmattan – alles zusammengenommen führte letztendlich dazu, dass der See im Sand versickerte. Das Wasser hat sich in tiefere Gesteinsschichten zurückgezogen. Wie das Satellitenbild zeigt, ist der See wieder zu dem Grundwasser geworden, aus dem er vor Zeiten entstanden ist.«

Coulibaly hebt die schütteren Augenbrauen und bläst überrascht die Wangen auf.

»Dieser riesenhafte blaue Fleck da soll ein Grundwasservorkommen sein?«

Fatimata nickt. Ein breites Lächeln erhellt ihr offenes Gesicht. Sie berührt eine Ecke des Bildschirms; eine Legende taucht auf.

»Das Volumen dieses unterirdischen Sees wird auf etwa 12,7 Milliarden Kubikmeter geschätzt«, liest sie ab.

Coulibaly stützt sein Doppelkinn auf beide Hände, was bei ihm immer ein Zeichen für intensives Nachdenken ist.

»Das würde ausreichend Wasser für ungefähr fünfzig Jahre bedeuten, und zwar für jeden einzelnen Einwohner dieses Landes«, sagt er langsam.

»Ich habe noch nicht nachgerechnet, aber ich glaube dir aufs Wort. Auf jeden Fall hätten wir der Trockenheit etwas entgegenzusetzen und könnten unsere gebeutelte Landwirtschaft wieder auf Vordermann bringen.«

»Und wer hat uns diese Information zukommen lassen? Etwa die Chinesen?«

Fatimata muss über den abgedroschenen Scherz lächeln. Seitdem fast alle westlichen Industrienationen – mit Ausnahme einiger nichtstaatlicher Hilfsorganisationen – die Unterstützung der von der Klimakatastrophe am härtesten gebeutelten, ärmsten Länder der Welt eingestellt haben, investiert nur noch der chinesische Staat massiv in Afrika. Die Großmacht bringt nicht nur tägliche Gebrauchsgüter zu niedrigen Preisen unter das Volk, sondern errichtet Handelshäuser in Ortschaften, wo der letzte Gemischtwarenhändler an Denguefieber oder Aids gestorben ist, stellt »unentgeltliche« Ausrüstungen und »ehrenamtliche« Techniker zur Verfügung, hat ein billiges Datennetz aufgebaut und besetzt so diskret, aber sicher jedes Feld des afrikanischen Schachbretts nach und nach mit seinen Spielsteinen. Alles, was von anderswo kommt und entweder umsonst oder nicht teuer ist, stammt mit ziemlicher Sicherheit aus China. Daher hat es sich eingebürgert, bei jeder kleinen Dreingabe auf die frugale Alltäglichkeit zu sagen: »Das kommt bestimmt von den Chinesen.«

»Diesmal nicht. Ich habe sie auf der Homepage von … SOS Europa gefunden.«

Fatimata hat kurz gezögert, ehe sie den Namen ausgesprochen hat. Es ist ihr unangenehm, vor Issa zuzugeben, dass sie bei den Hilfsorganisationen betteln gehen muss, doch er steigt nicht weiter darauf ein.

»Aber auch die müssen sie ja irgendwoher haben. Diese Art Information gehört ganz bestimmt nicht zu denen, die für jedermann umsonst zu haben sind, sondern …«

Die Präsidentin weiß durchaus um die Schwächen ihres Premierministers – es vergeht kein Tag, an dem sich nicht ein weibliches Mitglied des Personals im Präsidentenpalast über ihn beschwert –, doch sie kennt auch seine Qualitäten: messerscharfe Analysen und blitzschnelle Folgerungen, mit denen er so gut wie immer richtig liegt. Mit dem Finger zeigt sie auf die winzigen Zeilen unter der Kartenlegende:

Originalbild, entwendet aus dem Satelliten Mole-Eye 2AC von GeoWatch.
Eingestuft als »Geheime Ressource«.
Geknackt und entschlüsselt von Truth.

SAVE OURSELVES

»Wenn dein Nachbar Hunger hat, gib ihm keinen Fisch, sondern zeig ihm, wie man angelt.« (Sprichwort von der Elfenbeinküste)

Sie haben ein Projekt?
Wir helfen bei der Durchführung.

<SOS.org>

Die Berater für die Planer

Von: Fatimata Konaté <f.konate@gov.bf>
An: Markus Schumacher <markus@sos-europa.org>
Datum: 25.10.2030 – 15:53 GMT
Verschlüsselt – Höchste Sicherheitsstufe

Lieber Markus,

vielleicht erinnern Sie sich meiner nicht, nachdem Sie wahrscheinlich täglich von Katastrophenopfern und Benachteiligten mit Beschlag belegt werden. Ihre Organisation ist zu meiner Zeit als Premierministerin wiederholt in Burkina tätig geworden, und auch mein Vorgänger, Präsident Adama Diallo, hat mehrfach um Ihre Hilfe nachgesucht. Unser letztes gemeinsames Projekt fand im Jahr '24 statt, als Sie uns bei der Wiederbelebung des Reisanbaus in Hiéna-Djonkélé zur Hand gingen. Damals wurde mir das Vergnügen zuteil, Ihre Bekanntschaft zu machen, und so konnte ich vor Ort Ihre Kompetenz und Effizienz kennenlernen. Leider ist der Reisanbau inzwischen der anhaltenden Trockenheit zum Opfer gefallen. Seither bemühen wir uns, in der betroffenen Region Sorghum anzubauen, was zwar geringere Erträge bringt, jedoch auch weniger Wasser braucht.

Ich schreibe Ihnen jedoch nicht, um eine Bilanz vergangener Bemühungen aufzustellen, sondern um eine Zusammenarbeit für die

Zukunft anzuregen. Auf Ihrer Homepage habe ich durch Zufall das Satellitenbild eines großen, unvermuteten Grundwasservorkommens in der Nähe der Stadt Kongoussi entdeckt, die nördlich von Ouagadougou liegt, und zwar etwa an der Stelle des inzwischen ausgetrockneten Bamsees. Mein Premierminister Issa Coulibaly schätzt, dass die unterirdischen Reserven die Gesamtbevölkerung von Burkina Faso für etwa fünfzig Jahre mit Wasser versorgen könnten.

Sicher haben Sie von der dramatischen Situation gehört, in der sich mein Land zurzeit befindet. Die Wasserknappheit macht nicht nur unser wirtschaftliches, sondern auch unser ganz banales Überleben zunichte. Jeden Tag finden wir Dutzende von Toten auf unseren Straßen; ein Viertel der Gesamtbevölkerung ist aufgrund von Schwäche oder schwerer Krankheit nicht mehr arbeitsfähig, unsere Landwirtschaft produziert nicht einmal mehr 20 % unseres Eigenbedarfs, und die Flucht vor dem Durst treibt die ausgemergelten Menschen in den Süden, wo sie mit der Feindseligkeit der dortigen Bewohner konfrontiert werden, denen es kaum besser ergeht. Heftige Grenzkonflikte und Spannungen mit der Elfenbeinküste, die sich in zunehmendem Maß bedrängt fühlt, beschwören das Gespenst des Krieges von 2002–2003 herauf. Ich befürchte das Schlimmste. Zurzeit werden wir von Ghana mit Wasser aus dem Voltasee versorgt, und zwar zu exorbitanten Preisen, doch auch der Wasserspiegel dieses Sees sinkt spürbar. Dem Land Ghana ist das Problem des Wassermangels nicht unbekannt, und ich sehe den Tag kommen, an dem die Regierung beschließt, die Ventile zu schließen. Für uns gibt es keine Alternative. Wir haben außer Sand, Wind und Tränen nichts, was wir gegen Wasser eintauschen könnten.

Nicht, dass ich mich beklagen will – ich möchte Ihnen lediglich einen kurzen Eindruck der Situation geben. Wäre ich ein gläubiger Mensch, würde ich die Entdeckung dieses unterirdischen Sees als Geschenk des Himmels bezeichnen, meine animistisch orientierte Mutter würde es wohl eher ein Geschenk der Erde nennen. Bleibt uns lediglich, es auch in gegebenem Umfang zu nutzen. Genau hier liegt allerdings das Problem. Das Wasser befindet sich in etwa 200 Meter Tiefe. Leider ist nirgendwo in meinem Land das Material aufzutreiben, das für eine Tiefenbohrung dieser Größenordnung geeignet wäre. Auch verfügen wir nicht über die Mittel, eine solche Ausrüstung zu erwerben. Natürlich könnten wir uns an ein ausländisches Unternehmen wenden, doch das würde die Kosten, die wir aus verständlichen Gründen so gering wie möglich halten möchten, unnötig in die Höhe treiben.

Sicher haben Sie längst verstanden, worauf ich hinauswill. Auf Ihrer Homepage habe ich gesehen, dass SOS Europa für die am stärksten von der Trockenheit betroffenen Länder sozusagen ›schlüsselfertige‹ Lösungen hinsichtlich eventueller Bohrungen und vernünftiger Bewässerungsprogramme anbietet, falls Wasser in erreichbarer Tiefe vorhanden ist. Das ist bei uns der Fall. Sie haben uns gezeigt, wo dieses Wasser zu finden ist. Jetzt sollten Sie einen Schritt weiter gehen und uns helfen, dieses Wasser auch zu fördern.

Lieber Markus, mir ist natürlich klar, dass Ihr Augenmerk in den letzten Wochen hauptsächlich auf die schrecklichen Überschwemmungen gerichtet war, welche die Niederlande heimgesucht haben, und ich fühle von ganzem Herzen mit den unglücklichen Opfern. Doch auch hier sterben täglich Menschen, und zwar zu Tausenden, indem sie schweigend und ohne Aufsehen in den Staub sinken.

Ich hoffe, dass meine Mail Ihr Interesse geweckt hat, und verbleibe mit freundlichen Grüßen

Fatimata Konaté

Präsidentin von Burkina Faso

Übertragen von **China.net**, der kostenlosen und unbegrenzten Flatrate

---

Wo sind die glücklichen Tage geblieben?

Die Toten sind nicht tot …
Die Toten ruhen nicht in der Erde,
Sie sind im bebenden Baum,
Sie sind im plätschernden Wasser,

Sie sind im stillen See,
Sie sind im heimischen Vorratskasten,
Sie sind in der Menschenmenge dort draußen.
Die Toten sind nicht tot.

Birago Diop

Mit dem Einkaufskorb unter dem Arm durchstreift Alimatou Zebango ein wenig verwirrt die Gänge zwischen den zu drei Vierteln leeren Ständen auf dem Markt von Kongoussi. Die unbenutzten Stände sind mit rötlichem Staub bedeckt. Ein verlassener Markt – welch trauriges und merkwürdiges Schauspiel! Die unter der unbarmherzigen Sonne wie zermalmt wirkenden Hütten stehen längst nicht mehr im Schatten der Nérés. Aus den ehemals grünen Bäumen sind astlose Stümpfe geworden, auf denen lauernd die allgegenwärtigen Geier sitzen. An den wenigen noch geöffneten Ständen findet man verkümmerte, runzelige Ware, die kaum mehr an Gemüse erinnert, etwas Hirse, Sorghum, ein paar *niébé*-Bohnen, Kolanüsse und einige dürre, halb tote Hühner. Und dabei handelt es sich um den großen Sonntagsmarkt von Kongoussi, der eigentlich alle Viehzüchter, Landwirte, Handwerker und Bauern der Provinz anziehen sollte. Als Ehefrau des Bürgermeisters und aus Bam gebürtig, einem Dorf, das unmittelbar an den verschwundenen See grenzte, misst Alimatou den Verfall der einheimischen Wirtschaftskraft mit den Augen der Erinnerung an ihre Kindheit. Damals quollen die Auslagen über mit Tomaten, Zwiebeln, Auberginen, Okra und grünen Bohnen, die alle dank ständiger Bewässerung gediehen, und die Fischer verkauften Welse, Waller und Tilapia aus dem See. Hier war früher der Gang der Gewürzhändler; die starken Düfte ihrer Auslagen brachten Alimatou als Kind immer zum Niesen. Dort drüben saßen die animistischen Zauberer, die *wackmen*, beisammen; bei ihnen fand man seltsame Reliquien und furchteinflößende Masken. Viehzüchter vom Volk der Fulbe brachten ihre nervösen, buckligen Kühe zum Schlachter, und halbwüchsige Jungen verkauften gekühlte Getränke direkt von ihren Dreirädern. Am Ende jenes Ganges dort war der Stand von Maurice, wo es allerlei bunten Krimskrams aus China zu kaufen gab, und immer hatte Maurice ein kleines Geschenk für das Mädchen Alimatou bereit ... Wo sind nur die glücklichen Tage geblieben? Welche Pestilenz hat die Einwohner des Landes derart abstumpfen lassen? Wo ist ihre Lebensfreude geblieben? Warum sind die Menschen zu gespenstischen Erscheinungen verkommen, die ziellos durch die Straßen irren? Natürlich weiß Alimatou sehr genau, was passiert ist. Ihr Mann hat immer wieder mit ihr die Themen Globalisierung, Ausbeutung des Nordens, Neokolonialismus und den »ultraliberalen Teufelskreis« erörtert. Und natürlich wurde auch über den Klimawandel gesprochen, den die westlichen Industrienationen zwar hervorgerufen, jedoch nur sehr halbherzig bekämpft haben. *Aber warum? Warum diese Ungerechtigkeit? Was haben wir getan, um das zu verdienen?*

Endlich findet Alimatou das, wonach sie gesucht hat: Baobab-Blätter für die Sauce zum Hirsebrei. Zwar sind sie staubig und verdorrt, doch damit müsste es gehen. Die Verkäuferin ist eine alte Frau, vertrocknet und faltig wie ein Baumstumpf, und ihre schmutzigen, mit Schrunden bedeckten Füße zeugen von den vielen Kilometern, die sie zum Markt hat zurücklegen müssen. Ihr Fund gibt Alimatou ein wenig Hoffnung zurück. *Fatou wird uns schon da rausholen. Immerhin ist ihre Mutter Hadé eine große Seherin und hat vorhergesagt, dass die Baobabs von Kongoussi eines Tages wieder grün werden. Ein gutes Zeichen!*

Als Alimatou ihre Geldbörse aus dem üppigen Busen zieht, zupft jemand sie am Ärmel. Ein fürchterlicher Gestank breitet sich aus. Angeekelt dreht sie sich um. Vor ihr steht eine völlig ausgemergelte Frau mit vorzeitig ergrautem Haar. Ihr aufgedunsener Bauch wölbt sich unter formlosen, verdreckten Lumpen. Eiter sickert zwischen ihren dürren Beinen hervor. Ihr zerfurchtes, staubiges Gesicht wird von ihren verklebten, von Fliegen heimgesuchten und kurz vor dem Wahnsinn stehenden Augen beherrscht. Auch auf den aufgesprungenen, entzündeten Lippen sitzen Fliegen.

»Haben Sie Mitleid ... nur einen Tropfen Wasser ... Wasser ...«, stammelt die Frau.

»Fatou!«, ruft die alte Verkäuferin und macht eine Bewegung, als wolle sie Fliegen verscheuchen. »Du hast hier nichts zu suchen! Verschwinde! Verschwinde!«

»Sie heißt nicht Fatou, oder?«, ruft Alimatou entsetzt. »Das darf einfach nicht sein!«

»Doch, sie heißt Fatou«, erwidert die Marktfrau. »Ihr Mann ist gestorben. Sie hat nichts mehr.«

Aber Alimatou hört nicht mehr hin. Sie flüchtet im Laufschritt, kurzatmig und mit Grausen in den Augen. Unter anderen Umständen hätte sie der armen Frau vermutlich etwas Geld gegeben. Doch heute ist das Gesicht »ihrer« Fatou, der von den Göttern begünstigten und von den Geistern geliebten Präsidentin Fatimata, das Gesicht der zur Frau gewordenen Vorsehung, auf brutale Weise zum schmutzigen und eitrigen Gesicht der Armut, des Verfalls und des langsamen Todes geworden – zum schrecklichen Gesicht der Wirklichkeit.

ZWEITES KAPITEL

Widerstände

»… seit geraumer Zeit besteht kein Zweifel mehr, dass der Zusammenbruch des Abschlussdamms die Folge eines Anschlags war. Wie schon zuvor, wird erneut in Richtung des internationalen islamischen Dschihad ermittelt. In diesem Zusammenhang haben wir ein Interview mit General Horst Zimmermann geführt, einem Spezialisten auf dem Gebiet taktischer Waffen bei der Euroforce. – Herr General, war es nun ein Anschlag oder nicht? Und kommt der Dschihad als Täter infrage, oder ermitteln Sie eher in eine andere Richtung?«

»Die Frage nach dem Anschlag kann ich aus heutiger Sicht nur bejahen. Alle Indizien weisen darauf hin, dass eine oder mehrere Plasmabomben der Auslöser waren. Das beweisen sowohl die Art der Verschmelzungen am Explosionsort als auch der elektromagnetische Zusammenbruch, der die gesamten Niederlande lahmgelegt hat.«

»Dann könnte der islamische Dschihad also Plasmabomben besitzen?«

»Das ist zwar nicht völlig von der Hand zu weisen, allerdings halte ich persönlich es eher für unwahrscheinlich. Der Bau dieser Art Bombe erfordert nicht nur eine ausgefeilte Technologie, sondern auch strategisch wichtige Materialien, deren Herstellung, Aufbewahrung und Transport ständig von uns überwacht werden. Hätte jemand versucht, eine solche Bombe in die Europäische Union einzuschmuggeln, wäre es unseren Geheimdiensten mit Sicherheit nicht entgangen. Die Bombe muss also vor Ort, mitten in Europa, gebaut worden sein. Soweit wir informiert sind, besitzen die islamischen Verbindungen in unserem Gebiet weder die Mittel noch den

Zugang zu Materialien, mit denen sie eine solche Bombe bauen könnten. Im Gegensatz übrigens zur Göttlichen Legion …«

»Herzlichen Dank, Herr General. Wir haben also zur Kenntnis genommen, dass möglicherweise eine neue Gruppierung des islamischen Dschihad nach Europa hat einsickern können und bereits jetzt ein High-Tech-Labor besitzt, das die Herstellung von Plasmabomben gestattet. Das ist natürlich eine äußerst ernste Angelegenheit. Wir werden Sie über jede Weiterentwicklung auf dem Laufenden halten. Bleiben Sie einfach bei uns auf Euronews.«

Romantisches Tableau

Home, silent 'n' crying home
How many years in your womb …
How many years in your womb …
Home, silent 'n' crying home.

Stars have passed through your shore
Distant like little flames …
Home, silent 'n' crying home.
Home, crying 'n' silent home.

Voices often spoke
In your cold telephones.
Home, silent 'n' crying home.
Home, silent 'n' falling home.

Kirlian Camera, »Anti-light« aus
Still Air

Auf die steinerne Brüstung gestützt, versenkt Laurie den Blick in die gegen den Fuß der Festungsmauer anstürmende Brandung. Sie stellt sich vor, wie es wäre, sich mit ausgebreiteten Armen vom Rand der Brüstung zu schwingen wie eine Möwe, für einen Augenblick vom

Wind getragen zu werden und dann in die Fluten zu stürzen – eine kleine, rasch verlöschende Flamme. Wer würde schon um sie trauern? Wem würde sie fehlen? Was hätte sie zu verlieren? Fragen schwirren ihr durch den Kopf, doch sie schenkt ihnen nur wenig Beachtung. Lediglich die Idee eines solchen Abgangs gefällt ihr, wie ein schönes Bild, ein romantisches Tableau oder die Schlussszene eines dramatischen Films. In Wahrheit geht Laurie das Meer auf die Nerven, seit es ihre Eltern vergiftet hat, und dann natürlich auch, weil es bei jeder Springflut mit seinem grauen, klebrigen Wasser in ihr Haus eindringt und wie zum Hohn Boden und Wände mit ekelerregendem Schlamm bedeckt.

Laurie bietet dem Meer die Stirn, obwohl eine nur wenig höhere Welle jederzeit den dürftigen Schutz der Brüstung überspülen und über ihr zusammenschlagen könnte. Sie ist bis auf die Haut durchnässt und klappert mit den Zähnen, kann aber den Blick nicht von dem schäumenden Toben unter ihr abwenden. Sie hasst das Meer, dennoch ist sie fasziniert, obwohl die unwillkürliche, einer Art Schwindel gleichkommende Regung, sich in die Fluten zu stürzen, sie beunruhigt. Sie müsste unbedingt hier weg und sich aufwärmen. Mit ihrem ohnehin schon chronischen Schnupfen riskiert sie eine dicke Grippe, die sich bestimmt wieder gegen jedes Antibiotikum resistent zeigt. Doch wo soll sie hin? Die Place Vauban ist noch für mindestens eine Stunde überflutet, genau wie ihr Haus, das sie höchstens betreten könnte, wenn sie bereit wäre, bis zu den Knien durch die dreckige Brühe zu waten.

Eigentlich hatte Laurie vor, den Abend und vielleicht auch die Nacht bei ihren Freunden Tanguy und Aziza in Saint-Servan zu verbringen, um dann morgens bei Ebbe an den heimischen Herd zurückzukehren, wo die unausweichliche Reinigungsaktion auf sie warten würde. Leider hatten ihre Freunde gerade einen handfesten Streit und schafften es nur mit Mühe, Laurie gegenüber gute Miene zum bösen Spiel zu machen.

Laurie hielt die angespannte Atmosphäre kaum eine halbe Stunde durch. Natürlich hätte sie sich einmischen, die Mediatorin spielen und die Wogen ein wenig glätten können. Doch dazu fehlte ihr der Mut. Sie war viel zu sehr mit ihren eigenen Problemen beschäftigt und zog sich lieber in ihr einsames Schneckenhaus zurück.

Auf dem Rückweg rief sie ihre Freundin Gwen an, die sie früher häufig bei Hilfseinsätzen begleitete, ehe sie aus unerfindlichen Gründen plötzlich anfing, mit irgendwelchen dahergelaufenen Typen Kinder in die Welt zu setzen.

»Heute Abend geht es nicht«, lautete ihre Antwort. »Die Kleine ist krank. Keine Ahnung, was sie hat – sie kotzt ununterbrochen, und der Scheiß-Doc kommt nicht in die Gänge!«

Anschließend wählte Laurie die Nummer von Frank, einem Ex aus der Zeit vor Vincent, mit dem sie nach wie vor auf distanzierte Art befreundet ist. Bei ihm erreicht sie jedoch nur den Anrufbeantworter. Blieb noch Loic, ein Nachbar, der ihr manchmal bei den Reinigungsarbeiten hilft, bei Bedarf ihre Möbel nach oben schleppt und im Grunde nur davon träumt, sie zu vögeln; doch dafür trinkt er ihrer Ansicht nach zu viel.

»Klar, Laurie! Ich bin mit den Kumpels im **Aviso**. Komm doch einfach rüber!«

Jeder macht sein eigenes Ding, und jeder bleibt für sich – darin stimmt man wohl heutzutage überein.

Plötzlich durchdringt ein Strahl der untergehenden Sonne die Wolken, bedeckt das Meer mit einem breiten Band glitzernder Diamanten und hüllt die drei vor der Stadt liegenden Inseln in kupfrige Goldtöne. Ein lauwarmer Sonnenfinger berührt Lauries feuchte Wangen. Irgendwo singt ein Vogel. Ihr Handy klingelt.

Es ist kein Gespräch – das wäre schließlich auch zu schön gewesen –, sondern lediglich eine SMS. Eine Nachricht von Yann. Endlich! Seit drei Tagen versucht Laurie vergeblich, ihren Bruder zu erreichen. Aufgeregt liest sie:

Hör auf, mich anzurufen. Bin okay.
Geh mal auf deine Lieblingshomepage.
Yann

NetSurvey
Überwachungsformular für **Truth**
Weitere Pseudonyme: X-Track, Crack Them All, WITF (worm in the fruit), Glasnost
Familienstand: unbekannt
Heimatadresse: unbekannt
Herkunft: Westeuropa (evtl. Frankreich)
Tools: Trojaner, Ariadnefaden, Lockvögel, Viren, Würmer. Mimetischer Avatar
Aktionen: Erfassung, Decodierung und Weiterverbreitung vertraulicher Daten
Letzter bekannter Eingriff: 22. 10. 2030, 19:33:37, Eindringen in EcoSat Mole-Eye 2AC (@ GeoWatch). Verbreitung von Daten mit der Kennzeichnung »Geheime Ressource« auf der Homepage der Hilfsorganisation SOS-Europa (Save OurSelves)
Aktiv seit: April 2028
Gefährlichkeitsgrad: 160
Fahndungspriorität: **A+**

Link: Bericht von Enigma
Link: Auflistung sämtlicher Truth zugeschriebener Eingriffe

Kaum ist Laurie erbärmlich niesend nach einer Schlitterpartie in stinkendem Schlamm nach Hause zurückgekehrt, als es unversehens an ihre Tür klopft. Die Überwachungsanlage funktioniert nicht mehr; das letzte Hochwasser hat zu einem Kurzschluss geführt und das Gerät außer Gefecht gesetzt. Laurie muss also wohl oder übel erneut ins Erdgeschoss hinunter und den düsteren, schlammverkrusteten Raum durchqueren, um die Tür zu öffnen. Sie legt die Sicherheitskette vor und hält sich bereit, nach dem für alle Fälle auf einem Regal liegenden Messer zu greifen. Sie erwartet niemanden, und die Nächte in Saint-Malo sind längst nicht mehr sicher – vor allem bei Springflut.

Vor der Tür erkennt Laurie zwei schwarze Umrisse. Eine der Gestalten hält ihr eine fluoreszierende Karte mit dem Logo von NetSurvey unter die Nase.

Die Netzüberwachung! Die Cyberpolizei, die sich nur selten in der realen Welt zeigt, die aber, wie man munkelt, alles über jeden weiß, und zwar in dem Augenblick, wo man das Telefon abhebt. Was mögen sie von ihr wollen? Hat sie vielleicht etwas Illegales getan?

»Entschuldigen Sie, dass wir so spät noch stören, Mademoiselle, aber wir müssen Ihnen einige Fragen stellen.«

»Worum geht es?«, erkundigt sich Laurie misstrauisch. Viel zu oft schon hat man von falschen Polizisten gehört, und woher soll sie wissen, ob die Ausweiskarte wirklich echt ist?

»Um Ihren Bruder Yann Prigent. Dürfen wir eintreten?«

Eine Menge Fragen gehen Laurie durch den Kopf, während sie die beiden Schwarzgekleideten in die erste Etage führt, wo sie das ehemalige Elternschlafzimmer in eine Art Wohnküche umfunktioniert hat. Was hat Yann verbrochen? Was kann der große Fisch sein, von dem er gesprochen hat? Warum hat er nie auf ihre Anrufe geantwortet? Was mag die kryptische Nachricht auf ihrem Handy bedeuten? Was kann NetSurvey von ihm wollen? Und warum kreuzt die Cyberpolizei bei ihr auf?

Die beiden Polizisten sind in exakt gleiche schwarze Anzüge gekleidet und tragen Sonnenbrillen, die, wie Laurie schnell bemerkt, in Wirklichkeit Cyglasses sind. Sie erinnern Laurie an Mr. Smith und Mr. Jones, die beiden Protagonisten eines jahrzehntealten Films namens *Men in Black*, den sie vor einiger Zeit gesehen hat. Wäre sie nicht so beunruhigt, würde der Vergleich ihr ein Lächeln entlocken.

»Nun sagen Sie mir endlich, was los ist!«, drängt sie nervös, nachdem die beiden Männer sie minutenlang nur schweigend mustern.

»Haben Sie einen Computer?«, fragt der Cyberpolizist, den Laurie insgeheim Mr. Smith getauft hat.

»Ja, in meinem Arbeitszimmer. Aber warum …?«

Der Mann in Schwarz verschwindet ohne Aufforderung ins Arbeitszimmer, als kenne er sich bestens in Lauries Haus aus. Sein Kollege – Mr. Jones – setzt sich an den Tisch und zieht ein kleines graues Kästchen aus der Tasche.

»Es wäre nett, wenn wir jetzt anfangen könnten, Mademoiselle Prigent. Wo hält sich Ihr Bruder auf?«

»Was ist das für ein Ding?«, fragt Laurie und zeigt auf das graue Kästchen. »Ein Aufnahmegerät?«

»Sowohl das als auch ein Lügendetektor. Ich kann Ihnen nur empfehlen, ehrlich zu antworten, denn das spart uns eine Menge Zeit.«

»Was wollen Sie von Yann?«

Mr. Jones unterdrückt eine gereizte Geste.

»Ich bin hier derjenige, der die Fragen stellt. Wo hält sich Ihr Bruder auf?«

»Zu Hause, nehme ich an.«

»Nein. Gibt es einen Ort, wohin er sich gern zurückzieht? Familie vielleicht, oder Freunde? Möglicherweise auch eine Freundin?«

»Keine Ahnung.« *Yann ist nicht zu Hause? Yann, der nie den Fuß vor die Tür setzt?*

Mr. Smith kommt zurück. Auch er hat ein graues Kästchen in der Hand. Auf einen Blick seines Kollegen hin schüttelt er enttäuscht den Kopf. Mr. Jones fährt in seinem Verhör fort.

»Sie wissen es also nicht?« Er konsultiert seinen Detektor.

»Mein Bruder und ich haben nur wenig Kontakt.«

»Trotzdem haben Sie ihn in den vergangenen Tagen mehrmals angerufen. Außerdem hat er Ihnen eine SMS geschickt.«

Laurie zuckt empört zusammen. Sie wird also abgehört!

»Dürfte ich kurz Ihr Handy haben?«, fragt Mr Smith und streckt die Hand aus.

»Warten Sie! Was soll das alles bedeuten? Sie dringen am späten Abend bei mir ein, durchsuchen meinen Computer, verhören mich mit einem Lügendetektor und wollen mein Telefon abhören! Was kommt als Nächstes? Ich habe nicht nur das Recht, sondern ich bestehe darauf zu erfahren, welchem Umstand ich diese Belästigung durch die Polizei zu verdanken habe.«

»Verkomplizieren Sie die Angelegenheit nicht, Mademoiselle. Wir könnten Sie auch festnehmen und fünf Tage unter Arrest stellen. Wir hätten auch das Recht, Sie zwangsweise zu verhören und Ihr Privatleben bis ins kleinste Detail zu durchforsten. Trotzdem ersuchen wir Sie lediglich mit der gebotenen Höflichkeit, uns zu helfen, Ihren Bruder zu finden, was für Sie vergleichsweise angenehmer sein dürfte.«

»Aber ich kann Ihnen beim besten Willen nicht sagen, wo er ist! Er erzählt mir nicht, was er treibt, und außerdem ruft er mich niemals an.«

»Ihr Handy bitte!«

Widerstrebend löst Laurie das Gerät von ihrem Gürtel und reicht es Mr. Smith. Er schließt es mit einem dünnen Kabel an das graue Kästchen an.

»Er war der Webmaster von SOS-Europa. Sie arbeiten für dieselbe Hilfsorganisation. Ehrlich gesagt kann ich kaum glauben, dass Sie keinen Kontakt miteinander haben.«

»Und doch ist es so. Unsere Familienbande sind nicht besonders eng geknüpft.«

»Die SMS wurde aus einem Internetcafé in Singapur verschickt«, stellt Mr. Smith fest.

»Kennen Sie oder Ihr Bruder jemanden in Singapur?«, hakt Mr. Jones sofort nach.

»Sie machen wohl Witze!« Laurie muss unwillkürlich grinsen. »Yann ist ein ausgemachter Stubenhocker, der kaum jemals einen Fuß vor die Tür setzt. Bestimmt hat er Frankreich noch nie im Leben verlassen.«

»Für jemanden, mit dem Sie angeblich nie Kontakt haben, kennen Sie ihn aber ganz gut«, bemerkt der Cyberpolizist.

»Immerhin ist er mein Bruder.«

»Warum haben Sie in den letzten Tagen mehrfach versucht, ihn anzurufen? Was wollten Sie ihm mitteilen?«

»Ich wollte ihn besuchen. Ganz einfach. Ihn mal wieder sehen.«

»Ist das wirklich das einzige Motiv? Sonst nichts? Keine laufende Angelegenheit? Oder eine Rückzugsdeckung?«

»Ich verstehe nicht, was Sie meinen. Was für eine laufende Angelegenheit?« *Yann, was hast du bloß angerichtet?*

Mr. Jones macht sich an der Feinabstimmung zu schaffen und verändert das Raster. Doch an den Gegebenheiten verändert sich nichts: Der Detektor empfängt zwar eine gewisse Beunruhigung, doch die Kurve zeigt keine Ausschläge, die auf eine Lüge oder eine bewusste Verheimlichung schließen lassen.

»Was ist Ihre Lieblingshomepage?«, fragt Mr. Smith.

»Ich habe keine. Ich mag das Internet nicht und surfe nur, wenn es unbedingt notwendig ist.«

»Aber Sie besuchen regelmäßig die Webseite von SOS-Europa.«

»Selbstverständlich. Wie Sie sehr wohl wissen, arbeite ich für SOS.«

»Aber nicht während der vergangenen drei Tage. Warum?«

»Ich hatte eine Auseinandersetzung mit dem Präsidenten Markus Schumacher und brauchte ein bisschen Abstand.«

»Ging es in dieser Auseinandersetzung um Ihren Bruder?«

»Nein, um einen Auftrag, den ich abgelehnt habe. Aber warum fangen Sie immer wieder mit meinem Bruder an? Was, um alles in der Welt, hat er verbrochen?«

Die beiden Agenten wechseln einen Blick – möglicherweise auch Daten – durch ihre Cyglasses. Dann fährt Mr. Jones fort:

»Wissen Sie, warum man Ihren Bruder seiner Stelle als Webmaster enthoben hat?«

»*Was*? Yann ist entlassen worden?«

»Wussten Sie das nicht?«

Der Bildschirm zeigt nichts als ehrliche Überraschung. Ein Ausschlag wie von einer Lüge oder einer Verheimlichung ist nach wie vor nicht zu sehen. Mr. Jones wirft seinem Kollegen einen neuerlichen Blick zu – möglicherweise tauschen sie wiederum Daten aus –, woraufhin Mr. Smith sich erhebt, das Kästchen ausschaltet und in die Anzugtasche steckt.

»Gut. Entschuldigen Sie bitte die Störung, Mademoiselle.«

»Und halten Sie sich zu unserer Verfügung«, setzt Mr. Jones hinzu. »Es könnte sein, dass wir Sie später noch einmal befragen müssen.«

Laurie begleitet die Cyberpolizisten bis zum Treppenabsatz, allerdings nicht weiter. Noch einmal in den muffigen Kellerdunst des Erdgeschosses hinuntersteigen zu müssen hätte ihre Kräfte überstiegen. Von ihrem Schlafzimmerfenster aus sieht sie zu, wie sie das Haus verlassen, sorgfältig die Tür hinter sich schließen und mit der Nacht verschmelzen, kärglich beleuchtet von der einzigen noch funktionierenden Straßenlaterne.

Sie muss Markus anrufen, und zwar jetzt sofort. Ganz egal, ob Mr. Smith und Mr. Jones sie abhören.

Illegal

Bezug nehmend auf die oben angeführten Strafverordnungen und kraft der Artikel L127, L128, L129 und C254 § 3 des Internationalen Gesetzbuches zum Schutz geschäftlichen Eigentums sowie aller mit diesen verbundenen Daten fordern wir Sie auf, das beanstandete Satellitenbild mit sofortiger Wirkung von Ihrer Website zu entfernen und es unwiderruflich aus allen Archiven und Arbeitsspeichern zu löschen. Bei Nichtbeachtung droht Ihnen eine Geldstrafe von $ 10000 für jede angefangene Minute der weiteren Sichtbarmachung, gerechnet vom Zeitpunkt des verpflichtend zu bestätigenden Empfangs dieser Nachricht und ungeachtet einer weitergehenden strafrechtlichen Verfolgung durch die zuständige Gerichtsbarkeit.

Hochachtungsvoll

Grabber & Partner
Fachanwälte für Handelsrecht,
im Auftrag von Mr. Grant Morrison
Präsident der GeoWatch, Inc.
Kansas City (KS), am 25. 10. 2030

»Markus?«

»Guten Abend, Laurie. Wie geht's?«

»Ich habe gerade erfahren, dass du Yann rausgeschmissen hast. Was ist passiert?«

»Stimmt. Aber es ging einfach nicht anders. Hast du gesehen, was er getan hat?«

»Ich habe gar nichts gesehen. Was, zum Teufel, hat er verbrochen?«

»Er hat ein geklautes Satellitenfoto auf die Website von SOS gestellt. Ein Bild, das eine als hoch geheim eingestufte Ressource zeigt. So etwas ist absolut illegal.«

»Meine Güte, ist das wirklich so schlimm, dass du ihn gleich entlassen musst? Illegale Bilder gibt es im Internet doch zu Tausenden.«

»Schon, aber dieses stammte von einem Satelliten von GeoWatch. GeoWatch aber ist eine Tochter der Resourcing, und die Resourcing wiederum geht nicht gerade zimperlich mit Leuten um, die ihr in die Parade fahren. Ihre Anwälte haben schon Kontakt mit mir aufgenommen; außerdem bin ich von NetSurvey verhört worden. Ich wurde gezwungen, das Bild umgehend zu löschen und meinen Webmaster zu entlassen. Als Verantwortlicher riskiere ich eine strafrechtliche Verfolgung und einen Prozess, und so etwas kann sich SOS nicht leisten, Laurie.«

»Meinst du etwa, Yann kann sich den Verlust seines Arbeitsplatzes leisten? Du schickst ihn ins Verderben, Markus! Hast du auch nur eine Sekunde daran gedacht?«

»Aber was soll ich denn sonst tun, Laurie? Immerhin gibt es Gesetze, an die ich mich halten muss. SOS darf auf keinen Fall einen Prozess riskieren.«

»Ach ja, du musst dich also an Gesetze halten! Und was ist mit deiner Zeit bei Greenpeace? War es damals etwa nicht illegal, sich mit Zodiac-Booten den Walfängern in den Weg zu stellen, auch wenn inzwischen keine Wale mehr gefangen werden dürfen?«

»So etwas habe ich nie getan. Ich war für die Kommunikation zuständig.«

»Egal. Du warst Mitglied in einer Organisation, die ganz bewusst Risiken einging. Die im Notfall auch mal ein Gesetz missachtete und es mit Atomkraftbefürwortern und Ölkonzernen aufnahm. Aber inzwischen ist aus dir wohl leider ein verknöcherter Bürokrat geworden. Du versteckst dich hinter deiner Rolle als Leiter von SOS, gehst vor den erstbesten Mr. Smith und Mr. Jones in die Knie und wirfst wegen eines simplen geklauten Satellitenbildes deinen besten Webmaster raus! Was war auf dem Bild eigentlich zu sehen?«

»Ein unterirdischer See in Afrika. Genauer gesagt in Burkina Faso. Ein wahrer Segen für das Land.«

»Und du hast es gelöscht! Bravo, Markus. Was bist du? Der Sklave von GeoWatch?«

»Ich habe deine Beleidigungen satt, Laurie. SOS arbeitet dafür, dass Dummheiten, wie dein Bruder sie gemacht hat, nicht vorkommen. Außerdem kann ich dir verraten, dass das Bild schon beim richtigen Empfänger gelandet ist. Die Präsidentin von Burkina Faso hat mir eine E-Mail geschickt, in der sie die Hilfe von SOS bei der Förderung des Grundwassers angefordert hat. Ich habe ihr bereits Bohrmaterial und Unterstützung zugesagt.«

»Nett von dir, Markus. Und du bist ganz sicher, dass das nicht illegal ist?«

»Hör auf, dich lustig zu machen. Schließlich bist du die zugesagte Unterstützung.«

»*Wie bitte?*«

»Du fährst nach Burkina. Sobald ich den Lkw und das Material zusammenhabe, rufe ich dich an. Du hast doch gesagt, dass du dich nach Sonne und Wärme sehnst, oder?«

»Schon, aber ich habe nicht die geringste Ahnung von Bohrungen.«

»Du bist die Einzige, die übrig ist, Laurie. Alle anderen sind noch in Holland.«

»Aber ich kann keinen Lkw fahren.«

»Dir wird schon irgendwas einfallen. Ich kümmere mich um die Ausrüstung, deine Aufgabe ist es, Personal zu besorgen. Wie wäre es zum Beispiel mit deinem Bruder? Er würde ebenso Gehalt und Spesen bekommen wie du.«

»Erstens habe ich keine Ahnung, wo er ist – zu Hause offenbar nicht. Außerdem wäre eine Reise nach Burkina für ihn ungefähr das Gleiche, als würde ich ihm vorschlagen, zum Mars zu fliegen.«

»Tu, was du willst, aber tu es schnell. Die Zeit drängt. Ich habe der Präsidentin von Burkina deine E-Mail-Adresse gegeben. Hat sie sich nicht bei dir gemeldet?«

»Ich habe noch nicht in meine Mailbox geschaut.«

»Das solltest du schnellstens nachholen. Sie verlässt sich auf dich, Laurie. Vielleicht kannst du ihr Land retten. Ich melde mich später wieder.«

Raubvögel

Fühlen Sie sich isoliert? Sind Sie Aggressionen ausgesetzt? Wurden Sie schon einmal das Opfer von Gesindel?

Lassen Sie sich nichts mehr gefallen! Reagieren Sie! Verteidigen Sie sich! Werden Sie stark und streitbar. Besuchen Sie das KOMMANDO SURVIVAL.

Wir bieten:

Überlebenstrainings auch für extrem lebensfeindliche Umgebungen

Vermittlung von Verteidigungs- und Kampftechniken

Einführung in die Methoden der Stadtguerilla

<survivalcomm.org>

Die Teilnahme an den Lehrgängen ist ausschließlich Europäern vorbehalten.

Rudy hat den Eindruck, dass jemand ihm folgt.

Es ist ein Gefühl, das ihn so gut wie nie verlässt. Seit er das neue, angeblich provisorische Durchgangslager Buchholz im Süden von Hamburg erreicht hat, ist er ununterbrochen auf der Hut. Doch diese Vorsicht ist notwendig und gerechtfertigt, auch wenn er selbst bisher noch nicht körperlich angegriffen wurde. Irgendwann würde es sicher so weit sein.

Und zwar genau jetzt!, wird ihm plötzlich klar. Ein eisiger Hauch streift seinen Nacken, sein Adrenalinspiegel steigt. Er widersteht dem Reflex, loszurennen oder sich auch nur umzudrehen, denn dann würden sie sofort zuschlagen. Stattdessen zwingt er sich, logisch nachzudenken und seine Situation kühl zu analysieren.

Rudy befindet sich auf der geschlossenen, über das Bahnhofsgelände führenden Fußgängerbrücke etwa fünfzig Meter vom Ausgang Königsberger Straße entfernt. Die Treppe dort verläuft im Zickzack. Die letzte Abstiegsmöglichkeit auf die Bahnsteige liegt hinter ihm – auch hier gibt es eine Treppe im Zickzack. Seine einzige Waffe ist sein Gärtnermesser, das zwar scharf, aber gebogen und damit wenig geeignet ist, Verletzungen zuzufügen oder gar zu töten. Es ist fast acht Uhr abends, stockdunkel und kalt. Durch die stählernen Verbindungsrohre der Fußgängerbrücke pfeift ein ziemlich frischer Wind. Bis auf ihn selbst und seine Angreifer, die unerbittlich näher kommen, ist die Brücke menschenleer.

Rudys Herz schlägt zum Zerspringen. Panische Angst greift mit eisiger Faust nach seinen Gedärmen und gewinnt schließlich die Oberhand. Geduckt sprintet Rudy los. Die Schritte hinter ihm rennen ebenfalls. Ein rascher Blick über die Schulter zeigt ihm zwei große, dunkle Gestalten.

Sie erreichen ihn, als er gerade die erste Treppenflucht zur Straße hinunterrast. Wie Raubvögel stürzen sie sich auf ihre Beute. Sie rollen auf den Treppenabsatz. Rudy versucht, nach seinem Messer zu greifen, doch sein Handgelenk wird so brutal umgedreht, dass ihm das Messer entgleitet. Linkisch ballt er die Fäuste, doch schnell sackt er unter einem Hagel gut platzierter und präziser Schläge in sich zusammen. Schonungslos entreißen ihm die Angreifer seine Bomberjacke aus Lammnappa, springen über die Brüstung und verschwinden in der Nacht. Rudy hat nicht einmal Zeit gehabt, einen Blick auf ihre Gesichter zu werfen.

Wie eine zerdrückte Spinne bleibt er einen Augenblick auf dem verdreckten, eiskalten und nassen Betonboden liegen. Er kann sich nicht bewegen, sein Atem geht stoßweise, sein ganzer Körper schmerzt. Irgendwann gelingt es ihm, sich bis zu der nach Urin stinkenden Mauer zu schleppen. Ganz langsam lässt der Schmerz ein wenig nach – oder besser: Er lässt sich lokalisieren. Rudys Hoden sind zerquetscht. Sein Unterbauch brennt wie Feuer. Der Solarplexus ist blockiert und sein Unterkiefer ausgerenkt. Er spuckt Blut und Zahnstücke, und sein Schädel zeigt bereits die ersten, dicken Beulen. Der Kopfschmerz ist fast unerträglich, und als wäre das alles noch nicht genug, durchdringt ihn die Kälte bis auf die Knochen mit Eisnadeln.

Schließlich ist es die Kälte, die ihn dazu bringt, sich trotz seiner unerträglichen Schmerzen mühsam aufzurappeln. Vielleicht wäre er sonst einfach in Matsch und Pisse liegen geblieben und an seiner Hoffnungslosigkeit gestorben. Und doch hat Rudy Glück im Unglück gehabt, denn erstens haben ihn seine Angreifer nicht getötet, und zweitens haben sie seine in seinem Slip versteckte Geldbörse nicht gefunden – das Versteck war ein Ratschlag, den er gleich bei seiner Ankunft im Lager bekommen und seither befolgt hat. Schwankend und tief gebückt macht sich Rudy auf den Weg zum Lager, wo ihn kein Trost erwartet.

Drehscheibe

»... die Transitlager für Ökoflüchtlinge sind eine Verirrung auf dem Gebiet der Humanität, die Europa auf den gleichen Stand sozialer Unsicherheit sinken lässt wie die Vereinigten Staaten. Ich sehe in diesen Lagern das traurige Resultat eines halben Jahrhunderts ultraliberaler Fahrlässigkeit, die Schuld daran ist, dass vonseiten der öffentlichen Hand bei Katastrophen wie der Überschwemmung der Niederlande nicht mehr richtig durchgegriffen werden kann.«

»Sie sind also dafür, die Transitlager aufzulösen?«

»Mittelfristig ja. Natürlich müssen zunächst die Programme zur Erstellung sozialverträglicher Unterkünfte vorrangig durchgeführt werden. Solche Wohnungen gibt es nämlich bisher auf dem gesamten Gebiet der Europäischen Union viel zu wenig.«

»Wer aber soll diese Programme finanzieren?«

»Unter anderem denke ich dabei an China, das auf diesem Gebiet auf eine lange Erfahrung zurückblicken kann.«

Eduardo Pascual, Präsident des Europäischen Rates,
in einem Interview mit Sabine Conelly,
Euronews

Das Transitlager BJ 273.de wurde in aller Eile in einem Rundbau über den Richtungsgleisen eines ehemaligen Rangierbahnhofs der Deutschen Bahn eingerichtet, einem »Drehscheibe« genannten Gebäude. Es ist halbrund, ganz aus rotem Ziegelstein erbaut und rottet im entlegensten Teil des Bahnhofs Buchholz vor sich hin. Hätte man sich die Mühe gemacht, es zu renovieren, hätte es mit seinen klaren, nüchternen Linien, den hohen Rundbogenfenstern und den Ziegelkaminen sicher nicht schlecht ausgesehen. Doch die Fenster sind teils zugemauert, teils mit Plastikplanen verhängt, die Kamine eingestürzt, Ackerwinden und Moderkraut überwuchern die Wände, und Brombeergestrüpp bildet eine natürliche Barriere um das Gelände. Die angrenzenden Gebäude sind in einem ähnlich desolaten Zustand, bis auf den Schuppen, in dem man die medizinische Versorgung und die Verwaltung untergebracht hat; er wurde gereinigt und repariert.

Das Land Niedersachsen wählte den Standort wegen seiner Nähe zur Stadt Hamburg, dessen Hafen von allen Schiffbrüchigen genutzt wurde. Auch der Bahnknotenpunkt Buchholz gewann durch die Flüchtlinge wieder eine gewisse Bedeutung. Dennoch war bei der Auswahl ein gewisses Zögern unverkennbar. Allerdings war die Drehscheibe ohnehin bereits von sogenannten »wilden« Flüchtlingen okkupiert worden, die man in einer Stadt, die trotz allem versuchte, sich einen Anschein von Reichtum und Schick zu geben, nicht gerne sah. Daher genügte es, die Belegung offiziell anzuerkennen, ein Minimum an Material heranzuschaffen, einen hohen, mit Kameras bestückten Zaun zu errichten und die Stadt mit einer Ausgangssperre ab 22 Uhr zu belegen; die Stadtverordneten diskutieren allerdings inzwischen, ob man die Sperre nicht auf 20 Uhr vorverlegen soll. Zwar protestierten die Einheimischen, demonstrierten und riefen Volksbegehren gegen die Pläne zur Errichtung des Lagers ins Leben, doch alles war umsonst. Der Oberbürgermeister verfügte, dass es eine wichtige Bürgerpflicht sei, den Ökoflüchtlingen zu helfen und jeder Buchholzer stolz sein müsse, verantwortungsvoll zu einer humanitären Aktion beitragen zu dürfen. Im Übrigen würde man in Buchholz von dem Lager natürlich auch profitieren. Tatsächlich sind die Steuereinnahmen der Stadt seit der Errichtung des Lagers um zehn Prozent gestiegen. Dass allerdings die Sicherheit im Stadtgebiet gleichzeitig um fast 68 Prozent sank, wird geflissentlich verschwiegen.

Schwerfällig hinkend passiert Rudy das Tor zum Lager. Sein rechter Fuß hat ebenfalls etwas abbekommen – möglicherweise ist er gebrochen. Unter den gleichmütigen Augen der Überwachungskameras hält er sich stöhnend den Bauch. Er schleppt sich an den beiden keuchenden, auf den rissigen Bahnsteigen installierten Wasserstoffgeneratoren vorbei, die einen starken Ozongeruch verbreiten, und wendet sich in Richtung der Ärztebaracke. Doch genau wie im Verwaltungsgebäude ist alles verschlossen, verrammelt und dunkel. Natürlich hat Rudy das gewusst, denn das Lager ist von acht Uhr abends bis acht Uhr morgens auf sich selbst gestellt. Trotzdem hat er insgeheim gehofft …

Rudy war auf dem Rückweg vom Stadtzentrum, wo er lange nach einem Internetcafé oder einer anderen, funktionstüchtigen Zugangsmöglichkeit ins Web gesucht hat. Doch offensichtlich surfen die Deutschen lieber in ihren eigenen vier Wänden. Man bot ihm eine Modemverbindung zum Preis eines Hochgeschwindigkeitszugangs via Satellit an, die er dankend ablehnte. Eigentlich wollte er endlich alle notwendigen Anträge herunterladen und ausfüllen, um seine Akte zu vervollständigen und so vielleicht irgendwann eine neue Wohnung und seine Entschädigung als Ökoflüchtling zu bekommen. Die zehn armseligen Internetzugänge des Lagers, die natürlich ebenfalls von acht Uhr abends bis acht Uhr morgens nicht zugänglich sind, werden den ganzen Tag belagert, laufen oft heiß und stürzen ständig ab; außerdem hat Rudy nicht die geringste Lust, seine Nächte vor den Türen des Internetraums zu verbringen, wie manche Leute es durchaus tun.

Er beschließt, sich hinzulegen und abzuwarten, ob seine Schmerzen vielleicht nachlassen – das heißt, falls seine Matratze noch da ist. Im Lager herrscht nämlich das Gesetz des Stärkeren, wenn es darum geht, einen Schlafplatz zu erobern oder zu behalten. Statt der ursprünglich vorgesehenen 5000 Flüchtlinge beherbergt die Drehscheibe inzwischen an die 10000 Menschen, und täglich kommen weitere hinzu. Von Zeit zu Zeit verteilt No Home International Matratzen und andere Dinge des täglichen Bedarfs, doch sie reichen nie aus, und jeder reißt sich unter den Nagel, was er bekommen kann. Die besten Plätze, die sich in den ehemaligen Büros im obersten Stock der Drehscheibe befinden, sind laut Lagersatzung alten Menschen, Familien mit Kindern und schwangeren Frauen vorbehalten, doch tatsächlich werden sie von den Flüchtlingen belegt und mit allen Mitteln verteidigt, die als Erste da waren oder die wenigsten Skrupel haben. Familien mit Kindern und Frauen, ob schwanger oder nicht, bleiben nicht in den Übergangslagern. Sie finden so gut wie immer eine andere Lösung; ganz gleich, wie und wo – jede Unterkunft ist dem Lagerleben vorzuziehen. Die alten Leute, die weder von Verwandten aufgenommen werden noch ausreichend Geld haben, um sich ein Krankenhaus leisten zu können, überleben die hier herrschenden Umstände in aller Regel nicht sehr lang. Daher sind die Lager in der Mehrzahl mit alleinstehenden, auf der Strecke gebliebenen Männern belegt, die meist schon vorher arm waren oder alles verloren haben – eine hochexplosive Konstellation. Was an Schlafplätzen bleibt, liegt im Erdgeschoss oder auf den Bahnsteigen, in den ehemaligen Lagerräumen oder im Zwischengeschoss, das im Schnellverfahren eingezogen wurde und natürlich längst ebenfalls heillos überfüllt ist; inzwischen wettet man bereits darauf, wie lange es dauert, bis es einstürzt.

Rudy hat sich im Zwischengeschoss eingerichtet, weil er der Meinung ist, dass er, wenn er sich beim Einsturz weiter oben befindet, zumindest eine kleine Überlebenschance hat. Schwierig dabei ist nur, dass viele andere die gleiche Idee hatten, sich mit Brachialgewalt Zugang verschafft haben und damit das Gewicht noch erhöhen. Mit der Zeit ist Rudy immer weiter in Richtung Rand abgedrängt worden, der mit einem Gitter aus Aluminiumstangen geschützt ist, das ohne Weiteres eine Kuh durchgelassen hätte. Rudy muss sich abends am Geländer festbinden, um nicht im Schlaf auf den vier Meter tiefer gelegenen Teppich aus menschlichen Körpern zu stürzen.

Langsam durchquert er die »Cour des Miracles«. So hat er das matschige, wilde Gelände getauft, das die Verwaltungsgebäude von der eigentlichen Drehscheibe trennt und wo tagsüber gehandelt, verschoben, gestritten und geprügelt wird. Er geht an Ständen mit Klamotten, Fast Food, Bier sowie den unterschiedlichsten, vermutlich gestohlenen Gütern vorbei – seine Bomberjacke ist inzwischen vielleicht auch schon dabei. An einem Kohlebecken wärmt sich eine Bande besoffener Typen auf und grölt Nazilieder. Ein Stückchen weiter blitzen Messerklingen im Feuerschein: Hier findet offenbar ein Duell statt. Er sieht einen Dealer, der zwei ausgezehrten, bleichen Jugendlichen irgendwelche Pillen verkauft. Eine abgetakelte Prostituierte starrt abgestumpft in die Finsternis, als hätte sie die Nacht auch in ihren Augen und ihrem Kopf. Eine bewaffnete Clique macht sich bereit für ihre nächtliche Spritztour. Rudy geht allen aus dem Weg. Er will keinen Ärger; für heute hat er weiß Gott genug davon gehabt. Genau genommen hatte er bisher jeden Tag genug davon.

Gleich nach seiner Ankunft wurde ihm der Rucksack geklaut. Viel war nicht darin: sein Telefon, ein paar persönliche Dinge und Fotos von Aneke und Kristin. Am nächsten Tag ging Moses verloren. Eigentlich musste es zwangsläufig so kommen. Das Kätzchen war schon nach der langen Bahnfahrt im vollgestopften Waggon ängstlich und nervös; der Lärm und die vielen Menschen in der Drehscheibe gaben ihm dann den Rest. Moses rastete geradezu aus vor Angst. Zwar hatte Rudy ihm aus einem Stück Kordel eine Leine gemacht, doch Moses knabberte sie durch und rannte davon. Einen Tag später verschwanden Rudys Matratze und Decke; nur mit viel Mühe gelang es ihm, bei No Home wenigstens eine fleckige, stinkende Unterlage zu organisieren, allerdings ohne Decke. Gestern hat er Moses in der Nähe des Zauns wiedergefunden. Um sein zerschmettertes Köpfchen surrten dicke Fliegen. Ob es ein Unfall oder die pure Lust am Töten war, würde Rudy wohl nie erfahren. Es war ähnlich wie bei Aneke und Kristin: Er würde nie wissen, was wirklich passiert war. Aber zumindest konnte er Moses begraben und um ihn trauern. Er beerdigte ihn am Zaun und wünschte ihm fröhliche Jagdzüge im Katzenparadies.

Rudy betritt die Drehscheibe durch eine schmale Metalltür an der Seite des Gebäudes – für die 10000 Lagerinsassen stehen entgegen allen Sicherheitsbestimmungen gerade einmal zwei Zugänge zur Verfügung – und befindet sich sofort mitten in dem nach Schweiß, Dreck, Fäkalien, verfaultem Wasser und verschimmelten Abfällen stinkenden Menschengewühl. Auf der oberen Etage sind die Ausdünstungen der zusammengepferchten Körper noch durchdringender, und während der Nacht werden zu allem Überfluss auch noch die Ventilatoren abgeschaltet.

Das Innere des Gebäudes wird bis 22 Uhr von grellen Xenonröhren ausgeleuchtet, die unter der Decke angebracht sind und von Generatoren gespeist werden. Natürlich ist es damit im Zwischengeschoss taghell, während auf der unteren Ebene gerade einmal ein Viertel des Lichtes ankommt. Dieser Mangel im Konzept führt dazu, dass die Bewohner des Erdgeschosses auf jede nur mögliche Weise für Beleuchtung sorgen; die Ansammlung von Taschen- und anderen Lampen, Kerzen und Lichtquellen aus allem nur denkbaren, brennbaren Material produziert einen dicken, erstickenden Smog, der an den Wänden emporsteigt und nach und nach das gesamte Gebäude durchdringt.

Rudy atmet in der noch relativ sauberen Außenluft ein letztes Mal durch, ehe er sich zu der nach oben führenden Metalltreppe aufmacht. Der Weg gestaltet sich umso gefährlicher, als er den rechten Fuß kaum aufsetzen kann. Zwar ist es noch nicht spät, doch die meisten Flüchtlinge sind bereits im Haus, weil sie fürchten, ihre Matratze und ihre Habseligkeiten könnten den nächtlichen Raubzügen zum Opfer fallen. Rudy schlängelt sich mehr schlecht als recht durch, steigt über Körper, strauchelt, fällt und zieht eine Flut von Beleidigungen und Flüchen hinter sich her. Schonungslos wird er herumgestoßen, jemand tritt auf seinen lädierten Fuß. Er schreit vor Schmerz auf, doch das interessiert niemanden. Die enge Wendeltreppe zu erklimmen erweist sich als weitere, schwierige Bewährungsprobe, die Rudy nur mit zusammengebissenen Zähnen und viel Wut im Bauch meistert. Sollte jemand seine Matratze gestohlen haben, müsste der sich warm anziehen!

Die Matratze ist noch an Ort und Stelle, angebunden an das Geländer, wie er sie verlassen hat. Aber sie ist besetzt.

Rudy ballt die Fäuste. Trotz seines schlechten Zustands ist er zum Äußersten bereit. Es macht ihm nichts mehr aus, sich für seine Schlafgelegenheit zu prügeln; er hat sogar den Eindruck, dass seine Wut die Schmerzen vermindert. Der Typ auf der Matratze sieht ihn kommen und rollt sofort auf das Nebenbett. Es ist Rudys Bettnachbar, ein großer, etwas weichlich wirkender Kerl mit Glatze und Brille, der immer ein wenig wie ein geprügelter Hund dreinblickt. Er ist Holländer, heißt Nils, stammt aus Hoorn und ist erst seit gestern in der Drehscheibe. Aus unerfindlichen Gründen scheint er Rudy vom ersten Augenblick an ins Herz geschlossen zu haben.

»Ich habe dir deinen Platz freigehalten«, lächelt Nils, als erwarte er dafür Streicheleinheiten.

»Danke.«

Endlich darf Rudy auf seiner Pritsche zusammensinken. Schmerzlich verzieht er das Gesicht.

»Du siehst ganz schön kaputt aus!«

»Die haben mir meine Bomberjacke geklaut.«

Mühsam versucht er, eine bequemere, weniger schmerzhafte Stellung zu finden, ehe er nach seiner Trinkwasserflasche tastet, die er in einer öffentlichen Toilette in der Stadt frisch gefüllt hat. Das Wasser dort ist besser als das aufbereitete Brauchwasser, das im Lager in Zisternen gespeichert wird. Nils reicht ihm die Flasche. Sie ist fast leer, doch Rudy hat nicht mehr die Kraft, sich darüber aufzuregen. Er trinkt den Rest des Wassers und lässt sich stöhnend auf das Lager zurücksinken. Sein ganzer Körper schmerzt. Es scheint immer schlimmer zu werden.

»Hast du vielleicht ein Aspirin für mich? Oder irgendein anderes Schmerzmittel?«

Nils schüttelt mit ernsthaft betroffener Miene den Kopf.

»Wenn du magst, kann ich dich massieren. Vielleicht verschafft dir das ein wenig Erleichterung.«

»Hast du Ahnung von so etwas?«

»Ich bin … ich war Masseur und Physiotherapeut.«

»Kannst du feststellen, ob mein Fuß gebrochen ist? Der rechte.«

»Klar. Zieh mal die Schuhc aus. Warte, ich helfe dir.«

Nils kauert sich ans Fußende von Rudys Matratze und streift ihm mit unendlicher Vorsicht die Schuhe ab. Rudys rechter Fuß ist blau und stark angeschwollen. Nils tastet ihn sanft ab und untersucht jeden Muskel und jede Sehne mit seinen kundigen Fingern.

»Gebrochen scheint nichts zu sein«, diagnostiziert er schließlich. »Gequetschte Muskeln und gezerrte Sehnen, aber nichts wirklich Schlimmes. Mit ein wenig Ruhe, ein paar Massagen und einem Entzündungshemmer springst du in ein paar Tagen wieder herum wie in alten Zeiten. Tut dir sonst noch etwas weh?«

»Der Bauch, die Brust, die linke Schulter, der Unterkiefer, der Kopf und die Eier.«

»Gut. Zieh dich aus.«

»Ganz?«

»Deinen Slip kannst du anbehalten.«

Sehr langsam und mit Nils' geübter Hilfe entledigt sich Rudy seiner Kleider. Endlich hat er es geschafft. Sein Slip ist zwar nicht sehr sauber, aber er besitzt keinen anderen. Er schämt sich ein wenig, doch die Nachbarn haben ihre eigenen Probleme und interessieren sich nicht die Bohne für ihn.

»Wenn du es aushalten kannst, solltest du dich auf den Bauch legen.«

Rudy gehorcht. Es tut nicht allzu weh. Nils beginnt, ihn zu massieren. Zunächst Füße, Waden und Oberschenkel, dann die Nierengegend und den Rücken. Seine feinen, gelenkigen Hände bringen es tatsächlich fertig, den Schmerz zu besänftigen. Es liegt nicht nur an der Lockerung der Muskeln, und ein Placeboeffekt ist ganz bestimmt nicht dabei – Rudy spürt genau, wie der Holländer seine Sehnen und Nerven wieder an ihren angestammten Platz schiebt, wie er verkrampfte und verspannte Stellen lockert und entspannt und dass er es fertigbringt, den Energiefluss wieder zu aktivieren.

»Geht es noch?«

»Fantastisch! Ich glaube, du könntest dir hier eine goldene Nase damit verdienen.«

»Das interessiert mich nicht.«

»Wieso?«

»Die meisten hätten ohnehin nicht die Mittel, mich zu bezahlen.«

»Ich habe auch kein Geld.«

»Für dich ist es umsonst. Dreh dich jetzt auf den Rücken. Ganz vorsichtig ...«

Die Massage geht weiter. Fußriste, Knie und wieder die Oberschenkel. Der Bauch, die Brust. Dann der Hals. Der Schmerz zieht sich zurück, wird dumpfer und weniger. Wieder die Brust, dann Bauch, Leisten, Oberschenkel. Unterbauch. Eine Hand schiebt sich unter den Slip.

»He, was soll das?«

»Hast du nicht gesagt, dass dir auch die Eier wehtun?«

»Lass es gut sein, Nils.«

Die geschulten, grazilen Hände des Holländers gleiten weiter über Rudys schlanken, muskulösen Körper. Sie drücken, massieren, kneten und streicheln. Es ist wie eine Liebkosung ... sie verweilen am Oberschenkelansatz, streifen die Ausbuchtung des Slips – und plötzlich beugt Nils sich über Rudy und küsst ihn unmittelbar unterhalb des Nabels auf den Bauch.

Rudy stößt ihn abrupt zurück und richtet sich auf.

»Ich habe gesagt, lass es gut sein«, knurrt er, selbst verwundert über seinen Zorn.

»Entschuldige bitte. Ich dachte ...«, stottert Nils. Er bietet ein Bild des Jammers.

»Falsch gedacht.« Allmählich beruhigt sich Rudy wieder. »Ich stehe auf Frauen. Danke für die Massage, aber ich glaube, du fasst mich jetzt besser nicht mehr an, okay?«

»Tut mir wirklich leid, Rudy. Ich … es kam einfach so über mich.«

»Schon gut, reden wir nicht mehr drüber. Such dir einfach einen anderen Kerl.«

Während Rudy sich wieder anzieht – immer noch sehr vorsichtig –, entdeckt er, dass drei Matratzen weiter ein junger Mann mit rasiertem Schädel und Schmissen auf den Wangen die ganze Szene beobachtet haben muss. Jetzt ruht sein sichtlich lüsterner Blick auf dem Holländer, der niedergeschlagen auf seiner Lagerstatt zusammengesunken ist.

Na, siehst du, Nils! Du brauchst nicht einmal sehr weit zu suchen, denkt Rudy. Er freut sich für seinen Nachbarn. Hier ist jede Art von Trost willkommen …

Neuer Weißer Block

Arische Rasse = Herrenrasse
Platz für die wahren Menschen – die Weißen!
Verbrennt alle Neger, Juden und Araber!
Tod den Schwulen!
Hitler hatte recht!

Auf die Außenwände der Drehscheibe gesprühte Graffiti mit der Signatur NWB (Neuer Weißer Block)

Als Rudy am nächsten Morgen die Treppe hinunterhumpelt, um sich für das Frühstück anzustellen – ein Becher Blümchenkaffee und eine Scheibe altbackenes Brot –, bemerkt er eine gewisse Unruhe. Rufe und Diskussionen werden laut. Die Menge ist in Bewegung und drängt sich um die Generatoren. Immer mehr Menschen kommen hinzu. Rudy gibt seiner Neugier nach. Auch er möchte gern wissen, was da los ist, allerdings traut er sich mit seinem geschwollenen Fuß nicht mitten ins Getümmel und kann daher nicht erkennen, was die Aufmerksamkeit der Leute auf sich zieht.

»Was ist denn da los?«, erkundigt er sich bei den Umstehenden.

»Scheint, als ob sich einer hätte abmurksen lassen«, antwortet ein großer Schwarzer.

»Außerdem hat ihm jemand eine Flasche in den Arsch gesteckt«, setzt sein Kumpel fröhlich hinzu.

Sie prusten vor Lachen und tauschen Zoten in einer afrikanischen Sprache aus. Die Menge wird von vier bewaffneten Gangstervisagen in der beigefarbenen Uniform von Safe & Secure auseinandergedrängt. Das Bundesland hat den Sicherheitsdienst, der im Grunde nichts anderes ist als eine private Miliz, zum Schutz der Sicherheit im Lager angeheuert; natürlich nur von acht Uhr abends bis acht Uhr morgens. Rudy heftet sich an ihre Fersen und schafft es bis in die Nähe der Leiche.

Der Mann liegt nackt und bleich auf dem Bauch vor der ehemaligen Verladerampe. In seinem Anus steckt der Hals einer Rheinweinflasche mit einer zusammengerollten Botschaft. Sein Körper ist von unzähligen Dolchstichen zerfetzt und umgeben von einer riesigen Blutlache. Vermutlich hat er lange leiden müssen, ehe der Tod eintrat.

Es ist nicht der erste Mord im Lager, doch gemessen an der Zahl der Diebstähle, Vergewaltigungen und Prügeleien sind unnatürliche Todesarten eher selten. Die meisten Todesfälle hier sind eher auf die unhygienischen Zustände, Entbehrungen, unsaubere Drogen und schlecht oder gar nicht kurierte Krankheiten zurückzuführen. Wenn jemand umgebracht wird, dann meistens diskret und außerhalb der Lagergrenzen. In diesem Fall jedoch wollte man offensichtlich ein Exempel statuieren.

Die Milizionäre von Safe & Secure legen die Leiche auf eine mitgebrachte Trage. Und jetzt erkennt Rudy den Mann. Es ist sein Bettnachbar Nils. Beim Aufwachen war Nils nicht da, und Rudy fühlte sich in gewisser Weise erleichtert, dass er nicht schon am frühen Morgen den traurigen Hundeblick ertragen musste. Wahrscheinlich ist der Holländer zur Toilette oder Luft schnappen gegangen – auf jeden Fall aber ist er seinem Mörder in die Arme gelaufen.

Während zwei der Milizionäre den Toten abtransportieren, kennzeichnet der dritte den Fundort der Leiche mit fluoreszierender Sprühfarbe, und der vierte schüttelt die Flasche mit dem blutbesudelten Hals, um an das zusammengerollte Stück Papier zu kommen. Doch es gelingt ihm erst mithilfe eines von der Erde aufgelesenen Zweigs, die Nachricht aus der Flasche zu holen. Er entrollt sie und liest sie mit zweideutigem Gesichtsausdruck.

»Und?«, ertönt ein Ruf aus der Menge, die nur auf diesen Augenblick gewartet hat.

»Was steht da?«

»Lesen Sie vor!«

»Ach, das ist nur Blödsinn«, wehrt der Milizionär ab.

»Nun machen Sie schon!«

»Jetzt lesen Sie endlich, verdammt!«

»Wir wollen wissen, was da steht!«

Der Milizionär sieht seinen Kollegen an, als wolle er sich seiner Zustimmung versichern, doch der zuckt nur die Schultern. Daraufhin rollt er den Zettel wieder auseinander.

»›Wir wollen hier keine Schwulen‹«, liest er leise. »Unterschrift: NWB. Das ist alles.«

Wie ein Lauffeuer macht der Satz die Runde. Die Reaktionen sind sehr unterschiedlich. Sie reichen von Pfeifen und Buhrufen bis hin zu Applaus und Freudengeheul und sorgen sehr schnell dafür, dass die neugierige Eintracht der Menge in sich zusammenfällt. Rudy ahnt, dass es nicht lange dauern wird, ehe die ersten Fäuste fliegen, und hinkt eilig davon.

Der Neue Weiße Block ist eine Neonazibewegung, die etwa zehn Jahre zuvor in den großen Ballungszentren Deutschlands entstanden ist und für eine übertriebene Rassehygiene und die vorbehaltlose Vorherrschaft der arischen Rasse eintritt. Sie ist extrem gewalttätig, lehnt es grundsätzlich ab, auf legale Weise politischen Einfluss zu nehmen, und verbreitet ihre Ideen lieber durch Mordanschläge und Attentate auf ethnische Minderheiten wie Türken, Schwarze oder Araber und deren bevorzugte Aufenthaltsorte. Auch Juden und Homosexuelle stehen auf ihrer schwarzen Liste. Zwar ist der NWB in ganz Deutschland verboten, doch wird die Befolgung des Verbots je nach Bundesland und Durchschlagkraft der jeweiligen Ortsgruppen mehr oder weniger streng gehandhabt. Die Polizei schätzt die gesamte Mitgliederzahl der Bewegung auf mehrere Zehntausend Köpfe, die sich in kleinen, autonomen und sehr mobilen Gruppen organisiert haben, meist unter fünfundzwanzig Jahre alt sind und aus wohlhabenden Kreisen wie dem Großbürgertum der Enklaven stammen. Mehrere strafrechtliche Verfolgungen des Neuen Weißen Blocks wurden niedergeschlagen, weil es sich bei den Angeklagten um Söhne oder Neffen einflussreicher Vorstandsmitglieder von *worldwide* handelte. Rudy hasst den Neuen Weißen Block von ganzem Herzen – erstens, weil seine Mitglieder Nazis sind, und zweitens, weil er die gefährlichen Schösslinge der ultraliberalen Elite weiterverbreitet. Hätte er etwas mehr Mut gehabt, hätte er sich vielleicht der Internationalen Roten Brigade angeschlossen, die sich auf die Banner geschrieben hat, alle Nazis wie Ungeziefer zu zerquetschen.

Während sich Rudy mit schleppendem Schritt der langen Schlange vor der Frühstücksausgabe anschließt, wundert er sich zum wiederholten Mal über seine aggressiven Gefühle. Niemals hat er sich geprügelt, auch nicht in seiner Kindheit. Nie hat er etwas anderes getötet als Insekten, und auch die nur, wenn sie wirklich störten. Sein Leben lang hat er Gewalt verachtet und so ausdrücklich vermieden, dass ihm Aneke manchmal vorwarf, viel zu nachsichtig mit Kristin zu sein. Und sie hatte recht: Er konnte die Kleine nicht gut weinen sehen. Ist es die Atmosphäre des Lagers, die allmählich auf ihn abfärbt? Oder dieses Scheißleben, das ihn so hart macht? Verwandeln sich seine Verzweiflung und seine Hoffnungslosigkeit langsam in Wut und Hass? Er denkt an Nils, den armen Kerl, der gestern Abend bei ihm nichts als einen Augenblick der Zärtlichkeit gesucht hat und dafür mit dem Leben bezahlen musste. Erst Moses, dann Nils. Auf Zärtlichkeit steht hier die Todesstrafe.

Bestimmt hat der junge Kahlkopf mit den Schmissen ihn beim NWB denunziert, denkt Rudy. Er erinnert sich des entzückten Blickes, den er fälschlicherweise für sexuelles Interesse gehalten hat. *Scheiße, wenn ich den zwischen die Finger bekomme, dann kann er sein blaues Wunder erleben!* Wieder verspürt er diese brennende, unstillbare Wut.

Mist! Da kommt er!

Der junge Glatzkopf mit den Schmissen, die ihm das Aussehen eines Indianerkriegers in einer Schmierenkomödie verleihen, geht langsam an der Warteschlange entlang und verteilt Reklamezettel. *Wenn das Werbung für den NWB ist, stopfe ich ihm das Maul damit,* schäumt Rudy. Als der junge Mann jedoch bei ihm ankommt, nimmt er den Zettel, ohne ein Wort zu sagen. Aber sie sehen einander in die Augen. Rudy läuft ein Schauder über den Rücken. Der Typ hat ganz helle, fast durchsichtige Augen und einen gierigen Raubtierblick. Schweigend setzt er seinen Weg fort. Rudy stößt einen langen Seufzer aus und liest das Traktat.

Es handelt sich nicht um die gemeine Propaganda des NWB, sondern um Werbung für das Kommando Survival, eine paramilitärische Organisation, die Überlebenstrainings und Kampfsportkurse anbietet. *Genau das, was ich nötig hätte,* überlegt Rudy. *Immerhin muss ich zugeben, dass ich nicht in der Lage bin, mich zu verteidigen – im Gegenteil, ich habe sogar Angst vor Schlägereien. Aber was nützt mir der Hass, wenn ich mich nicht einmal richtig prügeln kann?* Allerdings muss er der Tatsache Rechnung tragen, dass es sich bei diesen Kampfsportgruppen häufig um Ableger der extremen Rechten handelt. *Na und? Kampftechnik ist Kampftechnik – da gibt es weder rechts noch links. Man wird mich kaum zwingen, mir ihre Indoktrination anzuhören. Und wie sagte schon Sun Tzu? Wenn du deinen Feind schlagen willst, musst du ihn erst kennenlernen.* Er liest den Zettel noch einmal genau durch.

Als Rudy endlich vor dem großen Kessel mit lauwarmem Kaffee steht, ist sein Entschluss gefasst. Endlich würde er etwas zu tun haben und wissen, wohin er gehen könnte.

Dow Jones	**451,14**	**–0,81**
American Springwater	132,68	+4,92
AOL Networks	6,32	–1,01
Coca-Cola	14,91	–1,74
Exxon Hydrogen	36,44	–0,32
General Genomics	53,02	–5,88
IBM	24,55	–2,17
Resourcing ww	97,37	+0,19
Rocky Mountains Water	99,76	+2,67
US Steel	7,98	–3,76

Wirklich deprimierend!

Fuller klappt mit einer müden Geste den Bildschirm des Minicomputers an seinem Handgelenk zu und wendet seine Aufmerksamkeit wieder dem von Consuela gekochten Chili zu, das allmählich kalt wird. Auch wenn Resourcing den Kopf noch einigermaßen über Wasser hält, schreiben doch die meisten amerikanischen Unternehmen rote Zahlen, und der Dow Jones stürzt in freiem Fall ab. 451 Punkte! Und das, wenn man bedenkt, dass er zu Beginn des Jahrhunderts noch die 10000er-Marke streifte! Der Umsatz an der Wall Street ist inzwischen deutlich unter den der Börse von Manila gesunken. Wo ist nur das große amerikanische Imperium geblieben? Wo sind die mächtigen Männer von früher? O ja, die Antwort auf diese Fragen kennt Fuller nur zu gut. Wie alle, die heutzutage die Entscheidungen treffen, hat er seine Lektion bitter lernen müssen. Den Niedergang haben sie der Wirtschaft zu verdanken, die durch einen außer Kontrolle geratenen Markt geschwächt ist, dazu einer lobbyistischen Regierung, einem Präsidenten, der sich in die unterschiedlichsten Kriege verzettelt, für kostspielige Konflikte Gelder ausgibt, die er nicht besitzt, und fast die ganze Welt gegen sich aufgebracht hat, sowie dem ständig an Wert verlierenden Dollar. Der Euro und der Renminbi – der den chinesischen Yuan ersetzt hat –

sind dagegen so stark geworden, dass sie die Wechselkurse und Währungsreserven bestimmen. Eine weitere Rolle spielen Unternehmen, die ihre Produktion nach Asien verlagern, wo die Wirtschaft gesünder und die sozialen Spannungen geringer sind, ebenso wie die ständig an zerstörerischer Gewalt zunehmenden ökologischen Katastrophen. Die Regierung musste inzwischen mit Schrecken feststellen, dass sie nach der Privatisierung aller öffentlichen Dienstleister kaum noch Möglichkeiten hat, etwas für die betroffenen Mitbürger zu tun. Ein weiterer Punkt sind Aufstände und Bürgerkriege, die Staaten an der Westküste, die sich von der Föderation abspalten wollen, Mexiko und Brasilien, die Anstalten machen, sich aus der ALENA zu lösen und zur ASEAN überzulaufen und so einen der letzten großen amerikanischen Märkte sprengen, außerdem ein unglaublich überflüssiger Krieg gegen Mexiko, das sich obendrein auch noch mit der kalifornischen Staatengruppe verbündet hat, ganz zu schweigen von einem bornierten, geradezu selbstmörderischen Isolationismus. Kurz – das Imperium ist von innen her verfault, hat sein Blut und seine Lebenskraft vergeudet und ist wie alle Imperien zum Opfer seiner Arroganz und seines Hegemonismus geworden.

Als Anthony Fuller im Jahr 2008 die Resourcing gründete, hätte er seinen Firmensitz noch ohne Weiteres nach Hongkong oder Bangkok verlegen und von dort aus den asiatischen Markt erobern können, anstatt eine Wirtschaft zu unterstützen, die damals schon um ihr Überleben kämpfte. Andere große »amerikanische« Marken haben sich diesbezüglich nicht so schwergetan; IBM, Microsoft, Pepsi, Universal, Monsanto und General Motors sind heute in chinesischer oder philippinischer Hand. Irgendwann jedoch setzte der Homemade Act dem Ausbluten ein Ende und verpflichtete die amerikanischen *ww*-Firmen, ihren Firmensitz im Land zu halten und ihre Steuern in Amerika zu entrichten. Außerdem ist Anthony ein Abkömmling der Jayhawkers, ein Umstand, den Richard III. ihm immer wieder eingebläut hat. Die Jayhawkers riefen in Lawrence während des Sezessionskrieges den ersten unabhängigen Staat des Südens aus und kämpften gegen die Sklaverei und für die Werte der

Yankees, die heute zu den Werten der Vereinigten Staaten geworden sind. Es stand also außer Frage, dass ein Fuller sich bei den Kanaken einnistet und ihre Kinder für einen Dollar am Tag schuften lässt, um Steuern zu sparen. Ein Fuller steht für Amerika ein, und wenn es sein muss, rettet er das Land ganz allein, kapiert?

Er hätte schon viel früher in Wasser investieren sollen. Der einzige rein amerikanische Geschäftsbereich, der heutzutage noch profitabel arbeitet, ist die Wasserversorgung. Kanada geht es dank seiner vielen Seen, Quellen und Gletscher noch ganz gut. Die gebirgigen Staaten Oregon, Idaho, Montana, Wyoming und Colorado leben von ihren natürlichen Reserven, die sie eifersüchtig hüten. Die Küstenregionen behelfen sich mit Meerwasserentsalzung, aber was soll ein ausgetrockneter Binnenstaat wie Kansas tun? Der Bundesstaat muss sein Wasser zu horrenden Preisen von den Großen Seen oder aus dem Golf von Mexiko importieren, und nur allzu oft werden die Pipelines von den Outers sabotiert oder einfach gestohlen. Auf Dauer ist eine solche Situation unhaltbar. Doch die Kansas Water Union tut nichts, um die Lage zu entspannen, denn solange die Enklaven zahlen, kann ihr nichts passieren.

Aber das wird sich ändern, jubelt Anthony innerlich. Seit einigen Tagen besitzt er in einem afrikanischen Land, dessen Namen er immer wieder vergisst, einen unterirdischen See, wie es ihn im Mittleren Westen nirgendwo mehr gibt und der aus ihm den König des Wassers und aus Kansas einen blühenden Agrarstaat machen wird. Die Water Union wird ihm aus der Hand fressen, doch sie wird nur einen winzigen Happen abbekommen, ehe er aus dem Unternehmen die achtunddreißigste Tochtergesellschaft von Resourcing macht. Ein nicht zu verachtender Bonus! *Das muss ich unbedingt mit Sam besprechen. Aber vielleicht sollten wir erst einmal herausfinden, wie weit wir in der Sache überhaupt sind.* Erneut öffnet er den Minicomputer von Nokia, dieses Mal, um anzurufen.

»Du isst ja gar nicht«, stellt Pamela fest.

Er schaut sie an, als bemerke er erst jetzt, dass sie da ist, senkt den Blick auf sein kalt gewordenes Chili und schiebt den Teller zurück.

»Kein Hunger.«

In Wahrheit gewinnt der Dämon des Handels gerade wieder die Oberhand. Fuller will die Sache mit dem unterirdischen See so schnell wie möglich in trockene Tücher bekommen.

»Du denkst an Wilbur, nicht wahr? Er fehlt, findest du nicht?«

»Nein.«

Wilbur, den er allenfalls als Parasit empfunden hat, ist nun wirklich das Letzte, was ihm in den Sinn gekommen wäre. Anthony wirft einen flüchtigen Blick auf die schwarze Plastikurne, die auf dem Kaminsims aus Carraramarmor im Wohnzimmer steht, wie es sich gehört. Die beiden Kerzen rechts und links werden jeden Abend angezündet. Was für eine Geschmacksverirrung! Am liebsten hätte er den ganzen Kram in den Müll geworfen.

»Wie kannst du nur so etwas sagen?«, empört sich Pamela schlaff. Das Prozac4, das sie zu Beginn der Mahlzeit eingenommen hat, wirkt bereits.

»Ich sage genau, was ich denke. Das Leben geht weiter, Pamela. Ich muss an unsere Zukunft und an die unseres Landes denken. Mir stehen wichtige Entscheidungen bevor, die mich weitaus mehr beschäftigen als das Gedenken an Wilbur. Tut mir leid.« Er steht auf. »Im Übrigen habe ich zu arbeiten.«

In diesem Augenblick kommt Consuela aus der Küche. Sie schiebt Tony Juniors Rollstuhl vor sich her. *O Scheiße*, stöhnt Anthony innerlich auf und verzieht das Gesicht. Die Betreuerin füttert den Junior in der Küche, weil sein Sabbern kein sehr angenehmer Anblick ist. Doch Pamela hat verfügt, dass der Junge am Ende der Mahlzeit teilzunehmen hat, wenn sein Vater zu Hause speist, was selten genug der Fall ist. Auf diese Weise sehen sich Vater und Sohn wenigstens von Zeit zu Zeit.

Anthony setzt sich wieder und verwandelt seine Grimasse in ein möglichst herzliches Lächeln.

»Grüß dich, Junior, wie geht's, wie steht's? Ich glaube, wir haben uns heute noch gar nicht gesehen.«

Tony lässt seinen erloschenen Blick über Anthony hinweggleiten und heftet ihn auf Pamela. Pamela windet sich unbehaglich auf ihrem Stuhl. Sie ist wütend.

»Natürlich nicht. Du tust doch alles, um ihm aus dem Weg zu gehen.«

»Pamela, bitte, fangen wir nicht wieder davon an. Junior muss nichts von unseren …«

»Hi«, sagt Junior. Aus dem Mund sickert ihm ein Speichelfaden, den Consuela eilig fortwischt.

»Er möchte, dass wir ihm den Fernseher einschalten, nicht wahr, mein Liebling?« Pamela lächelt das unbewegliche, verrunzelte Gesicht an, als wäre Tony Junior das schönste Kind der Welt. »Du schaust doch so gern Fernsehen, mein Kleiner.«

»Hör endlich auf, mit ihm wie mit einem Kleinkind zu reden. Er ist immerhin fünfzehn.«

»Sie können abräumen, Consuela. Wir sind fertig.«

Pamela schiebt den Rollstuhl vor den zwei mal drei Meter großen holografischen Bildschirm, der, von Bücherregalen umrahmt, den hinteren Teil des Wohnzimmers einnimmt. Sie berührt die Fernbedienung, die auf dem niedrigen Beistelltisch aus Chinalack liegt. Das Gerät erkennt ihren Fingerabdruck und stellt sich automatisch auf Love Me Tender ein, einen Kanal, der ausschließlich Liebesfilme zeigt. Mit einem erleichterten Seufzer lässt Pamela sich in die Polster eines mit sibirischem Bärenfell bezogenen Sofas sinken und widmet sich dem Geschehen von *Passion Lovers*. Auf dem Yakteppich im Wohnzimmer küssen sich John Coriusco und Sherri Lee in Nahaufnahme und dreidimensional.

»Na wunderbar, die zwei kriegen sich also«, kommentiert sie zufrieden. »Consuela, wären Sie bitte so nett, uns den Kaffee hierhin zu bringen?«

Sofort wittert Fuller seine Fluchtmöglichkeit.

»Meinen Kaffee bitte ins Arbeitszimmer. Ich muss arbeiten.«

Dabei zwinkert er Consuela diskret zu. Das Hausmädchen räumt die kaum angerührten Reste des Chili con Carne ab, auf das sie so viel Mühe verwendet hat. Am liebsten hätte sie die Teller auf den Boden geschmettert.

Mit einem falschen Lächeln in Richtung seiner Frau verlässt Anthony das Wohnzimmer. Pamela widmet sich zwar hingerissen den

Gefühlen von John und Sherri, doch Anthony weiß, dass sie in spätestens fünf Minuten tief und fest schlafen wird. Junior starrt ihn aus seinen grauen, scharfen Augen unverwandt an. Anthonys Lächeln gefriert ihm auf den Lippen. Er hat den unangenehmen Verdacht, dass Tony ihn die ganze Zeit beobachtet hat, dass ihm sein Zwinkern Consuela gegenüber nicht entgangen ist und er genau weiß, was es zu bedeuten hat.

Scheiße, und wenn schon! Das ändert doch nun wirklich nichts, versucht er sich zu beruhigen, während er mit großen Schritten in sein Arbeitszimmer stürmt. *Junior ist wie ein Hund. Selbst wenn er etwas mitbekommen hat, wird er es bestimmt nicht ausplaudern. Schreien und Sabbern ist alles, was er kann.* Trotzdem hat der unangenehme Gedanke Anthony die beginnende Erektion verdorben. Er würde wohl doch eine Erectyl nehmen müssen.

Der Schatz

Samuel Grabber & Partner
Fachanwälte für Handelsrecht
Rechtsbeistand in Geschäft, Industrie und Finanzwesen
Internationale Angelegenheiten
Guthaben- und Fondsverwaltung
Berater der Welthandelsorganisation, des TCI und der Weltbank
<grabber.com>
Sie sind im Recht, Grabber beweist es.

»Grabber und Partner, guten Tag. Was kann ich für Sie … Ach, Sie sind es, Mr. Fuller! Wie geht es Ihnen?«

»Ausgezeichnet. Könnten Sie mir bitte Sam geben? Ich kann ihn nicht über seine Durchwahl erreichen.«

»Mr. Grabber befindet sich in einer Besprechung. Ich fürchte, ich kann ihn nicht …«

»Aber Martha, Sie wissen doch, dass Sam immer ein offenes Ohr für mich hat. Sagen Sie ihm, es wäre sehr dringend.«

»Ich werde sehen, was ich tun kann.«

»Sehr schön, Martha. Erinnern Sie mich doch bitte daran, dass ich Sie dieser Tage einmal zum Abendessen ausführe.«

»Oh … aber gern, Mr. Fuller.«

…

»Anthony! Wie geht es Ihnen?«

»Ganz gut, Sam. Man schlägt sich so durch.«

»Sie wollen sicher wissen, was aus Ihrem Schreiben nach Burkina Faso geworden ist.«

Burkina Faso. Er sollte sich diesen barbarischen Namen wirklich endlich merken. Was für eine Idee, ein Land so zu nennen!

»Richtig. Und?«

»Ihr Brief ist gut angekommen. Ich habe ihn nicht mit der Post geschickt, weil mir die amerikanischen Zustelldienste eher suspekt sind, sondern mit TransWorld Express. Das ist zwar teuer, lohnt sich aber allemal. Der Brief wurde der Präsidentin persönlich übergeben.«

»Der Präsident*in*? Einer Frau?«

»O ja, und zwar nach meinen Informationen einer ganz zähen! Möglicherweise wird sie eine harte Nuss für uns werden.«

»Und was hat sie geantwortet?«

»Nichts. Sie hat uns lediglich per abgesicherter E-Mail eine Empfangsbestätigung geschickt.«

»Gibt es bei diesen Hottentotten etwa auch schon Internet?«

»Anthony, sind Sie wirklich so naiv, oder machen Sie nur Spaß?«, fragte Grabber nach einer kurzen Pause.

Samuel Grabber ist schwarz und sehr empfindlich, wenn es um Menschen seiner Hautfarbe geht. Dabei ist es ihm gleich, welcher Volksgruppe sie angehören und aus welchem Land sie stammen oder ob er einen Prozess gegen sie anstrengen muss. Fuller hat sich aus seiner Unwissenheit heraus einen Schnitzer geleistet.

»Das war natürlich ein Scherz. Sonst noch etwas? Irgendein Kommentar?«

»Nein, aber das ist ganz normal. Wir müssen ihnen Zeit lassen, sich darüber klar zu werden, dass der unterirdische See nicht ihr Eigentum ist.«

»Und da sind Sie sich wirklich ganz sicher, Sam? Sie wissen zuverlässig, dass dieses Grundwasser mir gehört?«

»Nach internationalem Recht gehört ein Schatz – und als solchen muss man das Wasservorkommen bezeichnen –, der auf öffentlichem Grund und Boden gefunden wird, zur Hälfte seinem Finder – in diesem Fall also GeoWatch und damit Resourcing – und zur anderen Hälfte dem Staat, auf dessen Gebiet sich der fragliche Boden befindet.«

»Ja, aber dann …«

»Lassen Sie mich bitte ausreden. Als ich das Handelsrecht von Burkina Faso ein wenig genauer unter die Lupe genommen habe, fand ich ein altes Gesetz aus dem Jahr 2013, das offenbar nicht außer Kraft gesetzt wurde und in dem steht, dass sowohl der Grund und Boden als auch die darin befindlichen Ressourcen jedem ausländischen Unternehmen zur Verfügung gestellt werden, das sich im Land niederlässt und dort investiert. Sie wollen doch in Burkina Faso investieren, Anthony?«

»Also …«

»Sie wollen Bohrungen durchführen, ein Pumpwerk, Pipelines und vielleicht sogar Straßen bauen und die einheimische Bevölkerung in Lohn und Brot bringen. Oder irre ich mich da etwa?«

Über die technischen Anforderungen hat Fuller bisher noch nicht nachgedacht, weil er sie ohnehin einer seiner Filialen anvertrauen wird – Kubotai oder Vivendi vielleicht.

»Nein, Sam. Sie haben völlig recht.«

»In diesem Fall gehört der Wasservorrat *ipso facto* Ihnen. Vermutlich wird die Sache nicht einmal problematisch.«

»Dann glauben Sie also nicht, dass wir vor den Internationalen Handelsgerichtshof ziehen müssen, wie wir in dem Brief angedroht haben?«

»Es wären überflüssige Schikanen, zumal das Gericht nicht unbedingt immer zugunsten amerikanischer Interessen entscheidet. Ich denke, dass Burkina Faso schnell nachgeben wird, denn schließlich sprechen seine eigenen Gesetze zu unseren Gunsten.«

»Das sind ja wirklich gute Nachrichten, Sam.«

»Andererseits ist gerade Grant Morrison bei mir im Büro und will wissen, wie wir uns gegenüber SOS und ihrem Eindringen in unseren Erkundungssatelliten verhalten sollen.«

»Wir verklagen sie natürlich. Wir müssen ihnen unmissverständlich klarmachen, wer hier das Sagen hat und dass wir Cyberterrorismus nicht auf die leichte Schulter nehmen.«

»Wollen Sie das wirklich tun? Bedenken Sie, dass SOS eine sehr angesehene Hilfsorganisation ist, vor allem in den ganz armen Ländern. Ein Prozess könnte dem Prestige von Resourcing schaden.«

»Wer redet denn von Resourcing? Das Foto ist Eigentum von GeoWatch. Nachdem aber kein Mensch GeoWatch kennt, kann es uns ziemlich egal sein, bei wem wir uns damit unbeliebt machen. Geben Sie mir Grant!«

...

»Hallo, Grant.«

»Hallo, Mr. Fuller.«

»Was soll das heißen? Zögern Sie etwa ernsthaft, SOS-Europa anzugreifen?«

»Nun ja, Mr. Grabber ließ durchblicken, dass es vielleicht keine so gute Idee wäre und dass ich eher ...«

»Wer ist Ihr Chef, Grant? Mr. Grabber oder ich?«

»Sie, Mr. Fuller«, lautet die seufzende Antwort.

»Dann tun Sie mir den Gefallen und bringen SOS-Europa vor Gericht. Der Präsident muss auf eine Entschädigung verklagt werden, die ihn für den Rest seines Lebens ruiniert, und der Hacker soll seine Tage im Kittchen beenden. Hat man ihn überhaupt schon dingfest gemacht?«

»Den letzten Meldungen zufolge hat man zwar seine Wohnung irgendwo in Frankreich gefunden, aber der Kerl selbst scheint sich in Luft aufgelöst zu haben.«

»Er muss gefunden werden. Ich habe gewiss nicht ein Vermögen für GeoWatch hingeblättert, um die Entdeckungen der Satelliten im Internet wiederzufinden. Im Gegenteil. Ich kann Ihnen nur den guten Rat geben, sich da mit ganzer Kraft reinzuhängen, Grant, denn sonst fliegen Sie raus. Habe ich mich verständlich ausgedrückt?«

»Ja, Mr. Fuller.«

»Dann geben Sie mir noch einmal Sam.«

...

»Noch eine Frage, Sam: Was halten Sie von der Kansas Water Union?«

»Nicht sehr viel. Warum? Wollen Sie das Unternehmen mit der Erschließung betrauen?«

»Ich sehe, Sie denken genauso schnell wie ich. Und?«

»Seien Sie vorsichtig. Sie könnten John Bournemouth ins Gehege kommen.«

»Dem Gouverneur? Den kenne ich sehr gut.« *Vor allem seine Frau.* »Gehört die KWU ihm?«

»Ihm gehören achtunddreißig Prozent der Anteile. Die Sperrminorität.«

»Verstehe. Ich werde mal mit ihm reden.«

»Verhandeln ist allemal besser als streiten. Vor allem unter Freunden.«

»Sie sagen es. Entschuldigen Sie, ich bekomme Besuch. Wir reden später weiter.«

»In Ordnung, Anthony. Richten Sie Ihrer Frau einen schönen Gruß aus.«

»Wird erledigt.«

Fuller legt auf. »Consuela, du kannst reinkommen.«

Habanas de Cuba

Wir möchten unsere verehrten Gäste darauf aufmerksam machen, dass der Konsum von Tabak, Drogen und Alkohol (durch Minderjährige) im gesamten Gebiet des Bundesstaates Kansas verboten ist. Auch Pornografie und widernatürliche sexuelle Praktiken sind nicht gestattet.

Warnung im Ankunftsbereich des Flughafens von Kansas City

Consuela kniet auf dem Teppich aus Samarkand. Ihr Kopf ruht auf dem für Besucher reservierten Sessel aus Bisonleder, ihre Brüste pendeln im Rhythmus gegen den Sitz, ihr nacktes Hinterteil ragt in die Luft und wird von Fuller bearbeitet. Jawohl, bearbeitet. Anthony hat zwei Erectyl geschluckt, um seiner Sache ganz sicher zu sein; jetzt hat er einen zum Platzen prallen Ständer und kann beim besten Willen nicht kommen. Das einzige Gefühl, das sich bei ihm einstellt, ist eine schmerzhafte Reizung. Allmählich langweilt es ihn, Consuela zu vögeln. Sie beteiligt sich aber auch absolut nicht! Zwar fügt sie sich widerspruchslos seinem Willen, aber selbst übernimmt sie nicht die geringste Initiative. Jetzt im Augenblick klammert sie sich an den Sessel und wartet, dass es endlich vorbei ist.

Anthony zieht sich zurück.

»So geht das nicht, Consuela. Es ist langweilig mit dir.«

Sie setzt sich auf den Sesselrand, greift nach seinem angeschwollenen, dunkelroten Penis und macht Anstalten, ihn in den Mund zu stecken. Sie lutscht ausgezeichnet, das muss er zugeben, doch in seinem derzeitigen Zustand würde es nichts bringen; sein Glied ist ohnehin schon überreizt.

»Warte, ich habe eine bessere Idee.«

Er geht zum Schreibtisch, kramt in den Schubladen herum, fördert eine Metalldose mit der Aufschrift *Habanas de Cuba* zutage, entnimmt ihr eine Zigarre vom Umfang eines mittleren Stuhlbeins und dreht sie mit einem schlüpfrigen Lächeln zwischen seinen Fingern.

»Sie rauchen, Sir?«, wundert sich Consuela. »Aber das ist doch verboten!«

»Wer redet denn hier von Rauchen?« Fullers Grinsen wird breiter. »Das, was ich vorhabe, hat vor vierzig Jahren einmal ein Präsident mit einer Praktikantin gemacht. Komm her und setz dich mit gespreizten Beinen auf den Schreibtisch.

Resigniert lässt sich die junge Venezolanerin auf dem Schreibtisch nieder, stützt sich mit den Händen ab, öffnet die Schenkel und präsentiert Fuller ihre behaarte Vulva. Anthony benetzt die Zigarre zwischen den Lippen, dann lässt er das feuchte Ende um Consuelas Klitoris kreisen. Neugierig und ein wenig angeekelt sieht sie ihm zu.

Schließlich spreizt er mit Daumen und Zeigefinger ihre großen Schamlippen und versucht, die Zigarre in ihre Scheide einzuführen. Entsetzt zieht sich Consuela zurück und presst die Schenkel fest aneinander. Fuller runzelt die Stirn.

»Was ist los?«

»Ich ... ich mag das nicht.«

»Ich habe dich nicht nach deiner Ansicht gefragt, Consuela. Vergiss bitte nie, wo du herkommst und was du mir schuldest. Du wirst genau das tun, was ich will, sonst fliegst du. Ist das klar?«

Die junge Frau nickt unterwürfig und mit Tränen in den Augen. Bestimmt würde sie ihre Herkunft nie vergessen, aber auch nicht, wie die Fullers sie behandeln. Man hat sie in dieser Familie nicht nur zum Hausmädchen, sondern auch zur Sexsklavin des Hausherrn gemacht.

Consuela stammt aus Caracas in Venezuela. Um in die Vereinigten Staaten zu gelangen, durchquerte sie ganz Mittelamerika als Anhalterin und hat dafür manchmal mit ihrem Körper bezahlt. Die Grenze überquerte sie paradoxerweise an einem der bestbewachten Übergänge – in Laredo am Pan-American Highway. Mitten in der Nacht versteckte sie sich zwischen fünfhundert Schweinen auf dem Weg zum Schlachthof in San Antonio und kam so in die Vereinigten Staaten. Sie hatte Angst, die Fahrt nicht zu überleben. Die Schweine drängten, schoben und trampelten auf ihr herum, der Gestank war kaum zu ertragen, die vielen schnüffelnden Schnauzen und die mit Unrat beschmierten Körper flößten ihr entsetzlichen Ekel ein. Doch weder die Spürhunde noch die Infrarotdetektoren der Grenzer konnten sie in dem Gewimmel entdecken. Als die beiden mexikanischen Lkw-Fahrer sie etwa hundert Kilometer jenseits der Grenze auf einem Parkplatz befreiten, war sie halb ohnmächtig und glaubte, ihr letztes Stündlein habe geschlagen. Die beiden Männer machten mit ihr, was sie wollten, und dass sie nach Schwein roch, schien ihnen dabei sogar besonders zu gefallen. Consuela erinnert sich kaum noch daran – schlimmer konnte es ohnehin nicht mehr kommen. Drei Tage campierte sie auf dem Parkplatz, wusch sich in der öffentlichen Toilette, sobald einmal Wasser aus den Hähnen tröpfelte, ging Streifenpolizisten und marodierenden Piraten aus dem Weg und ernährte sich von Picknickresten aus der Mülltonne.

Nachdem Consuela sich wieder in der Lage fühlte, weiterzureisen, geriet sie an ein sehr nettes Paar, das sie in einem PS-starken, klimatisierten und obendrein gepanzerten Auto quer durch Texas und Oklahoma bis nach Wichita in Kansas mitnahm. Dass der Wagen gepanzert war, hatte eine Menge Vorteile, denn sie erlebten einige Piratenangriffe und gerieten in mehrere von Outers errichtete Straßensperren, die sie einfach, ohne langsamer zu werden, überrollten – auf Menschen wurde dabei keine Rücksicht genommen. Eine Woche lang durfte Consuela bei dem Paar wohnen. Während dieser Zeit wurde sie wieder völlig gesund. Schnell gewöhnte sie sich an das Leben der Reichen in den Enklaven, weit weg von der Wüste, dem Elend und der Verzweiflung der armseligen Siedlungen, die von der Interstate 35 durchquert wurden, und noch weiter weg von ihrem *barrio* in Caracas. Doch dann wurde sie wieder auf die Reise geschickt. Und der Kerl wollte nicht einmal etwas von ihr – nicht einmal einen Kuss oder eine Zärtlichkeit. Öfter mal was Neues ...

Consuelas Ziel war Winnipeg in Kanada, wo eine Freundin als Hostess in einer Bar arbeitete und ihr ebenfalls einen gut bezahlten Job in Aussicht stellte. Natürlich gab sich Consuela keinen Illusionen über die Art dieser Arbeit hin. Sie wusste, dass sie hübsch und gut gebaut war, dass ihr Hinterteil selbst einen Heiligen in Versuchung führen konnte und dass sie dort oben im Norden nur diese Trümpfe ausspielen musste, um ihr Schäfchen ins Trockene zu bringen. In Caracas hätte sie höchstens als Prostituierte oder Darstellerin in billigen Sexfilmen arbeiten können – bestenfalls wäre sie die Gespielin eines Drogenbarons geworden. Wie auch immer – auf der Interstate 35, kurz vor Emporia, kreuzte Anthony Fuller ihren Weg. Er war auf dem Rückweg von Garden City und rettete sie aus den Fängen einer lokalen Gang, die wild entschlossen war, sie zu vergewaltigen. Fuller hielt an, holte eine Knarre aus dem Wagen und schoss einfach drauflos. Consuela nutzte das Überraschungsmoment, um sich loszureißen und sich in das Auto zu retten, das sofort mit quietschenden Reifen davonbrauste.

Das war vor einem Jahr.

Seither ist Consuela die Gefangene dieser Familie und der Enklave Eudora, die sie nur in Begleitung eines Residenten oder mit gültigen Papieren verlassen darf. Fuller behauptet, sie als Pflegerin für den Junior eingestellt zu haben, ihr ein Gehalt zu zahlen und sich darum zu kümmern, ihre Situation zu legalisieren, doch bisher hat sie weder Geld noch Arbeitsvertrag, geschweige denn Papiere gesehen – nichts als den Riesenpimmel des Hausherrn, den er ihr bei jeder Gelegenheit reinsteckt, ohne sich um ihre eigenen Gelüste, Wünsche und ihr körperliches Wohlbefinden zu kümmern. Sie hasst ihn und würde ihn am liebsten umbringen. Umbringen und dann fliehen, aber genau da wird es schwierig – eine Flucht ist so gut wie unmöglich. Wenn Fuller ihr damit droht, sie zu feuern, so bedeutet das nicht etwa, dass sie zurück auf die Straße muss, sondern dass er sie den Polizisten der Enklave überstellt. Und was dann passiert, weiß nur der Himmel.

Bei reiflicher Überlegung zieht sie es vor, eine Zigarre in die Vagina gesteckt zu bekommen. Das ist zwar ekelhaft, aber sie wird es überleben. Trotzdem: Diese *hijos de puta* von *gringos* sind und bleiben pervers.

»Mach die Beine breit, Consuela.«

Consuela gehorcht. Tränen laufen ihr über die Wangen. Fuller kümmert es nicht. Über den Gegenstand seiner Lust gebeugt, erkundet er dessen verborgenste Stellen mit dem Ende der Zigarre. Consuela fürchtet sich jetzt schon vor dem Augenblick, wenn die bröckelige Walze in sie eindringt und Tabakkrümel in ihr zurücklässt.

Ein ohrenbetäubender Lärm kommt ihr zu Hilfe.

Erschrocken richtet Anthony sich auf. »Was ist denn da los?«

Schreie, Schüsse, Gebrüll, Maschinengewehrsalven, das Klirren zerbrochener Gegenstände, Gezeter. Fuller stürzt ans Fenster, hebt zwei Lamellen der Jalousie, hinter der sie ihre Spielchen verborgen haben, und lässt den Blick über den Evergreen-Rasen, die welken Bäume und die von der weiß glühenden Hitze versengten Büsche gleiten. Draußen scheint alles in Ordnung zu sein. Die Enklave ist nicht gestürmt worden. Der Lärm kommt aus dem Wohnzimmer. Zufällig sieht Fuller, dass Consuela die Tür zum Arbeitszimmer halb offen gelassen hat; Pamela hätte sie also durchaus auf frischer Tat ertappen können, wenn das Prozac sie nicht betäubt hätte.

In Windeseile zieht Anthony sich an und läuft ins Wohnzimmer. Die Vorwürfe spart er sich für später auf. Pamela liegt in tiefstem Schlaf auf dem Sofa. Junior, der wie versteinert neben ihr in seinem Rollstuhl sitzt, starrt wie gebannt in Richtung des Fernsehers. Das Getöse kommt von dort.

Es ist nicht mehr der Kanal Love Me Tender, den der holografische Bildschirm überträgt, sondern Bilder der Überwachungskameras der Enklave. Sie stammen von den auf den Highway K10 gerichteten Aufnahmegeräten, der Ton ist bis zum Anschlag aufgedreht. Jede Wohneinheit in Eudora kann den Kanal der Videoüberwachung empfangen, was den Leuten gestattet, ihre Nachbarn auszuspionieren und sie zu denunzieren, falls sie sich nicht rechtmäßig verhalten. Dieser Umstand führt zu einer spürbaren Kostensenkung im Bereich der Ausgaben für Polizei und Schutzdienste. Das 2-D-Bild der Größe drei mal zwei Meter zeigt eine Schlägerei, die zeitgleich auf der Zufahrt zur Enklave stattfindet. Hunderte von mit Messern, Hacken, Spaten und Mistgabeln bewaffnete Outers, einige sogar mit Gewehren und Pistolen, schwenken Spruchbänder und Transparente und versuchen ebenso schlecht organisiert wie vergeblich, den hoch gesicherten Eingang zu stürmen. Die Schranke zur Straße hin ist heruntergelassen und energetisiert worden, davor hat man Schutzgitter aus Nanokarbonat errichtet, die unter Geschossen jeglicher Art erzittern. Ein gepanzertes Fahrzeug hat Stellung bezogen und besprüht die aufgebrachte Menge aus doppeltem Rohr mit Fontänen von blauem Anti-Aufstands-Pulver. Dabei handelt es sich um eine ätzende Chemikalie, die einen unstillbaren Juckreiz hervorruft und sich nur mit sehr viel Wasser neutralisieren lässt. Ironischerweise aber ist es ausgerechnet das, was die Outers lautstark reklamieren: Sie wollen Wasser – sauberes, trinkbares Wasser.

Hinter der Schranke ist das komplette Eudora Civil Corp in Antiguerilla-Kampfanzügen aufmarschiert und hält die kühnsten und aggressivsten Angreifer mit *shockballs*, Taser und Kampfgas in Schach. Von Zeit zu Zeit geben die auf den Wachtürmen installierten Maschinengewehre Warnsalven ab, die eigentlich über die Köpfe hinweggehen sollten; trotzdem kommt es immer wieder vor, dass ein Outer auf dem Asphalt zusammenbricht, was die Spannung jedes Mal steigert. Ein Lauftext unten im Bild informiert die Zuschauer, dass man minütlich mit Verstärkung aus Lawrence rechnet, die den Aufwieglern in den Rücken fallen wird. Damit wäre das Massaker perfekt.

Consuela, die Anthony ins Wohnzimmer gefolgt ist, betrachtet den Aufstand zunächst überrascht. Als ihr klar wird, was sich da abspielt, frohlockt sie innerlich. Eine wilde, verrückte Hoffnung keimt in ihr auf. Wenn es den Outers gelingen würde, den Zugang zu stürmen, könnte sie selbst vielleicht fliehen … Sie streift Anthony mit einem Seitenblick. Er ist damit beschäftigt, Pamela zu schütteln, um sie zu wecken. Leise verlässt Consuela den Salon und läuft in ihr eigenes Zimmer, wo ihre Habseligkeiten immer fertig gepackt warten.

»Pamela! Aufwachen! Hast du dieses Tohuwabohu eingeschaltet?«

»Was? Wie?« Pamelas Lider öffnen sich halb. Ihr Blick irrt ziellos umher. Als sie das Getöse wahrnimmt, reißt sie erschrocken die Augen auf. »Was ist da passiert?«

Fuller berührt die Fernbedienung und senkt die Lautstärke.

»Das Gleiche könnte ich dich fragen. Hast du etwa auf die Videoüberwachung umgeschaltet? Seit wann interessierst du dich für Aufstände?«

»Absolut nicht. Ich … ich muss eingeschlafen sein.«

»Wenn nicht du, wer dann? Der Fernseher stellt sich doch nicht von allein um!«

»Consuela vielleicht«, schlägt Pamela mit flatternden Augenlidern vor.

»Unmöglich. Consuela war … war in der Küche beschäftigt.«

»Dann weiß ich es auch nicht.«

Pamela streckt die Hand zur Fernbedienung aus, schaltet auf Love Me Tender um und kuschelt sich in ihr Sofa. Anthony wirft

Junior einen scheelen Blick zu. Er sitzt vollständig gelähmt in seinem Rollstuhl, weit weg von der Fernbedienung und ohne die geringste Möglichkeit, sie zu erreichen. Mit messerscharfem Blick beobachtet er seinen Vater, und Fuller hätte schwören können, dass er dabei grinste.

Strategie

Exklusivbericht

Wasser in Kongoussi!

Ein Satellit hat in unmittelbarer Nähe der Stadt Kongoussi auf dem Gebiet des seit zehn Jahren ausgetrockneten Bamsees ein großes Vorkommen des »blauen Goldes« lokalisiert. Das Volumen des unterirdischen Sees wird auf etwa 13 Milliarden Kubikmeter geschätzt. In Regierungskreisen geht man davon aus, dass mit dieser Wassermenge das Land vor der Dürrekatastrophe gerettet werden könnte.

→ Ganzen Artikel lesen (Autorin: Sabine Zongo)

→ Zum Satellitenbild

<Independent.com>

Die ganze Wahrheit und nichts als die Wahrheit.

»... und aus diesem Grund bin ich überzeugt, dass wir eine für beide Seiten zufriedenstellende Lösung finden werden. In Erwartung Ihrer Antwort verbleibe ich, verehrter Herr Präsident, Ihr sehr ergebener ...« Unterschrieben ist der Brief mit: Anthony Fuller, Vorstandsvorsitzender der Resourcing *ww*.

Yéri Diendéré legt den Brief vor Fatimata auf den großen, ovalen Tisch, nachdem sie ihn vor dem versammelten Rat der Minister aus dem Amerikanischen übersetzt hat. Graziös lässt sie sich zur Linken ihrer Chefin nieder, nimmt Schreibblock und Stift zur Hand und macht sich bereit, alles mitzuschreiben, was von jetzt an geäußert wird. Der Stenograf, dem diese Aufgabe bisher oblag, leidet an Aids und liegt im Sterben. Fatimata bedankt sich mit einem Lächeln bei ihrer Sekretärin. Sie hält große Stücke auf die junge Frau, die nicht nur schön, intelligent und kultiviert ist, sondern obendrein tüchtig und ausgesprochen ergeben. Vielleicht ein wenig zu ergeben; in ihrem Alter sollte eine Frau nicht mehr ledig sein. Fatimata würde sich freuen, wenn Yéri das Interesse ihres jüngeren Sohnes Abou wecken könnte, allerdings ist er noch sehr jung, und außerdem absolviert er gerade seinen Militärdienst. Später vielleicht, wenn Yéri bis dahin nicht einen ihrer zahlreichen Verehrer erhört hat ... Nun gut. Zurück zur Tagesordnung!

Fatimata blickt in die Ministerrunde und versucht zu ergründen, inwieweit jede und jeder von ihnen die Tragweite des Problems und die Art des sich anbahnenden Konflikts erfasst hat. Ein Drittel des Kabinetts ist nicht anwesend, meist aufgrund von Krankheiten, die auf Wassermangel und schlechte Ernährung zurückzuführen sind und unter denen entweder sie selbst oder ihre Familien leiden. Sie versucht, die unterschiedlichen Gefühle zu ergründen, die von Unverständnis über Fatalismus, Überraschung und kühle Berechnung bis hin zu dumpfem Zorn reichen. Sie erhebt sich. Die Ministerrunde unterbricht ihre Gespräche.

»Ich fasse zusammen: Dieser Fuller, der nicht einmal den Anstand besitzt, sich zu informieren, ehe er mich mit ›Herr Präsident‹ anredet, geht also davon aus, dass er da drüben im fernen Amerika Eigentümer unseres unterirdischen Bamsees ist, weil wir das Wasservorkommen seiner Ansicht nach ohne seinen Satelliten nie entdeckt hätten. Außerdem wirft er uns vor, dass wir ein als geheim eingestuftes Satellitenbild ausgewertet und verbreitet hätten. Dieses Vorgehen sei illegal, weil wir ohne Zustimmung und unter Missachtung der Eigentumsrechte gehandelt hätten, was unter normalen Umständen eine Anklage vor dem Internationalen Handelsgerichtshof zur Folge hätte. Mr. Fuller jedoch zeigt sich konziliant und schlägt uns eine freundschaftliche Einigung unter Wahrung der ›beiderseitigen Interessen‹ vor.« Fatimata malt die Anführungszeichen in die Luft. »Wie diese Einigung allerdings aussehen soll, darüber lässt er sich nicht weiter aus. So weit dieser Brief. Die Frage ist jetzt: Wie sollen wir reagieren? Ich erwarte eure Vorschläge.«

Sie setzt sich. Claire Kendo, Ministerin für Wasser und Ressourcen – eine kleine, vertrocknete Frau mit großen, hervortretenden Augen hinter ihren Brillengläsern – hebt die Hand.

»Was hast du geantwortet, Fatimata?«

»Bisher noch gar nichts. Es handelt sich um ein offizielles Schreiben, das als Einschreiben mit Rückantwort von einer Anwaltskanzlei kam. Ich habe lediglich den Rückschein abgeschickt.«

»Mit anderen Worten: Fuller weiß, dass wir seinen Brief erhalten haben«, bemerkt Amadou Dôh, Minister für Verkehr und Infrastruktur, der von Statur und Schweißmenge her mit dem Premierminister rivalisieren könnte, jedoch zurückhaltender wirkt und einen dicken Schnurrbart hat.

»Ja, natürlich. Worauf willst du hinaus, Amadou?«

»Vielleicht hätten wir einfach nicht antworten sollen. So tun, als ob der Brief verloren gegangen wäre. Damit hätten wir Zeit gewonnen.«

Fatimata runzelt die sorgfältig gezupften Augenbrauen.

»Du weißt ebenso gut wie ich, Amadou, dass es nichts nützt, den Kopf in den Sand zu stecken. Die Probleme werden dadurch nur schlimmer. Es war doch genau diese von den Militärs ausgeübte Vogel-Strauß-Politik, die uns in unsere derzeitige Misere hineinmanövriert hat.«

»Ich wäre dafür, den Kerl zum Teufel zu schicken«, erklärt General Victor Kawongolo, der Verteidigungsminister, dem die Hitze nichts auszumachen scheint. Seine Uniform sitzt so korrekt wie immer. »Dieser Amerikaner hat uns gegenüber keinerlei Rechte, und ich wüsste nicht, wie er uns zu Verhandlungen zwingen könnte. Wegen einiger Liter Wasser werden uns die Vereinigten Staaten wohl kaum den Krieg erklären.«

»Es handelt sich um eine ganze Menge Liter Wasser«, wendet Fatimata ein. »Die Vereinigten Staaten haben wegen unwesentlich mehr Erdöl ein ganzes Land in Schutt und Asche gelegt.«

»Das ist lange her. Heutzutage haben sie nicht mehr das Geld, ihre GI's und ihre Bomber hinzuschicken, wo es ihnen gerade in den Kram passt.«

»Aber sie haben andere Mittel«, sagt Aissa Bamory, Justizministerin und Siegelbewahrerin. Sie ist eine schöne Frau mit üppigen Formen, sinnlichen Lippen und Mandelaugen, die Issa Coulibaly beinahe einmal wegen sexueller Nötigung vor Gericht gebracht hätte. »Zum Beispiel den Internationalen Handelsgerichtshof. Meines Erachtens handelt es sich dabei durchaus nicht um eine leere Drohung. Und der IHG steht nicht unbedingt im Ruf, den ärmsten Ländern besonders zugetan zu sein.«

»Ein Embargo wäre eine Katastrophe. Uns geht es ohnehin schon schlecht genug«, stimmt ihr der Außenminister Ousmane Kaboré zu. Er ist klein, zart, schwitzt stark und wirkt kränklich.

»Das ist nicht mein Fach«, ereifert sich General Kawongolo. »Ich denke an eine andere Bedrohung, die viel konkreter und unmittelbarer ist.«

»Und zwar?«

»Unsere Nachbarn. Mali, Niger und Benin. Vielleicht sogar unsere eigenen Landsleute. Das viele Wasser wird zwangsläufig Begehrlichkeiten wecken. Bereits jetzt gibt es Leute, die in der Nähe von Kongoussi graben. Wenn wir nicht aufpassen, werden wir schnell die Kontrolle verlieren.«

»Absolut richtig. Was schlagen Sie vor?«

»Wir sollten eine Einheit hinschicken, das Gelände abriegeln und jeden Zugang untersagen, bis wir eine Entscheidung gefällt haben. Außerdem sollten wir für den Fall von Aufständen oder einer Invasion die gesamte Truppe mobilisieren.«

»Hast du das, Yéri? Endlich einmal ein konkreter Vorschlag. Wir werden uns noch genauer damit beschäftigen, Victor, aber Sie sollten sofort die nötigen Vorkehrungen treffen.«

»Zu Befehl, Madame.« Kawongolo salutiert.

Fatimata lächelt leise. Zwar ist Victor Kwangolo ein Held der Zweiten Revolution, durch und durch Demokrat und überzeugter Sozialist – trotzdem kann er manchmal unglaublich altmodisch sein.

»Dabei fällt mir ein«, wendet sich Fatimata an Désirée Barry, Ministerin für Post und Kommunikation und Prototyp der großen Mutter in Boubou und Turban, die man sich eher mit einer Kalebasse auf dem Kopf als mit einem Handy am Ohr vorstellen kann, »waren wir nicht übereingekommen, die Information geheim zu halten, bis wir uns auf einen offiziellen Standpunkt geeinigt haben? Wie ist es möglich, dass der *Independant* bereits Bescheid weiß? Wo ist da etwas durchgesickert?«

Schweigend und ein wenig angespannt schauen sich die Minister gegenseitig an. Schließlich erklärt Désirée in heiterem Ton: »Es heißt, dass die Chefredakteurin des *Independant* sehr hübsch und wenig zurückhaltend ist ...«

Alle Augen wenden sich dem peinlich berührten Issa Coulibaly zu.

»Also ehrlich, ich kenne sie doch kaum«, stammelt er schweißüberströmt.

»Ach, Issa, deine Libido wird dir eines Tages einen bösen Strich durch die Rechnung machen«, seufzt Fatimata. »Aber nachdem das Kind nun mal in den Brunnen gefallen ist – was schlägst du vor? Immerhin hast du dich bisher noch nicht geäußert.«

Issa Coulibaly windet sich auf seinem Stuhl, wischt sich den Schweiß von Stirn und Wangen, wirft einen schuldbewussten Blick in die Runde und stützt sein Doppelkinn ab. Allen ist klar, dass er dem Gespräch nicht gefolgt ist, sondern wie üblich ein Nickerchen gemacht hat.

»Ich schlage vor, dass wir Fuller nach Burkina Faso einladen«, sagt er schließlich. »Und zwar hochoffiziell, mit Botschaft und dem ganzen Hickhack. Wir empfangen ihn mit den Ehren eines Staatschefs, zeigen ihm aber wirklich alles: die sich ausbreitende Wüste, die vertrocknete Saat, unsere Herden, die nur noch aus spindeldürren, sterbenden Tieren bestehen, Kinder mit aufgetriebenen Bäuchen, die verdorbenes Wasser trinken, Frauen, die sich an den Zisternen prügeln, den beginnenden Krieg im Süden und den Sand, der aus den Wasserhähnen rinnt. Er wird großen Durst bekommen, riesengroßen Durst, das verspreche ich euch. Und schämen wird er sich auch. Zumindest hoffe ich das. Und wenn er dann seine schönen Burton-Schuhe vollgekotzt hat, können wir mit den Verhandlungen beginnen. So sieht mein Vorschlag aus.«

»Was haltet ihr davon?«, erkundigt sich Fatimata bei den anderen.

»Ich lehne jegliche Art von Verhandlungen mit Dieben ab«, knurrt General Kawongolo.

»Ich auch«, ruft Lacina Palenfo, die ungestüme Bildungsministerin, dazwischen. »Mit dem Norden zu verhandeln bedeutet doch nur, dass wir uns wieder einmal unterwerfen und uns wieder einmal ausnutzen lassen. Dieses Wasser gehört unserem Volk, genau wie Straßen oder Schulen. Man verhandelt ja auch nicht über Straßen oder Schulen – man baut sie, weil man sie braucht. Mit dem Wasser ist es ganz genauso. Wir werden es uns nehmen, weil wir es brauchen. Im Grunde ist es doch völlig egal, wer es gefunden hat.«

»Gut gesprochen, Lacina«, lobt Claire Kando.

»Ich bin nicht einverstanden«, wendet Ousmane Kaboré ein. »Es gibt internationale Gesetze, die sich mit Dingen wie Fundort und Ausbeutung von Ressourcen beschäftigen – Gesetze, die wir ratifiziert haben und die wir beachten müssen. Allerdings sollten wir uns bemühen herauszufinden, ob unser Fall überhaupt unter die Kompetenz des IHG fällt.«

Nun wagt auch Adama Palenfo, der schüchterne Finanz- und Wirtschaftsminister und Ehemann von Lacina, leise das Wort zu ergreifen.

»Wir müssen zudem an die Kosten der Erschließung denken. Wenn wir verhandeln, bekommen wir vielleicht in der Folge finanzielle Unterstützung …«

»Papperlapapp!«, trumpft Lacina auf. »Wenn man diesen Leuten den kleinen Finger reicht, dann nehmen sie nicht nur die ganze Hand, sondern sie fressen sie einem gleich mitsamt dem Arm weg.«

»Am besten ist wirklich, sie ganz und gar zu ignorieren«, murmelt Amadou Dôh.

Fatimata lässt die Debatte weiterlaufen. Mit halblauter Stimme hebt sie für Yéri die Argumente hervor, die ihr wichtig erscheinen. Bald schon entstehen im Ministerrat zwei Lager – für und gegen Verhandlungen mit Fuller. Als schließlich alle nur noch ihre eigenen Argumente wiederkäuen, schlägt Fatimata mit der flachen Hand auf den Tisch und bittet um Ruhe.

»Schön. Ich habe mir die Argumente angehört, die zumeist wirklich Hand und Fuß haben. Jetzt werden wir einen Beschluss fassen, über den wir anschließend abstimmen werden. Und zwar bitte mit erhobener Hand, denn Yéri hat mich gerade informiert, dass wir nicht mehr genügend Papier für eine geheime Abstimmung haben. Wer ist für Verhandlungen mit Fuller? Bitte die Hände heben!« Yéri zählt und hält das Resultat auf ihrem Notizblock fest. »Wer ist dagegen?« Gleiches Prozedere. »Vielen Dank. Yéri, wie lautet das Resultat?«

»Sechs dafür, fünf dagegen, zwei Enthaltungen«, liest die Sekretärin vor.

»Schön«, nickt Fatimata. »Wir werden also diesem Mr. Fuller eine offizielle Einladung zukommen lassen. Hat jemand etwas dagegen?«

»Ja, ich«, meldet sich Lacina Palenfo. »Während wir darauf warten, dass Mister Fuller geruht, unsere Einladung zu beantworten, werden Hunderte von Menschen vor Durst sterben. Und was noch schlimmer ist – sie sterben in dem Wissen, dass sich unter ihren Füßen Wasser für zig Jahre befindet.«

»Wir werden selbstverständlich nicht warten, meine liebe Lacina«, lächelt Fatimata. »In diesem Augenblick müsste bereits ein Konvoi mit Bohrmaterial nach Burkina Faso unterwegs sein.«

»Wie bitte?« Issa Coulibaly springt entrüstet auf. »Hattest du deine Entscheidung etwa schon längst getroffen, Fatimata? War unser Palaver ganz umsonst?«

»Absolut nicht. Es hat dazu gedient, ganz demokratisch eine Strategie festzulegen – etwas, das heutzutage durchaus nicht mehr selbstverständlich ist. Aber auch wenn ich so etwas sage, bin ich nicht bereit, die vitalen Interessen unseres Landes auf dem Altar der Demokratie zu opfern. Wir brauchen dieses Wasser, und wir werden es bekommen – koste es, was es wolle.«

Vaterland oder Tod – wir werden siegen!

Wahlspruch aus der Ersten Revolution, Periode
Sankara (1983–1987), über dem Haupteingang
der Militärschule von Kadiogo

Als der Kommandant um sechs Uhr morgens in den Schlafsaal stürmt und einen Sonderappell für sieben Uhr dreißig ankündigt, spürt Abou Diallo-Konaté, dass etwas Besonderes bevorsteht. Normalerweise werden Truppenappelle zu wichtigen Gelegenheiten wie dem Nationalfeiertag oder dem Gipfeltreffen der Afrikanischen Union (falls es in Ouaga stattfindet) durchgeführt, manchmal auch bei außergewöhnlichen Anlässen wie dem Besuch eines Staatschefs. Aber ein Staatschef in der Militärschule? Und dann auch noch um halb acht morgens? Abou hatte nicht die Zeit, die Frage mit seinem Freund Salah Tambura zu erörtern. Salah ist Pullo und stammt aus Koutougou, weit oben in der Wüste. Ihnen blieb lediglich ein kurzer Augenblick der Entspannung beim Frühstück, das wie immer recht einfach ausfiel, weil der Staat nicht über die Mittel verfügt, seine Soldaten üppig zu ernähren.

»Hast du eine Ahnung, was da los ist, Salah?«

»Keine Ahnung. Ich glaube, da ist irgendein hohes Tier im Anmarsch. Auf jeden Fall verheißt es nichts Gutes.«

»Glaubst du, wir werden in den Süden geschickt?«

In den Süden geschickt zu werden ist Abous Albtraum. Er will nicht an die Grenze zur Elfenbeinküste verlagert werden, um zu versuchen, eine Art Ordnung in den schwelenden Bürgerkrieg dort unten zu bringen, in die Auseinandersetzungen zwischen Flüchtlingen aus dem Norden, die nichts mehr besitzen, und Einheimischen, die noch ein Stückchen Land für ihre Hirse, ein paar Ziegen und einen Brunnen ihr Eigen nennen. Abou will sich nicht gezwungen fühlen, auf seine Brüder zu schießen, Aufstände aus Hunger niederzuschlagen und Menschen festzunehmen, die sich nichts anderes zuschulden kommen lassen, als dass sie im Elend leben. Seine Mutter hat ihn in den großen Prinzipien der Rechtschaffenheit, der Gerechtigkeit und der Solidarität erzogen; er versteht nicht, warum Ghana mit seinen beiden Flüssen und einem großen See oder die Elfenbeinküste, die über Meerwasserentsalzungsanlagen verfügt, ihr Wasser nicht mit Burkina Faso teilen, das abgesehen von dem dank der Ausbeutung durch die Baumwollindustrie alljährlich dünner werdenden Rinnsal des Mouhoun absolut nichts hat.

Salah verzieht das Gesicht. Er will keine Prognose wagen, obwohl im Speisesaal über nichts anderes gesprochen wird.

Nachdem er über eine Stunde in der sengenden Sonne unter der Flagge im Ehrenhof der Militärschule gewartet hat, eingezwängt in seine saubere, adrette Paradeuniform, die Stiefel spiegelblank gewienert, das polierte Gewehr auf der Schulter und den kleinen Finger an der Hosennaht, erhält Abou endlich die Antwort auf seine Frage.

Sie kommt in Form eines allradgetriebenen Daewoo, der bei der Einfahrt in den Hof eine dichte Staubwolke aufwirbelt. Aus dem Wagen steigt General Kawongolo höchstpersönlich, begleitet von seinem Adjutanten.

»Stillgestanden!«, brüllt der Kommandant. Stiefelabsätze knallen, die Truppe steht wie ein Mann.

Der Appell ist rasch vorüber, denn Victor Kwangolo hat sichtlich andere Sorgen. Eilig geht er auf die Tribüne zu, wo es ein Mikrofon gibt – das allerdings nicht funktioniert. Doch das macht nichts, denn der Verteidigungsminister verfügt über eine tragende Stimme.

»Soldaten! Eine neue Mission erwartet uns, und Sie werden zu ihrem Gelingen beitragen, darauf zähle ich. Wie Sie wahrscheinlich wissen, hat man in der Gegend von Kongoussi einen großen, unterirdischen See entdeckt. Während der Wartezeit, bis die Regierung mit den Bohr- und Erschließungsarbeiten beginnen kann, sind wir es, ist es die Volksarmee von Burkina, unter deren Schutz dieses Wasservorkommen gestellt wird. Wieso Schutz, werden Sie sich fragen. Nun, es wird immer Piraten, Eindringlinge und andere Leute geben, die versuchen, das Eigentum unseres Landes für ihre eigenen Zwecke zu nutzen. Aber auch ganz arme Leute werden mit Eimern und Schaufeln auftauchen, um sich auf eigene Faust Zugang zu diesem Geschenk des Himmels zu verschaffen. Allerdings müssen wir davon ausgehen, dass sie bei ihren Versuchen nur das Gelände zerwühlen und die Bohrarbeiten behindern. Die Mission, die Sie erwartet, ist daher ausgesprochen delikat: Sie werden zwischen Verdurstenden und Profiteuren unterscheiden müssen, zwischen Einheimischen und Fremden, zwischen lästigen Bettlern und Saboteuren. Dafür brauchen Sie viel Fingerspitzengefühl und Unterscheidungsvermögen. Es geht darum, nicht als brutale Eingreiftruppe wahrgenommen zu werden, sondern als Hüter eines Schatzes, der auf lange Sicht allen zugutekommt. Sie sind als zukünftige Offiziere der Volksarmee verantwortlich für die Sicherheit unseres Landes. Ich appelliere an Ihr Ehrgefühl und Ihr Verantwortungsbewusstsein, ohne Ihnen zu verschweigen, dass die Lebensbedingungen in Kongoussi alles andere als angenehm sind. Ihre Aufgabe wird nicht einfach werden. Aus diesem Grund bitte ich um freiwillige Meldungen, bin allerdings der Überzeugung, dass Sie alle die Hand heben werden.«

Der General verstummt. Sofort brüllt der Ausbilder los:

»Freiwillige heben die rechte Hand! Rechts, habe ich gesagt!«

Ein Wogen geht durch die Truppe. Alle halten den Gewehrkolben in der rechten Hand. Abgesehen davon – wer hat schon wirklich Lust, nach Kongoussi zu gehen und ein Stück Wüste zu überwachen?

Einer plötzlichen Eingebung folgend, hängt Abou sein Gewehr über die linke Schulter und hebt die Hand. Er hat keine Ahnung, warum er das tut – er hat nicht einmal wirklich darüber nachgedacht. Liegt es daran, dass er als Sohn der Präsidentin mit gutem Beispiel vorangehen will, wie Fatimata es immer von ihm verlangt hat? Oder vielleicht daran, dass seine Großmutter Hadé, die er gerne viel häufiger besuchen würde, in Ouahigouya wohnt, nicht allzu weit von Kongoussi entfernt? Nein, nichts davon ist der wahre Grund. Er *muss* eben nach Kongoussi gehen – so einfach ist das.

Salah, der neben ihm steht, betrachtet überrascht Abous erhobenen Arm, stößt einen ergebenen Seufzer aus und meldet sich ebenfalls. Zu zweit lässt sich die Plackerei auf jeden Fall leichter ertragen.

Nach und nach heben sich weitere Hände. Schließlich meldet sich fast die Hälfte der anwesenden Soldaten. Der General nickt zufrieden.

»Sehr gut!«, ruft er über die Köpfe der Soldaten hinweg. Sein Adjutant reicht ihm ein funktionierendes Mikrofon, das er jedoch ablehnt. »Genau diese Haltung habe ich von Ihnen erwartet. Die Freiwilligen lassen sich jetzt eintragen und halten sich für den Abmarsch morgen früh bereit. Was die anderen angeht, deren Zurückhaltung ich durchaus verstehe, so setzen sie ihre Ausbildung wie bisher fort. Allerdings ist es durchaus möglich, dass auch sie irgendwann anderweitig eingesetzt werden, denn leider mangelt es uns nicht an Konfliktgebieten. Ich danke Ihnen.«

»Stillgestanden!«, brüllt der Kommandant.

General Kwangolo salutiert und steigt in den Geländewagen, der sofort mit einem Kavalierstart davonbraust.

»Was hat dich denn geritten, dass du dich für eine solche Schinderei freiwillig gemeldet hast?«, fragt Salah, während er sich gleich hinter Abou in die Warteschlange zur Einschreibung der Freiwilligen einreiht.

»Keine Ahnung. Mal was Neues vielleicht? Irgendwas Sinnvolles tun? Mich nützlich machen …? Etwas in der Art jedenfalls.«

»Mannomann.« Salah verzieht das Gesicht. »Du bist wirklich der Sohn deiner Mutter.«

Wüstenzunge

Es ist neun Uhr, Sie hören La Voix des Lacs. Das Rathaus von Kongoussi hat folgende Verlautbarung veröffentlicht, deren Text wir jetzt vollständig wiedergeben: »Die Gemeinde Kongoussi fordert ihre Bürgerinnen und Bürger auf, jeden eigenmächtigen Versuch einer Grabung auf dem ehemaligen Gelände des Bamsees zu unterlassen. Das Wasservorkommen befindet sich in

250 Meter Tiefe, daher ist eine Förderung ohne entsprechende Technologie ohnehin nicht möglich. Bei Zuwiderhandlung sieht sich die Stadtverwaltung gezwungen, entsprechende Maßnahmen zu ergreifen.« So weit die Verlautbarung. Meine sehr verehrten Hörer, Sie haben die Botschaft verstanden: Graben Sie auf keinen Fall auf eigene Faust. Denn selbst wenn mit La Voix des Lacs jede Arbeit leichter von der Hand geht – auf diese Weise werden Sie nicht zu Wasser kommen.

»Schrecklich!«, seufzt Étienne Zebango. »Es ist zum Verzweifeln!«

Es ist lange her, dass der Bürgermeister von Kongoussi das letzte Mal in den Hügeln war und sich mit eigenen Augen vom Ausmaß des Schadens überzeugt hat. Früh an diesem Morgen fasste er plötzlich den Entschluss, mit seinem Beigeordneten das Gelände zu besuchen. Der Dienst-Pick-up wurde mit zwei Litern Ethanol betankt – Wasserstoff gibt es in Kongoussi noch nicht –, und sie machten sich auf den mühsamen Weg zum ehemaligen Seeufer. Jetzt fahren sie über die verstaubten Pisten, die früher in die angrenzenden Felder führten.

Die Felder sind verschwunden. Geblieben ist roter, vom Wüstenwind Harmattan zu kleinen Wellen gekräuselter Sand, so weit das Auge reicht. Hier und da stehen noch ein Büschel vertrockneter Gräser, ein sprödes Dornengestrüpp oder eine zähe Akazie. In allen Vertiefungen hat sich Wüstensand gesammelt. Kahle, immer noch majestätisch wirkende Baobabs dominieren die armselige Vegetation, die längst abgestorben ist oder in Erwartung besserer Zeiten vor sich hin dämmert. Düstere, nackte, von der Sonne verbrannte Hügel geben einen drohenden Vorgeschmack auf die dahinterliegende Wüste, die jedes Jahr ein Stückchen weiter in Richtung Süden vordringt und alles mit ihrem brennenden Atem versengt.

Kaum zu glauben, denkt Étienne beim Anblick eines alten Bewässerungsrohrs, das vom Wüstenwind zerfressen vor seinen Füßen aufragt, dass hier früher einmal Hirse, Mais, Zucchini, Tomaten, Okra und grüne Bohnen wuchsen. Kongoussi galt in vergangenen Zeiten als Hauptstadt der grünen Bohnen, die bis nach Europa exportiert wurden. Ende Oktober begann man mit der Ernte – so jedenfalls hat es Étiennes Großvater erzählt, der das Goldene Zeitalter noch erlebt hat und mit dem Export sehr reich wurde. Jetzt gibt es keine Ernte mehr – nur noch Hunger. Der sehnsüchtig erwartete Winterregen ist nicht gefallen, einige zaghafte Saatversuche haben keinen Erfolg beschert, und die Trockenzeit hat sich ebenso dürr angekündigt wie im letzten Jahr.

»Bald wird alles anders, Étienne«, verspricht sein Beigeordneter Alpha Diabaté und legt ihm tröstend eine Hand auf den gebeugten Rücken. »Es wird wieder Wasser geben. Unser Wohlstand kehrt zurück. Wir werden Hirse und Sorghum, Tomaten, Salat und grüne Bohnen anbauen, und die Viehherden werden ausreichend zu trinken haben. Und unsere grünen Bohnen werden die besten in ganz Westafrika sein. Ganz bestimmt!«

Étienne nickt langsam. Es rührt ihn, wie Alpha sich bemüht, ihn aufzurichten. Eigentlich sollte seine Laune seit der Entdeckung des unterirdischen Sees erheblich besser sein, doch er befürchtet, dass es noch Wochen, wenn nicht Monate dauern wird, ehe tatsächlich wieder Wasser aus Kongoussis Hähnen fließt. Monate, in denen seine Landsleute weiter leiden und viele von ihnen sterben werden. Monate, in denen aus allen Himmelsrichtungen Fremde wie Heuschrecken einfallen werden, weil die Nachricht vom Wasserfund sie anzieht wie ein Misthaufen die Fliegen. Die Stadt wird nicht mehr sicher sein; es wird Krawalle, Gewalt und Tote geben. Schon bald wird er die Situation kaum noch beherrschen können, denn bereits jetzt …

Der Bürgermeister betrachtet das Gebiet des ehemaligen Sees. Die trübselige Ebene aus Sand und aufgesprungenem Lehm dehnt sich weit nach Norden aus. Sie sieht aus wie eine ausgestreckte Wüstenzunge, die schon an den Vororten von Kongoussi leckt. Selbst auf die große Entfernung kann er Hunderte winziger Gestalten erkennen, die unter der bleiernen, von einer permanenten Staubwolke gefilterten Sonne fieberhaft graben. Überall entstehen Sandhaufen, die inzwischen bereits eine beachtliche Höhe aufweisen. Das Szenario erinnert an einen Goldrausch – nur dass dieses Gold hier flüssig und lebensnotwendig ist und dass die Leute es nicht finden werden, denn es liegt in einer Tiefe von 250 Metern. Um es zu fördern, braucht man eine Ausrüstung, die selbst die Oberste Wasserbehörde nicht besitzt und die die Präsidentin aus Europa angefordert hat. Doch niemand schert sich darum. Das Wasser ist da, und die Menschen glauben, man brauche nur danach zu graben.

»Was sollen wir bloß tun, wenn demnächst Tausende von Fremden mit Hacken und Schaufeln hier anrücken und graben wollen? Und wenn sie schließlich kapieren, dass es nicht funktioniert und dass das Wasser nicht einfach so hervorsprudelt, wenn man ein bisschen buddelt? Wie sollen wir damit fertig werden, wenn sie protestieren und behaupten, dass wir sie belogen und betrogen haben?«

»Bist du jetzt nicht ein bisschen zu pessimistisch, Étienne? Die Leute sind schließlich nicht …«

Alpha Diabaté wird unterbrochen. Das Handy des Bürgermeisters meldet sich mit einer Marimbaweise. Étienne zieht es aus der Brusttasche seines verschwitzten Hemdes und meldet sich.

»Hallo? Mit wem habe ich die …? Oh, guten Morgen Herr General. Wie geht es Ihnen? … Und der Frau Gemahlin? … Ganz gut, vielen Dank. Sagen wir, es muss … Ich höre … Was? … Aber ich … Wie viele, sagen Sie? … Hundertfünfzig? Ja, aber wie … Wie bitte? Morgen? … Aber … aber … wie soll ich denn … Natürlich, Herr General. Ich … ich werde mein Bestes tun … Einverstanden. Dann also bis morgen.«

Mechanisch steckt Étienne sein Mobiltelefon wieder in die Tasche. Mit abwesendem Blick starrt er auf den ausgetrockneten See und die ameisenemsigen Grabungen, die sich in der Ferne abspielen.

»Was ist los, Étienne? Schlechte Nachrichten?«

»General Kawongolo kommt morgen mit einer hundertfünfzig Mann starken Abteilung nach Kongoussi«, erklärt der Bürgermeister mit matter Stimme.

»Na siehst du«, lächelt Alpha, »da hast du doch die Lösung deines Problems! Du solltest dich freuen!«

Doch für Étienne Zebango bedeutet die Anwesenheit von Soldaten in seiner Stadt nicht etwa eine Lösung, sondern eher ein neues

Problem, das die ohnehin vorhandenen Spannungen noch verstärken könnte. Menschenskind! Warum musste das Wasser auch ausgerechnet hier gefunden werden? Warum musste die Mutter der Präsidentin unbedingt die Vision eines Wunders in Kongoussi haben? Konnte man ihn und seine Stadt nicht einfach in Frieden sterben lassen?

»Deine Frau hat recht«, fährt der Beigeordnete fort und klopft Étienne besänftigend auf die Schulter. »Du machst dir viel zu viele Sorgen. Komm, wie fahren nach Hause. Ich habe eine Flasche Brakina kalt gestellt. Die trinken wir jetzt auf das Wohl des Generals und das Ende unserer Probleme.«

»Dein Wort in Gottes Ohr, Alpha, dein Wort in Gottes Ohr«, grummelt Étienne und nickt. Mit langsamen Schritten waten sie durch den glühend heißen Sand der Piste hinunter zu ihrem Auto.

DRITTES KAPITEL

Überlebenstriebe

»Amerika ist in eine Barbarei zurückgefallen, die brutalere Ausmaße annimmt als zu Zeiten des Wilden Westens, Europa wurde durch dieses Attentat an einer wichtigen Lebensader getroffen und in die Knie gezwungen, China ist gerade dabei, sich nach dem Einsturz des Drei-Schluchten-Staudamms wieder zu erholen, auf den Philippinen haben im vergangenen Monat Taifune eines nie da gewesenen Ausmaßes gewütet, die polynesischen Inseln sind auf dem besten Weg, im Meer zu versinken – ich könnte Ihnen noch Hunderte solcher Beispiele aufzählen. Unserer Erde geht es schlecht. Sehr schlecht sogar. Und wir alle sind dafür verantwortlich. Daher habe ich mich schon vor langer Zeit entschlossen, meine Energie, mein Vermögen und meine Fähigkeiten als Vorstandsvorsitzender der *worldwide* dem Vorhaben zu widmen, zu retten, was noch zu retten ist.«

»Trotzdem dürfen wir nicht verschweigen, dass Sie natürlich auch von all diesen Dingen profitieren, Mr. Fuller. Ihre Unternehmen sind an fast allen Entgiftungsvorhaben dieser Erde beteiligt …«

»Und Sie glauben, dass ich daraus Profit ziehe? Wenn ich einem von einer Katastrophe heimgesuchten Land zu Hilfe eile, ist die Frage nach den Kosten erst zuallerletzt mein Problem. Können Sie sich nicht vorstellen, dass ich andere Prioritäten setze? Zwischenmenschliche Hilfe, Solidarität, Wiederaufbau – das sind die Dinge, die mir wichtig sind.«

»Gestatten Sie mir in diesem Fall die Frage, woher Ihre Einnahmen stammen. Etwa von dem Prozess, den eine Ihrer Gesellschaften gegen die Hilfsorganisation Save OurSelves führt?«

»Nicht dass wir uns missverstehen: GeoWatch gehört zwar zur

Resourcing-Gruppe, ist aber vollkommen unabhängig und arbeitet eigenverantwortlich. Ich sehe keine Veranlassung, mich in die Politik des Unternehmens einzumischen, auch wenn ich persönlich diesen beklagenswerten Prozess sehr bedauere ...«

Zeichen

Das Funktionsprinzip von Zipzap ist ganz einfach. Das Programm zeichnet während der Interaktion Mensch-Maschine via Cyglasses, Manside und ähnliche Hilfsmittel die elektromagnetischen Hirnströme auf. Anschließend werden diese Ströme verstärkt, mit Eigenschaften der virtuellen Welt versehen, in der man sich gerade aufhält, und als unterschwellige Flashs zurückgegeben, deren Amplitude exakt dem Biorhythmus des Anwenders entspricht. Auf diese Weise verschmilzt man mit der virtuellen Welt, die man mit einer ganz besonderen Schärfe wahrnimmt. Außerdem blockiert das ständige Reizbombardement die Neuronenrezeptoren, die in der Folge nicht mehr in der Lage sind, physische Reize wie Durst, Hunger, Wärme, Kälte etc. zu empfangen. Die Synapsen werden durch diese Überbeanspruchung sehr schnell zerstört, und der Körper des Anwenders verfällt zusehends bis hin zur völligen Katatonie.

Dr. Henri Hermann-Boussac, Neurologe

Heute ist Vincent gestorben.

Laurie kommt vom Einkauf auf dem Markt von Saint-Servan zurück, der billiger ist als die Geschäfte in der Innenstadt und den sie zu Fuß erreichen kann. Mit Tüten beladen, lehnt sie sich gegen den eisigen Wind. Graupelschauer peitschen ihr Gesicht. Als sie sich gerade in den Schutz der alten Stadtmauern flüchten will, klingelt ihr Handy. Zunächst gerät sie in Versuchung, gar nicht erst zu antworten, doch dann fällt ihr ein, dass der Anruf etwas mit ihrer Reise nach Burkina Faso zu tun haben könnte. Eine verrückte Idee, wenn man es nüchtern betrachtet – doch gerade das gefällt ihr.

Am Apparat ist jedoch nicht Burkina Faso, sondern das Broussais-Krankenhaus.

Und so erfährt Laurie an einer Straßenecke vom Tod ihres ehemaligen Lovers – im Stehen, bis auf die Haut durchnässt, vor Kälte zitternd und ihre Einkäufe auf dem Boden gegen ihre Beine gelehnt. Man sagt es ihr mit sanfter, aber neutraler Stimme und ohne etwas zu beschönigen. Vincents Gehirn war durch das Zipzap so grundlegend geschädigt, dass es einfach aufhörte zu arbeiten. Man konnte ihm beim besten Willen nicht mehr helfen. Bei der Durchsicht seiner Habseligkeiten hat man ihre Telefonnummer gefunden und erkundigt sich nun, ob Vincent noch eine Familie besaß oder ob Laurie selbst dem Verstorbenen die letzte Ehre erweisen und die üblichen Formalitäten erledigen wolle.

»Ich rufe zurück«, schneidet Laurie den Wortschwall ab und bricht das Gespräch ab. Bewegungslos und mit hängenden Armen steht sie einfach nur da. Ein unglaublicher Schmerz wütet in ihrer Seele. Vor ihren Augen flimmert es.

Vincent ist tot. Erst nach und nach begreift sie die Wucht der Botschaft. Wie flammende Lettern bohren sich die Worte in ihren leeren Kopf. Noch immer kann sie ihre volle Bedeutung nicht erfassen. Nie mehr, *nie mehr* wird sie ihn wiedersehen! Es ist vorbei. Sie braucht nicht mehr gegen die verrückte Hoffnung anzukämpfen, er werde vielleicht doch eines Tages gesund werden und wieder der Vincent von früher werden – ihr schöner, sanfter, heiterer und weiser Geliebter. Aber ist es nicht im Grunde besser so? Rasch und endgültig. Doch auch er schien im Herzen diese verrückte Hoffnung gehabt zu haben, denn warum hätte er sonst ihre Telefonnummer aufbewahrt? Soll sie hingehen? Soll sie seiner Leiche einen letzten Besuch abstatten? O nein, das würde ihre Kräfte bei Weitem übersteigen! Wieder hat sich ein Stück ihrer Vergangenheit aufgelöst und wird vom Wind davongetrieben. Doch Laurie hat keine Lust, sich an die verstaubten Segel früherer Illusionen zu krallen. Ihre Eltern sind tot, Vincent ist tot, Tanguy und Aziza trennen sich, und das alte

Haus der Familie fällt Stück für Stück dem eindringenden Wasser zum Opfer. Plötzlich erkennt Laurie das Zeichen, die Botschaft dieser düsteren, vermodernden Stadt, die ihr zuruft: *Geh weg! Hau ab! Überlebe!*

Laurie niest. Mit einem Mal wird ihr die Kälte bewusst. Sie greift nach ihren durchnässten Einkaufstüten und betritt die Altstadt durch die Porte Saint-Louis. Innerhalb der Stadtmauern ist der Wind zwar weniger heftig, doch die Graupelschauer machen Laurie nach wie vor zu schaffen. Mit gesenktem Kopf hastet Laurie im Laufschritt über das glitschige Pflaster der Rue de Chartres.

Beinahe hätte sie ihn umgerannt.

Vor ihr steht der Ökoflüchtling aus dem Hotel de la Cité, der Verrückte Gottes, der Erleuchtete der Göttlichen Legion.

In seiner schmutzigen Tunika wirkt er grauer, ausgemergelter und dürrer denn je. Seine nackten Füße patschen durch die eisigen Pfützen. Trotz der Kälte stinkt er bestialisch, und in seinem Mund ist kaum noch ein Zahn vorhanden. Seine blutunterlaufenen Augen mustern Laurie mit irrem Blick. Sie weicht aus, will weiterlaufen, doch da krallt sich eine geierartige Klaue in ihren Arm. Er hält sie zurück.

»Dich kenne ich doch, du kleine Nutte! Teufelshure! Lilith!«

»Lass mich bitte los!«

Laurie schüttelt ihren Arm, doch der Irre lässt nicht locker. Er zetert und spuckt unmittelbar vor ihrem Gesicht und verpestet die Luft mit seinem verdorbenen Atem.

»Gott will uns strafen. Er straft uns für unsere Sünden. Der Tag des Zorns ist gekommen. Hast du nicht verstanden, du gottlose Hexe? Tu Buße und flehe unseren Herrn an, dass er uns verschone.«

»Du lässt mich jetzt sofort los, du alter Spinner!« Laurie schlägt wütend um sich, doch der Ökoflüchtling verfügt über die immense Kraft seines in die Irre geleiteten Glaubens. Er hält Lauries Jacke mit eisernem Griff.

»Ich weiß genau, du bist eine dieser lasterhaften Ehebrecherinnen, die im Internet masturbieren und gläubige Menschen zur Sünde ermuntern. Leugne nicht! Ich weiß es, denn Gott spricht zu mir. Deine Seele hast du dem Teufel verkauft und deine Muschi der käuflichen Liebe verschrieben!«

Bei diesen Worten gleitet seine Hand unter Lauries Jacke und berührt ihren Schambereich, der glücklicherweise von einer dicken Jeans geschützt wird. Laurie schwingt eine ihrer Einkaufstüten und schlägt zu. Klirrend zerbirst eine Flasche auf dem Schädel des Flüchtlings. Er lässt los. Blut sickert zwischen seinen verfilzten Haarsträhnen hindurch, läuft an der Nase entlang und verliert sich in seinem Bart. Der Mann macht sich nicht die Mühe, es abzuwischen. Verwirrt und überrascht sieht er Laurie an.

»Wenn du mich noch ein einziges Mal anfasst, bringe ich dich um, das schwöre ich! Hast du das kapiert, du perverser alter Knacker? Ich zerquetsche dich wie eine Wanze!« Lauries Stimme überschlägt sich fast. Sie kümmert sich nicht um die Schaulustigen, die stehen geblieben sind, um bei der Auseinandersetzung zuzusehen.

»Nutte! Ehebrecherin! Hure von Babylon!«, plärrt der Flüchtling, als er wieder zu Sinnen kommt. »O Herr, strafe sie mit Ungeziefer und Aids! Mögen ihre Eingeweide vor Würmern wimmeln, möge sie tote Kröten gebären!«

Laurie rennt davon, und schon bald verlieren sich die Flüche des Flüchtlings im Heulen des Windes und dem Großstadtlärm. Erst vor der Grand'Porte wird sie langsamer und wagt es, sich umzublicken. Er ist ihr nicht gefolgt.

Doch er weiß, wo sie wohnt, denn seine Unterkunft befindet sich gleich nebenan. Sollte er es jetzt auf sie abgesehen haben, könnte er ihr das Leben ernsthaft zur Hölle machen.

Wiederum ein Zeichen, denkt Laurie. Hätte sie auch nur den geringsten Zweifel bezüglich ihrer Motivation gehabt, der Stadt den Rücken zu kehren, wäre er spätestens jetzt zu einem Nichts zerstoben. Leb wohl, Saint-Malo. Leb wohl, Stadt der Toten und der Irren.

Siehst du *Molène*, siehst du den Schmerz,
Siehst du *Ouessant*, siehst du dein Blut,
Siehst du *Sein*, siehst du den Tod.

Bretonisches Sprichwort

Von: Fatimata Konaté <f.konate@gov.bf>
An: Laurie Prigent <laurie35@maya.fr>
Am: 30.10.2030 – 09:07 GMT
Sicherheitslevel: Vertraulich

Liebe Laurie,

zwar haben wir uns noch nicht kennengelernt, trotzdem erlaube ich mir, Sie bereits jetzt mit ›liebe Laurie‹ anzusprechen, denn wir haben eine lange und hoffentlich konstruktive Zusammenarbeit vor uns, mit der wir am besten gleich beginnen sollten, nicht wahr?

Markus Schumacher, der Präsident von SOS-Europa, hat mir mitgeteilt, dass Sie für die Mission verantwortlich sind, die er zur Unterstützung Burkina Fasos ins Leben gerufen hat. Ich nehme an, Sie sind über alle Einzelheiten auf dem Laufenden, und will Sie an dieser Stelle nicht weiter damit behelligen. Dennoch möchte ich Ihnen einige Hinweise geben, die Ihnen möglicherweise nützlich sein können:

Im Anhang finden Sie einen offiziellen Passierschein für Diplomaten, mit dem Sie – vor allem auf dem afrikanischen Kontinent – jede Grenze überschreiten können. Sie brauchen ihn nur noch auszudrucken und von unserer Botschaft in Paris beglaubigen zu lassen.

Außerdem gebe ich Ihnen die Kontaktdaten meines Sohnes Moussa Diallo-Konaté, der zurzeit in Deutschland ein Studium absolviert. Sein Studienziel ist das Ingenieursdiplom für Wasserwirtschaft mit dem Spezialgebiet künstliche Bewässerung. Zwar hat er sein Studium noch nicht beendet, doch wir benötigen bei den Bauarbeiten jede nur mögliche Hilfe und seine ganz besonders. Ich habe ihm zu verstehen gegeben, dass mir sehr an seiner Rückkehr in seine Heimat liegt, und ihm vorgeschlagen, sich möglicherweise dem Konvoi anzuschließen. Für ihn wäre es eine wichtige Erfahrung, und für Sie wäre er eine wichtige Informationsquelle, falls Sie nicht ohnehin Bohrungsspezialistin sind. Moussa wird sich mit Ihnen in Verbindung setzen, wenn er es nicht schon getan hat. Ich möchte Sie bitten, auch Ihrerseits Kontakt mit ihm aufzunehmen. Möglicherweise lässt er sich von einer jungen Frau eher überzeugen als von seiner alten Mutter.

Wie Ihnen bekannt ist, müssen Sie die Sahara durchqueren, und zwar ganz gleich, welche Route Sie ausgewählt haben. Natürlich gehe ich davon aus, dass Ihnen ein erfahrener Fahrer zur Seite steht, der sich in der Wüste gut auskennt. Der Beginn des Winters ist eine gute Zeit für eine Reise durch die Sahara, weil es tagsüber zumindest geringfügig weniger heiß wird. Dennoch können aufgrund der Klimaveränderung die Höchsttemperaturen durchaus 60 Grad Celsius erreichen. Außerdem treten vor allem im November häufig Sandstürme auf, deren Zerstörungskraft leider ebenfalls zunimmt. Daher lege ich Ihnen ans Herz, sich ausschließlich in Konvois zu mehreren Fahrzeugen auf den Weg zu machen, sich nicht nur den Wetterbericht, sondern auch die Erfahrung der alten Leute zunutze zu machen und eine neue Karte mitzuführen, da inzwischen viele der eingezeichneten Brunnen ausgetrocknet sind.

Natürlich stehe ich Ihnen jederzeit gern für zusätzliche Auskünfte zur Verfügung. Desgleichen können Sie sich an meine Sekretärin Yéri Diendéré wenden. Ich möchte Ihnen nicht verschweigen, dass die Lebensumstände in Burkina Faso sehr schwierig sind. Dennoch werden meine Landsleute Sie mit der herzlichen Gastfreundschaft willkommen heißen, für die sie weithin berühmt sind.

Liebe Laurie, ich grüße Sie sehr herzlich und hoffe auf Ihre baldige Ankunft und die damit verbundene Erleichterung für mein Land.

Fatimata Konaté

Präsidentin von Burkina Faso

Übertragen von **China.Net**, der kostenlosen, unbegrenzten Flatrate

Als Laurie die Mail der Präsidentin von Burkina zum zweiten Mal liest, fällt ihr auf, wie schlecht sie auf die Reise vorbereitet ist. Allein schon der Absatz über die Wüste erfüllt sie mit großer Angst. Sie stellt sich einen Lastwagen vor, der irgendwo im Niemandsland bei 60 Grad im Schatten während eines herannahenden Sandsturms stecken bleibt … es wäre der sichere Tod! Und über einen routinierten Fahrer verfügt sie ebenfalls nicht; bisher hat sich überhaupt noch niemand gemeldet. Zwar hat man sie zur »Verantwortlichen« für den Einsatz befördert, aber von Bohrungen und Bewässerung hat sie nicht die geringste Ahnung. *Vielen Dank für das nette Geschenk, Markus!* Trotzdem hat sie den Auftrag angenommen, denn sie will – nein, sie *muss* – fort von hier, und zwar um jeden Preis und zu jeder Bedingung. Saint-Malo hat sie verstoßen, ihre Zukunft liegt anderswo. Mag sein, dass ihre Zukunft ein langsamer Tod in der Wüste ist, aber was hätte sie hier Besseres zu erwarten?

Der erste Schritt, den Laurie unternommen hat, war eine Kontaktaufnahme mit der Botschaft von Burkina, wo man ihr dringend davon abriet, das Land zu besuchen. »Das Land ist völlig ausgeblutet, Madame. Sie würden sich dort nicht wohlfühlen.« Als sie erklärte, dass es sich um einen humanitären Einsatz handele, erstellte man ihr eine beeindruckende Liste bezüglich Vorkehrungen gegen eine ganze Ansammlung von Tropenkrankheiten mit ausgefallenen Namen wie Denguefieber oder Bilharziose, gegen Mücken, Skorpione und Spinnen sowie mit Maßnahmen zur Wasserentkeimung, Sterilisation von Lebensmitteln und so weiter und so fort. Laurie begann sich zu fragen, wie Menschen bei so vielen Infektionsherden dort unten überhaupt überleben konnten.

Anschließend versuchte sie, Personal einzustellen. Vor allem brauchte sie einen Fahrer, besser noch zwei. Zunächst fragte sie in ihrem Bekanntenkreis herum. Einige zeigten sich zunächst interessiert, doch bei der Erwähnung der Worte »Afrika« und »Burkina« zogen sie sich sofort zurück. Es schien, als wäre dieser Erdteil mit seiner entsetzlichen Armut als Quelle übler Ausdünstungen und Ursprung von Epidemien und mutierten Viren zum Tabu für Europäer geworden. Als Nächstes probierte sie es über die Stellenvermittlungen im Internet. Sie erhielt nicht eine einzige Antwort, weder auf ihre eigenen Anzeigen noch auf die Mails, die sie an mögliche Kandidaten geschickt hatte. Ihr letzter Ausweg waren die Zeitarbeitsfirmen von Saint-Malo. Sie probierte es sogar bei »Arbeit«, einem wahren Sklaventreiber. Der Erfolg war der gleiche. Sobald sie die ominösen Worte aussprach, runzelten die zuständigen Herrschaften die Stirn und gaben ihr zu verstehen, dass Kandidaten für eine solche Arbeit mit Sicherheit nicht leicht zu finden wären. Sie klappten die Akte zu, sprachen ihr Bedauern aus und baten darum, die Anfrage speichern zu dürfen – man wisse ja nie.

Auch nach mehreren Tagen intensiver Suche hat Laurie immer noch keinen Erfolg vorzuweisen. Plötzlich kommt ihr eine Frage in den Sinn: Ist es so, dass man Afrika gegenüber eine gewisse Paranoia an den Tag legt und die Ärmsten der Armen lediglich aufgrund von Medienberichten verteufelt, die man in der relativen Sicherheit seiner vier Wände vom Fernsehen serviert bekommt? Oder liegt es vielleicht daran, dass sie selbst absolut nichts über die Realitäten dieses Landes weiß und sich ahnungslos auf ein exotisches Abenteuer in einem Land einlässt, dessen Name übersetzt die faszinierende Bedeutung »Land der unbescholtenen Menschen« hat?

Wieder einmal überlegt sie, ob sie sich mit Yann in Verbindung setzen soll. Falls er tatsächlich von NetSurvey verfolgt wird, könnte sie ihm die Flucht in ein entlegenes Land bieten – sogar unter diplomatischer Immunität. Doch sie kann ihn nicht erreichen. Wahrscheinlich versteckt er sich irgendwo, wo es kein Internet gibt, und wartet ab, dass die Wogen sich glätten. Laurie fällt es schwer, sich diesen heiteren Bären als Widerstandskämpfer, Maquisard und gejagten Rebellen vorzustellen. Wo mag er sich verborgen haben? Was hat er mit seinen Habseligkeiten angestellt? Was hat ihm die Hackerei eingebracht, abgesehen vielleicht von einem Haufen Ärger? Im Grunde kennt sie ihren Bruder wirklich herzlich wenig …

Sie sind ausspioniert worden.
Man hat sich in Ihr System eingeloggt, Daten gestohlen oder zerstört, vielleicht auch einen Virus eingeschleust. Dieses Mal konnten Sie sich noch wehren – doch wie sieht es beim nächsten Mal aus?
Entscheiden Sie sich für NetSurvey.
Sobald Sie Opfer eines unerlaubten Zugriffs werden, informieren Sie NetSurvey. Mit Ihrer Unterstützung kann NetSurvey noch wirksamer gegen Hacker und den Datenterrorismus ankämpfen.
Sie brauchen NetSurvey.
NetSurvey braucht Sie.
<NetSurvey.net> ist eine Dienstleistung der NSA.

Yann hat nicht sehr lange den Widerstandskämpfer, Maquisard und gejagten Rebellen spielen können. Sehr bald schon wurde er bei einer Freundin verhaftet, die in den Bergen in der Nähe von La Preste lebt, zwischen Prats-de-Mollo und der spanischen Grenze. Carole wohnt in einem alten Bauernhof, den sie ganz allein renoviert hat. Sie züchtet Ziegen und verkauft den Käse auf den Märkten in der Umgebung. Sie besitzt nicht einmal ein Telefon; der Gipfel der Technologie in ihrem Haushalt ist ein alter Radiowecker. Wie Yann, der drei Viertel seiner Zeit in der virtuellen Realität verbringt, und Carole, die drei Viertel ihrer Zeit mit ihren Ziegen auf der Alm verbringt, sich je haben treffen können, ist eine andere Geschichte … Jedenfalls schliefen sie gerade eng umschlungen den Schlaf der Gerechten, als die Polizei um 6.37 Uhr morgens an die Türe klopfte. Ohne auf Caroles Protest zu achten, nahmen sie Yann sowie seine gesamte unter einer Plane in der Scheune versteckte Hardware ohne jede Erklärung mit.

In Handschellen wurde Yann in einem zivilen Fahrzeug zur zentralen Polizeiwache in Toulouse gebracht, wo er Mr. Smith und Mr. Jones, den Cyberpolizisten von NetSurvey, überstellt wurde.

Während der Fahrt, die in tiefstem Schweigen verlief, hatte Yann Zeit, sich darüber klar zu werden, was hier geschah und welch unglaubliche Dummheit er in seiner Naivität begangen hatte.

In einen Satelliten wie Mole-Eye einzudringen ist für jeden Hacker ein Erfolgserlebnis. Etwa so wie die Besteigung des Mount Everest für einen Bergsteiger oder die Umsegelung von Kap Horn für einen Seemann. Natürlich möchte man es anschließend publik machen und sich an die Brust klopfen dürfen. Yann hätte sich darauf beschränken können, in seiner unsichtbaren und weitestgehend verschlüsselten Welt mit seinen Erfolgen zu prahlen. Man hätte ihm applaudiert, ihn bewundert und ihm die Stirn geboten. Und das Bild, das wunderbare Satellitenfoto, wäre von Hacker zu Hacker weitergereicht worden, ehe es irgendwann die Öffentlichkeit und früher oder später sein Ziel Burkina Faso erreicht hätte. Im Siegestaumel jedoch wollte Yann weitergehen und gezielter zuschlagen – er wollte das Bild an einer Stelle veröffentlichen, wo es die meisten Chancen hatte, gesehen zu werden. Doch auch wenn Yann als erfahrener und vorsichtiger Hacker in der virtuellen Realität kaum greifbar ist, sind die Spielregeln in der Wirklichkeit ganz anders, und davon hat er nicht sehr viel Ahnung. So hat er nicht daran gedacht, dass er als Webmaster von SOS-Europa sofort verdächtigt würde. Dabei hat er sich sogar schon eine Antwort zurechtgelegt, falls man ihn verhören wollte: »Na, ich habe das Bild auf der und der Seite (natürlich Schwindel) gefunden und geglaubt, es könnte nützlich sein. Ich konnte doch nicht ahnen, dass es illegal ist.« Im schlimmsten Fall wäre er mit einer Mahnung vonseiten des Administrators davongekommen, weil er seine Quellen nicht gründlicher überprüft hatte. Zumindest hatte er sich das so zurechtgelegt. Als er feststellen musste, dass GeoWatch sofort mit juristischen Waffen zuschlug, wurde er unruhig. Als Markus ihm fristlos kündigte, verlor er den Kopf. Und als in seiner geheimen Mail immer mehr Hinweise auftauchten, dass NetSurvey ihm auf der Spur war, reagierte er panisch. Ziel- und planlos setzte er sich in sein uraltes, noch mit Ethanol betriebenes Vehikel und machte sich auf den Weg zu Carole, die ihn mit offenen Armen aufnahm.

Yann hatte nicht einmal Zeit zu lernen, wie man Ziegen melkt.

In Toulouse verfrachteten ihn die beiden Herren in Schwarz in ein Flugzeug nach Brüssel, dem europäischen Sitz von NetSurvey. Yann flog zum ersten Mal in seinem Leben – Fliegen ist sehr teuer geworden, weil die Wasserstoffzellen für Flugzeuge noch nicht den Standard erfüllen – und hätte es gern unter anderen Voraussetzungen genossen. Doch er durfte nicht einmal am Fenster sitzen.

Bei NetSurvey schloss man ihn in eine winzige, unterirdische Zelle ein, die weder eine Öffnung nach draußen noch irgendeine Kommunikationsmöglichkeit bot, und unterzog ihn einer psychischen Folter. Das Licht ging ohne Vorwarnung plötzlich an oder aus, Weckerklingeln riss ihn grundlos aus dem Schlaf, Schritte kamen und entfernten sich wieder, der Wasserhahn des Waschbeckens tropfte und tropfte, es gab weder ein Bett noch etwas zu essen, keine Zeit, weder Tag noch Nacht – absolut nichts, woran er sich halten konnte. Als sie nach drei Tagen die Tür öffneten, mussten sie ihn tränenüberströmt vom Boden auflesen. Er wurde in einen sehr hellen, mit Mess- und anderen elektronischen Geräten vollgestopften Raum gebracht, wo Mr. Smith und Mr. Jones ihn abwechselnd und ohne Pause mehrere Stunden lang verhörten. Sie wollten wissen, ob er für die Chinesen, die russische Mafia oder den islamischen Dschihad arbeitete, wie er bezahlt wurde, wie er seine Informationen weitergab und wer seine Komplizen waren. Yann gab eine ganze Menge Hacks und Piraterien zu, von denen einige sie ehrlich überraschten. (»Ach wirklich, auch das Pentagon. Davon wussten wir ja noch gar nichts.«) Doch das, was sie hören wollten, war nicht dabei. Aus gutem Grund – Yann hat immer nur für sich selbst gearbeitet. Seine Fundstücke behielt er entweder für sich oder gab sie an die weiter, die es betraf, und zwar umsonst. Niemals hat er auch nur eine Sekunde daran gedacht, aus seinem Hobby eine lukrative Einnahmequelle zu machen, ganz zu schweigen davon, in Richtung Spionage oder Sabotage abzugleiten. Natürlich bekam er Angebote, die er jedoch immer ablehnte. Für Yann war Hacking eine Leidenschaft, keine Waffe.

Doch damit konnte er den paranoiden, auf die Suche nach einem Komplott getrimmten Cyberpolizisten nicht kommen. Sie verstanden ihn nicht und sperrten ihn für weitere drei Tage in die Minizelle. Doch seine Aussagen änderten sich nicht – er war lediglich noch ausgemergelter und verwirrter. Yann beschränkte sich darauf, immer wieder das herunterzubeten, was er schon zugegeben hatte. Aus Beweismangel und gestützt auf Gigabytes elektronischer Analysen, mussten Mr. Smith und Mr. Jones schließlich einräumen, dass Yann, auch wenn es unwahrscheinlich klang, offenbar die Wahrheit sagte. Er war ein echter Hacker – voller Leidenschaft und absolut desinteressiert.

Ab diesem Zeitpunkt veränderte sich ihre Haltung von Grund auf. Yann durfte sich waschen, bekam zu essen, wurde in ein Zimmer mit einem richtigen Bett, einem Fenster und einem Fernseher verlegt und später in ein modernes Büro mit Blick über den Park von Brüssel eingeladen. Man nahm ihm die Handschellen ab und bot ihm einen bequemen Sessel an. Und nun wartet er, ohne auch nur das Geringste zu verstehen.

Ein Mann tritt ein. Er ist mindestens sechzig, aber perfekt geliftet und hat eine fantastische Figur. Er erinnert an ein männliches Model für Parfümwerbung und schüttelt Yann voller Herzlichkeit die Hand.

»Wie geht es Ihnen? Ich hoffe, man hat sie nicht zu hart behandelt.« Der Mann hat eine singende, sehr angenehme Stimme mit einem winzigen italienischen Akzent.

»Wie Sie sehen können, habe ich es überlebt. Aber ich würde gern verstehen, worum es hier eigentlich geht.«

»Sie werden es sehr bald verstehen. Doch zunächst gestatten Sie, dass ich mich vorstelle: Mein Name ist Silvio Fini. Ich bin Direktor von NetSurvey Europa.«

»Yann Prigent, Hacker. Ich nehme an, Sie kennen mich bereits.«

»O ja.« Der Mann wirft einen kurzen Blick auf den in den Schreibtisch eingelassenen Touchscreen. »Ihre Erfolge klingen wirklich beeindruckend.«

»Vielen Dank.«

»Und das alles aus … wie soll ich mich ausdrücken? … aus Liebe zur Kunst? Zumindest steht es hier so.«

»Das ist richtig.«

»Wissen Sie, Yann, dass man sie dafür lebenslang ins Gefängnis stecken könnte? Datenpiraterie wird heute ebenso streng bestraft wie Sabotage.«

»Über solche Feinheiten habe ich mich mit Ihren Agenten nicht unterhalten.« Er wirft einen Seitenblick auf Mr. Smith und Mr. Jones, die sich unbeweglich und schweigend im Hintergrund halten. »Allerdings gehe ich davon aus, dass Sie das Thema nicht angeschnitten hätten, wenn es keine Alternative gäbe.«

»Sehr richtig.« Fini räuspert sich und berührt flüchtig den Bildschirm. »Um ganz ehrlich zu sein, hat es einige … sagen wir, private Interessenten gegeben, die Sie gern lebenslang hinter Gittern gesehen hätten. Doch wir von NetSurvey verfolgen anderweitige Ziele.«

»Die da wären?«

»Wir wissen den Wert Ihrer Arbeit zu schätzen. Und wir brauchen ständig begabte und dynamische junge Leute wie Sie, um den Angriffen Ihrer Kollegen immer um eine Nasenlänge voraus zu sein.«

»Wie bitte?« Yann ist wie benommen. »Sie wollen mich *einstellen?*«

»Richtig. Wir bieten Ihnen eine interessante und vielseitige Position an, hervorragend bezahlt und mit vielen Vorteilen und Privilegien. Natürlich hätten Sie kaum noch ein Privatleben, aber ich versichere Ihnen, dass es unseren Agenten ausgezeichnet ergeht, solange sie auf dem rechten Weg bleiben.«

»Warten Sie – fordern Sie mich etwa gerade auf, mich an den Feind zu verkaufen? Alles infrage zu stellen, woran ich glaube?«

»Wir bitten Sie lediglich, Ihre Kunst auszuüben. Natürlich mit einer geringfügig veränderten Zielgruppe. Doch das Aussehen der Flasche ist nicht wichtig, solange man zu trinken bekommt, habe ich recht?«

»Aber ich … Das ist doch Verrat! Und wenn ich ablehne?«

»Dann bringen wir Sie vor Gericht, Sie werden verurteilt und schmoren für den Rest Ihres Lebens im Gefängnis, wo Sie Plastikspielzeug herstellen dürfen. Sie müssen doch zugeben, dass das ziemlich schade wäre, oder?«

»In Wahrheit habe ich gar keine Wahl.«

»Aber natürlich haben Sie die. Einige überzeugte Terroristen entscheiden sich für das Gefängnis. Doch bei Ihnen ist es keine Überzeugung, sondern Leidenschaft, daher dürfte Ihnen die Entscheidung leichter fallen. Ich lasse Ihnen jetzt ein wenig Zeit zum Nachdenken.« Fini druckt ein Blatt aus und reicht es Yann. »Hier finden Sie alle Einzelheiten zu der vorgeschlagenen Stelle – Bedingungen, Besonderheiten, Gehalt und Vorteile. Lesen Sie es sich genau durch. Ich schlage vor, dass wir uns morgen wiedersehen. Einverstanden?«

Yann wirft einen Blick auf das Blatt. Als er das Gehalt sieht, zuckt er zusammen. Die monatliche Summe entspricht etwa dem, was er als Webmaster bei SOS in einem Jahr verdiente. Doch auch der Name des Arbeitgebers jagt ihm einen Schrecken ein. Es handelt sich nämlich nicht um NetSurvey, sondern um die NSA, den amerikanischen Geheimdienst. Mechanisch schüttelt er Silvio Fini die Hand, antwortet ebenso mechanisch auf sein heiteres »Bis morgen« und lässt sich wie in Trance in seine luxuriöse Zelle zurückbegleiten. In seinem Kopf ist nichts als ein riesiges Fragezeichen.

Spielwiese

Erbe, Raum, Geist.
Glauben, kämpfen, siegen.
Ein Volk, ein Reich, ein Führer.

Aufschriften auf den Wänden der »Sektion 25«

Rudy hat die Nase gestrichen voll. Zehn Tage ist er nun schon in der Sektion 25 und findet es einfach nur zum Kotzen. Er ist nicht nur erschöpft, durchgenudelt und hat Muskelkater, sondern er fühlt sich innerlich von Wut und Hass wie zerfressen. Aber er hat nun einmal unterschrieben und muss noch zehn Tage durchhalten. Das Kommando Survival toleriert keine Deserteure.

Seine Einheit hat den Auftrag bekommen, eine alte Raffinerie am Ufer der Emscher, irgendwo mitten im Ruhrgebiet zwischen Bottrop und Gelsenkirchen, zu verteidigen. Das Terrain ist kaum zu kontrollieren, weil alle Gebäude mehr oder weniger aus Rohren, Pipelines, Türmen, Bottichen, Reservoirs, Becken, Treppen und Brücken bestehen, die samt und sonders eiskalt sind und immer noch nach Öl stinken. Die »Feinde« könnten in das Gelände eindringen, wo es ihnen beliebt. Doch im Augenblick kann Rudy von seinem Beobachtungsposten, einer großen Plattform auf halber Höhe einer Destillationsanlage, niemanden ausmachen.

Sein Blick irrt von dem düsteren Schauplatz der Kampfübung über die gigantische Ruine hinweg, die aus dem Ruhrgebiet geworden ist. Früher konzentrierten sich hier die wichtigsten petrochemischen Großkonzerne, doch die unvermeidliche Erdölverknappung brachte diesen Industriezweig ebenso zum Erliegen, wie es zuvor schon dem Kohleabbau ergangen war. Nur die erfolgreichsten Tochtergesellschaften der *ww* konnten ihre Produktion auf Wasserstoff und Biokraftstoffe umstellen. Einige bauten ihre alten Fabriken um, die meisten jedoch zogen einfach an anderer Stelle neue Produktionsstätten hoch. Die Unternehmen jedoch, die das Ende der Erdölära nicht abgesehen hatten und die Kurve nicht mehr kriegten, gingen sang- und klanglos unter. In der Folge wurde aus dem nördlichen Ruhrgebiet mit den Städten Duisburg, Oberhausen, Gelsenkirchen und Castrop-Rauxel eine der größten Industriebrachen der Welt und aus der Emscher, an deren Ufer die Fabrikleichen in sich zusammenfallen, der schmutzigste Fluss Europas. Die Landschaft, die von den Farbtönen Rost, Stahl und Beton dominiert wird, wirkt wie eine lebensgroße Allegorie auf den langsamen Todeskampf der Industriegesellschaft – schwarze, bröckelnde Schornsteine; vor sich hin rostende Behälter; durchlöcherte, korrodierte Rohre; altersschwache, mit Graffiti besprühte Gebäude, deren Fensterscheiben zerborsten sind; aufgeplatzte Böden; verdächtig schimmernde Pfützen zweifelhafter Herkunft; eingeknickte Kräne; Fahrzeugwracks;

mit Trümmern und Müll übersäte Straßen. Und mitten durch diese verzweifelte Tristesse hindurch rinnt die braune und tote Emscher Seite an Seite mit dem ebenso braunen und toten Rhein-Herne-Kanal. Aus dem bleiernen Himmel, der sich über die Szene wölbt, fällt eine Art schmutziger Schnee, der auf den Kleidern fettige Spuren hinterlässt.

Die Grauzone der Industriebrache ist zum Tummelplatz für die sogenannten »Wilden« geworden, einer Spezies, neben denen sich die Ökoflüchtlinge der Drehscheibe wie Bonbondiebe ausnehmen. Kein vernunftbegabtes Wesen würde je einen Fuß in dieses Gelände setzen, doch die Sektion 25 des Kommandos Survival betrachtet es als seine Lieblingsspielwiese. Niemals hätte Rudy sich einschreiben dürfen!

Das Kommando Survival besteht nämlich aus echten, unbelehrbaren Neonazis.

Bisher ging Rudy davon aus, dass es sich bei dieser Ideologie um einen alten, mottenzerfressenen Mythos handelt – das Abfallprodukt einer Legende –, der lediglich von einem harten Kern nostalgischer Großdeutschland-Fanatiker hochgehalten wird, die den bombastischen Opernpomp des Dritten Reiches nicht vergessen können. Inzwischen ist ihm klar geworden, dass die Neonazis eine mächtige, weitverbreitete, in einzelne Sektionen aufgeteilte Organisation aufgebaut haben, die dank ihres Engagements für die Wiedereingliederung als gemeinnützig anerkannt und damit völlig legal ist und die mit ihren Überlebenstrainings – bei denen es sich in Wirklichkeit um Guerillacamps mit propagandistischem Hintergrund handelt – eine breite Masse erreicht.

Obwohl Rudy bei seiner Anmeldung ausgesprochen zurückhaltend war – dass die Organisation sich als »Kommando« bezeichnete, kam ihm zunächst ein wenig suspekt vor –, fasste er relativ schnell Vertrauen. Der Lehrgang war für Ökoflüchtlinge kostenlos, die Empfangsdame lächelte freundlich und behandelte ihn sehr zuvorkommend, die in einer ehemaligen Fabrik für Autoteile in Bochum gelegenen Büroräume waren sorgfältig renoviert, an den Fenstern standen Grünpflanzen, und es gab sogar einen kleinen Park.

Die Broschüre, die Rudy während der Wartezeit durchblätterte, pries den Lehrgang an als »Abenteuer für echte Männer, bei dem es auf gegenseitige Hilfe und wahre Kameradschaft ankommt und das auf eine Verbesserung des persönlichen Unternehmungsgeistes, der Widerstandsfähigkeit, des Selbstwertgefühls und des Willens, den eigenen Erfolg zu verteidigen, abzielt.« Sämtliche aufgezählten Qualitäten waren unerlässlich für einen Ökoflüchtling, der sein Schicksal wieder selbst in die Hand nehmen wollte.

Er zuckte ein wenig zusammen, als das Mädchen ihm ein Formblatt vorlegte, in dem er unterschreiben sollte, dass er sich der Risiken bewusst sei, die bei der Teilnahme am Lehrgang entstehen könnten, und dass er die volle Verantwortung dafür übernehme.

»Welche Risiken?«

Das Lächeln der Empfangsdame erlosch.

»Sie haben sich für ein Überlebenstraining eingeschrieben, klar? Sie werden lernen, wie man sich in schwierigen Situationen verhält – zu diesem Zweck aber müssen wir Sie zunächst in eine schwierige Situation bringen, die selbstverständlich gewisse Risiken birgt.«

Während sie das sagte, zuckte sie mit den Schultern, als ob es sich um eine völlig selbstverständliche Sache handele, über die man nicht groß reden müsse. Rudy hakte dann auch nicht weiter nach.

Er gab seine Illusionen erst auf, nachdem er seiner »Einheit« zugeteilt worden war. Die Gruppe wurde von einem jungen Glatzkopf mit vernarbtem Gesicht befehligt, der ihn ständig anbrüllte und ihm lautstark zu verstehen gab, er sei nichts als ein Stück Scheiße, ein Lump und der Abfall der sozialen Gesellschaft, doch er könne wieder zum Menschen werden, wenn er nur immer brav seinen Befehlen gehorche, sie ohne Murren ausführe, andächtig den Reden lausche und sich nichts zuschulden kommen lasse. Und auch, wenn er sich jetzt schinden müsse, würde er ihm später umso dankbarer sein, weil er dann nämlich stark, mutig und fähig wäre, die Welt zu erobern. »Nur die Starken überleben. Schwächlinge, Untermenschen und Schwuchteln werden mitleidlos ausgemerzt.«

Und dann entdeckte Rudy die Naziparolen auf den Wänden des Schlafsaals, er las die Propaganda, die überall herumlag – jede andere Lektüre ist verboten, und alle Bücher wurden bei der Ankunft konfisziert – und er hörte die als Endlosschleife ablaufenden Reden in deutscher Sprache, deren abstoßender Tonfall an Hitler erinnerte, die aber so machtvoll klangen, dass es kaum möglich war, sich ihnen zu entziehen. Er weigerte sich, die Filme anzusehen, was ihm einige Schikanen einbrachte. Schnell begriff er, dass die Drohung, Schwächlinge auszumerzen, keine leere Rhetorik oder braune Wichtigtuerei war, sondern hier wirklich zum Alltag gehörte.

Da sind zunächst die Deserteure – diejenigen, die es nicht aushalten und versuchen, aus dem Camp zu fliehen. Es gilt geradezu als Sport, sie zu verfolgen und ins Lager zurückzubringen, wo der Fantasie ihrer Folterer bei ihrer Misshandlung keine Grenzen gesetzt sind. Falls sie danach noch leben, lässt man sie irgendwo am Rand des Geländes liegen.

Dann gibt es diejenigen, die sich beklagen, sich gehen lassen, nicht gehorchen oder nicht schnell genug sind. Sie werden bei den gefährlichsten Missionen – wie zum Beispiel dem Ausheben eines Dealernests im Keller einer Fabrikruine – in die erste Reihe geschickt, wo sie wirklich ihr Leben riskieren.

Und schließlich gibt es auch noch eine Sonderbehandlung für Männer, die sich vor der Arbeit drücken, die eine ruhige Kugel zu schieben versuchen und Befehlen widersprechen sowie solchen, die verbotene Artikel wie unzulässige Bücher, Zeitschriften, Filme und Musik, aber auch Drogen, Pornos, Telefone und andere Kommunikationsmittel ins Lager einschmuggeln. Sie werden im Verborgenen in einer »Nacht und Nebel« genannten Aktion bestraft, nach der man sie in aller Regel nicht wiedersieht. Wenn man sie zufällig doch einmal wiedersieht, sind sie kaum noch zu erkennen und haben nicht mehr viel zu sagen.

Die Lehrgangsteilnehmer werden dazu angehalten, bei den bewaffneten und unbewaffneten Kampftrainings sofort aufzuhören, wenn das erste Blut fließt oder der Unterlegene nicht mehr entkommen kann. Wird der Angreifer allerdings wütend oder packt ihn die Mordlust, darf er den Kampf nicht nur fortsetzen, sondern wird auch bis zu dem manchmal tödlichen Ausgang der Fehde von den anderen angefeuert. Auch sollten die Waffen, die bei den Geländekämpfen im Außenbereich benutzt werden – meist sind es deutsche GII und russische AK74 – mit Paintballs bestückt sein. Häufig geschieht es jedoch, dass richtige Kugeln in den Magazinen »vergessen« werden. Jeder fragt sich, ob nicht zufällig er die tödliche Waffe trägt und an diesem Tag zum Botschafter des Todes wird.

Nachdem das Kampfziel verkündet war, machte sich Rudys Einheit von Bochum aus im Laufschritt auf den Weg zur alten Raffinerie und verteilte sich nach einer gründlichen Durchsuchung auf dem Gelände. Jetzt erwartet man die »Roten«, die die Raffinerie angreifen und stürmen sollen. Mit Sicherheit wird es Verletzte und möglicherweise sogar Tote geben – vielleicht sogar durch Rudys eigene Hand.

Rudy muss gegen sein Schwindelgefühl ankämpfen, doch er wagt sich bis zum Rand der Plattform vor, deren bröckelige Reling wie rostige Klöppelspitze aussieht. Er beobachtet den 25 Meter unter ihm gähnenden Abgrund aus Stahl und Beton.

Unter zwei parallel verlaufenden Röhren glaubt er, eine Bewegung zu erkennen.

Sind das schon die Roten? Doch der Boss hat weder ihre Ankunft signalisiert noch den Befehl zum Angriff gegeben. Oder hat er sie etwa nicht gesehen?

Die Bewegung wird deutlicher. Rudy erkennt eine Gestalt, die sich unter den Röhren hervorschlängelt, im Laufschritt den ungeschützten Platz überquert und sich sofort hinter einen Soaker duckt.

Zitternd presst sich Rudy gegen die Wand seines Ausgucks. Jetzt wünscht er sich sogar, heute das Gewehr mit den echten Kugeln zu haben, denn die Gestalt ist kein Roter. Rudy hat die zerlumpte Kleidung und die riesige Knarre deutlich erkannt.

Es ist einer der »Wilden« aus der Grauzone.

Und da hinten, am Fuß des Hochofens, entdeckt er einen Zweiten.

Now take your gun and kill them all
Get nothing to lose, no way to survive
Go down in the street and kill them all
Nothing else to choose, no fun to stay alive.

Kill Them All, »Holocaust«
End of Times, © HellTrax 2030

Rudy hofft, dass man ihn nicht gesehen hat.

Dicht an die Metalltür ins Innere der Destillationsanlage gedrängt – sie ist verschlossen, das hat er zuvor sorgfältig überprüft –, schaltet er den in seinen Helm integrierten Funk ein und ruft mit halblauter Stimme den Anführer seiner Einheit.

»Boss, in meinem Sektor sind Wilde aufgetaucht. Was soll ich tun?«

»Gar nichts. Wir warten auf die Roten. Und du wartest wie alle anderen auch.«

»Und wenn sie mich angreifen?«

»Dann sieh zu, wie du klarkommst. Aber solange du keinen anderen Befehl kriegst, hältst du die Stellung. Kapiert?«

»Kapiert, Boss.«

Die Verbindung wird unterbrochen. Stellung halten! Und wovon träumt der Kerl nachts? Rudy fühlt sich ungefähr so deutlich sichtbar wie die Nase in einem Gesicht. Die da unten brauchen bloß den Kopf zu heben. Vorsichtig kriecht er zurück zum Rand der Plattform und riskiert einen Blick in den dämmerigen Abgrund. Die Wilden sind nicht mehr zu sehen.

Plötzlich pfeift eine Kugel an seinem Ohr vorbei. Ein Schuss zerreißt die Stille. Unten rechts, an der Ecke eines quadratischen Gebäudes, steht der Kerl mit der Knarre. Vielleicht ist es auch ein anderer. Rudy liegt auf dem eisigen Aluminiumgitter auf dem Bauch, zielt und schießt. Er zögert nicht und denkt auch nicht nach – genau, wie man es ihm beigebracht hat. Die Gestalt verschwindet. Hat er getroffen? Ist sein Gewehr mit echten Kugeln bestückt?

Rudy hört unten jemanden rennen. Am Fuß der Kolonne sind Erschütterungen zu spüren. Sie kommen. Sie werden ihm den Rückzug abschneiden und ihn abknallen wie ein Tier. Befehl hin, Befehl her – er *muss* sofort verschwinden!

Wieder pfeift eine Kugel, streift seinen Helm und reißt seinen Kopf zur Seite. Die Detonation rollt durch die Grabesstille der alten Fabrik und erweckt ein metallisches Echo.

Gebückt und möglichst dicht an der Metallwand hastet Rudy die eiserne Stiege hinunter. Sein Ziel ist, so schnell wie möglich wieder festen Boden unter den Füßen zu spüren. Doch es ist zu spät. Schon kommen ihm zwei Wilde entgegen. Sie fuchteln mit ihren Gewehren. Ohne zu zielen, schießt Rudy eine kurze Salve. Einer der beiden kippt mit einem Schrei rückwärts und kullert die Treppe hinunter. Der andere schießt ebenfalls. Glücklicherweise zielt er schlecht. Die Kugeln scheppern an die Wand der Kolonne.

Von der untersten Plattform aus führt ein Metallsteg über den düsteren Abgrund hinweg zu dem quadratischen Gebäude auf der anderen Seite. Gesetzt den Fall, dass Rudy ihn erreichen könnte, falls es überhaupt eine Zugangsmöglichkeit gibt …

Er schafft es mit einer halben Sekunde Vorsprung auf seinen Verfolger, der dürr wie ein Skelett und entsetzlich schmutzig ist und über dessen fahles Gesicht nervöse Ticks zucken. Rudy hält dem Wilden sein Gewehr vor die Nase, der jedoch duckt sich auf die Stufen und eröffnet das Feuer. Rudy wird wieder nicht getroffen. Er stürzt sich auf die Brücke, die unter seinen Stiefeln dröhnt und zittert. Der Kerl hinter ihm schießt weiter. Irgendwann wird er sicher treffen. Rudy trägt keine schusssichere Weste.

Er erreicht die Tür des Gebäudes und wirft sich dagegen. Sie ist fest verschlossen. Er dreht sich um und schießt in Richtung Brücke. Sein Verfolger kommt nicht weiter. Mit lächerlich wirkenden Sprüngen zieht er sich zurück. Die Kugeln aus Rudys Gewehr zerplatzen auf seinen unförmigen Lumpen und schmücken sie mit hübschen, zinnoberroten Klecksen.

Paintballs – nichts als Scheiß-Paintballs!

Der zweite Wilde taucht am Ende des Stegs auf. Zwar tropft ihm etwas Rotes von der Stirn, aber er ist ganz offensichtlich nicht tot. Und er spielt das Spiel nicht mit. Außerdem ist er ebenso bewaffnet wie sein Kumpel, der sich abtastet und feststellt, dass er ebenfalls noch lebt.

In einem letzten, verzweifelten Versuch wirft sich Rudy mit voller Wucht gegen die Tür. Das verrostete Schloss gibt mit einem metallischen Kreischen nach. Rudy lässt sich in die Finsternis rollen. Vor ihm liegt ein langer Gang, der an einigen merkwürdigen Maschinen entlang zu einer Treppe führt, die in die Eingeweide des Gebäudes hinunterreicht. Dort unten befindet sich ein wahrer Dschungel aus Rohren, Tanks, Hochöfen und komplizierten Maschinen, die alle mehr oder weniger defekt und zerfallen sind. Die Verfolger können Rudy hören – er muss sich verstecken.

Während er in den industriellen Dschungel eintaucht, wird oben wieder geschossen. Die beiden Typen sind auf hohe Maschinen geklettert und nehmen Rudy ins Kreuzfeuer. Sie machen keine Anstalten mehr, sich vor seinen Schüssen zu schützen; sie scheinen verstanden zu haben.

Verzweifelt sucht Rudy nach einem Versteck, einem Ausweg, einer Zuflucht, doch die Wege hier unten sind sorgfältig gekennzeichnet. Brücken, Laufgänge und Leitern schlängeln sich durch den gigantischen Maschinenraum. Rudy ist völlig außer Atem. Die linke Schulter, mit der er die Tür eingedrückt hat, ist taub geworden. Rechts hat er schmerzende Seitenstiche, und sein Fuß tut ihm weh. An der Ecke einer großen Ölwanne entdeckt er eine Vertiefung fast auf gleicher Höhe. Er springt über den Rand, drückt sich in den Winkel und fasst sein Gewehr am Lauf.

Der erste Wilde, der schäumend und mit vorgehaltenem Gewehr an der Ecke auftaucht, bekommt den Kolben des GII mit voller Wucht in den Magen. Ächzend klappt er zusammen und rollt auf den Boden. Er hält sich den Bauch mit beiden Händen. Der zweite kann ihm gerade noch mit einem Sprung ausweichen. Dabei entdeckt er Rudy in seinem Versteck. Er wirft seine leere Waffe fort und zückt ein Schnappmesser, dessen dünne, scharfe Klinge mit einem leisen Klicken aufspringt. Es ist der Verdreckte mit dem Tick. Seine geröteten Augen stehen weit vor, sein Haar ist grau und entsetzlich verfilzt, und er ist so mager wie ein KZ-Häftling.

»Jetzt hab ich dich, du Arschloch, jetzt hab ich dich, du Arschloch«, murmelt er vor sich hin wie eine Litanei.

Rudy legt an und schießt. Der Wilde schwankt bei jedem Treffer, doch er weicht nicht vom Fleck. Die Paintballs zerplatzen auf seiner zerlumpten Kleidung, prallen schmerzhaft auf seinem Körper auf und treiben Splitter in seine Haut. Trotzdem geht er unbeirrt weiter auf Rudy zu. Er scheint nichts zu spüren. Vermutlich ist er zugedröhnt mit Thrill, der Droge, die einen so schmerzunempfindlich macht wie den unglaublichen Hulk und die sich daher geradezu ideal für Straßenkämpfe zwischen Gangs eignet.

Zwar hat Rudy einen Dolch, der zu seiner Ausrüstung gehört, doch damit hat er erst dreimal trainiert und kann nicht behaupten, dass er im Messerkampf besonders firm wäre. Trotzdem lässt er das Gewehr fallen, zückt das Messer und nimmt die Stellung ein, die man ihm beigebracht hat. Sein Herz klopft zum Zerspringen. Kalter Schweiß läuft ihm über den Rücken. Sein Gegner wird sicher nicht beim ersten Blutstropfen aufhören.

Rudy hört ein Geräusch. Das Echo eines Aufpralls hallt durch die Fabrik. Noch mehr Wilde? Doch sein Gegner scheint nichts gehört zu haben.

In diesem Augenblick setzt der Wilde über den Rand der Wanne und stürzt mit erhobenem Messer auf Rudy zu. Rudy kann den ersten Ansturm parieren, macht einen Ausfall und versucht, einen tief angesetzten Stich zu platzieren. Der andere weicht aus, wehrt ab, erwidert den Angriff und trifft Rudy an der Wange. Sofort sprudelt Blut hervor. Rudy zieht sich zurück, pariert einen zweiten und einen dritten Angriff, versucht eine Finte, schafft es aber nicht, weicht noch weiter zurück und findet sich plötzlich mit dem Rücken an der Wand seines Verstecks wieder. Der Wilde verstärkt seine Attacken, wird schneller, präziser und wütender. Rudy verteidigt sich, so gut es geht. Einige Angriffe kann er noch abwehren, doch sein Gegner ist eindeutig im Vorteil und gibt immer noch Gas. Lange kann Rudy nicht mehr durchhalten. Umso weniger, als der zweite Wilde sich langsam erholt. Schon hat er sich aufgerichtet.

Nur eine Millisekunde Unachtsamkeit, und es ist passiert. Rudy spürt, wie die Klinge in der Nierengegend durch seinen Drillichanzug dringt. Er wirft sich zurück, prallt gegen die Stahlwand der Ölwanne, lehnt sich an und schleudert beide Füße mit der verzweifelten Kraft seines Schmerzes, seiner Wut und seiner Angst nach vorn. Die Springerstiefel treffen mit voller Wucht auf den hohlen Brustkorb des überraschten Wilden und katapultieren ihn gegen den Wannenrand. Rudy wirft sich auf ihn, umgeht seinen zu hoch geführten Angriff und rammt ihm den Dolch bis ans Heft in den Bauch.

Der Kerl seufzt wie ein Ballon, dem die Luft ausgeht. Aus seinen Augen spricht große Verwunderung. Rudy zieht ihm den Dolch aus dem Leib und sticht noch einmal und dann noch einmal zu. Der andere lässt sein Schnappmesser fallen und sackt am Wannenrand in sich zusammen. Blut spritzt auf Rudys Arm. Ein letztes Mal versenkt er seinen Dolch im zinnoberroten Brustkorb des Wilden, der daraufhin endlich, endlich zu atmen aufhört.

Inzwischen hat der zweite Angreifer sein Gewehr wiedergefunden und es neu geladen. Er mustert Rudy mit hasserfülltem Blick.

Gemächlich legt er an und zielt. Auf so kurze Distanz kann der Wilde ihn nicht verfehlen. Rudy gerät in Panik. Er hat keine Ahnung, nach welcher Seite er sich werfen soll. Der Schuss löst sich …

… und der Kopf des Wilden explodiert.

Mit Blut und Farbe bespritzt, sinkt er zurück auf das Aluminiumgitter.

Drei menschliche Gestalten lösen sich aus dem Halbschatten. Sie tragen Waffen, Helme, eine Kakiuniform und ein rotes Band um den linken Arm – offensichtlich gehören sie zu den Roten, den »Feinden«.

Zitternd vor Erleichterung und mit weichen Knien lehnt sich Rudy gegen den Wannenrand. Zu seinen Füßen liegt der Kerl, den er erstochen hat. Er will ihn nicht sehen. Die drei Männer, die nun auf ihn zukommen, kennt er nur allzu gut: Es sind der Chef der roten Einheit und seine beiden treuen Leutnants. Sie sind hart, böse und zynisch – aufrechte Neonazis eben.

»Wir haben alles mit angesehen«, erklärt der rote Boss. »Du hast dich ganz gut aus der Klemme gezogen.«

»Ihr habt alles gesehen? Und seid nicht eingeschritten?«

»Warum denn?«, grinst einer der Leutnants. »Ein Kampf auf Leben und Tod macht immer Spaß und ist interessant zu beobachten.«

»Aber als der andere Kerl seine Knarre wieder geladen hat, wurde es langweilig. Zu ungleich«, fügt der zweite Leutnant hinzu und hebt sein AK74, um gleich klarzustellen, dass er heute der Todesbote ist.

»Aber ihr hättet wirklich …«

Rudy unterbricht sich. Plötzlich wird ihm schlecht. Sein Blick gleitet zu der Leiche zu seinen Füßen.

»Du hast dein Leben riskiert«, grinst der Boss und klopft ihm auf die Schulter. »Das gibt der Sache doch erst die richtige Würze, findest du nicht? Du hast dich wirklich gut geschlagen. Ich werde über deinen Mut Meldung machen.«

Rudy dreht sich um und erbricht bittere Galle gegen die Wand der Ölwanne.

»Ts, ts, ts«, zischt der Todesbote verächtlich. »Was für ein Schwächling!«

Rudy richtet sich auf. Sein Atem geht stoßweise. Lichtpunkte tanzen vor seinen Augen. Er hat einen scheußlichen Geschmack im Mund und brüllende Panik im Kopf.

Die drei Gewehre sind auf ihn gerichtet.

»Was soll denn das jetzt bedeuten?«, presst er mit erstickter Stimme hervor.

»Dass du unser Gefangener bist«, lächelt der Boss. »Schließlich bist du ein Weißer und wir sind Rote. Du warst so blöd, auf uns zu warten; jetzt haben wir dich und nehmen dich fest. Los, vorwärts!«

»Und was macht man mit Gefangenen?«, kräht der Todesbote fröhlich, während Rudy aus der Wanne auf den Gang klettert.

»Man hängt sie an den Eiern auf!«, grölt der andere Leutnant.

»Man reißt ihnen die Zähne aus!«

»Man gibt ihnen Scheiße zu fressen!«

»Nein, man steckt ihnen den Schwanz in den Arsch!«

Die Typen grölen und übertrumpfen sich gegenseitig. Mit dem Lauf ihrer Gewehre treiben sie Rudy voran, der die Hände über den Kopf hält und vor ihnen herwankt. Er ist zutiefst verstört, sein Magen revoltiert, und blankes Entsetzen breitet sich wie eine Blutlache in seinem Kopf aus.

Zwangsarbeit

Sie wollen Ihr Leben verändern?
Sie suchen Arbeit, ganz gleich, welcher Art?
Sie sind bereit, dafür zu reisen, Anstrengungen auf sich zu nehmen und eine schlechte Bezahlung zu akzeptieren?
Ist es Ihre einzige Alternative zu Schlimmerem?
Dann hat »Arbeit« den richtigen Job für Sie!
<Arbeit.com>
Weltweit führende Agentur für Wiedereingliederung durch Arbeit

Man hat Rudy weder an den Eiern aufgehängt noch ihm die Zähne ausgerissen oder ihm Scheiße zu fressen gegeben. Bei seiner Rückkehr wurde er dem Kommandanten von Sektion 25 vorgeführt, einem in eine schwarze, an die SS erinnernde Uniform gezwängten Kerl mittleren Alters mit stahlblauen Augen, der ihm einen verblichenen Orden aus alten Militärbeständen überreichte und ihn zu seinem Mut und seinem Pflichtbewusstsein »im Dienst der Nation« beglückwünschte. Anschließend musste er die Fahne grüßen – und zwar die deutsche, nicht etwa die europäische! –, ehe man ihn ins Lazarett brachte, wo seine Verletzungen behandelt wurden. In seiner Eigenschaft als »Kriegsgefangener« wurde er dann zur Zwangsarbeit verurteilt, was bedeutete, dass er sich einen Tag lang den Scheißhäusern, dem Spüldienst, der Küche, der Gartenarbeit und dem Unterhalt des Lagers im Allgemeinen zu widmen hatte.

Tag für Tag findet sich zumindest eine Gelegenheit, einen Kursteilnehmer zur Zwangsarbeit zu verurteilen, was dazu führt, dass das Camp kostenlos von ergebenem Personal in Ordnung gehalten wird, das vielleicht sogar ganz froh ist, dem harten Training eine gewisse Zeit zu entkommen. Bei Rudy zumindest ist das der Fall. Während er fegt, wäscht, schrubbt und scheuert, nutzt er den relativ ruhigen Tag – die beiden Einheiten sind zu einer Strafexpedition gegen die Wilden aufgebrochen –, um über den Wirbel aus Angst, Hass und Gewalt nachzudenken, in den seine Seele sich verwandelt hat. Seit seiner Ankunft hier ist Nachdenken so gut wie unmöglich geworden; die Kursteilnehmer werden ununterbrochen durch Manöver, Exerzieren, Ernstfallübungen, Kurse, Wettbewerbe, Reden, ihre Kameraden, ihre Obersten und Vorgesetzten und so weiter und so fort in Trab gehalten, damit sie nur ja nicht auf die Idee kommen, auf eigene Faust zu denken und möglicherweise zu realisieren, wo sie gelandet sind. Einige Kursteilnehmer – zu ihnen zählt auch Rudy – lassen sich normalerweise so schnell nichts vormachen, doch nach zehn Tagen ist jede Anwandlung, ein kritisches Wort zu wagen oder sogar aufzubegehren, mit Gewalt gebrochen worden. Abends im Schlafsaal sind die Männer körperlich und seelisch zu erschöpft, um tiefer gehende Kommentare als etwa »Mist«, »Scheiße« oder »Nase voll« abzugeben. Rudy muss feststellen, dass er dabei ist, genau wie die anderen zu werden – seine Waffe fasziniert ihn über Gebühr, er lässt sich durch Gewalt erregen, grölt sinnloses Zeug – kurz, er heult mit den Wölfen. Wo ist nur der sanfte Rudy von früher geblieben, der seine Tulpen streichelte, mit jungen Kräuterpflänzchen sprach und Spinnen vorsichtig ins Freie beförderte? Wo ist er geblieben, der zärtliche Liebhaber von Aneke, der fröhliche Vater von Kristin? Und wo sind die beiden großen Lieben seines Lebens geblieben, an die er während der vergangenen zehn Tage nicht einmal mehr gedacht hat? Würden sie ihn überhaupt wiedererkennen, wenn er mit Blut besudelt wie ein wildes Tier mit einem triefenden Dolch in der Hand auf ein vom Thrill ruiniertes menschliches Wrack einsticht? Würde es ihnen etwa gefallen, ihn in einer Kakiuniform, das Gewehr auf der Hüfte, im finstersten Arschloch Europas Jagd auf Wilde machen zu sehen? *Ach, Aneke, so nennt man diese Leute hier tatsächlich: die Wilden!*

Was ist bloß aus dir geworden, Rudy? Wie konntest du so tief sinken? Du hast einen *Menschen getötet!* Okay, du musstest dich verteidigen, aber gib zu, dass es dir Spaß gemacht hat, ihn zu vernichten.

Ja, ja, er gibt es zu. Er hat sich einen Augenblick lang vergessen; er war nicht mehr er selbst. Und doch empfand er es als einen Augenblick der höchsten Lust, fast als eine Art Orgasmus. Entsetzlich! Und entsetzlich beschämend! Wie sollte er aus dieser Hölle nur wieder herauskommen?

In Gedanken verloren hat Rudy völlig mechanisch den Fabrikhof gefegt und ist vor dem Verwaltungsgebäude angekommen. Durch die getönte Glasscheibe hindurch erkennt er die Empfangsdame, die sich über ihren Computer beugt. Plötzlich kommt ihm eine Idee.

Während der Dauer des Lehrgangs hat kein Teilnehmer das Recht, das Gebäude ohne Erlaubnis zu betreten. Aber erstens ist niemand da, zweitens würde er höchstens fünf Minuten brauchen, und drittens scheint das Mädchen – eine hübsche, etwas gewöhnliche Blondine – ganz nett zu sein.

»Hey, Sie, das ist verboten!«, schreit sie mit schriller Stimme, als er die Tür aufstößt.

»Ich weiß«, antwortet er in zuvorkommendem Tonfall und bleibt höflich gleich am Eingang stehen. »Ich … ich möchte Sie lediglich um einen winzig kleinen Gefallen bitten. Aber wenn Sie mir nicht helfen wollen, ist es auch nicht schlimm, dann gehe ich eben wieder.«

Die Empfangsdame taxiert ihn streng von Kopf bis Fuß, entspannt sich jedoch schnell und gestattet sich sogar ein Lächeln: »Hat man Sie nicht gestern ausgezeichnet? Sind Sie nicht der, der einen Wilden getötet hat?«

Rudy nickt. Plötzlich verspürt er einen Kloß im Hals.

»Das war wohl Ihr erster?«

Wieder nickt Rudy.

»Alles in Ordnung?« Sie beugt sich mitfühlend über den Schreibtisch. »Manche haben ordentlich daran zu knacken, deshalb frage ich.«

»Ein wenig geht es mir auch so«, gibt Rudy zu. »Aber … was den kleinen Gefallen angeht …«

»Was wollen Sie denn?«

»Sie haben doch sicher einen Internetzugang, oder?«

»Aber Sie dürfen doch nicht online gehen!«

»Will ich auch gar nicht. Es geht nur darum … Könnten Sie mir vielleicht die Stellenanzeigen heraussuchen und ausdrucken?«

»Im Prinzip darf ich das auch nicht.«

Im Prinzip, denkt Rudy und schenkt ihr das charmanteste Lächeln, dessen er noch fähig ist.

»Was für eine Art Arbeit suchen Sie denn?«

»Egal. Ich will einfach nur etwas zu tun haben, mich nützlich machen und meinem Leben wieder einen Sinn geben, verstehen Sie?«

»Ich kann mich ohnehin nur in eine Seite einloggen – bei der ›Arbeit‹. Von denen werden wir nämlich gesponsert. Aber ganz ehrlich: Die von ›Arbeit‹ sind die reinsten Sklaventreiber.«

»Egal. Versuchen Sie's.«

Die Blondine tippt auf ihren Tastschirm, und man hört ein leises Summen unter dem Schreibtisch. Sie reicht Rudy zwei bedruckte Blätter.

»Das sind die Anzeigen dieser Woche. Ältere braucht man gar nicht erst zu versuchen – da ist alles weg, oder es ist wirklich nur Schinderei.«

»Vielen Dank«, lächelt Rudy, nimmt die Bögen und lässt sie sofort in seinem Drillichzeug verschwinden. »Sie sind sehr freundlich. So etwas findet man heutzutage nur noch selten.«

»Danke.« Die junge Frau errötet. Mit flatternden Augenlidern lächelt sie ihn an. »Wie heißen Sie?«

»Rudy. Und Sie?«

»Marlene. Wie Marlene Dietrich. Schon mal von ihr gehört?«

In diesem Augenblick fliegt die Tür auf. Mit verschränkten Armen steht der Kommandant von Rudys Einheit auf der Schwelle. Ein böses Lächeln huscht über sein von Narben entstelltes Gesicht.

»Hey, Landser, ist dir etwa nicht bekannt, dass es verboten ist, das Büro zu betreten?«

»Schon … Ich wollte doch nur … ich war gerade dabei zu fegen …«

Rudy zeigt auf den Besen, der neben der Tür steht. Der Kommandant wendet den Blick nicht von Rudy.

»Ich werde dir zeigen, wie man fegt, du Auswurf! Du wolltest dich wohl an Marlene heranmachen, was? Das ist noch viel verbotener! Sagt dir *Nacht und Nebel* etwas?«

Die Empfangsdame hinter dem Schreibtisch reißt entsetzt die Augen auf. Irgendetwas in Rudy zerbricht. Er hat das Gefühl, dass sich glühende Lava in seinem Innern ausbreitet, aber er versucht gar nicht erst, sie einzudämmen.

Mit einem wilden Schrei stürzt er sich auf den Kommandanten, quetscht ihn gegen die Tür, packt seinen Kopf mit beiden Händen und donnert ihn immer und immer wieder mit aller Kraft gegen den Türstock. Er hört erst auf, als er Knochen krachen hört. Blut spritzt auf. Rudy lässt los. Sein Boss rutscht am Türstock hinunter. Rudy nimmt ihm die Pistole ab – es ist eine mit echten Kugeln geladene Luger – und richtet sie sofort auf Marlene.

Die junge Frau hebt die Hände, aber in ihrem Gesicht erkennt Rudy nicht nur Angst, sondern auch Erregung.

»Haben Sie ihn wirklich umgebracht?«, keucht sie mit vor Aufregung quietschender Stimme. »Einfach so? Mit bloßen Händen?«

»Ich glaube schon. Am besten, Sie bleiben ganz ruhig! Schreien Sie nicht, telefonieren Sie nicht, lösen Sie keinen Alarm aus. Lassen Sie mich einfach gehen. Einverstanden, Marlene?«

»Ja klar, Rudy. Natürlich. Da drüben gibt es übrigens einen unbewachten Ausgang für das Personal.«

Sie zeigt auf eine Tür auf der linken Seite. Sollte das eine Falle sein? Der Haupteingang wird nämlich mit Sicherheit bewacht. Rudy öffnet die Tür und sieht einen langen Flur vor sich. Am Ende des Korridors schimmert es blau – dort ist »draußen«!

»Danke, Marlene.«

»Wir werden uns wohl nicht wiedersehen. Schade!«

Rudy gleitet in den Flur und durchquert ihn im Laufschritt. Die Knarre hält er im Anschlag. Vorsichtig öffnet er die Glastür am

Ende. Sie führt auf einen kleinen, schattigen Hof hinaus. Er überquert den Hof, erreicht das von hohen Gittern flankierte Tor und drückt auf die Klinke. Das Tor geht auf. Ganz einfach!

Als er allerdings das Tor hinter sich ins Schloss zieht, schrillt ein gellender Alarm los. Rudy springt in die menschenleere Straße und flieht in die Dämmerzone, verfolgt vom Getöse des Alarms. Binnen kürzester Zeit, das weiß er, wird eine Horde wütender Killer hinter ihm her sein.

Blasrohre

Kansas ist der Mittelpunkt Nordamerikas. Das Herz der freien Welt schlägt in Lebanon, im Norden des Bundesstaates. Jedes Herz jedoch bedarf des Wassers, um richtig schlagen zu können. Daher verspreche ich euch, liebe Mitbürgerinnen und Mitbürger, alles zu tun, um das Wasser nach Kansas zurückzuholen. Ausreichend Wasser, um unsere Autos zu waschen, unsere Swimmingpools zu füllen, unser Vieh zu tränken und unsere Felder zu bewässern.

Auszug aus einer Wahlrede von John Bournemouth,
Gouverneur von Kansas

Eine triste Ebene. Die verdorrte Prärie erstickt unter Moderkraut. Bei den toten Baumstümpfen weiß man nicht, ob ein Tornado sie entwurzelt hat oder ob sie schlicht vertrocknet sind. Armselige Herden dürrer Kühe werden von bewaffneten Patrouillen in Allradfahrzeugen gehütet. Einige wenige Versuche, Winterweizen anzubauen, sind kläglich gescheitert. Übrig blieben staubige Felder und ein paar harte Stängel. Dort, wo Monsanto vor zehn Jahren den Versuch startete, die Maissorte Terminator™ anzubauen, sieht man nur noch unfruchtbaren, aufgeplatzten Boden. Der Mais hat alles vernichtet – inklusive Monsanto. Hier und da leuchtet es lebhaft gelb; es ist transgener, dauerblühender Raps von Universal Seed, der mit dem

Wind aus Oklahoma herübergekommen und nicht auszurotten ist – der Vorbote einer neuerlichen, nicht vorhersehbaren Invasion. Beschädigte Straßen sind zu sehen, verlassene Dörfer, einsam in der Wildnis kampierende Outer und ausgetrocknete Seen und Flüsse – mit Ausnahme des Kansas River. Der jedoch gluckert, erstickt von Riesenalgen, nur noch als dürftiges Rinnsal vor sich hin. Die Hitze – selbst für einen Indian Summer ist es viel zu heiß – lastet mit einem bleiernen Himmel über dem Land. Im Westen türmen sich quellende, von Blitzen durchzuckte, dunkelgraue Haufenwolken, aus deren Bäuchen Tornados geboren werden.

»Sind Sie sicher, dass wir rechtzeitig ankommen?«, fragt Fuller den Hubschrauberpiloten inzwischen schon zum dritten Mal.

»Ganz sicher«, antwortet der Pilot, bemüht, seine Gereiztheit zu verbergen.

Aus den Augenwinkeln beobachtet er die näher kommenden Wolkenberge über den Flint Hills; sie türmen sich beängstigend hoch auf und sind schwarz wie eine Winternacht. Eine Stunde wird es etwa noch dauern, so schätzt er, bis das Gewitter die Region erreicht. Bis zu ihrem Ziel, der Ranch von John Bournemouth in Council Grove, brauchen sie jedoch höchstens noch zwanzig Minuten. Kein Grund also, sich Sorgen zu machen.

Fuller hingegen betrachtet die dräuende Wolkenwand mit gewissen Befürchtungen, was ihn daran hindert, sich auf die Überlegungen zu seinem bevorstehenden Gespräch mit John Bournemouth zu konzentrieren. Auch wenn er mitten im »Tornado-Korridor« geboren ist, Dutzende Wirbelstürme gesehen und mehrere selbst miterlebt hat – er würde sich nie an dieses extremste Wetterphänomen der Erde gewöhnen können, das ihm jedes Mal erneut grässliche Angst bereitet. Der Tornado, der da im Anmarsch ist, vernichtet vielleicht jetzt gerade Florence oder Marion und könnte ganz schnell näher kommen. Ist nicht sogar schon das charakteristische Pfeifen über dem Dröhnen des Rotors zu hören?

Doch sein Pilot behält recht. Sie landen lange vor dem Gewitter. Fuller hört lediglich ein fernes Donnergrollen über den Flint Hills. Der leicht auffrischende Wind sorgt in der Backofenhitze sogar für ein wenig Erfrischung. Langsam bedeckt sich der Himmel. Mit etwas Glück werden ein paar Regentropfen fallen, der Hagel aber ausbleiben und weder Häuser dem Erdboden gleichgemacht noch Felder verwüstet werden.

John Bournemouth heißt seinen Gast höchstpersönlich auf der Freitreppe vor seiner Ranch willkommen. Einer der *Boys* bringt den Hubschrauber in den gepanzerten und mit Druckausgleich ausgestatteten Anti-Tornado-Hangar, wo auch das Privatflugzeug und die drei Autos seines Chefs stehen.

Der Gouverneur von Kansas besitzt ein Gut von zehntausend Hektar Land in der Nähe von Council Grove, das früher einmal dreißigtausend Kühe ernährte und fünfzehntausend Tonnen Terminator™-Mais produzierte. Bewässert wurde das Ganze mit Wasser, das man ohne jeden Skrupel einfach dem Vorratsbecken des Neoshosees entnahm. Die Austrocknung des Flusses, die durch Dürre und transgenen Mais verursachten Schäden sowie all die von Osage, Shawnee und Outers begangenen Viehdiebstähle drohten den Betrieb ernsthaft lahmzulegen, bis Bournemouth so viel Einfluss bei der Kansas Water Union gewann, dass man ihm gratis eine Pipeline direkt auf seine Ländereien legte. Jetzt ist sein Rasen wieder grün, die Pflanzungen gedeihen, die Kühe haben sich wieder vermehrt. Heute zählt die Herde achtzehntausend Tiere, die im Schutz von mehreren Hundert Kilometern Elektrostacheldraht, Tausenden Kameras, Dutzenden Überwachungsdrohnen und einer bis zu den Zähnen bewaffneten Miliz weiden. Die Ranch ist eine veritable Privatenklave, die dreißig Menschen ein Auskommen bietet und mitten in einem verwüsteten und vertrockneten, von ausgehungerten Outers heimgesuchten Gebiet liegt. Bournemouth gibt sich keine Mühe, zwischen Outers und Indianern auf dem Kriegspfad zu unterscheiden – für ihn sind beide keine echten amerikanischen Bürger, und seine Miliz darf daher nach Herzenslust schießen, ohne sich Vorwürfe machen zu müssen.

Nach dem üblichen Austausch von Höflichkeiten bittet der Gouverneur – er ist sehr fett, watschelt in seinen Shorts voraus und hat trotz absoluten Rauchverbots eine Zigarre im Mund – Fuller in ein Zimmer von der Größe eines Tennisplatzes. Es ist im Saloon-Stil eingerichtet. Eine ungeheuer große Glastür führt auf einen Patio hinaus, der einen Swimmingpool von olympischen Ausmaßen umgibt, dessen herrlich blaues Wasser nach Jod riecht. Auf dem Patio gibt es Hängematten und eine ausgezeichnet bestückte, rollende Hausbar.

In einer der Hängematten ruht ein Wesen wie aus einem Märchen, das nichts anderes trägt als eine große Sonnenbrille und einen String, der eigentlich nichts verbirgt. Fuller muss lächeln. Er hat den Eindruck, sich in einem der schrägsten Abenteuer von Love Links zu befinden, der Webseite für virtuelle Kontakte von MAYA, die er in seiner Jugend ab und zu besuchte. Nur dass im vorliegenden Fall alles echt ist. Die wohlgerundete, sanft gebräunte Brünette ist tatsächlich die Ehefrau des adipösen John Bournemouth und die wärmste und erotischste Frau, die Fuller je kennengelernt hat.

»Grüß dich, Tabitha.«

Sie nimmt die Sonnenbrille ab und schenkt Fuller ein Lächeln, das selbst einen Heiligen in Versuchung geführt hätte.

»Ah, guten Tag Anthony. Welch nette Überraschung!«

»Du solltest dir etwas überziehen, Liebling. So empfängt man keine Gäste.«

»John, Liebster, sei bitte nicht so verklemmt. Anthony gehört schließlich sozusagen zur Familie.«

Mit diesen Worten wirft sie ihm einen smaragdenen Blick zu, der ihm unmittelbar in die Hoden fährt. Er bekommt einen Ständer, und sie bemerkt es sofort. Ihr Lächeln wird betonter. Ihre Zungenspitze blitzt zwischen ihren geschwungenen Lippen hervor. *Wenn sie in der Nähe bleibt, könnte es mir schwerfallen, sachlich zu diskutieren*, stellt Fuller fest.

Bournemouth scheint den gleichen Gedanken zu haben.

»Liebling, Anthony und ich müssen ein ernsthaftes Gespräch unter Männern führen, das dich bestimmt langweilt. Du hast doch sicher etwas Interessanteres zu tun, nicht wahr?«

Tabitha steht mit einer graziösen Bewegung auf und lässt ostentativ ihre Silikonbrüste erbeben, deren braune Nippel sich nach einer sanften Berührung mit dem Zeigefinger keck aufrichten.

»Bis später dann«, gurrt sie mit kehliger Stimme. Im Hinausgehen streift sie Fuller, der ihren teuren, erotischen Duft gierig einatmet.

Mit angehaltenem Atem sieht er ihr nach, wie sie mit schwenkenden Hüften den Saloon betritt. Er hat nur noch einen Wunsch: hinter ihr herzulaufen, sie zu bespringen und auf der Stelle wie ein Wilder zu vögeln, wie er es schon oft mit ihr getan hat.

»Was darf ich dir anbieten?«

»Was? Äh …« Fuller blinzelt und kehrt in die Realität zurück. »Was hast du da? Ist das Bourbon? Sehr gut!«

»Tabitha ist zwar nett, aber sie hat ein Spatzenhirn. Sie hätte uns nur mit Belanglosigkeiten genervt«, erklärt Bournemouth und schenkt großzügig ein. »Eis?«

»Nein, danke.«

Von wegen Spatzenhirn, denkt Fuller. *Tabitha hat dein Geld geheiratet und wartet darauf, dass du endlich krepierst, du alte Sau!*

Die beiden Männer machen es sich mit ihren Whiskygläsern in den Hängematten gemütlich. Fuller nutzt die Gelegenheit, um diskret eine Calmoxan einzunehmen, die die sexuelle Anspannung abbaut, sowie eine Neuroprofen, um seine Aufmerksamkeitsspanne zu erhöhen. Ohne Vorwarnung greift John Bournemouth an.

»Also, was höre ich da für Geschichten von wegen Wasser? Du sollst ein unterirdisches Wasservorkommen entdeckt haben. Stimmt das?«

»Richtig. In Afrika.« Kurz erklärt er Bournemouth die Sachlage. »Sam Grabber hat gesagt, es sähe so aus, als ob das Wasser zwar virtuell mein Eigentum wäre, ich es aber de facto noch nicht besitze.«

»Und wie willst du es in deinen Besitz bringen? Wirst du vor dem IHG klagen?«

»Grabber ist dagegen. Er meint, dass ich das Recht auf meiner Seite habe und Burkina Faso früher oder später sowieso klein beigeben muss.«

»So ein Quatsch! Grabber ist eben doch nur ein dreckiger Judennigger und denkt ausschließlich ans Geld. Er wird die Sache in die Länge ziehen, um dir so viel Knete wie möglich aus den Rippen zu leiern.«

Sieh mal an. »Judennigger« habe ich auch noch nie gehört, stellt Anthony fest. Bournemouth ist mit Leib und Seele Südstaatler, was für Fuller gleichbedeutend ist mit Rassist, Ausbeuter und Sklavenschinder. Insgeheim macht er sich Vorwürfe, mit einem solchen Mann verhandeln zu müssen. Gut, dass sein Vater ihn nicht so sehen kann – ein Abkömmling der Jayhawkers, der mit einem Sprössling der Missouri Ruffians feilscht! –, doch vor den Interessen von Resourcing müssen seine eigenen Ansichten zurückstehen.

»Hinzu kommt, dass das IHG nicht immer proamerikanisch entscheidet«, gibt er zu bedenken.

»Ich weiß. Wir haben leider massiv an Einfluss verloren. Alles geht nur zugunsten dieser Kanaken. Aber Onkel Sam hat sein letztes Wort noch nicht gesprochen. *Prosper!*« Sofort tritt ein schwarzer Bediensteter mit weißer Perücke und in makellos weißer Livree ein. »Fauler Nigger, sollst du nicht sofort aufkreuzen, wenn ich läute? Los, einschenken!« Erneut wendet sich Bournemouth an Fuller. »Was hast du also vor? Ich nehme an, in diesem Land wimmelt es vor Niggern mit Messern zwischen den Zähnen, die sich ihr Wasser nicht wegnehmen lassen und dafür auch noch Danke sagen.«

Der Gouverneur lacht ein fettes Lachen; sein Gesprächspartner bleibt kühl.

»Ehrlich gesagt denke ich an eine Militärintervention.« Bournemouth hebt die Brauen über seinem Glas und wartet, dass Fuller fortfährt. »Eine Demonstration der Macht. Man erklärt ihnen das Gesetz. Sie akzeptieren es nicht. Also haut man mit der Faust auf den Tisch und zeigt ihnen, wer der Stärkere ist.«

»Mag sein. Aber Afrika liegt auf der anderen Seite des Atlantiks, oder? Hast du etwa das Geld, einen Flugzeugträger, Panzer und Truppen dort hinzuschicken?«

»Die Regierung hat das Geld. Schließlich handelt es sich um ein vitales Interesse der Vereinigten Staaten. Wir brauchen dieses Wasser!«

»Und du glaubst, du könntest Präsident Bones überzeugen, Truppen an den Arsch der Welt zu schicken, um ein unterirdisches Wasservorkommen zu sichern?«

»Ehrlich gesagt dachte ich, dass ich mit deiner Hilfe … Schließlich kennst du ihn.«

»Das wird nichts.«

»Ach nein?«

»O nein, mein Bester. Du weißt ebenso gut wie ich, dass der Staat ruiniert ist. Der Krieg gegen Mexiko hat uns das letzte Hemd gekostet, und die Armen wollen weder arbeiten noch ihre Steuern bezahlen. Zwei von fünf Militärbasen weltweit haben wir schon aufgeben müssen, und die übrigen sind mit zwanzig Jahre alten Ausrüstungen ausgestattet. Ein Krieg kostet zunächst einmal viel Geld, ehe er etwas einbringt. Wir dürfen uns keinen Illusionen hingeben: Unsere Wirtschaft steht deutlich schlechter da als die von Russland. Und falls du daran gedacht hast, einen solchen Krieg auf Kredit zu finanzieren – das dürfte noch schwieriger werden. Die Kreditgeber haben nicht gerade das größte Vertrauen in die amerikanische Regierung.«

»Ich weiß.« Fuller seufzt. »Was würdest du empfehlen?«

»Probiere es mit dem Prozess. Das ist am billigsten. Aber wenn du dir deiner Sache ganz sicher bist, brauchst du nicht einmal den Richterspruch abzuwarten, ehe du dein Recht auf das Wasservorkommen einforderst.«

»Wie denn?«

»Ich besitze eine hervorragende Miliz. Die Männer sind von der NSA ausgebildet und brauchen immer Geld.«

»Verstehe. Aber glaubst du wirklich, eine Miliz genügt?«

»Wer sind denn deine Gegner? Ein paar Neger im Lendenschurz und mit Knochen in der Nase, die mit Bögen und Blasrohren bewaffnet sind. Die hält schon ein einfaches Maschinengewehr auf Distanz.«

»John, ich glaube, du machst dir eine falsche Vorstellung von Afrika.« Fuller seufzt. »Trotzdem ist dein Vorschlag recht interessant. Ich werde darüber nachdenken.«

»Der Direktor der NSA gehört zu meinen Freunden. Wenn du willst, rede ich mit ihm, und wir treffen uns demnächst einmal.«

»Ausgezeichnet.«

»Prosper! Einschenken!«

Der Bedienstete materialisiert sich, füllt die Gläser, zündet die erloschene Zigarre seines Chefs an und wird wieder unsichtbar. Fuller fährt fort:

»Es gibt da noch ein anderes Problem, über das ich gern mit dir reden würde, John. Sobald wir das Wasser nämlich fördern, müssen wir es auch verteilen.«

»Wie gedenkst du, es zu transportieren?«

»Mit Tankern. Ich habe schon mit meinem Vater darüber gesprochen. Exxon könnte uns seine ausgemusterten Öltanker zur Verfügung stellen, darüber brauchen wir uns also keine Sorgen zu machen. Ich rede von der Verteilung hier vor Ort.«

»Nun, schließlich gibt es die Kansas Water Union. Die kauft dir das Wasser zu einem guten Preis ab. Wenn du überlegst, was es kostet, das Wasser aus Kanada hierherzubringen …«

»Du kennst mich, John. Du weißt, dass ich meine Geschäfte nicht gern Gesellschaften anvertraue, die nicht zu meinem Unternehmen gehören – vor allem, wenn es sich um etwas so Wichtiges wie Wasser handelt.«

»Ja und? Willst du etwa ein paralleles Vertriebssystem auf die Beine stellen?«

»Das wäre zu teuer und nicht sehr sinnvoll. Nein, ich denke daran, die Water Union zu kaufen.«

Bournemouth verschluckt sich an seinem Bourbon. Er hustet mit hochrotem Gesicht und hat Mühe, wieder zu Atem zu kommen.

»Soll das ein Witz sein?«, krächzt er schließlich.

»Nein, John. Es ist mir sehr ernst.«

»Das schaffst du nie. Die KWU gehört mehreren mächtigen Teilhabern. Da wären zum Beispiel die Canadian Ice Ressource, American Springwater, US Pipe Networks …«

»… und John Bournemouth. Aber das ist alles längst geregelt, John. Ich habe ein Übernahmeangebot gemacht, das vor zwei Stunden akzeptiert wurde. Die Aktien von KWU stürzen gerade ins Bodenlose. Du kannst nachschauen – du bist soeben dabei, Tausende von Dollar zu verlieren.«

Bleich und schwitzend konsultiert Bournemouth den Minicomputer an seinem Handgelenk, ehe er Fuller mit trüben Augen ansieht.

»Wie konntest du nur … Und ich bin nicht einmal informiert worden!«

»Weil man fürchtete, du könntest das Geschäft mit deiner Sperrminorität aushebeln. Als ich ihnen sagte, dass ich mich deines Falles persönlich annehmen würde, schienen sie geradezu erleichtert. So sieht es aus, John. Ich bin dein neuer Boss, und du bist mein Hauptaktionär. Du kannst beschließen, mit mir zusammenzuarbeiten – in diesem Fall wäre dein Portfolio bald wieder auf dem vorigen Stand. Aber du kannst die Fusion natürlich auch blockieren. Dann wären die Aktien der KWU nichts mehr wert, und du könntest dir den Hintern damit abwischen.«

»Scheißyankee«, zischt Bournemouth mit eisiger Stimme. »Ihr seid doch alle gleich.«

Unentschlossen tippt er auf seinem Minicomputer herum. Fuller stellt sein leeres Glas ab, steht auf und bemüht sich, nicht allzu triumphierend dreinzublicken.

»Ich werde mir jetzt ein wenig die Füße vertreten und dich in Ruhe nachdenken lassen. Du kannst auch deinen Anwalt oder deinen Banker anrufen. Ich gebe dir eine Stunde.« Bournemouth hustet und spuckt Zigarrenkrümel. »Und rauch nicht so viel – das schadet deiner Gesundheit!«

Callgirl

Impotenz muss nicht sein!
Sie sind ein Draufgänger und ein Erfolgsmensch. Sie beherrschen jede Situation auf jedem Gebiet. Doch was zählt das, wenn Sie nicht in der Lage sind, Ihre Männlichkeit nach Bedarf einzusetzen?
Erectyl® kann Ihnen helfen!
Erectyl® garantiert Ihnen Potenz, eine lang anhaltende Erektion und Luststeigerung für Sie und Ihre Partnerin. Mit Erectyl®

können Sie Ihrer selbst jederzeit sicher sein. Werden Sie zum Erfolgsmenschen auf wirklich jedem Gebiet.

Die angegebene Tageshöchstmenge darf nicht überschritten werden. Erectyl® ist ein Produkt der Pharmacia.ww

Fuller klopft an Tabithas Tür. Ihr Zimmer liegt im Südflügel der Ranch und ist wie ein Freudenhaus mit Satin, Seide, Gold, duftigen Vorhängen, Wandbespannungen, gedämpftem Licht und einem riesengroßen, runden Luftbett eingerichtet. Tabitha öffnet ihm ohne Eile. Sie ist immer noch sehr spärlich bekleidet; in der Hand hält sie ein Nagellackfläschchen.

»Tony? So früh habe ich dich nicht erwartet!«

Kaum ist die Tür hinter ihm ins Schloss gefallen, als er sie auch schon in den Armen hält, ihr einen ungestümen Kuss auf die Lippen presst, ihre Zunge mit seiner umschlingt und ihr festes, kleines Hinterteil umfasst. Tabitha schmiegt sich an ihn, presst ihre Brüste gegen sein Hemd, drängt ihre Scham gegen die Ausbuchtung in seiner Hose und erwidert sachkundig seinen feuchten Kuss.

»Was ist mit John?«, fragt sie, stellt den Nagellack auf ein niedriges Tischchen und entledigt sich des Strings. Die Nägel ihres rechten Fußes sind violett.

»Ich habe ihm eine Stunde Zeit gegeben, über sein Schicksal nachzudenken und sich mit seinem Gewissen auseinanderzusetzen.«

Fuller kann sich an Tabithas wiegendem Gang kaum sattsehen. Sie hat die sanften Kurven eines Models, grüne, mandelförmige Augen, in denen der Schalk blitzt (*»Spatzenhirn«? John ist ein Dummkopf!*), langes rabenschwarzes Haar, das bis zur Brust reicht, einen flachen Bauch, schlanke Schenkel, eine samtig schwarze Scham und eine schwellende Vulva.

»Worum geht es denn?«, erkundigt sie sich, während sie sein Hemd aufknöpft.

»Ich kaufe die Kansas Water Union«, erklärt Fuller stolz und streichelt Tabithas Brüste. »Entweder John verkauft mir seine Anteile und rettet seinen Einsatz, oder er stellt sich quer und verliert viel Geld.«

»Als alter Republikaner, der er nun einmal ist, muss es ihm ganz schön schwerfallen, mit einem Demokraten wie dir zu verhandeln«, gluckst Tabitha, die inzwischen auf den Knien liegt und sich an Anthonys Hose zu schaffen macht.

»Ich glaube, das ist nicht einmal das Problem. Was ihn meiner Meinung nach sehr viel mehr beunruhigt, ist die Tatsache, dass ihm das Privileg der kostenlosen Wasserversorgung verloren geht. In Zukunft bin ich es, der die Hand auf dem Wasserhahn hat – und natürlich auch auf den Zählern.«

Darauf kann Tabitha nichts erwidern, denn sie hat Anthonys Penis in den Mund genommen und saugt und lutscht mit einer Geschicklichkeit, der man lange Erfahrung anmerkt. Schnell erreicht das Glied eine vielversprechende Härte. Fuller hat befürchtet, dass die zuvor geschluckte Calmoxan die Wirkung der eingenommenen Erectyl beeinträchtigen könnte, doch das ist weiß Gott nicht der Fall. Obendrein führt die Neuroprofen dazu, dass er Zunge und Lippen von Tabitha mit so ungeahnter Intensität wahrnimmt, als hätten sich seine Nervenenden vermehrt. *Das wird fantastisch*, denkt er. Jedenfalls tausendmal besser als mit Consuela – vor allem während der vergangenen Tage.

Nachdem die Sicherheitsleute von Eudora Civic Corp die Pflegerin verlegen und verängstigt nach Hause zurückgebracht und berichtet hatten, sie hätte von dem Aufstand profitieren und die Enklave verlassen wollen, beschloss Fuller, sie zu bestrafen und ihr ein für alle Mal beizubringen, wer der Chef in diesem Hause war. Zunächst einmal vergewaltigte er sie, dann wurde sie gefesselt, ausgepeitscht und gedemütigt. Einige Tage später lieh er sie dem lasterhaften Hartmann für eine Sexorgie aus, bei der sie von etwa zwanzig betrunkenen und hysterischen Männern und Frauen besprungen wurde. Anthony behandelte die junge Venezolanerin wie eine räudige Hündin. Er ergötzte sich an ihren Tränen und ihrem Flehen – und das Beste war: Pamela wusste von nichts! Tatsächlich empfand er diesen Umstand als das Erregendste an der ganzen Sache. Was den reinen Sex anging, so hätte er sich ebenso gut mit einer Gummipuppe amüsieren können. Deren Reaktion dürfte ähnlich sein wie die von Consuela.

Mit Tabitha ist es ganz anders. Mehrere Jahre lang hat sie als Luxus-Callgirl in den Enklaven gearbeitet, ehe sie ihre alleinige Gunst dem Bankkonto und der sozialen Stellung von John Bournemouth gewährte, der vermutlich ein Vermögen dafür bezahlte, sie auf Dauer zu besitzen. Tabitha versteckt ihren Ehrgeiz nicht, zumindest nicht vor Fuller. Ihr geht es um Geld und Macht. Aus diesem Grund bumst sie mit ihm und vermutlich auch mit vielen anderen VIPs, die im Kielwasser des Gouverneurs von Kansas zu finden sind. Sie bemüht sich, die Reichen und Mächtigen so eng wie möglich an ihre Möse zu fesseln, von der sie weiß, dass sie für die ständig brünstigen Männchen zur Sucht werden kann. Und wenn die Mannsbilder obendrein noch ganz gut erhalten sind, wie etwa Anthony Fuller, kommt zusätzlich zu einem herrlichen Machtgefühl auch noch echtes körperliches Vergnügen dazu – was will man mehr?

Fuller entledigt sich seiner Hose. Beide rollen über den Teppich aus ecrufarbener Wolle. Sie umarmen sich, saugen und beißen, streicheln und kneten einander, führen Finger in Mund, Anus oder Vulva ein und lecken sie ab … Für Tabitha ist nichts schmutzig oder tabu, und sie zögert auch nie, die Initiative zu ergreifen. Nachdem Fuller sie auf jede nur mögliche Art gevögelt, in den Arsch gefickt und sie mehrmals zu einem jubelnden, spasmodischen und feuchten Orgasmus gebracht hat, kommt er selbst lang und genüsslich in ihrem lüsternen Mund; gierig leckt sie sein reichliches Sperma auf.

Als sie sich erschöpft und feucht von Schweiß und Körpersäften auf den zerwühlten schwarzen Satinlaken ausruhen, fällt Fullers Blick plötzlich auf die an die Zimmerdecke projizierte Uhrzeit. 17:34 Uhr. Eine Stunde und zwanzig Minuten ist es her, dass er John Bournemouth im Patio verlassen hat.

»Scheiße!« Hastig richtet er sich auf.

»Was ist denn los, Tony, Liebling?«, erkundigt sich Tabitha träge.

»Ich habe John ganz vergessen. Eine Stunde wollte ich ihm Zeit lassen!« Er springt aus dem Bett.

»Ach, mach dir keine Sorgen um ihn.« Sie spreizt die Beine und lenkt seine Aufmerksamkeit auf ihre feuchte, einladende Muschi. »Hättest du nicht Lust auf mehr?«

»Und wie, aber ich muss wirklich weg. John wird sich sicher schon Fragen stellen.«

Fuller rafft seine Kleidungsstücke zusammen und verschwindet in dem ganz in Marmor und Gold gehaltenen Bad, wo er so gut wie möglich die Spuren seiner Liebesspiele mit Tabitha beseitigt. Als er einigermaßen korrekt gekleidet aus dem Bad kommt, liegt sie immer noch auf dem Bett, streichelt sich zwischen den Beinen und wirft ihm einen lasziven Blick zu. Er wirft ihr eine gehauchte Kusshand zu, öffnet die Tür – und läuft Bournemouth genau in die Arme.

»Ich akzeptiere«, erklärt der Gouverneur. Ein grimassenhaftes Lächeln verzerrt seine fetten Wangen.

»Wie bitte? Was?«

»Hast du dein Angebot etwa schon vergessen, Anthony?«, erwidert Bournemouth. Sein böses Lächeln wird breiter.

Linkisch bemüht sich Fuller, die Zimmertür zu schließen. Durch den Spalt ist das Bett deutlich zu sehen, und Tabitha macht sich nicht die geringste Mühe, ihren Zustand zu kaschieren.

»Äh … nein, natürlich nicht. Ich … ich wollte deine Frau gerade etwas fragen …«

»Zerbrich dir nicht den Kopf, Anthony. Ich habe alles mit angesehen.«

Bournemouth packt Fuller an der Schulter, dreht ihn um und zerrt ihn erneut ins Zimmer. Tabitha beobachtet die beiden Männer mit einem schelmischen Lächeln. Doch der Gouverneur schenkt ihr nicht die geringste Aufmerksamkeit, sondern zeigt mit dem Finger auf die Ecken der Zimmerdecke, die Umgebung des Bettes, eine Stelle oberhalb der Frisierkommode und die Türrahmen. Fuller erkennt kleine, glänzende, sehr diskret angebrachte Punkte.

»Mikrokameras«, erklärt Bournemouth. »Ein gutes Dutzend, an allen möglichen Stellen. So erreiche ich jeden Blickwinkel, den ich sehen möchte.«

»Warte!« Fuller starrt den Gouverneur entsetzt an. »Willst du etwa behaupten, dass du uns … die ganze Zeit begafft hast?«

»Erfasst«, nickt Bournemouth und grinst über sein ganzes, fettes Gesicht. »Nennen wir es mein kleines Hobby. Es erregt mich, ihr dabei zuzusehen, wie die Kerle sie zum Höhepunkt bringen. Ich selbst schaffe es bei ihr nicht mehr.«

»Aber … aber …« Fuller dreht sich zu Tabitha um, die hinter vorgehaltener Hand kichert. »Wusstest du davon?«

»Klar«, lacht sie.

»Himmel, Arsch und Zwirn«, flucht Anthony völlig verdattert. »Ihr seid doch wirklich pervers! Warum hast du mich überhaupt eingeweiht? Ihr hättet euch doch weiter an ein bisschen Abwechslung erfreuen können.«

»Ach, weißt du«, antwortet Bournemouth und breitet die Arme aus, »es dürfte dir bekannt sein, dass in der Geschäftswelt nichts umsonst ist.«

Doch erst, als er wieder in seinen Hubschrauber steigt, erfasst Fuller den ganzen Sinn der letzten Bemerkung des Gouverneurs. Nachdem er weiß, dass das dicke Schwein jedes Liebesspiel beobachtet, ist klar, dass er es niemals wieder wagen wird, Tabitha zu ficken.

Unschuld der Kindheit

> Bei autistischen Kindern entwickelt sich vergleichsweise häufig eine Kommunikationsform, die sich keines der von normalen Menschen gebrauchten fünf Sinne bedient. Sie gleicht eher dem Versuch einer mentalen Projektion der eigenen Innenwelt auf die umgebende Außenwelt, die Außenstehende unglücklicherweise nicht wahrnehmen können.
>
> Dr. Cornelius Castoriadis
> *Kommunikation mit Autisten* (2029)

Das Unwetter zieht zwar an Council Grove vorüber, nicht jedoch an Lawrence. Sintflutartige Regenfälle gehen über der Stadt nieder. Heftiger Wind, Blitzeinschläge und vor allem zwei Tornados der

Stärke F3 und F4 auf der Fujita-Skala verwüsten einige Stadtviertel, zerstören Brücken, knicken Antennen um, decken Dutzende von Dächern ab und werfen Autos um. Drei Personen finden den Tod, sechzig werden zum Teil schwer verletzt. Außerdem fallen im gesamten Gebiet sämtliche Hochspannungsleitungen den Windhosen zum Opfer.

Und so steht Eudora, das seine Elektrizität in der Hauptsache aus Lawrence bezieht, plötzlich ohne Strom da. Zwar besitzt die Enklave eigene Wasserstoffgeneratoren, die jedoch aus unerfindlichen Gründen – möglicherweise wegen mangelnder Wartung – nicht anspringen. Während sich Techniker fieberhaft an den Maschinen zu schaffen machen, versinkt die kleine Luxusgemeinde in Finsternis und Angst.

Jedermann kann von seiner Terrasse aus oder verbarrikadiert hinter thermostatischen Glastüren und viktorianischen Bogenfenstern dem Ansturm der schwarzen Wolkenfront auf den farblosen Himmel zusehen, kann Zeuge werden, wie der Tag sich zu einer Chaosnacht verfinstert, kann dem flammenden Ballett der Blitze über den Hügeln beiwohnen. Jeder kann hören, wie der Himmel unter immer stärker werdendem Donnergrollen zerreißt, kann spüren, wie der Wind von Sekunde zu Sekunde heftiger wird, bis er Bäume zersplittert und Dächer abdeckt. Und inmitten der entsetzlichen Finsternis kann jeder das Entstehen der Windhosen beobachten, die sich wie Teufelszungen zuckend nach unten tasten, sich wie Schlangen winden und brüllend und tobend alles in ihren Wirbel reißen. Jeder kann aus der Dunkelheit heraus zitternd zuschauen, wie nur wenige Kilometer weiter westlich über Lawrence die Hölle losbricht.

In ihrer zwölfhundert Quadratmeter Grundfläche umfassenden Villa am Westrand von Eudora, die in einem mit Weiher und Schwimmbecken ausgestatteten Park am Ufer des Wakarusa liegt, findet Pamela keine Ruhe. Wie gebannt steht sie hinter den Glastüren des großen Wohnzimmers und schwankt zwischen Faszination und Entsetzen. Jedes Mal, wenn ein Sturm mit einer solchen Heftigkeit losbricht oder ein Tornado Trümmer und Verzweiflung sät, sieht sie darin das Werk Satans, der sich ein himmlisches Duell mit dem Schöpfer liefert. Für Pamela sind die zuckenden Blitze und der prasselnde Hagel sichtbare Zeichen dieses Kampfes. Als sie ein kleines Mädchen war, erklärte ihre Mutter ihr, Tornados wären auf die Erde hängende Teufelsschwänze, die einen nicht nur töten, sondern auch in die ewige Verdammnis befördern könnten.

Pamela ist sich bewusst, dass sie nicht nur die Rollläden herunterlassen sollte, sondern dass es auch besser wäre, sich mit Junior im Untergeschoss in Sicherheit zu bringen. Im Fernsehen und Internet, per Telefon und von den Drohnen auf die Fensterscheiben projiziert, ist die höchste Unwetterwarnstufe angekündigt worden. Das hauseigene Kommunikationssystem blinkt sogar jetzt noch. Doch Pamela kann sich nicht vom Fleck rühren. Wie hypnotisiert starrt sie auf die Blitze, die in einem frenetischen Stakkato die Wolken zerreißen. Betäubende Donnerschläge lassen die Hauswände erzittern. Pamela hat etwas zu viel Prozac4 eingenommen, was auf der einen Seite ihre Angst ein wenig mildert, andererseits aber ihre Entschlussfähigkeit lähmt und die tobende Naturgewalt draußen wie auf den zweidimensionalen Rahmen des Glasfensters beschränkt wirken lässt.

Junior, der in seinem Rollstuhl neben ihr sitzt, scheint das Gewitter ebenfalls zu faszinieren. Jedes Mal, wenn ein Blitz das Wohnzimmer in grell gleißendes Licht taucht, stößt er einen kleinen, fröhlichen Schrei aus. Seine grauen Augen folgen der Spur der von Blitzen durchzuckten Tornados in der Ferne. Bei einem etwas lauteren Schrei fährt Pamela zusammen. Sie beugt sich über Tony und zwingt sich zu einem tröstlichen Lächeln.

»Alles in Ordnung, mein Liebling? Hast du Angst? Ich glaube, wir gehen jetzt besser nach unten. Da sind wir sicherer, weißt du?«

Sie legt die Hände auf die Griffe des Rollstuhls – und erstarrt zur Unbeweglichkeit. In ihrem Kopf hat sie klar ein deutliches »Nein« vernommen.

Ihre Hände werden kalt, und ihr Herz setzt einen Schlag aus. Sie hat doch eine Stimme gehört, oder? Aber sie steht ganz allein in der Dunkelheit, bis auf Tony, und der ist stumm …

»Consuela? Sind Sie da?«, gelingt es ihr, mit erstickter Stimme zu rufen.

Doch nur ein dröhnender Donnerschlag antwortet ihr.

»Junior? Hast du etwa gesprochen?«

Die Blitze verleihen ihm eine kreidige Hautfarbe und zerhacken sein grimassenhaftes Greisengesicht in grausige Scheiben. Seine hervortretenden grauen Augen halten Pamelas ängstlichen Blick fest und lassen ihn nicht mehr los. Mit offenem Mund, stoßweisem Atem, geweiteten Pupillen und sich ihrer Bewegung nicht bewusst, fällt sie vor Tony Junior auf die Knie. Sie sieht nichts anderes mehr als diese überdimensionalen Augen, wie zwei Seen aus Quecksilber, in denen sie ertrinkt, hört nichts mehr als einen entsetzlichen Schrei in ihrem Kopf, als entlade sich das Leid der gesamten Menschheit in einer einzigen, gewaltigen Klage, und spürt nichts mehr als eine unendliche Kälte, die sie erstarren lässt.

Und ganz langsam entstehen Bilder in der heulenden und zähneknirschenden Finsternis ihrer gequälten Seele.

Zunächst sind sie undeutlich und verschwommen – Formen, Silhouetten und Bewegungen. Sie zucken wie eine Kerzenflamme im Wind, werden aber allmählich deutlicher. Ein Mann und eine Frau. Beide sind nackt. Sie haben Sex. Der Mann treibt Unzucht mit der auf den Knien liegenden Frau – nein, sie haben Analverkehr! Pamela fühlt sich aus tiefster Seele von solcher Obszönität abgestoßen, die sie am liebsten schnell aus ihrem Kopf verbannen möchte – bloß wie? Denn die Vision kommt nicht aus ihr selbst. Sie empfängt sie, flimmernd und ungenau wie einen schlecht eingestellten Fernsehkanal. Erst in der Großaufnahme erkennt sie die beiden. Der Mann ist Anthony, die Frau Consuela. Anthony schwitzt, ächzt und legt eine bestialische Lust an den Tag. Consuela weint vor Schmerz und Scham.

Ein Blitz schlägt ein. Das gesamte Haus erzittert. Und eine neue Vision erscheint. Consuela liegt angekettet auf ihrem Bett in ihrem kleinen Zimmer. Sie ist nackt, mit weit gespreizten Armen und Beinen. Auf ihrer Haut zeichnen sich blutige Striemen ab. Anthony, der sein Gesicht unter einer Ledermaske verborgen hat, peitscht sie wütend aus. Eine schwarze Billardkugel in ihrem Mund hindert Consuela am Schreien.

Die Quecksilberteiche pulsieren in Pamelas Augen und vernichten jegliches Gefühl bis auf eins, das wie ein Kribbeln, wie eine seltsame Wärme in ihrem Genitalbereich entsteht. Ein neues Bild taucht auf. Consuela kauert in Anthonys Arbeitszimmer nackt vor ihm auf dem Boden. In ihrem Mund steckt sein Penis, aus dem ein Spermafaden austritt.

Tief in ihrem Innern fühlt sich Pamela von so viel Lasterhaftigkeit abgestoßen. Doch die Quecksilberseen sind wie endlos tiefe Brunnen, die jeden Gedanken in sich einsaugen. Und diese Wärme, die zwischen ihren Schenkeln pulsiert und auf ihre Scham, in ihre Vagina und die Gebärmutter ausstrahlt …

Erneut schlägt der Blitz in die Villa oder unmittelbar daneben ein – ein nuklear anmutender Strahl, ein Getöse, als gehe die Welt unter oder als öffne sich die Erde über den Abgründen der Hölle. Die elektrischen Geräte im Haus brennen durch. Es knistert, Funken sprühen, und es riecht nach verschmortem Plastik. Die Hitze, die Pamelas Uterus verbrennt, wird zu einer bebenden Welle, die in den ganzen Bauch ausstrahlt, sich in den Solarplexus ausbreitet, auf ihre Brüste überspringt, ihre Lippen schwellen lässt und sich im Kopf mit einem genüsslichen Stöhnen auflöst. Pamela bäumt sich keuchend auf, die weiße Hitze überschwemmt sie, strömt wie eine immer schneller werdende Brandung intensiv und orgiastisch aus ihrer Vulva und reißt sie in ihrer unwiderstehlichen Flut mit sich – ja, ja, o ja! –, während in ihrem Kopf neue, unanständige Bilder entstehen. Anthony, der eine Zigarre in Consuelas Vagina einführt, der sie dabei filmt, wie sie von drei Männern überwältigt wird, der sie schlägt, während er sie nimmt wie eine Hündin; eine vergewaltigte, beschmutzte, gedemütigte und verängstigte Consuela neben einem dominierenden, triumphierenden, sadistischen, mitleidlosen Anthony.

Ohnmächtig sinkt Pamela zu Boden. Der Kontakt ist unterbrochen.

Das Gewitter entfernt sich. Der Donner wird schwächer, die Blitze seltener, Regen und Wind lassen nach. Nur langsam kommt Pamela wieder zu sich. Sie braucht einige Zeit, bis ihr bewusst wird, dass sie zwischen dem Fenster und Tony Juniors Rollstuhl auf dem Boden liegt. Was ist geschehen? Hat sie das Bewusstsein verloren? Oder zu viel Prozac4 eingenommen? Allerdings fühlt sie sich wirklich wohl. Es geht ihr so gut wie schon lange nicht mehr – sie ist zufrieden, entspannt und erfüllt von einer wohligen Wärme –, und solche Gefühle verursacht Prozac4 normalerweise nicht. Was jedoch noch merkwürdiger ist: Ihr Höschen fühlt sich feucht an, und zwar nicht von Urin. Das, was sie zwischen ihren Schenkeln spürt, hat sie noch nie, niemals in ihrem Leben empfunden.

Allmächtiger Herr im Himmel! Was habe ich getan? Vater, vergib mir, wenn ich gesündigt habe. Satan hat mich missbraucht.

Pamela schaut Tony Junior an. Unbewegt und mit geschlossenen Lidern scheint er zu schlafen. *Mein armer Liebling*, denkt Pamela. *Er zumindest besitzt noch die Unschuld der Kinder, die ihn unempfindlich für die Schändlichkeit des Bösen macht ...*

Plötzlich kommen die schrecklichen Bilder zurück. Alle Bilder.

Mit entsetzt aufgerissenen Augen schlägt Pamela sich die Hand vor den Mund, um einen Schreckensschrei zu ersticken. Kopflos rennt sie aus dem Salon. Sie muss Consuela finden!

Tony Junior bleibt allein in dem dunklen Zimmer zurück. Langsam öffnet er die Augenlider. In seinen grauen Augen spiegelt sich ein stummes Lachen.

Einfluss

Jene, die Gutes tun, und jene, die Böses tun, werden von Gott gleich beurteilt, weil er den Menschenwesen die Freiheit gegeben hat, sowohl Gutes als auch Böses zu tun, vorausgesetzt, sie tun es auf die richtige Weise. Das Gute und das Böse sind ein und dieselbe Sache.

Barkié Kaboré, Bangba (weiser Mann) aus dem Stamm der Mossi, zitiert von Kabire Fidaali in *Le Pouvoir du bangré* (1987)

Hadé Konaté bewohnt ein großes Anwesen am nordwestlichen Ortsausgang von Ouahigouya, ein Stück abseits der Straße nach Mopti. Ihr Hof im Herzen der archaisch anmutenden, nicht parzellierten Vorstadt ist leicht schon von Weitem zu erkennen, denn in seiner Mitte steht eine majestätische, Schatten spendende Tamarinde, die immer noch grün ist. Hadés Anhänger sind der Überzeugung, dass die *bangba*, die weise Frau, unter dem Schutz von Göttern oder Geistern steht und dass ihr Baum aus diesem Grund nicht verdorrt. Verleumder hingegen behaupten, die Mutter der Präsidentin wäre bei der Wasserverteilung ungerechterweise bevorzugt worden. Wie dem auch sei – Tatsache ist, dass die Tamarinde noch immer ihren wohltuenden Schatten über den größten Teil von Hadés Haupthof wirft, in dem sie ihre Patienten empfängt, während alle anderen Bäume des Viertels vor sich hin siechen oder schon längst zu Kleinholz für die Küche verarbeitet worden sind. Im Haupthof liegen auch das aus einheimischen Ziegeln erbaute und mit einem Seko – dem traditionell aus Hirsestroh geflochtenen Spitzdach – ausgestattete Haus von Hadé sowie zwei modernere, mit Wellblech gedeckte Bauten aus Hohlblocksteinen. In den neueren Häusern leben zwei Frauen aus Hadés weitläufiger Verwandtschaft, eine von ihnen mit drei Kindern. Zwischen den Häusern befinden sich eine Küche sowie die gemeinsam genutzten Sanitäranlagen. Der Besitz wird durch ein niedriges Mäuerchen und einen großen, zylindrischen Hirsespeicher unterteilt. Ein Durchgang zwischen Hadés Haus und dem Speicher mündet in den zweiten, deutlich kleineren Hof, wo sich Hadés »Labor« befindet, in dem sie ihre Heilmittel zubereitet, und der von einem kleineren Getreidespeicher und einem geflochtenen Bambuszaun begrenzt wird. Ein anderer Durchgang gestattet den Zutritt zum Hinterhof, in dem einige dürre Hühner auf einem armseligen Komposthaufen herumscharren und wo ein aus Holz, Leder, Federn und Kaurimuscheln gefertigter Fetisch in Form eines Nashornvogels mit einem echten Schnabel aufgebaut ist, an dem ein paar Amulette hängen. Der Fetisch steht auf einem großen, schwarzen, mit Blut und Federn befleckten Stein, der für Opfergaben benutzt wird. Die Tieropfer allerdings sind nicht das Werk Hadés, deren Wissen längst über solche Kunstgriffe hinausgewachsen ist. Dennoch hindert sie niemanden daran, das zu tun, was ihm für seine Genesung wichtig erscheint; ebenso zwingt sie niemanden, ihrer Heilkunst blind zu vertrauen. Sie weiß, wozu sie fähig ist, und das genügt ihr. Jeder, der dies wünscht, darf den Geistern seiner Vorfahren zusätzlich ein Huhn opfern, wenn es seiner Verfassung dient.

Die beiden Frauen, die bei Hadé auf deren Besitz leben, sind Witwen. Der Ehemann von Magéné ist an Aids gestorben, der von Bana fiel beim Staatsstreich von 2011 an der Seite von Alpha Konaté. Beide unterstützen Hadé in ihrer Arbeit als traditionelle Heilerin, sammeln Pflanzen, empfangen Patienten und helfen bei der Anwendung der Medikamente. Bei geringfügigen oder sehr häufig auftretenden Beschwerden nimmt Magéné manchmal Hadés Stelle ein, wenn diese in Trance ist, sich um einen schwierigen Fall kümmert oder in ihrem Haus hohen Besuch empfängt – so wie heute.

Der hohe Besuch ist niemand anders als Hadés Tochter Fatimata. Auch ihr Enkel Abou ist da, Fatimatas Sohn, den seine Mutter unterwegs aus dem Lager in Kongoussi abgeholt hat, nachdem sie seinem Hauptmann einen Sonderurlaubsschein abtrotzen konnte. Abou hat sie schon lange darum gebeten, ihn zu seiner Großmutter mitzunehmen, die er unbedingt besuchen wollte, doch seit er hier ist, hat er außer den üblichen Begrüßungsfloskeln kein Wort von sich gegeben. Er hockt wie angewurzelt auf seinen Fersen und betrachtet die Ausstattung des halb abgedunkelten Zimmers mit aufmerksamen Augen. Es sind Masken der verschiedenen Stämme Burkinas, ein Zeremonienkostüm aus gefärbten Pflanzenfasern, Bündel getrockneter Pflanzen, ein in feuchten Sand eingegrabener Tonbehälter mit Deckel, Flaschenkalebassen, Schmuckstücke aus Federn und Tierhäuten, die an den Deckenbalken hängen, und vor allem ein weiterer Fetisch, der abstrakter und geheimnisvoller aussieht als der Nashornvogel im Hinterhof. Es ist ein einfaches Tongefäß, das mit konzentrisch angebrachten Ketten aus Kaurimuscheln verziert ist. An seinem Scheitelpunkt befindet sich ein geschwärztes Loch, aus dem ein feiner Rauchfaden in die Luft aufsteigt, der das Zimmer mit einem angenehmen Kräuterduft erfüllt. In regelmäßigen Abständen kehrt Abous Blick zu seiner Großmutter zurück; dabei weitet er sich, als entdecke er etwas Erstaunliches. Hadé unterhält sich derweil mit Fatimata und schenkt ihrem Enkel nicht die geringste Aufmerksamkeit.

Tatsächlich ist es vor allem Fatimata, die spricht. Hadé sitzt in einem niedrigen Sessel aus Néré-Holz, wie ihn der Stamm der Senufo herstellt. Ihre üppigen Formen quellen weit über die Sitzgelegenheit hinaus. Sie hört aufmerksam zu, nickt manchmal oder stimmt mit kurzen Lauten zu.

»Das ist der Stand der Dinge«, schließt Fatimata, die Schwierigkeiten hat, auf der Bodenmatte eine bequeme Sitzstellung zu finden. »Dieser Fuller hat uns vor dem Internationalen Handelsgericht wegen ›betrügerischer Hehlerei‹ und ›Behinderung des freien Handels‹ verklagt. Wir haben ihm auf diplomatischem Weg eine Einladung zukommen lassen, sich mit eigenen Augen ein Bild von der Situation zu machen, doch er hat uns keiner Antwort gewürdigt. Ich weiß nicht, wie es jetzt weitergehen soll, Mutter. Wenn wir anfangen, das Wasservorkommen zu erschließen, den Prozess aber verlieren, wäre alle Arbeit umsonst, und wir würden obendrein auch noch dafür verurteilt. Wenn wir aber abwarten, bis das Urteil gesprochen ist, werden unsere Leute auf die Barrikaden gehen, weil sie das Wasser zum Überleben brauchen. Die Truppen, die das Gelände absichern, haben schon jetzt größte Schwierigkeiten, die Ordnung aufrechtzuerhalten. Nicht wahr, Abou?«

Abou nickt kurz. Die bläulichen Rauchwolken, die aus dem Loch des Tonfetischs dringen, scheinen ihn geradezu zu hypnotisieren.

Eine tiefe Stille tritt ein. Hadé hat die Augen geschlossen und die Arme über der üppigen Brust gekreuzt. Sie wirkt, als döse sie. Fatimata wartet geduldig. Sie weiß, dass es nichts bringt, ihre Mutter zu drängen oder Ungeduld an den Tag zu legen. Aus einem verbeulten Weißblechgefäß, das mindestens noch aus der Kolonialzeit stammt, trinkt sie einen Schluck Wasser aus dem Tonbehälter. Das Wasser schmeckt gut, frisch und kaum erdig, als stamme es aus einer Quelle. Wo mag Hadé es herbekommen? Oder ist es etwa Wasser von der staatlichen Wasserversorgung, das sie in irgendeiner Weise aufbereitet hat?

»Von selbst wird Fuller nicht kommen«, erklärt die weise Frau schließlich mit ihrer tiefen, ein wenig heiseren Stimme.

»Das habe ich befürchtet.«

»Du hoffst, dass ich etwas unternehme, um ihn herzulocken.«

Fatimata hebt ihre feinen Augenbrauen. Dabei müsste sie längst daran gewöhnt sein, dass ihre Mutter mit Leichtigkeit ihre innersten Wünsche und Geheimnisse durchschaut. Sie sind schließlich vom gleichen Fleisch und Blut.

»Stimmt. Oder ihn zumindest dazu bringen, seine Haltung uns gegenüber zu verändern.«

»Das werde ich nicht tun, Tochter.«

»Kannst du es nicht?«

»Doch, ich könnte es. Aber ich will nicht.«

»Warum nicht?«

Hadé schweigt. Sie scheint sich auf Stimmen zu konzentrieren, die nur sie allein hören kann.

»Das Bangré hat nichts mit Zauberei zu tun«, sagt sie schließlich. »Wenn ich mich seiner bediene, um Leute gegen ihren Willen zu verändern, würde ich die Macht zerstören und die Weisheit vernichten. Das Bangré dient dem Heilen, dem Sehen und dem Wissen und nicht dazu, Böses zu tun.«

»Aber du würdest nichts Böses tun, Mutter. Du würdest das Böse bekämpfen!«

»Für dich mag Fuller ein böser Mensch sein, Fatimata, aber er ist ehrlich in seinen Überzeugungen. Auch er glaubt, das Beste für sein Land zu tun. Dagegen kann ich nicht angehen.«

»Aber er will uns unser Wasser stehlen! Wir können ihn doch nicht einfach gewähren lassen!«

Hadé verstummt erneut. Lange Zeit sitzt sie so in sich versunken und mit geschlossenen Augen da, dass Fatimata sich fragt, ob sie dieses Mal nicht wirklich eingeschlafen ist. Während sie sich jedoch noch verunsichert überlegt, wie sie sich verhalten soll, öffnet Hadé plötzlich die Augen und steht mit einer Geschmeidigkeit auf, die man einer Frau ihrer Körperfülle kaum zugetraut hätte. Sie nimmt eine Flaschenkalebasse von einem der knorrigen Balken, die dem

Haus Halt geben, und schüttet sich ein wenig braunes Pulver auf die Hand, das sie in die Öffnung des Tonfetischs füllt.

Sofort wird der Rauch stärker, scharf und erstickend. Abou und Fatimata beginnen mit tränenden Augen zu husten, Hadé jedoch, die sich mitten im Qualm über die Öffnung beugt, scheint keine Probleme damit zu haben.

Schließlich verteilt sich der Rauch und zieht ab. Hadé kehrt zu ihrem niedrigen Sitz zurück und wendet sich an ihren Enkel.

»Was habe ich da gerade getan, Abou?«

»Du hast ins Bangré geschaut.«

»Richtig, mein Sohn. Und was habe ich dort gesehen?«

Abou öffnet den Mund, um zu antworten, besinnt sich, reißt die Augen auf und kratzt sich am Kopf. Schließlich murmelt er ein wenig zögerlich:

»Einen … einen Zwerg?«

Hadé nickt. Ein Lächeln umspielt ihre fleischigen Lippen. Sie blickt Fatimata an, die verständnislos ihre Mutter und ihren Sohn beobachtet.

»Fuller steht unter einem Einfluss«, erklärt sie. »Es ist kein menschlicher Einfluss, aber er ist böse und sehr stark. Ich habe sehen können, dass er viel Unheil anrichten wird, wenn er sich ungehindert weiterentwickeln darf.«

»Könnte es dieser … Einfluss sein, dem wir Fullers Entscheidung zu verdanken haben?«

»Das weiß ich nicht. Auf jeden Fall haben die *Kräfte* mich aufgefordert, gegen diesen Einfluss vorzugehen, weil er sehr gefährlich werden kann.«

»Was wirst du jetzt tun, Großmutter?«, erkundigt sich Abou.

»Bald werde ich es wissen, mein Sohn. Aber Geduld ist die wichtigste Eigenschaft eines *Bangba*-Lehrlings.« Hadé erhebt sich wieder, dieses Mal deutlich schwerfälliger. »Draußen warten kranke Menschen auf mich. Ich muss mich jetzt um sie kümmern. Bana wird euch etwas zu essen bringen.«

Mit diesen Worten watschelt Hadé hinaus in den Hof. Fatimata und ihr Sohn bleiben allein in dem rauchigen, von den leeren Augen der Masken bewachten Halbdunkel zurück und mustern sich unsicher.

»Abou, was geht zwischen dir und deiner Großmutter vor?«

»Nichts Besonderes …«

»Ich glaube doch, Abou.«

»Was meinst du?«

»Ich glaube, dass sie dich ins Bangré einführen will. Aber ich weiß nicht genau, ob mir das gefällt.«

Verhandlungen

Testen Sie Ihr Wissen mit **<meteo.com>** und gewinnen Sie eine komplette Wetterstation.
Kreuzen Sie die richtigen Antworten an und klicken Sie auf Senden.
Die höchste je auf der Erde erreichte Temperatur wurde am 8. Oktober dieses Jahres in der Wüste von Rub' al' Khali (Saudi-Arabien) gemessen. Wie hoch war sie?
❑ 61°C ❑ 70°C ❑ 78°C

Wann sind die Tuvalu-Inseln (nördlich von Neuseeland gelegen) im Pazifik untergegangen?
❑ 2002 ❑ 2010 ❑ 2020

Seit dem Jahr 2000 ist die globale Temperatur angestiegen. Um wie viel?
❑ 2°C ❑ 5°C ❑ 12°C

Wie hoch war die höchste Windgeschwindigkeit, die bei den Oktoberstürmen dieses Jahres in Westeuropa gemessen wurde?
❑ 150 km/h ❑ 240 km/h ❑ 360 km/h

Der Golfstrom ist vollständig aus dem Nordatlantik verschwunden. Seit wann?
❑ 2013 ❑ 2021 ❑ 2027

Von: Laurie Prigent <laurie35@maya.fr>
An: Fatimata Konaté <f.konate@gov.bf>
Datum: 12.11.2030 – 16:32 GMT
Sicherheitsstufe: vertraulich

Liebe Madame Konaté,

zunächst möchte ich mich für Ihre sympathische E-Mail bedanken, die mich sehr geehrt hat.

Entschuldigen Sie bitte, dass ich nicht eher geantwortet habe, aber bei der Vorbereitung unserer Mission hat es einige Schwierigkeiten gegeben. So hat SOS das Bohrmaterial nur unter größten Anstrengungen vollständig zusammenbekommen, ich dagegen hatte große Probleme, einen Fahrer zu finden. Niemand nimmt freiwillig das Risiko in Kauf, nach Burkina zu reisen – ein Westeuropäer wagt nicht einmal, den transmediterranen Limes zu überschreiten, hinter dem er eine wahre Hölle vermutet. Inzwischen jedoch bin ich in Deutschland fündig geworden, wo sich ein Freiwilliger gemeldet hat. Ich werde ihn übermorgen in Straßburg treffen, obgleich er auf den ersten Blick nicht dem versierten, wüstenerfahrenen Chauffeur entspricht, den einzustellen Sie mir nahegelegt haben. Aber ich durfte nicht allzu wählerisch sein, weil das unsere Abreise verzögert hätte und ich Sie so verstanden habe, dass es Ihnen sehr eilig ist.

Wenn alles nach Plan läuft, werden wir in drei Tagen aufbrechen. Für die Reise rechne ich etwa eine Woche. Die genaue Route habe ich noch nicht ausgearbeitet; ich werde sie gemeinsam mit dem Fahrer festlegen. Hoffentlich machen uns Wüste, Durst, Pannen und Piraten nicht allzu sehr zu schaffen!

Inzwischen habe ich auch Ihren Sohn Moussa kontaktiert und, wie von Ihnen erbeten, versucht, ihn zur Mitfahrt in unserem Konvoi zu bewegen. Leider muss ich gestehen, dass es mir nicht gelungen ist. Er möchte nicht nach Burkina zurückkehren, obwohl ihm Kälte, Regen und der sich ausbreitende Rassismus in Deutschland zuwider sind. Auch hat ihn die Aussicht, den ganzen Weg in einem Lastwagen zurückzulegen, geradezu entsetzt. Wenn ich mir die Bemerkung gestatten darf, so glaube ich, dass sich Ihr Sohn die europäische Mentalität, sich gern in einen Kokon zurückzuziehen, inzwischen zu eigen gemacht hat. Wahrscheinlich werden Sie eine andere Lösung finden müssen, denn weder der Fahrer noch ich selbst sind Spezialisten auf dem Gebiet der Tiefenbohrung oder Bewässerung, obwohl der Chauffeur in seinem Lebenslauf als Beruf »Gärtner« angegeben hat. Abgesehen jedoch vom Material dürften diesbezügliche Kompetenzen in Ihrem Land gewiss leicht zu finden sein.

Wir werden von unterwegs so oft wie irgend möglich mit Ihnen Kontakt aufnehmen, um Sie über den Fortgang unserer Reise auf dem Laufenden zu halten. Im Link finden Sie meine Kontaktdaten, unter denen Sie mich – zumindest in Europa – jederzeit erreichen können. Ob mein Telefon in Afrika funktioniert, weiß ich bisher nicht.

Bis hoffentlich bald

Laurie Prigent

Nein zu Teledrogen – eine Initiative von MAYA™

Von: Moussa Diallo-Konaté <moussadk@TechUni.edu>
An: Fatimata Konaté <f.konate@gov.bf>
Datum: 13. 11. 2030 – 22:41 GMT
Sicherheitsstufe: Privat

Liebe Mama,

nach langem Nachdenken habe ich mich entschlossen heimzukommen. Die Entscheidung war nicht leicht, denn erstens bin ich auf dem besten Weg, im nächsten Jahr mein Ingenieursdiplom zu bestehen, und zweitens habe ich hier viele Freunde gefunden. Besonders liegt mir dabei ein Mädchen am Herzen (es handelt sich um Gudrun, von der ich dir schon erzählt habe), die mir mit Sicherheit nicht nach Afrika folgen wird und die ich womöglich niemals wiedersehen werde.

Du wirst natürlich argumentieren, dass meine kleinen Sorgen nicht sehr schwer wiegen gegenüber der verzweifelten Lage, in der sich Millionen meiner Landsleute befinden. Auch ich bin zu dieser Ansicht gekommen (es war übrigens nicht die hübsche, von dir beauftragte Blondine, die mich überzeugt hat!) und kehre daher zurück. Ich habe verstanden, dass du jeden vernünftigen Kopf und jede intakte Hand brauchst, und nach deiner Beschreibung ist in Burkina nicht mehr viel von beidem geblieben. Auch dein Wunsch, die Familienbande wieder enger zu knüpfen, ist mir nicht verborgen geblieben. Du brauchst Unterstützung in deinem Kampf gegen das immer feindlicher werdende Klima. (78 Grad wurden letzten Monat in Rub' al' Khali gemessen. Unvorstellbar!) Ich werde also meine Karriere und die mögliche Verbindung mit einer hübschen, reichen Berlinerin opfern, um im Sand von Kongoussi nach Wasser zu graben. Ich hoffe, du kannst ermessen, wie wichtig diese Entscheidung für mich ist – immerhin verändert Sie meine gesamte Zukunft. Es ist nämlich durchaus nicht sicher, dass ich nach Beendigung der Arbeiten wieder an die Technische Universität zurückkehren kann, denn die europäischen Einwanderungsgesetze werden mit jedem Jahr drakonischer. Du wirst mir wahrscheinlich helfen müssen, wieder in Burkina Fuß zu fassen.

Schließlich möchte ich dich noch bitten, die Zurschaustellung unserer Armut nicht zu übertreiben. Es kommt nicht infrage, dass ich die Reise in diesem schrecklichen Lkw machen muss. Immerhin bin ich der Sohn einer Präsidentin, deren Land in der UNO und der Afrikanischen Union einen ständigen Sitz hat und nicht nur in Afrika, sondern auch im Westen immer wieder als Vorbild hingestellt wird – und dieses Land verfügt mit Sicherheit über die Mittel, mir einen Flug zu bezahlen. Sollte das nicht der Fall sein, bleibe ich in Deutschland. Ich warte also darauf, dass du mir demnächst ein Ticket zuschickst.

Herzliche Grüße

Dein Sohn Moussa

Von: Anthony Fuller <resourcing.hq@GreenLinks.com>
An: Fatimata Konaté <f.konate@gov.bf>
CC: Samuel Grabber <sg@grabber.com>
Datum: 14.11.2030 – 13:40 GMT
Sicherheitsstufe: offiziell

Sehr geehrte Frau Präsidentin,

hiermit bestätigen wir, Ihr auf diplomatischem Weg übermitteltes Schreiben vom 3.11. erhalten zu haben. In diesem Brief schlagen Sie vor, dass wir zu einem uns genehmen Datum nach Burkina kommen, uns vor Ort einen eigenen Eindruck verschaffen und über die Verteilung des unterirdischen Wasservorkommens auf dem Gebiet des ehemaligen Bamsees verhandeln sollen.

Leider muss ich Ihre Einladung ausschlagen. Meine Aufgaben als Vorstandsvorsitzender der Resourcing.*ww* nehmen sehr viel Zeit in Anspruch und zwingen mich, nur in unbedingt notwendigen Fällen zu reisen. Überdies bin ich nicht der Ansicht, dass eine persönliche Begehung der Lokalitäten mir mehr Informationen zugänglich machen könnte, als ich durch meine Dienste ohnehin erhalte.

Im Übrigen haben wir Ihnen bereits mitgeteilt, dass wir im vorliegenden Fall weder Verhandlungen noch eine anteilige Erschließung für sinnvoll halten. Sowohl die internationalen Handelsgesetze als auch die Gesetze Ihres eigenen Landes sehen es als gegeben an, dass das Wasservorkommen Eigentum der Resourcing ist, was der Internationale Handelsgerichtshof Ihnen in Bälde ebenfalls bestätigen wird.

Leider entsteht der Eindruck, dass Sie in Ihrem Irrtum verharren und Ihre eigenen Gesetze missachten wollen. Der IHG wird sich auch mit dieser Haltung befassen müssen und sie gegen Ihr Land verwenden. Natürlich steht Ihnen jederzeit die Möglichkeit offen, Ihre Ansicht zu ändern und uns juristisch unanfechtbare Eigentumsdokumente zukommen zu lassen. In diesem Fall werden wir unsere Klage selbstverständlich sofort zurückziehen. Allerdings bleibt

Ihnen zu diesem Schritt nicht mehr sehr viel Zeit, da das Verfahren bereits anhängig ist.

Hochachtungsvoll
Anthony Fuller
Vorstandsvorsitzender der Resourcing.ww

Touristen

Wasserstoffgetriebener Airbus H 440 explodiert in 5000 Meter Höhe
Das Ende der Hoffnung?
Nachdem die Verteuerung des Kerosins den Individualtourismus weitestgehend zum Erliegen gebracht hat, setzten die Luftfahrtgesellschaften ihre Hoffnungen auf den ersten Test eines wasserstoffgetriebenen Linienflugzeugs, das eine Verbilligung der Flugtickets auf ein für Normalverdiener erschwingliches Niveau versprach. Die Explosion des Airbus H 440 eine Viertelstunde nach dem Start machte diese Hoffnungen jedoch zunichte.

Vollständigen Bericht auf **Euronews** *lesen ...*

Das Flugzeug, das einmal in der Woche von Abidjan nach Ouagadougou und zurück fliegt – es ist der einzige Flieger, der Burkina Fasos Hauptstadt noch mit dem Rest der Welt verbindet –, ist eine auf Methanolbetrieb umgerüstete, altmodische ATR 42, die schon unzählige Male repariert und wieder zusammengebastelt wurde. Dabei hat man die Passagierkabine von sechsundvierzig auf zwanzig Plätze reduziert, um mehr Güter transportieren zu können; die Reifen sind geflickt und runderneuert. Kurz, die Maschine ist ein fliegender Sarg, den die IATA umgehend stilllegen würde, wenn sie Wind davon bekäme. Doch auch wenn es bei den Starts schon unzählige Pannen gegeben hat und die Landungen manchmal ziemlich haarsträubend ablaufen, ist die Maschine weder jemals abgestürzt noch notgelandet. Trotzdem hält sie ihre Passagiere immer wieder in Atem – sei es, dass der Motor aussetzt, ein Propeller stehen bleibt, die Ladeluke sich verselbstständigt, undefinierbare Rauchentwicklung auftritt, der Kabinendruck plötzlich abfällt, ein Reifen platzt … Das ramponierte Äußere des Flugzeugs und die Tatsache, dass man nie ganz sicher sein kann, es lebend zu verlassen, haben ihm vonseiten der Fluggäste und des Bodenpersonals den Spitznamen »Geier« eingetragen. Auf den Flughäfen von Ouaga und Abidjan werden bei jeder Ankündigung der Maschine die Landebahnen geräumt und die Flughafenfeuerwehr verständigt. Sie wird nur von einem einzigen Piloten geflogen, der sie in- und auswendig kennt, der sie liebt, als wäre sie sein Kind, und der sie mit so vielen Amuletten behängt hat, dass es niemanden mehr wundern würde, wenn sie ganz ohne Treibstoff ausschließlich mit der Gnade der Götter flöge.

Die meisten Passagiere sind über die zahlreichen Macken des Flugzeugs informiert, weil es sich in der Mehrzahl um regelmäßige Kunden handelt – meist Geschäftsleute, Diplomaten oder Regierungsmitglieder, die entweder selbst über die Mittel verfügen, sich den astronomischen Preis für ein Ticket leisten zu können, oder denen der Flug bezahlt wird. Die beiden aschfahlen Weißen jedoch, die mit zitternden Knien die rauchende Maschine verlassen und sich würgend auf die glühende, aufgeplatzte Betonpiste von Ouaga übergeben, waren mit Sicherheit nicht eingeweiht. Die anderen Passagiere umringen sie mit den unterschiedlichsten Gefühlsäußerungen, die von mitleidigem Lächeln bis zur offenen Missbilligung reichen.

Nachdem die beiden Männer sich einigermaßen erholt haben, stellen sie sich, erleichtert darüber, sich wieder auf festem Boden zu befinden, am Schluss der alles andere als ordentlichen Schlange vor dem Zoll an. Die Temperatur liegt bei etwa 50 Grad im Schatten. Die beiden Männer schwitzen in Strömen und fühlen sich sichtlich unwohl. Der Zollbeamte reicht ihnen ein Formular, das sie verständnislos betrachten.

»Das müssen Sie ausfüllen. Für den Zoll«, erklärt ihnen ein dicker Kerl in Anzug, Krawatte und einem Aktenköfferchen in der

Hand, dem die Hitze offensichtlich nichts anzuhaben scheint. »Brauchen Sie einen Stift?«

Er hält ihnen einen Kugelschreiber hin, den er aus seiner Brusttasche geangelt hat. Einer der Weißen nimmt ihn ohne ein Wort und fängt an, die einzelnen Kästchen auszufüllen. Name, Vorname, Adresse, Dauer des Aufenthalts. Der dicke Schwarze beobachtet ihn völlig ungeniert.

»Amerikaner?«, erkundigt er sich schließlich. Sein Mondgesicht strahlt.

»*Yeah*«, antwortet der Weiße. »Aus Kansas.«

»Kommen Sie geschäftlich nach Burkina?«

»Nein«, knurrt der Gefragte und reicht den Kugelschreiber an seinen Kollegen weiter.

»Schade.« Das Lächeln des Dicken erlischt. »Also – mein Metier ist die Baumwolle. Ich besitze einige Plantagen in der Provinz Mouhoun. Allerdings haben wir wegen der Trockenheit große Schwierigkeiten auf unseren Feldern. Ein Export ist inzwischen so gut wie nicht mehr möglich.«

»Dann bauen Sie doch transgene Baumwolle an«, rät ihm einer der beiden Amerikaner. »Ihre Erträge würden sich mit Sicherheit steigern.«

Der Dicke sieht ihn an, als hätte der Amerikaner ihm ein obszönes Angebot gemacht, und dreht sich ostentativ um. Mit ausgefüllten Formularen stellen sich die beiden Weißen erneut an. Die Schlange stockt immer wieder; Zollbeamte und Passagiere haben sich lautstark eine Menge zu erzählen.

Endlich sind die Amerikaner an der Reihe. Der Zollbeamte, ein kahlköpfiger, misstrauisch und trocken wirkender Mensch, liest zunächst die ausgefüllten Formulare mit großer Aufmerksamkeit durch, ehe er sich die Pässe vornimmt. Er studiert die Papiere, hebt die Augen zu den beiden Weißen, senkt sie wieder auf die Formulare.

»Stimmt etwas nicht?«, will einer der beiden wissen.

»Sie haben als Grund für Ihren Aufenthalt ›Tourismus‹ angegeben«, stellt der Zollbeamte fest. »Sind Sie tatsächlich aus touristischen Gründen hier?«

»Ja, wieso? Ist das etwa verboten?«, begehrt der andere nervös auf.

»Nein, aber hier gibt es nichts zu sehen. Burkina liegt im Sterben.«

»Trotzdem würden wir uns das Land gerne anschauen.«

Der Zollbeamte murmelt etwas, das die beiden Weißen nicht verstehen, doch an seinem Gesichtsausdruck erkennen sie, dass es nicht unbedingt Willkommensworte sind.

Wütend stempelt er die Pässe und reicht sie ihnen mit spitzen Fingern wie etwas sehr Ekelhaftes zurück.

»Welch charmanter Empfang«, meint einer der Amerikaner pikiert und steckt seinen Pass in die Brusttasche seines verschwitzten Karohemdes.

»Du bist vielleicht noch nicht so oft gereist wie ich, Harry, doch du wirst ziemlich schnell feststellen, dass wir meistens nicht willkommen sind. Noch nicht einmal bei unseren früheren Verbündeten. Aber irgendwann gewöhnt man sich daran.«

»So ist es eben, wenn man der Arsch der ganzen Welt ist«, seufzt Harry auf dem Weg zum Gepäckband.

»Wir haben uns eben zu lange als Gottes auserwähltes Volk angesehen und müssen jetzt für den angerichteten Schaden blechen«, gibt sein Kollege Johnny zu bedenken.

»Ich glaube nicht an Gott. Nur an mich selbst. Und selbst da kommen mir manchmal Zweifel.«

Mit ihrem Gepäck und nach einer weiteren gründlichen Kontrolle verlassen Harry und Johnny die relative Kühle des Flughafengebäudes. Draußen herrscht eine Hitze wie in einem Backofen. Der Harmattan wirbelt dichte, rötliche Staubwolken auf. Sofort hängt eine Menschentraube an den Fersen der Amerikaner.

»Taxi! Taxi! Kommen Sie! Ganz preiswert! Mit Klimaanlage! Mein Taxi! Nein, meins! Nehmen Sie lieber meins!« Völlig überrumpelt werden Harry und Johnny in eine alte Karre mit ausgeleierten Sitzen verfrachtet, die betäubend nach Ethanol stinkt.

»Wohin darf ich Sie bringen, *nassara*?«, erkundigt sich der Fahrer, ein winziges Männlein mit Spitzbart und tausend Lachfältchen. »Oder möchten Sie lieber zuerst die Stadt besichtigen?«

»Zur amerikanischen Botschaft«, befiehlt Harry. »Und zwar auf dem schnellsten Weg.«

»Sie kennen doch hoffentlich die Adresse?«, fragt Johnny.

»Aber natürlich. Leider muss ich Sie bitten, im Voraus zu bezahlen.«

»Das ist ja etwas ganz Neues!«, schimpft Harry.

»Wie viel?«

»Äh … fünftausend CFA.« Als der Fahrer feststellt, dass beide ohne zu feilschen ihre Geldbörsen zücken, fügt er hastig hinzu: »Für jeden.«

Die beiden Amerikaner bezahlen. Hustend und spuckend setzt sich das Taxi in Bewegung, um nur wenige Hundert Meter weiter an einer Tankstelle anzuhalten. Der Chauffeur tankt genau fünf Liter Ethanol – nicht einen Tropfen mehr – und palavert dann mit dem Tankwart herum, der den 5000-CFA-Schein nicht wechseln kann. Schließlich wird ein Junge losgeschickt, um Wechselgeld zu besorgen. Taxifahrer und Tankwart machen es sich derweil im Schatten gemütlich und teilen sich in aller Seelenruhe eine Zigarette, während die beiden Amerikaner in dem in der prallen Sonne wartenden Taxi vor sich hin schmoren. Nachdem der Junge zurück und das Wechselgeld herausgegeben ist, springt das Taxi nicht mehr an. Der Tankwart ruft drei vorübergehende Jugendliche zu Hilfe, die den Wagen anschieben. Endlich erwacht die Schrottschleuder zu röhrendem Leben. Auf schlingernden Stoßdämpfern geht es durch die staubigen Straßen von Ouaga. Die herrlichen Alleebäume von früher sind zu toten Stümpfen verdorrt, der ehemals lebhafte, unübersichtliche, rücksichtslos die Umwelt verpestende Verkehr ist langsam und anämisch geworden, Geschäfte sind geschlossen, Häuser stehen leer, Menschen schleppen sich von Schatten zu Schatten oder sitzen einfach nur hungernd und mit leeren Augen da und warten auf nichts. Recht bald schon ist klar, dass der Taxifahrer nicht die geringste Ahnung hat, wo sich die amerikanische Botschaft befindet. Er fährt im Zickzack durch die Stadt und bleibt immer wieder stehen, angeblich, um »Geschäfte zu erledigen«, wie er behauptet. Mehrfach kommen sie an den gleichen Straßen und Plätzen vorbei, bis sie irgendwann mehr oder weniger zufällig auf die amerikanische Botschaft treffen. Es handelt sich um ein modernes weißes Gebäude mit Rauchglasscheiben, über dem das Sternenbanner weht. Johnny stellt fest, dass es exakt zwei Stunden und siebzehn Minuten her ist, seit sie das Flugzeug verlassen haben.

»Hoffentlich hat der Botschafter auf uns gewartet«, grummelt Harry. Er fühlt sich durchgeschwitzt und sehr erschöpft.

»Wahrscheinlich ist er an so etwas gewöhnt«, gibt Johnny stoisch zurück.

Die Empfangsdame ist der Überzeugung, es mit gestrandeten Landsleuten zu tun zu haben, die nur noch zurück nach Hause wollen, und begreift zunächst nicht, dass Harry und Johnny freiwillig ins Land gekommen sind.

»Wir hatten vor anderthalb Stunden einen Termin mit unserem Botschafter Gary Jackson«, erklärt Harry. Er stützt sich mit den Ellbogen auf den Empfangstresen auf. Schweiß tropft auf das Holz. »Hat er vielleicht gewartet?«

»Das werden wir gleich wissen.« Das Mädchen greift nach dem Hörer einer altmodischen Gegensprechanlage. »Wen darf ich melden?«

»Harry Coleman und John Turturo.«

»Mister Jackson? Die Herren Coleman und Turturo sind jetzt da … Okay.« Sie legt mit einem erleichterten Lächeln auf. »Sie werden erwartet. Gehen Sie hier entlang und folgen Sie dem Flur bis ganz ans Ende.«

»Dürften wir unser Gepäck so lange bei Ihnen deponieren?«

»Kein Problem.«

Harry und Johnny öffnen die bezeichnete Tür, folgen dem Flur bis ans Ende und klopfen an die mit einem Messingschild gekennzeichnete Tür des Botschafters. Gary Jackson öffnet selbst. Er ist klein, recht beleibt, kahlköpfig, schwitzt stark und mustert seine beiden Besucher mit einem verschlagenen Ausdruck. Sein kurzärmeliges Hemd über den Shorts steht weit offen und lässt eine behaarte Brust sehen.

»Herzlich willkommen!« Jackson grinst bis über beide Ohren.

»Es wurde aber auch Zeit, endlich einmal so etwas zu hören«, erwidert Harry.

»Wir kommen im Auftrag von Anthony Fuller …«, beginnt Johnny.

»Ich weiß, ich weiß. Mister Fuller hat mir sehr präzise Anweisungen gegeben, die Ihren Auftrag betreffen. Aber zunächst haben Sie sicher nichts gegen eine kleine Erfrischung einzuwenden, oder?«

VIERTES KAPITEL

Entschlüsse

»Von allen klimatischen Problemen, mit denen wir heutzutage zu kämpfen haben, erscheint uns die globale Erwärmung das am wenigsten gefährliche – zumindest in unseren gemäßigten Zonen. In Wirklichkeit aber ist die Erderwärmung das größte Problem, weil sie die Ursache aller oder zumindest fast aller Folgeerscheinungen ist. Professor da Silva, Leiter des Forschungs- und Überwachungsinstituts Global Climate Change, sieht in dieser Hinsicht auch längst noch keine Anzeichen für eine Beruhigung.«

»Ganz im Gegenteil! Unsere Zukunftsprognosen sind geradezu beängstigend. So wissen wir zum Beispiel sicher, dass weltweit die Hälfte des Festlands noch vor dem Ende dieses Jahrhunderts unwiderruflich zur Wüste werden wird.«

»Die Hälfte? Sind Sie da ganz sicher?«

»Sehen Sie sich allein die Zahlen an. Im Lauf des zwanzigsten Jahrhunderts erwärmte sich die Erde um 0,6 Grad. Zwischen 1990 und 2020, also innerhalb von nur dreißig Jahren, stieg die durchschnittliche Temperatur um einen weiteren Grad, desgleichen zwischen 2020 und 2030: ein Grad in nur zehn Jahren. Wir haben es hier mit einer Exponentialfunktion zu tun, die sämtliche bisherigen Vorhersagen – selbst die allerpessimistischsten – zu Makulatur werden lässt.«

»Wohin wird diese Entwicklung noch führen, Herr Professor? Es gibt doch sicher eine Obergrenze, oder?«

»Eine Obergrenze? In unserem Sonnensystem gibt es einen Planeten, dessen Gashülle ebenfalls einen Treibhauseffekt produziert. Es handelt sich um die Venus, deren Bodentemperaturen etwa bei 470 Grad Celsius liegen.«

Schämen Sie sich nie mehr, Autofahrer zu sein.
Unsere Motoren werden ausschließlich mit Wasserstoff betrieben.
Unsere Batterien sind mit Sonnenenergie aufladbar.
Sämtliche Teile unserer Kraftfahrzeuge sind recycelbar.
Fahren Sie kraftvoll, komfortabel und sicher, ohne der Umwelt zu schaden – und seien Sie stolz darauf!
BMW Serie H. Und die Liebe zum Auto ist wieder möglich.

Der Wagen ist Rudy sofort aufgefallen.

Ein traumhafter, bronzefarbener BMW H5 parkt vor den rostigen Röhren und zerborstenen Öltanks einer ausgedienten petrochemischen Fabrik. Die vier Typen, die darin sitzen, scheinen auf etwas zu warten. Selbst in der Nacht fällt das Auto sofort auf. Es glänzt im Licht des fahlen Mondes und ist in der grauen Umgebung aus bröckelndem Beton und löcherigem Stahl das einzige makellos strahlende Objekt. Der Wagen würde sich ideal zur Flucht eignen – wären da nicht die vier Typen!

Rudy befürchtet, sich ohne Auto nicht aus der Affäre ziehen zu können. Das Ruhrgebiet ist groß und mit marodierenden Banden und von Crack und Thrill abhängigen menschlichen Wracks bevölkert. Außerdem sind die sogenannten Eliteeinheiten von Sektion 25 unter dem Kommando erfahrener Kämpfer hinter ihm her – eine Horde Soldaten, die das Gelände wie ihre Westentasche kennen. Solange Rudy sich bewegt, hat er gute Chancen, ihnen zu entwischen – doch irgendwann wird er müde werden, und dann haben sie leichtes Spiel. Eine der wichtigsten Grundregeln einer Hetzjagd ist es, die Beute zu ermüden. Wenn er jedoch ein Auto hätte … tja, das würde alles ändern.

Bei dem BMW handelt es sich mit hoher Wahrscheinlichkeit um ein gestohlenes Fahrzeug. Oder er gehört einflussreichen Dealern, die Nachschub bringen. Auf jeden Fall warten die Kerle offenbar auf irgendetwas. Rudy wartet ebenfalls. Er hat sich etwa hundert Meter hinter dem Auto in den verfallenen Resten eines Haltestellen-Wartehäuschens versteckt. Alle seine Sinne befinden sich im Ausnahmezustand. Über das Knacken des Betons und das Stöhnen verrottenden Metalls hinweg bemüht er sich, auf die besonderen Geräusche eines sich heimlich annähernden Menschen zu lauschen. Die Anspannung ist kaum zu ertragen. Rudy weiß, dass er nicht mehr lange so ausharren kann. Irgendetwas muss passieren. Entweder, er macht sich vom Acker und lässt die einmalige Gelegenheit sausen, oder er greift an – auf die Gefahr hin, selbst dabei draufzugehen. Im Magazin der Luger, die er seinem Kommandanten abgenommen hat, befinden sich genau acht Kugeln. Rudy hat natürlich keine Ahnung, ob die Kerle im möglicherweise gepanzerten Wagen nicht vielleicht bis zu den Zähnen bewaffnet sind – sie anzugreifen wäre extrem riskant, zumal Rudys Kampfausbildung gerade einmal zehn Tage gedauert hat. Soll er es lieber lassen? Doch der BMW hat auf Rudy die gleiche Wirkung wie eine von einem Gorilla gehütete Banane auf einen ausgehungerten Schimpansen …

Plötzlich fliegen die Türen auf, und drei der Kerle steigen aus. Sie haben ein Waffenarsenal bei sich, mit dem man problemlos auf Elefantenjagd gehen könnte. Nein, das ist bestimmt kein Deal – hier geht es um eine handfeste Auseinandersetzung. Wahrscheinlich haben die Typen auf eine bestimmte Person gewartet und sind soeben benachrichtigt worden, dass der Betreffende sich im Anmarsch befindet. Jetzt geht möglicherweise alles sehr schnell. Rudy hat keine Zeit zu verlieren.

Die drei Männer stürmen mit gezogenen Waffen in die finstere Fabrik. Sie scheinen wild entschlossen, drinnen ein Blutbad zu veranstalten. Nur der Chauffeur bleibt im Auto zurück, das mit laufendem Motor wartet. Alles hängt jetzt davon ab, wie aufmerksam der Fahrer ist. Hat er seine Umgebung genau im Blick, oder lümmelt er nur im Wagen herum, bis seine Komplizen zurückkehren? Aber dieses Risiko *muss* Rudy einfach eingehen.

Er verlässt sein unsicheres Versteck und robbt über den rissigen Gehsteig auf den Wagen zu. Durch die abgedunkelten Scheiben des

BMW kann er nicht erkennen, ob der Fahrer vielleicht gerade dabei ist, in aller Gemütsruhe auf ihn zu zielen, um ihm in der nächsten Sekunde den Kopf wegzupusten. Todesmutig kriecht Rudy weiter. Er nähert sich dem Auto nur langsam. Hundert Meter robbend zu bewältigen dauert seine Zeit. Doch Rudy hat ausreichend Übung. Während seiner Zeit bei der Sektion 25 musste er ständig robben, und zwar auf deutlich ekelhafteren Untergründen als diesem staubigen Gehsteig. Von Zeit zu Zeit hält er mit pochendem Herzen inne, weil er befürchtet, im trüben Mondlicht geradezu auf dem Präsentierteller zu liegen, oder glaubt, das Entsichern einer Waffe gehört zu haben. Nein, da war nichts. Also weiter!

Als er eben das Heck des BMW erreicht hat, bricht in der stillgelegten Fabrik ein wahrer Höllenlärm los. Eine Explosion, Schüsse und Maschinengewehrsalven sind zu hören. Die Vergeltungsaktion ist in vollem Gange. Hoffentlich kommt der Fahrer nicht auf die Idee, jetzt auszusteigen, und hoffentlich treffen die drei anderen Knaben dort in der Fabrik auf ordentliche Gegenwehr.

Rudy lässt sich an dem sanft schnurrenden Wagen entlangrollen. Jetzt beginnt die gefährlichste Phase, denn ein einziger, zerstreuter Blick des Chauffeurs in den Rückspiegel, und Rudy ist geliefert. Zentimeter für Zentimeter schiebt er sich vorwärts, die Fingernägel in die Risse im Asphalt gekrallt. Er erreicht die Fahrertür. Langsam, fast ohne zu atmen, schiebt er sich in die Höhe. Der Lärm in der Fabrik nimmt zu und übertönt Rudys Geräusche. Er hält die Mündung der Luger gegen die dunkle Scheibe.

Und schießt.

Die Scheibe zerbirst. Rudy schiebt seine Waffe in die entstandene Öffnung. Tausende von Glaskrümeln regnen in den Innenraum. Der Fahrer hängt leblos und mit Splittern bedeckt in seinem Sicherheitsgurt. Sein Hals besteht nur noch aus blutigen Fetzen. Rudys Kugel hat ihn zerrissen. Entsetzt betrachtet Rudy den Mann: Das hat er nicht gewollt. Er hatte geplant, die Scheibe zu zertrümmern, den Überraschungseffekt zu nutzen, um den Kerl aus dem Auto zu werfen und sich vom Acker zu machen. Und jetzt hat er schon wieder jemanden getötet! Aber Waffen sind nun einmal zum

Töten da, Rudy! Die Luger ist nicht mit Paintballs geladen. Aus dem Spiel ist ein Kampf auf Leben und Tod geworden.

Rudy schnallt den Fahrer ab, wirft ihn auf die Straße, setzt sich auf die Glassplitter, legt den ersten Gang ein und vollführt just in dem Augenblick einen Kavalierstart, als die anderen mit rauchenden Waffen und vollgepackt mit Beute aus der Fabrik stürmen. Sie schießen hinter ihm her, doch Rudy biegt bei der ersten Möglichkeit nach rechts ab und ist schnell aus der Schusslinie.

Er fährt einfach der Nase nach. Bald schon erreicht er eine der Autobahnen, von denen Bochum umgeben ist. Jetzt kann er sich erst einmal entspannen. Die Autobahnen werden nachts wenig befahren, abgesehen von einigen überdimensionalen Lkws, die über einen Autopiloten verfügen. Kontrolliert wird hier deutlich seltener als in Innenstädten und auf Zufahrtsstraßen.

Rudy orientiert sich in Richtung Wuppertal, denn er glaubt sich zu erinnern, dass die Stadt südlich von Bochum liegt und sich damit in entgegengesetzter Richtung zur Sektion 25 befindet. Von Wuppertal fährt er weiter nach Düsseldorf, von dort nach Köln und schließlich nach Bonn. Zwischen Bonn und Koblenz ist der erste helle Streifen am Horizont zu sehen. Rudy biegt auf einen Parkplatz ab, fährt bis zum Ende durch, stellt den Wagen quer und schläft trotz der durch die zerbrochenen Scheibe eindringenden Kälte sofort ein. Sein letzter Gedanke ist die Hoffnung, dass es inzwischen zu spät für die Piraten, aber noch zu früh für die Polizei ist.

Albtraum

What have you done to the game
Was it a victory, a shame
Where have you gone before morning dew
The game will not end without you.

Deine Lakeien, »The Game«
(Kasmodiah, © Chrom 1999)

Rudy wird von einem Lichtstrahl geweckt, der genau in seine Augen scheint. Eine kurze Paniksekunde lang glaubt er, dass es sich um die Taschenlampe eines Polizisten handelt, schreckt auf dem Fahrersitz zusammen und schneidet sich an einem der Glassplitter, die im gesamten Innenraum verstreut liegen. Doch es ist nur die Sonne, die zwischen den Zweigen der Bäume hindurchblitzt. Das Wetter ist schön und kalt. Vögel singen. In einiger Entfernung summt der Verkehr der Autobahn. Rudy ist vor Kälte wie erstarrt. Seine Gliedmaßen sind steif und mit kleinen Glasscherben gespickt. Trotzdem lächelt er. Er lächelt die Vögel, die Bäume, die Sonne und den blauen Himmel an. Lange hat er keinen so schönen Tag mehr erlebt. Sein Lächeln kommt aus tiefer Seele – zum ersten Mal seit langer Zeit. Mühsam quält er sich aus dem H5, dehnt und streckt sich und läuft einige Schritte in der knackig kühlen Morgenluft. Er hat den Eindruck, endlich aus einem schrecklichen, endlosen Albtraum erwacht zu sein, in dem es nichts als Tod, Gewalt und Blut gab. Die Toten hat es in Wirklichkeit nie gegeben, oder? Alles war nichts als ein schlimmer Traum, ein holografisches Spiel, das Aufbäumen einer virtuellen Welt. Selbst der Tod von Aneke und Kristin war nur virtuell. Immerhin hat er die beiden weder gesehen noch berührt. Nichts von allem hat in Wirklichkeit stattgefunden, und eines Tages wird Rudy nach Swifterbant heimkehren, seine Frau und seine Tochter in die Arme schließen und seine geliebten Tulpen streicheln. Alles wird wieder sein wie früher. Wie früher …

Rudys Lächeln verzerrt sich zur Grimasse. Der Albtraum springt ihn wieder an wie ein brüllendes Ungeheuer. Doch, es hat ein »Früher« gegeben. Alles ist wirklich. Aneke und Kristin leben nicht mehr; die Tulpen und Swifterbant sind verschwunden. Es gibt kein Zurück. Drei Leichen werden auf Jahre hinaus sein Gewissen belasten, dessen ist er sich sicher. Schon jetzt kann er ihre verunstalteten Gesichter sehen, die in den Tiefen seiner Erinnerung einen makabren Totentanz aufführen. Und auch die Angst und die Gewalt, die sich wie Säure in seine Seele ätzen, sind Realität. Selbst der Luxusschlitten mit der zertrümmerten Scheibe ist wirklich, ebenso wie die Blutflecke auf den Ledersitzen und die drohende schwarze Pistole an der Stelle, wo der Tote gesessen hat. Das Spiel geht weiter, Rudy! Und du bist immer noch im Rennen.

Rudy macht sich daran, den Wagen notdürftig zu säubern. Er fegt die Glassplitter hinaus und wischt die Blutflecken fort. Die Pistole versteckt er im Handschuhfach, wo er eine angenehme Entdeckung macht: Er findet ein Bündel Geldscheine im Wert von 5000 Euro, ein Handy und eine Schachtel mit 100 Kugeln vom Kaliber 5,67, die in die Luger passen. Außerdem stöbert er ein Päckchen mit weißem Pulver auf. Er kostet es – es ist bitter. Vermutlich Heroin. Diese Entdeckung freut ihn allerdings ganz und gar nicht. Im Gegenteil: Sie ärgert ihn. Zwar könnte er sicher eine ganze Stange Geld damit herausschlagen, doch in diesem schmutzigen Geschäft kennt er sich nicht aus. Und außerdem erinnert er sich nur allzu gut an die drei Typen mit ihren Panzerfäusten, die hier und dort in der Ruhr dümpelnden Leichen und die vielen blutüberströmten Toten. Ohne die geringsten Gewissensbisse wirft er den Stoff ins taunasse Gras. Bitte sehr, ihr Ameisen – fresst, bis ihr platzt!

Die 5000 Euro hingegen kommen ihm ausgesprochen gelegen. Als Erstes wird er in Koblenz anhalten, sich waschen und sich eine neue Garderobe zulegen. Den BMW will er dort stehen lassen; der Wagen ist zu auffällig, umso mehr, als er womöglich gestohlen ist.

Rudy dreht den Zündschlüssel. Der Bordbildschirm flammt auf.

»Retinamuster unbekannt. Bitte geben Sie den Sicherheitscode ein.«

Scheiße. Rudy sucht nach einer Tastatur, auf der er den ihm unbekannten Code eingeben könnte, und entdeckt sie hinter der eingebauten Hi-Fi-Anlage, die offenbar mutwillig mit Schraubenzieher und Brecheisen zerstört worden ist. Also doch ein gestohlener Wagen! Rudy tippt aufs Geratewohl, doch nichts tut sich. Die Tasten sind blockiert. Mist! Was tun? Um nicht tatenlos dazusitzen, dreht er den Schlüssel noch ein Stückchen weiter im Schloss.

Sofort springt der H5 an. Der ausgezeichnet eingestellte Wasserstoffzellen-Motor gibt ein sanftes Pfeifen von sich. Nur der Bordcomputer spielt verrückt.

Fatal Error, verkündet er. *System failed*, setzt er hektisch blinkend hinzu.

Rudy testet Scheinwerfer, Blinker, Scheibenwischer und die Lenkung, aber alles funktioniert bestens. Vorsichtig setzt er den Wagen in Bewegung, gibt Gas, bremst – auch hier findet er nicht das geringste Problem. Er kann sich beim besten Willen nicht vorstellen, welcher Systemfehler da vorliegen soll ... Rudy fädelt sich wieder in den Verkehr der Autobahn ein und überlässt es dem Auto, sich mit seinem elektronischen Gewissen auseinanderzusetzen.

In Koblenz angekommen, orientiert Rudy sich Richtung Industriegebiet, das sich an den früher auf Erdölverladung spezialisierten und inzwischen zum Umschlagplatz für Methan und Wasserstoff umfunktionierten Hafen anschließt. Er sucht nach einem möglichst unauffälligen Versteck für den BMW, denn je später man den Wagen findet, desto später kommt man ihm auf die Spur. Vermutlich würde die Polizei die Verfolgung aufnehmen – für ein solches Auto kann man sich ruhig einmal anstrengen –, vielleicht auch die Dealer, denen der Inhalt des Handschuhfachs sowie dessen Verbleib sicher am Herzen liegen, ganz bestimmt aber die Leute von Sektion 25, die Rudy den Tod ihres Kommandanten wahrscheinlich ziemlich übel nehmen. So, wie er seine ehemaligen Kameraden einschätzt, würden sie die Verfolgung nicht der Polizei überlassen, sondern sich hartnäckig und bösartig wie mannscharfe Pitbulls an seine Fersen heften. Er weiß genau, dass er Tausende von Kilometern zwischen sie und sich legen muss, um wirklich Ruhe vor ihnen zu haben. Vor allem, weil die Sektion 25 zum Kommando Survival gehört, das nicht nur in Deutschland, sondern in ganz Europa aktiv ist. Mit einem Schlag wird Rudy klar, dass er nie sicher sein wird, solange er in Europa bleibt.

Zwischen zwei Docks entdeckt er ein düsteres, schmutziges, mit Unrat übersätes Gässchen. Er zwängt sich mit dem H5 hinein, fährt den Wagen bis zum Ende durch und setzt ihn gegen einen Stapel rostiger Fässer. Bedauernd lässt er die Tür hinter sich ins Schloss fallen. Sie gibt einen satten Klang von sich. Schade um das schöne Gefährt!

Zu Fuß macht Rudy sich auf den Weg in die Innenstadt. Er besichtigt den Zusammenfluss von Mosel und Rhein, erfreut sich an dem schönen Park am Deutschen Eck, sieht Ausflugsdampfer, auf denen noch vereinzelte Touristen herumschippern, bewundert die imposante Feste Ehrenbreitstein, die vom anderen Ufer herübergrüßt, und genießt den Reichtum der Innenstadt mit ihren Einkaufsvierteln. Schnell allerdings entdeckt Rudy den Grund für so viel Üppigkeit: Auf Plakaten wirbt die Stadtverwaltung dafür, sich bei einem bevorstehenden Referendum für die Umwandlung der Stadt Koblenz in eine Enklave auszusprechen. Natürlich bedeutet ein solcher Schritt das Ende der Aufenthaltsgenehmigung fast sämtlicher Immigranten bis auf diejenigen, die für niedrige Arbeiten gebraucht werden. Man wird ihre unhygienischen Behausungen niederreißen, an deren Stelle Grünflächen oder luxuriöse Geschäfte schaffen und rings um die Stadt einen Elektro- oder Plasmazaun errichten, damit die Privilegierten unter sich bleiben und in maximaler Sicherheit ein abgeschiedenes Leben führen können. Vielleicht ist es heute das letzte Mal, dass Rudy als zufällig zu Geld gekommener Ökoflüchtling diese schicke Boutique betreten und dort 500 Euro für Klamotten lassen darf – unter anderem kauft er einen wundervollen Lederblouson als sehr gediegenen Ersatz für die gestohlene Bomberjacke –, ohne sich als Mitglied der Elite ausweisen zu müssen.

In der Umkleidekabine stößt er in der Tasche seiner Drillichhose zufällig auf den Ausdruck mit Stellenanzeigen, den die hübsche Blondine – wie hieß sie noch gleich? Ach ja, Marlene! – ihm in die Hand gedrückt hat. Zunächst will er ihn wegwerfen, doch dann besinnt er sich: Information hat noch nie geschadet.

Nachdem Rudy sich von Kopf bis Fuß in sein geliebtes Schwarz eingekleidet und bei dieser Gelegenheit gleich noch eine ganze Tasche voller neuer Klamotten erstanden hat, genehmigt er sich ein köstliches Mittagessen in einem Edelrestaurant am Rheinufer in der Clemensstadt. Beim Essen sieht er den Ausflugsdampfern nach und fragt sich, wie es mit ihm selbst weitergehen soll. Er muss fort von hier, so viel ist klar – aber wohin? Das Entsetzen und den Albtraum hat er hinter sich lassen können – wenngleich sie ihn weiterhin verfolgen –, und äußerlich hat er sich in einen zivilisierten Menschen zurückverwandelt. Vor ihm jedoch gähnt eine große Leere. Die 4500 Euro, die ihm geblieben sind, werden so rasch zusammenschmelzen wie Schnee in der Sonne. Und dann? Weiter fliehen? Aber wohin? Und was soll er mit seinem Leben anfangen?

Rudy zieht die Stellenanzeigen aus der Tasche, streicht sie auf dem Tischtuch glatt und liest sie durch, während er sich sein Tournedo Rossini schmecken lässt. Die aufgelisteten Jobs sind durch die Bank schauderhaft: Rückbau von Chemiefabriken oder stillgelegten Nuklearanlagen, Reinigung ausgemusterter Öltanker, Abbruch von Ruinen in Katastrophengebieten, Reinigung von verschmutzten Stränden, Aufräumen von durch Stürme vernichteten Wäldern. Lediglich eine einzige Anzeige zieht seine Aufmerksamkeit auf sich. Sie scheint origineller zu sein als die anderen.

Hilfsorganisation s. erf. Chauffeur f. Transp. v. Bohrmaterial n. Burkina Faso (Afrika). Kostenübernahme garant. ARBEIT 55273

Burkina Faso. Rudy findet, dass der Name gut klingt. Weit entfernt, exotisch, fremd. Warm und trocken. Afrika. Er ist doch ohnehin schon in Richtung Süden unterwegs. Was spräche dagegen, dass er diesen Weg einfach fortsetzt und ihn bis zum Ende geht? Wäre das nicht die Lösung, nach der er gerade gesucht hat? Nach Burkina Faso würde ihm bestimmt niemand folgen. Das Kommando Survival wäre dort mit Sicherheit nicht aktiv, und Dealer mit schweren Waffen vermutlich ebenfalls nicht. Zwar ist er kein erfahrener Chauffeur, aber einen Lkw kann er fahren – die Auslieferung seiner Blumen erforderte den entsprechenden Führerschein. Außerdem fährt er gern. Bohrmaterial nach Afrika zu bringen heißt überdies, dass er die Hände nicht tief in die Scheiße zu stecken braucht und auch nicht für 10 Euro täglich den Dreck irgendeiner *ww*-Tochter wegräumen muss. Es bedeutet im Gegenteil, sich nützlich zu machen und seinem Leben einen Sinn zu geben, wie er es Marlene gegenüber ausgedrückt hat. Gut, er bekäme zwar keinen Lohn, sondern nur seine Kosten erstattet, aber mit seinen 4500 Euro könnte er dort unten wie ein Fürst leben und vielleicht sogar wieder eine kleine Plantage aufbauen … O ja, die Aussicht gefällt ihm. Mit einem Schlag kommen ihm Hunderte pfiffiger Ideen.

Er zögert keinen Augenblick länger und schaltet das Telefon ein, das umgehend zu klingeln beginnt. Was tun? Der Apparat klingelt weiter. Rudy nimmt das Gespräch an. Eine heisere Stimme redet hastig auf Deutsch auf ihn ein.

»Polizei!«, ruft Rudy in den Hörer. »Was wollen Sie?«

Sofort wird am anderen Ende aufgelegt. Jetzt wird man ihn wohl nicht mehr belästigen. Er hat das Zauberwort ausgesprochen.

Er tippt ARBEIT sowie die Chiffre der Anzeige ein. Ein Sprachcomputer macht ihn darauf aufmerksam, dass 30 Euro fällig werden, sobald er den Job annimmt und einen Termin mit dem Arbeitgeber vereinbaren möchte. Verdammt! Wie soll er das anstellen? Seine Bank hat seine Konten natürlich längst blockiert; damit ist eine telefonische Überweisung unmöglich. Schade, dass man nicht einfach 30 Euro in den Hörer stecken kann … Da kommt Rudy eine Idee. Er ruft den Ober.

»Haben der Herr seine Mahlzeit beendet?«, erkundigt dieser sich servil.

»Ich möchte Sie bitten, mir einen kleinen Gefallen zu tun. Ich muss dringend eine telefonische Überweisung tätigen, habe aber meine Bankkarte vergessen und weiß meine Kontonummer nicht auswendig. Wären Sie eventuell bereit, die Überweisung für mich vorzunehmen, wenn ich Ihnen den Betrag sofort in bar auszahle?«

Der Kellner runzelt misstrauisch die Augenbrauen.

»Ich weiß nicht recht … Können Sie wenigstens Ihre Mahlzeit bezahlen?«

Diskret zeigt Rudy ihm das Banknotenbündel, zieht einen 50-Euro-Schein heraus und reicht ihn dem Ober.

»Die Überweisung beläuft sich auf dreißig Euro. Der Rest ist für Sie.«

Die Augen des Kellners beginnen zu glänzen, aber er ziert sich nach wie vor.

»Ich hoffe, es handelt sich um nichts Illegales oder Unmoralisches.«

»Es geht um ein Stellenangebot. Bitte.« Rudy reicht dem Ober das Telefon. »Ich nehme an, Sie wissen, wie es funktioniert.«

Der Kellner steckt hastig den Geldschein in die Tasche, ehe er Schritt für Schritt den Anweisungen aus dem Hörer folgt. Anschließend gibt er Rudy das Telefon zurück.

»Bitte sehr – alles erledigt.« Er wird wieder servil. »Wünscht der Herr, dass wir das Gericht noch einmal aufwärmen?«

»O bitte, sehr gern«, antwortet Rudy, während er über das Telefon gebeugt alle nötigen Informationen herunterlädt.

Arbeitgeber ist die Hilfsorganisation Save OurSelves, das Treffen findet am Hauptsitz der Organisation in Straßburg, Avenue de l'Europe statt, Tag und Uhrzeit sollen direkt mit dem Arbeitgeber vereinbart werden, dessen Kontaktdaten folgen. Rudy ruft an. Eine junge Frau meldet sich, stellt ein paar Fragen und bittet ihn, so schnell wie möglich nach Straßburg zu kommen. Der Job sei ihm sicher, erklärt sie, denn außer ihm habe sich niemand gemeldet.

Als Rudy das Gespräch beendet, ist die Heiterkeit des Morgens zurückgekehrt. Na bitte – es gibt etwas zu tun und einen Ort, an den er gehen kann. Mit Genuss verspeist er das aufgewärmte Tournedo und denkt daran, dass es vielleicht das letzte seines Lebens ist. Denn sein Leben hat sich soeben grundlegend verändert. Er ahnt es. Er spürt es.

Gute Vorzeichen

Die Stadt Straßburg gibt Folgendes bekannt:

Nach den Ausschreitungen in der Nacht vom 16. auf den 17. November und den Angriffen auf das Europäische Parlament wird die Ausgangssperre mit sofortiger Wirkung und auf unbestimmte Dauer von 22 Uhr auf 20 Uhr vorverlegt. Personen, die sich aus beruflichen Gründen während der Nacht im Freien aufhalten müssen, können bei allen Polizeidienststellen einen Passierschein beantragen.

Lauries Zug kommt mit zweistündiger Verspätung in Straßburg an. Da sie sich keine Fahrkarte für einen Hochgeschwindigkeitszug leisten konnte, musste sie mit einem normalen TGV vorliebnehmen, einem alten, abgenudelten, asthmatischen und äußerst pannenanfälligen Zug. Laurie hat nicht mitgezählt, wie oft er außerplanmäßig angehalten hat oder länger als vorgesehen in Bahnhöfen stehen geblieben ist, und auch darüber, wie häufig er plötzlich nur noch ganz langsam vorwärtszockelte, hat sie nicht Buch geführt. Hinzu kam ein Wolkenbruch über der Champagne, der die Gleise unterspült und den Zug fast eine Stunde lang in Châlons blockiert hat. Zwar hatte Laurie in weiser Voraussicht ein Buch eingepackt, allerdings hat sie nur wenig gelesen, dafür aber viel nachgedacht. Was würde sie erwarten? Wie würde die beängstigende Wüstendurchquerung im Lkw vonstattengehen? Und das Leben in Burkina Faso? Wahrscheinlich ist es ärmlich und elend. Außerdem hat sie Angst vor der Verantwortung, Aufsicht über eine Tiefenbohrung führen zu müssen … Und dann ist da noch dieser Holländer, ein gewisser Ruud Klaas, der sie auf ihrer abenteuerlichen Tour begleiten wird. Er ist der Einzige, der auf alle von ihr geschalteten Anzeigen geantwortet hat, und dann auch noch ausgerechnet auf die Annonce bei »Arbeit«, einer der schlimmsten Zeitarbeitsfirmen überhaupt. Er ist Ökoflüchtling, siebenunddreißig Jahre alt, besaß in den Niederlanden ein Gartenbauunternehmen, hat aber bei der Katastrophe im vergangenen Monat seine gesamte Existenz verloren. Er hat einen Lkw-Führerschein, war noch nie im Leben in der Wüste und nimmt jede Arbeit an, auch wenn sie körperlich anstrengend ist. Doch all das sagt nichts über seine Persönlichkeit aus. Werden sie sich gegenseitig überhaupt ertragen? Kann er dafür garantieren? Wird er sie vielleicht anmachen? Und wenn ja – wie soll sie Abstand wahren? Laurie hat im Augenblick nicht die geringste Lust, sich auf eine neue Beziehung einzulassen. Vincents Tod lastet noch immer auf ihrem

Herzen und hat ihre Weiblichkeit mit einem Eispanzer überzogen, der jegliches sexuelle Interesse erstickt. In ihrer Einsamkeit ist sie misstrauisch und ungesellig geworden, eine Haltung, in der sie sich zugegebenermaßen gefällt. Sie entspricht dem Zeitgeist …

Doch die düstere Phase geht ihrem Ende entgegen, das spürt sie. Im Lauf der endlos scheinenden Zugreise durch das graue Nebelwetter fällt ihr auf, dass sie nach und nach die schwarzen Vögel ihrer Erinnerungen, die Last der Trauer und den Panzer der Einsamkeit hinter sich lässt. Mit jedem Kilometer, den sie sich von der düsteren Stadt voller Tod und Irrsinn entfernt, die sie am liebsten für immer vergessen möchte, wird ihr Herz leichter. *Und wenn ich einfach nie wieder zurückkehre?* Die Idee gefällt ihr. *Ich könnte mich in Burkina niederlassen … Hör auf zu träumen! Dieses Land ist alles andere als ein Paradies!*

Trotz aller Schwierigkeiten hat Lauries Reise unter guten Vorzeichen begonnen. Sie hat Saint-Malo unmittelbar vor einem Sturm den Rücken gekehrt, der, wie sie später in Paris erfuhr, historische Ausmaße hatte. Der TGV kam ausnahmsweise einigermaßen pünktlich am Bahnhof Montparnasse an; wahrscheinlich, um sich vor dem Sturm in Sicherheit zu bringen. In Paris verabredete sie sich mit ihrer Freundin Ludivine, einer ehemaligen Kollegin aus der Hilfsorganisation, die gerade frisch und glücklich in einen netten, ausgesprochen fröhlichen jungen Mann verliebt ist. Schon lange hat Laurie keinen so lustigen und unbeschwerten Abend mehr erlebt. In der Botschaft von Burkina Faso, wo sie ihren Passierschein beglaubigen lassen musste, wurde sie vom Botschafter höchstpersönlich als Heldin und Retterin der Nation empfangen. Die Präsidentin hatte Lauries Kommen angekündigt. Zwar weiß Laurie nicht, was Fatimata Kanaté über sie erzählt hat, aber sie hatte den Eindruck, dass man ihr am liebsten den roten Teppich ausgerollt und sie mit Häppchen und Champagner bewirtet hätte. Abgesehen von den persönlich gestempelten und unterzeichneten Visa hat der Botschafter ihr einen Satz Visitenkarten von einigen »guten Freunden« mitgegeben, die samt und sonders »an wichtigen Stellen« in Industrie, Landwirtschaft und Verwaltung sitzen und ihr angeblich bei sämtlichen Schritten »behilflich« sein können. Warum auch nicht? Schließlich kann die Präsidentin ihr nicht ständig zur Seite stehen, um ihr die notwendigen Türen zu öffnen und sie mit den richtigen Personen zusammenzubringen.

Endlich kommt Laurie in tiefster Nacht und bei sibirischer Kälte in Straßburg an. Die Stadt liegt unter einer Eisschicht, die Bäume und Rabatten mit einer feinen Spitze aus Reif schmückt. Laurie friert erbärmlich in ihrer Strickjacke und ist ebenso überrascht wie die anderen Passagiere, denn in Paris zeigte das Thermometer noch fast 20 Grad. Aber schließlich ist November, der verrückte Monat. In der Bahnhofshalle werden die Reisenden mit Lautsprecherdurchsagen und einer Laufschrift darauf aufmerksam gemacht, dass die Ausgangssperre bereits in Kraft ist und dass man sich bei der Bahnhofspolizei melden solle, wo man einen Passierschein für den Heimweg erhalte; ohne Passierschein mache man sich strafbar.

Mit einem resignierten Seufzer packt Laurie ihre beiden schweren Koffer und reiht sich in die Schlange vor dem Polizeischalter ein. Plötzlich baut sich ein Mann vor ihr auf.

»Sind Sie Laurie Prigent?«, fragt er in schwerfälligem Französisch.

Verwirrt mustert Laurie den Mann von oben bis unten. Unter seinem nagelneuen Lederblouson ist er ganz in Schwarz gekleidet, unter seiner platten Nase sprießt ein gewaltiger Wikingerschnurrbart, sein Haar ist schwarz und glatt, und im rechten Ohrläppchen trägt er einen Ohrring. Er wirkt absolut nicht aggressiv – im Gegenteil: In seinen blauen Augen spiegelt sich eher eine gewisse Unsicherheit. Trotzdem weicht Laurie einen Schritt zurück.

»Ja bitte?«

»Mein Name ist Ruud Klaas. Aber alle Leute nennen mich Rudy.«

Ein wenig zögernd hält er ihr die Hand hin.

Mit Flüssigkraftstoffen betriebene Fahrzeuge sterben aus
Spätestens in drei Jahren wird in ganz Europa die »Direktive 0 %« eingeführt, die den Ausstoß von CO_2in die Atmosphäre per Gesetz verbietet. Ab diesem Zeitpunkt wird es weder mit fossilen Brennstoffen – zu ihnen gehören Erdölderivate wie Super, Diesel und Autogas – noch mit Methanol oder Biogas (Ethanol u. a.) betriebene Fahrzeuge mehr geben, die alle eine gewisse Menge an Kohlendioxid produzieren. Gestattet sind lediglich Elektrofahrzeuge sowie Fahrzeuge mit Wasserstoffzellen, die lediglich Wasserdampf ausstoßen. Die neue, im Sinne des Umweltschutzes notwendig gewordene Direktive bestätigt die Intervention der Lobby der Wasserstoffproduzenten, die zu großen Teilen aus den früheren Erdölgesellschaften hervorgegangen sind.

Weiterlesen auf <**MyCar.com**>

»Sie brauchen keinen Passierschein«, sagt Rudy auf Englisch zu Laurie. »Kommen Sie.«

Ohne lang zu fragen, greift er nach dem schwereren der beiden großen Koffer.

»Sind Sie sicher?« Laurie bleibt misstrauisch. »Haben Sie denn einen?«

»Ja.«

Sie folgt ihm nach draußen, geht vorsichtig über die spiegelglatte Fußgängerbrücke, die sich über die menschenleere Straßenbahnhaltestelle spannt, und überquert den ebenso spiegelglatten Platz, über den ein arktischer Wind fegt. Rudy geht schnell und blickt sich nicht um. Laurie hat Mühe, ihm zu folgen. Sie ist hungrig und müde, und ihr ist kalt. Wenn dieser Kerl da vorhat, sich als Chef aufzuspielen, wird die Sache wohl böse enden.

Ein blauer Elektrovolkswagen mit dem roten Logo von Save

Ourselves parkt am Straßenrand unmittelbar neben einem Polizeiauto, dessen Besatzung von Ferne die aus dem Bahnhof kommenden Leute überwacht. Einer der Polizisten wendet sich an Rudy. Laurie wartet darauf, dass der Holländer seinen Passierschein vorzeigt, doch Rudy begnügt sich mit einem flüchtigen Handzeichen, das der Polizist mit einem Kopfnicken bestätigt.

Rudy verstaut das Gepäck im Kofferraum. Sie steigen ein, starten den Motor und rollen stumm durch die menschenleeren Straßen von Straßburg. Rudy spricht nicht ein einziges Wort. Seine ganze Aufmerksamkeit gilt den glatten Straßen und seiner vorsichtigen Fahrweise. Er würdigt Laurie, die ihn aus den Augenwinkeln heraus beobachtet, keines Blickes. Seine blauen Augen wirken traurig, sein festes Gesicht bemüht sich, hart zu wirken, strahlt aber doch eine gewisse Sanftmut aus. *Er scheint nicht der Typ zu sein, der gleich alles bespringt, was sich bewegt*, denkt sie. Genau davor hatte sie nämlich Angst. Ökoflüchtlinge, die alles verloren haben, sehnen sich oft nach Zuneigung, Trost und Sexualität. Doch Rudy scheint weder neugierig noch geschwätzig zu sein. Daher bemüht sich Laurie, das Eis zu brechen.

»Hat SOS Ihnen den Wagen zur Verfügung gestellt?«

»Bitte? Tut mir leid, mein Französisch ist nicht besonders gut.«

»Dann sollten Sie es lernen«, erwidert Laurie auf Englisch. »In Burkina wird Französisch gesprochen. Ich weiß nicht, ob wir mit Englisch dort sehr weit kommen.«

»Okay. Bringen Sie es mir bei?«, fragt er wiederum auf Französisch und sieht sie endlich mit einem leisen Lächeln an.

»Warum nicht? Vorausgesetzt, wir haben Zeit dafür.« Sie setzen das Gespräch auf Englisch fort. »Die Polizisten vorhin waren Ihnen offenbar sehr gewogen.«

»O ja. Ich habe einen ausgezeichneten Passierschein.«

»Von SOS?«

»Nein.« Er steckt eine Hand in die Brusttasche und zieht ein Bündel 50-Euro-Scheine halb heraus. »Das hier ist mein Passierschein.«

Laurie runzelt die Stirn.

»Haben Sie etwa einen Polizisten geschmiert?«

»Diese Leute werden heutzutage miserabel bezahlt. Mir ist aufgefallen, dass Geld ein Argument ist, mit dem man die unterschiedlichsten Türen öffnen kann.«

»Ist Ihre Entschädigung so üppig, dass Sie es sich leisten können, mit Bakschisch um sich zu werfen? Oder haben Sie im Glücksspiel gewonnen?«

»Ich bekomme weder Entschädigung noch Rente. Aber ich habe … in gewisser Weise habe ich tatsächlich bei einem Spiel gewonnen. Allerdings bei einem tödlichen Spiel.«

»Einem tödlichen Spiel?«

»Wenn Sie möchten, erzähle ich Ihnen gern später mehr darüber. Wir sind gleich da.«

Sehr merkwürdig, denkt Laurie misstrauisch. *Ökoflüchtlinge besitzen normalerweise keinen roten Heller. Wo hat der Kerl die Knete her? Hat er vielleicht eine Bank überfallen? Und warum schmiert er einen Polizisten? Der Passierschein ist immerhin umsonst – nehme ich zumindest an! Will er vielleicht seine Identität nicht preisgeben? Ist er etwa ein Gangster auf der Flucht?*

Der VW fährt am Park der Orangerie vorbei. Die Grünanlage hat schwer unter dem Orkan gelitten, der im September über das Elsass hinweggefegt ist. Überall liegen ineinander verkeilte Bäume, bereits zersägte Stämme sind ordentlich aufgeschichtet. Im eisigen Mondlicht sehen Kräne und Planierraupen wie schlafende Drachen aus.

Sie passieren den Europarat, der an einen überdimensionalen Legostein erinnert – weiß, eckig und von abgedunkelten Fenstern unterbrochen; so baute man am Ende des zwanzigsten Jahrhunderts. Schließlich biegen sie auf den Parkplatz eines kleinen Bruders des großen Legosteins ab, der unmittelbar am Kanal liegt und den pompösen Namen »Palais des Associations« trägt. Die meisten Hilfsorganisationen haben hier ihren Hauptsitz, um ihren Lobbyisten die Arbeit vor Ort beim Europarat oder dem Europäischen Parlament zu ermöglichen. Letzteres erhebt sich wie ein immenses gläsernes Kuchenstück am linken Ufer der Ill und ist zuständig für die Vergabe von Subventionen für humanitäre Aufgaben. Hier hat Laurie all ihre Einsätze begonnen und beendet; in gewisser Weise sieht sie das Gebäude als ihren Arbeitsplatz an – vor allem das Büro von SOS Europa mit der Nummer 106. Und genau aus diesem Grund gefällt es ihr nicht, dass ein Ökoflüchtling, der von irgendwoher kommt und schon alles organisiert zu haben scheint, sie ausgerechnet bis vor die Haustür fährt.

»Was genau wollen wir hier, Rudy?«

»Markus Schumacher erwartet uns«, entgegnet der Holländer und schließt den VW ab.

»Markus erwartet uns? Um diese Uhrzeit? Das ist mal was Neues!« Vor Kälte bleibt Laurie fast die Luft weg. »Wie haben Sie das denn fertiggebracht?«

»Ganz einfach: Ich habe sein Auto. Er wird wohl kaum zu Fuß nach Hause gehen.«

Dabei wäre das nicht einmal unmöglich. Schumacher wohnt in Kehl, gleich auf der anderen Rheinseite jenseits der Grenze. Doch Laurie weiß, dass er sich nie im Leben mitten in der Nacht einer solchen Gefahr aussetzen würde – er ist und bleibt nun einmal ein schreckhafter Stubenhocker.

Plötzlich fällt Laurie etwas auf. »Haben Sie etwa … haben Sie wirklich geschlagene zwei Stunden am Bahnhof auf mich gewartet?«

»Ging ja nicht anders! Hier herrscht Ausgangssperre.«

»Und Markus hat sein Auto nicht zurückgefordert?«

»Ich habe ihn nicht nach seiner Meinung gefragt.«

Laurie verzieht das Gesicht. *Markus wird ganz schön wütend sein*, vermutet sie. Eine Auseinandersetzung mit dem Chef von SOS ist so ungefähr das Letzte, worauf sie sich vor der langen Fahrt einlassen will. Sie träumt von einem Abendessen, einer Dusche und einem Bett und hofft, dass Rudy sich auch um diese Dinge gekümmert hat.

Laurie hat sich nicht geirrt: Als sie das Büro betreten, geht Markus wie eine Rakete an die Decke. Sein graues Haar ist zerrauft, sein sonst wachsweißes Gesicht ist feuerrot, sämtliche Aschenbecher quellen über vor Kippen, und das Büro ist völlig verraucht. Fast glaubt man, einen Trampelpfad auf dem Linoleum zu erahnen, so hektisch rennt Schumacher hin und her. Er brüllt Rudy in höchsten Tönen auf Deutsch an und vollführt dabei große Gesten mit seinen langen Armen. Rudy erträgt die Standpauke stoisch schweigend mit verschränkten Armen. Anschließend bekommt Laurie auf Französisch ihr Fett weg.

»Und jetzt zu dir, Laurie. Dein Bruder hat uns ja ganz schön in die Scheiße geritten!«

»Wie bitte?«, begehrt sie auf. »Was hat denn Yann damit zu tun?«

»Erinnerst du dich an den Prozess gegen GeoWatch? Ja, genau. Den haben wir verloren. Jetzt schulden wir GeoWatch hunderttausend Dollar, plus zwanzigtausend Dollar Strafe.«

»Was? Aber das ist doch eine schreiende Ungerechtigkeit! Man hat euch übers Ohr gehauen! Du gehst doch wohl in Berufung, oder?«

»Klar. Aber natürlich haben wir eine ganze Menge Ärger am Hals, den ich absolut nicht brauchen kann. Scheiße! Wenn ich deinen Bruder erwische ...«

»Den musst du erst mal finden«, grinst Laurie. »Weißt du etwa, wo er sich rumtreibt? Hast du etwas von ihm gehört? Siehst du, ich auch nicht!«

»Eigentlich müsste er bezahlen!«

»Ja klar. Mit dem miesen Gehalt, das du ihm als Webmaster gezahlt hast, kann er das natürlich auch. Und außerdem hast du ihn gefeuert. So viel zu der hochgelobten Solidarität, die wir uns auf die Fahnen geschrieben haben.«

»Laurie, du ... du ...«, stammelt Markus. Sein Gesicht ist krebsrot. Er sieht aus, als würde ihn gleich der Schlag treffen. Außer sich vor Wut ballt er die Fäuste, bis die Knöchel weiß hervortreten, und beißt die Zähne zusammen. »Du bist gefeuert. Und Rudy ebenfalls.« Er reißt die Bürotür auf. »Raus mit euch!«

»Immer mit der Ruhe, Markus«, versucht Laurie, den tobenden Mann zu beruhigen. »Wir müssen noch unseren Auftrag besprechen und alles Notwendige regeln. Sehen wir uns morgen?«

»Weder morgen noch irgendwann! Raus, sage ich!«

Er schiebt Laurie und Rudy in den Flur und knallt die Tür hinter ihnen zu.

»O je«, flüstert Rudy, »hat er uns jetzt wirklich rausgeschmissen, oder ist er nur ein bisschen verärgert?«

»Ich glaube, er ist nur ein bisschen verärgert. Morgen geht es ihm bestimmt besser. Aber in Zukunft sollten Sie vielleicht lieber fragen, ehe Sie einfach so über Menschen und Dinge verfügen. Ich wüsste überhaupt grundsätzlich gern Bescheid, wenn Sie die Initiative ergreifen oder eine Entscheidung treffen. Vielleicht darf ich Sie daran erinnern, dass *ich* diejenige bin, die die Verantwortung für das Unternehmen trägt.«

»Stets zu Diensten, gnädige Frau«, lächelt Rudy und salutiert scherzhaft.

Laurie verdreht die Augen. Der Kerl fängt an, sie ebenfalls zu nerven. *Und dabei kennen wir uns gerade mal eine halbe Stunde! Das kann ja heiter werden!*

Hoffnung bewahren

Malaria breitet sich in Frankreich aus

Aus der Camargue, die inzwischen trotz aller verzweifelten und zu spät erfolgten Versuche der Eindeichung unwiderruflich unter Wasser steht und sich unaufhaltsam in einen Mangrovensumpf verwandelt, kommt eine neuerliche Bedrohung auf die ohnehin schon schwer geprüften Anwohner zu: Die von Mücken übertragenen Krankheiten Denguefieber und Malaria breiten sich, begünstigt durch das in der Region herrschende feuchtwarme Klima, immer weiter aus. Aus Aigues-Mortes, Saintes-Maries, Méjanes und Port-Saint-Louis werden inzwischen bereits Hunderte von Krankheitsfällen gemeldet. Wenn nicht bald ernsthafte Maßnahmen durchgeführt werden – wovon leider auszugehen ist –, wird sich die Epidemie sehr bald bis Arles, Nîmes und Montpellier ausbreiten.

Lesen Sie unser Dossier auf <**SauvonsLeSud.org**>

– Denguefieber und Malaria

– Die Symptome

– Vorbeugung und erste Maßnahmen
– Krankheiten der Unterprivilegierten
– Warum unternimmt der Staat nichts?
– Werden Sie Mitglied bei **SauvonsLeSud**

Am folgenden Morgen ist Markus Schumacher in der Tat ruhiger geworden. Auch Laurie fühlt sich entspannter. Am Vorabend sind all ihre Träume Wirklichkeit geworden: eine heiße Dusche, ein schmackhaftes Abendessen und ein weiches Bett – alles in einem sehr ordentlichen, unmittelbar am Kanal gelegenen Hotel mit Blick auf den Park der Orangerie, in dem sich ausschließlich Politiker und Geschäftsleute aus dem Dunstkreis des Europaparlaments oder des Europarats aufhalten. Rudy hat sich als aufmerksam und liebenswürdig erwiesen und nicht versucht, in ihrem Bett zu landen; er hat sie ganz einfach als seine Mitarbeiterin bei einem sehr speziellen Auftrag behandelt. Zwar hat er offen zugegeben, absolut nichts über Afrika oder die Wüste zu wissen, andererseits aber hat er einen fast militärisch anmutenden Pragmatismus in allen technischen und logistischen Fragen bewiesen, was Laurie hinsichtlich seiner Kompetenz sehr beruhigt hat. Rudy hat sich um die Menge des mitzunehmenden Wassers gekümmert, um Nahrungsvorräte, einen solargetriebenen Kocher, Ersatzreifen, Reparaturmaterial, Schaufeln, Anfahrbleche, eine Seilwinde, Kabeltrommeln, ein GPS, falls der Lkw nicht ohnehin über ein Navigationsgerät verfügen sollte, einen Erste-Hilfe-Koffer, Waffen, Notsignale – kurz, er hat wirklich an alles gedacht.

Und nachdem Laurie noch am Abend darauf bestand, weil sie gern klare Verhältnisse hat, bekam sie auch eine Erklärung für das Vorhandensein des Geldbündels in Rudys Brusttasche, eine haarsträubende Geschichte vom Diebstahl eines Dealerautos irgendwo im Ruhrgebiet, in dessen Handschuhfach sich – o Wunder – das viele Geld befand. Nicht eine Sekunde lang hat sie das Märchen geglaubt, allerdings wurde ihr Verdacht noch verstärkt. Ganz bestimmt hat sie es mit einem Gangster auf der Flucht zu tun, oder zumindest mit einem Ökoflüchtling, der aus schierer Not einen Einbruch oder einen Diebstahl begangen hat. Natürlich ergibt sich damit eine weitere Unwägbarkeit bei ihrer ohnehin schon recht abenteuerlichen Reise, denn wenn Rudy von der Polizei gesucht wird, sind sie auf Gedeih und Verderb der erstbesten Kontrolle ausgeliefert. Das Logo von Save OurSelves auf dem Lkw wird sie nicht schützen. Zwar hat Rudy ihr versichert, dass sein Risiko, verfolgt zu werden, nur ganz minimal ist, aber er schien Laurie nicht wirklich davon überzeugt zu sein.

Auf dem Flur vor ihren Zimmern verabschiedeten sie sich mit einem herzlichen Händedruck. Satt und müde hoffte Laurie, sofort einschlafen zu können, aber dann lag sie doch die halbe Nacht wach und wälzte das Problem, ob sie das Risiko mit Rudy wirklich eingehen konnte. Sollte sie ihn nicht lieber ablehnen und einen anderen Fahrer suchen? Vielleicht noch einmal mit Markus über ihn reden? Rechtsbesessen, wie ihr Chef nun einmal war, würde er Rudy sofort vor die Tür setzen, was jedoch gleich die nächste Frage aufwarf: Wo würde sie einen Ersatz finden? Immerhin ist es bezeichnend, dass sie auf alle Anzeigen nur eine einzige Antwort bekommen hat. Niemand geht freiwillig in ein Land, in dem die entsetzlichsten Lebensbedingungen herrschen. Irgendwann war Laurie so weit, ihre eigenen Beweggründe zu hinterfragen. Was genau stand hinter den vernünftigen Begründungen, die sie sich selbst vorgebetet hatte? War es vielleicht eine Art morbider Faszination für den Tod? Wollte sie einen feuchten Tod gegen einen trockenen eintauschen – auf jeden Fall aber mit dem Tod in Berührung kommen? Oder war die bewusste Einmischung in die schreckliche Realität der Welt im Gegenteil eine Art Vorbeugungsmaßnahme, ein Überlebenstrieb, eine psychologische Vorbereitung auf das, was allen Menschen bevorsteht – auch denen, die sich in ihren virtuellen Räumen oder ihren Enklaven in Sicherheit wähnen? Die Herausforderung, tagtäglich mit dem Tod in Berührung zu kommen und ihn jeden Tag erwarten zu müssen. Und trotzdem zu überleben, ohne in den Irrsinn abzudriften. Weiter daran zu glauben, dass die Menschheit es schafft, auch wenn jede neue Katastrophe das Gegenteil zu beweisen scheint. *Das ist die schwierige Herausforderung, der sich unsere Kinder eines Tages stellen müssen*, dachte Laurie unter ihrer weichen Decke. *Genau genommen müssen schon wir uns ihr stellen. Es geht nicht allein darum, auf einem immer feindlicher werdenden Planeten zu überleben – auch wenn es schwerfällt, das zuzugeben –, sondern es geht vor allem darum, sich für das Überleben zu motivieren, oder anders ausgedrückt: die Hoffnung nicht aufzugeben*. Die Gefangenen in den Konzentrationslagern gaben die Hoffnung nicht auf, dass der Albtraum eines Tages enden würde; die Soldaten auf den Schlachtfeldern gaben die Hoffnung nicht auf, dass der Krieg eines Tages vorbei wäre, dass sie entlassen würden und nach Hause zurückkehren dürften; Katastrophenopfer und todkranke Menschen geben die Hoffnung nicht auf, ihr Heim wieder aufzubauen oder eines Tages zu genesen – und dass zumindest ihre Nachkommen überleben; Völker, die unter dem Joch einer Diktatur stöhnen, geben die Hoffnung nicht auf, es eines Tages abzuwerfen … Bis jetzt hat es immer Hoffnung gegeben, weil man die Zukunft für besser hielt. Inzwischen aber ist jedermann klar geworden, dass die Zukunft zweifellos schlechter sein würde. Die Erderwärmung würde fortschreiten, die Klimakatastrophen würden heftiger werden, das ökologische Ungleichgewicht würde sich verstärken – und niemand kann sagen, wo das alles noch hinführen würde. Nach erdgeschichtlichen Maßstäben ist der jetzige Zustand nur ein winziges Ereignis in der bewegten Historie des Planeten. Auch die Menschheit ist nur ein Ereignis. Das Leben in seiner jetzigen Form kann einfach verschwinden – es gibt bereits Wissenschaftler, die Mars oder Venus als Modell für die weitere Entwicklung ansehen – und in einer Million Jahre wieder entstehen, vielleicht in Form von in brackigen Sümpfen herumplanschenden Bakterien. Und daraus entsteht ein neuer Zyklus, dieses Mal ohne Menschen … Eine steigende Anzahl von Leuten wünscht sich das sogar; sie finden, dass der Todeskampf der Menschheit zu lange dauert, und zögern nicht, sie sogar noch in den Abgrund zu drängen. So zum Beispiel die Göttliche Legion, hinter deren apokalyptischem Gerede und ultrachristlichem Gehabe sich eine Sekte von Massenmördern verbirgt, die sich ganz konkret auf einen finalen Holocaust vorbereitet. Längst ist klar, dass das Attentat in den Niederlanden ihre Handschrift trägt, obwohl die Medien sich wie immer bemüht haben, es dem islamischen Dschihad in die Schuhe zu schieben. Nichts als Augenwischerei! Und was wird damit verschwiegen? Nun, die Tatsache, dass man die Legion ganz gern in Frieden lässt und nicht bereit ist, in diese Richtung zu ermitteln. Viele einflussreiche Politiker sind fasziniert von der Göttlichen Legion oder sogar deren Mitglied. Die Kräfte der Selbstvernichtung sind im Zentrum der Menschheit am Werk. Sie verfügen über ausgeklügelte Mittel, die Infrastruktur mächtiger *ww*-Organisationen und gehen von Mal zu Mal dreister vor. Alles ist im Arsch? Dann macht es auch nichts, wenn wir alles kurz und klein schlagen! Gehen wir ruhmreich mit dem brennenden Babylon unter! Gott wird die Seinen schon erkennen! Nach uns die Sintflut! Wie kann man unter solchen Umständen die Hoffnung bewahren? Wie soll man noch daran glauben, dass ein Überleben möglich ist? Woher soll man die Energie und die Motivation nehmen, im Sand von Burkina Faso herumzubuddeln? Ist es nicht vergebliche Liebesmüh, sich so viel Arbeit zu machen, um ein unausweichliches Schicksal ein wenig hinauszuzögern?

Nein, es ist nicht vergeblich, sagte sich Laurie mitten in der stillen Nacht überzeugt. Zwar brennt der Wald, doch aus der Asche entstehen neue Knospen; ein Tornado reißt alles mit sich fort, aber in den Ruinen sonnen sich Eidechsen; die Wüste breitet sich aus, doch unter dem Sand schlafen Samenkörner. Das Leben erlischt nicht einfach; es ist hartnäckig. Und das gilt auch für das menschliche Leben. Wenn das Wasser des unterirdischen Sees auch nur einen einzigen Baum vor dem Verdursten bewahrt oder einem einzigen Kind das Leben rettet, wird Laurie nicht umsonst gearbeitet haben. Doch es ist nicht nur eine Frage der Hoffnung – auch wenn sie nicht umhin kann zu glauben, dass der Baum und das Kind trotz allem überleben werden –, sondern es ist auch ein Überlebensreflex, eine Art von vorbeugender Psychotherapie. Laurie ist nicht in der Lage, den zerstörerischen Kräften ohne Gegenwehr freien Lauf zu lassen; sie kann sich beim besten Willen nicht auf die Seite des Todes schlagen, auch wenn er ihrer spottet und sie dennoch fasziniert.

Ich lebe, dachte Laurie, als sie endlich einschlief. *Und solange ich lebe, werde ich für das Leben kämpfen.*

Am nächsten Morgen begrüßt Markus Schumacher Laurie und Rudy zwar nicht gerade mit einem Lächeln – Schumacher lächelt nie –, aber immerhin mit einer gewissen Herzlichkeit. Er hat sogar sein Telefon abgeschaltet und sämtliche Meetings abgesagt, um sich in aller Ruhe den Vorbereitungen der Mission widmen zu können. Er begleitet sie, als sie den Lkw in Augenschein nehmen, der hinter dem Gebäude des Europarats in der Allée Spach geparkt ist. Es ist ein alter, aber sehr solider Mercedes Turbo, der mit allen Biokraftstoffen gefahren werden kann – eine ökologisch nicht gerade sehr fortschrittliche Wahl, aber sinnvoll, weil es jenseits des *Limes* schwierig sein dürfte, Wasserstofftankstellen zu finden. Der Aufleger ist bis obenhin mit Röhren, Bohrgestänge, Bohrköpfen, Saugkörben, Pumpen, Seilwinden, Motoren, Werkbänken und ähnlichem Material vollgeladen. Schumacher erklärt, dass es sich bei der Ladung nur um den Grundstock für eine Tiefenbohrung handelt. Den Rest – Bohrturm, Klärbecken, Siebe, Schläuche, Kabel, Aufbewahrungsbecken und Generatoren – müsse an Ort und Stelle aufgetrieben und zusammengebaut werden, und zwar unter Mitwirkung eines qualifizierten Ingenieurs, den Laurie einstellen solle. Rudy fällt auf, dass das gesamte, relativ moderne Material aus China stammt. Immer diese Chinesen …

»Was bekommen die Chinesen dafür von uns?«, erkundigt er sich auf Deutsch bei Schumacher. »Sie werden eine derart kostspielige Ausrüstung wohl kaum nur aus Mitleid mit den durstigen Menschen in Burkina Faso zur Verfügung stellen. Das würde mich doch sehr wundern!«

»Nun ja«, antwortet Markus hörbar verlegen auf Französisch, »soweit ich verstanden habe, wollen sie, sobald die Landwirtschaft wieder in Gang kommt, als privilegierte Partner einsteigen.«

»Was soll das heißen – ›privilegierte Partner‹?«, will Laurie wissen.

»Keine Ahnung. Saatgut verkaufen, die Produktion aufkaufen – etwas in der Art. Neue Märkte öffnen. Aber darum kümmert sich SOS nicht; das ist nicht unser Ziel.«

»Ihr Glücklichen.«

»Allerdings erwarte ich, dass du chinesischen Besuchern der Bohrstelle Kontakte vermittelst, Laurie.«

»Aha?« Sie sieht Schumacher spöttisch an. »Dann bekommen wir also chinesischen Besuch? Und ich soll ihnen alles vorkauen und mich für sie einsetzen? Ist es das, was du meinst, Markus?«

Er zuckt die Schultern und setzt eine fatalistische Miene auf.

»Heutzutage gibt es nichts umsonst, Laurie. Ich bin sicher, die Präsidentin von Burkina hat Verständnis dafür.«

»Mit anderen Worten, ich muss auch sie davon überzeugen, dass die Chinesen in Zukunft ihre ›privilegierten Partner‹ sind und dass sie sie nicht nur freundlich empfangen, sondern im Gegenzug zu ihrer ach so uneigennützigen Hilfe auch ihre Angebote und Bedingungen akzeptieren muss. Habe ich recht?«

»Es wäre zumindest sehr hilfreich«, gibt Markus Schumacher zu.

»Wie viel Prozent eines jeden abgeschlossenen Geschäfts erhält SOS eigentlich?«, mischt Rudy sich ein.

Schumachers Augen schießen Giftpfeile, aber er verzichtet auf eine Antwort.

Sie kehren ins Büro zurück, um die sinnvollste Reiseroute auszuarbeiten. Natürlich werden sie die Transsaharienne nehmen, die in Algier startet und über Ghardaia, Adrar und das »Land des Durstes« – den Tanezrouft, eines der trockensten und unwirtlichsten Gebiete der Welt – nach Gao führt. Die Piste verläuft auch durch das Gebiet der Tuareg. Laut Schumacher sind die »blauen Männer der Wüste« entgegenkommender geworden, seit es in der Sahara keine weißen Touristen und keine afrikanische Verwaltung mehr gibt. Allerdings haben sie die uralte Tradition der *rezzou* wieder aufgenommen; damit besteht eine gewisse Gefahr, dass sie sich für den Lkw und seinen Inhalt interessieren – entweder, um ihn für eigene Zwecke zu verwenden, oder um ihn zu verkaufen. Auch der Norden Algeriens könnte sich als nicht ganz ungefährlich erweisen; immerhin befehdet sich das Land seit sechs Jahren mit der nach Unabhängigkeit strebenden Kabylei. Eigentlich ist es eher ein Guerillakrieg als ein Krieg, doch man muss Attentate, Entführungen, Plünderungen, brutale Massaker und ebenso brutale Repressalien befürchten, die hier auch eine lange Tradition haben. Im Übrigen riskiert man, am Fuß des Atlasgebirges zwischen El Djelfa und Ghardaia auf sogenannte Piraten zu treffen, eine sehr uneinheitliche Gruppierung, mit allem bewaffnet, was sich zum Töten eignet, die sich aus ehemaligen, haltlos gewordenen Nomaden, fanatischen Islamisten und Rebellen um der Rebellion willen zusammensetzt. Auch Flüchtlinge, vaterlandslose Gesellen und verelendete Zeitgenossen sind dazugestoßen, die alle Kultur, Hoffnung und jedes Gefühl für Menschlichkeit, Familienzugehörigkeit oder ethnische Gemeinschaft verloren haben, sich nur noch an ihre Waffe und ihren blinden Glauben klammern und keinen anderen Horizont als die sandigen Dünen, keine anderen Visionen als ihre eigenen Trugbilder und keine Überlebensmöglichkeit außer Plünderungen kennen.

Ein weiteres Problem bilden die klimatischen Bedingungen. Zwar gehen im November die Temperaturen auf ein erträgliches Maß zurück, dafür ist der Monat die Zeit der Sandstürme, die bisweilen erhebliche Ausmaße annehmen und bis zu zwei Tagen dauern können. In einem Sandsturm ist an Weiterfahrt nicht zu denken; man muss Vorsorge treffen, immer ausreichend Wasser und Lebensmittel an Bord zu haben. Es wäre ohnehin besser, im Konvoi mit anderen Lkws aufzubrechen, zusammen mit erfahrenen Chauffeuren, die die Wüste wie ihre Westentasche kennen. Sich allein auf die gefährliche Strecke zu begeben komme einem Selbstmord gleich, erklärt Markus. SOS habe sich nicht so viel Mühe gegeben – und sich unter anderem auf einen Prozess eingelassen, nicht wahr, Laurie –, um sie im Sand versinken oder von Piraten massakriert zu sehen.

Laurie nickt. Sie hat einen Kloß im Hals, der umso dicker wird, je mehr sie über die wahren – und tödlichen – Risiken ihrer Reise erfährt. Auf Sandstürme, Hitze, glühende Sonne, Durst und Einsamkeit hat sie sich eingestellt, den Faktor Mensch jedoch außer Acht gelassen. Natürlich ist Wüste nicht gleich Wüste. Und ein mit einer vollständigen Bohrausrüstung beladener Lkw stellt selbstverständlich eine willkommene Beute dar.

Ehe sie sich trennen, drückt Schumacher jedem der beiden das Allerwichtigste in die Hand. Rudy bekommt die Schlüssel des Lkws sowie eine vorbezahlte Tankkarte, die angeblich in allen Ländern anerkannt wird. Laurie erhält die Kreditkarte für ein eigens für diesen Auftrag eingerichtetes Konto von SOS. Schumacher verrät ihr den Kontostand nicht – vermutlich ist er geradezu lächerlich. Selbstverständlich wird Laurie bei der ersten Benutzung der Karte erfahren, wie viel Geld ihr zur Verfügung steht, doch dann ist Schumacher zu weit fort, um ihren Wutausbruch ertragen zu müssen, und ihr wird nichts übrig bleiben, als sich damit abzufinden.

Schumacher schützt einen wichtigen Termin vor, um den Abschied abzukürzen, und lässt Laurie und Rudy auf dem Parkplatz stehen. Wie vor den Kopf geschlagen, sehen sie sich an. Plötzlich wird ihnen die enorme Verantwortung bewusst, die jetzt allein auf ihren Schultern lastet. Laurie bemüht sich um ein kleines, Mut machendes Lächeln.

»Wie sagte noch der große Laozi? ›Selbst die längste Reise beginnt mit dem ersten Schritt …‹«

Mit einer theatralischen Geste führt sie besagten Schritt aus – gerät auf dem spiegelglatt gefrorenen Asphalt ins Rutschen und schlägt der Länge nach hin. Lachend hilft Rudy ihr auf die Beine. Beinahe hätte Laurie ihn wütend angebrüllt, doch sie reißt sich zusammen. Er kann schließlich wirklich nichts dafür – und nein, es ist kein schlechtes Omen für die Reise! *Hör endlich auf, dich verrückt zu machen!* Also lächelt sie zunächst noch etwas zögernd zurück, fällt aber schon bald herzhaft in sein schallendes Lachen ein. Immer noch lachend gehen sie Hand in Hand auf den Lkw zu, in dem sie nun viele Tage gemeinsam verbringen werden – und der vielleicht ihr Sarg wird.

Gräueltaten

Liebe Schwester, lieber Bruder!

Fühlst du dich verloren? Irrst du ohne Hoffnung durch die feindliche Welt? Hast du die wahren Werte aus den Augen verloren und weißt nicht mehr, welchem Heiligen du dich anvertrauen sollst? Du siehst, dass die Menschheit auf die schiefe Bahn geraten ist, weißt aber nicht, wie du Sünde und Dekadenz widerstehen sollst?

Rette deine Seele, dann rettest du die Welt.

Schließ dich uns an in Gebeten und Selbsthingabe – um der Liebe Gottes willen. Der Herr ist gut und mächtig. Er errettet die Gerechten und die Frommen vor dem Fall der großen Hure Babylon. Komm zu uns, und du wirst gerettet werden. Komm zu uns, und du wirst die Welt aus den Klauen des Tieres retten.

<GöttlicheLegion.org>

»Einen schönen guten Tag, Mrs. Hutchinson-Fuller. Bitte, nehmen Sie Platz.«

»Nur Hutchinson bitte. Pamela Hutchinson. Rechtsanwalt Grabber hat Sie mir empfohlen. Ich möchte eine Auskunft einholen wegen … wegen einer …«

»Ich verstehe. Setzen Sie sich doch. Hier haben Sie ein Taschentuch.«

»Danke. Entschuldigen Sie, aber es sind …«

»Die Gefühle, nicht wahr? Ich nehme an, es geht um eine Scheidung.«

»Ja.«

»Wissen Sie, Sie brauchen sich nicht zu schämen. Alle Welt geht heutzutage getrennte Wege. Wer von Ihnen beiden will die Scheidung einreichen? Oder handelt es sich um eine gütliche Trennung?«

»Keinesfalls! *Ich* bin diejenige, die sich scheiden lassen will. Ich kann nicht eine Minute länger mit diesem … diesem Monster unter einem Dach leben!«

»Beruhigen Sie sich, Pamela. Aus Zorn erwächst nie etwas Gutes.«

»Schon gut, Sie haben ja recht, Mr. Nelson. Was soll ich tun?«

»Zunächst müssen Sie mir bitte erklären, warum Sie sich scheiden lassen wollen. Auch wenn es nicht angenehm ist. Ich muss jede Einzelheit wissen, um Sie professionell vertreten zu können … Nun? Nur Mut, Pamela! Ich werde Ihnen helfen. Schlägt er Sie?«

»Nein.« Pamela schluchzt auf. »Er hat die Pflegerin unseres Sohnes geschlagen.«

»Weiter.«

»Er hat sie vergewaltigt, sie zum … zum Analverkehr gezwungen und … und sie zu Sexorgien mitgenommen. Mein Gott!«

»Verstehe. Wie haben Sie von diesen … Gräueltaten erfahren? Waren Sie dabei?«

»Nein, ich hatte … Es war … Consuela, die Pflegerin. Sie hat mir alles erzählt.«

»Konnte sie ihre Behauptungen beweisen?«

»Beweisen?«

»Ja, zum Beispiel mit Spuren von Schlägen oder mit Fotos.«

»Das nicht, aber ich weiß genau, dass sie die Wahrheit sagt.«

»Etwas genau zu wissen reicht vor Gericht leider nicht aus. Sie müssen Ihre Behauptungen entweder beweisen oder einen glaubwürdigen Zeugen benennen. Ist Consuela noch bei Ihnen?«

»Natürlich nicht. Ich habe ihr sofort gekündigt.«

»Wo hält sie sich jetzt auf?«

»Keine Ahnung … Du liebe Zeit, ich hätte sie als Zeugin gebraucht, nicht wahr?«

»Das wäre allerdings tatsächlich wichtig. Könnten Sie sie vielleicht ausfindig machen?«

»Sie hat keine Adresse hinterlassen. Sie können sich sicher vorstellen, dass sie möglichst schnell fortwollte.«

»Hm, Sie konfrontieren mich da mit einer äußerst heiklen Situation. Ich persönlich verstehe Ihren Schmerz und glaube Ihnen aufs Wort. Allerdings wird das Gericht ohne Beweise oder Zeugen deutlich weniger Entgegenkommen zeigen.«

»Aber was soll ich tun?«

»Es gar nicht erst zu einer Gerichtsverhandlung kommen lassen. Trennen Sie sich einvernehmlich.«

»Das bedeutet?«

»Das bedeutet im Prinzip, dass Sie Schulden und Guthaben untereinander aufteilen, sich über das Sorgerecht für die Kinder einigen und als gute Freunde auseinandergehen.«

»Nie im Leben! Ich will, dass er für seine Schweinereien bezahlt! Sein ganzes restliches Leben soll er sie bereuen! Ich hoffe, dass Gott Gerechtigkeit walten lässt!«

»Ich verstehe. Vielleicht gibt es ja noch eine andere Lösung.«

»Aber welche, Mr. Nelson?«

»Sie glauben an Gott, nicht wahr, Pamela?«

»Aber natürlich! Geheiligt werde sein Name. Amen.«

»Amen. Sie sind der Ansicht, dass das, was Ihr Ehemann mit der Betreuerin Ihres Sohnes getan hat, ein Gräuel ist, nicht wahr?«

»Schlimmer als das! Es ist ein ... eine ... Es gibt kein Wort, um es zu beschreiben.«

»Welcher Konfession gehören Sie an, Pamela?«

»Ich gehöre zur Baptistengemeinde von Eudora. Unser Pfarrer ist der gute George Parrish.«

»Würde dieser gute Hirte Ihnen helfen, die Gräueltaten Ihres Ehemannes öffentlich anzuprangern?«

»Ich glaube kaum, dass er das wagen würde. Solche Entsetzlichkeiten kämen ihm gar nicht erst über die Lippen.«

»Und doch gäbe es hier einen Lösungsansatz. Wenn nämlich öffentlich bekannt würde, dass sich Ihr Ehemann auf perverse Weise sexuell vergnügt, die Kirche ihn daraufhin verurteilt und ehrbare, gläubige Bürger sich gegen ihn wenden, dann dürfte es ein Leichtes sein, eine Scheidung zu Ihren Gunsten zu erreichen.«

»Trotzdem glaube ich nicht, dass Pfarrer Parrish an einer solchen Kampagne teilnehmen würde. Er ist ein sanfter, ruhiger Mann, der niemandem etwas zuleide tut.«

»In diesem Fall brauchen Sie mächtigere Hilfe, als Pfarrer Parrish sie Ihnen bieten kann. Sie brauchen die Hilfe Gottes.«

»Ich bete jeden Tag, dass er mir Gerechtigkeit zuteilwerden lässt.«

»Das genügt nicht. Sie müssen sich ihm nähern, damit er Sie hört. Und dazu gibt es nur einen einzigen Weg: Folgen Sie denen, deren Rettung er bereits beschlossen hat.«

»Ich kann Ihnen nicht ganz folgen, Mr. Nelson.«

»Ich meine den bewaffneten Arm unseres Herrn. Die weltumspannende Organisation, die gegen jede Art von schändlichem Tun, Boshaftigkeit und jene Dekadenz kämpft, die sich sogar in unsere Wohnungen eingeschlichen hat, wie Sie selbst feststellen mussten. Allein erreichen Sie nichts, Pamela. Sie werden immer ein verlorenes Schaf sein. Schließen Sie sich der Herde Gottes an, Pamela, und Sie werden gerettet werden.«

»Wovon reden Sie eigentlich?«

»Ich spreche von der Göttlichen Legion.«

Scheißleben

Seit Pamela Consuela entlassen hat, klappt nichts mehr.

Fuller ist nicht abergläubisch. Auch glaubt er weder an das Strafgericht Gottes noch an irgendwelche Vorzeichen und schon gar nicht an Hexerei. Nicht einmal eine Sekunde lang kommt er auf die Idee, Consuela könnte ihn verhext, den Satan beschworen oder einen Voodoo-Zauber gegen ihn verhängt haben. Und doch ist es so, als ob sich seit ihrem Fortgang alles gegen ihn verschworen hätte, als gäbe es einen Zusammenhang zwischen Ursache und Wirkung. Natürlich ist es reiner Zufall, allenfalls abhängig vom Gesetz der Serie. Trotzdem!

Da sind vor allem die Geschäfte. Fuller hat einige Schwierigkeiten ökonomischer, juristischer und finanzieller Art mit bestimmten Tochtergesellschaften der Resourcing. So schreibt beispielsweise Boeing seit der Explosion des wasserstoffgetriebenen Airbus tiefrote Zahlen, weil man den amerikanischen Konkurrenten ebenfalls nicht für zuverlässig hält. Universal Seed ist von sechzig Ländern – darunter Indien und China, denen es dazu nicht an Unverfrorenheit mangelt – vor dem IHG wegen Dumpingpreisen sowie der Ausnutzung des technologischen Monopols hinsichtlich einer transgenen Reissorte namens *Abundance* verklagt worden. Auch Flood befindet sich im freien Fall – eine Folge zweifelhafter Joint Ventures und riskanter Investitionen in russische Mafia-Unternehmen. Der Prozess gegen GeoWatch ist vor dem europäischen Gerichtshof in die Berufung gegangen, was den Ausgang angesichts des europäischen Hasses auf die Amerikaner wieder unsicher aussehen lässt. Und schließlich scheint sich die Verhandlung von Resourcing gegen Burkina Faso vor dem IHG als komplexer als erwartet zu erweisen. Ganz so einfach wie die »kleine Formalität«, die Samuel Grabber prophezeit hat, wird es offenbar nun doch nicht werden. Erstens haben Untersuchungen erwiesen, dass es an gleicher Stelle noch vor zehn Jahren einen See gab – den Bamsee. Jetzt werden Experten herausfinden müssen, ob das unterirdische Wasservorkommen die Überreste des Bamsees sind oder ob es unabhängig von ihm existiert. Im ersten Fall würde es sich nicht mehr um eine Entdeckung im eigentlichen Sinn handeln, und Resourcing könnte nicht mehr auf Eigentumsrechte plädieren. Zweitens hat sich herausgestellt, dass das Gesetz aus der Zeit des Staatsstreichs in Burkina Faso, auf das Grabber sich berief – das Land und seine Bodenschätze werden ausländischen Firmen überlassen, sofern sie im Land investieren –, bereits vor anderthalb Jahren von der neuen Regierung abgeschafft worden ist; allerdings wurde die von Grabber konsultierte offizielle Webseite nicht auf den neuesten Stand gebracht … Drittens unterliegt der Vorsitz des IHG dem Rotationsprinzip, und in diesem Jahr wird er von dem Koreaner Kim Il Jong Li übernommen. Nun ist jedoch allgemein bekannt, dass Korea ein Vasall Chinas geworden ist, seit die Chinesen das Land vor dem letzten Raubüberfall vonseiten der Amerikaner im Jahr 2013 gerettet haben. Daher wird das IHG ganz von selbst das arme, kleine, durstige Burkina Faso gegen den amerikanischen Blutsauger Resourcing verteidigen. Kurz und gut – der Fall ist noch lange nicht in trockenen Tüchern. Widerwillig muss Fuller zugeben, dass Bournemouth recht behalten hat: Grabber würde von der diffizilen Sachlage profitieren und ihm eine Menge Knete aus der Tasche ziehen. Was noch lange keine Erfolgsgarantie bedeutet!

Und dann sind da noch die Lebensumstände. In der Enklave gerät im Augenblick so gut wie alles ins Schwimmen. Seit die Tornados Lawrence heimgesucht und die Hochspannungsleitungen zerstört haben – und das ist inzwischen zwei Wochen her! –, gibt es noch immer keine Stromversorgung in Eudora. Die Arbeiter, die die Leitungen reparieren sollen, weigern sich, wegen der Unsicherheit außerhalb der Enklaven ohne Militäreskorte ans Werk zu gehen. Hinzu kommt, dass sich bei den beiden Wasserstoffgeneratoren, die Eudora bei Stromausfällen von der Energieversorgung unabhängig machen sollen, während des Sturms jedoch ausgefallen sind, ein Fabrikationsfehler herausgestellt hat. Nun muss je ein wichtiges Einzelteil ausgetauscht werden, das ausschließlich in Thailand hergestellt wird. Inzwischen wurden bereits Stimmen laut, dass es sich um einen bewussten Sabotageakt gehandelt haben könnte – dass ein Verbündeter Chinas den Ausfall der Geräte wissentlich in Kauf genommen habe, um Amerikanern Schaden zuzufügen. Fuller selbst geht von der sehr viel prosaischeren Erklärung aus, dass General Electric mit seiner drastischen Kostensenkungspolitik bestimmte Einzelteile lieber in Thailand produzieren lässt, als seinen amerikanischen Angestellten dafür gutes Geld zu bezahlen. Immer wieder der gleiche Fehler, verdammt noch mal – sie wollen es einfach nicht begreifen! In der Zwischenzeit bleibt es in Eudora finster und chaotisch. Nicht eine einzige Dienstleistung funktioniert, auf den Straßen sieht es aus wie bei Hempels unterm Sofa, und überall bleibt der Müll liegen. Es riecht nach Gosse und Schimmel, und die hohen Temperaturen – heute etwa zeigt das Thermometer 35 Grad Celsius, nicht schlecht für einen Novembertag – machen die Sache auch nicht besser. Man fühlt sich fast wie in den ärmsten Ländern der Welt. Jeder versucht, irgendwie klarzukommen, was bedeutet, dass die meisten sich Wasserstoffzellen gekauft haben. Aber auch nach Wasserstoff muss man suchen, denn die Zapfsäulen in Eudora sind ausgefallen, so wie alles andere auch. In Lawrence steht kein Stein mehr auf dem anderen, also muss man bis Kansas City fahren und alle damit verbundenen Risiken auf sich nehmen. Die ständigen Stromschwankungen führen dazu, dass das hauseigene Kommunikationssystem verrückt spielt – erst gestern saß Anthony in seinem Arbeitszimmer fest, weil die Sicherheitszentrale ihn für einen Einbrecher hielt und Alarm auslöste. Pamela musste ihn befreien, was ihm unter den derzeitigen Umständen ausgesprochen peinlich war.

Denn das Schlimmste in dieser langen Kette von Sorgen und Unannehmlichkeiten sind Anthonys familiäre Probleme.

Pamela will die Scheidung. Diese kleine Nutte Consuela hat ihr alles erzählt, obwohl Anthony ihr sehr deutlich zu verstehen gegeben hat, dass sie Eudora nicht lebend verlassen würde, sollte sie es je wagen, auch nur einen Ton zu sagen. Er hat immer gehofft, sie mit Angst zügeln zu können. Doch sie nutzte seine Abwesenheit, um Pamela einzuweihen, die einmal in ihrem Leben tatsächlich die Initiative ergriffen hat. Als Anthony zurückkam, war Consuela nicht mehr im Haus. Seine Frau hatte sie mit 5000 Dollar in der Tasche auf der K10 abgesetzt – und damit genau das getan, was er immer verhindern wollte. Danach wartete Pamela heulend, zerzaust und betrunken auf seine Rückkehr. Sie hatte sich mit einer halb geleerten Flasche Bourbon bewaffnet, die sie ihm über den Schädel zu ziehen versuchte. Noch nie hat Fuller sie derart wütend gesehen. Alle möglichen Dinge flogen durch das Haus, und Pamela verursachte so viel Schmutz, Splitter und umhergespritzte Flüssigkeit, dass das hauseigene Kommunikationssystem kapitulierte und nicht mal einen Reinigungsauftrag losschickte. Und jetzt will Pamela sich scheiden lassen. Natürlich wird sie versuchen, so viel wie möglich aus ihm herauszuholen, und vermutlich eine astronomische Unterhaltssumme fordern. Grabber hat ihn informiert, dass Pamela bei ihm war, er sich aber geweigert hat, ihren Fall zu übernehmen; er gab vor, nicht gegen die Interessen seines Klienten handeln zu dürfen. Pamela ist unglaublich aufgebracht und bereit, einen großen Wirbel um die Sache zu veranstalten. Allerdings ist eine Scheidung nicht unbedingt die Art von Werbung, an der Fuller derzeit gelegen ist.

Zu Hause gehen sie sich so gut wie möglich aus dem Weg, doch ab und zu geschieht es, dass sie einander begegnen. Auch eine Villa von zwölfhundert Quadratmeter Grundfläche ist kein unendliches Labyrinth. Pamela schleppt sich wie ein Zombie herum. Sie steht ununterbrochen unter Prozac4. Sobald sie Anthony zufällig zu Gesicht bekommt, flammen ihre sonst so toten Augen in blankem Hass auf. Allmählich denkt er ernsthaft daran, aus der Villa auszuziehen. Was ihn im Augenblick noch davon abhält, ist die Tatsache, dass er sich eigenhändig um Tony Junior kümmern muss. Pamela ist in ihrem Zustand dazu nicht in der Lage. Anthony wäscht seinen Sohn, zieht ihn an, gibt ihm zu essen und verabreicht ihm zu den festgesetzten Zeiten seine Medikamente. Er erträgt seine Schreie und seinen täglich spöttischer werdenden Eulenblick. Als ob der Junge Bescheid wüsste … Während Anthony sich um ihn kümmert, verfolgt ihn das kleine Monster ununterbrochen mit seinen grauen Augen, die wie ein Scanner sein Gehirn Gräuel für Gräuel freilegen – zumindest empfindet er es so. Manchmal ertappt er sich bei regelrechten Mordgelüsten; er sehnt sich danach, dem bösartigen Parasiten ein für alle Mal den Garaus zu machen. Auch Pamela würde er am liebsten um die Ecke bringen. Sie hat ihm wirklich verdammt übel mitgespielt! Und Rachel, die bigotte Nachbarin, sollte am besten gleich mit dran glauben, ehe sie ihren infamen Tratsch unter die Leute bringen kann – diese Heuchler und Lügner gehören samt und sonders an die Wand gestellt, einschließlich Bournemouth und Tabitha, die ihn wie einen Blödmann vorgeführt haben. Jetzt hat er überhaupt niemanden mehr zum Ficken, kein devotes Mädchen, das sich seinen Sexfantasien unterwirft, und die Tatsache, dass Pamela ihn in aller Öffentlichkeit bezichtigt, die Pflegerin seines Sohnes missbraucht zu haben, dürfte ihm diesbezüglich einige Chancen verbauen. Scheißleben!

Anthonys Leben ist so verkorkst, dass er es nur mit Medikamenten übersteht. Jeden Tag dopt er sich mit seinem üblichen Cocktail – Neuroprofen, Dexomyl, Calmoxan, Metacain, Vitamine und Energy Pills –, und zwar in hohen Dosen und geradezu zwanghaft, wie ein Abhängiger. Die Folgen sind ein zerrütteter Körper und ein ebensolches Nervensystem, er wird von Ticks heimgesucht, hat manchmal angsterregendes Herzrasen oder furchtbare Bauchschmerzen, schläft schlecht und zittert unkontrolliert. Sein Gehirn ist nur noch Matsch.

Das Schlimmste jedoch sind die Halluzinationen.

Manchmal glaubt er die Stimme Wilburs zu hören, seines toten und schnell vergessenen Sohnes. Dann wieder sieht er seine schlaksige Gestalt im Flur herumlungern. Anthony glaubt nicht an Gespenster, also muss es sich um Halluzinationen handeln – Projektionen des Geistes, die von verdrängten Schuldgefühlen herrühren, behauptet sein Therapeut. Und wenn es Anthony schon einmal gelingt zu schlafen, dann geistert Wil durch seine Albträume. Durch *den* Albtraum, denn es ist immer der gleiche: Es ist Nacht, eine tiefe, schwarze, sternenflirrende Nacht. Anthony wandert durch die Wüste. Er ist allein und hat sich verirrt. Bis zum fernen Horizont sieht er nichts als Sanddünen. Mühevoll erklimmt er eine nach der anderen und sinkt dabei bis zu den Knöcheln im lockeren Sand ein. Er ist erschöpft, hat große Angst und weiß nicht, wohin er sich wenden und wie er dem sicheren Tod entkommen soll.

Und dann erscheint Wilbur. Immer. Er löst sich von der Spitze einer Düne oder aus dem Schatten eines Tals. Glücklich läuft Anthony auf seinen Sohn zu. Doch Wilbur sieht merkwürdig aus: Er ist gekleidet wie ein Targi und ebenso sonnenverbrannt. Und doch ist er es; Anthony erkennt die dünne Gestalt und das Gesicht einer internetsüchtigen Eule. Dann gewahrt er die Drohung in den grauen, starren Augen, den Augen Tony Juniors. Die Klinge eines Dolchs blitzt im Mondlicht auf. Anthony kann sich nicht bewegen. Reglos, gelähmt vor Angst, steht er im Sand. Wil/Tony lächelt ihn merkwürdig an, fast traurig und resigniert, als wolle er sich für die unausweichliche Geste entschuldigen, die er gleich vollenden wird.

Dann geht es ganz schnell. Wie ein bleicher Blitz senkt sich die Klinge in Anthonys Herz. Er erwacht mit einem Schrei, schwer atmend und die Hand über seinem Herzen verkrampft. Meist dauert es eine ganze Weile, bis sich sein wild pochendes Herz einigermaßen beruhigt hat und das Gefühl eisiger Kälte weicht. Noch länger dauert es, dem Bild seiner zu einem einzigen Menschen verschmolzenen Söhne zu entrinnen – dem Bild seines Mörders.

Der Albtraum begann, als er anfing, Tony Junior zu betreuen, doch er erkennt keinen Zusammenhang. Es sind die Scheißmedikamente, die ihn kaputt machen! Anthonys Hausarzt und sein Therapeut haben ihn gewarnt, dass es nicht mehr lange so weitergehen könne. Wenn er nicht schnell einen definitiven Schlussstrich zöge, würde das den sicheren Tod oder ein Abdriften in den Wahnsinn bedeuten. Doch wie soll er das anstellen? Wenn er aufhört, bricht er zusammen – das weiß und spürt er. Es ist einfach nicht der richtige Moment; eigentlich ist nie der richtige Moment.

Genau genommen gibt es nur eine Lösung: Er muss fortgehen. Um jeden Preis. Er muss sich dazu durchringen.

Verwirrungen

Die Güter dieser Welt sind nur Leihgaben.

Maurisches Sprichwort

»Hallo, wer spricht da?«

»Mr. Fuller?«

»Ja, aber wer sind Sie? Das Bild ist sehr unscharf; ich kann Sie nicht erkennen.«

»Hier sind Harry Coleman und John Turturo.«

»Aus welchem Loch rufen Sie denn an? Die Verbindung ist miserabel!«

»Hier funktioniert einfach gar nichts! Sogar die Satelliten kommen vom Kurs ab, wenn sie Afrika überfliegen!«

»Und? Wie kommen Sie voran?«

»Ganz schlecht. Dieses Land ist die Hölle!«

»Ja, und weiter?«

»Hier herrscht eine Bullenhitze, und Wasser gibt es auch nicht.«

»Stellen Sie sich vor, das ist mir bekannt!«

»Nein, Mr. Fuller, Sie haben keine Ahnung! Es ist so heiß, dass die Leute einfach krepieren. Auf den Straßen liegen überall Leichen herum, es gibt hier mehr Geier als Ratten in New York. Das Land braucht dringend Wasser. Es besteht so gut wie nur aus Sand und Staub.«

»Hört mal zu, Jungs – für wen arbeitet ihr eigentlich? Für mich oder für Burkina Faso?«

»Sie haben eine Einschätzung der Situation verlangt, und die bekommen Sie. Nicht mehr und nicht weniger. Allerdings müssen wir feststellen, dass Sie die Bedürfnisse des Landes nicht einfach ignorieren können. Wenn Sie den Leuten das Wasser vor der Nase abzapfen, ohne ihnen wenigstens einen Teil davon zu lassen, gibt es Krieg, dafür können wir garantieren. Es wird Ihnen nicht gelingen. Das Volk ist jetzt schon völlig aus dem Häuschen, weil es weiß, dass sich unter seinen Füßen ein immenser Wasservorrat befindet.«

»Apropos Wasservorrat. Waren Sie an der Fundstelle?«

»Unmöglich. Das ganze Gebiet ist abgesperrt und wird vom Militär bewacht.«

»Wovor fürchten sie sich? Vor einer amerikanischen Intervention?«

»Ich glaube eher, dass man die Einheimischen fernhalten will. Viele haben angefangen, mit Pickeln und Spaten Brunnen zu graben.«

»Ist die Fundstelle leicht zugänglich?«

»Absolut. Sie liegt an der Stelle, wo früher der Bamsee war – eine Art riesiger Sand- und Staubsenke. Es ist ganz einfach, hinzukommen.«

»Haben Sie Fotos gemacht?«

»Nur ein paar. Wir schicken sie Ihnen zu. Aber wir fallen auf, weil wir die einzigen Weißen in diesem Scheißdorf sind. Die Militärs haben uns gleich Fragen gestellt.«

»Und? Ich hoffe doch, Sie haben sich eine vernünftige Ausrede für solche Zwecke überlegt.«

»Wir geben uns als unabhängige Geologen aus, die mit Zustimmung der Regierung das Bohrgebiet untersuchen. Der Botschafter Gary Jackson hat uns mit den entsprechenden Papieren ausgestattet.«

»Sehr gut.«

»Bei dieser Gelegenheit haben wir etwas Interessantes erfahren. Die Soldaten glaubten nämlich, wir wären die Vorhut eines Konvois, der Kongoussi in einigen Tagen erreichen soll, und zwar ein Konvoi mit Bohrmaterial. Und wissen Sie, wer die Ausrüstung schickt? SOS-Europa!«

»Wie bitte?«

»Sie haben richtig gehört, Mr. Fuller. Offensichtlich will man das Urteil des IHG nicht abwarten, um das Wasservorkommen auszubeuten. Und ehrlich gesagt verstehe ich die Leute. An ihrer Stelle würde ich es ebenso machen.«

»Aber das ist doch Diebstahl, verdammt noch mal! Das Wasser gehört mir! Erzählen Sie mir Näheres über die Garnison.«

»Es handelt sich um eine Handvoll halber Kinder, die mit alten, umgerüsteten Uzis aus chinesischen Militärbeständen bewaffnet sind. Mit einem Kommando könnte man sie locker überrollen, falls Sie auf eine solche Lösung hinauswollen, Mr. Fuller. Allerdings würde ich Ihnen davon abraten.«

»Und warum?«

»Sie hätten im Handumdrehen nicht nur das ganze Land, sondern auch die Nachbarn Mali, Niger und Ghana auf dem Hals. Sie würden Burkina Faso sofort zu Hilfe kommen.«

»Wegen eines Grundwasservorkommens? Machen Sie sich nicht lächerlich. Die Leute haben ganz andere Sorgen!«

»O nein, so läuft das hier nicht. Zwar geht es den Eingeborenen hier hundsmiserabel, trotzdem hängen sie an ihrer Regierung.

Die Präsidentin wird geradezu abgöttisch verehrt, und auch die Nachbarn zollen ihr höchste Achtung. Obwohl Burkina zurzeit das ärmste Land der Welt ist, setzt es Maßstäbe. Sollten Sie vorhaben, das Wasservorkommen mit Gewalt in Ihren Besitz zu bringen, würde halb Westafrika das Land unterstützen, und zwar nicht, um das Wasser zu retten, sondern um sich einer Einmischung vonseiten des Westens zu erwehren. Einmischungen aus dem Westen werden hier gar nicht gern gesehen. Wir sind nicht gerade sonderlich beliebt.«

»Und was schlagen Sie vor?«

»Verhandeln Sie. Geben Sie ihnen ein Stück vom großen Kuchen ab. Bieten Sie ihnen Ihr technisches Know-how an, und lassen Sie es sich mit einer angemessenen Menge Wasser bezahlen.«

»Nicht zu fassen! Sind Sie CIA-Agenten, die für die Interessen Amerikas einstehen, oder Dritte-Welt-Öko-Freaks? Was ist bloß los mit Ihnen?«

»Das kann ich Ihnen genau sagen, Mr. Fuller: Wir sind hier. Sie nicht! Sie sollten unbedingt herkommen und sich vor Ort einmal in aller Ruhe umsehen.«

»Himmel, nein! Ich werde keinen Fuß in dieses Sandnest setzen – allenfalls, um meine Bohrstation einzuweihen. Das Wasser gehört mir, und ich werde nicht verhandeln! Basta!«

»Sie haben eine feuchte Aussprache, Mr. Fuller. Der Bildschirm ist voller Flecken.«

»Aaahhhrrrggg … puh … Ja, ja, ich beruhige mich ja schon! Trotzdem steht mein Entschluss fest – keine Verhandlungen, zumindest nicht, bis das Urteil des IHG auf dem Tisch liegt. Ich werde … ich werde mir eine andere Strategie überlegen. Auf jeden Fall setze ich mich mit Gary Jackson in Verbindung. In absehbarer Zeit erhalten Sie neue Anweisungen von ihm.«

»Und was sollen wir inzwischen hier tun?«

»So viele Informationen wie möglich sammeln. Auch über diesen Konvoi von SOS. Wenn es irgend möglich ist, versuchen Sie, ihn aufzuhalten.«

»Aufhalten? Wie denn?«

»Scheiße, woher soll ich das wissen? Sie sind doch die Spezialisten für Hinterhältigkeiten. Stiften Sie Verwirrung. In Afrika gibt es doch ständig irgendwelche Verwirrung, oder?«

»Na gut, wenn es denn sein muss! Wir sehen zu, was wir tun können.«

»Okay. Bis bald.«

Ärgerlicher Auftrag

Ein Amerikaner hat sich in der Wüste verirrt. Stundenlang läuft er im Kreis herum. Er ist völlig erschöpft und kurz vor dem Verdursten. Da begegnet er einer Karawane, deren Wasserschläuche voll sind mit frischem, gutem Wasser, das die Männer erst am Morgen aus dem Brunnen von Azennezal geschöpft haben.

»Der Herr sei gelobt!«, ruft der Amerikaner aus. »Habt ihr Coca-Cola?«

»Nein«, antworten die Männer.

»Schade«, sagt der Amerikaner enttäuscht.

Und er setzt seinen ziellosen Weg fort.

Witz aus dem Land der Tuareg (Kurzfassung)

»Der Kerl ist doch nicht ganz dicht«, stellt Harry Coleman fest, legt das Telefon weg und lässt sich auf dem Bett zusammensinken.

Er ist es leid, in diesem Hotelbett zu schwitzen, in einem Zimmer, dessen Temperaturen an die im Ofen eines Krematoriums heranreichen. Die Klimaanlage funktioniert nicht. Johnny und er haben die gesamten Biervorräte der Hotelbar geplündert, und an eine anständige Dusche ist auch nicht zu denken. In dem vor Kakerlaken wimmelnden Bad steht lediglich ein Eimer Wasser, der für den ganzen Tag reichen soll, aber schon jetzt zu drei Vierteln geleert ist.

Zwar geht es Johnny Turturo nicht viel besser als seinem Kollegen, doch er bemüht sich, es nicht zu zeigen. Er ist in seinem Leben viel gereist, hat mehr Erfahrung und hält sich für abgehärteter. Er lümmelt in einem abgewetzten Velourssessel, hat das Hemd bis über seinen dicken Bauch aufgeknöpft und trieft geradezu vor Fatalismus und Würde.

»Er ist nun mal unser Chef«, erklärt er schulterzuckend. »Und außerdem Vorstandsvorsitzender eines der größten *ww*-Unternehmen weltweit.«

»Das beruhigt mich absolut nicht.«

»Hast du eine Idee, wie wir diesen Konvoi aufhalten könnten?«

»Nein, zum Teufel, und ich habe auch nicht die geringste Lust, darüber nachzudenken. Ganz ehrlich, Johnny, ich finde es grässlich, für diesen Fuller zu arbeiten. Du hast doch mitbekommen, dass er tatsächlich bereit ist, das ganze Land in Schutt und Asche zu legen, um an *sein* Wasser zu kommen.«

»Na ja«, seufzt Johnny, »Leute wie er haben Amerika aufgebaut.«

»Ich würde eher sagen: haben Amerika auf dem Gewissen. Weißt du was? Am liebsten würde ich nach Idaho gehen. Da ist es kühl, es gibt Berge und Schnee. Und eiskalte Sturzbäche.« Harry steht mühsam auf. »Ich habe schon wieder Durst. Ich gehe mal nachschauen, ob sie vielleicht wieder ein paar Bier in den Kühlschrank gestellt haben.«

»Hier gibt's keinen Kühlschrank.«

»Mist«, flucht Harry. »Was für ein Scheißland! Und was für ein Scheißauftrag!« Er schleppt sich zur Zimmertür. »Ich gehe trotzdem mal nachsehen. Ich brauche ein bisschen frische Luft.«

»Ach, weißt du, Harry, draußen ist es noch schlimmer als hier.«

Er öffnet die Tür. Das Zimmer geht auf einen Innenhof hinaus, in dessen Mitte ein ausgetrockneter Springbrunnen und eine verdorrte Palme stehen. Ein Schwall heiße, mit Sandpartikeln beladene Luft schlägt ihm ins Gesicht. Unwillkürlich hebt er die Hand, als wolle er die Gluthitze abwehren, und weicht einen Schritt zurück.

»Mr. Coleman? Mr. Turturo?«

»Ja bitte?«

Harry blinzelt in die Gesichter von vier Soldaten, die sich vor der Tür versammelt haben. Sie sind in voller Uniform. Unter ihren Helmen schwitzen sie. Ihre Waffen halten sie auf der Hüfte. Sie wirken zwar nicht unbedingt aggressiv, aber auch nicht besonders freundlich.

»Was wünschen Sie?«, erkundigt sich Johnny und kommt ebenfalls an die Tür.

»Sind Sie die Herren Coleman und Turturo?«, fragt der junge Mann auf der Schwelle erneut. Er scheint die Abteilung zu kommandieren. »Dürfte ich bitte Ihre Pässe sehen?«

Missmutig kommen die Amerikaner der Aufforderung nach. Der junge Soldat studiert die Papiere sorgfältig und steckt sie schließlich in die Brusttasche seiner Uniform.

»Hey, was soll das?«, protestiert Harry. »Wieso nehmen Sie uns unsere Pässe weg?«

»Kommen Sie bitte mit. Sie stehen unter Arrest.«

»Was ist los?« Johnny fällt aus allen Wolken.

»Sie haben mich sehr wohl verstanden.« Der junge Soldat hebt die Mündung seiner Waffe ein winziges Stück höher. »Zwingen Sie uns nicht, Gewalt anzuwenden.«

»Schon gut, Boss, wir kommen ja schon«, knurrt Harry.

»Bestimmt handelt es sich um einen Irrtum.« Johnny spielt auf Zeit und greift nach seinem Handy. »Wir rufen nur kurz die Botschaft an und …«

»Sie rufen überhaupt niemanden an. Sie kommen jetzt mit – ganz einfach«, befiehlt der junge Soldat. »Geben Sie mir Ihre Telefone.«

Er macht einem anderen Soldaten ein Zeichen, die Geräte an sich zu nehmen, während er Harry und Johnny mit seiner Uzi in Schach hält – einer auf kurze Entfernungen äußerst wirksamen Waffe. Anschließend lotst er sie hinaus in die Backofenglut. Auf der Straße wartet ein mit einer Plane abgedeckter Daewoo-Pick-up. Er ist rot vor Staub und hat seine besten Jahre schon lange hinter sich.

Die Amerikaner werden zur zentralen Polizeistation gebracht, einem gelb verputzten Gebäude unmittelbar neben dem Rathaus. Trotz massiver Militärpräsenz herrscht eine träge Atmosphäre. In einem Hinterzimmer werden sie mit kühlen Blicken von einem dicken Kerl mit ergrauenden Haaren und Stiernacken empfangen, der interessiert in einer Akte auf seinem Schreibtisch blättert. Vermutlich handelt es sich um den Polizeikommissar. Auch zwei Offiziere sind anwesend, ebenso eine Sekretärin, die an einem hochmodernen Computer mit Touchscreen sitzt, der deutlich aus dem überalterten Kolonialambiente hervorsticht – Schränke, Aktenschränke und Schreibtische sind aus Metall, die alten Stühle mit Skai bezogen, und der Ventilator versucht vergeblich, Fliegen zu vertreiben, die ganz wild auf feuchte Menschenhaut sind.

»Würden Sie uns jetzt bitte endlich sagen, was das alles zu bedeuten hat?«, schimpft Harry.

Der Kommissar wirft ihm unter schweren Lidern einen Blick zu und versenkt sich stumm wieder in seine Akte. Johnny macht Harry ein Zeichen, sich zu beruhigen. Er weiß, dass man in solchen Situationen umso länger wartet, je mehr man sich aufregt.

Schließlich betritt ein Mann unbestimmten Alters das Büro. Er geht gebeugt, hat einen kahlen Schädel und tiefe Stressfalten im Gesicht. Er nickt den Soldaten zu, begrüßt den Kommissar, spricht halblaut ein paar Sätze in der Landessprache mit ihm und mustert dann die beiden Amerikaner mit strengem Blick. Harry und Johnny vermuten, dass es sich um eine einflussreiche Persönlichkeit handelt.

»Ihre Beglaubigung von der Regierung«, fordert der Kommissar sie auf. »Ich hätte sie bitte gern.«

Harry und Johnny wechseln einen Blick. Beide haben den gleichen Gedanken: Ihre Deckung ist aufgeflogen.

Trotzdem weisen sie die Dokumente mit dem Briefkopf der Regierung vor, auf denen bescheinigt wird, dass sie als Geologen das Recht haben, sich auf dem künftigen Bohrgelände umzusehen und eine Machbarkeitsstudie zu erstellen. Sie reichen sie dem Kommissar, der sie umgehend an den hohen Herrn weitergibt. Dieser setzt eine Brille mit winzigen Gläsern auf und liest die Papiere genau durch.

»Sie sind falsch«, erklärt er schließlich. »Plumpe Kopien.«

Mit angeekeltem Gesichtsausdruck wirft er die Kopien auf den Schreibtisch.

»Was möchten Sie wissen, Monsieur Zebango?«, erkundigt sich der Kommissar.

»Für wen sie arbeiten. Was sie hier zu suchen haben. Wer ihr Kontaktmann in Burkina ist. Ich wünsche einen detaillierten Bericht des Verhörs, Ouattara.«

»Selbstverständlich, Herr Bürgermeister.«

Étienne Zebango verlässt das Büro gebeugt und sorgenvoll, ohne die beiden Amerikaner eines weiteren Blickes zu würdigen. Ouattara hingegen sieht ihnen gerade in die Augen.

»Jetzt hört mir mal gut zu, ihr beiden. Ihr seid des Diebstahls von offiziellen Dokumenten und der Spionage angeklagt. Außerdem habt ihr euch Fälschungen beschafft und sie benutzt. Wir können euch mit dieser Anklage bis vor das Kriegsgericht bringen.« Er wirft einem der Offiziere einen fragenden Blick zu, den er mit einem Kopfnicken bestätigt. »Ihr seid noch lange nicht aus dem Schneider, das kann ich euch versichern. Es gibt mehrere Möglichkeiten: Entweder ihr schweigt zu den Vorwürfen, oder ihr nehmt euch einen Anwalt, oder aber ihr kooperiert. Natürlich hängt es vom Ausmaß eurer Zusammenarbeit ab, wie kurz und wie bequem euer Aufenthalt hier bei uns sein wird.«

»Schon gut«, brummt Harry, »die Leier kennen wir.«

»Und wir werden auf keinen Fall aussagen«, betont Johnny.

Harry dreht sich zu ihm um und sieht ihn mit gemischten Gefühlen an.

»Mag schon sein, dass du nicht aussagst, aber ich werde ihnen erzählen, was immer sie wissen wollen.«

»Na prima«, lächelt Kommissar Outtara.

Johnny reißt verblüfft die Augen auf.

»Ich lehne es ab, für diesen Psychopathen zu arbeiten. Und decken werde ich ihn schon gar nicht. Ich lehne es ab, für weiteres Blutvergießen verantwortlich zu sein, wenn auch nur auf indirektem Weg. Ich habe die Nase gestrichen voll von diesem Zirkus und möchte endlich wieder zurück nach Idaho und meine Eier abkühlen.

Also werde ich den Herren alles mitteilen, was sie wissen möchten, damit wir hier endlich rauskommen.«

»Harry«, presst Johnny mit erstickter Stimme hervor, »wenn du das tust, bist du ein toter Mann.«

Proteste

Der Donnerstag
Die Zeitung, die Klartext redet

Unterirdischer Wasserfund von Kongoussi (Bam)
Zwei amerikanische Spione verhaftet
Harry Coleman und John Turturo, beide als Agenten für die CIA tätig, wurden am gestrigen Nachmittag von einer Abteilung des 4. Infanterieregiments, das derzeit seinen Dienst an der künftigen Bohrstelle versieht, in ihrem Hotelzimmer verhaftet.
Die beiden Spione, die zurzeit in Diensten eines amerikanischen Privatmannes stehen, waren aufgefallen, weil sie sich seit mehreren Tagen immer wieder auf dem Gebiet des ehemaligen Bamsees aufhielten und versuchten, Erkundigungen einzuholen.
Weiter auf **Seite 4**

Botschafter Gary Jackson hat gehofft, mit seinem Auftritt im Büro der Präsidentin möglichst viel Staub aufzuwirbeln. Am liebsten wäre er in eine wichtige Debatte geplatzt und hätte einen wahren Skandal vom Zaun gebrochen. Sein Plan wurde durch die unerschütterliche Yéri Diendéré zunichte gemacht, die ihm mit einer Hand auf dem Telefon drohte, ihn notfalls vom Militär hinauswerfen zu lassen, falls es ihm einfiele, in das Büro der Präsidentin einzudringen, ohne dass er dazu aufgefordert worden wäre. Und so muss Gary Jackson seine Wut zügeln und im Vorzimmer warten. Nur die Sekretärin leistet ihm Gesellschaft. Sie interessiert sich allerdings weniger für ihn als für eine Grünpflanze, die sie sorgfältig, aber sparsam gießt.

Endlich öffnet sich die Tür der Präsidentin und entlässt die trockene Claire Kando, Ministerin für Wasserversorgung und Ressourcenverwaltung, den dicken Amadou Dôh, Minister für Verkehr und Infrastruktur, sowie einen chinesischen Geschäftsmann. Sie beglückwünschen sich gegenseitig, bis Fatimata Konaté schließlich geruht, den Botschafter der Vereinigten Staaten zu bemerken.

»Mr. Jackson! Ich bin gleich bei Ihnen.«

Nach schier endlos scheinenden Verabschiedungen hat die Präsidentin endlich Zeit für ihn und bittet ihn herein. Er betritt das Büro im Erobererschritt, wobei er versucht, wieder den indignierten Gesichtsausdruck hinzubekommen, den er sich beim Betreten des Präsidentenpalastes zurechtgelegt hat, und baut sich vor Fatimata auf. Die Präsidentin verbirgt ihr halbes Lächeln nicht.

»Madame, im Namen der Vereinigten Staaten und des amerikanischen Volkes protestiere ich auf das Schärfste gegen die willkürliche Verhaftung zweier Landsleute, deren sofortige und bedingungslose Entlassung ich hiermit fordere.«

»Hören Sie schon auf mit dem Theater, Jackson. Bei einer derartigen Hitze tut es nicht gut, sich übermäßig aufzuregen.«

»Haben Sie mir nicht zugehört, Madame Konaté?«, trompetet der Botschafter mit hochrotem Gesicht. »Befehlen Sie die umgehende Freilassung von Coleman und Turturo, sonst …«

»Sonst was?«

»Sonst nehmen wir ihre Befreiung selbst in die Hand. Aber dabei werden Sie Federn lassen, das verspreche ich Ihnen.«

»Muss ich Ihre letzte Äußerung als offizielle Androhung einer militärischen Intervention auffassen, Exzellenz?«

»Bezeichnen wir es für den Augenblick als halbamtliche Verwarnung, die allerdings sehr schnell einen offiziellen Charakter annehmen könnte. Hier geht es nicht mehr nur darum, wer Eigentümer von ein paar Litern Wasser ist – hier geht es um Leben und Freiheit zweier unrechtmäßig in Haft sitzender amerikanischer Bürger. Die Regierung der Vereinigten Staaten ist in dieser Hinsicht äußerst sensibel, ganz zu schweigen von der öffentlichen Meinung.«

»Nun setzen Sie sich endlich. Sie machen mich ganz nervös mit Ihrer Unruhe.«

Fatimata lässt sich umständlich hinter ihrem Schreibtisch nieder, stützt die Ellbogen auf und legt ihr Kinn in die Handflächen. Trotz geschlossener Fensterläden und einem dünnen Strahl kühler Luft, den die Klimaanlage sich abringt, ist es im Raum mindestens 45 Grad warm.

»Ich meine es bitterernst, Madame«, warnt Gary Jackson, während er sich auf der Kante eines in traditioneller Machart hergestellten, niedrigen Stuhls niederlässt. »Im Übrigen wird Präsident Bones Sie heute noch anrufen und meine Forderung bekräftigen.«

»Mr. Jackson, als Botschafter sollten Sie einiger politischer Prinzipien dieses Landes gewärtig sein, die Sie offenbar nicht wahrhaben wollen. Eines davon ist die Unabhängigkeit der Justiz. Selbst wenn Coleman und Turturo meine Brüder wären, könnte ich in meiner Eigenschaft als Präsidentin ihren Prozess weder verhindern noch beeinflussen. Wenn die beiden unschuldig sind, werden sie freigelassen, und wenn nicht, werden sie verurteilt. So einfach ist das.«

»Ich fordere die sofortige ...«

»Halten Sie den Mund, Jackson, und hören Sie mir zu. Das zweite Prinzip ist das der Solidarität. Sollten die Vereinigten Staaten sich tatsächlich entschließen, Burkina Faso anzugreifen, um zwei Spione freizubekommen und sich eines unterirdischen Wasservorrats zu bemächtigen – denn darum geht es doch eigentlich bei dieser Farce, nicht wahr? –, käme uns nicht nur ganz Afrika zu Hilfe, dessen interne Fehden in einem solchen Fall keine Rolle mehr spielen würden, sondern auch eine Menge nördlicher Länder wie zum Beispiel Europa oder China. Sehr bald schon stünde wieder einmal die ganze Welt gegen die Vereinigten Staaten. Denken Sie an den Zusammenbruch des Weltreichs. Begehen Sie nicht den gleichen Fehler ein zweites Mal.«

Der Botschafter öffnet den Mund, um erneut zu protestieren, doch es gibt nichts zu erwidern: Jackson muss zugeben, dass die Präsidentin mit ihrer politischen Analyse nur allzu richtig liegt. Burkina ist das typische Opferland ohne Verteidigungsmöglichkeit und ohne

Reichtum, während die Vereinigten Staaten nach wie vor als bösartiges Raubtier gelten, das zwar ein paar Haare gelassen hat, aber immer noch zubeißen kann. Die Weltgemeinschaft würde zwangsläufig die Verteidigung Burkinas übernehmen. Allerdings können sich die Vereinigten Staaten keinen weiteren unpopulären Krieg leisten; das desaströse Abenteuer gegen Mexiko im Jahr 2021 ist allen noch in überaus lebhafter Erinnerung.

Als der indianische Präsident von Mexiko, Raul del Rio, Ende 2020 erklärte, das nordamerikanische Freihandelsabkommen ALENA mit Ablauf der Verträge verlassen und sich der ASEAN, dem asiatischen Äquivalent, anschließen zu wollen, fassten die Vereinigten Staaten diesen Schritt als Verrat und persönlichen Affront gegen Präsident Cornell auf. Die CIA zettelte einen Staatsstreich an, der allerdings scheiterte, und die Vereinigten Staaten nahmen die angebliche politische Instabilität zum Vorwand, das Land und damit die letzten noch bewirtschafteten Ölquellen zu »sichern«. Bereits im Irakkrieg im Jahr 2003 war man nach einer ähnlichen Methode vorgegangen. Dieses Mal jedoch lief alles schief. Nicht nur, dass sich die Mexikaner mit unerwartet gut bewaffneter Unterstützung wütend zur Wehr setzten, sondern ganz Südamerika erhob sich wie ein Mann gegen die Vereinigten Staaten. Nordamerikanische Fabriken wurden zerstört oder sabotiert, und Geschäfte, Banken, Gebäude, Niederlassungen und Botschaften auf dem gesamten Kontinent waren Ziele von Vergeltungsaktionen. Bald schon gab es Tausende von Toten auf beiden Seiten. Schließlich kamen China und der asiatische Block Mexiko offiziell zu Hilfe, während einige europäische Länder sich eher inoffiziell in Form von Waffenlieferungen sowie logistischer und humanitärer Unterstützung beteiligten. Den Vereinigten Staaten blieb nur die Wahl, sich entweder auf einen Krieg einzulassen oder sich einigermaßen würdevoll aus Mexiko zurückzuziehen. Cornell entschied sich für die harte Gangart. Darauf erhoben sich in fast allen großen amerikanischen Städten hispanische Guerillagruppen. Die spanischsprachigen Bundesstaaten Kalifornien und Neumexiko erklärten ihren Austritt aus dem Bund, erkannten die Bundesregierung nicht länger an und öffneten ihre Grenzen für die Flüchtlinge des »ungerechtfertigten Interventionskrieges«. Beim zehntausendsten getöteten GI gab sich Cornell geschlagen. Nicht etwa aus Menschlichkeit – dieses Wort existiert im offiziellen Sprachgebrauch nicht –, sondern wegen leerer Kassen. Das Land war ruiniert und zerstört. Die hispanischen Straßengangs legten Feuer an die letzten noch geöffneten Kaufhäuser in den großen Städten. Unternehmen machten ihre Fabriken dicht und verlagerten die Produktion in ruhigere Länder. Arbeitslosigkeit, Armut und Unsicherheit erreichten historische Rekordhöhen. Kreditgeber wurden unruhig und forderten die Rückzahlung der Anleihen. Es gab nicht mehr ausreichend Kerosin, um Tarnkappenbomber nach Mexiko zu schicken, und auch kein Geld, um die GIs zu bezahlen, die in hellen Scharen desertierten. Schließlich blies die amerikanische Armee zu einem alles andere als glorreichen Rückzug. Die Vereinigten Staaten versanken in Bitterkeit, Rezession und Isolationismus – mit Ausnahme von Kalifornien und Neumexiko, die sich der ASEAN anschlossen und denen es dadurch ein wenig besser erging. Auf diese Weise richtete sich das amerikanische Weltreich in weniger als drei Jahren selbst zugrunde. Seither gilt Amerika als eines der unsichersten Länder der Erde, dessen Bruttoinlandsprodukt unter dem von Korea rangiert und das so hoch verschuldet ist wie die afrikanischen Länder zu Beginn des Jahrhunderts.

Natürlich kennt Gary Jackson die traurige Geschichte in- und auswendig; in diplomatischen Kreisen zitiert man sie als Musterbeispiel für eine selbstmörderische Außenpolitik. Und natürlich ist sie auch dem derzeitigen Präsidenten bekannt, der mit Sicherheit keine Armee entsenden wird, um Coleman und Turturo zu befreien. Allerdings gibt es andere, sehr viel diskretere Möglichkeiten, bei deren Anwendung die Vereinigten Staaten eine lange Erfahrung vorweisen können. Fuller verfügt über Kontakte und die nötigen Mittel, Jackson kennt das Land und seine Einwohner. Ja, es wäre durchaus möglich, eine geheime Operation auf die Beine zu stellen. Und damit hätte er die ihm zustehenden zehn Prozent redlich verdient …

»Nun, Exzellenz, Sie sagen nichts mehr? Habe ich Sie etwa überzeugen können?«

Gary Jackson erhebt sich mit einer heftigen Bewegung und bemüht sich, wütend zu wirken.

»Ganz und gar nicht, Frau Präsidentin. Ich nehme Ihre Weigerung bezüglich einer Kooperation zur Kenntnis, aber über dieses Thema haben wir nicht zum letzten Mal gesprochen, das versichere ich Ihnen.«

Er verlässt das Büro und knallt die Tür hinter sich zu. Schmunzelnd und kopfschüttelnd sieht Fatimata ihm hinterher. Dann steht sie auf und geht zu Yéri in deren brütend heißes Vorzimmer, wie sie es oft nach anstrengenden Gesprächen oder Meetings zu tun pflegt. Das gesunde Phlegma und die unwandelbare Heiterkeit ihrer jungen Sekretärin trösten sie fast immer.

»Jackson schien nicht gerade sehr zufrieden zu sein«, stellte Yéri fest.

»Kein Wunder. Er hat mir mit einer militärischen Intervention gedroht, falls ich die beiden Amerikaner nicht auf der Stelle aus dem Gefängnis entlasse.«

»Und? Werden Sie es tun?«

»Auf keinen Fall. Nie im Leben würde ich eine Errungenschaft aufs Spiel setzen, die uns so viel Mühe gekostet hat – unsere unabhängige Justiz. Aber Jackson blufft ohnehin. Sogar seine Wut war nicht echt.«

»Hüten Sie sich vor diesem Mann, Fatimata. Er ist eine Schlange.«

»Ach was! Er rechtfertigt sein Gehalt, indem er ein bisschen Dampf ablässt. Ich wüsste nicht, was er uns anhaben sollte.«

Ibliss

Eine wohltuende Gabe ist eine Gabe, die man nicht weit entfernt suchen muss. Eine Gabe, die über die Dinge hinausgeht, ist weder im Leben noch im Tod wohltuend für ihren Bewahrer; ein

Mensch, der von seiner Gabe überschwemmt wird, ähnelt niemandem mehr, denn er gehört weder zu den Lebenden noch zu den Toten. Nur die Wolken sind seine Freunde.

Barkié Kaboré, Bangba (weiser Mann aus dem Stamm der Mossi), zitiert von Kabire Fidaali in *Le Pouvoir du bangré* (1987)

Dank seiner Leistung und vielleicht auch, weil er der Sohn der Präsidentin ist, genehmigt die oberste Heeresleitung Abou Diallo-Konaté einen vierundzwanzigstündigen Sonderurlaub. Auch seinem Freund Salah Tambura wird diese Vergünstigung zuteil. Tatsächlich ist es Abou zu verdanken, dass man Coleman und Turturo enttarnen konnte. Während seiner Wache am Eingang zum Wasserfundort kontrollierte er die beiden. Die Amerikaner legten ihm die Vollmachten der Regierung vor, woraufhin Abou sie sofort mit dem sehnlichst erwarteten Konvoi von SOS in Verbindung brachte. Aufgeregt informierte er seinen Hauptmann, der es seinerseits für gerechtfertigt hielt, mit dem Bürgermeister von Kongoussi über den Vorfall zu sprechen. Étienne Zebango zeigte sich überrascht, deutete aber an, nichts über einen Besuch von zwei Geologen zu wissen, denn normalerweise hält Fatimata Konaté ihn über alles auf dem Laufenden, was mit dem Wasserfund zu tun hat. Er rief im Präsidentenpalast an, wo Yéri Diendéré ihn informierte, dass keine Vollmachten für Geologen ausgestellt worden seien. Étienne begriff sofort. Als hätte er nicht ohnehin schon genug Ärger, musste er sich jetzt auch noch mit zwei Spionen herumschlagen. Er delegierte die ganze Sache an die Militärs, und so kam es, dass Abou, Salah und zwei weitere junge Freiwillige die beiden Spione festnahmen.

Abou hätte in seinem Sonderurlaub natürlich nach Ouaga fahren und seine Eltern besuchen können – Salah hat insgeheim schon damit gerechnet und sich auf einen Tag in der Hauptstadt gefreut –, doch er entscheidet sich anders.

»Ich möchte meine Großmutter in Ouahigouya besuchen.«

»Schon wieder?« Salah ist empört. »Du warst doch erst vor vierzehn Tagen da. In Ouahigouya ist absolut tote Hose – kein großer Unterschied zu hier.«

»Du brauchst ja nicht mitzukommen. Bei mir ist es etwas anderes. Ich muss hin.«

»Warum? Ist sie krank?«

»Nein, nein. Aber das verstehst du nicht.«

Wenn Abou ganz ehrlich ist, versteht er den ungeheuer drängenden Wunsch, Hadé zu besuchen, selbst nicht so recht. Es ist mehr als einfach nur die Lust, sie zu sehen, und es ist auch mehr als die Erfüllung seiner Pflicht als Enkel … fast kommt es ihm vor, als habe sie ihn gerufen. Nicht mit Worten und auch nicht im Traum. Es kommt ihm vor wie ein Körpergefühl, wie etwas in seinem Bauch. Und ohne zu verstehen, warum, weiß er genau, dass dieses ziehende Gefühl ihm befiehlt, seine Großmutter zu besuchen.

Etwas widerwillig beschließt Salah dennoch, ihn zu begleiten. Nach heftigem Feilschen gelingt es ihnen, Felicités Motorroller auszuleihen. Felicité ist die Tochter des Bürgermeisters, die Abou kennt und mit der er manchmal ein wenig flirtet. Sie füllen den Tank bis zum Rand mit Ethanol und düsen ab in Richtung Ouahigouya.

Es ist fast 50 Grad heiß. Stellenweise zerläuft der Asphalt. Der Harmattan färbt den Himmel gelb und fegt Sandspiralen über die Straße. Die wenigen Autos und Lkws, denen sie begegnen, bespucken sie mit Rauch und Staub. Die Köpfe in ein Tuch gehüllt, schwitzend und mit verzerrten Gesichtern, fahren sie hartnäckig weiter. Die Savanne zu beiden Seiten der Straße ist verbrannt, die Felder sind nur noch aufgeplatzte Ödflächen. Langsam und unausweichlich übernimmt der Sand die Herrschaft über alles. Die trockene Hitze und der mineralische Geruch der Wüste sind schon allgegenwärtig; Dünen kann man von hier aus zwar noch nicht sehen, doch sie dringen unerbittlich und unaufhaltsam nach Süden vor.

Ohne ihre Fahrt zu verlangsamen, durchqueren sie Tikaré, dessen früher so üppiger Markt sich heute auf ein paar kümmerliche Auslagen beschränkt, zwischen denen dürre Zombies umherschleichen. Sie hoffen darauf, in Kassouka Wasser zu bekommen, doch sie finden nur noch ein totes, verlassenes Dorf vor, das langsam unter Sand und Staub zerbröckelt. In Séguénéga schließlich erhalten sie Wasser zu einem sündhaften Preis; dort ist gerade ein Tankwagen vorgefahren. Der Wettlauf um das Wasser droht in einen Aufruhr zu münden, den das Auftauchen zweier uniformierter Soldaten zumindest für eine Weile in Schach halten kann. Und weiter geht es in Richtung Ouahigouya. Sie umfahren Autowracks und bemühen sich, die mehr oder weniger verwesten menschlichen Leichen und Tierkadaver am Straßenrand zu ignorieren. Geier und Hyänen, die sich um ihr schauerliches Mahl streiten, ziehen sich beim Herannahen des Rollers missmutig zurück. In regelmäßigen Abständen begegnen ihnen alte Traktoren mit Anhängern, Eselskarren, Handwagen und Menschen, die sich mit großen Taschen, Matratzen, Geschirr und Bündeln abschleppen. Sie alle wollen nach Kongoussi, wohin sie die Mär von demnächst üppig sprudelndem Wasser lockt.

Die Stadt Ouahigouya erinnert ein wenig an Kongoussi, wirkt aber verelendeter, weil sie größer ist. Überall riecht es nach Tod und Verwesung, Geier drehen ihre Kreise im gelben Himmel, die Geschäfte sind geschlossen, die Straßen menschenleer. Zerstörte Kaufhäuser und verbrannte Gebäude zeugen von Aufruhr und Plünderungen.

Mit sicherer Hand lenkt Abou den Motorroller zum Besitz von Hadé, der sich von seiner Umgebung durch einen immer noch grünen Tamarindenbaum unterscheidet. Unter diesem Baum sitzt Hadé im Kreis ihrer Patienten auf einer Bank und waltet ihres Amtes. Sie berührt, tastet ab, fragt und verschreibt ihre Medikamente. Als der Roller in einer Staubwolke zum Stehen kommt, steht sie auf, um ihren Enkel und seinen Freund zu begrüßen. Inzwischen übernimmt Magéné die Behandlung der Patienten.

»Sei gegrüßt, mein Sohn. Ich habe dich erwartet.«

Abou nimmt sein Kopftuch ab und gibt seiner Großmutter einen Kuss. Er hat ihr seinen Besuch nicht angekündigt, doch es wundert ihn nicht, dass sie ihn erwartet hat. Dann stellt er ihr Salah vor, der sie schüchtern und ein wenig unbehaglich begrüßt. Ungeachtet der bittenden Rufe mancher Patienten führt Hadé ihre Besucher ins Haus.

Nach einem Becher kühlen, frischen Wassers als Willkommenstrunk und dem Austausch der letzten Neuigkeiten aus der Familie wird es sehr still in der großen, runden Behausung. Hadé, die aus ihrem niedrigen Sessel zu quellen scheint, sitzt mit gekreuzten Armen und geschlossenen Augen da. Abou sitzt ihr auf einer Matte gegenüber, betrachtet seine Füße und weiß nicht recht, was er tun soll. Salah, der an der Wand kauert, betrachtet interessiert die Einrichtung – vor allem die Masken und der tönerne Fetisch, aus dem ein dünner Rauchfaden aufsteigt, haben es ihm angetan.

Eine geraume Zeit später öffnet Hadé die Augen.

»Was hast du mir zu sagen, mein Sohn?«

»Ich habe ein unangenehmes Gefühl im Bauch. Ungefähr hier.« Er berührt einen Punkt unterhalb des Solarplexus. »Ich dachte, du könntest vielleicht ...«

»Das ist keine Krankheit, mein Sohn. Das ist nur das Bangré, das in dich eindringt.«

Salah hebt in seinem Winkel erstaunt die Augenbrauen.

»Es fühlt sich an wie ein Ziehen, nicht wahr? Eine Art unbequemer Knoten.«

»Ganz genau.«

»Und nachts träumst du vom Fliegen. Du findest dich an unbekannten Orten wieder.«

»Ja, ab und zu.«

»Und manchmal tust du Dinge, ohne genau zu wissen, warum du sie tust – auch wenn du hellwach bist.«

»Ich fühle mich irgendwie verpflichtet, sie zu tun. Wie beispielsweise herzukommen.«

»Genau das ist es.« Ein Lächeln umspielt Hadés üppige Lippen. »Nein, mein Junge, das ist keine Krankheit, der man mit Kräutern und Tränken zu Leibe rücken kann. Es ist die Gabe, die sich in dir ausbreitet, die du aber noch nicht beherrschst. Aus diesem Grund hast du Beklemmungen und merkwürdige Gefühle. Manche erleben es noch viel schlimmer. Ich habe Menschen gekannt, die tagelang verschwunden sind und orientierungslos in der Welt des Bangré herumirrten, ohne zu wissen, wie ihnen geschah.«

Abou fühlt sich alles andere als besänftigt durch das, was seine Großmuter ihm da sagt. Salah rutscht unruhig auf seinen Absätzen herum, ehe er zu fragen wagt:

»Wird Abou auch von *zindamba* besucht, Madame Konaté?«

»Für manche Menschen nimmt die Gabe diese Form an, für andere wiederum ist sie ein Geschenk Gottes. Das muss jeder mit sich selbst abmachen. Ich persönlich ziehe es vor, ohne Schleier zu sehen.«

»Bringen Sie Opfer dar, um Wissen zu erlangen?«

Salah zeigt auf den Fetisch. Hadé muss lächeln.

»Ich brauche nicht zu töten, um zu wissen, junger Mann.« Sie wendet sich an Abou. »Erinnerst du dich, Sohn, wie ich bei deinem letzten Besuch in den Rauch geschaut habe?« Abou nickt. »Du hast *gesehen*, wie ich in den Rauch geschaut habe, und du hast auch das *gesehen*, was ich gesehen habe. Weißt du noch, was es war?«

»Ja«, bestätigt Abou. »Es war eine Art … Zwerg.«

»Genau. Kannst du ihn jetzt auch *sehen*? Schließ die Augen und entspanne dich.«

Mit einem Fächer wedelt Hadé den dünnen Rauchfaden aus dem Fetisch in Abous Richtung.

»Lass Formen und Bilder einfach zu. Ohne Zwang. Lass sie kommen …«

Dicht an die Wand gedrückt, verfolgt Salah die Szene mit aufgerissenen Augen. Der Rauch ist ihm unangenehm, doch er vergisst das Husten.

»Ich sehe ihn, Großmutter.«

»Ja?«

»Es ist ein ganz grauer und verschrumpelter Zwerg«, verkündet Abou mit erhobenem Kinn. Seine geschlossenen Augenlider flattern. »Er ist böse.«

»Weiter!«

»Seine Hände sind wie Klauen, und er hat einen Schwanz.«

»Das ist Ibliss! Der Satan!«, ruft Salah erschrocken aus.

»Hör auf, Abou!«, mahnt Hadé mit strenger Stimme. »Du fantasierst, um deinen Freund zu beeindrucken. Aber das Bangré ist nicht dazu da, Freunde zu beeindrucken. Dazu ist es viel zu ernst.«

Abou öffnet die Augen und senkt verwirrt den Kopf. Salah wird kühner.

»Kann das Bangré auch töten, Madame Konaté?«

»Ja, das kann es. Aber wenn du dich des Bangré bedienst, um zu töten, bist du selbst bereits tot.«

Hadé überlässt es dem jungen Mann, über ihre sibyllinische Antwort nachzudenken, und fordert Abou auf, sich zu erheben und neben den Fetisch zu treten. Er gehorcht nur widerwillig. Hadé nimmt eine Art Kohle aus einer Schale und wirft sie in das kleine Loch. Sofort wird der Rauch dichter – eine bräunliche, beißend-erstickende Wolke kräuselt sich aus der Öffnung. Unwillkürlich weicht Abou zurück, doch Hadé macht ihm ein Zeichen, sich über das Loch zu beugen. Er schafft es nicht. Der Rauch ist unerträglich. Abou hustet sich fast die Lunge aus dem Leib. Da legt ihm Hadé ihre dicke Hand auf den Hinterkopf und hält seinen Kopf mit Gewalt über der Öffnung fest. Abou wehrt sich noch ein paar Sekunden. Er hustet und spuckt, aber dann wird sein Körper so schlaff, dass Hadé ihn halten muss.

Salah tritt von einem Bein auf das andere. Er weiß nicht, was er tun soll, und fragt sich, ob die alte Dame vielleicht verrückt geworden ist, ob sie Abou ersticken will und ob er vielleicht besser Hilfe holen sollte … Er entschließt sich, das Haus zu verlassen, denn er bekommt fast keine Luft mehr, und überdies macht die Hexerei ihm allmählich Angst. Als er eben den Vorhang beiseiteschieben will, schreit Abou entsetzt auf. Salah dreht sich auf dem Absatz um.

Sein Freund tobt. Hadé hält ihn in ihren mächtigen Armen und zieht ihn vom Fetisch fort. Abous Augen treten fast aus den Höhlen, sein Mund steht weit offen, und er scheint zutiefst verängstigt zu sein. Durch die geschlossenen Läden sickern Sonnenstrahlen und zerteilen den Rauch, der den ganzen Raum erfüllt. Alles wirkt so übernatürlich und geheimnisvoll, dass Salah vor Angst wie angewurzelt stehen bleibt. Umso mehr, als Hadé ihren Enkel nicht etwa hinlegt und ihm erst einmal etwas zu trinken gibt, wie es normal wäre, sondern ihn im Gegenteil schüttelt und anschreit:

»Was hast du gesehen, Abou? Was hast du gesehen? Sag es mir! Sag es mir schnell!«

»Ich habe … ich habe …« Er stottert wie ein Ertrinkender, den man gerade noch rechtzeitig aus dem Wasser gefischt hat.

Seine verstörten Augen heften sich auf Hadés schwarzen, glänzenden Blick. Er atmet einen tiefen Zug der verrauchten Luft ein, ehe sein Entsetzen sich in einem Aufschrei Bahn bricht:

»Ich habe den Hass gesehen!«

FÜNFTES KAPITEL

Pakte und Kontakte

»Stephen Byers, ein ehemaliger britischer Minister, hat 2006 den Satz geprägt: ›Eine ökologische Zeitbombe ist unterwegs.‹ Nun, liebe Freunde, sie ist gerade dabei, vor unserer Nase zu explodieren. Keine Panik, sie explodiert langsam. Eine Bombe in Zeitlupe. Wir haben ausreichend Zeit, uns die Zerstörungen anzusehen, die sie Tag für Tag anrichtet, und wir haben Zeit zu spüren, wie wir sterben. Inzwischen ist es längst zu spät, die Bombe zu entschärfen. Sie ist schon dabei zu explodieren, und sie fordert Millionen Opfer. Ist in Ihrer Familie noch niemand gestorben? Dann haben Sie bisher Glück gehabt, aber das wird nicht mehr lange anhalten. Ihnen geht es auch noch an den Kragen! Genau wie mir. Auf der Erde wird es keine Überlebenden geben, das garantiere ich Ihnen.«

Dieser wenig tröstliche Beitrag stammt von Niels Moore, dem Präsidenten der Gesellschaft *Sterbehilfe für alle*.

Das war unsere Sendung »Eine Minute für Ihre Meinung«. Und nun fahren wir fort mit unserem großen Spiel »Zu dumm, um aus dem Bus zu gucken« unter der Leitung des Super-Blödmanns Wim Brinker. Welche Dummheiten wird sich unser Favorit Jan Kapsel heute ausdenken, um sich auch in der vierten Woche durchzusetzen?

Gespenster

Gute Nachrichten kommen aus der medizinischen Forschung. GSK *ww*, weltweit führender Hersteller von Medikamenten, hat angekündigt, in spätestens zwei Jahren einen Impfstoff gegen Malaria auf den Markt zu bringen.

»Es handelt sich um ein großes, synthetisch hergestelltes Protein, die Nachbildung eines Peptids, das sich natürlicherweise auf der Oberfläche des Insekts befindet. Dieses Protein veranlasst den Körper, spezifische Antikörper zu bilden. Im Augenblick befinden wir uns in der Phase der klinischen Tests am Menschen und erhalten durchweg positive Resultate.«

So weit die Einschätzung von Doktor Ramón Bejaía, Direktor des GSK-Forschungsinstituts in Manila.

Zur Erinnerung: Malaria ist Todesursache Nummer eins weltweit. Jedes Jahr fallen ihr etwa drei Millionen Menschen zum Opfer, hauptsächlich in den ärmsten Ländern der Welt. Afrika stellt mit 80 Prozent den weitaus größten Anteil der Todesfälle. Schon Anfang des Jahrhunderts fanden in einem unabhängigen Schweizer Labor unter großem Interesse der GSK Forschungen zur Herstellung einer Malariaschutzimpfung statt, die jedoch aus Geldmangel eingestellt werden mussten.

»Diese Arschlöcher!«, schimpft Laurie, die im Autoradio die Meldung verfolgt hat.

»Wieso Arschlöcher?«, fragt Rudy verblüfft. Er sitzt entspannt mit hinter dem Nacken verschränkten Händen am Steuer des Lkw. »Ich finde es gut. Endlich kümmert sich mal jemand um die Malaria.«

»Du sagst es: *Endlich* passiert etwas! Aber der Impfstoff hätte schon vor dreißig Jahren entwickelt werden können. Stattdessen lässt man lieber drei Millionen arme Teufel im Jahr krepieren. Denn ein Impfstoff für die Armen rentiert sich nicht! Außerdem nehmen sie lieber die in Indien für ein paar Rupien hergestellten Generika. Leider sind noch nicht alle gestorben – sie vermehren sich sogar.«

»Du bist ganz schön zynisch, Laurie. Aber wie erklärst du dir, dass GSK jetzt doch einen Impfstoff produzieren will? Soviel ich weiß, sind die Armen inzwischen nicht reicher geworden.«

»Und du bist einfach nur naiv! Die Antwort liegt doch auf der Hand: Die Malaria breitet sich inzwischen auch in Europa aus. Da öffnet sich ein vielversprechender Markt.«

Darauf erwidert Rudy nichts mehr. Vermutlich sind ihm die Argumente ausgegangen. Im Lauf ihrer Gespräche hat Laurie längst festgestellt, dass der Holländer politisch manchmal recht kurzsichtig ist. Abgesehen von einem tiefen Hass gegen Faschisten und Neonazis, die er als persönliche Widersacher ansieht, beschränkt sich seine Ansicht auf den Satz: »Überall ist der Wurm drin – vor allem im Staat.« Wenn es allerdings um wirtschaftliche Dinge geht, so hat er dank seines früheren Berufes sehr viel deutlichere Vorstellungen über die Funktion der Märkte als Laurie.

Nach Rudys Einschätzung beläuft sich der Preis für einen Meter Bohrung unter normalen Bedingungen – also ohne Materialverlust und ohne dass der Untergrund zu weich oder zu felsig ist – auf etwa 30 bis 50 Euro. Ein Bohrloch von 250 Metern Tiefe würde damit zwischen 7500 und 12500 Euro kosten. Nun beträgt das Budget, das SOS Laurie zur Verfügung gestellt hat, genau 12000 Euro. Geht man davon aus, dass auch nur kleinere Schwierigkeiten die Kosten geringfügig erhöhen – was mit Sicherheit der Fall sein wird –, bleibt für Lauries und Rudys Aufwandsentschädigung nichts mehr übrig. Sie würden sich von Luft und Liebe ernähren müssen oder ihren Gastgebern zur Last fallen. Außerdem bleibt ihnen nichts anderes übrig, als die Preise so weit wie möglich zu drücken und um jedes Kilo Zement zu feilschen. Tolle Aussichten! Zweihundert Kilometer lang war Laurie stinkwütend, nachdem sie an einer Autobahnraststätte einen kleinen Imbiss bezahlen wollte und die böse Überraschung am Geldautomaten entdeckte. Sie hat mehrfach versucht, Markus zu erreichen, doch der hat sich geflissentlich hinter dem Anrufbeantworter verschanzt. Zwar hat sie ihn geradezu mit zornigen Nachrichten überhäuft, doch der einzige Effekt war, dass sie sich danach ein wenig besser fühlte. Rudy stellt lapidar fest, dass sie doch selbst nichts anderes erwartet hätte, kapiert aber nicht, dass es genau das ist, was sie so in Rage bringt – Markus' Knauserigkeit ist so vorhersehbar, dass es nie, wirklich nie eine angenehme Überraschung gibt. Bei jedem Einsatz ist es das Gleiche: Laurie muss zusehen, wie sie über die Runden kommt.

Wirklich beruhigt hat sie erst der Zorn der Elemente, die keinen Vergleich mit ihren schäbigen Finanzsorgen zulassen.

Als sie Besançon hinter sich ließen und an den Ausläufern des Jura entlangfuhren, wurde das Wetter schlechter. Die trockene Kälte, die im Elsass geherrscht hatte, war bis Belfort ihr Begleiter. Inzwischen hatten sie die Vogesen hinter sich gelassen. Die Temperaturen schnellten in die Höhe, und der aufkommende Wind brachte dicke, schwarze Wolken mit, die nach und nach den Himmel überzogen. Schnell wich das Tageslicht jener fahlen Beleuchtung, die häufig mit unangenehmen Naturphänomenen einhergeht. Der Wind wurde immer stärker. Brüllend wie ein Dämon packte er den Lkw mit eiserner Faust und warf ihm Blätter, Äste, Trümmer und noch gefährlichere Dinge in den Weg. Rudy klammerte sich an das Lenkrad. Manchmal spürte er, wie die Reifen des Mercedes von der Straße abhoben, doch er wusste, dass es schlimmer werden würde, wenn er stehen bliebe, denn dann würde der Wagen womöglich umkippen. Nach Minuten der Angst ließ der Orkan nach und wich dem Regen, falls man die Garben aus Wasser und Hagel, die die Fahrbahn binnen Kurzem in einen reißenden Fluss verwandelten, überhaupt so nennen konnte. Rudy fuhr mit 30 Stundenkilometern rein nach dem Gefühl. Er blendete sämtliche verfügbaren Scheinwerfer auf und versuchte, durch die Wassermassen zu spähen, die über die Windschutzscheibe stürzten. Mehr als zwei Meter weit konnte er nicht sehen. Laurie schlug ihm vor, stehen zu bleiben und abzuwarten, bis das Wetter sich einigermaßen beruhigte, doch davon wollte Rudy nichts hören. Dickköpfig, mit um das Lenkrad verkrampften Fingern und einem herausfordernden Grinsen auf dem Gesicht, setzte er die Fahrt fort.

»Das Wetter kommt von Westen, aber wir fahren Richtung Süden. Wir sind bald durch.«

Bis jetzt ist er sich nicht darüber im Klaren, wie sie es geschafft haben, mitten im dicksten Sturm ohne Unfall das Autobahnkreuz von Dôle zu meistern. Auf der Fahrbahn lagen abgerissene Schilder, Autos waren gegen die Leitplanken gedrückt worden, umgestürzte Lkws blockierten gleich mehrere Spuren, schlammiges Wasser stürzte die Zubringer hinunter, und der Wind verfing sich unter den Brücken und rüttelte den Mercedes wie ein Spielzeugauto. Obendrein war es stockfinster, denn die Straßenlampen waren entweder umgefallen oder defekt.

Die chaotischen Zustände haben bis Bourg-en-Bresse angedauert, wo nach und nach die Wolken aufrissen, das Tageslicht zurückkehrte und der Regen nachließ; auf der Höhe von Lyon schwächte sich der Wind zu einem starken, jedoch erträglichen Mistral ab. Erst jetzt war Rudy bereit, anzuhalten, durchzuatmen und etwas zu trinken. Er zitterte am ganzen Körper und war totenbleich.

»Aber warum bist du nicht einfach stehen geblieben?«, schrie Laurie ihn an. Die überstandene Aufregung und Rudys Zustand beeindruckten sie nachhaltig. Der Holländer klammerte sich an seinen Becher mit Kaffee-Ersatz wie ein Ertrinkender an eine Holzplanke. »Was wolltest du beweisen? Dass du Mumm in den Knochen hast?«

Langsam schüttelte er den Kopf.

»Den letzten Sturm dieser Art habe ich zu Hause in Holland erlebt. Er hat zehn Tage gedauert, und ich habe alles verloren.«

Dabei blickte er drein wie ein geprügelter Hund. Laurie schluckte ihre Erwiderung hinunter. Es nützte nichts, den Dolch in dieser noch blutenden Wunde herumzudrehen. Er hätte ohnehin genug damit zu tun, mit seiner Vergangenheit ins Reine zu kommen, denn in Burkina würde sein persönliches Drama niemanden interessieren.

»*Only one day is left, only one day. We are leaving the others, we are going away*«, deklamiert Rudy ernst, während er die vorbeibrausende Landschaft betrachtet. Wieder hat er die Hände im Nacken verschränkt; seine Füße liegen bequem auf der Fußraste. Der Autopilot ist eingeschaltet, und der Lkw führt stumme Zwiegespräche mit der Autobahn, was man daran erkennt, dass kurze Botschaften auf der Windschutzscheibe aufflackern und der Bordcomputer manchmal flüchtig blinkt.

»Was? Was hast du gesagt?«

»Mir ist gerade ein alter Song eingefallen. ›*Let them sleep who do not know, the final day is here. The very last, and we leave at dawn.*‹«

»Klingt ja ungeheuer optimistisch!«

»Schließlich geht es um das Ende der Welt, um den letzten Tag, um den Abschied – also genaugenommen um den Tod. Ich konnte den ganzen Song mal auswendig, aber ich habe das meiste vergessen. ›*There is no force, no money and no power to stop us now and change our fate.*‹ Ich finde ihn stark, und jetzt, mit dem zeitlichen Abstand, sogar geradezu prophetisch.«

»Wer hat ihn gesungen?«

»Laibach, eine slowenische Gruppe, die Ende des zwanzigsten und Anfang des einundzwanzigsten Jahrhunderts aktuell war. Warte, ich könnte versuchen, den Song zu finden.«

Er studiert das bordeigene Audiosystem und findet die Funktion, mit der man Musikrecherchen betreiben kann. Tatsächlich wird er fündig. Innerhalb weniger Sekunden zeigt der Bildschirm ein Ergebnis. »Laibach: B-Machina (© Mute 2003/3:47)« Der Song explodiert mit voller Wucht aus allen sechs Lautsprechern der Kabine. Hingerissen hört Rudy zu. Lauries Gesichtsausdruck zeigt gewisse Vorbehalte.

»Ich finde das schrecklich düster«, erklärt sie schließlich. »Wie mit Angst gemischte russische Revolutionslieder.«

»Genau aus diesem Grund habe ich die Gruppe immer geliebt. Sie hat damals schon das vorausgeahnt, was heute längst Wirklichkeit geworden ist: Revolte, Verzweiflung, Kampf ums Überleben.«

»Mir ist das zu abgedreht«, wendet Laurie ein. »Nach so einem Song hat man Lust, sich eine Kugel in den Kopf zu schießen … Also, ich würde mir so etwas lieber nicht anhören.«

Sie denkt an die Todessehnsucht, die sie manchmal gepackt hat, wenn sie einsam und schwermütig in Gischt und Nieselregen über die Festungsmauern von Saint-Malo spazierte und sich wünschte, eine Welle würde sie einfach mitreißen. Rudys Musik würde sich perfekt für eine solche Situation eignen.

»Was hörst du denn gern?«, erkundigt sich Rudy.

»Alles mögliche … zum Beispiel indischen High Raga oder asiatischen Elektro Dub. Manchmal höre ich auch Oldies. Ganz besonders gefällt mir eine italienische Gruppe namens Kirlian Camera. Deren Stücke waren auch nicht gerade lustig, aber sanfter als deine Slowenen – irgendwie … melancholischer. Melancholie gefällt mir.«

»Soll ich uns ein Stück heraussuchen? Hast du vielleicht gerade einen Titel im Kopf?«

»Ich kann mir Titel nie merken. In meiner Anlage herrscht ein wildes Durcheinander.«

Rudy startet eine Recherche, die mehr als ein Dutzend Treffer auflistet. Aufs Geratewohl sucht er einen Titel aus: *The Limit* (© Triton, 1999/6:18). Der Song gefällt ihm. Gemeinsam lauschen sie der Musik, Rudy sehr aufmerksam, Laurie zitternd und mit geschlossenen Augen. Eine Träne stiehlt sich aus ihrem Augenwinkel, läuft langsam über ihre Wange und bleibt am Kinn hängen. Laurie rührt keinen Finger, um sie abzuwischen.

Am Ende des Stücks zwinkert sie seufzend, vermeidet es aber, Rudy anzuschauen.

»Tut mir leid«, entschuldigt sich Rudy. »Vielleicht hätte ich das lieber nicht spielen sollen.«

»Kein Problem!« Sie wischt sich die Augen und putzt sich die Nase. »Ich musste an einen Freund denken, durch den ich Kirlian Camera kennengelernt habe. Er ist tot.«

»Tut mir leid«, wiederholt Rudy. »Umweltkatastrophe?«

»Zipzap.«

»Scheiße!«

Stumm und in ihren Erinnerungen versunken, fahren sie weiter. Das sich selbst überlassene Radio stellt sich auf irgendeine Station ein, die ein nervtötendes Geplapper über eine fade virtuelle Sängerin sendet. Weder Rudy noch Laurie würdigen die synthetische Lolita eines Blickes, die auf dem Bildschirm des Bordcomputers aufreizend mit dem Po wackelt.

»Wir müssen lernen, mit unseren Gespenstern zu leben«, sagt Rudy schließlich leise.

Darüber denkt Laurie einen Augenblick nach, ehe sie richtigstellt:

»Nein, Rudy, wir müssen lernen, ohne sie zu leben.«

Die Autobahngesellschaft SudFrance macht auf folgenden Sachverhalt aufmerksam:

Sie befinden sich in einer malariaverseuchten Region!

Halten Sie die Fenster geschlossen, und bleiben Sie möglichst nicht stehen. Sollten Sie aussteigen müssen, bedecken Sie Ihre Haut.

Mehr Informationen erhalten Sie auf <InfoPalu.com>

»Herzlich willkommen im Süden«, knurrt Rudy.

»Fang nicht jetzt schon an, dich zu beschweren. In Burkina ist Malaria nur eine Krankheit unter vielen.« Laurie sieht zu, wie er alle Fenster überprüft, und fügt hinzu: »Außerdem fliegt Malaria nicht einfach so in der Luft herum. Sie wird von der Anopheles-Mücke übertragen. Man braucht sich also bloß nicht stechen zu lassen, und ich glaube, Ende November ist das Risiko eher gering.«

»Bist du da sicher? Weißt du, wie warm es draußen ist? Achtundzwanzig Grad«, liest Rudy vom Bildschirm ab. »Mücken fühlen sich da sicher pudelwohl.«

»Na gut, aber wir sind auf einer Autobahn und nicht irgendwo im Sumpf.«

Rudy bemüht sich, nicht allzu genervt dreinzublicken. Dieses Mädchen muss aber auch immer das letzte Wort haben! Außerdem gibt sie bei jeder Gelegenheit mit ihrer Sachkenntnis an, um nur ja klarzustellen, dass sie der Boss ist. Zum Teufel – natürlich weiß er selbst, dass Malaria von der Anopheles-Mücke übertragen wird. Als gelernter Gartenbauingenieur beherrscht er selbstverständlich auch Grundzüge der Entomologie. Außerdem ist ihm nur allzu bekannt, dass die derzeit im Handel befindlichen Medikamente nicht mehr mit der Krankheit fertig werden, weil der Parasit inzwischen einige Mutationen durchgemacht hat. Klar, schließlich fehlte es an ernst zu nehmender Forschung.

Inzwischen fahren sie am Etang de Berre entlang; nach der Camargue haben sich die Mücken inzwischen auch hier eingenistet. Die Wasserstoff-Fabriken, die nach dem Zusammenbruch der Raffinerien entstanden sind und ihr Kühlwasser direkt in den See pumpen, funkeln bei Nacht wie ferne Galaxien. Zwar wird nichts mehr abgefackelt und auch kein Kohlenstoffdioxid mehr in die Luft gepustet, dafür ist die Luft massiv mit troposphärischem Ozon angereichert, weil bei der Wasserstoffproduktion jede Menge Sauerstoff entsteht, der mit den Stickstoffoxiden aus den Ballungsgebieten und der starken UV-Strahlung reagiert. Und jetzt kommt auch noch die Malaria hinzu … *Viel Glück, Jungs*, denkt Rudy und grübelt über die Arbeiter in den neuen »sauberen« Raffinerien nach. Wahrscheinlich handelt es sich um Einwanderer aus dem Maghreb oder um Albanier. Albanier werden im Augenblick als die billigsten Arbeitskräfte gehandelt. Sie arbeiten auch dann noch, wenn ihre Bronchien vom Ozon verschmort sind und ihr Blut vor Malariaerregern nur so wimmelt, weil sie ihre Schulden bei der Mafia abzahlen müssen, die sie nach Frankreich eingeschmuggelt hat. Aber vielleicht schinden sich in den Raffinerien auch von der Agentur Arbeit entsandte Ökoflüchtlinge – es wäre genau die Art Job, die bei diesen Seelenverkäufern vermittelt wird.

»Woran denkst du?«, fragt Laurie.

»Dass ich durchaus in einer dieser Wasserstoff-Fabriken hätte landen können.«

Laurie betrachtet die Dome aus Licht und Stahl, die sich im schwarzen Wasser des Sees spiegeln und unter dem milchigen Mondlicht geradezu märchenhaft wirken.

»Hätte dir das Spaß gemacht?«

»Nein. Ich ziehe es bei Weitem vor, hier zu sitzen und dorthin zu fahren, wohin unsere Reise geht.«

»Hast du eine Ahnung, wie es dort ist, wo wir hinfahren?«, murmelt Laurie. »Ich jedenfalls nicht.«

Eine Stunde vor Abfahrt der Fähre nach Algier erreichen sie den Hafen von Marseille. SOS hat ihre Überfahrt und den Transport des Lkw reserviert – würden sie die Fähre verpassen, müssten sie die

Überfahrt aus eigener Tasche bezahlen. Der Hafen von Marseille ist sehr groß, und sie müssen eine Weile nach dem richtigen Verladesteg suchen. Als sie ihn finden, wartet vor ihnen eine schier endlose Fahrzeugschlange an der Zollabfertigung. Laurie fängt an, nervös zu werden. Sicher würden sie das Schiff verpassen! Glücklicherweise jedoch entdeckt Rudy eine eigene, dem Schwerlastverkehr vorbehaltene Spur, wo nur drei Lkws warten.

Endlich kommen sie an die Reihe. Bis zur Abfahrt der Fähre sind es nur noch zehn Minuten. Laurie kaut hektisch auf ihren Fingernägeln herum. Angesichts der bewegten Vergangenheit von Rudy wird man sie bestimmt anhalten, filzen und verhören. Mit Sicherheit wird ihnen die Fähre vor der Nase wegfahren!

Doch sie bekommen die Zollbeamten nicht einmal zu Gesicht. Per Funk wird Rudy aufgefordert, die Identifikations-CD des Lastwagens in das Bordlesegerät zu stecken, den Knopf »Senden« zu drücken und den Mercedes dann langsam unter der Scannerbrücke hindurchzufahren. Vielen Dank und gute Reise.

»War das etwa alles?«, wundert sich Laurie fast ein bisschen enttäuscht.

»Ja, was dachtest du denn? Dass sie den ganzen Krempel ausladen?«

»Das vielleicht nicht, aber dass sie wenigstens einmal kurz hinten reingucken oder sich unsere Pässe zeigen lassen. Wenn es so einfach ist, hätten wir schließlich auch eine Waffe für die Fahrt durch die Kabylei mitnehmen können, oder?«

»Jetzt bist du aber naiv!«

»Kann schon sein.«

»Immerhin sind wir unter einem Scanner hindurchgefahren. Der Scanner vergleicht die Daten von der CD mit dem tatsächlichen Inhalt des Autos. Hätte auch nur ein einziges Päckchen nicht den Angaben entsprochen, hätten die Zöllner es sofort herausbekommen und uns auf den nächsten Parkplatz gelotst. Ich finde dieses Vorgehen schnell und praktisch. Wenn sich allerdings auch nur die kleinste Unregelmäßigkeit einschleicht, dürfte es kompliziert werden. Ich glaube, das System duldet keinen menschlichen Irrtum.«

»Menschlicher Irrtum. Das ist das richtige Wort!«, entfährt es Laurie. Sie prustet.

»Was?«

»Na ja, im Grunde dürfte man nicht von der menschlichen Rasse reden. Menschlicher Irrtum wäre viel besser. Im Sinne der Evolution sind wir doch wirklich ein Missgriff.«

»Und ich dachte immer, dass Leute in humanitären Diensten voll von inniger Nächstenliebe wären!«

»Ich bemühe mich nur, das Überhandnehmen des Chaos zu verdrängen, um mir ein bisschen Luft zum Atmen zu verschaffen. Trotzdem wird es vermutlich so sein, dass das Chaos den Sieg über uns davonträgt.«

Inzwischen sind sie an der Reihe, die Rampe hinaufzufahren und den Lkw mithilfe von Matrosen in fluoreszierenden Kombis und mit Leuchtstäben in den Händen im Bauch der Fähre zu verstauen. Sie sind die Letzten. Hinter ihnen wird die Rampe hochgezogen. Mit metallischem Kreischen schließen sich die schweren Türen. Trotz der versierten Anleitung hat Rudy Probleme mit dem Auto. Der Mercedes ist riesig, die Durchfahrten aber schmal und der Rangierraum sehr eng. Nach einem etwas unglücklichen Manöver bleibt der Lkw an der Rampe zum oberen Parkdeck stecken. Der Matrose vor ihnen fuchtelt verzweifelt mit seinen Leuchtstäben, stampft mit den Füßen auf und flucht. Schließlich springt er auf die Fußraste an der Fahrerseite und klopft an die Scheibe. Rudy öffnet kleinlaut.

»Wo hast du bloß deinen Führerschein gemacht, du Arschloch? Raus mit dir, Penner. Lass mich den Schrotthaufen einparken.«

Hilfe suchend wendet sich Rudy an Laurie, denn der Matrose hat ihn auf Französisch angebrüllt.

»Er möchte den Lkw selbst einparken«, fasst sie grinsend zusammen.

»Okay. Tun Sie, was Sie nicht lassen können«, sagt Rudy auf Französisch zu dem Matrosen.

»Nun los, Mann! Bewegung! Wir müssten längst unterwegs sein.«

Rudy versteht, dass die Zeit drängt, und greift nach seiner Tasche. Laurie und er steigen aus. Der Matrose springt ins Führerhaus, lässt den Motor aufjaulen, wirft krachend die Gänge ein, vollführt die unmöglichsten Manöver, bugsiert den Laster vorwärts und wieder zurück, schlägt das Lenkrad ein, lässt es zurückschnellen, schlägt wieder ein, stößt irgendwo an, schrammt vorbei, nimmt mit dem Aufleger einen Pfeiler mit, drückt einen anderen ein, schafft die Kurve schließlich mit purer Gewalt und jagt den Mercedes mit höchster Motorendrehzahl die Rampe hoch. Das Ganze dauert nicht einmal eine Minute. Wie gebannt sieht Rudy zu. Auf dem oberen Parkdeck wiederholt sich der gleiche Lärm – quietschende Reifen, kreischende Bremsen, metallisches Scheppern, das Aufheulen des Motors. Rudy hat nicht den Mut, hinaufzugehen und nachzusehen. Er wagt kaum, sich den Zustand des Lkw vorzustellen. Im Augenblick hat er ohnehin einfach genug. Er ist todmüde. Seit Straßburg hat er ohne größere Pausen am Steuer gesessen, und die Fahrt durch den Sturm war ungeheuer anstrengend. Jetzt sehnt er sich nur noch danach, sich endlich auf einem Bett ausstrecken zu dürfen.

Erschöpft machen sich Laurie und Rudy auf den Weg zu den Passagierdecks. Unterwegs finden sie eine Cafeteria, wo sie ohne große Begeisterung einen kleinen Imbiss zu sich nehmen, ehe sie ihre Kabine aufsuchen. Ja, *ihre* Kabine: SOS hat nur eine einzige, sehr kleine und ziemlich beengte Kabine mit zwei Etagenbetten für sie gebucht.

»Scheiße!«, seufzt Laurie. »Und dabei hatte ich von einer schönen, heißen Dusche und einem bequemen Bett geträumt! Wo willst du schlafen?«

»Egal! Oben. Gute Nacht.«

Rudy klettert auf die obere Pritsche, legt sich hin und schläft sofort ein. Er nimmt sich nicht einmal mehr die Zeit, sich auszuziehen. Laurie seufzt erneut, dieses Mal jedoch vor Erleichterung. Ihre Befürchtung, dass die allzu große Nähe Probleme mit sich bringen könnte, hat sich in Morpheus' Armen erledigt. Ganz allmählich wagt sie zu glauben, dass sie von Rudy tatsächlich nichts zu befürchten hat.

Bei Tagesanbruch weckt sie ihn. Sie rüttelt ihn an der Schulter und ruft leise seinen Namen. Grummelnd öffnet er die schlafverklebten Augen.

»Steh auf! Das musst du dir unbedingt ansehen. Etwas ganz Besonderes!«

»Was denn?«

»Du musst nach draußen mitkommen.«

»Nach draußen?«

Laurie quengelt so lange, bis Rudy schließlich widerstrebend die Füße auf die Leiter setzt, schwerfällig hinabsteigt und Laurie begleitet. An Deck stützt er sich auf die Reling und reibt sich verblüfft die Augen.

Das Meer ist bis zum Horizont mit winzigen Lichtpunkten übersät.

Rote Lasertupfen wiegen sich in einer langen Reihe im Abstand von etwa fünfzig Metern lässig auf der Dünung und verlieren sich in der Ferne im Indigo des heraufdämmernden Morgens. Soeben hat die Fähre die Lichtlinie überquert, und die nächstgelegenen Lichtpunkte tanzen auf der Heckwelle.

»Was ist das?«, fragt Rudy bass erstaunt.

»Der *Limes*. Die Grenze zwischen dem Norden und dem Süden.« Laurie lächelt und öffnet die Arme wie zu einem Gruß. »Willkommen bei den armen Leuten dieser Erde.«

Straßensperre

> Das, was vergangen ist, ist vorbei. Das, was du erhoffst, ist weit fort. Doch die Gegenwart gehört dir.
>
> Arabisches Sprichwort

Die Schwierigkeiten beginnen beim Verlassen von Algier am Autobahnkreuz von Birkhadem. Zwei Reihen Rauch spuckender Autos und Lastwagen – die meisten Fahrzeuge werden hier noch mit Autogas aus den letzten fördernden Ölquellen in Hassi R'Mel und Hassi Messaoud betrieben – stehen bewegungslos auf der rissigen Autobahn. Kinder mit überdimensionalen Taschen, Kisten und Kühlboxen wuseln zwischen den Fahrzeugen herum und verkaufen Getränke, Trockenfrüchte, Kleinelektronik und manchmal auch Haschisch an die im Stau festsitzenden Fahrer. Das Wetter ist grau, die Umgebung ziemlich hässlich: halb fertige Häuser, bröckelnde Slums, mit Abfall übersätes Brachland und stillgelegte Fabriken, so weit das Auge reicht. Hier und da zeugen zerstörte, verbrannte oder mit Geschosseinschlägen übersäte Gebäude vom Guerillakrieg, der im Land tobt. Die blassen, zerlumpten Kinder stammen aus der Gegend, und angesichts der Hartnäckigkeit, mit der sie ihren Ramsch an den Mann zu bringen versuchen, muss man davon ausgehen, dass die Autobahn ihre einzige Einkommensquelle ist. *Hier bei Nacht eine Panne zu haben dürfte ganz schön gefährlich sein*, denkt Laurie. Mit einem Kopfschütteln weist sie einen kleinen Jungen zurück, der an die Scheibe klopft und ein ganzes Bündel in Malaysia hergestellter Telefone mit Kamerafunktion schwenkt. Rudy scheint denselben Eindruck zu haben, denn er mustert die Umgebung mit angespannter Miene.

Der Grund für den Stau ist eine Straßensperre durch das Militär. Sperrzäune, Jeeps, Lastwagen und leichte Panzerfahrzeuge blockieren die Fahrbahnen. Soldaten in schusssicheren Westen kontrollieren mit vorgehaltener Waffe, überprüfen, geben Daten ein, befragen Zivilisten und durchsuchen Autos. Trotz des in überdimensionalen Buchstaben auf dem Aufleger stehenden Logos von Save OurSelves machen die Soldaten für den Mercedes keine Ausnahme. Mit energischer Geste werden Laurie und Rudy an den Straßenrand gewinkt. Sie müssen aussteigen. Ein Soldat mit einem Detektor sucht sie von Kopf bis Fuß ab, während ein anderer die Pässe und die Identifikations-CD des Lkw mit einem sperrigen, an seinem Gürtel hängenden Terminal überprüft. Zwei Soldaten klettern im Aufleger herum und filzen die gesamte Ladung mit Scannern und Sonden, ein dritter widmet seine Aufmerksamkeit der Führerkabine nebst persönlichem Gepäck. Rudy wirkt immer noch sehr angespannt. Laurie versteht den Grund dafür nicht, denn im Prinzip müsste alles in bester Ordnung sein.

Plötzlich stößt der Soldat im Führerhaus einen triumphierenden

Schrei aus. Mit einem breiten Grinsen springt er auf die Straße und hält seinen Kollegen etwas Dunkles vor die Nase. Verblüfft erkennt Laurie, dass es sich um eine mattschwarze Waffe mit langem Lauf handelt, die ziemlich gefährlich aussieht.

Sofort verändert sich die Haltung der Soldaten. Sie befehlen Laurie und Rudy, die Hände über den Kopf zu nehmen, richten ihre Gewehre auf sie und rufen einen Vorgesetzten, der gleich mit Verstärkung anrückt. Schnell finden sich die Europäer von nervösen Soldaten mit ihren Waffen im Anschlag umringt.

»Haben Sie einen Waffenschein für diese Waffe?«, will der Hauptmann von Rudy wissen, der Laurie um eine Übersetzung bittet. Laurie wiederholt die Frage auf Englisch und wirft Rudy dabei einen mörderischen Blick zu. Rudy schüttelt den Kopf.

»Wo haben Sie die Waffe her?«, fragt der Hauptmann auf Englisch weiter.

»Aus Deutschland.«

»Wieso?«

»Ich habe an einem vom Kommando Survival organisierten Selbstverteidigungskurs teilgenommen.«

Der Hauptmann nickt. Er scheint zu wissen, wovon Rudy spricht, und bringt die Luger zum Jeep, wo er ein langes Telefonat führt, während er die Waffe dabei aus allen Blickwinkeln begutachtet. Gleichzeitig werden sechs oder sieben Männer von der Verkehrskontrolle abgezogen, um den Mercedes mit allen möglichen Detektoren auf Herz und Nieren zu überprüfen. Laurie und Rudy müssen sich vor die Panzerfahrzeuge stellen, wo sie mit vorgehaltenen Gewehren bewacht werden.

»Bravo, Rudy«, schimpft Laurie zwischen zusammengebissenen Zähnen hindurch. »Eine echt tolle Idee, eine Knarre in dieses Land zu schmuggeln! Wie blöd bist du eigentlich?«

»Wie sollen wir uns denn verteidigen, wenn wir von Piraten angegriffen werden?«

»Und wie willst du uns jetzt da wieder rausholen?«, giftet Laurie zurück.

»Ruhe da!«, bellt ein Soldat sie an. »Reden ist nicht gestattet!«

Laurie und Rudy tauschen zwar noch wütende Blicke, sagen aber nichts mehr.

Die Durchsuchung des Mercedes dauert eine gute Stunde. Eine Stunde Frösteln im Nieselregen, eine Stunde, während derer sie sich die schlimmsten Konsequenzen ausmalen: Festnahme, Gefängnis, schließlich Ausweisung oder Freilassung auf Kaution nach wer weiß wie vielen Tagen Leidensweg.

Irgendwann kehrt der Hauptmann zurück. Immer noch hat er die Luger in der Hand.

»Sie wissen sicher, dass der Besitz einer nicht legitimierten Waffe einen Straftatbestand darstellt«, verkündet er. Laurie nickt zerknirscht. Auf keinen Fall will sie ihm widersprechen, sonst würde alles vielleicht noch schlimmer werden. »Und angesichts der Tatsache, dass wir uns in einem Krieg befinden, könnte ein solches Delikt bis vor das Kriegsgericht gebracht werden«, fügt er mit einem verschmitzten Lächeln hinzu.

Wieder nickt Laurie. Dabei fragt sie sich, worauf er hinauswill und was das Lächeln zu bedeuten hat.

»Allerdings sind meine Vorgesetzten der Ansicht«, fährt der Soldat fort, »dass es unseren Interessen zuwiderliefe, Ihre humanitäre Mission zu behindern.«

»Das hört sich gut an.« Nun lächelt auch Laurie.

»Ich habe den Befehl erhalten, Ihre Situation mit den mir zur Verfügung stehenden rechtlichen Mitteln zu legalisieren.«

»Das bedeutet?«

»Das bedeutet zunächst ein Bußgeld.«

Das musste ja kommen, denkt Laurie. Trotzdem ist sie bereit, für ihre Freiheit zu bezahlen – auch viel Geld, wenn es sein muss.

»Wie viel?«

»Fünfhundert Euro.«

Autsch! Laurie dreht sich zu Rudy um, der mit gerunzelten Brauen der in Französisch geführten Diskussion zu folgen versucht.

»Rudy, du …«

»Warten Sie«, unterbricht sie der Hauptmann. »Dabei handelt es sich lediglich um das Bußgeld. Es legalisiert allerdings noch nicht den Besitz der Waffe. Dafür brauchen Sie einen Waffenschein. Zufällig bin ich berechtigt, Ihnen einen auszustellen.«

»Vermutlich nicht umsonst.«

Das Lächeln des Soldaten wird breiter.

»Sie begreifen wirklich schnell. Der Waffenschein kostet ebenfalls fünfhundert Euro.«

Das Arschloch hält sich an uns schadlos, tobt Laurie innerlich.

»Ist das alles? Sind wir dann frei?«

»Frei wie die Vögel«, nickt der Hauptmann. »Sollten Sie allerdings die Güte haben, noch ein kleines Geschenk obendrauf zu legen, können Sie alle folgenden Straßensperren ohne Probleme passieren.«

»Und welche Art Geschenk schwebt Ihnen da vor?«

»Nun ja.« Er beugt sich zu Laurie hinunter und haucht ihr seinen Knoblauchatem ins Gesicht, ehe er mit halblauter Stimme fortfährt: »Seit die ›Bartträger‹ an der Macht sind, ist es ziemlich schwierig geworden, Alkohol zu bekommen. Ich denke an ein, vielleicht zwei Flaschen Whisky ...«

»Tut mir leid, aber so etwas besitzen wir nicht.« Laurie ärgert sich, weil sie nicht daran gedacht hat, dass Alkohol in arabischen Ländern immer ein höchst willkommener Tauschartikel ist.

»In diesem Fall ... ein kleiner Zwanzigeuroschein für jeden meiner Männer – das würde sie sicher aufmuntern.«

Laurie verzieht das Gesicht, denn es handelt sich um mehr als zwanzig Mann. Doch sie sieht keinen anderen Weg, sich aus der Affäre zu ziehen. Sie fasst das Ergebnis ihrer Verhandlungen für Rudy kurz auf Englisch zusammen.

»Was?«, fährt Rudy wütend auf. »Tausendfünfhundert Euro? Das ist doch Betrug!«

»Du rückst jetzt deine Knete raus – und keine Diskussion!«, befiehlt Laurie in einem Ton, der keinerlei Widerspruch duldet.

Fluchend zählt Rudy fünfzehnhundert Euro ab und reicht sie mit angeekelter Miene dem Hauptmann, der das Geld mit breitem Grinsen einstreicht. Er händigt Rudy die Luger aus und gibt seinen Männern einen kurzen Befehl auf Arabisch. Sie senken die Waffen und treten zur Seite. Der Hauptmann gibt Laurie und Rudy ein Zeichen, einzusteigen und weiterzufahren.

Erst zwanzig Kilometer weiter, etwa auf der Höhe von Boufarik, zerreißt ein wütender Aufschrei von Laurie die mürrische, wenngleich erleichterte Stille zwischen ihnen.

»So eine Scheiße! Dieser blöde Wichser! Wir haben uns total von ihm verarschen lassen!«

»Was ist denn passiert?«

»Er hat uns den Waffenschein vorenthalten.«

Armee der Unterdrücker

> … sie verbrennen unser Land, vergiften unsere Quellen und bombardieren unsere Dörfer. Sie hungern uns aus, vergewaltigen unsere Frauen, töten unsere Kinder und schlachten unsere Herden. Wenn sie allerdings glauben, die Kabylen auf diese Weise ausrotten zu können, haben sie sich getäuscht. Der Mensch, der kabylische Männer und Frauen unterdrücken und sie der Scharia unterwerfen wird, ist noch nicht geboren. Und sollte er eines Tages geboren werden, so werden wir ihn noch in der Wiege töten. Jeder Schlag fügt uns fester zusammen, aus jeder Prüfung gehen wir gestärkt hervor, jeder Tote vermehrt unsere Zahl. Die Kabylei steht aufrecht, und nichts wird sie in die Knie zwingen. Weder Allah noch Präfekt – wir wollen die Freiheit! Weder Allah noch Präfekt – wir wollen die Freiheit!

Auszug aus einer Rede von Nazir Kebouche,
kabylischer Kriegerhäuptling

In der Schlucht des Wadi Chiffa, unmittelbar an einer Brückenauffahrt unterhalb der Eisenbahnlinie, treffen Laurie und Rudy auf die nächste Straßensperre. Das Wetter ist feucht und düster. Die rundlichen, bewaldeten Kuppen des Djebel Nador verbergen sich hinter Nebelschwaden. Die kurvige, nasse und ziemlich rutschige Straße führt langsam bergauf. Der voll beladene Mercedes stöhnt jämmerlich. Laurie hat eher den Eindruck, sich auf einer winzigen Landstraße im französischen Jura zu befinden als auf der berühmten N1 quer durch Algerien.

Nachdem sie Blida und Chiffa hinter sich gelassen hatten – in Chiffa endete die Autobahn –, wurde der Verkehr deutlich geringer. Auf die Straßensperre treffen sie am Ausgang einer engen Kurve kurz vor einer Brücke. Zwei Fahrzeuge warten bereits. Ihre Insassen palavern mit den Landsern, die, wie Rudy sofort feststellt, nicht der regulären Armee angehören. Sie tragen unvollständige Uniformen, ziemlich alte Kampfanzüge und völlig unterschiedliche Waffen. Ihre Autos sind schmutzig, verbeult und offensichtlich erst nachträglich für den Transport von Mörsern und Maschinengewehren umgebaut worden.

»Kabylische Rebellen«, flüstert Laurie mit ängstlich klopfendem Herzen.

»Glaubst du, sie wollen uns erpressen?«, fragt Rudy. Er beobachtet, wie die Partisanen, unter ihnen eine Frau, mit betont lässigen Schritten auf den Lkw zukommen. Sie halten ihre AK 74 auf den Boden gerichtet, haben die Finger jedoch am Abzug.

»Im besten Fall nur das«, meint Laurie. »Hoffentlich stehlen sie uns nicht den Mercedes.«

Die Rebellen bleiben vor dem Führerhaus stehen und machen Laurie und Rudy ein Zeichen auszusteigen.

»Ein humanitärer Einsatz?«, erkundigt sich die Frau lächelnd.

»Ja«, bestätigt Laurie, ebenfalls lächelnd. »In Burkina Faso.«

»Ganz schön mutig! Und was transportieren Sie nach Burkina Faso?«

»Bohrmaterial.«

»Sieh an, sieh an. Das ist ja hochinteressant!«

Die Frau erteilt den beiden Jugendlichen in ihrer Begleitung einen Befehl in der Berbersprache. Einer untersucht daraufhin den Aufleger, der andere gesellt sich zu einer Gruppe von Rebellen, die sich erbittert mit einem Autofahrer streiten. Sie bleibt allein bei Laurie und Rudy zurück. Ihre Haltung wirkt entspannt. Einen Moment lang spielt Rudy mit dem Gedanken, wie leicht es jetzt wäre, sie zu überwältigen und sie als Geisel zu nehmen, um so der Zahlung eines Schutzgeldes zu entgehen, doch dann kommen ihm Zweifel, ob die Idee wirklich so gut ist – der Lkw fährt längst nicht so schnell wie die Allradfahrzeuge der Rebellen.

Die beiden Jugendlichen kehren zurück. Mit einem kurzen Kopfnicken bestätigt der eine die Richtigkeit der Angaben über die Ladung, der andere bringt einen hochgewachsenen, drahtigen Mann mit, der einen stolzen Schnurrbart unter seiner Adlernase trägt. Seine Uniformmütze weist mehrere Sterne auf, und er ist mit einer Famas bewaffnet, die er zweifellos vom Feind erbeutet hat. Es scheint sich um den Chef der Gruppe zu handeln.

»Man hat mir mitgeteilt, dass Sie Bohrmaterial nach Burkina transportieren«, erklärt er ohne Vorgeplänkel in kehligem Französisch.

»Richtig«, bestätigt Laurie.

»Besitzen Sie Dokumente, die das beweisen?«

Laurie hält ihm den von Fatimata Konaté unterzeichneten Diplomaten-Passierschein, den sie immer bei sich trägt, unter die Nase. Der Kabylenhäuptling studiert ihn mit einem zweideutigen Schnalzen, ehe er ihn Laurie mit glitzernden Augen zurückgibt.

»Wir Kabylen haben sehr viel Achtung vor der Präsidentin von Burkina Faso. Sie hat viel für ihr Land und ihr Volk getan.«

»Wir sehen in ihr in gewisser Weise ein Vorbild«, bekräftigt die Frau.

»Es ist eine Ehre für eine Hilfsorganisation, ihr zu Hilfe kommen zu dürfen.«

»Vielen Dank«, lächelt Laurie sichtlich entspannt.

»Allerdings haben wir in der Kabylei ebenfalls große Wasserprobleme«, fährt der Mann fort. »Unsere Wadis sind ausgetrocknet, im Winter fällt kein Schnee mehr in den Bergen, und die Armee unserer Unterdrücker vergiftet unsere Quellen mit Arsen. Unsere Kinder und unsere Herden fallen dem Gift zum Opfer.«

»Bisher hat sich noch keine Hilfsorganisation unserer Nöte angenommen«, fügt die Frau hinzu.

Lauries Lächeln erlischt.

»Das tut mir wirklich leid für Sie …«

»Uns auch«, gibt der Rebellenchef zurück. »Nicht wahr, Zaounia? Uns tut es ebenfalls leid.«

»Wirklich sehr, Nazir. Aber unser Fall erfordert gewisse Opfer.«

»Was sind schon ein paar Bohrgeräte im Vergleich zum Überleben eines ganzen Volkes?«

Laurie lächelt nicht mehr. Allmählich ahnt sie, worauf die beiden hinauswollen.

»Warten Sie«, wendet sie nervös ein. »In Burkina sterben die Leute vor Durst. Die Ausrüstung wird dringend benötigt. Sie hingegen leiden nicht an Wassermangel. Sehen Sie, es regnet sogar.«

»Du hast uns nicht richtig verstanden, Kleine«, entgegnet Zaounia geduldig. »Burkina Faso ist ein souveräner Staat, der jede Hilfe bekommt, wenn er sie braucht. Wir hingegen sind ein unterdrücktes Volk, das um seine Freiheit und sein Überleben kämpft und von niemandem Hilfe erwarten kann.«

»Wir nehmen nur die Ladung«, erklärt Nazir. »Sie dürfen mit dem Lkw weiterfahren.«

»Und mit unserem Segen«, fügt Zaounia liebenswürdig hinzu.

Während des Wortwechsels sind andere Rebellen hinzugekommen. Mittlerweile umstehen ungefähr zehn Leute Laurie und Rudy und blockieren sie. Dabei lächeln sie freundlich und geben sich ungeheuer lässig, doch ihre Waffen sind sehr real, und sie sind geladen. Einer der Männer versucht, ins Führerhaus zu steigen, wird aber von Nazir in kurz angebundenem Ton daran gehindert.

»Was geht da vor?« Rudy registriert die Menschenansammlung rings um sie herum und wird unruhig.

»Sie wollen uns die Ausrüstung klauen«, erwidert Laurie auf Englisch. Ihre Gesichtszüge wirken vor Angst verkrampft.

»Scheiße! Das können wir doch nicht zulassen.«

»Aber wie sollen wir sie daran hindern?«

Mittlerweile ist in der Gruppe eine lebhafte Diskussion entbrannt, in der es offenbar um den Mercedes geht, auf den immer wieder gezeigt wird. Rudy bereut längst, dass er die Gelegenheit nicht beim Schopf ergriffen hat, als sie mit der Frau noch allein waren. Wahrscheinlich hätten sie sich zwar einigen Repressalien ausgesetzt, aber sie wären diesem Wespennest zumindest entkommen.

Die Diskussion verebbt, als Nazirs Satellitentelefon klingelt. Er nimmt es von seinem Gürtel ab, lauscht – und erbleicht. Hastig beginnt er, seinen Leuten Befehle zu erteilen. Sofort strömt die Gruppe auseinander, springt in ihre Geländewagen, lässt die Motoren aufheulen, wendet halsbrecherisch am Abgrund und braust in einer Staubwolke Richtung Médéa davon.

Wie vom Donner gerührt blickt Laurie ihnen nach. »Was ist denn in die gefahren?«

»Horch mal«, sagt Rudy und hebt einen Finger zum Himmel.

Ein Grollen ist am Ende des Tals zu hören. Schnell wird es zu einem ausgewachsenen, vom Echo noch verstärkten Getöse. Zwei schwarze Jagdbomber tauchen auf, berühren mit den Tragflächen beinahe die Felswände, schnellen mit einem ungeheuren Lärmpegel durch die Schlucht, schießen jeweils eine Rakete ab, die wie ein pfeifender Feuerstrich durch die Luft zischt, und verschwinden mit einem Looping in den wolkenverhangenen Himmel. Und dann explodiert das Tal.

Die Erde bebt. Eine ohrenbetäubende, doppelte Detonation zerreißt die Luft, und ein riesiger Rauchpilz steigt über den Bäumen auf. Laurie und Rudy haben sich instinktiv auf den Boden geworfen und vergraben ihre Köpfe unter den Armen. Als die Rauchwolke sie erreicht, regnen Erde und Pflanzenteile auf sie herab.

Auf die Düsenjäger folgen drei wuchtige, mit Artillerie bestückte Hubschrauber, die mit ihren Rotoren die neuerliche Totenstille des Tals zerhacken. Wieder bricht weiter oben zwischen den Bäumen, außerhalb von Lauries und Rudys Blickfeld, ein wahrer Höllenlärm los. Es sind Geräusche des Todes – Explosionen, Detonationen, das Knattern von Maschinengewehren und das Heulen von Projektilen. Etwas später kommen die bitteren und säuerlichen Gerüche von Pulver und chemischen Brandsätzen hinzu.

»Rudy, was sollen wir tun?«, schreit Laurie gegen das Inferno an. Sie hält sich die Ohren zu und hat sich unter den Aufleger verkrochen. »Nach Blida zurückfahren?«

»Abwarten«, sagt Rudy. Er wirkt ganz ruhig. »Wenn wir uns jetzt bewegen, kriegen wir am Ende noch was ab.«

Den Geräuschen nach zu schließen, entfernt sich das Kampfgebiet höher in die Berge hinauf. Allmählich werden die Schüsse seltener, und auch die Gegenwehr scheint nachzulassen, bis sie schließlich ganz aufhört. Wenig später kehren die Hubschrauber zurück. Wieder zerhacken sie die neuerliche Stille im Tal.

»Ich glaube, jetzt können wir weiterfahren«, schlägt Rudy vor.

»Bist du sicher?« Lauries Zähne klappern. »Sollen wir nicht lieber noch ein bisschen warten?«

»Worauf warten? Dass wir noch einmal fast ausgenommen werden?«

Er öffnet die Tür und steigt ins Führerhaus. Laurie folgt ihm mit Mühe. Sie ist totenbleich und kann sich kaum auf den Beinen halten. Rudy tut, als bemerke er nichts. Stoisch lenkt er den Lkw durch die Serpentinen.

Nach etwa einem Kilometer umrunden sie einen Felsvorsprung aus Schiefer und erreichen den Ort des Scharmützels. Von Granaten zerfetzte Zedern und Pinien stehen in hellen Flammen. Mitten auf der Straße gähnt ein noch rauchender Krater, auf dessen Grund ein verbranntes Autowrack und der verkohlte Rest einer vage an einen Menschen erinnernden Gestalt liegen. Zwei weitere Fahrzeuge blockieren die Straße. Das eine brennt, aus dem anderen quellen Leichen hervor – unter ihnen ist auch Zaounia, die ihr Gewehr vergeblich in den Himmel richtet. Reifenspuren lassen darauf schließen, dass die anderen Rebellen auf einer steilen Straße in die Berge geflohen sind. Ein großer Teil des Fahrwegs liegt jetzt unter einem von einer Rakete verursachten Bergrutsch verschüttet.

Leise summt die Turbine des Mercedes. Kaum, dass sie die Stille stört, die sich mit dem Nebel wie ein Leichentuch über das Schlachtfeld senkt.

> […] In unseren im Abstieg begriffenen westlichen Zivilisationen haben wir alles Erdenkliche getan, um den Tod unserer Mitmenschen abstrakt und fern erscheinen zu lassen. Wir weigern uns, den Tod zuzulassen und ihm ins Gesicht zu sehen, obwohl die zunehmende Zahl von Katastrophen uns die Auseinandersetzung mit ihm geradezu aufdrängt. Unser übertriebener Individualismus fördert den Glauben daran, dass unsere Toten nicht wirklich tot sind, sondern in einem weit entfernten Land leben, ohne sich mit uns in Verbindung zu setzen. Daher darf man sich nicht wundern, wenn sie unter den ungewöhnlichsten Umständen aus unserer verschütteten Erinnerung wieder auftauchen – als immer wiederkehrende Traumgestalten, als Stimmen am Telefon, als Avatar im Internet …
>
> Dr. Cornelius Castoriadis
> *Kommunikation mit Autisten* (2029)

»Sehen Sie ihn jetzt im Augenblick?«

Fuller dreht sich um und lässt den Blick durch das makellose Büro des Psychotherapeuten wandern, in dem die Pflanzen so grün sind, dass sie fast künstlich wirken.

»Nein. Normalerweise habe ich diese Visionen ausschließlich zu Hause.«

Dr. Castoriadis hält mit einem enormen, beinahe phallisch anmutenden Füllfederhalter einige Stichworte auf einem bereits weitestgehend vollgeschriebenen Blatt fest.

»Spricht Ihr verstorbener Sohn mit Ihnen? Haben Sie den Eindruck, dass er Ihnen eine Botschaft übermitteln möchte?«

»Eigentlich nicht. Genau genommen höre ich nichts. Ich glaube eher – wie soll ich mich ausdrücken? –, dass er mich beeinflusst.«

»Auf welche Weise?«

»Nach jeder Vision überfallen mich … nun ja, Gelüste … sonderbare Ideen.«

Fuller hat große Probleme, sich auszudrücken. Sein Hirn scheint völlig zerfranst zu sein; er kann weder den Blick noch seine Aufmerksamkeit fokussieren. Eigentlich wünscht er sich nur, dass sein Therapeut ihm endlich ein Wundermittel verschreibt, das ihn wieder effizient und leistungsfähig werden lässt. Die allzu persönlichen Fragen stören ihn, wie bei jedem seiner Termine. Dr. Castoriadis' schwarze, durch die getönten Gläser seiner Brille vergrößerten Augen bohren sich forschend in den Blick seines Patienten.

»Mordgelüste, nicht wahr?«, tippt er.

Anthony nickt langsam und widerwillig.

»Gegenüber ihrer Ehefrau?«

»Nicht nur. Gegenüber allen, die mir nicht wohlgesonnen sind oder gegen mich arbeiten. Manchmal hätte ich nicht übel Lust, die ganze Enklave Eudora hochgehen zu lassen.«

»Das dachte ich mir«, nickt der Arzt bedächtig und schreibt erneut etwas auf seinen Block. »Sie träumen von Gemetzel, Massakern und Verwüstung im großen Stil. Diese Störung nennt man das ›Holocaust-Syndrom‹. Sie befällt vornehmlich Leute wie Sie – extreme Individualisten in sehr einflussreicher Position. Sie wünschen sich, in einer finalen Feuersbrunst auf ruhmreiche Weise zu sterben – aber so, dass nichts anderes Sie überlebt. In einem reinigenden Blutbad möchten Sie alles zerstören, was Sie über viele Jahre hinweg aufgebaut haben.«

»Das stimmt nicht! Ich …«

»An Ihrem Fall sehe ich absolut nichts Außergewöhnliches. Bei vielen amerikanischen Bürgern ist diese Störung latent vorhanden, weil man ihnen jahrelang weisgemacht hat, sie wären die Herren der Welt. In extremis wird man damit zum Massenmörder; schafft man es aber, seine Gefühle zu kanalisieren, bringt man es entweder zum Zocker, der sein Unternehmen für einen Coup an der Börse aufs Spiel setzt, oder zum Staatschef, der die Welt in Schutt und Asche legt, um seine Macht zu genießen. Historische Beispiele gibt es zuhauf – Nero, Attila, Napoleon, Hitler und in neuerer Zeit George

Bush Jr. oder Präsident Cornell. Oder auch Leute wie Jim Jones von der Sekte Peoples Temple, der neunhundert Menschen in den Selbstmord getrieben hat, genau wie Moses Callaghan, Chef der Göttlichen Legion, mit seiner apokalyptischen Doktrin.«

»Soll das etwa heißen, dass Sie mich mit all diesen Verrückten in einen Topf werfen?«, explodiert Anthony.

Bestimmt ist er nicht eigens mit dem Auto nach Kansas City gefahren und hat sowohl die drohenden Plünderungen auf der K10 als auch die Gefahr der Shawnees auf dem Kriegspfad in Kauf genommen, um sich hier als Massenmörder titulieren zu lassen! Er will doch nichts anderes als ein wenig Ruhe und geistige Klarheit. Er sehnt sich danach, seine Albträume und Visionen endlich loszuwerden und dass Tony junior ihn nicht immer anschaut, als wäre er ein ekelerregendes Tier. Er möchte doch einfach nur wieder ein normales Leben führen, zum Teufel!

»Nein«, lächelt Dr. Castoriadis. »Sie haben ja auch noch niemanden getötet. Und wenn Sie beim Management Ihrer Unternehmen auch manchmal die Muskeln ganz schön spielen lassen, ist der Gesamteindruck doch immer noch relativ gesund. Wir sind uns über das Problem klar geworden, ehe es sich verselbstständigt; somit ist es noch nicht zu spät.«

»Warten Sie!« Fuller windet sich unbehaglich im Sessel. Seine Gedanken überschlagen sich. Er brauchte dringend eine Calmoxan und eine Neuroprofen. »Ich bin zu Ihnen gekommen, damit Sie mir helfen, diese störenden Visionen und Albträume loszuwerden. Jetzt reden Sie von ganz anderen Dingen und vergleichen mich mit Hitler und Cornell. Finden Sie das nicht ein bisschen heftig?«

»Das alles steht miteinander in Verbindung, mein Bester. Zwar kontrollieren Sie über Ihre diversen Firmengruppen ein gutes Stück Weltwirtschaft, aber Ihr Privatleben liegt völlig darnieder. Ihre Kinder sind – gestatten Sie mir den Ausdruck – ziemlich missraten, und Ihre Frau verlangt die Scheidung. Noch nicht einmal Ihre außerehelichen Beziehungen haben funktioniert. Im Grunde Ihrer Seele fühlen Sie sich verantwortlich für diese Fehlschläge; weil sich aber ein Vorstandsvorsitzender Ihres Formats keinen Irrtum leisten kann, halten Sie Ihre Umgebung für schuldig und Ihnen feindlich gesonnen. Und genau daher rühren Ihre Tötungsfantasien.«

»Es sind also nicht die Visionen, die solche Wünsche hervorrufen?«

»Absolut nicht. Ihre Visionen haben keinerlei Eigendynamik. Sie sind nichts als der Ausdruck Ihrer Schuldgefühle – Sie konnten den Tod Ihres Sohnes nicht verhindern, Sie konnten ihn nicht rächen, Sie konnten nicht einmal um ihn trauern. Sie waren der Überzeugung, von einem ›Parasit‹ – das war Ihr eigener Ausdruck! – befreit zu werden, und jetzt geistert dieser Parasit durch Ihr Unterbewusstsein. Das aber ist absolut normal.«

»Ist es auch normal, dass er mich in meinen Träumen jedes Mal tötet?«

»Aber natürlich«, lächelt der Therapeut und spielt mit seinem phallischen Füller. »Ein Akt der Selbstbestrafung, den Sie sich selbst auferlegen.«

»Für dieses Wissen kann ich mir weiß Gott nichts kaufen«, knurrt Fuller. »Finden Sie es denn auch normal, dass Junior mich mit Blicken taxiert, als wäre ich an allem Elend der Welt ganz allein schuld?«

»Das ist lediglich Ihre eigene Interpretation. Ich persönlich glaube nicht, dass ein unter Progeria leidender Autist in der Lage ist, ein Urteil zu fällen – über was auch immer. Die Wahrnehmungskapazität Ihres Sohnes entspricht ungefähr der einer Schnecke.«

»Gestatten Sie, dass ich diesbezüglich gewisse Zweifel hege.« Anthony verzieht das Gesicht. »Sie leben nicht mit ihm zusammen. Ich versichere Ihnen, dass er mich ansieht!«

»Selbstverständlich sieht er Sie an! Immerhin ist es so ungefähr das Einzige, dessen er noch fähig ist. Aber das heißt doch noch lange nicht, dass er auch versteht, was er sieht. Hat er je ›Papa‹ zu Ihnen gesagt? Hat er Ihnen je so etwas wie Zuneigung entgegengebracht oder Sie auch nur erkannt?« Fuller schüttelt den Kopf. »Sehen Sie! Hören Sie auf, sich über Ihren Sohn den Kopf zu zerbrechen, Mr. Fuller. Er spielt in alledem eine ganz und gar untergeordnete Rolle. Sie, und nur Sie allein, sind für Ihren Zustand verantwortlich.«

»Und was soll ich dagegen tun?«

»Ich habe es Ihnen schon hundertmal gesagt: Nehmen Sie sich frei. Machen Sie eine große Reise. Dann kommt alles von ganz allein wieder ins Lot.«

»Aber ich kann nicht verreisen! Meine Geschäfte ...«

»Sie können nicht nur, Sie müssen sogar! Denn sonst bringen Sie eines Tages tatsächlich noch jemanden um.«

Dr. Castoriadis lässt das beschriebene Blatt in seine Hemdtasche gleiten, steht auf und streckt Fuller eine rundliche Hand entgegen.

»Nach Ihrer Rückkehr machen wir einen Termin und ziehen ein Fazit. Ich bin ganz sicher, dass alles sich zum Guten wendet.«

»Einen Augenblick noch, Herr Doktor! Wollen Sie mir denn nichts verschreiben?«

»Sie nehmen doch schon jetzt viel zu viele Medikamente ein. Ich habe Ihnen bereits vor langer Zeit nahegelegt, die Dosis drastisch zu verringern. Sind Sie meinem Rat gefolgt?«

»Aber meine Albträume und Visionen! Was soll ich denn tun?«

»Fahren Sie in Urlaub, Mr. Fuller. Allein schon die Vorfreude ist ein ungeheuer starkes Gegenmittel.«

Sie verabschieden sich mit Handschlag. Die Hand des Therapeuten ist weich und feucht. Zögernd geht Anthony zur Tür. Kurz vor der Schwelle dreht er sich noch einmal um.

»Sie haben mir nicht besonders weitergeholfen, Herr Doktor.«

»Was wollen Sie? Ein Schlafmittel?«

»Zum Beispiel. Jedenfalls möchte ich nicht mehr jede Nacht sterben.«

Der Therapeut kritzelt ein paar Hieroglyphen auf einen Rezeptblock, reißt das Blatt ab und reicht es Fuller mit vorwurfsvoller Miene.

»Bitte sehr. Machen Sie sich ruhig weiter kaputt. Aber Sie wissen, dass ich Ihre Haltung absolut nicht gutheißen kann! Verreisen Sie, Mr. Fuller. In Ihrem Fall ist eine Reise nicht nur notwendig, sondern lebenswichtig.«

Anthony nickt und verlässt die Praxis. Draußen im gedämpften, mit sanfter Musik berieselten Flur seufzt er tief auf und greift mechanisch nach der Packung Calmoxan in seiner Anzugtasche. Dieser dämliche Therapeut mit seinen blöden Theorien über das Holocaust-Syndrom hat ihn ganz schön Nerven gekostet …

Aus dem Augenwinkel nimmt Fuller eine Bewegung am Ende des Flurs wahr. Hastig hebt er den Kopf und sieht eine verschwommene, magere, schlaksige Gestalt, die im gleichen Moment mit dem Schatten verschmilzt. Sein Herz setzt einen Schlag aus. *Nein … nein, doch nicht hier!* Fuller stürzt ans Ende des Flurs. Er will ganz sichergehen, dass er sich geirrt hat – dass er lediglich einen anderen Patienten des Therapeuten oder einen Hausbewohner gesehen hat.

Doch der Gang ist leer. Kein Laut, keine Bewegung ist auszumachen. Lediglich die Musik dudelt leise vor sich hin, und der Rufknopf des Aufzugs blinkt. *Schnell, eine Calmoxan!* Auch wenn kein Wasser da ist! Dann muss sie eben mit Spucke rutschen!

Die Aufzugtüren gleiten in dem Augenblick auf, als er die Tablette in den Mund steckt. Erst jetzt fällt Anthony auf, dass er den Aufzug nicht gerufen hat.

In der Kabine wartet sein Sohn Wilbur – durchsichtig und ohne Spiegelbild. Er lächelt ihn mit seinen kariösen Zähnen an, fixiert ihn aus farblosen Augen und sagt mit tonloser Stimme:

»Du wirst sterben, Papa!«

Unschuldiges Blut

Und ich sah Throne, und sie setzten sich darauf, und es wurde ihnen das Gericht übergeben; und ich sah die Seelen derer, die enthauptet worden waren um des Zeugnisses Jesu und um des Wortes Gottes willen und die das Tier nicht angebetet hatten noch sein Bild und das Malzeichen weder auf ihre Stirne noch auf ihre Hand genommen hatten, und sie wurden wieder lebendig und herrschten mit Christus tausend Jahre.
Die übrigen Toten wurden nicht wieder lebendig, bis die tausend Jahre vollendet waren. Dies ist die erste Auferstehung.

Selig und heilig, wer teilhat an der ersten Auferstehung! Über diese hat der zweite Tod keine Macht, sondern sie werden Priester Gottes und Christi sein und mit ihm herrschen die tausend Jahre.

Offenbarung 20,4–6

Pamela versteht beim besten Willen nicht, warum ihr junger Anwalt Robert Nelson darauf bestanden hat, ihr auf dem Weg zu dem angeblich geheimen Treffpunkt die Augen zu verbinden. Sie hat den Ort sofort erkannt. Es ist die Clarice-L.-Osborne-Gedächtniskapelle auf dem Campus der ehemaligen Baker-Universität in Baldwin City. Die kleine Kapelle mit dem Ziegeldach und den schmalen Fenstern, von einer ehemals sauberen, heute jedoch von Brombeerranken überwucherten Steinmauer umgeben, bedeutet ihr sehr viel. Hier hat Pamela in ihrer Jugend viele Stunden verbracht. In der Kapelle wurden Diplome und Zeugnisse überreicht, Studentenabende und Dichterlesungen veranstaltet, und auch Hochzeiten und Gottesdienste fanden hier statt. Pamela ist in Baldwin geboren und hat ihre gesamte Ausbildungszeit in der Stadt verlebt. Zwei Jahre hat sie an der Baker-Universität studiert, ehe das Institut im Jahr 2021 während der Amtszeit von Cornell, genannt »der Schreckliche«, aus Geldmangel schließen musste. Seither ist Pamela nie wieder dort gewesen. Kaum wagt sie sich vorzustellen, was aus den ehrwürdigen, fast zweihundert Jahre alten Gebäuden geworden sein mag, seit sie schutzlos Wind und Wetter ausgesetzt sind, mit Sicherheit schon mehrfach geplündert wurden und inzwischen womöglich den Outers und Junkies als Zuflucht dienen. Vielleicht ist es doch gut, dass Robert ihr die Augen verbunden hat – zumindest erspart er ihr so, den Sieg der Zeit und des Elends über die Erinnerung an ihre glücklichen Studentenjahre mit ansehen zu müssen.

Bis auf einige Graffiti und zerschlagene Fensterscheiben hat sich die Kapelle kaum verändert. Schon damals wirkte sie irgendwie altmodisch, und so ist es auch geblieben. Pamela erinnert sich noch genau der bewegten Geschichte des Bauwerks. Die Kapelle wurde

1864 im Städtchen Sproxton in Mittelengland erbaut und um 1990 aus Mangel an Gläubigen aufgegeben. Im Jahr 1995 kaufte die Baker-Universität das Gebäude, ließ es Stein für Stein abtragen und per Schiffsfracht und Eisenbahn nach Baldwin City in Kansas transportieren, wo die Kapelle auf dem Universitätsgelände wieder aufgebaut wurde. Eine verrückte Idee in einer Zeit des Überflusses!

Zwischen den verwitterten Baumstümpfen eines ehemaligen, entweder von Tornados heimgesuchten oder von Outers gefällten Wäldchens parken eine Menge Autos. Schweigende Menschen pilgern auf die hell erleuchtete Kapelle zu. Sie tragen lange weiße Roben und Kapuzen, die mit großen roten Kreuzen bedruckt sind. *Wie Gespenster in der Dämmerung*, denkt Pamela ein wenig verunsichert. Nelson kramt in seinem Köfferchen, holt zwei ordentlich gefaltete weiße Roben hervor und reicht ihr eine.

»Muss das wirklich sein?«, fragt Pamela.

»Unbedingt. Sie sind schließlich erst Novizin und dürfen nicht erkannt werden.«

»Irgendwie erinnert dieser Aufzug mich an den Ku-Klux-Klan.«

»Einige Gründungsmitglieder der Göttlichen Legion stammen tatsächlich aus dem Klan. Allerdings waren die Sichtweisen des Klans zu engstirnig und seine Ziele nicht hoch genug gesteckt. Die Göttliche Legion hat eine ganz andere Tragweite.«

Die letzten Worte spricht Nelson mit einer geradezu fanatischen Bewunderung aus. Resigniert streift Pamela die Robe über. Sie ist zu lang und schleift auf dem Boden. Der Stoff der Kapuze fühlt sich hart an und ist so dick, dass Pamela kaum Luft bekommt. Die Augenschlitze schränken ihr Gesichtsfeld stark ein. Auch Robert hat inzwischen seine Robe angezogen. Sie scheint maßgeschneidert zu sein, denn sie sitzt ausgezeichnet.

»Gehen wir.«

Langsam bewegen sie sich auf die Kapelle zu. Nelson schreitet andächtig voran, die Hände in den weiten Ärmeln seiner Robe verborgen. Pamela stolpert hinter ihm her; immer wieder gerät sie mit dem Saum ihres Gewandes in Konflikt. Etwa hundert Menschen haben sich in der mit Halogenscheinwerfern taghell erleuchteten Kapelle versammelt. Pamela hält Ausschau nach einem freien Platz im Hintergrund, doch Robert nimmt ihren Arm und führt sie vor aller Augen gebieterisch durch den Mittelgang bis ganz nach vorn, wo in der ersten Reihe zwei Plätze frei geblieben sind. Zögernd und ein wenig verwirrt nimmt Pamela Platz. Sie hat das Gefühl, im Mittelpunkt des Interesses zu stehen.

»Sind Sie ganz sicher, dass diese Plätze für uns gedacht waren?«, flüstert sie ihrem Anwalt ins Ohr.

»Selbstverständlich. Schließlich werden Sie heute Abend auf den Thron erhoben.«

»Davon wusste ich ja gar nichts!«

»Was haben Sie erwartet? Einen Bridgeabend?«

Pamela verstummt und gibt sich Mühe, sich ganz klein zu machen. Sie war der Meinung, im Hintergrund an einer Versammlung teilnehmen zu dürfen, bei der sie genau hinhören und sich später in aller Ruhe eine Meinung bilden wollte. Jetzt fühlt sie sich verraten. Am liebsten würde sie aufstehen und gehen.

Doch es ist zu spät. Die letzten Teilnehmer sind angekommen und haben sich einen Platz gesucht, die Türen werden geschlossen und die Lichter gedimmt – bis auf einen einzigen Scheinwerfer, der auf den Altar gerichtet ist. Ein Mann betritt den Altarraum. Auch er ist ganz in Weiß gehüllt, überragt jedoch mit einer Körpergröße von mehr als zwei Metern alle Anwesenden.

»Moses Callaghan höchstpersönlich«, flüstert Nelson Pamela aufgeregt zu. »Das ist wirklich eine hohe Ehre für Sie.«

»Ich bin mir nicht ganz sicher, ob ich das verdiene. Ich glaube, ich würde lieber verschwinden.«

»Pst! Er wird gleich predigen.«

Callaghan schlägt ein Kreuzzeichen. Alle anderen tun es ihm nach. Anschließend stimmt er mit sonorer, bis in den letzten Winkel hörbarer Stimme ein Gebet an, in das alle Anwesenden einfallen: »Vater unser im Himmel, geheiligt werde dein Name, dein Reich komme …« Pamela schließt sich mit Inbrunst an. Hier bewegt sie sich auf bekanntem Terrain.

Nach dem Gebet breitet Moses seine langen Arme weit aus und

bittet um Ruhe. Im Nu wird es in der Kapelle mucksmäuschenstill. Seine Stentorstimme dröhnt unter den alten Deckengewölben.

»Brüder und Schwestern, Soldaten Gottes, seid gesegnet.«

»Amen«, antwortet die Gemeinde.

»Ihr seid Gottes auserwähltes Volk. Ihr habt das schimpfliche Malzeichen des Tieres verworfen. Ihr habt der Schamlosigkeit und dem Laster entsagt. Ihr habt den Versuchungen des Teufels und seiner Bundesgenossen widerstanden und den vier Reitern geholfen, die große Hure Babylon zu Fall zu bringen. Ich werde eure Werke nicht über Gebühr loben, damit ihr nicht der Sünde des Stolzes verfallt. Und doch gab es einige unter euch, Gerechte unter den Gerechten, die nicht gezögert haben, ihr Leben in unserem ewigen Kampf gegen die Horden der Hölle zu opfern. Sie haben dazu beigetragen, eine Vielzahl von Ungläubigen, Drogensüchtigen, Ehebrechern, Negern und Homosexuellen in den See aus Schwefel und Feuer zu werfen. Jetzt sitzen sie zur Rechten des Herrn im Glanz seiner Glorie und herrschen tausend Jahre lang über das himmlische Reich und das Heer der Engel. Sagen wir ihnen Dank dafür!«

Moses hebt die Arme. »Alleluja!«, ruft die Menge.

»Doch Satan ist noch nicht besiegt. Das Tier ist noch nicht in den Abgrund gestürzt, und Babylon ist noch nicht gefallen!«

Callaghans Stimme schwillt an und bekommt einen drohenden Klang.

»Das Lamm hat die sieben Siegel geöffnet und die sieben Plagen über Sodomiten und Gottlose ausgeschüttet. Doch die Kräfte des Bösen grassieren weiter und untergraben den Glauben der Getreuen, die das Tier mit seinem Malzeichen zu besudeln versucht, damit sie das Goldene Kalb anbeten. Soldaten des Herrn, werdet nicht schwach! Der Sieg ist noch nicht unser! Die sieben Köpfe des Tieres tragen das Gesicht der sieben Todsünden, seine zehn Hörner haben die Zehn Gebote aufgespießt. Soldaten Gottes, werdet aktiv! Verdient euch den Lohn, zur Rechten des Herrn sitzen zu dürfen und viele Zeitalter über die Erde und den Himmel zu herrschen. Folgt dem Beispiel des Erzengels Michael, der den Drachen bekämpft und zu Fall gebracht hat. Schlagt die Köpfe der Hydra ab –

einen nach dem anderen, mitleidlos und ohne zu zögern. Tötet die Gottlosen und die Häretiker, die Ehebrecher und die Homosexuellen! Unterjocht die Neger und die Gelben, die Roten und alle anderen minderwertigen Rassen! Folgt dem weißen Reiter mit dem goldenen Schwert und vollendet die göttliche Strafe. Zeigt euch des Herrn würdig. Zeigt euch auch seines Sohnes würdig, der sich für euch geopfert hat! Beweist allen, dass ihr das auserwählte Volk Gottes seid. Mögen das neue Jerusalem und die Herrschaft der tausend Jahre bald beginnen!!!«

Ein donnernder Applaus begrüßt das hinausgebrüllte Ende von Callaghans Rede. Auch Pamela ist begeistert aufgesprungen und jubelt dem Prediger mit ausgestreckten Händen zu. Sie hat das Gefühl, innerlich zu brennen. Eine Welle der Verzückung durchläuft ihren ganzen Körper.

Moses beruhigt die Menge, indem er erneut die Arme ausbreitet, als wolle er sie segnen. Unter dem leisen Rascheln ihrer Gewänder setzen die Anwesenden sich wieder auf ihre Plätze.

»Die Hirten der einzelnen Herden kennen ihren Auftrag«, fährt Callaghan leiser fort. »Was die praktische Durchführung angeht, so ist im Anschluss an unsere Versammlung ein Briefing in der Sakristei vorgesehen. Später wird wie üblich jeder einzeln kontaktiert. Dieser Abend jedoch, meine Brüder und Schwestern, ist ein ganz besonderer Abend, denn wir heißen eine neue Auserwählte unter uns willkommen – eine neue Schwester, die Gott dazu ausersehen hat, das schimpfliche Malzeichen des Tieres zu verwerfen, die Versuchungen des Teufels abzuwehren und die Götzenbilder zu zerstören. Bruder Ezechiel hat sie angeworben. Danken wir ihm für dieses Zeichen seines Glaubens.«

Applaus brandet auf. Moses weist mit einem gebieterischen Finger auf Pamela.

»Schwester Salome, steh auf und wandle.«

»Ich heiße nicht Salome«, stammelt Pamela. »Mein Name ist …«

»Pst!«, unterbricht Nelson. »Von heute an ist das Ihr biblischer Name. Gehorchen Sie!«

Puterrot, außer Atem und immer wieder über ihre Robe stolpernd, tritt Pamela vor den Altar. Vor ihren Augen flimmert es. Sie schwitzt unter der Kapuze. Am liebsten würde sie sich ins nächste Mauseloch verkriechen. Moses legt ihr seine lange, magere Hand wie eine Klaue auf die Schulter.

»Schwester Salome, Gott selbst hat Bruder Ezechiel in der Überzeugung bestärkt, dass du es wert bist, in die Göttliche Legion und damit in das auserwählte Volk des Herrn aufgenommen zu werden. Wir vertrauen Bruder Ezechiel, doch unser allmächtiger Vater erwartet einen Beweis deiner Liebe zu ihm. Er muss ganz sicher sein, dass du ihn niemals verraten wirst. Daher wirst du allen hier Anwesenden und dem Herrn, der dir zusieht, zeigen, ob du wirklich bereit bist, ihm zu dienen und dich für ihn zu opfern.«

»Was muss ich tun?«, nuschelt Pamela mit zitternder Stimme.

Moses antwortet nicht, denn plötzlich dringt ein wahrer Höllenlärm aus der Sakristei. Die Tür fliegt auf. Zwei Männer in Weiß zerren ein panisch blökendes Lamm hinter sich her vor den Altar, auf dem Pamela zu ihrem Entsetzen eine große Schale aus Edelstahl und ein Metzgermesser entdeckt.

»Sie werden das Tier … doch nicht etwa …«

»Unser Herr Jesus hat sich geopfert, um uns Gläubige zu retten und den Namen seines Vaters zu ehren«, unterbricht Callaghan sie mit seiner Stentorstimme. »Nun wird dieses reine, unschuldige Lamm sein Leben hingeben, um alle sündigen Seelen zu retten und das himmlische Jerusalem zu lobpreisen.« Er ergreift ein Ohr des Lamms und drückt dessen Kopf auf den Altar. Das verstörte Tier blökt herzzerreißend. »Schwester Salome, nimm das Messer und schneide ihm die Kehle durch.«

Pamela weicht einen Schritt zurück und streckt abwehrend die Hände aus.

»Ich kann nicht.«

»Nimm das Messer, Salome, und schneide ihm die Kehle durch!«

»Nein! Es ist … es ist zu grausam!«

»Könnte es sein, dass du der Göttlichen Legion nicht würdig bist? Schlummert in dir etwa eine gottlose Buhlerin, eine Anbeterin des Goldenen Kalbs? Wir *vernichten* die Gottlosen, Salome.«

»Nein, nein, aber ich … ich habe so etwas noch nie getan … ich …«

Im Schutz der Kapuze füllen sich ihre Augen mit Tränen. Moses, der immer noch mit einer Hand den Kopf des Lamms auf den Altar drückt, greift nach dem Messer und schiebt es Pamela unnachgiebig in die Hand.

»Schneide ihm die Kehle durch, Salome. Jetzt sofort! Töte es!«

»Töte es! Töte es!«, skandiert die Menge, die inzwischen aufgesprungen ist.

Pamela hat das Gefühl, keine Luft mehr zu bekommen. Schwitzend und unbeholfen hält sie das Messer in ihren zitternden Händen. Das Tier schaut sie aus feuchten Augen verzweifelt an. Einer der Männer, die es festhalten, rückt das Messer in Pamelas Hand zurecht.

»Schneide ihm die Kehle durch!«, ruft der Prediger. »Jetzt!«

»Töte es! Töte es! Töte es!«, johlen die Anwesenden hysterisch.

Pamela bekreuzigt sich, schließt die Augen und greift sich an die Kehle. Sie ringt um Luft. Die rhythmischen Rufe der Gläubigen dringen in sie ein wie ein männliches Glied. Wieder spürt sie die wärmende Woge, die ihren Körper ausgehend vom Uterus überrollt, ihren Herzschlag beschleunigt und ihr Innerstes verbrennt.

Und plötzlich ist alle Zurückhaltung verschwunden. Ihr Körper gerät außer Kontrolle; sie kann keinen zusammenhängenden Gedanken mehr fassen. Mit einem jubelnden Lustschrei stößt sie das Messer bis zum Heft in die Kehle des Lamms. Das Tier röchelt. Die beiden Männer halten seinen zuckenden Körper fest auf den Altar gedrückt. Die Menge applaudiert wie im Fernsehen, wenn die Eudora Rangers den Lawrence Jayhawkers eine Base abgewinnen. Pamela lässt das Messer los, das klirrend auf den Steinboden fällt. Erst jetzt wagt sie, die Augen zu öffnen. Callaghan hält die Edelstahlschüssel unter den Hals des langsam sterbenden Lamms und sammelt das in einem dicken Strahl hervorquellende Blut.

»Tauch deine Hand in das Blut der Unschuld ein«, befiehlt der Prediger, »und kennzeichne dich mit dem Symbol unseres Herrn.«

Pamela gehorcht. Sie vermeidet es, das in den letzten Zuckungen liegende Lamm anzusehen, dessen Augen der nahe Tod bereits getrübt hat. Sein Blut tropft von ihrer Kapuze und befleckt die weiße Robe.

»Schwester Salome«, ruft Callaghan und hebt den blutigen Kelch hoch über ihren Kopf, »jetzt bist du eine Soldatin des Herrn und rechtmäßiges Mitglied der Göttlichen Legion. Du bist aufgenommen in die Herde der Auserwählten, die von Ewigkeit zu Ewigkeit auf Erden und im Himmel das Zepter führen. Geh jetzt bitte an deinen Platz zurück. Dein Mentor, Bruder Ezechiel, wird dir deine Rechte und Pflichten mitteilen. Ihr anderen Soldaten Gottes, kommt nun ebenfalls zum Altar, teilt die Freude eurer neu bei uns aufgenommenen Schwester und reinigt euch mit dem Blut der Unschuld.«

Während das tote Lamm entfernt wird, kehrt Pamela schwankend in ihre Reihe zurück. Ihre Knie fühlen sich weich an. Unmittelbar vor Nelson bricht sie zusammen. Er kann sie gerade noch auffangen. Die Gläubigen stehen derweil diszipliniert auf, gehen in ordentlichen Reihen zum Altar, tauchen ihre rechte Hand in die Schale und bekreuzigen sich. Das Blut des Lamms befleckt ihre makellosen, weißen Roben.

Pamela ist halb ohnmächtig. Wie durch einen wattigen Nebel hört sie Robert Nelson, der sie in den Armen hält und ein wenig fester als unbedingt nötig an sich presst.

»Wir müssen ein ernstes Gespräch miteinander führen, Salome. Die Göttliche Legion toleriert selbstverständlich keine Scheidung.«

Ein wenig leiser fährt er fort: »Soweit ich weiß, ist Ihr Ehemann sehr reich …«

Staatsstreich

Wir bieten:
Absicherung von militärischen, wissenschaftlichen oder industriellen Anlagen
Auskünfte, Spionage, Gegenspionage

Ver- und Entschlüsselung vertraulicher Daten
Information, Desinformation, Fehlinformation
Maßnahmen gegen Terroristen, Aufwiegler und Streikende
Sonderkommandos und Spezialeinsätze
National Security Agency – Ihr Partner
Anerkannt von der Regierung der Vereinigten Staaten
Sicherheit, Vertraulichkeit und Zuverlässigkeit – dafür bürgen wir!
<NSA.org>

Anthony Fuller lehnt die Stirn an die große Scheibe aus speziell gehärtetem Anti-Tornado-Glas. Er steht in seinem Büro im 27. Stockwerk des Resourcing Head Tower an der State Line Road mitten in Kansas City und beobachtet die Rauchwolken am Horizont, die den gelblichen Himmel mit grauen Schwaden überziehen und die Stadt in ein trübes, stickiges Licht tauchen. Seit fünf Tagen brennt die Prärie. Das Feuer hat bereits mehrere Dörfer zerstört und die Stadt Lawrence eingeschlossen. Auch die Enklave Eudora ist bedroht. Einige Familien haben schon ihre Habseligkeiten zusammengepackt und sind mit dem Auto oder per Hubschrauber geflüchtet. Fuller schert sich nicht darum. Fast wünscht er sich, dass alles in einem riesigen, reinigenden Feuer verglüht, dass man anschließend die rauchenden Ruinen abträgt und auf dem sauberen, sterilen, von menschlichen und anderen Parasiten befreiten Boden eine neue Welt errichtet. Als neuer Chef der Kansas Water Union hat er es abgelehnt, dass die Feuerwehrleute sich der ohnehin kümmerlichen Wasserreserven bedienen, um die sich immer weiter in die Landschaft fressende Glut zu löschen. Er verlässt sich lieber auf den Wetterbericht, der für die nächsten Tage sintflutartige Regenfälle angekündigt hat. Natürlich weiß er, dass sein Entschluss äußerst unpopulär ist, doch das kümmert ihn nicht weiter. *Sein* Wasser wird jedenfalls nicht dazu benutzt, Horden ausgehungerter Outers und sowieso zum Tode verurteilte Dörfer zu retten. Und was Felder und Herden angeht, so sind sie schon längst nur noch Erinnerung … Das Einzige, was Fuller wirklich stört, sind die Tausende Tonnen Kohlenstoff, die von den Präriefeuern in die Atmosphäre geschleudert werden, denn eigentlich ist es eine der Aufgaben von Resourcing, mit ihren Töchtern AirPlus, Deep Forest und Carbon Traps gegen die Umweltverschmutzung anzukämpfen. Die Luft in der Stadt ist inzwischen so verraucht, dass die Menschen Masken mit Sauerstoffkartuschen tragen müssen (ein Produkt der AirPlus™). Die letzten grünen Oasen von Kansas City fallen der extremen Hitzeentwicklung zum Opfer, die überdies für den Tod vieler gesundheitlich weniger widerstandsfähiger Personen verantwortlich ist. Die Aschepartikel, die alles bedecken, sehen aus wie Schnee im Negativ. Natürlich könnte Clean Up (@ Resourcing) die Verschmutzungen beseitigen, doch wer würde dafür bezahlen?

Das Läuten des internen Telefons reißt ihn aus seinen Gedanken. Fuller dreht sich vorsichtig um – er hegt ständig die Befürchtung, es könne wieder einmal Wilbur sein – und knurrt ein barsches »Ja bitte?« in den Apparat. Der Bildschirm zeigt das hübsche, eurasische Gesicht seiner Sekretärin Amy – die er übrigens niemals angemacht hat, weil er Geschäft und Sex grundsätzlich voneinander trennt.

»Mr. Cromwell ist jetzt da. Soll ich ihn in Ihr Büro schicken?«

Cromwell? Ach ja, Cromwell, der Direktor der NSA! Fuller hat das Meeting völlig vergessen, obwohl er eigens aus diesem Grund nach Kansas City gekommen ist. Himmel, jetzt wirkt nicht einmal mehr das Neuroprofen! Sein Gedächtnis wird immer lückenhafter. Ob er es einmal mit Memoryl versuchen soll?

»Danke, Amy. Bringen Sie ihn rein.«

Cromwell erobert Fullers Büro im Sturmschritt. Er macht den Eindruck, als wolle er die Doppeltür einrennen, die sanft vor ihm aufgleitet. Er hat das Benehmen und die Statur eines ehemaligen Boxers, ein wenig verweichlicht zwar, aber immer noch fähig, einen ausgewachsenen Ochsen umzuwerfen.

»Ihre Sicherheitssysteme sind lächerlich und hoffnungslos veraltet«, verkündet er grußlos mit heiserer, aggressiver Stimme.

»Ich habe Sie nicht wegen eines neuen Sicherheitssystems für mein Büro kommen lassen«, gibt Fuller pikiert zurück. »Ich glaube außerdem nicht, dass das Sache der NSA ist, oder aber Sie sind tiefer gesunken, als ich befürchtet hatte.«

Anstatt angesichts dieser Spitze mit Verärgerung zu reagieren, hebt Cromwell die buschigen Augenbrauen und grinst Fuller breit an.

»Okay, Fuller. Der Punkt geht an Sie.«

Er reicht Anthony eine schaufelartige Pranke, die dieser unvorsichtigerweise ergreift. Als er anschließend seine zermalmten Finger wieder zurechtschüttelt, kann er seine schmerzverzerrte Miene nicht ganz beherrschen.

»Setzen Sie sich, Cromwell. Möchten Sie etwas trinken?«

»Nicht bei der Arbeit. Wo genau liegt Ihr Problem?«

»Ich will einen Staatsstreich anzetteln.«

Die Augenbrauen des NSA-Direktors werden zu einem düsteren Strich.

»Nicht mit uns! Da wenden Sie sich besser an die CIA.«

»Schon geschehen. Die Agenten haben sich hochnehmen lassen wie blutige Anfänger. Außerdem sind mir bezüglich ihrer Treue zu den Interessen der Vereinigten Staaten erhebliche Zweifel gekommen.«

»Das wundert mich nicht. Schließlich hat der Staat die Organisation schnöde verramscht, und im Gegensatz zu uns hat es bei der CIA mit der Privatisierung gehapert. Deren Angestellte haben doch weniger Geld in der Tasche als ein durchschnittlicher puerto-ricanischer Drogendealer. Was ist mit dem Pentagon? Haben Sie es dort schon probiert?«

»Ich habe mit dem Präsidenten höchstpersönlich gesprochen. Aber die Idee, außerhalb der Landesgrenzen einen Krieg anzuzetteln, gefällt ihm absolut nicht.«

»Was wollen Sie genau, Fuller? Einen Krieg oder einen Staatsstreich?«

»Ein Krieg käme vermutlich zu teuer.«

»Nicht unbedingt. Ein paar Männer und das entsprechende Material zu mobilisieren ginge ganz schnell. Ein Staatsstreich hingegen braucht möglicherweise eine lange Vorbereitung. Wir müssten Leute an den richtigen Stellen einschleusen und dicke Bestechungsgelder zahlen. Wo soll die Sache steigen?«

»In Burkina Faso.«

Cromwells Augenbrauen schieben sich nach oben.

»Was soll das sein?«

»Ein afrikanisches Land.«

»Sie wollen in Afrika einen Staatsstreich organisieren? Wozu, um alles in der Welt? Die Leute dort sterben doch ohnehin wie die Fliegen. Geht es um Bodenschätze?«

»Um Wasser.«

»Verstehe. Haben Sie schon versucht, die Regierung zu korrumpieren? Die werden beim Anblick von Dollars doch immer noch geil!«

»Unmöglich. Burkina trägt den Namenszusatz ›Land der Unbescholtenen‹, und die Präsidentin scheint absolut nicht korrupt zu sein.«

»Eine Frau? Aha. Die können ganz schön hinterhältig sein.«

»Das dürfen Sie laut sagen.«

»Haben Sie Kontaktleute im Land?«

»Den Botschafter der Vereinigten Staaten, Gary Jackson.«

»Nicht gerade toll. Was ist mit der Regierung? Minister vielleicht? Generäle?«

»Ich kenne dort niemanden.«

Cromwells Blick drückt einen leisen Zweifel aus.

»Wir stark ist die Armee? Sind die Militärs der Regierung ergeben? Wissen Sie etwas darüber?«

»Nichts.«

»Scheiße, Fuller, was haben Ihre CIA-Leute da unten eigentlich getan?«

»Ich habe Ihnen doch schon gesagt, dass sie fast unmittelbar nach ihrer Ankunft verhaftet worden sind. Ich habe kaum Auskünfte erhalten.«

»Blödmänner! Ihr Problem ist wirklich nicht sehr leicht zu lösen.«

Fuller windet sich in seinem Sessel. Liebend gern hätte er eine Neuroprofen genommen, um etwas klarer denken zu können, doch er möchte nicht, dass Cromwell etwas bemerkt. Immerhin könnte er es ihm als Zeichen von Schwäche auslegen.

»Stört es Sie, wenn ich mir etwas zu trinken nehme? Dieser Rauch dörrt einem die Kehle aus!«

»Tun Sie, was Sie nicht lassen können. Schließlich sind Sie hier der Boss.«

Fuller nimmt eine Dose australisches Bud aus dem Kühlschrank im Büro und lässt diskret eine Neuroprofen hineingleiten. Als sich die Tablette auflöst, beginnt das Bier heftig zu schäumen, läuft über und tropft in langen Geiferfäden auf den Kaschmirteppich. Wieder hebt Cromwell die buschigen Augenbrauen.

»Was trinken Sie denn da für eine Schweinerei?«

»Australisches Bud.«

»Die Australier können eben kein Bier brauen.«

»Trotzdem haben Sie die Brauerei Budweiser aufgekauft«, gibt Fuller zu bedenken.

Er nimmt einen Schluck und hält angeekelt die Luft an. Die Neuroprofen verleiht dem Bier einen schauderhaften Geschmack.

»Nichts bleibt, wie es war«, sinniert Cromwell. Dann bemerkt er Anthonys angewiderten Gesichtsausdruck. »Nun zwingen Sie das Zeug doch nicht in sich rein. Haben Sie denn nichts anderes?«

»Weiter im Text, Cromwell. Wie gedenken Sie vorzugehen?«

Anthony zwingt sich, das Gespräch fortzuführen, während das Bier weiter aus der Dose schäumt.

»Zunächst sollten wir Informationen besorgen. Solange wir nichts wissen, kann ich Ihnen auch nichts weiter sagen. Wir müssen alles über die Militärs und die Möglichkeiten von Widerstand herausfinden, wir müssen das schwächste Glied in der Kette finden, wir müssen wissen, wer korrumpierbar ist und welche Hebel wir in Bewegung setzen müssen – solche Dinge eben.«

»Dann müssen wir also jemanden hinschicken.« Fuller erstickt einen Rülpser. Blinzelnd und mit viel Mühe versucht er, sich zu konzentrieren.

»Nicht sofort. Sind die Wilden dort unten eigentlich vernetzt?«

»Äh, ich glaube schon … ja, ja doch. Natürlich!« *Rülps*.

»Dann werden wir zunächst diese Quelle anzapfen. Wir haben

gerade über NetSurvey einen ganz pfiffigen Kerl eingestellt. Er ist Franzose und hat eine Menge Ahnung.«

»Ach ja?« *Hilf Himmel, in meinem Kopf dreht sich alles.*

»Ja, einen ehemaligen Hacker. Das sind mit Abstand die Besten. Angeblich wollte irgendein Bekloppter ihn bis ans Ende seiner Tage hinter schwedische Gardinen bringen.«

Cromwells Worte erinnern Anthony von Ferne an irgendetwas, doch seine Gedanken schwimmen davon, sein Kopf dreht sich, und ihm wird plötzlich schwindelig. Krampfhaft greift er nach der Sessellehne, um nicht umzukippen. Eisiger Schweiß perlt über seine Stirn, sein Herz klopft unregelmäßig.

»Alles in Ordnung, Fuller? Sie sind ja ganz weiß!«

»Mir ... mir geht es nicht gut. Könnten Sie bitte meine Sekretärin rufen?«

»Soll ich nicht lieber gleich einen Doc holen?«, fragt Cromwell mit gerunzelten Augenbrauen.

»Nein ... meine Sekretärin ... weiß, was zu tun ist. Holen Sie sie ... bitte.«

»Schon gut. Schließlich sind Sie der Boss.«

Der Direktor der NSA verlässt in seinem üblichen Sturmschritt Fullers Büro. Dabei rempelt er die Gleittür an.

Als er endlich allein ist, gestattet sich Fuller, sich gehen zu lassen. Er lässt sich vom Sessel auf den mit Neuroprofen-Bier getränkten Teppich gleiten. Alle Gegenstände im Zimmer scheinen zu vibrieren und einen roten, pulsierenden Heiligenschein anzunehmen. Eine Hand über dem rasenden Herzen verkrampft, bemüht er sich, trotz heftigen Aufstoßens zu Atem zu kommen, und ruft tonlos nach Amy, die ihm ein oder zwei Calmoxan einflößen soll. Seine zittrigen Finger finden die Schachtel nicht mehr.

Endlich taucht eine Gestalt in seinem rot vernebelten Blickfeld auf. Sie ist groß, schlaksig, hat ungekämmte Haare, ein kariöses Lächeln und farblose Augen. Das ist keinesfalls Amy!

»Du bist tot, Papa!«, erklärt Wilbur, schwenkt ein großes, glänzendes Messer und sticht es Anthony bis zum Heft ins Herz.

Eilmeldung <**fasonews.bf**> Eilmeldung

Heftige Spannungen an der Grenze zur Elfenbeinküste

- Die Spannungen an der Grenze zur Elfenbeinküste, wo sich Einheimische und Flüchtlinge aus Burkina Faso gegenüberstehen, nehmen zu.
- In Ferké und Léraba geht die Armee der Elfenbeinküste gegen Flüchtlinge vor. Die Aktion endet mit einem Massaker.
- In Yendéré kommt es aufgrund der Schließung der Grenzen zu Aufständen.
- Das Transitlager von Niangoloko wird von Freischärlern angegriffen.
- Zu viele Menschen und zu wenig Wasser im Süden: die öffentliche Hand ist überfordert.
- Ghana droht, die gemeinsame Grenze mit Burkina ebenfalls zu schließen.

Alle Details sowie Bilder auf <**fasonews.bf**>

Trotz der angespannten Situation zwischen Burkina Faso und der Elfenbeinküste und trotz des Sandsturms, der über Ouagadougou wütet, landet der »Geier« mit nur einer Stunde Verspätung auf die vorgesehene Zeit. Die Landung ist ein wahres Akrobatenstück, denn der Pilot kann den Winkel zur Landebahn zwischen den sandigen Böen allenfalls erraten. Die vom Sturm geschüttelte Maschine ächzt und vibriert. Mehrmals setzt das Flugzeug auf dem zerborstenen Beton der Piste auf, schnellt wieder nach oben, schmiert um Haaresbreite über eine Tragfläche ab und schlingert nach einem Reifenplatzer quer über die Landebahn, wobei es mehrere Landefeuer zertrümmert. Dennoch gelingt es dem Piloten, die Maschine wieder aufzurichten, sie auf die Landebahn zurückzulotsen und die Motoren gerade noch rechtzeitig abzuschalten, ehe sie Feuer fangen, denn der feine Sand, den der brennend heiße Wind aus der Wüste mitbringt, hat die Düsen verstopft.

Die Passagiere, die aus dem Flugzeug steigen – es handelt sich fast ausnahmslos um Stammgäste –, preisen Gott, Allah oder die Geister ihrer Vorfahren, dass sie mit dem Leben davongekommen sind. Einer jedoch ist unter ihnen, der die Erfahrung, mit dem »Geier« zu fliegen, noch nie gemacht hat. Auch Sandstürme kennt er kaum, denn zu der Zeit, als er das Land verließ, suchten sie Ouaga eher selten heim. Es handelt sich um Moussa Diallo-Konaté, den ältesten Sohn Fatimatas, der aus Europa zurückgekehrt ist und sich auf brutale Weise mit der Wirklichkeit des alltäglichen Lebens in Burkina Faso konfrontiert sieht. Er ist ganz grau im Gesicht, seine Beine zittern, und er fragt sich noch immer, welchem Wunder er sein Überleben zu verdanken hat. Der Sand peitscht seine Haut und zwingt ihn, das Gesicht in dem viel zu warmen Blouson zu verbergen.

In der Ankunftshalle wird Moussa von Fatimata persönlich erwartet. Im Schutz ihrer Leibwächter hat sie bis zum letzten Augenblick eine Art improvisierter Pressekonferenz abgehalten, bei der sie die Fragen der aufgeregten Menge beantwortete, die sofort den Flughafen stürmte, als sie von der Anwesenheit der Präsidentin erfuhr. Die Leute wollten wissen, warum immer noch kein Wasser aus den Wasserhähnen kommt und wann es endlich so weit wäre, warum der Staat toleriert, dass Gauner verdorbenes Wasser zu Fantasiepreisen verhökern, ob es wahr ist, dass die Armee in Kongoussi auf Leute schießt, und ob die Präsidentin irgendetwas zu tun gedenkt, um die Bewohner der Elfenbeinküste daran zu hindern, ihre nach Süden geflüchteten Verwandten zu ermorden. Fatimata schreit sich fast heiser bei dem Versuch, ihre Erklärungen über den Lärm hinweg an den Mann zu bringen.

Moussas Ankunft bietet ihr einen willkommenen Vorwand, die Debatte abzukürzen. Von Polizisten eskortiert, die große Mühe haben, ihr die Menschenmassen vom Leib zu halten, läuft sie ihrem verdutzten Sohn entgegen, nimmt sich kaum die Zeit, ihn zu umarmen, sondern zieht ihn mitten durch die Menge zu ihrem genau vor dem Eingang geparkten Wagen. Erst als der Daewoo MulitFuel sich in den kargen Verkehr der Hauptstadt eingereiht und die letzten motorisierten Verfolger abgeschüttelt hat, kehren Moussas Lebensgeister zumindest so weit zurück, dass er sich zu der Frage aufrafft:

»Was wollten diese Leute?«

»Wasser«, antwortet Fatimata lakonisch.

Ihr Sohn nickt. Durch die staubigen Scheiben betrachtet er schweigend die nahezu menschenleeren, von Sand und Fliegen heimgesuchten Straßen von Ouagadougou, die geschlossenen oder geplünderten Geschäfte, die abgemagerten Gestalten, die in schattigen Ecken mit dem Tod ringen, und die von den Lebenden unbeachteten, von Geiern angefressenen Leichen.

»So schlimm ist es also«, stellt Moussa mit tonloser Stimme fest.

»Es ist sogar noch viel schlimmer«, nickt Fatimata. Ihr Gesicht ist wie versteinert. Die Augen hat sie hinter einer schwarzen Sonnenbrille verborgen.

»Epidemien?«

»Zusätzlich zu den üblichen Krankheiten ist jetzt auch noch die Cholera ausgebrochen.«

Sofort schützt Moussa Nase und Mund mit dem Ärmel seines Blousons, als ob seine Mutter ihn anstecken könnte.

»Es geht gerade erst los«, fährt sie fort. »Aus Ouidi und Tanghin werden die ersten Fälle gemeldet. Übrigens auch aus den noch unbebauten Gebieten am Stadtrand.«

»Du meinst sicher die Slums.«

Seine Mutter wirft ihm einen Seitenblick zu, sagt aber nichts. Moussa ahnt, dass er einen wunden Punkt getroffen hat. Unter dem demokratisch-solidarischen Regime und dem dauerhaften Aufschwung, die zu erhalten die Tochter des großen Volkshelden und Märtyrers Alpha Konaté angetreten ist, dürfte es eigentlich schon längst keine Slums mehr geben.

»Wir haben Teams im Einsatz, die rund um die Uhr impfen«, erklärt Fatimata in einem Ton, der tröstlich klingen soll. »Eigentlich dürfte die Seuche sich nicht weiter ausbreiten.« Sie seufzt. »Zumindest hoffen wir das«, fügt sie leise hinzu.

Anstatt am Platz der Vereinten Nationen in den Boulevard de la

Révolution einzubiegen, an dessen Ende der neue Präsidentenpalast steht, folgt Fatimata der schräg abzweigenden Avenue d'Oubritenga und fährt dann links durch die Rue Nongremasson bis zum Stadtviertel Dapoya und den ausgetrockneten Stauseen. Auf dem Staudamm Nr. 2 hält sie mitten auf der Straße an. Sie steigen aus, lehnen sich an die Brüstung und lassen ihre Blicke über die tiefen, versandeten Becken wandern, in denen sich Schutt und Staub gesammelt haben. Die lehmigen Wände sind kahl und zerklüftet. Der Wüstenwind fährt seufzend zwischen den Deichen und den Strebepfeilern aus Beton hindurch und bombardiert sie mit seinen zerstörerischen Staubpartikeln. Moussa erinnert sich noch gut an die Zeiten, als der Stausee voll Wasser und von einer üppigen Vegetation umgeben war. Trotz des trüben Wassers und der Welse machten sich die Kinder einen Spaß daraus, am Ufer herumzuplanschen. Der trostlose Anblick drückt ihm fast das Herz ab.

»Warum zeigst du mir das alles, Mutter? Ich weiß, dass die Stauseen ausgetrocknet sind.«

»Damit du unsere Situation begreifst. Es ist etwas ganz anderes, ob du es im Kopf weißt oder mit eigenen Augen gesehen hast. Es tut weh, nicht wahr?«

»Fahren wir nach Hause«, beschließt Moussa, reißt sich von der Brüstung los und steigt ins Auto.

Zum Präsidentenpalast nehmen sie den Weg über die Avenue de la Liberté. Es geht am Krankenhaus vorbei, vor dessen Toren sich die schrecklichsten Szenarien völliger Armut und hilfloser Agonie abspielen. Moussa, den bereits der Anblick der Straßen von Ouaga und des ausgetrockneten Staubeckens deprimiert hat, muss jetzt erkennen, dass es noch Schlimmeres gibt: Menschen, die wie Zombies aussehen, wandelnde Skelette, Kinder mit aufgetriebenen Bäuchen und spindeldürren Gliedmaßen, eiternde Wunden, hartnäckige Fliegen, schiere Verzweiflung in trüben Augen. Er riecht Tod, Fäulnis und nackte Not, er hört die Schreie der Geier, die in großer Zahl auf Dächern und abgestorbenen Bäumen sitzen.

»Legst du es darauf an, mich zu entmutigen, Mutter?«

»Nicht absichtlich. So ist das Leben hier nun einmal. Du wirst dich daran gewöhnen müssen, zumindest, bis wir wieder Wasser haben. Die tägliche Dusche gibt es hier nicht.«

»Und dafür musste ich …«, seufzt Moussa, unterbricht sich jedoch sofort.

»Was denn?«

»Ach, nichts.«

Fatimata lächelt ihren Sohn traurig an.

»Ich weiß genau, welch großes Opfer du gebracht hast, und ich bin dir sehr, sehr dankbar dafür.«

Nachdem Moussa sein Zimmer bezogen, sich mit einem halben Eimer Wasser gewaschen, etwas Leichteres angezogen und eine Tasse erfrischenden Pfefferminztee getrunken hat, geht er ins Büro seiner Mutter. Sie sitzt im Halbschatten vor ihrem Quantum Physics. Die holografische Tastatur wirft einen rosa Schimmer auf ihr Gesicht. Auf dem Bildschirm ist das Satellitenbild der Gegend um Kongoussi zu sehen, das die Beschaffenheit des Terrains in Falschfarben und die Lage des unterirdischen Wasserreservoirs in blauer Schraffur zeigt.

»Das ist also das berühmte Hackerbild?«

Fatimata nickt.

»Ich dachte, dass du es vielleicht besser interpretieren kannst als wir. Du erkennst sicher einen Sinn hinter all diesen Farben und Symbolen.«

Aufmerksam studiert Moussa das Bild.

»Das sind lediglich Höhen- und Hygrometrielinien, außerdem eine Analyse der obersten Bodenschichten. Für die Bohrung ist das nicht von Interesse. Aber die Knöpfe da, hast du die schon ausprobiert?«

Seine Mutter schüttelt den Kopf.

»Wahrscheinlich führen die in andere Menüs. Darf ich?«

Er zieht sich einen Stuhl heran, setzt sich neben Fatimata, die ein Stück zur Seite rückt, und berührt mit dem Zeigefinger einen der Knöpfe auf dem Bildschirm. Die Farben des Bildes verändern sich ebenso wie die Legende. Mit jedem weiteren Knopf erhält Moussa unterschiedliche Ansichten, Hinweise und Informationen.

»Super!«, lächelt Moussa. »Der Satellit hat ein komplettes Verzeichnis übermittelt. Hier ist zum Beispiel ein Scan des Untergrundes, ziemlich allgemein zwar, aber immerhin. Hm … Sand, Schwemmsande, klar … Lehm … Schiefer. Autsch!«

»Gibt es ein Problem?«

»Dort sind Felsen. Wir brauchen also gutes Material.«

»Wir erwarten es täglich.«

»Und das Wasser selbst? Gibt es keine Wasseranalyse?«

Er sucht auf dem Bildschirm nach weiteren Knöpfen oder Berührungsfeldern.

»Wasseranalyse?«, fragt Fatimata. »Es ist eben Wasser, oder?«

»Es gibt alle möglichen Sorten Wasser«, erklärt Moussa. »Mit viel oder weniger Gas, unterschiedlichen Mineralsalzen, organischen oder auch giftigen Substanzen. Stell dir mal vor, dieses Wasser wäre für den Verzehr nicht geeignet. Oder man müsste es erst einmal chemisch behandeln.«

»Daran habe ich überhaupt noch nicht gedacht«, gesteht Fatimata beunruhigt. »Kannst du es herausfinden?«

»Ich suche gerade … Schau mal, was ist denn das?«

Fatimata beugt sich vor und liest:

»›Originalbild entwendet aus dem Satelliten Mole-Eye 2AC von GeoWatch. Eingestuft als ‚Geheime Ressource'. Geknackt und entschlüsselt von Truth, der euch herzliche Grüße schickt und viel Glück wünscht.‹ Das ist die Signatur des Hackers. Aber warte mal …«

»Was denn?«

»Diese letzte Zeile da … die stand bisher nicht dort.«

»Bist du sicher?«

»Hundert Prozent. Ich habe mir dieses Bild zigmal angeschaut, ich kenne es in- und auswendig. Die Signatur bestand aus vier Zeilen, das weiß ich ganz genau.«

»Weißt du, wer der Hacker ist?«

»Keine Ahnung. Das Bild war auf der Homepage von SOS-Europa, und ich habe es ganz normal heruntergeladen.«

»Verstehe«, brummt Moussa und reibt sich das Kinn.

»Was verstehst du?«

»Ich nehme an, dein Computer ist intern vernetzt, oder?«

»Ist er«, haucht Fatimata, die langsam ahnt, worauf ihr Sohn hinauswill.

»Jemand ist in deinen Rechner eingedrungen, Mutter.«

»Lieber Himmel! Etwa ein Virus?«

»Möglicherweise wurden auch nur deine Dateien durchstöbert. Das bedeutet allerdings, dass irgendwer jetzt über sämtliche Geheimnisse der Regierung im Bilde ist. Merkwürdig daran ist allerdings die Tatsache, dass ein Hacker, den du nicht kennst, dich über sein Eindringen informiert hat.«

Windstöße

Provinz Bam – Gemeinde Kongoussi

Bekanntmachung

– Kaufen Sie Ihr Wasser nicht bei fliegenden Händlern. Nur das von der öffentlichen Wasserversorgung verteilte Wasser entspricht den staatlich festgelegten Hygienenormen.

– Der Tagesverbrauch ist auf 5 Liter pro Tag und Person begrenzt. Höherer Verbrauch wird mit Sondersteuern belegt.

– Eine Ausnahme bildet vorhandener Viehbestand, der darum bei der Genossenschaft angemeldet werden muss. Wir weisen darauf hin, dass unangemeldete Kontrollen stattfinden.

– Bohrungen oder Grabungen auf dem Gemeindegebiet sind strengstens untersagt. In diesem Zusammenhang machen wir erneut darauf aufmerksam, dass sich das vermutete Wasservorkommen in 250 Meter Tiefe befindet.

– Jede Art von Camping außerhalb des städtischen Campingplatzes ist untersagt. Zuwiderhandlungen werden strafrechtlich verfolgt.

– Personen, die ins Gemeindegebiet einreisen, haben sich umgehend bei den Behörden zu melden. Die sofortige Anmeldung ist verpflichtend. Nicht gemeldete Personen werden unverzüglich ausgewiesen.

Angetrieben vom Harmattan tobt der Sandsturm auch über Kongoussi. Er hinterlässt tonnenweise mehlartigen, ockerfarbenen Staub mit eingelagerten Partikeln, die wie Schmirgelpapier wirken. Der Sand stammt aus den Dünen von Gorom-Gorom und Markoy oder sogar von der noch weiter nördlich liegenden Grenze zu Mali und dem Land der Tuareg. Die Temperatur liegt bei fast 50 Grad, und der brennend heiße Wüstenwind trocknet die Haut aus, verursacht aufgesprungene Lippen, irritiert die Augen und erschwert das Atmen. Der pudrige Sand sammelt sich vor jedem Hindernis und formt sogenannte *nebkhas*, winzige Sanddünen, die der Wind nach und nach wieder abträgt und weiter nach Süden davonweht. Wer noch ein Zuhause hat, verkriecht sich trotz der Backofentemperaturen in der Sicherheit seiner vier Wände. Alle anderen suchen mehr schlecht als recht Schutz hinter Mauern, Autowracks oder hastig aufgestellten Windschirmen aus Blech, Pappe oder Plastik. Wer keinen Schutz finden konnte oder verpflichtet ist, auf seinem Posten zu bleiben – wie das Wachbataillon, das am Fundort des unterirdischen Wasservorkommens im Einsatz ist –, hüllt sich fester in Djellaba oder Burnus, wickelt sich ein Tuch um den Kopf oder schützt ihn mit einer Kappe, stellt sich mit dem Rücken gegen den Sturm und bemüht sich, die schmerzhaften Windstöße, die scharfen Böen und den prickelnden Flugsand zu ertragen.

Abou und Salah hat der Sturm während ihrer Wache erwischt. Sie schützen den Eingang zum Gelände an der Straße nach Ouahigouya. Hier kommen ständig Leute an: Einheimische, die sich erkundigen oder beschweren wollen, Fremde, die vergeblich nach der glitzernden Wunderfontäne suchen, die in Gerüchten so anschaulich beschrieben wurde. Der Sandsturm verringert den Vorbeimarsch der Schaulustigen zwar, bringt ihn aber nicht zum Erliegen. Abou und Salah, die sich unter einer Decke zusammengekauert haben, um so dem Wind zu trotzen, müssen häufig aufstehen, um zumindest auf die nachdrücklichsten Rufe zu antworten oder um allzu Verwegene davon abzuhalten, unter der Stacheldrahtabsperrung hindurchzuschlüpfen. Trotz der ständigen Überwachung gelingt es Einzelnen immer wieder, auf das Gelände vorzudringen; Patrouillen verfolgen sie und nehmen sie fest, mitgebrachte Schaufeln und Hacken werden konfisziert, und die Leute werden zum Ausgang gebracht, manchmal auch unter Zwang. Die Soldaten, die die Zugänge bewachen, stehen vor einer doppelten Herausforderung: Sie müssen sowohl die Ausweisung der Eindringlinge zulassen als auch gleichzeitig die Menge vor den Toren daran hindern, sich mit Gewalt Zutritt zu verschaffen. Eine sehr delikate Aufgabe, die durch den Sandsturm nicht gerade erleichtert wird.

Im gelblich fahlen Licht, gepeitscht von Sandböen, die keinen Unterschied zwischen Himmel und Erde mehr erkennen lassen und den Horizont ausradieren, kämpfen Abou und Salah, unterstützt von zwei weiteren Soldaten, vor dem geöffneten Tor Nr. 1 mit Gewehrkolben gegen eine graue, zu allem entschlossene Menschenmenge an, die sich in wildem Durcheinander voller Hoffnung auf den Zugang zum Gelobten Land gegen den Zaun drängt. Die Leute schreien, betteln und drohen, doch Abou und Salah lassen sich nicht erweichen – ebenso wenig wie der Sandsturm, der ohne Unterlass auf sie eindrischt und ihnen eine ockerfarbene Staubmaske auf das Gesicht legt, mit der sie aussehen wie Schamanen im Trancezustand. Zu Beginn seines Auftrags hat Abou, eingedenk der Erziehung seiner Mutter, noch versucht, zu erklären und die armen Schlucker zur Vernunft zu bringen – ihnen klarzumachen, dass es unmöglich ist, einen 250 Meter unter der Erde liegenden Wasserspiegel mit einem Spaten zu erreichen, den man aus der Motorhaube eines Autos geschnitten hat. Doch er gab sein Unterfangen bald auf. Hoffnung ist stärker als Logik, und die Gerüchteküche kümmert sich nicht um Fakten. Das Wasser ist da, und die Leute wollen danach graben. Punktum. Sehr bald schon wurde die Sprache brutaler, und zum Leidwesen Abous, der jede Art von Gewalt gegenüber Menschen verabscheut, nahmen die Soldaten hin und wieder Zuflucht zu Schlägen mit dem Gewehrkolben oder zu Warnschüssen. (»Ein Staat, der sein Volk unterdrückt, verdient nicht, es regieren zu dürfen«, hatte Fatimata immer gepredigt.) Auch Abou muss Menschen hart zurückdrängen, abwiegeln, den aggressivsten und erregtesten unter ihnen auch schon einmal einen Schlag versetzen oder Bedrohungen mit Schaufeln und Hacken ausweichen und parieren – nicht nur, um den Zugang zum Gelände, sondern auch, um sein eigenes Leben zu schützen. Das Wachbataillon zählt längst nicht genügend Soldaten. Die wenigen Männer, die schwitzend fast im Staub ersticken, sind das absolute Minimum, um den Patrouillen einen Durchlass zu ermöglichen, durch den sie die armen Schlucker wieder hinauswerfen, die es zwar geschafft haben, in das Gelände einzudringen, die sich jetzt aber mit Händen und Füßen wehren und darum betteln, dass man ihnen eine Chance gibt.

Doch sie werden von den Soldaten hinaus in die Menge geschickt, die sich umgehend um die Leute schließt – niemand weiß, ob sie begrüßt oder verprügelt werden – und einen letzten Ansturm auf den Zaun unternimmt, der von den Soldaten mit aller Kraft gehalten wird. Ein paar ausgemergelte, aber wild entschlossene Männer klettern hinauf. Sofort folgen ihnen Dutzend weitere. Schnell reichen die Hiebe mit Gewehrkolben oder Gummiknüppeln nicht mehr aus, um die Flut einzudämmen. Die Handvoll Soldaten gerät in Panik. Plötzlich ertönt eine Gewehrsalve. Einer der Soldaten hat mitten in die Menge geschossen. Mehrere Menschen stürzen zu Boden. In einem unbeschreiblichen Gedränge weichen die Leute zurück. Schmerzensschreie werden laut. Fünf Gestalten, unter ihnen zwei Frauen, bleiben blutüberströmt im staubfeinen Sand liegen.

Hinter dem verschlossenen Gitter richten Abou, Salah und die Patrouillensoldaten in schöner Eintracht ihre Uzis auf die wogende Menge, die nach allen Seiten davonhuscht wie dem Licht ausgesetzte Kakerlaken. Der Hauptmann der Patrouille brüllt ein paar Drohungen in seinem Dialekt hinter ihnen her, doch der Klang seiner Stimme zeugt eher von kaum verhaltener Panik als von der Aggressivität, die er eigentlich demonstrieren wollte. Er schießt noch einmal – dieses Mal in die Luft – und schlägt damit auch die hartnäckigsten Belagerer in die Flucht. Sie verschmelzen mit dem Sandsturm wie Gespenster, die in ihre düsteren Grabstätten zurückkehren.

Als endlich wieder Stille eingekehrt ist, starren die Soldaten einander an. Nur der Wind heult. Draußen vor dem Tor stöhnen die Verletzten. Auf den staubigen Gesichtern der Soldaten zeichnen sich ihre Angst, ihre Müdigkeit und ihr Entsetzen ab. Keiner von ihnen weiß, wer geschossen und damit gegen alle Befehle gehandelt hat, und keiner scheint bereit zu sein, sich zu offenbaren.

»Okay«, seufzt der Hauptmann der Patrouille und wischt sich mit einer schmutzigen Hand über das sandige Gesicht. »Hier ist nichts passiert. Alle Mann gehen auf ihre Posten zurück und vergessen, was los war.«

»Und was ist mit den Toten und den Verwundeten, Herr Hauptmann?«, fragt Salah und weist mit dem Daumen über die Schulter auf die drei im Sand liegenden Leichen und die beiden Verletzten, von denen einer sich mit blutüberströmtem Bauch am inzwischen geschlossenen Gitter festzukrallen versucht. Der Hauptmann streift sie mit einem Seitenblick.

»Ihre Verwandten werden sie holen kommen.«

»Und wenn sie keine Verwandten haben?«, hakt Abou nach, dem die Aussicht, in diesem schrecklichen Sturm angesichts zweier Sterbender Wache schieben zu müssen, ganz und gar nicht gefällt.

»Dann kümmern sich eben die Geier um sie«, erwidert der Hauptmann genervt. »Vorwärts, marsch, Männer. Wir setzen unsere Runde fort.«

Die Patrouille verschwimmt im Sandsturm. Die Umrisse der Soldaten werden zunächst undeutlich, ehe die heftigen Windstöße sie vollends ausradieren. Abou und Salah bleiben allein in Gesellschaft dreier Leichen und zweier Verletzter zurück. Einer der beiden bewegt sich nicht mehr. Er liegt zusammengekrümmt auf dem Boden und atmet mühsam. Manchmal stöhnt er auf. Um ihn herum breitet sich ein großer Fleck dunkles Blut aus, das der durstige Sand gierig aufsaugt. Der andere klammert sich mit blutigen Händen an das Gitter und fleht die beiden Soldaten in einem ihnen unbekannten Dialekt an – möglicherweise ist es Senoufo.

Obwohl Abou sich bemüht, befehlsgemäß hart zu bleiben und sein Mitgefühl mit aller militärischen Disziplin zu wappnen, kapituliert er schnell.

»Salah, wir können den armen Kerl da nicht einfach so seinem Schicksal überlassen.«

»Aber was willst du denn tun, Abou?«

»Keine Ahnung. Ihn ins Lazarett bringen?«

»Geht nicht.« Salah schüttelt den Kopf unter dem schützenden Tuch. »Wenn wir das Tor jetzt öffnen, sind alle sofort wieder da. Und wie willst du außerdem den Sanitätern den Verletzten erklären? Du hast den Hauptmann doch gehört – hier ist nichts passiert.«

Abou beißt sich unter seinem Tuch auf die Lippen. Er wirft dem Verletzten einen Seitenblick zu. Er will vermeiden, dass der Mann glaubt, er interessiere sich für ihn, trotzdem scheint der Verwundete seinen Blick bemerkt zu haben. Erneut versucht er, sich mit einer Hand am Gitter hochzuziehen. Die andere hält er bittend durch die Streben und fleht verzweifelt um Hilfe. Sein Hemd ist zerfetzt und in der Magengegend mit Blut getränkt. Schweiß und Tränen haben schmutzige Spuren auf seinem ausgemergelten Gesicht hinterlassen. Schmerz und Todesangst sind deutlich in seinen geröteten Augen zu lesen. Der zweite Verletzte bewegt sich nicht und stöhnt auch nicht mehr. Wahrscheinlich liegt er im Sterben oder ist bereits tot.

»Salah, wir müssen etwas tun. Ich kann das nicht mit ansehen.«

»Aus dir wird nie ein richtiger Soldat.«

Salah legt seine Uzi an, zielt auf den Verwundeten, der ihn aus entsetzt aufgerissenen Augen anstarrt, und drückt ab. Nur ein einziges Mal. Mit zerplatztem Schädel sinkt der Mann ohne einen Schrei oder auch nur einen Seufzer in sich zusammen.

»Salah, bist du verrückt geworden?« Abou ist fassungslos.

»Wenn in der Herde meines Vaters ein Tier krank ist, gehen wir genauso vor. Das Überleben der Herde ist wichtiger als das des Einzelnen.«

»Aber das war keine Kuh! Es war ein Mensch!«

Salah zuckt nur die Schultern.

»Du warst das, der eben in die Menge geschossen hat«, beschuldigt Abou ihn.

»Nein, ich war es nicht. Ich dachte, du wärst es gewesen.«

»Nein. Nie im Leben hätte ich so etwas getan ...«

Sie beobachten sich gegenseitig. Ihre Augen sind nur noch sandige Schlitze. Beide versuchen zu ermessen, wie ehrlich ihr Gegenüber ist.

»Womöglich war es der Hauptmann selbst«, erklärt Salah und rückt den Cheche wieder über seinem Gesicht zurecht. »Wahrscheinlich wollte er den Zwischenfall deswegen verheimlichen.«

»Möglich.«

Doch Abou weiß, dass der Hauptmann es nicht gewesen sein kann – er stand neben ihm und half, das Gitter festzuhalten. Abou weiß tatsächlich nicht, woher die Salve gekommen ist. Er hat sie gehört und hat gesehen, wie die Leute hinfielen – das war alles.

Der Sturm wird stärker. Sandpartikel prasseln schmerzhaft auf jeden Fleck freie Haut. Es ist den beiden jungen Männern nicht mehr möglich, die Augen zu öffnen oder ohne Mundschutz zu atmen. Abou und Salah heben ihre Decke aus dem Staub auf, schütteln sie aus und verbarrikadieren sich darunter – den Rücken gegen den Wind gekehrt, schwitzend und mit juckender Haut, wo sich der Sand unter ihre Kleider verirrt hat. Bald schon rühren sie sich nicht mehr; jede Bewegung wird zur Qual. Selbst denken mögen sie nicht mehr. Der Wind, der sie ohne Unterlass schüttelt, stumpft sogar den Geist ab. Aus halb geschlossenen Augen starrt Abou auf den pudrigen, gelben Staub, der immer neue Formen und Wirbel bildet. Seine Fantasie macht daraus merkwürdige Kreaturen, vergängliche Konstruktionen und geisterhafte Prozessionen.

Er hätte nicht sagen können, wann die Gestalt sich aus seiner Fantasie löste und Realität wurde, wann er begann, sie anzustarren, und wann er sich darüber wunderte, dass sie unbeweglich mitten im Sturm dastand, und zwar *innerhalb* der Umzäunung. Es ist ein Krieger der Tuareg, schlank und geschmeidig, in den traditionellen Mantel der blauen Männer der Wüste gehüllt, den Takouba-Dolch im Futteral an der Hüfte, die Arme über der Brust gekreuzt, das Gesicht unter einem indigofarbenen Cheche verborgen. Die sandigen Böen lassen ihn von Zeit zu Zeit verschwimmen, löschen ihn aber nie ganz und gar aus. Er mustert Abou mit einem weder freundlichen noch feindlichen Blick, aufrecht und unbeweglich, als könne das Toben der Natur ihm nichts anhaben.

»Salah! Hey, Salah!«

Salah ist, an Abous Schulter gelehnt, eingeschlafen.

»Salah, wach auf! Da ist jemand!«

»Was? Wie?«

»Da drüben. Ein Targi ...«

Blinzelnd bemüht sich Salah, Abous Blickrichtung zu folgen, doch Abou reißt nur noch verblüfft die Augen auf.

Sosehr er sich auch anstrengt – er sieht nichts anderes mehr als Sandwirbel.

»Ich kann nichts entdecken«, gähnt Salah.

»Aber da war jemand. Gerade eben noch!«

»Wer denn?

»Ein Targi. Er stand da und hat mich angesehen, keine fünf Meter von hier entfernt. Er kann doch nicht einfach so verschwunden sein!«

Mit gerunzelter Stirn mustert Salah seinen verstörten Freund.

»Ich habe es dir schon einmal gesagt, Abou – deine Großmutter setzt dir Flausen in den Kopf. Du solltest mit diesen Zaubergeschichten aufhören.«

SECHSTES KAPITEL

Aufträge

»Mr. Callaghan, Sie stellen die Göttliche Legion als ›Vereinigung von Gläubigen‹ dar, die ›auf Gott vertrauen, um ihre Seele am Tag des Jüngsten Gerichts zu retten‹. Außerdem fordern Sie in Ihrer Broschüre die ›Soldaten Gottes‹ auf, nicht nur streng im Glauben und nach festen, moralischen Grundsätzen zu leben, sondern auch ›Laster und Sünde zu bekämpfen‹. Was genau verstehen Sie unter ›bekämpfen‹? Müssen wir den Ausdruck wörtlich nehmen?«

»Zunächst möchte ich Sie bitten, mich *Meister* oder *Reverend* zu nennen, denn ich bin ein Auserwählter Gottes und kein gewöhnlicher Sünder. Das Verb ›bekämpfen‹ bezieht sich selbstverständlich auf die Fehde, die jeder gegen seine eigenen Laster und Sünden ausfechten muss, aber natürlich auch gegen die Versuchungen Satans und die gottlose Propaganda, die in unserer Gesellschaft wie Krebsgeschwüre wuchern – wie zum Beispiel Pornografie, Harsh-Rock, Homosexualität, Alkohol, Drogen, das ausschweifende Leben der modernen Frauen und so weiter.«

»Mit anderen Worten: Es handelt sich um einen Kampf gegen uns selbst und unsere schlechten Neigungen. Oder rufen Sie etwa dazu auf, Laster und Sünde dadurch aus der Welt zu schaffen, dass Sie Menschen eliminieren, die Ihren Überzeugungen nicht entsprechen?«

»Auf gar keinen Fall. Das Wichtigste der Zehn Gebote lautet: Du sollst nicht töten. Natürlich missionieren wir, um möglichst viele Seelen zu erretten. Aber denjenigen, die sich in der Unzucht suhlen und sich zu Füßen des Satans wälzen, droht unser Herr eine Strafe an: die ewige Verdammnis. Ich wüsste nicht, was wir darüber hinaus tun sollten.«

»Zum Beispiel Attentate verüben. Ich erinnere nur an die Explosion des Abschlussdamms in den Niederlanden oder das Blutbad in Portobello in London, die Vergiftung der Love-Parade in Los Angeles mit Tabun, den Schiffbruch der *Princesse de Nubie* mit ihren fünfundvierzigtausend Emigranten oder …«

»Einen Augenblick bitte! Haben Sie Beweise für diese Vorwürfe? Besteht auch nur der geringste Verdacht, dass die Göttliche Legion in diese verabscheuungswürdigen Taten verwickelt sein könnte? Ich hoffe für Sie, dass Sie sich rechtlich abgesichert haben, denn aufgrund solcher Behauptungen kann ich Ihnen eine Klage wegen übler Nachrede und Rufmord anhängen. Nun, wie sieht es aus, Herr Journalist? Sie sind doch immer so gut informiert! Wo bleiben Ihre Beweise?«

Djouch

Der Marabut sprach die Wahrheit: »Sie sind nur auf der Durchfahrt … Sie spüren nichts … Sie ermüden sich … Sie zerbrechen … Die gerade Linie ist zu lang.« Und er fügte hinzu: »Eine Kurve würde genügen …« Der Mensch, zerstreut, kopflos, viel zu sehr damit beschäftigt, in einer überheizten oder klimatisierten Kabine voller Rauch seine Musik zu hören, hat vergessen. Der Lastwagen rollt, kommt vom Weg ab, stürzt um. Schweigen, der einsame Mensch wartet. Andere Lastwagen kommen vorbei, nehmen ihren Kollegen mit oder begraben ihn.

Desen Paveert, *Épaves*, 1983

Entgegen allen Erwartungen erfolgt der Angriff der Plünderer in der Gegend von M'zab, nicht weit von der Abzweigung nach Hassi R'Mel, auf halber Strecke zwischen Laghouat und Ghardaia. Nach den von SOS-Europa gelieferten Informationen hätten Laurie und Rudy ihn ein gutes Stück weiter südlich erwartet, in den Dünen des Westlichen Großen Erg, etwa in der Gegend von Timimoun. Auf keinen Fall aber in M'zab, einer meist von friedlichen und gläubigen Händlern bewohnten Gegend. Auch nicht so nah bei Hassi R'Mel, dem letzten großen Gasfeld und damit letzten Naturschatz Algeriens, und schon gar nicht auf dieser belebten Straße, die ständig von der Polizei kontrolliert wird und wo die Tanklastzüge mit ihrem wertvollen Inhalt von Militäreskorten begleitet werden.

Die Abenddämmerung zaubert Kupfertöne auf die tief gefurchten Plateaus, versieht ausgetrocknete Wadis mit blauen Schatten, verwandelt Sanddünen in goldene Ströme, lässt aus kalkigen Gesimsen Palastruinen und versteinerte Tiergottheiten entstehen und dehnt die Schatten jedes kleinen Steins und der wenigen staubigen Akazien, die mit ihren gewundenen Zweigen die seltenen Buschgruppen dominieren, ins Unermessliche. Die Hitze lässt nach, ebenso wie der Schirokko, der sie seit den Anhöhen von Ouled Nail begleitet hat und tief aus dem heißen Süden kommt. Der Sonnenuntergang am westlichen Horizont prunkt in Ockerfarben, die vom Smog der Gasfelder von Hassi R'Mel stammen. Glücklicherweise verbirgt das hügelige Gelände die weniger ansehnlichen Türme, Antennen und Bohrtürme vor den Augen der Reisenden. Die Landschaft ist düster und trostlos. Jenseits von Laghouat erreichten Laurie und Rudy endlich die Wüste, waren aber viel zu müde, um sie wirklich zu genießen.

Rudy hatte gehofft, Ghardaia noch vor Einbruch der Nacht zu erreichen, doch das dürfte nicht zu schaffen sein. Die Straße wird jetzt wieder sehr kurvig, die Fahrbahn ist oft versandet, und die Böschungen sind von Lastwagen beschädigt. Rudy zieht es vor, langsam zu fahren und sich an den Seitenrand zu flüchten, wenn die für Hassi R'Mel bestimmten und immer begleiteten Konvois überholen oder entgegenkommen, weil sie grundsätzlich mitten über die Straße brausen, als gehöre sie ihnen allein.

Nachdem sie früher am Tag die Berge des Ouarsenis-Massivs im strömenden Regen hinter sich ließen und das Wadi Cheliff bei Hochwasser auf einer Brücke überquerten, deren Fahrbahn fast von den tobenden, lehmigen Wassermassen überspült wurde, gönnten sie sich in Ksar El Boukhari einen lauwarmen Pfefferminztee und ein paar verbrutzelte Lammspieße, um sich ein wenig zu entspannen. Danach, so hofften sie, würden sie die Hochplateaus und vielleicht sogar den Sahara-Atlas als letzte Bastion gegen die Glutwinde der Wüste in kürzester Zeit schaffen. Dreißig Kilometer weiter mussten sie ihre Hoffnungen jedoch begraben. Der Lkw blieb auf einer vom übergelaufenen Stausee von Bougzoul überschwemmten Straße liegen.

Die schlammigen Wassermassen aus den Wadis Touil, Ouerk und Nahr-Ouassel, wo es keinerlei Vegetation mehr gibt, welche die Fließgeschwindigkeit mindern und eine Ufererosion verhindern könnte, hatten den Stausee schnell anschwellen lassen. Sintflutartige Regenfälle, die in dieser Region äußerst selten sind, hatten außerdem dafür gesorgt, dass auch die höher gelegenen, sumpfigen, von Mücken und Moderkraut verseuchten Teile des Sees schnell vollliefen. Das Wasser schwappte auf die N40 über, überschwemmte zur größten Überraschung seiner Bewohner das Dorf Bougzoul und machte die N1 kurz vor El-Krachem unpassierbar. Trotz der Warnungen im Radio und der Schilder auf der Straße war Rudy der Überzeugung, dass er den Mercedes schon durchbringen würde; immerhin verfügte der Lastzug über große Bodenfreiheit und einen eigens für Fahrten auf unbefestigten Pisten hoch angebrachten Tank. Rudy hätte es vermutlich auch geschafft, wenn er ordentlich Gas gegeben hätte. Doch stattdessen fuhr er viel zu langsam und vorsichtig in das braune Wasser hinein, das ihm irgendwann bis zu den Stoßfängern reichte. Der aufgeweichte Untergrund hielt dem Gewicht des Lkw nicht stand und sackte unter dem Vorderradantrieb in sich zusammen. Der Mercedes kippte vornüber, und das Wasser, das ihm in dieser Stellung bis fast zur Windschutzscheibe reichte, ertränkte den Motor.

Laurie sah ihren Auftrag bereits dahinschwimmen, und Rudy fühlte sich an den Albtraum der überfluteten Niederlande erinnert. Womit beide nicht gerechnet hatten, war die Solidarität der Lastwagenfahrer auf der Transsaharienne. Ein leer in Richtung Hassi R'Mel fahrender Tanklaster der Sonatrach raste in einer schlammigen Wasserfontäne an ihnen vorüber, hielt aber sofort an, als er das überschwemmte Straßenstück hinter sich hatte. Der Fahrer koppelte seinen Anhänger ab, fuhr mit seinem Tatra rückwärts in den Tümpel, sprang ohne viel Federlesen in die braune Brühe, die ihm bis zu den Schultern reichte, und fummelte im Wasser herum, bis er den Haken einer Seilwinde unter der Motorhaube des Mercedes befestigen konnte. Dann stieg er in sein Führerhaus und gab Vollgas. Zwar drehten die Reifen des Tatra durch und die Zugmaschine brach aus, doch sie plagte sich, bis sie qualmte, und schaffte es, den Mercedes aufs Trockene zu ziehen.

Rudy überschlug sich fast vor Dankbarkeit gegenüber dem Fahrer von Sonatrach – einem kleinen, fetten Mozabiten mit rasiertem Schädel, gepflegtem Bärtchen und üppigen, lächelnden Lippen – und hätte ihm am liebsten einen ausgegeben oder ihm etwas geschenkt, doch der Mann lehnte ab. Seinem Nächsten zu helfen sei eine der fünf Pflichten, die ihm die *chahada* auferlege, erklärte er. Vielleicht stecke er ja eines Tages einmal selbst im Sand fest und Rudy, *inch'Allah*, käme just in diesem Moment vorbei.

Nachdem der Motor gesäubert und wieder trocken war, konnten sie weiterfahren. Ohne weitere Vorkommnisse überquerten sie das Hochplateau, eine triste, verwüstete Steppe. In den ausgetrockneten Wadis wuchsen vereinzelt Luzerne, Gräser, Akazien und einige Palmen, sie sahen Ziegen, ein paar mickrige Schafe und die Relikte einer ehemals intensiven Landwirtschaft und Viehzucht – zerstörte, leer stehende Gebäude und viele Hektar unfruchtbaren, roten Laterit. Die Temperatur, die im Ouarsenis-Massiv noch recht frisch war, stieg unerbittlich an. Die Klimaanlage der Fahrerkabine arbeitete auf vollen Touren. Den ersten Eindruck von der Wüste bekamen sie, als sie am Zahrez-Rharbi vorüberfuhren, einem großen *chott*, dessen Grund eine blendend weiße Salzebene ist, und wenig später beim Anblick der ersten Sanddünen am Fuß des Djebel El-Ouachba. Das Klima und die Vegetation am Nordhang des Sahara-Atlas muteten dagegen fast mediterran, allenfalls etwas weniger üppig an. Sie legten einen zweiten Pfefferminztee-Stopp in Djelfa ein, einer düsteren, wenig einladenden Garnisonsstadt. Die vielen Soldaten schäkerten unaufhörlich mit Laurie, was Rudy zu seinem eigenen Erstaunen ziemlich störte.

Je weiter sie auf den südlichen Ausläufern des Atlas vorwärtskamen, desto mehr offenbarte sich die Wüste. Sie durchquerten eine trockene, zerklüftete mineralische, vom Sandwind zerfressene und von der Sonne ausgeglühte Landschaft. Tief beeindruckt und vielleicht auch ein wenig bedrückt durch den offensichtlichen Mangel an Leben wollte Laurie in Laghouat einen weiteren Zwischenstopp einlegen, der, wie sie annahm, letzten zivilisierten Bastion vor der großen Leere. Aber Rudy lehnte ab. Wenn sie in diesem Rhythmus weiterfuhren, so behauptete er, kämen sie erst in Burkina Faso an, wenn alle Menschen dort längst verdurstet wären. Er wollte auf jeden Fall noch bis Ghardaia kommen, um Wasservorräte, Tank und Proviant aufzufüllen, ehe sie sich auf den Weg in die von Laurie so getaufte »große Leere« machten – auf die 260 Kilometer Piste, die sie von der Saharastadt El Goléa trennten.

In der Nähe von Hassi R'Mel jedoch, etwa hundert Kilometer vor Ghardaia, setzt ein Trupp Plünderer ihrer Hoffnung auf ein bisschen Ruhe ein Ende.

Die Gauner tauchen ganz plötzlich in einem ziemlich zerbeulten, aber stark motorisierten Allrad-Toyota hinter einem zerklüfteten Kalkfelsen auf. Eine dichte Staubwolke zeigt ihren Weg auf der unebenen Piste an. Etwa hundert Meter hinter dem Mercedes erreichen sie die Transsaharienne, kommen schnell näher, überholen in vollem Tempo und stellen sich fünfzig Meter vor dem Lastzug quer. Sechs bewaffnete Kerle springen heraus. Ihre Augen glänzen unter den farblosen Cheches. Sie richten ihre MAS 36 und Kalaschnikows auf den Mercedes. Rudy tritt die Bremse fast durch.

Jetzt kommen ihm seine Erfahrungen aus dem Lehrgang beim Kommando Survival zugute: Mit einem Blick erfasst er die Situation. Er kann den Toyota nicht beiseitedrängen, ohne den Lkw zu beschädigen. Auch über die Seitenstreifen kann er nicht ausweichen, die just an dieser Stelle sehr stark abfallen – was vermutlich der Grund für die Wahl des Ortes ist. In jedem Fall aber würden die Männer auf sie schießen. Die Plünderer der Transsaharienne sind berüchtigt dafür, mitleidlos zu töten und zu allem bereit zu sein. Echte *Männer* eben …

»Rudy, was sollen wir jetzt tun?«, stammelt Laurie mit zitternder Stimme.

Während er den Lkw wenige Meter vor dem Toyota zum Stehen bringt, wirft Rudy Laurie einen verschwörerischen Blick zu und holt seine Luger unter dem Sitz hervor. Die Leichtigkeit der Waffe hatte die Soldaten in Djelfa ausgesprochen erheitert.

Einer der Plünderer, ein Mensch mit einem ehemals indigofarbenen Turban, bedeutet ihnen ungeduldig, dass sie schleunigst auszusteigen hätten. Wahrscheinlich ist er der Boss der Truppe.

»Zieh deine Shorts aus und steig aus!«, befiehlt Rudy knapp.

»Spinnst du? Sie werden mich vergewaltigen!«

»Als Ablenkungsmanöver, kapiert? Und jetzt mach voran!«

Als Laurie sieht, wie Rudy die Luger mit einer geübten Handbewegung lädt, versteht sie. Sie zieht ihre Shorts aus, entblößt blasse Oberschenkel und ein schwarzes Spitzenhöschen, öffnet die Tür, steigt rückwärts mit vorgestrecktem Po aus. Ihr T-Shirt hat sie bis über den Bauchnabel hochgerollt.

»*Arrouah la ziz! La ziz! Chouf la ziz!*«, rufen die Plünderer einander zu. Sie können den Blick nicht von den langen Beinen wenden, die sich langsam die Stufen hinabbewegen.

Rudy hat unterdessen die Scheibe hinuntergelassen, die Luger in den Winkel der Windschutzscheibe positioniert und die elektronische Zielvorrichtung aktiviert. Als der Indigo-Turban sich im Fadenkreuz befindet und das grüne Kontrolllämpchen aufleuchtet, feuert er. Zielt wieder und feuert. Zielt noch einmal und feuert. Drei Männer, unter ihnen der Boss, sinken auf den Asphalt.

»Rein mit dir und runter!«, brüllt er. Doch Laurie hat gar nicht erst auf seine Aufforderung gewartet. Längst hat sie die Tür hinter sich zugeschlagen und sich unter dem Armaturenbrett verkrochen.

Die drei übrigen Plünderer haben sich hinter ihrem Toyota verschanzt und lassen einen wahren Kugelhagel auf die Fahrerkabine des Mercedes los. Die Windschutzscheibe geht zu Bruch. Alle möglichen Dinge fliegen Rudy und Laurie um die Ohren. Rudy vermutet, dass den Männern daran liegt, den Lkw funktionstüchtig zu halten, denn sonst hätten sie ihn sicher längst in Brand geschossen.

In Brand …

Er justiert die Peilung der Luger auf die Position »thermisch«, bringt die Waffe wieder in ihre Position im Winkel der Windschutzscheibe und bewegt sie von seiner Deckung unter dem Armaturenbrett aufs Geratewohl, bis der grüne Punkt aufleuchtet. Eine kurze Salve – das dürfte genügen.

Drei schreckliche Sekunden lang geschieht gar nichts, bis auf einen Gegenschlag, der die Kabine einem wahren Metallhagel aussetzt. Dann nimmt Rudy eine dumpfe Detonation wahr. Sofort hören die Schüsse auf. Als er einen Blick über das Armaturenbrett riskiert, fliegen ihm sofort wieder Kugeln um die Ohren. *Scheiße, die sind ja immer noch da!* Trotzdem hat er sehen können, dass der Motor des Toyotas brennt. Und dass sich mehrere Scheinwerfer in der Dämmerung nähern. Ein Konvoi!

Die Schießerei hört wieder auf. Vorsichtig hebt Rudy erneut den Kopf. Der Toyota steht jetzt in hellen Flammen, und drei zerlumpte Gestalten verschwinden zu Fuß im Reg. Der Konvoi kommt näher. In der Hitzespiegelung über dem Asphalt wirkt er flirrend, fast unwirklich. Plötzlich fällt Rudy ein, dass der Toyota mit ziemlicher Sicherheit mit Autogas betrieben wurde und jede Sekunde explodieren kann. Er setzt sich auf den Fahrersitz, ohne auf die herumliegenden Trümmer zu achten, wirft den Rückwärtsgang ein und prügelt den Lkw so schnell wie möglich etwa hundert Meter rückwärts.

Zögernd wagt Laurie, den Kopf zu heben.

»Ist es vorbei?«, fragt sie leise.

»Ich glaube ja. Da hinten kommen Soldaten.«

Laurie fegt die Glassplitter von ihrem Sitz, setzt sich vorsichtig hin und äugt verängstigt nach draußen. Sie sieht den lichterloh brennenden Geländewagen in der hereinbrechenden Nacht, erkennt die drei auf der Straße liegenden Leichen und entdeckt den Konvoi, der jetzt anhält – es ist ein überdimensionaler Tankwagen mit zwei Anhängern, der von zwei leichten Panzerfahrzeugen begleitet wird.

Der voranfahrende Panzerwagen positioniert sich mitten auf der Straße, der Lauf seiner Waffe senkt sich und spuckt eine Rakete aus, die eine kurze Leuchtspur durch die Nacht zieht. Der Toyota zerstäubt in einer schrecklichen Explosion, die den Mercedes erzittern lässt und glühende Partikel durch die Luft schleudert. Auf der Straße, die jetzt einen verkohlten Krater aufweist, liegen nur noch die drei Leichen, von denen eine Feuer gefangen hat. In ihrer Brust steckt ein brennendes Plastikstück. Der Konvoi driftet auseinander, umgeht den Krater, überrollt die Leichen ohne jede Scham und kommt an dem Mercedes vorbei, den er einfach links liegen lässt. Mit wilden Gesten gelingt es Rudy, wenigstens den Panzerwagen zu stoppen, der die Nachhut bildet. Der Fahrer lässt die schusssichere Scheibe herunter und wendet Rudy ein verärgertes Gesicht zu.

»Wir sind von Plünderern überfallen worden!«, schreit Rudy ihn an.

»Ja und? Ist das etwa unser Bier? Wenden Sie sich an die Polizei in Ghardaia.«

Der Panzerwagen lässt den Motor aufheulen und verschwindet in einer Abgaswolke.

»Arschlöcher!«

»Was hat er gesagt?«, erkundigt sich Laurie.

»Etwas wie ›ist mir doch egal‹ oder ›nicht mein Problem‹. Scheiße, ich glaube, wenn die Kerle uns da am Straßenrand abgemurkst hätten, wären sie genauso vorbeigefahren, ohne einen Finger zu rühren.«

»Kein Wunder. Sie schützen das Gas, nicht die Leute.«

Rudy dreht sich zu Laurie um. Er hat eine Antwort auf der Zunge, bricht aber ab. Er sieht nur noch ihre leicht gebräunten Beine, die runden Schenkel und das winzige Spitzendreieck ihres Höschens und spürt, dass er wie ein Teenager angesichts seiner ersten nackten Frau errötet.

»Äh … du kannst deine Shorts wieder anziehen. Und danke für deinen Mut.«

»Mut? Nennst du so etwas Mut?«

»Na ja, man muss schon ganz schön Mumm in den Knochen haben, um …«

Plötzlich wirft sich Laurie auf ihn und drischt mit geballten Fäusten wahllos auf ihn ein.

»Blöder Macho!«, brüllt sie. »Was für eine tolle, sexistische Idee! Schickst eine halb nackte Tussi zu einem Haufen bewaffneter Kerle hinaus, um in aller Ruhe auf sie zielen zu können. Du bist auch nicht besser als die anderen!«

»Mensch, Laurie …«, stammelt Rudy und bemüht sich, ihren Schlägen auszuweichen.

Irgendwann gelingt es ihm, ihre Handknöchel zu umfassen, ihre Arme zu spreizen und sie festzuhalten. Schluchzend sinkt sie an seine Brust.

»Schon gut. Es war wirklich keine besonders gute Idee.« Er drückt sie an sich und streichelt ihr wirres Haar. »Aber leider hatte ich auf die Schnelle keine bessere. Ich musste zügig handeln. Tut mir wirklich leid … Ich bin alles andere als ein Macho, Laurie.«

»Kann sein«, gibt sie zu und schluckt ihr Schluchzen hinunter. »Aber das ist es auch nicht, wovor ich die meiste Angst habe.«

»Was denn sonst?«

»Dass du einfach so töten kannst!«

Irifi

Würdest du die Geheimnisse der Wüste kennen, wärest du meiner Ansicht. Doch du kennst sie nicht, und Unwissenheit zieht Übel nach sich. Wärest du auch nur ein einziges Mal in der Sahara aufgewacht, hättest du mit deinen Füßen den Sandteppich berührt, der mit perlengleichen Blumen übersät ist, dann hättest du unsere Vegetation und die seltsame Vielfalt ihrer Farben, ihrer Anmut und ihres Duftes schätzen gelernt; du hättest den sanft parfümierten Wind geatmet, der uns zweifach leben lässt, denn diese Brise streift niemals durch unreine Städte.

Abd el-Kader, *Les Chevaux du Sahara* (1855)

Schon seit geraumer Zeit kann Rudy die Straße nicht mehr erkennen.

Tatsächlich erkennt er überhaupt nicht mehr sehr viel. Mit zusammengekniffenen Augen, geschürzten Lippen, knirschenden Zähnen und rauer Kehle fährt er aufs Geratewohl durch den Irifi, einen heißen, trockenen Wind. Heftige Böen kreuzen sich und werden immer stärker. Rudys Horizont endet an der ockerfarbenen, bewegten Windschutzscheibe des Mercedes. Die Lichtkegel der Scheinwerfer dringen nur wenige Meter in den tanzenden Sand ein. Die gebleichten Knochen und abgewetzten Autowracks am Straßenrand erfassen sie schon längst nicht mehr. Das unaufhörliche Prasseln auf den Scheiben, das klagende Stöhnen des Windes zwischen den Dünen, die vergänglichen, unscharfen Formen, die vor den Scheinwerfern wirbeln, haben Rudy in eine Art Hypnose versetzt, in der die einzig zuverlässigen und greifbaren Elemente das Lenkrad und der Rahmen der Windschutzscheibe sind. Rudy hat keine Ahnung, ob er sich noch auf der unter Sandströmen verborgenen Transsaharienne befindet oder längst auf dem felsigen Untergrund eines *gassi*, eines Dünentales, fährt. Seine Geschwindigkeit liegt bei etwa 20 Stundenkilometern, und in seinen Eingeweiden macht sich die Angst breit, sich verfahren zu haben und in einer Wanderdüne zu enden. Der Sand dringt durch jede Öffnung – durch die Lüftungsschlitze, obgleich sie geschlossen sind, durch die von den Plünderern geschossenen Löcher, durch die Ritzen der von einem Automechaniker in Ghardaia grob mit Epoxidharz geflickten Windschutzscheibe – und kriecht unter die Kleidung, irritiert die Haut, brennt in den Augen, trocknet den Mund aus und verstopft die Lungen.

Der Motor des Mercedes beginnt zu stottern. Die Warnleuchten des Bordcomputers blinken. »Sofort anhalten«, signalisiert die Überwachungsanlage des Autopiloten. Als hätte Rudy insgeheim schon auf diese Aufforderung gewartet, gehorcht er ihr aufs Wort. Er stellt den Wagen in Parkposition ab, zieht die Handbremse, schaltet den Motor aus und die Standleuchten ein. Mit einem erleichterten Seufzer lehnt er sich in seinen Sitz zurück und schließt die schmerzenden Augen. Doch der Sand tanzt hinter seinen geschlossenen Lidern weiter.

Neben ihm schreckt Laurie hoch. Das plötzliche Anhalten hat sie aus der gebannten Sandwind-Trance gerissen, in der auch sie beim Anblick der faszinierenden, tanzenden Sandwirbel und der braunen Dünenschatten versunken war.

»Warum hältst du an?«, fragt sie mit rauer Stimme.

Rudy hat die Hände im Nacken verschränkt und öffnet ein sandverklebtes Auge.

»Ich kann nichts mehr sehen. Ich weiß nicht einmal, ob wir noch auf der Straße sind.«

Seine Griesgrämigkeit richtet sich hauptsächlich gegen sich selbst, gegen seine Blasiertheit, mit der er aus Europa gekommen ist und glaubte, über alles Bescheid zu wissen.

Bei ihrem Zwischenstopp in Hassi Targui verkündete ein alter Chaambi ihnen unter einem strahlend blauen Himmel, dass sie besser nicht weiterfahren sollten, weil bald der Irifi wehen würde. Rudy dachte das Gleiche wie Laurie: *Pah, hier regt sich doch kein Lüftchen. Der Alte will sich vermutlich wichtig machen.* Besagter Alter lächelte leise in seine Falten, als hätte er Rudys Gedanken erraten, zog den weißen Cheche wieder über die gebräunte Nase und ging zu seinem Kamel, das ihn stoisch neben dem ausgetrockneten Brunnen erwartete. Rudy hingegen stieg wieder in den Mercedes und bereitete sich auf einen glühend heißen Nachmittag vor.

Eigentlich hatte der Tag ganz gut begonnen, was nach den Zerreißproben des Vortags ein wahres Glück war. Nachdem sie schon um 5 Uhr 30 vom Ruf des Muezzin geweckt wurden, verließen sie in der Morgendämmerung das einfache, aber saubere und bequeme Hotel im oberen Teil der Medina von Ghardaia, dessen Besitzer, ein liebenswerter Mozabit, ganz rigoros gewesen war. »Sie sind nicht verheiratet?«, hatte er am Abend zuvor gefragt. »Gut, dann gibt es ein Zimmer für die junge Dame und ein Zimmer für den Herrn.« Ihre Zimmer hatten Aussicht auf den Palmenhain und die Festungsmauern von Melika auf der gegenüberliegenden Talseite gehabt. Der Lkw war über Nacht unversehrt geblieben. Sie hatten ihn für hundert Dinar der Obhut eines jungen Arbeitslosen überlassen, den sie spätabends eingerollt in seinen Burnus tief schlafend vor der Autotür vorgefunden hatten. Am Busbahnhof konnten sie Autogas und Wasservorräte auffüllen. Laurie, die sich durch die schamlosen Blicke gestört fühlte, musste feststellen, dass sie weit und breit die einzig anwesende Frau war – und noch dazu in Shorts. Rudy lernte zwei Lkw-Fahrer kennen, einen Chaambi aus Gourara und einen Targi aus Ahaggar, deren Stämme sich eigentlich als Feinde betrachten, die sich aber zusammengetan hatten, um den Risiken der Piste zu trotzen. Der Targi wollte in El Goléa in Richtung Tamenghest abbiegen, der Chaambi hingegen – und das klang für Rudy interessant – befand sich auf dem Weg durch sein Geburtsland nach Ouallen am Fuß des Adrar N'Ahnet und damit dem Beginn der beunruhigenden Tanezrouft. Um einen winzigen, auf dem Boden stehenden Solarrechaud versammelt, auf dem Pfefferminztee vor sich hin köchelte, verabredeten die drei, zumindest einen Teil der Strecke als Konvoi zu fahren, weil auf der Transsaharienne »alles passieren könne, *inch'Allah*, vor allem das Schlimmste«. Das Schlimmste schienen die beiden anderen noch nicht erlebt zu haben; als nämlich Rudy seinen beiden neuen Freunden von den Unannehmlichkeiten des Vortags erzählte, mussten sie herzlich lachen.

Unglücklicherweise splittete sich der Konvoi schon nach gut dreißig Kilometern auf, weil die beiden Einheimischen für Rudys Begriffe viel zu schnell auf der unebenen Piste unterwegs waren, die sich zwischen den grauen, steinigen Hügeln des M'zab dahinschlängelt. Trotz seines ultramodernen Satellitenradios kam er schnell außer Reichweite ihrer altmodischen CB-Funk-Anlagen. Nach einem letzten, über Störfrequenzen geschrienen »*Barak Allahou fik*« – Gott schütze dich – entschloss Rudy sich zuzusehen, wie die Staubwolken der beiden Lkws am Horizont der flachen, leeren Geröllwüste im Zittern und Flimmern der Hitze immer kleiner wurden.

Vereinsamt – denn Laurie sitzt seit vielen Stunden stumm und abwesend neben ihm –, abgestumpft vom regelmäßigen Pfeifen der Turbine und geblendet von den goldenen Lichtbrechungen der Sonne auf den Dünen, die sich allmählich in das Reg vorschieben, erreicht Rudy das bewegliche Ufer eines Ozeans aus Sand: den Großen westlichen Erg.

Rundliche, lasziv aussehende Dünen, schwellend wie Brüste, geschwungen wie Hüften oder gewölbt wie Bäuche, bogen- oder sichelförmige Erhebungen, silbern glitzernde Halden, abrupte braune Abhänge, vanillefarbene Wellen, Strudel in Karamell, rötliche Vertiefungen, die gipsartigen Flächen der *gassi*, der gefurchte Sand der *feidi*, Torbögen und Passagen, die an die Pforten eines Labyrinths erinnern, aus roten und ockerfarbenen Felsen von Sand und Wind gefräste Skulpturen, die wie versteinerte Tiere aussehen ... Der Erg ist ein Meer aus langsamen, riesigen, in ihrer Bewegung kaum wahrnehmbaren Wogen mit Schaumkronen aus Quarz, von fein ziselierter, schnell vergänglicher Spitze durchbrochen, ein reiner, immer wieder neu beginnender Ozean, manchmal durchzogen von einer einsamen, kurzlebigen Spur von Schritten, Pfoten oder Reifen. Ab und zu entdeckt man auch ein zurückgelassenes Relikt der Zivilisation: eine alte Teekanne aus abgestoßener Emaille, ein Stück Stoßfänger, Plastikflaschen, eine brüchige Ziegenlederflasche. An einigen Stellen signalisiert eine aus weiß gekalkten Steinen erbaute *qobba*, dass hier ein Weiser oder ein Marabut begraben liegt, ein Geist der großen Wüste. Wie eine lange, schwarze Schlange mit Schuppen aus Quarz zieht sich die Straße mehr oder weniger gerade durch den Erg. Manchmal liegt sie unter neugeborenen Sanddünen begraben, die von den Lastwagen entweder umfahren oder geteilt werden. Rudy geht vom Gas. Dieses bedächtige Meer mit der gemächlichen Dünung beeindruckt ihn, ebenso wie die blendenden, vom Wind zerzausten Kämme und die violetten Schattentäler, in denen spiralförmige Geister tanzen. Er hat das Gefühl, einen Tempel zu schänden, der urtümlichen Gottheiten geweiht ist. Wären da nicht der Müll und die Wracks auf den Seitenstreifen der Straße, die von einer dauernden Entweihung zeugen, müsste man annehmen, dass für Menschen hier kein Platz vorgesehen ist. Rudy ist derart in seinen mystischen Trip vertieft, dass er dummerweise in einer kleinen Düne stecken bleibt, die er problemlos hätte umfahren können.

Mit einem solchen Fall haben sie gerechnet, und Rudy ist gut ausgerüstet: Er hat Schaufeln, Anfahrbleche und eine Seilwinde, um den Lkw herauszuziehen. Nach einer halben Stunde schweißtreibender Arbeit hat er den Mercedes aus dem Sand befreit. Durstig, erschöpft und mit geschundenen Händen vom Hantieren mit den Anfahrblechen, fährt er weiter. Das Wasser aus dem Tank ist warm und grünlich, im Führerhaus herrschen 45 Grad Hitze, und das Lenkrad ist so heiß, dass er es kaum berühren kann. Rudy beschließt eigenmächtig, in El Goléa anzuhalten und die heißesten Tagesstunden bei einer kleinen Siesta zu verschlafen. Seit die Klimaanlage des Mercedes nicht mehr funktioniert, sind solche Zwischenstopps fast obligatorisch geworden. Und möglicherweise würde Laurie sich bei ein paar kessera und einer Tasse Pfefferminztee ein wenig entspannen, herauslassen, was ihr durch den Kopf geht, und endlich wieder reden.

Wie häufig in der Wüste, taucht die Oase El Goléa ganz plötzlich am Ausgang einer Kurve auf. In einem Rund aus rötlichen, von den endlosen Dünen des Großen Erg ausgeschmirgelten Felsen, liegt die Stadt aus Dolomit am Rand einer üppigen Oase, wo sich Gemüsegärten unter dem lebhaft grünen Laub der Palmen verstecken. Ein zerfallener Ksar auf einem Felsvorsprung scheint die moderne Stadt zu bewachen, wirkt aber schon ebenso mineralisch wie die Tafelberge aus Kalkstein ringsum. Die Salzsenke strahlt in der sengenden Mittagssonne. Rudy parkt den Mercedes auf einer Art Platz neben der großen Straße und schlendert zusammen mit der immer noch schweigsamen Laurie durch die aromatisch duftenden, schattigen Gassen der Medina. Auf der Suche nach einem Ort, wo sie zu essen und zu trinken bekommen, verfolgt von einer ganzen Horde Kinder, die lebhaft um Dinare und Geschenke betteln, finden sie zufällig die Gärten der Oase. Nach der Gluthitze der Wüste kommen sie Laurie und Rudy wie ein wahrer Zufluchtsort und ein erquickender Born der Frische vor. Hohe, sattgrüne Palmen sind mit süßen Datteln beladen, Sonnenstrahlen sprühen durch das Laub und werfen flirrend goldene Flecken auf die Pflanzungen, an schwer nickenden Obstbäumen locken bereits halb geöffnete Granatäpfel, und die Feigenbäume verströmen köstlichen Mandelduft. Überall strömt Wasser, sprudelt aus artesischen Brunnen, fließt durch schmale Lehmkanäle und hält die Nutzgärten durch ein ausgeklügeltes Bewässerungssystem ständig feucht. Es ist ein wahres Paradies aus Halbschatten, frischer Kühle und exotischen Düften – leider allerdings auch für Millionen Fliegen und Schnaken.

Laurie und Rudy ziehen sich in die Medina zurück. Die Kinder haben inzwischen entmutigt die Verfolgung aufgegeben. Plötzlich entdecken sie eine winzige Terrasse im Schatten eines knorrigen Tamarindenbaums. Ein vom Sandwind abgeschmirgeltes Metallschild, auf dem noch der Schriftzug Coca-Cola zu erkennen ist, legt nahe, dass es sich um ein Café handeln könnte. Der Wirt, ein fröhlicher Mozabit, der seinen Kaftan gut ausfüllt, macht zwar keine *kessera*, die erhofften Pfannkuchen, schlägt ihnen jedoch zusätzlich zu den üblichen Fleischspießen eine Salatauswahl aus den Gärten vor, was sie freudig akzeptieren. Außerdem gibt es bei ihm gekühlte Cola, die sowohl Laurie als auch Rudy gerade recht kommt.

Nachdem sie gegessen, getrunken und sich im zarten Schatten der Tamarinde entspannt haben, entschließt sich Rudy, endlich die angespannte Stille zu brechen, die seit dem Morgen zwischen ihnen herrscht.

»Na, Laurie, verrätst du es mir?«

»Was soll ich dir verraten?«

»Warum du nicht mehr sprichst.«

Laurie schweigt lange.

»Ich habe … Angst«, murmelt sie schließlich zögernd.

»Angst? Wovor denn? Vor mir?«

»Nein, nicht vor dir.«

»Wovor dann? Mensch, Laurie, wir sitzen doch im selben Boot! Wenn du Ängste hast oder dich vor etwas fürchtest, ist es wirklich nicht gut, es für dich zu behalten. Das bringt nichts, schon gar nicht für uns als Team. Wovor hast du denn Angst?«

»Vor … vor der Wüste.«

»Vor der *Wüste?*«, ruft Rudy überrascht. »Ja, ist es denn nicht herrlich hier?« Seine weite Armbewegung schließt die Medina, die

Palmen, die felsigen Anhänge, den zerfallenen Ksar, die ockerfarbenen Klippen und die fernen Sanddünen ein, die unter dem glühenden Himmel schimmern.

»Hier schon. Aber hier gibt es auch Bäume, Früchte, Wasser und Menschen. Leben halt! Aber da draußen?« Laurie fröstelt trotz der Hitze. »Dieser Sand, diese schwarzen Felsen, die verbrannten Hügel und die blendenden Salzfelder … Und dann diese einsamen und leeren Geröllebenen … Als wir da durchgefahren sind, hätte ich um Haaresbreite die Nerven verloren und dich gebeten, umzukehren und mich in Ghardaia zurückzulassen.«

»Ach, Laurie!« Rudy rutscht auf der Bank näher an Laurie heran und legt ihr die Hand auf die Schulter. Die junge Frau zittert. »Weißt du, abgesehen von ein paar Banditen, Schlangen und Skorpionen gibt es nichts zu befürchten. Wir haben eine super Ausrüstung, haben einen Lastwagen, der fantastisch läuft, und nehmen eine relativ viel befahrene Straße. Wir werden uns weder verirren noch verdursten, wenn wir vorsichtig und vorausschauend handeln.«

»Auch das ist es nicht, was mich ängstigt. Es ist die Wüste selbst. Sie riecht nach Tod. Da ist kein Leben. Und genau davor fürchte ich mich. Keinen Baum zu sehen, kein Gras, keine Tiere, nichts als ein paar verkümmerte Sträucher über Hunderte von Kilometern. Vergiss nicht, woher ich komme, Rudy. In der Bretagne ist alles grün und ziemlich feucht.«

»Ich stamme auch aus einem feuchten Land – jetzt sogar aus einem, das ganz unter Wasser steht. Aber die Trockenheit, der nackte Fels, die reinen Formen beruhigen mich eher, ganz im Gegensatz zu dir.« Laurie nickt ratlos. »Trotzdem müssen wir jetzt weiter. Wir können nicht ewig hier sitzen bleiben.«

»Obwohl mir das gerade recht wäre. Man hat den Eindruck, als wäre hier die Zeit stehen geblieben.« Verträumt lehnt sie einen Moment lang ihren Kopf an den von Rudy, der einen Arm um ihre Schulter legt. »Man könnte seinen Garten bestellen, von Tag zu Tag leben, ohne sich Sorgen zu machen …« Plötzlich richtet sie sich auf. Ihr zaghaftes Lächeln erlischt. »Bei der Vorstellung, wieder in diesen ganzen Sand zurückzumüssen, und das für ich weiß nicht wie viele Kilometer, kriecht mir kalte Angst in die Eingeweide.«

»Ich versuche, so schnell wie möglich zu fahren«, verspricht Rudy und zieht mit einem gewissen Bedauern die Hand zurück. »Wie wäre es, wenn du dich inzwischen auf die Ruheliege zurückziehst und ein bisschen schläfst? Dann siehst du den Sand wenigstens nicht.«

»Aber ich spüre ihn. Er dringt in meinen Mund und meine Nase ein, kriecht unter meine Augenlider und erfüllt mich mit seinem Geruch nach Stein. Wer weiß, vielleicht werde ich auf der Ruheliege noch zum Fossil.«

»Nicht, solange ich am Steuer sitze.«

Sie trödeln noch eine Weile herum, trinken noch einen Pfefferminztee und plaudern mit dem Wirt über Europa. Einer seiner Söhne ist dort, lässt aber schon lange nichts mehr von sich hören. Irgendwann nimmt Rudy Lauries Hand und zieht sie hinter sich her zu ihrem Mercedes, in den sie ohne große Begeisterung einsteigt. Und dann geht es mühselig weiter auf der sandigen Straße, die sich zwischen den Dünen hindurchschlängelt.

Zweihundert Kilometer weiter, nachdem sie die Abzweigung nach Hoggar passiert haben, und nach einer Pinkelpause in Hassi Targui mit dem vergeblichen Versuch, noch einmal den Wassertank aufzufüllen, geraten sie in ihren ersten Sandsturm.

Es beginnt mit einem Himmel, der von Minute zu Minute gelber wird. Die Schaumkronen aus Silikatkristallen auf den Dünenkämmen und die weißliche Wellenbewegung entlang ihrer Flanken scheinen sich schneller zu verändern. Bald schon steigen Wirbel aus den Vertiefungen auf, und Sand weht über den Asphalt – zunächst nur als dünner Hauch, später dann in breiten Bahnen. Der Wind beginnt zu stöhnen. Sandkörnchen prasseln auf die Karosserie. Der Horizont wird immer düsterer und schwärzer, bis er schließlich eine nebelhafte Mauer bildet, die vorwärtsrollt und dabei die Dünen abflacht wie eine riesige Dampfwalze, die Landschaft auswischt und den Lkw in einen braunen, brüllenden, brausenden, wirbelnden Halbschatten taucht, voller Stimmen ohne Worte, Formen ohne

Substanz, undeutlicher Drohungen und bevorstehender Zusammenbrüche. Der Mercedes beginnt zu husten, Rudy fantasiert und verirrt sich. Laurie betrachtet das Chaos mit aufgerissenen Augen und zerbrochener Seele. Endlich bleibt der Lastzug stehen, erstickt und besiegt vom Sand, der sofort einsickert, eindringt und sich anhäuft.

Wie lange würde dieser höllische Sturm dauern? Eine Stunde? Einen Tag? Eine Woche? Wie lange konnten sie ihn überleben? Sie haben nur wenig Wasser und Proviant an Bord, denn Rudy wollte Timimoun noch vor Einbruch der Nacht erreichen. Wie lange noch? Die Zeit fließt dahin wie der Sand, Körnchen für Körnchen knistern die Sekunden, Minuten fransen aus und verlieren sich in den Fetzen von Stunden. Laurie und Rudy haben sich eng aneinandergedrängt auf der Ruheliege verbarrikadiert, sind im braunen Schatten erstarrt und verlieren jegliches Zeitgefühl. Ihre Gedanken werden von den Böen davongerissen, graben sich ins Rascheln der Dünen und zerreiben sich im unaufhörlichen Prasseln auf das Führerhaus. Immer tiefer versinken sie im Sand, werden selbst zu seiner trockenen Hitze, seinem mineralischen Nicht-Leben, seiner vergänglichen Flüssigkeit. Immer tiefer versinken sie auch in der Finsternis, doch sie merken es nicht. Kümmert sich der Sand etwa um Dunkelheit? Sie kauern Stirn an Stirn auf der Ruheliege, sehen nichts, denken nichts und spüren nichts. Sie sind nur noch im brausenden Wind umherirrende Seelen, zeitlose Stimmen, die zwischen den Dünen seufzen.

Nur das Beste

Es war einmal vor langer Zeit, da forderten die Edlen der Chaamba die Adjer, die Iforas und die Ahggar heraus. Aus großer Furcht erschien nicht ein einziger Targi zum vereinbarten Treffpunkt. Erst der Hohn und Spott ihrer Frauen brachte sie dazu, sich dem Kampf zu stellen. Doch sie taten es so widerwillig und ungern, dass ihre Feinde sie mit Leichtigkeit besiegen konnten.

Als sie beschämt und verwirrt zu ihren Zelten zurückkehrten, wurden ihre Frauen so zornig, dass sie von ihren Männern verlangten, von nun an statt ihrer den Schleier zu tragen.

Die Legende vom Schleier, Erzählung der Chaamba

Rudy weiß nicht, wer ihn aus seinem mineralischen Dämmerschlaf geweckt und verhindert hat, dass er langsam, aber sicher zu einer Silikatstatue versteinert. Ein Sonnenstrahl? Ein gedämpfter Laut? Eine verstohlene Bewegung? Er hebt den Kopf, öffnet mühsam die knirschenden Lider – und sieht es durch die versandete Windschutzscheibe.

Ein Gesicht.

Eigentlich ist es nur ein lachendes, von einem weißen Tuch umgebenes Augenpaar.

»Laurie! Aufwachen! Da ist jemand!«

»Wie? Was?«

In ihrer Betäubung ist Laurie auf die Knie des im Schneidersitz erstarrten Rudy gesunken und auf der mit feinstem Sand wie mit Talkum überpuderten Ruheliege eingeschlafen. Sie setzt sich auf, wirbelt eine dichte Staubwolke auf, reibt sich die Augen – und macht damit alles nur noch schlimmer. Blinzelnd wendet sie sich der Lichtquelle zu.

Das Gesicht ist verschwunden, aber draußen machen sich ein paar Schatten zu schaffen. Dumpfe, schleifende Geräusche ertönen an einer der Türen. Der Sand bewegt sich, bröckelt, fließt …

Vorsichtig kramt Rudy unter dem Fahrersitz herum, zieht die Luger hervor und lädt sie. *Fatal Error,* behauptet der winzige Zielbildschirm. Die Pistole ist so stark versandet, dass sie eine Ladehemmung hat.

Laurie trinkt einen Schluck des ekelhaft warmen Wassers und spritzt sich auch ein wenig davon ins Gesicht. Der Staub löst sich auf und läuft in ockerfarbenen Streifen über ihre eingefallenen Wangen. Sie fröstelt. In dem unter den Dünen begrabenen Führerhaus ist es noch ziemlich kühl. Sie reicht die Flasche an Rudy weiter, der sie leer trinkt und zu spät daran denkt, dass er nach draußen müsste, um an den Wassertank zu kommen.

Inzwischen dringen goldene Sonnenstrahlen durch die halb freigelegte Windschutzscheibe. Laurie und Rudy erkennen Aluminiumschaufeln im Einsatz. Benutzt werden sie von Menschen, die ganz in Weiß gekleidet sind und einen ebenso weißen Turban tragen. Rudy weiß nicht recht, was er jetzt mit seiner Knarre anfangen soll – ist es besser zu zeigen, dass er bewaffnet ist, oder soll er die Luger lieber verstecken, um nicht aggressiv zu erscheinen?

Endlich wird die Tür geöffnet. Zwei Männer steigen auf das Trittbrett, stecken die Köpfe ins Wageninnere und mustern Laurie und Rudy, die stumm auf der Ruheliege sitzen. Dann wechseln sie einige Worte auf Arabisch. Ein makelloser Cheche verhüllt ihr Gesicht mit Ausnahme der forschenden Augen.

»Äh … guten Tag«, begrüßt Laurie sie schließlich ein wenig verunsichert.

»Und herzlich willkommen«, fügt Rudy mit linkischem Lächeln hinzu.

»Seid ihr Franzosen?«, fragt einer der beiden Männer.

Laurie nickt. Der Mann entfernt den Schleier über seinem sonnengegerbten, scharf geschnittenen Gesicht und lächelt mit sehr weißen Zähnen. Er beugt sich vor und streckt Rudy die Hand hin.

»Sind Sie Targi?«, fragt Rudy und schüttelt die harte, schwielige Pranke.

»*Makach!*«, flucht sein Gegenüber und spuckt aus. »Wir sind Chaamba und gute Muslims. Allahu akhbar!«

»Die Tuareg sind seit jeher unsere Feinde«, erklärt der andere Mann.

»Mein Name ist Abderrahmane, und das dort ist Yacine«, stellt der erste Mann sich und seinen Freund vor.

Nun enthüllt auch besagter Freund sein Gesicht und begrüßt Laurie und Rudy, indem er den Kopf neigt und eine Hand auf die Brust legt. Seine ebenfalls kantigen Züge werden durch ein spitz gestutztes Bärtchen gemildert. Rudy erwidert seinen Gruß auf die gleiche Weise.

»Ich bin Rudy, und die junge Dame heißt Laurie.«

Die beiden Chaamba würdigen Laurie kaum eines Blickes, sondern steigen wieder aus und sprechen mit ihren Stammesgenossen, die immer noch dabei sind, den Lkw aus den Sandmassen zu befreien.

»Was, glaubst du, werden sie uns tun?«, fragt Laurie beunruhigt. Kälte, Angst und Müdigkeit lassen sie noch immer zittern.

»Ich weiß es nicht«, antwortet Rudy. »Aber wenn sie uns hätten ausrauben wollen, hätten sie uns leicht töten können.«

Abderrahmane und Yacine tauchen wieder an der Tür auf. Sie strahlen über das ganze Gesicht.

»Unser Lager ist ganz in der Nähe, dort drüben im Erg. Wir möchten euch einladen, mit uns Tee zu trinken.«

Laurie und Rudy wechseln einen Blick. Ist das etwa eine Falle? Oder einfach nur Freundlichkeit?

»Wir müssen das Angebot annehmen«, sagt Laurie auf Englisch zu Rudy. »Abzulehnen wäre sehr unhöflich.«

»Und was ist mit dem Lkw? Den können wir doch nicht einfach so hier stehen lassen«, gibt Rudy in derselben Sprache zurück.

»Ein *inouba* wird auf den Lastwagen aufpassen«, mischt sich Yacine ein, der ganz offensichtlich alles verstanden hat.

»Bitte?« Laurie beugt sich vor.

»Ein Junge. Einer meiner Söhne. Mokhtar!«

Auf sein Handzeichen hin kommt ein Jugendlicher in einer dunklen Woll-Djellaba zu Tür des Lastwagens. Er trägt eine Baseballkappe mit dem Aufdruck *Hilalien forever,* hat ein AK-74 lässig über die Schulter geworfen und einen Patronengürtel um die Taille geschlungen. Sein Vater erklärt ihm etwas auf Arabisch. Der junge Mann nickt ernst, setzt sich, lehnt sich an einen noch halb im Sand vergrabenen Reifen des Lasters und nimmt sein Maschinengewehr auf die Knie.

»So, das wäre erledigt«, lächelt Yacine. »Kommt ihr jetzt?«

»Ist er nicht ein wenig jung für so viel Verantwortung?«, wundert sich Laurie.

»Mokhtar ist unser bester *chouâf*«, beruhigt Abderrahmane sie.

»Er erkennt einen Skarabäus auf hundert Meter Entfernung, und auf fünfhundert Meter kann er erkennen, aus welchem Stamm ein Mann kommt und wie alt sein Dromedar ist. Mokhtar wird euren Mercedes gut beschützen.«

Sein Ton lässt keine Widerrede zu, und so folgen Laurie und Rudy der Gruppe, ohne weiter auf das Problem einzugehen. Alle tragen eine weiße Abaya und sind ebenso bewaffnet wie Mokhtar. Die etwa sechs Chaamba gehen zu ihren Dromedaren, die am Nordhang einer Düne auf sie warten. Höflich lassen Abderrahmane und Yacine ihre Tiere niederknien und bitten ihre Gäste, es sich im Sattel bequem zu machen. Weder Laurie noch Rudy fühlen sich auf dem Rücken der Dromedare in über zwei Metern Höhe wirklich wohl, doch die Tiere folgen in gleichmäßigem, sanftem Schritt ihren Herren, die sie am Zügel führen. Wiegend und im Passgang verlässt die kleine Gruppe den im Sand versunkenen Lkw und die unter Verwehungen liegende Piste. Der Weg führt durch den von der Morgensonne rot angestrahlten Erg; bereits zu dieser frühen Stunde fallen ihre brennende Strahlen kräftig auf die Dünenkämme, deren scharf gezirkelten Rundungen in einen reinen, blauen Himmel ragen, als ob das Unwetter der Vortags niemals stattgefunden hätte.

An der Mündung des kaum erkennbaren Weges, der sich zwischen den Dünen dahinschlängelt, bietet sich von einer rundlichen, goldenen Kuppe aus ein atemberaubendes Panorama. In der flirrenden, spiegelnden Hitze wirkt es wie eine Fata Morgana, ein Wunder oder der Traum eines durch die Wüste irrenden Dromedartreibers: Am Fuß des Erg zieht sich ein gewaltiger Palmenhain dahin. Er sieht aus wie ein breiter, grüner Fluss, in dem ein paar verstreute Dörfer wie rote oder braune Inselchen liegen. Weiße Minarette ragen wie mahnende Finger empor, Windräder sprenkeln die Landschaft, und Sonnenkollektoren blenden wie Spiegel. Im Südwesten, am Rand des Palmenhains, erstreckt sich tief in der Ebene eine Stadt. Man erkennt einen alten, von Palmen beschatteten Ksar, dessen Rot so intensiv ist, dass es fast purpurn wirkt; daneben ist eine »neue« Stadt aus weißen Betonquadern entstanden, die sich an den Abhängen eines heißen, steinigen Plateaus hinaufziehen. Das Plateau ist die *hammada* von Tadmait, dessen graue Klippen den Palmenhain in das Bett eines seit Ewigkeiten ausgetrockneten Wadis einschließen. Im Süden gleißt eine große, blendend weiße Salzfläche – letzter, unfruchtbarer Überrest eines Flusses, der vor langer Zeit hier sein Bett hatte. Auch Relikte etwas jüngeren Datums sind im Staub des Tals zu erkennen: umgestürzte Bohrtürme, abgehalfterte Berieselungsanlagen, die wie die Skelette metallischer Drachen wirken, und ehemals bewässerte Felder, die jetzt nur noch große Parzellen nackter Erde sind, in denen man den Verlauf der ehemaligen Kanäle erraten kann.

»Das ist Timimoun«, verkündet Abderrahmane. »Kaum einen Tagesmarsch entfernt.«

»Seht ihr«, lächelt Yacine. »Ihr hattet euch nicht verirrt.«

Die Chaamba lassen ihren Gästen Zeit, die großartige und tröstliche Landschaft zu bewundern, ehe sie kehrtmachen und sich wieder auf den Weg zwischen den Dünen begeben. Sie streben auf die tiefe Wüste zu, in der nur noch eine graue, verkrüppelte Akazie als trauriges Andenken an die früher so üppige Vegetation des Tales dem Auge einen Anhaltspunkt bietet.

Von seinem Dromedar aus wirft Rudy Laurie verzweifelte Blicke zu und deutet mit dem Kopf in Richtung Palmenhain, von dem sie sich entfernen, als wolle er sagen: *Lass uns hier verschwinden und in die Zivilisation zurückkehren*. Laurie verzieht zur Antwort betrübt das Gesicht, was so viel bedeutet wie: *Wir müssen mit ihnen gehen; immerhin haben sie uns gerettet*. Falls einer ihrer Gastgeber die stumme Zwiesprache bemerkt hat, lässt er es sich zumindest nicht anmerken.

Was die tiefe Wüste angeht, so fällt den beiden Europäern schnell auf, dass die südliche Grenze der Großen Westlichen Erg nicht nur in der Vergangenheit dicht bevölkert war, sondern es immer noch ist. Außer den Brunnen, von denen einige mit solargetriebenen Pumpen betrieben werden und um die herum der Boden von Füßen, Hufen und Reifen plattgewalzt ist, entdecken sie hier und da verstreute Ruinen von Kasbahs, Kornspeichern und antiken Ksour, die nach und nach wieder zu urweltlichen Felsen verfallen. In der Ferne künden von Zeit zu Zeit lebhaft grüne Vegetationsinseln zwischen den Dünen von einer Oase, Wasser und einem Dorf. Die unbefestigte Piste, der sie bisher gefolgt waren, trifft auf eine ehemals geteerte Straße, von deren Asphaltdecke nur noch ein paar vom Sand zerfressene Stücke übrig sind. Ein wenig später senkt sich der Überrest einer Straße entlang einer Dünenkette zu einer Oase hin, die von oben gesehen wirkt, als werde sie von den sie umgebenden Hügeln aus rotem Sand erstickt. Je näher sie dem Ort kommen, desto deutlicher erkennen Laurie und Rudy die aus den traditionell luftgetrockneten Lehmziegeln erbauten Mauern des zwischen den Palmen versteckten Ksar, das Netz aus Kanälen, das ihn mit Wasser versorgt, eine weiß gekalkte *qobba* – das Grabmal eines heimischen Marabut –, dann ein Windrad, dessen Höhe dem Minarett Konkurrenz macht, und neuere Gebäude aus Blocksteinen, auf deren Terrassen Satellitenschüsseln und Sonnenkollektoren stehen.

Abderrahmane, der Rudys Dromedar führt, lächelt fröhlich zu ihm hinauf.

»Das ist Ouled Said. Unser Dorf. Wir sind am Ziel.«

Aufgeschreckt wendet sich Rudy an Laurie.

»Er sagt, dass das ihr Dorf ist. Hieß es nicht, dass wir in ihrem Lager zum Tee eingeladen wären?«

»Zumindest habe ich es so verstanden«, erwidert sie verwirrt auf Englisch.

»Das haben wir auch gesagt«, mischt Yacine sich ein. »Aber wenn wir euch erklärt hätten, dass wir euch in unser Dorf mitnehmen wollen, wärt ihr nie und nimmer mitgekommen. Wir kennen die Europäer: Ein Wüstenlager im Erg – das hat etwas Exotisches, das hat etwas von Sahara und von Tuareg. Stimmt doch, oder?«

»Ich bin mir nicht ganz sicher, ob mir diese Art von Scherz zusagt«, gibt Laurie verärgert zurück. »Haben Sie noch mehr unangenehme Überraschungen auf Lager?«

»*Elkhir-râs!* ›Nur das Beste‹, wie unsere Tuareg-Freunde zu sagen pflegen. Zunächst werden wir, *inch'Allah*, zusammen einen Tee trinken. Dann bereiten unsere Frauen euch zu Ehren eine Mahlzeit aus Pfannkuchen, Hirse oder chinesischem Reis zu. Vielleicht gibt es auch Lammfleisch oder eine *chorba*, eine Fleischsuppe. Wenn es schließlich so heiß wird, dass jede Bewegung Mühe bereitet, legen wir im Schatten der Palmen eine Ruhepause ein. Anschließend könnt ihr euch auf den *ahellil* vorbereiten.«

»Worauf sollen wir uns vorbereiten?«

»Den *ahellil*. Das Fest zu Ehren unseres Marabut – möge seine Seele in Frieden ruhen –, dessen *qobba* ihr dort drüben über den Dächern seht. Vor dem Fest werden wir das Grabmal frisch kalken, das allerdings bleibt uns Gläubigen vorbehalten. Der *ahellil* ist jedoch für alle!«

»Aber … wissen Sie, wir müssen dringend weiter.«

»Es ist unmöglich, Gourara zu durchqueren, ohne an einem *ahellil* teilgenommen zu haben! Das gehört unbedingt zum Pflichtprogramm. Morgen, *inch'Allah*, fahrt ihr weiter.«

»Was hat er gesagt?«, erkundigt Rudy sich misstrauisch.

Laurie fasst das Gespräch kurz zusammen.

»Und was ist mit dem Auto?«, ereifert er sich. »Will der Junge es etwa die ganze Nacht bewachen? Was soll das alles? Die wollen uns doch nur hier festhalten, um den Mercedes ausräumen zu können! Das wird es sein! Ich gehe sofort zurück!«

Abderrahmane, der kein Englisch versteht, wirft einen verwunderten Blick auf Rudy.

»Sag es ihm«, schimpft Rudy weiter. »Sag ihm, dass wir nicht einverstanden sind!«

»Sag es ihm doch selbst«, seufzt Laurie, sichtlich erschöpft von der Hitze. »Immerhin bist du der Mann.«

Rudy schießt ihr einen wütenden Blick zu, beugt sich zu Abderrahmane hinunter und radebrecht:

»Abderrahmane, ich möchte bitte zurück zum Lastwagen.«

»Aber das ist nicht nötig, mein Freund. Der Wagen kommt her«, gibt der Chaambi mit breitem Grinsen zurück.

Alles läuft genau so ab, wie Yacine angekündigt hat. Trotz Rudys düsterer Miene und Lauries Niedergeschlagenheit werden die beiden in Ouled Said wie Könige empfangen. Sie werden dem Bürgermeister und dem Stammesältesten der Chaamba vorgestellt und zuletzt auch noch dem Imam der Moschee, der sie für ihre lange und gefährliche Reise segnet. Anschließend trinken sie im von blühenden Mimosenbäumen beschatteten und von einer traditionellen Lehmziegelmauer umgebenen Hof von Abderrahmane mitten im alten Ksar Tee aus frischer Minze. Genau genommen sind es drei sehr starke und süße Teesorten. Die erste Tasse könnte Tote zum Leben erwecken – der Erfolg bei Laurie ist nicht von der Hand zu weisen –, die zweite ist gegen den Durst gedacht, und die dritte, hell und sanft, genau das Richtige für Kinder und empfindliche Herzen. Danach werden Rudy und Laurie getrennt. Laurie wird von den Frauen mit Beschlag belegt, Rudy dagegen von den Männern. Während die Mahlzeit vorbereitet wird, besichtigt Rudy die Gärten und den Palmenhain in Gesellschaft von Yacine und Mohamed, dem *kel el mia*, »Mann des Wassers«, einem kleinen, kupferfarbenen und völlig verrunzelten Alten, der kurioserweise für einen Bewässerungsspezialisten ganz schön trocken wirkt. Rudy entdeckt das einfache, unbeschreibliche Glück wieder, das er schon aus El Goléa kennt: das Spazierengehen im frischen, duftenden Schatten einer Oase, Sonnenstrahlen, die sich zwischen den Palmblättern hindurchtasten, glitzernde Lichtdiamanten auf Becken voll klarem Wasser, der Duft von Blüten, Früchten, Gemüse und feuchter Erde, murmelndes Wasser, das in schmalen Kanälen von einer Parzelle zur nächsten plätschert, der herrliche Geschmack einer frisch gepflückten Dattel, Feige oder Tomate. Unterwegs erklärt der *kel el mia*, wo das Wasser herkommt und wie es verteilt wird. Es stammt aus einem großen, unterirdischen Wasservorkommen; von dort wird es mittels solarbetriebener Pumpen an die Oberfläche gefördert und durch *foggaras* genannte, unterirdische Leitungen zum Dorf und in die Gärten geleitet. Die *foggaras* wurden früher von den Haratin-Sklaven gegraben und freigehalten, heute bestehen sie aus Kevlar. Das Wasser wird in einem Verteilerbecken gesammelt, aus dem die Gräben gespeist werden, die die bewirtschafteten Parzellen bewässern. Zu jeder Parzelle gehört ein mit einem Sperrventil versehenes Becken, in dem das Wasser gespeichert und bei Bedarf zur Bewässerung genutzt wird. Der *kel el mia* ist dafür zuständig, den Wasserverbrauch regelmäßig zu messen und zu berechnen, wie viel Wasser jeder Gärtner für seine Kulturen benötigt, um eine gerechte Verteilung zu gewährleisten. Weitere *foggaras* leiten Wasser in den Ksar und versorgen jedes Haus. Das Wasser ist ebenso kostenlos wie der Strom, der aus Wind und Sonne gewonnen wird. Lediglich Wartungen und Reparaturen müssen ab und zu bezahlt werden.

»Aber das ist ja geradezu ideal!«, ruft Rudy beeindruckt aus. »Nur – was ist mit der algerischen Regierung? Müssen Sie nicht Ihre Konten offenlegen? Wird dieser Segen nicht sofort besteuert?«

»Der Präsident sitzt weit weg im Norden«, entgegnet Yacine süßsauer. »Er hat genügend Sorgen mit den großen Städten und der Umweltverschmutzung und kümmert sich nicht weiter um uns. Und wenn er es verschentlich doch eines Tages täte, wüssten wir, wie wir ihn zu empfangen haben.«

Mit einem verschmitzten Lächeln betastet er eine Beule unter seiner Abaya, von der Rudy bereits weiß, dass sie eine Mini-Uzi mit Zielbildschirm verbirgt – eine äußerst durchdachte Waffe für die Jagd auf Gazellen, falls die Chaamba sich diesem tödlichen Sport hingeben und es überhaupt noch Gazellen gibt. Der alte Mohamed hält einen langen Monolog auf Arabisch. Yacine hört zu und übersetzt anschließend für Rudy.

»Er erzählt, dass der Präsident Gourara und Touat zu Beginn dieses Jahrhunderts in ein großes Landwirtschaftsgebiet umwandeln wollte, erstens, um die Chaamba sesshaft zu machen, und zweitens als Nahrungsquelle für den stark durch Umweltverschmutzung beeinträchtigten Norden, aber auch für diejenigen, die herkommen und die Öl- und Gasvorkommen erschließen sollten. Sie haben riesige Stromkraftwerke gebaut und gewaltige Bewässerungsanlagen installiert. Die Reste der Maschinen kann man noch heute in der Nähe von Timimoun sehen. Jedenfalls haben sie den Grundwassersee unter dem Erg völlig ausgebeutet. Das Ende vom Lied war, dass die *foggaras* versandeten, die Palmenhaine austrockneten und die ohnehin schon nicht sehr zahlreichen Touristen vollständig ausblieben. Die Öl- und Gasfelder erwiesen sich als wenig ergiebig, die Kraftwerke hielten den hohen Temperaturen nicht stand, die Bewässerungsanlagen funktionierten daraufhin nicht mehr, und die Dünen, die sie vorher nicht stabilisiert hatten, wanderten über ihre Felder hinweg. Innerhalb von zehn Jahren hatten die Leute aus dem Norden hier alles zerstört. Wir haben zwanzig Jahre gebraucht, um alles auf unsere Art wiederaufzubauen. Und du siehst ja, dass es klappt. Wir sind hier in der Oase unter uns. Natürlich haben die aus dem Norden ihre Soldaten geschickt, um uns zur Räson zu bringen, aber das hat sie letzten Endes zu viel Geld, Material und Menschenleben gekostet. Hinzu kommt, dass sie mit den Kabylen schon Sorgen genug haben.«

»Algerien existiert nicht mehr«, fährt Mohamed auf Französisch fort. »Das Land ist ein Kunstprodukt und längst tot. Aber wir Chaamba, wir leben hier. Und im Süden sind die Tuareg, in Laghouat wohnen die Mozabiten und in Ghardaia die Kabylen. Doch dort oben im Norden, jenseits des Atlasgebirges, da herrscht der Tod. Bis dort ist der verdorbene Okzident schon vorgedrungen. Willkommen im Land der freien Männer!«

Er versetzt Rudy, der nicht alles verstanden hat, aber freundlich lächelt, einen wuchtigen Schlag auf die Schulter. Rudy nimmt die Gelegenheit wahr, ein Thema anzuschneiden, das ihn intensiv beschäftigt.

»Im Süden herrscht ebenfalls der Tod. In Burkina Faso verdursten die Menschen. Laurie und ich bringen ihnen eine Bohrausrüstung, um einen Grundwassersee zu erschließen, der kürzlich entdeckt wurde. Aus diesem Grund ist es uns auch so wichtig, dass unser Lkw nicht gestohlen wird.«

»Das wissen wir alles, mein Freund. Wir leben zwar ein gutes Stück abseits der Zivilisation, aber in meinem Haus gibt es Satellitenfernsehen und natürlich auch einen Computer. Wir wissen, wer ihr seid und was ihr vorhabt, und wir finden es gut und mutig. Dein Lkw wird heute Nachmittag ins Dorf gebracht, *inch'Allah*. Unsere Leute sind dabei, ihn zu entsanden und zu reparieren. Und mein Sohn hält Wache, das darfst du nicht vergessen.«

Und tatsächlich: Nach einem geradezu königlichen Festmahl, an dem der ganze Stamm teilnahm, und der anschließenden obligatorischen Siesta wird der Mercedes ins Dorf gebracht. Eine ganze Prozession von Menschen folgt ihm, die Trommeln schlagen, Flöten blasen, mit einer Art Kastagnetten klappern und ihre Stammesfahnen schwenken.

Von der zunächst stattfindenden Zeremonie, die auf der Terrasse der *qobba* stattfindet, bleiben Rudy und Laurie ausgeschlossen. Wie jedes Jahr wird eine frische Kalkschicht auf das Gebäude aufgetragen. Dabei zitiert man Suren aus dem Koran, eine Elegie auf den Heiligen und Lobpreisungen Allahs. Wieder nehmen die Frauen Laurie unter ihre Fittiche, weil sie der Meinung sind, dass es unpassend für eine Frau wäre, in Shorts und T-Shirt an dem folgenden Fest teilzunehmen. Sie wird mit angemessener Kleidung ausgestattet. Rudy nimmt indessen den Lkw unter die Lupe. Er stellt fest, dass nicht nur nichts fehlt, sondern dass der Wassertank mit frischem Wasser aufgefüllt, der Ölstand kontrolliert, die Klimaanlage repariert und die Windschutzscheibe ordentlich verklebt worden ist. Und neben der unter dem Sitz versteckten Luger liegen drei volle Magazine. Am liebsten hätte Rudy ein Dankgebet zu Allah gesprochen, weil er und Laurie auf diese guten und großzügigen Menschen getroffen sind, doch er fürchtet, ein Sakrileg zu begehen; in den Augen der Chaamba ist er ein *kafir*, ein Ungläubiger.

Völlig beruhigt schließt er sich dem Festzug an, der mit Fahnen und Musik von der *qobba* zurückkommt. Nach neuerlichen Lobeshymnen und Gebeten, die mit hoch in den langsam dämmrig werdenden Himmel erhobenen Händen abgehalten werden, wird der erste Tanz angestimmt, der *hadra*. Alle stehen Hand in Hand eng beieinander im Kreis und wiegen sich zu Trommelrhythmen. Während des Tanzes kommt auch Laurie zurück. Rudy lacht hell auf. Die Frauen haben sie in eine echte Araberin verwandelt. Sie trägt eine reich bestickte Gandoura, ein mit Silbermünzen geschmücktes Tuch auf dem Kopf, und einen Seidenschleier, der zur Hälfte ihr Gesicht verbirgt. Ihre Augen sind mit Kajal geschwärzt und die Hände mit Hennamustern verziert.

»Mach dich bloß noch lustig«, faucht sie. »Ich darf die Klamotten während des ganzen Festes nicht ausziehen, obwohl ich darunter fast ersticke.«

»Ach, weißt du, mit Einbruch der Dunkelheit wird es schnell ziemlich kalt. Es wird nicht lange dauern, bis du den Frauen dankbar bist, dass sie dich so toll angezogen haben. Und außerdem siehst du supergut aus. Die Sachen stehen dir wirklich.«

»Danke«, brummt Laurie, lächelt aber. Sie weiß das Kompliment zu schätzen.

Als es dunkel wird, gehen rings um den Platz Scheinwerfer an, und die Männer tanzen den *baroud*. Sie stellen sich mit ihren Gewehren im Kreis auf und singen zu den Klängen von Trommeln und Flöten, wobei sie sich langsam seitwärtsbewegen und entweder mit zu Boden gerichteten Gewehrläufen Verbeugungen machen oder ihre Waffe in die Luft werfen. Allmählich steigert sich der Rhythmus, bis alle Männer auf ein diskretes Zeichen des Zeremonienmeisters hin gleichzeitig in die Luft schießen. Wenn einer zu früh oder zu spät schießt oder eine Ladehemmung hat, dürfen alle Zuschauer ihn auslachen.

Nach einer neuerlichen Mahlzeit mit Unmengen von Couscous und Strömen von Pfefferminztee und einem weiteren Tanz – dem *qarqabou*, so benannt nach den Metallkastagnetten, die alle in die Hand gedrückt bekommen; es handelt sich um eine Art Quadrille, bei der die Trommler ihr Bestes geben, ohne jedoch den metallischen Lärm übertönen zu können – schlägt endlich die Stunde des *ahellil*. Abderrahmane und Yacine begleiten ihre Gäste durch ein Labyrinth überdachter Altstadtgässchen zu einer großen Terrasse, wo bereits die Sänger Platz genommen haben. Einzig der silbern strahlende Mond dient ihnen als Lichtquelle. Dicht aneinandergedrängte Männer und Frauen bilden einen Kreis, in dessen Mitte sich ein *abechniw*, ein Sänger mit hoher Stimmlage, ein Flötist und ein Trommler aufstellen. Einige Flötentriller kündigen das Lied an. Dann setzt sich der Sänger in Bewegung. Gefolgt vom Flötisten, spaziert er langsam durch das Innere des Kreises und trägt seine Weise vor. Die anderen Teilnehmer, die alle einen weißen Cheche und eine ebensolche Abaya tragen, begleiten ihn sehr gesammelt mit einem dunklen Chorgesang sowie einem leichten Händeklatschen, während sie ihre Körper wiegen wie die Palmen im Abendwind. Laurie und Rudy sind fasziniert von der seltsamen Schönheit des Ganzen, die ihnen mysteriös und mystisch erscheint, als würden die Sänger die Geister ihrer Vorfahren oder die der Nacht anrufen.

Nachdem jedoch die erste Gänsehaut vergangen ist und sich die aufgewühlten Gefühle gelegt haben, findet Rudy die polyphonen Gesänge ein wenig eintönig. Überdies muss er nach dem vielen Tee dringend pinkeln. Weil er seine wie gebannt lauschenden Gastgeber nicht mit der profanen Frage nach den Toiletten stören will, beschließt er, sich auf eigene Faust auf die Suche zu machen. Leise verlässt er den Kreis der Zuhörer, geht die Treppe zur Straße hinunter und irrt dann in den Sträßchen herum, die alle zu erleuchtet und bevölkert sind, um sich irgendwo in einer Ecke zu erleichtern. Seine Wanderung führt ihn zum Ausgang des Ksar, allerdings nicht auf der Garten-, sondern auf der Wüstenseite. Dort sind die Dünen ganz nah, werden aber in ihrer unermüdlichen Wanderung von *afrags* aufgehalten, quadratischen Graspflanzungen, die sie befestigen und zurückhalten. *Da sieht mich bestimmt keiner*, denkt Rudy. Von seinem dringenden Bedürfnis gequält, erklimmt er die erste bepflanzte Düne im Laufschritt und rennt auf der anderen Seite hinunter, während er bereits seinen Reißverschluss öffnet. Lange pinkelt er mit erleichtert zum Himmel erhobenem Kopf in den braunen Sand.

Und dann plötzlich sieht er ihn.

Es ist ein Mann in einer dunklen Djellaba. Auf dem Kopf trägt er den *tagelmoust*, den indigofarbenen Cheche der Tuareg, und um die Taille hat er die *takouba*, das berühmte Tuareg-Schwert, gegürtet. Während er langsam die Düne hinunterschreitet, flattert seine weite Kleidung im Wind, der sich erhoben hat. Er kommt genau auf Rudy zu, der hastig seine Hose zuknöpft. Etwas an seinem Gang ist merkwürdig ... Erst als der Targi nur noch wenige Schritte von ihm entfernt ist, fällt Rudy auf, was ihn befremdet hat: Der Mann hinterlässt keine Spur im Sand.

Bestürzt versucht Rudy, ihm ins Gesicht zu sehen, doch trotz des hellen Mondlichts erkennt er nur einen schattigen Abgrund. Er will etwas sagen, einen Willkommensgruß sprechen, wie es hier üblich ist, doch die Worte bleiben ihm im Hals stecken. Es ist nämlich der Targi, der ihn anspricht – und zwar direkt in seinem Kopf.

»Brecht auf! Brecht sofort auf!«

»Was? Wie?«, stammelt Rudy.

Eine plötzliche Windbö weht ihm Sand in die Augen und zwingt ihn, den Kopf zu senken und sein Gesicht mit den Händen zu schützen. Als er wieder aufblickt, ist der blaue Mann verschwunden.

Er scheint sich in Luft aufgelöst zu haben. Es gibt nicht die geringste Spur von ihm.

Sosehr Rudy sich auch dreht und wendet, er muss zugeben, dass er eine starke, sehr eindrucksvolle Vision gehabt hat, die ihm noch tief in den Knochen sitzt. Zur Beruhigung seines Gewissens klettert er ungelenk durch den beweglichen Sand bis auf den Kamm der Düne … Nichts. Niemand.

Am Horizont jedoch, weit jenseits der im Mondlicht wie eine silberne Herde daliegenden Dünen, werden die Myriaden Sterne von einer schwellenden, düsteren Mauer verfinstert, in deren Bauch Rudy fahle Blitze zucken sieht.

Rudy saust die Sanddüne hinunter, rennt wieder in den Ksar, sucht sich aufs Geratewohl seinen Weg durch die Gässchen, wobei er sich vom ernsten Chorgesang des *ahellil* leiten lässt, findet die Treppe wieder, nimmt immer vier Stufen auf einmal, erreicht die Terrasse, drängt sich rücksichtslos durch die meditierende Menge und zerrt Laurie am Ärmel ihrer Gandoura.

»Schnell, wir verschwinden.«

»Wie bitte? Es ist noch nicht zu Ende. Und unsere Gastgeber …«

»Komm! Schnell! Ein Notfall.«

Rudy nimmt die völlig perplexe Laurie an der Hand und rennt über den Dorfplatz, wo von hauptsächlich jungen Leuten immer noch ein wilder *qarqabou* getanzt wird. Er schiebt Laurie in den Mercedes, springt hinterher und lässt den Wagen an. Vorsichtig lotst er ihn durch die verdutzte Menschenmenge, die seiner Meinung nach längst nicht schnell genug beiseitespringt. Mit viel Glück findet er die Piste, die zur Transsaharienne, nach Timimoun und noch weiter führt. Hauptsächlich noch weiter …

»Kannst du mir vielleicht endlich erklären, was hier los ist?«, schreit Laurie ihn an. »Hast du wieder jemanden umgebracht oder was?«

»Nein, ich habe uns gerade das Leben gerettet. Schau dir mal den Himmel an!«

Ungläubig lässt Laurie die staubige Scheibe hinabgleiten und schaut hinaus. Draußen über dem Reg frisst sich ein düsteres Chaos langsam in den Himmel. Es wird von fahlen Blitzen durchzuckt und erbebt unter dumpfem Donnergrollen. Ein eisiger Wind peitscht ihr ins Gesicht. Kalt und schwer klatschen die ersten Regentropfen auf ihre Wangen.

Break in the Rush

Enklave Manhattan (NY)

Sicherheitsbestimmungen

Werden Sie bei den Sicherheitsbeamten am Eingang vorstellig.
Weisen Sie sich aus (Plaketten, Karten, Akkreditierungsdokumente).
Unterziehen Sie sich den erforderlichen Durchsuchungen und Scans.
Nicht akkreditierten Begleitpersonen ist der Zutritt grundsätzlich nicht gestattet.
Geschwindigkeitsbegrenzung innerhalb der Enklave: 40 km/h.
Jederzeitige Kontrolle möglich. Halten Sie Ihre Papiere griffbereit.
Bestimmungen und Regeln sind ausnahmslos zu befolgen. *Unsere Polizei ist berechtigt, auch ohne Vorwarnung von der Schusswaffe Gebrauch zu machen.*
Verdächtige Personen und Objekte sind den Aufsichtsbehörden sofort zu melden.
Auf dem gesamten Territorium der Enklave gilt absolutes Rauchverbot.

Anthony Fuller hat die Nase voll von der ebenso unerträglichen wie nicht enden wollenden Reise. Kaum vorstellbar, dass zu Zeiten von Richard III., einer noch gar nicht so lange zurückliegenden Epoche, ein inneramerikanischer Flug von einer Stadt zur anderen eine reine Formalität war – ein allenfalls widriger Umstand, den man dazu benutzte, seine Akten durchzusehen, mit einem Partner geschäftliche Dinge zu besprechen oder sich einen »break in the rush« zu gönnen, wie Anthonys Vater sich gern auszudrücken pflegte. Aber heute? Fuller fühlt sich in die Zeit der Pioniere zurückversetzt, als Postkutschen über unbefestigte, von Indianern heimgesuchte Straßen schaukelten und man jederzeit mit einem Angriff von Banditen oder wilden Tieren rechnen musste. Allerdings meisterten die Pioniere damals sämtliche Gefahren, um Amerika *aufzubauen*, und nicht, wie Fuller heute, um die kümmerlichen Reste seiner Ansprüche vor einem »Tibunal von Schlitzaugen« (*dixit* Bournemouth) zu verteidigen.

Gleich beim Start in Kansas City hatten sie eine Flugzeugpanne – und das, obwohl es sich um Fullers eigene Dienst-Boeing handelte. Den Grund erfuhr er erst, nachdem er fürchterlich herumgebrüllt hatte: Das Kerosin war aus Kostengründen mit billigem, in Mexiko erstandenem Ethanol versetzt worden. Ausgerechnet in Mexiko! Warum nicht gleich in China? Wenig später zwang ein katastrophales Gewitter die Maschine zur Notlandung in Indianapolis. Glück im Unglück war, dass Fullers Pilot über ausreichend Erfahrung verfügte, das Flugzeug mithilfe der Instrumente sicher auf der im strömenden Regen fast unsichtbaren Piste zu landen. Zwei geschlagene Stunden mussten sie im Finstern ausharren, während eine geradezu biblische Sintflut auf den Flughafen niederprasselte. Fuller fürchtete schon, niemals wieder aus diesem Loch herauszukommen. Doch irgendwann bekam die BBJ-3A wieder Starterlaubnis, um eine halbe Stunde später zu erfahren, dass der Flughafen Newark wegen »ungünstiger klimatischer Bedingungen zeitweise außer Betrieb« sei und der Flug nach J. F. Kennedy umgeleitet würde. Eine Stunde lang ließ man sie wegen Überlastung des Luftraums über dem Flughafen kreisen, um schließlich im nächsten Chaos zu landen. »Die Temperatur am Boden beträgt zurzeit minus 23 Grad Celsius, und es weht ein Blizzard mit 140 Kilometern pro Stunde«, verkündete der Kopilot mit entschuldigendem Lächeln. Trotzdem wünschte er Fuller einen schönen Tag. Hätte Anthony sich nicht wohlweislich mit Calmoxan vollgestopft, um nervliche Belastungen gleich von vornherein auszuschließen, hätte er dem Kopiloten vermutlich die Fresse poliert, obwohl der ja nun zugegebenermaßen nichts dafür konnte.

Eine Landung in Newark hätte für Fuller den Vorteil gehabt, über den Pulasky Skyway und den Holland Tunnel durch die relativ sicheren Viertel von Newark und Jersey City nach Manhattan zu gelangen. Beim Flughafen J. F. K. lag die Sache anders, denn er musste Jamaica und Queens durchqueren. Ob man wohl an ein gepanzertes Fahrzeug und eine Militäreskorte für ihn gedacht hatte?

Weder das eine noch das andere war der Fall. Fuller musste sich mit einem Taxi begnügen – einem ganz normalen Yellow Cab. Nun ja, einem fast normalen, denn der Taxifahrer hat seinen Wagen mit 20-Millimeter-Stahlplatten verstärkt und ihn mit schusssicheren Scheiben, einem Kuhfänger sowie einem auf dem Dach montierten Maschinengewehr versehen.

»Mit dem Ding fahr ich dich sogar in die Bronx, wenn es sein muss, Mann«, grinste der Taxichauffeur, ein großer, jovialer Schwarzer.

»Ich will aber bloß nach Manhattan«, murrte Fuller. Die Ausstattung konnte seine Sicherheitsbedenken nicht zerstreuen.

»Kein Problem. Allerdings müssen wir über die Queensboro Bridge fahren, weil der Midtown Tunnel unter Wasser steht. Schließlich ist mein Taxi kein Unterseeboot!« Er musste über seinen eigenen Scherz herzlich lachen.

»Ist mir völlig gleich. Hauptsache, wir kommen an.«

»Das werden wir schon. Vielleicht haben die Thrill Warriors aus der Bronx endlich aufgehört, sich mit den Sons of Sion auf der Queensboro herumzuprügeln. Und wenn nicht, ballern wir einfach in den Haufen rein.« Der Taxifahrer wollte sich fast ausschütteln vor Lachen.

Fuller stieg trotzdem ein.

Der große Schwarze hat in seiner Konsole Deep-Dub eingespeichert. *Babylon brennt / Das Ende ist nah / Wir sind dem Tod geweiht / Jah er-*

kennt die Seinen dröhnt es jetzt zu binären Infrabässen aus den Lautsprechern. Mit einem Affenzahn brettert er über den Van Wyck Express und den Queens Boulevard. Die Stollenreifen verhindern, dass das Taxi auf dem gefrorenen Asphalt ausbricht, obwohl der Fahrer ständig auf der Straße herumliegenden Trümmern, Wracks und unmittelbar vor dem Wagen auftauchenden, ausgemergelten oder aggressiven Gestalten ausweichen muss. Allerdings bietet die Stahlplattenpanzerung eine breite Angriffsfläche für den Wind und die prasselnden Hagelböen. Der Fahrer muss sich mehr als einmal an sein Lenkrad klammern, um nicht in die Botanik zu düsen. Besagte Botanik ist kaum erkennbar; dichtes Schneetreiben – kaum zu glauben, dass es in Eudora 25 Grad hatte! – und zugefrorene Scheiben hindern Fuller daran, die vielen Gefahren wahrzunehmen, die das Taxi mit seinem surrenden Turbo durchquert. Die Finsternis wird lediglich vom schwachen Schein glühender Kohlebecken, einzelner Taschenlampenstrahlen und der roten Glut brennender Häuser durchbrochen. Die Menschen auf den Straßen grölen herum, schwenken Gewehre oder tragen Diebesbeute heim. Man hört Schüsse und Salven aus Automatikwaffen, wütendes Gebrüll und Schmerzensschreie. Einige Male setzt der Schwarze sein Maschinengewehr ein, ohne dass Anthony in Erfahrung bringen kann, warum und gegen wen.

»Was ist denn da los? Ein Aufstand?«

»Nee, Mann, die Stadt hat den Strom abgeschaltet. Da fackeln die Kids natürlich nicht lange. Wie immer eben.« Der Taxifahrer schlägt sich auf die Schenkel, als wäre das alles eine Riesengaudi.

Zwei Mal muss das Taxi umkehren: einmal vor einer aus allem möglichen Zeug zusammengewürfelten Straßensperre und einmal vor einer hysterischen Menschenansammlung, die sichtlich auf Krawall gebürstet ist. Aber meistens fahren sie einfach mitten durch das Chaos, als wäre es eine Theaterkulisse. Fuller sieht Körper, aus denen Blut spritzt, blutbesudelte Gesichter, die gegen die Seitenfenster prallen, und hört Kugeln gegen die schusssicheren Scheiben donnern, wo sie ein Netz aus spinnenwebfeinen Rissen hinterlassen. Nur mit viel Mühe gelingt es ihm, seine Calmoxan bei sich zu behalten; er schließt aber vorsichtshalber die Augen und hält sich die Ohren zu. Immerhin übertönt der Deep-Dub, dessen wummernde Infrabässe Fuller bis tief in die Eingeweide spürt, die meisten Geräusche von außen.

Die Queensboro Bridge ist wieder passierbar und wird an beiden Enden von Panzerfahrzeugen überwacht. Die zunächst ziemlich scharfe Kontrolle durch die Militärs weicht angesichts von Fullers VIP-Papieren schnell einer eher flüchtigen Routineüberprüfung. Das Taxi fährt im Slalom über das Schlachtfeld, zwischen Trümmern und Leichen hindurch, die bereits von Kränen und Bulldozern entsorgt werden. Endlich erreichen sie an der Ecke Park Avenue die Plasmabarriere der Enklave, ein Gitter aus flirrendem blauem Licht, an deren Eingang ein Kontrollposten eingerichtet ist, der einem militärischen Hochsicherheitstrakt alle Ehre machten würde: Schilderhaus, Wachmannschaften, Wachtürme, Laserwaffen und Maschinengewehre.

»Ich lass dich hier aussteigen, Mann«, erklärt der Schwarze. »Ich hab keine Akkreditierung für Manhattan. Aber drinnen gibt's ja auch Taxis.«

Nachdem er hundert Dollar für die Wahnsinnsfahrt hat hinlegen dürfen, muss Anthony sich zu Fuß den Eingangskontrollen stellen, denen sein VIP-Pass nicht genügt. Er wird durchsucht, gescannt und befragt, seine Fingerabdrücke und Retinamuster werden abgenommen und eine DNA-Analyse gemacht. Die ärgerliche Prozedur dauert eine gute halbe Stunde, ehe man ihn mit einem simplen »Okay, Sie können durch«, aber ohne ein Wort der Entschuldigung eintreten lässt. *Verdammt noch mal*, tobt Fuller innerlich, *das geht allmählich wirklich ein bisschen zu weit. Immerhin gehöre ich zur Elite! Muss ich mich wirklich wie der letzte Abschaum behandeln lassen?*

Im Innern der ruhigen, sauberen und taghell beleuchteten Enklave versucht Anthony nun zum inzwischen fünften Mal, seinen Anwalt Samuel Grabber zu erreichen, bekommt aber immer wieder die gleiche Antwort: *Ihr Gesprächspartner ist zurzeit nicht erreichbar. Bitte hinterlassen Sie eine Nachricht nach dem Tonsignal*. Nachdem er nicht sofort ein Taxi findet, muss er einen guten Teil des Weges zu Fuß zurücklegen, um nicht am Boden anzufrieren, denn Plasmabarrieren sind leider nicht in der Lage, Schneestürme und Frost aus dem Innern von Enklaven zu verbannen. Irgendwann erwischt Fuller einen freien Taxomat, der ihn mehr rutschend als fahrend die letzten paar Hundert Meter über makellose Straßen transportiert, ihn mit künstlichem Veilchenparfüm und Aufzuggedudel malträtiert, ihm dreißig Dollar abknöpft und sich mit einer abgehackten Roboterstimme von ihm verabschiedet: »Ich wün-sche ei-nen an-ge-neh-men A-bend. Ta-xo-mat stets zu Diens-ten.«

Ende einer Dienstreise. Durchgefroren, bleich und mit klappernden Zähnen unterzieht sich Fuller einer letzten Kontrolle mit Scan und eingehender Durchsuchung vor dem monumentalen Eingang des New Trade, einem Turm aus High-Tech-Glas in Form eines Kreuzes, das man in den Zwanzigerjahren anstelle des abgehalfterten 9/11-Memorials errichtet hat. Das verwilderte Gelände war der damals gerade erst zum Status der Enklave erhobenen Insel Manhattan einfach nicht mehr würdig. In der 34. Etage des New Trade befindet sich der provisorische Sitz des Internationalen Handelsgerichtshofs, der nach der Überschwemmungskatastrophe in den Niederlanden von Den Haag nach New York umziehen musste. Und hier, vor dem koreanischen Richter Kim Il Jong Li, der selbstverständlich chinesische Interessen vertritt, muss Fuller seinen Standpunkt darlegen, der besagt, dass der unterirdische Wasserfund unterhalb des ehemaligen Bamsees rechtmäßig ihm zusteht. Sein Plädoyer wird lauten, dass Burkina Faso versuche, ihn um seine Rechte zu betrügen, und ihn dafür entschädigen müsse.

Zwanglos

Selbst innerhalb der amerikanischen Elite, die in den Enklaven lebt und zumindest noch vorgibt, die Geschicke der Welt zu lenken, macht sich allmählich der Anflug eines globalen Gewissens, eines nicht mehr nur auf sich selbst und das eigene Land ausgerichteten Denkens breit. Die Vereinigten Staaten, die sich immer für die von Gott auserwählte Nation hielten und sich weigerten, den neuen Zwängen der Menschheit Rechnung zu tragen, beginnen ganz allmählich, sich dem Rest der Welt zu öffnen, weil sie begreifen, dass der Rest der Welt der entscheidende Faktor für das eigene Überleben ist. Das neue, sich in zunehmendem Maß verbreitende Credo des Durchschnittsamerikaners lautet inzwischen nicht mehr »Die Welt hat Amerika zu dienen«, sondern »Amerika hat der Welt zu dienen«.

Eskil Erlander, *Das Ende des schwarzen Jahrhunderts, Anfänge eines globalen Gewissens* (2030)

»Sie kommen aber ganz schön spät!«

Fuller klappert trotz der angenehmen Wärme noch immer mit den Zähnen. Er packt Samuel Grabber am Arm, zieht ihn in die Eingangshalle zum Trinkwasserspender und wirft allen Beobachtern – insbesondere den anwesenden Journalisten – geradezu mörderische Blicke zu.

»Ach, wissen Sie, das Wetter«, weicht er aus. »Aber ich habe wer weiß wie oft versucht, Sie zu erreichen, Sam. Wo, zum Teufel, haben Sie gesteckt?«

Das Gesicht des Anwalts, eines stämmigen Schwarzen mit glänzendem Schädel, der in seiner hermelinverbrämten Robe wie ein Bonze aussieht, nimmt einen entrüsteten Ausdruck an. Seine Augen hinter den Varilux-Cyglasses treten aus ihren Höhlen.

»Wo ich gesteckt habe, Anthony? Was glauben Sie wohl? Natürlich an meinem Platz! Bei der Verhandlung! Und darf ich Sie vielleicht daran erinnern, dass Telefone bei Gericht verboten sind? Im Übrigen habe ich zwischendurch ebenfalls versucht, Sie zu erreichen.«

»Ich habe in diesem Scheißflugzeug festgesessen«, knurrt Fuller. Er wühlt in seiner Jackentasche, fördert ein Fläschchen Dexomyl zutage, nimmt zwei Pillen ein und spült sie mit einem Schluck Wasser aus dem Spender hinunter. »Bin ich viel zu spät?«

»Das kann man wohl sagen. Die Jury sitzt gerade in der Beratung. Sie haben alles verpasst, Anthony.«

»Scheiße! Und wie sieht es aus?«

Grabber schürzt die fleischigen Lippen.

»Ich will Ihnen nichts vormachen: Es steht nicht gerade rosig für uns. Der Richter macht keinen Hehl aus seiner Sympathie für Burkina. Er hat mein Plädoyer kaum beachtet.«

»Dieses Arschloch von einem beschissenen Richter!«, explodiert Fuller und zieht damit ein paar ziemlich irritierte Blicke auf sich. »Darf man in diesem Beruf überhaupt parteiisch sein? Können wir keinen Befangenheitsantrag stellen? Oder einen Formfehler finden? Gibt es keine Möglichkeit, diesen dämlichen Prozess irgendwie neu aufzurollen?«

Grabber verzieht das Gesicht.

»Das IHG ist, wie der Name schon sagt, ein internationales Gericht. Die Vereinigten Staaten haben nicht die geringste Möglichkeit, die Nominierung der turnusmäßig wechselnden Vorsitzenden zu beeinflussen. Leider ist es so, dass in diesem Jahr ein Koreaner den Vorsitz führt, was unseren Zielen nicht gerade zuträglich ist. Wäre die Klage zwei Monate früher verhandelt worden, hätte ein Ire den Vorsitz geführt – ein Mann, den ich persönlich ganz gut kenne. Aber in diesem Fall …«

»Und warum haben Sie dann so lange gewartet?«

»Sie wissen sehr genau, Anthony, dass ich nicht darüber entscheiden kann, wann die Verhandlung stattfindet. Sie übrigens ebenso wenig.«

Dexomyl ist zwar ein Mittel gegen Stress, doch Fuller fühlt sich alles andere als entspannt. Im Gegenteil. Er hat den Eindruck, dass das Medikament höchstens sein Hirn vernebelt und seine Wut in einer Art wattiger Verärgerung erstickt. Seine Ohren summen, sein Herzschlag stolpert, und sein Mund ist ausgetrocknet.

Er trinkt noch ein Glas Wasser, um wieder Haltung zu gewinnen, und fährt sich mit der Hand über das Gesicht. Es fühlt sich an, als streiche er mit einer Reibe über Pergament.

»Und was ist mit der Gegenseite? Wie lauten die Argumente der Verteidigung? Was hat der gegnerische Anwalt gesagt?«

»Auch wenn es fast unglaublich klingt – die Gegenseite hat keinen Anwalt. Der Premierminister von Burkina Faso ist anwesend und vertritt höchstpersönlich die Interessen seines Landes. Ich nehme an, er war früher selbst einmal Anwalt, denn er argumentiert geradezu genial. Außerdem wirkt er rundweg ehrlich. Sehen Sie, da drüben kommt er gerade.«

Grabber weist mit einer diskreten Kopfbewegung auf einen kleinen fetten Mann hin, dessen Haare mit viel Gel in künstlichen Wellen an den Kopf geklebt sind. Er trägt einen ebenso schlecht geschnittenen wie auffälligen Anzug – Anthrazit mit Silberstreifen – und eine grässlich unpassende rosa Krawatte. Wie ein Pfau spreizt er sich vor dem Mikrofon einer jungen Journalistin.

»Der da? Das ist der Premierminister von Burkina Faso? Er wirkt eher wie ein Clown.«

»Täuschen Sie sich nicht! Er sieht zwar aus wie ein Operetten-Don Juan, aber er scheint äußerst kompetent zu sein. Und er weiß ganz genau, was er will. Jedenfalls kam sein Plädoyer gut an.«

»Und wie hat er argumentiert?«

»Er sagt, das Wasservorkommen sei keine Neuentdeckung, weil an dieser Stelle schon immer ein See existiert hätte. Der See sei vor zehn Jahren infolge des Klimawandels ausgetrocknet, an dem vor allem die Industrie der Weißen – unter anderem natürlich auch die der Vereinigten Staaten – schuld sei. Leider verfüge Burkina nicht über die Möglichkeiten, einen eigenen Satelliten zur Sondierung von Ressourcen in die Umlaufbahn zu bringen, aber früher oder später hätten die Eingeborenen ohnehin damit angefangen, das Wasservorkommen zu erschließen. Dass es bisher noch nicht dazu gekommen sei, liege allein an der chronischen Armut seines völlig überschuldeten Landes, das finanziell allmählich ausblute. Auf einen Nenner gebracht: Die Schuld an der dramatischen Situation trügen letztendlich die Weißen, und eigentlich stünde nach Ansicht des Premierministers eher dem Land Burkina Faso eine Entschädigung zu als umgekehrt …«

»So ein Arschloch!«, zischt Fuller. »Ich hoffe, Sie haben ihm gehörig das Maul gestopft.«

»Nicht wirklich«, muss Grabber zugeben. »Ich habe mich in

meinem Plädoyer auf das internationale Recht und die Welthandelsgesetze berufen und argumentiert, dass die Entdeckung – oder Wiederentdeckung – des unterirdischen Wasservorkommens auf die betrügerische Nutzung einer privaten Satellitenaufnahme und vertraulicher Daten zurückzuführen ist, was der Richter mir zwar zugestanden hat, aber mit dem Hinweis auf den anhängigen Prozess zwischen GeoWatch und SOS-Europa nicht als Beweismittel zuließ. Vom juristischen Standpunkt aus gesehen waren meine Argumente zwar unwiderlegbar, wirkten aber angesichts der konkreten Katastrophe eines langsam verdurstenden Volkes wohl um einiges zu technisch und verkopft.«

»Sagen Sie mal, Grabber, auf wessen Seite stehen Sie eigentlich?« Anthony kann sich einen beißend ironischen Unterton nicht verkneifen. »Sie werden doch nicht etwa das Lager wechseln wie diese beiden Pfeifen von der CIA?«

»Welche Pfeifen von der CIA?«

»Das spielt jetzt keine Rolle. Ich habe Ihnen eine Frage gestellt, Sam.«

»Selbstverständlich stehe ich auf Ihrer Seite, Anthony. Schließlich bezahlen Sie mich dafür. Aber ganz objektiv gesehen ist es ungefähr so, als müsste ich einen Kriminellen verteidigen.«

Fullers Gesicht läuft dunkelrot an. In diesem Moment jedoch ertönt eine Klingel, und das Blinklicht über der Tür zum Gerichtssaal fordert die Prozessteilnehmer auf, an ihre Plätze zurückzukehren. Anthony hat keine Gelegenheit mehr, seinem Anwalt an die Gurgel zu gehen oder ihn zu verprügeln. Presse und Publikum strömen durch eine mit einem Scanner gesicherte und von zwei uniformierten Gorillas bewachte Tür in den Saal – als ob es nach so vielen Kontrollen überhaupt noch möglich wäre, irgendetwas Verbotenes bei sich zu tragen! Fuller schluckt seinen Zorn hinunter und folgt seinem Anwalt zur Klägerbank. Auch Issa Coulibaly nimmt auf seiner Seite Platz und schäkert dabei lächelnd und augenzwinkernd mit den anwesenden Damen. Als hätte er den Sieg schon sicher in der Tasche, stellt Fuller verbittert fest. Mit konzentrierter Miene betreten die Geschworenen den Gerichtssaal. Keiner wagt es, Anthony anzusehen, obwohl er, wie er verblüfft feststellt, zumindest zwei von ihnen kennt: den Vertriebsleiter von American Springwater, des Marktführers von in Flaschen abgefülltem Trinkwasser, und einen Berater von One World Consulting, einer von Fullers eigenen Firmen. *Na wenigstens zwei, die sicher auf meiner Seite sind*, denkt er zufrieden. Als der Richter, die beiden Beisitzer und die Gerichtsschreiberin den Raum betreten, stehen alle Anwesenden auf. Der pausbäckige Koreaner trägt einen Bürstenschnitt. Zwar mustert er Anthony mit seinen dunklen Schlitzaugen, doch sein Blick bleibt undurchdringlich, und sein Gesichtsausdruck verändert sich nicht.

Der Richter setzt sich, wendet sich den Geschworenen zu und wartet, bis das Publikum unter Geschiebe und Geraschel ebenfalls wieder Platz genommen hat.

»Ich übergebe dem Vorsitzenden der Jury das Wort. Wie lautet Ihr Urteil?«

Der Vertriebsleiter von American Springwater erhebt sich, wirft einen Blick in die Runde, wobei er sorgfältig vermeidet, Fuller anzusehen, und antwortet:

»Nach eingehender Beratung sind wir mit elf gegen eine Stimme zu dem Urteil gekommen, dass dem Staat Burkina Faso weder ein Treubruch noch der Tatbestand des Ressourcendiebstahls anzulasten sind. Wir beantragen daher Freispruch in allen Anklagepunkten.«

Im Saal brandet Applaus auf, dem sofort eine Welle von Buhrufen folgt. Energisch klopft der Richter mit seinem Hammer auf den Schreibtisch.

»Ruhe bitte! Aufgrund des Urteils der Jury und kraft des mir verliehenen Amtes erkläre ich hiermit den Freispruch der Beklagten, des Staates Burkina Faso, vertreten durch seinen Premierminister Issa Coulibaly, von allen Vorwürfen. Seitens der Klägerin, der Gesellschaft Resourcing Inc., hier vertreten durch ihren Anwalt Samuel Grabber und ihren Vorstandsvorsitzenden Anthony Fuller, besteht laut diesem Urteil keinerlei Rechtsanspruch auf das zur Debatte stehende unterirdische Wasservorkommen. Darüber hinaus hat die Gesellschaft Resourcing Inc. die Kosten des Verfahrens sowie die

Reise- und Aufenthaltskosten von Premierminister Coulibaly zu tragen. Die Sitzung ist geschlossen.«

Erneut wird applaudiert und gebuht. Plötzlich springt Fuller brüllend auf. Vergeblich versucht Grabber, ihn zurückzuhalten.

»Du dämliches Kanakenarschloch!«, kreischt er bleich vor Wut und mit Schaum vor dem Mund. »Das hier ist kein Urteil, das ist eine Farce! Gib zu, dass du von den Chinesen gekauft worden bist, damit die schneller an das Wasser rankommen! Du frisst den Gelben doch aus der Hand! Aber glaub mir, dir mach ich einen Strich durch die Rechnung!«

»Anthony, so beruhigen Sie sich doch!« Verzweifelt redet Grabber auf Fuller ein.

Im Saal wird es unruhig. Schockierte Ausrufe sind zu hören, doch auch Zustimmung wird laut. Kim Il Jong Li kreuzt die Finger unter seinem Doppelkinn und wartet geduldig auf das Ende des Durcheinanders. Schließlich wendet er sich an die Gerichtsschreiberin.

»Nehmen Sie bitte Folgendes zu Protokoll: Mr. Anthony Fuller beleidigt das in Ausübung seines Amtes befindliche Gericht mit rassistischen Äußerungen. Die dafür vorgesehene Geldstrafe wird der außergewöhnlichen Schwere des Straftatbestands angepasst.«

Fuller stößt nur noch zusammenhanglose Laute aus. Er ist kurz davor zu explodieren. Entschlossen packt Grabber ihn an den Schultern und bugsiert ihn zum Ausgang. Einige Reporter von CNN, die sich in der Eingangshalle sofort mit laufenden Kameras auf sie stürzen, schiebt Grabber wortlos beiseite. Er führt Fuller in ein der Anwaltschaft vorbehaltenes, glücklicherweise leeres Zimmer, zwingt ihn in einen Sessel und nötigt ihn, ein Glas Wasser zu trinken. Als er sieht, dass ein wenig Farbe in Fullers Gesicht zurückkehrt und sich seine Atmung wieder einigermaßen normalisiert, macht auch er seiner Wut Luft.

»Sind Sie verrückt geworden, Anthony? Was hat Sie denn geritten? Die Medien haben jedes Wort mitbekommen! Und dabei wollte ich die öffentliche Meinung zu Ihren Gunsten umstimmen, um noch einmal in Berufung zu gehen. Aber das können wir uns jetzt getrost abschminken. Sie sind geliefert! Und zählen Sie nicht darauf, dass ich Sie bei dieser Sache mit der Gerichtsbeleidigung auch noch heraushaue! Eine flagrante Ordnungswidrigkeit – das wird Sie teuer zu stehen kommen!«

»Ich zähle ohnehin nicht mehr auf Sie, Sam. Scheren Sie sich zum Teufel!«

»Mit Sicherheit nicht. In dem Zustand lasse ich Sie keinesfalls allein.«

»*Verschwinden Sie!*«

»Scheiße, schließlich bin ich nicht Ihr Kindermädchen.«

Grabber springt auf, verlässt das Zimmer und knallt die Tür hinter sich zu. Sofort wird er von Journalisten belagert.

Fuller stößt einen Seufzer aus. Er trinkt noch ein Glas Wasser, reibt sich das Gesicht mit Händen, die so rau sind wie Sackleinen, seufzt noch einmal, kramt sein Telefon aus der Tasche und tippt eine Nummer ein.

»Ist da die NSA? Ich möchte mit Mr. Cromwell sprechen ... Hier ist Anthony Fuller ... Ja, sicher kennt er mich! ... Okay, ich warte ... Cromwell? Hier ist Fuller. Sind Sie in unserer Angelegenheit weitergekommen? ... Wen haben Sie geschickt? ... Okay, ich will es gar nicht wissen. Ist schließlich Ihre Sache. Aber sie sind jetzt dort? ... Na prima. Sehr gut. Ich wollte mit Ihnen noch über etwas anderes sprechen. Ich komme gerade vom Gericht ... Ja klar, mit meinem Anwalt. Wir haben die Angelegenheit mit dem Wasserfund vor das IHG gebracht ... Nein, wir haben verloren, aber darauf war ich gefasst. Was ich sagen wollte: Der Premierminister von Burkina hat sein Land vor Gericht selbst vertreten. Er heißt Issa Coulibaly. Ein ganz schön gerissener Kerl, wenn man meinem Anwalt glauben darf. Er könnte uns in unserer Angelegenheit eine Menge Steine in den Weg legen. Nachdem er ziemlich bald nach Afrika zurückfliegen wird, habe ich mir gedacht, dass ... Ganz genau! Ich sehe, wir verstehen uns, Cromwell ... Nein, ein Foto habe ich nicht. Brauchen Sie eins? ... Verstehe. Aber auf der Homepage der Regierung sollte eins zu finden sein. Und wenn nicht, schauen Sie in die Zeitung. Genügend Journalisten waren schließlich dort. Ich brauche Ihnen sicher nicht zu sagen, wie Sie vorzugehen haben; ich weiß, dass Sie

Ihr Handwerk beherrschen … Gute Idee! Genau! Ein Unfall … Okay, vielen Dank. Erinnern Sie mich bei Gelegenheit daran, Sie zum Essen einzuladen.«

Frohe Botschaft

We are volunteers for America
Volunteers to chuck out all niggas
Volunteers to kill all our enemies
For the love of our mother country

The Soldiers of God, *Volunteers for America*
(© 2029 Holy Land Records, a D.L. label)

Der erste Auftrag, den die Göttliche Legion Pamela – oder besser: Schwester Salome – anvertraut, ist nicht besonders schwierig. Sie soll ihren Nachbarn und Freunden in der Enklave Eudora die Frohe Botschaft verkünden. Zu diesem Zweck hat man ihr einen Packen kostenloser Prospekte sowie einige kostenpflichtige Bücher und DVDs in die Hand gedrückt – *Gott spricht zu mir* und *Die Errettung Amerikas durch Jesus* von Moses Callaghan, *Volunteers for America* von den Soldiers of God, *Das große Jubiläum*, eine Aufzeichnung des jährlich stattfindenden Gründungsfestes der Legion, sowie *Zeichen und Wunder*, eine Videoaufzeichnung mehrerer von Callaghan bewirkter Wunder sowie »vertrauenswürdiger« Augenzeugenberichte von Erscheinungen bei Angehörigen der Sekte. Der Verkaufserlös, so hat ihr Robert Nelson oder Bruder Ezechiel erklärt, gehe in vollem Umfang an die Göttliche Legion, die das Geld dazu verwende, Kirchen und Schulen zu bauen, Krankenhäuser zu unterstützen und Bedürftigen zu helfen.

»Was soll ich tun, falls jemand Mitglied werden will?«, hat Pamela ihn gefragt.

»Dann schreiben Sie sich Namen und Adresse auf, damit wir sie überprüfen können. Ihr Glaube muss rein und ehrlich und ihr Lebenslauf absolut einwandfrei sein. Auf keinen Fall dürfen wir unseren heiligen Auftrag dadurch schänden, dass wir schwarze Schafe und Ausgeburten der Hölle in unsere Reihen aufnehmen.« Nelson machte an dieser Stelle eine andächtige Pause, als lausche er einer Stimme in seinem Innern, ehe er fortfuhr: »Und wo wir gerade von Ausgeburten der Hölle sprechen – falls Sie bei Ihren Besuchen Individuen antreffen, die besonders ausschweifend leben, sich mit Angehörigen minderwertiger Rassen paaren oder sich in anderer Weise widernatürlich verhalten, kurz, die den Versuchungen des Dämons erlegen sind, so sollten Sie ebenfalls Namen und Adresse notieren. Die Göttliche Legion wird sich dann bemühen, sie auf den Weg der Tugend zurückzuführen.«

»Wie wollen Sie das anstellen?«

»Um das zu erfahren, liebste Salome, gehören Sie unserer Organisation noch nicht lang genug an«, lautete Nelsons mit einem angedeuteten Lächeln geäußerte Antwort.

Und so macht sich Pamela mit einer großen, neutralen Umhängetasche auf den Weg durch ihr Viertel. Sie wandert über makellos saubere Gehsteige, transgene, ungesund grüne Rasenflächen und absolut unkrautfreie Kiesauffahrten. In ihrer unmittelbaren Nachbarschaft kennt man sie oder weiß zumindest, dass sie in der Enklave lebt, und empfängt sie daher einigermaßen zuvorkommend. Meist sind es Frauen, deren Ehemänner sich bei der Arbeit oder auf Geschäftsreisen befinden. Sie bieten Pamela Tee oder Kaffee an, lauschen geduldig ihrem Sprüchlein, werfen einen Blick auf den Prospekt, den sie später aufmerksam zu lesen versprechen, lehnen Bücher und DVDs höflich ab oder kaufen etwas »als kleine Spende«. Einige der Damen geben sich überrascht oder missbilligen sogar, dass Pamela der Sekte beigetreten ist, andere wiederum sind der Meinung, dass sie das Richtige getan habe, und machen ihr sogar Mut: »Jetzt bekommt Ihr Leben endlich einen Sinn«, »Besser, Sie tun so etwas als gar nichts«, oder auch: »Sie haben absolut recht: Die wahren Werte werden heutzutage nur noch mit den Füßen getreten.« Eine Nachbarin – die bigotte Rachel, die ständig in der Kirche hockt – scheint ganz besonders interessiert zu sein.

»Wie sind Sie Mitglied geworden? Kann ich der Organisation ebenfalls beitreten? Was muss ich dafür tun?«

»Ich werde mir Ihre Adresse notieren, dann wird sich jemand von der Göttlichen Legion mit Ihnen in Verbindung setzen. Wenn Sie sich zwischenzeitlich näher informieren möchten, kann ich Ihnen das Buch *Gott spricht zu mir* und die DVD *Zeichen und Wunder* empfehlen, die ausgesprochen aufschlussreich sind. Und Ihren Kindern könnten Sie *Volunteers for America* schenken. Vielleicht hilft die Musik dem Nachwuchs dabei, sich dem satanistischen Harsh zu entfremden.«

Im Gegensatz dazu zeigt sich Mrs. Fonda – Pamela hat ihren Namen auf dem Briefkasten gelesen – mehr als ablehnend. Obendrein riecht es in ihrem Wohnzimmer nach Zigarettenrauch, und Pamela hat sogar eine Kippe in einem Aschenbecher gesehen!

»Die Göttliche Legion? Haben Sie sich etwa dieser Bande von Verrückten angeschlossen? Guter Gott, das ist doch wohl nicht möglich!«

»Wir sind absolut nicht verrückt. Unsere Mitglieder sind gute Menschen, die gegen das Unglück in der Welt ankämpfen und sich bemühen, verirrte Seelen auf den Pfad der Tugend und zu den schon von der Heiligen Schrift vorgegebenen moralischen Werten zurückzuführen. Sie haben doch wohl nichts gegen die Heilige Schrift?«

»Sie glauben doch nicht wirklich an diesen Firlefanz? Hat man Sie einer Gehirnwäsche unterzogen oder was? Wachen Sie endlich auf, meine Liebe! Die Göttliche Legion begeht Attentate! Und Pogrome! Sie ermordet Schwarze und Asiaten wie früher der Ku-Klux-Klan.«

»Aber das stimmt doch gar nicht!« Pamela zitiert so überzeugend wie möglich die auswendig gelernte Antwort aus dem Handbuch, das Nelson ihr überlassen hat. »Es gibt nicht den geringsten Beweis dafür, dass die Göttliche Legion je ein Attentat verübt hätte. Bei diesen Vorwürfen handelt es sich lediglich um Verunglimpfungen und Fehlinformationen, die Gegner des wahren Glaubens erfunden haben, um uns zu schaden. Der uns feindlich gesonnene internationale Dschihad …«

In diesem Augenblick taucht an der Wohnzimmertür ein hochgewachsener, muskulöser Schwarzer auf. Er trägt lediglich knappe Shorts – ein Aufzug, der ganz offenkundig zu dem unkeuschen Seidenneglige passt, in dem Mrs. Fonda sich präsentiert.

»Was ist los, Liebling? Ich habe gehört, dass es hier ein wenig laut wurde ...«

»Ist das etwa ... Ihr Ehemann?«, stammelt Pamela.

Bruder Ezechiel hat ihr erklärt, dass auch die Seelen der Schwarzen gerettet werden können, wenngleich sie einer minderwertigen Rasse angehören. Wichtig sei, so sagte er, dass sie sich gottesfürchtig und voll Liebe zu unserem Herrn zeigten und so lebten wie die anderen Auserwählten Gottes – das heißt einem ehrlichen und ehrenwerten Beruf nachgingen. Man müsse, so hat Ezechiel gewarnt, den in den Enklaven lebenden Schwarzen gegenüber sehr vorsichtig sein, denn sie befänden sich häufig nicht nur in einer gehobenen gesellschaftlichen Position, sondern übten nicht selten sogar eine gewisse Macht aus, was auf ein Jahrhundert von Prinzipienlosigkeit und zügelloser Promiskuität zurückzuführen sei. »Natürlich erkennt Gott die Seinen, Salome. Aber hier auf Erden sind Sie die Hand und das Wort Gottes, und Sie werden unterscheiden müssen ...«

»Sie stellen ausgesprochen indiskrete Fragen«, gibt Mrs. Fonda kühl zurück. »Ich denke, unsere Unterredung ist beendet. Wenn Sie so freundlich wären, Ihre geschmacklose Propaganda wieder einzupacken – der Ausgang ist dort drüben.«

Mit hochrotem Kopf rafft Pamela ihre Broschüren zusammen und verschwindet. Draußen vor der Tür notiert sie sorgfältig die Adresse. Schließlich ist es offensichtlich, dass diese Frau mit einem Angehörigen einer minderwertigen Rasse Unzucht treibt. Außerdem raucht sie, und vermutlich ist sie auch dem Alkohol nicht abhold. In diesem Haus hat sich Satan eingenistet!

Außerhalb ihres eigenen Viertels hat Pamela größere Schwierigkeiten. Niemand kennt sie, man hat sie noch nie gesehen und befürchtet, sie könne eine wie auch immer eingeschmuggelte Outerin sein, die versucht, ihren Ramsch an den Mann zu bringen. Pamela wird von Dienstboten abgewiesen, verängstigte Frauen, die allein zu

Hause sind, öffnen ihr gar nicht erst die Tür, und zähnefletschende Hunde bellen sie an. Dank ihres Lächelns und ihrer eleganten Kleidung gelingt es ihr trotzdem, sich in das eine oder andere Haus einzuschmeicheln, ihre Prospekte in diverse Briefkästen zu werfen, einige Bücher und DVDs zu verkaufen und sogar offene, wenn nicht gar interessierte Ohren zu finden. Nach drei Stunden Klinkenputzen ist Pamela fix und fertig. Ihre Füße schmerzen bei jedem Schritt, und sie hat das Gefühl, genug getan zu haben. Immerhin hat sie 300 Dollar eingenommen, die Adressen von fünf Interessenten notiert und zwei »Schlupfwinkel Satans« entdeckt: den einen bei Mrs. Fonda, den anderen in einem von jungen, mit ziemlicher Sicherheit unter Drogen stehenden Leuten bewohnten Haus, die ihre Harsh-Musik bis zum Anschlag aufgedreht hatten – so laut, dass sie nicht einmal Pamelas Klingeln hörten. *Noch ein Besuch, dann gehe ich heim*, beschließt sie. Wie wäre es zum Beispiel mit dieser herrlichen, stilvollen, von einem gepflegten Park mit majestätischen Bäumen umgebenen Villa? Hier wohnen sicher reiche, untadelige Bürger – genau die Art Leute, die von der Göttlichen Legion besonders gern als Mitglieder aufgenommen wurden.

Pamela klingelt am Eingangstor. Eine Kamera richtet sich auf sie, dann kommt eine männliche Stimme aus den in die Torpfeiler eingelassenen Lautsprechern.

»Sie wünschen?«

»Guten Tag. Mein Name ist Pamela Hutchinson. Ich wohne in Eudora und möchte Ihnen gern einige kulturelle Angebote unterbreiten. Dürfte ich Ihnen zeigen, was ich mitgebracht habe?«

»Ich kaufe nichts.«

»Anschauen verpflichtet Sie zu nichts, Sir.«

Mit einem leisen Klicken öffnet sich das Tor und gleitet auf gut geölten Schienen zur Seite. Pamela geht eine mit rosa Anti-Rutsch-Steinen gepflasterte Allee entlang, überquert eine große, geflieste Veranda und will gerade ein zweites Mal an der geschnitzten Eichentür klingeln, als sich diese wie von Zauberhand öffnet. Sie betritt ein mit rotem Samt ausgeschlagenes Vestibül, an dessen Wänden Bilder von nackten Körpern hängen. Nackte, wohin sie schaut, und zwar in allen nur möglichen lasziven Stellungen! Pamela reißt erschrocken die Augen auf. Herr im Himmel, wo ist sie da nur hingeraten?

»Bitte hier entlang, gnädige Frau«, lässt sich die warme, kehlige Stimme des Mannes vernehmen. Durch eine Flügeltür mit geschliffenen Glasfenstern betritt Pamela ein sehr großes, mit viel Stil möbliertes Zimmer: schöne, alte Bücherregale, ein Teppich aus reiner Wolle, Ledersofas und tiefe, bequeme Sessel. Auch hier hängen Bilder, die allerdings noch sehr viel gewagter sind als die im Vestibül. Nein, nicht nur gewagter: Sie sind geradezu obszön. In einer beleuchteten Vitrine entdeckt Pamela eine Sammlung eindeutig als Sexspielzeug erkennbarer Objekte. Wie vor den Kopf geschlagen bleibt sie stehen. Der Mann erhebt sich aus einem hochlehnigen Sessel und kommt lässig auf sie zu. Er ist etwa fünfzig und trägt einen sehr eleganten, mit chinesischen Schriftzeichen bestickten Morgenmantel aus schwarzer Seide. Zwischen seinen Fingern hält er eine lange Zigarettenspitze, in der ein dünner Zigarillo steckt – Dinge, die in der gesamten Enklave strengstens verboten sind.

»Nun, meine Dame, dann zeigen Sie mir doch bitte, was Sie an kulturellen Angeboten mitgebracht haben.«

»Äh … ich weiß nicht …«

Beunruhigt weicht Pamela einen Schritt zurück. Der Mann durchquert einen Lichtfleck, der durch eines der hohen Fenster ins Zimmer fällt. Pamela schlägt erschrocken eine Hand vor den Mund und erstickt einen kleinen Aufschrei. Sie kennt diesen Mann. An jenem schrecklichen Gewitternachmittag hat sie ihn in ihren Visionen gesehen. Ja, genau dieser Mann hat zusammen mit Anthony und einigen anderen Consuela die grässlichsten Dinge angetan! Und das alles hat sich hier in diesem Sündentempel abgespielt!

»Aber Sie brauchen sich doch nicht zu fürchten, meine Liebe!«

Er streckt ihr eine sorgfältig manikürte Hand mit lackierten Fingernägeln und einem goldenen Siegelring am Mittelfinger entgegen. Pamela bemüht sich nicht mehr, ihren Schrei zu ersticken. Blindlings dreht sie sich auf dem Absatz um, rennt hinaus ins Vestibül – und knallt gegen die fest verschlossene Tür. Der Mann tritt mit tröstend ausgebreiteten Armen auf sie zu.

»Wovor haben Sie denn solche Angst, meine Beste? Ich tue Ihnen doch gar nichts!«

»Lassen Sie mich gehen! Sie Monster! Sie Ausgeburt der Hölle!«

»Immer mit der Ruhe, Pamela, immer mit der Ruhe …«

Er kommt ihr so nah, dass er sie fast berührt. Mit voller Wucht schleudert sie ihm ihre Büchertasche ins Gesicht. Überrascht geht er zu Boden. Dabei entgleitet ihm eine kleine Fernbedienung. *Die Tür!*, denkt Pamela, reißt das Gerät an sich und drückt aufs Geratewohl irgendwelche Knöpfe. Und sie hat Glück. Mit leisem Klicken öffnet sich der schwere Eichentürflügel. Pamela hastet just in dem Moment hinaus, als der Mann sich mit blutender Nase aufrichtet.

»Warten Sie, Pamela! So warten Sie doch!«

Er läuft schneller als sie. Er wird sie einholen, ehe sie das Tor erreicht … *Hilf mir, Herr! Schenk mir Flügel!*

Und Gott erhört sie. Zwar schenkt er ihr keine Flügel, doch er lässt jemandem am Tor auftauchen, der ihrem Verfolger zuruft:

»Lassen Sie sie zufrieden, Hartmann. Sie gehört zu uns.«

Außer Atem und mit zitternden Knien erreicht Pamela das Tor. Vor ihr steht Bruder Ezechiel! Keuchend dreht sie sich um. Hartmann hat die Verfolgung aufgegeben und geht auf seine Haustür zu. Sein mit chinesischen Schriftzeichen bestickter, schwarzer Morgenmantel verschwindet im Halbschatten der Veranda.

Pamela stellt fest, dass sie immer noch die Fernbedienung in der Hand hat, und sucht nach dem richtigen Knopf für das Tor.

»Geben Sie mal her«, fordert Nelson sie auf und steckt die Hand durch das Gitter.

Pamela reicht ihm das Gerät, er drückt den entsprechenden Knopf, und das Tor gleitet geräuschlos zur Seite. Nelson wirft die Fernbedienung auf den Rasen, greift nach Pamelas Arm und zieht sie hinaus auf die Straße. Die Bäume rechts und links sind grau, die Grasflächen haben kahle Stellen, und hier und da hat sich Moderkraut ausgebreitet. Nur langsam kommt Pamela wieder zu Atem. Erst nach geraumer Zeit gelingt es ihr, die Frage zu stellen, die ihr als Erstes in den Sinn kam:

»Woher wussten Sie, dass ich dort war?«

»Tja … es klingt vielleicht merkwürdig – aber Ihr Sohn hat es mir gesagt.«

»Mein Sohn? Tony Junior? Aber der kann doch nicht sprechen!«

»Also, das war so …«

Ein wenig verlegen erzählt der junge Anwalt, dass er Pamela besuchen wollte, um das Ergebnis ihres ersten Auftrags mit ihr durchzugehen. Zwar traf er sie nicht zu Hause an, da jedoch die Tür nur angelehnt war, erlaubte er sich einzutreten, um drinnen auf sie zu warten.

»Was soll das heißen – die Tür war nur angelehnt? Sie schließt doch automatisch!«

»Warten Sie, es wird noch seltsamer!«

Im Wohnzimmer fand er Junior vor, der in seinem Rollstuhl vor dem Fernseher saß. Da er nicht wusste, dass der Junge stumm ist, ging er auf ihn zu, stellte sich vor und wollte ein wenig mit ihm plaudern. Das greisenhafte Äußere des Jungen erschreckte ihn. In diesem Augenblick »fesselte« Junior ihn mit seinem Eulenblick. Nelson hatte den Eindruck, hypnotisiert zu werden. Er konnte weder sprechen noch sich bewegen. Und dann »sprach« Junior in seinem Kopf zu ihm, und zwar nicht mit Worten, sondern mit Bildern. Er zeigte ihm das Haus von Hartmann und Pamela, die vor seinen Zudringlichkeiten zu flüchten versuchte. Plötzlich konnte Nelson sich wieder bewegen. Er verlor keine Sekunde und rannte in Windeseile zu Hartmann, wo er Gott sei Dank gerade noch rechtzeitig ankam!

»Das ist ja … das ist kaum zu glauben!«

Mit einem Mal sieht sie ihre vermeintliche Besessenheit, die sie bisher für ein Werk des Teufels gehalten hat, in einem ganz anderen, allerdings nicht weniger beunruhigenden Licht.

»Mehr als das«, pflichtet Bruder Ezechiel ihr bei, »es ist ein Wunder! Ihr Sohn ist im Zustand der göttlichen Gnade. Gott selbst spricht aus ihm!«

»Sind Sie sicher?«

»Ganz und gar!« Verzückt greift Nelson nach Pamelas Händen. »Oh, Salome, mit Ihnen und Ihrem Sohn werden wir große Dinge vollbringen. Wenn Sie uns nur Ihre Tür öffnen würden! Wir müssen unbedingt den Reverend informieren, denn mit solchen Dingen ist guter Profit zu machen – geistlichen Profit meine ich natürlich.«

»Ich glaube nicht, dass mein Mann damit einverstanden wäre.«

»Stimmt, Ihr Mann!« Nelson runzelt die Stirn. »Er ist uns wirklich hinderlich.«

Schweigend grübelt er einen Moment, was Pamela ausnützt, um eine zweite Frage zu stellen, die sie seit dem Vorfall beschäftigt:

»Wieso kennen Sie diesen Menschen eigentlich, diesen lasterhaften Lustmolch namens Hartmann?«

Nelson presst die Lippen zusammen. Ihm wird klar, dass er einen groben Schnitzer begangen hat. Wie soll er Pamela erklären, dass Hartmann einer der wichtigsten Geldgeber der Sekte ist? Seine Orgien bringen eine Menge Bares ein!

»Er ist … äh … die Göttliche Legion hat ihn seit einiger Zeit im Visier. Aber lenken Sie jetzt bitte nicht ab. Wir sprachen von Ihrem Sohn, dem Gesandten Gottes, dem neuen Messias!«

Briefing

Sieg auf der ganzen Linie!
Burkina Faso hat den Prozess gewonnen!
Premierminister Issa Coulibaly, der am Mittwoch in der Hauptstadt zurückerwartet wird, bestätigte gestern telefonisch, dass der Resourcing *ww* jeglicher Anspruch auf das unterirdische Wasservorkommen unter dem Bamsee vom Internationalen Handelsgerichtshof aberkannt worden sei und seiner Erschließung damit nichts mehr im Weg stehe.

→ Artikel weiterlesen
→ Interview mit dem Premierminister anhören
→ Erste Reaktionen
→ Detaillierter Prozessbericht (wird in den nächsten Tagen online gestellt)

<independant.com>
Die ganze Wahrheit und nichts als die Wahrheit.

Der Botschafter der Vereinigten Staaten, Gary Jackson, weiß nicht mehr, was er noch anstellen soll, um weniger unter der Hitze zu leiden. Noch nie im Leben hat er eine derart mörderische Hitze erlebt, auch nicht im heißesten Hochsommer von Burkina Faso, wenn der Himmel in der Glut zu schmelzen scheint und die Sonne einer Thermonuklearbombe in Zeitlupe gleicht. Aber es ist November, verdammte Kacke! Seit gestern ist die Luft voller Sand. Er ist braun und rau, knirscht und erschwert das Atmen. Über den gelblichen Himmel fegen braune Rauchfahnen, als wäre im Norden ein riesiger Hochofen explodiert, dessen glühende Asche über der Stadt niederginge. Die Eingeborenen nennen das Phänomen Harmattan, Jackson selbst würde es eher Armageddon nennen. Oder Glutofen! Welch schreckliche Sünde mag er begangen haben, um eine derartige Höllenstrafe zu verdienen? In seinem betäubten, geschmolzenen, kochenden Hirn hat nur noch ein Gedanke Platz: Er will nach Hause! Oder sich wenigstens nach Schweden versetzen lassen! Die Klimaanlage hat den Geist aufgegeben, und es ist niemand da, der sie reparieren könnte. Jackson sitzt vor einem armseligen Ventilator, der lediglich heiße Luft herumquirlt. Er schwitzt in Strömen, bekommt kaum noch Luft, und sein Herz pumpt mühsam zähflüssiges Blut. Am liebsten würde er noch einmal duschen, doch er hat bereits am Morgen seine täglich gestattete Wasserration verbraucht; jetzt kommt aus den Wasserhähnen nur noch Staub.

Plötzlich wird er unsanft aus seinem apathischen Dämmerzustand gerissen. Vier hochgewachsene Schwarze in dunklen Anzügen und Krawatte treten ein, die sich so ähnlich sehen, dass man sie für Klone halten könnte. Hastig nimmt Jackson die nackten Füße vom Schreibtisch, vergisst allerdings, dass sein Hemd noch immer über seinem triefenden Schmerbauch klafft und dass die Knopfleiste seiner Shorts offen steht. Entgeistert mustert er seine Besucher. Nur langsam kommen seine Neuronen wieder auf Betriebstemperatur und formen versuchsweise einen neuen Gedanken: Die Herren sind Regierungsbeamte, die ihn verhaften wollen, weil er … tja, warum?

»Sind Sie Gary Jackson?«

»Äh … ja … Mit wem habe ich die Ehre?«

»NSA.«

»Wie bitte?«

Jackson schaut so dämlich aus der Wäsche, dass die drei Herren stirnrunzelnde Blicke tauschen. Endlich erbarmt sich einer von ihnen.

»Ich nehme doch an, dass Sie auf dem Laufenden sind?«

»NSA. Resourcing. Grundwasserfund«, souffliert sein Nachbar.

»Ach so! Ja klar doch. Logisch! Herzlich willkommen, Leute. Möchtet ihr etwas trinken? Ich habe irgendwo noch einen Rest Whisky rumstehen …«

»Kein Alkohol im Dienst.«

»Aha. Na gut. Kühle Getränke kann ich euch leider nicht anbieten, mein Kühlschrank ist explodiert.«

»Uninteressant. Wir sind hier schließlich nicht bei einem Botschaftsempfang, sondern haben zu tun. Nummer zwei, Telefon. Nummer drei, Konsole. Nummer vier, auf dem schnellsten Weg nach Kongoussi. Ich kümmere mich um die großen Tiere hier in der Hauptstadt. Aus dem Weg, Jackson, wir brauchen Ihren Schreibtisch.«

Tatkräftig und emsig wuseln die Agenten um den Botschafter, den sie wie einen Tattergreis in einen Lehnstuhl verbannen und in einer Ecke deponieren. Der Erste verbindet die Telefonleitung mit einem Störsender, der Zweite versieht den Computer mit einer effektiveren Kühlung, schaltet ihn ein und geht sofort online, der Dritte schnappt sich Jacksons Autoschlüssel vom Schreibtisch und verschwindet, und der Vierte wühlt so lange in allen Schubladen herum, bis er Jacksons Terminkalender findet, in den er sich andächtig versenkt.

»Tut euch keinen Zwang an, Leute! Fühlt euch ganz wie zu Hause«, grummelt Jackson sarkastisch und unternimmt derweil lobenswerte Bemühungen, seinen Aufzug ein wenig salonfähiger zu richten. »Darf ich vielleicht erfahren, wonach ihr sucht?«

»Nach mehreren Dingen«, antwortet der Mann, der den Terminkalender studiert. »Erstens nach den Flugplänen des hiesigen Flughafens: Abflug- und Ankunftszeiten, Ziel- und Herkunftsorte. Zweitens nach dem Fortschritt der Bohrarbeiten am Wasserfundort: Welches Material und Personal steht zur Verfügung, Anzahl der Techniker und Betreuer. Drittens nach Einzelheiten über die Mitglieder der Regierung: Privatleben, Religionsgemeinschaft, politische Überzeugungen, Grad der Treue und Vertrauenswürdigkeit, Kontaktleute und eventuelle Korrumpierbarkeit. Viertens nach dem Zustand der Armee: Anzahl, Bewaffnung, Stationierung, Logistik. Verfügen Sie über diese Informationen, Jackson?«

»Also ... äh ... nicht in vollem Umfang. Aber nachdem ich schon ein paar Jährchen hier vor mich hin schmore, kann ich Ihnen trotzdem ein paar wichtige Dinge verraten.«

»Dann raus damit. Wir haben nicht viel Zeit.«

»Immer mit der Ruhe, mein Lieber. Mit eurer Hektik bringt ihr mich ja völlig aus der Fasson! Ist euch denn gar nicht heiß? Woraus besteht ihr? Hyperkarbon vielleicht?«

Nummer 1 packt den Botschafter am durchgeschwitzten Hemdkragen.

»Hören Sie, Jackson, falls Ihnen die Zeit in diesem Loch das Gehirn aufgeweicht hat, dann sollten Sie zusehen, dass Sie so schnell wie möglich wieder in die Gänge kommen. Wir haben hier einen Job zu erledigen, für den nur ein begrenztes Budget zur Verfügung steht. Überstunden für Small Talk sind da nicht drin, kapiert? Also entweder spucken Sie jetzt aus, was Sie wissen, oder Sie machen sich vom Acker und setzen keinen Fuß mehr in dieses Büro, bis wir fertig sind. Okay?«

Jackson hat einen lichten Moment. Ihm wird klar, dass er jetzt seinen ganzen Grips zusammennehmen muss, damit die Angelegenheit nicht an ihm vorbeirauscht, ohne dass er Profit herausschlagen kann. Schlimmer noch – dass er riskiert, in ein noch grässlicheres Kaff versetzt zu werden, in Uganda vielleicht oder in Sierra Leone. Er nickt.

»Okay, Chef, mal sehen, was ich für euch tun kann. Die Frage nach den Flugbewegungen ist einfach, denn es gibt nur ein einziges Flugzeug. Man nennt es den Geier, und es fliegt einmal wöchentlich die Verbindung Abidjan – Ouagadougou, wenn alles gut geht. Das heißt, wenn der Flieger funktioniert, wenn es keinen Aufstand oder Staatsstreich an der Elfenbeinküste gibt und wenn über der Landebahn von Ouaga kein Sandsturm tobt. Wie lauteten noch die anderen Fragen?«

»Bohrung. Regierung. Armee.«

»Was die Erschließungsbohrung angeht, so ist die Antwort ebenfalls leicht, denn es gibt noch keine. Zurzeit wartet man auf einen Konvoi, der die nötige Ausrüstung bringen soll, der sich aber meiner Ansicht nach längst irgendwo in der Wüste verfranst hat. Aber okay, er könnte immer noch eintreffen. Inzwischen hütet eine Abteilung verhungerter Knaben mit umgebauten Uzis das Gelände, um zu verhindern, dass der Boden von ganzen Horden durstiger Hungerleider in eine Art Schweizer Käse verwandelt wird. Zur Regierung ist zu sagen, dass sie wie ein Mann hinter der Präsidentin steht. Man sieht sie als Mutter der Nation an und verehrt sie beinahe wie einen Guru. Die einzige Schwachstelle – er ist zwar nicht korrumpierbar, denn Korruption gibt es in diesem Land nicht mehr –, aber das schwächste Glied in der Kette dürfte der Finanzminister Adama Palenfo sein, der unbedingt die Staatsschulden auf Heller und Pfennig zurückzahlen will, während Präsidentin Konaté lieber investieren würde. Allerdings habe ich erfahren, dass er mit Aids infiziert ist – er macht es also nicht mehr lang. Dann ist da noch Premierminister Issa Coulibaly, der zwar ein glühender Anhänger der Präsidentin ist, aber eine extreme Schwäche für schöne Frauen hat. Ein unverbesserlicher Anmacher …«

»Um den kümmern wir uns schon. Sonst noch jemand?«

Jackson schüttelt den Kopf.

»Ich wüsste nicht … Unter Umständen General Victor Kawongolo, der Verteidigungsminister. Er murrt ständig, dass seine Armee die ärmste und am schlechtesten ausgerüstete Truppe der Welt sei, und damit hat er recht. Er würde liebend gern im Süden wieder für Ruhe und Ordnung sorgen, nachdem die Bewohner der Elfenbeinküste sich angewöhnt haben, Grenzgänger aus Burkina Faso einfach abzuschlachten. Gar zu gern würde er auch den Schutz des Bohrgeländes verstärken, denn die Nachricht vom Wasserfund hat die

Leute aus der Umgebung angezogen wie ein Scheißhaufen die Fliegen. Ich denke, dort wird es demnächst ein Riesenchaos geben. Aber von diesen Ansichten bis zum Staatsstreich klafft eine Lücke, die mindestens so breit ist wie der Grand Canyon, wenn Sie verstehen, was ich meine …«

»Das lassen Sie mal unsere Sorge sein. Könnte man diesen General vielleicht irgendwie kennenlernen?«

»Nichts einfacher als das. Sie gehen entweder in sein Büro im Präsidentenpalast oder in sein Ministerium, das sich keine Minute vom Palast entfernt befindet. Manchmal fährt er auch nach Kongoussi, um seinen Soldaten ein bisschen Mut zuzusprechen. Seine Adresse steht übrigens in meinem Terminkalender, den Sie gerade in der Hand haben.«

»Okay, Jackson. Danke. Und jetzt verschwinden Sie!«

»Ja … aber … Sie hatten doch gesagt …«

»Ich habe gesagt, *verschwinden Sie!* Nummer drei, schmeiß den Kerl raus.«

Der Angesprochene packt Jackson am Schlafittchen, wirft ihn aus dem Büro und schließt die Tür hinter ihm ab.

»Okay. Jetzt zu uns, Jungs. Hast du Nummer vier unterwegs erreichen können, Nummer zwei?«

»Der Kontakt ist hergestellt und verschlüsselt.«

»Wie steht es mit dem Zugang zu den internen Netzwerken, Nummer drei?«

»Die Verbindung ist ziemlich wacklig, aber ich installiere einen Emulator.«

»Okay. Briefing.«

Der Feind

Das Leben und der Tod sind in uns.
Sie kämpfen gegeneinander
Wie das Wasser gegen die Erde
Und die Erde gegen das Wasser kämpft […]

Unser Wunsch nach Wissen
Glüht in uns wie ein Feuer.
Der Wind eurer Wissenschaft
Weht und facht es weiter an.

Aus: *Kaidara*, Initiations-Märchen der Fulbe,
transkribiert von Amadou Hampaté Bâ

Félicité Zebango hat sich umsonst bemüht. Die junge, hübsche Tochter des Bürgermeisters wollte Abou ihren Motorroller dieses Mal nur leihen, wenn er sie mit zu seiner Großmutter nach Ouahigouya nähme. Die Ausflüchte Abous (»Die Reise ist ziemlich anstrengend!«, »Dort gibt es absolut nichts zu sehen. Die Stadt ist so gut wie tot!« oder: »Meine Großmutter bekommt nicht gern unangemeldeten Besuch!«) beeindruckten sie nicht. Sie ließ nicht locker.

»Wenn ich nicht mitkommen darf, Abou, leihe ich dir meinen Roller nicht. So ist es nun einmal. Außerdem habe ich Bauchschmerzen, und deine Oma ist eine *wackman*, nicht wahr? Sie kann mir bestimmt helfen.«

Resigniert hat Abou sich erweichen lassen. Was hätte er auch sonst tun sollen. Er hat kein Fahrzeug zur Verfügung, und sich auf eins der sporadisch verkehrenden öffentlichen Transportmittel zu verlassen wäre zu gewagt, zumal sein Hauptmann ihn eindringlich gewarnt hat: »Gut, Abou, diese Beurlaubung genehmige ich dir noch, aber auch nur, weil du sagst, du bist krank, und deine Großmutter kann dir helfen. Aber wenn du nicht um Punkt sechs Uhr zurück bist, wirst du für acht Tage eingebuchtet.« Krank ist Abou tatsächlich – das Bangré quält ihn. Er kann einfach nicht gegen diesen »Keim des Wissens« ankämpfen, den Hadé in ihn eingepflanzt hat. Es ist wie ein Unwohlsein in seinem Plexus, ein leiser, ziehender Schmerz, der ihn unwiderstehlich zum Haus seiner Großmutter treibt; von Tag zu Tag wird es stärker, bis er ihm irgendwann nicht mehr widerstehen kann – nicht mehr widerstehen darf.

Mit dem Tank voller Ethanol machen sich die beiden jungen Leute auf den mühsamen Weg nach Ouahigouya. Der Harmattan peitscht ihnen ins Gesicht, sie rutschen über sandige Passagen und weichen Dünen und Sandverwehungen aus, die immer häufiger die Straße blockieren. Es sind die Vorboten der großen Sahara, die sich Jahr für Jahr und Kilometer für Kilometer weiter Richtung Süden ausbreitet und die letzten verbrannten Büsche des Sahel verschlingt. Fast schon mit einem Anflug von Gewohnheit fahren sie an den vom Sandwind glatt geschliffenen Autowracks und den sauber abgenagten Skeletten vorüber. Geier kreisen und bewegen die Luft mit ihren großen, schwarzen Flügeln; sie erinnern an arme Seelen, die auf ewig in diese Hölle verdammt worden sind.

Beim Anblick der dem tödlichen Hauch der Wüste ausgesetzten, nur noch von Aasgeiern und knochigen Gespenstern bewohnten Stadt Ouahigouya verliert Félicité endgültig den Mut. Schon jetzt bereut sie, Abou begleitet zu haben. Erst die freundliche Stimmung auf dem Hof Hadés zaubert wieder ein Lächeln auf ihre staubigen, aufgesprungenen Lippen. Der immer noch grüne Tamarindenbaum erscheint hier im Reich des Todes wie das Versprechen einer Wiedergeburt. In seinem Schatten warten Patienten voller Hoffnung, und diejenigen, die den Hof wieder verlassen, sind schon in der Seele geheilt und voller Dankbarkeit. Kinder spielen zwischen den Beinen der Erwachsenen; trotz aller Widrigkeiten erfreuen sie sich ihres Lebens. Bana und Magéné kümmern sich um die Kranken, helfen hier, trösten da, verabreichen Medikamente und Tränke und zeigen den besonders Gläubigen mit ihren rachitischen Hühnern und den Amuletten den Weg zum Fetisch im Hinterhof.

Hadé sitzt auf ihrem Schemel aus Néréholz unter der Tamarinde und hält ihre Sprechstunde ab. Sie kümmert sich um ein schwächliches Baby mit dürren Gliedmaßen und einem von Unterernährung und Würmern aufgetriebenen Bauch, das sie in ihren drallen Armen hält. Die Mutter des Babys kniet vor ihr und betet sie an wie eine Göttin. Mit ihren dicken Fingern tastet Hadé das Baby ab, drückt an bestimmten Stellen und macht geheimnisvolle Handbewegungen über dem winzigen Körper. Dann lässt sie sich von Magéné ein Fläschchen mit einer milchigen Flüssigkeit bringen und flößt sie dem Baby ein. Der Winzling hustet, erbricht, hört aber sofort auf zu schreien und scheint einzuschlafen. Hadé legt das Baby in den Arm seiner Mutter.

»Siehst du, nun leidet er nicht mehr. Magéné gibt dir ein weiteres Fläschchen mit, das du ihm morgen exakt zur gleichen Zeit verabreichst. Hast du das verstanden?«

Die Frau nickt und bedankt sich überschwänglich. Sie greift in eine Falte ihres Boubous und zieht einen arg zerknitterten Zehn-CFA-Schein hervor. Hadé lehnt das Geld mit einer Handbewegung ab und lässt die überglückliche Frau ziehen. Mit der Grazie vieler korpulenter Frauen erhebt sie sich von ihrem Schemel und macht Abou und Félicité, die der ganzen Szene aus einem gewissen Abstand zugesehen haben, ein Zeichen.

Ein Murmeln geht durch die wartende Menge. Einige der Anwesenden wissen, wer Abou ist, und erklären den anderen, warum er das Recht hat, vorgelassen zu werden.

Félicité verneigt sich ehrfürchtig vor Hadé. Abou stellt sie vor.

»Großmutter, das ist Félicité. Sie hat mir ihren Roller geliehen, damit ich kommen konnte. Sie ist die Tochter des Bürgermeisters von Kongoussi und sagt, sie hätte Leibschmerzen.«

»Richtig. Es sitzt etwa hier«, bestätigt Félicité und legt die Hand in der Magengegend auf ihren bunten Boubou.

»Mach dir keine Sorgen deswegen, mein Mädchen«, antwortet Hadé. »Setz dich da drüben auf die Bank. Magéné wird sich um dich kümmern.«

»Sind Sie wirklich sicher? Gerade jetzt tut es nämlich wirklich weh ...«

»Ich habe dir doch gesagt, dass Magéné sich um dich kümmert. Setz dich. Und du, mein Sohn, du kommst mit mir.«

Félicité ist furchtbar enttäuscht. Nur allzu gern hätte sie den geheimnisvollen Fetisch in der Hütte in Augenschein genommen, von dem Abou ihr erzählt hat. Sie hat sich auf ein wenig Hexerei gefreut und insgeheim auf die Möglichkeit gehofft, den einen oder anderen *zindamba* zu sehen. Abou hat sie mit seiner Geschichte vom Bangré unendlich neugierig gemacht, doch alles, was sie hier vorfindet, ist eine banale *wackman*, die Heilpflanzen und Tinkturen an die Leute verteilt! Solche gibt es auch in Kongoussi. Hätte sie das gewusst, hätte sie wirklich gern auf die mühselige Fahrt verzichtet!

Abou wirft ihr einen entschuldigenden Blick zu und folgt seiner Großmutter in die Hütte. Er hat sich von Anfang an gedacht, dass Hadé Félicités Anwesenheit nicht tolerieren würde, wenn es um das Bangré geht. Auch Salah war beim letzten Besuch ein Störfaktor, das spürte Abou genau – oder besser gesagt: Hadé ließ es ihn spüren.

Abou taucht in die besondere Atmosphäre der Hütte ein, die ihm immer noch einen leisen Schauder von Furcht beschert. Da sind diese geisterhaft wirkenden Masken, manche mit stilisierten Tiergesichtern, die ihn im Halbdunkel anzustarren scheinen, dann die besonderen Kleidungsstücke für Zeremonien, denen ein heiliger Zauber anhaftet, und vor allem der plumpe Fetisch, ein einfaches, mit Ringen aus Kaurimuscheln verziertes Lehmbehältnis, aus dessen Öffnung ständig eine leichte, bläuliche, merkwürdig duftende Rauchfahne aufsteigt: Vielleicht ist es der Atem des Bangré, einer anderen Welt, des Reichs der Toten, der Geister und der *zindamba*.

Abou setzt sich auf eine Matte möglichst weit entfernt vom Fetisch und gestattet sich, als Erster das Wort zu ergreifen, weil ihn die Stimmung in der Hütte immer ein wenig bedrückt und Hadé oft lange schweigt.

»Ist Félicités Krankheit schlimm?«

»Ach was, völlig harmlos. Eine kleine Magenverstimmung. Das Mädchen ähnelt seiner Mutter – sie isst zu viel, aber nicht gesund. Interessiert dich die Kleine?«

»Ich weiß nicht recht …«

Abou flirtet manchmal ein wenig mit ihr, aber mehr als ein Kuss ist nie zwischen ihnen vorgefallen. Er zögert, sich näher auf sie einzulassen, weil er irgendwie spürt, dass Félicité nicht die Richtige für ihn ist. Da sein Zweifel ihm peinlich ist, zieht er es vor, das Thema zu wechseln.

»Und was war mit dem Baby, das du eben behandelt hast?«

»Es wird sterben.«

»Oh! Aber du hast es seiner Mutter nicht gesagt.«

»Wenn ich es ihr gesagt hätte, hätte sie es mit eigenen Händen getötet und sich selbst ebenfalls. Aber die Mutter kann weiterleben. Und vielleicht sogar noch ein Kind bekommen, wenn rechtzeitig wieder Wasser da ist.«

»Aber was hatte der Kleine?«

»Er leidet an einer Krankheit, die auch ich nicht heilen kann. Sie heißt Hungersnot und Elend. Die Seele dieses Kindes ist bereit, die Erde zu verlassen, auf der sie nichts als Unglück erlebt hat. Ich habe dem Kleinen lediglich etwas gegen seine Schmerzen verabreicht. Spätestens morgen wird er sterben … ganz friedlich, zum ersten Mal in seinem kurzen Leben.«

Abou nickt mit zusammengepressten Lippen. Er weiß nicht mehr, was er noch sagen soll, um das brütende Schweigen in der Hütte zu unterbrechen – ein Schweigen, auf dem das ganze Leid eines langsam sterbenden Volkes lastet. Die Geräusche aus dem Hof dringen nicht bis hierhin vor. Nur das leise Seufzen der rauchenden Fetischöffnung ist zu hören. Hadé sitzt auf ihrem niedrigen Stuhl und scheint wie gewöhnlich zu dösen. Abou weiß jedoch, das ihr Geist jetzt durch Regionen wandert, der gewöhnlichen Sterblichen für immer verschlossen bleibt. Plötzlich öffnet sie die kleinen, schwarzen Augen und spricht ihn an.

»Erzähle mir von dem Targi, Sohn.«

»Von welchem Targi, Großmutter?«

»Von der Vision, die du im Sandsturm gehabt hast, als du mit Salah auf Wache warst. Deswegen bist du doch hier, oder irre ich mich?«

Abou schüttelt langsam den Kopf. Natürlich ist er deswegen gekommen. Die Erscheinung ist lange durch seine Träume gegeistert und verfolgt ihn noch immer, auch wenn er inzwischen versucht, sie aus seinem Alltag zu verbannen. Er erzählt seiner Großmutter von dem Vorfall; dabei bemüht er sich, alle Einzelheiten so detailliert wie möglich zu schildern. Hadé hört zu und nickt manchmal, als ob die ganze Angelegenheit völlig normal wäre.

»So ist es gewesen, Großmutter«, schließt Abou. »Das ist alles, woran ich mich erinnere. Kannst du mir sagen, was es zu bedeuten hat? War der Targi vielleicht ein *zindamba*? Oder der Geist eines Toten?«

»Nein, mein Sohn, dieser Geist ist sehr lebendig. Und er ist auch kein Targi. Entweder hat er sich dieses Aussehen gegeben, oder du hast ihn als solchen gesehen. Wie war sein Gesicht?«

»Ich habe es nicht gesehen. Sein Cheche verbarg es, und außerdem hatte ich ständig Sand in den Augen.«

»Aber sicher hast du es gesehen. Du kannst dich bloß nicht mehr erinnern. Komm zu mir.«

»Bitte nicht, Großmutter!«, fleht Abou. »Ich möchte diesen Rauch nicht einatmen müssen!«

»Davon ist ja auch gar keine Rede. Steh auf, nimm die Kerze da drüben auf dem Regal und bring sie mir. Und bitte auch die Streichhölzer.«

Beruhigt tut Abou wie geheißen. Hadé zündet die Kerze an und wiegt sie sanft in der Hand. Das Flämmchen windet sich in einem geschmeidigen Tanz.

»Setz dich vor mich hin und beobachte die Flamme ganz genau. Denk dabei an nichts anderes als an den Targi, den du gesehen hast. Und konzentriere dich dabei auf sein Gesicht.«

Abou gehorcht. Er beobachtet die tanzende Flamme. Seine Augen weiten sich. Sein Körper beginnt, sich im Rhythmus der tanzenden Flamme zu wiegen. Selbst sein Atem passt sich dem Takt an.

»Da … siehst du«, murmelt Hadé mit sanfter Stimme. »Ist er jetzt da?«

»Nein … Alles ist dunkel … Ein indigofarbener Cheche …«

»Sieh genauer hin, mein Sohn … Schau genau in die Flamme … Du musst mitten hineinblicken …«

Der wiegende Rhythmus der Kerze verstärkt sich. Abou folgt der Bewegung. Seine Augenlider blinzeln nicht mehr, seine starren Augen beginnen zu tränen, und sein Atem wird tiefer.

»Sieh hin«, murmelt Hadé leise. »Betrachte sein Gesicht. Schau ihn dir an.«

Plötzlich stößt Abou einen Schrei aus.

»Ich sehe ihn! Ich sehe ihn!«

»Und?«

»Er ist … sein Gesicht ist verschwommen … Er sieht aus, als ob … Seine Augen …«

»Ja, seine Augen. Beobachte seine Augen.«

»Seine Augen sind grau. Großmutter – es ist … es ist ein Weißer!«

»Und weiter?«

Abou verzieht den Mund. Seine Augen schwimmen vor Tränen und treten aus den Höhlen. Mit einem Mal wirft er sich zu Boden und schlägt die Hände vor das Gesicht. Als er wieder aufsteht, sind Tränenspuren auf seinen staubigen Wangen.

»Sag es, mein Junge. Los, sprich es aus.«

»Er ist es, Großmutter! Der missgestaltete Zwerg! Das Gesicht des Bösen! Das Gesicht des Hasses!«

Auf Hadés fleischigen Lippen zeichnet sich ein winziges Lächeln ab.

»Siehst du, mein Sohn. Du hast ihn erkannt. Er war es wirklich.«

»Aber wer ist er?« Abou zittert am ganzen Körper.

»Du hast das Gesicht deines Feindes gesehen. *Unseres* Feindes.«

»Anthony Fuller?«

»O nein, er ist nicht Fuller, auch wenn er vielleicht mit ihm zu tun hat. Der, dessen Gesicht du gesehen hast, ist viel, viel schlimmer. Dieser Zwerg ist eine Art Dämon … Er ist der Feind der gesamten Menschheit.«

SIEBTES KAPITEL

Gegenwind

Lasst uns weinen, meine Freunde. Beweinen wir die schönen Dinge dieser Welt, die jetzt der Vergangenheit angehören. Beweinen wir die guten Zeiten, die für immer dahin sind, und die Erinnerung daran, die uns geblieben ist.

Beweinen wir den Tod des letzten Eisbären, der auf einem Stück Eisberg meilenweit entfernt vom rar gewordenen Packeis verhungert ist.

Beweinen wir das Massensterben der Pinguine in der Antarktis, die den tödlichen, von keiner Ozonschicht aufgehaltenen UV-Strahlen der glühenden Sonne zum Opfer gefallen sind.

Weinen wir um den letzten, kümmerlichen Rest Regenwald am Amazonas, den man als armselige Touristenfalle erhalten hat und wo falsche Indianer schlecht dafür bezahlt werden, die echten, längst verschwundenen Eingeborenen zu ersetzen.

Beweinen wir den Tod des letzten Wals, der seinem Leben selbst ein Ende gesetzt hat, indem er in einer Bucht strandete, deren Namen ich mit Rücksicht auf seine letzte Ruhestätte verschweigen möchte.

Weinen wir um die inzwischen fünfunddreißigste Insel, die der steigende Spiegel der Ozeane verschlungen hat. Es ist die Insel Tarawa im Kiribati-Archipel im Pazifik. Weinen wir auch um die schillernden Korallen, von denen nur noch gebleichte, leblose Skelette geblieben sind.

Weinen wir um den Tod des ältesten Baumes der Welt, einer Zypresse im Iran, deren Alter auf 5000 Jahre geschätzt wurde. Und um den Tod des höchsten Baumes, einer Sequoia in Kalifornien, die 112 Meter maß; beide wurden von Trockenheit und saurem Regen zugrunde gerichtet.

Beweinen wir die 30 Millionen Menschen, die in diesem Jahr durch die Klimakatastrophe und ihre Folgen ums Leben kamen – durch Hitzewellen, Dürre, Überschwemmungen, Erdrutsche, Lawinen, Tornados, Zyklone und sintflutartige Regenfälle …

Weinen wir auch um uns, meine Freunde. Trauern wir um unser bevorstehendes Ende.

Und doch dürfen wir uns freuen. Denn eines Tages werden die schönen Zeiten zurückkehren – in mehreren Zehntausend Jahren.

Dieses poetische Intermezzo wurde Ihnen präsentiert von Universal Seed, dem absolut wetterbeständigen Saatgut.

Struggle for life

Hier ist Radio Oasis, der Sender für Touat und Gourara auf 103,9. Guten Tag, liebe Hörer. Es ist zwölf Uhr. Sie hören unsere Kurznachrichten. Detailliertere Informationen finden Sie auf unserer Website Oasis.dz unter der Rubrik »Aktuelles«. Die Nachricht des Tages ist natürlich nach wie vor das Gewitter, das gestern über der Region Timimoun niederging. Seit Beginn der Wetteraufzeichnungen wurde noch nie ein Gewitter dieser Stärke registriert …

»… Mittlerweile ist das für die sintflutartigen Regenfälle verantwortliche Tiefdruckgebiet von der Roten Oase abgezogen. Seit dem katastrophalen Gewitter werden in Touat und Gourara extrem hohe, geradezu lähmende Temperaturen gemessen. Die Bewohner der Region stehen noch immer unter Schock. Nur zögernd wagen sie sich in die Trümmer ihrer hundert Jahre alten Häuser zurück, die den Wassermassen nicht standhalten konnten. Sie versuchen, zumindest das Nötigste zu retten. Angesichts der jetzt herrschenden Todesstille können wir kaum glauben, dass in den engen Gassen nur wenige Stunden zuvor noch reißende Wildbäche tobten.

Alte Männer lehnen an den verbliebenen Mauern und kommentieren fassungslos die schrecklichen Ereignisse der Nacht. Am Eingang zum Ksar versucht ein junger Mann, sich durch die Schlammmassen zu wühlen, die den Eingang seines völlig zerstörten Hauses versperren. Menschen irren durch die Ruinen und suchen nach vermissten Familienmitgliedern, die möglicherweise noch unter Schlamm und Sand begraben liegen. In all den schmalen Sträßchen, in die kaum jemals ein Sonnenstrahl dringt, zeigt sich uns das gleiche, traurige Bild. Die aus den traditionellen, ohnehin bereits von der Witterung angegriffenen Lehmziegeln erbauten Häuser hatten im Starkregen nicht die geringste Chance. Wohin wir auch schauen, sehen wir eingestürzte Häuser, verwüstete Wohnviertel und herumliegende Gegenstände, die ein beredtes Zeugnis von der überstürzten Flucht der Menschen geben.

Mit gebeugtem Rücken betreten wir eine der Ruinen. Drinnen riecht es modrig nach einer Mischung aus feuchtem Sand und getrockneten Datteln. Mühsam erklimmen wir die mit Trümmern übersäten Stufen und erreichen die ehemalige Terrasse, auf der große Löcher gähnen. Überall herrscht die gleiche Verzweiflung.

In Timimoun wurde inzwischen ein Krisenstab eingerichtet, dessen Mitglieder noch damit beschäftigt sind, sich einen Überblick über die Schäden zu verschaffen. 176 Ksour sind betroffen. Die vorläufige Bilanz liegt bei 2000 Toten oder Vermissten, etwa 20000 Menschen haben ihr Obdach verloren.

›Bisher sehen wir lediglich die Spitze des Eisbergs‹, erklärt uns Mouloud vom Krisenstab. ›Die großen Entfernungen zwischen den Ksour und die oft schwierige Anfahrt, vor allem, wenn die Siedlungen mitten in einem Erg liegen, erschweren unsere Aufgabe ganz gewaltig.‹

Dies gilt zum Beispiel für den fast völlig zerstörten Ksar Tebbou. Er liegt in einem Erg und gehört zu den Dörfern, in denen das Unwetter am heftigsten wütete …« *Klick.*

»Warum hast du das Radio ausgemacht?«

»Weil ich es leid bin, mir diese unendlichen Litaneien über Schäden, Opfer und die Verzweiflung der Überlebenden anzuhören. Es kotzt mich einfach nur noch an.«

»Ich wollte den Bericht aber gern hören!«

Laurie greift nach der Fernbedienung und schaltet das Radio wieder an.

»... die dramatischen Szenen in Aghled. Wer das Innere des Ksar betritt, versteht sofort die unendliche Verzweiflung der Bewohner. Berge von getrocknetem Schlamm, eingestürzte Häuser aus Lehmzie...« *Klick*.

»Ich habe *Nein* gesagt, Laurie. Wenn du die Stille nicht erträgst, kannst du ja Musik einschalten.«

»Darf ich dich daran erinnern, dass wir für eine humanitäre Einrichtung arbeiten, Rudy? Und weißt du, was ›humanitär‹ bedeutet? Wir sind verpflichtet, Katastrophenopfern zu helfen. Sie zu retten, zu unterstützen und ihnen das Lebensnotwendigste zu geben – auch wenn es nur Trost ist. Und was machst du? Beim ersten Regentropfen bist du abgehauen wie ein auf frischer Tat ertappter Dieb. Du hast dich weder bei unseren Gastgebern bedankt noch sie gewarnt.«

»Hör auf, dich zu gebärden wie Mutter Teresa. Was wäre denn passiert, wenn wir dortgeblieben wären? Hast du auch nur eine Sekunde darüber nachgedacht? Wir wären von dem Gewitter heimgesucht worden, genau wie sie. Vielleicht wären wir in einem eingestürzten Haus krepiert. Oder der Mercedes wäre von einer Schlammlawine davongetragen worden. Möglicherweise wäre auch bloß die Straße unpassierbar geworden, dann hätten wir zwar bestenfalls nur festgesessen, wären aber trotzdem in die Bredouille gekommen. Hast du vergessen, dass wir unterwegs sind, um Menschen zu retten? Menschen, die da unten im Süden dabei sind zu verdursten, weil sie auf das Scheißmaterial warten, das wir fröhlich in der Wüste spazieren fahren.«

»Mag schon sein, trotzdem halte ich dich für einen ekelhaften Egoisten, der nur daran denkt, seine Haut zu retten. Du hast ihnen nicht einmal Bescheid gesagt! Du hast sie einfach weiterfeiern lassen! Sie hatten keine Ahnung, was da auf sie zukam. Mensch, Rudy, mit dem Lastwagen hätten wir das Dorf evakuieren können! Wir hätten Tote und Verletzte vermeiden können!«

»Überleg mal!« Rudy zuckt die Schultern. Jenseits der staubigen

Windschutzscheibe erstreckt sich eine endlos scheinende, blendende Sandwüste. Er muss die Augen zusammenkneifen. »Wie viele von ihnen hätten wir mitnehmen können? Höchstenfalls hundert. Und wen? Nach welchen Kriterien hättest du sie ausgewählt? Und was hättest du den anderen gesagt? ›Bleibt hier, wir holen euch später‹? Dann wäre es aber zu spät gewesen, Laurie! Du hast selbst miterlebt, wie wir wie die Verrückten durch das Tal geprescht sind; wir sind ohne Rücksicht auf einen Platten oder einen Achsenbruch wie die Wilden geheizt, und trotzdem sind wir fast gleichzeitig mit dem Unwetter an der befestigten Straße angekommen – und du weißt, wie es geschüttet hat! Ich halte es noch immer für eine Art Wunder, dass wir Adrar überhaupt erreicht haben.«

Bei der Erinnerung an die vergangene Nacht zittert Rudy trotz der Backofenhitze, der die schlecht reparierte Klimaanlage kaum Herr wird. Er denkt daran, wie er aufs Geratewohl über die von Sturzbächen überflutete Straße schlingerte, wie er in den Schlammmassen aufgeweichter Dünen ins Rutschen geriet, wie er sich im Toben der Elemente bemühte, einigermaßen die Spur zu halten, geblendet von Blitzen, die ein wüstes Chaos aus Sand und Wasser beleuchteten, betäubt vom Donner, der die Karosserie erzittern ließ, und geschüttelt von Windböen, die den Lkw um Haaresbreite von der Straße gefegt hätten.

Mit dem allgegenwärtigen Staub, dem Sand, der kaum erträglichen Hitze bei Tag und der eisigen Kälte der Nächte hat Rudy sich abgefunden; auch die glühende Sonne und der Scirocco, der aus der Hölle selbst zu wehen schien, machen ihm wenig aus – aber nie hätte er mit der Gefahr gerechnet, mitten in der Wüste um Haaresbreite zu ertrinken. Zwar hinkt der Vergleich mit dem Reich des schwappenden, flüssigen Todes, über das er mit dem Zodiac geschippert war, doch die grauenhaften Erinnerungen werden trotzdem wieder wach; damit hätte er ausgerechnet hier, im Reich des trockenen, sandigen Todes, nie und nimmer gerechnet.

»Dein Standpunkt ist viel zu persönlich geprägt«, beharrt Laurie. »Im Lauf meiner humanitären Einsätze habe ich gelernt, dass nur gegenseitige Hilfe und Kooperation in der Lage sind, Überleben zu garantieren. Überlegungen wie ›Ich bringe mich in Sicherheit – sollen die anderen doch sehen, wie sie zurande kommen‹ führen zu Panik, Streit und großem Stress. Wir hätten den Leuten helfen können, Rudy! Mit unserem Lastwagen und unserem Know-how hätten wir es geschafft!«

»Was hätten wir geschafft? Und was meinst du mit unserem Know-how? Für wen hältst du dich eigentlich? Für die haushoch überlegene Westlerin, die mit ihrer wunderbaren Technologie die armen, kleinen Primitiven rettet, die in ihrem Schlammloch festsitzen? Ihr Humanitären seid doch alle gleich! Bei jeder Katastrophe tanzt ihr mit eurer Ausrüstung, eurem transgenen Reis und eurem Scheiß-Know-how an und erklärt aus der Höhe eurer unendlichen Überlegenheit den armen Dummköpfen, die sich nicht selbst beschützen konnten – Schnauze, Laurie, genau so seht ihr sie doch! –, also, ihr erklärt ihnen: ›Keine Sorge, Freunde, jetzt ist der Weihnachtsmann aus dem Westen ja bei euch. Wir werden die Sache schon in Ordnung bringen, denn schließlich sind wir die Größten!‹«

»Du hast noch nie ...«

»O doch, Laurie! Ich habe eine Umweltkatastrophe erlebt, und zwar als Opfer. Und nicht in einem Land der Dritten Welt, wo nur noch ausgehungerte Zombies rumlaufen, sondern in einem der fortschrittlichsten und zivilisiertesten Länder der Erde. Und weißt du was? Die Hilfskräfte sind dort genauso überfordert, haben keine Mittel zur Verfügung und stehen dem Ausmaß der Katastrophe ebenso hilflos gegenüber. Wenn ich mir nicht selbst geholfen hätte, wäre ich vermutlich mit offenem Maul krepiert wie die Fische im Ijsselmeer.«

»Du lügst dir was in die Tasche, Rudy. Als der Deich explodiert ist, warst du in Brüssel in Sicherheit. Und wenn ich deine Argumentation richtig verstanden habe, sollte man es den Leuten selbst überlassen, mit ihrer Not und Verzweiflung zurande zu kommen – und die Stärksten überleben. Richtig?«

»Genau. Im Grunde genommen haben wir längst den Punkt erreicht, wo die natürliche Auslese einsetzt und nur die Stärksten überleben. Wir wissen zwar nicht, für wie viele Jahre, aber die Natur ist uns längst nicht mehr wohlgesonnen. Niemandem! Wir sind mitten im *struggle for life*, ob wir wollen oder nicht, und es wird von Tag zu Tag härter.«

»Manchmal habe ich den Eindruck, dass deine Zeit beim Kommando Survival dir ein paar merkwürdige Ideen in den Kopf gepflanzt hat. Hast du dir schon einmal zugehört? Merkst du nicht, dass deine Ansichten manchmal ganz schön in Richtung Faschismus abdriften?«

Rudy zuckt erneut die Schultern, weiß aber keine Antwort. Er muss zugeben, dass seine Argumentation von außen betrachtet vielleicht tatsächlich ein wenig faschistisch klingen könnte. Aber Laurie hat nicht das erleben müssen, was er erlebt hat – mit einem Schlag Frau, Kind, Haus, Arbeit und jeglichen Lebenssinn zu verlieren, in einem Flüchtlingslager zu hocken, wo Liebe und Güte mit dem Tod bestraft werden, Jagd auf sogenannte »Wilde« zu machen, und zwar gemeinsam mit einem Haufen Verrückter, die hervorragende SS-Leute abgegeben hätten … Nun gut, Lauries Eltern sind gestorben, weil sie vergifteten Fisch gegessen hatten, aber wer kann heutzutage schon von sich behaupten, keinen einzigen nahen Angehörigen verloren zu haben? Okay, sie hat bei ihren humanitären Einsätzen vielleicht auch wahre Not und tiefste Verzweiflung erlebt; aber sie hat sich selbst dafür entschieden, in die betroffenen Gebiete zu gehen, und anschließend konnte sie in den Schutz ihres gemütlichen Zuhauses zurückkehren. Er selbst hatte keine Wahl – er war gezwungen, sein eigenes Drama zu durchleben, er musste kämpfen und sogar töten, um überleben zu können, und solche Erlebnisse machen halt hart und wenig mitfühlend für das Unglück anderer Menschen. So ist es eben!

Und trotzdem riskiert er Kopf und Kragen, um mit einem nicht ganz intakten Lkw den Tanezrouft zu durchqueren – die Mutter aller Wüsten, das Land des Durstes und des Schreckens – und ein paar ausgehungerten und halb verdursteten Bauern eine Bohrausrüstung zu bringen, also Menschen, die seiner eigenen Argumentation und Logik zufolge keine Überlebenschance haben.

Ein wahrer Faschist würde so etwas vermutlich nicht tun.

> Einige Autoren sind der Ansicht, dass die Überlieferungen der Araber ausschließlich auf ihre Fantasie zurückzuführen sind, die durch die Einsamkeit in den *qifâr*, die Isolation in den Wadis und lange Märsche durch einsame, trostlose Gegenden und wilde Steppen in gewisser Weise überreizt ist. Es ist richtig, dass ein Mensch, der an solchen Orten mit sich allein ist, zu düsteren, zu Furcht und Ängstlichkeit tendierenden Träumereien neigt. Angst aber öffnet sein Herz für verlogenen Aberglauben und gefährliche Hirngespinste, die häufig zur Melancholie führen. In einem solchen Fall beginnt er, Stimmen zu hören und Gespenster zu sehen …
>
> al-Mas'ûdî, in: *Les Prairies d'Or* über die *hawâtif*,
> die Geister der Toten

Am Ortsausgang von Reggane ragt neben einer rot-weiß markierten GPS-Säule ein Hinweisschild auf, das auf Französisch und Arabisch verkündet:

ACHTUNG!
HÖCHSTE VORSICHT GEBOTEN.
VERLASSEN SIE KEINESFALLS DIE MARKIERTE PISTE!

Die Markierung besteht aus mit Sand gefüllten 200-Liter-Ölfässern, die im Abstand von etwa zehn Kilometern beiderseits der Straße aufgestellt sind. Der Wirt und Tankwart der Raststätte in Reggane, bei dem sie die Wasser- und Gastanks des Mercedes noch einmal bis oben hin füllen ließen, erklärte ihnen, dass früher einmal, als eine Durchquerung der Sahara noch als touristisches Abenteuer galt, die Regierung die Piste teeren und die Ölfässer durch mit Sonnenkollektoren betriebene Wegzeichen ersetzen ließ, was sehr hübsch aussah. Leider war die Annehmlichkeit nicht von langer Dauer. Die

Eingeborenen, vor allem die Tuareg, bemächtigten sich der Sonnenkollektoren, die Wegzeichen verschwanden eines nach dem anderen, und der Asphalt wurde vom Schwerverkehr beschädigt, von der Sonne aufgeweicht und von den Sandwinden abgetragen.

»Die Technologie von euch *roumis* ist eben dem Tanezrouft nicht gewachsen«, schloss der Tankwart. »Und wenn ihr in dem Gebiet eine Panne habt und nicht innerhalb von vier Stunden gefunden werdet, seid ihr tot. Wollt ihr nicht vielleicht doch lieber auf einen Konvoi warten?«

Und jetzt sind sie mitten in der Mutter der Wüsten. Sie haben die letzten Anzeichen von Zivilisation und Vegetation hinter sich gelassen wie eine Küstenlinie, die langsam hinter dem Horizont verschwindet. Sie bewegen sich auf einer vollkommen flachen Ebene aus Sand und Geröll, die ihnen so unfruchtbar erscheint wie die Marsoberfläche. Laurie ist starr vor Angst. Hinter den schwarzen Gläsern ihrer Sonnenbrille fixiert sie den weiß glühenden, leeren Horizont wie ein Seemann, der Ausschau hält nach dem rettenden Land. Draußen herrschen 65 Grad Celsius, drinnen im Führerhaus sind es immerhin noch 48 Grad. Die Klimaanlage pfeift und schnauft, manchmal setzt sie auch ganz aus. Der Motor ist längst überhitzt. Alle Warnlampen leuchten. Sobald ein Alarm aufschrillt, schaltet Rudy ihn ab. Von Reggane bis Bordj Mokhtar, der nächstgelegenen menschlichen Behausung, sind es 620 Kilometer. Bis dahin muss Rudy durchhalten, darf keine Pause machen und vor allem nicht einschlafen. Er hält den Blick starr auf die sich kreuzenden Reifenspuren gerichtet, monoton wie die weißen Streifen auf einer Autobahn, oder auf den wie mit einem Skalpell vom glühenden Himmel abgeschnittenen Horizont. Nicht einschlafen, wenn man nichts anderes sieht als Sand und Geröll, Sand, Geröll, Sand, Geröll, Saröll … Die Wegmarkierungen, ein ausgeschlachtetes Autowrack ohne die geringste Spur von Rost, gebleichte, undefinierbare Knochen, der vertrocknete Kadaver eines Zugvogels, der auf seiner gefährlichen Reise vor Erschöpfung gestorben sein mag … Es riecht nach Silizium, glühendem Metall, heißem Öl und getrocknetem Schweiß … Der Lkw rattert, der brennende Wüstenwind seufzt und stöhnt …

Laurie und Rudy sprechen nicht mehr. Laurie hat sich auf die Pritsche gelegt, um die Trostlosigkeit nicht länger ansehen zu müssen, diese verzweifelte, absolute Leere, die ihr das Gehirn wegzufegen scheint. Von Zeit zu Zeit reißt sie sich aus ihrer Lethargie, um sich ein feuchtes, im Handumdrehen trocknendes Tuch auf das Gesicht zu pressen. Rudy lehnt wie versteinert in seinem auf Entspannungsposition eingestellten Fahrersitz – der Lkw fährt mit Autopilot – und sucht den Horizont nach möglichen Gefahren ab. Zumindest redet er sich das ein. In Wirklichkeit aber verfällt er immer mehr in Trance. Die mineralische, leblose Mondlandschaft bevölkert sich mit Traumfiguren, Gespenstern und Geistern. Der Wind trägt die Stimmen der Toten vor sich her; er seufzt wie die Menschen, die Rudy getötet hat – der »Wilde« mit den vom Thrill irre gewordenen Augen, der kleine, von Hass und Wut getriebene Boss, der ahnungslose BMW-Fahrer – und hallt wider von den Schreien derer, die er am meisten auf der Welt geliebt hat und die er nicht hat sterben sehen, als sie von einer Wand aus schlammigem Wasser erschlagen wurden. Rudy stöhnt ebenfalls – formloses Mantra seines tief im Innern verborgenen Schmerzes. Seine Augen brennen, doch er weint nicht. Er hat nicht mehr genügend Wasser, um es verschwenden zu können. Sein Blick verschwimmt. Die Reifenspuren verwischen und vermischen sich, der Horizont beginnt im Rhythmus des Holperns zu tanzen und wird zu einem Feuerstrich, der sich durch sein inneres Chaos frisst. Rudy sieht nur noch Weiß und Grau, Feuer und Asche. Sein Gehirn scheint zu zerschmelzen. Der Lastwagen röhrt. Die *hawâtif* umflattern ihn, stoßen grinsend Verwünschungen aus, werfen ihm vor, sie getötet oder sterben gelassen zu haben, bemühen sich, ihn in ihre Totentänze einzureihen, hauchen ihn mit Todesatem an und versuchen, ihn aus diesem unfruchtbaren Land zu entführen, weit fort von diesem zerschmolzenen Himmel und dem unbarmherzigen Licht in das Reich der Schatten, des Vergessens und des ewigen Nichts …

Plötzlich bohrt sich der Ton einer Sirene in Rudys Ohren. Lichtblitze flammen auf. Ein neues Alarmsignal schrillt aus dem Bordcomputer. Rudy reißt den Kopf hoch. Ein Monster aus Metall rast in einer dicken Staubwolke hupend und mit aufgeblendeten Scheinwerfern genau auf ihn zu. Ohne an den Autopiloten zu denken, reißt Rudy das Lenkrad herum. Der Mercedes fährt einen Schlenker, der riesige Tanklaster, dessen wütend gestikulierender Fahrer Rudy auf Arabisch anschreit, streift ihn kurz; dann verschwindet alles in einer dichten Staubwolke. Der Mercedes bebt und schwankt im Luftwirbel, Rudy klammert sich an das Lenkrad, der Lkw neigt sich seitwärts, droht zu kippen, kommt wieder ins Gleichgewicht, bricht aus, dreht sich um die eigene Achse, richtet sich wieder auf, schlingert durch den Sand – und fährt sich fest.

Der Motor erstickt. Hektisch blinkende Warnleuchten zeugen von der Qual der Maschine.

Mit einem letzten kümmerlichen Pfeifen gibt die Klimaanlage den Geist auf.

Langsam senkt sich der Staub auf die graue Oberfläche des Reg. Rudy seufzt. Laurie, die von dem Tumult unsanft aus ihrer Lethargie gerissen wurde, klettert zu ihm in die Kabine.

»Was ist passiert?«

»Ich weiß es nicht genau. Vermutlich bin ich kurz weggedämmert. Jedenfalls sind wir einem Lastwagen in die Quere gekommen.«

»Und deswegen die Aufregung? Ist denn hier nicht ausreichend Platz, um sich aus dem Weg zu gehen?«

Rudy seufzt erneut und fährt sich mit einer rissigen Hand über das geschwärzte Gesicht. Seine Kehle ist wie verstopft vom Staub. Er hat Mühe, Atem zu holen.

»Könntest du mir bitte Wasser geben, falls noch etwas da ist?«

Laurie reicht ihm eine Flasche aus dem kleinen, unter der Pritsche verstauten Kühlschrank. Das Wasser ist kühl und frisch – der reinste Nektar. Rudy trinkt die halbe Flasche leer und gewinnt wieder Geschmack am Leben. Er kann sich diesen Luxus leisten, denn sie haben einen Fünfzig-Liter-Tank hinten am Wagen. Nachdem sie nun schon einmal stehen, beschließt Rudy, die Flaschen nachzufüllen. Sie haben nur drei in Gebrauch, die sie abwechselnd in den

Kühlschrank stellen, und für die restlichen 373 Kilometer, die nach seinem GPS bis Bordj Mokhtar noch vor ihnen liegen, dürfte das gerade eben ausreichen.

Rudy öffnet die Tür. Sofort springt die Hitze ihn an wie ein wildes Tier und raubt ihm den Atem. Er hat den Eindruck, mit dem Kopf in einem Hochofen zu stecken. Nur rasch die Flaschen nachfüllen und dann nichts wie weg hier! Er springt in den Sand – und versinkt bis zu den Knöcheln. Die Reifen des Lastwagens sind nur noch halb zu sehen. Der Sand ist grau, fein wie Puder und hat sich auf dem Grund einer leichten Vertiefung gesammelt – wahrscheinlich der letzten Spur eines schon seit Ewigkeiten trockenliegenden Wadis. Der gefürchtete *fech-fech!* Ein weicher Sand, in dem alles versinkt, außer den Hufen der Kamele, die federleicht über ihn hinwegschreiten können. Und der Mercedes sitzt mit sechs Achsen darin fest; lediglich die Hinterreifen des Anhängers stehen noch auf festem Untergrund. So eine Scheiße! Rudy seufzt aus tiefstem Herzen. *Verlassen Sie keinesfalls die markierte Piste* … Als Rudy das Lenkrad herumgerissen hat, hat er sie von der Piste katapultiert, auf der sich übrigens ebenfalls *fech-fech* befindet, weil sie den Überrest des Wadis quert. Mit hundert Stundenkilometern dürfte der feine Sand allerdings zu schaffen sein!

Rudy steigt wieder ein, lässt den Motor an und versucht, ganz sanft anzufahren. Die Räder drehen durch, und der Lkw gräbt sich noch tiefer ein.

»Sitzen wir fest?«, fragt Laurie.

»Ja.« Rudy erklärt ihr knapp die Situation. »Leider bleibt uns nichts anderes übrig, als die Sandbleche herauszuholen und zu graben.«

Nach einer halben Stunde Schwerstarbeit, die Rudy fast allein erledigen musste, weil Laurie so erschöpft war, dass sie sich geschlagen gab, hat er es – angetrieben von seiner Wut, der Entschlossenheit, sich nicht in sein Schicksal zu fügen, und dem brennenden Wunsch, die tonlosen Stimmen in seinem Kopf zum Teufel zu schicken – endlich geschafft, alle Reifen so weit auszugraben, dass er jeweils zwei Sandbleche unterlegen kann. Die Bleche sind so heiß, dass er Blasen an den Händen bekommt. Er steigt ins Führerhaus, lässt den Motor an, legt den ersten Gang ein und tritt so sanft wie eben möglich auf das Gaspedal. Einen Meter weit finden die Reifen Halt, dann rutscht eins der Bleche weg, der Lkw gräbt sich noch tiefer ein und bleibt mit Schlagseite liegen.

»Das darf doch nicht wahr sein!«, stöhnt Rudy entnervt.

»Und jetzt?«

»Jetzt bleibt uns nur noch die Seilwinde, falls sie überhaupt stabil genug ist.«

Rudy stärkt sich mit einer weiteren Flasche Wasser und geht wieder an die Arbeit. Natürlich findet sich nichts, wo er das Seil befestigen könnte – nicht einmal ein kleiner Felsen. Wieder muss er graben, dieses Mal allerdings außerhalb des *fech-fech* in der harten, steinigen Erde, wo er eine schwere, aus der Ladung entnommene Stahlstange aufstellen will. Mehr als einmal fühlt er sich versucht aufzugeben. Ihm ist schwindelig, vor seinen Augen tanzen Lichtpunkte, mühsam pumpt sein Herz dickflüssig gewordenes Blut durch die Adern, seine Kehle brennt, und immer wieder muss er kurze Pausen im Schatten des Lkw einlegen.

Als die Stahlstange schließlich eingegraben ist, steht die Sonne knapp über dem Horizont. Ganz allmählich wird es kühler. Rudy rollt das Seil von der Winde ab, befestigt es an der Stange und kehrt, mühsam durch den *fech-fech* stakend, zum Führerhaus zurück, wo er den Motor der Winde in Gang setzt. Das Kabel spannt sich, der Lkw bebt – und die Stange wird im hohen Bogen aus dem Erdreich gerissen, knallt zu Boden und kollert über das Geröll.

Rudy lässt den Kopf auf das Lenkrad sinken. Laurie legt ihm den Arm um die Schultern und streicht ihm über die vor Staub grauen und starren Haare. Wie sollte sie ihn sonst trösten? Was könnte sie sagen, das in diesem Moment nicht hohl und lächerlich klänge?

»Wir schaffen das schon«, versucht sie es trotzdem. »Vielleicht kommt ja jemand vorbei …«

»Ach wirklich? Hast du etwa einen Lastwagen gesehen, seit wir hier festsitzen?«

»Nein, aber es gibt welche. Zumindest ab und zu. Immerhin war es ja auch ein Lastwagen, dem wir unsere missliche Lage zu verdanken haben!«

»Wenn der nächste allerdings erst in acht Tagen vorbeikommt, haben wir schlechte Karten, Laurie.«

»Du musst nicht immer gleich so schwarzsehen. Was ist das? Höre ich da nicht etwas?«

»Was denn?«

»Ich dachte, es wäre ein Motorengeräusch.«

Rudy zuckt die Schultern.

»Deine Sinne trügen dich, Laurie. In der Wüste sieht und hört man alles Mögliche. Manchmal sieht man Wasserflächen, Palmen und Häuser. Oder man hört Vögel singen und Tote seufzen.«

»Ich glaube, ich sehe trotzdem mal nach.«

Laurie steigt auf das Dach des Führerhauses, um einen besseren Überblick zu haben. Sie hofft, ein metallisches Glänzen oder eine ferne Staubwolke zu sehen. Stattdessen entdeckt sie am hitzeflimmernden Horizont viereckige Formen, die vielleicht Häuser sein könnten. Ein Lächeln huscht über ihre aufgesprungenen Lippen. Immer wieder richtet sie den Blick auf die Gebilde, die zwar flimmern, aber an der gleichen Stelle bleiben. Langsam keimt Hoffnung in ihr auf.

Sie turnt vom Dach des Lasters, stürmt in die Kabine und berichtet Rudy aufgeregt von ihrer Entdeckung. Er glaubt ihr nicht, will aber selbst nachsehen. Müde, steif und schwerfällig klettert er auf das Dach. Tatsächlich – das sieht nach Gebäuden aus! Eine Fata Morgana? Dummerweise haben sie nicht daran gedacht, ein Fernglas mitzunehmen. Ihnen bleibt nichts anderes übrig, als sich auf den Weg zu machen. Was, vorsichtig geschätzt, zwei Stunden Fußmarsch bedeutet, um vielleicht nichts zu finden als pudrigen Sand und eine erbarmungslos brennende Sonne – oder, wenn sie Glück haben, einen Militärposten, der über einen gut motorisierten Geländewagen verfügt, mit dem sie den Mercedes aus dem Sand ziehen können.

Die eckigen Formen sind tatsächlich keine Fata Morgana. Es sind Häuser, rot überhaucht von den letzten Strahlen der Sonne, die am purpurfarbenen Himmel untergeht.

Doch sie sind leer – verlassen und verfallen. Rudy und Laurie stoßen auf eingestürzte Mauerreste, einen mit Schutt übersäten Boden, herumliegende Trümmer und die hässlichen Reste früherer Biwaks: leere Flaschen, geöffnete Konservendosen, Verpackungen und Toilettenpapier. Auf einem erhaltenen Stück Dach windet sich eine verbogene Antenne, Elektrokabel ohne Verbindung baumeln im Wind. Halb im Sand vergraben, finden sie ein Schild mit der Aufschrift *Außenposten Weygand*, das noch Reste der französischen Nationalfarben trägt.

Sonst nichts. Nur Sand und getrocknete Exkremente. Kein gut motorisierter Geländewagen, keine verständnisvollen Soldaten, noch nicht einmal Lastwagenfahrer, die sich gegenseitiger Solidarität verpflichtet fühlen. Absolut nichts.

Schweren Herzens und mit müden Schritten machen Laurie und Rudy sich auf den Rückweg. Die Kühle der Nacht, die ihnen zunächst angenehm und erfrischend vorgekommen ist, verwandelt sich schnell in schneidende Kälte. Sie fangen an zu zittern und mit den Zähnen zu klappern. Nun, im Führerhaus würden sie es zumindest warm haben, und im Morgengrauen, ehe die Luft sich wieder in einen Glutofen verwandelt, würden sie vielleicht eine Lösung finden, oder ein vorbeikommender Konvoi würde sie aus ihrer misslichen Lage befreien.

Als sie jedoch im bleichen Licht des Mondes an ihren Ausgangspunkt zurückkehren, ist der Mercedes nicht mehr da. *Das kann doch nicht sein*, sagen sie sich. *Sind wir vielleicht übermüdet? Oder haben wir uns etwa verlaufen?* Doch Rudy entdeckt sowohl die Spuren seines Ausweichmanövers als auch tiefe Reifenabdrücke im *fech-fech*.

Der Mercedes ist verschwunden.

Der Reisende kennt zwar den Tag seines Aufbruchs, nicht jedoch den seiner Rückkehr.

Sprichwort der Tuareg

Während der ganzen Nacht folgen Laurie und Rudy den gut erkennbaren Spuren ihres Lastwagens. Hartnäckig und bis auf die Knochen durchgefroren, streben sie vorwärts, stolpern über Steine, versinken im *fech-fech* und staken durch Sand, der so fein ist wie Talkumpuder. Der Grund, weshalb sie nicht die Hoffnung verlieren und immer noch daran glauben, dass ihr verrückter Wettlauf gegen die Zeit nicht umsonst ist, sind nicht nur die immer häufiger werdenden Ölflecke im Sand, die auf eine bevorstehende Panne schließen lassen, sondern auch Fuß- und Hufspuren, die nur bedeuten können, dass die Diebe zu zahlreich sind, um mit dem Mercedes geflüchtet zu sein, und sich ebenso wie ihre Opfer zu Fuß fortbewegen. Damit besteht zumindest eine geringe Chance, sie einzuholen. Die Diebe sind in Richtung Osten gewandert, auf einem kaum erkennbaren Weg, der irgendwo aus der Gegend des Außenpostens Weygand kommt und in Richtung des *bordj* von Ouallen führt, eines kleinen, ehemaligen Forts, das heute als Wetterstation dient und wo es Wasser gibt – das einzige im Umkreis von mehreren Hundert Kilometern. Es liegt versteckt am Fuß des As Edjrad, des ersten Ausläufers des Adrar n'Ahnet, und bildet die östliche Begrenzung des Tanezrouft. Bis dahin sind es allerdings noch 80 Kilometer, erinnert sich Rudy, der die Karten studiert und sich mit dem GPS beschäftigt hat. Er traut sich nicht, mit Laurie darüber zu sprechen, weil er erstens Angst hat, sie völlig zu entmutigen, und zweitens hofft, dass sie vielleicht doch nicht so weit laufen müssen.

Laurie ist am Ende ihrer Kräfte. Sie stolpert ständig, schlottert vor Kälte, ringt um Luft, und ihre Füße brennen wie Feuer. Die vier Stunden Fußmarsch zu dem verlassenen Außenposten und zurück haben ihre Energiereserven aufgebraucht. Hunger und Durst machen ihr zu schaffen, und ihr Körper ist nicht mehr in der Lage, sich zu erwärmen. Jedes Mal, wenn sie hinfällt, hat sie größere Mühe, wieder aufzustehen. Rudy muss ihr helfen, sie stützen und sie zwingen, weiterzugehen.

»Lass mich einfach hier, Rudy. Ich könnte auf dich warten.«

»Du redest Blödsinn, Laurie. Du weißt ganz genau, dass es dein sicherer Tod wäre, wenn du hierbliebest. Komm, steh auf. Wir gehen weiter. Weit können sie nicht mehr sein.«

Laurie kauert im Sand und wirft ihm einen mitleiderregenden Blick zu. Auch Rudy ist nicht im besten Zustand, staubig, verdreckt, mit aufgesprungenen Lippen und stoßweise atmend, doch er wird von einem unbeugsamen Willen angetrieben, der Laurie leider völlig abgeht. Sie will tatsächlich nichts anderes, als dort sitzen zu bleiben, mit dem Hintern auf den Steinen und dem Kopf in den Wolken, ohne weiter nachzudenken, während sie langsam loslässt. Eine schöne Nacht zum Sterben … Wozu der hektische Gewaltmarsch, wozu noch weiter leiden? Warum soll sie sich an eine unsinnige Hoffnung klammern? Es ist vorbei. Sie haben versagt. Niemals werden sie diesen Lastwagen wiederfinden. Sie sind dazu verdammt, mitten im Nichts zu sterben, vertrocknet wie die Vogelkadaver, die vom Himmel fallen. Wie hat Rudy noch gesagt? Die Natur schenkt uns nichts mehr. Die Wüste noch viel weniger. Und der Tanezrouft war den Menschen noch nie freundlich gesonnen. Laurie ist bereit zu sterben. Sie hat längst darüber nachgedacht. Und jetzt wartet der Tod auf sie. Sie hört sein Seufzen. Schon hat er seinen unsichtbaren Tanz zwischen Sandspiralen und Staubwirbeln begonnen. Er trägt die strengen Züge ihres Vaters und die leidenden ihrer Mutter, und manchmal auch das geliebte Gesicht von Vincent … Vincent, der sie ruft und dessen Murmeln sie im Wind vernimmt.

»Lass mich in Ruhe, Rudy. Ich will allein sein.«

»Kommt nicht infrage! Du stehst jetzt sofort auf und läufst weiter.«

Rudy schüttelt sie und zwingt sie auf die Beine. Laurie hätte sich gern gewehrt, wäre am liebsten ausgerissen und dem schmutzigen, stinkenden, lauten und bewegten Leben entflohen, das er für sie verkörpert. Doch es fehlt ihr an Kraft. Er hebt sie hoch, schiebt einen Arm unter ihre Achsel und nötigt sie, weiterzugehen. Sie schwankt und versucht ein paar Schritte. Ihre schmerzhaft versteiften Muskeln setzen sich wieder in Bewegung. Die mit Blasen übersäten Füße treten auf Sand und zermalmen kleine Steinchen. Der Schmerz reißt sie aus ihrer Betäubung. Sie geht weiter – aber wohin? Ihre zusammengekniffenen, vor Müdigkeit geschwollenen und vom Sand gereizten Augen starren auf das graue Nichts, das sich unter einem unendlichen Raum vor ihr ausbreitet. Das schimmernde Band der Milchstraße glitzert über ihrem Kopf. Ein breiter Fluss, der Sterneninseln umspült … Laurie möchte davonfliegen, möchte in dieser funkelnden Pracht aufgehen, möchte körperlos zwischen den Sternen treiben. Was hat sie hier in diesem Jammertal noch verloren? Warum muss sie ihre Füße durch den Staub schleppen?

»Vorwärts, Laurie! Vorwärts! Wir sind ganz nah dran.«

»Woran? Am Tod?«

»Nein, an der Erlösung.«

»Das ist doch das Gleiche.«

Rudy hat Laurie nur Mut machen und sie an den dünnen Faden Hoffnung knüpfen wollen, an dem auch er selbst sich festhält und den er hütet wie seinen Augapfel. Er weiß genau, wenn auch er sich jetzt gehenließe, wenn er sich auch nur eine Pause gönnte, würden sie nicht mehr weitergehen, und der Tanezrouft würde ihr Grab werden. Schon haucht die Wüste ihnen ihren nach Quarz und Silizium duftenden Atem ins Gesicht – das scheinheilige Parfüm ihres bevorstehenden Endes. Nein, Rudy wird dich nicht gehen lassen! Vorwärts! Vorwärts! Mühselig und hinkend, langsam und schrittweise gehen sie weiter. Von Zeit zu Zeit stirbt Laurie, und Rudy erweckt sie wieder zum Leben. Mit dem letzten verbleibenden Atem bemüht er sich, ihren Hoffnungsfunken am Leben zu erhalten.

Und auf diese Weise erreichen sie in der ersten Morgendämmerung das Biwak der Tuareg.

Mit einer geradezu übermenschlichen Kraftanstrengung, der letzten, die Laurie noch ertragen kann, erklimmen sie eine kleine

Erhebung, einen der ersten Ausläufer des As Edjrad, dessen Hügel Rudy am Horizont im ersten morgendlichen Dämmern des Himmels zu erkennen glaubt. Was er jedoch bis in die kleinste Einzelheit dort unten im Tal unterscheiden kann, ist die Glut eines verlöschenden Feuers, die spitzen Formen einiger Zelte, ruhende Kamele – und die massive, eckige Silhouette des Mercedes!

Gerade noch kann er sich bremsen, den Hügel hinunterzustürmen und sich seiner Wirklichkeit gewordenen Hoffnung zu bemächtigen; er weiß genau, dass man ihn mit Schüssen empfangen würde. Stattdessen lässt er sich in den Sand fallen und zieht auch Laurie hinunter, die ebenfalls die Erlösung erkannt hat, aber nicht mehr in der Lage ist, richtig zu reagieren. Mit irren Augen und wackligen Schritten wollte sie auf den Lkw zulaufen, als handele es sich bei ihm um einen klaren Süßwassersee und bei den sterbenden Feuern um das Versprechen eines Festmahls und köstlicher Ruhe.

»Um Himmels willen, runter mit dir, Laurie!«

»Was? Wie?«

»Wir dürfen nicht entdeckt werden. Denk daran, die Leute dort unten sind Diebe. Was glaubst du wohl, wie die uns empfangen würden?«

Die Antwort auf diese Frage erhält Rudy noch in der gleichen Sekunde, und zwar in Form einer kalten, runden Berührung in seinem Nacken. Sein Herz setzt einen Schlag aus, und ein kalter Schauder läuft ihm den Rücken hinunter, denn er ahnt sehr wohl, dass es sich um einen Gewehrlauf handelt. Das bestätigt auch die raue Stimme hinter ihm.

»Kein Ton und keine Bewegung, sonst bist du ein toter Mann!«

Laurie dreht sich um und schreit vor Schreck auf. Sofort richtet sich der Gewehrlauf auf sie.

»Das Gleiche gilt auch für dich, *roumia!*«

Der Mann mit dem Gewehr ist ein Targi in einer dunklen Djellaba. An den Füßen trägt er Schuhe aus Kamelleder, sein Kopf ist mit der üblichen indigofarbenen Kopfbedeckung, dem *tagelmoust*, verhüllt. Um die Hüfte hat er einen Patronengurt geschlungen; er hält sein AK74, dessen Lauf abwechselnd auf Rudy und Laurie gerichtet ist, im Anschlag. Die Augen des Mannes blitzen im Schatten des Cheche.

»Warum schieße ich eigentlich nicht?«, überlegt er laut in ehrlich erstauntem Ton.

»Vielleicht aus Neugier?«, souffliert Rudy.

Der Targi schüttelt den Kopf.

»Aus Respekt?«, schlägt Laurie vor.

»Nein. Aber dieser *roumi* dort, der hat etwas. Er ist ein *kel essuf.*«

Rudy wirft Laurie einen fragenden Blick zu, doch sie versteht ebenso wenig. Der Targi bemüht sich um eine Erklärung.

»Du bist ein Mann der Einsamkeit. Deine Toten begleiten dich.«

Zwar hat Rudy immer noch Probleme mit der französischen Sprache, aber diese Worte hat er verstanden; er spürt sie in seinem tiefsten Innern. Mit einem Gemisch aus Respekt und Furcht vor dem Unbekannten betrachtet er den Targi.

»Hoch mit euch«, fordert der Mann sie auf. »Ich bringe euch zu unserem *amghar*. Er wird entscheiden, was mit euch geschehen soll.«

Als er sieht, dass Laurie kaum aufstehen, geschweige denn gehen kann, macht der blaue Mann Rudy ein Zeichen, ihr zu helfen. *Offensichtlich hat der Kerl ein Herz*, denkt Rudy. *Vielleicht ist es ja doch möglich zu verhandeln*.

Die Menschen sind bereits auf den Beinen, als sie das Lager erreichen. Die Dromedare werden gezäumt und beladen, die Zelte zusammengelegt und das Feuer für den morgendlichen Tee geschürt. Der Wächter bringt seine Gefangenen zu einem alten, grauhaarigen Mann mit unbedecktem Kopf, der sich bei ihrer Ankunft erhebt. Im Vorübergehen hat Rudy feststellen können, dass die Motorhaube des Mercedes offen steht. Wahrscheinlich war der Motor überhitzt und hat den Geist aufgegeben. Daher auch dieses improvisierte Biwak mitten im Nichts. Guter, alter Lastwagen – schön, dass er lieber auf seine wahren Herren warten wollte!

»Amestan ag Kedda, ich habe dieses Paar oben auf dem Hügel dabei ertappt, wie es uns beobachtete«, erklärt der Targi dem Stammesführer in seiner Sprache. »Ich habe sie nicht getötet, weil der

Mann ein *kel essuf* ist. Die Dschinns und die Geister der Toten folgen seinen Schritten.«

»Das sehe ich, Ighlaf«, erwidert der *amghar* in der gleichen Sprache und nickt. »Frage ihn, wer er ist, woher er kommt und was er hier will.« Ohne auf eine Antwort zu warten, ruft Amestan eine vorbeigehende Frau zu sich, die Hirsefladen zum Feuer bringt. »Tinhinan! Diese Frau dort ist sehr erschöpft. Gib ihr zu essen und zu trinken.«

Während Tinhinan sanft Lauries Hand nimmt und sie zum Feuer begleitet, übersetzt Ighlaf die Frage des Stammesführers für Rudy ins Französische.

»Ich spreche nicht besonders gut Französisch«, antwortet Rudy mit einer Grimasse, die ein Lächeln sein soll.

»Okay. *English?*«

Rudy nickt. Ighlaf zieht einen Übersetzungscomputer *made in China* aus der Tasche seines Gewandes, wiederholt seine Frage in das winzige Mikrofon und hält Rudy das Gerät hin. Rudy hört sich die von einer metallisch nasalen Stimme in schlechtes Englisch übersetzte Frage an.

»Wir kommen aus Europa«, spricht Rudy in den Übersetzungscomputer. »Wir arbeiten für die Hilfsorganisation Save OurSelves und sollen Bohrmaterial nach Burkina Faso liefern, und zwar mit dem Lkw, den Sie gestohlen haben ...«

Der Apparat übersetzt mehr oder weniger richtig, Ighlaf wiederholt das Gesagte auf Tamaschek für seinen Chef, der wiederum auf Französisch antwortet:

»Wir haben den Lkw nicht gestohlen, sondern ihn verlassen im Reg vorgefunden. Können Sie uns beweisen, dass Sie die Eigentümer sind?«

»Kann ich. Mit den Papieren von SOS, die sich in der Kabine befinden. Und außerdem haben wir einen Diplomatenpass. Laurie!«

Laurie sitzt schlotternd vor einem Feuer aus dürren Zweigen und Kameldung, auf dem der Tee gewärmt wird, und bemüht sich, Wasser aus einer *guerba* aus Ziegenhaut zu trinken. Sie verzieht das Gesicht, weil sie sich dabei von oben bis unten bekleckert. Großherzig hat Tinhinan ihr einen Burnus um die Schultern gelegt und amüsiert sich über Lauries ungeschickte Art, mit der Trinkflasche umzugehen. Laurie wendet Rudy ihr nun schon deutlich entspannter wirkendes Gesicht zu.

»Ich brauche den Passierschein, den du mit dir herumträgst«, bittet er.

Sie bringt ihm das Dokument, das er dem *amghar* präsentiert.

»Der Passierschein ist von Fatimata Konaté unterzeichnet, der Präsidentin von Burkina Faso«, unterstreicht Rudy.

Amestan ag Kedda untersucht das Dokument, indem er es in den heller werdenden Morgenhimmel hebt. Er nickt und ruft seine Berater zu sich, die damit beschäftigt sind, das Lager abzubauen. Schon bald geht das Papier, begleitet von einer lebhaften Diskussion, von Hand zu Hand. Rudy überwacht das Dokument währenddessen mit Argusaugen, denn es wäre fatal, wenn es verloren ginge. Doch schließlich erhält er es unversehrt zurück.

Ighlaf schreibt unverständliche Zeichen in den Sand, die von den anderen nickend begutachtet werden. Mit der flachen Hand verwischt er die Zeichen wieder. Rudy wird mit wohlwollenden Blicken bedacht.

Jemand bringt Tee, Fladen und einen Teppich, auf den man ihn zu sitzen einlädt. Amestan schlägt den *ettebel*, die Befehlstrommel, und verkündet vom Computer mehr oder weniger gut übersetzt sein Urteil:

»Wir vom Stamm Kel Ahnet, und alle anderen Stämme von Ahaggar, angefangen bei den Kel Ghala bis nach Ifoghas, schätzen und respektieren die Präsidentin Fatimata Konaté. Sie und Präsident Songho in Mali haben ihre Grenzen für die Tuareg geöffnet. Wir haben die Freiheit, zu kommen und zu gehen, wie es uns beliebt. Daher habe ich, der *amghar* Amestan ag Kedda, beschlossen, dass du und deine Frau ebenfalls die Freiheit haben sollt, auf dem Gebiet der Tuareg zu kommen und zu gehen, wie es euch beliebt. Ihr werdet Fatimata Konaté dieses Bohrmaterial bringen, denn sie braucht es dringend. Wir, die Kel Ahnet und alle anderen Stämme von Ahaggar, Ilassene und Ifoghas, garantieren euch freie Fahrt. Fühlt euch bei uns wie zu Hause.«

Alle nicken und trinken Zungen schnalzend ihren Tee. Die Frauen, die dem Beschluss zugehört haben, klatschen in die Hände und stoßen schrille Freudenschreie aus. Rudy hat zwar nicht alles verstanden, erkennt aber an den zufriedenen und erfreuten Mienen, dass es gut für sie gelaufen sein muss. Der Name Fatimata Konaté scheint über geradezu magische Kräfte zu verfügen! Er kostet seinen Tee und verzieht ein wenig das Gesicht, weil er sehr bitter ist und nach Ziegenleder schmeckt; trotzdem kommt es ihm so vor, als sei dieser Tee das Köstlichste, was er je getrunken hat. Inzwischen hat jemand dem *amghar* ein Satelliten-Visiofon gebracht, in das er laut und schnell hineinspricht. Vermutlich erklärt er den anderen Stämmen die Sachlage.

Längst ist keine Rede mehr davon, das Lager aufzuheben. Stattdessen beschließen die Tuareg, zu Ehren ihrer Gäste ein Fest zu veranstalten. Der Mechaniker des Stammes – der Mann, der den Mercedes bis hierher gefahren hat – macht sich eifrig daran, den Lkw mit den an Bord befindlichen Werkzeugen zu reparieren. Die Frauen kochen und putzen sich heraus, die Männer polieren ihre Waffen, schmücken die Kamele, bügeln ihren *tagelmoust,* der besonderen Ereignissen vorbehalten ist, und schminken sich die Gesichter mit Kajal und Indigo – kurz, sie bereiten alles für ein *tindé* vor, das Fest der Tuareg, bei dem fast alles gestattet ist …

Laurie und Rudy bemerken nichts von alledem. Sie liegen in einem Zelt, zermürbt von der Hitze, die mit dem anbrechenden Tag zurückgekehrt ist, und schlafen tief und fest. Sie sind endlich zur Ruhe gekommen.

Die Zukunft der Menschheit

Es ist ganz gleich, wie weit der Weg ist, solange an seinem Ende ein Brunnen wartet.

Sprichwort aus der Sahara

Von diesem Tag an steht Lauries und Rudys Reise unter einem anderen Stern. Die Nachricht von ihrem Vorankommen eilt ihnen voraus und wird per Satellitentelefon weitergegeben. An jedem Rastpunkt erscheinen eine Karawane, eine Delegation oder zumindest ein Mitglied des jeweiligen Stammes und nimmt sie mit offenen Armen auf. Man ehrt sie mit der *mahraba*, dem Willkommensgruß, reicht ihnen *amane* – Wasser – und Tee, sie bekommen zu essen, und man organisiert ihnen zu Ehren Feste oder einfach nur abendliche Runden, bei denen poetische Erzählungen vorgetragen werden. Begleitet werden solche Darbietungen vom melancholischen Klang der *imzad*, einer einsaitigen Geige aus Leder, deren Spiel den Frauen vorbehalten ist. Sobald ein Problem auftritt – sei es mit den örtlichen Behörden, mit Wegelagerern oder mit dem mehr oder weniger notdürftig zusammengeflickten Mercedes –, können sie unbesehen auf einen zu Kamel oder motorisiert auftauchenden Trupp zählen, der ihnen den Wagen repariert, die Banditen in die Flucht schlägt oder mit den Behörden verhandelt. Und anschließend wird der glückliche Ausgang des Zwischenfalls selbstverständlich gebührend bei einer Tasse Pfefferminztee gefeiert. Laurie und Rudy kommen auf diese Weise natürlich nicht gerade schnell voran. Doch wie sollten sie die Gastfreundschaft ablehnen? Man kann schließlich nach einem Gefallen, der einem erwiesen wurde, nicht einfach abhauen. Wie sagt man »Wir haben es eilig« auf Tamaschek? Sie haben sich im Netz des *achak* verfangen, des Ehrenkodexes der Tuareg, und können und dürfen sich nicht daraus befreien, denn es bedeutet Solidarität, Ehrlichkeit, Verantwortung, Ehre, Schutz, Respekt und Mut. Im Gegenzug sind sie verpflichtet, Stammesältesten die Ehre zu erweisen und den Lkw für wichtige Transporte zur Verfügung zu stellen – zum Beispiel Kranke oder schwangere Frauen zur nächsten Poliklinik zu bringen, Wasser an entfernten Brunnen zu holen, weil die örtliche Quelle versiegt ist, Viehfutter zu einer in Schwierigkeiten geratenen Karawane zu transportieren oder für einen defekten Pick-up ein Ersatzteil zu besorgen – was sie in immer größeren zeitlichen Verzug bringt. Natürlich werden sie nicht direkt aufgehalten. Jeder versteht die Wichtigkeit ihres Auftrags, und jeder weiß, dass sie in Burkina Faso erwartet werden.

»Macht euch keine Sorgen«, beruhigt man sie, »Fatimata Konaté weiß Bescheid. Sie wurde informiert, dass ihr bald kommt.« Aber auch: »Der kleine Umweg kostet euch nicht einmal einen Tag, *inch'Allah*. Gott wird eure Güte belohnen.« – »Unser *amghar* möchte euch unbedingt begrüßen. Ihn nicht zu besuchen hieße, den Stamm der Kel Tessaghlit zu beleidigen!«

Angesichts der Verzögerungen wappnen sich Laurie und Rudy mit Geduld und Durchhaltevermögen. Immerhin ist es besser, ein wenig zu spät, aber heil, gesund und lächelnd anzukommen, als die zu allem entschlossenen Europäer herauszukehren und das Ziel nicht zu erreichen.

Plötzlich scheint es wieder eine Zukunft zu geben, die sich verheißungsvoll und voller Unwägbarkeiten vor ihnen auftut. Eines Abends, als sie in einem ihnen zur Verfügung gestellten Zelt am Fuß eines Hügels aus schwarzem Gestein entspannt auf ihren Matten liegen, bringt Laurie das Thema zur Sprache.

»Was wirst du tun, wenn das hier vorbei ist?«

Rudy verzieht ein wenig zweifelnd das Gesicht.

»Keine Ahnung. Wahrscheinlich gehe ich zurück nach Hause.«

»Du hast kein Zuhause mehr«, erwidert Laurie hart.

Über Rudys Gesicht huscht ein schmerzlicher Ausdruck, den er mit einer hastigen Handbewegung wegzuwischen versucht.

»Dann gehe ich eben woandershin«, weicht er aus. Offenbar hat er noch nicht über das »Nachher« nachgedacht und scheint auch keine Lust dazu zu haben. »Und du?«

»Also, ich ...« Laurie verschränkt die Hände hinter dem Nacken und betrachtet die braune Zeltwand über ihrem Kopf, die sich sanft im Abendwind bewegt. »Weißt du, dieses Leben fängt allmählich an, mir zu gefallen. Ich habe den Eindruck, meine Sorgen sind samt und sonders in der Bretagne geblieben und dort ertrunken.«

»Und dabei hattest du zu Beginn eine so schreckliche Angst vor der Wüste.«

»Tja, man hat wohl oft Angst vor Dingen, die man nicht kennt.«

»Aber mal ganz ehrlich«, hakt Rudy verdutzt nach, »könntest du dir tatsächlich vorstellen, für immer hier zu leben? Hier, wo es immer heißer wird und immer weniger Wasser gibt? In ein paar Jahren wird die Gegend hier unbewohnbar sein.«

»Ja, das habe ich auch gehört.«

»Ja und? Willst du etwa mit den Menschen hier draufgehen, Laurie? Sieht deine Zukunft wirklich so aus? Inmitten von ausgetrockneten Kamelen vor Durst und Hitze zu sterben – und das vor dem soundsovielten Brunnen, in dem es nichts anderes mehr gibt als Sand und Skorpione?«

»Nein, Rudy. Denn die Tuareg werden überleben. Es gibt genügend Wasser, wenn auch in großer Tiefe. Und was die Hitze angeht – nun ja, sie passen sich eben an. Fünfzig Grad machen ihnen inzwischen absolut nichts mehr aus, und dabei war eine solche Temperatur noch vor Kurzem die Ausnahme.«

»Ich finde dich ganz schön optimistisch. Wir kommen jetzt in den Sahel. Und ist dir vielleicht ein Unterschied zur Wüste aufgefallen? Die gleichen Dünen, der gleiche Sand, verbrannte Steine, kahle Hügel, ein paar tote Akazien, ausgehungerte Viehherden, koreanische Pumpstationen, die nicht arbeiten, weil es keine Ersatzteile gibt, zu intensiv genutzte Brunnen, an denen die Leute sich um einen Eimer Wasser prügeln, selten einmal ein Feld – und das ist dann mit Stacheldraht verbarrikadiert und wird von bewaffneten Wächtern gehütet – und Städte, in denen das Wasser so ungenießbar ist, dass Epidemien ausbrechen. Also, ich sehe die Zukunft dieses Landes alles andere als rosig.«

»Ach, du – du siehst immer nur die düstere Seite der Dinge. Aber ich bemerke auch die Hilfsbereitschaft, die Solidarität und die großzügige Gastfreundschaft der Tuareg. Sie schlachten ihre letzte Ziege, um uns eine anständige Mahlzeit zu bieten, sie teilen mit uns ihre letzte Wasserflasche, und sie schlafen draußen, obwohl der Harmattan wütet, um uns ihr Zelt zur Verfügung zu stellen. Ich sehe, dass sie das wenige, das sie besitzen, denen geben, die gar nichts haben; ich sehe, wie sie sich um Alte und Kinder kümmern, und ich sehe, dass sie um ein totes Kamel weinen, ihrem eigenen Tod aber lächelnd ins Auge blicken. Wenn es Menschen gibt, die auf einer zur Wüste werdenden, überhitzten Erde überleben können, dann sind sie es. Sie sind die Zukunft der Menschheit. Und ich hätte ehrlich Lust, gemeinsam mit ihnen diese Zukunft aufzubauen.«

Rudy zuckt die Schultern wie so oft, wenn ihm die Argumente ausgehen.

»Ganz wie du meinst, Laurie. Ich werde dich bestimmt nicht daran hindern. Geh und grabe Brunnen, pflanze Hirse und zieh den Eimer hoch, um die Kamele zu tränken. Wir sind kaum eine Woche in der Wüste. Jetzt kommt dir alles noch rosig und toll vor, aber warte mal ab, wie es ist, wenn du drei Monate hier gelebt hast.«

»Ach, du gehst mir auf die Nerven.« Laurie steht auf. In dem niedrigen Zelt kann sie nur gebückt stehen. »Ich gehe zu den Frauen. Takama will mir beibringen, die *imzad* zu spielen.«

Sie geht. Rudy bleibt allein zurück. Nun ist er es, der die Wellenbewegung der Zeltplane unter dem seufzenden Wind betrachtet … Dieser Wind, der wieder die stummen Schreie der Toten mitbringt, der ewigen *hawâtif*, der Geister der Nacht, der Ausgeburten seiner inneren Finsternis … Rudy weiß längst, dass es kein Land und keine Wüste gibt, die so groß sind, dass er den Stimmen entkommen könnte.

Indessen kommt das Ziel ihrer Reise von Tag zu Tag, von Dorf zu Brunnen, von Etappenziel zu Biwak langsam, aber sicher näher. Den Tanezrouft mit seiner verwirrenden Flachheit und seinem Todeshauch haben sie verlassen. In Bordj Mokhtar nahm die Landschaft allmählich wieder Formen an, und sie entdeckten Spuren von Vegetation und Zivilisation: die üblichen Schikanen von Zoll und Polizei, aber auch Bars, Märkte, geschmuggelte Elektronikteile, die von fliegenden Händlern verkauft wurden, und ein Hotel, das mit Duschen lockte, die jedoch über kein Wasser verfügten. Sie überschritten die durch einen zwei Meter hohen Stein gekennzeichnete Grenze nach Mali, durchfuhren ein Stammesgebiet nach dem anderen, kamen von *arrems* zu *gueltas* und anderen zufälligen Wasserstellen. Sie erreichten die Quellen über steinige *aberakkas*, steile Kamelpfade, die von Tälern aus blondem Sand in schwarze, nackte Berge führten, zu erodierten Granitblöcken mit Felsmalereien der *kel iru*, der Menschen von früher. Die *kel iru* lebten hier, als der Adrar noch ein Gebirgsmassiv mit grünen, fruchtbaren Tälern war und die Wadis als fischreiche Bäche gen Tal rauschten. Zwei Tage verbrachten sie in Tessalit, einer gastlichen, palmenreichen Oasenstadt, wo sie endlich wieder einmal im Schatten richtiger Bäume saßen und ihren zweiten *tindé* erlebten; hier wurden die traditionellen *imzad*, Flöten und Djembés von Elektrogitarren und Synthesizern unterstützt. Laurie genoss die ungeteilte Aufmerksamkeit eines schönen Targi, der unter seinem imposanten Feiertags-*tagelmoust* sehr geheimnisvoll wirkte, und Rudy, der sich zwischen zwei Verehrerinnen hätte entscheiden müssen, verbrachte die Nacht schließlich mit keiner von beiden. Dann ging es weiter durch die Ebene von Marcouba in Richtung Anéfis, Tabankort und Gao. Die Strecke führte vorbei an Dünen, Steinen, vertrockneten Büschen, nesselartigem *cram-cram* und todgeweihten Bäumchen. Die Stoßdämpfer des Mercedes wurden auf den langsam zu Regs verdurstenden Feldern und dem *fech-fech* in versandeten Wadis einer harten Prüfung unterzogen, denn der Weg fuhr sich teilweise wie Wellblech. Die sprichwörtlich zahlreichen Brunnen der Gegend enthielten oft nur noch eine brackige, ekelerregende Brühe, wenn sie nicht ganz ausgetrocknet waren. Und dann endlich erreichten sie die schöne, strahlende Stadt Gao, wo die Nord-Süd-Piste die Ost-West-Route kreuzt. Gao, die wichtige Zwischenstation der *Azalai*, der berühmtesten aller Tuareg-Karawanen, florierende Marktstadt und emsiger Hafenort am Fluss Niger, wo sich kleine Boote drängen, die alles Mögliche transportieren – angefangen beim *bougrou*, einem im Fluss wachsenden Viehfutter, über Zement, Ziegen, Gasflaschen und tonnenweise Handelsware bis hin zu neugierigen Touristen. Gao und seine rosa Düne – die Perle der Wüste.

Perle der Wüste? O nein! Von der Pracht ist nichts geblieben.

Der Fluss Niger ist zum kümmerlichen, ungesunden Rinnsal geworden, und Gao ist eine wahre Hölle.

Niemand hat sie gewarnt. Niemand hat ihnen nahegelegt, Gao um jeden Preis zu meiden, niemand hat ihnen gesagt, dass Gao eine Totenstadt ist, niemand hat sie darauf hingewiesen, wie sehr Gao sich vom Rest des Landes unterscheidet. Niemand hat auf eine Gefahr hingewiesen oder erwähnt, dass es riskant sein könnte, die Stadt zu durchqueren. Fast könnte man den Eindruck bekommen, dass den Menschen dieses Geschwür auf der glatten Oberfläche ihrer Dünen peinlich ist … Zwar hat der *amghar* der Kel Afella ebenso poetisch wie missverständlich geäußert, dass in Gao viele Träume ihr Ende fänden, und jemand anders hat gesagt, dass Gao häufig zur Endstation für Auswanderer in Richtung Norden würde, weil die algerische Grenze geschlossen sei und die Tuareg keine Invasion in ihr Gebiet dulden könnten, das kaum noch ihren eigenen Bedürfnissen genüge. Doch diese Sätze, die eher nebenbei in Gesprächen fielen, sind über die ohnehin schon mit Informationen vollgepfropften Köpfe von Lauric und Rudy hinweggegangen.

Jetzt allerdings, während sie endlose, in Sand und Staub errichtete Elendsviertel durchfahren – Zelte, die nur aus Plastikplanen bestehen, aus allerlei Gerümpel zusammengezimmerte Hütten inmitten von Müllbergen, in denen apathische Zombies ihr Dasein unter einer gnadenlosen Sonne fristen, brennende Abfälle und erbärmlicher Gestank –, wird ihnen die Bedeutung der Worte klar. Die Spurrillen und Schlaglöcher auf der Straße erlauben höchstens eine Geschwindigkeit von dreißig Stundenkilometern, und trotzdem ertappt sich Rudy bei dem Wunsch, das Gaspedal durchzutreten, um nicht länger den verhungerten Blicken ausgesetzt zu sein, um den ausgemergelten Kindern mit den gierigen Augen zu entgehen, die sich an die Wagentüren hängen, und um vor den lebenden Skeletten zu fliehen, die vor dem Lkw herwanken und ihre leprösen Klauen ausstrecken. Er hat die Luger unter dem Sitz hervorgeholt und geladen. Mehrfach sieht er sich gezwungen, einige Schüsse in die Luft abzugeben, um eine stinkende Menschenmenge zu zerstreuen, die versucht, den Mercedes zu blockieren und zu plündern.

Auch die Stadt selbst bietet kein anziehenderes Bild. Sie sieht aus, als hätte hier erst kürzlich ein Guerillakrieg stattgefunden. Durch die stinkenden, stark beschädigten Straßen, in denen Müll und geplünderte oder ausgebrannte Autowracks herumliegen, schlängelt sich ein spärlicher, aus Fahrrädern, schrottreifen Motorrollern und rostigen Schrottschleudern bestehender Verkehr. Die eingestürzten oder ausgebrannten Häuser weisen Einschlagspuren auf, alle Geschäfte sind geschlossen oder geplündert; auf den Bürgersteigen hat man stattdessen einige Warenstände aufgebaut, die von bewaffneten Männern bewacht werden. Bäume gibt es keine mehr; sie wurden schon vor langer Zeit gefällt und verbrannt. Elektrische Leitungen hängen leblos auf den Boden hinunter, und ab und zu sehen sie Leichen. Niemand macht sich mehr die Mühe, die Toten zu entsorgen; um sie kümmern sich die Geier, die wie unerschrockene Totengräber über dem Elend kreisen und sich kreischend und flügelschlagend um irgendwelches Aas streiten. Und über dieser Totenstadt hängt ein dichter, stinkender, schmieriger Smog, den man kaum atmen kann und der dem Himmel eine gelbliche Farbe verleiht.

Hinter den fest geschlossenen, staubigen Fensterscheiben des Mercedes betrachtet Laurie das Elend mit einer Mischung aus Entsetzen, Angst und Mitleid. Sie weiß, dass hier jede Hilfe zu spät kommt – längst ist die Stadt in tiefster Not und Anarchie versunken. Die »natürliche Auslese«, von der Rudy gesprochen hat, ist hier in vollem Gang. Gao, diese Brutstätte der Verworfenheit und Krankheit, wird mit dem Tod oder dem Weggang ihrer letzten Bewohner untergehen, und die Wüste wird sie unter ihren unfruchtbaren, jungfräulichen Sandwellen auslöschen.

Rudy betrachtet das Chaos mit eher misstrauischen Blicken. Seine Luger liegt in Griffweite neben ihm, denn er hat ein paar einzelne oder in Gruppen zusammenstehende, bewaffnete Männer entdeckt. Einige mustern den Lkw mit habgierigen Blicken, ein paar folgen ihm oder zeigen mit den Fingern darauf, einige legen sogar die Waffe an, schießen aber nicht – möglicherweise fehlt es ihnen an Munition, oder sie fürchten, eine Schießerei vom Zaun zu brechen. Übrigens sind durchaus dann und wann Schüsse, wütendes Gebrüll und Todesschreie zu hören – irgendwo in den Hinterhöfen oder den zu Schuttabladeplätzen umfunktionierten Gässchen. Rudy bemerkt auch die schrottreifen Pick-ups, die ab und zu aus Seitenstraßen hervorschießen oder wie die Irren über Kreuzungen preschen. Sie sind beladen mit ganzen Banden von gewehrschwingenden Männern, und Rudy fragt sich besorgt, wie er reagieren sollte, wenn er von einem dieser Gefährte angehalten würde. Zu alldem entdeckt er – ebenso wie Laurie, die einen Entsetzensschrei ausstößt – Typen in Drillichanzügen, die durch die Straßen marschieren oder bestimmte Gebäude bewachen und dabei nicht etwa von Hunden, sondern von Hyänen oder großen, mandrill- oder gibbonartigen Affen begleitet werden, die sie an soliden Ketten führen.

Und dann geschieht das, was Rudy am meisten befürchtet hat: Die Zufahrt zur einzig verbliebenen Brücke über den Niger wird von einer Straßensperre blockiert. Es ist eine aus zwei Lastwagenwracks errichtete Schikane, die von fünf Typen mit Uzis oder Kalaschnikows und zwei wilden, an Ketten liegenden Tieren bewacht wird. Als der Mercedes sich nähert, stehen die Kerle auf. Selbst aus der Entfernung ahnt Rudy das mörderische Grinsen auf ihren Gesichtern.

»Was sollen wir tun?« Laurie wird nervös. »Was können wir ihnen anbieten?«

Sie zittert vor Angst, mit den Haudegen verhandeln zu müssen.

»Gar nichts«, erwidert Rudy. »Wir fahren einfach durch. Du solltest jetzt lieber abtauchen.«

»Wie bitte? Rudy, die Kerle sind bewaffnet!«

Doch Rudy hört nicht hin. Er verlässt sich auf den Überraschungseffekt und auf die Strapazierfähigkeit des Kuhfängers, den ein vorausschauender Targi auf die Motorhaube des Mercedes geschweißt hat. Er tritt das Gaspedal durch, lässt gleichzeitig die Seitenscheibe herunter und ballert mit seiner Luger wild drauflos, wobei er hauptsächlich einen ein wenig abseits geparkten Pick-up ins Visier nimmt. Zwei der Kerle und eine Hyäne werden getroffen, der Pick-up sackt mit zerfetzten Reifen in sich zusammen und fängt an, Ethanol zu verlieren. Rudy schlingert durch die Schikane, streift eines der Wracks, schleift es einige Meter mit und verliert es mit einem metallischen Kreischen. Die drei Überlebenden, die sich zu Boden geworfen haben, springen auf und eröffnen ihrerseits das Feuer, doch sie schießen schlecht und zu spät. Der Mercedes ist durch. Zwar werden die hinteren Türen ein paarmal getroffen, doch glücklicherweise bleiben die Reifen heil.

Auf der Brücke verlangsamt Rudy die Fahrt. Weder wird er verfolgt noch wird weiter auf ihn geschossen. Wahrscheinlich ist die Munition hier rar, aber dafür sehr teuer. Über die teilweise eingestürzte Brüstung der Brücke hinweg erkennt er den armseligen Zustand des Flusses, der einst Afrikas majestätischster Wasserlauf neben dem Nil war. Kümmerliche Rinnsale sickern zwischen Sandbänken dahin, die Ufervegetation ist karg und grau und wird von Dünen bedroht, die sich bis ins Flussbett vorgearbeitet haben. Skelette von Fischerbooten stecken im Sand fest, aufgeplatzte Pontons überragen den rissigen Boden, und die ehemaligen Anlegestellen sind zu Lagerplätzen verkommen – mehr ist vom Hafen von Gao nicht geblieben.

»Sind wir durch?«, fragt Laurie, die sich vor ihrem Sitz zusammengekauert hat, mit tonloser Stimme.

»Ja. Du kannst wieder rauskommen.«

Eine etwas voreilige Ermutigung, denn am Ende der Brücke steht eine zweite Straßensperre. Als Laurie sie entdeckt, wird sie blass und verkriecht sich wieder in ihrem Versteck. Rudy legt neue Patronen in seine Luger ein, doch er braucht sie nicht. Die Straßensperre ist verlassen. Entweder sind ihre entmutigten Wachen geflüchtet, oder sie ist schon länger unbewacht. Ansonsten zeigt der auf der rechten Flussseite gelegene Teil der Stadt, was bald auch dem linken Ufer widerfahren wird: eine tote Ansammlung von Ruinen, die widerstandslos dem Sand und dem Harmattan ausgeliefert ist. Die Straße durchquert Reihen von Trümmern und baufälligen Häusern; am Straßenrand liegen vertrocknete Abfälle und die allgegenwärtigen Autowracks, Symbole jeglicher Emigrationsträume, die in Staub und Elend zerstoben sind. Dünne Rauchfahnen, die über Mauerreste hinwegschweben, zeigen an, dass sich auch hier immer noch Leben hält; Leben, das von den auf den umliegenden Dächern und Masten hockenden Geiern genau überwacht wird.

Jenseits der letzten verlassenen Slums hat die endlose, leere Wüste wieder das Regiment übernommen. Die Einsamkeit wirkt umso grausamer, als es immer noch Spuren einer Vegetation gibt, die zwar nie üppig war, für die Tuareg jedoch das Versprechen eines

Paradieses bedeutete. Heute gibt es nur noch *cram-cram*, rachitische, halb im Sand erstickte Büsche und tote Baumskelette, die wie anklagende, gekrümmte Finger in den weißen Himmel ragen.

Herzlich willkommen im Sahel!

Heiliger Bund

Nach der katastrophalen Überschwemmung im August 2005 und dem großen Brand im Juli 2023, ganz zu schweigen von den immer stärker werdenden Hurrikans, die Jahr für Jahr über die Region hinwegfegen, wurde New Orleans jetzt von einer weiteren Katastrophe heimgesucht: Ein Virus unbekannter Herkunft hat innerhalb von vierundzwanzig Stunden drei Viertel der schwarzen Bevölkerung im Stadtgebiet getötet – insgesamt etwa eine Million Menschen. Ersten Ermittlungen zufolge handelt es sich um einen terroristischen Anschlag. Es besteht jedoch kein Grund zur Sorge. Eine von BioGen Labs durchgeführte Studie beweist, dass es sich bei dem Virus um einen genetisch veränderten Abkömmling von Anthrax handelt, dessen Lebensdauer extrem kurz ist und der ausschließlich Schwarze befällt. Aus dem Schutz seines Bunkers heraus hat der Bürgermeister von New Orleans, Louis Birotteaux – ebenfalls ein Schwarzer –, eine Ausgangssperre verhängt, für das gesamte Gebiet den Notstand ausgerufen und die Stadt unter Quarantäne gestellt. Unsere Korrespondentin April Garrett ist für CNN nach New Orleans gefahren. Hören Sie ihren Bericht nach einer kurzen Werbeunterbrechung unseres Sponsors BioGen Labs …

»Ich glaube, Pamela, jetzt bist du wirklich völlig verrückt geworden. Was hast du dir denn dabei gedacht?«

»Findest du es wirklich so schlimm, wenn man armen Menschen und Waisen hilft, wenn man in der Furcht des Herrn und der Nächstenliebe lebt, wie Jesus es uns gelehrt hat, wenn man daran arbeitet, die Werte wiederherzustellen, auf die Amerika sich gründet und die allein die Kraft haben, uns aus der Dekadenz herauszuholen? Wenn das verrückt ist, dann bin ich stolz darauf, verrückt zu sein.«

Anthony Fuller vergräbt den Kopf in den Händen, um sie am Zittern zu hindern, doch es sind seine Lippen, die beben – eine Nebenwirkung des Neuroprofen oder vielleicht auch der Mischung von Dexomyl und Metacain. Er müsste eine Calmoxan einnehmen, um seine Nerven zu entspannen, doch auf keinen Fall vor Pamela, vor der er kein Zeichen von Schwäche zugeben will.

Beinahe wäre er diesem Vorsatz untreu geworden, als er bei seiner Rückkehr aus New York auf dem niedrigen Couchtisch im Wohnzimmer Broschüren und Prospekte der Göttlichen Legion vorfand und Pamela auf Knien betend auf dem Perserteppich in ihrem Zimmer vor einem riesengroßen Kruzifix überraschte, das seit Neuestem über ihrem Bett hängt. Gut, dass er nicht mehr mit ihr schläft! Er hätte wirklich Angst, dass das Ding sich lösen und ihn während der Nacht erschlagen könnte.

Die Göttliche Legion gehört zu Fullers Lieblingsfeinden – gleich nach den Chinesen. Diese rückschrittliche und gefährliche Sekte schadet den amerikanischen Interessen in der ganzen Welt. Der selbsternannte Oberheilige Callaghan und seine Lämmchen wollen Amerika nach außen abschotten und aus dem gesamten Land eine Art überdimensionales Amish-Dorf machen, das sich auf Bigotterie, Puritanismus und seine verdammten Traditionen gründet und jede von außen kommende Erfahrung und jegliche Kultur jenseits der Bibel ablehnt. Als würdige Nachfolger des Ku-Klux-Klan scheuen sie weder vor Morden noch vor groß angelegten, rassistisch motivierten Attentaten zurück. Der jüngste Anschlag in New Orleans, zu dem sich die Sekte natürlich nicht bekannt hat, ist ein repräsentatives Beispiel. Verbrechen, die im Namen irrationaler Überzeugungen begangen werden, haben Fuller schon immer wütend gemacht – sie sind so *kontraproduktiv!*

Er atmet tief durch, richtet sich auf und blickt Pamela geradewegs in die Augen. Entgegen seiner Erwartung weicht sie seinem Blick nicht aus; auch sind ihre Augen nicht vom Prozac getrübt. Sollte sie etwa damit aufgehört haben?

»Okay, du hast deine Überzeugung, ich habe meine. Darüber haben wir oft genug diskutiert und wollen nicht wieder damit anfangen. Ich fordere dich lediglich auf, die Sache, für die du dich engagierst, einmal objektiv zu beurteilen. Bist du dir darüber im Klaren, dass du eine terroristische Organisation unterstützt, die in mehreren Bundesstaaten verboten ist?«

»Verboten? In welchen Bundesstaaten ist die Göttliche Legion verboten? Bestimmt in Kalifornien, diesem sezessionistischen Staat, diesem Sammelbecken für Ausländer, Schwule und Drogenabhängige! Oder in New York, das längst der Unterwelt und den Gelben gehört. Vielleicht auch in Florida, dem Reich der Ausschweifungen. Und natürlich in Louisiana, diesem Negernest, das Gott gerade erst mit seinem gerechten Zorn gestraft hat.«

Anthony schüttelt den Kopf. Pamelas Worte machen ihn sprachlos.

»Ich habe noch nie so viel Blödsinn von dir gehört, Pamela. Selbst unter dem Einfluss von Prozac hast du dir wenigstens immer noch einen Rest gesunden Menschenverstand bewahrt. Aber jetzt hast nicht du selbst gesprochen – das war Moses Callaghan! Und ganz nebenbei kann ich dir verraten, dass es nicht Gott war, der genetisch verändertes Anthrax in den Straßen von New Orleans verstreut hat. Das war das Werk der Göttlichen Legion.«

»Ach ja?«, trumpft Pamela auf. »Hast du etwa Beweise? Hat die Göttliche Legion sich dazu bekannt?«

»Das nicht, aber es ist sonnenklar. Man braucht doch nur Callaghan zuzuhören, wenn er über die Schwarzen herzieht und alles verurteilt, was nicht seinen Ansichten entspricht. Dann weiß man Bescheid.«

»Das stimmt doch überhaupt nicht! Reverend Moses ist kein Rassist. Die Göttliche Legion nimmt auch Schwarze auf, sofern sie ohne Sünde und zivilisiert sind, im Sinne der Heiligen Schrift leben und einen reinen, tiefen Glauben an den Tag legen.«

»Also weiße Schwarze, sozusagen. O ja, die gibt es. Einen von ihnen kenne ich sogar sehr gut. Aber normalerweise sind sie zu intelligent, sich deinem Verein von fanatischen Kriminellen anzuschließen.« Fuller denkt an seinen Anwalt Grabber, der nur allzu gern davon träumt, einen Angehörigen der Göttlichen Legion auf den elektrischen Stuhl zu bringen – am liebsten Callaghan höchstpersönlich. »Ich kann noch immer nicht begreifen, wie du dich von diesen Verrückten hast einwickeln lassen können! Hat das Prozac dein Hirn dermaßen aufgeweicht? Oder tust du es aus Langeweile? Du langweilst dich hier, nicht wahr? Aber dagegen kannst du etwas unternehmen: In Eudora gibt es nämlich eine ganze Menge Organisationen, über die du den armen Menschen wirklich helfen kannst.«

»Nein, damit hat es nichts zu tun. Jemand hat mir den Weg zum Licht Gottes gewiesen. Und außerdem ...«

Sie wirft einen kurzen Blick auf Tony Junior, der zusammengesunken vor dem leise vor sich hin brabbelnden Fernseher sitzt, den er allerdings nicht anschaut. Stattdessen fixiert er seine Eltern mit den grauen Augen, die viel zu groß für sein verschrumpeltes Gesicht sind. Anthony folgt Pamelas Blick, begegnet dem seines Sohnes und wendet sich ab. Was hat Junior überhaupt hier zu suchen? Na ja, soll er ihnen ruhig zuhören, wenn ihn das beschäftigt. Mit seinem Spatzenhirn versteht er ohnehin nichts!

»Aha. Kenne ich diesen Jemand?«

»Nein. Es ist mein Anwalt.«

Bei diesen Worten flackern Pamelas Augen für einen Moment, was Anthony durchaus nicht entgeht. Er verspürt einen leichten, eifersüchtigen Stich – nicht etwa, weil seine Frau einen Geliebten hat, das ist ihm völlig egal, sondern weil er selbst keine Mätresse mehr sein Eigen nennt.

»Ein Anwalt, der Mitglied der Göttlichen Legion ist? Wie heißt der Mann?«

Pamela scheint die Hintergedanken ihres Mannes zu ahnen, denn sie verzieht das Gesicht.

»Das spielt doch jetzt keine Rolle«, weicht sie aus. »Du kennst ihn ohnehin nicht.«

»Wo wir gerade von Anwälten sprechen – wie weit bist du mit deinem Scheidungsantrag? Ich nehme doch an, dass das der Grund ist, weshalb du dir einen Anwalt genommen hast.«

»Ich lasse mich nicht scheiden.«

»Wie bitte?«

»Gott gestattet nicht, dass man den heiligen Bund der Ehe auflöst.«

»Herr im Himmel …«

»Du brauchst den Namen des Herrn gar nicht erst anzurufen. Er ist ohnehin auf meiner Seite.«

Fuller vergräbt das Gesicht in den Händen und wünscht sich, dass das alles nur ein Albtraum wäre. Sobald er die Augen öffnen würde, würde nicht mehr Pamela, sondern Tabitha vor ihm stehen, splitterfasernackt, und ihm eine wollüstige Zunge herausstrecken.

Er öffnet die Augen. Pamela ist immer noch da, kratzbürstig und verstockt. Anthony seufzt.

»Auch gut. In diesem Fall reiche ich die Scheidung ein. Grabber wird sich freuen, mich vertreten zu dürfen.«

»Das darfst du nicht. Die Göttliche Legion verbietet es.«

Fuller spürt, wie seine Nerven mit ihm durchgehen. Mit Mühe und Not hält er sich zurück, das Buch *Gott spricht zu mir* zu packen, das auf dem Couchtisch herumliegt, und es Blatt für Blatt in den Mund seiner Frau zu stopfen, bis sie daran erstickt.

»Pamela«, sagt er kalt, »ich bin nicht Mitglied dieser Scheißsekte. Mir ist verdammt noch mal egal, was sie verbietet. Und ich werde diese blöde Scheidung einreichen und sie auch bekommen, weil du nämlich inzwischen Mitglied einer terroristischen Vereinigung geworden bist, was dein Nachteil ist. Und wenn deine neuen Freunde damit nicht einverstanden sind und dich fallen lassen wie eine heiße Kartoffel, dann freut mich das sogar! Vielleicht öffnet es dir die Augen. Aber inzwischen will ich diese Schweinereien nicht mehr auf *meinem* Tisch sehen und in *meinem* Haus den Namen der Göttlichen Legion nicht mehr hören. Hast du das kapiert?«

Pamela hat Tränen in den Augen, bleibt jedoch stolz und würdevoll auf ihrem Stuhl sitzen.

»Oh, ich denke, du wirst davon hören, ob es dir passt oder nicht. Oder muss ich dich daran erinnern, dass dies hier *unser* Haus ist? Es gehört laut Ehevertrag uns beiden zu gleichen Teilen.«

Fuller treten fast die Augen aus den Höhlen. Der Ehevertrag! So ein Mist! Er muss unbedingt mit Grabber sprechen, ob es eine Möglichkeit gibt, das Ding zu annullieren, einen Formfehler zu finden oder etwas Ähnliches. Himmel! So eine Kacke! Schnell, eine Calmoxan!

»Übrigens wirst du spätestens kommenden Samstag wieder davon hören«, fährt Pamela mit einem kleinen bösen Lächeln im Mundwinkel fort.

»Wieso am kommenden Samstag?«

»Weil ich einige Brüder und Schwestern zu uns eingeladen habe. Unter anderem auch Reverend Moses höchstpersönlich.«

»Was?« Fuller springt so hastig auf, dass er seinen Stuhl umwirft. »Das ist nicht wahr! Das hast du doch nicht wirklich getan?«

»Aber sicher«, freut sich Pamela.

»Aber … wieso … warum?«

»Unser Meister wünscht, Tony Junior kennenzulernen.«

Hastig schlägt sie sich die Hand vor den Mund. In der Freude über ihren Sieg hat sie eine geheime, interne Information ausgeplaudert, und das auch noch vor einem Ungläubigen! Zu spät!

»Was? Tony Junior? Was hat der damit zu tun? Du hast ihn doch nicht etwa ebenfalls aufnehmen lassen?«

»Aber nein. Die Mitgliedschaft ist freiwillig.«

»Also warum? Antworte, verdammt noch mal!«

»Bitte, Anthony, nicht fluchen.«

Anthony rennt um den Tisch herum und packt Pamela am hohen Kragen ihrer züchtigen Bluse. Er kann sich gerade noch bremsen, sie zu schlagen. Zornig faucht er sie an:

»Wirst du mir jetzt wohl antworten? Warum will Callaghan Tony Junior kennenlernen?«

Pamela sieht ihn aus großen, in Tränen schwimmenden Augen an. Lügen ist zwar eine Todsünde, doch ein Geheimnis auszuplaudern kann sich als ausgesprochen schädlich erweisen. Sie zieht sich mit einer Andeutung aus der Affäre.

»Weil Tony unter der Gnade Gottes steht.«

Anthony wendet sich seinem geklonten Sohn zu. Tony fixiert

ihn mit seinen alles verschlingenden Augen. Ein breites Lächeln verzerrt die zerknitterten Züge.

»Hi, hi, hi«, lacht er.

Fuller lässt Pamela los, rennt ins Bad und schluckt drei Calmoxan auf einmal. Das Lachen Juniors verfolgt ihn und hallt in seinem Schädel wider wie das tödliche Lachen eines Dämons.

Holocaust

Resourcing-Gruppe:	65,4	– 9,8 ↘
GeoWatch	53,2	–20,9 ↘
Boeing	76,4	–12,4 ↘
Universal Seed	103,5	0,0 →
BioGen Labs	121,6	+ 0,3 ↗
AirPlus	76,4	– 9,0 ↘
Flood	34,7	–24,3 ↘
One World Consulting	21,8	– 7,6 ↘
Deep Forest	13,2	– 8,5 ↘
Green Links	87,7	– 5,6 ↘

Eine Katastrophe! Ein Schiffbruch! Ein Erdrutsch! Ein Desaster! So etwas hat Fuller noch nie erlebt. Noch nie standen seine Aktien so schlecht. Im Hubschrauber, der ihn in sein Büro im Resourcing Head Tower nach Kansas City bringt, hat Anthony auf seinem Handgelenkcomputer von Nokia die Börsenkurse seiner Gesellschaften abgefragt. Das hätte er besser nicht getan. Abgesehen von Universal Seed, die sich hält, und BioGen Labs, die dank der Affäre mit dem genmanipulierten Anthrax ein wenig angezogen hat, sind alle Titel in den Keller gefallen. Natürlich herrscht derzeit an den Börsen ein Stimmungstief – sowohl der Dow Jones als auch der Nasdaq sind ordentlich abgesackt –, und es ist selbstverständlich, dass Resourcing der allgemeinen Rezession nicht entkommen kann. Der wirtschaftliche Abschwung ist zum großen Teil den blutigen Aufständen zu verdanken, die seit dem Anschlag der Göttlichen Legion auf die

Schwarzen von New Orleans in allen größeren Städten aufflammen und Amerika in ein ausgesprochen schlechtes, den Geschäften sehr abträgliches Licht rücken. Man ist der Ansicht, dass das Land am Rand einer Implosion steht. Allerdings ist Resourcing obendrein ein Opfer seines Verliererstatus geworden. Alle Welt hat erfahren können, dass Fuller den Prozess gegen Burkina Faso nicht gewonnen hat und dass er vor einem kleinen afrikanischen Staat, der zudem zu den ärmsten Ländern der Welt gehört, zu Kreuze kriechen musste. Jetzt fehlte wirklich nur noch, dass Pamelas Mitgliedschaft in der Göttlichen Legion publik würde! Das wäre der Gnadenstoß für das Konsortium. Allein der Gedanke daran lässt Anthonys Körpertemperatur in die Höhe schnellen. Trotzdem widersteht er dem fast übermächtigen Bedürfnis, eine Dexomyl oder eine Calmoxan einzunehmen. Castoriadis hat Fuller eindringlich darauf hingewiesen, dass entweder sein Herz, seine Nerven oder sein Gehirn über kurz oder lang schlappmachen würden, wenn er so weitermachte.

»Was ist mit dem Urlaub, den ich Ihnen ans Herz gelegt habe? Haben Sie ihn genommen?«, erkundigte sich der Therapeut, während er mit seinem phallusförmigen Kugelschreiber herumspielte.

Selbst im Bildschirm des Visiofons und hinter den getönten Brillengläsern wirkte der Blick des Arztes so durchdringend, dass Fuller sich nicht zu lügen traute.

»Ich denke darüber nach, Doktor«, antwortete er kläglich. »Allerdings lassen meine Geschäfte mir …«

»Ihr einzig wirklich wichtiges Geschäft ist es, am Leben zu bleiben«, schnitt Castoriadis ihm das Wort ab. »Und zwar möglichst im Vollbesitz Ihrer geistigen Kräfte. Alles andere ist zweitrangig. Fahren Sie in Urlaub, Mr. Fuller! Ich verordne es Ihnen!«

»In Ordnung, Doktor, ich sehe, was ich tun kann. Und meine Rezepte …«

»Die Antwort ist nein!«

»Bitte?«

»Nein, Mr. Fuller. Ich werde Ihren Drogenkonsum nicht weiter unterstützen. Ich bin nicht bereit, zu Ihrem langsamen, aber sicheren Selbstmord beizutragen.«

Anthony verfügte über die Geistesgegenwart – oder den Stolz –, seinen Therapeuten nicht wie ein Junkie auf Entzug anzubetteln. Stattdessen legte er wortlos auf.

Aber Castoriadis hat recht. Fuller braucht wirklich Urlaub. Doch wie soll er das bewerkstelligen, wenn Resourcing in die roten Zahlen rutscht und seine Frau sich einer Sekte fanatischer Terroristen anschließt?

Das Schlimmste an dem halben Entzug, den er sich selbst verordnet hat, sind die häufiger werdenden Halluzinationen. Ständig hört er seinen toten Sohn sprechen, sieht seine schlaksige Gestalt auf irgendwelchen Fluren, riecht seinen fauligen Atem oder spürt im Schlaf seine feuchten Hände um den Hals – was ihn unweigerlich mit wild pochendem Herzen aufschrecken lässt. Daraufhin verschwindet der Albtraum sofort – mal als Luftzug unter der Tür, mal als auf der Wand verblassender Schatten oder auch als schwindende Form, die mit den Reflexionen des großen Schrankspiegels verschmilzt. In einem solchen Fall kann er nicht umhin, ein Schlafmittel einzunehmen, denn sonst ist an Schlaf nicht mehr zu denken. Die Folge ist natürlich eine gewisse Tranigkeit am nächsten Morgen, der er selbst mit Neuroprofen nur äußerst mühsam Herr wird. Wie aber soll er unter diesen Umständen das Schiff Resourcing einigermaßen anständig steuern?

Fuller verbringt immer weniger Zeit zu Hause, denn hier treten die fürchterlichen Halluzinationen am häufigsten auf. Andererseits befürchtet er, mit seiner ständigen Abwesenheit Pamela und ihren Verrückten zu sehr freie Hand zu lassen. Was wäre, wenn sie ausgerechnet bei ihm zu Hause ihre nächsten Anschläge aushecken würden? Allein schon das herumliegende Propagandamaterial macht ihn ganz krank. Zwar hat er seinen Handgelenkcomputer an das Überwachungssystem der Villa angeschlossen, denkt allerdings nur selten daran, ihn auch zu benutzen. Außerdem hasst er es, hinter Pamela herzuspionieren, weil ihn ein solches Verhalten fatal an Bournemouth und seine Leidenschaft erinnert, sich an Anthonys Spielchen mit Tabitha zu ergötzen. Bisher hat er auch nicht viel zu sehen bekommen. Pamela, die in dem Plunder schmökerte, sich die abscheulichen Videos der Göttlichen Legion anschaute oder betete – sie betete ausgesprochen häufig – oder wie sie, und das war interessant, im Kontakt mit Tony Junior einen bisher nicht gekannten Respekt an den Tag legte. Einmal hat er sogar gesehen, wie sie sich mit gefalteten Händen vor ihn hinkniete! Leider konnte Anthony nicht verstehen, was sie dabei murmelte, obwohl er die Lautstärke bis zum Anschlag aufgedreht hatte. An einem anderen Tag empfing Pamela ihren Liebhaber – zumindest geht Anthony davon aus, obwohl nichts darauf hindeutete, dass die beiden miteinander schliefen. Sie nannte ihn Bruder Ezechiel und er sie Schwester Salome. Sie unterhielten sich hauptsächlich über den Besuch Moses Callaghans am kommenden Samstag – entsetzlich! Als das Thema Tony Junior angeschnitten wurde, entfernten sie sich aus seinem Sichtbereich, als ahnten sie, dass Anthony sie überwachte. Aber zumindest hat er jetzt ein einigermaßen klares Bild von dem jungen Dreckskerl. Sollte er wirklich Anwalt sein, kann er seine Karriere in den Wind schreiben.

»Müssen Sie heute wirklich ins Büro, Sir?«, unterbricht der Hubschrauberpilot seinen Gedankengang.

»Selbstverständlich. Ich habe ein paar wichtige Meetings. Wieso fragen Sie?«

»Ich fürchte, die Landung könnte einigermaßen schwierig werden. Wenn Sie sich bitte selbst überzeugen möchten?«

Der Pilot beschreibt eine Neunzig-Grad-Kurve, damit Fuller von seinem Sitz aus sehen kann, was unten los ist.

Kansas City brennt.

In der riesigen Stadt, die sich über eine große Ebene erstreckt, lodern mindestens zehn Feuersbrünste. Dichter, schwarzer Rauch hängt über den Dächern. Ab und zu stürzt ein Wohnhaus in einer sprühenden Funkengarbe in sich zusammen. Die Wolkenkratzer des Geschäftsviertels rund um die Staten Line überragen die Feuerhölle scheinbar intakt, doch ihre Spitzen sind vom Rauch verhüllt. Auf dem Highway K10, wo der sonst eher sporadische Verkehr normalerweise störungsfrei fließt, hat sich stadtauswärts ein kilometerlanger Stau gebildet, der offenbar von Outers angegriffen wird, denn

Fuller hört Schüsse und sieht winzige Gestalten, die in alle Richtungen auseinanderstieben. Auf den stadteinwärts führenden Spuren kann er nur Militärfahrzeuge und Rettungswagen erkennen.

Der Pilot nimmt rasch wieder seinen Kurs auf, denn am Himmel über der brennenden Stadt herrscht ein reger Flugverkehr.

»Was, zum Teufel, ist denn da unten los?«, brüllt Fuller.

»Ach, das wissen Sie nicht?«, wundert sich der Pilot. »Die Aufstände … Nach dem Anschlag von New Orleans haben alle Schwarzen sich …«

»Das weiß ich«, unterbricht Anthony ihn genervt.

»Das Militär rät allen zivilen Maschinen dringend zur Umkehr. Soll ich der Aufforderung Folge leisten?«

»Keinesfalls! Sagen Sie den Leuten, dass Sie den Vorstandsvorsitzenden von Resourcing an Bord haben, dass sich mein Büro da unten in diesem Chaos befindet und ich um jeden Preis dorthin muss.«

»Ich fürchte, Ihre Meetings werden nicht stattfinden können, Sir.«

»Das geht Sie einen feuchten Kehricht an! Ich bezahle Sie, damit Sie mich fliegen – also fliegen Sie! Ist das klar?«

»Sehr wohl, Sir.«

Der Pilot hat große Probleme, den Hubschrauber wegen der aus den Straßen aufsteigenden Hitze stabil in der Luft zu halten. Außerdem raubt ihm der wirbelnde Rauch die Sicht. Dennoch gelingt es ihm, die Maschine nach allerlei Akrobatenstückchen, die er sich nie zugetraut hätte, einigermaßen sicher auf dem Dach des Resourcing Head Tower abzusetzen, und zwar fast in der Mitte des rot eingekreisten X, dessen Positionslichter irgendein geistesgegenwärtiger Mensch eingeschaltet hat – wahrscheinlich war es Amy, Fullers Sekretärin. Mit einem auf den Mund gepressten Taschentuch springt Anthony halb erstickt aus dem Hubschrauber und rennt zum Aufzug. Der Pilot, der sich geweigert hat, wieder abzuheben, folgt ihm auf dem Fuß. Sechzig Stockwerke unter ihnen spielt sich ein wahres Inferno ab. Flammen lodern, Häuser stürzen in sich zusammen, Sirenen schrillen, Menschen schreien, und immer wieder fallen Schüsse. Als die Aufzugtüren sich schließen, ist es, als schalte man einen Fernseher ab. Hier drinnen gibt es einen dicken Teppich, die Wände sind aus echtem Holz, der Spiegel ist makellos poliert, ebenso wie die goldenen Knöpfe, und aus den Lautsprechern plätschert angenehme Hintergrundmusik: So hat Fullers Welt auszusehen! Alles andere ist jetzt nichts als ein entfernter Albtraum.

In der 37. Etage verlässt Anthony den Aufzug und hastet mit großen Schritten in sein Büro. Unterwegs grüßt er mit einem knappen Kopfnicken seine Angestellten, die unruhig herumwuseln. Amy sitzt tüchtig und ruhig wie immer an ihrem Platz.

»Morgen, Amy. Irgendetwas Neues?«

Die Sekretärin blickt ihn mit ihren schönen Mandelaugen an, ehe sie sich wieder ihrem Bildschirm zuwendet, den sie kurz berührt.

»Ihr Anwalt Mr. Grabber ist hier und wartet in Ihrem Büro auf Sie, Sir. Außerdem fordert Mr. Bournemouth mehr Wasser für seine Herden, aber ich habe ihm gesagt, dass alles verfügbare Wasser hier zum Löschen gebraucht wird.«

»Das stimmt zwar nicht, ist aber trotzdem eine gute Idee, Amy. Weiter.«

»Sie haben drei Nachrichten von höchster Priorität erhalten.«

»Von wem?«

»Die erste stammt von Mr. Cromwell von der NSA, die zweite von Mr. Rothschild vom Ökonogischen Forum in Nassau, die dritte ist als persönlich gekennzeichnet und anonym.«

»Anonym? Und wurde nicht sofort als Spam vernichtet?«

»Nein, Sir. Sie hat sämtliche Filter und Firewalls unseres Systems passiert. Entweder sind dem Autor unsere Codes bekannt, oder der Autor ist dem System bekannt.«

»Okay, schicken Sie mir die drei Nachrichten rüber.«

»Da ist noch etwas, Sir. Wegen der Aufstände gibt es im Haus derzeit keine Elektrizität. Im Augenblick beziehen wir unseren Strom aus Generatoren, doch der technische Service hat vor ein paar Minuten mitgeteilt, dass wir uns damit höchstens noch drei Stunden behelfen können.«

»Ich denke, das reicht. Vielleicht hängen wir bis dahin längst wieder am Netz. Und inzwischen kochen Sie halt etwas weniger Kaffee!«

Ein kleines Lächeln zeigt, dass Amy den Scherz verstanden hat. Ein wahres Goldstück, diese Sekretärin, denkt Anthony, während er sein Büro betritt. Ob er sie vielleicht demnächst einmal zum Essen einladen sollte?

Grabber legt die luxuriöse Hochglanzbroschüre von Resourcing beiseite, in der er geblättert hat, steht auf und schüttelt Fuller herzlich die Hand. Entweder hat der Anwalt die Auseinandersetzung vor Gericht vergessen, oder er lässt sich einfach nur nicht in die Karten schauen.

»Nun, Anthony, wen wollen Sie dieses Mal vor den Kadi bringen?«

»Meine Frau.« Fuller lässt sich mit einem Seufzer der Erleichterung in seinen breiten Büffelledersessel fallen. »Ich will mich scheiden lassen.«

»War nicht ursprünglich sie es, die auf Scheidung bestand?«

»Inzwischen nicht mehr.« Er öffnet die Minibar und holt eine Flasche Jack Daniels und zwei Gläser heraus. »Einen Bourbon?«

»Danke, nicht während der Arbeit. Pamela hat mich vor einiger Zeit um Unterstützung gebeten, aber weil ich nicht gegen Sie antreten wollte, Anthony, habe ich ihr die Adresse eines anderen Anwalts gegeben.«

Fuller, der gerade dabei ist, sich einzuschenken, schaut Grabber an, setzt die Flasche ab und überträgt einige Daten von seinem Nokia auf die Konsole auf dem Schreibtisch. Er schaltet das holografische Feld ein, betätigt ein paar Tasten und präsentiert nur wenige Sekunden später seinem Anwalt das vergrößerte, etwas unscharfe Bild eines Mannes mit kurzem, glattem Haar und einem liebenswürdigen, fast babyhaften Gesicht.

»Ist er das?«

»Ja, das ist Robert Nelson. Ein intelligenter, sehr vielversprechender junger Mann. Kennen Sie ihn?«

»Ihr intelligenter, vielversprechender junger Mann gehört der Göttlichen Legion an und hat meine Frau angeworben.«

Grabber starrt Fuller entsetzt an. Er blinzelt drei Mal, ehe er mit dumpfer Stimme sagt:

»Ich glaube, jetzt brauche ich doch einen Bourbon.«

Fuller schenkt ihm ein Glas ein, und beide genehmigen sich einen ordentlichen Schluck. Anthony sagt sich, dass er es langsam angehen lassen sollte, nachdem er am Morgen zwei Neuroprofen genommen hat; doch es gibt eben Umstände, da braucht man halt ein wenig Aufmunterung.

»Plötzlich erscheinen mir einige Dinge in Nelsons Karriere in einem ganz anderen Licht«, murmelt Grabber. Er leert sein Glas und stellt es mit leicht zitternder Hand auf den Schreibtisch. »Nun gut. Mit dieser Sache werde ich mich jedenfalls höchstpersönlich beschäftigen«, fährt er fort. Seine Stimme bebt vor verhaltener Wut.

»Und was ist mit meiner Frau?«

»Können Sie beweisen, dass sie der Göttlichen Legion angehört?«

»Man braucht ihr bloß zuzuhören! Außerdem verunziert sie meine Wohnung mit ihrerUeckspropaganda.«

»Das reicht nicht. Ich brauche so etwas wie einen Mitgliedsausweis oder ihren Namen und ihre Unterschrift auf einer Mitgliederliste – irgendetwas in dieser Art. Einen greifbaren Beweis, der vor Gericht verwendet werden kann, verstehen Sie? Können Sie so etwas besorgen?«

»Ich versuche es. Kann man sie dafür verurteilen? Vielleicht sogar ins Gefängnis schicken?«

»Nein, leider nicht. Unglücklicherweise ist die Göttliche Legion in Kansas nicht verboten. Allerdings lässt sich die Mitgliedschaft zu ihren Ungunsten auslegen, vor allem, wenn ich es schaffe, die Angelegenheit vor einem bestimmten Richter verhandeln zu lassen, mit dem ich befreundet bin. Vielleicht gelingt es uns, sie aus Eudora verbannen zu lassen, wenn wir nachweisen, dass sie mit ihren sogenannten religiösen Überzeugungen die Ruhe der Enklave stört. Ich nehme doch an, dass es das ist, was Sie wollen, nicht wahr? Ihre Villa gehört natürlich Ihnen …«

»Leider nein. Laut unserem Ehevertrag ist sie gemeinsames Eigentum. Ich habe den Vertrag mitgebracht – hier, bitte.«

Anthony entnimmt seiner Aktentasche aus Gamsleder ein Dokument und reicht es Grabber, der es stirnrunzelnd studiert. Die Stille in dem großen Büro wird nur dann und wann von ein paar dumpfen Schlägen unterbrochen. Das ist alles, was die Antitornado-Panoramascheiben durchlassen. Hier in dieser Höhe sieht man lediglich den Rauch und ab und zu ein paar Blitze. Aus der Klimaanlage kommt ein leichter Brandgeruch, der jedoch von dem in dem makellosen Büro versprühten Jasminduft übertönt wird.

»Vielleicht können Sie ja einen Formfehler entdecken, der uns ermöglicht, den Vertrag zu annullieren«, fährt Fuller fort.

»Hm.« Grabber wiegt zweifelnd den Kopf. »In einem Ehevertrag einen Formfehler zu finden dürfte ziemlich schwierig sein. In aller Regel handelt es sich um ausgeklügelte Standardparagrafen. Möglicherweise müssen Sie Ihre Villa verkaufen, Anthony – oder zumindest Ihre Frau auszahlen.«

»Kommt nicht infrage! Sie würde den Zaster doch nur der Göttlichen Legion in den Rachen werfen!«

»Gut, wenn Sie gestatten, nehme ich den Vertrag mit. Allerdings kann ich Ihnen nichts versprechen …«

»Sehen Sie zu, wie Sie das regeln, Sam. Ich will nur eins: nämlich, dass Pamela so schnell wie möglich aus meinem Haus verschwindet. Wissen Sie, was sie getan hat? Sie hat diesen Haufen Verrückte für nächsten Samstag in unser Haus eingeladen. Sogar den Oberguru Moses Callaghan höchstpersönlich!«

Grabbers Gesicht leuchtet auf, und er grinst breit.

»Hey, das ist es! Das ist doch genau das, was wir brauchen! So bekommen wir vielleicht unseren Beweis. Callaghan ist eine bekannte Persönlichkeit, und das, was bei der Zusammenkunft besprochen wird, könnte entscheidend sein. Man müsste das ganze Treffen aufzeichnen. Natürlich diskret, damit niemand etwas merkt. Schaffen Sie das, Anthony?«

»Ich? Wollen Sie etwa, dass ich an diesem Wahnsinn teilnehme? Ich besitze ein ganz gutes Überwachungssystem …«

»... das Ihre Frau kennt und außer Betrieb setzen kann. Wir brauchen etwas Diskreteres, etwas, das von einem Menschen bedient wird, damit wir auch die wirklich wichtigen Momente erwischen.«

»Ich kriege schon Pickel, wenn ich nur daran denke.« *Ich glaube, jetzt brauche ich mindestens drei Dexomyl. Wo habe ich die Dinger bloß?* Plötzlich fällt ihm ein, dass er überhaupt keine Medikamente bei sich hat. Ihm bricht kalter Schweiß aus allen Poren.

»Ein bisschen müssen Sie auch dafür tun, Anthony. Sie wissen ja, von nichts kommt nichts!«

»Okay, ich denke drüber nach. Allerdings ist Spionage nicht unbedingt mein Ding.« *Aber das von Cromwell,* fällt ihm ein. *Cromwell, der mir gerade eine Nachricht geschickt hat!* »Ich glaube, ich weiß jetzt, wie ich es anfange«, fügt er deutlich heiterer hinzu.

»Gerade noch rechtzeitig.« Grabber steht auf. »Entschuldigen Sie mich, ich habe noch weitere Termine. Vielen Dank für den Bourbon.«

»Sam, Sie werden doch jetzt nicht in diesen Tumult hinausgehen! Mit Ihrer Hautfarbe riskieren Sie, vom erstbesten GI erschossen zu werden!«

»Wie recht Sie doch haben! Es ist zwar ärgerlich, aber ich muss wirklich zu einem sehr dringenden Termin, den ich unmöglich verschieben kann.«

»Manchmal erfordern es die Umstände ...« Fuller schlägt sich gegen die Stirn. »Ich habe die Lösung! Der Hubschrauber, mit dem ich gekommen bin, ist noch da.« Er beugt sich über die Gegensprechanlage. »Amy, könnten Sie mir den Hubschrauberpiloten schicken? In mein Büro. Danke!« Er wendet sich an Grabber und sagt: »So! Zufrieden?«

»Wunderbar!«, lächelt der Anwalt. »Wenn Sie unsere kleine Angelegenheit ebenso tatkräftig durchziehen, kann ich Ihnen garantieren, dass Pamela nicht mehr lange in Eudora bleibt. Aber wie kommen Sie hier weg?«

»Machen Sie sich um mich keine Sorgen, Sam. Ich komme schon zurecht.«

Sie schütteln sich herzlich die Hand, und Grabber wendet sich zum Gehen. Fuller setzt sich wieder an den Schreibtisch, schenkt sich einen weiteren Bourbon ein und öffnet die von Amy weitergeleiteten Nachrichten.

Die erste ist eine reiche Sprachnachricht aus dem Mund von Cromwell, der lakonisch verkündet: »Der Vogel ist aus dem Nest gefallen. Er hat es nicht überlebt. Mein Beileid!«

Anthony muss grinsen. Dass diese Typen von der NSA aber auch immer ihre Codes benutzen müssen – selbst in einem Hochsicherheits-Netzwerk! Trotzdem ist es eine gute Nachricht. Die Operation in Burkina Faso läuft ab wie vorgesehen.

»Antwort«, befiehlt er seiner Konsole. »Danke für Ihre Beileidsbezeugung, Cromwell. Ich möchte Ihnen einen weiteren, sehr wichtigen Auftrag erteilen, der bereits am kommenden Samstag über die Bühne gehen soll. Bitte setzen Sie sich baldmöglichst mit mir in Verbindung. Ende der Antwort.«

Die zweite Nachricht – Audio, Text und Video – ist deutlich länger. Sie kommt von Franklin Rothschild, dem Direktor des Ökonogischen Forums von Nassau, und ist die formelle Einladung zu einem Programm, das im kommenden Monat in Nassau stattfinden soll. Fuller reibt sich die Hände. *Perfekt! Das ist genau der Urlaub, den ich brauche.*

> Das Ökonogische Forum, das vor fünf Jahren von der berühmten Familie Rothschild in Nassau auf den Bahamas – der ersten Enklave unter Glas, unabhängig von allen klimatischen Unwägbarkeiten und berühmt für ihre herrlichen Sandstrände, das klare Meer, die Luxushotels und Freizeiteinrichtungen – ins Leben gerufen wurde und auch heute noch unter deren Leitung steht, versammelt auch in diesem Jahr wieder alle Unternehmen, die sich den Erhalt des Klimas, der Umwelt und eine lebenswerte Zukunft für die ganze Menschheit auf die Fahnen geschrieben haben. Die Ökonomie der Ökologie – kurz, die Ökonogie – ist eine sich immer weiter ausbreitende Bewegung, die ein verantwortliches Gewissen mit Geschäftssinn und den Gesetzen des Marktes in Einklang bringt …

Und so weiter. Fuller, der jedes Jahr eingeladen wird, kann das Programm schon fast auswendig hersagen.

Die letzte Nachricht ist eine SMS und besteht nur aus wenigen Worten:

»Hände weg von Burkina, sonst werden Sie es bereuen!«

Anthony kratzt sich am Kopf. Er ist eher neugierig als verärgert. Eine Drohung? Die seine Geheimoperation in Burkina Faso betrifft? Und die per Mail kommt?

Ich denke, ich sollte mit Cromwell darüber sprechen. Möglicherweise gibt es in seiner Organisation einen Maulwurf …

Die Gnade Gottes

> Ich lebte in Sünde mit einem verheirateten Mann, ich nahm Drogen, ich ging häufig in Bars und trank Alkohol – kurz: Ich war auf der schiefen Bahn. Eines Tages jedoch erschien mir Jesus auf der Toilette einer Bar, wo ich mir gerade einen Schuss setzen wollte, und sagte: »Das Leben in der Herrlichkeit Gottes oder der Tod in den Klauen des Teufels – du kannst wählen!« Und ich habe gewählt. Ich schloss mich der Göttlichen Legion an. Seither fühle ich mich um zehn Jahre jünger und habe keine Sorgen mehr.

Fallbericht von Jocelyn C., Houston, Texas

Pamela ist aufgeregt. Sie hat nur wenige Freunde und keine Erfahrung darin, Gäste zu empfangen, abgesehen von Rachel, ihrer frommen Nachbarin. Was Anthony angeht, so hat er es immer vorgezogen, seine Gäste in ein Restaurant in Lawrence einzuladen und manchmal auch in den Zweitwohnsitz nach Garden City, ehe dieser von Wilbur annektiert und später von einem Tornado zerstört wurde. Heute aber ist der große, lang erwartete Tag, an dem Pamela nicht weniger als elf Personen bei sich zu Hause begrüßen soll – die Hälfte des Führungsstabes der Göttlichen Legion, also sechs der zwölf Apostel, die Callaghan um sich geschart hat, die drei Konvertiten aus Eudora und natürlich Bruder Ezechiel. Wohl zum hundertsten Mal überprüft sie, ob alles in Ordnung ist, doch der Kaffee steht bereit, die Petits Fours sind hübsch auf silbernen Platten angeordnet, und ein von Pamela selbst gebackenes Brot liegt in eine makellos weiße Serviette eingewickelt in der Mitte des Tisches. Robert hat ihr versprochen, dass man bei ihr zu Hause kein Schaf schlachten würde; die drei neuen Auserwählten würden mit dem Reverend höchstpersönlich das Brot teilen und auf diese Weise aufgenommen werden. Der Fernseher ist auf Lord's Channel programmiert, den Sender der Göttlichen Legion, und stumm geschaltet. Tony Junior ist frisch gebadet und ganz in Weiß gekleidet, das Kruzifix hängt genau mittig justiert über dem Kamin – trotzdem rückt sie es noch einen Millimeter zurecht –, und das Videoüberwachungssystem ist abgeschaltet. Alles ist bereit, sie braucht nur noch zu warten. Zunehmend nervös trabt sie durch den Raum. Junior sitzt mit einem drohenden Lächeln auf den Lippen in seinem auf Hochglanz polierten Rollstuhl und stößt von Zeit zu Zeit unartikulierte Schreie aus.

»Weißt du, wer dich heute besuchen kommt, mein Liebling?« Pamela lächelt ihren Sohn an, kniet sich vor ihn hin und nimmt seine faltigen Hände in ihre. »Aber natürlich weißt du es. Wie dumm von mir! Du kannst ja meine Gedanken lesen.«

»Hi«, brabbelt Tony Junior und verzieht das Gesicht.

Die Türklingel läutet. Sie sind da! Mit klopfendem Herzen eilt Pamela zur Haustür. Aber es ist nur Bruder Ezechiel in Begleitung der drei neu aufzunehmenden Schäfchen. Es sind zwei Frauen – eine von ihnen ist Rachel – und ein sehr schüchterner, fast verlegener Mann. Ein wenig linkisch heißt Pamela sie im Haus des Herrn willkommen und überlässt es anschließend Bruder Ezechiel, ihnen zu erklären, was die Göttliche Legion genau tut, wen sie erwarten und was man von ihnen erwartet. Die drei hören zu, nicken, blättern in den Broschüren, die Pamela gut sichtbar auf dem Couchtisch ausgelegt hat, werfen ab und zu einen Blick auf den großflächigen Bildschirm des Fernsehers und beäugen ein wenig misstrauisch Tony Junior, der in seinem Rollstuhl freundlich vor sich hin sabbert. Pamela stellt ihnen ihren Sohn vor, ohne jedoch seine wahre Natur zu enthüllen; das würde Moses Callaghan übernehmen, falls er es zu tun wünschte.

Mit einer beachtlichen Verspätung auf den vereinbarten Zeitpunkt hört sie schließlich Reifen auf dem Kies der Auffahrt knirschen und Motoren im Hof surren. Auf ein Zeichen von Robert Nelson hin tritt Pamela auf die mit ionischen Säulen geschmückte Eingangsveranda hinaus, um ihrem Meister den Willkommensgruß zu entbieten.

Callaghans Auto ist leicht zu erkennen. Es handelt sich um einen weißen Cadillac, eine Stretchlimousine mit einem Kreuz aus massivem Silber auf der Motorhaube und dunkel getönten Scheiben, deren Kennzeichen GOD 999 lautet. Der goldfarbene Buick der Apostel wirkt dagegen fast proletenhaft.

Der Chauffeur der Stretchlimousine öffnet den Schlag. Callaghans hochgewachsene Gestalt windet sich heraus, entfaltet sich und geht mit langen Schritten auf die Marmorstufen der Veranda zu. Pamela beginnt zu zittern. Der Meister ist in Zivil. Er trägt einen einfachen, silberdurchwirkten Anzug, einen Stetson aus weißem Leder und purpurfarbene Cowboystiefel. Mit den knallblauen Augen, die tief in den Höhlen seines scharf geschnittenen Gesichts liegen, wirft er Pamela einen Blick zu, der sie fast ohnmächtig werden lässt. Er legt ihr eine große, knorrige Hand auf die Schulter und schenkt ihr ein Raubtierlächeln.

»Der Friede Gottes sei mit dir, Schwester Salome. Dies ist also deine bescheidene Bleibe.« Er mustert die Zwölfhundert-Quadratmeter-Villa mit blasiertem Blick. »Wie ich gehört habe, wohnt hier die Gnade Gottes.«

Wie geblendet und mit zugeschnürter Kehle bejaht Pamela die Frage mit einem heftigen Kopfnicken, ehe sie den Weg freigibt und Callaghan eintreten lässt. Seine Apostel folgen ihm. Vier von ihnen haben den Körperbau, den dunklen Anzug und die Ausbeulung unterhalb der Achsel, die typisch für Leibwächter sind.

»Wo ist er denn, der junge Gesandte des Herrn?«, donnert Callaghan mit seiner Stentorstimme.

Umgeben von seinem Areopag, den er um einen guten Kopf überragt, steht er breitbeinig mitten im Wohnzimmer. Dabei übersieht er völlig die Achtung und Ehrerbietung, die ihm die drei von seiner Statur beeindruckten Neulinge entgegenbringen.

»Hier entlang, Meister … äh, Reverend«, weist ihm Pamela mit bebender Stimme den Weg.

Sie trippelt neben dem Riesen her und führt ihn zu Juniors Rollstuhl, der wie immer vor dem Fernseher steht.

»Nun, junger Mann? Stimmt es, dass Gott mit dir spricht?«

Tony hebt die Augen zum Gesicht des Reverends. Sein Mund verzieht sich zu einem geisterhaften Grinsen.

»Äh … der Junge kann nicht sprechen«, interveniert Pamela. »Er … äh … wie soll ich sagen … er kommuniziert über den Geist. Durch Bilder!«

»Aha. Ja, dann wollen wir mal sehen!« Moses hockt sich vor Tony hin und hakt den hellen Blick in die grauen, trüben Augen des Jungen. »Los, Kleiner. Schick mir ein Bild.«

Einen Augenblick lang geschieht gar nichts. Robert Nelson fixiert Tony mit einer fast schmerzhaften Intensität, als wolle er sagen: »Enttäusche mich nicht!« Pamela ringt die Hände. Sie wagt kaum, sich vorzustellen, was geschehen würde, wenn Junior nichts täte und sich einfach damit begnügen würde, zu sabbern und Callaghan anzustarren, wie es oft die Art missglückter Klons ist. Das Treffen wäre verpatzt, und für ihre Karriere in der Göttlichen Legion würde es wohl einen herben Rückschlag bedeuten.

Plötzlich zuckt Moses mit aufgerissenen Augen zusammen. Sofort scharen sich seine Leibwächter um ihn. Alle haben eine Hand unter dem Sakko. Einer der beiden anderen Apostel zieht eine Minicam aus der Tasche.

»Oh, oh!«, stöhnt Callaghan mit gerunzelter Stirn. »Das hast du wirklich gesehen?«

»Hi«, quietscht Tony.

Der Reverend streckt den Kopf noch ein Stück weiter vor und starrt unverwandt in die Augen des Jungen, um sich sofort wieder stöhnend zurückzuziehen und den Kopf in den Händen zu vergraben. Über das holografische Feld des Fernsehers flimmern bunte Streifen; der Bildschirm erlischt. Alle Anwesenden verspüren eine Art elektrischer Spannung, als wäre unmittelbar neben ihnen ein Blitz eingeschlagen. Einer der Leibwächter wird nervös und zieht seine Waffe, weiß aber nicht, wohin er sie richten soll.

»Könnte mir mal jemand erklären, was hier vor sich geht?«, fragt Rachel in klagendem Tonfall.

»Ruhe!«, zischt Nelson sie mit zusammengebissenen Zähnen an.

Rachel bekommt es mit der Angst zu tun. Hastig verlässt sie das Zimmer. Man hört, wie die Eingangstür hinter ihr ins Schloss fällt, doch niemand achtet darauf. Alle konzentrieren sich auf das intensive, stumme Zwiegespräch zwischen Tony und Callaghan. Der Reverend ist inzwischen auf die Knie gefallen. Er schwitzt, und die Augen treten ihm aus den Höhlen, doch er lässt nicht locker. Junior schneidet Grimassen wie ein Affe und zeigt seine gelblichen Zähne.

»Oh!«, ruft Moses. »Ich sehe es. Jetzt sehe ich es!«

»Tony«, mahnt Pamela, »bitte tu dem Reverend nicht weh!«

»Er tut mir nicht weh, Schwester Salome«, presst Callaghan mit erstickter Stimme hervor. »Er zeigt mir … den Weg …« Plötzlich wirft er sich nach hinten und stößt mit verkrampften Händen und zusammengepressten Kinnladen einen lauten Schrei aus. »Jaaaa! Der Weg des Herrn!«

»Reverend? Geht es Ihnen gut?«, erkundigt sich der Apostel mit der Minicam besorgt.

Moses streift ihn mit einem zerstreuten Blick. Weil sie nicht wissen, wie sie sich verhalten sollen, drängen die Leibwächter die Anwesenden ein Stück zurück. Dabei richtet einer von ihnen zufällig seine Waffe auf Tony. Sofort stößt er einen gellenden Schrei aus und lässt die Pistole auf den Teppich fallen.

»Verdammt, meine Hand! Das tut tierisch weh!«

Callaghan richtet den Blick zunächst auf den Mann, der sich das Handgelenk hält und mit schmerzverzerrtem Gesicht die schlaffen Finger schüttelt, und dann auf Tony, dessen durchdringende Augen ihn fixieren. Er versteht. Ein bösartiges Lächeln umspielt seine Lippen.

»Das ist gut! Sehr gut sogar!« Er steht auf, streckt die Hand aus und fährt Junior durch die spröden Haare. »Junger Mann, ich glaube, wir verstehen uns perfekt. Wir beide, wir werden eine fruchtbare Unterhaltung führen.«

Junior stößt einen lauten Seufzer aus, wobei er einige Speicheltröpfchen versprüht. Der Kopf sinkt ihm auf die Brust. Verblüfft betrachtet der Leibwächter seine Hand und bewegt die Finger: Sie sind völlig in Ordnung. Er hebt die Pistole auf und verstaut sie unter dem Jackett.

»Was hat er mit Ihnen gemacht, Reverend?«, fragt der unruhige Apostel, ein kleiner Mann mit Glatze und Brille, der ein wenig wie ein Buchhalter aussieht. »Und was hat er Ihnen gesagt?«

»Es waren … sehr persönliche Dinge«, antwortet Callaghan ausweichend.

»Aber es ist doch Gott, der durch ihn spricht, oder?«, will Nelson wissen.

Der Reverend betrachtet ihn blinzelnd, als ob er ihn nicht kenne oder die Frage nicht verstanden hätte.

»Wie? Ach so, ja, ja natürlich! In diesem kleinen Kopf ist unser Herr zu Hause.« Erneut fährt er mit der Hand durch Tonys verstrubbelten Schopf. »Gewiss lebt er auch in uns anderen, das dürfen wir nie vergessen. Und er übermittelt an jeden von uns seine Botschaften. Er spricht unsere Seelen an, denn er weiß alles und sieht alles.« Moses streckt die Arme in die Höhe. Sie berühren beinahe die Zimmerdecke. »O Herr, erlöse uns von dem Übel, erlöse uns von der Sünde und zeige uns den Weg in dein Licht, damit dein tausendjähriges Reich endlich anbrechen kann. Wir, die Armee der Gerechten, wir hören auf dich, o Herr. Wir gehorchen dir, und wir dienen dir. Geheiligt werde dein Name, und dein Reich komme, wie im Himmel, so auf Erden.«

»Amen«, fallen die hingerissen lauschenden Anwesenden ein.

»Du«, ruft Callaghan und weist mit seiner klauenartigen Hand auf Tony, »du wirst von jetzt an unser Sprachrohr sein, denn Gott offenbart sich durch dich.«

»Aber er kann doch nicht sprechen«, wendet Pamela leise ein.

»Er spricht zu mir. Ich werde weitergeben, was er mir sagt. Unwissendes Weib, ist dir denn immer noch nicht klar, dass du dem Heiligen Geist selbst das Leben geschenkt hast? Oh! Die Wege Gottes sind unergründlich, doch er hat mir die Gnade gewährt, sie zu erkennen. Die Göttliche Legion ist der bewaffnete Arm des Herrn, und dieser Knirps hier ist ihr oberster General.«

Erneut werden Pamelas Knie weich. Was sie hier erlebt, übersteigt all ihre Hoffnungen und verwegensten Träume. O Gott, würde sie den Anforderungen überhaupt genügen? Denn wenn Tony der Heilige Geist ist, dann muss sie … ja, sie muss die Jungfrau Maria sein. Natürlich! Sie hat Tony auf die Welt gebracht, ohne zuvor den körperlichen Akt zu vollziehen! Oh! Herr im Himmel – es ist also wahr! Ihr wird schwindelig. Alles ringsum beginnt sich zu drehen. Sie sinkt in Nelsons bereitwillig ausgestreckte Arme.

»Fassen Sie sich, Schwester Salome. Alles wird gut gehen, Sie werden schon sehen.«

»Mein Gott, Bruder Ezechiel, ich weiß nicht, ob ich das kann … ob ich das schaffe …«

Callaghans große Pranke legt sich erneut auf ihre Schulter.

»Aber gewiss doch, Schwester Salome – du schaffst es, du kannst es, und du musst es tun. In deinem Haus wohnt der Heilige Geist. Von heute an wirst du ihm dein ganzes Leben weihen, jede deiner Handlungen und jeden deiner Gedanken. Du wirst aus diesem Haus, das ebenso heilig ist wie der Stall von Bethlehem, einen Schrein machen. Kein Gottloser, kein Ungläubiger und kein Unreiner darf diese Schwelle überschreiten. Weder profane Gegenstände noch Götzenbilder oder dämonische Symbole von Subkulturen wie jener der Neger oder anderer Fremdlinge dürfen das Blickfeld des Heiligen Geistes besudeln. Kein Buch, kein Geräusch und kein Bild, das nicht von der Göttlichen Legion für richtig befunden wird, darf deine Seele entwürdigen. Sie muss so rein sein wie das Lamm, das du geopfert hast, und wie die Jungfrau Maria, die du verkörperst. Hast du mich verstanden, Schwester Salome?«

»Ich … ich werde es beachten, Reverend.«

»Eigentlich solltest du dieses Haus der Göttlichen Legion anvertrauen. Da es sich um einen heiligen Ort handelt, steht uns die Verwaltung rechtmäßig zu. Ist es nicht so, Bruder Markus?«

»Absolut«, bestätigt der kleine Brillenträger. »Eine Schenkung wäre wohl die einfachste und logischste Methode.«

»Aber … aber … es ist so, dass …«, stammelt Pamela, die sich plötzlich daran erinnert, dass sie noch verheiratet ist, aber in Scheidung lebt – dass die Dinge also nicht ganz so einfach liegen.

»Keine Sorge, Salome«, murmelt Bruder Ezechiel ihr ins Ohr. Er unterstützt sie wirklich, wo es nur geht! »Vergessen Sie nicht, dass ich Anwalt bin. Ich kann Ihnen versichern, dass wir die Sache zur allgemeinen Zufriedenheit regeln werden. Die Göttliche Legion ist sehr mächtig …«

»Nun denn«, geht Callaghan zum nächsten Tagesordnungspunkt über, »wie mir mitgeteilt wurde, dürfen wir in der Herde des guten Hirten drei weitere Schäfchen begrüßen.«

»Eine Frau hat Angst bekommen und ist geflüchtet«, teilt einer der Leibwächter Callaghan mit.

»So mag sie zum Teufel gehen! Möge ihre Seele in der Hölle schmoren!« An seinen Leibwächter gewandt, fügt er leise hinzu. »Kümmern Sie sich darum, Luc. Nichts von dem, was hier vorgefallen ist, darf an die Öffentlichkeit dringen.«

»Wird gemacht, Reverend.«

Der Apostel, der gefilmt hat, nimmt seinen Kollegen in einer Ecke des Wohnzimmers beiseite. Er hält die Minicam in der offenen Hand.

»Weißt du, was merkwürdig ist, Markus? Ich bin mir vollkommen sicher, dass ich die ganze Szene von Anfang bis Ende gefilmt habe. Als ich aber gerade nachgesehen habe, war nichts aufgenommen.«

»Hast du vielleicht den falschen Knopf gedrückt? Oder ist die Batterie leer?«

»Ganz bestimmt nicht. Die Batterie ist ganz neu, und die Bedienung ist kinderleicht. Man muss nur auf den Knopf Rec-Start drücken, hier, siehst du? Trotzdem behauptet das Ding, es gäbe keine Bilder. Ich verstehe es einfach nicht!«

Hier ist La Voix des Lacs, und ihr habt den richtigen Sender eingeschaltet. Ihr gehört nämlich damit zu den Ersten, die die gute Nachricht erfahren. Und hier ist sie: Der lang erwartete Transport mit Bohrmaterial ist endlich eingetroffen! Bewohner von Kongoussi und alle anderen auch – ihr könnt endlich aufhören zu graben. Ab jetzt übernimmt das nämlich eine Maschine. Ihr solltet stattdessen vielleicht eure Felder bestellen, denn bald gibt es Wasser, so viel das Herz begehrt! Diesen Knüller hört ihr nur auf La Voix des Lacs. Bleibt dran! Ihr findet uns auf der Frequenz 101.6 …

Mehr als hundert Menschen haben sich am Ortsausgang von Kongoussi versammelt, um auf der Straße nach Djibo, die am ausgetrockneten Bam-See entlangführt, auf den Lastwagen zu warten. Ein wenig abseits wurde auf einer kahlen, von einem riesigen, toten Baobab überschatteten Erhebung ein Zelt errichtet, das Präsidentin Fatimata Konaté vor den sengenden Sonnenstrahlen schützt. Die Präsidentin hat es sich nicht nehmen lassen, selbst herzukommen. Sie befindet sich in Gesellschaft ihres engsten Führungsstabs. Claire Kando, die strenge Ministerin für Wasserversorgung und Ressourcenverwaltung, ist ebenso anwesend wie Amadou Dôh, Verkehr und Infrastruktur, Adama Palenfo, der schüchterne Finanzminister, die unersetzliche Yéri Diendéré, Fatimatas Sekretärin, sowie der älteste Sohn der Präsidentin, Moussa Diallo, der zum Chefingenieur der künftigen Bohrstelle ernannt worden ist. Auch der Bürgermeister von Kongoussi, Étienne Zebango, sein Stellvertreter Alpha Diabaté, seine Frau Alimatou und seine jüngste Tochter Félicité sind vor Ort, außerdem Moussa Keita, der Direktor von CooBam, der örtlichen Landwirtschaftskooperative, sowie Norbert Yaméogo, Befehlshaber des in Kongoussi stationierten 4. Infanterieregiments. Eine Eliteeinheit, kommandiert von Abou, den man zu diesem Zweck zum Gefreiten befördert hat, fungiert als Leibwache für die angetretenen Honoratioren.

Alle Regierungsmitglieder tragen eine schwarze Armbinde zum Zeichen der Trauer um Premierminister Issa Coulibaly, der bei der Explosion des Geiers, der ihn von Abidjan nach Hause bringen sollte, in der vergangenen Woche auf tragische Weise ums Leben kam. Noch immer kann man sich die Gründe für diese Explosion nicht erklären. Das Flugzeug war eben erst gewartet worden und hatte sich als durchaus funktionstüchtig erwiesen, doch kurz vor Beginn des Sinkflugs auf den Flugplatz von Ouaga, bei ruhigem, klarem Wetter – *Bumm!* Der Geier löste sich im wahrsten Sinn des Wortes in Luft auf. Niemand überlebte. Selbst die Blackbox wurde nicht wiedergefunden.

Auf der Straße drängen sich die gesündesten Einwohner von Kongoussi, die aus der Gerüchteküche oder über den Lokalsender La Voix des Lacs von der Ankunft erfahren haben. Viele von ihnen haben Eimer oder Kanister dabei, als ob der Lastwagen Wasser bringen würde und nicht bloß die Ausrüstung, um danach zu bohren.

Im staubigen Becken des ehemaligen Sees, das von zerstörten Zäunen und durchgeschnittenen Stacheldrahtbegrenzungen umgeben ist – irgendwann musste die überforderte Abteilung aufhören, das Gelände zu verteidigen –, ist eine provisorische Lagerstadt aus Zelten, Planen und an Ästen oder Pfosten notdürftig befestigten Decken entstanden, die man zwischen mehr oder weniger hohen Haufen aus rötlicher Erde errichtet hat. Beim leisesten Windstoß erhebt sich eine Staubwolke und sorgt dafür, dass alles mit einer gleichfarbigen Schicht bedeckt wird. Inmitten der ewigen Staubwolke graben noch immer einige Hundert arme Teufel, von denen viele von weit her kommen und alles im Stich gelassen haben, um nach Wasser zu suchen; sie opfern sich für einen unerreichbaren Traum.

Unter dem Zelt ist alles für eine einfache, aber offizielle Zeremonie vorbereitet. Yaméogo schlug vor, die Blaskapelle der Militärschule aufmarschieren zu lassen, doch Fatimata lehnte mit dem Argument ab, dass der Empfang mit einer Blaskapelle nach einer derartigen Reise möglicherweise etwas stressig wäre. Étienne Zebango hätte gern den roten Teppich ausgerollt, doch auch gegen diesen Ehrenbeweis hatte Fatimata etwas, weil die Abgesandten von SOS keine Staatschefs seien. Schließlich einigte man sich auf Liegestühle, kühle Getränke und einen Imbiss mit lokalen Spezialitäten. Alimatou Zebango hatte ihre liebe Not, die nötigen Zutaten auf dem Markt zu finden, ist mit ihrem Hirsebrei und der Okrasauce aber ganz zufrieden. Fatimata hat eine Begrüßungsrede vorbereitet, Claire Kando ein Exposé über Ressourcen und Wasserbedarf, Keita einen Entwurf des zukünftigen Bewässerungssystems und Moussa einen Plan der Baustelle mit einem Querschnitt durch die zu durchbohrenden Erdschichten.

Laurie und Rudy haben ihr Kommen vom Satellitentelefon ihres Gastgebers aus angekündigt. Der *amghar* der Kel Cherifen beherbergte sie in seinem Biwak am Fuß des Mont Sounfal. Danach brauchten sie nur noch das Gebiet der Fulbe zu durchqueren und schätzten, Kongoussi am späten Nachmittag des Folgetages erreichen zu können, falls die Tuareg sie nicht für ein *tindé* oder den Besuch bei einem Ahnen zurückhielten, sie nicht auf der berüchtigten Straße zwischen Mopti und Gao angegriffen wurden und die Fulbe, die nach dem Tod ihrer Herden auf Bettelei angewiesen waren, sie nicht in einen Hinterhalt lockten. Laurie sprach selbst mit der Präsidentin; sie drückte sich zwar sehr höflich und gewählt aus, aber Fatimata spürte genau, wie erschöpft und entmutigt sie sein musste. *Arme Kleine*, dachte sie in einer mütterlichen Gefühlsregung. *Wir sollten versuchen, ihr nach diesem Kraftakt einen möglichst herzlichen Empfang zu bereiten.* Aus diesem Grund hat sie sich entschlossen, den Konvoi höchstpersönlich im Kreise ihrer Würdenträger auf der Straße nach Djibo zu erwarten und die Geschicke des Landes derweil in die Hände von Victor Kawongolo zu legen, der neben seiner Funktion als Verteidigungsminister vorübergehend auch die Aufgaben des Premierministers übernommen hat und für seine unbeugsame Rechtschaffenheit bekannt ist.

Die Stunden vergehen nur langsam. Die Gespräche ziehen sich hin, der solarbetriebene Kühlschrank surrt und gluckert, und langsam geht die Sonne unter. Moussa beschäftigt sich mit seinen Plänen, Claire mit ihren Zahlen, die Menschenmenge auf der Straße wappnet sich mit Geduld, die Soldaten zerschmelzen fast in ihren Uniformen, und Fatimata, die den Horizont beobachtet, sieht nichts als die endlose Straße und wirbelnde Staubteufel. Irgendwann ist ein Auto mit dem Logo einer Mietwagenagentur in Abidjan vorbeigekommen. Der Fahrer war ein großer Schwarzer in dunklem Anzug und Sonnenbrille; außer ihm saßen noch vier weitere Typen im Auto, die irgendwie unruhig wirkten. Der große Schwarze, der ausschließlich Englisch sprach, erklärte, aus dem Norden gekommen zu sein, ohne genauere Angaben zu machen. Seither ist, abgesehen von ein paar Fußgängern und Radfahrern, niemand mehr vorbeigekommen. Die Straße nach Djibo wird kaum mehr befahren.

Während sich die Sonne orangefarben und aufgeblasen wie eine Lavakugel anschickt, hinter den kahlen Hügeln unterzugehen, erhebt sich auf der Straße ein neuerlicher, rötlicher Staubwirbel – noch weit entfernt zwischen den kahlen Hügeln. Fatimata, die auf einem der Liegestühle vor sich hingedöst hat, richtet sich abrupt auf. Der gesamte Führungsstab wendet sich aufmerksam der Straße zu. In die gelangweilte Menschenmenge kommt wieder Leben. Die Soldaten wachen aus ihrer Lethargie auf, reihen sich ins Glied ein und schultern ihre Waffen. Die Wolke wird größer und kommt näher. Schon bald ist das Rattern eines müden Motors zu hören. Und dann taucht am Ausgang der Kurve ein großer Lastwagen mit Anhänger auf, rot vom staubigen Laterit, die leicht eingedrückte Motorhaube mit einem Kuhfänger geschützt und mit zahllosen Einschlägen auf der Windschutzscheibe. Auf den Türen und den Seiten des Anhängers steht in großen Lettern: SAVE OURSELVES.

»Sie sind es!«

Der Ruf eilt von Mund zu Mund und breitet sich aus wie ein Lauffeuer. Die Menge wird unruhig und versucht, die Soldaten zu überrennen, um möglichst dicht an den Lkw zu kommen. Alle, die noch graben, hören auf, stellen Schaufeln und Pickel ab und rennen in Richtung Straße.

Als der Mercedes schließlich wenige Meter vor der Soldatenkette anhält, die sich bemüht, der drängenden Menschenmenge Herr zu werden, ergießt sich eine Horde rot verstaubter Zombies auf die Straße und rennt in wildem Durcheinander auf den Lastwagen zu. Die von beiden Seiten bedrängten Soldaten drohen, die Kontrolle zu verlieren. An der Spitze seiner Abteilung marschiert Abou, sekundiert von seinem Kumpel Salah, schnurstracks zum Lkw, stößt die aufdringlichsten Drängler mit dem Gewehrkolben zurück und macht den Insassen des Führerhauses ein Zeichen, auszusteigen. Die Militärs begleiten Laurie und Rudy, die wie versteinert wirken, zu dem Zelt auf dem Hügel. Hinter ihnen reißt die Kette der Soldaten, die auf der einen Seite von den Einwohnern von Kongoussi bedrängt und auf der anderen Seite von der wie entfesselt aus dem Seegelände auf die Straße stürmenden Menge vernichtet wird. Es kommt zu Tumulten. Es hagelt Schreie, Flüche und Schläge. Einige Schüsse sind zu hören. Die Menschenflut brandet gegen die Seiten des Lkw, dessen Türen glücklicherweise abgeschlossen sind. Allerdings nur die Türen, nicht jedoch der hinter dem Führerhaus angebrachte Wassertank. Er wird zum neuralgischen Punkt des Gerangels. Man brüllt, schreit sich an, versucht zuzugreifen und schmettert sich gegenseitig Eimer und Kanister ins Gesicht. Schnell ist der Tank leer. Das Wasser sprudelt, warm und abgestanden, aber so gut und so wertvoll! Anschließend muss der Ethanol-Tank dran glauben. Der Treibstoff mischt sich mit dem Wasser, das sich auf die Straße ergießt und sofort vom trockenen Staub aufgesogen und von Dutzenden von Eimern und weit geöffneten Mündern sehnsüchtig erwartet wird.

Von der Anhöhe aus beobachten Laurie und Rudy fassungslos den Tumult. Nachdem die Menschen die Soldaten zunächst überrannt hatten, hat sich die Abteilung rasch wieder gesammelt und neu aufgestellt. Jetzt umringen sie das Kampfgetümmel, das sie mit aller Gewalt und Kolbenstößen zu teilen versuchen, um den Lkw zu erreichen und Plünderungen vorzubeugen. Nachdem die Wasservorräte und das Ethanol erschöpft sind, beruhigen sich die Kampfhähne allmählich. Die Menge zerstreut sich. Diejenigen, denen es gelungen ist, ein paar Tropfen zu ergattern, nehmen die Beine in die Hand. Sie werden von denen verfolgt, die nichts abbekommen haben. Schon bald sind die Soldaten wieder Herr der Lage und umringen den Mercedes mit einem dreifachen Ring aus Uzis. Dass tatsächlich scharf geschossen wurde, beweisen einige liegen gelassene Körper und die Verwundeten, die sich hinkend und von hilfsbereiten Händen gestützt nach Hause schleppen.

Abou und seine Abteilung können nun endlich wieder ihre Aufgaben als Präsidentengarde übernehmen. Jetzt fehlte wirklich nur noch, dass die durstigen Menschen den Kühlschrank und die gekühlten Getränke erspähten. Außerdem kann Abou die Augen nicht von Laurie losreißen. Auf dem Weg zum Zelt hat er sie aus der Nähe sehen können, hat sie sogar berührt und den säuerlichen Geruch der Weißen wahrgenommen, hat ihr seidiges blondes Haar und ihre weiche, von der Wüstensonne gerötete Haut bemerkt. Er hat die Angst und die Bestürzung in ihren Augen gelesen und sofort gewünscht, er dürfe sie in den Armen halten. Jetzt, aus der Ferne, sieht er ihre kleinen Brüste unter dem schmutzigen T-Shirt, die wohlgeformten Schenkel, die langen Gazellenbeine, die blonde Löwenmähne, das rundliche, unschuldige, doch gleichzeitig ernüchterte Gesicht, die großen, haselnussbraunen Augen … Abous Herz klopft zum Zerbersten. Ist das die Liebe auf den ersten Blick? Er ist so hingerissen, dass er nicht bemerkt, wie Félicité ihn aufmerksam beobachtet, feststellt, was ihn derart fasziniert, und sich mit verzogenem Gesicht und einem verächtlichen »tsss« abwendet.

Laurie hat keine Ahnung von dem, was sich hinter ihrem Rücken abspielt. Ihr Empfang lässt ihr einfach keine Ruhe. Ihr war, als hätte sich die Not der ganzen Welt mit einem Mal vor ihr aufgetan und in ihrem Schlepptau Gewalt, Blut, irre Blicke, habgierige Hände und pestilenzartige Gerüche mitgebracht. Im Schatten des Zeltes – hoch über dem konfusen Handgemenge, diesem Kampf auf Leben und Tod um ein paar Tropfen Wasser, vor einem mit köstlichen Leckereien gedeckten Tisch und einem Kühlschrank, der herrliche Frische verspricht, angesichts der verwirrten Würdenträger, die ihren Gästen vermutlich nicht unter die Nase reiben wollen, über welche Not sie herrschen – spürt Laurie plötzlich, wie die letzte Kraft sie verlässt und das letzte bisschen Mut sich in Luft auflöst, ja, sogar der Grund für ihre Reise scheint im Sand zu versinken. Mit Tränen in den Augen lässt sie sich auf einen Stuhl fallen, verbirgt das Gesicht in den Händen und flüstert mit zitternder Stimme:

»So weit ist es also gekommen …«

Fatimata beugt sich über Laurie, legt ihr einen Arm um die Schultern und murmelt Trostworte.

»Ja, Laurie, so weit ist es gekommen. Aber Sie sind am Ziel. Eigentlich wollte ich einen Willkommensgruß sprechen, doch ich habe festgestellt, dass er nicht mehr nötig ist. Es genügt, der Wirklichkeit ins Auge zu schauen. Doch dank Ihres Einsatzes, dank der Hoffnung auf Erneuerung, die Sie mitbringen, werden wir uns da wieder hinausmanövrieren. Ruhen Sie sich erst einmal aus, liebste Freundin. Möchten Sie etwas trinken?«

Mit tränennassen Wangen richtet Laurie sich auf. Sie betrachtet die Frau, die sie mit ehrlichem Mitleid anblickt und ihr freundlich und voller Unschuld etwas zu trinken anbietet. Sie presst die Lippen zusammen und schüttelt den Kopf.

»Vielen Dank. Zwar habe ich wirklich Durst, doch angesichts all dieser armen Leute, die sich vor meinen Augen um einen Tropfen Wasser prügeln, hätte ich Mühe, eine kalte Cola hinunterzubringen.«

Rudy vertritt die gleiche Ansicht. Auf der einen Seite sieht er den summenden Kühlschrank und einen Tisch, der sich unter Leckereien biegt, auf der anderen Seite wird sein Lastwagen von der Armee verteidigt, die nicht gezögert hat, auf die ausgezehrten, zerlumpten Gestalten zu schießen, die nichts als ein bisschen Wasser wollten. Als sie am ehemaligen Bam-See vorbeifuhren, hat er die elenden Figuren gesehen, die am Boden kauerten und hoffnungsvoll im Sand gruben, weil sie das wundervolle Wasser erreichen wollten, das sich, wenn er sich recht erinnerte, in 250 Meter Tiefe befindet. Hat man ihnen etwa nichts davon gesagt? Lässt man sie lieber in dieser Staubgrube verhungern und verdursten? Was ist das für ein Scheißland, wo eine aus lauter Nabobs bestehende Regierung sich gestattet, ihren Wohlstand vor den Augen der Ärmsten der Armen auszubreiten? Hat er die anstrengende Reise etwa für diese Arschlöcher unternommen? Brauchen sie das Wasser für ihre Swimmingpools und Gärten, während das einfache Volk weiter dahinsiecht? Am liebsten hätte sich Rudy in den Lastwagen gesetzt und wäre umgekehrt. Die Ausrüstung könnte er den Tuareg schenken. Die wussten wenigstens, wie man teilt!

Als man ihm die Hand schütteln will, wendet er sich ab. Eine herrlich beschlagene Dose Mineralwasser lehnt er mit den Worten ab, dass er lieber das ekelhafte Wasser aus seinem Lkw trinke, falls noch ein Tropfen im Tank sei, und dass er es vorzöge, es im Wagen zu trinken, weil es ihm leidtäte, dass er es nicht mit den Menschen teilen könnte, die von der Armee mit Schüssen verjagt worden seien.

Seine Haltung hat zumindest für Verwirrung bei den Anwesenden gesorgt. Mit großen Augen und offenen Mündern sehen Étienne Zebango, Claire Kando, Adama Palenfo und die anderen zu, wie Rudy den Hügel hinuntereilt, die Wachsoldaten beiseiteschiebt und sich in seinem Mercedes verbarrikadiert.

Bei Lauries Worten versteht Fatimata plötzlich, woher das ungute Gefühl stammt und worauf das Missverständnis zurückzuführen ist. Wie alle Weißen, die nach Afrika kommen, erkennen sie nur den Schein, nur die Oberfläche der Dinge.

In Anwesenheit von Laurie ruft Fatimata Hauptmann Yaméogo zu sich.

»Herr Hauptmann, Ihre Männer sollen unseren Gästen ein Glas Wasser und eine Schale Hirse bringen. Den Rest, einschließlich des Kühlschrankinhalts, lassen Sie bitte an die Leute auf der Straße verteilen.«

Laurie schaut Fatimata verwirrt an, der Hauptmann hat nur einen fassungslosen Blick für sie übrig.

»Muss ich diesem Befehl wirklich gehorchen, Madame? Sie wissen, dass es dann wieder Mord und Totschlag gibt.«

Fatimata steht mit verschränkten Armen vor der immer noch sitzenden Laurie und mustert die junge Frau ohne jegliche Liebenswürdigkeit.

»Entscheiden Sie sich, meine Liebe. Möchten Sie lieber eine von der Regierung offerierte Cola oder ein Massaker im Namen der hochgelobten Gleichheit?«

Laura blinzelt unentschlossen. Was genau wird hier eigentlich von ihr erwartet? Sie hat sich doch nur nach ein wenig Ruhe gesehnt. Sollte das etwa eine Falle sein?

»Ich kann die Frage auch anders stellen«, fährt Fatimata fort. »Akzeptieren Sie jetzt endlich unsere Gastfreundschaft, oder ziehen Sie es vor, auf Ihren zwar großherzigen, aber leider zurzeit nicht anwendbaren Prinzipien zu beharren?«

Schließlich ist es Alimatou, die mit ihrem Sinn für praktische Lösungen allen aus der Klemme hilft.

»Mensch, Leute, es ist doch viel zu heiß, um sich mit Problemen zu belasten, findet ihr nicht? Wer hat eigentlich die blöde Idee gehabt, den Tisch hier aufzustellen? Mein Hirsebrei und die Okrasauce sind schon ganz staubig! Am besten, wir packen alles ein und essen bei uns zu Hause. Du bist doch einverstanden, Étienne, oder?«

»Auf jeden Fall«, nickt der Bürgermeister mit erleichtertem Lächeln.

»Gute Idee«, pflichtet Laurie ebenfalls lächelnd bei. »Ich hole Rudy und erkläre es ihm.«

»Herzlich willkommen in Burkina Faso«, ruft Fatimata hinter ihr her, während Laurie den Hügel hinunter auf die Straße läuft und sich bemüht, den von summenden Fliegen belagerten Leichen auszuweichen.

ACHTES KAPITEL

Klagen, Komplizen, Komplotte

»... Auf dem Podium sitzen in der Reihenfolge von links nach rechts: Richard Fuller III., Ehrenpräsident von Exxon Hydrogen; Professor José da Silva, Direktor von Global Climate Change, einem Institut für Umweltstudien und Überwachung; Franklin Rothschild, Direktor des Ökonogischen Forums von Nassau; Paal Amarualik, Premierminister von Nunavut, Mrs. Jiang Lizhi, Generalsekretärin der chinesischen Partei *He ping jue qi*, was ›Neuer Friede‹ bedeutet; Mrs. Najma Krishnaswamy, Präsidentin der Gesellschaft Samsara; und Markus Schumacher, Präsident von SOS-Europa. Als Erstes möchte ich jedem von Ihnen eine Frage stellen, auf die ich Sie so kurz wie möglich zu antworten bitte: Wie tragen Ihre Aktionen oder diejenigen der von Ihnen vertretenen Organisationen und Unternehmen zum Kampf gegen die Klimaerwärmung bei? Mr. Fuller?«

»Ganz einfach: Exxon ist gerade dabei, die Produktion endgültig von Erdöl auf Wasserstoff umzustellen. Wasserstoff ist ein Treibstoff ohne jeglichen Schadstoffausstoß – die Materie, auf der das Universum basiert.«

»Professor da Silva?«

»Global Climate Change ist ein Institut, das die Gegebenheiten genauestens untersucht. Wir produzieren Information. Es liegt in Ihrer Hand, von unseren Erkenntnissen zu profitieren.«

»Mr. Rothschild?«

»Seit seiner Gründung vor fünf Jahren bemüht sich das Ökonogische Forum darum, Unternehmen ihre Verantwortung für das Phänomen vor Augen zu halten. In diesem Jahr haben wir das Label ›Ökologische Spitzenleistung‹ kreiert, das sicherlich vielen Unternehmen als Ansporn dienen wird.«

»Mr. Amarualik?«

»Die Nunavut in den arktischen Gebieten sind von der Klimaerwärmung besonders stark betroffen. Das Abschmelzen des Packeises hat die traditionelle Lebensart der Inuit unmöglich gemacht. Wie sollen sie ohne Robben und Eisbären überleben, wenn das Eis schmilzt …«

»Darauf werden wir später noch zurückkommen. Mrs. Lizhi?«

»Ein Mensch, ein Baum, eine Energiequelle – das sind die drei Grundprinzipien unserer Politik.«

»Vielen Dank für die knappe Antwort. Mrs. Krishnaswamy?«

»Wir arbeiten daran, dass Indien den reinen, harmonischen, gewaltfreien und respektvollen Weg des Lebens durch alle Inkarnationen hindurch wiederfindet.«

»Mr. Schumacher?«

»Die Hilfsorganisation Save OurSelves ist speziell in den Ländern vertreten, die sich in Schwierigkeiten befinden. Insbesondere helfen wir den Eingeborenen dabei, sich selbst zu helfen. Dazu entwickeln wir Programme, die dem lokalen Klima und der natürlichen Umgebung Rechnung tragen.«

»Vielen Dank. Nach einer kurzen Unterbrechung durch unseren Sponsor Samsung, Hersteller von Solaranlagen, werden wir näher auf Ihre Antworten eingehen …«

Träume

Stellenausschreibung
Eiliger Regierungsauftrag! Techniker und qualifizierte Arbeiter für Tiefenbohrung nach Kongoussi (Bam) gesucht. Rotationsprinzip. Interessante Bezahlung sowie Prämien garantiert. Bewerbungen (mit Lebenslauf) an das Rathaus von Kongoussi oder per E-mail an m.diallo@gov.bf

Dass man ein Loch von 250 Metern Tiefe nicht einfach so in den Boden stampfen kann, hat Moussa Diallo-Konaté mühsam lernen müssen. Seine Studien der Hydrologie mit Schwerpunkt Bewässerung haben aus ihm keinen Spezialisten für Bohrungen gemacht, auch wenn das Thema in den Seminaren durchaus einmal angeschnitten wurde. Zunächst musste er sich in die Fachterminologie einarbeiten. Dann ging es darum, kompetentes Personal einzustellen. Moussa hatte das Glück, schon vor Erscheinen der Anzeige in den einschlägigen Medien durch Zufall an versierte Arbeiter zu geraten. An dem Tag nämlich, als der Lastwagen von SOS Kongoussi erreichte, stellten sich spontan vier Männer aus dem Norden – nähere Angaben machten sie nicht – im Rathaus vor und boten ihre Dienste an. Ihr Boss gab sich in seinem dunklen Anzug und mit schwarzer Sonnenbrille eher elegant und sprach ausschließlich Englisch. Doch ihre vielseitige Erfahrung, die sie bei verschiedenen Wasserbohrungen in der Sahara sowie bei Ölbohrungen in Sierra Leone und sogar Offshore gesammelt hatten, überzeugten Moussa, sie nicht nur sofort einzustellen, sondern sie auch gleich zu Vorarbeitern zu ernennen. Dank ihrer Kontakte und der energischen Intervention von Laurie konnten sie sich die fehlenden Ausrüstungsgegenstände, wie einen Bohrturm, Generatoren, Siebe, Kabel, Rohre und Kompressoren sowie Baracken, um alles unterzubringen, schnell beschaffen, denn SOS hatte lediglich die Grundausrüstung geliefert.

Die Einrichtung der Baustelle hat nur zehn Tage gedauert, ein absoluter Rekord! Zehn Tage, in denen man aufgrund der vom Satelliten gelieferten Bodenanalysen den Bohrpunkt bestimmte. Zehn Tage, in denen man mit Militärgewalt die Wassersucher von eigenen Gnaden entfernte und das Gelände sicherte, und zwar mit so viel Fingerspitzengefühl, dass Aufstände und Konfrontationen von vornherein vermieden wurden. Der Auftrag wurde von Abou mit so viel Geschick erledigt, dass er zum Hauptgefreiten ernannt wurde. Zehn Tage, in denen man den staubigen Grund des ehemaligen Sees mit einer festen Piste und einer Erdaufschüttung versah, die das Gewicht des Bohrturms und schwerer Lastwagen aushielten. Zehn Tage, in denen man schließlich den Bohrturm aufrichtete und das

Zubehör zusammensetzte. Hierbei bewiesen vor allem die Männer »aus dem Norden« ihr Geschick. Natürlich musste auch eine ausreichend große Kantine eingerichtet werden, wo für das leibliche Wohl des Personals gesorgt wird. Diese Aufgabe hat man in die Hände Alimatous, der Ehefrau des Bürgermeisters, gelegt. Sie erledigt sie mit dem Improvisationsvermögen und der Sparsamkeit, die Étienne Zebango von zu Hause her kennt; allerdings ist er ehrlich überrascht, wie gut es auch in dieser Größenordnung klappt, denn zu den Stoßzeiten sind immerhin mehrere Hundert Arbeiter zu versorgen. Mit der finanziellen Unterstützung der Regierung und mithilfe einiger Freundinnen gelingt es Alimatou Tag für Tag, den ausgehungerten Arbeitern ein deftiges, schmackhaftes Essen vorzusetzen, das es ihnen gestattet, mit Elan an ihre Arbeit zurückzukehren, trotz der Wetterbedingungen, die sich irgendwo zwischen Hochofen und Hölle eingependelt haben, wenn nicht gerade der Harmattan weht und den Himmel trübt, die Haut austrocknet, die Ausrüstung versanden lässt und die gesamte Baustelle mit einer einheitlich rötlichen Lateritschicht überzieht. Die Angestellten werden besser ernährt als die Mehrzahl der Einwohner von Kongoussi. In den Augen der armen Teufel, die sich nach wie vor auf das Gelände stehlen, um dort eigenhändig zu graben, lebt man auf der Baustelle wie im Schlaraffenland. Es ist einer der Gründe, weshalb immer wieder Leute um Arbeit nachfragen. Jeden Morgen findet sich vor dem Eingang eine lange, mit Eimern und allerlei Werkzeugen bewaffnete Menschenschlange ein. Man wedelt mit einem flüchtig zusammengeschusterten Lebenslauf oder rühmt sich besonderer Kompetenz. »Ich grabe dir innerhalb von fünfzehn Minuten ein Loch von einem Meter Tiefe. Ehrlich!« – »Braucht ihr vielleicht einen begabten Elektroniker? Ich kann Fernseher reparieren …« – »Wenn es um Zementguss geht – ich bin der beste Maurer von ganz Kongoussi!« – »Mein Vater war Wünschelrutengänger. Ich weiß genau, wie man Wasser findet.« Die Schlange hält sich, obwohl über dem Eingang inzwischen ein Schild mit der Aufschrift ZURZEIT KEINE FREIEN ARBEITSPLÄTZE hängt. Wieder obliegt es Abou und seiner Einheit, den Leuten freundlich, aber unmissverständlich zu erklären, dass es nichts nütze, vor dem Gitter zu warten, und dass die Leute ruhig nach Hause gehen könnten. Ganz ohne Anschnauzen, Beleidigungen, Zusammenstöße und manchmal auch Krawalle geht es natürlich nicht ab. Als Hauptgefreiter darf Abou inzwischen glücklicherweise delegieren und ist nicht mehr ständig gezwungen, in der ersten Reihe anzutreten. Jetzt ruft man ihn nur noch in heiklen Fällen, wie etwa: »Ich bin der Neffe eines angeheirateten Cousins der Präsidentin. Sie müssen mir einfach Arbeit geben!« Oder: »Ich habe einen Brief vom Bürgermeister, in dem er mir beim Leben seiner Mutter schwört, dass ich hier Arbeit bekomme.« Oder auch: »Ich habe fünfhundert Kilometer zu Fuß zurückgelegt, um hier zu arbeiten. Sehen Sie doch, wie meine Füße bluten! Könnte ich wenigstens einen Schluck Wasser bekommen?«

Dank seines neuen Dienstgrades und der Tatsache, dass er der Sohn der Präsidentin ist, muss Abou nicht mehr in der stickigen Zeltstadt der Garnison unterkommen und sich mit den ebenso kargen wie faden Mahlzeiten begnügen, sondern bewohnt zusammen mit seinem Bruder eine vom Bürgermeister zur Verfügung gestellte Dienstwohnung in einem relativ modernen Haus in der Innenstadt, in dem es fließendes Wasser und Strom aus Sonnenenergie gibt. Die Wohnung hat früher dem stellvertretenden Direktor der CooBam gehört, wie Étienne Zebango den Brüdern erklärte; die Familie wanderte in der Hoffnung auf ein besseres Leben an die Elfenbeinküste aus und wurde Opfer eines Vorstoßes der ivorischen Armee, bei dem sie alle ihr Leben ließen. »Ja, leider schießt die Armee der Elfenbeinküste inzwischen sofort scharf. Sie dulden keine Einwanderer aus Burkina Faso mehr innerhalb ihrer Grenzen.« Es gibt also keinen stellvertretenden Direktor der landwirtschaftlichen Kooperative mehr, und auch der Direktorposten besteht inzwischen nur noch ehrenhalber. »Aber jetzt wird sich sicher vieles ändern. Moussa Keita bekommt bald neue Arbeit.«

Abou freut sich, wieder mit seinem Bruder zusammen zu sein, den er nicht mehr gesehen hat, seit er im Alter von zwanzig Jahren zum Studium nach Deutschland ging. Moussa hingegen stellt hingerissen fest, dass aus dem schmächtigen, gerade mal dreizehnjährigen Jungen, der lieber mit seinen Freunden spielte als zur Schule ging, fünf Jahre später ein ernster, gewissenhafter junger Mann geworden ist, auf den seine Vorgesetzten große Stücke halten und dem zweifellos eine höhere militärische Laufbahn offensteht.

»Dir gefällt es bei der Armee, nicht wahr?«, fragt er Abou eines Abends, als er zu müde und zu schlapp von der großen Hitze ist, um an seinem Laptop zu arbeiten und sich mit Deka-Newton, Megapascal, Umdrehungen pro Minute, Masse und Volumen zu beschäftigen. »Machst du weiter? Willst du Offizier, Captain und Hauptmann werden?«

»Ich glaube kaum«, antwortet Abou und verzieht das Gesicht. »Zunächst mal: Die Dienstgrade lauten anders …«

»Ist doch egal«, winkt Moussa ab und nimmt einen Schluck Bier aus seiner Büchse. »Aber warum nicht? Interessierst du dich nicht für eine militärische Karriere? Du könntest ganz schön weit kommen. General Kawongolo ist schließlich auch Premierminister geworden.«

»Vorläufig! Außerdem …« Abou macht eine weite Geste mit dem Arm, welche die ganze Stadt einschließt, die sie von ihrem Balkon in der zweiten Etage aus überblicken. »Ich kann dieses Elend einfach nicht mehr sehen. Moussa, ich möchte hier weg.«

»Und wohin?«

»Nach Europa. Wie du.«

Ein wenig überrascht beobachtet Moussa seinen Bruder, der die im Schatten liegenden Höfe, Dächer und Terrassen mit angewidertem Blick betrachtet. Über der ganzen Stadt liegt der übliche Smog, eine Mischung aus vom Harmattan aufgewirbeltem Staub und dem Rauch von Hunderten kleiner Feuer, auf dem die Bewohner ihre magere Kost kochen. Die mit Sonnenenergie betriebenen Öfchen und Rechauds, die von den Chinesen massenhaft und billig verkauft werden, konnten die alten Traditionen bisher noch nicht besiegen. Viele Menschen lehnen die fremdländische Technologie ab oder haben nicht die Mittel, sie zu erstehen; sie ziehen es vor, ihr Holz bei Hausierern zu kaufen oder es selbst auf den kahlen Hügeln zu suchen. Die Straßenbeleuchtung, die dem Verlauf der Gässchen folgt, erhellt auch die Umrisse einiger magerer Geier, die sich auf den

Pfählen niedergelassen haben, um mit vollem Magen zu schlafen oder selbst in der Dunkelheit auf Beute zu warten.

»Europa ist nicht das Paradies, für das du es hältst. Leute wie uns sieht man dort nicht gern. Ich meine Leute mit farbiger Haut.«

»Aber es ist ein reicher Kontinent. Es gibt Wasser, so viel man will, und alle Menschen können sich satt essen.«

»Da irrst du dich aber gewaltig. Natürlich gibt es reiche, ja sogar sehr reiche Leute, aber das sind nur wenige, und sie leben in Enklaven, in die du nicht hineindarfst. Dann gibt es die große Mehrheit, die sich irgendwie über Wasser hält, meistens Arbeit hat und einigermaßen anständig leben kann – trotz zeitweiliger Strom- oder Wassersperren und trotz der Stürme, der Dürreperioden oder der Überschwemmungen, die in Europa immer noch wahre Katastrophen sind, obwohl man sich inzwischen daran gewöhnt haben müsste. Schließlich gibt es die vielen, die überhaupt nichts haben – weder Arbeit noch Geld noch ein Dach über dem Kopf – und die entweder auf der Straße oder in tristen, manchmal gefährlichen Lagern leben. Sie betteln oder schließen sich zu Diebesbanden zusammen. Arm zu sein ist dort noch viel schlimmer als hier, denn wenn du hier arm bist, sind es alle anderen auch – es besteht keine Versuchung. Wenn du dort arm bist, siehst du den ganzen strahlenden Reichtum, luxuriöse Boutiquen, blitzende Autos, die mit Wasserstoff fahren, Geschäfte, wo es Essen im Überfluss gibt und die von bewaffneten Wachmannschaften gehütet werden. Du siehst das alles und wirst nicht nur neidisch, sondern du fängst an zu hassen. Und wenn du dann obendrein noch schwarz bist, wie wir, oder du bist Ausländer und willst dort studieren, dann glauben die Leute, dass du ihnen Arbeitsplätze wegnimmst, die es gar nicht gibt, und dich auf ihre Kosten bereichern willst. Sie laden ihren ganzen Hass auf dich ab, weil sie die Zuständigen nicht erreichen können – denn die leben ja in den Enklaven. So sieht es in Europa aus.«

»Na ja …« Abou löscht seine Zweifel mit einem Schluck Bier. »Aber wenn du mit einer weißen Frau zusammenlebst, wenn du mit ihr verheiratet bist, kann man dir nichts tun, oder? Du wirst doch dann sicher europäischer Staatsbürger, oder?«

»So einfach ist das nicht. Es gibt eine Menge administrative Hürden zu nehmen, und auch dann kannst du nicht sicher sein, dass alles klappt. Da nützt es dir nichts, dass du der Sohn der Präsidentin von Burkina Faso bist. Seit ich Europa verlassen habe, ist es noch viel schlimmer geworden. Weißt du, in Berlin hatte ich eine Freundin ...« Moussa unterbricht sich und mustert seinen Bruder, dessen Blick sich in der Nacht verliert. »Wieso fragst du eigentlich danach? Hast du etwas vor? Oder gibt es vielleicht schon eine Kandidatin?«

Aus den E-Mails seiner Mutter weiß Moussa, dass Abou anfänglich ziemlich eifersüchtig war, weil sein großer Bruder nach Europa reisen durfte. Am liebsten wäre er ihm gleich ins Schlaraffenland gefolgt. Allerdings war er noch ein Kind, als Moussa aufbrach, und seine recht mittelmäßigen Schulnoten ließen nicht auf eine Karriere hoffen, die den finanziellen Aufwand wert gewesen wäre, den Fatimata für ihren deutlich begabteren Ältesten gern in Kauf nahm. Mit den Jahren legte sich die Eifersucht. In einem Alter, in dem man ernsthaft darüber nachzudenken beginnt, wie man seine Zukunft gestalten möchte, beschloss Abou sogar, in Burkina Faso zu bleiben, »um dem Land nützlich zu sein«. Noch wusste er nicht genau, wie er das anstellen sollte, als plötzlich die Einladung zur Musterung ins Haus flatterte. Zwar ist der Militärdienst in Burkina schon lange keine Pflicht mehr, doch Abous Mutter legte Wert darauf, dass er seinen Wehrdienst ableistete, weil er bei dieser Gelegenheit die Möglichkeiten, seinem Land zu nützen, besser kennenlernen konnte. Hinzu kam, dass Abou immer schon seiner Großmutter sehr nahestand, die ihn offenbar in die traditionelle Heilkunst einwies. Woher also kam die plötzliche Marotte, unbedingt nach Europa zu wollen?

»Ja ... vielleicht«, antwortet er ausweichend.

Um seine Verlegenheit zu verbergen, leert er seine Bierdose in einem Zug.

»Du willst mit einer Weißen in Europa leben?«, hakt Moussa nach. »Jetzt sag bloß nicht, dass es diese – wie heißt sie noch? ... Laurie? –, also, dass es diese Laurie ist!«

Abous Wangen werden einen Ton dunkler, doch er antwortet nicht. Moussa lacht laut auf.

»Da hast du aber wirklich auf das falsche Pferd gesetzt, mein Alter! Erstens hat sie dich überhaupt nicht bemerkt, und zweitens ist sie mindestens dreißig!«

»Na und?«

»Mensch, Abou, denk doch mal nach! Du weißt absolut nichts über sie, und du hast sie nur ein einziges Mal am Tag ihrer Ankunft gesehen. Inzwischen ist sie in Ouaga bei Mutter, und wenn du Pech hast, reist sie in den nächsten Tagen zurück nach Frankreich zu ihrem Mann oder ihrem Freund …«

»Nein. Sie wird hierher zurückkommen. Das weiß ich sicher.«

»Ach ja? Hat sie es dir gesagt?«

»Ich habe es im Bangré gesehen.«

Moussa zuckt die Schultern.

»Unsinn. Wahrscheinlich hast du geträumt.«

»Außerdem hat sie in Frankreich weder einen Ehemann noch einen Freund.«

»Hast du das auch im Bangré gesehen?«

»Nein, das weiß ich von Rudy. Er schläft übrigens auch nicht mit ihr.«

»Das hat Rudy dir gesagt? Einfach so?«

»Ich habe ihn gefragt.«

»Du bist mir vielleicht einer!« Moussa schaut seinen Bruder verblüfft an. »Ganz schön mutig! Glaubst du wirklich, dass sie sich für einen einfachen und noch dazu so jungen Soldaten wie dich interessiert? Vielleicht ist sie ja auch lesbisch.«

»Ist sie was?«

Abou wendet den Blick von den unsichtbaren Sternen ab und schaut seinen Bruder arglos an.

»Lesbisch!«, lacht Moussa. »Eine Frau, die Frauen liebt. Was bringt man dir denn in der Kaserne so bei?«

»Pah!« Jetzt ist der jüngere Bruder an der Reihe, die Schultern zu zucken. »Sag nichts Schlechtes über Laurie. Sie ist ein feiner Kerl.«

»Schon gut, Abou. Trotzdem glaube ich, dass du dir Illusionen machst. Und was ist mit Félicité? Ich habe beobachtet, wie sie um dich herumscharwenzelt …«

»Sie ist eine dumme Gans.«

»Also, ich finde sie ziemlich hübsch. Und geistvoll obendrein.«

»Du kannst sie haben, wenn du willst.«

»Aber sie will dich.«

»Sie will mich, weil ich der Sohn der Präsidentin bin. Sie glaubt, dass sie so in bessere Verhältnisse aufsteigt.«

»Gut möglich«, muss Moussa zugeben. »Aber was ist mit deinen Studien bei Großmutter? Das Bangré zum Beispiel. Ich habe gehört, dass du die Gabe hast ...«

»Wer hat dir das denn erzählt?«

»Die Gerüchteküche ... Würdest du das alles zurücklassen, um Laurie nach Europa zu folgen?«

»Ich würde alles zurücklassen, um Laurie überallhin zu folgen.«

»Du bist ganz schön verliebt, Bruderherz.«

»Du sagst es, Bruderherz.«

»Trotzdem: Gerade, weil du die Gabe hast, solltest du erkennen, dass es keinen Sinn hat. Das sehe sogar ich, obwohl ich die Gabe nicht habe.«

»Das kommt daher, dass du nicht verliebt bist.«

»Richtig, denn es ist allgemein bekannt, dass die Liebe blind macht.«

»Ich schwöre dir, dass keine acht Tage vergehen werden, bis ich Laurie in den Armen halte.«

»Schon gut, du musst nur dran glauben. Möchtest du noch ein Bier?«

»Gern, wenn noch eins da ist.«

Während Moussa aufsteht und in die Wohnung geht, ruft Moussa ihm durch die offene Balkontür nach:

»Und es wird für das ganze Leben sein!«

Die Welt erobern und behandeln wollen,
ich habe erlebt, dass das misslingt.
Die Welt ist ein geistiges Ding,
das man nicht behandeln darf.
Wer sie behandelt, verdirbt sie,
wer sie festhalten will, verliert sie.

Laotse, *Tao te King* Vers 29 (Auszug)

»Sind Sie wirklich sicher, dass Sie nach Frankreich zurückkehren wollen, Laurie?«

Laurie nickt langsam und beißt sich dabei auf die Unterlippe. Sicher wirkt sie ganz und gar nicht. Sie sieht Fatimata, die an ihrem Schreibtisch an ihrem Quantum Physics sitzt, mit einem mitleiderregend unentschlossenen Blick an.

»Wir haben Ihre Gastfreundschaft schon lange genug in Anspruch genommen«, argumentiert sie trotz allem. »Wir haben das Material angeliefert, die Baustelle ist in guten Händen, und weder Rudy noch ich haben die geringste Ahnung von Tiefenbohrung. Unser Auftrag ist also beendet …«

»Nun mal halblang«, lächelt die Präsidentin. »In Frankreich erwartet Sie nichts und niemand; es widerstrebt Ihnen, nach Saint-Malo zurückzukehren, das Ihnen, wie Sie selbst gesagt haben, düster erscheint. Das Klima in der Bretagne und die Mentalität der Europäer deprimieren Sie – ich wiederhole lediglich Ihre eigenen Worte.«

»Ja, aber …«

»Jetzt erklären Sie mir nicht, Sie hätten Heimweh, das glaube ich Ihnen nämlich nicht. Ich habe Sie hier sehr glücklich erlebt, Laurie. Fröhlich und entspannt, trotz aller Unbequemlichkeit, der Fliegen und der Hitze. Kann es sein, dass es Rudy ist, der nach Hause zurückkehren will, und Sie wagen nicht, es ihm abzuschlagen? Wollen Sie mit ihm gehen? Ist es das?«

»Absolut nicht«, wehrt Laurie ab. »Rudy kann tun und lassen, was er will, und er kann gehen, wohin er will. Wir sind in keiner Weise voneinander abhängig.«

Im Übrigen zeigt Rudy keinerlei Anwandlung, nach Europa zurückkehren zu wollen. Er fühlt sich in Ouaga so wohl wie ein Fisch im Wasser – oder besser: ein Fennek im Wüstensand. Er verbringt den lieben, langen Tag damit, durch die Straßen zu streifen, sich umzusehen, Bekanntschaften zu machen, Kleinigkeiten zu kaufen, kranken, in Not geratenen oder verzweifelten Menschen zu helfen, indem er sich ohne Scham der Vorzüge bedient, die ihnen der Präsidentenpalast bietet, wo er und Laurie untergebracht sind. Häufig kehrt er erst spätabends zurück, erschöpft, schmutzig und zufrieden. Laurie und er haben nur ein einziges Mal die Frage ihrer Rückkehr in den Schoß der Familie erörtert, und bei dieser Gelegenheit zeigte sich Rudy wenig begeistert und ausgesprochen ausweichend.

»Welche Familie? Und wie sollten wir es anstellen? Mit dem Flugzeug? Können wir uns nicht leisten! Mit dem Bus? In den Norden fahren keine Busse!«

»Was ist mit dem Mercedes? Ich nehme doch an, dass wir ihn zurückbringen müssen. Zumindest hat mir Schumacher nichts davon gesagt, dass wir ihn dem Staat Burkina Faso zum Geschenk machen sollen.«

»Ehrlich gesagt habe ich nicht die geringste Lust, den ganzen Weg noch einmal zu fahren. Und außerdem ist dein Schumacher ein elender Knauser. Ein Lkw, der mit verschiedenen Kraftstoffen betrieben werden kann, ist genau das Richtige für dieses Land. Dass die hier herumfahrenden Schrottschleudern überhaupt funktionieren, grenzt meiner Ansicht nach fast an ein Wunder! Manche fahren sogar noch mit Diesel! Und das bei den Preisen!«

Rudy schweifte zur Unsicherheit des Transportgewerbes in Burkina Faso ab, erklärte, dass er Amadou Dôh, den Minister, der mit diesen Dingen betraut sei, für unfähig halte, und dass er darüber mit der Präsidentin sprechen wolle, doch die Frage nach der Rückkehr blieb unbeantwortet.

»Was ist nun?«, bohrt Fatimata nach. »Was hält Sie davon ab, hierzubleiben? Im humanitären Bereich gibt es mehr als genug zu tun. Zum Beispiel brauche ich gerade eine Beraterin auf diesem Gebiet, eine unparteiische Frau, die die Dinge von einem unabhängigen Standpunkt beurteilt und die von keinem Clan, keiner Familie und keiner ethnischen Gruppierung abhängig ist.«

Laurie reißt verblüfft die Augen auf. Wollte die Präsidentin sie etwa einstellen?

»Ich habe Sie bei der Arbeit beobachtet«, fährt Fatimata fort. »Ich habe Ihr Talent bei Verhandlungen und bei der Organisation bewundert, und zwar in Kongoussi, wo Sie ein ebenso einfaches wie erfolgreiches Einstellungsprozedere eingeführt und sich dafür eingesetzt haben, dass die fehlende Ausrüstung schnell kam …«

»Ich habe lediglich ein bisschen herumtelefoniert und die Sache ins Rollen gebracht.«

»Unterschätzen Sie sich nicht, Laurie. Ohne Sie würde Moussa wahrscheinlich heute noch mit den Lieferanten herumpalavern und hätte sich obendrein vermutlich linken lassen. Außerdem fand ich es toll, wie Sie mit den chinesischen Delegierten verhandelt haben.«

Bei dieser Erinnerung muss Laurie lächeln. Sie ist stolz darauf, wie geschickt sie es angestellt hat, die chinesische Delegation zu ihren Gunsten zu beeinflussen. Die Chinesen kamen, um, wie von Schumacher angekündigt, ihren Anteil an der Investition einzufordern. Sie hatte schon öfter darüber nachgedacht, wie sie der Präsidentin gestehen sollte, dass das großzügige »Geschenk« von SOS-Europa in Wirklichkeit eine von den Chinesen finanzierte Möglichkeit war, in Burkina Faso einen Fuß in die Tür zu bekommen. Im Gegenzug für die Ausrüstung erwarteten sie entweder eine Beteiligung an der Wasserförderung oder einen Anteil an den dank des Wassers möglichen Kulturen – mit anderen Worten: eine komplett auf den Export ausgerichtete Produktion wie zum Beispiel Baumwolle. So arbeiteten sie nun einmal, und sie hatten sich auf diese Weise riesige Beteiligungen an der weltweiten Produktion unter den Nagel gerissen – nicht wie die Westler durch direkte Konfrontation, unloyale Konkurrenz, monopolistische Fusionen oder feindliche Übernahmen, sondern durch sanfte Unterwanderung, großzügige Geschenke, die Kunst, sich auf möglichst günstige Weise und im »gemeinsamen Interesse« unersetzlich zu machen, und durch eine Partnerschaft, die fast unmerklich zur völligen Übernahme des fremden Aktienpakets führt ... Einige Flaggschiffe der amerikanischen Wirtschaft, unter anderem Coca-Cola, Disney, IBM und General Motors, sind sowohl auf diesem Weg als auch über Briefkastenfirmen in Steuerparadiesen längst in die Hände der Chinesen oder anderer asiatischer Zusammenschlüsse gelangt. Das gleiche System sollte bei dem unterirdischen Wasserfund in Kongoussi angewendet werden, so viel war bereits klar. Dabei verhielten die Chinesen sich genau gegensätzlich zu Fullers Klagemethode – wir schenken euch die Bohrausrüstung, dafür gebt ihr uns ein bisschen Wasser oder ein paar Köpfe Salat ab, nicht wahr? Sobald man den Chinesen jedoch den kleinen Finger reichte, würde mit Sicherheit binnen kürzester Zeit die gesamte Region in ihre Hand fallen. Sie würden lächeln, und niemand wüsste etwas dagegen zu sagen. In der Folge allerdings wäre Burkina Faso keinen Deut reicher als zuvor, und das Wasser würde dem Land ebenso wenig gehören, als wenn Fuller und seine Kumpane es mit Waffengewalt erobert hätten. Wie aber konnte man das verhindern? Laurie hatte den Außenminister Ousmane Kaboré kennengelernt, der so stark an Bilharziose erkrankt war, dass er mit niemandem, vor allem nicht mit den Chinesen, verhandeln konnte. Betroffen bereitete sie sich darauf vor, Fatimata zu gestehen, dass die Bohrausrüstung kein ganz uneigennütziges Geschenk gewesen war, und bat um eine Unterredung. Doch die Chinesen kamen ihr zuvor.

In Yéri Diendérés Büro stolperte Laurie geradezu über sie. Es waren vier Männer und eine Frau, die in der glühenden Hitze geduldig darauf warteten, dass die Präsidentin sie empfangen würde. Lauries Herz begann zu pochen. In ihrem Gehirn brodelte es. Wie konnte sie Fatimata jetzt noch warnen? Unter welchem Vorwand könnte sie sich in die Zusammenkunft einmischen? Und plötzlich ertappte sie sich – sie, die sonst immer so ehrlich war! – bei einer faustdicken Lüge.

»Meine Damen und Herren, ich bin die Sekretärin des Außenministers, der leider aus gesundheitlichen Gründen verhindert ist. Er hat mich aber über alles informiert und mir freie Hand gegeben, in seinem Namen mit Ihnen zu verhandeln.«

»Es ist uns eine große Ehre«, erklärte einer der Chinesen und verbeugte sich, »allerdings sind wir mit der Präsidentin verabredet.«

»Die Präsidentin ist sehr beschäftigt und hat mich beauftragt, mich der Sache anzunehmen. Wenn Sie mir bitte in mein Büro folgen möchten …«

Unter den erstaunten und amüsierten Blicken von Yéri führte Laurie die Delegation in eines der zahlreichen unbenutzten Büros. Sie fühlte sich ziemlich kleinlaut, weil sie keine Ahnung hatte, was sie den mit allen Wassern gewaschenen Abgesandten des allmächtigen chinesischen Büros für Außenhandel sagen sollte. Während sie sich in dem mit feinstem Lateritstaub überpuderten Büro niederließen, fiel Laurie plötzlich ein, dass die Chinesen, seit sie dem Kommunismus abgeschworen hatten, der sich nicht mehr mit ihrem Status als Wirtschaftsmacht vereinbaren ließ, wieder viel Wert auf die alten Traditionen legten und häufig Kong Zi oder Konfuzius, Sunzi (Sun Tsu), Zhuangzi (Dschuang Dse) und Laozi (Laotse) zitierten. Und so versuchte sie es mit einer Finte.

»Ehe wir in die Diskussion einsteigen, meine Damen und Herren, erlauben Sie mir, einige Aphorismen zu zitieren, damit wir unseren Geist auf positive Weise auf unser Gespräch einstimmen. So sagte Kong Zi: ›Der, dessen Geist nicht weit wandert, sieht das Ungemach aus der Nähe.‹ Und Laozi gab Folgendes zum Besten: ›Es gibt keine größere Sünde, als viel zu begehren, kein größeres Übel, als unersättlich zu sein, und keinen schlimmeren Fehler als den Appetit auf Besitz. Sich mit dem Ausreichenden zu begnügen bedeutet, immer zu genügen.‹ Oder auch: ›Wenn ein großes Reich sich vor einem kleinen erniedrigt, erobert es dieses auf diese Weise. Wenn das kleine Reich sich vor dem großen erniedrigt, lässt es sich auf diese Weise erobern. Das große Reich will nichts anderes, als Menschen zu vereinen und zu ernähren. Das kleine Reich will nichts anderes, als am Dienst an den Menschen teilzuhaben. Auf diese Weise bekommt jeder, was er will, doch es obliegt dem großen Reich, sich zu erniedrigen.‹ Stimmen Sie diesen Weisheiten zu?«

»Aber natürlich«, nickt der Wortführer der Chinesen. »Allerdings sehe ich keinerlei Zusammenhang mit den Geschäften, über die wir hier verhandeln wollen.«

»Und dabei liegt er doch auf der Hand. Indem Sie dem Land die Bohrausrüstung gespendet haben, wollten Sie sich einen lukrativen Markt in Burkina Faso öffnen. Sozusagen ein Handelskrieg auf die gute Art. Überlegen Sie doch einmal, wie Sie vorgehen: Im Gegenzug für Ihre Spende verlangen Sie Anteile an der Ausbeute, ein Aktienpaket, die Gründung einer gemischten Nutzungsgesellschaft und was weiß ich noch. Doch für die Menschen in Burkina Faso wäre das ganz schlecht. Ihnen käme es so vor, als nähmen Sie mit einer Hand das zurück, was Sie mit der anderen gegeben haben. Außerdem hätten Sie es mit Partnern, Aktionären oder Kunden zu tun, die sehr arm oder gar insolvent sind und keine Ahnung von der Praxis der Mischwirtschaft haben. Sie würden Ihnen große Probleme bereiten und Sie Zeit und Geld kosten. Ihren Dividenden müssten Sie nachlaufen, weil sie zu spät und nur unwillig bezahlt würden. Wenn Sie jedoch eine öffentliche Erklärung abgäben, dass Sie uns die Bohrausrüstung ohne Gegenleistung überlassen, wären Ihnen sowohl das Volk als auch die Regierung dieses Landes zu großem Dank verpflichtet. Natürlich würde man Sie als bevorzugten Partner für die Märkte sehen, die sich durch die Erschließung des Wasservorkommens ergeben, und auch für andere, die nichts damit zu tun haben. Da der Impuls von den Beschenkten selbst käme, würde man Sie bar und ohne Verzug auszahlen. Erkennen Sie die Vorzüge, die Sie aus einem solchen Abkommen ziehen könnten? Sie sind sicherer und einträglicher als jede andere Lösung.«

Die Delegierten waren ausgesprochen beeindruckt, sowohl von Lauries Tirade als auch von ihrer Kenntnis der alten Texte, die sie auswendig vorzutragen wusste. Es gab ein kurzes Geplänkel um Formalitäten, sie verlangten Garantien, wollten einen Sockelbetrag festlegen und wünschten eine vorläufige Übersicht über mögliche Märkte, die China sich in Burkina Faso öffnen könnte. Aber Laurie wusste, dass die Partie gewonnen war. Da sie nichts über die tatsächliche wirtschaftliche Situation des Landes wusste, machte sie lediglich vage Versprechungen, sagte zu, sich mit dem Minister abzustimmen, sobald dieser genesen sei, damit das Büro für Außenhandel so bald wie möglich in den Genuss konkreter Vorschläge käme, und schmückte das Ganze mit weiteren Zitaten von Kong Zi, Zhuangzi und Mozi, die sie seit ihrer Doktorarbeit in politischer Soziologie mit dem Titel »Der Einfluss konfuzianistischen Gedankenguts, des Taoismus und der antiken chinesischen Philosophie auf die Entwicklung der asiatischen Wahrnehmung der Neuzeit« noch auswendig kannte. Zwar war sie der Meinung gewesen, alles vergessen zu haben, doch die besonderen Umstände hatten einen längst verschüttet geglaubten Teil ihrer Erinnerung wiedererweckt.

Als sich Fatimata, von ihrer Sekretärin alarmiert, zu ihnen gesellte, neigte sich die Verhandlung bereits ihrem Ende zu. Die bezauberten Chinesen erklärten der völlig verblüfften Präsidentin, wie entzückt sie waren, mit ihrer »ehren- und bemerkenswerten Mitarbeiterin« sprechen zu dürfen, und dass sie sicher seien, dass sich die »zukünftigen geschäftlichen Beziehungen zwischen China und Burkina Faso unter dem Siegel der Qualität und der gegenseitigen Achtung abspielen würden«. Fatimata stimmte ihnen zu, wollte aber, sobald die Delegierten gegangen waren, von Laurie genau wissen, was sie den Chinesen versprochen hatte. Laurie legte ein volles Geständnis ab; da jedoch inzwischen alles in trockenen Tüchern war, rutschte die bittere Pille deutlich leichter.

»Hätte ich um Ihre Begabung gewusst«, lachte Fatimata, »dann hätte ich Sie gebeten, gleich auch über die Stundung unserer Schulden bei ihnen zu verhandeln.«

Lauries Geniestreich musste der Präsidentin sehr imponiert haben – es sei denn, ihr Außenminister wäre ganz besonders unfähig –, denn warum sollte sie sonst wenige Tage später vorschlagen, Laurie als Beraterin einzustellen?

»Natürlich verlange ich nicht von Ihnen, dass Sie sich sofort entscheiden«, fährt Fatimata lächelnd fort. »Denken Sie darüber nach und besprechen Sie sich mit Rudy, den Sie auch zu Ihrem Stellvertreter ernennen können, wenn Sie möchten. Seine Art, direkt zu handeln, missfällt mir ganz und gar nicht; ein wenig Kanalisation könnte allerdings nicht schaden. Und was Ihre Sorge angeht, meine Gastfreundschaft auszunutzen, so können Sie ohne Weiteres ein ganzes Jahr hier im Palast wohnen, ohne dass Sie mich störten.«

Aus dem Quantum Physics ertönen plötzlich ein paar Takte Marimbamusik, und eine weibliche Stimme, die Laurie überrascht als die von Yéri Diendéré erkennt, erklärt: »Fatimata, Sie haben eine neue E-Mail.«

»Ja«, lächelt die Präsidentin, »ich habe den Computer angewiesen, mir die Stimme meiner Sekretärin zu sampeln. Sie ist mir vertraut, und ich finde sie äußerst angenehm. Die Kehrseite der Medaille ist, dass ich manchmal mit ihm spreche, als ob er Yéri wäre. Allerdings verfügt er weder über ihre Lebhaftigkeit, noch ist er so schlagfertig wie sie.« Während sie den Touchscreen berührt, fügt sie hinzu: »Wahrscheinlich eine Nachricht von Moussa. Er schreibt mir jeden Tag, um mich über die Arbeiten auf dem Laufenden zu halten.«

Laurie erhebt sich von dem geschnitzten, mit stilisierten Figuren versehenen Holzstuhl. Bereits bei dieser geringen Bewegung bricht ihr der Schweiß aus.

»Ich lasse Sie allein, Madame …«

»Was soll das denn sein?«, platzt Fatimata heraus. Sie beugt sich über ihren Bildschirm. »Laurie, können Sie vielleicht etwas damit anfangen?«

»Was denn?«

»Diese Mail hier. Wie es aussieht, ist sie an uns beide adressiert. Kommen Sie und sehen Sie sich das an.«

Laurie tritt an den Schreibtisch und beugt sich ebenfalls über den Bildschirm.

Frage an Fatimata Konate: Wie lautet das Geburtsdatum Ihrer Mutter?
Antwort: ____________________
Frage an Laurie Prigent: Wie lautet der Name der von Ihrem Bruder bevorzugten Musikgruppe?
Antwort: ____________________
Senden

»Was soll das sein? Ist das ein Spiel?«

»Ich glaube, das ist mein Bruder«, vermutet Laurie, die ebenso überrascht ist.

»Ihr Bruder?«

»Antworten Sie, dann werden wir es erfahren.«

Fatimata gibt *06/12/1959* in das erste Kästchen ein, und auf Lauries Anweisung schreibt sie *Kill Them All* in das zweite. Dann klickt sie das Wort *Senden* an. Eine neue Seite präsentiert das dreidimensionale Bild einer Bombe auf einem flackernden Flammenteppich.

»Himmel! Ein Virus! Mein Computer ist im Eimer!«

»Nein, warten Sie. Berühren Sie die Bombe. Dort!«

Die Präsidentin wirft Laurie einen misstrauischen Blick zu, gehorcht aber. Zwischen den Flammen erscheint ein Text.

> Überprüfung des Fingerabdrucks. Lassen Sie Ihren Finger, wo er ist.

Sie sehen einen Balken, der den Fortschritt des Downloads anzeigt. Schließlich blinkt ein »O.K.« auf, und die Bombe verwandelt sich in eine Nachricht:

> Ihr Computer wird überwacht
> Die NSA hat Sie im Visier
> In Burkina findet eine Operation statt
> Hüten Sie sich vor Fremden
> Truth

Die Nachricht und der Hintergrund verlöschen und werden durch die normale Nachrichtenseite ersetzt.

»Soll das ein Scherz sein?«, fragt Fatimata besorgt.

»Nein, ich glaube nicht. Truth war eines der Hacker-Pseudonyme meines Bruders. Anscheinend hat er irgendetwas herausgefunden.«

»Jetzt, wo Sie es sagen … Ich erinnere mich, dass dieser Name auch unter dem Satellitenbild stand. Dann war das also Ihr Bruder? Wie klein die Welt doch ist!«

»Nicht wahr?«, lächelt Laurie.

»Gut, dann bedanken Sie sich in meinem Namen bei ihm. Ich nehme doch an, dass er seine Adresse nicht einfach so im Web preisgibt.«

»Nein, in dieser Hinsicht ist er zwangsläufig sehr diskret. Ich habe keine Ahnung, was er zurzeit macht oder wo er sich aufhält. Das ganze Spektakel um den Wasserfund wird ihn wohl dazu gebracht haben, sich noch unauffindbarer zu verstecken.«

»Jedenfalls ist seine Botschaft klar und kann nur eins bedeuten: Fuller lässt nicht locker. Ich werde umgehend meinen Premierminister anweisen, die nötigen Maßnahmen zu ergreifen.«

Mysteriöse Verbindungen

> Heutzutage findet Konfrontation sowohl auf einer psychologischen als auch einer physischen Ebene statt. Hass, Mut und Bis-zum-Ende-gehen-Wollen, aber auch Terror, Irreführung und geistige Vergewaltigung sind ihre Triebfeder. Die Kunst, Zustimmung zu erzwingen, Desinformation zu streuen und zu täuschen, bekommt allmählich Vorrang über die Kunst, die Streitkräfte einzusetzen.
>
> General Francart (2000)

»Was soll das sein? Ist das ein Spiel?«

»Ich glaube, das ist mein Bruder«, vermutet Laurie, die ebenso überrascht ist.

»Ihr Bruder?«

»Antworten Sie, dann werden wir es erfahren.«

»Hey, Mike, hör dir das mal an!«

»Nenn mich nicht Mike. Wir sind im Einsatz. Ich bin Nummer drei!«

Schulterzuckend schaltet Nummer 2 die Übertragung aus dem Büro der Präsidentin von seinen Kopfhörern auf die Konsole von Nummer 3.

»Du solltest dir den Computer der Präsidentin vielleicht einmal näher ansehen. Mir scheint, sie bekommt gerade eine interessante Nachricht.«

»Ich weiß schon, was ich zu tun habe.«

Nummer 3 berührt seinen Touchscreen, der zeitgleich ein genaues Abbild der Vorgänge auf Fatimatas Quantum Physics liefert. Auch er empfängt die von *Truth* unterzeichnete Nachricht auf einem Hintergrund aus lodernden Flammen. Der Dialog zwischen Laurie und Fatimata dringt klar aus den Minilautsprechern des Rechners.

»Soll das ein Scherz sein?«

»Nein, ich glaube nicht. Truth war eines der Hacker-Pseudonyme meines Bruders. Anscheinend hat er irgendetwas herausgefunden.«

»Sieht aus, als hätte unser kleiner Franzmann uns verraten«, stellt Nummer 2 fest, der über die Schulter von Nummer 3 hinweg den Bildschirm betrachtet.

»Scheiße! Ich hatte gerade angefangen, ihm zu vertrauen. Immerhin hat er uns eine Menge ziemlich guter Informationen besorgt. Nun, ich denke, ich schicke die ganze Sequenz einfach rüber nach Fort Meade. Sollen die doch entscheiden, was sie mit ihm anstellen. Jetzt hat er sich mit seiner doppelten Codierung ganz umsonst den Arsch aufgerissen!«

»Eigentlich haben wir seine Dienste sowieso nicht mehr gebraucht«, räumt Nummer 2 ein. »Ah, jetzt ruft die Präsidentin Kawongolo an. Ist Nummer eins noch bei ihm?«

»Im Prinzip schon«, antwortet Nummer 3 desinteressiert.

Er liest gerade die Nachricht, die Moussa seiner Mutter geschickt hat und in der er ankündigt, dass alle Vorarbeiten beendet sind und die eigentliche Bohrung am nächsten Tag beginnen kann. Wenn alles gut ginge, würde man pro Stunde etwa 20 Meter schaffen, bis man in etwa 100 Meter Tiefe auf eine Schicht aus Schiefer und Sandstein träfe, die den Fortschritt vermutlich etwas verlangsamen würde. Nach dem jetzigen Stand der Dinge würde man in zwei bis drei Tagen auf die Wasser führende Schicht stoßen.

»Das ist ja eine wunderbare Nachricht«, freut sich Nummer 3. »Weiß Nummer 4 Bescheid?«

»Ja, und er hat mir auch schon seinen Rapport geschickt. Die Jungs sind auf ihren Posten und warten nur noch auf grünes Licht für die Operation Mirage. Ich benachrichtige jetzt Nummer 1, dass es eilt.«

»Stimmt, die Angelegenheit dauert mir auch ein bisschen zu lang. Und in diesem Scheißland ist es viel zu heiß, als dass man Dinge auf die lange Bank schieben könnte. Manchmal fürchte ich, hier noch auszutrocknen. Reich mal das Wasser rüber.«

»Keins mehr da. Ist deine Einladung zum Forum unter Dach und Fach?«

»Schon seit Ewigkeiten. Ich hoffe, dass dieses Arschloch von Franzmann alles Nötige in Nassau erledigt hat.«

»Ach, weißt du, wenn nicht, dann macht es eben ein anderer. Es ist kinderleicht, in die Datenbank des Ökonogischen Forums einzudringen und die Leute ausfindig zu machen, die eine Einladung bekommen haben. Hast du die Flugtickets?«

»Ich brauche sie nur noch auszudrucken. In vierzehn Tagen geht es los, richtig? Hoffentlich bin ich bis dahin nicht vor Hitze umgekommen. Bist du sicher, dass kein Wasser mehr da ist?«

»Du hast selbst alles ausgetrunken, Mike … sorry, ich meine natürlich Nummer 3.«

»Hoffentlich bringt Nummer 1 uns ein paar Büchsen kühles Bier mit.«

»Darauf würde ich mich nicht unbedingt verlassen. Wir sind hier schließlich nicht in Washington.«

Nach dieser bitteren Feststellung vergraben die beiden Agenten der NSA sich wieder hinter ihren Bildschirmen. Sie schwitzen trotz des eingeschalteten Ventilators, der nicht in der Lage ist, die stickige Luft in Gary Jacksons Büro auch nur annähernd abzukühlen.

Jackson hält sich derweil mit Nummer 1 in der Militärschule von Kadiogo auf, und zwar in dem Büro, das der Direktor freundlicherweise seinem Vorgänger zur Verfügung gestellt hat. Der Vorgänger ist nämlich zum Verteidigungsminister befördert worden und führt seit kurzer Zeit auch übergangsweise die Geschäfte des Premierministers. Der geradlinige Soldat hat es vorgezogen, seine Gesprächspartner an seiner ehemaligen Wirkungsstätte zu empfangen, statt sie ins Ministerium zu bitten, wo er möglicherweise über seine mysteriösen Verbindungen Rechenschaft ablegen müsste. Sich ausgerechnet zum jetzigen Zeitpunkt mit dem amerikanischen Botschafter zu treffen könnte ein wenig merkwürdig aussehen, umso mehr, als sich vermutlich einige Regierungsmitglieder fragen würden, wer, zum Teufel, dieser große, dunkel gekleidete Mann sei, der da in den Fluren herumlief. Hier jedoch, in der Offiziersschule, die er selbst lange Zeit mit eiserner Faust, aber auch mit großem Sinn für Gerechtigkeit leitete, würde es niemand wagen, ihm Fragen zu stellen.

Nummer 1 hat die Schnapsdrossel Gary Jackson nicht etwa aus Freundlichkeit oder Herzensgüte mitgenommen. Er ist überzeugt, dass der Mann gefährlich werden könnte, würde man ihn von der Unterredung mit dem neuen Premierminister ausschließen. Besser war es, so zu tun, als beteilige man ihn an dem Komplott. Bliebe er außen vor, könnte Jackson vielleicht sein großes Maul nicht halten und durch seinen stupiden Egoismus die ganze Mission infrage stellen; wenn man ihn jedoch mit ins Boot nähme, wäre er gezwungen zu schweigen, selbst wenn es nur im eigenen Interesse geschähe. Auf der anderen Seite würde er einen bequemen Sündenbock abgeben, falls der Auftrag scheiterte, denn alle Welt kennt ihn hier.

Trotz allem hat Nummer 1 Jackson dazu verdonnert, den Mund zu halten und auf keinen Fall in das Gespräch einzugreifen, es sei denn, ihm werde eine präzise Frage gestellt.

Nun sitzen alle drei bei einem Pfefferminztee in den geräumigen Direktionsbüros der Militärschule. Die Klimaanlage funktioniert, und die fast weißglühenden Lamellen einer Metalljalousie schützen sie vor den sengenden Sonnenstrahlen. Trotz seines Verhandlungsgeschicks kommt Kawongolo jedoch keinen Deut weiter, denn das, was der angebliche Spezialbeauftragte des Pentagons, Mr. Smith, ihm vorschlägt, ist in seinen Augen Vaterlandsverrat.

»Aber mitnichten, Herr General, sagen Sie doch nicht so etwas! Ich bin selbst Soldat, und es käme mir niemals in den Sinn, Ihnen etwas Derartiges vorzuschlagen! Im Übrigen würde ich nicht so weit gehen, von Verrat zu sprechen. Ganz im Gegenteil. Es handelt sich darum, Burkina Faso auf die Schienen der Ordnung und des Fortschritts zurückzuführen, die das Land niemals hätte verlassen dürfen. Leider ist es so, dass es von seiner Präsidentin inzwischen eher auf das Abstellgleis manövriert wurde. Sie selbst geben ja zu, dass die Weigerung Madame Konatés, offen gegen die Elfenbeinküste vorzugehen, sie in den Augen der internationalen Gemeinschaft in gewisser Weise diskreditiert hat, denn Ihre Regierung sieht seelenruhig zu, wie Ihre Staatsbürger abgeschlachtet werden. Sie selbst befürchten, dass diese passive Haltung die Regierung der Elfenbeinküste dazu veranlassen könnte, Ihr Land zu überfallen oder es zu annektieren.«

»Woher wollen Sie das wissen?«

»Ich habe mir Ihre Reden angehört, Herr General. Natürlich haben wir unsere Erkundigungen eingezogen, und ich kann Ihnen versichern, dass die Elfenbeinküste nicht nur über die Mittel, sondern auch über die Absicht verfügt, Ihre schlimmsten Befürchtungen Wirklichkeit werden zu lassen. Ich weiß ebenfalls, dass Ihre schlecht ausgerüsteten und finanziell unterversorgten Truppen der militärischen Übermacht nicht lange standhalten könnten. Von der Luftwaffe, denen Sie nichts als zwei altersschwache Rafales und zehn Hubschrauber entgegensetzen könnten, einmal ganz zu schweigen … Oder irre ich mich etwa?«

»Leider nein.« Kawongolo verzieht das Gesicht.

Mr. Smith hat einen für ihn ganz besonders wichtigen Punkt angesprochen – das unangenehme Gefühl militärischer Unterlegenheit gegenüber den beiden Nachbarn Elfenbeinküste und Nigeria, deren angebliche Neutralität sich recht schnell in offene Feindseligkeit umkehren würde, sobald auch nur das geringste Interesse an dem vertrockneten, todgeweihten Buschland Burkina Faso entstünde. Die Entdeckung eines bedeutenden Wasservorkommens böte zum Beispiel einen wunderbaren Vorwand für einen Konflikt. Der Minister ist sich darüber im Klaren, dass er in einem solchen Fall kaum auf die beiden offiziellen Verbündeten Mali und Niger zählen könnte, die viel zu arm sind, um sich an einem langen und daher zwangsläufig kostspieligen Krieg zu beteiligen. Trotzdem ist jeder

Mord, der von den Ivorern an einem Burkiner verübt wird, eine weitere Wunde im ohnehin blutenden Herzen des Generals, und die Beharrlichkeit der Präsidentin, diese Kränkungen als »Grenzzwischenfälle« herunterzuspielen, ist wie Salz auf seine Wunden. Ginge es allein nach Kawongolo, hätte er längst seine Truppen mobilisiert, denn in seiner Ausbildung hat er gelernt, dass ein ehrenvoller Untergang der Schmach und Erniedrigung vorzuziehen sei.

»Überlegen Sie doch, Herr General – wenn Sie an der Macht wären, würde sich die Situation schlagartig verändern. Ihre Armee stünde endlich an dem Platz, der ihr innerhalb der Nationen zukommt, die Investoren kämen ins Land zurück, erfolgreiche Unternehmen würden die jetzt brachliegenden Ressourcen erschließen, und auch der Wohlstand würde nicht lange auf sich warten lassen. Das Pentagon hat ein halbamtliches, aber sehr wirksames Programm ins Leben gerufen, das sich ›Waffen für die Demokratie‹ nennt. Jedem Land, das sich freiwillig der Demokratie zuwendet, liefern wir die nötige Bewaffnung, um diese Demokratie zu garantieren und notfalls auch zu verteidigen. Zudem wird die Ausrüstung durch einen gewissen Prozentsatz auf die eingefahrenen Gewinne bezahlt, die nach der Handelsbilanz berechnet wird. Das bedeutet mit anderen Worten: keine finanziellen Defizite, keine kostspieligen Kredite und keine Knebelverträge.«

»Ist das wahr? Ich wusste gar nichts von einem solchen Programm«, mischt sich Gary Jackson überrascht ein.

Nummer 1 wirft ihm einen so mörderischen Blick zu, dass er sich rasch wieder seinem lauwarmen Pfefferminztee widmet. Mit angeekeltem Gesicht nippt er einen Schluck.

»Aber wir leben längst in einer Demokratie«, wendet der General ein. »Unsere Präsidentin ist frei gewählt, und unsere Gesetze sind abgestimmt.«

»Aber nicht in dem Sinn, in dem wir einen solchen Vorgang verstehen. Ihre Demokratie beruht auf einem Personenkult, den wir in den Vereinigten Staaten nicht gutheißen können. Sie liegt in den Händen eines Clans von Revolutionären, der sich mit Waffengewalt an die Macht geputscht hat. Solange dieser Clan regiert, haben Sie selbstverständlich keinen Anspruch auf Unterstützung. Wenn aber wieder Rechtsstaatlichkeit herrscht und die internationalen Gesetze anerkannt werden, fließen sofort Subventionen, und es wird auch wieder Investoren geben.«

»Trotzdem verhält es sich so, dass Madame Konaté sehr viel Gutes für das Land getan hat. Ich werfe ihr lediglich vor, dass sie unsere Armee unterschätzt und ihr zu wenig zutraut.«

»Sie hat Gutes getan? Sie brauchen doch nur die Augen zu öffnen und sich umzusehen. Dürre, Hungersnot und Unterernährung; Aids und Malaria auf dem Vormarsch, obwohl es inzwischen Impfungen gibt, die allerdings für die bettelarme Bevölkerung viel zu teuer sind; eine Wirtschaft, die dank chinesischer und nicht gerade uneigennütziger Intervention mit Ach und Krach über die Runden kommt, Bodenschätze, die nicht oder nur unzureichend erschlossen werden, weil es an der Infrastruktur fehlt – Sie müssen sich sogar Ihre Ausrüstung von einer Hilfsorganisation erbetteln! Und selbst Sie, Herr General, müssen Staatsgelder abzweigen, um Ihre Ehefrau in Europa behandeln zu lassen.«

»Wo … woher wissen Sie das denn?«, stammelt Kawongolo erschrocken.

Die Gesetze von Burkina Faso ahnden Korruption und Veruntreuung als schwere Verbrechen, vor allem, wenn sie von Regierungsmitgliedern oder Verwaltungsbeamten begangen werden. Nicht nur, dass die Betroffenen umgehend ihren Posten verlieren und auf einer schwarzen Liste vermerkt werden, sondern sie müssen auch so lange im Gefängnis schmoren, bis sie den veruntreuten Betrag vollständig zurückgezahlt haben. Dank der unnachgiebigen Anwendung dieser strengen Gesetze kann Burkina sich rühmen, die Korruptionsquote auf null gedrückt zu haben, was in Afrika eher ungewöhnlich ist. Kawongolo riskiert nicht nur seine Stellung, sondern auch sein Renommee, seine bescheidenen Rücklagen – die ihm nicht einmal gestatten, das Flugticket für seine Frau zu bezahlen – und auf lange Sicht auch sein Leben, denn eine solche Niederlage würde er nicht verkraften. Dass er das Risiko überhaupt auf sich genommen hat, liegt daran, dass seine Frau Saibatou an einer schlecht behandelten Onchozerkose leidet und früher oder später ihr Augenlicht zu verlieren droht. Die einzige Chance für ihre Augen besteht in einer Linsenoperation, die allerdings nur in Europa oder Amerika durchgeführt werden kann. Und das Flugticket kostet genauso viel wie die Operation … Saibatou Kawongolo ist Malerin. Sie legt ihre gesamte Energie und ihr Talent in ihre Bilder, die sie überall ausstellt und die auch den Präsidentenpalast schmücken. Ihr Augenlicht zu verlieren wäre für sie gleichbedeutend damit, ihr Leben zu verlieren. Victor aber ist auch nach fünfzehnjähriger Ehe noch genauso verliebt in seine Frau wie am ersten Tag, und er kann nicht mit ansehen, wie sie langsam dahinsiecht. Aus diesem Grund hat er – übrigens ohne Wissen seiner Frau – nach und nach das Geld für die Reise abgezweigt, immer in der Angst, entdeckt zu werden oder die Summe nicht rechtzeitig zusammenzubekommen.

»Nun, ich habe mich informiert«, antwortet Nummer 1 mit einem winzigen Lächeln. »Wer sucht, der findet …« Er lässt dem in Bedrängnis geratenen General einige Sekunden Zeit, die schlechte Nachricht zu verdauen. »Aber natürlich bleibt diese Angelegenheit unter uns. Und der Herr Botschafter hat selbstverständlich nichts gehört. Nicht wahr, Jackson?«

»Wer? Ich?« Jackson, der gerade von einer Flasche Bourbon geträumt hat, zuckt zusammen. »Nein, natürlich nicht«, fängt er sich wieder. »Ich schweige wie ein Grab.«

»Natürlich ist es hochgradig ärgerlich«, fährt Nummer 1 fort, »dass Sie, der Sie eigentlich die Zügel dieses Landes in Händen halten, nicht über die Mittel verfügen, Ihre Ehefrau behandeln zu lassen, während die Präsidentin sich den Luxus leistet, am Ökonogischen Forum in Nassau teilzunehmen.«

»Wie bitte? Ist sie eingeladen worden?«

»Hat sie Ihnen das etwa nicht gesagt?« Nummer 1 lächelt den General offen an. »In diesem Fall wird sie Ihnen vermutlich auch nicht mitteilen, dass das Forum die Reisekosten seiner Gäste nicht übernimmt. Es dürfte also das Volk von Burkina Faso sein, das der Präsidentin den Flug in das charmante Steuerparadies bezahlt. An Ihrer Stelle würde ein solches Privileg mich in Rage bringen.«

»Wohl wahr«, knurrt Kawongolo. »Ich werde sie zur Rede stellen, da können Sie Gift drauf nehmen!«

Nummer 1 legt dem aufgebrachten General beruhigend die Hand auf die mit Tressen besetzte Schulter.

»Ich glaube, es nützt nichts, jetzt noch großes Theater zu veranstalten. Man hat Sie vor vollendete Tatsachen gestellt, mehr nicht. Ich könnte Ihnen Dutzende von Fällen zitieren, wo Ähnliches passiert ist.« Er hebt die Hand an sein Ohr. »Entschuldigen Sie, ich bekomme gerade einen Anruf.« Er schiebt den makellosen Ärmel seines schwarzen Jacketts zurück und enthüllt einen schicken Minicomputer. »Ja? … Morgen? Sehr gut! … Nein, ich werde alles Notwendige veranlassen … Wer? … Wie? … Habt ihr das Hauptquartier informiert? … Okay, prima.« Er unterbricht die Verbindung, zieht den Ärmel hinunter und wendet sich wieder seinem Gesprächspartner zu. »Wo waren wir stehen geblieben? Ach ja, bei der Krankheit Ihrer Ehefrau. Ist es nicht zum Verzweifeln, dass Sie sie nicht behandeln lassen können, weil Sie nicht genügend Geld haben? So wenig Geld, dass Sie sich zu einer illegalen Handlung gezwungen sehen, obwohl Sie eigentlich angetreten sind, das Gesetz zu verteidigen. Für andere hingegen genügt es, eine Unterschrift unter eine Rechnung zu setzen, um ein Flugticket zu bekommen.«

»Und da meinen Sie ernsthaft, es nütze nichts, einen Skandal zu provozieren? Immerhin steht meine Ehre auf dem Spiel. Man hält mich zum Narren.«

»Es gibt nur einen Weg, Ihre Ehre und gleichzeitig Ihre Frau zu retten, Herr General. Sie müssen den Maßnahmen zustimmen, die ich Ihnen vorgeschlagen habe und die, das möchte ich nochmals wiederholen, durch die Logistik der … des Pentagons unterstützt werden. Sie können dabei nur gewinnen – das Amt des Präsidenten, die Dankbarkeit nicht nur Ihrer Mitbürger, sondern auch der Vereinigten Staaten und der ganzen Welt, und, nicht zu vergessen, den Erhalt des Augenlichts von Mrs. Kawongolo. Ab sofort ist es nicht mehr nötig, dann und wann ein paar kleine Scheine abzuzweigen. Die Reise in die Vereinigten Staaten offerieren wir Ihnen und Ihrer Frau gern, und an Ort und Stelle werden sich die besten Spezialisten um ihre Augen kümmern – selbstverständlich ebenfalls auf unsere Kosten. Angesichts der Dienste, die Sie der wiederhergestellten Demokratie leisten, ist das der geringste Dank.«

»Also, ich weiß nicht recht …« Kawongolo zögert. »Immerhin verlangen Sie von mir, dass ich einen Putsch organisiere.«

»Es geht nicht darum zu organisieren. Das ist längst erledigt. Ich bitte Sie lediglich um Ihre Zustimmung und darum, dass Sie am Tag X mit den Ihnen loyal ergebenen Truppen den Palast besetzen. Im Übrigen geht es hier nicht um einen Putsch, sondern um die Wiederherstellung legitimer Machtverhältnisse, die von einer Gruppe marxistischer Rebellen auf unrechtmäßige Weise übernommen wurden …«

Kawongolo starrt seinen Gesprächspartner verblüfft an. Seine Version der Geschichte seines Landes sieht ganz anders aus. Er hat gelernt, dass die bürgerliche Gesellschaft eine korrupte, willensschwache und ganz dem Dienst einiger *ww*-Unternehmen unterstellte Militärregierung stürzte, die sich nicht dagegen sträubte, dass das Land rücksichtslos ausgebeutet und als Schuttabladeplatz missbraucht wurde. Die Bürger Burkina Fasos veranstalteten eine rechtmäßige, vollkommen transparente Wahl und machten Amadou Diallo, den Schwager der jetzigen Präsidentin und Schüler des großen Alpha Konaté, zu ihrem Präsidenten. Diallo gelang es, Burkina aus dem sogenannten »ultraliberalen Teufelskreis« zu befreien, ehe er im Jahr 2011 von den Militärs ermordet wurde. Doch erst nachdem »Mr. Smith« ihm die Augen geöffnet hat, fällt Kawongolo plötzlich auf, dass sich tatsächlich alles in ein und derselben Familie abgespielt hat und dass der Clan Diallo-Konaté seit zwanzig Jahren im Besitz der Macht ist!

Das Klingeln des Telefons unterbricht die plötzliche Bewusstwerdung des Premierministers. Er holt das Gerät aus der Tasche und konsultiert das Display – der Anruf kommt von Fatimatas Privatanschluss.

»Die Präsidentin«, flüstert er Nummer 1 zu.

»Gehen Sie dran, Herr General. Aber verraten Sie keinesfalls, dass Sie von der Einladung zum Forum wissen.«

Während Kawongolo das Gespräch annimmt, betätigt Nummer 1 mit einer kaum merklichen Handbewegung einen winzigen Schalter an seinem Handgelenkscomputer. Über einen in seiner Ohrmuschel angebrachten Nano-Lautsprecher kann er so das Gespräch zwischen Fatimata und Victor Kawongolo verfolgen. Sie geht sofort in die Vollen.

»Victor, ich habe allen Grund zu der Annahme, dass die amerikanische NSA einen schmutzigen Coup gegen uns im Schilde führt.«

»Wie bitte?« Victor wird bleich. »Sind Sie sicher?«

»Ziemlich sicher. Kommen Sie in mein Büro. Wir müssen dringend über die Angelegenheit sprechen und eventuell Gegenmaßnahmen beschließen.«

»Was für Gegenmaßnahmen? Ich wüsste nicht, wie ...«

»Also ehrlich, Victor! Sie sind doch derjenige, der so gern Krieg spielt! Sie werden doch wohl kaum vor der NSA den Schwanz einziehen! Kommen Sie schnell, ich warte auf Sie.«

Mit diesen Worten legt Fatimata auf. Mit zitternden Händen steckt Kawongolo sein Telefon wieder in die Tasche.

»Mr. Smith, ich habe den Eindruck, dass die ganze Sache schon aufgeflogen ist.«

»Aber nein, das war nur ein Bluff. Sie müssen sich keine Sorgen machen, Herr General: Ihre Präsidentin weiß nicht über Sie Bescheid. Gehen Sie jetzt zu Ihrem Treffen und handeln Sie als der gute Premierminister, der Sie schließlich auch sind. Und zögern Sie nicht, Gegenmaßnahmen zu ergreifen. Wir kümmern uns schon darum!«

Nach dieser Übereinkunft trennen sie sich. Auf dem Weg zum Präsidentenpalast, den Kawongolo mit dem Fahrrad zurücklegt, kann er nicht umhin, sich einige bange Fragen zu stellen. Hat Fatimata ihn durchschaut? Wird sie seinen Rücktritt verlangen? Und was hat die NSA mit alledem zu tun? Hat er etwa nicht mit einem Abgesandten des Pentagons gesprochen? Woher wusste dieser Mr. Smith überhaupt, dass Fatimata um ein Treffen gebeten hatte? Wird vielleicht sein Telefon abgehört? Könnte es sein, dass Mr. Smith ein doppeltes Spiel spielt? In welche Intrige ist er da hineingeraten?

Christian Harbulot, ein französischer Theoretiker des Krieges mit den Mitteln der Information, erklärte in einem 2004 gegebenen Interview: »Das amerikanische System wurde in einem monokulturellen Rahmen und für eine Beziehung zwischen Stark und Schwach konzipiert, ohne auf die Besonderheiten anderer Kulturen Rücksicht zu nehmen.« Diese sehr zutreffende Bemerkung trug bereits dem Keim der Selbstzerstörung des amerikanischen »Imperiums« Rechnung. Aus der gleichen Geisteshaltung heraus wurden das Römische Reich von allen Seiten her unterwandert, das napoleonische Reich durch vereinigte Kräfte aufgerieben und das Dritte Reich in den Untergang getrieben. Nachdem das amerikanische Imperium auf allen Ebenen von den »anderen Kulturen«, und zwar denen der vermeintlich »Schwachen«, bekämpft und abgelehnt wird, ist es heute nur noch der blutleere Schatten seiner selbst, der geisterhaft in den Ruinen seiner großen Vergangenheit herumspukt und ungenaue, lächerliche Drohungen ausstößt.

Deborah Moore, *Das Ende des Imperiums* (2027)

Fatimata erhält die Nachricht bei einem Frühstück mit Laurie und Rudy in einem Café in der Nähe des Präsidentenpalastes durch einen Anruf der phlegmatischen Yéri Diendéré.

»Fatimata, ich habe den Bürgermeister von Kongoussi in der Leitung. Er ist völlig aus dem Häuschen. Ich stelle ihn durch.«

»Hallo? Frau Präsidentin?«

»Ja, Monsieur Zebango. Was ist los?«

»Meine Ehrerbietung, Madame. Möge es Ihnen und den Ihren wohlergehen …«

»Schluss mit dem Gesäusel. Sagen Sie mir lieber, was passiert ist.«

»Oh, Madame, es ist ganz schrecklich! Die Baustelle ist sabotiert worden. Außerdem ist Ihr Sohn Moussa verschwunden.«

»*Was*? Was heißt verschwunden?«

Mit abgehackten Worten erklärt der Bürgermeister, dass die Arbeiter am Morgen weder den Motor der Winde noch die Turbine des Bohrmeißels in Betrieb nehmen konnten, weil beides nicht funktionierte. Die Schläuche des Luftkompressors waren geplatzt. Dass es sich um böswillige Zerstörung handelt, ist so gut wie sicher, zumal die Vorarbeiter und ihr ausländischer Chef, die Moussa gleich zu Beginn der Arbeiten angeheuert hatte, nicht zum Dienst erschienen sind. Als auch Moussa nicht auf der Baustelle auftauchte, ging man zu ihm nach Hause. Aber dort fand man ihn nicht. Sein Bruder Abou, der früh aufgestanden war, um rechtzeitig in der Garnison zu sein, erklärte, dass Moussa noch fest geschlafen habe, als er aufbrach, dass er jedoch unbedingt vorhatte, gleich zu Arbeitsbeginn auf der Baustelle zu sein, weil er mit der Bohrung anfangen wollte. Die Polizei ist sich sicher, dass Moussa am frühen Morgen gekidnappt wurde. Als die Patrouille, die nachts die Baustelle bewacht, von der Polizei befragt wurde, gab sie zu, dass sie zwei der ausländischen Vorarbeiter auf das Gelände gelassen habe. Die Männer hatten behauptet, Verzeichnisse für den Chef holen zu wollen, und wiesen ein von Moussa Diallo-Konaté unterzeichnetes Papier vor, bei dem es sich höchstwahrscheinlich um eine Fälschung handelte.«

Fatimata hört zu, während ihre Augen ziellos in die Runde irren. Sie sitzt mit ihren Gästen im Hinterhof eines kleinen Verkaufsstands für Dinge des täglichen Bedarfs, in dessen von einer Laube beschattetem und mit Bambus abgegrenztem Garten ein einfaches Café eingerichtet ist. Abgesehen von Laurie und Rudy sitzen noch fünf weitere Leute an dem einzigen, langen Tisch. Die Präsidentin liebt es, hier ihren in einer halben Schale gezuckerter Kondensmilch aufgelösten Nescafé zu trinken; es ist das Getränk, das in Burkina seit einem halben Jahrhundert als Milchkaffee bezeichnet wird. An diesem Ort kommt ihr alles Mögliche zu Ohren – Beschwerden, Lob oder Kritik –, und sie informiert sich über die Ansichten der Durchschnittsbürger zu ihrer Regierung und ihrer Politik. Zwar fasst man sie durchaus nicht immer mit Samthandschuhen an, aber noch nie hat sie sich so bedroht gefühlt, dass sie Leibwächter für nötig gehalten hätte. Rudy allerdings ist der Meinung, dass jeder Mensch Feinde hat, und beobachtet vorsichtshalber aus dem Augenwinkel die fünf Burschen, die am Tisch sitzen und ihre Kondensmilch schlürfen. Sie scheinen übereingekommen zu sein, die Präsidentin nicht erkennen zu wollen und auch die beiden Weißen in ihrer Begleitung zu ignorieren. Laurie ihrerseits beobachtet Fatimata, denn an ihrer besorgten Miene kann sie erkennen, dass irgendetwas nicht stimmt, obwohl sie das auf Moré geführte Gespräch nicht versteht.

Die Präsidentin beendet das Telefonat und steckt mit versteinertem Gesicht ihr Handy in ihren Boubou.

»Ärger?«, erkundigt sich Laurie. »Unangenehme Nachrichten?«

»Kehren wir zum Palast zurück. Ich erkläre es Ihnen unterwegs.« Sie wirft den anderen Kunden, die am Tisch sitzen und schweigend ihren Milchkaffee trinken, einen vorsichtigen Blick zu. »Inzwischen misstraue ich schon allem und jedem.«

Auf dem Rückweg zum Regierungsgebäude klärt sie Laurie und Rudy über die Situation auf und macht auch keinen Hehl aus ihren Zweifeln und Bedenken. Seit sie weiß, dass die NSA im Land agiert, neigt sie dazu, hinter jedermann, bekannt oder unbekannt, einen Verräter oder Spion zu vermuten. Ihr Misstrauen macht auch vor Regierungsmitgliedern nicht Halt. Besonders ihr kommissarisch eingesetzter Premierminister bereitet ihr Kummer. Gestern kam er ihr ausgesprochen unentschlossen, wenn nicht gar zweideutig vor. Aufgrund seines Charakters hätte sie erwartet, dass er sofort zu drastischen Maßnahmen greifen würde – die Eingangskontrollen am Präsidentenpalast verstärken, die amerikanische Botschaft überwachen, Polizei und Armee in höchste Alarmbereitschaft versetzen, alle Ausländer verhaften lassen. Doch im Gegenteil zu seiner sonstigen Art wirkte er lasch und wenig überzeugend. Er versprach, einen Untersuchungsausschuss einzusetzen, behauptete aber, nicht genau zu wissen, in welche Richtung er ermitteln solle, und fragte, ob die Präsidentin einen bestimmten Verdacht habe und ob sie die ganze Angelegenheit nicht eher für einen schlechten Scherz halte. Fatimata musste ihn zur Ordnung rufen und drohte ihm an, ihn zu entlassen, wenn sie in irgendeiner Weise vor ihm fündig würde. Als Victor

Kawongolo ging, schien er sehr aufgewühlt zu sein, als hätte er Schwierigkeiten, die neuesten Informationen zu verdauen. Eine solche Haltung passte ganz und gar nicht zu diesem sonst so aufrichtigen Mann. Wo war sein Kampfgeist geblieben? Im ersten Augenblick schob Fatimata die Veränderung auf die Krankheit seiner Frau, die sich möglicherweise verschlechtert hatte und ihm Sorgen bereitete. Inzwischen aber fragt sie sich, ob nicht auch er ... Und Moussa? Gekidnappt oder geflohen? Nein, nicht doch! Moussa bestimmt nicht ... Wenn aber die NSA ihm goldene Brücken gebaut und ihm eine großartige Karriere in den USA versprochen hätte? Würde er seine eigene Mutter für ein Luftschloss verraten? Könnte der Westen ihn tatsächlich so weit verdorben haben? Nein, nein, daran möchte sie wirklich nicht denken!

Wie dem auch sei – die Nachricht von Lauries Bruder war kein Scherz, denn inzwischen gibt es handfeste Beweise. Als Erstes würde Fatimata General Kawongolo und den Innenminister in den Palast zitieren und verlangen, dass alle zur Verfügung stehenden Mittel sowohl militärischer als auch polizeilicher Art angewendet würden, um ihren Sohn und die Verantwortlichen für den Anschlag zu finden.

Im Palast wartet eine weitere, unangenehme Überraschung auf sie.

Es ist ein Päckchen, das ein Motorrollerkurier gebracht hat und das auf Yéris Schreibtisch liegt.

»Eine Bombe«, sagt Rudy sofort. »Öffnen Sie das auf keinen Fall, Madame.«

»Sie haben recht. Inzwischen scheint mir alles möglich.«

Fatimata lässt den Präsidentenpalast evakuieren und ruft General Kawongolo, der mit einem Minenräumkommando erscheint. Das Päckchen wird unter höchsten Vorsichtsmaßnahmen in den Hof gebracht und aus der Deckung heraus mit ferngesteuerten Werkzeugen geöffnet.

Das Paket explodiert jedoch nicht. Die Männer nähern sich vorsichtig. Im Päckchen liegen ein in Stoff eingewickeltes Objekt und ein Umschlag, der an die »Frau Präsidentin« adressiert ist. Nachdem sichergestellt ist, dass der Umschlag tatsächlich nichts anderes enthält als einen Brief, machen sich die Leute vom Minenräumdienst mit Gasmasken und unendlicher Vorsicht daran, den Stoff auseinanderzufalten. Inzwischen liest Fatimata den in englischer Sprache verfassten Brief.

Sehr geehrte Frau Präsidentin,

Ihr Sohn befindet sich in unseren Händen. Den Beweis dafür haben wir dieser Nachricht beigefügt. Er könnte noch erheblich mehr verlieren, sogar sein Leben, sollten Sie weiterhin darauf bestehen, sich einer Ressource zu bemächtigen, die nicht Ihnen gehört. Sie bekommen Ihren Sohn wieder, wenn Sie auf offiziellem Weg eine feierliche Erklärung abgeben, dass der Grundwassersee in der Provinz Bam Eigentum der Resourcing ww ist und dass Sie Resourcing ermächtigen, das Wasservorkommen zu erschließen. Sollten Sie das nicht tun, müssen Sie mit weiteren Unannehmlichkeiten rechnen.

»Das ist … das ist ja schlimmer als die Mafia«, stammelt Fatimata fassungslos.

Sie reicht den Zettel an Rudy weiter, um sicherzustellen, dass sie alles richtig verstanden hat. Er bestätigt es mit einem langsamen Nicken.

Unterdessen haben die Minenräumer das Tuch entfernt. Kawongolo ruft, die Präsidentin solle sich den Fund einmal ansehen.

Auf einem Stück blutiger Gaze liegt ein Finger. Es ist ein Ringfinger mit einem silbernen Siegelring, auf dem der Name »Moussa« eingraviert ist.

»Dieser Finger stammt nicht von meinem Sohn«, erklärt Fatimata kategorisch.

»Aber der Siegelring schon?«, fragt Laurie.

»Ja, den habe ich ihm zu seinem zwanzigsten Geburtstag geschenkt. Aber der Finger da ist nicht von Moussa. Als seine Mutter bin ich mir ganz sicher.«

»Leider ändert das nichts an der Tatsache, dass man ihn entführt hat«, bemerkt Rudy. »Mit oder ohne seinen Ringfinger. Könnten Sie sich vorstellen, dass es sich um … um eine Inszenierung handelt?«

»Wie meinen Sie das?«

»Dass Moussa vielleicht seine eigene Entführung vorgetäuscht hat. Dass er mit den Leuten unter einer Decke steckt.«

»Nein! Nein! Es ist einfach unfassbar!« Fatimata vergräbt das Gesicht in den Händen. »Mein Gott, ich weiß wirklich nicht mehr, was ich denken soll.«

»Was wollen Sie jetzt tun?«, fragt Laurie. »Können wir Ihnen irgendwie helfen?«

»Ich weiß es nicht.« Die Präsidentin stößt einen verzweifelten Seufzer aus. »Selbstverständlich werde ich nach Kongoussi fahren.«

»Das halte ich für keine besonders gute Idee«, lässt sich Rudy vernehmen. »Ich glaube nämlich, dass es genau das ist, was die Entführer erwarten – dass Sie in heller Aufregung wegfahren, um selbst nach Ihrem Sohn zu suchen. Angesichts des Verdachts, von dem Sie uns erzählt haben, können wir nicht einschätzen, was sich dann hier im Präsidentenpalast abspielt.«

»Ja, vielleicht. Nein, Sie haben recht. Aber es wird mir ziemlich schwerfallen, hierzubleiben und mich um die laufenden Staatsgeschäfte zu kümmern, während ich meinen Sohn in Gefahr weiß.«

»Wir beide fahren«, schlägt Rudy vor. »Wir werden Ihren Sohn wiederfinden.«

Laurie reißt vor Verblüffung die Augen auf, genau wie Fatimata.

»Sie, Rudy? Was können Sie denn anderes tun als die Polizei? Ich habe bereits angeordnet, dass die besten Ermittler nach Kongoussi geschickt werden.«

»Ich habe wahrscheinlich deutlich weniger Skrupel als die Polizisten. Wissen Sie, ich habe ein Training bei einem Kommando absolviert. Wir haben es hier mit professionellen Spionen zu tun. Ihre Ermittler können Ihren Sohn zwar vielleicht wiederfinden, doch die Auslieferung ist eine ganz andere Sache. Ich glaube, da könnte ich mich nützlich machen.«

»Du hast aber von uns beiden gesprochen«, hakt Laurie nach. »Allerdings sehe ich mich ehrlich gesagt nicht unbedingt mit der Knarre in der Hand. Ich habe nämlich kein Training in einem Kommando absolviert.«

»Du gehst auf die Baustelle und übernimmst vorläufig die Leitung. Die Arbeiter müssen unbedingt motiviert werden und dürfen auf keinen Fall die Bohrung unterbrechen. Die Arbeiten müssen koordiniert werden, man muss weitere Sabotageakte verhindern und sich bei den Leuten nach den Hanswursten erkundigen, die Moussa eingestellt hat.« Rudy wendet sich an Fatimata. »Ich weiß, dass Sie Ihre besten Fahnder vor Ort haben, aber ein – sagen wir mal – unterschiedlicher Gesichtspunkt wäre sicher nicht schlecht. Immerhin handelt es sich um Spione aus dem Westen. Wir sind ebenfalls Westler. Vielleicht hilft das. Außerdem könnte Laurie Sie in Kongoussi vertreten. Auf diese Weise bekommen Sie nicht nur alle Informationen aus erster Hand, sondern Sie können auch sicherstellen, dass Ihre Anordnungen genau befolgt werden.«

»Ich danke Ihnen, Rudy«, seufzt Fatimata mit dem Anflug eines Lächelns. »Danke, dass Sie alles in die Hand nehmen. Ich scheine nämlich im Augenblick dazu nicht fähig zu sein. Mein Sohn ist von Spionen entführt worden! Ich kann es immer noch nicht fassen.«

Als sie sich später reisefertig machen, um mit einem von der Regierung gestellten Wagen nach Kongoussi zu fahren, vertraut Rudy Laurie etwas an.

»Ehrlich gesagt habe ich nur ein sehr begrenztes Vertrauen in die angeblich so tollen Spürhunde. Sie finden vielleicht einen Hühnerdieb und können einen Verbrecher verhaften. Aber mit Spionen von der NSA fertig werden?«

»Ich glaube, du unterschätzt die hiesige Polizei. Glaubst du ernsthaft, dass du, der große, weiße Mann, stärker bist als die Polizei und die Armee zusammen? Ich finde, deine Hochnäsigkeit grenzt schon hart an Rassismus!«

»Du bist völlig auf dem falschen Dampfer. Ich denke an eine ganz andere Methode, auf die kein Polizist der Welt, ganz gleich ob schwarz, weiß oder grün, von selbst käme. Ich denke an den kleinen Bruder. An Abou.«

»Wieso Abou?«

»Erinnerst du dich nicht? Abou beschäftigt sich mit Magie.«

Haben Sie Ihr Leben satt?
Ist Ihnen der Fiskus auf den Fersen?
Werden Sie von Ihrem Expartner belästigt?
Sucht die Polizei nach Ihnen?
Verschwinden Sie einfach!
Sie wählen Ihren zukünftigen Wohnort und Ihre neue Identität – um alles andere kümmert sich **NEMO S.A.**
– neue Papiere
– Transfer Ihres Bankkontos in ein Steuerparadies
– Einführung in Ihr neues Lebensumfeld
– Verkauf oder Transport Ihres Hab und Gutes
– Abfangen und Umleitung Ihrer Post
NEMO S.A., die Agentur, die für Ihr Verschwinden sorgt.
Diskretion wird zugesichert – anonyme Zahlung möglich

Die Strecke zwischen Ouagadougou und Kongoussi kommt Laurie und Rudy vor, als reisten sie mitten durch die Hölle. Sicher, es ist nicht der Tanezrouft mit seinen unfruchtbaren Regs, und es handelt sich auch nicht um sechshundert Kilometer, sondern lediglich um hundertfünfzehn, doch in gewisser Weise ist es schlimmer. Das Buschland, von der Sonne verbrannt und vom Harmattan mit Sand bedeckt, stirbt qualvoll vor sich hin, am Weg finden sich Autowracks und von Geiern und Schakalen zerfetzte Leichen. Die sterbenden Dörfer, durch die sie fahren, sind von apathischen Zombies bevölkert, deren Kinder mit ihren aufgetriebenen Bäuchen immer noch die Kraft finden, zum Auto zu laufen und die spindeldürren Ärmchen auszustrecken. Ein sterbendes Gebiet zu durchqueren ist ungleich schrecklicher, als durch eine seit langer Zeit tote Wüste zu fahren.

Laurie und Rudy wappnen sich mit viel Mühe gegen das Entsetzen und die Verzweiflung, denn sie müssen über das sprechen, was sie in Kongoussi erwartet.

»Weißt, du, was merkwürdig ist?«, fragt Laurie. »Ich freue mich richtig darauf, nach Kongoussi zu fahren. Nein, freuen ist vielleicht nicht das richtige Wort. Ich sollte besser sagen: Ich bin erleichtert. Als wäre mir ein Stein vom Herzen gefallen.«

»Liegt es vielleicht an deinem Gewissen, dass du dich erleichtert fühlst?« Rudy kann die kleine sarkastische Spitze nicht unterdrücken. »Immerhin kannst du dich endlich wieder nützlich machen.«

»Damit hat es überhaupt nichts zu tun. Ich fühle etwas ganz Sonderbares.« Sie zögert und sucht nach Worten. »Es ist, als würde ich … gerufen! Es ist schon seit einigen Tagen so. Ich muss ständig daran denken, träume nachts davon und verspüre eine Art Ziehen in meinem Bauch. Und dabei fällt mir absolut nichts ein, was mich dort hinlocken könnte.«

»Abou«, erklärt Rudy.

»Wie kommst du ausgerechnet auf Abou?« Sie wirft ihm einen misstrauischen Seitenblick zu. »Ich kenne ihn doch kaum.«

»Er ist in dich verliebt. Das hat er mir klar und deutlich zu verstehen gegeben.«

Laurie zuckt die Schultern.

»Das ist doch lächerlich. Wir haben keine drei Worte miteinander geredet. Ich weiß nicht einmal mehr, wie er aussieht. Wie könnte er so etwas mit mir machen? Nein, es muss etwas anderes sein.«

»Ja, und zwar seine Magie. Er nennt es Bangré.«

»Aha, dann hat er mich also verhext. Meinst du das? Mit Amuletten, abgeschnittenen Fingernägeln und Hühnerblut? Das ist doch Humbug! Es funktioniert höchstens bei Leuten, die daran glauben.«

»Jetzt klingst du aber geringschätzig, Laurie. Du vergleichst Äpfel mit Birnen. Es gibt Menschen, die eine wirkliche Macht besitzen, und andere, die damit Geld verdienen wollen. Normalerweise handelt es sich nicht um die gleichen.«

In Kongoussi begeben sie sich sofort auf die Baustelle, die sie leer und verlassen vorfinden, mit Ausnahme einer Abteilung des 4. Infanterieregiments, die das Gelände voller Selbstverleugnung in der glühenden Hitze bewacht. Der Bohrturm ragt wie das Metallskelett eines unerfüllten Traums in den farblosen Himmel. Die Baracken aus

Plastik und Blech, in denen die Ausrüstung untergebracht ist, wellen sich in der überhitzten Luft, in der ununterbrochen kleine Lateritwirbel tanzen. Die Einzelkämpfer unter den Wassersuchern scheinen endlich die Sinnlosigkeit ihres Unternehmens begriffen zu haben. Die improvisierten Zelte stehen allerdings noch, weil viele dieser Menschen alles hinter sich gelassen haben, um herzukommen, und nicht wissen, wohin sie jetzt gehen sollen.

Als die Soldaten die beiden Weißen bemerken, machen sie ihnen ein Zeichen, dass sie im Rathaus erwartet werden. Laurie sucht nach Abou, doch der ist offenbar nicht im Dienst. Bei der Fahrt über die hügelige Straße, die früher mitten durch Gemüsefelder führte, erkennt Rudy, dass einige Felder wieder gepflügt worden sind. Die Parzellen sind instand gesetzt und die Bewässerungskanäle in der Erwartung des versprochenen Mannas freigeräumt worden. Er sieht sogar einige Bauern, die mit Hacken dem festgebackenen Staub auf ihren Feldern zu Leibe rücken und Sand aus den Rinnen schaufeln.

Das Rathaus ist zum Hauptquartier umfunktioniert worden. Im Hof haben sich die Soldaten der Garnison und die abkommandierten Polizeikräfte versammelt. Sie entdecken auch Abou, der gerade verhört wird. Der Bürgermeister und seine Frau freuen sich von Herzen, die Gesandten der Präsidentin bei sich begrüßen zu dürfen – ihre Tochter Félicité weitaus weniger. Hauptmann Norbert Yaméogo sieht Rudy mit ganz anderen Augen an, seit er erfahren hat, dass der Niederländer in einem Kommando gedient hat; interessiert erkundigt er sich nach Waffengattung und Einheit.

»Ich war in Deutschland in einer besonderen Abteilung, die auf Überlebenstaktik in feindlicher Umgebung spezialisiert war.«

Es gibt noch jemanden, dem die Ankunft der beiden Weißen keine Freude bereitet: Es handelt sich um Kommissar Ouattara, der, wie er nachdrücklich betont, die Ermittlungen leitet und ausschließlich dem Innenminister untersteht.

»Ich werde diese Untersuchung so führen, wie ich es gewohnt bin«, warnt er Rudy. Dabei funkelt er mit großen, rot geäderten Augen sein Gegenüber ärgerlich an, und seine Wurstfinger fuchteln vor Rudys Nase herum. »Ich lasse nicht zu, dass mir jemand ins Gehege kommt! Schon gar nicht ein Ausländer, der absolut nichts mit der Polizei zu tun hat.«

»Machen Sie sich keine Sorgen, Herr Kommissar. Wir sind lediglich hier, um sicherzustellen, dass auf der Baustelle weitergearbeitet wird. Nicht wahr, Laurie?«

»Allerdings!«, nickt sie. »Immerhin haben wir die Bohrausrüstung hergebracht und sind dafür verantwortlich. Die Präsidentin hat die Leitung der Baustelle während der Abwesenheit ihres Sohnes in meine Hände gelegt, und Rudy unterstützt mich, das ist alles. Kein Mensch will Ihnen ins Gehege kommen. Dazu sind wir nicht beauftragt.«

Der Kommissar wird ein wenig zugänglicher, beobachtet Rudy aber nach wie vor mit einem gewissen Misstrauen.

»Keine Ahnung, was Fatimata oder der Minister ihm gesagt haben«, raunt Rudy Laurie zu, als gerade niemand hinhört. »Jedenfalls ist jetzt klar, dass ich von der Polizei keinerlei Unterstützung zu erwarten habe.«

»Du solltest diese alberne Idee fallen lassen«, gibt Laurie leise zurück. »Ich glaube nicht, dass du Moussa wiederfindest, indem du ein Huhn opferst oder sein Foto auspendelst. Mag sein, dass Abous Großmutter kranke Menschen mit Kräutern und Tinkturen zu heilen versteht, mag auch sein, dass sie ihren Enkel in der Kunst der traditionellen Medizin unterweist. Das finde ich okay und völlig plausibel. Aber dass sie die Geister dazu bringen kann, ihr Moussas Aufenthaltsort zu verraten, das glaube ich einfach nicht. Tut mir leid!«

Rudy sucht noch nach einer beißenden Antwort, etwa in der Art: »Es gibt immer ein paar Bekloppte, die Tomaten auf den Augen haben und nur glauben, was sie selbst sehen«, doch in diesem Augenblick tritt Abou auf den Hof. Er hat sein Verhör hinter sich. Rudy winkt ihm zu. Abou geht ihnen mit unentschlossenen Schritten und einem ebensolchen Lächeln entgegen.

»Guten Tag, Rudy. Meine Ehrerbietung, Laurie. Friede sei mit euch. Wie geht es euch?«

»Besser als dir«, antwortet Rudy. »Haben die Bullen dich nicht zu sehr in die Mangel genommen?«

»In die Mangel genommen?«

»Viele Fragen gestellt«, übersetzt Laurie.

»O ja, sehr viele«, nickt Abou. »Über meinen Bruder, die Baustelle, die Leute, die er eingestellt hat … sogar über euch.«

»Über uns?«, wiederholt Rudy verblüfft. »Was wollten sie denn wissen?«

»Wo ihr herkommt, warum ihr gekommen seid, was ihr als Nächstes plant – solche Dinge. Sie wollten auch wissen, was ich von euch halte.«

»Und was hast du geantwortet?«, erkundigt sich Laurie.

Abou lässt seine funkelnden Augen auf ihr ruhen. Sie spürt seine ganze Liebe mitten im Herz, so klar, als hätte er »Ich liebe dich« gesagt und ihr Blumen geschenkt. Unwillkürlich weicht sie einen Schritt zurück. Abou senkt die Augen auf seine vom Staub geröteten Springerstiefel.

»Ich habe gesagt, dass ihr nette Leute seid«, murmelt er. »Dass ihr gekommen seid, um dem Land Wohlstand und Selbstachtung zurückzugeben, und dass eure Hilfe sehr wichtig für uns ist.« Erneut heftet er die Augen auf Laurie. »Ich habe gesagt, dass ich euch aus tiefstem Herzen liebe und euch unendlichen Respekt entgegenbringe.«

Na gut, die Botschaft ist ja wohl klar, grinst Rudy innerlich und weidet sich an Lauries Unruhe, die sie kaum verbergen kann. Dennoch zieht er es vor, das Gespräch auf eine neutralere Ebene zu bringen.

»Und du? Was hältst du von den Polizisten? Glaubst du, dass sie schon eine Spur haben? Oder Beweise?«

Abou presst die Lippen zusammen und verneint.

»Im Augenblick scheinen sie ein wenig den Überblick verloren zu haben. Natürlich wissen sie längst, dass es die vier Ausländer waren, die Moussa eingestellt hat, und die den Coup mit ihrem Chef durchgeführt haben – diesem Großen, der immer Schwarz trug und nur Englisch sprach. Sie haben die Adressen auf den Lebensläufen überprüft – alles Schwindel. Sie haben sich auch bei den Baustellen erkundigt, wo sie angeblich Erfahrung gesammelt haben, aber dort kennt sie niemand. Sie haben sich falsche Namen gegeben und sind mit Moussa im Buschland verschwunden.«

Er schluckt schwer. Seine Augen wirken verhangen. Sein Herz ist schwer.

»Ach ja …« Rudy zieht ein Stück Stoff aus seiner Tasche, rollt es in der Hand auseinander und zeigt Rudy den inzwischen steif gewordenen Ringfinger auf der Gaze. »Könntest du dir vorstellen, Abou, dass das der Finger deines Bruders ist?«

Laurie erschrickt und schlägt eine Hand vor den Mund.

»Hast du den geklaut?«

»Klar. Kein Mensch hat sich mehr dafür interessiert. Und, Abou?«

Abou untersucht das verstümmelte Glied. Kopfschüttelnd richtet er sich auf.

»Das ist zwar sein Ring, aber nicht sein Finger. Der Finger da gehörte einem Bauern. Moussa hatte lange, schmale Hände.«

»Sag doch nicht *hatte*«, fordert Rudy ihn auf. »Ich bin sicher, dass dein Bruder nicht tot ist. Wir werden ihn wiederfinden.«

Kommissar Ouattara kommt im Sturmschritt auf die drei zu und zielt mit seinem dicken Zeigefinger auf Rudy.

»Sie da, was zeigen Sie dem Zeugen? Was wollen Sie der Polizei verheimlichen?«

»Gar nichts, Herr Kommissar. Ich habe ein Beweisstück mitgebracht, das Ihre Kollegen in Ouaga keiner näheren Inspektion für nötig erachtet haben. Aber ein Mann von Ihrem Scharfsinn kann sicher etwas damit anfangen …«

Der Kommissar greift nach dem Ringfinger und fuchtelt damit vor Rudys Nase herum.

»Was soll das sein? Ich erwarte eine Erklärung!«

»… falls er nicht die Fingerabdrücke verwischt, die sich darauf befinden«, fährt Rudy fort und verbeißt sich mühsam ein Lächeln. »Es ist der Finger, der dem Brief an die Präsidentin beigefügt war. Ich nehme doch an, dass Sie auf dem Laufenden sind?«

»Selbstverständlich bin ich auf dem Laufenden. Übrigens konfisziere ich dieses Objekt, das Ihnen nicht gehört.«

Der Kommissar stopft den Finger ohne Weiteres in die Brusttasche seines Hemdes und kehrt zu seinen Kollegen zurück, vermutlich, um einen Plan zur Durchkämmung des Geländes auf die Beine zu stellen.

»Bei solchen Polizisten wäre ich nicht einmal sicher, ob sie Eier in einem Hühnerhaus fänden«, grinst Rudy. »Was sagst du dazu, Abou? Sind das wirklich die besten Ermittler des Landes?«

»Ich weiß es nicht«, antwortet Abou. Seine Stimme zittert vor Hoffnungslosigkeit.

Rudy beschließt, nicht länger um den heißen Brei herumzureden. Er legt einen Arm um Abous Schulter und zieht ihn in eine abgelegene Ecke unter einer vertrockneten Tamarinde.

»Ich denke an eine andere Methode, aber du musst mir ehrlich sagen, ob du sie für anwendbar hältst.« Abou nickt. »Ich habe gehört, dass du dich unter Anleitung deiner Großmutter der Magie widmest.«

»Nicht der Magie. Dem Bangré. Das bedeutet … in eine andere Welt sehen zu können. In die Welt der Geister und Toten. Man sieht sozusagen das Unsichtbare.«

»Gut. Könntest du sehen, wo sich dein Bruder befindet?«

»Das habe ich bereits versucht«, gesteht Abou zerknirscht. »Aber ich habe nicht genügend Macht …«

»Und deine Großmutter? Könnte sie es tun?«

»Sie? Oh, ganz sicher! Sie hat mir schon Leute gezeigt, die sehr weit weg waren.«

»Und warum bist du dann nicht bei ihr? Worauf wartest du noch?«

»Ich habe kein Fahrzeug. Félicité weigert sich, mir ihren Motorroller zu leihen.«

»Aber ich habe ein Auto. Ruf sie am besten gleich an, dann fahren wir los.«

»Sie hat kein Telefon.«

»Ach! Können wir denn sicher sein, dass sie da ist, wenn wir hinfahren?«

»Aber natürlich. Sie weiß immer, wann ich komme.«

»Okay, dann lass uns losfahren.«

»Kann Laurie mitkommen?«

»Klar, wenn dir das so wichtig ist. Frag sie einfach.«

Abou geht zu Laurie, die sich gerade mit Alimatou unterhält. Die Frau des Bürgermeisters leidet so, als hätte man ihren eigenen Sohn entführt. Rudy zieht es vor, ein wenig abseits zu warten. Er sieht, wie Laurie die Augen zum Himmel erhebt, den Kopf schüttelt und Abou etwas erklärt. Niedergeschlagen kehrt der junge Soldat zu Rudy zurück.

»Sie will nicht. Sie sagt, dass sie die Verantwortung für die Baustelle übernommen hat, und außerdem, dass …«

»Dass was?

Abou senkt den Kopf, doch er spricht es trotzdem aus.

»Dass ich nicht auf dich hören soll. Dass du mich in falschen Hoffnungen wiegst.«

»Und wie denkst du selbst darüber?«

»Ich glaube – bei allem Respekt, den ich ihr schulde –, dass sie sich irrt.«

»Das glaube ich auch. Lass uns fahren, Abou!«

Das schweigende Wissen

Die Menschen kennen ihre Begierden; es ist eine laute und bewegte Welt, in der sowohl das Gute als auch das Böse existieren. Doch in der Welt der Menschen gibt es auch ein Schweigen; es ist das Schweigen des Wissens. Dieses Schweigen befindet sich mitten im Lärm, und nirgendwo anders. Diejenigen, denen es gegeben ist, ihre Aufmerksamkeit auf dieses Schweigen zu lenken, erkennen, was Wissen bedeutet.

Barkié Kaboré, *Bangba* aus dem Stamm der Mossi,
zitiert von Kabire Fidaali in *Le Pouvoir du bangré* (1987)

Rudy ist tief beeindruckt. Zunächst von dem Hof, diesem Hafen der Frische und des Lebens inmitten des trockenen Todes von Ouahigouya, diesem unerwarteten Paradies am Ende eines wahren Armageddons von Fahrt; dann von Hadé selbst, dieser stoischen Mama in ihrem bunten Boubou, die von ihren Patienten wie eine Heilige verehrt wird und die ihre Sprechstunde phlegmatisch und kompetent abhält, ohne Gefühlsregung und ohne je nervös zu werden, und zum Schluss von dem Fetisch im Hinterhof, den Abou ihm gezeigt hat, seinem ungemütlichen Anblick, den Amuletten und Talismanen und seiner blutigen Basis. Die ganze Atmosphäre erinnert ihn an die Reportagen, die er früher oft im Fernsehen als letzte Zeugnisse einer aussterbenden Lebensart gesehen hat. Damals hielt er diese Dinge für inszenierte Folklore und glaubte an eine schönfärberische Realität um der packenden Bilder willen – aber nein, alles ist tatsächlich wahr!

»Vielleicht hätten wir ein Huhn mitbringen sollen«, sagt er. »Kennst du die Formeln, mit denen man die Geister beschwört?«

Abou muss lachen.

»Nein, Rudy, so geht das nicht. Dieser Fetisch ist für die Leute da, die sich zusätzliche Unterstützung wünschen und glauben, dass die Mittel meiner Großmutter nicht ausreichen, um sie zu heilen, oder die befürchten, verhext worden zu sein. Der Fetisch, mit dem man ins Bangré blicken kann, befindet sich in der Hütte und darf von niemandem benutzt werden.«

»Oh, dann muss er ja ganz besonders schrecklich sein.«

»Du wirst sehen …«

Nachdem Hadé sie eine gute halbe Stunde hat warten lassen – Zeit, die sie für einen komplizierten Fall brauchte: einen von einer schlecht gereinigten Spritze mit Aids infizierten Mann –, lädt sie die beiden schließlich in ihre Hütte ein. Rudy sieht sich sogleich nach dem viel gerühmten Fetisch um. Sein Blick wird von den Masken mit den merkwürdigen Tiergesichtern gefesselt, dem Festgewand aus buntem Bast, den Kopfputzen aus Leder und Federn. Mit einem Nicken weist Abou ihn auf das mit Kaurimuscheln verzierte Tongefäß hin, aus dem ein dünner Rauchkringel aufsteigt. Rudy hebt die Augenbrauen – er hat das Ding für eine Art Backofen gehalten.

Hadé bietet ihnen einen Becher klares, frisches Wasser aus dem mit geometrischen Mustern verzierten, in feuchten Sand gebetteten Tongefäß an. Abou erwartet das übliche, lange Schweigen, das sich den Sprechstunden seiner Großmutter anschließt – ihre Zeit der Sammlung –, doch kaum hat sie ihre opulente Kehrseite in dem niedrigen Sessel untergebracht, spricht sie ihren Enkel mit strenger Stimme an.

»Abou, wozu dient das Bangré?«

»Da ... dazu, im Unsichtbaren zu sehen«, antwortet Abou zögernd. Der verhaltene Zorn seiner Großmutter verwirrt ihn. »Dazu, die Geister der Toten und die *zindamba* zu treffen und Dinge der anderen Welt kennenzulernen.«

»Darf man mit dem Bangré Menschen beeinflussen?«

»Nein, Großmutter.«

»Möchtest du ein schwarzer Hexer werden oder ein Rufer des Todes, ein *djinamory*?«

»O nein!«

»Dann tu so etwas nie, nie wieder, Abou! Du weißt, wovon ich spreche!«

»Ja, Großmutter«, antwortet Abou beschämt.

Angesichts von Rudys Unverständnis besänftigt sich Hadé und erklärt ihm mit einem kleinen Lächeln:

»Dieser Strolch hatte die Idee, sein bisschen Wissen dazu zu gebrauchen, ein Mädchen an sich zu ziehen, in das er verliebt ist.«

»Laurie?«

»Eine Weiße mit blonden Haaren. Ich habe keine Anstalten gemacht, mehr über sie zu erfahren, denn das Alter für libidinöse Visionen habe ich längst hinter mir.«

Rudy prustet los. Hadé fällt in sein Lachen ein und macht sich über Abou lustig, der mit dem Kopf zwischen den Knien auf seiner Matte kauert. Plötzlich jedoch wird sie wieder ernst.

»Das Bangré ist eine ernsthafte Sache, die sehr gefährlich werden kann, wenn man damit Kräfte mobilisiert, die man nicht meistert. In Abous Fall wurde die unsichtbare Weltordnung allerdings kaum gestört, denn die Frau, die er im Visier hat, ist längst bereit.

Aber wenn er weitergeht, könnte er sehr schädliche Kräfte auf sich ziehen. Einige schleichen schon um ihn herum.« Nach kurzem Schweigen setzt sie hinzu: »Sie sind auch in Ihrer Nähe, Rudy. Aus diesem Grund habe ich Ihnen gestattet, mein Haus zu betreten. Sie sollen Zeuge der Macht des Bangré werden. Vielleicht können Sie im richtigen Moment daraus die Kraft schöpfen, die bösen Kräfte zu bekämpfen.«

Erstaunt wartet Rudy auf mehr, doch es kommt nicht. Hadé hat die Augen geschlossen und scheint in ihrem niedrigen Sessel eingenickt zu sein.

»Können Sie mir vielleicht Genaueres dazu sagen?«, drängt er.

Ein Ellbogenstoß Abous und ein auf die Lippen gelegter Zeigefinger bedeuten ihm zu schweigen. Rudy gehorcht nur widerwillig, aber gut, möglicherweise handelt es sich ja um ein Ritual oder um eine gewisse Zeit für die Enthüllungen, die er nicht ins Wanken bringen darf. Doch wie dem auch sei, er schwört sich, dass er die Hütte nicht verlassen wird, ohne erfahren zu haben, woran er sich halten soll und wen er bekämpfen muss.

Nach einer halben Ewigkeit, während der Rudy mehrfach nicht übel Lust hat, aufzustehen und zu gehen, jedoch immer von Abou zurückgehalten wird, und während der er sich nicht nur einmal fragt, ob sie den ganzen, mühsamen Weg nur gemacht hatten, um einer etwas exzentrischen alten Frau bei ihrer Siesta zuzusehen, richtet sich Hadé plötzlich auf und öffnet die Augen.

Sie haben alle Farbe verloren.

Zwei abgrundtiefe Wasserlöcher, die sich auf das Unsichtbare richten.

Mit tonloser Stimme und ohne ihn anzusehen, fordert sie Abou auf, die ihm bekannte Kalebasse zu holen und drei Prisen des darin enthaltenen Pulvers in den Fetisch zu streuen.

Abou tut wie geheißen. Kaum ist das Pulver im Fetisch, als ein dichter, brauner, herber, erstickender Rauch aus der Öffnung des Tongefäßes steigt. Abou kehrt an seinen Platz auf der Matte vor dem Sitz seiner Großmutter zurück. Beiden scheint der Rauch nichts auszumachen, doch Rudy hat Erstickungsanfälle, hustet und blinzelt.

Am liebsten hätte er den Vorhang am Eingang geöffnet, um ein wenig Luft in den Raum zu lassen, doch Abou hält ihn mit einem leichten Kopfschütteln davon ab.

»Schau mir in die Augen«, fordert Hadé ihren Enkel auf. »Und atme langsam.«

Abou kniet sich vor seine Großmutter hin, um auf gleicher Augenhöhe zu sein. Sein Atem wird langsam und tief. Rudys Kopf dreht sich. Mit roten Augen und gereiztem Hals flüchtet er sich in die Nähe des Eingangs, um wenigstens ein bisschen Luft zu schnappen. Von seinem Standort aus, vor einem Hintergrund aus wirbelnden Rauchschwaden, die von vereinzelt durch die geschlossenen Läden dringenden Sonnenstrahlen gestreift werden, kommen ihm Abou und Hadé wie zwei Heiligenfiguren vor, wie die lebendigen Abbilder eines weiblichen Buddhas und ihres vor ihr knienden Schülers. Er hat den Eindruck, ein chinesisches Schattenspiel zu betrachten, eine Projektion, deren Ursprung sich … weit weg befindet. Selbst ihre Stimmen klingen vernebelt, erstickt und fern.

»Was siehst du, Abou?«

»Ich sehe … Bäume.«

»Was für Bäume?«

»Große Bäume … Baobabs.«

»Und weiter?«

»Am Fuß eines Baobabs ist etwas. Eine Hütte?«

»Eine Hütte? Bist du ganz sicher?«

»Ja … Nein. Es ist ein Speicher, ein Hirsespeicher. Eine Ruine.«

»Richtig, Abou. Geh jetzt näher ran und sieh hindurch!«

»Ja, Großmutter. In dem Speicher ist etwas. Etwas … Lebendiges.«

»Richtig, Abou. Und jetzt geh noch näher.«

»Es ist … ein Tier? Nein. Es ist … *Oh, es ist Moussa!*«

»Gut, Abou! Aber pass auf, lass dich nicht von deinen Gefühlen übermannen, sonst verschwindet die Vision. Konzentriere dich. Atme. Atme. Schau mir in die Augen … Gut. Was siehst du jetzt?«

»Irgendwelche Dinge am Fuß der Bäume … Sind es Gebäude? Ich kann es nicht mehr gut erkennen.«

»Du musst dich konzentrieren. Atme … und schau hin.«

Plötzlich geht Abous Atem stoßweise und schwer. Er zittert. Seine Lider beginnen zu flattern, er hustet … und dann sinkt er um Luft ringend und krampfend auf der Matte zusammen.

Rudy ist mit einem Satz auf den Beinen.

»Hey! Was hat er? Wir müssen irgendetwas tun!«

»Geben Sie ihm ein wenig Wasser, wenn Sie möchten«, sagt Hadé mit müder Stimme. »Und lüften Sie den Raum …«

Sie liegt träge in ihrem Sessel. Ihre Augenlider sind geschlossen, und sie scheint außer Atem zu sein.

Hastig öffnet Rudy den Vorhang und alle Fensterläden, taucht eine Kalebasse in das tönerne Wassergefäß und besprüht Abous Gesicht, ehe er versucht, ihm zu trinken zu geben. Mit viel Mühe flößt er ihm erst einen, dann einen zweiten Schluck ein. Abou blinzelt, öffnet die Augen, hustet noch einmal und atmet tief und erlöst die warme Luft, die aus dem Hof hereindringt. Der bräunliche Rauch verflüchtigt sich allmählich.

Schließlich gelingt es Abou, sich aufzusetzen. Ein wenig zittrig lächelt er seine Großmutter an, die noch immer mit geschlossenen Augen dasitzt, und dann Rudy, der ihn stützt.

»Geht schon«, sagt er. »Ich habe Schlimmeres erlebt. Manchmal drückt sie meinen Kopf direkt in den Rauch.«

Er zeigt auf den Fetisch, aus dem jetzt wieder das bläuliche, nach unbekannten Kräutern duftende Rauchgekräusel aufsteigt.

Als Rudy ganz sicher ist, dass es Abou wieder gut geht, nähert er sich der Großmutter, die reglos in ihrem Sessel ruht.

»Ist mit Ihnen alles in Ordnung, Madame? Kann ich …«

Er bricht ab. Hadés Antwort ist ein ruhiges Schnarchen.

Abou macht Rudy ein Zeichen, die Hütte zu verlassen und seine Großmutter schlafen zu lassen.

»Es ist sehr ermüdend, ins Bangré zu sehen«, erklärt er draußen im Hof. Sie blinzeln in die grelle Sonne. »Außerdem wird meine Großmutter langsam alt. Deshalb hat sie auch angefangen, mich einzuweisen, denn das Wissen muss weitergegeben werden. Man darf es nicht für sich behalten.«

»Apropos nicht für sich behalten: Es gibt da etwas, das sie mir noch hätte erklären sollen. Was sind das für böse Kräfte, die ich ihrer Meinung nach bekämpfen soll?«

»Ich habe da so eine Ahnung, allerdings weiß ich nicht, ob ich es dir sagen darf. Ich werde sie beim nächsten Mal danach fragen.«

Rudy schneidet eine verärgerte Grimasse.

»Nach allem, was ich gesehen habe, kannst du es mir sicher sagen, Abou. Mich geht es doch ebenso an wie dich, oder?«

»Nein, denn du bist nicht eingewiesen.«

»Pah! Aber das, was du im Rauch gesehen hast, darfst du mir doch hoffentlich sagen.«

»Natürlich, denn deswegen sind wir ja hergekommen.«

Nachdem sie sich von Hadés Assistentinnen Bana und Magéné verabschiedet und den im Hof wartenden Patienten eine gute Besserung gewünscht haben, steigen sie wieder in den kleinen, am Hoftor geparkten Hyundai. Obwohl sie die Fenster offen gelassen hatten, herrscht im Innenraum eine Bullenhitze, der die Klimaanlage kaum beikommen kann.

»Dann schieß mal los«, fordert Rudy Abou auf, während sie die sterbende Stadt durchqueren. »Ich hoffe, du erinnerst dich noch.«

»Sicher. Es ist wie ein Traum, nur dass die Bilder recht klar sind.«

Abou beschreibt seine Vision, die Baobabs, den Hirsespeicher und den darin gefangenen Moussa. Und die anderen Dinge am Fuß der Bäume – möglicherweise Gebäude.

»Und weißt du auch, wo all das ist?«

»Das nicht, aber es kann nicht sehr weit von Kongoussi entfernt sein. Wir müssen uns nur erkundigen.«

»Gut, aber wenn niemand einen Hirsespeicher unter Baobab-Bäumen kennt?«

»In diesem Fall«, antwortet Abou ungerührt, »müssen wir eben suchen. Oder meiner Großmutter noch einen Besuch abstatten.« Er schweigt einen Moment, tief in Gedanken verloren. »Vielleicht weiß ich es ja sogar. Könnte sein, dass mir der Ort im Traum erscheint oder ich die Straße wiedererkenne. Im Bangré gibt es Dinge, die man sieht und hinterher beschreiben kann, doch es gibt auch das schweigende Wissen, und das ist manchmal viel wichtiger. Aber auch schrecklicher.«

»Ah! Dann kommt also das, was deine Großmutter von den düsteren Kräften gesagt hat, die uns umschleichen, von diesem schweigenden Wissen?«

»Richtig. Und genau das macht mir große Angst.«

Kommando

Und nun zu unsem Nachrichtenüberblick, präsentiert von Nawa Kafondo. Sie können die Nachrichten ebenfalls auf unserer Webseite Voixdeslacs.bf abrufen, deren Nutzung uns freundlicherweise von China.net zur Verfügung gestellt wird. Bleiben Sie auch weiter auf der Frequenz von La Voix des Lacs!
Guten Tag. In Kongoussi und Umgebung wird auch weiterhin fieberhaft nach Moussa Diallo-Konaté gesucht, dem Sohn der Präsidentin, der von ausländischen Terroristen entführt wurde. Polizei und Armee durchkämmen das gesamte Gebiet. Ein Viehzüchter vom Stamm der Fulbe meldete heute einen Leichenfund in der Nähe der ehemaligen Hochöfen von Darigma …

Als Abou und Rudy am frühen Abend nach Kongoussi zurückkehren, finden sie Laurie im Hof des Rathauses, der immer noch vor Menschen wimmelt. Sie läuft ihnen entgegen und lässt dabei den stellvertretenden Bürgermeister Alpha Diabaté einfach stehen.

»Mensch, bin ich froh, euch zu sehen!« Leiser setzt sie hinzu: »Der Stellvertreter macht mich schon die ganze Zeit an. Er will mich zu sich einladen.«

Abou, der die Worte seiner Großmutter nicht vergessen hat (»die Frau, die er im Visier hat, ist längst bereit«), ergreift die Gelegenheit beim Schopf.

»Du kannst bei mir schlafen, wenn du magst.«

»Danke, aber der Bürgermeister hat mich auch schon eingeladen. Er hat wenigstens Frau und Kinder. Seine Tochter kann mich zwar aus unerfindlichen Gründen nicht leiden, aber mit Alimatou verstehe ich mich großartig. Wisst ihr schon das Neueste? Von der Leiche, die gefunden worden ist?«

»Ja«, nickt Rudy, »wir haben es im Radio gehört. Ein Peul-Hirte hat sie gefunden, nicht wahr? In einem Kaff, an dessen Namen ich mich nicht mehr erinnere.«

»Das Dorf heißt Darigma und liegt etwa zehn Kilometer nördlich von hier an der Straße nach Djibo. Es gibt dort ehemalige Hochöfen. Der Fulbe hat die Leiche gefunden, weil ihm auffiel, dass die Geier ihre Runden drehten. Und wisst ihr, was? Dem Toten fehlt ein Finger. Der Ringfinger!«

»Sieh mal an! Ich gehe davon aus, dass unser agiler Kommissar jetzt annimmt, dass die Entführer sich dort versteckt halten und dass er seine Truppen auf diese Gegend konzentriert, nicht wahr?«

»Exakt! Sie werden übrigens sicher bald zurückkommen. In Kürze wird es dunkel, und ihnen fehlt eine Ausrüstung, mit der sie auch bei Nacht weitersuchen könnten.«

»Okay. Dann werden wir im Süden suchen. Einverstanden, Abou?«

Abou nickt zustimmend. Misstrauisch mustert Laurie die beiden Männer.

»Mir scheint, ihr beide habt eine Spur.«

»Na ja, ein paar vage Vermutungen. Aber das ist auch schon alles«, weicht Rudy in unbeschwertem Tonfall aus. »Die Magie – weißt du, die funktioniert ohnehin nur bei Leuten, die daran glauben.«

Plötzlich prescht der Jeep von Hauptmann Yaméogo in den Hof. Außer dem Hauptmann selbst sitzen sein Leutnant, sein Adjutant und Kommissar Ouattara mit im Wagen. Kaum hat der Hauptmann Abou im Licht der Scheinwerfer entdeckt, als er auch schon aus dem Auto springt und im Sturmschritt auf ihn lossteuert.

»O je, jetzt geht es mir an den Kragen«, flüstert Abou.

»Hauptgefreiter Diallo-Konaté, das gibt Arrest.«

»Zu Befehl, Herr Hauptmann.« Er steht stramm und knallt die Hacken zusammen. »Darf ich den Grund dafür erfahren, Herr Hauptmann?«

»Sie haben Ihren Posten verlassen und sich unerlaubt von der Truppe entfernt. Das bedeutet mindestens zwei Wochen. Geben Sie mir Ihre Waffe und Ihre Tressen.«

Nun glaubt Rudy, einschreiten zu müssen.

»Herr Hauptmann, wenn ich mir erlauben dürfte … Ich habe Abou auf eine Sondermission mitgenommen.«

»Mit welchem Recht? Auf wessen Anordnung?«

»Ich muss zugeben, dass ich es eigenmächtig veranlasst habe. Wir sind zu seiner Großmutter gefahren, die, wie Sie sicher wissen, die Wahrsagekunst mithilfe des Bangré praktiziert.«

»Ja und?«

»Jetzt wissen wir, wo sein Bruder Moussa gefangen gehalten wird. Wir waren gerade dabei, uns einen Befreiungsplan auszudenken, als Sie ankamen.«

»Das ist Sache der Armee und der Polizei«, bemerkt der Hauptmann säuerlich. »Zivilisten haben dabei nichts verloren.«

»Vergessen Sie bitte nicht, dass ich lange Zeit Dienst bei einem Kommando getan habe. Hören Sie, Herr Hauptmann, ich schlage Ihnen einen Handel vor: Sie lassen Abou diesen Auftrag durchführen. Ich verspreche Ihnen, dass wir Moussa innerhalb von vierundzwanzig Stunden finden. Wenn Moussa morgen Abend um diese Zeit nicht hier ist, können Sie Abou in Arrest schicken. Wenn wir ihn aber zurückbringen, wird die ganze Ehre auf das Vierte Infanterieregiment zurückfallen, das unter Ihrem Kommando steht. Wäre das nicht fair?«

»Bangré haben Sie gesagt? Hm …« Der Hauptmann denkt einen Augenblick nach. Dann sieht er über die Schulter zu Kommissar Ouattara, der mit dem Bürgermeister spricht. »Einverstanden. Ich bewillige Ihnen vierundzwanzig Stunden. Aber keine Minute länger.«

»Danke, Herr Hauptmann. Allerdings benötige ich einen dritten Mann für diese Mission. Einen guten Schützen, mutig und kaltblütig.«

»Meinen Freund Salah Tambura«, schlägt Abou vor. »Er ist ausgesprochen vertrauenswürdig.«

»Eigentlich brauche ich ihn.« Der Hauptmann denkt nach, dann stimmt er zu. »Gut, Sie können Tambura mitnehmen.« Und als er Ouattara sieht, der auf die Gruppe zukommt, fügt er halblaut hinzu: »Aber kein Wort davon zum Kommissar. Ihm ist zuzutrauen, dass er alles noch in den Sand setzt.«

»Sie können voll und ganz auf uns zählen, Herr Hauptmann. Schließlich weiß ich, was eine geheime Mission ist.«

Rudy betont die letzten Worte mit einem komplizenhaften Augenzwinkern. Yaméogo deutet ein stolzes Lächeln an. Anscheinend langweilt ihn das fruchtlose Kesseltreiben, und er ist froh, dass endlich etwas geschieht.

»He, Sie da!«, schnappt Ouattara und richtet seinen dicken Zeigefinger auf Rudy. »Was schmieden Sie da schon wieder für ein Komplott? Ich warne Sie: Das Zurückhalten von Informationen steht einer Falschaussage in nichts nach!«

»Ich halte keine Information zurück, Kommissar. Wir haben uns bei Hauptmann Yaméogo lediglich nach dem letzten Stand der Dinge erkundigt. Immerhin ist Abou der Bruder des Entführten, und da ist es völlig normal, wenn er beunruhigt ist.«

»Hauptmann Yaméogo«, raunzt der Polizist mit böser Stimme, »ich verbiete Ihnen, irgendwelche Informationen an Fremde weiterzugeben.«

»Mit Verlaub, Kommissar, aber Abou Diallo-Konaté ist kein Fremder, sondern ein Soldat, der unter meinem Kommando steht. Im Übrigen hat ein Zivilist mir keine Befehle zu erteilen. Hauptgefreiter Diallo-Konaté, rühren! Und viel Glück!«

»Danke, Herr Hauptmann.«

Als sie sich entfernen, läuft Laurie ihnen nach.

»Ich merke, dass es dich wieder packt, Rudy.«

»Was meinst du?«

»Die Lust auf Kampf und Schlägerei. Dein Drang zu töten.« Rudy zuckt die Schultern. »Aber am meisten ekelt mich dabei an, dass du den Kleinen da mit hineinziehst!«

»Eines solltest du wissen und niemals vergessen, Laurie: Dass es Opfer gibt, haben wir nur den Räubern zu verdanken. Du bist diejenige, die die Opfer gesund pflegt, ich hingegen kämpfe gegen die Räuber. Ist das okay? Wenn jeder an seinem Platz steht, ist die Herde wohlbehütet.«

Baobabs

> Man darf jedoch nicht vergessen, dass – so hoch entwickelt und ausgereift die eingesetzte Technologie auch sein mag – eine gute Vorbereitung und der Überraschungseffekt noch immer die entscheidenden Komponenten für den Sieg sind. In dieser Hinsicht hat sich seit Sun Tsu nichts verändert.
>
> General Duquesnoy,
> *Die neue Kunst des Krieges* (2025)

Am nächsten Morgen quetschen sich Abou, Salah und Rudy in der Morgendämmerung in den kleinen Hyundai – die Großzügigkeit von Hauptmann Yaméogo ging dann leider doch nicht so weit, ihnen ein Militärfahrzeug zur Verfügung zu stellen – und fahren in Richtung Ouagadougou. Salah, der von Abou über alles in Kenntnis gesetzt worden ist, wundert sich daher nicht, als er Rudy fragen hört:

»Wie ist es, Abou? Hast du diese Nacht von dem Ort geträumt, wo Moussa festgehalten wird?«

Der kleine Bruder wiegt leise zweifelnd den Kopf.

»Ich habe von einem Dorf geträumt. Einem Dorf im Buschland. Die Baobab-Gruppe liegt nicht weit entfernt.«

»Weißt du den Namen des Dorfes?«

Abou schüttelt den Kopf.

»Das bringt uns allerdings nicht viel weiter«, wendet Salah ein. »Die Dörfer im Buschland sehen doch alle gleich aus!«

»Ich bin überzeugt, dass ich es wiedererkenne. Außerdem wird Großmutter uns helfen.«

Salah nickt. Rudy enthält sich jeglichen Kommentars, denn nach dem, was er am Vortag erlebt hat, würde es ihn nicht wundern, wenn zwischen Hadé und Abou eine Art telepathische Verbindung bestünde. Mit Sicherheit würden sie das Dorf finden, ohne kreuz und quer durch die Savanne fahren zu müssen. Was ihn allerdings wirklich beunruhigt, ist ihre armselige Bewaffnung. Die beiden jungen Soldaten haben ihre Dienstwaffe dabei, eine Uzi *made in Taiwan*, die im Nahkampf einfach und wirksam ist, jenseits der Zehnmetermarke jedoch ziemlich unpräzise wird, zumal, wenn sie nicht mit einem Laserzielgerät ausgestattet ist. Rudy selbst hat zwar seine Luger, allerdings sind nur noch zwei Magazine übrig. Er hofft, dass die Entführer nicht auf einen Angriff vorbereitet und daher nicht verteidigungsbereit sind, denn lediglich der Überraschungseffekt könnte sich zu ihren eigenen Gunsten auswirken.

Wenige Kilometer hinter Kongoussi greift Abou plötzlich nach Rudys Arm.

»Da vorn bitte rechts.«

Rudy biegt auf eine miserable Piste ab, die sich zwischen vertrockneten Feldern und sterbenden Akazien durch die Savanne schlängelt. Schnell erreichen sie einen kleinen Weiler, der früher einmal sehr hübsch gewesen sein mag, denn er liegt in der Mitte mehrerer Baumgruppen, die heute allerdings nur noch kargen Schatten spenden.

»Nein, das ist es noch nicht«, erklärt Abou. »Wir müssen weiter.«

Unter den neugierigen Blicken seiner Bewohner fährt der Hyundai mitten durch das Dorf und scheucht dabei ein paar rachitische Hühner und einige Ziegen auf, die nur noch aus Haut und Knochen bestehen. Spindeldürre, zerlumpte Kinder rennen hinter dem Auto her, geben aber rasch auf. Am Dorfausgang teilt sich das staubige Sträßchen in drei Überlandpisten. Abou kneift konzentriert die Augen zusammen, weist jedoch, ohne zu zögern, auf die mittlere Straße.

Es geht in die Hügel hinauf. Die Piste wird immer schlechter. Tiefe Risse wechseln sich mit großen Schadstellen ab, oft ist die Fahrbahn durch Geröll oder Sandhaufen blockiert, manchmal taucht sie unvermutet steil ab, um einen trockenen Flussarm zu queren, dann wieder geht es ebenso steil bergauf, mal auf felsigem Untergrund, mal auf sandigen, vom Wind blank gefegten Streckenabschnitten. Rudy kommt nur im Schritttempo vorwärts, denn das kleine Stadtauto ist hoffnungslos überfordert. Der Motor stottert, die Karosserie schrammt über Steine, die Federn ächzen. Rudy fürchtet, dass jeden Augenblick ein Reifen platzen, eine Achse brechen oder ein Stoßdämpfer den Geist aufgeben könnte.

Als er sich vorsichtig in eine versandete Senke tastet, bemerkt er Spuren. Er steigt aus, um sie näher zu betrachten. Sie sind relativ frisch. Im Lateritstaub ist deutlich erkennbar, dass es sich um ziemlich neue Reifen handeln muss. Lächelnd steigt Rudy wieder ein.

»Ich glaube, wir sind auf dem richtigen Weg.«

»Ich bin mir da sogar ganz sicher«, trumpft Abou auf. Nach vielen holprigen Kilometern durch die vom Harmattan blank gescheuerten Hügel kommt ein weiteres Dorf in Sicht. Es liegt am Fuß einer Erhebung und ist ebenfalls von vertrockneten Feldern und blattlosen Baumgruppen umgeben. Abou legt Rudy die Hand auf den Arm.

»Hier ist es.«

Rudy hält an. Alle drei beobachten das Dorf. Sie folgen mit den Augen der Piste, die sich in schroffen, teilweise eingestürzten Spitzkehren bergab hangelt. Mit dem Hyundai kommen sie hier nicht durch! Sie suchen das Gelände ab, das bereits in der aus dem Tal aufsteigenden Hitze flimmert. Salah sieht sie als Erster.

»Dort drüben! Fünf, nein, sechs Baobabs. Und dazwischen liegen Gebäude.«

Abou nickt mit zusammengepressten Lippen. Rudy bedauert zutiefst, dass sie kein Fernglas dabeihaben. Das ist vielleicht ein Kommando! Zwei Halbstarke mit nachgebauten Waffen und ein Hitzkopf, der ein zehntägiges Überlebenstraining absolviert hat – und so etwas traut sich, die kampferprobten Spione der NSA anzugreifen! Nun, die Hoffnung stirbt ja bekanntlich zuletzt …

»Gut«, ordnet er an, »das Auto bleibt hier stehen. Wir gehen zu Fuß. Lasst alles hier, was irgendwie glänzt, und reibt eure Gewehre mit Staub ein, damit sich die Sonne nicht darin spiegelt.«

Die beiden jungen Männer tun wie geheißen. Rudy parkt das Auto am Fuß eines wuchtigen Felsens. Dann machen sie sich auf den Weg.

Sie gehen schräg auf die Baobab-Gruppe zu und verbergen sich dabei so gut wie möglich hinter Bäumen, Felsen oder Erdhügeln. Je näher sie kommen, desto klarer erkennen sie die Gegebenheiten: Der Hirsespeicher ist zwar teilweise eingestürzt, aber immer noch hoch genug, um nicht ohne Leiter hinauszukommen – zumal, wenn man gefesselt ist. Daneben stehen drei kleinere Häuser in einer Reihe. Auch sie sind teilweise zerfallen. Um die Gebäude ziehen sich die Reste einer Natursteinmauer, die das Anwesen früher einmal begrenzte, und ringsherum recken die Baobabs kahle Äste in den Himmel.

Die vom Dorf kommenden Reifenspuren enden im Hof. Offensichtlich haben die Entführer keine besonderen Vorsichtsmaßnahmen ergriffen; entweder halten sie ihr Versteck für unauffindbar, oder sie sind der Meinung, dass ihr Köder – die in entgegengesetzter Richtung abgelegte Leiche – genügt, um die Armee von Burkina Faso in die Irre zu führen.

Die drei Männer robben bis auf etwa hundert Meter an das Anwesen heran und treffen sich hinter dem dicken Stamm eines Baobabs.

»Hier trennen wir uns«, ordnet Rudy an. »Abou, du greifst von Westen her an, Salah von Osten, und ich übernehme den Haupteingang im Süden. Die noch stehenden Mauerreste dienen uns dabei als Deckung. Habt ihr Uhren dabei? Wir stellen alle auf die gleiche Zeit ein. Gut. Von jetzt an rechne ich zwei Minuten bis zum Erreichen der Mauer. Es ist 9:05 Uhr. Pünktlich um 9:07 Uhr steckt ihr eure Uzis durch eine Mauerbresche und schießt auf alles, was sich im Hof bewegt. Kein Zögern, kein Mitleid, kapiert? Vergesst nicht, dass sie für ihren blödsinnigen Erpressungsversuch irgendeinen armen Kerl kaltgemacht haben.«

Die beiden jungen Soldaten nicken mit gerunzelter Stirn. Abou ist ein wenig ins Schwitzen geraten, Salah bemüht sich, möglichst böse dreinzublicken. Rudy mustert sie von oben bis unten – beide wirken wild entschlossen.

»Fertig, Jungs? Dann nichts wie los. *Go!*«

Abou und Salah machen sich auf dem Bauch kriechend in ihre jeweilige Richtung davon. Zwischen dem Baobab, unter dem sie sich getroffen haben, und denen, die in der Nähe der Häuser stehen, gibt es keine Deckung. Rudy bringt die Entfernung im Laufschritt hinter sich, nimmt hinter dem ausgebleichten Stamm des nahe am Eingang stehenden Baumes Deckung, macht seine Luger schussbereit und wirft einen Blick in den Hof. Ein Mann ist dabei, ein Feuer zu entfachen. Ein weiterer Mann hat sich im Schatten einer Hütte auf einer Matte ausgestreckt; er trägt eine schwarze Sonnenbrille. Der Erste scheint unbewaffnet zu sein, der Zweite trägt ein Schulterhalfter über seinem kakifarbenen T-Shirt.

9:06:40. Noch zwanzig Sekunden. Wie soll Rudy die Mauer erreichen, ohne dass Sonnenbrille ihn entdeckt? Sein Gesicht ist genau dem Hofeingang zugewandt. Doch exakt in diesem Augenblick steht der Mann auf und geht ins Haus. *Scheiße*, denkt Rudy, *ausgerechnet der verschwindet, der uns gefährlich werden könnte. Aber jetzt ist es zu spät, den Plan zu ändern.*

Er schleicht sich an die Mauer, die im Eingangsbereich höchstens noch einen Meter hoch ist, und kauert sich dahinter. Ein weiterer Blick in den Hof zeigt ihm, dass das Feuer jetzt fröhlich knisternd brennt. Der Mann dreht sich um, um neues Holz aufzulegen – und hält mit offenem Mund inne. Er hat den Lauf eines Schnellfeuergewehrs gesehen, das auf der Mauer aufliegt, und dahinter einen Kopf, der dabei ist, zu zielen.

Es ist das Letzte, was er sieht. Abou, Salah und Rudy eröffnen gleichzeitig das Feuer. Der Mann sinkt von Kugeln zersiebt mit einem erstickten Schrei in sich zusammen. Sonnenbrille, der gerade mit einem Wasserkessel in der Hand in den Hof kommen wollte, verschwindet sofort wieder im Haus. Sekunden später wird das Feuer erwidert. Jemand schießt zwischen den Lamellen der defekten Jalousie hindurch aus dem einzigen Fenster der Hütte und hindert die Angreifer, in den Hof einzudringen. Zwar würde der Hirsespeicher eine gute Deckung abgeben, doch dazu müsste man ihn erst einmal erreichen und zu diesem Zweck einige Meter ohne Deckung hinter sich bringen. Es sei denn … natürlich, man könnte es über die Nordseite probieren, wo die Hütten unmittelbar an die Umgebungsmauer angebaut sind!

Rudy sieht, dass Abou seinen Blick sucht. Er macht ihm ein Zeichen, dass er weiterschießen soll, um ihm Deckung zu geben, und riskiert es, das Anwesen auf der östlichen Seite zu umrunden. Verzweifelt wirft er sich von Bresche zu Bresche. Kugeln fliegen ihm um die Ohren. Als er schließlich Salah erreicht, gibt er ihm die gleiche Anweisung und robbt sofort weiter. Er erreicht die Rückseite der Gebäude, erklimmt die Mauer, die hier ein Stück höher ist als an den Seiten, und stellt fest, dass das Dach des Hauses, in dem Sonnenbrille sich verschanzt hat, teilweise eingestürzt ist – aber auch, dass es aus Stroh besteht …

Rudy springt in den Hof, schleicht zwischen den Hütten hindurch und gelangt unter das Fenster, aus dem Sonnenbrille auf Abou und Salah schießt. Und dort, in drei Metern Entfernung, prasselt fröhlich das Feuer. Mit aufgeregt pochendem Herzen geht Rudy in die Knie, springt, greift nach einem brennenden Ast und rollt sich zurück zum Fuß der Mauer. Uff! Der Schütze am Fenster hat ihn nicht gesehen, auf jeden Fall nicht getroffen. Triefend vor Schweiß kriecht Rudy zur Tür und wirft den brennenden Ast ins Innere des Hauses.

Das Feuer greift sofort über. Fauchend verströmt es seinen heißen Atem. Die Schüsse aus dem Fenster hören auf. Rudy vernimmt ein lautes Fluchen, dann stürmt Sonnenbrille wie von allen Teufeln gejagt in einer Rauchwolke aus dem Haus. Er sieht Rudy nicht, der ihm eine Kugel mitten in den Kopf jagt.

Die Schießerei hört auf. Es ist vorbei. Niemand kommt mehr aus der lichterloh brennenden Hütte, und auch die beiden anderen Häuser sind leer. Aber es ist auch kein Auto da …

Rudy winkt Abou und Salah zu sich. Sie scheuen vor den beiden im Staub liegenden Leichen zurück. Eine blutet aus mehreren Schusswunden, die andere aus einem glatten Nackenschuss.

»Und jetzt zu deinem Bruder«, drängt Rudy.

Aus dem Hirsespeicher dringen schwache Rufe. Salah entdeckt eine Art provisorischer Leiter, die an einer Mauer lehnt. Es ist nichts weiter als ein Stamm mit gekürzten Ästen. Abou lehnt ihn an die Außenwand des Speichers, klettert geschickt hinauf, wirft die Blechtür in den Hof und lehnt sich über die Mauer.

Moussa liegt ganz unten, an Händen und Füßen gefesselt, zwischen Schutt und Trümmern. Erschrocken hebt er den Kopf und starrt seinen Bruder an.

»Abou? Bist du das?«

»Ja, Moussa, ich bin es. Bleib, wo du bist, ich bin gleich bei dir.«

Er springt ins Innere und befreit seinen Bruder mithilfe des zu seiner Ausrüstung gehörenden Messers von seinen Fesseln. Mühsam richtet Moussa sich auf und reibt sich die tauben Gliedmaßen. Sein Bruder muss ihm über das am stärksten beschädigte Stück Mauer hinweghelfen. Auf der anderen Seite wird Moussa von Rudy erwartet. Dann springt auch Abou. Endlich können die beiden Brüder sich umarmen. Moussa hat Tränen in den Augen. Er ist sehr schwach, schmutzig und stinkt wie die Pest, aber er grinst von einem Ohr zum anderen.

»Ich habe Durst«, stößt er mit rauer Stimme hervor. »Sie haben mir nichts gegeben.«

»Wir haben Wasser im Auto«, sagt Rudy. »Lasst uns verschwinden, die anderen können jeden Moment hier sein.«

Als Moussa die beiden Leichen und die brennende, langsam in sich zusammensinkende Hütte sieht, reißt er verblüfft die Augen auf.

»Also ehrlich, Abou, das hätte ich nicht von dir erwartet …«

»Wir müssen uns beeilen«, drängt Rudy.

Sie verlassen den Hof. Abou muss seinen Bruder stützen, denn das Gehen fällt ihm noch schwer. Genau in diesem Moment biegt ein Wagen um die Ecke, auf dessen Seitentüren das Logo eines Autoverleihs in Abidjan prangt. Ohne sich abgesprochen zu haben, legen Abou und Salah ihre Uzis an und ballern drauflos. Die Windschutzscheibe geht zu Bruch, jaulende Kugeln durchschlagen Kühler und Motorhaube. Das Auto dreht sich einmal um die eigene Achse, gerät außer Kontrolle, wendet knapp auf zwei Rädern und macht sich mit höchster Geschwindigkeit und über Spurrillen und Schlaglöcher holpernd aus dem Staub.

»Hört auf zu schießen, Jungs«, ruft Rudy. »Ihr vergeudet nur Munition. Ich glaube kaum, dass die beiden da noch einmal zurückkommen!«

»Wir haben gewonnen!«, jubelt Salah und tanzt, seine noch heiße Waffe schwingend, fröhlich um die beiden Brüder herum.

»Diese Schlacht vielleicht, aber den Krieg noch nicht«, versucht Rudy ihn zu mäßigen. »Solange Fuller zahlt, glaube ich nicht, dass die NSA klein beigibt.«

Sein Einwand kühlt die Gemüter. Plötzlich erscheint ihnen ihr Sieg viel weniger strahlend.

»Wie habt ihr mich gefunden?«, will Moussa auf dem Rückweg zum Wagen wissen.

»Mithilfe des Bangré«, antwortet Abou ausweichend. Jetzt, wo die Spannung allmählich von ihm abfällt, schwitzt er am ganzen Körper, ist außer Atem, hat weiche Knie und zittert am ganzen Körper.

»Bangré?«, ruft Moussa verdutzt aus und bleibt stehen. »Aber das kann doch nicht sein! Das ist Magie!«

»Haargenau erfasst, Moussa«, lächelt Rudy. »Schon vergessen? Hier funktioniert die Magie noch.«

»Nicht nur hier«, entgegnet Abou. »Sie funktioniert überall. Man muss nur die Augen offenhalten!«

Das Kainsmal

Die Nummer 1 in der Nanoelektronik, der Quantenrechner **Quantum Physics**, wurde von den begabtesten indischen Forschern auf dem Gebiet der Algorithmen und der Digitalrechnung entwickelt. Dieser Computer ist die eindeutige und in jede Richtung aufrüstbare Antwort auf Ihre Bedürfnisse. Mehr brauchen wir nicht zu sagen, die Rechner sprechen für sich selbst.
Unmanipulierbar und gegen jegliches Eindringen von außen geschützt – ein absolutes Muss:
Quantum Physics
Technologie von morgen für Menschen von heute.
China.net und *MAYA*™ für Ihren Internetzugang und Ihre Ausflüge in die Virtual Reality sind im Lieferumfang enthalten

Yann Prigent hat schon immer eine gewisse Ironie darin gesehen, dass die NSA, der wichtigste amerikanische Geheimdienst *worldwide*, seine Angestellten ausgerechnet auf indischen Quantum Physics arbeiten lässt. Natürlich gelten sie als die besten und sichersten Rechner auf dem Markt; natürlich ist Ganesh Subatomics, der Hersteller des Quantum Physics, unter Strafe dazu verpflichtet worden, sämtliche Quellcodes an die NSA weiterzugeben; natürlich wird die Decodierung der Milliarden von täglich gesammelten Daten noch immer Cray-Rechnern anvertraut, den zu hundert Prozent aus amerikanischer Hand stammenden künstlichen Intelligenzen … Trotzdem ist es nicht *patriotisch*, mit indischem Material zu arbeiten, während man den Angestellten den lieben langen Tag über damit auf die Nerven geht, was für ein Glück sie haben, für die Vereinigten Staaten tätig sein zu dürfen, und wie herrlich das Vaterland ist, dem sie eine durch nichts zu erschütternde Loyalität schulden. Nun ja, Erfolg und Sicherheit verpflichten, nicht wahr? Umso mehr, seit IBM von den Chinesen und Bull von den Koreanern übernommen worden ist.

Davon abgesehen ist die NSA längst nicht mehr das, was sie einmal war. Zu Beginn des Jahrhunderts beschäftigte sie allein in Fort Meade, in diesem riesigen Quader aus schwarzem Glas, rund zwanzigtausend Angestellte und ungefähr hunderttausend in den anderen Zentralen und im Einsatz. Dafür gab sie etwa vier Milliarden Dollar pro Jahr aus. Heute sind sowohl das Personal als auch die Ausgaben um etwa drei Viertel geschrumpft. Es ist lange her, dass die NSA problemlos 21 Millionen Dollar im Jahr für Strom hinlegen konnte und sich rühmte, in der Lage zu sein, jeden Besitzer eines Telefons oder eines Computers ausspionieren zu können – und zwar weltweit. Heute sieht sich der Dienst gezwungen, Privataufträge anzunehmen, wie jenen von Anthony Fuller, dem Chef der Resourcing (dazu muss allerdings gesagt werden, dass die NSA bereits Ende des 20. Jahrhunderts für Boeing tätig geworden ist, indem sie die Airbus-Aufträge zum Scheitern brachte …), oder den Zerfall der CIA aufzuhalten, indem sie Agenten mit ordnungsgemäß in Rechnung gestellten Sondermissionen beauftragt, um wenigstens einigermaßen über die Runden zu kommen. Nachrichtendienstliche Tätigkeit macht sich noch immer bezahlt und ist auch nach wie vor die Hauptbeschäftigung der NSA, allerdings braucht sie dafür Geldgeber. Nun ist es aber so, dass die Regierung der Vereinigten Staaten kurz vor der Pleite steht. Höchste Zeit für das Stufensystem! Inzwischen verkauft die NSA sogar Material nach China, natürlich ohne Wissen der Regierung und ohne Wissen der Angestellten, denen es obliegt, besagtes Material zusammenzutragen. Yann aber weiß Bescheid. Während seiner Pausen schnüffelt er in den Computern seiner Arbeitskollegen herum, durchforstet das Intranet des Dienstes und macht sich einen Spaß daraus, Backdoors zu überwinden und die geheimen Codes des Hauses zu dechiffrieren – die dazu benötigten Tools finden sich samt und sonders in seinem Quantum Physics. *Never Say Anything* – so umschreibt man spaßeshalber das Kürzel NSA. Hier wird man zu Neugier, Risikobereitschaft und Eigeninitiative ermutigt; waren die besten Spione nicht früher einmal Hacker?

Pausenzeiten hat Yann im Augenblick mehr als genug. Nachdem er mit dem Sammeln von Daten für den Auftrag Fuller gegen Burkina Faso – Codename: Aqua™ – beauftragt wurde, hat er viele Wochen damit verbracht, im Computer der Präsidentin herumzuschnüffeln, die Netze von Burkina Faso auszubaldowern, die Webseite der Regierung und die E-Mails der Minister unter die Lupe zu nehmen und stundenlang Telefone abzuhören. Seine Ergebnisse hat er den vier Agenten zukommen lassen, die ins Land geschickt werden sollten. Seit sie aber mit eigenem Material vor Ort sind, hat Yann sozusagen nichts mehr zu tun – es sei denn, für seine privaten Zwecke herauszufinden, was sie vorhaben.

Auf diese Weise kam Yann dahinter, dass ein Staatsstreich vorbereitet wurde.

Ganz schön heftig! Und alles nur, um in den Besitz eines Grundwassersees zu gelangen. Na, dieses Wasser soll den verdammten Fuller teuer zu stehen kommen! Als Yann aber die E-Mails und Anrufe der Präsidentin noch einmal genauer untersucht, wird ihm plötzlich klar, dass das Bohrmaterial, das man in Burkina erwartet, von seiner eigenen Schwester dort hingebracht wird. Yann kennt keinerlei politisches Gewissen. Ihm ist es gleich, ob ein Großkonzern *ww* sich mit unlauteren Mitteln des Lebenselixiers eines ganzen Volkes bemächtigt und er selbst einen guten Teil dazu beiträgt; ihm macht es einfach nur Spaß, Quellcodes zu entziffern, sich durch Backdoors einzuschleichen, in verbotenen oder reservierten Netzwerken herumzuschnüffeln und das Kainsmal der virtuellen Welten zu sein, zu denen ein Normalsterblicher nicht nur keinen Zutritt hat, sondern von denen er in aller Regel noch nicht einmal weiß. Ein Putsch allerdings – das übersteigt nun wirklich auch die Risikobereitschaft eines Hackers. Denn ein Putsch bedeutet Gewalt, Schießerei, Exekutionen, Gefangene, Verwundete und Tote. Und Laurie sitzt mittendrin in dieser Intrige.

Aus diesem Grund ist er das Risiko eingegangen, eine Nachricht an die Präsidentin zu schicken. Normalerweise sollte er als Einziger Zugang zu ihrem Rechner haben, denn nur er allein war in Fort Meade mit der Operation Aqua™ befasst. Außerdem hat er seine Nachricht doppelt verschlüsselt – zu diesem Zweck hat er eigens die Fingerabdrücke der Präsidentin in den Arbeitsspeicher des Flughafens von Mopti geladen – und sie über 72 Router laufen lassen; damit hat sie den Globus insgesamt achtmal umkreist. Es ist also fast unmöglich, die Quelle der Nachricht zu finden, es sei denn, man setzt jemanden daran, der sich mit nichts anderem beschäftigt. Außerdem hat sich die Nachricht nach dem Lesen sofort selbst vernichtet. Es gibt also nicht die geringste Spur, nicht einmal Reste; darauf hat Yann sorgfältig geachtet.

Trotzdem fühlt er sich ein wenig unsicher. Könnte es möglich sein, dass man ihn auf die eine oder andere Weise doch entdeckt hat? Er ist zwar sehr durchtrieben, aber die NSA ist es noch mehr. Jedenfalls hat Yann seither nicht mehr gewagt, in den Computer der Präsidentin, das Mobiltelefon von Nummer 3 oder das Telefon der Botschaft zurückzukehren. Vielleicht sollte er es trotzdem tun. Wenn man ihn jetzt entdecken würde, was könnte ihm schon groß passieren? Immerhin war Aqua™ sein Job, und es ist völlig normal, wenn man sich für den Ausgang einer solchen Arbeit interessiert.

Also gut. Womit fange ich am besten an? Nehmen wir doch einfach das Mobiltelefon von Nummer 3. Yann gibt den Zugangscode zum internen Netz ein und will gerade sein Login eintippen, als das Telefon klingelt.

»Yann, der Chef will dich sprechen«, sagt eine weibliche Stimme.

»Mich?« Sein Herz setzt einen Schlag aus.

»Du bist doch Yann Prigent, oder?«

»Okay, bin schon unterwegs«, erklärt er so cool wie möglich, schafft es jedoch nicht, das Zittern in seiner Stimme zu unterdrücken.

Er schließt alles ab und macht sich auf den langen Weg zum Büro von Big Boss Cromwell. Cromwell ist eine Art patriarchalischer Bulle, den Yann erst ein paar Mal gesehen hat und der seine Angestellten unterschiedslos mit »meine Jungs« oder »meine Mädels« zu titulieren pflegt. Flure und Aufzüge, dann noch einmal Flure und noch einmal Aufzüge – einzig Türen, Scans und Leibesvisitationen machen den Weg ein wenig abwechslungsreicher. Endlich erreicht Yann das »Adlernest«, das große Büro in der obersten Etage des schwarzen Glaswürfels, von dem aus Cromwell den riesigen Parkplatz und das angrenzende Umland beobachten kann.

»Ah, Yann Prigent!« Der Chef schüttelt ihm kraftvoll die Hand. »Sie sind der Mann der Stunde, mein Junge. Setzen Sie sich.«

Er schiebt ihm einen mit Büffelleder bezogenen Sessel hin, macht sich aber nicht die Mühe, ihm die beiden Männer in schwarzen Anzügen und ebensolchen Sonnenbrillen vorzustellen, die schweigend in einer Ecke sitzen.

Wahrscheinlich Hauspolizei, vermutet Yann, der so etwas auf hundert Meter gegen den Wind riecht. *Scheiße, ich bin aufgeflogen* ... Er hofft, nicht allzu blass geworden zu sein.

»Womit kann ich dienen, Mr. Cromwell?«

»Ganz einfach. Mir ist zu Ohren gekommen, dass Sie in letzter Zeit nicht besonders intensiv beschäftigt waren. Stimmt das?«

»Hm ...«

»Sie hatten die Aufgabe, einen Auftrag namens ...« – er wirft einen Blick auf den Bildschirm – »namens Aqua™ vorzubereiten, der dank Ihrer Informationen ganz hervorragend läuft. Aber die

Jungs vor Ort haben mir signalisiert, dass sie jetzt eigentlich keine Verwendung mehr für Sie haben, und da ist mir ein anderer Job für Sie eingefallen. Besitzen Sie ein Auto?«

»Äh … ja … draußen auf dem Parkplatz. Warum?«

Yann beginnt sich zu entspannen. Er scheint nicht aufgeflogen zu sein!

»Gut. Sie werden es brauchen.«

»Meinen Sie, ich soll Fort Meade verlassen?«

Seit Yann bei der NSA arbeitet, ist er nur ein einziges Mal nach draußen gekommen, und zwar nach Baltimore, wo er ein paar lebensnotwendige Dinge einkaufen musste, nachdem man ihn ohne jegliche persönliche Habe aus Europa mitgenommen hatte. Doch auch bei dieser Gelegenheit wurde er von einem sogenannten Kollegen begleitet, der in Wirklichkeit Polizist war. Ansonsten befindet sich alles innerhalb des Forts: Supermarkt, Schwimmbad, Tenniscourts, Kinos, eine Kapelle, Klubs, Bars und sogar ein Bordell. Die Angestellten der NSA sind nicht etwa Gefangene; sie dürfen das Gelände jederzeit verlassen, doch man sieht es nicht besonders gern. Hingegen genießt jeder volle Unterstützung, der sich innerhalb der Belegschaft nach einem Partner umsieht.

»Richtig, mein Junge. Sie fahren nach Washington. Wir haben dort ein Büro, das allerdings nur aus einem Briefkasten besteht. Und dort ist ein Päckchen angekommen, das abgeholt werden muss. Natürlich könnte ich einen von unseren Boten schicken, allerdings …« Cromwell zögert kurz. »Also gut, es handelt sich um ultrasensibles Material, das auf keinen Fall verloren gehen oder in falsche Hände geraten darf. Nachdem Sie Ihre Aufgaben immer zur allgemeinen Zufriedenheit erledigt haben, wissen wir, dass wir Ihnen voll und ganz vertrauen können.« Er lächelt. »Nicht wahr, Yann? Wir können Ihnen doch vertrauen, oder?«

»Äh … selbstverständlich, Sir.«

»Sie fahren also nach Washington, holen dieses Päckchen und bringen es zurück. Es ist überhaupt nicht kompliziert. Alles klar?«

»Schon, aber …«

»Die Spritkosten? Die werden Ihnen natürlich erstattet! Und

keine Panik – die Autobahn zwischen Baltimore und Washington ist gesichert. Sie riskieren keinerlei unangenehme Begegnung.« Cromwell reicht Yann eine Karte. »Hier ist die Adresse. Washington ist fünfzehn Kilometer entfernt; Sie brauchen wahrscheinlich kaum mehr als eine halbe Stunde. Die Jungs in Washington sind informiert und warten auf Sie.« Cromwell steht auf, dreht eine Runde durch sein Büro und schüttelt Yann erneut die Hand. »Na, dann gute Reise, mein Junge. Und wenn Sie zurück sind, unterhalten wir uns über Ihre weitere Verwendung.«

»Vielen Dank, Mr. Cromwell.«

Yann verlässt das Büro. Dabei nickt er den beiden Herren in Schwarz, die sich nicht gerührt haben, kurz zu.

»Und wie erfahre ich es?«, erkundigt sich Cromwell. »Muss ich aus dem Fenster auf den Parkplatz schauen?«

»Nein, nicht der Parkplatz«, erklärt einer der beiden.

»Es macht zu viel Dreck«, fügt der andere hinzu. »Aber wir haben uns bereits gedacht, dass Sie die Operation zeitgleich verfolgen möchten. Daher haben wir uns erlaubt, eine Mikrokamera zu installieren.« Er zieht ein kleines schwarzes Kästchen aus der Tasche. »Hier ist der Empfänger. Sie können ihn an Ihren Rechner anschließen.«

Cromwell dockt den Kasten an seinen Quantum Physics an. Der Bildschirm zeigt das Innere von Yanns Auto, einem kleinen, elektrisch betriebenen Honda Solar, mit dem man durchaus bis Washington oder Baltimore kommen kann.

Einige Minuten später taucht Yann auf, öffnet die Tür und setzt sich ans Steuer. Man sieht ihn von vorn. Die Kamera ist auf den Rückspiegel montiert. Yann wirkt entspannt, aber auch neugierig. Er tippt die Adresse in sein Navigationssystem ein und startet. Dann schaltet er das Radio an. Leise Musik erklingt.

»Ja und?«, wundert sich Cromwell. »Wann passiert denn etwas?«

»Jetzt noch nicht. Ich habe doch gesagt – nicht auf dem Parkplatz.«

Yann verlässt den Parkplatz und ordnet sich auf der Spur »Nur für Angestellte der NSA« ein, die zum Washington-Baltimore-Parkway führt, einer Autobahn, die rechts und links mit Gittern und Elektrozäunen verbarrikadiert ist. Nachdem Yann sich auf der Autobahn eingefädelt hat, gibt er Gas.

»Jetzt ist es gleich so weit, Sir.«

Ein blendender Blitz zuckt über den Bildschirm, der anschließend nur noch elektronisches Schneetreiben zeigt.

»Das war alles. Sie können abschalten. Es ist vorbei.«

»Die Bombe war so eingestellt, dass sie bei einer Geschwindigkeit von hundert Stundenkilometern hochging. Wir waren der Meinung, dass es auf der Autobahn außerhalb des NSA-Geländes sauberer wäre.«

»Außerdem geht es wahrscheinlich als Unfall durch.«

»Ausgezeichnet, Jungs. Hervorragende Arbeit.«

»Stets zu Diensten, Sir.«

KAPITEL NEUN

Radikallösungen

Nach dem Erfolg eures letzten Albums End of Times, *das dreißigmillionenmal downgeloadet wurde, kann man sicher sagen, dass der Nihilismus noch eine große Karriere vor sich hat, oder?*

Destroid (Gesang): Bestimmt. *(Lacht.)* Zerstörung und Massaker bringen heutzutage gutes Geld.

Killing Machine (Musik): Wir gehen einfach nur mit der Zeit.

Kill Them All wird allgemein als Erfinder der Harsh-Musik angesehen, und zwar aufgrund des gleichnamigen Albums, das vor drei Jahren herauskam. Seither ist der Harsh, der die gewaltsame Revolte verherrlicht, zu einer Musikrichtung geworden, die vor allem in den angesagten Klubs gern aufgelegt wird. Wie geht ihr damit um?

KM: Wie gesagt, wir bewegen uns voll im Zeitgeist. Wir bieten den Sound zu der Apokalypse, die jeder von uns Tag für Tag erlebt. Und die Apokalypse spart natürlich auch die angesagten Klubs nicht aus, zum Beispiel, wenn der Strom unterbrochen wird. *(Lacht laut.)*

Gewisse konservative Kreise, und ganz besonders die Sekte »Göttliche Legion«, haben euch den Kampf angesagt und wollen euch wegen gewaltverherrlichender Texte und Aufruf zum Mord vor Gericht bringen. Was meint ihr dazu?

D: Ich kann diesen Spinnern nur verklickern, dass sie so oder so sterben werden. Wenn ihre Kinder sie nicht abknallen, dann krepieren sie eben nach und nach, geröstet von zu viel Sonne. Aber das geht uns schließlich allen so.

In diesem Jahr hat man euch eingeladen, bei der Jahrestagung des Ökonogischen Forums in Nassau aufzutreten. Kommt euch das nicht merkwürdig vor? Immerhin kommt ihr aus dem Outer-Milieu.

D: Da kriegen wir endlich unsere Rache. *(Lacht.)* Wir werden die Spießer bis zum Anschlag zudröhnen!

KM: Sie haben uns nur mit Blick auf die Verkaufszahlen unseres Labels HellTrax eingeladen. Die Arschlöcher haben keinen Schimmer, wen sie sich da in ihr Steuerparadies holen.

Eure Shows sind wegen ihrer extremen Gewalt berüchtigt. In Nassau werdet ihr sicher ein wenig vorsichtiger vorgehen müssen.

D: Wer sagt das? Die werden schon sehen, welcher Teufel in uns steckt.

KM: Wir spielen genau wie immer. Und wenn nach der Show alle so richtig kirre sind, saufen wir ihren Schampus aus und bumsen ihre Weiber durch! *(Lacht böse.)*

Das Haus des Herrn

Und ich sah ein anderes Tier aufsteigen aus der Erde; das hatte zwei Hörner gleichwie ein Lamm und redete wie ein Drache. Und es übt alle Macht des ersten Tiers vor ihm; und es macht, dass die Erde und die darauf wohnen, anbeten das erste Tier, dessen tödliche Wunde heil geworden war; und tut große Zeichen, dass es auch macht Feuer vom Himmel fallen vor den Menschen [...]
Und es macht, dass die Kleinen und die Großen, die Reichen und die Armen, die Freien und die Knechte allesamt sich ein Malzeichen geben an ihre rechte Hand oder an ihre Stirn, dass niemand kaufen oder verkaufen kann, er habe denn das Malzeichen, nämlich den Namen des Tiers oder die Zahl seines Namens. Hier ist Weisheit! Wer Verstand hat, der überlege die Zahl des Tiers; denn es ist eines Menschen Zahl, und seine Zahl ist sechshundertsechsundsechzig.

Offenbarung 13, 11–13, 16–18

»Mein Sohn! Mein Herr! Ich bitte dich, tu ein Wunder! Erlöse mich von dem Bösen!«

Derjenige, zu dem Pamela betet, ist nicht etwa Jesus am Kreuz, sondern Tony in seinem Rollstuhl. Sie kniet mit gefalteten Händen vor ihm und liebkost ihn mit flehenden Blicken. Doch er erwidert ihren Blick nicht. Missmutig und mit zusammengepressten Lippen glotzt er verächtlich auf den Fernseher, über den die Bilder von Lord's Channel flimmern, dem Sender der Göttlichen Legion. Zum soundsovielten Mal wird dort eine flammende Rede von Moses Callaghan wiederholt: »... Christus ist wieder zu uns gekommen. Unser Herr Jesus weilt mitten unter uns. Ich kann es bezeugen, denn ich habe ihn mit eigenen Augen gesehen. Er hat zu meinem Geist gesprochen und meine Seele erleuchtet. Aber auch ihr werdet ihn bald sehen. Er wird bei euch sein, er wird Tote erwecken, Leprakranke heilen, das Tier in den Feuersee werfen und auf Erden das Zweite Reich Gottes errichten, das Reich der Gerechten, euer Reich, und ihr werdet an seiner Seite tausend Jahre regieren.« Pamela hört nicht zu. Nicht etwa, weil es ihr an Glauben mangelt, sondern weil sie zutiefst verwirrt ist.

Seit dem Besuch des Reverends hat sich ihre Beziehung zu Anthony rapide verschlechtert. Sie weiß nicht, wie sie die Situation wieder in den Griff bekommen soll. Die von ihrem Mann eingereichte Scheidung wäre die beste Möglichkeit, doch die Göttliche Legion lehnt diese Art von Lösung kategorisch ab. Auf der anderen Seite nötigt sie Pamela, das Haus in ihren Besitz zu bringen, um es den Gläubigen zur Verfügung zu stellen und das von Callaghan vorgeschlagene Heiligtum daraus zu machen, einen Ort, der Gottes Bote auf Erden würdig wäre. Pamela jedoch kann Anthony nicht einfach an die Luft setzen, denn die Villa gehört ihnen zu gleichen Teilen. Aber auch wegziehen kann sie nicht, denn das würde ihr als böswilliges Verlassen ausgelegt werden. Im Übrigen wünscht der Reverend es auch nicht, denn offenkundig ist es das Anwesen, das ihn interessiert.

»Denk doch einmal nach, Schwester Salome«, brüllte er vor einigen Tagen ins Telefon, »würdest du wirklich aus dem Haus des Herrn wegziehen wollen? Willst du es ernsthaft einem ungläubigen Ehebrecher überlassen, einem Gefolgsmann des Teufels? Undenkbar! Das wäre ja so, als überließe man Jerusalem den Juden!«

»Jerusalem ist doch seit Langem eine jüdische Stadt«, widersprach Pamela schüchtern.

»Aber nur, weil der Antichrist auf Erden regiert. Sobald das Reich der Gerechten wiederhergestellt ist, jagen wir die Häretiker in die Wüste, aus der sie nie hätten hervorkriechen dürfen.«

Außer für die Villa in Eudora scheint sich die Göttliche Legion auch für das Vermögen der Fullers und die zahlreichen Tochtergesellschaften der Resourcing zu interessieren. Bei einem seiner zahlreichen Besuche hat Nelson ihr alles erklärt.

»Verstehen Sie doch, Pamela – Sie gestatten doch, dass ich Sie Pamela nenne? Natürlich bleibt das unter uns! Sollten Sie sich scheiden lassen, könnten Sie zwar vielleicht mit viel Mühe das Haus behalten, Sie hätten aber keinen Zugang mehr zu den Konten Ihres Mannes. Und das wäre sehr ärgerlich, nicht wahr?«

»Ich habe schon jetzt nur einen sehr eingeschränkten Zugriff.«

»In der Praxis vielleicht, rechtlich jedoch sind Sie seine Erbin. Sie und Tony Junior – seit dem Tod Ihres ältesten Sohnes, Gott sei seiner Seele gnädig ...«

Im ersten Augenblick begriff Pamela nicht, was er meinte, doch als sie wenig später darüber nachdachte, bekam sie es mit der Angst zu tun. Anscheinend wünschte sich die Göttliche Legion, Anthony solle möglichst bald verschwinden. Oder, um es prosaischer auszudrücken: Er möge sterben!

Mein Gott, dachte sie erschrocken, *darf ein guter Christ sich den Tod seines Nächsten wünschen*? Sie hat ihren Mann öffentlich angeprangert, sie hat ihn verflucht, und sie hat sich gewünscht, dass er endlich geht – aber nicht, dass er stirbt.

Verunsichert vertraute sie sich Nelson an.

»Anthonys Tod?«, lächelte er. »Heiliger Jesus, wir wünschen niemandem den Tod. Natürlich haben die Christen früher Ungläubige getötet, weil sie davon ausgingen, dass diese keine Seele besitzen. Aber das haben wir heute längst überwunden. Ideal wäre es natürlich, wenn er selbst der göttlichen Gnade teilhaftig würde und sich zu uns bekehrte. Glauben Sie, dass Sie das schaffen könnten?«

»Ihn zu bekehren? Das bezweifle ich.«

»Nicht doch, Schwester Salome, zweifeln Sie nicht. Der Glaube ist Ihre Stütze, und Gott ist an Ihrer Seite, in Ihrem eigenen Wohnzimmer.« Angesichts von Pamelas unentschlossenem Ausdruck hielt er es für richtig, noch hinzuzufügen: »Gottes Wege sind unerforschlich. Sollte der Herr selbst sich entschließen, den Schänder zu bestrafen, dürfen wir uns dem nicht widersetzen und seinen Entschluss nicht infrage stellen.«

Was wollte Bruder Ezechiel ihr damit zu verstehen geben? Plötzlich fielen Pamela die schrecklichen Anschuldigungen ein, mit denen die Ungläubigen die Göttliche Legion überhäuften – es ging um Morde, Anschläge, Pogrome und Holocaust, um die Explosion eines Deichs in Europa, das Massaker an einer jüdischen Gemeinde in Russland und den Anthrax-Anschlag auf die Straßen von New Orleans … Nein, nein, nein! Das war einfach nicht möglich. Trotzdem bedurfte es vieler Stunden vor dem Lord's Channel und der wiederholten kompletten Lektüre von *Gott spricht zu mir* und *Die Errettung Amerikas durch Jesus*, um ihren reinen Glauben wiederzufinden. Als Nelson ihre Probleme bemerkte, nahm er sie mit zu einem Jahrestag der Legion, wo die Zeugnisse von Menschen, denen ein Wunder widerfahren war, eine flammende Predigt des Reverends und eine substanzielle Spende in bar ihr Vertrauen endgültig wiederherstellten.

Ein oder zwei Mal hat Pamela tatsächlich versucht, Anthony zu bekehren und ihn für sich einzunehmen, indem sie – möge Gott ihr verzeihen – sogar ihren Charme einsetzte. Doch alles war verlorene Liebesmüh. Kaum sprach sie die Worte »Göttliche Legion« aus oder zeigte ihm eine der Broschüren, wollte Anthony nichts mehr davon hören, warf ihr das Faltblatt ins Gesicht oder bezeichnete sie als »arme Irre«, wobei das noch eine der freundlicheren Bezeichnungen war. Erst in ihren Gebeten fand sie wieder Trost, er dagegen in seinen Medikamenten. Sollte er also tatsächlich … verschwinden?

»Mein Gott, Tony, bitte hilf mir doch! Wenn Gott wirklich durch dich spricht, wieso zeigt er mir dann keinen Weg? Warum lässt er mich im Finstern und in der Unsicherheit? Vater im Himmel, ist dies eine Prüfung, der du mich unterziehst? Willst du mich strafen? Willst du meinen Glauben auf die Probe stellen wie den von Hiob?«

»Hi, hi, hi«, kichert Tony Junior und beginnt zu sabbern.

Mechanisch greift Pamela nach einem Kleenex und wischt ihm den Mund ab, wie sie es immer getan hat. So, wie sie ihn auch wäscht, seine Windeln wechselt, ihn anzieht und füttert – alles Aufgaben, die sie selbst übernommen hat, seit keine Pflegerin mehr im Haus ist. (Eine neue Pflegerin würde sie heute nur noch unter der Bedingung einstellen, dass sie Mitglied der Göttlichen Legion ist.) Nicht zu vergessen die Medikamente, die sie Tony ebenfalls verabreicht.

Wie vom Blitz gerührt, richtet Pamela sich auf. Nein, sie gibt ihm keine Medikamente mehr. Sie hat es vergessen – seit wie lange schon? Wie konnte sie so etwas Wichtiges nur vergessen, dieses Ritual, das sich dreimal täglich wiederholte, seit Tony auf der Welt war, oder zumindest fast so lange? Trotzdem macht er nicht den Eindruck, als ob es ihm schlechter ginge. Im Gegenteil! Eher sieht es so aus, als ob die Medikamentenpause ihm bekomme, denn sein Gesicht ist weniger grau, die Haut glatter, seine Augen glänzen und sind hellwach, und seine Bewegungen kommen ihr längst nicht mehr so linkisch vor. *Mein Gott!* Pamela schlägt sich gegen die Stirn und muss über ihre eigene Dummheit lachen. Dass sie daran nicht früher gedacht hat! Gott ist es, der ihn versorgt! Würde der Messias in einem schwachen, unförmigen Körper wohnen, der, von Progeria zerfressen, früher oder später sterben müsste, ohne ihn am Leben zu erhalten – ihn vielleicht sogar irgendwann zu heilen und damit das Wunder zu bewirken, das die Medizin nicht vollbringen konnte? Aber sollte sie nicht trotzdem lieber versuchen, dieses Wunder mit den verschriebenen Medikamenten zu unterstützen?

Plötzlich kommt ihr ein Bild in den Sinn, oder ist es eine Erinnerung? Alle Medikamente von Junior liegen im Mülleimer. Ist das wahr? Hätte sie so etwas tun können? Neugierig läuft Pamela ins Bad und öffnet den für Tony reservierten Medizinschrank.

Er ist leer.

Pamela wird von einem Schwindel gepackt, der sie zwingt, sich an einem der Marmorwaschtische festzuhalten, um nicht hinzufallen. Wer, wann und wie? Sie muss es selbst getan haben, denn Anthony kümmert sich nie um seinen Sohn. Im Gegenteil, er meidet ihn wie die Pest. Also muss sie selbst eines Tages alles weggeworfen haben und kann sich nicht einmal mehr daran erinnern! Unglaublich! Ob es Tony war, der sie dazu gebracht hat – so, wie er dafür gesorgt hatte, dass der Leibwächter des Reverends seine Waffe fallen ließ? Hat er einen derart großen Einfluss auf sie, dass er ihre gesamte Erinnerung auslöschen kann? In diesem Fall … was sonst könnte sie getan haben, woran sie sich nicht mehr erinnert?

Während sie gerade versucht, sich einigermaßen von der erschreckenden Erkenntnis zu erholen, erscheint Anthony an der Tür.

»Du? Was machst du denn hier? So früh habe ich nicht mit dir gerechnet.«

»Ärger im Büro. Ich musste zurückkommen, um …«

Ohne den Satz zu beenden, geht Anthony auf seinen eigenen Medikamentenschrank zu, in dem er seine eisernen Reserven an Psychopharmaka aufbewahrt. Auf halbem Weg hält er inne, weil er die Verwirrung seiner Frau bemerkt.

»Was ist los, Pamela?«

Er folgt ihrem unsteten Blick. Sie hat vergessen, Tonys Medikamentenschrank zu schließen. Nun reißt auch Anthony die Augen auf.

»Mein Gott, Pamela! Wo sind Juniors Medikamente?«

»Ich fürchte … ich habe sie … weggeworfen«, gesteht sie errötend.

»Weggeworfen? Hast du gerade *weggeworfen* gesagt?«

Sie nickt und versucht sich zu verteidigen: »Tony ist im Besitz der göttlichen Gnade. Gott ist in ihm und kümmert sich um seinen Körper. Er braucht keine Medizin mehr …«

Fuller schnappt nach Luft. Er vergräbt den Kopf in den Händen, um nicht zu explodieren.

»Pamela, du bist ja völlig von der Rolle! Willst du Tony umbringen? Ist es das? Du weißt ganz genau, dass er ohne seine Pillen krepiert! Die Ärzte geben ihm keine Woche mehr! Scheiße, du bist wirklich vollkommen durchgeknallt!« Er zerrt mit krummen Fingern an seinen Wangen, als wolle er sich die Haut vom Gesicht reißen.

»Ich habe die Faxen jetzt endgültig satt. Heute noch rufe ich Doktor Kevorkian an und lasse Tony in ein auf solche Fälle spezialisiertes Pflegeheim einweisen. Das hätte ich besser schon vor langer Zeit getan!«

»Anthony, das tust du auf gar keinen Fall!«

»Ach nein? Und wer soll mich daran hindern? Du etwa? Geh zum Teufel!«

Fieberhaft wühlt Anthony in dem Medikamentenschrank, aus dem einige Schachteln und Pillenverpackungen herausfallen, greift nach einem Fläschchen Dexomyl, öffnet es mit zitternden Fingern, lässt drei Kapseln in seine Hand gleiten und verschluckt sie an Ort und Stelle. Dann löst er sein Telefon vom Gürtel.

»Hallo? Hier ist Anthony Fuller. Könnte ich bitte mit Dok...«

Mit weit geöffnetem Mund und hervorquellenden Augen bricht er plötzlich ab. Er ringt nach Luft, greift nach seinem Herzen ... Das Telefon gleitet ihm aus der Hand. Er sackt auf den Fliesen in sich zusammen und rempelt Pamela im Fallen an.

»Mein Gott«, schreit sie, die Hände entsetzt auf ihr Gesicht gepresst. »Tu ihm das nicht an, Tony! Nicht vor meinen Augen!«

Das Leben geht weiter

... Am heutigen Tag ereignete sich eine entsetzliche Katastrophe. Ein mehrere Dutzend Millionen Tonnen schwerer Eisblock von der Größe der Südspitze Manhattans hat sich vom Vatnajökull-Gletscher in Island gelöst und ist ins Meer gestürzt. Der Absturz hat eine Flutwelle hervorgerufen, die bereits die Färöer- und die Shetlandinseln verwüstet hat und in etwa einer Stunde die Küstengebiete Norwegens und Großbritanniens erreichen wird. Auch die Niederlande, die sich nur mit Mühe von den Auswirkungen der Deichexplosion im Oktober erholen, müssen mit schwersten Schäden rechnen. Experten gehen davon aus, dass die letzten verbleibenden Öl- und Erdgasplattformen an den Fundorten Fischer und Viking den schätzungsweise dreißig Meter hohen Wellen nicht standhalten dürften. Doch es gibt auch eine gute Nachricht: Letzten Schätzungen zufolge wird die Küste der Vereinigten Staaten gar nicht oder nur schwach betroffen. Dennoch wurden die Küstenbewohner aufgerufen, sich für Maßnahmen bereitzuhalten. Für alle weiteren Informationen bleiben Sie dran. CNN – Nachrichten in Echtzeit.

Fuller liegt in seinem Krankenhausbett auf der kardiologischen Abteilung des Memorial Hospital von Lawrence, Kansas, und verfolgt mit trübem Blick die Nachrichten auf CNN, dem einzigen amerikanischen Sender, der – via Maya – noch internationale Nachrichten ausstrahlt. Er sieht den riesenhaften Eisberg, der im grauen Wasser des Nordatlantiks treibt, er sieht, wie die enormen, durch sein Abbrechen ausgelösten Flutwellen über die Britischen Inseln hereinbrechen, Zerstörung und Verwüstung zurücklassen, Häfen und ganze Dörfer einfach wegfegen, um sich schließlich landeinwärts an Bergen zu brechen – mit sprühenden Fontänen, die so hoch sind wie Wolkenkratzer. Er sieht Schotten und Norweger in panischer Angst vor dem angekündigten Tsunami flüchten, in einem wilden Durcheinander und völlig umsonst, denn die Wellen werden sie ohnehin verschlingen. Er sieht eine Gasplattform unter einer gigantischen Brandungswelle kippen und Feuer fangen; Flammen schlagen wie eine hohe Fackel aus dem aufgewühlten Meer. Er sieht es … und seufzt. Nicht, dass er sich etwa über die neuerlich über Europa hereinbrechende Katastrophe freuen würde, doch er hat auch kein Mitgefühl mit den Hunderttausenden von Opfern, die sie fordern wird. Er seufzt, weil er beim Zappen hat feststellen müssen, dass schon jetzt sechs *ww*-Konzerne, die sich mit der Erschließung von Wasservorkommen beschäftigen – unter anderem auch American Springwater –, um den Eisberg kreisen wie die Fliegen um den Käse und nur darauf warten, dass er die Territorialgewässer von Island verlässt, damit sie als Erste den Fuß darauf setzen und ihn so in Besitz nehmen können. Ein herrliches Geplänkel steht in Aussicht, von dem die Kansas Water Union, das letzte von Resourcing erworbene Unternehmen, leider ausgeschlossen ist. Wäre Fuller jünger, kämpferischer und gesünder, würde er sich ebenfalls für dieses von der Vorsehung geschenkte Manna in den Ring begeben. Er würde telefonieren, bis die Drähte glühen, und sein Netzwerk gnadenlos überlasten, um so schnell wie möglich seine rücksichtslosesten Agenten vor Ort zu bringen. Aber so ist es nun einmal: Erstens hält man ihn in diesem Scheißkrankenhaus fest – warum, zum Teufel, liegt er eigentlich nicht in Kevorkians Privatklinik? –, und zweitens ist er immer noch dabei, sich um sein eigenes Manna zu kümmern, diese verdammte unterirdische Wasserblase in Afrika, die ihm weniger leicht zufällt, als er gedacht hat …

Dieses Wasser war auch der Grund, weshalb er es so eilig hatte, nach Hause zu kommen – gestern? Vorgestern? Er kann sich nicht mehr erinnern. Er musste unbedingt eine Calmoxan nehmen – oder doch eine Dexomyl? Er weiß es nicht mehr –, nachdem Cromwell ihm mitgeteilt hatte, dass einer seiner Agenten während des Einsatzes offenbar durch ein Kommando ums Leben gekommen war, und zwar, als die Gruppe den Sohn der Präsidentin entführt hatte.

»Keine Sorge«, fügte der NSA-Chef scherzhaft hinzu, »die Mission wird dadurch in keiner Weise infrage gestellt. Es war ein Arbeitsunfall, Berufsrisiko sozusagen. Phase zwei ist schon in vollem Gang …«

»Was bitte schön bedeutet Phase zwei?«, erkundigte sich Anthony, den die Erwähnung eines »Arbeitsunfalls« ziemlich stutzig machte; würde die NSA die Sache ebenfalls so gnadenlos in den Sand setzen wie die CIA? Lag es etwa an diesem Scheißland?

»Hören Sie, Fuller, darüber werde ich mich wohl kaum am Telefon ausbreiten! Allerdings darf ich Ihnen mitteilen, dass Sie in Nassau die Präsidentin von Burkina Faso kennenlernen werden. Ich nehme doch an, dass Sie sich darüber freuen, oder?«

»Und wie!«, knurrte Anthony. »Was soll ich ihr denn sagen? Was ist das überhaupt für ein dämlicher Plan?«

»Ein wichtiger Bestandteil von Phase zwei. Erzählen Sie ihr, was Sie wollen. Versprechen Sie ihr das Paradies auf Erden oder drohen Sie ihr mit dem Höllenfeuer, ganz egal. Aber seien Sie vorsichtig. Es wäre gut, wenn Sie der Dame ihre Zweifel nehmen könnten, wenn sie Ihnen nicht mehr misstrauen und Sie für ungefährlich halten würde. Es ist wie beim Schach, wissen Sie: Man opfert einen Bauern, um hinten in aller Ruhe die wichtigen Figuren in Stellung zu bringen.«

»Soll ich etwa das Bauernopfer sein?« Allmählich wurde Fuller nervös. »Ich mag es nicht, wie Sie mich in Ihre Mauscheleien hineinziehen, Cromwell. Schließlich habe ich Sie engagiert, um nichts damit zu tun zu haben. Ich zahle Ihnen weiß Gott genug, dass ich mich ruhig zurücklehnen dürfte, und jetzt kommen Sie mir mit Ihrer Scheißpräsidentin!«

Cromwells Stiergesicht im Visiofon wurde dunkelrot.

»Weil Sie gerade von Bezahlung sprechen, Fuller – ich mache Sie vorsorglich darauf aufmerksam, dass durch den Tod meines Mitarbeiters zusätzliche Kosten auf Sie zukommen.«

»*Was*? Himmel noch mal, Cromwell, Sie sind doch wohl versichert, oder? So etwas ist immerhin ein Berufsrisiko, wie Sie vorhin selbst so schön gesagt haben.«

»Das ist auch so. Allerdings gehen die Kosten für die Überführung des Leichnams zu Ihren Lasten. Schauen Sie im Vertrag nach, mein Bester: Paragraf zwölf, Abschnitt D, das Kleingedruckte unten auf der Seite.«

Fuller begann zu kochen. Er beleidigte Cromwell, bezeichnete ihn als Gauner und unfähigen Menschen und fing noch einmal von dem leidigen Vorfall mit den Mikrokameras an, die anlässlich des Besuchs von Moses Callaghan in seinem Haus installiert worden waren – für nichts und wieder nichts, denn alle DVDs waren leer. Daraufhin hatte Cromwell die dumme Idee, Fuller an die noch unbezahlte Rechnung für den Auftrag zu erinnern, und behauptete, es habe nicht an seinem Material gelegen, sondern die Göttliche Legion hätte wahrscheinlich irgendwelche elektronischen Störfrequenzen geschaltet, die dazu führten, dass die Hardware unbrauchbar wurde. Das brachte das Fass zum Überlaufen. Fuller riss das Visiofon vom Schreibtisch und schmetterte es gegen die Wand. Bleich, mit Schaum vor dem Mund, zittrigen Fingern und rasendem Herzen suchte er sämtliche Taschen und Schubladen nach seinen

Pillen ab, ehe ihm einfiel, dass er ja dem Rat seines Therapeuten folgte und sie nicht mehr mit ins Büro nahm. Aber das jetzt war einfach zu viel gewesen. Er musste sich unbedingt beruhigen, denn sonst …

Sonst wäre der Herzinfarkt vorprogrammiert. Den bekam er dann zu Hause in seinem Bad. Nach einem blind vor Zorn zurückgelegten Heimweg traf er ausgerechnet auf Pamela. Ihr Geständnis, dass sie Juniors Medikamente weggeworfen hätte, gab ihm den Rest. Als er wieder zu sich kam, lag er intubiert und inmitten von piepsenden und blinkenden Geräten auf der kardiologischen Abteilung des Krankenhauses von Lawrence. Man sagte ihm, dass er von der Feuerwehr eingeliefert worden sei. Feuerwehr! Scheiße! Pamela hätte bloß das Telefon nehmen und mit Doktor Kevorkian sprechen müssen, der ohnehin gerade in der Leitung hing. Kevorkian hätte ihn sofort in seiner Privatklinik aufgenommen und so behandelt, wie es Fuller als seinem besten Kunden zukam. Aber nein, dieses verrückte Schaf musste ja, dämlich, wie sie war, die Feuerwehr rufen!

Dämlich? Oder vielleicht doch nicht?, überlegt Fuller. Er starrt die Decke an und lässt den Fernseher in seiner Ecke brabbeln. *Immerhin versucht sie mit allen Mitteln, mich aus dem Haus fernzuhalten*. Aufgrund der fehlenden Aufzeichnungen – verfluchter Cromwell! – hat Anthony keine Ahnung, was sich während des Besuchs des Obergurus der Göttlichen Legion abgespielt hat; seither weiß er nicht mehr, woran er bei Pamela ist. Sie scheint irgendetwas mit Junior im Schilde zu führen – bestimmt nichts Vernünftiges. Und ausgerechnet sie, die nach dem Zwischenfall mit Consuela unbedingt die Scheidung wollte, lehnt eine solche jetzt ab, und zwar mit der blödsinnigen Ausrede, dass die Göttliche Legion so etwas verbietet! Einmal hat er sie dabei überrascht, wie sie in seinem Arbeitszimmer in seinen Papieren wühlte. Weil sie unfähig ist zu lügen, hat sie ihm gleich ins Gesicht gesagt, dass sie sich dafür interessiere, wie viel die verschiedenen Tochterunternehmen von Resourcing in etwa einbrachten.

»Was geht dich das an?«, brüllte Anthony sie an. »Hast du nicht genug Knete?«

»Darf sich eine Ehefrau etwa nicht für die Geschäfte ihres Mannes interessieren? Das ist doch wohl völlig normal.«

O nein, normal ist das nicht! Pamela hat sich noch nie auch nur ein Jota für Anthonys Geschäfte interessiert, ebenso wenig wie für Geld: Solange es im Haus an nichts fehlt und sie sich die Dinge leisten kann, die sie sich wünscht, ist alles in Ordnung. Im Übrigen hat sie höchstens eine sehr vage Vorstellung vom Wert des Geldes. Seit sie und Anthony getrennte Konten haben, ist sie ständig im Minus, obwohl er ihr die Dividenden seiner Börsentransaktionen überweist – eine Summe, mit der man ohne Probleme eine Großfamilie ernähren könnte.

Kurz und gut, er vermutet, dass sich die Göttliche Legion mithilfe von Pamela ein Bild von seinem Vermögen und seinen Unternehmen machen will. Angesichts der Tatsache, dass diese leichtgläubige Gans tatsächlich so blöd sein könnte, ihnen alles zu erzählen, wird es immer wichtiger, sich so schnell wie möglich scheiden zu lassen und in der Zwischenzeit seine Geschäfte so gut wie möglich vor ihr zu verbergen.

Plötzlich flammt im Zimmer Licht auf. Erst jetzt stellt Fuller fest, wie dunkel es draußen geworden ist. Die Kabel und Schläuche, an die er angeschlossen ist, verhindern, dass er aufsteht und nachsieht, doch die tiefviolette Farbe des Himmels, die dräuenden Wolken und eine Art elektrischer Ladung in der Luft lassen auf einen Tornado, einen Orkan, einen Hagelsturm oder einen Jahrhundertregen schließen. Fuller schaltet den Fernseher aus, um besser hören zu können. Das Summen der Apparaturen wird von einem fernen, andauernden Grollen übertönt, das an eine Lawine erinnert. Durch die Wolken zucken jetzt ununterbrochen Blitze; das pfeifende, von Krachen durchsetzte Brüllen ist typisch für einen Tornado. *Gut, dann sind jetzt also wir dran*, denkt Anthony fatalistisch und hofft, dass das Krankenhaus solide genug gebaut ist.

Als wollten sie ihm widersprechen, flackern die Lichter kurz auf. *Jetzt haben die Generatoren übernommen*, denkt er. Den Apparaten, an die er angeschlossen ist, hat die kurze Stromschwankung nichts ausgemacht. Die Lämpchen leuchten weiterhin grün, und seine biologischen Funktionen werden nach wie vor als Kurven aufgezeichnet. Auf dem Flur hört man Rufe und Rennen. Eine Schwester stürzt in Fullers Zimmer, fragt, ob alles in Ordnung wäre, und tröstet ihn, er brauche keine Angst zu haben, das Krankenhaus sei tornadosicher gebaut. Allerdings solle er den Fernseher ausschalten.

»Schon geschehen«, antwortet Fuller. »Und Angst vor Tornados habe ich auch nicht.«

»Wären doch alle Patienten so wie Sie!«

Die Krankenschwester wirft einen Blick auf ihren Handgelenkcomputer und rennt davon.

Der Lärm des Tornados übertönt jetzt das näher kommende Donnergrollen; die Wolke, die Anthony im Fensterausschnitt sieht, scheint wie ein überdimensionaler, gelblich grauer Trichter bis auf den Boden zu reichen. Wenn Fuller die Augen zusammenkneift, kann er sogar Trümmer erkennen, die in diesem Wirbel im Kreis herumgeschleudert werden – Trümmer, die durchaus Autos oder ganze Dächer sein können.

Der Lärm wird ohrenbetäubend und schrecklich. Der Druck verstopft Anthonys Ohren. Er schluckt mit viel Mühe. Die Trümmer, die jetzt deutlich sichtbar sind, prasseln wie ein tosender Hagel auf das Dach und gegen die Fensterscheiben des Krankenhauses. Ein Stück Schrank knallt frontal gegen das Fenster von Anthonys Zimmer. Die Scheibe zittert, hält aber stand. Der gelbliche Trichter scheint sich in höchstens ein paar Dutzend Metern Entfernung zu drehen, doch ohne einen Anhaltspunkt kann Fuller seinen Durchmesser nicht feststellen. Ist das etwa ein Lkw-Anhänger, den die Windhose da gerade eingesaugt hat? Das Krankenhaus bebt, die Fensterscheiben vibrieren. Fuller bemüht sich, sein wild pochendes Herz zu beruhigen, das die Apparaturen zum Piepsen bringt. Draußen im Flur scheint Panik zu herrschen. Man ruft, man schreit, man rennt. Dabei müssten die Leute eigentlich längst an dieses Phänomen gewöhnt sein, denn Kansas wird inzwischen von mindestens hundert schweren Tornados im Jahr heimgesucht.

Mitten im dicksten Tohuwabohu öffnet sich die Tür erneut. Dieses Mal aber ist es keine gehetzte Krankenschwester, sondern Fullers

Anwalt Grabber, der eintritt. Er sagt etwas, das Fuller vor lauter Getöse nicht versteht, und schüttelt ihm lächelnd die Hand.

»Gute Nachrichten?«, brüllt Anthony.

Grabber hält sich die Hand ans Ohr, dann schüttelt er den Kopf: unmöglich, etwas zu verstehen. Es ist, als stünden sie mit dem Kopf unmittelbar vor einem mit voller Kraft arbeitenden Triebwerk. Der Anwalt gerät auf dem schwankenden Fußboden ins Straucheln und zieht es vor, sich auf Fullers Bett zu setzen. Gemeinsam warten sie darauf, dass das Chaos nachlässt, und zucken jedes Mal zusammen, wenn ein herumwirbelndes Trümmerstück gegen die Fensterscheiben kracht, die zwar deutliche Einschlagstellen zeigen und in ihren Rahmen beben, aber prima durchhalten.

Irgendwann zieht der Tornado weiter. Sein Getöse entfernt sich. Es ist wieder möglich, sich zu verständigen, wenngleich man gegen die Donnerschläge und das Prasseln des Hagels anschreien muss. In den Straßen der verwüsteten Stadt jaulen die Sirenen wie umherirrende Klagen.

»Sie sind mir vielleicht einer«, grinst Fuller. »Sie machen es sich wohl zur Angewohnheit, immer dann aufzutauchen, wenn es draußen drunter und drüber geht. Beim letzten Mal stand Kansas City gerade in Flammen …«

Grabber zuckt die Schultern.

»Was soll's, Fuller, das Leben geht nun mal weiter, auch während des Armageddon. Die Zeit wartet nicht auf uns.«

»Und? Haben Sie wenigstens gute Nachrichten?«

»In welcher Hinsicht?«

»Na, wegen meiner Scheidung. Deshalb sind Sie doch hier, oder?«

»Nein, ich wollte mich nach Ihrem Gesundheitszustand erkundigen. So etwas ist unter Freunden gang und gäbe, wussten Sie das?«

»Noch so einen!« Fuller feixt. »Sie haben doch nur Angst um Ihr Honorar.«

»Wie Sie meinen«, erklärt Grabber. »Was allerdings Ihre Scheidung angeht, so sind die Nachrichten nicht allzu gut.«

»Mist!«

»Ich habe Ihren Ehevertrag mit den besten einschlägigen Softwares überprüfen lassen. Leider ist er unanfechtbar. Der befreundete Richter, von dem ich Ihnen erzählt habe, ist nach Oregon abberufen und durch einen arroganten Widerling ersetzt worden, der absolut unbestechlich ist und dem Gesetz buchstabengetreu folgt. Die Mitgliedschaft Ihrer Frau in der Göttlichen Legion ist kein zulässiger Ausschlussgrund, zumindest nicht in Kansas. Kurz und gut, ohne einen unwiderlegbaren Beweis, dass sie einen schwerwiegenden Gesetzesbruch begangen hat, der eine Scheidung rechtfertigt, sehe ich keine Chance.«

»Sie hat Juniors Medikamente auf den Müll geworfen.«

»Aha?« Grabber hebt die nicht vorhandenen Augenbrauen. »Interessant. Unterlassene Hilfeleistung, Misshandlung von Schutzbefohlenen, damit ließe sich etwas anfangen. Haben Sie Beweise?«

»Scheiße, Grabber! Sein Medikamentenschrank ist leer!«

»Aber das ist kein Beweis! Sie könnte die Medikamente an einen anderen Ort geräumt haben. Wir brauchen etwas anderes. Zum Beispiel ein Geständnis von ihr, dass sie die Mittel weggeworfen hat, oder auch ein ärztliches Attest, dass es mit der Gesundheit Ihres Sohnes seither nicht zum Besten steht.«

»Gut, ich sehe zu, dass sie es wiederholt, und nehme es auf. Was das Attest angeht, so rufe ich jetzt sofort Kevorkian an. Er soll hinfahren und sich die Sache selbst ansehen.«

Gesagt, getan. Nach einer kurzen Unterhaltung legt Fuller befriedigt auf.

»Er wird Tony gleich morgen untersuchen. Und sich auch um die verschwundenen Medikamente kümmern. Alles wird in seinem Bericht zu lesen sein.«

»Prima«, lächelt Grabber. »Dann kommen wir ja vielleicht endlich weiter.«

»Das wäre gut, Sam. In drei Tagen fahre ich nach Nassau, und ich möchte mir keine Sorgen machen müssen. Mein Therapeut löchert mich schon lange, dass ich endlich einmal Ferien machen soll.«

»In drei Tagen? Anthony, ich fürchte, das wird nicht möglich sein.«

»Wieso?«

»Als ich hier eintraf, habe ich ein paar Worte mit Ihrem behandelnden Arzt gewechselt. Er ist fest entschlossen, Sie mindestens noch eine Woche dazubehalten.«

»Ausgeschlossen! Im Notfall unterschreibe ich, dass ich auf eigenen Wunsch entlassen werde – aber ich fahre! Ich kehre dieser ganzen Scheiße hier den Rücken, verdammt noch mal! Und wenn ich zurück bin, lasse ich mich scheiden!«

Kostbares Wasser

Le Pays

In Kongoussi sprudelt Wasser!

Bericht unseres Korrespondenten	Lesen
Interview mit Moussa Diallo-Konaté	Hören
Interview mit der Präsidentin	Hören
Wasser für 50 Jahre?	Lesen
Fakten, Daten, Zahlen	Download
Reaktionen	Lesen

Lepays.bf, Burkinas Tagblatt

»... und jetzt, meine lieben Freunde, ist der Moment gekommen, auf den wir so lange gewartet haben, der Augenblick der Gnade, in dem aus diesem unfruchtbar gewordenen Boden die Quelle des Lebens entspringen wird – das kostbare Wasser!«

Auf ein Zeichen von Fatimata, die oben auf dem Podium steht, öffnet Moussa das Absperrventil am Fuß des Bohrturms. Das Wasser spritzt in einer hohen Fontäne aus der Düse, sprüht wie ein herrlicher Geysir durch das Metallgerüst nach oben und fällt wie frischer, klarer Regen auf die ekstatisch in den Himmel blickenden Arbeiter und Zuschauer nieder. Entfesselter Beifall brandet aus der auf dem Baustellengelände versammelten Menschenmenge auf. In einer theatralischen Geste breitet Fatimata die Arme aus und wendet das Gesicht nach oben, als wolle sie Gott für das Geschenk danken, das ihr Kopf und Hände benetzt. Alle Anwesenden tun es ihr unter fröhlichem Geschrei und großem Jubel nach. Laurie und Rudy fallen Fatimata um den Hals. Als Moussa ebenfalls auf das Podium steigt, wird auch er umarmt. Alle vier stellen sich ganz vorn auf die Bühne, fassen sich an den Händen und recken sie hoch in den Himmel. Die Menge tobt. Claire Kando, die sich ein wenig im Hintergrund hält, macht ihrer Präsidentin ein Zeichen, dass es nun genug sei mit der Wasserverschwendung. Fatimata lässt den Menschen noch einen Augenblick Zeit, ihrer Freude Ausdruck zu verleihen, ehe sie ihren Sohn nach unten schickt, um das Absperrventil zu schließen. Erneut greift sie zum Mikrofon.

»Freunde, die Ministerin für Wasserversorgung hat mich ermahnt, nicht zu viel von diesem kostbaren Nass zu vergeuden. Sie hat natürlich recht. Wir werden nun damit beginnen, das Wasser in Zisternen zu pumpen, um einen Vorrat zu haben. Bis die städtischen Wasserleitungen wieder in Ordnung gebracht sind, werden wir die Wasserversorgung mit Tanklastzügen gewährleisten. Einwohner von Kongoussi, zum Dank für eure Geduld und euren Beitrag zu dieser Großbaustelle darf ich euch mitteilen, dass ihr euer Wasser eine Woche lang kostenlos erhaltet.« Der Beifall ist so laut, dass sie nicht weitersprechen kann. Lächelnd und nickend wartet sie ab. »Danach«, fährt sie fort, als die Menge sich einigermaßen beruhigt hat, »werden wir die Wasserpreise von Grund auf neu kalkulieren. Wir befinden uns nun in einer Situation, in der Wasser nicht mehr seltener als Erdöl ist und wir auch nicht jeden Deziliter akribisch zählen müssen. Die Modalitäten der Wasserversorgung, die von morgen an wieder regelmäßig stattfindet, werden wir der Öffentlichkeit über alle Zeitungen, den Sender La Voix des Lacs, die Webseite des Rathauses und öffentliche Aushänge mitteilen. Velen Dank für eure Aufmerksamkeit. Und nun lasst uns feiern!«

Bürgermeister Étienne Zebango macht ihr ein Zeichen, dass er auch noch etwas sagen möchte. Fatimata reicht ihm das Mikrofon.

»Noch ein Wort zur kostenlosen Wasserversorgung: Ich möchte alle Bürger der Stadt darauf aufmerksam machen, dass es keinen Sinn hat, über Nacht vor den Toren der Baustelle zu warten. Wir öffnen morgen pünktlich um neun Uhr, und es gibt ausreichend Wasser für alle. Jeder hat Anrecht auf zwanzig Liter; es macht also auch keinen Sinn, mit Hundertliterfässern aufzuwarten. Im Übrigen sollten Sie daran denken, einen Nachweis mitzubringen, dass Sie in Kongoussi gemeldet sind. Danke, das war schon alles.«

Der Bürgermeister erhält deutlich weniger Applaus als die Präsidentin, was daran liegt, dass die meisten Anwesenden sich längst um die Kessel mit *Dolo* scharen, einem noch lauwarmen Hirsebier, das ganz frisch mit dem unterirdischen Wasser gebraut wurde. Das Wasser verleiht ihm einen leicht mineralischen Geschmack, doch das ist den Leuten egal – es tut so gut, endlich einmal wieder Dolo zu trinken! Fliegende Händler mit Krapfen, Salat, Hirsebrei, Grillhähnchen und Amuletten (»Glück! Erfolg! Profit! Liebe!«) tauchen auf, als wären sie im frischen Regen des Geysirs aus dem Boden gewachsen. Musiker lassen sich auf dem Podium nieder, das die Würdenträger inzwischen verlassen haben. Die jungen Leute wackeln schon mit den Hüften, während noch die Verstärker eingestellt werden. Das Fest ist in vollem Gang.

Im Schutz einer von Abou befehligten Leibgarde genehmigt sich Fatimata ein Bad in der Menge, drückt Hände, küsst Babys, erhält Geschenke, hört sich Beschwerden an und macht Versprechungen: Ja, Kongoussi wird wieder seine berühmten Gemüseplantagen bekommen; ja, selbstverständlich dürfe man die Pflanzungen bewässern, man müsse allerdings nach wie vor sparsam mit dem kostbaren Nass umgehen; ja, in Zukunft würde für mehrere Stunden am Tag Wasser aus dem heimischen Wasserhahn fließen; ja, das Wasser ist von guter Qualität, alle Analysen liegen vor, es müsse nur ein wenig entmineralisiert werden; ja, die Tanklastzüge der Regierung würden in Zukunft wieder alle Dörfer anfahren; nein, der See würde leider nicht wiederkommen – auf Fischerei werde man wohl verzichten müssen …

Moussa, Laurie und Rudy schlendern derweil von Stand zu Stand, kosten Dolo, kauen auf einem alten, rachitischen, scharf gewürzten Grillhähnchen herum, probieren den etwas zu trocken geratenen Hirsebrei und lauschen der Musikgruppe, die wilde Rhythmen produziert und vor der sich bereits mehr als hundert Zuschauer warm tanzen.

»Heute Nacht werden bestimmt viele Babys gemacht«, sagt Moussa, der die lasziven Bewegungen der Mädchen und die erregten Hüftschwünge der jungen Männer beobachtet.

Sein Blick gleitet zu Laurie und Rudy. *Die beiden da machen sicher keins*, stellt er fest. *Aber vielleicht ist die Frau ja wirklich für Abou bestimmt*. Er selbst hätte nichts dagegen, sich eine Gazelle für den Abend zu suchen – warum eigentlich nicht diese Félicité, die Abou so verachtet? –, allerdings fühlt er sich derart erschöpft, dass er wahrscheinlich nicht lange durchhalten würde. Nach seiner Befreiung hat er sich, kaum mit seinen Gefühlen ins Reine gekommen, Hals über Kopf in die Arbeit gestürzt, um die Baustelle wieder in Schuss zu bringen und neue Mechaniker zu suchen, die die sabotierten Motoren und Turbinen reparieren konnten. Der *baamoogo*, der oberste Schmied von Kongoussi, erwies sich dabei als unerwartet große Hilfe, indem er ihn daran hinderte, angeberischen Großmäulern auf den Leim zu gehen. Als Nächstes traten Probleme bei der Bohrung selbst auf, denn die Sandschicht war so weich, dass das Bohrloch in sich zusammenbrach; dafür erwies sich die anschließende Schieferschicht als derart spröde und bröckelig, dass sie mehreren Bohrköpfen den Garaus machte. Auch in diesem Fall wuchs der *baamoogo* über sich selbst hinaus. Er brachte es fertig, die mit Wolfram beschichteten Fräsen auf geradezu magische Weise wieder zu schärfen, denn einen Bohrkopf schleift man normalerweise nicht – er wird nach Gebrauch weggeworfen und durch einen neuen ersetzt. Es scheint tatsächlich einen Grund dafür zu geben, warum in den traditionellen Dorfgesellschaften der Schmied oft auch ein Zauberer war … Darüber hinaus hat Moussa sich in seinen Berechnungen bezüglich Druck und Rotationsgeschwindigkeit geirrt, was schnell entweder zu defektem oder zu in den Tiefen des Bohrlochs versunkenem Arbeitsmaterial führte. Natürlich gab es auch auf Seiten der Arbeiter Fehler, die zu Bruch oder Verzögerungen führten, zu Spätschichten und durchwachten Nächten. Schließlich durchbrach der letzte noch einigermaßen brauchbare Bohrkopf die alles entscheidende Gesteinsschicht und tauchte zischend und dampfend in das Wasser ein, das sofort an die Oberfläche sprudelte. Sofort ließ Moussa alles stehen und liegen und rief seine Mutter an, die natürlich eine öffentliche Einweihung veranstalten wollte. Doch auch diese musste erst einmal vorbereitet werden.

Eigentlich hat Moussa nur noch einen Wunsch: Er möchte schlafen, an nichts mehr denken und allen Ärger mit der Technik vergessen. Doch er muss an diesem Fest teilnehmen, das man ihm zu Ehren veranstaltet, weil es ihm zu verdanken ist, dass endlich wieder Wasser aus dem sandigen Boden des ehemaligen Bam-Sees sprudelt. Und da kommt auch schon Moussa Keita auf ihn zu, der Direktor von CooBam, der ihn sicher wieder mit seinen Bewässerungsproblemen nerven will … Hilfe! Mitleid!

Glücklicherweise wird Keita von Fatimata aufgehalten, die mit ihrer Leibgarde und einem kleinen Gefolge von Bewunderinnen, die von Alimatou Zebango angeführt werden, seinen Weg kreuzt. Sie unterhalten sich einen Augenblick. Moussa packt Laurie und Rudy am Arm und murmelt: »Kommt, Leute, wir verschwinden. Ich habe wahrhaftig keine Lust, mit diesen Leuten herumzupalavern.«

»Aber sie wollen mit dir palavern«, stellt Rudy fest. Er hat sich umgedreht und gesehen, dass Fatimata ihnen Zeichen macht, zu ihr zu kommen.

»Scheiße«, stöhnt Moussa. »Sagt ihnen … sagt ihnen einfach, ich wäre zu müde …«

»Machen wir«, beruhigt Laurie ihn. »Geh und ruh dich aus, du hast es dir wirklich verdient.«

Moussa entwischt in der von Feuern, Lampions, Neonlichtern und Solarleuchten erhellten Dämmerung. Laurie und Rudy treten zu dem wild diskutierenden Grüppchen, zu dem sich auch Claire Kando und Hauptmann Yaméogo gesellt haben.

»Ist mein Sohn nicht bei Ihnen?«, wundert sich Fatimata. »Ich dachte, ich hätte ihn eben noch gesehen. Claire und Moussa Keita würden ihn gern kurz sprechen.«

»Ihm ist schlecht geworden«, erklärt Rudy treuherzig. »Das Dolo, Sie wissen schon … Er musste sich übergeben.«

Laurie prustet los. Ihr Blick streift Abou, der sie mit den Augen hingebungsvoll streichelt. Laurie wendet den Blick ab und hört auf zu lachen.

»Wie schade«, gibt Fatimata enttäuscht zurück. »Wir sprachen nämlich gerade von der Verteilung der Verantwortlichkeiten während meiner Abwesenheit. Immerhin sollte in diesen Tagen auch die Wasserversorgung reibungslos klappen.«

»Während Ihrer Abwesenheit?«, wiederholt Laurie verwundert.

»Ja, ich fliege in drei Tagen zur Jahrestagung des Ökonogischen Forums auf die Bahamas – nach Nassau, um genau zu sein. Hatte ich Ihnen nichts davon gesagt?«

Laurie und Rudy schütteln einträchtig die Köpfe.

»Wahrscheinlich habe ich es vergessen. In der letzten Zeit ist so viel passiert ...«

»Aber dieses Dingsda, dieses Forum ist doch eigentlich eine Spielwiese für reiche Leute«, wundert sich Rudy. »Ein Seminar für Vorstandsvorsitzende von *worldwide* und dicke Finanzbonzen, die in ihren geheizten Schwimmbädern liegen und planen, wie sie am besten die Go-go-Girls ins Bett kriegen. Was, um alles in der Welt, haben Sie dort verloren?«

»Ehrlich gesagt ist es genau das, was mich neugierig macht«, muss Fatimata zugeben. »Soweit ich weiß, war noch nie ein Repräsentant der ärmsten Länder der Welt in Nassau; aber ausgerechnet mich, die Präsidentin des allerärmsten unter den armen Ländern, hat man hochoffiziell eingeladen. Ich habe sogar zwei Flugtickets zugeschickt bekommen – und das bei den Preisen!«

»Und wer fliegt mit Ihnen?«, erkundigt sich Rudy. »Der Premierminister?«

»Nein, einer muss schließlich hier nach dem Rechten sehen. General Kawongolo ist ein ausgesprochen zuverlässiger Mann.«

»Entschuldigen Sie, wenn ich widerspreche, Madame«, meldet sich Hauptmann Yaméogo zu Wort. »An Ihrer Stelle würde ich dem General nicht so blind über den Weg trauen.«

»Und das sagen ausgerechnet Sie, Herr Hauptmann? Immerhin ist der General Ihr Vorgesetzter.«

»Richtig, Madame, und ich schulde ihm allen Respekt und Gehorsam. Trotzdem behalte ich mir vor, eine eigene Meinung über ihn zu haben, die ich hier ganz vertraulich im kleinen Kreis auszusprechen wage. Im Umgang mit der Entführungsgeschichte erschien mir General Kawongolos Haltung gelinde gesagt ... merkwürdig, wenn nicht sogar verdächtig. So musste man den Eindruck gewinnen, es tue ihm leid, dass Ihr Sohn wiedergefunden wurde. Er hat mir sogar den Befehl erteilt, eine Untersuchungskommission auf die Beine zu stellen, um die Mörder der beiden Spione zu finden und festzunehmen. Er hat tatsächlich von *Mördern* gesprochen!«

Unwillkürlich streift der Hauptmann Rudy und Abou mit einem Seitenblick, den sie sich allerdings sorgfältig zu erwidern hüten.

»Ach ja? Und haben Sie die Untersuchungskommission zusammengetrommelt?«

Weil der Auftrag streng geheim und inoffiziell durchgeführt wurde, hat Fatimata nichts von dem Husarenstück ihres jüngeren Sohnes erfahren; auch der Ältere hat den Mund gehalten und das gemeinsame Geheimnis gehütet. Nun aber macht es keinen Sinn mehr, die Mutter im Nachhinein zu beunruhigen – sie muss nicht unbedingt erfahren, dass Abou sein Leben aufs Spiel gesetzt hat, um Moussa zu retten, und kennt daher nur die offizielle Version, auf die sich auch der Hauptmann jetzt wieder bezieht.

»Natürlich nicht. Ich habe dem General noch einmal erklärt, dass ich nach einem anonymen Hinweis in eigener Verantwortung eine Abteilung an den entsprechenden Ort geschickt habe und dass es sich um einen kriegerischen Akt, aber keinesfalls um Mord handelte.«

»Was hat er denn darauf geantwortet?«, fragt Rudy interessiert.

»Er hat mir eine Rüge wegen Überschreitung meiner Befugnisse und eigenmächtigen Handelns ohne Absprache mit meinen Vorgesetzten erteilt. Und dabei war ich davon ausgegangen, dass das Vierte Infanterieregiment eine Belobigung erhält. Ganz ehrlich, Madame, finden Sie das nicht auch ein wenig merkwürdig? Wir befreien Ihren Sohn und werden dafür auch noch gerügt.«

»Zugegeben, das klingt seltsam. Allerdings hat der General im Augenblick große Sorgen. Die Krankheit seiner Frau verschlimmert sich zusehends. Wissen Sie, Saibatou droht zu erblinden – ein schlimmes Schicksal für eine Künstlerin …«

Alle, die sie kennen, nicken mitleidig. Dann kommt die Präsidentin auf ihr Thema zurück.

»Kurz und gut, Kawongolo fliegt nicht mit nach Nassau. Ich hatte eigentlich an Claire gedacht, doch sie möchte hierbleiben und die Wasserverteilung beaufsichtigen.«

»Hinzu kommt«, mischt sich Claire Kando ein, »dass ich mich unter all diesen Leuten, die uns verachten, nicht wohlfühlen würde. Und nachdem das Land mich jetzt nötiger braucht, bleibe ich lieber hier.«

»Als weitere Möglichkeit hatte ich Sie ins Auge gefasst, Laurie«, fährt Fatimata fort. »Aus diesem Grund wundere ich mich ein wenig, dass ich Sie noch nicht informiert haben soll.«

»Mich?« Laurie ist fassungslos. »Und in welcher Eigenschaft?«

»Erstens sind Sie meine Beraterin, und zweitens stammen Sie aus dem Westen. Sie können mit diesen Leuten reden und mir sagen, was Sie unter ihren Heuchlermienen verbergen.«

»Leider nein. Ich bin noch nie im Leben mit VIPs in Kontakt gekommen. Ganz im Gegenteil – ich bin es eher gewohnt, der bittersten Not ins Auge zu sehen.«

Fatimata will eben antworten, da unterbricht Rudy:

»Wird Fuller in Nassau anwesend sein?«

»Zweifellos. Er ist einer der typischen Unternehmervertreter, die jedes Jahr eingeladen werden. Eigentlich freue ich mich schon richtig darauf, ihn einmal selbst kennenzulernen und mit ihm Tacheles zu reden. Warum fragen Sie?«

»Wenn Sie gestatten, Madame Konaté – nehmen Sie mich mit. Ich würde mich Ihnen gern anschließen.«

»Sie, Rudy? Aber warum? Interessieren Sie sich für Fuller?«

»Hm … in der Tat, ich würde ihn ausgesprochen gern einmal kennenlernen. Aber das ist es nicht allein. Ich verfüge über einige Erfahrung im Umgang mit solchen Institutionen. Ich war früher Gartenbauingenieur und bin oft in dem Versuch nach Brüssel gereist, den internationalen Handel in diesem Bereich zu humanisieren. Die VIPs machen mir keine Angst, denn ich weiß, wie ich sie zu nehmen habe.«

»Daran zweifle ich keine Sekunde«, lächelt Fatimata, »allerdings befürchte ich – bitte gestatten Sie, dass ich frei heraus spreche –, dass Sie einen Skandal auslösen könnten.«

»Aber nein, Madame. Seien Sie sicher, dass ich mich an solchen Orten zu bewegen verstehe. Außerdem kenne ich ihre verklausulierte Sprache. Glauben Sie mir, ich könnte Ihnen von großem Nutzen sein.«

»Nun gut, wenn Sie meinen. Können Sie in drei Tagen abreisefertig sein?«

»Jetzt sofort, wenn Sie wollen.«

»Dann fahren Sie morgen mit mir nach Ouaga. Ich habe angefangen, ein Dossier zusammenzutragen – Dinge, die ich in Nassau zur Sprache bringen will. Ich möchte Sie bitten, ein Auge darauf zu werfen.«

»Aber gern.«

Plötzlich fällt Fatimata ein, dass Laurie ihre Beraterin ist.

»Sie natürlich ebenfalls, Laurie.«

»Selbstverständlich.«

»Gut, dann ist ja jetzt alles geregelt. Aber vom vielen Reden bekommt man wirklich Durst! Ich hätte große Lust, von diesem Dolo zu kosten, das mit unserem eigenen Wasser gebraut ist.«

Auf dem Weg zum nächsten Bierkessel, der von einer durstigen Menschenmenge belagert wird, nimmt Laurie Rudy beiseite.

»Was hast du denn jetzt wieder vor? Warum willst du unbedingt mit nach Nassau?«

»Weil es mich interessiert. Ich habe noch nie an einem Ökonogischen Forum teilgenommen.«

»Erzähl das, wem du willst. Du führst etwas im Schilde, das sehe ich dir am Gesicht an.«

»Mag sein … Entschuldige mich, ich muss Abou etwas fragen.«

Rudy lässt Laurie stehen, geht auf den jungen Soldaten zu und nimmt ihn beiseite. In ein intensives Gespräch vertieft, verschwinden sie im Halbschatten.

Zu Anbeginn aller Zeiten schuf Ziid Wendé die Abwesenheit und das Leben. Er schuf den Tod, er schuf den Blitz, den Sturm und den Luftwirbel. Er schuf das gegabelte Holz, das tötet, und er schuf die heilige Hacke, die tötet. Und schließlich schuf er den Menschen und die Gerechtigkeit, die Rache übt.

Meister Titinga Frédéric Pacéré,
Principes sacrés des Younyonsé

»Kommt herein. Ich habe euch erwartet.«

Rudy ist nicht wirklich überrascht. Er war auch nicht überrascht, als er trotz der vorgerückten Stunde bei Hadé noch Licht brennen sah. Die Hütte wirkt bei Nacht noch geheimnisvoller als am Tag. Das kärgliche Licht, das die Öllampen und Kerzen ausstrahlen, vertieft die Schatten, hebt die merkwürdigen Grimassen der Masken hervor, die an den Wänden hängen, und sorgt dafür, dass die zugehörigen Kopfputze sich zu bewegen scheinen, als ob die Geister der Masken in der Finsternis ihr eigenes Leben führten. Die auf Regalen aufgereihten Figürchen haben glänzende Augen und sehen aus, als beobachteten sie die Ankömmlinge mit feindlichen Absichten. Der große, mit Kaurimuscheln verzierte Fetisch aus Lehm, aus dem sich tagsüber bläulicher Rauch kringelt, sondert jetzt ein unnatürlich wirkendes, spektrales Leuchten ab. Abou fröstelt, und auch Rudy verspürt trotz der vergleichsweise warmen Nacht eine gewisse Kälte. Nachdem Hadé ihre Besucher gebeten hat, auf den Matten Platz zu nehmen, und sie mit einem Begrüßungstrunk aus dem Wasserbehälter aus Ton gestärkt hat, wendet sie sich an Rudy, ehe dieser etwas sagen kann.

»Sie müssen verstehen, dass ich eine *wemba* bin, eine Hüterin der Gnade und der Güte. Mir obliegt es, zu erleichtern, zu trösten, zu entschuldigen und zu versöhnen. Es geht daher nicht an, dass Sie mich um etwas bitten, das einem anderen Menschen Schaden zufügt oder Unrecht und Leiden hervorruft – und vor allen Dingen nichts, das tötet.«

Rudy nickt zustimmend, erlaubt sich jedoch eine Frage.

»Ich verstehe durchaus, allerdings dürfte sich unter Ihren Fetischen und Masken sicher die eine oder andere finden, die tödlich wirkt. Zum Beispiel diese hier …«

Er zeigt auf eine Maske, die auf einem Bastknäuel ruht und von einer zwei Meter hohen Holzklinge überragt wird. Die menschenähnlichen Gesichtszüge sind mit schwarz umrandeten Augen ausgestattet, die zu halluzinieren scheinen, und drohen mit einem weit aufgerissenen, eckigen, mit spitzen Zähnen bewehrten Mund.

»Sie haben recht. Diese und viele andere – eigentlich alle, bis auf diejenigen, die zu profanen Zwecken benutzt werden, zum Tanz, zu fröhlichen Festen und bei Hochzeiten. Aber die anderen … alles hängt von dem Geist ab, der in ihnen wohnt, und was man von ihm fordert.«

»Aber Großmutter«, wendet Abou ein, »hast du mir nicht erklärt, es gebe lediglich einen einzigen Geist – es gebe nur Wendé? Und dass alles andere nur Kräfte sind, die weder Gut noch Böse kennen, und dass es an uns *bangbas* liegt, sie richtig zu lenken?«

»Richtig, mein Sohn. Ich habe dir das gesagt, weil du noch nicht alles weißt. Diese Kräfte stammen nicht einfach aus dem Nichts, sondern werden von einem Bewusstsein gesteuert. Doch das jeweilige Bewusstsein ist nicht menschlicher Natur. Nach dem Tod ist der menschliche Geist nicht mehr Mensch, ebenso wenig wie der Geist einer Gazelle nach ihrem Tod noch Gazelle oder der Geist eines Löwen nach seinem Tod noch Löwe ist. Im Bangré ist nichts Menschliches oder Irdisches – jedenfalls nichts, was du mit deinem normalen Bewusstsein erfassen kannst. Wenn du im Bangré Dinge siehst, die dir bekannt vorkommen, dann sind das nur Erscheinungsformen, Karikaturen und Interpretationen. Genau wie diese Masken hier nur Interpretationen sind. Daher ziehe ich es vor, von Kräften anstatt vom Geist zu sprechen. Hast du das verstanden?«

Abou nickt langsam. Rudy bemüht sich, das Gespräch auf den Grund ihres Kommens zu lenken.

»Ist hier die Rede von den Kräften, die ich bekämpfen soll, wie Sie mir vor ein paar Tagen nahegelegt haben?«

Hadé blickt ihn an, als hätte sie Mühe, sich zu erinnern. Schließlich lächelt sie.

»Nein, Rudy. Das, was Sie bekämpfen müssen, ist sehr lebendig und wirklich boshaft.«

»Anthony Fuller?«

»Wer?«

»Fuller – der Mann, der den unterirdischen See für sich reklamiert.«

»Ah, jetzt verstehe ich.« Hadé lächelt wieder. »Ihr seid seinetwegen hier, nicht wahr?«

»So ist es«, gibt Rudy zu. »Anlässlich von Moussas Entführung ist mir eine Idee gekommen. Ich weiß, dass Fuller hinter dieser Sache steckt, und ich würde ihm gern Gleiches mit Gleichem vergelten. Ihm soll nichts passieren, ich würde ihn nur gern zwingen, nach Burkina Faso zu kommen. Er soll selbst sehen, wie es hier zugeht, und feststellen, wen er mit seinen kleinen Komplotten hereinzulegen versucht. Allerdings glaube ich kaum, dass er die Reise aus freien Stücken unternehmen würde; der Vorstand eines *ww*-Großkonzerns beschmutzt sich schließlich nicht die teuren Designerschuhe, indem er freiwillig einen Fuß ins Elend setzt. Daher habe ich mir überlegt, ob nicht irgendetwas hier – ein Amulett, ein Talisman, was weiß ich? – seinen Willen zu beugen vermag, sodass er gar nicht anders kann, als herzukommen. Ich werde ihn in drei Tagen auf den Bahamas treffen und könnte ihm dann das Objekt zustecken, das Sie mir geben würden … Was halten Sie von der Idee?«

Hadé sitzt mit geschlossenen Augen in ihrem niedrigen Sessel. Lange Zeit sinnt sie über ihre Antwort nach. Hätte Rudy sie nicht schon in dieser Haltung gesehen, würde er glauben, dass sein langer Monolog sie entweder eingeschläfert hat oder dass ihr seine Pläne bezüglich Fuller ziemlich gleichgültig sind. Abou hat ihm jedoch erklärt, dass Hadé in ihrem Innern die Geister und die Ahnen befragt, um eine Entscheidung zu treffen. Und so macht Rudy es sich auf seiner Matte bequem und richtet sich auf eine lange Wartezeit ein.

Schließlich öffnet Hadé die Augen und richtet sie sofort auf Rudy, obwohl dieser inzwischen den Platz gewechselt hat.

»Es ist möglich«, sagt sie langsam. »Ich weiß zwar nicht, ob sich die Situation dadurch entscheidend verbessern wird, aber in jedem Fall wird Fuller dadurch ein Stück weit dem Einfluss entzogen. Er könnte sogar ein Verbündeter werden.«

»Also, das bezweifle ich nun wirklich. Aber wenn Sie es sagen!«

»Gut, ich werde Ihnen etwas mitgeben. Ein Fetisch wäre unangebracht, weil man ihn beim Zoll zurückhalten könnte, ihn betasten, auseinandernehmen und von Ihnen eine Erklärung erwarten würde. Außerdem wäre er Fuller vielleicht suspekt.« Hadé steht auf und lässt den Blick durch die Hütte schweifen. »Aber ich habe etwas anderes. Würdet ihr bitte hinausgehen? Ich rufe euch, wenn alles bereit ist.«

Rudy steht auf, Abou bleibt sitzen.

»Du auch, mein Sohn. Du hast noch nicht genügend Macht für das, was ich jetzt tun werde. Es könnte dich vernichten.«

Bedauernd folgt Abou Rudy nach draußen. Gemeinsam setzen sie sich auf die Bank, auf der sich tagsüber die Patienten unter dem grünen Laub der Tamarinde drängen. Der Mond leuchtet hell. Nicht der leiseste Windhauch streift durch die Blätter. Die Nacht ist so still … Kein Laut, weder menschlicher noch tierischer Natur, stört das Schweigen, das vom Zirpen einiger Insekten nur unterstrichen wird. Auch in der Hütte von Hadé, der sie genau gegenübersitzen, herrscht völlige Stille. Kein merkwürdiger Rauch steigt auf, und auch der schwache Lichtschein, der durch die Fensterläden dringt, verändert sich nicht. Vielleicht ist Hadé ja inzwischen wirklich eingeschlafen … Gerade will Rudy dem unruhig wirkenden, fröstelnden Abou gegenüber eine entsprechende Bemerkung machen, als ein lang gezogener Schrei die Stille zerreißt. Der Schrei, der aus weiter Ferne zu kommen scheint und nichts Menschliches an sich hat, so als stamme er aus den Tiefen der Savanne, endet mit einem irren Lachen. Dann ertönt er erneut, dieses Mal beängstigend nah. Abou zittert am ganzen Körper. Er hat die Stirn in den Händen verborgen. Rudy spürt, wie sich seine Nackenhaare aufstellen. Gern würde er aufstehen, doch seine Knie sind so weich, dass seine Beine ihn nicht tragen würden. Der unmenschliche Schrei ertönt zum dritten Mal, so nah, dass er aus dem Hof selbst zu kommen scheint. Rudy möchte wenigstens den Kopf drehen, doch er ist völlig gelähmt. Sein Herz pocht rasend in seiner Brust, eiskalter Schweiß sickert seinen Nacken hinunter, und er wird von einer entsetzlichen, nie gekannten Angst gepackt, die seine Augen aus den Höhlen treten lässt und ihm die Luft abschnürt ... Der Mond ist hinter Wolkenschleiern verschwunden. Ein Leichentuch aus Finsternis hat sich über den Hof gesenkt, das alles bis zur Unkenntlichkeit verändert. Die dunkelsten Ecken scheinen zu pulsieren, man erahnt bewegliche Schatten, die unsägliches Entsetzen verbergen könnten ... Die Stille ist jetzt keine Ruhe mehr, sondern ein tödliches Schweigen. Selbst das Zirpen der Insekten ist verstummt.

Nur sehr langsam hebt sich der Schleier aus Schrecken und Finsternis und schwindet zögernd dahin. Abou hebt den Kopf, Rudy kann wieder atmen. Er schafft es sogar, aufzustehen und einige Schritte zu gehen. Heiter scheint der Mond am klaren Nachthimmel. Die Insekten zirpen. Eine leichte Brise raschelt in den Blättern der Tamarinde, und die Schatten sind nichts weiter als Schatten.

»Was ist passiert, Abou?«, fragt Rudy im Flüsterton. Er schlottert am ganzen Körper.

»Eine Hyäne ... Der Schrei – das war eine Hyäne.«

»Eine Hyäne? Hier in der Stadt? Aber doch keine ganz normale Hyäne, oder?«

»Nein, keine normale.«

Abou klappert so sehr mit den Zähnen, dass er kaum zu verstehen ist. Mit dem Kopf deutet Rudy auf Hadés Hütte, wo sich offenbar nichts verändert hat.

»Meinst du, wir sollten lieber einmal nachsehen?«

»Nein. Wir warten, bis sie uns ruft.«

Wenige Minuten später ist es so weit. Die Silhouette der korpulenten alten Dame erscheint in der erleuchteten Tür. Rudy und Abou folgen ihr ins Haus. Sie hat stark geschwitzt; ihr Gang wirkt schwerfällig und erschöpft. Mit müder Hand zeigt sie auf eine Maske, die neben dem großen Lehmfetisch am Boden liegt.

Es ist ein Hyänenkopf.

Die stark stilisierte Maske ist aus schwarz, gelb und rot bemaltem, mit Flecken in geometrischen Mustern verziertem Holz. Sie sieht sehr alt aus und hat Patina, doch die verblassten Farben sind noch gut erkennbar: der schwarze Fang, die längliche Schnauze mit den spitzen Reißzähnen, die kleinen runden Ohren und die kurze, gesträubte Mähne, die möglicherweise aus echtem Hyänenfell besteht.

»Das ist ein *soukou*, eine schwarze Maske der Younyonsé«, erklärt Hadé. »Die Maske ist sehr alt und wurde mir von einem mächtigen *tengsoba*, einem alten Häuptling, vor langer Zeit überreicht. Die Younyonsé sind ein mystisches Volk, die ersten Bewohner dieser Gegend, ehe vor sechshundert Jahren die Nakomsé kamen, die Vorfahren der heutigen Mossi. Der *tengsoba* hat mir gesagt, dass die Maske älter ist als die Nakomsé. Sie wurde in seinem Clan immer von den Vätern an die Söhne weitergegeben. Mir hat er sie vermacht, weil er keinen Nachkommen hatte und ich seiner Meinung nach geeignet war, sie zu erhalten. Diese Maske wird nur für Besitztänze hervorgeholt. Die Hyäne ist der ranghöchste Fetisch des Besitzes.« Hadé seufzt. »Ich hätte nicht gedacht, dass ich sie eines Tages noch einmal reaktivieren müsste. Es ist sehr ermüdend.«

»Und die wollen Sie mir geben?«, fragt Rudy verblüfft.

»Oh, er wird wiederkommen …«

Hadé wendet sich ihrem Sessel zu, doch als sie sieht, dass Rudy auf die Maske zugeht, gleitet sie mit einer raschen Bewegung neben ihn und hält seinen Arm fest.

»Nicht berühren! Er könnte in Sie fahren. Der Geist der Hyäne ist nicht gerade heiter, das dürfen Sie mir glauben.«

»Ich glaube Ihnen nur allzu gern«, sagt Rudy, der noch bei der Erinnerung zittert.

Hadé schleppt sich in den hinteren Teil der Hütte und holt ein paar alte Zeitungen. Sie packt die Maske grob in viele Schichten Papier, ehe sie sie Rudy hinhält.

»So können Sie sie berühren. Ich überlasse es Ihnen, sie ordentlicher einzupacken, aber fassen Sie sie nie mit der bloßen Hand an, und zeigen Sie sie niemandem als ihrem Empfänger.«

»Kann sie ihm wehtun?«

»Nicht körperlich. Aber in ständiger Angst leben zu müssen ist nicht sehr angenehm.«

»Ist es das, was sie bei Fuller hervorrufen wird? Angst?«

»Wenn er sie nur berührt, ja. Wenn Sie es aber schaffen, dass er sie aufsetzt, wird es viel, viel schlimmer. Dann können Sie bei ihm alles erreichen, was Sie wollen. Aber Sie müssen achtgeben.«

»Worauf?«

»Sollte Fuller die Maske aufsetzen, müssen Sie mich sofort benachrichtigen, damit ich den Bangré-Zirkel zusammenrufen kann. Die Maske muss kontrolliert werden, denn sonst …«

»Sonst?«

»Sonst frisst sie ihn auf.«

Romanze

Sie haben das Wasser – den Rest übernehmen wir.

- Pumpen und Solarkompressoren
- Drainagen
- Programmierbare Berieselungsanlagen
- Durchflussventile
- Regenwassersammler
- Nebelkollektoren
- Windräder

TENSING löst Ihre Bewässerungsprobleme

Benutzerdefinierte Installation aus einer Hand

Auf Wunsch Ratenzahlung oder Kreditabkommen mit der Bank of Shanghai

Nach der Abreise von Rudy und Fatimata gibt es für Laurie nichts Dringendes mehr in Ouaga zu tun. Da sie in der Hauptstadt ohnehin niemanden kennt, kehrt sie nach Kongoussi zurück, um Moussa bei der Arbeit zur Seite zu stehen, Alimatou Zebango wiederzusehen, die sie liebenswürdig und sympathisch findet, und um Abou zu sagen, dass er sich keinen Illusionen hingeben solle: Sie würde sich bestimmt nie und nimmer auf ihn einlassen.

Und so geschieht es, dass sie die Chinesen in Kongoussi wiedertrifft. Gemeinsam mit Moussa kämpft sie an der Baustelle gleichzeitig an drei drängenden, aber unterschiedlichen Fronten: erstens die Bewässerung – die alten Leitungen sind verschüttet oder nicht mehr betriebsbereit; zweitens die Verteilung – Kummer mit dem Schöpfwerk der Zisternen und einer Schlange durstiger Menschen, die täglich länger wird; und drittens den bevorstehenden Anschluss der Pipeline nach Ouaga, die demnächst fertiggestellt wird – reicht der Durchfluss aus? Sollte man vielleicht lieber schon jetzt eine weitere Bohrung in Angriff nehmen? Das Ganze findet in einem Bauwagen statt, der nicht nur keine Klimaanlage besitzt, sondern dessen Dach obendrein aus Blech besteht; die Hitze ist so betäubend, dass es zwischen zehn Uhr morgens und sieben Uhr abends so gut wie unmöglich ist, sich dort aufzuhalten, geschweige denn, einen vernünftigen Gedanken zu fassen.

Am Spätnachmittag ist es Laurie endlich gelungen, ihre Trägheit abzuschütteln. Sie hat sich mehrere Handvoll frisches Wasser ins Gesicht gesprüht und kann wieder klar denken. Gemeinsam mit Moussa erörtert sie das Problem der Bewässerung. Sie warten auf Moussa Keita, den Direktor von CooBam, der sich in den Anbaugebieten umgesehen und die Bedürfnisse der einzelnen Bauern ermittelt hat, um eine einigermaßen gesicherte Schätzung abgeben zu können.

»Auf unserer Fahrt durch die Sahara«, berichtet Laurie, »haben wir in den Oasen ein einfaches, aber sehr wirksames System kennengelernt, das zudem nicht einmal viel kostet, weil es mit vor Ort vorhandenen oder wiederverwendeten Materialien funktioniert. Es handelt sich um die sogenannten *foggaras*, mit denen das Wasser auf die einzelnen Parzellen verteilt wird. Rudy hat sich sehr dafür interessiert – er könnte es dir sicher besser erklären.«

»Das System ist mir bekannt«, nickt Moussa. »Wir haben in Berlin an der Uni etwas darüber gelernt. Leider können wir es hier kaum anwenden. In den Oasen stammt das Wasser von den Hochplateaus und wird in geringer Tiefe aufgefangen. Es fließt daher aus eigener Kraft in die niedriger gelegenen Parzellen. Hier aber ist es genau umgekehrt – das Wasser kommt vom tiefsten Punkt, und die Felder liegen auf den Hügeln. Wir müssten also mit Pumpen arbeiten, um das Wasser an den höchsten Punkt zu bringen.« Er schüttelt den Kopf. »Nein, das wäre zu kostspielig und zu kompliziert.«

»Hast du einen besseren Vorschlag?«

»Also, da wäre zum Beispiel …«

Es klopft.

»Das muss Keita sein.«

Laurie steht auf und öffnet die Tür.

»Wir sind entzückt, Sie wiederzusehen, ehrenwerte Beraterin«, begrüßt der Chinese sie mit einer kleinen Verbeugung. »Hätten Sie vielleicht einen Augenblick Zeit für uns?«

Laurie tritt seufzend beiseite. Die vier Delegierten – es sind die gleichen, die sie schon im Präsidentenpalast kennengelernt hat – drängen sich in den winzigen Bauwagen. Moussa wirft ihnen einen fragenden Blick zu.

»Eine chinesische Handelsdelegation«, erklärt Laurie. »Ich hätte nicht gedacht, Sie so schnell wiederzusehen. Sie sind ganz schön hartnäckig, nicht wahr?«

Der Wortführer schenkt ihr ein honigsüßes Lächeln.

»Der weise Laozi hat gesagt, nichts sei geschmeidiger und schwächer als Wasser. Wolle man jedoch etwas Hartes gefügig machen, finde man nichts Besseres. Ihre Versprechungen waren bestechend, gnädiges Fräulein, doch leider geben unsere Auftraggeber sich nicht damit zufrieden. Soweit ich weiß, sagt ein europäisches Sprichwort: ›Der Spatz in der Hand ist besser als die Taube auf dem Dach.‹«

Der Chinese stellt sein E-Case auf den mit Papieren überhäuften Schreibtisch und öffnet es. Auf dem Bildschirm erscheint das dreidimensional rotierende Logo des Tensing-Konzerns, eines auf Wasserversorgung und Bewässerungsanlagen spezialisierten Unternehmens. Die einzige Frau der Gruppe wendet sich mit einem verführerischen Lächeln an Moussa:

»Werter Herr und ausgezeichneter Ingenieur, zufällig wurden wir Zeuge, dass Sie sich mit einem Problem im Bereich der Bewässerung beschäftigen. Sie können sich freuen, denn Ihr Problem ist gelöst. Wir liefern Ihnen gern eine schlüsselfertige Anlage.«

»Äh …«

Moussa wirft Laurie einen Blick zu. Mit einer Handbewegung versucht sie ihm klarzumachen, dass er sich hüten soll, sich einwickeln zu lassen.

»Also … ehrlich gesagt ist es so, dass solche Entscheidungen nicht in mein Ressort fallen«, weicht er aus. »Sie müssten sich mit Moussa Keita in Verbindung setzen, dem Direktor der CooBam.«

»Wir haben den ehrenwerten Herrn Keita bereits getroffen«, säuselt ein anderer Delegierter. »Er war ausgesprochen interessiert und sollte eigentlich jede Minute hier sein.«

»Da ist er bereits«, verkündet der dritte Delegierte, der an der offenen Tür stehen geblieben ist.

»Sehr schön. Die Vorführung ist bereit«, erklärt der Wortführer und dreht den Bildschirm so, dass alle etwas sehen können.

»Ah, Sie sind ja schon da!«, stellt Moussa Keita fest. »Haben Sie Monsieur Diallo Ihr Bewässerungssystem bereits vorgestellt?«

»Wir haben nur auf Sie gewartet, ehrenwerter Direktor«, flötet der Wortführer mit einer kleinen Verbeugung. »Meine Herren, wenn Sie bitte Ihre Aufmerksamkeit dem Bildschirm zuwenden würden …«

»Okay«, seufzt Laurie, »ich habe hier nichts mehr zu suchen. Wie ich sehe, haben Sie Ihren Fisch längst an der Angel.«

Sie verlässt den Bauwagen und muss draußen angesichts des Staubes und des lebhaft roten Sonnenuntergangs blinzeln. Mit verbitterter Miene schüttelt sie den Kopf. Diese Chinesen! Hinterhältig bis zum Gehtnichtmehr! Selbst der zungenfertigste Amulettverkäufer kann ihnen nicht das Wasser reichen. Natürlich würden sie Moussa und den Direktor der CooBam umgarnen – und anschließend dürfte etwa die Hälfte der Fördermenge dem chinesischen Markt zugutekommen. Eigentlich sollte sie zurückkehren, die beiden Männer warnen, mit allen Mitteln gegen diesen Knebelvertrag kämpfen oder ihn zumindest abzumildern versuchen. Aber Moussa und Keita sind schon ganz Ohr und völlig hingerissen, und es fehlt ihr an Mut, dagegen anzugehen, als Spielverderber zu gelten und die Konsequenzen eines Handelskonflikts zu ertragen, der sie im Grund nichts angeht. Was hat Schumacher noch vor der Abreise gesagt? Sie solle Kontakte vermitteln – irgendetwas in der Art. Nun, das hat sie ja jetzt erledigt. Mit dem Rest müssen sie sich eben selbst herumschlagen. Laurie hat andere Sorgen.

Eine dieser Sorgen hat ebenfalls mit Schumacher zu tun. Er hat ihr nämlich eine Nachricht geschickt, in der er darauf besteht, dass der Mercedes kein Bestandteil der edlen Spende von SOS ist und dass sie ihn so schnell wie möglich zurückbringen soll. Den Lkw nach Straßburg fahren? Rudy hat offensichtlich nicht die Absicht, sich darauf einzulassen. Sie müsste einen anderen Chauffeur suchen, den sie allerdings nicht bezahlen könnte, denn die kargen Mittel von SOS sind seit Langem erschöpft. Im Übrigen dürfte dieser Chauffeur mit Sicherheit den Limes nicht überschreiten, und was sollte sie dann in Marseille mit dem Lastwagen anfangen? Abgesehen davon: Hat sie wirklich Lust, nach Europa zurückzukehren? Manchmal überfällt sie das Heimweh, aber auf eine eher losgelöste Weise, die sie nicht weiter berührt. Es fühlt sich ein wenig an wie Migräne – es kommt, aber dann geht es auch wieder.

Wenn sie genau darüber nachdenkt, erwarten sie in Frankreich nichts als eine tiefe Melancholie, der Regen und die Langeweile. Andererseits kann sich Laurie aber auch nicht vorstellen, ihre Tage in Burkina Faso zu beenden. Natürlich hat sie hier Freunde gefunden: Fatimata, Alimatou, ganz bestimmt Moussa, vielleicht Abou und im Rahmen seiner Möglichkeiten auch Rudy. Aber gibt es hier wirklich einen Platz für sie? Könnte sie auf lange Sicht diese Existenz inmitten himmelschreiender Not und brütender Hitze ertragen? Wie sollte sie ohne Geld, Arbeit und ein Dach über dem Kopf überleben?

Während Laurie über diese Dinge nachdenkt, geht sie langsam zum Ausgang des Baustellengeländes. Sie kreuzt die endlos lange, von Soldaten bewachte Menschenschlange, die mit bewundernswerter Geduld auf ihre zwanzig kostenlosen Liter Wasser wartet. Jetzt erst fällt ihr auf, dass sie sich niemals wirklich Gedanken über die Zukunft gemacht hat, über das, was nach dem Auftrag auf sie warten könnte. Immer hatte sie sich vor diesem gähnenden Abgrund gescheut und gedrückt, indem sie sich nützlich machte und die Beraterin für Fatimata und die Assistentin für Moussa spielte. Aber man kommt hier auch ganz gut ohne sie zurecht.

»Darf ich Sie ein Stück begleiten, Laurie?«

Sie dreht sich um. Abou steht vor ihr. Er steckt in einer staubigen Uniform und freut sich sichtlich, dass er sie allein antrifft. Laurie muss sich zusammennehmen, um ihn ihren Unwillen nicht spüren zu lassen.

»Haben wir uns nicht längst geduzt? So alt bin ich doch nun auch wieder nicht!«

»Ganz bestimmt nicht! Sie sind … du bist …«

Mit einem jammervollen Lächeln breitet Abou die Arme aus. Laurie lächelt zurück. Seine ungeschickte Jungenart rührt sie.

»Hast du etwa deinen Posten verlassen?«

»Nein, ich habe Feierabend.«

»Weißt du was – ich habe den Wagen dabei.«

»Dürfte ich Sie … dich in diesem Fall bitten, mich nach Hause zu fahren? Zu Fuß ist es nämlich ganz schön weit.«

»Einverstanden.«

Sie setzen sich in den glühenden Hyundai. Laurie startet, schaltet die Klimaanlage auf Höchstleistung und fährt vorsichtig durch die beschädigten Straßen in Richtung Stadtzentrum. Abou sitzt schweigend neben ihr und sieht sie immer und immer wieder an. Durch seine Stummheit in Verlegenheit gebracht, bemüht sich Laurie, ein Gespräch in Gang zu bringen.

»Sag mal, Abou, was habt ihr beide – du und Rudy – bei diesem Fest eigentlich ausgeheckt? Ihr wart die ganze Nacht nicht auffindbar – oder bin ich zu indiskret?«

Abou zögert mit der Antwort.

»Wir haben meine Großmutter in Ouahigouya besucht. Es war praktisch, weil Rudy gerade den Wagen hatte …«

»Einfach so mitten in der Nacht? Schläft deine Großmutter denn nie?«

»Äh … nein. Jedenfalls nicht in dieser Nacht.«

»Als Rudy am nächsten Tag mit Fatimata aufgebrochen ist, hatte er ein großes, in Zeitungspapier gewickeltes Paket unter dem Arm. Es stammte von deiner Großmutter, nicht wahr?«

»Äh … ich weiß nicht. Es ist mir nicht aufgefallen.«

Laurie seufzt.

»Abou, sei doch bitte wenigstens ehrlich. Ich weiß, dass deine Großmutter eine Heilerin ist, und auch, dass sie die Wahrsagekunst praktiziert. Ich weiß ebenfalls, dass sie dich darin unterweist. Ihr habt an diesem Tag etwas von ihr mitgebracht. Was war das? Und für wen war es?«

»Rudy hat mir verboten, es Ihnen zu sagen.«

»Rudy ist nicht dein Vater und hat kein Recht, dir etwas zu gestatten oder zu verbieten.«

»Nein, aber er ist mein Freund, und ich habe es ihm versprochen.«

»Bin ich etwa nicht deine Freundin? Ich verspreche dir, das Geheimnis für mich zu behalten, wenn es eines ist.«

Abou schweigt und gerät ins Schwitzen. Er heftet den Blick auf die Straße. In seinem Innern tobt ein heftiger Konflikt. Mitfühlend legt Laurie ihm eine Hand auf den Arm. Er zuckt zusammen.

»Du kannst mir ruhig alles sagen, Abou. Du weißt ganz genau, dass es unter uns bleibt.«

»Ich darf Ihnen alles sagen, Laurie?«

»Natürlich. Selbstverständlich …«

Er verzieht das Gesicht zu einem schmerzlichen Ausdruck, der eigentlich als Lächeln gedacht war.

»Ich … ich habe etwas mit Ihnen … mit dir gemacht … mit dem Bangré.«

»In der besagten Nacht?«

»Nein, davor. Als du bei meiner Mutter in Ouaga warst. Ich habe die Kräfte angerufen, damit sie euch nach Kongoussi zurückholen.«

»Ist das wahr?« Laurie bemüht sich, nicht loszuprusten. »Nun, du siehst ja, es hat funktioniert. Ich bin gekommen. Und am Festabend? Wolltest du mich da auch mit einem Zauber belegen, als du deine Großmutter besucht hast?«

»O nein. Sie hat es mir verboten. Sie hat mir erklärt, dass man das Bangré nicht zu diesem Zweck missbrauchen darf und dass es ohnehin …«

Im letzten Moment beißt sich Abou auf die Zunge. Auf keinen Fall darf er ausplaudern, was Hadé ihm enthüllt hat – dass Laurie längst bereit ist. Salah hat ihm eingebläut, dass man einer Frau so etwas nie ins Gesicht sagen darf, weil sie einen sonst für einen eitlen Macho hält und sich schnell zurückzieht.

»Und dass es ohnehin was?«, hakt Laurie nach.

»Dass es ohnehin nur aus eigener Kraft funktioniert«, zieht Abou sich aus der Affäre.

»Völlig richtig«, nickt sie. »Deine Großmutter weiß, wovon sie spricht.«

Abou legt plötzlich seine Hand auf die von Laurie, die auf dem Schalthebel ruht. Im ersten Moment fühlt sie sich versucht, sie zurückzuziehen, doch dann lässt sie alles, wie es ist.

»Darf ich dir … etwas sagen?«

»Gern, wenn du möchtest. Aber ich glaube, ich habe es schon erraten.«

»Ach ja? Wirklich?«

»Du willst mir sagen, dass du dich in mich verliebt hast. Richtig?«

Abou nickt. Er hat einen dicken Kloß im Hals und zieht seine Hand fort. Laurie holt sie sich zurück.

»Ich habe dich auch gern, Abou. Du bist süß, schüchtern und sehr freundlich. Aber du bist erst achtzehn Jahre alt. Ein Jugendlicher. Ich hingegen bin dreißig und eine erwachsene Frau. Es würde nicht gut gehen mit uns. Und außerdem …«

Laurie unterbricht sich verwirrt. Eigentlich hat sie sagen wollen: »Und außerdem begehre ich dich nicht«, doch völlig unerwartet muss sie feststellen, dass es nicht stimmt. Er ist schön, groß und muskulös, und seine Züge zeigen nichts als Liebe und Sanftmut. Verblüfft muss sie sich eingestehen, dass sie sich gern in seine Arme kuscheln würde. Und auch … ja, sie würde gern mit ihm schlafen. Sie spürt es ganz tief in ihrem Innern. Ein pochendes Gefühl, von dem sie geglaubt hat, es sei tot – gestorben mit Vincent, damals, in Saint-Malo, in einem früheren Leben.

Misstrauisch blickt sie Abou an.

»Sag mal, Abou, machst du gerade wieder etwas mit deinem Bangré?«

»Nein, ganz bestimmt nicht.« Er zwinkert ihr zu. »Großmutter hat es mir verboten. Es ist zu gefährlich.«

»Bestimmt ist es gefährlich, und obendrein nützt es nichts. Ich … ich kann einfach nicht mit dir gehen. Wir sind zu verschieden. Es würde niemals klappen mit uns.«

Laurie hat den Eindruck, dass ihre Worte falsch klingen. Sie glaubt sie selbst nicht. *Was ist bloß los mit mir? Ich muss mich erst einmal beruhigen*. Abou schweigt. Würdevoll und steif wendet er den Blick nicht von der Straße.

»Hier bitte rechts«, sagt er schließlich. »Wir sind da.«

Laurie hält vor der kleinen Wohneinheit mit Dienstwohnungen an, in deren vertrocknetem, aufgesprungenem Garten eine Menge Müll herumliegt. Sie wendet ihr Gesicht Abou zu. Er schaut sie ebenfalls an. Seine großen schwarzen Augen verschlingen sie geradezu. Er versucht zu lächeln, doch es gelingt ihm nicht.

»Also dann … dann werde ich jetzt mal hochgehen …«

»So ist es wohl das Beste, Abou. Und wenn du kannst, solltest du an etwas anderes denken. Such dir ein Mädchen, das besser zu dir passt. Wie wäre es mit der Tochter des Bürgermeisters? Ich habe den Eindruck, dass sie dich ganz gern mag.«

»Ich liebe sie nicht. Sie hat Hintergedanken.«

»Na ja, an hübschen Mädchen mangelt es doch hier wirklich nicht.«

Abou öffnet die Wagentür und will gerade aussteigen, als Laurie einem völlig unüberlegten Impuls folgt, seinen Hals umschlingt, ihn zu sich hinzieht und ihm einen kurzen, aber ungestümen Kuss auf die Lippen drückt.

Sofort zieht sie sich wieder zurück, blinzelnd und selbst überrascht von ihrer Geste.

»Bring dich in Sicherheit, Abou. Bring dich lieber schnell in Sicherheit!«

Sie knallt die Tür hinter ihm zu und gibt so hastig Gas, dass die Räder im Staub durchdrehen.

Später, als sie in der warmen Nacht nackt und schwitzend auf ihrem Bett im Haus von Étienne und Alimatou liegt, muss sie wieder an Abou denken, an den Kuss, den sie ihm gegeben hat, an sein unschuldiges Gesicht und den großen, schlanken, eng von der Uniform umschlossenen Körper. Sie stellt sich vor, wie es wäre, wenn er nackt mit ihr hier im Bett läge, und wie er sie nehmen würde – hastig vielleicht und ein wenig ungeschickt, aber voller Liebe. Und während sie sich ihren erotischen Traum weiter ausmalt, gleitet ihre Hand wie von selbst zu ihrer Scham hinunter, zaust das blonde Gekräusel und schmiegt sich in die feuchte Wärme. Erst in dem Moment, als das erlösende Gefühl sich zwischen ihren Schenkeln ausbreitet, begreift sie, dass sie dabei ist, sich selbst zu befriedigen. Mein Gott! Es ist eine Ewigkeit her, seit sie das zuletzt getan hat!

Beruhigt, die Hand immer noch in der warmen Feuchtigkeit ihres ungestillten Verlangens, beschließt Laurie, dass sie am nächsten Tag ein ernstes Wort mit Abou reden muss – und vor allem mit sich selbst. Sie schläft ein, während sie sich vornimmt, keine Zweideutigkeiten mehr zuzulassen. Nein, sie liebt ihn nicht, diesen unglaublich attraktiven Jungen.

Am nächsten Morgen, im ersten Morgengrauen, ist die sich anbahnende Romanze wie weggeblasen – gnadenlos zerquetscht von zwei tödlich kalten, auf Laurie gerichteten Gewehrläufen. Hinter den Gewehren stehen Soldaten, die sie weder von der Garnison noch von der Baustelle her kennt und die sie lüstern von Kopf bis Fuß mustern.

»Was ist denn hier los?«, ruft Laurie und bedeckt ihre Blöße eilig mit dem Betttuch.

»Los, anziehen und mitkommen. Und kein Aufsehen«, herrscht einer der Soldaten sie an.

»Sie stehen bis auf Weiteres unter Arrest«, fügt der andere hinzu.

Eure Herzen kennen im Stillen die Geheimnisse der Tage und Nächte. Aber eure Ohren dürsten nach den Klängen des Wissens in euren Herzen.
Ihr wollt in Worten wissen, was ihr in Gedanken immer gewusst habt. Ihr wollt mit den Händen den nackten Körper eurer Träume berühren.

Khalil Gibran, »Von der Selbsterkenntnis«, aus: *Der Prophet*

Abou eilt durch eine blühende, mit Baobabs, Kapok- und Mahagonibäumen bepflanzte Savanne. Das Laub steht dicht, die Äste biegen sich unter Früchten. Er läuft auf Laurie zu, die ihn auf einem Hügel erwartet, leuchtend und von goldenen Sonnenstrahlen umgeben. Sie streckt ihm die schmalen, weißen Hände entgegen, doch je mehr er rennt, desto weiter entfernt sie sich. Die Sonne wird immer heißer und blendender, die Blumen der Savanne verwelken und siechen dahin, die Blätter fallen von den Bäumen und werden zu Rauch, der sich in blutroten Spiralen in einen farblosen Himmel schraubt, aus dem eine Wolke riesiger Geier auftaucht und sich flügelschlagend auf den kahlen Baobabs niederlässt. Zwei von ihnen stürzen sich auf Laurie und verwandeln sich in zwei Männer in Kaki, die sie packen und entführen. Sie ruft seinen Namen und streckt die Arme nach ihm aus, und er rennt, rennt, rennt mit aller Kraft, doch er kommt nicht vorwärts, er tritt im blutroten Staub auf der Stelle, und die Kaki-Männer schleppen Laurie immer weiter fort …

Abou schreckt aus dem Schlaf auf. Er schwitzt. Sein Herz rast. Er befindet sich in seinem Zimmer in Moussas Wohnung. Der erste Schimmer der Morgenröte dringt durch das geöffnete Fenster. Er reibt sich die Augen und schaut auf seine Uhr. In zwei Stunden beginnt sein Dienst; er hat also noch Zeit. Seufzend streckt er sich wieder aus. Welch ein schrecklicher Albtraum! Draußen in der Morgendämmerung sind dumpfe Detonationen zu hören. Was hat seine

Großmutter noch über Träume gesagt? »Es gibt normale Träume und solche, die aus dem Bangré kommen. Die Letzteren sind oft Zeichen, Warnungen oder Vorahnungen.« Draußen ist fernes Knattern zu hören. Als käme es aus einer Automatikwaffe … »Du erkennst die Bangré-Träume daran, dass sie dir bewusst sind und nicht beim Aufwachen verblassen. Sie sagen dir etwas, das du nicht weißt.« In der Ferne ertönen Schüsse; ein Gewehrfeuer, das stärker wird.

Mit einem Satz ist Abou auf den Beinen. Laurie!

Er springt in Uniform und Stiefel und läuft hastig auf die Straße. Die Kampfgeräusche scheinen aus der Richtung des Bam-Sees zu kommen. Wird etwa die Garnison angegriffen? Banditen vielleicht? Oder Plünderer? Sollte er lieber dorthin eilen? Aber wenn man ihn brauchte, hätte man ihn sicher angerufen, denn in der Wohnung gibt es ein Telefon. Nein, er hat von Laurie geträumt; es muss Laurie sein, die in Gefahr ist.

Mit Riesenschritten rennt er durch die noch stillen und leeren Straßen zum Haus des Bürgermeisters, wo Laurie zu Gast ist. An einer Kreuzung taucht plötzlich ein Militärlastwagen auf, ein Daewoo, der durch die Schlaglöcher holpert. Ein Truppentransport! Abou folgt einer Eingebung, springt über eine Mauer und legt sich flach auf den Bauch. Soweit er sehen kann, kennt er keinen der bewaffneten Männer, die auf der Ladefläche durchgeschüttelt werden. Verstärkung? Sollte es so schlimm sein? Aber warum hat man ihn dann nicht angerufen? Im Übrigen fährt der Truppentransport gar nicht in Richtung der Baustelle.

Abou rennt weiter, bis er völlig außer Atem in der Straße ankommt, wo der Bürgermeister wohnt. Doch was ist das? Wie angewurzelt bleibt er stehen.

Der Daewoo parkt unmittelbar vor dem Haus, das die Soldaten umstellt haben.

Sehr merkwürdig. Abou gleitet in den nächstgelegenen Hof. Ein Mann kommt aus dem Haus und kratzt sich den Bauch. Abou legt einen Finger auf den Mund und schwingt sich unter dem verblüfften Blick des Mannes über die hintere Mauer. Hier müssen die Latrinen sein – puh! Er hievt sich auf das Flachdach des angrenzenden Hauses, springt in den nächsten Hof, wo er ein paar Hühner aufschreckt, die sich gackernd in Sicherheit bringen, klettert einen toten Nere-Baum empor, dessen überhängender Ast ihm die Möglichkeit bietet, in einen dritten Hof zu gelangen. Er durchquert den Hof im Laufschritt, greift im Vorüberrennen nach einer alten Leiter, lehnt sie an eine rauchgeschwärzte Küchenmauer – ein bis auf das Skelett abgemagerter Hund bellt ihm nach, ist aber zu schwach, um ihn anzugreifen –, steigt auf das schmutzige Flachdach des Gebäudes und robbt durch Staub, Abfall und Geierkot, denn das Dach grenzt an den Hof des Bürgermeisters. Er kommt gerade rechtzeitig, um zu sehen, wie Étienne Zebango in Begleitung seiner Frau, seiner Tochter Félicité und Lauries das Haus verlässt. Alle vier sind in Handschellen und werden von Soldaten umringt, die ihre Uzis auf sie richten.

Abou hält sich unter größter Mühe zurück, nicht einfach hinunterzuspringen und ihnen Laurie zu entreißen. Doch er ist allein und unbewaffnet, sie aber sind mindestens ein Dutzend. Er beobachtet die Soldaten jetzt genauer: Sie tragen das Abzeichen des 1. Infanterieregiments, gehören also seiner eigenen Armee an!

Was hat das alles zu bedeuten? Hat der Bürgermeister einen so schwerwiegenden Fehler begangen, dass es ein ganzes Truppenkommando braucht, um ihn festzunehmen? Aber wieso sind auch seine Frau und seine Tochter dabei – und vor allem: warum Laurie?

Am besten wäre es, beschließt Abou, zur Garnison zu gehen, wo ihm sein Hauptmann sicher erklären kann, was es mit der merkwürdigen Situation auf sich hat. Und falls das 4. Infanterieregiment tatsächlich dabei sein sollte, einen Überfall zurückzuschlagen, wäre es ohnehin besser, wenn er seinen Kameraden zur Seite stünde, auch wenn man ihn nicht gerufen hat.

Als er vom Dach der fremden Küche hinuntersteigt, trifft er auf eine Mami im Boubou, die das Gebäude gerade betreten will. Sie stößt einen überraschten Schrei aus. Wieder legt er den Finger auf die Lippen. Zwar nickt sie verständnisvoll, fragt aber halblaut: »Was ist denn da drüben beim Bürgermeister los? Überall Soldaten – was soll das?«

»Das wüsste ich auch gern«, flüstert Abou zurück.

»Im Radio sagen sie auch nichts. Sie spielen die ganze Zeit nur Musik. Normalerweise ist La Voix des Lacs doch immer in der ersten Reihe dabei!«

»Ich weiß leider nicht mehr als Sie. Gibt es vielleicht noch einen anderen Ausgang aus diesem Hof als auf die Straße? Ich möchte nicht, dass die Soldaten mich sehen.«

»Warum? Gehören Sie denn nicht dazu?« Die Frau beäugt misstrauisch seine verschmutzte Uniform. »Am Ende sucht man da drüben nach Ihnen! Andererseits sehen Sie aus wie ein netter Junge.«

»Bitte!«, fleht Abou. »Ich muss dringend zu meiner Garnison am Bohrgelände. Ich fürchte, wir werden angegriffen.«

Das Gesicht der Mami klärt sich auf.

»Jetzt erkenne ich Sie! Ich habe Sie gesehen, als ich Wasser geholt habe. Sie sind der nette junge Soldat. Kommen Sie.«

Sie begleitet ihn quer über den Hof und zeigt ihm eine kleine Blechtür zwischen zwei Gebäuden.

»Nehmen Sie die. Die Tür führt auf ein Gässchen hinaus. Dann sind diese Soldaten also Feinde?«

»Für mich auf jeden Fall. Sie haben meine … meine Freundin verhaftet.«

Bei den letzten Worten erschauert Abou. Mitleidig tätschelt die Frau ihm die Schulter.

»Sie armer Junge. Los, bringen Sie sich in Sicherheit.

Abou rennt, so schnell er kann. Jedes Mal, wenn er den Daewoo sieht, in dem sich von Mal zu Mal mehr Gefangene drängen, verbirgt er sich. Eine halbe Stunde später erreicht er die Baustelle. Vorsichtshalber macht er einen Umweg durch die Hügel; von oben kann er das Bohrgelände und die Umgebung besser überblicken. Schnell stellt er fest, dass der Umweg eine weise Entscheidung gewesen ist, denn hätte er sich anders verhalten, wäre er schutzlos geradewegs in die Höhle des Löwen marschiert.

Die Kämpfe auf dem Bohrgelände sind vorbei. Das 4. Infanterieregiment ist besiegt; die Soldaten sind in der Mitte des Lagers zusammengetrieben worden und werden von einem engen Ring bewaffneter Militärs bewacht. Die Angreifer sind gerade dabei, Tote und Verletzte zu entsorgen, indem sie sie einfach wild durcheinander auf die Ladefläche eines Lastwagens werfen. Einige Zelte sind zerstört, zwei stehen in Flammen. Dichter, dunkler Rauch quillt aus ihnen hervor. In die den Offizieren vorbehaltene Baracke ist eine Granate eingeschlagen. Die anderen festen Bauten, vor allem die Fernmeldestation, sind in der Hand der Angreifer, die, wie Abou aus seinem Versteck hinter einem Erdhügel feststellen kann, gut ausgerüstet sind. Auf der Baustelle stehen mehrere Lastwagen, zwei leichte Panzer und ein Mörser. Auch das komplette Bohrgelände wird besetzt gehalten; die Arbeiter hat man ebenfalls zusammengetrieben und bewacht sie inmitten ihrer Zelte und Hütten, von denen einige offenbar geplündert wurden.

Von seinem Standort aus kann Abou nicht erkennen, ob die Angreifer zum 1. Infanterieregiment gehören, allerdings stimmen Ausrüstung und Uniformen mit denen der Armee von Burkina Faso überein. Abou ist erstaunt, perplex und – wütend. Was ist mit Salah? Ist er tot, oder gehört er zu den Gefangenen? Und wie mag es Hauptmann Yaméogo gehen? Was ist mit der Abteilung, die Abou selbst kommandiert hat? Jetzt werden die Gefangenen in die Lastwagen verladen. Aber wo bringt man sie hin?

Und was ist mit Moussa?

Unter tausend Vorsichtsmaßnahmen zieht Abou sich zurück. Kaum ist er außer Sichtweite, rennt er wieder ins Stadtzentrum. Kongoussi ist dabei, allmählich zu erwachen und sich seinen morgendlichen Beschäftigungen zu widmen; von dem Drama, das sich beim Bürgermeister und auf der Baustelle abgespielt hat, scheint man hier nichts zu ahnen. Einzelne Fahrzeuge rattern durch die Straßen, die ersten Geschäfte öffnen, Frauen, die ihre Ware auf dem Kopf transportieren, gehen zum Markt, andere begeben sich mit leeren Kanistern zum Bohrgelände. Auf Dächern, Pfosten und Straßenlaternen schütteln sich die Geier und halten Ausschau nach der nächsten Beute. Obwohl Abou außer Atem ist und große Angst hat, spürt er, dass über der Stadt eine gewisse Unruhe liegt. Die Leute reden hektischer miteinander als sonst, rufen sich Fragen zu, Kinder weinen, und Frauen lamentieren mit zum Himmel erhobenen Armen, dass man ihren Ehemann abgeführt habe.

Abou erreicht Moussas Wohnung. Er ringt nach Luft, und seine Beine schmerzen. Trotzdem saust er die Treppe hinauf, indem er immer vier Stufen gleichzeitig nimmt. Als er nach seinem Schlüssel kramt, muss er feststellen, dass die Tür nur angelehnt ist. Vorsichtig stößt er sie auf.

»Moussa?«

Schweigen.

Hastig durchsucht Abou die drei Zimmer. Zwar wurde die Wohnung nicht geplündert, doch einiges fehlt trotzdem – Moussas Computer, der Flachbildschirm-Fernseher, die Mikrowelle, die Mini-Hi-Fi-Anlage sowie die meisten Kleidungsstücke. Und der gesamte Inhalt des Kühlschranks!

Abou lässt sich auf einen Stuhl fallen, vergräbt das Gesicht in den Händen und gibt sich seiner Niedergeschlagenheit hin. Laurie ... Moussa ... Salah ... der Bürgermeister ... *Was ist hier bloß los?* Rasch nimmt er sich wieder zusammen und ist mit einem Satz auf den Beinen. Moussas Mobiltelefon ist natürlich verschwunden, aber in der Wohnung gibt es auch Festnetz. Der Apparat ist uralt und funktioniert nur, wenn er gute Laune hat. Wenn er schon nicht seine Mutter in der Karibik erreichen kann, so sollte er es doch wenigstens bei ihrer Sekretärin Yéri versuchen, die sicher auf dem Laufenden ist.

Abou findet das Telefon unter einem Stapel Zeitschriften im Eingangsbereich und hebt den Hörer ab. Kein Freizeichen! Er schüttelt den Apparat, zieht den Stecker aus der Dose, steckt ihn wieder hinein und drückt auf allen Knöpfen herum. Nichts! Entweder ist das Ding jetzt endgültig hinüber, oder die Leitung ist unterbrochen.

Aber wie soll er das herausbekommen? Das Radio! Moussa hat ein kleines Radio in der Küche, weil er morgens beim Frühstück gern die Nachrichten hört. Es sei denn ... Nein, es ist noch da. Abou findet das Gerät auf dem Regal hinter einer Zuckerdose.

Er schaltet es ein und probiert alle Frequenzen. Musik, Musik, Musik – auf allen burkinischen Sendern. Die Sender aus Mali oder

der Elfenbeinküste, die Abou hier empfangen kann, berichten nichts Außergewöhnliches über Burkina Faso.

Nun, dann vielleicht die Zeitungen! Abou verlässt die Wohnung und geht zum nächstgelegenen Kiosk, der gleichzeitig als Café und Tante-Emma-Laden dient. Der Inhaber informiert ihn mit betrübter Miene, dass an diesem Tag keine Zeitungen gekommen sind. Er hat keine Ahnung, warum – sie sind einfach nicht geliefert worden. Die drei Kunden, die vor ihrem Nescafé in Kondensmilch am Tisch sitzen, wissen auch nicht mehr. Und was sagt das Fernsehen? Keiner der Anwesenden besitzt einen Apparat.

Nachdem er schon einmal da ist, genehmigt sich Abou einen Kaffee. Er braucht Zeit, um nachzudenken. Man fragt ihn nach den Soldaten, die seit dem Morgengrauen in der Stadt unterwegs sind und viele Leute festgenommen haben, muss jedoch enttäuscht feststellen, dass er, obwohl er eine Uniform trägt, ebenfalls nichts weiß.

Ich werde zum Haus des Bürgermeisters zurückkehren, entscheidet er schließlich. *Ich leihe mir Félicités Motorroller, falls die Soldaten ihn nicht mitgenommen haben, und fahre zu Großmutter. Sie weiß bestimmt, was los ist.*

Gesagt, getan. Zumindest annähernd, denn vor dem Haus von Étienne Zebango steht ein Wachtposten. Abou beschließt, eine Finte zu wagen, bei der ihm seine verdreckte Uniform zugutekommt.

Er reißt die Abzeichen des 4. Infanterieregiments ab, reibt sein Gesicht mit Staub ein und geht hinkend auf den Wachtposten zu, der ihn eher neugierig als ängstlich mustert.

»Grüß dich, Kamerad«, sagt Abou mit erschöpfter Stimme und verzieht das Gesicht, als ob er große Schmerzen hätte. »Friede sei mit dir und den Deinen …«

»Gleichfalls«, erwidert der Soldat. »Wo kommst du her? Und was ist mit dir?«

»Ich war mit einem Sonderauftrag unterwegs … wir sind in einen Hinterhalt geraten … Ich fürchte, ich habe als Einziger überlebt. Ich muss unbedingt meinen Hauptmann informieren. Dürfte ich mir mal dein Telefon ausleihen?«

Mit zitterndem Finger zeigt er auf das Feldtelefon, das am Gürtel des Wachtpostens hängt.

»Aber natürlich. Da habt ihr ja wirklich Pech gehabt«, sagt der Soldat mitleidig, legt sein Gewehr ab und senkt den Kopf, um das Telefon vom Gürtel zu lösen.

Wie der Blitz stürzt Abou sich auf das Gewehr, packt es am Lauf und versetzt dem verdutzten Wachtposten einen heftigen Kolbenhieb ins Gesicht. Der Soldat sackt mit gebrochener, blutender Nase betäubt zu Boden.

»Pech für dich«, erwidert Abou und zieht den Soldaten eilig in den Hof.

Hinter der Mauer, abgeschirmt von neugierigen Blicken, nimmt er ihm den Helm ab und verabreicht ihm einen zweiten Schlag auf den Hinterkopf, um ganz sicherzugehen. Der Soldat zuckt zusammen und bleibt im Staub liegen. Abou kann nur hoffen, dass er ihn nicht getötet hat. Und wenn doch – dumm gelaufen! Immerhin haben die Kameraden dieses Soldaten mehrere Bewohner der Garnison gleich beim Aufstehen massakriert. Vielleicht ja auch Salah …

Félicités Motorroller steht noch in der Garage, gleich neben dem Pick-up des Bürgermeisters. Im Tank befindet sich kaum noch Ethanol, aber Abou hat erst vor ein paar Tagen seinen Wehrsold bekommen und verfügt über ausreichend Geld für eine Tankfüllung.

Er hängt sich das Gewehr über den Rücken, startet, steigt auf den Roller und verlässt in aller Eile den Hof in Richtung Ouahigouya.

Vorsorgliche Maßnahme

An das Volk von Burkina Faso
Mit dem heutigen Tag hat ein der Größe unseres Vaterlandes und den Grundwerten von Recht und Fortschrittlichkeit verpflichtetes Militärbündnis die ungerechte, schwache und korrupte Regierung von Fatimata Konaté abgelöst. In Kürze soll das Volk in einer freien, demokratischen und transparenten Wahl über eine neue Regierung abstimmen. Bis zu diesem Zeitpunkt wird General Victor Kawongolo die Staatsgeschäfte übernehmen. Um den Einfluss schlechter Propaganda zu unter-

binden, wird die Pressefreiheit vorläufig aufgehoben. Radio und Fernsehen unterstehen der Kontrolle des Staates, Telefon und Internet sind vorübergehend blockiert. Sobald im gesamten Land die Rechtsstaatlichkeit abgesichert ist, werden alle Beschränkungen aufgehoben.

Ouagadougou, den 20. 12. 2030

Laurie ist im Gefängnis gelandet.

Aus »Mitgefühl«, vielleicht weil sie Europäerin ist, hat man sie nicht mit den anderen verhafteten Frauen zusammengelegt, sondern ihr eine eigene Zelle gegeben – ein finsteres, verdrecktes Loch, in dem es nach Urin und schalem Schweiß riecht und das vor Fliegen und anderem Ungeziefer nur so wimmelt. Eine schimmelige Matratze bietet die einzige Bequemlichkeit, ein Eimer ohne Wasser und ein ekelerregendes Loch sind die einzigen Zugeständnisse an so etwas wie Hygiene. Wenn das die Vorzugsbehandlung ist – unter welchen Bedingungen mögen dann erst die anderen vegetieren?

Seit mehreren Stunden kauert Laurie bereits in der finsteren Zelle, fühlt sich klamm und schmutzig und hat Durst. Zwar hat man ihr einen Becher Wasser gegeben, doch die Brühe war lauwarm, hatte einen abgestandenen, schlammigen Geschmack und reichte längst nicht. Laurie hat keine Ahnung, welches Schicksal ihr bevorsteht. Während der Fahrt im schaukelnden, mit Gefangenen vollgestopften Lastwagen durch die Straßen von Ouaga ahnte sie den Grund für ihre Verhaftung. Sie entdeckte Militärpatrouillen, die die wichtigsten Verkehrsadern kontrollierten, Panzer, die strategische Standorte wie den Rond Point des Nations Unies, den Boulevard de la Revolution, den Präsidentenpalast, den Flughafen, die Ministerien und das Gebäude des staatlichen Fernsehens sicherten, und sah die überall aushängenden Plakate, deren Text sie zwar nicht lesen konnte, die sich aber in großen Lettern an das »Volk von Burkina Faso« wandten. Sie wurde Zeugin von Massenverhaftungen und sah Menschen, die von Soldaten geschlagen, ins Visier genommen und abgeknallt wurden. Während des langen, mühseligen Transports durch

Höllenhitze und scheuernden Staub hat sie die Nervosität der Wachsoldaten bemerkt, die sich immer wieder beunruhigt umsahen und anscheinend von Zweifeln geplagt wurden. Man durfte keine Fragen stellen, und den Gefangenen war es verboten, sich miteinander zu unterhalten. Trotzdem hat Laurie schnell begriffen, ebenso wie viele ihrer Leidensgenossen.

Es handelt sich um einen Staatsstreich – vermutlich auf Initiative von General Kawongolo, vor dem alle möglichen Leute gewarnt hatten. Aber Fatimata hat nicht auf die Warnungen gehört, sondern sogar noch Entschuldigungen gefunden – war nicht seine Ehefrau schwer krank? –, um ihn auf seinem Posten zu belassen. Jetzt muss sie die Suppe auslöffeln, die sie sich damit eingebrockt hat, dass sie bestimmte Dinge einfach nicht wahrhaben wollte! Und ihr Volk muss leiden, während sie sich bei den Reichen und Schönen in Nassau vergnügt. Weiß sie wenigstens Bescheid? Wird sie vorzeitig zurückkehren und die Lage retten, falls das überhaupt noch möglich ist?

Laurie zwingt sich, trotz der Hitze, des Gestanks, der Fliegen und der Kakerlaken ruhig nachzudenken. Zuerst hat sie vor Wut, Angst und Hilflosigkeit geweint und ständig an Abou gedacht. Ob man ihn ebenfalls verhaftet hat? Oder ist er etwa bei dem Sturm auf die Bohranlage getötet worden? Der Lastwagen ist auf dem Weg nach Ouaga an der Baustelle vorbeigefahren, um weitere Gefangene aufzunehmen – unter anderem auch Hauptmann Yaméogo. Bei dieser Gelegenheit konnte Laurie erkennen, dass die Rebellen offenbar das Bohrgelände und die Garnison in ihre Gewalt bekommen haben. Sie bemerkte viele Schäden; einige Zelte und Baracken standen in Flammen.

Ihr ist klar, dass die Übernahme des Grundwassersees der wichtigste, wenn nicht gar der einzige Grund für den Putsch sein muss. Vermutlich ist er auch nicht von General Kawongolo ausgegangen, der wahrscheinlich nur als Strohmann diente. Die wahren Schuldigen vermutet Laurie bei der NSA, vor der Yann Fatimata so eindringlich gewarnt hat. Auch diese Warnung hat Fatimata zu Lauries Bedauern nicht ernst genug genommen. Alle gingen davon aus, dass die Aktionen der NSA sich auf die Entführung von Moussa beschränkt hatten, nach deren Scheitern man viel zu schnell wieder zur Tagesordnung überging. Dabei war die Entführung nur ein Ablenkungsmanöver, vielleicht auch ein Probelauf, während man klammheimlich den wirklich großen Coup vorbereitete: einen Putsch! *Das haben wir allein diesem Fuller zu verdanken*, wütet Laurie vor sich hin. *Arschloch! Widerwärtige Kröte!* Sie kann nur hoffen, dass die Präsidentin irgendwie davon erfährt und dass Rudy sie rächt. Sollte ihn angesichts dieses Ekels Fuller die Mordlust packen, wäre sie die Erste, die ihn dazu aus vollem Herzen beglückwünschen würde. Allerdings käme Rudy in diesem Fall vermutlich nicht lebend von Nassau weg … Plötzlich fällt Laurie das große, in Zeitungspapier gewickelte Paket ein, das Abou und Rudy von der Großmutter mitgebracht haben. *Ob es wohl für Fuller bestimmt war? Wussten Abou, Rudy und die Großmutter längst Bescheid, was passieren würde, und haben ihre Vorkehrungen getroffen?* Eine schwindelerregende und sehr gefährliche Annahme! Wenn sie Bescheid wussten, warum haben sie Fatimata dann nicht gewarnt, sondern abreisen lassen? Nein, das ist völlig unsinnig! Aber wie soll sie die Wahrheit herausfinden? Und wie die Präsidentin warnen? Wenn die Aufständischen wirklich alles durchgeplant haben, dann würden sie Anrufe über Satellit wahrscheinlich kontrollieren oder sogar ganz unterbinden. Außerdem hat Laurie ihr Mobiltelefon ohnehin nicht dabei. Sie hat nichts als das, was sie am Körper trägt, einen Slip, ein T-Shirt und einen Rock, die sie in aller Eile angezogen hat. Bei allem Unglück kann sie noch von Glück reden, dass die Soldaten nicht versucht haben, sie zu vergewaltigen – aber vielleicht hatten sie ihre Vorschriften.

Lauries Gedankengang wird von der Wärterin unterbrochen, die ihr ein Zeichen macht mitzukommen. Eine wahnwitzige Hoffnung beschleunigt ihren Herzschlag: Wird man sie freilassen? Ist der Putsch in die Hose gegangen?

Doch leider hat sie sich zu früh gefreut. Zwei junge Soldaten bringen sie in das Büro des Gefängnisdirektors. Unterwegs passiert sie einen Hof mit hohen Mauern, Stacheldraht und einem Wachturm, in dem sie einige ihrer Mitgefangenen entdeckt – darunter auch Alimatou und ihre Tochter, die resigniert in einer Ecke kauern. Laurie winkt ihnen verstohlen zu, doch die Soldaten stoßen sie rüde vorwärts, und sie weiß nicht, ob die beiden sie gesehen oder ihr geantwortet haben.

Im Büro des Direktors wird sie von einem hochgewachsenen Schwarzen erwartet, der einen dunklen Anzug und eine ebensolche Sonnenbrille trägt und nach Aftershave riecht.

»Do you speak English?«, will er wissen.

»Yes.«

»Very good.«

Er bittet Laurie, Platz zu nehmen, und befiehlt in einem miserablen, von einem starken, amerikanischen Akzent verunzierten Französisch, dass man ihr etwas zu trinken geben soll. Einer der Soldaten bringt ein sauberes Glas und frisches Wasser.

»Sie dürfen sich freuen, Miss«, sagt der Schwarze mit einem freimütigen Lächeln auf Englisch. »Ihr Leiden hat bald ein Ende.«

»Wer sind Sie überhaupt?«, erkundigt sich Laurie herablassend, nachdem sie sich satt getrunken hat.

»Mein Name tut nichts zur Sache. Nummer 1 genügt vollauf.«

»Warum wurde ich verhaftet? Und wann gedenken Sie, mich freizulassen?«

»Schon bald. Es ist nur noch eine Frage von Tagen. wenn die Gefahr vorüber ist. Und was den Grund angeht … nennen wir Ihre Verhaftung einmal eine vorsorgliche Maßnahme.«

»Könnten Sie mir das näher erklären? Ich verstehe kein Wort.«

»Nun«, antwortet Nummer 1, »wir haben festgestellt, dass Sie mit der Präsidentin – der Expräsidentin – auf freundschaftlichem Fuß stehen. Es wäre unangebracht, um nicht zu sagen schädlich gewesen, wenn Sie eine Möglichkeit gefunden hätten, Sie über das zu informieren, was sich hier abspielt. Ich halte Sie für intelligent genug, um zu verstehen, worum es geht …«

Laurie nickt und merkt sich die Information, dass Fatimata nichts weiß.

»Schön«, lächelt Nummer 1. »Ihre Inhaftierung ist insofern keine Vergeltungsmaßnahme, denn es liegt nichts gegen Sie vor. Sie haben Ihre Arbeit erledigt, wir tun die unsere. Das bedeutet jedoch, dass wir Sie für einige Zeit ein wenig auf Abstand halten müssen. Ich hoffe, man behandelt Sie gut?«

»Meine Zelle ist entsetzlich.«

Nummer 1 wendet sich an den Gefängnisdirektor, der mit gerunzelter Stirn dem Gespräch zu folgen versucht.

»Herr Direktor«, radebrecht er in holperigem Französisch, »bitte geben Sie dieser jungen Dame eine bessere Zelle. Eine bequemere.«

»Ich sorge dafür«, nickt der Direktor.

»Nun gut«, fährt Nummer 1 an Laurie gewandt fort. »Sobald die Lage einigermaßen stabil ist, müssen Sie das Land verlassen. Sie werden ordnungsgemäß ausgewiesen. Als Entschädigung für den … nennen wir es Schaden, den Sie erlitten haben, offerieren wir Ihnen das Flugticket nach Frankreich oder in ein Land Ihrer Wahl. Ist Ihnen damit gedient?«

»Nein. Ich möchte hierbleiben und Abou wiederfinden.«

»Wer ist Abou?«

»Abou Diallo-Konaté, der Sohn der Präsidentin. Er diente in der Garnison in Kongoussi, wo Ihre Männer ein Massaker veranstaltet haben.«

Das Lächeln von Nummer 1 erlischt.

»Erstens handelt es sich mitnichten um meine Männer, sondern um Soldaten, die dem neuen Präsidenten dieses Landes, General Kawongolo, unterstellt sind. Zweitens hat es kein Massaker gegeben; die diesbezüglichen Befehle waren klar und deutlich formuliert. Und falls es Tote zu beklagen gibt – so ist es nun einmal im Krieg. Was schließlich den Sohn der Präsidentin angeht – ich nehme an, es handelt sich um den jüngeren –, so werde ich in dieser Hinsicht gern Erkundigungen einholen; soweit mir jedoch bekannt ist, wird immer noch nach ihm gesucht. Jedenfalls haben wir unser Gewissen nicht mit seinem Ableben belastet, falls Sie das beruhigt.«

Laurie hält einen erleichterten Seufzer zurück und greift Nummer 1 sofort wieder an.

»Sie arbeiten für die NSA, nicht wahr? Für Anthony Fuller!«

Jetzt ist keine Spur von Lächeln mehr auf dem Gesicht von Nummer 1 zu sehen.

»Sie stellen Ihre Vermutungen aufgrund der angeblich von Ihrem Bruder übermittelten Nachricht an, nicht wahr? Nun, sie war getürkt. Im Insider-Jargon nennen wir so etwas einen Hoax.«

Laurie glaubt ihm kein Wort, stellt aber beunruhigt fest, dass Yanns Botschaft von der NSA abgefangen worden sein muss. Eine solche Organisation verfügt mit Sicherheit über erheblich mehr Möglichkeiten, eine Nachricht zu ihrem Ursprung zurückzuverfolgen, als ein kleiner, in einem Pyrenäennest vergrabener Hacker hat, um sie zu verbergen.

»Woher wissen Sie überhaupt, dass ich einen Bruder habe? Und was wissen Sie über ihn?«

Sofort fällt ihr auf, dass die Fragen idiotisch sind. Die Cyberpolizisten von NetSurvey hatten sie in Saint-Malo des Langen und Breiten zu ihrem Bruder befragt, und NetSurvey ist bekanntlich eine Abteilung der NSA. Trotzdem überrascht sie die Antwort von Nummer 1:

»So ungefähr alles. Schließlich hat er für die NSA gearbeitet.«

»*Was*? Yann?«

»Aber ja … Leider habe ich eine traurige Nachricht für Sie. Ihr Bruder ist bei einem Unfall ums Leben gekommen.«

Lauries Herz krampft sich zusammen.

»Wie ist es passiert?«, fragt sie mit tonloser Stimme.

»Sein Wagen ist auf der Autobahn zwischen Washington und Baltimore explodiert. Mein herzliches Beileid.« Er wendet sich auf Französisch an den Gefängnisdirektor: »Sie können die junge Dame jetzt in ihre Zelle zurückbringen.«

Während die Soldaten die niedergeschmetterte Laurie an den Armen packen, fügt Nummer 1 in ungezwungenem Tonfall hinzu:

»Ich gebe Ihnen einen guten Rat, Miss: Folgen Sie lieber nicht dem schlechten Beispiel Ihres Bruders. Je weniger Sie zu erfahren versuchen, desto ruhiger werden Sie leben.«

Das Ökonogische Forum Nassau beinhaltet:
– 10000 Teilnehmer
– 1000 Konzerne, darunter 400 *ww*
– 100 Länder (Tendenz steigend)
– 10 Milliarden Euro Umsatz*
– 1 Preisträger »Umweltfreundlichstes Unternehmen des Jahres«

* Durchschnittswerte der im Jahr 2029 während des Forums abgeschlossenen Verträge

Werden Sie Mitglied!

Name: Titel:

____

Unternehmen Jahresumsatz (in 1000 €)

____

Senden

Mit dem Flugzeug in Nassau anzukommen ist fast so, als lande man auf einem fremden Planeten. Nach Tausenden von Meilen über den leeren Ozean sieht man die Bahamas zum ersten Mal, wenn das Flugzeug bereits zum Sinkflug ansetzt. Sattgrüne, von weißer Gischt gesäumte Landzungen und türkise Lagunen. Wenn der Himmel klar ist und man über scharfe Augen verfügt, kann man die überschwemmten Küstengebiete und die von Zyklonen verwüsteten Bereiche erkennen. Dann taucht die Insel New Providence auf, die im Schutz des langen, schmalen Eilands Eleuthera den Gefahren des offenen Ozeans trotzt, und gleichzeitig sieht man zum ersten Mal die enorme, schimmernde Seifenblase, die sich über der Nordküste der Insel spannt – die Enklave von Nassau – Paradise Island. Es ist die erste Enklave, die ganz unter einer Glaskugel liegt und dadurch vor den Unwägbarkeiten des extremen Klimas in diesem Gebiet völlig geschützt ist. Die Kuppel erstreckt sich über der Stadt Nassau und ihrer Umgebung, unter anderem auch über Paradise Island, das seit über einem Jahrhundert eine Zuflucht der Reichen ist, sowie über einem so großen Stück Meer, dass man hier sämtliche Wassersportarten ausüben kann, und zwar in aller Sicherheit und in einem naturnah rekonstruierten Ambiente, in dem es Korallen, tropische Fische, eine vielfältige und bunte Meeresflora, Delfine und sogar einige Haie gibt, die allerdings durch Genmanipulationen ungefährlich gemacht wurden. Die Kuppel aus Altuglass, die Tornados der Stärke 5 und dreißig Meter hohe Wellen aushält, ist mit Tausenden winziger Sonnenkollektoren bestückt, die ihr das hübsche, schimmernde Aussehen verleihen und 80 Prozent der in der Enklave benötigten Energie liefern; die restlichen 20 Prozent stammen aus Gezeitenkraftwerken. Unter der Kuppel blüht eine hochqualitative Tourismusindustrie, die so konzipiert ist, dass jeder für sein Geld nicht nur blaue Lagunen und Korallentauchgänge bekommt, sondern auch Jet-Ski-Touren, Spiele mit den Delfinen, Hochseefischerei, Swimmingpools mit Wellensimulation, Golf, Tennis, romantische Sonnenuntergänge und Candle-Light-Dinners am Strand. Hier finden die wichtigsten internationalen Meetings statt, bei denen die Führungselite über das Schicksal der Welt – und das ihres eigenen Einkommens – entscheidet und sich dabei den Luxus eines Wochenendes auf Spesen leistet. Und selbstverständlich kann die dreihundert Jahre alte Familie Rothschild ihr alljährlich stattfindendes Ökonogisches Forum an keinem anderen Ort organisieren, bei dem die *ww*-Konzerne über ihre Verantwortung am derzeitigen Zustand der Welt nachdenken und sich bemühen, ihn im Rahmen ihrer Produktion zu verbessern, indem sie zum Beispiel gegen Umweltverschmutzung vorgehen, solide und effizient produzieren und Benachteiligten helfen. In Wahrheit beweist bereits der Untertitel des Forums »die Ökonomie der Ökologie« die wahre Zielsetzung der Zusammenkunft: Es handelt sich um einen großen Umschlagplatz, wo alles verkauft, gekauft und getauscht wird, was an neuen Technologien den Markt erobert, die Start-ups und Joint Ventures, die sie produzieren oder vertreiben, und die Kredite und Investitionen, mit denen man sie finanziert. Zwar geht es unserem Planeten seither keinen Deut besser, aber viele veraltete Industrien wie Erdöl, Plastik,

Chemie und Atomenergie konnten sich dank der Hilfe des Forums in »saubere« verwandeln – Sonnenenergie, Wasserstoff, Geothermik und nachwachsende Rohstoffe – und damit einen Umsatz erzielen, der es ihnen erlaubt, sich weiterhin zur Elite zu zählen. Was die Benachteiligten angeht, so interessieren sie besagte Elite nur in dem Maß, wie man in solchen Ländern einen rentablen Markt aufbauen kann – Wiederaufbau, die Erschließung einer Energiequelle oder die Aneignung lebenswichtiger Ressourcen.

Je länger sie darüber nachdenkt, umso merkwürdiger findet es Fatimata, dass sie zu diesem Forum eingeladen wurde. Sie fühlt sich in gewisser Hinsicht als Störfaktor, hat weder etwas zu verkaufen, noch will sie etwas kaufen und ist auch für keine Rede oder Konferenz und für keinen Workshop vorgesehen. Wenn man sie fragt, welchen *ww*-Konzern sie vertritt, antwortet sie:

»Ich vertrete Burkina Faso als seine Präsidentin. Gegenwärtig kämpfen wir gegen den Durst und den Diebstahl unseres letzten unterirdischen Wasservorkommens, das einer Ihrer Kollegen, der Vorstandsvorsitzende von Resourcing, an sich bringen will. Kennen Sie ihn?«

»Resourcing kennen wir natürlich«, ist die Antwort, »aber Burkina Faso? In welcher Sparte sind Sie tätig? Was produzieren Sie?«

Am Flughafen haben die Zöllner ihr Gepäck gleich zweimal durchleuchtet und die Einladung zum Forum genauestens kontrolliert, ehe man sie einreisen ließ. Auch an der Eingangskontrolle unter der Kuppel war man sehr vorsichtig. Rudy musste sogar sein »Geschenk« für Fuller auspacken. Der Kontrolleur, ein Karibe, legte die Maske sehr schnell und mit einem unbehaglichen Gesichtsausdruck in ihre Verpackung zurück, sah Rudy gerade in die Augen und erkundigte sich, was er damit vorhabe.

»Sie ist ein Geschenk«, antwortete Rudy lächelnd.

Mit geradezu angeekeltem Ausdruck schob der Karibe Rudy die Maske und ihre Verpackung hin und murmelte:

»Ich kann nichts dagegen sagen. Es ist nicht illegal. Aber es ist grausig.«

Dabei machte er eine merkwürdige Geste, die Rudy erst verstand, als ein sympathischer, karibischer Kellner sie ihm erklärte:

»Diese Handbewegung? Sie ist ein Schutzzeichen des Voodoo-Kults. Wo haben Sie sie gesehen?«

Am Empfang des Forums, das in einem riesenhaften, luxuriösen und ziemlich kitschigen Komplex namens Atlantis an der Nordseite von Paradise Island untergebracht ist, wiederholt sich die gleiche Prozedur. Die Empfangsdame ist bass erstaunt, als sie Fatimata und Rudy ankommen sieht, und noch viel mehr, als sie feststellen muss, dass die Präsidentin von Burkina Faso tatsächlich ohne Zugehörigkeit zu einem *ww*-Konzern auf der Gästeliste steht.

»Was soll ich denn bloß auf Ihren Zugangsausweis drucken? Der Name allein genügt nicht!«

»Schreiben Sie doch einfach Burkina Faso«, schlägt Fatimata vor.

»Ist das der Name Ihres Unternehmens? Und wie schreibt man den?«

Im Hotel hingegen, in den am Rand des Atlantis gelegenen Comfort-Suiten, die den weniger reichen Teilnehmern vorbehalten sind, macht man ihnen keinerlei Schwierigkeiten. Die Exzentrik der Elite ist man hier längst gewohnt. Eine schwarze Frau im Boubou? Na, wenn schon! Kaum haben sie sich in ihren Zimmern eingerichtet, als Fatimata an Rudys Tür klopft und wissen will, was es mit der Maske auf sich hat.

»Es ist ein *soukou* der Younyonsé«, weicht Rudy aus. »Die Maske ist sehr alt ...«

»Das weiß ich«, gibt Fatimata genervt zurück. »Ich habe sie immer bei meiner Mutter gesehen. Wie kommt es, dass Sie sie jetzt haben? Erzählen Sie mir nicht, sie hätte sie Ihnen geschenkt.«

»Nein, sie ist nicht für mich. Fuller soll sie bekommen«, gesteht Rudy.

»Fuller?« Fatimata hebt die Augenbrauen. »Sie wollen Fuller einen Schatz des Kulturerbes von Burkina Faso schenken?«

»Nicht wirklich. Hadé hat gesagt, dass sie ihn wieder zurückbekäme.«

Fatimatas Augen verengen sich, und sie presst die Lippen zusammen.

»Ich glaube, ich verstehe. Sie ist aufgeladen, nicht wahr? Meine Mutter hat ... wie soll ich sagen ... damit gearbeitet. Und was soll sie hervorrufen?«

»Entsetzen. Unter anderem.«

»Sie wollen Fuller Angst einjagen? Zu welchem Zweck?«

Rudy sieht sich gezwungen, ihr den Plan zu erklären. Fatimata hört ihm mit offenem Mund zu. Sie sagt nichts, sondern schüttelt nur hin und wieder ungläubig den Kopf. Als er fertig ist, stützt sie die Stirn in die Hand und seufzt.

»Ich weiß wirklich nicht, was ich davon halten soll, Rudy. Ich habe Sie immer schon in gewisser Weise für einen Draufgänger gehalten, aber es ist noch viel schlimmer. Sie sind verrückt! Es ist verrückt, die heilerische Begabung meiner Mutter für magische Kräfte zu halten, und erst recht verrückt, zu glauben, dass so etwas funktionieren könnte. Und es macht mich unendlich traurig, dass Sie meine Mutter so eingewickelt haben, dass sie ein derart wertvolles Objekt opfert.«

»Jetzt reden Sie schon wie Laurie«, kontert Rudy, der ebenfalls ärgerlich wird. »Allerdings ist es bei ihr normal; bei Ihnen hingegen verwundern und enttäuschen mich die Vorwürfe. Wenn Sie glauben, dass ich Ihre Mutter ›einwickeln‹ könnte, wie Sie sich ausgedrückt haben, dann kennen Sie sie schlecht. Und wenn Sie meinen Plan für verrückt halten, dann vergessen Sie ihn einfach. Schlendern Sie durch die Straßen der Macht, versuchen Sie, Reden zu halten und die Vorstände der ww-Konzerne zu überzeugen, dass Burkina Faso es wert ist, erhalten und unterstützt zu werden. Wir werden ja sehen, wer von uns beiden mehr Erfolg hat!«

Von diesem Zeitpunkt an trennen sich die Wege von Fatimata und Rudy. Die Präsidentin verbringt tatsächlich ihre Zeit in Gesellschaft der Mächtigen, nimmt an Diskussionen und Konferenzen teil, ebenso an allen Workshops und Denkfabriken, zu denen sie zugelassen wird, und an Cocktailstunden und Galadiners. Der zur Schau gestellte Luxus bringt sie aus der Fassung; entsetzt stellt sie fest, dass hier eine Tasse Kaffee mehr kostet, als ein Arbeiter in Burkina Faso an einem ganzen Tag verdient, und das viele vergeudete Wasser, die verschwendete Nahrung und die für klimatisierte Pools und abendliche Lichtspiele verpulverte Energie bringen sie auf die Barrikaden. Wo immer es geht, versucht sie ihre Reden zu halten, Verantwortliche und Mächtige zu treffen und die Aufmerksamkeit auf ihr kleines Land und das Schicksal der Armen im Allgemeinen zu ziehen. Doch niemand hört ihr zu, interessiert sich für sie, stellt irgendwelche relevanten Fragen oder kümmert sich um einen Lösungsansatz. Im besten Fall betrachtet man sie als exotische Ausnahmeerscheinung und eine Art merkwürdiges Phänomen. Alles, was man von ihr in Erinnerung behält, ist: »Sehen Sie mal, da ist die Präsidentin dieses afrikanischen Landes, das vor dem IHG gegen die Resourcing gewonnen hat, erinnern Sie sich? Ja genau, dieser verrückte Prozess! Armer Fuller!« Betrüblich. Nervtötend. Zum Verzweifeln.

Rudy seinerseits hat nur ein einziges Ziel – er will Fuller finden. Er erkundet die Enklave in alle Richtungen, ortet sämtliche Wachen und Patrouillen sowie Fernsehüberwachungskameras und Sicherheitssysteme, knüpft Verbindungen zum Personal – kleinen Leuten und Dienstboten, die niemand wahrnimmt, die ihm aber erklären können, wie die gigantische Touristenfalle aufgebaut ist und funktioniert, was man sich hier erlauben kann, was nicht gut ankommt und wie man sich bei den unterschiedlichen Anlässen verhält. Er studiert den Flughafen und seine Umgebung, die Straße, die zu den Hallen führt, und informiert sich über den Flugplan. Er sympathisiert mit Polizisten und Wachleuten, die ihm gestehen, dass ihre Arbeit ihnen keinen besonderen Spaß macht; die vielen Kontrollen und die allgegenwärtigen elektronischen Überwachungssysteme reichen im Prinzip aus, um Diebstahl oder Terrorismus zu unterbinden. Die Aufgabe der Sicherheitskräfte beschränkt sich meist darauf, Betrunkene in ihr Hotel zu bringen, mit viel Fingerspitzengefühl einzuschreiten, wenn einer der reichen Knilche ausrastet, weil irgendein anderer seine Frau gevögelt hat, zwischen legalen und illegalen Drogen zu unterscheiden und zu wissen, bis zu welcher Höhe an Bestechungsgeld eine Droge illegal bleibt …

Bei einem Cocktailempfang anlässlich der Preisverleihung zum »Umweltfreundlichen Unternehmen des Jahres« läuft Fuller Rudy endlich über den Weg.

Harsh

> ... möchte ich daran erinnern, dass mit dem Erhalt des Preises ein Scheck in Höhe von einer Million Euro sowie eine garantierte Finanzierung durch die Rothschild-Bank oder eines ihrer angeschlossenen Institute verbunden ist. Mit der Ehrung möchten wir ein Unternehmen hervorheben, das in diesem Jahr auf fortschrittliche Weise in saubere Technologien investiert hat oder dessen Unternehmenspolitik auf vorbildliche Weise zum Erhalt und zur Förderung unseres Naturerbes beigetragen hat. Wie Sie feststellen können, ist die Bandbreite der Kriterien weit gefasst, was die Auswahl des Preisträgers wieder einmal schwierig gemacht hat. Unter den mehreren Hundert Unternehmen, die sich an unserem Wettbewerb beteiligt haben, und den zehn Firmen, die in die Endauswahl kamen, hat eine schließlich die Jury vollständig überzeugen können. Meine lieben Freunde, ich freue mich, Ihnen den Preisträger unseres Wettbewerbs für das Jahr 2030 vorstellen zu dürfen. Es ist ...
>
> Ausschnitt aus der Laudatio von Franklin Rothschild

Fuller seinerseits hat alles nur Denkbare getan, um Fatimata aus dem Weg zu gehen. Er verlässt das Gelände des Ocean Clubs, wo er mit der Crème de la Crème untergebracht ist, so gut wie nie. Die Teilnahme an den Diskussionsrunden, Konferenzen und Veranstaltungen, bei denen die Präsidentin von Burkina Faso ebenfalls anwesend sein könnte, hat er von vorneherein gestrichen und nur private Workshops und Denkfabriken besucht, zu denen sie nicht eingeladen war. Auch an einigen Arbeitsessen in den Restaurants von Atlantis oder – besser noch – unter den Palmen von Courtyard Terrace oder im *Dune*, dem Nobelrestaurant des Ocean Clubs, wo man angesichts eines herrlich weißen Sandstrands speist, hat er teilgenommen. Es gefällt ihm, fernab des Lärms und der Vergnügungen von Atlantis mit vornehmen Menschen zusammenzusitzen und über Dinge zu reden, die niemand anderen etwas angehen. Was die anderen Veranstaltungen anbelangt, so lässt Anthony mitteilen, dass er unpässlich ist.

Tatsächlich aber vergnügt er sich im Meer, im Pool, beim Tennis und im Fitnessraum des Hotels, um wieder ganz gesund zu werden. Seine Medikamente rührt er kaum noch an, es sei denn anlässlich einer außergewöhnlichen Verhandlung. Nach Monaten hastig und ohne Appetit heruntergeschlungener Mahlzeiten genießt er die hervorragende Hotelküche, ausgiebige Frühstücke am Meer und Diners bei Kerzenschein, die sich endlos in die milden Abende ausdehnen. Und nach vielen Wochen erzwungener sexueller Enthaltsamkeit findet er mit Samantha, einem vom Hotel zur Verfügung gestellten Callgirl, auch ohne Erectyl wieder zu seiner besten Form. Samantha ist eine bildhübsche, fröhliche, junge Karibin, die zu allem bereit ist und mit der man sich auch bei Veranstaltungen durchaus blicken lassen kann. Nachdem er viele Monate lang unter Schlaflosigkeit und Albträumen gelitten hat, schläft er hier tief und fest wie ein Baby und wacht ausgeruht und voller Vorfreude auf den bevorstehenden Tag auf. Castoriadis hatte recht: Anthony brauchte wirklich einmal Ferien; er war schon sehr auf dem absteigenden Ast. Jetzt aber fühlt er sich so wohl, dass er darüber nachdenkt, seinen Aufenthalt über die Dauer des Forums hinaus zu verlängern. Seine Geschäfte kann er auch von hier aus erledigen. *(Ja, aber da sind noch Pamela und die Scheidung, Junior, der untergebracht werden muss, und, nicht zu vergessen, die Göttliche Legion ... Nein, Anthony, hör auf, an diese ganze Scheiße zu denken. Du hast Ferien! Genieße wenigstens jetzt einmal die Gegenwart!)*

Die einzig dunkle Wolke am blauen Himmel ist diese Präsidentin von Burkina Faso, die das Forum in Begleitung einer Art Wikinger mit wildem Schnurrbart – vermutlich ihrem Leibwächter – nach ihm absucht. Das hat er nur diesem Arschloch von Cromwell zu verdanken! Eine blöde Idee, die Frau nach Nassau einzuladen! Klar, er musste sie irgendwie außer Landes bringen, um den Putsch nicht zu gefährden – im Jargon der NSA die Phase 2 der Operation Aqua™ –, aber, mein Gott, hätte er sie nicht woanders hinschicken können? Zum Beispiel zu ihren chinesischen Freunden. In China gibt es doch jede Menge Symposien, die sich mit dem Schicksal der ärmsten Länder der Welt beschäftigen. Welche Schnapsidee, sie ausgerechnet nach Paradise Island einzuladen! Hätte Cromwell Fuller einen üblen Streich spielen wollen, hätte er nichts anderes tun brauchen. »Willst du deinen Feind wirksam bekämpfen, lerne ihn zunächst kennen«, hat Sun Tzu einmal gesagt. Das mag richtig sein, allerdings bezweifelt Anthony, dass Cromwell je von Sun Tzu gehört hat; er benimmt sich wie ein Trampeltier und ist ungefähr so kultiviert wie ein Kohlkopf.

Wie dem auch sei: Fuller hat nicht die geringste Lust, Fatimata Konaté kennenzulernen, zumal sie ohnehin der Vergangenheit angehört. Cromwell hat Anthony mitteilen lassen, dass Phase 2 erfolgreich war und die NSA über einen Strohmann die Macht im Land übernommen hat. In einigen Tagen könnte Fuller mit Phase 3 beginnen und seine Bohrteams nach Burkina Faso schicken. Was sollte ihm ein Treffen mit der Expräsidentin also bringen? Nichts als Ärger. Entweder weiß sie, was bei ihr zu Hause vorgeht, und überhäuft ihn mit Vorwürfen, oder sie hat keine Ahnung und will sich an ihrem kleinen Sieg vor dem IHG berauschen. In beiden Fällen würde Anthony den Hampelmann abgeben. Schon jetzt hört er ab und zu Witzeleien hinter seinem Rücken: »Einmal hat sie Fuller schon an den Hammelbeinen gehabt. Es scheint ihr gefallen zu haben; jetzt möchte sie es sicher ein zweites Mal versuchen.« – »Weg mit dem Elend – es klebt wie Bärendreck.« – »Jetzt will sie ihm auch noch die Kansas Water Union streitig machen.« – »Fuller vögelt zwar die Frau des Gouverneurs, aber vor einer schwarzen Mami kuscht er.« … Und so weiter. Auch aus diesem Grund vermeidet er es, sich im Forum zu zeigen. Diese dumme Gans im Boubou vergiftet allein durch ihre Anwesenheit sein Leben und hindert ihn daran, seine Ferien voll und ganz zu genießen.

Allerdings gibt es einen offiziellen Anlass, den Fuller nicht auslassen darf, denn er ist mehr oder weniger direkt betroffen: die Überreichung des Preises für das »Umweltfreundlichste Unternehmen des Jahres«, den die Hilfsorganisation Deep Forest, eine von Fullers Tochtergesellschaften, in diesem Jahr gewonnen hat. Deep Forest hat in der Wüste von Amazonien zehntausend Hektar Okoumé-Bäume angepflanzt, ein Bauholz, das schnell und pflegeleicht wächst, wenig Wasser braucht und sich innerhalb einer relativ kurzen Zeitspanne rentiert. Die Stiftung Rothschild erkannte darin eine exemplarische Wiederaufforstungsaktion, einen Kampf gegen die zunehmende Verwüstung, einen Beitrag zur Wiederherstellung der Lunge der Erde und die Schaffung von Arbeitsplätzen vor Ort. Umso besser für Deep Forest. Fuller sieht darin eher eine wenig kostspielige Investition (eine Hilfsorganisation zahlt in Brasilien weder Steuern noch Abgaben), die sicheren Profit abwirft, und außerdem eine nicht zu offensichtliche Möglichkeit, in dem auf Asien fixierten Südamerika wieder einen amerikanischen Fuß in die Tür zu setzen.

So muss er sich denn wohl oder übel im großen Ballsaal der Royal Towers im Scheinwerferlicht dem Publikum stellen, Franklin Rothschild die Hand schütteln und Ramón Ramirez, dem Präsidenten von Deep Forest, applaudieren. Nach der Laudatio, die wie üblich vom Direktor des Forums gehalten wird, erscheint ein märchenhaftes, nur mit dem Notwendigsten bekleidetes Geschöpf und überreicht Ramirez den Preis, einen dicken Umschlag und einen Pokal aus massivem Gold, der einen von zwei Händen geschützten Erdball darstellt. Küsschen hier und Küsschen da, dann legt Fuller brüderlich den Arm um die Schultern des Preisträgers, der unter einer wahren Flut von Klang und Licht seinen Preis schwenkt. Während der Rede von Ramirez zwingt sich Fuller, das Publikum nicht zu beobachten; dennoch fällt sein Blick geradezu zwangsläufig auf Fatimata, die nur wenige Reihen vor der Bühne sitzt und ihn unverwandt mit einem undeutbaren Ausdruck anstarrt. Neben ihr sitzt in einer schwarzen Lederjacke der Wikinger mit seinem dichten Schnurrbart, den glatten Haaren und einem düsteren Gesicht. Fuller wendet die Augen ab und nimmt sich vor, das ungleiche Paar auf keinen Fall mehr anzuschauen.

Dann ist er an der Reihe. Er hat seine Rede vorbereitet und sich bemüht, sie auswendig zu lernen, doch sein Gedächtnis ist nach dem jahrelangen Missbrauch von Neuroprofen nicht mehr das beste. Und so holt er seine Notizen hervor und liest den ganzen Sermon ab, in dem er die Qualitäten von Deep Forest, die Hingabe an die Idee einer besseren Umwelt, den täglichen Kleinkrieg und die grandiosen Erfolge hervorhebt und ausdrückt, wie stolz er ist, die verdienstvolle Hilfsorganisation unterstützen zu dürfen. Und so weiter, und so fort.

Nach dem Applaus greift Franklin Rothschild nach dem Mikrofon und verkündet, dass das Buffet eröffnet sei, und zwar sowohl im großen Ballsaal als auch in den beiden Anbauten Orion und Zeus – nach der Rotunde gleich rechts – für diejenigen, die mit dem folgenden Programmpunkt »gewisse Probleme« hätten:

»Es handelt sich um die Harsh-Gruppe Kill Them All, die Idole unserer Kinder und Schrecken der Elterngeneration sind«, sagt er mit zweideutigem Lächeln. »Die Gruppe lebt die Musikrichtung, die sie selbst ins Leben gerufen hat, eine Weiterentwicklung dessen, was man früher industrielle Musik nannte. Diejenigen unter Ihnen, die im Stahlgeschäft tätig sind oder schon einmal ein Walzwerk besichtigt haben, wissen in etwa, was auf sie zukommt. Warum, so werden Sie mich fragen, wurden diese Klangterroristen auf das Programm gesetzt und nicht etwas Harmloseres und Sanfteres? Nun, gerade weil diese Gruppe alles andere als harmlos ist – wer von Ihnen kann sich schon rühmen, seinen Umsatz innerhalb eines Jahres um vierhundert Prozent gesteigert zu haben? Das aber ist der Fall bei HellTrax, dem eigenen Label von Kill Them All. Und wenn ich jetzt noch hinzufüge, dass die Gruppe ihre Anwesenheit beim Forum zum Anlass nimmt, fünf Prozent ihres Reingewinns vom letzten Album der Hilfsorganisation SOS zu stiften, werden Sie zugeben, dass ihre Anwesenheit hier absolut gerechtfertigt ist. Genug geredet! Genießen Sie die musikalische Sintflut von Kill Them All und die Sintflut der Cocktails in Ihren durstigen Kehlen.«

In Wirklichkeit hat Kill Them All mitnichten vorgehabt, Geld zu stiften, doch der Deal war eine Grundvoraussetzung für den Auftritt beim Forum und die damit verbundene, ansehnliche Gage. Ihr Manager stimmte mit den Worten zu, dass es immer noch weniger sei als das, was die beiden für Alkohol und Drogen ausgäben, und dass es die Steuerlast senke. Außerdem fand er es witzig, dass eine Gruppe mit dem Namen Kill Them All eine Hilfsorganisation unterstützen sollte, die Save OurSelves hieß.

Nachdem Franklin Rothschild verschwunden ist und die Gäste sich an der langen Theke am anderen Ende des Saales drängen, wird es auf der Bühne dunkel und still.

Der Lärm der Menschenmenge wird zunehmend von einem vagen Geräusch übertönt, das sich wie das ferne Dröhnen großer Turbinen anhört. Das Geräusch verstärkt sich; ein grelles Pfeifen gesellt sich hinzu, das aus allen Richtungen gleichzeitig zu kommen scheint. Alle Anwesenden drehen die Köpfe zur immer noch dunklen Bühne. Doch der unglaubliche Ton scheint nicht aus den Mikro-Boxen zu dringen, die rings um die hohe Decke angebracht sind. Plötzlich ertönt eine synthetische Frauenstimme: »Wir möchten unsere werte Kundschaft darauf aufmerksam machen, dass die Bahamas derzeit von einem Zyklon heimgesucht werden, und raten Ihnen in Ihrem eigenen Interesse, die Enklave nicht zu verlassen. Die Kuppel ist vollkommen sicher. Sie haben nichts zu befürchten. Vielen Dank für Ihre Aufmerksamkeit.«

Nervöses Lachen ist hier und da zu hören, ebenso Bemerkungen wie: »Jetzt übertreiben sie aber wirklich!« – »Mit solchen Dingen sollte man keine Scherze treiben.« Oder auch: »Eine tolle Idee für einen Auftritt.« Das Dröhnen ist inzwischen zu einem anhaltenden Kreischen geworden, das von einer dumpfen Vibration begleitet wird. Einige Gäste trauen sich, den Saal zu verlassen, um aus den Korridorfenstern zu schauen, und kommen bleich und ängstlich zurück. Draußen scheint eine wahre Hölle entfesselt zu sein, der Himmel ist pechschwarz, und riesenhafte Wellen brechen sich in der Ferne an der Kuppel – wird sie wohl halten?

In diesem Moment höchster Anspannung kommen Kill Them All auf die Bühne. Zwei rote Blinklichter drehen sich zwischen den

Säulen; eine jaulende Sirene erklingt im ganzen Saal. Im pulsierenden Rhythmus des Lichtes flimmern blasse Hologramme über die Bühne und verteilen sich im Publikum. Es sind samt und sonders Kriegs- und Zerstörungsszenarien: Bombardements, Tsunamis, Vulkanausbrüche, Zyklone (wie passend!), Lawinen, Brandkatastrophen ... verängstigte Menschen, die vor Katastrophen fliehen, brennende Gebäude, die in sich zusammensinken, Großaufnahmen von Leichen, in deren Gesicht noch die Angst steht, Leute, die niedergetrampelt werden, Verletzte, die sich zwischen Trümmern dahinschleppen ... In der Mitte dieser morbiden Bilder tauchen plötzlich zwei in Lumpen gekleidete Zombies mit grünen Gesichtern und schleimigen Körpern auf. Einer hält sich ein Mikrofon in Form eines Phallus vor den Mund, der andere schwenkt einen tragbaren Synthesizer, der wie ein abgehackter Arm mit hängenden Fingern aussieht: Es sind Destroid, der Sänger, und Killing Machine, der Musiker. Während das Schrillen der Sirenen im Donnern eines heftigen Bombardements untergeht, vollführen die beiden Zombies einen grotesken Tank inmitten holografischer Leichenberge. Schließlich grölt Destroid in sein Mikro – es klingt wie ein abgestochenes Schwein, das man mit viel Echo und Hall unterlegt hat; Killing Machine misshandelt derweil seinen abgehackten Arm, der eine Reihe undeutlicher und ziemlich scheußlicher Rhythmen und Geräusche von sich gibt: Reaktoren, Metallsägen, Walzlager, unterschiedliche Arten von Explosionen, Turbinen, Wasserfälle, das Keuchen eines Kolbens (als *beat*), ein Mix aus qualvollen Todesschreien, Autozusammenstößen und anderen, zusammengebastelten Industriegeräuschen, die das Ganze noch unerträglicher machen. Das Brüllen des Zyklons draußen gesellt sich zu diesen Misstönen und bildet ein Grundgeräusch, das die »Harmonie« des Vortrags in keiner Weise stört.

Drei Viertel des Publikums haben schnell das Weite gesucht. Die meisten drängen sich in den Anbauten Orion und Zeus, die viel zu klein sind, um so viele Menschen aufzunehmen. Einige irren mit ihren Häppchen und Gläsern durch die Korridore; andere sind in ihre Hotels zurückgekehrt oder haben sich in die umliegenden Restaurants geflüchtet. Manche hängen wie gebannt an den Fenstern und beobachten die ferne Apokalypse, die durch das tropfende und immer wieder von umherfliegenden Trümmern getroffene Kuppeldach geradezu unwirklich erscheint. Etwa ein Viertel der Zuschauer bleibt im Saal und lässt sich vom Klangterrorismus faszinieren und Ohren und Hirn mit 180 bpm zuhämmern. Für dieses verbliebene Viertel spuckt Kill Them All Feuer, dreht Hühnern den Hals um, zerlegt Maschinen, zerstückelt Puppen mit den Gesichtern einflussreicher Machthaber, schneidet sich die Pulsadern durch (nicht echt) und kotzt in die vorderen Reihen (echt).

Fuller hat es nicht ausgehalten. Gleich bei den ersten Missklängen und Schlächterszenen ist er geflüchtet und hat nicht nur den großen Ballsaal, sondern gleich auch die Cocktailparty verlassen, um nur ja nicht auf Mami Konaté, ihren Boubou und ihren Wachhund zu treffen.

Die wenigen Hundert Meter Fußweg zwischen den Royal Towers des Atlantis und dem Ocean Club gleichen einer surrealistischen Erfahrung: Ihm ist, als bewege er sich im Innern einer IMAX-Kuppel, auf die ein dreidimensionaler Orkan in Originalgröße projiziert wird. Er sieht, wie sich gigantische Wellen mit haushoher Gischt an der Kuppel brechen, wie sich Wolkengebirge immer höher auftürmen, wie die unterschiedlichsten Dinge gegen die Wand aus Altuglass geschmettert werden, deren bebende Vibration er bis tief in seinem Bauch spüren kann, und er hört das Brüllen des entfesselten Sturms. Unter der Kuppel jedoch ist alles ruhig, Lichter brennen und spiegeln sich in den Pools, die Lagunen kräuseln sich ein wenig, die Neon- und Holoreklamen tanzen und flimmern wie üblich, und Passanten spazieren herum, als ob nichts wäre. Ein merkwürdiger Eindruck.

An der Rezeption seines Hotels trifft Fuller auf Franklin Rothschild, einige seiner Mitarbeiter und Ramón Ramirez, den Preisträger. Alle sind im Abendanzug.

»Wir wollen im *Dune* dinieren«, sagt Ramirez. »Hätten Sie Lust, sich anzuschließen?«

»Gern, ich muss mich nur schnell noch umziehen. Zimmer 156«, wendet er sich an die Empfangsdame, die ihm seine Karte aushändigt.

Ganz von Rothschild und seinem Gefolge in Anspruch genommen, hat Fuller nicht den Mann gesehen, der in der Halle in einem Sessel sitzt und aufmerksam einen Hotelprospekt studiert.

Kaum ist er in seinem Zimmer angekommen und hat Jackett und Hemd ausgezogen, um sich rasch ein wenig frisch zu machen, als es an seiner Tür klopft.

»Wer ist da?«

»Der Room Service, Sir. Hier ist ein Geschenk, das die Rezeptionistin vergessen hat, Ihnen zu überreichen.«

»Ein Geschenk? Von wem?«

»Äh ... von Franklin Rothschild, Sir.«

»Eine Sekunde.«

Hastig und ein wenig erstaunt zieht sich Anthony wieder an. *Ein Geschenk von Rothschild? Also, so etwas!* Mehr aufgeregt als neugierig öffnet er die Tür. Vor ihm steht der Wikinger, der Leibwächter von Fatimata Konaté, und setzt einen Fuß zwischen Tür und Rahmen.

»Sie?«, sagt Fuller erschrocken. »Was wollen Sie?«

»Das habe ich Ihnen doch schon gesagt. Ich habe ein Geschenk für Sie. Darf ich eintreten?«

»Ich will Ihr Geschenk nicht. Und ich habe Ihrer Chefin auch nichts zu sagen.«

»Hören Sie, Mr. Fuller«, schmeichelt Rudy liebenswürdig, »sollten wir nicht dieses Misstrauen und Versteckspiel endlich sein lassen? Meine Chefin, wie Sie sie nennen, möchte nichts anderes, als endlich Frieden mit Ihnen zu machen. Das Geschenk ist ein Zeichen ihres guten Willens.«

Er zeigt Fuller ein ziemlich großes, in Seidenpapier gewickeltes und mit einem Goldband verschnürtes Paket.

»Was soll das sein? Eine Bombe?«

Rudy schaut ihn mitleidig an.

»Glauben Sie ernsthaft, Mr. Fuller, dass ich hier mit einer Bombe aufkreuzen könnte? Es gibt auch wohlmeinende Menschen, wissen

Sie! Und zu ihnen gehört Madame Konaté, die sehr darauf hofft, Sie endlich kennenlernen zu dürfen.« Rudy schlängelt sich immer weiter durch die halb geöffnete Tür. »Sehen Sie es sich wenigstens einmal an. Wenn es Ihnen nicht gefällt, geben Sie es mir zurück, und wir belassen es dabei. Einverstanden?«

»Gut, aber beeilen Sie sich. Ich bin verabredet.«

Widerwillig gibt Fuller den Weg frei. Rudy legt das Geschenk und einen dicken Strauß exotisch duftender Blumen auf den Tisch und tritt beiseite.

Anthony wirft ihm einen misstrauischen Blick zu, findet aber kein Gegenargument. Er knüpft die Schleife auf und zerreißt das Seidenpapier. Es sind mehrere Schichten …

Die Hyänenmaske fixiert ihn mit leeren, irren Augen.

Ein merkwürdiges Unbehagen beschleicht Fuller. In seinem Bauch klumpt sich ein Kloß aus Angst zusammen, als stünde er am Rand eines schwindelerregenden Abgrundes. Gleichzeitig hört er klar und deutlich eine Art Lachen, wie Tony Junior es manchmal ausstößt. Er hebt den Kopf und sieht Rudy an, der ihm heiter zulächelt. Dann wendet er sich wieder der Maske zu, deren Scheußlichkeit ihn fasziniert.

»Nehmen Sie sie ruhig in die Hand«, sagt Rudy. »Fühlen Sie die außergewöhnliche Patina des Holzes? Die Maske ist über fünfhundert Jahre alt – ein unschätzbar wertvolles Geschenk.«

Gegen seinen Willen nimmt Anthony die Maske in die Hand. Er kann den Blick nicht von ihr wenden. Wieder hört er das Lachen. Dieses Mal ist es lauter. Nein, es ist kein Lachen – es ist ein Schrei, der Schrei eines Tieres. Der Schrei einer Hyäne! Ein tiefes Entsetzen übermannt ihn. Am liebsten würde er das schreckliche Ding loslassen und aus dem Zimmer fliehen, doch er ist wie gelähmt. Erstarrt. Seine aus den Höhlen tretenden Augen fixieren das schwarz, rot und gelb bemalte Tiergesicht. Die Farben beginnen unter seinem Blick zu tanzen. Die Form der Maske verwischt sich und wird plötzlich zu Wilbur. Es ist der abgehackte Kopf seines verstorbenen Sohnes, den er da in Händen hält, fahl, blutleer und mit verzerrten Zügen, wie am Tag seines Todes. Seine faltigen Lider öffnen sich über gelben, blutunterlaufenen Augen. Blankes Entsetzen breitet sich wie kochende Lava in Anthonys Gemüt aus und vernichtet jeden Gedanken und seine gesamte Willenskraft.

Wieder lacht die Wilbur-Maske. Eine Hyäne? Nein, es ist Tony Junior, der mit tonloser Stimme sagt:

»Vater, du wirst sterben.«

KAPITEL ZEHN

Vaterland oder Tod

Der Zyklon Zoe, der in der Nacht vom 21. auf den 22. Dezember über die Bahamas hinwegraste und zahlreiche Verletzte und Todesopfer forderte, konnte die Verleihung des Preises »Umweltfreundlichstes Unternehmen des Jahres«, die den krönenden Abschluss des 5. Ökonogischen Forums in Nassau bildete, nicht verhindern. Der von der Rothschild-Foundation ausgelobte Preis ging in diesem Jahr an die Hilfsorganisation Deep Forest, die weite Teile Amazoniens aufgeforstet hat. Im Übrigen wurden während des Forums viele Themen angerissen, die sich entweder mit der Umwelt oder dem Klima beschäftigten. Die teilnehmenden Konzerne, die zum größten Teil weltweit agieren und damit sowohl politisch als auch ökonomisch tragende Rollen spielen, werden sich in zunehmendem Maß ihrer Verantwortung für die Welt von morgen bewusst.

So wurde beispielsweise über die Möglichkeit nachgedacht, »Sonne und Wind« mit einer Steuer zu belegen. Zum Eigenbedarf betriebene Windräder und Sonnenkollektoren könnten mit einer Abgabe belegt werden, die zum Ziel hätte, Rentabilitätsstudien zu finanzieren. Produktionseinheiten, deren Ausstoß bei mehr als 20 Megawatt liegen, wären von dieser Steuer ausgenommen, da sie einen Beitrag zur öffentlichen Energieversorgung leisten.

Ein weiteres Projekt, das für große Aufmerksamkeit sorgte, war der Vorschlag, den Nordpol zur »Weltsüßwasserreserve« zu erklären und Quoten für die Ausbeutung festzulegen, die auf dem aktuellen Wasserverbrauch der einzelnen Mitgliedsländer basieren. Mit einer solchen Lösung könnte man Eigentumskonflikte vermeiden, wie sie bei dem kürzlich von einem isländischen Gletscher abgebrochenen Eisberg aufgetreten sind. Die wenigen Inuit, die heute noch am Nordpol leben, könnte man bei Bedarf umsiedeln.

Wie die Tagungsteilnehmer anlässlich der Passage des Zyklons Zoe selbst feststellen konnten, erweist sich die überdachte Enklave Nassau als echter Fortschritt im Hinblick auf Komfort und Sicherheit. Zwar wurde die Insel New Providence zu weiten Teilen verwüstet, die Kuppel jedoch geriet zu keinem Zeitpunkt auch nur in Gefahr. Inzwischen gibt es Pläne, ökonomisch oder kulturhistorisch wichtige Enklaven ebenfalls mit einer Kuppel zu versehen – die Rede ist von Hongkong, Genf, Honolulu und Washington.

Von dem gegen Ende des Forums auf merkwürdige Weise verschwundenen Anthony Fuller, dem Vorstandsvorsitzenden des Großkonzerns Resourcing *ww*, fehlt weiterhin jede Spur. Die Hypothese einer eventuellen Entführung wird von den verantwortlichen Sicherheitskräften als wenig wahrscheinlich bezeichnet. Da Fuller über ein Privatflugzeug verfügt, kann er sich durchaus an einen unbekannten Ort abgesetzt haben, doch wird auch weiterhin in alle möglichen Richtungen ermittelt. Franklin Rothschild, der Direktor des Forums, sprach mit uns über seine Sorge bezüglich Fullers Gesundheitszustand. »Vielleicht lässt er sich irgendwo behandeln«, sagte er wörtlich, »und möchte nicht, dass jemand davon erfährt.« Über den Fortgang der Ermittlungen halten wir Sie selbstverständlich auf dem Laufenden. Besuchen Sie uns auf Fortune.net und vergessen Sie nicht, uns in Ihre Favoritenliste aufzunehmen.

Verlorene Liebe

... und möchte das Land aus der religiösen, ökonomischen und historischen Steinzeit herausholen. Ich bin der Überzeugung, dass weder Gott noch Allah oder die Geister unserer Vorfahren die Geschicke dieses Landes leiten; unsere Zukunft ist abhängig von tatkräftigen Frauen und Männern. In ökonomischer Hinsicht werden wir uns in Zukunft weder vom Westen noch von den Stammesfürsten diktieren lassen, was wir pflanzen und wie wir uns ernähren sollen. Und was die Geschichte angeht, so werden wir keinesfalls mehr zulassen, dass Diktatoren oder westliche Bankiers über unsere Politik entscheiden ...

Auszug aus der Antrittsrede Fatimata Konatés nach ihrer Wahl zur Präsidentin am 25. März 2028

»Abou, heute Abend musst du bereit sein. Du wirst an einem Bangré-Kreis teilnehmen.«

»Du hast mir zwar schon oft davon erzählt, Großmutter, aber du hast mir nie gesagt, was sich bei einem solchen Ereignis abspielt.«

»Die Masken werden hervorgeholt.«

»Ach ...«

Abou ist fast enttäuscht. Er hat schon früher an Maskentänzen teilgenommen, die er zwar durchaus beeindruckend fand, aber im Grunde als altmodische Folklore, als von den Alten aufrechterhaltene Tradition oder als Touristenspektakel abtat. Das war jedoch vor seinen Lehrjahren so. Mit Hadé würde es sicher eine ganz andere Bedeutung bekommen.

»Es ist ganz anders, als wenn wir um Regen oder eine gute Ernte bitten. Heute Abend holen wir die *soukou*-Masken, die schwarzen Masken, hervor. Es wird ein Tanz der Visionen und der Macht sein.«

»Und wozu?«

»Hast du schon vergessen, dass dein Freund Rudy Fuller inzwischen die Hyänenmaske überreicht haben sollte? Wenn wir nicht hinsehen, was passiert, können wir die Kräfte nicht bändigen, und die Maske, die besonders stark ist, wird ihn verschlingen.«

»Darf ich auch eine Maske tragen?«, fragt Abou.

»Nein, du bist noch nicht stark genug. Du wirst lediglich zusehen. Oder besser: Du wirst sehen ...«

»Muss ich wieder den Rauch aus dem Fetisch einatmen?«

»Wenn du dich dem Bangré ganz öffnest, ist es nicht nötig. Du wirst allerdings deine gesamte Energie brauchen. Daher schlage ich vor, dass du dich vorher noch einmal ordentlich ausruhst. Leg dich auf die Matte dort und schlafe ein bisschen.«

Abou bezweifelt, dass er unter den Augen der grimmig dreinblickenden Masken, die an allen Wänden und Balken der Hütte hängen, überhaupt einschlafen kann – ganz zu schweigen von den Befürchtungen, die ihn beschäftigen. Gleich nachdem er bei Hadé eintraf, hat er den Grund für die Militärpräsenz in Kongoussi, den Angriff auf die Garnison und die Verhaftung Lauries und des Bürgermeisters erfahren. Ein Putsch! General Kawongolo hat feige abgewartet, bis Abous Mutter außer Landes war, um die Macht an sich zu reißen.

»Er ist nicht der wirklich Verantwortliche«, erklärte Hadé ihm. »Die wahren Hintermänner sind von Fuller bezahlte Leute.«

Abou fragte nicht nach, woher sie die Einzelheiten kennt – sie weiß es einfach, und das ist normal. »Und Laurie? Lebt sie noch? Hat man ihr etwas angetan?«

»Ja, sie lebt. Dein Bruder übrigens auch, falls es dich interessiert«, gab seine Großmutter trocken zurück.

Mehr wollte oder konnte sie nicht sagen. Zweifellos vegetieren sie in irgendeiner Zelle vor sich hin, vermutete Abou. Bei der Vorstellung, dass man Laurie etwas angetan haben könnte, zitterte er vor Angst und Wut. Außerdem schämte er sich, dass er nicht als Erstes nach seiner Familie gefragt hatte, und bohrte vorsichtshalber nicht weiter.

Dafür hakte Hadé im Anschluss an ein köstliches, von Bana serviertes Reisgericht nach.

»Morgen fährst du nach Bamako zu deinem Vater, mein Sohn. Es wäre nicht gut, wenn Kawongolos Soldaten dich hier fänden. Von Bamako aus wirst du versuchen, deine Mutter zu informieren, falls sie nicht ohnehin schon auf dem Laufenden ist. Ihr Flugzeug landet in Bamako. Du wirst sie dort in Empfang nehmen und den Widerstand vorbereiten. Wenn es sich irgendwie einrichten lässt, solltest du versuchen, mit dem Präsidenten von Mali zu sprechen und ihm die Situation zu erklären. Dein Vater kann dir sicher dabei helfen.«

Sein Vater … Über ein Jahr schon hat Abou ihn nicht mehr gesehen. Nach der Scheidung von seiner Mutter ging er nach Mali, wo er einen Posten im Vorstand der Afrikanischen Bank für Entwicklung annahm. Ein Jahr der Präsidentschaft Fatimatas hatte genügt, um die ohnehin schon angespannte Beziehung endgültig zerbrechen zu lassen.

Fatimata und Amadou hatten sich gegen Ende des zwanzigsten Jahrhunderts kennengelernt, in einer Zeit der politischen Euphorie, als das kleine Burkina Faso glaubte, den Räubern des Westens, unter ihnen der Weltbank und dem Internationalen Währungsfonds, die Stirn bieten zu können. Damals war Fatimatas Vater Alpha Konaté, der Begründer der Erneuerungspartei von Burkina und engagierter Globalisierungsgegner, der für eine belastbare Wirtschaft und den Erhalt der Ressourcen eintrat, gerade zum Präsidenten gewählt worden. Zu seinem engsten Kreis gehörten zwei Brüder: Amadou und Adama Diallo, die sich glühend für die Ziele des Präsidenten einsetzten und eine vielversprechende politische Karriere vor sich hatten. Die junge, heißblütige Fatimata schlief mit beiden und bekam im Jahr 2008 einen Sohn von Amadou, den sie Moussa nannte. Ein Jahr später wurde sie von der Regierung ihres Vaters im Alter von erst 21 Jahren zur Ministerin für Frauenfragen nominiert und musste daraufhin ihre persönliche Situation regeln, denn die Traditionalisten, auf deren Unterstützung ihr Vater angewiesen war, hielten absolut nichts von ledigen Müttern. Und so heirateten Fatimata und Amadou …

Ihre Liebe allerdings gehörte Adama, was sie sich erst einige Jahre später eingestand – zu spät. Im Jahr 2011 fand ein Militärputsch statt, bei dem Fatimatas Vater getötet und Adama ins Gefängnis geworfen wurde, wo er zwölf Jahre verbrachte – zwölf schwarze Jahre inkompetenter Militärdiktatur, deren Anführer auf der Gehaltsliste von *ww*-Konzernen standen, die das Land ausbluten ließen und sich seiner als Müllkippe bedienten. Einige Gebiete im Norden, in der Gegend von Markoy und Gorom-Gorom, sind auf mehrere Hundert Jahre hinaus verseucht. Wenn dort der Harmattan weht, sind noch immer radioaktive Partikel in der Luft.

Während der düsteren Jahre bekamen Fatimata und Amadou in ihrem Exil in Mali einen zweiten Sohn – Abou, der im Jahr 2012 geboren wurde – und bauten einen aktiven Widerstand auf. Fatimata setzte Himmel und Erde in Bewegung, um Adama frei zu bekommen, während Amadou, der damals schon in der Hochfinanz arbeitete, eine Kooperative ins Leben rief, die bettelarmen Bauern mit Kleinkrediten unter die Arme griff. Im Jahr 22 wurde den Militärmachthabern plötzlich klar, dass es die Konzerne, von denen sie finanziell abhingen, nicht mehr gab, weil der »chinesische Drache« sie verschlungen hatte. In der Folge konnten sie sich nicht mehr lange halten. Angestachelt von Fatimata und der Partei ihres Vaters, setzte das Volk sie ab und befreite alle politischen Gefangenen – unter ihnen auch Adama Diallo, der die Präsidentschaftswahlen im Folgejahr haushoch gewann. Die Jahre im Gefängnis hatten ihn verbraucht und hart gemacht, seinen politischen Überzeugungen jedoch nichts anhaben können. Immer noch lebte er für die Ideen und Richtlinien seines verstorbenen Vorbilds Alpha Konaté und ernannte dessen Tochter zur Premierministerin. Fatimata gestand sich ein, dass sie ihn immer noch liebte. Damals hätte sie sich scheiden lassen und ihn heiraten sollen, doch sie tat es nicht: Ihre Verwandten und die Angst vor dem Geschwätz der Leute hielten sie ab. Und Adama? Liebte er sie ebenfalls? Fatimata hat es nie erfahren. Adamas wahre Liebe gehörte immer seinem Land, seinem Volk und seinem Stammesgebiet. Außerdem ließ er sich, obwohl er ursprünglich dem Stamm der Dioula angehörte, vom Volk der Fulbe und seiner reichen Mythologie faszinieren.

Zwischen Amadou und Fatimata lief nichts mehr. Sie widmete sich der Politik, er der Leitung seiner Kooperative, und zwischen ihnen stand Adama. Sie entfremdeten sich immer mehr. Am Ende seiner fünfjährigen Amtszeit, im Jahr 2028, stellte sich Adama nicht mehr zur Wiederwahl. Stattdessen wurde Fatimata gewählt, und ihre heimliche Liebe zog sich in die Wüste zu den Fulbe zurück.

Wo ist er jetzt? Was tut er? Kümmert er sich um eine Herde? Bestellt er Gärten in einer Oase? Lebt er überhaupt noch? Sein Bruder weiß es vielleicht, doch er sagt ihr nichts.

Im vergangenen Jahr wurde Amadou für den Posten des stellvertretenden Direktors der Afrikanischen Bank für Entwicklung vorgeschlagen. Das Gehalt und die Vergünstigungen standen in keinem

Vergleich zu der kargen Vergütung, die ihm die Arbeit bei der Kooperative einbrachte. Fatimata empfand es als Verrat. Der Bruder von Adama und Schüler des großen Alpha Konaté wollte in das Lager der Kapitalisten überwechseln! Natürlich ebenfalls Afrikaner, aber trotzdem Kapitalisten. Nach jahrelanger Entfremdung ließen sich Amadou und Fatimata endlich ohne Rücksicht auf Tradition und Gerüchteküche scheiden. Amadou übersiedelte nach Mali, wo er sein neues Leben als reicher Mann lebte, Fatimata blieb allein mit ihren Überzeugungen, einem ausgebluteten Land, das sie zu regieren hat, und dem Andenken an eine verlorene Liebe. Eines Abends, als sie sich deprimiert und entmutigt fühlte, vertraute sie Abou ihre Geschichte an. Doch ihr Sohn konnte nichts anderes für sie tun, als sie zu bemitleiden – schließlich war es schlecht möglich, dass er sich in die Wüste aufmachte und nach seinem Onkel suchte, um ihm mitzuteilen: »Komm zurück, meine Mutter liebt dich.«

Jetzt, während Abou auf seiner Matte in der duftenden und – trotz der brütenden Hitze draußen – relativ kühlen Hütte von Hadé liegt, muss er wieder daran denken. Wie würde seine Mutter reagieren, wenn sie von dem Putsch erfuhr? Würde sie kämpfen wie eine Löwin und sich der Situation stellen? Oder doch eher in Mutlosigkeit versinken? Und sein Onkel Adama? Würde er vielleicht reagieren und aus der Wüste zurückkehren? Oder würden dem Land wieder viele Jahre einer ungerechten Diktatur bevorstehen, wie es 2011 schon einmal der Fall gewesen war? Doch all diese Fragen, deren dramatisches Ausmaß er durchaus einschätzen kann, helfen ihm dabei, nicht ununterbrochen sein persönliches Problem wiederzukäuen: eine erwachende Liebe, die von den Militärs mit der Wurzel ausgerottet wurde. Fast könnte man glauben, dass es sich um einen Familienfluch handelt … Und entgegen all seinen Erwartungen schläft Abou ein.

Er fliegt. Er fliegt unter einem glitzernden Sternenhimmel über düsteres, unruhig bewegtes Wasser. Er kommt schnell voran, sehr schnell sogar. Unter ihm folgt eine Welle der nächsten, bis sie sich am Horizont verlieren. Schließlich erreicht er ein Archipel aus langen, flachen Inseln. Eine von ihnen glänzt wie ein Juwel; sie sieht aus wie eine Perle am Meeresufer. Es ist eine Kuppel. Eine durchsichtige Kuppel, unter der eine ganze Galaxie von Lichtern funkelt. Häuser. Große Gebäude, Villen, Bungalows, erleuchtete Pools, in Neonlicht getauchte Straßen, mit Windlichtern geschmückte Parks. Eine Stadt. Abou durchdringt die Kuppel und kommt zu einem der großen Gebäude – einem Hotel am Meeresstrand. Nun ist er im Innern. Ein Flur, ein Zimmer … Fuller hält sich in diesem Zimmer auf. Er sitzt in einem Sessel und starrt stumpf auf eine Hyäne, die ihn aus ihren gelben Augen beobachtet. Fuller kann den Blick nicht von ihr wenden. Die Hyäne lächelt, nein, sie lacht: »Hi, hi, hi.« Ihr Gesicht ist nicht das einer Hyäne, sondern eher das eines Zwergs oder eines Kindes – grau, welk, verschrumpelt und von übergroßen, glühenden Augen beherrscht. Das Kind fixiert Fuller und begnügt sich damit, böse zu lachen, hi, hi, hi, als wäre ihm ein schlechter Scherz oder eine gemeine Rache gelungen. Plötzlich hebt die Kind-Hyäne die Augen und entdeckt Abou, der unter der Decke schwebt. Sie lacht nicht mehr. Ihr Blick sprüht nur noch abgrundtiefen Hass.

Abou schreckt schweißgebadet und mit heftig pochendem Herzen aus dem Schlaf. Hadé hat sich über ihn gebeugt und lächelt ihm zu.

»Sehr gut, mein Sohn. Du bist bereit, dich heute Abend der unsichtbaren Welt zu stellen.«

Hass-Hyäne

> Eine Maske ist niemals das, wonach sie aussieht. […] Alle Masken sind die Emanation eines spirituellen Wesens, das *per definitionem* keine präzise Form besitzt.
>
> G. Le Moal

In der Abenddämmerung verlassen Abou und Hadé den Hof. Sie wandern lange. Zunächst auf einer geteerten Straße; später werden die Wege immer weniger deutlich erkennbar, bis sie irgendwann die todgeweihte, sandige, schon von der vorrückenden Wüste gezeichnete Savanne erreichen, in der es keinen anderen Anhaltspunkt gibt als den Vollmond. Hadé weiß genau, wo sie hinwill, und schreitet mit ruhigen Schritten aus, doch Abou ist noch nie bei Nacht durch den Busch gewandert. Er strauchelt häufig, zumal er einen schweren Sack mit dem zeremoniellen Ornat, einigen Gebrauchsgegenständen und der Maske – einem *karinga* mit menschenähnlichem Kopf, dessen bemalte und mit esoterischen Zeichen versehene Holzklinge hoch aus dem Sack ragt – von Hadé schleppen muss. Außerdem hat er ständig Angst, auf eine Schlange, einen Skorpion oder in ein Vogelspinnennest zu treten. Wenn ein Nachtvogel mit rauschenden Schwingen auffliegt oder ferne, seltsame Tierrufe weit über die Savanne hallen, schrickt er zusammen. Hadé unternimmt nichts, um seine Angst zu dämpfen oder zu schüren; sie schweigt und erwartet, dass er ebenfalls nicht spricht. Das Ziel des endlos scheinenden, beängstigenden Marsches ist ein Ort mitten im Nirgendwo, ein mysteriöser, machtvoller Ort, der von drei offensichtlich noch lebenden Bäumen begrenzt wird: einem Baobab, einem Kapokbaum und einem Mahagonibaum. Jeder der Bäume symbolisiert eine bestimmte Eigenschaft; sie stehen für Weisheit, Geist und Läuterung. Niemand sonst ist da. Hadé befiehlt Abou, sich unter seinen Lieblingsbaum zu setzen und sich nicht von der Stelle zu rühren. Dann verschwindet sie im Dunkel.

Abou setzt sich unter den Mahagonibaum, wartet und betrachtet den Mond in der bevölkerten Stille der Nacht. Er wartet lange. Sehr lange. Allmählich beginnt er sich zu fragen, was er eigentlich hier tut, warum alles so lang dauert und wo Hadé und die anderen bleiben. Doch er wartet weiter. Seine derzeitige und seine künftige Situation gehen ihm durch den Kopf, er denkt über seine Reise nach Mali nach, doch was ihn am meisten beschäftigt, ist der Traum, den er bei Hadé gehabt hat: die Hyänenmaske und das Antlitz des Hasses, das er schon im Bangré gesehen hatte. Was verbindet diese beiden? Was soll er von diesem Traum halten? Seine Großmutter würde es ihm erklären … Abou wartet. Er beginnt sich zu fürchten. Lange Wolkenschleier schieben sich vor den Mond und zeichnen bizarre

Schatten auf den nackten Boden. Seltsame Geräusche nähern sich. Zwischen den Bäumen meint er flüchtige Bewegungen zu erkennen. Etwa Tiere? Doch welche Art Tier jagt mitten in der Nacht im Busch? Schon als Kind hat er gelernt, dass es in Burkina längst keine Löwen und Panther mehr gibt. In den Naturparks überleben noch einige Elefanten mehr schlecht als recht, und die letzten heiligen Krokodile siechen allmählich in ihren zu Wasserlachen geschrumpften Sümpfen dahin. Abou wartet, kopflos vor Angst. Er kann sich nicht mehr bewegen. Seine Beine tragen ihn nicht mehr. Seltsame, weder von Menschen noch von Tieren stammende Schreie nähern sich. Die Bewegungen zwischen den Bäumen werden lebhafter. Abou glaubt, Formen zu erkennen, ohne sie jedoch unterscheiden zu können. Wenn die nächtlichen Leichentücher den Mond verhüllen, meint er, glühende Augen zu sehen ... Eiskalter Schweiß läuft ihm über den Rücken. Sein Herz klopft zum Zerspringen. Der Rhythmus scheint nicht aus ihm selbst, sondern von überall her gleichzeitig zu kommen, wie von tausend Trommeln, die aus der Tiefe der Savanne auf ihn zurasen ... *Die* zindamba! *Die Geister*! Abou gerät in Panik. Er kann weder schreien noch sich bewegen – nur *sehen*. Er ist gelähmt.

Und jetzt wirbeln die Schreie aus einer anderen Welt um ihn herum, die verschwommenen Formen wogen und fliegen von Baum zu Baum, und plötzlich sind sie da, mitten in dem heiligen Dreieck – die Geister! Fantastische Wesen, Schnauzen mit spitzen Reißzähnen, Gesichter mit hervorquellenden Augen, Dämonen, die weder Mensch noch Tier sind, drehen sich in einem infernalischen Tanz zu einem Pulsschlag, der aus dem Herzen der Erde stammt; formlose Körper aus leuchtenden Fasern springen, hüpfen und schlängeln sich, grauenhafte Fratzen kommen mit gesenkten Hörnern, Schnäbeln und aufgerissenen Fängen auf Abou zu, irre Blicke durchbohren und verbrennen ihn; er besteht nur noch aus Angst und Schmerz ... Und plötzlich teilt er sich und *sieht!*

Sein Körper kauert unter dem Mahagonibaum, dessen Stamm und Wurzeln alles absorbieren, was schwer, böse, negativ und irdisch in ihm ist, und alles, was ihn an den Boden fesselt: Routine, schlechte Angewohnheiten, kleinliche und schäbige Gedanken. Der wahre

Abou, der Eingeweihte, schwebt über dem Ganzen und schwirrt nun ebenfalls zwischen den Zweigen inmitten der Leichentücher der Nacht umher. Jetzt versteht er den wirren Tanz der *zindamba*; es ist kein Tanz, es ist ein Kampf. Sie haben den Geist der Hass-Hyäne umzingelt und lassen ihn nicht mehr aus ihrem Kreis heraus. Der Geist wehrt sich, will entkommen, schießt seine Todeslianen nach rechts, links, vorn und hinten, doch alle stoßen ihn zurück, helfen sich gegenseitig, schieben und wehren ab; es ist ein Wettkampf positiver Kräfte – lebendige Fasern gegen tödliches Fieber, sie pulsieren im erdhaften Rhythmus, halten Hass und Hyäne zurück, kreisen sie ein, stoßen sie nieder, immer und immer wieder, bis die Hass-Hyäne nachgibt, sich unterwirft und mit gesenktem Kopf und schäumenden Lefzen ihre Niederlage akzeptiert. Die *zindamba* richten sich auf, umarmen sich und beginnen ihren Siegestanz … *Achtung!*, schreit Abous befreite Seele auf, die in den Baumkronen schwebt. Mit einem unglaublichen Satz überspringt die Hyäne die Grenze des Kreises, packt ein nächtliches Leichentuch und verschwindet in der Finsternis. Noch lange hört man ihr Lachen in der Ferne, wie ein Echo der Savanne. Hi, hi, hi …

Abou gleitet unsanft in seinen Körper zurück und fällt in eine tiefe Finsternis.

Er weiß nicht, wie lange er ohne Bewusstsein gewesen ist. Als er die Augen öffnet, auf deren Grund noch die Angst lauert, ist die Savanne ruhig und leer. Der Mond steht tief hinter den Bäumen. Neben ihm lehnt Hadé am Stamm des Mahagonibaums und singt mit sanfter, tiefer Stimme ein uraltes Lied in einer Sprache, die Abou fremd ist.

»Großmutter? Bist du das?«

Sie beugt sich über ihn und legt ihm einen Finger auf die Lippen: *Pst* … Ihre Augen glänzen im Halbdunkel, doch ihre Züge wirken angespannt. Sehr leise fragt sie ihren Enkel:

»Kannst du laufen?«

Abou bewegt seine Beine. Ja, er spürt sie. Langsam steht er auf. Sie tragen ihn. Er nickt und schaut seine Großmutter fragend an. *Was ist mit dir?*

Hadé lächelt, steht ebenfalls auf und schlägt den Rückweg ein. Abou schwingt sich den schweren Sack über die Schulter und folgt ihr. Der Rückweg ist lang. Sehr lang. Abous Füße schmerzen, und er fühlt sich unendlich müde, doch er hat keine Angst mehr vor Schlangen, Skorpionen und Vogelspinnen. Was können ihm die kleinen Tiere noch anhaben, nach allem, was er gesehen hat?

Als sie die ersten Vororte von Ouahigouya erreichen, wagt er schließlich, eine Frage zu stellen.

»Großmutter, wart ihr erfolgreich – du und deine Leute? Ist es euch gelungen, Fullers Hyänenmaske zu zähmen?«

Inzwischen ist ihm längst klar, dass er an einem Maskentanz und einer Bangré-Versammlung teilgenommen hat. Allerdings nicht mit seinen gewöhnlichen Augen. Er hat gesehen, was sich hinter dem Schein verbarg, und ist mit der unsichtbaren Welt konfrontiert worden.

»Ja«, nickt Hadé seufzend. »Fuller wird überleben. Aber es gibt noch eine andere Kraft, die ihn beeinflusst. Du kennst sie, Sohn. Du hast gesehen, wie sie uns entkommen ist.«

»Das Gesicht des Hasses.«

»Richtig. Der Name passt zu ihm.«

Am Eingang zu den Höfen kommen ihnen Bana und Magéné mit Lampen und verängstigten Gesichtern entgegen.

»Wendé sei Dank, da seid ihr ja!«, ruft Magéné.

»Wir hatten schon befürchtet, dass die Soldaten euch gefunden hätten«, setzt Bana hinzu.

»Welche Soldaten?«, will Abou wissen.

»Während eurer Abwesenheit sind Soldaten gekommen«, erklärt Bana. »Ich habe ihnen erzählt, dass Hadé zu einem Kranken unterwegs ist, aber sie suchten nach dir, Abou. Ich habe nur gesagt, dass ich nicht wüsste, wo du dich aufhältst – auf jeden Fall nicht hier.«

Félicités Motorroller! Abou wirft einen Blick in den dunklen Hof. Dort drüben an der Mauer hatte er ihn geparkt. Magéné ahnt, wonach er sucht.

»Ich habe dein Motorrad im hinteren Hof versteckt. Sie haben nicht gewagt, hereinzukommen und das Anwesen zu durchsuchen. Man hätte fast meinen können, sie fürchten sich.«

»Gut möglich«, nickt Hadé. »So, wir gehen jetzt schlafen.«

»Und wenn sie zurückkommen?«, fragt Abou beunruhigt. »Meinst du nicht, ich sollte lieber sofort verschwinden?«

»Sie kommen nicht zurück. Du musst jetzt erst wieder zu Kräften kommen. Morgen früh brichst du auf.«

Zombie

Boeing Business Jet BBJ 3-A
Reisegeschwindigkeit: Mach 2 (2100 km/h)
Reisehöhe: 41 000 ft (12 500 m)
Reichweite: 13 800 km
Startstrecke: 1200 m
Landestrecke: 800 m
Außenmaße: 32,4 m Länge, 10,7 m Höhe, 34,3 m Spannweite, 1111,3 m^2 Flügelfläche
Passagierraum: 78,6 m^2
Anzahl Sitzplätze: max. 50
Innenausstattung: auf Anfrage lt. Katalog
Antrieb: 2 Turboreaktoren mit doppelter Strahlleistung und Rauchgasreinigung (Post-Combustion) von General Electric/ Cathay Dynamics CFM 72–8 mit jeweils 400 kN Schubkraft
Hersteller: Boeing (@ Resourcing)
Inbetriebnahme: Juni 2018

Rudy beobachtet Fuller seit geraumer Zeit. Der Mann wurde zunächst aschfahl, dann brach ihm kalter Schweiß aus. Die Augen traten aus ihren Höhlen. Mit vor Entsetzen offen stehendem Mund starrte er die Hyänenmaske an, ohne sie jedoch aus der Hand zu legen. Inzwischen hängt sein Blick wie festgeschweißt an den runden, gelb umrandeten Augen des Tiergesichts, als hätten ihn die beiden schwarzen Löcher in einen infernalischen Abgrund gezerrt. Gerne hätte Rudy zumindest einen winzigen Teil von Abous Seherfähigkeiten besessen, um zu erfahren, was sich zwischen Fuller und dem geschnitzten Holzstück tatsächlich abspielt. Hadé hat Rudy keine genaue Anweisung gegeben. Muss Fuller die Maske aufsetzen? Und wenn ja, wann und für wie lang? Wirkt die Maske auch aus der Entfernung? Oder darf Fuller sie nicht mehr aus der Hand legen? Hier liegen die Unwägbarkeiten von Rudys Plan, der vorsieht, Fuller auf dem Rückweg mit nach Burkina Faso zu nehmen. Der Flug startet morgen früh und geht von Nassau über Dakar nach Bamako. Aber wie soll er das bewerkstelligen, wenn Fuller die Maske während der ganzen Zeit halten oder gar tragen muss? Oder wenn er derart hypnotisiert ist, dass er nicht einmal in der Lage ist, auf die einfachsten Fragen zu antworten? Oder wenn im Gegenteil die Faszination nur eine gewisse Zeit andauert und Fuller zu früh seine Klarsicht wiederfindet?

Rudy beschließt, einen Vorstoß zu wagen.

»Mr. Fuller, hören Sie mich?«

Fuller nickt langsam, ohne den Blick von der Maske zu wenden.

»Setzen Sie die Maske jetzt auf. Legen Sie sie über Ihr Gesicht.«

Anthony gehorcht mit langsamen, zögernden Bewegungen. Rudy verknotet die Schnüre aus brüchigem Leder in seinem Nacken. Er arbeitet sehr vorsichtig, um auf keinen Fall mit der Maske in Berührung zu kommen, und tritt sofort wieder einen Schritt zurück. Ist eine Wirkung zu erkennen?

Eine Weile geschieht gar nichts. Fuller sieht mit der hölzernen Maske, ihren großen, runden Augen, den vorstehenden Fangzähnen und der bürstenartig gesträubten Mähne lediglich ziemlich grotesk aus. Doch plötzlich stößt er einen Entsetzensschrei aus. Er reißt die Hände hoch, als wolle er versuchen, sich die Maske vom Gesicht zu reißen, stöhnt vor Qual, windet sich, rollt sich auf dem Boden. Rudy wirft sich über ihn und bemüht sich, die Lederbänder aufzuknüpfen, schafft es jedoch nicht, weil Fuller so tobt, und reißt sie schließlich einfach durch. Die Maske fällt zu Boden.

Anthonys Gesichtszüge sind ebenfalls zur Maske erstarrt – zu einer Maske blanker Panik. Er ist totenbleich, seine Augen quellen aus den Höhlen, die Lippen zittern, und seine Wange blutet. Rudy begutachtet die Verletzung: zwei blutige Löcher zeichnen sich deutlich auf der Wange ab.

Vorsichtig inspiziert er die Maske mit der Fußspitze. Ihre Innenseite besteht aus normalem, mehr oder weniger poliertem Holz; er findet weder Nägel noch vorstehende Metallteile. Woher mag diese Verletzung rühren?

»Mr. Fuller, sind Sie in der Lage, aufzustehen?«

Fuller liegt noch immer abgestumpft und mit gesenktem Kopf auf dem Teppich und besudelt ihn mit seinem Blut. Rudy hilft ihm auf, führt ihn ins Bad und reinigt die Wunde mit einem Waschlappen. Wie erstarrt lässt Fuller alles mit sich geschehen. Rudy findet ein Erste-Hilfe-Etui, sprüht ein Wunddesinfektionsmittel auf die Verletzung und verpflastert sie. Dann bringt er Anthony wieder in sein Zimmer.

Die Maske ständig zu tragen kommt nicht infrage, entscheidet Rudy. Und sie gar nicht mehr in die Hand zu nehmen? Sie in den Koffer zu packen? Würde das genügen?

Er nimmt einen Koffer aus dem Wandschrank, stellt ihn mitten ins Zimmer und sucht nach etwas, womit er die Maske einwickeln kann. Ein Handtuch wäre genau das Richtige … Rudy geht erneut ins Bad. Anthony sitzt auf dem Bettrand und sieht ihm zu. Zunächst bleibt sein Gesicht ausdruckslos, doch nach und nach formt sich eine Frage in seinen Zügen.

»Was … ist hier los?«, murmelt er.

Rudy, der neben der Maske auf dem Teppich kauert und sich bemüht, sie einzupacken, ohne sie dabei zu berühren, sieht Anthony an. Fullers Augenlider flattern.

»Gar nichts, Mr. Fuller. Hier, Ihre Maske. Sie gehört Ihnen.«

Mit dem Handtuch bewaffnet, hebt Rudy die Hyänenmaske auf und reicht sie ihm. Fuller nimmt sie – und fällt sofort in seinen Trancezustand zurück.

Der Minicomputer an seinem Handgelenk beginnt zu piepsen. Er reagiert nicht. *Ein gutes Zeichen*, denkt Rudy. *Jetzt ist er mir ausgeliefert.* Als Nächstes meldet sich das Zimmertelefon mit einer netten, kleinen Melodie. Rudy hebt ab, ohne den Bildschirm einzuschalten.

»Ja? … Nein, Mr. Fuller geht es nicht gut. Er kann das Gespräch nicht annehmen … Ich bin sein Leibarzt … Ja, ziemlich schlecht … Nein danke, ich habe alles Nötige bei mir … Nein, er möchte niemanden sehen … Ja, vielen Dank, dass Sie sie informieren … Ja, danke.«

Rudy legt auf. *Natürlich kennt Fuller hier Gott und die Welt,* denkt er beunruhigt. *Er wird bis zur Abreise in seinem Zimmer bleiben müssen. Eine ganz schön lange Zeit! Aber vielleicht könnte man die Abreise ja vorverlegen …*

»Hören Sie mich, Mr. Fuller?«

»Ja.«

»Wo ist Ihr Flugticket?«

»Ich habe mein Privatflugzeug.«

Donnerwetter! Man gönnt sich ja sonst nichts! Während des Hinflugs konnte Rudy sich ausgiebig mit den Prospekten über das Forum beschäftigen, die Fatimata zusammen mit den Tickets erhalten hatte. Besonders interessierte ihn der Prospekt der Resourcing. Er erinnert sich, dass er in der ellenlangen Liste der Tochtergesellschaften auch Boeing gesehen hat, das ehemalige Flaggschiff der amerikanischen Luftfahrt. Damit besitzt Fuller nicht nur ein einziges Flugzeug, sondern gleich eine ganze Flotte. In jedem Fall aber dürfte dieser Umstand das weitere Vorgehen erheblich erleichtern, denn Rudy kann sofort mit seiner Geisel aufbrechen, ohne sich den Gefahren einer langen Wartezeit und möglichen Unannehmlichkeiten beim Zoll und am Flughafen auszusetzen. Falls es sich bei Fullers Flugzeug um einen Langstreckenflieger handelt, könnten sie sogar ohne den Umweg über Dakar und Bamako direkt in Ouagadougou landen.

»Ich gehe davon aus, dass Sie nicht selbst fliegen, nicht wahr? Haben Sie die Nummer, unter der ich Ihren Piloten erreichen kann?«

Fuller gibt sie ihm. Rudy telefoniert vom Zimmertelefon aus. Der Pilot macht gerade mit dem Kopiloten einen Zug durch die Kasinos und Spielhallen des Atlantis, ist ein wenig beschwipst und zeigt sich äußerst erstaunt über die vorgezogene Abreise, die eigentlich erst für den Spätnachmittag des folgenden Tages vorgesehen war. Rudy gibt sich zum zweiten Mal an diesem Tag als Fullers Leibarzt aus, doch der Pilot glaubt ihm nicht ganz und verlangt, Fuller persönlich zu sprechen.

»In Ordnung, ich gebe das Gespräch weiter«, räumt Rudy ein. »Aber wundern Sie sich nicht, wenn er ein wenig steif wirkt.« Er unterbricht Bild und Ton und wendet sich an Anthony. »Ich gebe Ihnen jetzt Ihren Piloten. Alles, was Sie ihm sagen werden, ist: ›Ich fühle mich sehr schlecht und möchte sofort nach Hause. Seien Sie bitte in einer Stunde abflugbereit.‹ Haben Sie verstanden?«

Fuller nickt bestätigend. Nicht ganz ohne Bedenken reaktiviert Rudy das Zimmertelefon und reicht es ihm. Fuller wiederholt Rudys Satz Wort für Wort mit tonloser Stimme. Doch es ist eher sein verstörtes Aussehen als die Worte, die den Piloten überzeugen.

»Es scheint ihm wirklich nicht gut zu gehen«, gibt er zu, als Rudy das Gespräch wieder übernimmt. »Was hat er?«

»Er hatte einen schweren epileptischen Anfall. Sein Blutdruck ist extrem hoch, und ich befürchte die Ruptur eines Aneurysmas. Aus diesem Grund halte ich eine schnellstmögliche Rückführung für unabdingbar.«

»Wir sind bereit, Sir. Wir treffen uns in einer Stunde am Flughafen.«

Prima!, frohlockt Rudy, als er auflegt. Er wendet sich an Fuller, der keinen Mucks gemacht hat.

»Ziehen Sie sich an, Fuller. Wir verreisen.«

Er wirft ein paar willkürlich aus der Garderobe geholte Kleidungsstücke auf das Bett. Während Fuller sich mit langsamen, mechanischen Bewegungen anzieht, stopft Rudy alle seine Habseligkeiten rasch in die Koffer. An der Hotelrezeption sorgt Fullers Zombie-Aussehen für die beste aller Erklärungen: »Aber selbstverständlich haben wir Verständnis, Sir. Alles ist geregelt, machen Sie sich keine Sorge. Gute Besserung, Mr. Fuller …«

Die Taxifahrt zum Flughafen dauert nur eine Viertelstunde. Es ist immer noch sehr windig. Ein sintflutartiger Regen prasselt nieder, die Straße ist teilweise überflutet und mit Ästen und Trümmern übersät. Doch der Taxifahrer kennt sich mit solchen Dingen aus. Gelassen fährt er im Slalom zwischen den Trümmern durch die

Nachwehen des Zyklons. Am Flughafen muss Rudy feststellen, dass alle Flüge bis zum nächsten Tag annulliert sind. Mit der Sicherheit der VIPs ist nicht zu spaßen, und auch der Ausläufer eines Zyklons kann noch sehr gefährlich sein. Rudy wiederholt seine Geschichte von der ernsthaften Erkrankung und der dringend erforderlichen Rückführung; sie wird auf der hierarchischen Leiter weitergegeben und landet schließlich bei der Flughafenleitung. Der Direktor ist längst in sein Haus in der Enklave zurückgekehrt und lehnt jede Verantwortung ab.

»Wenn Mr. Fuller uns eine schriftliche Vereinbarung unterzeichnet, dass er auf eigenes Risiko startet, kann er das meinetwegen tun. Er ist über die Gefahren informiert. Letztlich ist es seine Sache, wenn er einen Absturz in Kauf nimmt. Haben wir uns verstanden?«

Rudy nickt, und die Vereinbarung wird aufgesetzt. Gerade ist er dabei, sie von Fuller unterzeichnen zu lassen, als der Pilot und der Kopilot am Flughafen eintreffen. Es sind zwei echte Texaner, tragen beide einen Stetson und geben sich amerikanisch bis auf die Knochen. Sie begrüßen ihren Chef, der jedoch nicht antwortet.

»Alles klar, Boss? Halten Sie das durch?«, erkundigt sich der Pilot.

Fuller nickt, ohne die Augen von der Maske zu wenden.

»Warum lässt er das Ding nicht los?«, fragt der Kopilot an Rudy gewandt.

»Ein häufiges Symptom im Fall schwerer Epilepsie«, doziert Rudy in doktorhaftem Tonfall. »Der Patient versucht, sich auf jede nur mögliche Weise ans Leben zu klammern. Ganz gleich, um was es sich handelt – das jeweilige Objekt dient sozusagen als Rettungsanker. Wenn Sie es ihm wegnehmen, fällt er sofort um.«

»Ach ja? So etwas habe ich noch nie gehört«, zweifelt der Kopilot.

»Weißt du, bei all dem Zeug, das er immer schluckt, wundert mich nicht, dass ihm schließlich die Sicherung durchgeknallt ist«, flüstert der Pilot dem Kopiloten vertraulich zu.

Rudy schnappt die Information auf und nutzt sie sofort für seine Zwecke.

»Sie haben völlig recht. Sein Medikamentenmissbrauch ist auch der Grund für die drohende Ruptur des Aneurysmas. Also, Jungs – seid ihr bereit?«

»So gut es eben geht«, nickt der Kopilot.

»Bei dem Sturm da draußen wird es kein Zuckerschlecken«, warnt der Pilot. »Aber da haben wir schon ganz andere Sachen gesehen, was, Hank?«

»Klar, Bill. Kriegen wir denn wenigstens eine Starterlaubnis?«

Hank wendet sich an den obersten Fluglotsen, der auf die von Fuller unterzeichnete Vereinbarung wartet. Rudy reicht sie ihm.

»Jetzt ja! Allerdings auf eigene Verantwortung«, setzt er noch hinzu.

Sie spazieren durch den zu dieser späten Nachtstunde verwaisten Zoll und die unbesetzte Sicherheitskontrolle und gehen zu Fuß über das vom Regen gepeitschte Flugfeld bis zu dem Hangar, wo Fullers Flugzeug untergestellt ist, ein Boeing Business Jet 3-A mit frühlingsgrünen Leitwerken und dem riesigen, smaragdgrünen Logo *Resourcing* auf beiden Seiten. Das Innere ist unglaublich luxuriös – Teakholztische, üppige Ledersessel, eine in Marmor und Kupfer gehaltene Küche, ein Schlafzimmer mit Kaschmirteppich und angegliedertem Bad, alles mit neuesten technischen Raffinessen wie einem riesigen Holo-Bildschirm mit Surroundsystem, einem komplett vernetzten Arbeitsplatz und dem besten zurzeit auf dem Markt befindlichen Quantum Physics ausgestattet. Während Pilot und Kopilot das Flugzeug durchchecken – alles ist in Ordnung, alle Anzeigen leuchten grün, und die Tanks sind zu drei Vierteln voll –, denkt Rudy intensiv nach. Wie soll er Hank und Bill ohne Waffe dazu bringen, Burkina Faso anzusteuern?

Die zündende Idee kommt ihm, als die Maschine auf der Startbahn steht und die Turboreaktoren hochfährt. Hatten nicht islamistische, lediglich mit Messern und Cuttern bewaffnete Luftpiraten zu Beginn des Jahrhunderts vier amerikanische Linienmaschinen entführt und zwei von ihnen gezwungen, in die Türme des World Trade Centers zu fliegen? So etwas sollte in der Küche sicher zu finden sein. Außerdem besitzt er selbstverständlich eine Waffe – zumindest, wenn die Piloten ihren Chef schätzen.

Die Boeing hebt donnernd ab. Die beiden Reaktoren arbeiten mit voller Kraft. Trotzdem wird die Maschine im Steigflug auf ihre Reisehöhe von Turbulenzen wie von Riesenfäusten geschüttelt. Die geübten Piloten spielen geschickt mit den heftigen Luftströmungen, die der Zyklon hinterlassen hat. Trotzdem wird Rudy ordentlich durchgerüttelt und muss sich auf seinem Weg in die Küche immer wieder festhalten. Er durchwühlt die ordentlich einsortierten Küchenutensilien, findet ein langes, sehr scharfes Messer, das eigentlich dazu dient, Knochen aus Fleisch auszulösen, und lässt es unter seinem Lederblouson verschwinden. Dann kehrt er zu Fuller zurück, der sich in einen der Sessel hat sinken lassen und immer noch die Maske auf den Knien hält.

Rudy wartet, bis das Flugzeug die Reisehöhe erreicht hat, ehe er Fuller befiehlt:

»Setzen Sie die Maske auf.«

Fuller schüttelt seine Benommenheit ab und wirft ihm einen entsetzten Blick zu.

»Nein. Ich … ich habe Angst.«

»Ich habe gesagt, Sie sollen die Maske aufsetzen.«

Anthony hebt sie mit zitternden Händen vor sein Gesicht. Mit seinem Messer zerschneidet Rudy einen Sicherheitsgurt, wickelt ihn um die Maske und bindet ihn in Fullers Nacken zusammen. Fuller brüllt wie ein Tier, wirft sich zu Boden und krallt sich mit seinen klauenartigen Fingern in den Teppich.

Beunruhigt kommt der Kopilot nach hinten.

»Was ist denn hier los?«

»Hier ist los, dass die afrikanische Maske, die Ihr Chef auf dem Gesicht trägt, ihn verhext hat. Deswegen fliegen wir auch jetzt nicht nach Kansas City, sondern nach Ouagadougou in Burkina Faso. Nur dort kann er von dem Zauber erlöst werden.«

Hank runzelt die Stirn.

»Was ist denn das für eine wilde Geschichte?«

»Leider Gottes ist sie wahr, Hank. Und hier ist Not am Mann. Am besten, Sie gehen jetzt ins Cockpit zurück und sagen Ihrem Kollegen, dass sich der Bestimmungsort geändert hat.«

»Sie haben ja nicht alle Tassen im Schrank! Ich habe eben schon daran gezweifelt, dass Sie wirklich Arzt sind. Wir müssen ihm das Ding da abnehmen.«

Hank beugt sich über Fuller, der sich auf dem Boden wälzt und heiser röchelt. Ein feiner Blutfaden läuft unter der Maske hervor und sickert seinen Hals hinunter. Rudy wirft sich auf Hank, reißt seinen Kopf zurück und drückt ihm das Messer an die Gurgel.

»Hier wird gehorcht, Hank. Und zwar ein bisschen plötzlich. Wenn nicht, dann schlachte ich euch beide ab, und wir stürzen alle zusammen ins Meer. Noch kannst du es dir aussuchen.«

»Schon gut«, presst Hank mit erstickter Stimme hervor.

Rudy schiebt ihn vor sich her ins Cockpit.

»Und? Was war los? Hörte sich ja an, als würde man eine Sau abstech…«

Bill unterbricht sich und starrt mit offenem Mund seinen Kopiloten an, der von Rudy festgehalten und mit einem langen Messer bedroht wird. Rudy wiederholt, was er Hank gesagt hat.

»Setz dich an deinen Platz«, herrscht er dann den Kopiloten an. »Und keine Sperenzchen! Ich bleibe hier und passe auf. Falls ich höre, dass ihr irgendwelche unklaren Dinge durchgebt, oder spüre, dass das Flugzeug eine andere Richtung einschlägt, bringe ich euch um. Ganz bestimmt! Ich habe nichts zu verlieren, aber ihr alles zu gewinnen. Kapiert?«

Die beiden Cowboys versinken in ihren Sitzen. Noch nie haben sie eine derartige Situation erlebt. Eine Privatmaschine zu fliegen ist ein einigermaßen ruhiger Job, denn man muss höchstens die Launen des Chefs ertragen.

»Trotzdem müssen wir die Zieländerung durchgeben und den Flughafen von – wie hieß das noch? – informieren«, wagt Hank schüchtern einzuwerfen.

»Ihr gebt überhaupt nichts durch! Fuller ist nicht der Präsident der Vereinigten Staaten, man wird euch also keine Abfangjäger auf den Hals hetzen. Was den Flughafen angeht – okay, das ist in Ordnung. Die Stadt heißt Ouagadougou und liegt in Burkina Faso. Das ist in Afrika. Geschnallt?«

»In Afrika?«, hakt Bill beunruhigt nach. »Ich weiß nicht, ob wir dafür genügend Treibstoff haben.«

»Als ihr eben das Flugzeug gecheckt hat, habe ich genau gehört, dass die Tanks zu drei Vierteln voll sind.«

»Ja eben ...«

»Bill«, unterbricht Rudy ihn mit gefährlich ruhiger Stimme, »hier an Bord gibt es jede nur denkbare Möglichkeit, ins Internet zu gelangen. Ich brauche nur auf die Homepage von Boeing zu gehen, BBJ 3-A anzuklicken und habe sofort alle Flugzeugdaten auf dem Bildschirm. Dazu gehören auch Tankkapazität, Verbrauch und Reichweite. Willst du mir noch mehr solchen Mist erzählen?«

»Schon gut«, seufzt Hank. »Unsere Reichweite beträgt etwa zehntausend Kilometer.«

»Das reicht dicke! Also los, nimm Kontakt mit Ouagadougou auf.«

Hank gehorcht. Keine Antwort. Versucht es erneut. Schweigen.

»Der Flughafen antwortet nicht«, informiert er Rudy.

»Dann versuch es eben noch einmal.«

»*Flughafen von Ouagadougou, BF. Identifizieren Sie sich.*«

»Na siehst du«, lächelt Rudy.

»Privatflug 107–4, BBJ 3-A, kommend aus Nassau, Bahamas. Wir bitten um Landeerlaubnis in etwa ... vier Stunden.«

»*Sie können nicht in Ouagadougou landen.*«

»Warum?«

»*Weil ... der Flughafen ist geschlossen.*«

»Warum?«

Nach einem kurzen Schweigen übernimmt eine strenge, sehr autoritäre Stimme.

»*Wer sind Sie? Warum wollen Sie in Ouagadougou landen?*«

Beunruhigt sieht sich Hank zu Rudy um.

»Was soll ich ihm antworten?«

»Sag ihm, dass ihn das nichts angeht und die Flugnummer genügt, dass es einen verteufelt guten Grund geben muss, um einen internationalen Flughafen zu schließen, und dass wir, wenn er diesen

Grund nicht nennen kann, die IATA informieren werden; aber dann hätte er nichts mehr zu lachen.«

Hank wiederholt Rudys Worte, erzielt aber nicht den gewünschten Erfolg.

»*Falls Sie hier zu landen versuchen, schießen wir Sie ab. Ende!*«

Na, das kann ja heiter werden, denkt Rudy beunruhigt. *Was mag da unten los sein?*

Er kehrt in den Salon zurück, hebt Fuller, der noch immer auf dem Teppich herumstöhnt, brutal auf und reißt ihm die Maske vom Gesicht. Schon der kurze Kontakt lässt ihn erzittern. Während der Sekunde, in der er die Maske in Händen hält, empfindet er entsetzlichen Ekel, als berühre er ein widerliches Aas, hat den entsprechenden Gestank in der Nase, und vor allem überfällt ihn eine namenlose, grauenhafte Angst, eine Angst, für die es keinen Grund gibt und die aus den Tiefen der Zeit zu stammen scheint ... *Eine böse Erfahrung, die Fuller da machen muss*, gesteht er sich widerwillig ein. *Aber er hat es verdient.*

Fullers untere Gesichtshälfte blutet. Auf seinem Kinn, der Nase und den Lippen sind neue Verletzungen aufgetreten, die merkwürdig an ... ja, an Bisswunden erinnern.

Doch Rudy ist viel zu wütend, um sich davon beeindrucken zu lassen. Er packt Anthony am Hemdkragen und schreit ihn an:

»Was hast du in Burkina Faso gemacht, Fuller? Was spielt sich da unten ab?«

»Ein ... ein Putsch ...«, stößt Fuller undeutlich zwischen seinen zerfetzten Lippen hervor.

»*Du Arschloch!*«

Rudy versetzt ihm einen harten Faustschlag auf die Schläfe, der Anthony auf dem Sofa in sich zusammensinken lässt. Dann rennt er ins Cockpit.

»Hank! Du meldest dich jetzt noch einmal in Ouaga und sagst diesen Blödmännern, dass Fuller im Flugzeug sitzt. Wenn ihnen am Leben ihres Geldgebers liegt, wäre es nicht die schlechteste Idee, die Kanonen wegzuräumen und stattdessen den roten Teppich auszurollen.«

Terrorakt

Auch wenn die Lüge ein Jahr lang währt,
die Wahrheit holt sie an einem Tag ein.

Sprichwort der Hausa

»Guten Abend, Madame Konaté.«

»Rudy! Wo stecken Sie nur? Ich habe immer wieder versucht, Sie zu erreichen!«

»Ich sitze in einem Flugzeug.«

»In einem Flugzeug?«

»In dem von Anthony Fuller. Wir sind auf dem Weg nach Burkina Faso.«

»Wie bitte? Fuller ist tatsächlich bereit, nach Burkina zu kommen?«

»Nicht wirklich. Erinnern Sie sich an die Maske? Nun, es hat funktioniert. Fuller steht komplett unter meinem Einfluss. Ich habe ihn mit seinem eigenen Flugzeug entführt.«

»Rudy, so etwas Verrücktes haben Sie doch nicht wirklich getan, oder?«

»Doch. Genau das versuche ich Ihnen ja gerade mitzuteilen.«

»Aber das ist … das ist … Mir fehlen die Worte! Sie werden sich eine Menge Ärger einhandeln, ist Ihnen das klar?«

»Ich fürchte, den Ärger bekommen eher Sie, Madame.«

»Inwiefern?«

»Fuller hat mir soeben mitgeteilt, dass er in Burkina Faso einen Militärputsch angezettelt oder zumindest finanziert hat.«

»Wie bitte?«

»Überrascht Sie das? Wurden Sie nicht vor Ihrer Abreise über das merkwürdige Verhalten von General Kawongolo informiert? Meines Erachtens war er es, der die Pläne in die Tat umgesetzt hat.«

»Aha … jetzt verstehe ich auch, warum es mir während der ganzen Zeit hier in Nassau nicht gelungen ist, den Präsidentenpalast, meine Söhne oder Laurie zu erreichen. Ich dachte natürlich an eine Leitungsstörung – so etwas passiert schon einmal. Mein Gott, wie konnte ich nur so naiv sein!«

»Sie sagen es. Nicht nur naiv, sondern auch taub gegen jedes Gerücht!«

»Wissen Sie Näheres, Rudy?«

»Leider nein. Ich bin darauf gekommen, weil der Flughafen von Ouaga sich ziemlich aggressiv verhalten hat. Daraufhin habe ich Fuller gefragt, aber er weiß auch nichts Genaues, außer, dass ›es geklappt hat‹. Jetzt wartet er auf grünes Licht, um seine Experten nach Kongoussi zu schicken. Sie sollen den Wasserfund übernehmen und erschließen.«

»Das ist … einfach unglaublich. Verabscheuungswürdig. Hinterhältig.«

»Finden Sie meine Handlungsweise immer noch unsinnig?«

»Nun ja, unter den gegebenen Umständen können wir es als … sagen wir mal: Kriegslist abhaken. Trotzdem ist und bleibt es ein Terrorakt gegen einen amerikanischen Staatsbürger. Und soweit ich informiert bin, wird so etwas in den USA mit dem Tod bestraft.«

»Und was ist Ihrer Ansicht nach ein Putsch? Etwa kein Terrorakt?«

»Aber natürlich. Es gibt einen Internationalen Gerichtshof, der sich mit solchen Dingen befasst. Den werde ich jetzt selbstverständlich sofort anrufen …«

Rudy seufzt. »Madame Konaté, ich weiß nicht, ob Sie die Situation wirklich begriffen haben. Sie sprechen von Legalität, Verbrechen und Gerichtsbarkeit, während von Fuller bezahlte Soldaten sich ganz konkret an Ihrem Land vergriffen haben. Sie sind dabei, sich ein Wasservorkommen unter den Nagel zu reißen, das für das Überleben Ihres Volkes unerlässlich ist. Es ist nicht der richtige Moment, über Justiz nachzudenken, wenn die Diebe in Ihrem Wohnzimmer stehen und Sie beklauen. Jetzt geht es erst einmal darum, sich zu verteidigen.«

»Was können wir denn tun, so ganz allein gegen alle?«

»Nicht verzweifeln, Madame. Zufällig bin ich im Besitz eines sehr gewichtigen Arguments, nämlich Fuller selbst. Er ist der Chef, nicht wahr? Mit anderen Worten – er ist es, der zahlt. Nun sieht es aber so aus, dass er sich in meiner Gewalt befindet. Ich gehe davon aus, dass wir damit eine ganz gute Verhandlungsbasis haben.«

»Das glaube ich auch. Zwar ist das eine Methode, die mir absolut nicht gefällt, aber ...«

»Aber der Zweck heiligt bekanntlich die Mittel. Die Tatsache, dass ich Fuller habe, dürfte die Putschisten destabilisieren oder zumindest so lange ausbremsen, bis Sie zurück sind und die Geschicke des Landes wieder in die Hand nehmen können. Mir ist aufgefallen, dass das Volk Ihnen treu ergeben ist, was ich von einem Großteil der Armee ebenfalls annehme. Ich gehe davon aus, dass der Putsch nur wenige Truppenteile mobilisiert hat – gerade ausreichend, um die Schlüsselpositionen zu übernehmen. Wenn das so ist, dann dürften die Kämpfe hauptsächlich zwischen den eingeschleusten Milizionären und der regulären Armee stattfinden ... Leider bekomme ich nicht die geringste Nachricht aus Burkina. Sie haben sämtliche Kommunikationsmittel in ihre Gewalt gebracht.«

»Unglücklicherweise startet mein Flugzeug erst morgen Nachmittag, und ich glaube kaum, dass vorher zufällig noch ein anderes nach Westafrika fliegt. Aber ich werde sofort Omar Songho, den Präsidenten von Mali, über die Situation informieren. Mein Vorgänger Adama Diallo hat mit ihm einen Vertrag über gegenseitige militärische Unterstützung unterzeichnet, der bis heute allerdings noch nie zur Anwendung gekommen ist. Wahrscheinlich ist jetzt genau der richtige Augenblick dafür.«

»Gehen Sie davon aus, dass Mali Ihnen Verstärkung schickt?«

»Ich weiß es nicht. Songho weigert sich, gegen die Elfenbeinküste vorzugehen, obwohl dort jeden Tag aus Angst vor einem Bürgerkrieg burkinische Einwanderer getötet werden. Aber die jetzige Situation ist eine ganz andere. Er kann mir seine Hilfe nicht verweigern.«

»Nun – wenn Sie es sagen. Ich erwarte Sie in jedem Fall in Ouaga. Und bis zu Ihrer Ankunft halte ich Fuller fest, mit oder ohne Verstärkung.«

»Sie spielen mit Ihrem Leben, Rudy.«

»Nein, ich glaube nicht. Jedenfalls nicht, solange der Chef der

Putschisten ein Messer an der Kehle hat. Sicher wissen Sie sehr gut, dass Geld der Lebensnerv eines jeden Krieges ist.«

»Hoffentlich ist meinen Söhnen nichts passiert. Vielleicht konnten sie fliehen oder sich verstecken. Ich mache mir auch Sorgen um Laurie …«

»Leider kann ich dazu absolut nichts sagen, Madame. Falls ich etwas erfahre, lasse ich Sie es natürlich umgehend wissen. Das Telekommunikationssystem des Flugzeugs ist nämlich nicht von dem von den Putschisten herbeigeführten Blackout betroffen. Und Sie bitte ich um das Gleiche. Sollten Sie etwas Neues hören, informieren Sie mich bitte. Ich gebe Ihnen die Nummer … Sie müssten sie jetzt auf dem Bildschirm haben.«

»Ja, ich notiere sie gerade. So!«

»Gut, dann lege ich jetzt auf. Ich muss meinen Gefangenen und die beiden Piloten überwachen, die nicht gerade erfreut über diesen Umweg nach Burkina sind.«

»Kann ich mir vorstellen. Viel Glück, Rudy. Und vielen Dank.«

»Keine Ursache, Madame Konaté.«

»O doch. Sie sind weiß Gott nicht verpflichtet, Ihr Leben zu riskieren. Ihr Auftrag war längst erledigt.«

»Nun, das ist eben meine Art der humanitären Hilfe. Laurie kämpft gegen unwürdige Not und ich gegen schmarotzerhaften Reichtum. Beides ist ein aussichtsloser Kampf. Bis bald.«

Scherereien

Terror ist oft eine Vorbedingung, öfter jedoch ein Ersatz für Krieg. Man könnte ihn auch als Druckmittel gegen bestimmte Staaten bezeichnen. Ziel ist nicht, diese Staaten zu besiegen oder zu erobern, sondern sie dazu zu bringen, ein bestimmtes Verhalten an den Tag zu legen. Terror ist vor allem die Waffe der Armen und der Schwachen.

Pascal Boniface, *Les Guerres de demain* (2001)

General Kawongolo fühlt sich am Schreibtisch und im Sessel der Präsidentin nicht besonders wohl. Er hat die Situation nicht wirklich unter Kontrolle – ganz und gar nicht. Nur ein kleiner Teil der Armee ist ihm in sein Abenteuer gefolgt. Genau genommen war es nur das 1. Infanterieregiment; der gesamte Rest, einschließlich der Offiziere, hat sich vorsichtshalber in den Kasernen verschanzt. Auf seinen Befehl hin, den Anweisungen unter Androhung von Kriegsgericht und anderer militärischer Repressalien Folge zu leisten, erhielt er die Antwort, dass man ausschließlich der Präsidentin zu Gehorsam verpflichtet sei und nichts ohne ihren Befehl unternähme. Aber kann er tatsächlich seine eigene Armee angreifen, wie Nummer 1 es ihm nahegelegt hat? Kawongolo ist sich nicht einmal sicher, ob das 1. Infanterieregiment überhaupt bereit wäre, auf die eigenen Kameraden zu schießen. Was die Zivilbevölkerung angeht, so befinden sich die meisten staatlichen und privat geführten Unternehmen inzwischen im Streik oder haben sich »Zusatzurlaub« genehmigt, und das Volk, das längst nicht so apathisch ist, wie Nummer 1 annahm, fängt an, widerspenstig zu werden. Immer wieder rotten sich Menschen zusammen, die »Nieder mit Kawongolo«, »Hoch lebe Fatimata« und »Vaterland oder Tod – der Sieg gehört uns!« rufen, und Panzer und Lastwagen, die durch die Straßen patrouillieren, werden mit Steinen beworfen. Auch hier plädiert Nummer 1 für Repressalien und eine Demonstration der Stärke, doch das 1. Infanterieregiment ist nicht bereit, sich mit Zivilisten anzulegen – ihre militärische Ausbildung in der von Fatimata Konaté geprägten humanistischen Staatsform hat dergleichen nicht vorgesehen. Die wenigen Versuche, einen Volksaufstand zu zerstreuen oder eine besetzte Fabrik einzunehmen, erwiesen sich als eher lasche Interventionen, gefolgt von hastigen, wenig ruhmreichen Rückzügen. Auf die Zusammenarbeit mit der Polizei kann Kawongolo überhaupt nicht zählen, nachdem der Innenminister gemeinsam mit der kompletten Regierung seinen Rücktritt eingereicht hat. Und so befindet sich Kawongolo ganz allein an der Spitze des Landes – besser gesagt, eines kleinen Teils des Landes, der sich auf Kongoussi und die Hauptstadt beschränkt. Seine drei Ratgeber, Nummer 1, Nummer 2 und Nummer 3, sind Amerikaner und haben nicht die geringste Ahnung von den wahren Verhältnissen und den Sitten und Gebräuchen Burkina Fasos.

Hinsichtlich der Organisation eines Putsches macht den Agenten der NSA natürlich so schnell niemand etwas vor. Der gestern Morgen in aller Herrgottsfrühe erfolgte Sturm auf die vorher von Nummer 1 festgelegten Ziele setzte auf den Überraschungseffekt und war ein voller Erfolg. Seit vierundzwanzig Stunden befinden sich der Präsidentenpalast, die wichtigsten Ministerien, die Militärakademie, der Flughafen, die Post, die gesamte Telekommunikation und das Bohrgelände von Kongoussi – mit anderen Worten, die strategisch wichtigsten Organe der Nation – in der Hand der Putschisten. Nummer 2 hat sämtliche Telefonverbindungen, sowohl die drahtlichen als auch die über Funk, gekappt oder gestört, desgleichen die nicht kooperierenden Radiosender. Lediglich Satellitentelefone funktionieren noch, doch davon gibt es in Burkina Faso nicht sehr viele. Nummer 3 hat sich um die digitalen Netzverbindungen gekümmert, um Router und Internetserver, Glasfaserkabel, bidirektionale Netze und Ähnliches. Zu zweit haben sie es mit ihren Laptops und dem Quantum Physics von Fatimata geschafft, das Land blind und stumm werden zu lassen. Allerdings weiß Victor Kawongolo, dass der Blackout nicht lange dauern wird. Die Agenten der NSA verhalten sich wie typische Amerikaner, die ihre engere Umgebung selten verlassen und für die jede Kommunikation zwangsläufig über irgendein Netz stattfindet. In Burkina Faso jedoch findet ein großer Teil des Austauschs noch mit Mund und Ohren statt. Das berühmte »Buschtelefon« funktioniert nach wie vor. Dutzende, wenn nicht gar Hunderte Menschen dürften auf ihr Maultier, Fahrrad, Motorrad oder in ihr Vehikel gestiegen sein, um einem Onkel, Cousin oder Stammesmitglied zu erklären, was vorgefallen ist, mit der Auflage, die Information wiederum an einen anderen Onkel, Cousin oder ein Stammesmitglied weiterzugeben, bis sie bei jemandem ankommt, der entweder ein Satellitentelefon besitzt oder in der Lage ist, die Nachricht außer Landes zu bringen. Es würde keine vierundzwanzig Stunden dauern, bis die Medien der Nachbarländer von dem Putsch erführen und Fatimata Wind von der Sache bekäme. Mit Sicherheit würde sie sich sofort auf den Beistandsvertrag mit Mali berufen. Abgesehen davon könnte auch die Elfenbeinküste von dem Machtvakuum in Burkina profitieren, um seine Truppen einmarschieren zu lassen, und – warum nicht? – möglicherweise versuchen, den Wasserfund von Kongoussi in seine Gewalt zu bringen.

Das alles macht General Kawongolo große Sorgen. Schon seit zwei Nächten hat er nicht mehr richtig geschlafen. Als er Nummer 1 auf seine Nöte ansprach, zuckte dieser nur die Schultern und sagte:

»General, wir haben Ihnen geholfen, an die Macht zu kommen. Wie Sie sie erhalten – das müssen Sie schon selbst wissen. Beißen Sie sich durch, denn es ist Ihr Problem. Allerdings dürfen Sie nicht vergessen, dass Sie sich vertraglich verpflichtet haben, uns die Erschließung des Wasservorkommens unter optimalen Sicherheitsbedingungen zu ermöglichen. Es gehört also zu Ihren Aufgaben, Ruhe und Ordnung im Land zu bewahren. Außerdem sollten Sie ebenfalls nicht außer Acht lassen, dass die Genesung Ihrer Frau vom Gelingen des Putsches abhängt …«

Die Genesung seiner Frau – auch die macht Victor Kummer. Als er sich auf den heiklen Plan der NSA einließ, versprach man ihm hoch und heilig, dass Saibatou in die Vereinigten Staaten ausgeflogen und operiert würde, sobald die Machtübernahme angelaufen wäre. Als Victor jedoch Nummer 1 an sein Versprechen erinnerte, schien es plötzlich nicht mehr wichtig zu sein.

»Wir werden sehen. Im Augenblick gibt es Wichtigeres zu tun. Außerdem haben wir kein Flugzeug zur Verfügung.«

Kein Flugzeug! Eine dämliche Ausrede! Fatimata ist schließlich auch von Bamako aus nach Nassau geflogen, das nur einen Katzensprung vor der amerikanischen Küste liegt. Saibatou hätte sogar mit ihr zusammen reisen können. Allmählich befürchtet Victor, dass man ihm etwas vorgemacht hat, um ihn einzulullen und sich seiner Beteiligung an diesem Putsch zu versichern. *Sollten sie ihr Versprechen nicht halten, dann lasse ich sie an die Wand stellen und erschießen wie Spione –*

Ehrenwort!, wütet er innerlich. Immerhin ist er der Staatschef und Oberbefehlshaber der Armee.

Doch zunächst einmal muss er nicht nur schnell eine Regierung bilden, sondern auch die wichtigsten Institutionen des Landes wieder in Gang bringen. Allerdings hat er nicht die leiseste Vorstellung, wen er in die entsprechenden Positionen berufen soll. Nie hätte er gedacht, dass die gesamte Regierung in schöner Einigkeit zurücktreten würde, einschließlich Yéri Diendéré, Fatimatas Sekretärin, die über alles Bescheid weiß und ihm eine wertvolle Hilfe hätte sein können, zumal sie auch noch eng mit Saibatou befreundet ist. *Diese Fatimata – sie hatte keine Mitarbeiter, sondern Getreue und Jünger!* Aber auf wen kann Victor überhaupt noch zählen? Höchstens auf vier oder fünf Offiziere, die er auf seine Seite gezogen hat und denen viel an ihrer neuen Macht liegt, die jedoch nicht über die nötigen Kenntnisse verfügen. Für die Leitung eines Ministeriums – ob Finanzen, Transportwesen oder Außenpolitik – braucht man aber mehr als eine militärische Schmalspurausbildung. Doch selbst in diesem Fall könnte man mithilfe von Experten und guten Ratgebern etwas ausrichten; allerdings sind auch die Beamten dem Vorbild der Regierung gefolgt und heute Morgen nicht an ihren Arbeitsplätzen erschienen. Und dank der unterbrochenen Kommunikation sind sie natürlich auch nicht erreichbar. Victor Kawongolo hat das unangenehme Gefühl, über einen Geisterpalast zu regieren und eine Art Pseudomacht über ein Land auszuüben, das ihn für einen Verräter hält.

Während er seinen düsteren Gedanken nachhängt und verzweifelt versucht, die Funktionsweise von Fatimatas Computer zu begreifen – ein merkwürdiger Name, und das Passwort kennt er auch nicht! –, hört er plötzlich ein dumpfes Grollen am Morgenhimmel. Beunruhigt tritt er ans Fenster. Was ist das? Etwa ein Gewitter? Nicht um diese Jahreszeit. Die Kanone? Ein Ausfall der regulären Armee? (Er kann sich nicht dazu durchringen, sie als Rebellen zu bezeichnen, denn der Rebell, das ist er selbst ...) Victor geht auf den Balkon hinaus. Der noch junge Morgen ist gelb und sandig vom Harmattan. Aus dem Grollen ist inzwischen ein pfeifendes Dröhnen geworden, das sich aus dem Himmel herunterschraubt. Und jetzt kann Victor es auch sehen: Es ist ein Flugzeug. Ein Flugzeug, das eine große Runde über der Stadt dreht und offensichtlich landen will. Victor kneift gegen den sandigen Wind die Augen zusammen und beobachtet die Maschine, die inzwischen ihr Fahrgestell ausgefahren hat. Ein ziviles Flugzeug, möglicherweise eine Boeing. Die Aufschrift auf den Seiten kann er aus dieser Entfernung nicht entziffern. Ist es vielleicht die Maschine, die Saibatou abholen soll? Hat Nummer 1 nun endlich doch sein Versprechen gehalten?

Der General widersteht der Versuchung, in aller Eile zum Flughafen zu laufen. Es ist eines Staatschefs unwürdig, sich nach Neuigkeiten zu erkundigen. Er muss warten, bis man sie ihm bringt. Zwar sind die Kommunikationsverbindungen im gesamten Land unterbrochen, allerdings existiert nach wie vor ein rotes Telefon, das es dem Präsidenten gestattet, Verbindung mit der Militärführung, bestimmten strategischen Zentren und dem Rest der Welt aufzunehmen. Victor fixiert es wie gebannt und wartet darauf, dass es zu läuten beginnt.

Lange muss er nicht warten.

Gleich beim ersten Ton nimmt er strahlend und hoffnungsvoll ab.

»Herr General? Hier ist Hauptmann Simporé, eingeteilt zur Wache am Flughafen.«

»Ja, Herr Hauptmann? Ich habe gerade ein Flugzeug landen sehen. Was ist denn da los?«

»Melde gehorsamst, Herr General – wir haben ein Problem.«

Kawongolos Lächeln erlischt.

»Was für ein Problem?«

»An Bord der Maschine befindet sich ein Individuum, das ein weiteres Individuum als Geisel genommen hat, dessen Name angeblich Anthony Fuller lauten soll …«

»Fuller? Haben Sie gerade Fuller gesagt?«

»Diesen Namen habe ich verstanden, Herr General. Der Geiselnehmer fordert Verhandlungen mit einem Verantwortlichen, und da dachte ich …«

»Ich bin schon unterwegs.«

Ratlos legt Kawongolo auf. *Fuller als Geisel? Was soll denn das nun wieder heißen?* Trotz der frühen Morgenstunde ruft er, ebenfalls über das rote Telefon, Nummer 1 an. Immerhin ist *Fuller* sein Problem!

Nummer 1 reagiert ebenfalls verblüfft.

»Was soll das heißen – als Geisel? Von wem? Wie viele sind es? Woher stammen sie? Wie sind sie bewaffnet?«

»Ich weiß es nicht, aber ich werde mich umgehend zum Flughafen begeben.«

»Gut, ich treffe Sie dann dort. Aber bitte exponieren Sie sich nicht, Herr General. Wir brauchen Sie noch.«

Kawongolo erreicht den Flughafen kurz vor Nummer 1. Von der Abflughalle aus beobachtet er das Flugzeug, das mitten auf der Landebahn steht. *Resourcing* prangt in großen, grünen Lettern quer über die Flanke, und vorne steht in kleineren Buchstaben: *Boeing Business Jet 3-A*. Es ist Fullers Privatmaschine. Die Luftpiraten haben Fullers Privatmaschine gekapert! Am vorderen Ausgang stehen zwei Männer dicht beieinander. Der General leiht sich das Zielfernrohr eines Soldaten aus – in der Abflughalle herrscht ein Betrieb wie in einem Ameisenhaufen! –, um die beiden besser zu erkennen. Das Gesicht des vorderen, der seinem Hintermann als Schutzschild dient, ist verletzt und geschwollen. Der Mann scheint sehr erschöpft zu sein und mustert seine Umgebung mit verstörten Blicken. Der andere Mann drückt dem Verletzten ein Messer an die Kehle. Er hat langes, schwarzes, glattes Haar und einen hängenden Schnurrbart ... Kawongolo erschrickt. Diesen Mann kennt er! Es ist Rudy – dieser Wikingertyp, der zusammen mit der Blonden das Bohrmaterial gebracht hat und sich seither immer in der Nähe der Präsidentin herumtreibt. Ist er nicht sogar mit ihr zusammen nach Nassau geflogen? Was will er hier? Ist Fatimata etwa bei ihm? Falls ja, warum zeigt sie sich dann nicht?

Der junge, etwas spröde Hauptmann Simporé tritt auf seinen Vorgesetzten zu.

»Hauptmann Simporé meldet sich zum Rapport.«

»Wie ist es möglich, Herr Hauptmann, dass dieses Flugzeug hier landen konnte? Sollte der Flughafen nicht geschlossen sein? Wer hat die Landeerlaubnis erteilt?«

»Ich selbst, Herr General. Ich musste davon ausgehen, dass das Leben der Geisel in Gefahr ist, und bin der Meinung, dass wir die Situation besser kontrollieren können, wenn die Maschine am Boden ist. Die Geisel scheint ein wichtiger Mann zu sein. Nach Angaben des Luftpiraten spielt er eine bedeutende Rolle bei unserer derzeitigen Operation.«

»Wann wurden Sie über die Geiselnahme informiert?«

»Heute Morgen um …« Er blickt auf seine Armbanduhr. »Um drei Uhr zwölf.«

»Aber Sie hielten die Information nicht für so wichtig, dass Sie mir Bescheid gegeben hätten?«

Simporés Wangen verfärben sich.

»Ich habe nicht gewagt, Sie zu wecken, Herr General. Ich dachte, dass wir ohnehin nichts tun könnten, solange sich die Maschine in der Luft befand …«

»Sie haben nicht zu denken, Hauptmann! Leider brauche ich Sie im Augenblick hier – anderenfalls hätten Sie umgehend Arrest wegen eigenmächtigen Rückhalts strategisch wichtiger Informationen erhalten. Aber Sie bekommen einen Verweis. Sobald Ihr Dienst vorbei ist, werden Sie in meinem Büro vorstellig – nein, im Präsidentenpalast. Vorerst aber kehren Sie auf Ihren Posten zurück und warten auf meine Anweisungen.«

»Zu Befehl, Herr General.«

Der Hauptmann knallt die Hacken zusammen, grüßt militärisch, dreht sich um und entfernt sich mit großen Schritten. Dabei kreuzt er Nummer 1, der völlig zerknittert aussieht und offenbar gerade erst aus dem Bett gestiegen ist, trotz allem aber seine schwarze Sonnenbrille nicht vergessen hat.

»Nun, Herr General? Wissen Sie schon Näheres? Ist die Geisel tatsächlich Fuller? Und wer sind die Luftpiraten?«

»Urteilen Sie selbst.«

Kawongolo reicht Nummer 1 das Zielfernrohr. Nummer 1 stößt einen kurzen Pfiff aus.

»Scheiße, den haben sie ja ordentlich zugerichtet! Bestimmt hat er Widerstand geleistet. Der Typ mit dem Messer kommt mir irgendwie bekannt vor.«

»Das ist Rudy, der Europäer, der das Bohrmaterial gebracht hat und mit der Präsidentin nach Nassau geflogen ist.«

»Sitzt sie auch mit im Flugzeug?«

»Das weiß ich nicht. Ich bin auch gerade erst angekommen.«

»Gut.« Nummer 1 seufzt. »Wie viele sind es? Das wissen Sie natürlich auch nicht. Und was wollen sie?«

»Mit einem Verantwortlichen sprechen.«

»Nun, Herr General, da sind dann wohl Sie gefragt. Reden Sie mit ihm. Ich werde unterdessen sehen, was ich tun kann. Haben Sie einen guten Scharfschützen in Ihrer Pennertruppe?«

Der General zuckt zusammen, hält sich aber zurück.

»Meine Soldaten sind samt und sonders hervorragende Schützen. Sollten Sie allerdings vorhaben, Rudy vom Flughafengebäude aus kampfunfähig zu schießen, vergessen Sie es. Es sei denn, Sie legen keinen gesteigerten Wert auf diesen Fuller.«

»Okay, ich setze mich mit Nummer 2 und Nummer 3 in Verbindung. Sie gehen inzwischen in den Tower und verhandeln mit dem Geiselnehmer. Versuchen Sie, den Kerl so lange wie möglich hinzuhalten und so viel wie möglich zu erfahren. Versprechen Sie ihm ruhig alles, was er verlangt, denn er ist ohnehin geliefert.«

»Sie scheinen Ihrer selbst ganz schön sicher zu sein«, sagt Kawongolo.

»Wir sind NSA-Leute, mein Bester. Das Verhalten bei Geiselnahme beherrschen wir aus dem Effeff.«

Widerstand

Fight the power that chokes your speech
Fight the power that makes you bleed
Fight the power that propagates lies
To keep you weak, keep you in line

Fight the power that reigns you in
Divides and conquers, defines your sin
Fight the power for one and all
Before the power swallows us whole.

KMFDM, »New American Century«
(*Hau Ruck*, 2005)

Anthony blinzelt, kneift die Augen zusammen und mustert verwirrt seine Umgebung. Die Morgensonne, der Harmattan, der Staub, die neugierigen Blicke der vielen Menschen – wo ist er hier, und wie ist er hergekommen? Rudy hingegen versucht, sich einen Überblick über die Zahl der anwesenden Soldaten zu verschaffen. Das Flughafengebäude wimmelt vor Militärs, auf dem Dach sind Scharfschützen postiert, und zwei Panzer haben ihre Kanonen auf das Flugzeug gerichtet.

»Du bist in Burkina Faso«, murmelt Rudy in Fullers Ohr und drückt ihm das Messer an die Kehle. »Jetzt geht es um dein Leben. Dein Leben gegen das Überleben dieses Landes. Kapiert?«

Falls Fuller verstanden hat, zeigt er es jedenfalls nicht. Er schweigt, zittert und schwitzt. Bei der Rückkehr in den Passagierraum beklagt er sich über seine Gesichtsverletzungen. Rudy hält es für sicherer, ihn in der Toilette einzuschließen: So braucht er ihn nicht in Schach zu halten, falls die Macht der Maske nachlassen sollte. Anschließend kehrt er in das bordeigene Büro zurück, wo der Pilot und der Kopilot gemütlich bei einer Tasse Kaffee zusammensitzen. Seit der Landung verhalten sich Hank und Bill ausgesprochen kooperativ – vermutlich, weil sie auf ihre baldige Befreiung hoffen.

»So, Jungs«, sagt Rudy dann auch tatsächlich, »ihr wisst ja, dass ich nichts gegen euch habe, und deshalb dürft ihr jetzt gehen. Leider kann ich euch nicht garantieren, dass ihr mit diesem Flugzeug zurückkehren werdet; das hängt von der weiteren Entwicklung ab. Aber in Ouaga gibt es eine amerikanische Botschaft, die sicher eine Möglichkeit findet, euch wieder nach Hause zu bringen. Inzwischen solltet ihr euch vielleicht einmal in der Stadt umsehen und euch ein Bild davon machen, wie es in den ärmsten Landern der Welt zugeht. Ich kann euch garantieren – es ist sehr erbaulich! Allerdings möchte ich dich, Bill, noch bitten, mir das Funkgerät zu erklären, ehe ihr das Flugzeug verlasst. Ich gehe nämlich davon aus, dass die Verantwortlichen – oder die sich dafür halten – über den Tower mit mir Verbindung aufnehmen.«

Nach einer kurzen Einführung in die Geheimnisse des Funkverkehrs öffnet Rudy die vordere Flugzeugtür und stößt die beiden Männer auf die Rollbahn.

»Viel Glück, Jungs. Geht langsam und haltet die Hände weit vom Körper weg. Man kann nie wissen! Es wäre doch zu blöd, wenn sie euch irrtümlich erschießen würden.«

Als Rudy allein ist, beginnt er zu überlegen. Vor morgen Abend würde Fatimata nicht zurückkehren. Er müsste also mindestens sechsunddreißig Stunden durchhalten, ohne zu wissen, ob der Präsidentin überhaupt genügend treue Soldaten zur Verfügung stehen, um die Rebellen zu besiegen und die Macht zurückzuerobern. Unmöglich! Rudy ist sich darüber im Klaren, dass die Putschisten, und vor allem die NSA-Agenten, alles unternehmen werden, ihren Auftraggeber zu befreien. Aber wie lange kann er Widerstand leisten? Und was geschieht, wenn er gezwungen sein sollte, Fuller hinzurichten? Rudy realisiert, dass sein eigenes Leben dem seiner Geisel untergeordnet ist, doch ist er wirklich bereit, es aufs Spiel zu setzen, um einen Mann zu töten, gegen den er keinerlei persönlichen Hass hegt, abgesehen von seiner allgemeinen Abneigung gegenüber Menschen seines Schlages?

Nein, beschließt er. *Wenn sie das Flugzeug stürmen oder wenn es ihnen gelingt, sich einzuschleusen, würde ich mich lieber ergeben, als dass ich Fuller töte und dafür massakriert werde.*

Natürlich gibt es keine Garantie dafür, dass sie Rudy nicht trotzdem töten, wenn er Fuller ausliefert – ein gelungener Staatsstreich öffnet allen möglichen Exzessen Tür und Tor. Wie dem auch sei – Rudys Position ist ausgesprochen prekär. Sein Leben hängt am seidenen Faden.

Ein Signal ertönt im Cockpit, wo Rudy sich hingeflüchtet hat; sorgfältig achtet er darauf, nicht von außen sichtbar zu sein, um nicht unfreiwillig zur Zielscheibe zu werden. Er setzt die Kopfhörer auf und schaltet das Funkgerät ein.

»Hier spricht General Kawongolo. Ich rufe vom Tower aus an. Sie sind Rudy, nicht wahr?«

»Sie haben gute Augen, Herr General. Kann man das von denen Ihrer Frau inzwischen auch schon wieder sagen?«

»Leider nein. Aber darum geht es jetzt nicht ...«

»Aber sicher geht es darum. Die Kerle, für die Sie die Kastanien aus dem Feuer holen, haben bestimmt versprochen, Ihr die Operation zu bezahlen, nicht wahr? Wahrscheinlich in einer Privatklinik. Habe ich recht?« Der General schweigt. »Glauben Sie wirklich noch daran, Herr General? Hat man Ihre Frau schon ausgeflogen, oder läuft sie immer noch zu Hause herum und holt sich blaue Flecken am Mobiliar?«

»Lassen Sie meine Frau außen vor. Es geht um Sie, Rudy. Sie haben sich da ganz schön was eingebrockt.«

Der Harmattan, der seit dem Morgengrauen weht, hat merklich an Kraft zugelegt. Sandschlieren hängen in der Luft. Langsam verschwindet die Landschaft in einem gelben Nebel, der auf Rumpf und Flugzeugscheiben prasselt.

»Nicht so sehr wie Sie, Herr General. Was glauben Sie wohl, was Fatimata mit Ihnen anstellt, wenn sie die Macht zurückerobert hat? Sie haben sich eines Angriffs auf die gewählte Staatsführung schuldig gemacht. Soweit ich weiß, steht darauf die Todesstrafe.«

Wieder herrscht Schweigen auf der anderen Seite. Würde es Rudy gelingen, Kawongolo zum Wanken zu bringen? Das wäre natürlich die allerbeste Lösung! Der General müsste sich nur seinen Irrtum eingestehen, die Kerle von der NSA verhaften, und alles wäre in bester Ordnung!

»Was beabsichtigen Sie, Rudy? Was ist das Ziel Ihres Spiels?«

Draußen steigert sich der Wind zum Sturm. Die sandigen Böen bringen die Maschine zum Beben. Damit ist ein Angriff aus der Luft so gut wie ausgeschlossen, aber würden sich die NSA-Agenten oder Kawongolos Soldaten auf das windgepeitschte Rollfeld wagen?

»Ich kann Ihnen die Frage ebenso gut zurückgeben, Herr General. Was ist das Ziel *Ihres* Spiels? Die Gesundheit Ihrer Frau? Die war meiner Ansicht nach nur ein Lockmittel. Die Dankbarkeit des Landes? Davon spürt man nicht allzu viel. Machtgelüste? Daran werden Sie wohl nicht lange Freude haben. Haben Sie wenigstens einmal darüber nachgedacht?«

»Ich glaube, Sie sollten sich besser Gedanken über Ihr eigenes Los machen, anstatt sich über mich den Kopf zu zerbrechen. Sie sitzen ganz allein in diesem Flugzeug, ich habe eine ganze Armee zur Verfügung. Inklusive Scharfschützen und Experten für Geiselnahme. Vermeiden Sie Blutvergießen, Rudy. Riskieren Sie nicht zu viel. Wenn Sie Fuller freilassen, lassen wir Sie laufen. Das ist ein Versprechen. Wenn Sie wollen, stellen wir Ihnen sogar ein Fahrzeug zur Verfügung.«

»Nein danke, Herr General. Im Gegensatz zu Ihnen glaube ich nicht an die leeren Versprechungen von Strohmännern der NSA. Fullers Leben – meines übrigens auch – spielt hier überhaupt keine Rolle. Sie fordern mich auf, möglichst kein Blut zu vergießen, aber Sie selbst haben die Situation heraufbeschworen. Fatimata weiß übrigens Bescheid und ist dabei, alles Notwendige zu veranlassen. Ich würde keine Wette mehr auf Sie abschließen …«

Ein vorsichtiger Blick nach draußen zeigt Rudy, dass sich von der Landebahn her zwei gebückte Gestalten anschleichen. Wütend faucht er ins Mikrofon:

»Kawongolo, rufen Sie sofort Ihre Männer zurück, sonst knalle ich sie ab. Ich warne Sie, ich bin bewaffnet. Außerdem kann ich auch immer noch Fuller abstechen wie ein Schwein.« Er hält das Mikro ein Stück weit weg und stößt ein schmerzliches Geheul aus. »Hören Sie?«, fährt er fort. »Oder wäre es Ihnen lieber, wenn ich seinen Finger auf das Rollfeld werfe, getreu dem Beispiel Ihrer Kumpels von der NSA?«

Er schaltet das Funkgerät ab, duckt sich hinter ein Fenster und beobachtet die beiden Männer, die stehen geblieben sind. Kurz darauf kehren sie um. *Pech gehabt, Jungs! Da müsst ihr euch schon etwas Besseres überlegen.*

Und das werden sie, daran zweifelt Rudy keine Sekunde. Der Vorfall eben war nur ein erster Versuch. Sollte der Harmattan sich beruhigen, werden sie es über die Luft probieren oder frontal angreifen. Rudy kann beim besten Willen nicht überall gleichzeitig sein, alles sehen und alles überwachen. Er braucht Verstärkung, und zwar schnell. Wen könnte er nur anrufen? Fatimata! Schließlich ist sie die Präsidentin dieses bescheuerten Landes! Und sie ist im Besitz aller wichtigen Telefonnummern – auch der privaten und verschlüsselten – und weiß, wie man direkt an die Leute herankommt. Rudy kehrt zurück in den Salon der Boeing, der ihm als Büro dient, und ruft sie erneut mit dem in das Netzwerk des Quantum Physics integrierten Satellitentelefon an.

Der Gesprächsteilnehmer ist zurzeit nicht erreichbar. Hinterlassen Sie bitte eine Nachricht oder rufen Sie zu einem späteren Zeitpunkt erneut an. Mist! Aber eigentlich ist es logisch, dass sie nicht ruhig dasitzt und abwartet. Schließlich muss sie die ihr treu gebliebenen Truppenteile mobilisieren und den Präsidenten von Mali überzeugen … Zumindest hofft Rudy das. *Beeil dich, Fatimata! Und halte mich vor allem auf dem Laufenden.*

Der Sturm draußen flaut ab. Zwar tanzen auf dem Rollfeld noch immer Sandspiralen, doch das Flugzeug bebt kaum noch unter den Böen, und das Prasseln auf den Scheiben lässt nach. Auch den Horizont kann man wieder erkennen. Die Wetterbedingungen verändern sich eindeutig zugunsten der NSA.

Das Funkgerät im Cockpit meldet sich erneut. Rudy wirft einen prüfenden Blick aus dem Fenster in die Runde, ehe er ins Cockpit zurückkehrt. Es ist wieder Kawongolo.

»Nun, Rudy? Haben Sie nachgedacht? Sind Sie bereit, sich zu ergeben?«

»Sie machen wohl Witze, Herr General. Mich wundert übrigens, dass Sie und Ihre Truppen sich nicht schon längst zurückgezogen haben und Fersengeld geben. Waren nicht Sie es, der davon sprach, unnötiges Blutvergießen zu vermeiden?«

»Wie kommen Sie darauf? Wir haben alles bestens unter Kontrolle, und alle Schlüsselpositionen sind in unserer Hand.«

»Ich sagte Ihnen doch bereits, dass Fatimata Bescheid weiß. Gerade habe ich mit ihr telefoniert. Die reguläre Armee hat ihren Marschbefehl und wird von Truppen aus Mali unterstützt. Fliehen Sie, solange noch Zeit dazu ist.«

»Sie bluffen doch, Rudy! Aber Ihre Finte zieht nicht, aus dem einfachen Grund, weil alle Telefonleitungen nach außerhalb unterbrochen sind. Fatimata kann niemanden erreichen – abgesehen vielleicht vom Präsidenten von Mali; das mag angehen. Aber der wird bestimmt nichts unternehmen, denn er ist ein friedliebender Mensch und mischt sich nicht in die inneren Angelegenheiten anderer Staaten ein. Ihre Drohungen sind also nichts als heiße Luft. Im Gegensatz dazu wird Ihre eigene Situation allerdings allmählich kritisch …«

»Wir werden ja sehen, wer hier als Erster klein beigibt. Entschuldigen Sie mich, ich bekomme gerade einen Anruf auf der anderen Leitung.«

Der Quantum Physics im Salon meldet sich mit einer netten, kleinen Melodie. Während Rudy zum Computer eilt, fragt er sich, ob es tatsächlich machbar ist, ein ganzes Land vollständig vom Rest der Welt zu isolieren. Selbst mithilfe der besten Experten kann die NSA unmöglich *sämtliche* Netze kontrollieren. Die Boeing beispielsweise ist ja auch nicht betroffen!

Auf dem Bildschirm zeichnet sich Fatimatas Gesicht ab. Die Präsidentin wirkt deutlich gelöster als in der Nacht zuvor.

»Rudy? Wo sind Sie jetzt?«

»Auf dem Flughafen von Ouaga. Ich bin im Flugzeug und habe immer noch Fuller als Geisel. Kawongolo hat sich gemeldet, und wir tun so, als würden wir verhandeln, während die Agenten von der NSA mich heimlich von hinten zu überrumpeln versuchen. Lange kann ich diesen Zustand allerdings nicht mehr durchhalten, Madame Konaté. Haben Sie etwas erreichen können?«

»Ich habe inzwischen mit Präsident Songho telefoniert. Wie ich schon vermutete, will er keine Truppen schicken, hat mir aber seine gesamte Logistik zur Verfügung gestellt. Leider ist es unmöglich, sich per Telefon oder Internet mit Burkina Faso in Verbindung zu setzen.«

»Ich weiß.«

»Allerdings verfügt die Armee über codierte Frequenzen. Im Rahmen der Verträge über militärische Zusammenarbeit, von denen ich Ihnen erzählt habe, wurden dem obersten Heereskommando von Mali einige dieser Frequenzen zur Kenntnis gebracht, und so konnte ich auf indirektem Weg mehrere Garnisonen in Burkina kontaktieren. Auf diese Weise habe ich erfahren, dass tatsächlich nur ein einziges Regiment hinter General Kawongolo steht, nämlich das 1. Infanterieregiment. Alle anderen Soldaten befinden sich in ihren Quartieren, und die Offiziere warten nur auf meinen Befehl zur Mobilmachung.«

»Haben sie ihn gegeben?«

»Ja, natürlich.«

Ein erlöstes Lächeln gleitet über Rudys verkrampfte Gesichtszüge.

»Dann kann ich also darauf hoffen, dass mir bald jemand hier heraushilft?«

»Ich habe angeordnet, dass sich der Hauptangriff auf den Flughafen richtet. Bald haben wir die Situation wieder unter Kontrolle.«

»Sie glauben gar nicht, wie es mich freut, das zu hören, Fatimata!«

»Ich muss jetzt Schluss machen, Rudy, weil ich gerade versuche, meine Minister zu erreichen … Ach ja, noch etwas: Kein Wort zu Kawongolo! Wir wollen den Überraschungseffekt ausnutzen.«

»Klar! Bis bald.«

Rudy reibt sich die Hände. *Na prima! Die Befreiung steht kurz bevor.*

Plötzlich erschüttert eine doppelte Explosion das Flugzeug. Die vordere und die hintere Tür stürzen in einer dichten Rauchwolke auf die Landebahn. In jeder Türöffnung materialisiert sich ein Mann in Schwarz. Die beiden Angreifer springen in den Passagierraum und verbarrikadieren sich mit vorgehaltenen Gewehren hinter den Sesseln. Rudy befindet sich zwischen ihnen. Er hat keine andere Waffe als sein Messer. Hastig verkriecht er sich unter dem Schreibtisch, auf dem der Quantum Physics steht. *Scheiße, Scheiße, Scheiße! Fatimatas Anruf hat mich abgelenkt!*

»Jetzt sind Sie dran, Rudy!«, ruft Nummer 2. »Sie haben keine Chance. Kommen Sie raus, und Hände hoch!«

Rudy antwortet nicht. Hinter ihm hakt Nummer 2 nach.

»Seien Sie doch nicht so blöd, Mann! Wir wissen, dass Fuller nicht bei Ihnen ist. Sie haben ihn auf dem Scheißhaus eingesperrt. Los, kommen Sie da unten raus.«

Rudy verhält sich weiterhin still. Sein einziger Trumpf ist, dass sie nicht wissen, wie seine Bewaffnung aussieht und wo genau er sich verkrochen hat. Aber die Agenten werden nach und nach vorrücken und ihn in die Zange nehmen – er hört sie bereits auf dem Teppich rutschen. Und was kann er mit einem Küchenmesser gegen zwei Gewehre ausrichten? *Mist, diese Arschlöcher sind einen Tick zu früh aufgekreuzt …*

»Na los, Rudy. Raus da und Hände hoch!«

»Wir wissen, wo Sie sind. Jeder Widerstand ist zwecklos.«

Rudy riskiert einen hastigen Blick in den Flur. Wenn er die Toilette erreichen und Fuller herausholen kann … Doch es ist zu spät. Ein schwarzer Blitz zuckt von einem Sessel zum Sofa: Einer der Kerle hat Rudy den Weg abgeschnitten. Rudy wirft den Kopf herum und sieht gerade noch eine zweite, blitzartige Bewegung, einen schwarzen Schatten, der durch den Salon flitzt. Reflexartig schleudert Rudy sein Messer – und trifft! Die scharfe Klinge bohrt sich in den Oberschenkel von Nummer 2, der mit einem Schmerzensschrei auf den Teppich sinkt und aufs Geratewohl einen Schuss abgibt. Die Kugel dringt in das wertvolle Holz des Schreibtischs unmittelbar oberhalb von Rudys Kopf ein.

»Nummer zwei? Hast du gerade geschossen?«

»Der Arsch hat mich erwischt! Er hat mir ein Messer in den Oberschenkel geschleudert.«

»Bleib, wo du bist. Ich niete ihn um!«

Der schwarze Schatten huscht weiter. Noch ein Sessel, ein Tisch und ein Stück Flur, dann ist Nummer 3 bei Rudy angekommen. Doch Rudy wird ihm nichts schenken.

Ein plötzliches Dröhnen zerreißt den Himmel. Eine Detonation ist zu hören, dann ein Pfeifen und eine Explosion. Glas zersplittert, eine Mauer stürzt ein. Die Antwort sind knatterndes Maschinengewehrfeuer, der dumpfe Donner einer Kanone und – weiter weg – eine Verpuffung. Das himmlische Dröhnen entfernt sich und kehrt wieder zurück. Erneuter Beschuss, erneute Explosion. Wieder antwortet die Kanone. Autotüren werden geschlagen, Motoren jaulen auf, Reifen drehen durch. Menschen schreien durcheinander, Automatikwaffen bellen auf. Eine *Rafale*, jubiliert Rudy insgeheim. Eine der beiden Rafales der burkinischen Armee, die die gesamte Luftwaffe des Landes darstellen.

»Verdammte Kacke!«, schimpft Nummer 3. »Wir werden angegriffen. Die bombardieren den Flughafen! Und die Armee verdrückt sich!«

Hastig setzt er zum Rückzug an und lässt sich aus der hinteren Tür fallen.

»Lass mich nicht allein!«, jammert Nummer 2. »Ich kann doch nicht laufen!«

Er lässt alle Vorsicht fahren, steht mühsam auf und hinkt zur vorderen Tür. Dabei hält er sich das blutende Bein. Rudy schleicht sich von hinten an ihn heran. Seine Schritte werden von dem dicken Teppich gedämpft. Als Nummer 2 sich umdrehen will, springt er ihn an, schlägt ihm die Waffe aus der Hand, reißt ihn um, nimmt die Pistole an sich, setzt sich auf seinen Brustkorb und drückt ihm die Waffe an die Schläfe.

»Jetzt bist du geliefert!«

»Töten Sie mich nicht. Ich appelliere an Ihr Mitleid. Ich habe Frau und Kinder zu Hause …«

»Ach ja? Und warum sollte ich nicht schießen? Na ja, vielleicht macht es mir Freude zuzusehen, wie du vom Volk gelyncht wirst.« Rudy springt auf, ohne den Lauf seiner Waffe von Nummer 2 abzuwenden. »Steh auf. Los, voran.«

»Ich … ich kann nicht laufen! Mein Oberschenkel …«

»Stell dich nicht so an. Eben ging es noch ganz gut. Also los, steh auf.«

Mühsam steht Nummer 2 auf. Das Spektakel draußen reißt nicht ab – Geschrei, Motorenlärm, wildes Durcheinander, Explosionen, einstürzendes Gemäuer, knisternde Brände. Das Jagdflugzeug ist verschwunden. Dafür landen jetzt Hubschrauber auf dem qualmenden Rollfeld und spucken mengenweise Soldaten aus. Ab und zu sind noch Schüsse zu hören, doch die Rebellen scheinen Hals über Kopf zu fliehen.

»Weiter!«, befiehlt Rudy seinem Gefangenen. »Nein, nicht nach draußen. Hier entlang.«

Er stößt ihn vor die Toilettentür, die er mit einem von Hank zur Verfügung gestellten Vierkantschlüssel öffnet. Fuller steht langsam von der WC-Brille auf. Er strahlt hoffnungsvoll über das ganze, ziemlich übel zugerichtete Gesicht.

»Habt ihr es geschafft, Jungs? Habt ihr ihn abgeknallt, diesen …«

Sein Lächeln erstirbt, als Rudy die leidend und verzweifelt dreinblickende Nummer 2 in den engen Verschlag stößt.

»Ja, Fuller, wir haben es geschafft. Und du hast verloren!«

Heldenspiele

Lève-toi, bats-toi … Va revendiquer tes droits
Lève-toi, bats-toi … La vie, c'est ton droit
Quatre-vingts pour cent de nos présidents
Sont des marionnettes
L'occident tire sur les ficelles
Les marionnettes font du zèle
Le pouvoir leur monte à la tête
Moi j'ai peur des mitraillettes
Mal en pis, les choses vont de mal en pis
Mal en pis, les choses vont de mal en pis
Quel que soit ce qu'on leur dit,
Ces abrutis n'ont rien compris

Steh auf und wehr dich – fordere deine Rechte ein,
Steh auf und wehr dich – du hast ein Recht auf Leben.
Achtzig Prozent unserer Präsidenten
Sind Marionetten.
Der Westen zieht an den Schnüren.
Die Marionetten sind eifrig,
Die Macht steigt ihnen zu Kopf.
Ich aber habe Angst vor Maschinengewehren.
Es wird immer schlimmer.
Ganz gleich, was man ihnen sagt,
Diese Idioten verstehen nichts.

Alpha Blondy, »Politruc«, (*Merci*, 2002)

Abou schreckt aus dem Schlaf auf. In der Hütte ist es schon sehr warm; die Sonne streckt ihre Feuerzungen durch die Schlitze der Fensterläden. Er sieht auf die Uhr: neun Uhr! Er müsste seit drei Stunden unterwegs sein! Was ist geschehen? Warum hat Hadé ihn nicht geweckt?

Hastig zieht er sich an und läuft in den Hof, wo alles ist wie immer: Hadé sitzt unter der Tamarinde und tastet den Hals einer Frau ab, die vor ihr hockt; wartende Patienten drängen sich auf der Bank; Magéné kommt mit einem mit grauer Flüssigkeit gefüllten Fläschchen aus dem »Labor«; Bana sitzt vor ihrer Hütte und zerstößt Hirse zum Klang eines kleinen Transistorradios, das an der Mauer hängt. Es ist, als hätte man Abou völlig vergessen und als wäre der Vortag nichts als ein schrecklicher Albtraum gewesen.

Abou läuft zu Hadé.

»Großmutter! Warum hast du mich nicht geweckt? Ich hätte in der Morgendämmerung aufbrechen müssen.«

»Du brauchst nicht mehr fortzugehen, Sohn.«

»Warum?«

»Geh zu Bana. Sie hat das Radio eingeschaltet. Und lass mich bitte arbeiten.« Sie wendet sich wieder der Frau zu und fragt: »Wenn ich hier drücke, tut das weh?«

»Ja, *m'boyo*. Es strahlt bis in die Schulter aus.«

Abou weiß, dass es nichts nützt, weiterzubohren. Er unterdrückt seinen Ärger und geht zu Bana, die ihren Mörser weglegt und ihn lächelnd empfängt.

»Grüß dich, Abou. Hast du gut geschlafen?«

»Viel zu lang, Bana. Großmutter hat gesagt, dass ich nicht mehr nach Mali zu gehen brauche, aber dass ich Radio hören soll. Gibt es Neuigkeiten?«

»Warte, ich schalte La Voix des Lacs wieder ein.«

Sie nimmt das Radio von der Wand, drückt einen Programmwahlknopf und hält Abou das Gerät hin.

»... des Flughafens und des Senders, welche die ersten Ziele waren, wird im Augenblick der Präsidentenpalast von der regulären Armee befreit. Seit der Festnahme von General Kawongolo leisten die Aufrührer kaum noch Widerstand. Nach Angaben des Innenministers Dramane Bako, der vorläufig die Regierungsgeschäfte übernommen hat, wird, so wörtlich, ›noch vor Ende dieses Tages die Ordnung im Land wiederhergestellt sein‹. Auch Oberst Barry, der Befehlshaber der Gegenoffensive, versichert, dass die Putschisten bereit sind, sich zu ergeben ...«

Abou sieht Bana verblüfft an.

»Der Putsch ist also misslungen? Habe ich das richtig verstanden?«

»Ich denke schon. Seit einer Stunde ist La Voix des Lacs wieder auf Sendung.«

»Aber ... meine Mutter kommt doch erst heute Nachmittag in Bamako an. Ich sollte sie eigentlich informieren.«

»Na ja, sie ist eben von jemand anders informiert worden.«

»Von Großmutter?«

»Das glaube ich eigentlich nicht«, lacht Bana. »Deine Großmutter verfügt über viel Macht, aber ein Telefon kann auch sie nicht ersetzen.«

»In Kongoussi allerdings hat sich die Situation bisher noch nicht verändert. Das Bohrgelände befindet sich nach wie vor in der Hand der Rebellen. Sie haben sich auf der Baustelle verschanzt und scheinen sie um jeden Preis halten zu wollen. Die reguläre Armee ist noch nicht nach Kongoussi vorgedrungen …«

»Ich denke, ich muss aufbrechen«, erklärt Abou.

»Nach Mali?«

»Nein, nach Kongoussi. Ich muss zurückkehren und die Baustelle befreien.«

»Du ganz allein?«

»Mein Regiment sollte inzwischen befreit sein und wird sicher zurückkehren. Ich muss an die Seite meiner Kameraden eilen, um nicht als Feigling dazustehen. Außerdem ist es meine Pflicht.«

»Nun, wenn es deine Pflicht ist …«

Kommentarlos beginnt Bana, wieder ihre Hirse zu mahlen. Abou kehrt zu Hadé zurück und teilt ihr seinen Entschluss mit. Sie nickt ihm wortlos zu, denn sie ist damit beschäftigt, ihre Hände auf den Körper eines Greises mit weißen Augen zu legen. Abou weiß, dass sie sich nicht aus Mangel an Interesse so verhält – wahrscheinlich ist sie zur gleichen Schlussfolgerung gekommen und versucht daher nicht, ihn zurückzuhalten.

Anderthalb Stunden später versteckt Abou den Motorroller hinter einem dicken Baobab in den Hügeln neben der Straße nach Djibo und nimmt seinen Beobachtungsposten vom Vortag wieder ein.

Auf dem Bohrgelände wird wieder gearbeitet, und zwar unter der Aufsicht von Soldaten, die allgegenwärtig zu sein scheinen. Sie sind auf dem Bohrturm, in der Nähe der Zisternen, bei den Pipelines, die in die Stadt führen, vor den Kompressoren, den Baracken für die technische Ausrüstung und in den Arbeiterunterkünften. Die beiden gepanzerten Fahrzeuge – eine Schnellfeuerwaffe und eine Kanone – sind rechts und links vom Eingang positioniert, der Mörser befindet sich vor dem Militärlager. Die Ordonnanzen stehen sich vor der zur Offiziersmesse umfunktionierten Funkerbaracke die Beine in den Bauch. *Das muss der neuralgische Punkt sein*, denkt Abou. *Wenn ich es schaffe, die verräterischen Obersten umzulegen, würde das Bataillon wie ein aufgeregtes Huhn kopflos herumrennen. Dann braucht das 4. Infanterieregiment nur noch zuzuschlagen*. Aber wie soll er das anstellen? Und wie soll er überhaupt auf die Baustelle gelangen? Der Eingang ist gut gesichert, und die frisch reparierten und mit Stacheldraht verstärkten Zäune werden ständig bewacht. Wäre es nicht sinnvoller, zu warten, bis die reguläre Armee anrückt, und sich gemäß seinem Dienstgrad einzuordnen? Doch Abou hat große Lust, einmal richtig auf eigene Faust durchzugreifen und den Helden zu spielen, um Lauries Liebe zu gewinnen.

Nachdem er ausgiebig nachgedacht hat, kommt ihm eine Idee. Sie ist verrückt, aber sie könnte funktionieren – vielleicht gerade, weil sie verrückt ist. Und immerhin hat sie schon einmal geklappt. Er geht zurück zu seinem Motorroller, wühlt im Topcase und findet ein schmutziges Tuch, das er sich um den Kopf wickelt. Es ist voller Ölflecke, aber von Weitem sieht es fast wie echt aus.

Die beiden Wachen vor dem Haupteingang sehen einen stotternden Motorroller ankommen, der nicht ganz gerade fährt und von einem erschöpften Soldaten mit einem improvisierten Verband um den Kopf gesteuert wird. Der Kamerad ist sichtlich am Ende seiner Kräfte. Zwar legen sie ihre Gewehre an, weil es der Vorschrift entspricht, doch der Junge auf dem Roller stellt sichtlich keine Gefahr dar. Sie lassen ihn absteigen und sich nähern, bleiben aber vorsichtig. Mit gesenktem Kopf zieht er das Bein nach.

»Grüßt euch, Freunde«, sagt er mit rauer, müder Stimme. »Ich komme aus Ouaga und habe eine Nachricht für euren Kommandanten.«

»Für Hauptmann Balima?«, erkundigt sich einer der Wachleute.

»Äh … ja, das ist er wohl. Wo kann ich ihn finden?«

»Komm mit.«

Der Wachhabende hängt sein Gewehr über die Schulter und begleitet Abou zur Fernmeldebaracke.

»In Ouaga scheint ganz schön die Post abzugehen, was?«, erkundigt er sich unterwegs.

»Es ist die Hölle. Die anderen belagern uns und stören unsere Fernmeldeanlagen. Nur mit Müh und Not ist es mir gelungen, mich durchzuschlagen, um die Meldung zu überbringen.«

»Ach, deswegen bekommen wir also keine Nachrichten! Allerdings besitzt mein Neffe Ernest ein Radio. Angeblich soll der Putsch gescheitert sein. Ist das wahr?«

»Keine Ahnung. Jedenfalls kämpfen wir wie die Löwen.«

»Glaubst du, dass wir hier auch kämpfen müssen?«

»Schon möglich.«

»Scheiße!« Der Wachmann verzieht das Gesicht.

Dann wendet er sich an die Ordonnanzen vor der Fernmeldebaracke.

»Ist Hauptmann Balima hier?«

»Ja, aber er ist im Gespräch. Worum geht es?«

Der Soldat zeigt auf Abou.

»Eine Nachricht aus Ouaga.«

Die Ordonnanz klopft an die Metalltür, öffnet sie und streckt den Kopf hinein.

»Herr Hauptmann, hier ist ein Bote aus Ouaga.«

»Ach ja? Lassen Sie ihn eintreten.«

Die Ordonnanz tritt zur Seite, um Abou einzulassen. In dem kleinen Raum, der trotz eines nach Norden geöffneten Fensters stickig heiß ist, befinden sich drei Personen: Hauptmann Balima, der sich über Moussas Computer beugt, ein Leutnant, der mit einem Funkgerät kämpft, und ein anderer, der gerade ein Feldtelefon installiert. Niemand achtet auf Abou, der die Situation ausnutzt und klammheimlich die Tür der Baracke verriegelt.

»Es will einfach nicht funktionieren, Herr Hauptmann«, jammert der Untergebene, der das Telefon zu installieren versucht. »Ich bekomme keine Verbindung.«

Balima, ein dicker Kerl, reißt seine Augen vom Bildschirm los und bemerkt Abou.

»Nun, die Nachrichten sind ja schon auf dem Weg zu uns. Wer hat Sie geschickt?«

»Mein Hass!«

»Wie bitte?« Der Hauptmann reißt die Augen auf. »Aber Sie sind doch …«

Mit einer raschen Bewegung reißt Abou sein Gewehr von der Schulter und schießt eine Salve im Halbkreis. Die Kugeln durchdringen das Feldtelefon, Moussas Computer, die Barackenwände und die drei Männer, die getroffen zusammenbrechen und die Überraschung auf ihren Gesichtern mit in eine andere Welt nehmen.

Draußen entsteht Unruhe. Man ruft und rüttelt an der Tür. Jetzt muss Abou sehr schnell handeln. Er springt auf den Schreibtisch, wo Balima mit blutigem Kopf zusammengebrochen ist, und von dort auf das Fensterbrett. Ein Soldat, der um die Baracke herumgelaufen ist, sieht ihn. Abou streckt ihn nieder, ehe er ein Wort hervorbringen kann. Vom Fenster aus zieht er sich auf das mit Antennen gespickte Dach hoch. Gerade noch rechtzeitig kann er sich hinter einer Satellitenantenne flach auf den Bauch werfen. Einige Soldaten, die ebenfalls um das Gebäude herumgelaufen sind, haben ihren Kameraden gefunden und bemerkt, dass das Fenster offen steht. Einer von ihnen stellt sich auf die Zehenspitzen und späht ins Innere der Baracke.

»Er hat den Hauptmann und die Leutnants erschossen!«

»Er muss aus dem Fenster geflohen sein.«

»Sucht ihn. Er kann noch nicht weit sein.«

Die Soldaten rennen in unterschiedliche Richtungen davon. *Wie kopflose Hühner* ... Abou liegt flach auf dem glühenden Dach und lacht sich ins Fäustchen. Er geht davon aus, dass er die einzigen Offiziere erschossen hat, die in der Lage sind, Befehle zu erteilen. Damit verfügt das Bataillon über keine Vorgesetzten mehr, keine Taktik, keine Befehle und keinen Gefechtsplan. Trotzdem befindet sich Abou in höchster Gefahr. Früher oder später wird sicher jemand auf die Idee kommen, auf dem Dach nachzuschauen, oder man wird ihn von einem anderen erhöhten Punkt aus entdecken. Hoffentlich ist die Armee bald da. Hier liegt die Unwägbarkeit seines Plans. Wenn er stundenlang warten muss, wird er nicht durchhalten, so viel ist sicher. Doch wenn die Befreiung von Ouaga tatsächlich so weit fortgeschritten ist, wie die Radioberichte glauben machen, dürfte die von Kongoussi nicht mehr lange auf sich warten lassen.

Währenddessen rennen unten alle durcheinander, schreien und rufen sich gegenseitig zu:

»Die Arbeiterbaracken! Geht dort nachsehen.«

»Bestimmt hat er sich bei den Arbeitern versteckt.«

»Passt auf, er ist bewaffnet.«

»Wo sind seine Komplizen?«

»Zweite Abteilung – alles hört auf mein Kommando! Wir müssen ausschwärmen.«

Abou kocht auf dem fast weißglühenden Dach langsam gar. Sein Schweiß fließt in Strömen, und er hat schrecklichen Durst. Wenn es nicht die Rebellen sind, die ihn töten, dann könnte es die Sonne sein. Er wagt nicht, sich in den Schatten der Satellitenschüssel gleiten zu lassen. In der Baracke sind Soldaten, die nach dem Tod ihres Vorgesetzten versuchen, sich mit Ouaga in Verbindung zu setzen. Wenn Abou sich bewegt, riskiert er daher, gehört zu werden. *Wann kommst du, 4. Infanterieregiment? Bitte, komm schnell. Ich werde hier oben bei lebendigem Leib gegrillt ...* Aus reiner Unaufmerksamkeit hat er die Hand auf das Blechdach gelegt und nur mit Mühe einen Schmerzensschrei zurückgehalten. Jetzt ist seine Handfläche mit Brandblasen übersät. Noch schützen ihn seine Uniform und die Ströme von Schweiß, in denen er badet, doch er spürt, wie die Hitze unerbittlich durch seine Kleidungsstücke kriecht und seine Haut röstet.

Plötzlich verändern sich die Rufe auf dem Gelände. Das Klappern von Hubschrauberrotoren ist in der Ferne zu hören und kommt schnell näher. Abou hebt den Kopf und entdeckt drei schwarze Punkte, die sich gegen den weißen Himmel abheben. Sie kommen!

Endlich! Wendé sei Dank!, seufzt er erleichtert.

Es sind schwere Truppentransporter, die das Bohrgelände in niedriger Höhe überfliegen und aufs Geratewohl schießen. Alle versuchen, sich in Sicherheit zu bringen. Einige Männer werden von den Salven getroffen und fallen, andere suchen jeden nur erdenklichen Schutz. Zwei Soldaten erklimmen die Kanone, doch einer der Hubschrauber schießt eine Rakete ab, die das Gerät zerstört und die Männer tötet. Eine weitere Rakete trifft den Mörser, den einer der Männer sich zu laden bemühte. Die dritte Rakete schlägt unmittelbar neben der Automatikwaffe ein; der Sog wirft das Panzerfahrzeug einfach um.

Die Hubschrauber landen in einer wirbelnden roten Staubwolke auf dem freien Gelände zwischen der Bohrstelle und dem Militärlager. Die Türen gleiten auf und geben Soldaten frei, die sich mit Uzis und M16 im Anschlag sofort verteilen und bereit sind, auf alles zu schießen, was sich bewegt. Doch nichts bewegt sich, abgesehen von den Staubwirbeln, die langsam wieder zu Boden sinken. Schließlich trauen sich die Aufständischen einer nach dem anderen aus ihrer Deckung, werfen ihre Waffen auf den Boden und heben die Hände.

Abou kriecht zum Rand des Daches und lässt sich hinuntergleiten. Auch er legt sein Gewehr ab, denn natürlich will er nicht für einen Rebellen gehalten werden. Langsam geht er auf das 4. Infanterieregiment zu. Er entdeckt seinen Hauptmann, der dabei ist, mit großen Gesten Befehle zu erteilen.

»Hauptmann Yaméogo!«

Der Hauptmann wirbelt herum. Abou nimmt den Verband ab.

»Ich bin es, Abou Diallo!«

»Du liebe Zeit, was machen Sie denn hier? Ich muss Sie wegen unerlaubten Verlassens der Truppe festnehmen.«

»Warten Sie, Herr Hauptmann. Schauen Sie sich erst einmal an, was in der Funkerbaracke da drüben liegt. Und dann können Sie sich überlegen, ob Sie mich noch immer festnehmen wollen.«

Yaméoto wirft dem jungen Mann einen misstrauischen Blick zu und schickt einen seiner Männer zum Nachsehen. Während sie auf seine Rückkehr warten, löst sich Salah plötzlich aus der Reihe, rennt auf Abou zu und fällt ihm um den Hals.

»Abou, du lebst! Ich hatte solche Angst, dass sie dich getötet hätten.«

»Ich hatte auch Angst um dich, Salah.«

»Soldat Tambure – keine Privatgespräche mit dem Gefangenen.«

»Du bist Gefangener?«

»Aber nicht für lange, glaube ich«, lächelt Abou.

Der zum Nachsehen geschickte Soldat kommt völlig perplex aus der Fernmeldebaracke.

»Herr Hauptmann«, meldet er atemlos, »da drinnen befinden sich Hauptmann Balima und zwei Leutnants. Sie sind tot. Erschossen.«

Hauptmann Yaméogo wendet sich mit nach wie vor strenger Miene an Abou.

»Haben wir das etwa Ihnen zu verdanken, Gefreiter Diallo?«

»Jawohl, Herr Hauptmann. Ich dachte mir, dass die Rebellen sich schneller ergeben, wenn sie keinen Vorgesetzten mehr hätten.« Abou zeigt auf die in der Mitte des Geländes zusammengetriebenen Gefangenen. »Ich glaube, ich hatte recht.«

Yaméogo nickt widerwillig.

»Das glaube ich allerdings auch. Nun, trotzdem muss ich den Gefreiten Diallo wegen seiner unentschuldigten Abwesenheit beim gestrigen Gefecht mit Arrest bestrafen. Allerdings muss ich Sergeant Diallo zu seiner Heldentat beglückwünschen. Ihnen ist zu verdanken, dass wir heute hier so schnell gewonnen haben. Sie haben sich drei Tage Sonderurlaub redlich verdient. Sobald ich wieder ein Büro habe, kommen Sie vorbei und holen sich Ihre Tressen und die Ehrenmedaille ab.«

»Vielen Dank, Herr Hauptmann. Übrigens sterbe ich vor Durst. Dürfte ich etwas trinken gehen?«

»Sie haben meine Einwilligung.«

Abou läuft zu den Sammelzisternen, öffnet einen der Schieber, hält den Kopf unter das frische, klare Wasser und trinkt in großen Schlucken. Schließlich zieht er die Uniform aus, kauert sich im Slip unter das geöffnete Ventil und lässt das Wasser wohlig stöhnend über sich hinwegsprudeln. Mein Gott, wie schmutzig er doch gewesen ist! Doch jetzt werden Schweiß, Staub und Stress einfach im fröhlich gluckernden Wasser weggeschwemmt, das Abou ohne Gewissensbisse verschwendet. Er wäscht Körper und Haar und tobt im Wasserstrahl herum wie ein kleiner Junge.

Plötzlich tritt Salah lächelnd zu ihm.

»Abou, du musst dich anziehen. Jemand fragt nach dir.«

»Wer?«

»Das wirst du schon sehen.«

Abou schlüpft in seine schmutzige Uniform, und Salah profitiert von der Wartezeit, um ebenfalls den Kopf unter das Wasser zu halten. Hand in Hand kehren beide zu den Hubschraubern zurück.

Neben den Maschinen parkt ein kleiner, grauer Hyundai, den

Abou nur allzu gut kennt. Laurie unterhält sich mit Hauptmann Yaméogo. Sie ist ganz in Weiß gekleidet. Ihre blonde Mähne leuchtet in der Sonne.

»Ich gehe dann mal«, sagt Salah und zwinkert dem Freund zu. »Wir sehen uns ja sicher später. Du hast mir vermutlich eine ganze Menge zu erzählen.«

Abou nickt, antwortet aber nicht. Er hat einen dicken Kloß im Hals und bleibt wie angewurzelt stehen. Endlich wendet Laurie den Kopf und bemerkt ihn. Sofort läuft sie auf ihn zu, bleibt aber zwei Schritte vor ihm mit einem zögernden Lächeln stehen.

»Ich ... ich weiß nicht recht«, stammelt sie. »Dürfen wir uns jetzt küssen?«

Sehnsucht und Glück fegen Abous Schüchternheit mit einem Mal weg. Er nimmt Laurie in seine langen, muskulösen Arme, zieht sie an sich und drückt einen feurigen Kuss auf ihre bebenden Lippen. Als er schließlich Atem holt, verschränkt sie die Hände in seinem Nacken und gibt ihm seinen Kuss langsam und voll unendlicher Zärtlichkeit zurück.

Die Soldaten um sie herum applaudieren und stoßen fröhliche »Juhu«-Rufe aus.

Legale Methoden

MorgenInfo
Malis erste Online-Zeitung

Putsch in Burkina Faso
Gestern Morgen fand in Burkina Faso ein Putschversuch statt. General Victor Kawongolo, der Interims-Premierminister, nutzte eine Auslandsreise von Präsidentin Fatima Konaté zu dem Versuch aus, die Macht im Land an sich zu reißen. Heute Morgen jedoch lieferte sich die reguläre Armee schwere Gefechte mit den Rebellen, die offenbar siegreich verliefen.
→ weiterlesen

Präsident Omar Songho: »Ich stehe hinter meiner burkinischen Amtskollegin«
Fatimata Konaté: »Der Staatsstreich wurde aus dem Ausland gesteuert, doch die Verantwortlichen werden ohne Nachsicht zur Rechenschaft gezogen«
Amadou Diallo (Afrikanische Bank für Entwicklung): »Meine Bank wird Aufbauhilfe leisten«

Als Fatimata bei Sonnenuntergang auf dem Flughafen von Ouagadougou landet, wird sie von einer beachtlichen Menschenmenge erwartet. Sicherheitsschranken und Polizisten schaffen es kaum, die drängenden Massen zurückzuhalten. Doch es ist nicht mehr das stürmische Gewühl, aus dem ihr anlässlich der Ankunft ihres Sohnes aggressive Fragen entgegengeschleudert wurden, sondern ein jubelndes Volk, das sie feiert wie eine Befreierin. Schon beim Verlassen des Flugzeugs – einer alten Frachtmaschine der Armee von Mali, die Präsident Songho eigens zu ihrer Nutzung abgestellt hat – schallen ihr Hurrarufe entgegen. »Es lebe die Präsidentin!« – »Vaterland oder Tod – der Sieg gehört uns!« – »Sieg für Fatimata!«

Fatimata hat einen solchen Empfang erwartet. Während der Rückreise wurde sie stündlich über den Fortschritt ihrer Armee gegen die Rebellen auf dem Laufenden gehalten. Trotzdem schwankt sie ein wenig unter dem Ansturm; Müdigkeit und Gefühle fordern ihren Tribut. Hände strecken sich ihr entgegen, Rufe ertönen, Fahnen werden geschwenkt, man hält Schilder mit ihrem Konterfei hoch, und jemand entrollt ein Spruchband mit der Aufschrift: FATIMATA FÜR IMMER. Aber das ist noch nicht alles. Man hat eigens für sie den roten Teppich ausgelegt, auf dem sie von einem Empfangskomitee erwartet wird, das aus der gesamten Regierung unter Leitung des Innenministers Dramane Bako, einigen hohen Offizieren, ihrem Sohn Moussa und Rudy besteht. Die Einheimischen tragen ihre schönsten Trachten – gestickte Tuniken und Pumphosen für die Männer, farbenfrohe Boubous und passende Turbane für die Frauen. Die Minister kommen ihr feierlich entgegen. Bako trägt ein rotes Samtkissen, auf dem etwas liegt.

Es sind Schlüssel. Fatimata sieht Bako fragend an. Mit lauter, durch Lautsprecher verstärkter Stimme verkündet er:

»Frau Präsidentin, im Namen der Regierung und des burkinischen Volkes übergebe ich Ihnen die Schlüssel zum Präsidentenpalast. Wir haben sie den Vaterlandsverrätern abgenommen, die versucht haben, die Ihnen vom Volk anvertraute Macht an sich zu reißen.«

Der Schluss seines Satzes verliert sich in einem tausendstimmigen Freudenruf. Die Polizisten verstärken ihre Reihen und halten sich an den Sicherheitsschranken fest, die gefährlich ins Wanken geraten.

Fatimata wird es plötzlich sehr warm ums Herz.

»Ich danke Ihnen allen …«, stammelt sie. »Sie hätten doch nicht …«

»Warte, Mutter«, unterbricht Moussa sie. »Wir haben eine Tribüne mit Mikrofon aufgestellt, damit die Leute dich auch hören können.«

»Aber ich habe keine Rede vorbereitet.«

»Dann improvisieren Sie eben«, lächelt Lacina Palenfo, die Wissenschaftsministerin, sie an. »Wir vertrauen Ihnen.«

Fatimata seufzt und lässt sich zur Tribüne geleiten, die vor dem Trümmerhaufen aufgebaut ist, der früher einmal das Flughafengebäude war, von welchem nur noch zwei Seitenteile stehen. Natürlich hatte man sie darüber informiert, dass die Befreiung der Hauptstadt nicht ganz ohne Opfer und Schäden vonstattenging; trotzdem betrachtet sie die rauchenden Ruinen mit einer Mischung aus Verzweiflung und Fatalismus.

Unterwegs wird sie über die letzten Neuigkeiten informiert: die Verhaftung von General Kawongolo sowie eines verwundeten NSA-Agenten, die man mit einigen Rebellen im Flughafengebäude stellen konnte, sowie die Befreiung aller Gefangenen, unter ihnen auch Moussa und Laurie. Man teilt ihr auch mit, dass Laurie umgehend mit dem 4. Infanterieregiment nach Kongoussi aufgebrochen ist, um Abou zu treffen, der sich durch seine militärische Weitsicht ausgezeichnet hat und inzwischen zum Sergeanten befördert wurde. Die Präsidentin nickt lächelnd. Sie ist stolz auf ihren Sohn.

Gemeinsam mit Dramane Bako und Oberst Barry besteigt sie das Podium. Donnernder Applaus brandet auf. Fatimata macht mit erhobenen Händen das Siegeszeichen und wartet, bis die Menge sich beruhigt hat. Dann greift sie zum Mikrofon und hält eine jener flammenden Reden, die sie seit ihrer Zeit im Widerstand so gut zu improvisieren weiß. Sie spricht von der Liebe zum Vaterland, von Freiheit, Gerechtigkeit und sozialem Fortschritt; von der Bedeutung des Namens Burkina Faso – dem »Land der Aufrechten«, das nie zuvor seinem Namen so viel Ehre gemacht habe; vom mutigen Widerstand des burkinischen Volkes gegen skrupellose Putschisten, die sich an ausländische Agenten verkauft hätten; von der kühnen Verteidigung der Freiheit des Landes durch die reguläre Armee unter dem Kommando von Oberst Barry, der dafür zum General ernannt würde; von den Kämpfen, die es auch in Zukunft noch Tag für Tag geben würde – gegen die Armut, das lebensfeindliche Klima, ewig gestrige Traditionen und das Selbstmitleid, das zum Verharren im Status quo führe; davon, dass aus Burkina Faso ein Land werden solle, in dem man gerne lebt und von dem man wieder als von der Perle Afrikas sprechen könne.

»Zum Schluss möchte ich mich nicht nur bei Dramane Bako und Oberst Barry bedanken, die sich als Anführer des Widerstands bewährt haben, sondern auch bei allen militärischen und zivilen Helfern, die mit ihren bescheidenen Mitteln, ihrer großen Tapferkeit und ihrer immensen Liebe zur Freiheit dazu beigetragen haben, den Putsch scheitern zu lassen. Und schließlich möchte ich nicht vergessen, Ruud Klaas zu erwähnen, der meinen ganz besonderen Dank verdient. Gleich zwei Mal hat er das Land aus einer tiefen Krise gerettet. Kommen Sie bitte zu mir auf die Tribüne, Rudy.« Rudy sträubt sich, doch Fatimata lässt nicht locker. »Kommen Sie. Sie können nicht immer nur im Hintergrund bleiben. Im Grunde haben wir unsere Befreiung allein Ihnen zu verdanken.«

Rudy wird auf die Tribüne geschoben und findet sich im Scheinwerferlicht der untergehenden Sonne wieder, die das Podium in einen wunderbar kupferfarbenen Ton taucht. Fatimata legt eine Hand auf seine Schulter und zählt seine Verdienste auf: die Überführung eines mit einer Bohrausrüstung beladenen Lkw von Europa nach Afrika, die er zusammen mit Laurie unter Einsatz seines und ihres Lebens gemeistert hat, und sein mutiges Verharren am Flughafen, bei dem er – ebenfalls unter Einsatz seines Lebens – die Rebellen so lange in Verhandlungen verwickeln konnte, dass die reguläre Armee Zeit hatte, das Gebäude einzukreisen. (Von Rudys Einsatz bei Moussas Befreiung weiß sie noch immer nichts.) Die Menschenmenge applaudiert begeistert. Rudy errötet verwirrt; noch nie ist ihm so viel Aufmerksamkeit zuteilgeworden. Nachdem das Publikum sich ein wenig beruhigt hat, gibt er ein Zeichen, dass auch er etwas zu sagen hätte. Fatimata reicht ihm das Mikrofon.

»Präsidentin Konaté hat eine schöne, gute und ehrliche Rede gehalten, die aber meiner Ansicht nach ein wenig zu diplomatisch geraten ist. Ich möchte Ihnen ein paar Einzelheiten verraten. Da ich nicht in der Politik tätig bin, brauche ich kein Blatt vor den Mund zu nehmen. Präsidentin Konaté hat gesagt, dass der Initiator des Putsches, General Kawongolo, von Ausländern gekauft war. Das ist richtig. Bei den Ausländern handelte es sich um vier Spione von der NSA, einem amerikanischen Geheimdienst, der im Auftrag eines *ww*-Konzerns namens Resourcing tätig wurde. Der Konzern war an nichts anderem interessiert, als Ihrem Volk den unterirdischen See von Kongoussi abspenstig zu machen. Zwei der vier Agenten sind tot – einer starb bei der Befreiung von Moussa Diallo, der zweite bei der Bombardierung des Flughafens. Einer der Männer ist verletzt und befindet sich in sicherer Obhut im Krankenhaus. Der vierte jedoch, der Anführer, hat sich in die amerikanische Botschaft geflüchtet. Regierung und Armee haben kein Recht, in die Botschaft einzudringen, denn das Botschaftsgelände gilt als fremdes Staatsgebiet. Ein von gerechtem Zorn angespornetes Volk allerdings könnte es tun. Mehr möchte ich dazu nicht sagen. Vielen Dank.«

Lächelnd steigt Rudy vom Podium. Die Menge hinter ihm tobt. In den Applaus mischen sich erste, aufgebrachte Rufe: »Rache!« – »Auf zur Botschaft!« – »Nieder mit den Spionen!« Teils bestürzt, teils entrüstet tritt Fatimata auf ihn zu.

»Sind Sie verrückt geworden, Rudy? Wollen Sie etwa, dass der Mann gelyncht wird?«

»Ja, genau das will ich. Solange der Kerl sich in der Botschaft versteckt, haben Sie keinen Zugriff auf ihn. Aber dem Volk kann er nicht entkommen.«

»Aber es gibt schließlich legale Methoden!«

»Sie können mich mal mit Ihren legalen Methoden! Wenn wir von Anfang an legale Methoden angewendet hätten, wäre Kawongolo noch immer an der Macht. Oder finden Sie einen Putsch etwa legal?«

»Natürlich nicht, aber das ist doch kein Grund ...«

»Für mich schon! Wie denkst du darüber, Moussa? Hätte man dich mit legalen Methoden freibekommen?«

Unentschlossen presst Moussa die Lippen zusammen. Einerseits möchte er seiner Mutter nicht widersprechen, andererseits erinnert er sich noch sehr gut daran, auf welche Weise seine Freilassung erfolgte, und kann nicht umhin, den Kopf zu schütteln.

»Und Fuller?«, hakt Fatimata nach, die die Anspielung nicht verstanden hat. »Warum haben Sie den nicht ebenfalls dem Volk ausgeliefert, wo Sie doch gerade dabei waren?«

»Weil wir mit dem etwas anderes vorhaben.«

»Wer ist ›wir‹?«

»Abou und ich.«

»Ich schulde Ihnen wirklich großen Dank, Rudy. Trotzdem muss ich Ihnen leider sagen, dass es mir ganz und gar nicht gefällt, wie Sie meinen Sohn in Ihre dubiosen Pläne hineinziehen. Es war ein unerhörtes Glück, dass es Ihnen gelungen ist, Fuller zu entführen, und dass die Entführung auch die erwünschten Ergebnisse gebracht hat. Allerdings wünsche ich, dass es jetzt dabei bleibt. Fuller ist im Gefängnis und wird nach burkinischem Gesetz vor Gericht gestellt. Was ist es denn für eine Spezialbehandlung, die Sie mit ihm vorhaben?«

»Weder Magie noch Zauberei, falls Sie das befürchten sollten. Ich möchte ihn lediglich nach Kongoussi bringen. Er soll mit eigenen Augen sehen, wen er da bestehlen wollte.«

»Die Idee finde ich nicht schlecht«, meldet sich Claire Kando, die Ministerin für Wasserversorgung und Ressourcenverwaltung, zu Wort. »Schon Issa Coulibaly, Friede sei seiner Seele, hat vorgeschlagen, Fuller nach Kongoussi zu holen. Und zwar ganz zu Beginn der Affäre im Ministerrat, wenn ich mich recht entsinne.«

»Und sie wurde von einer Mehrheit gutgeheißen«, nickt Lacina Palenfo. »Ich selbst war damals dagegen.«

»Und wie verhält es sich jetzt, Lacina?«, will Fatimata wissen.

»Inzwischen haben sich die Voraussetzungen verändert. Wir sitzen am längeren Hebel. Soll Fuller doch sehen, was wahre menschliche Not ist!«

Die Minister beginnen über das Für und Wider zu diskutieren, doch Fatimata unterbricht das Palaver.

»Ich glaube, wir sollten nicht unbedingt hier zwischen den Ruinen unseren Ministerrat abhalten. Lasst uns in den Präsidentenpalast gehen. Schließlich habe ich die Schlüssel!« Sie hält den Anwesenden den Schlüsselbund unter die Nase. »Dort stimmen wir dann über die Frage ab.«

»Entschuldigen Sie bitte, Madame Konaté«, wirft Rudy ein. »Hier handelt es sich um eine Entscheidung, die *ich* getroffen habe, und zwar gemeinsam mit Abou. Da gibt es nichts mehr zu diskutieren.«

»O doch, Rudy! Darf ich Sie darauf aufmerksam machen, dass Fuller im Gefängnis sitzt? Um ihn da herauszuholen, brauchen Sie eine Sondergenehmigung unserer Justizministerin Aissa Bamory. Allerdings kann sie eine solche Sondergenehmigung erst nach einer Abstimmung im Ministerrat ausstellen. So ist das nun einmal in einer Demokratie, mein Lieber. Vielleicht sind Sie so etwas nicht mehr gewöhnt, doch damit müssen Sie sich abfinden.«

»Leider«, knurrt Rudy. »Laurie hat mir einmal einen französischen Sinnspruch zitiert, der ungefähr so lautet: ›Diktatur ist: Halt die Schnauze! Demokratie ist: Quatsch ruhig noch ein bisschen!‹ Ich habe gelernt, ohne Gequatsche auszukommen und meine Angelegenheiten selbst zu regeln.«

»Schon möglich, aber hier werden Sie sich wohl oder übel damit abfinden müssen, Rudy. Auch wenn es zu Beginn langsam und kompliziert erscheint, werden Sie feststellen, dass zum Schluss zumindest die Hälfte der Beteiligten mit dem Resultat einverstanden ist.«

Zufrieden mit ihrem kleinen verbalen Sieg lädt Fatimata Rudy ein, gemeinsam mit Dramane Bako und Oberst Barry in ihrem Dienstwagen zum Präsidentenpalast zu fahren. Unterwegs kommen sie an der amerikanischen Botschaft vorbei, die von einer aufgebrachten Menschenmenge belagert wird. Polizisten beobachten den Aufruhr aus einer gewissen Entfernung, ohne jedoch einzuschreiten. Fatimata befiehlt ihrem Chauffeur, langsamer zu fahren. Sie stellen fest, dass die Fensterscheiben des Gebäudes zersplittert und die Schutzzäune beschädigt sind. Im Hof befinden sich noch mehr Menschen. Eine wild kreischende Gruppe zerrt jemanden unsanft hinter sich her. Man knüpft dem Mann eine Kordel um den Hals und wirft das andere Ende über eine Straßenlaterne. Die johlende Menge hängt sich an das freie Ende des Seils und hievt den röchelnden und zappelnden Mann hoch. Es ist Nummer 1, der Agent der NSA.

Angeekelt wendet Fatimata das Gesicht ab.

»In Ihrer Demokratie wäre es nicht so weit gekommen«, stellt Rudy fest. »Der Kerl wäre in aller Seelenruhe von den Amerikanern wieder nach Hause gebracht worden.«

»Und mir wäre es tausendmal lieber so! Ich bevorzuge den Rechtsstaat, auch wenn er dann und wann einen Kriminellen entkommen lässt. Lynchjustiz ist eine Verweigerung von Rechtsprechung. Und die Verweigerung von Rechtsprechung ist der erste Schritt in Richtung Diktatur.«

Rudy will gerade antworten, als sich plötzlich ein Mann vor das Auto wirft. Er wird von einer grölenden, mit Hacken und Buschmessern bewaffneten Gruppe verfolgt. Es ist ein fetter Weißer mit Halbglatze. Er trägt nichts als Shorts und Hemd und schwitzt in Strömen. Sein Gesicht ist verzerrt vor Angst. Verzweifelt trommelt er gegen die Autotür.

»Öffnen Sie!«, schreit er. »Um Himmels willen, helfen Sie mir! Bitte!«

»Öffnen Sie, Oberst«, nickt Fatimata.

Der Mann springt in den Wagen und landet sozusagen auf Rudys Schoß. Er riecht nach Alkohol, saurem Schweiß und Angst.

»Geben Sie Gas«, sagt Fatimata zum Chauffeur.

Der Abstand des Daewoo zu den Verfolgern vergrößert sich rasch. Zurück bleibt eine Gruppe aufgebrachter Menschen, die ihrem Unmut mit erhobenen Fäusten und gezückten Buschmessern Ausdruck verleihen.

»Ach Sie sind es, Frau Präsidentin!«, stellt der Mann verblüfft fest, nachdem er einigermaßen wieder zu Atem gekommen ist und seine Fassung wiedererlangt hat. »So etwas aber auch! Vielen Dank, dass Sie mich vor diesen Wilden gerettet haben!«

»Sparen Sie sich Ihren Dank, Gary Jackson. Oberst Barry, würden Sie diesen Mann bitte wegen Verschwörung gegen den Staat und Beihilfe zum Aufruhr festnehmen.«

Der Botschafter der Vereinigten Staaten erbleicht, als Oberst Barry ihm seine Pistole an die Schläfe drückt. Erfolglos versucht er, etwas zu stammeln. Lächelnd wendet sich Fatimata an Rudy:

»Sehen Sie, Rudy, auch legale Methoden können schnell und erfolgreich sein.«

Der Antichrist

»Mister President, was gedenken Sie in der Entführungsangelegenheit Fuller und angesichts der willkürlichen Morde an amerikanischen Staatsbürgern in Burkina Faso zu unternehmen?«

»Die Verbrechen werden nicht ungesühnt bleiben! Wir sind eine mächtige Nation und lassen unsere Staatsangehörigen nicht von einem afrikanischen Schurkenstaat misshandeln, ohne sehr ernste Gegenmaßnahmen zu ergreifen.«

»Was bedeutet das konkret, Mister President? Werden Sie dem Land den Krieg erklären? Oder es vor einem internationalen Gericht zur Rechenschaft ziehen? Haben Sie vor, wirtschaftliche Sanktionen zu verhängen?«

»Ich schließe keine der genannten Maßnahmen aus. Selbstverständlich treffe ich eine solche Entscheidung nicht im Alleingang. Darüber entscheidet das Parlament. Im Augenblick sind wir dabei, geeignete Sanktionen zu prüfen.«

»China, Russland und die Drachenstaaten haben sich offen zu Burkina Faso bekannt und würden das Land im Fall eines militärischen Angriffs durch die Vereinigten Staaten unterstützen. Befürchten Sie nicht, einen Weltkrieg heraufzubeschwören, wie es während des Mexiko-Konflikts unter Präsident Cornell im Jahr 2021 beinahe geschehen wäre?«

»Glücklicherweise verfüge ich über mehr Weitsicht als mein Amtsvorgänger. Natürlich müssen wir Vorsicht walten lassen; trotzdem möchte ich wiederholen, dass ein solches Verbrechen nicht ungesühnt bleiben darf. Hier steht die Ehre Amerikas auf dem Spiel.«

Pamela sitzt wie gebannt vor dem großen 3-D-Breitwandfernseher im Wohnzimmer und traut weder ihren Augen noch ihren Ohren.

Als sie aus der Kirche zurückkehrte, flimmerte der Nachrichtensender FoxNews über den Bildschirm, obwohl sie das Gerät vor dem Verlassen des Hauses zu Tonys Erbauung auf Lord's Channel, den Sender der Göttlichen Legion, eingestellt hatte. Überrascht wollte sie gerade umschalten, als die schier unglaubliche Nachricht verkündet wurde, dass ihr Gatte entführt worden sei.

Sofort zappt sie sich auf der Suche nach mehr Information durch die Sender, ohne sich um das Verbot der Göttlichen Legion zu kümmern, für die alle amerikanischen Sender außer dem Lord's Channel Teufelswerk sind. Junior neben ihr gluckst und sabbert, als amüsiere er sich großartig.

»Es gibt keinen Grund zur Freude, mein Schatz«, mahnt Pamela mit leisem Vorwurf. »Dein Papa ist in einer sehr schwierigen Situation und muss sicher viel erleiden.«

Tief in ihrem Innern jedoch fühlt sie sich fast erleichtert. Ist es möglich, dass diese Neger, die Anthony gekidnappt haben, Teil des göttlichen Plans sind, aus der heimischen Villa ein Haus Gottes zu machen, wie Reverend Callaghan es in seinen Visionen verkündet bekam? Gottes Wege sind unergründlich und nicht immer einfach. Würde er sich tatsächlich einer minderwertigen Rasse bedienen, um seine Ziele zu erreichen? Warum nicht! Außerdem hat Pamela kein Recht zu urteilen; ihre Aufgabe ist es, dem Herrn zu danken, dass er ihre Gebete erhört hat. Und wie oft hat sie gebetet! Immer wieder hat sie den Herrn angefleht, ihr die nötige Klarsicht zu verleihen und ihr zu helfen, eine Lösung zu finden. Und jetzt ist Anthony aus Nassau entführt worden – aus der sichersten aller Enklaven! Ist das etwa keine göttliche Intervention? Kein himmlisches Licht, das ihr den Weg aus der Verzweiflung zeigt?

Ehe Anthony zum Ökonogischen Forum nach Nassau aufbrach, schien er die Mächte des Bösen auf Pamela und Junior herabbeschworen zu haben, um sie während seiner Abwesenheit zu quälen. Zunächst kam Tony Juniors Arzt Dr. Kevorkian ins Haus und zeigte sich höchst besorgt, weil er erfahren hatte, dass Pamela die Medikamente seines jungen Patienten in den Müll geworfen hatte. Er bestand darauf, Junior mit in seine Klinik zu nehmen, wo er alle nötigen Untersuchungen durchführen wollte, und drohte Pamela, den Jungen gleich dazubehalten, falls sich herausstellen sollte, dass man ihn vernachlässigte oder nicht richtig pflegte. Allerdings kam bei den Untersuchungen heraus, dass Tony vor Gesundheit nur so strotzte und der beschleunigte Alterungsprozess seiner Zellen nicht nur verlangsamt, sondern offenbar sogar zum Stillstand gekommen war – etwas, das bisher keines der verabreichten Medikamente geschafft hatte. Da Pamela sich weigerte, Tony in der Klinik zu lassen, musste Kevorkian ihn wohl oder übel zurückbringen, verpflichtete sie allerdings dazu, sämtliche Medikamente neu zu kaufen. Seither vergisst Pamela regelmäßig, sie Tony zu verabreichen.

Anschließend musste Robert Nelson Pamela höchst zerknirscht gestehen, dass er, falls Anthony tatsächlich wegen der Scheidung vor Gericht ziehen wolle, sie leider nicht würde vertreten können. Die Zulassung für Kansas war ihm entzogen worden. Samuel Grabber hatte alle Register gezogen, um ihn aufgrund seiner Mitgliedschaft in der Göttlichen Legion aus der Anwaltskammer entfernen zu lassen.

»Dreckiger Nigger«, schimpfte Nelson. »Aber irgendwie und irgendwann kriegen wir ihn.«

»Aber woher wusste er davon?«

»Wahrscheinlich über Ihren Ehemann.«

»Der kennt Sie doch überhaupt nicht!«

»Die Videoüberwachung der Villa! Sie haben öfter einmal vergessen, sie auszuschalten«, warf Nelson ihr sanft vor.

Allerdings versicherte er Pamela, dass seine Karriere durchaus nicht beendet wäre, denn ab sofort würde er die Göttliche Legion vertreten. Allerdings würden sie sich in Zukunft seltener sehen, denn:

»Reverend Callaghan hat mir mitgeteilt, dass in Montana eine Stelle neu zu besetzen ist.«

»Montana!«, rief Pamela erschrocken aus. »Aber das ist ja ganz oben im Norden!«

Enttäuscht und hilflos breitete Nelson die Arme aus – die Beschlüsse des Reverends duldeten keinen Widerspruch, denn schließlich stammten seine Eingebungen von Gott selbst. Nachdem er gegangen war, weinte Pamela. Bruder Ezechiel war ihr sehr ans Herz gewachsen, wirklich sehr. Keuchend vor Scham musste sie sich sogar eingestehen, dass sie ihn begehrte. Sie beichtete und kasteite sich, um ihre sexuellen Regungen zu unterdrücken, doch alles war umsonst. Sobald sie nachts allein im Bett lag, hatte sie unzüchtige Gedanken, die sich immer um Bruder Ezechiel drehten und mit einer pulsierenden Wärme zwischen ihren Schenkeln einhergingen, die mit Sicherheit Teufelswerk war. Sie hatte schamlose, unkeusche Träume, schreckliche Albträume, die sie an die Visionen mit Consuela erinnerten und in denen Bruder Ezechiel mit ihr und anderen obszöne Akte vollführte. Und morgens wachte sie auf und war ganz feucht! Mit Beten, Fasten und Buße bekam sie die satanische Versuchung langsam unter Kontrolle. Trotzdem spürte sie ununterbrochen Tony Juniors sarkastischen Blick auf sich ruhen. *Er weiß Bescheid*, dachte sie verunsichert. *Der Herr wohnt in seinem Körper.* Schließlich wurde sie von ihrer teuflischen Besessenheit durch das Bewusstsein geheilt, dass Tony sie bis in ihre schmachvollsten Gedanken hinein durchschaute. Dennoch weint sie auch jetzt noch manchmal bei dem Gedanken, dass Ezechiel bald sehr weit fortgehen würde.

Als ob das alles noch nicht genug wäre, tauchte eines Tages die Polizei bei ihr auf, um sie des Langen und Breiten und sehr streng über ihre Nachbarin Rachel zu befragen. Pamela hatte sich selbst schon gefragt, wo Rachel abgeblieben sein mochte. Die Nachbarin verließ Eudora so gut wie nie, und wenn doch, dann sagte sie eigentlich immer Bescheid. Der Inspektor lieferte ihr schließlich die Erklärung. Man hatte Rachels Leiche – oder das, was von ihr übrig war – im weitgehend ausgetrockneten Bett des Wakarusa mitten im Outer-Gebiet gefunden. Und nun wollte die Polizei von Pamela wissen, was sie dort zu suchen hatte. Wie sich herausstellte, war Pamela eine der Letzten gewesen, die Rachel lebend gesehen hatten, und zwar während des Besuchs von Moses Callaghan, bei dem die Nachbarin hätte aufgenommen werden sollen … Natürlich durfte Pamela dem Inspektor nicht alles erzählen, was dieser sehr wohl bemerkte und woraufhin er sie ordentlich in die Zange nahm. Die Göttliche Legion war ihm ein Dorn im Auge. Beinahe hätte er Pamela mit auf die Wache genommen; er drohte sogar damit, sie wegen des Verdachts auf Beihilfe zum Mord ins Gefängnis zu stecken. Glücklicherweise warf sich Robert Nelson für sie in die Bresche, gab sich als ihr Anwalt aus und schaffte es mit viel Autorität, die Polizisten von ihrem Vorhaben abzubringen.

»Ich behalte Sie im Visier«, sagte der Inspektor und wies mit einem anklagenden Finger auf sie. »Ich will alles wissen, was sich bei dieser Versammlung abgespielt hat – und ich werde es herausbekommen!«

Seither hat Pamela nichts mehr von der Polizei gehört. Nelson hat ihr mitgeteilt, dass er an »höherer Stelle« Bericht erstattet hätte, ohne ihr jedoch Einzelheiten mitzuteilen.

Aber jetzt scheint die Zeit der Prüfungen ihrem Ende zuzugehen. Endlich hat der Herr sie erhört und ihre geheimsten Wünsche erfüllt. Anthony ist von den Negern in ein afrikanisches Land mit einem unaussprechlichen Namen entführt worden! Sie ertappt sich bei dem Wunsch, dass er recht lang dort bleiben möge. Ein Lösegeld scheinen sie nicht zu fordern, jedenfalls sagen die Nachrichten nichts dergleichen. Wenn aber doch, was sollte sie tun? Bezahlen, damit er zurückkäme? Und wenn sie nun die Zahlung verweigern würde? *Sie würden ihn töten* … Bei dem Gedanken erschauert Pamela. Sie hat Anthonys Leben in der Hand. Er ist ihr auf Gedeih und Verderb ausgeliefert. Immerhin scheint Präsident Bones über die Entführung ziemlich aufgebracht zu sein; vielleicht unternehmen ja auch die Vereinigten Staaten einen Vorstoß, um Anthony zu befreien. Während sie noch über die Situation nachdenkt, wird Pamela plötzlich klar, dass ihr sicher in absehbarer Zeit die Presse die Türen einrennen wird – der Vorstandsvorsitzende von Resourcing ist schließlich nicht irgendwer. Natürlich würde man eine in Tränen aufgelöste Ehefrau erwarten, die alles Erdenkliche unternehmen würde, um den geliebten Gatten bald wieder in die Arme schließen zu dürfen. Soll sie diese Farce mitspielen? Andererseits kann sie auch nicht in aller Öffentlichkeit behaupten, dass sie sich wünscht, die Neger würden ihn behalten! Mein Gott! Das scheint die nächste Prüfung zu werden …

Das Bildtelefon lässt seinen sanften Klingelton hören. Pamela zuckt zusammen. *Die Medien!*, regt sie sich auf. *Jetzt schon!* Zögernd betätigt sie den Knopf für den Verbindungsaufbau – und seufzt erleichtert. Es ist ein völlig aufgelöster Bruder Ezechiel.

»Pamela, äh … Schwester Salome, wissen Sie schon das Neueste?«

»Über meinen Mann? Ja, ich habe die Nachrichten gesehen«, gesteht Pamela errötend.

Ezechiel geht nicht auf die Missachtung der Regeln ein.

»Das ist fantastisch, Salome! Gott hat Sie erhört und all Ihre Probleme gelöst. Ihr Haus gehört uns – ich meine natürlich, das es von jetzt an ganz und gar Gott geweiht ist.«

»Glauben Sie wirklich? Und wenn Anthony zurückkehrt? Wenn er befreit wird?«

»Er kommt nicht zurück.«

»Wieso sind Sie sich dessen so sicher, Ezechiel?«

»Reverend Callaghan hat es mir gesagt. Der Herr ist ihm erschienen und hat verkündet, der Sünder Fuller würde im Wüstensand sterben.«

Wieder erschauert Pamela. Sie dreht sich zu Junior um, *der seinen Sessel gewendet hat* und sie intensiv mit brennenden Augen anstarrt.

»Hi, hi, hi«, feixt er.

»Was ist los, Pamela?«, fragt Nelson auf dem kleinen Bildschirm. »Sie sind ja ganz blass geworden.«

»Ach nichts. Es ist ... es ist nur die schreckliche Nachricht, die Sie mir da überbringen, Bruder Ezechiel.«

»Schrecklich, meinen Sie? Ich finde sie eher fantastisch! Ich habe übrigens noch eine gute Nachricht auf Lager. Ich gehe nicht nach Montana. Reverend Callaghan hat mich auserwählt, mich persönlich um den Nachlass zu kümmern – ich meine, Ihnen bei der Regulierung aller im Zusammenhang mit dem Verschwinden Ihres Mannes auftretenden Probleme zu helfen, vor allem hinsichtlich seiner Geschäfte.«

»Das ist wirklich sehr freundlich von Ihnen, Bruder Ezechiel. Aber jetzt möchte ich beten, um mich von all der Aufregung zu erholen und die Ausgeglichenheit wiederzufinden, die sich für die Mutter des Messias geziemt.«

»Das verstehe ich natürlich sehr gut, Pamela. Dann überlasse ich Sie jetzt Ihrer Andachtsübung und rufe einfach später noch einmal an.«

»Gut, einverstanden. Bis später.«

Nachdem sie das Bildtelefon abgeschaltet hat, tritt Pamela vorsichtig an Tony Junior heran, rückt den Rollstuhl wieder zurecht und murmelt mit zitternder Stimme:

»Mein Sohn, mein Schatz ... ist es wirklich Christus, der in dir wiedergeboren ist? Oder etwa ... der Antichrist?«

ELFTES KAPITEL

Stimmen im Wind

»Herr Doktor Moore, Sie haben die Gesellschaft *Euthanasie für alle* gegründet, deren Slogan ziemlich beunruhigend klingt: ›Keine Überlebenden auf der Erde‹. Ziel der Gesellschaft ist nicht, so viele Individuen wie möglich oder eine bestimmte Elite zu retten, sondern den Menschen beim Sterben zu helfen. Warum wollen Sie beim Sterben und nicht beim Überleben helfen, Herr Doktor?«

»Weil Sterben nicht leicht ist, Überleben aber unmöglich wird. Unser Ziel ist es, Schmerz und Leiden zu vermeiden und den Todeskampf weitestgehend zu verkürzen.«

»Sehen Sie die Zukunft der Menschheit tatsächlich so hoffnungslos?«

»Nicht hoffnungslos, nur realistisch. Wir sehen jeden Tag deutlicher, dass unsere Ära dem Ende entgegensteuert. Wir werden von der Erdoberfläche verschwinden, wie vor Millionen Jahren die Dinosaurier und vor kurzer Zeit die Wale. Die Dinosaurier müssen sehr gelitten haben, die letzten Wale haben den Freitod gewählt. Ihrem Beispiel sollten wir folgen. Inzwischen gibt es sanfte und völlig schmerzfreie Sterbehilfetechniken. Wir sollten sie nutzen.«

»Was bringt Sie zu der Annahme, dass es keine ›Überlebenden auf der Erde‹ geben wird?«

»Die Kurve der Sterbefälle steigt deutlich schneller als die der Geburten. Die Todesrate, die unmittelbar mit ökologischen Ursachen zusammenhängt – also klimatisch bedingte Katastrophen, Hautkrebs, Verdursten, Hitze, Kälte, Umweltverschmutzung und so weiter –, liegt im Augenblick bei 35 Prozent und steigt um etwa 3 bis 5 Prozent pro Jahr. Die Todesrate bei umweltabhängigen Ursachen – ich rede von Hungersnöten, Unterernährung, Genuss verunreinigten Wassers oder vergifteter Lebensmittel und alle damit zusammenhängenden Krankheiten – erreicht die 25-Prozent-Marke. Fügen Sie 10 Prozent für Unfälle, 20 Prozent für Kriege und 5 Prozent für Freitod hinzu und rechnen Sie einmal nach. Übrig bleiben 5 Prozent der Menschen, die an einer natürlichen Todesursache wie etwa Altersschwäche sterben. 5 Prozent! Glauben Sie ernsthaft, dass Sie zu diesen 5 Prozent gehören?«

»Bei diesen Zahlen kann einem ganz schlecht werden, Herr Doktor Moore.«

»Und dabei habe ich Ihnen das Schlimmste bisher vorenthalten. Wenn wir diese Zahlen nämlich hochrechnen und den von Professor da Silva von Global Climate Change entdeckten ›Venuseffekt‹ einbeziehen, dürfte die Menschheit das Ende dieses Jahrhunderts nicht mehr erleben. Wollen Sie Mitglied bei *Euthanasie für alle* werden? Allerdings weise ich Sie vorsorglich darauf hin, dass die Warteliste sehr lang ist.«

Entsetzen

> Mein Ziel – oder vielleicht sollte ich eher sagen: mein Auftrag – ist nicht nur der Kampf gegen die Erderwärmung und die damit einhergehenden Katastrophen, sondern auch, den betroffenen Völkern Hilfe zu leisten. Resourcing ist dank seiner unterschiedlichen Tochtergesellschaften in 72 Ländern präsent und trägt auf diese Weise Tag für Tag dazu bei, Menschen in Not ein wenig Rückhalt zu bieten.

Interview mit Anthony Fuller
In: *OneEarth*, 2. Januar 2030

Fuller läuft wie ein Tiger im Käfig in seiner Zelle auf und ab. Er kann nicht schlafen, hat Durchfall und Fieber, und seine Nerven liegen blank. Der Ekel verursacht ihm Brechreiz, und krankhafter Schweiß durchnässt seine verdreckte Kleidung. Er ist dabei, auf sechs Quadratmetern bei lebendigem Leib zu verfaulen. In der Zelle herrscht trotz des staubigen Halbschattens eine Höllenhitze, es stinkt wie die Pest nach Latrine und menschlichem Unrat, und Fliegen und Kakerlaken sind allgegenwärtig. Das Wasser, bei dem jeder Tropfen abgezählt zu sein scheint, schmeckt nach Kanalisation, das Essen riecht nach Exkrementen, und sogar die Atemluft ist verseucht mit den übelsten Ausdünstungen. Niemals wäre er auf die Idee gekommen, dass heutzutage noch irgendwo derart schreckliche Haftbedingungen existieren könnten. Und dabei erhält er angeblich eine Vorzugsbehandlung!

Fuller weiß nicht, wie lange er noch in diesem unwürdigen Loch schmoren muss und welches Los man für ihn bereithält. Er hat darauf bestanden, informiert zu werden, einen Anwalt zu bekommen und telefonieren zu dürfen, denn das sind die elementaren Rechte eines jeden amerikanischen Staatsbürgers. Doch man zuckte nur die Schultern, als ob seine rechtmäßigen Ansprüche keinerlei Sinn machen würden. Auf welchem Planeten ist er hier gelandet? Wird er eines Tages aus diesem Albtraum aufwachen?

Dieser Albtraum. Vielleicht ist ja das alles hier tatsächlich ein Albtraum. Vielleicht ist Anthony verrückt geworden, sitzt in Wirklichkeit in einer Gummizelle in irgendeiner Anstalt und wähnt sich nur in einem Gefängnis in Burkina Faso. Aber nein. Der Gestank, diese Mauern aus rohen Hohlblocksteinen, die Schaumgummimatratze, die vor Wanzen nur so wimmelt, die juckenden, entzündeten Stiche – das alles ist nur allzu wirklich. Der Albtraum, der war davor … ehe er auf dem sandigen Rollfeld eines Flughafens vor der Tür seines eigenen Fliegers mit einem Messer an der Kehle in die Wirklichkeit emportauchte.

Es war eine lange Nacht mit grässlichem Entsetzen und Fratzen schneidenden Dämonen gewesen. Das hasserfüllte Hyänengesicht bedrängte ihn ohne Unterlass, nahm zeitweise die Züge seines verstorbenen Sohns Wilbur an, ab und zu auch die von Tony Junior, und manchmal vermischten sich die beiden. Dieses schauderhafte Gesicht, das ihm seinen Tod entgegenschrie, diese leeren, hypnotischen Augen, die seinen auf Abwege geratenen Geist durchbohrten und ihn mit stinkenden Würmern füllten … Anthony erinnert sich an einen Totentanz, einen Kreis wirbelnder Leichen, dem er sich nicht entziehen konnte, und an seine Peinigerin, die Hyäne mit den wechselnden Gesichtern, die ihn mit ihren Fangzähnen in den Abgrund des Entsetzens und des Wahnsinns zu zerren versuchte. Noch jetzt, drei Tage später, verursacht ihm der Albtraum kalte Schweißausbrüche und Schauder namenloser Angst; er setzt sich bis in die Halluzinationen fort, die seine schlaflosen Nächte heimsuchen.

Es sind immer die gleichen Bilder: Wilbur erscheint des Nachts als Gespenst in seiner Zelle. Manchmal ist er als Tuareg verkleidet – ein wallender Schatten mit glühendem Blick. Immer hat er einen scharfen Dolch bei sich, den er seinem Vater tief ins Herz stößt. Oder Tony Juniors Hyänenlachen dringt an sein Ohr, und sein greisenhaftes Gnomengesicht zeichnet sich hinter den Gitterstäben des winzigen Fensters ab. Manchmal hört Fuller auch Schritte, die auf dem harten Zementboden widerhallen und sich seiner Matratze nähern; flammende Augen heften sich auf ihn, und eine zischende, tonlose Stimme, die gleichzeitig ganz nah und weit entfernt klingt, als hätte der Wind der Vorhölle sie zu ihm getragen, raunt ihm zu: »Du wirst sterben, Vater.« Jedes Mal schreckt Anthony mit wild pochendem Herzen von seinem Lager hoch, sucht nach Licht, das es hier nicht gibt, und nach einer Tranxen oder Calmoxan, die er nicht mehr besitzt. Anschließend kann er nicht wieder einschlafen und ist nicht sicher, ob er nicht vielleicht doch geschlafen und geträumt hat.

Wenn er noch lange in der Unsicherheit ausharren und in diesem Loch kauern müsste, dann würde er wirklich wahnsinnig – das weiß Fuller ganz genau. Aber vielleicht ist das ja gerade die Absicht dieses verfluchten Wikingers, der ihn entführt hat, und seiner Chefin im Boubou. Vielleicht wollen sie sich auf afrikanische Weise rächen, indem sie ihn zuerst mit einer Maske verzaubert und dann in ein finsteres Verlies geworfen haben? Und was kommt danach? Das Zerrbild einer Gerichtsverhandlung in Masken? Wird man ihn verhexen? Ihn langsam Stück für Stück töten? Nun, das würde ihnen nicht gelingen. Die Regierung der Vereinigten Staaten, die NSA oder seine Partner von Resourcing werden einschreiten und ihn befreien, so viel ist sicher. Irgendwann jedenfalls. Man steckt nicht den Vorstandsvorsitzenden eines der größten *ww*-Konzerne ins Gefängnis wie einen gewöhnlichen Hühnerdieb! Der gesamte Westen dürfte entrüstet aufgeschrien haben, und diese Maskeradenpräsidentin wird sich über kurz oder lang beugen müssen, sonst wird man sie zerquetschen wie eine Wanze! So wäre es gerecht, logisch und normal. Und wenn er endlich wieder frei wäre, würde Fuller ihr nicht nur den gesamten Süßwasserfund abpumpen, sondern ihr Scheißland in eine Wüste verwandeln. Soll sie doch krepieren, die bösartige Schlampe! *Sollen sie doch alle krepieren!*

Immer mit der Ruhe, Anthony. Immer mit der Ruhe! Du hast kein Calmoxan; du lässt dich also besser nicht auf einen Anfall ein. Er setzt sich auf seine Pritsche, legt die Hände auf die Knie und bemüht sich, die spärliche, überhitzte Luft tief einzuatmen, ohne auf die Gerüche zu achten. Eine kalte Dusche wäre jetzt genau das Richtige, aber er bekommt ja nur einen halben Eimer moderiges Wasser pro Tag.

Im Flur sind Schritte zu hören. Echte Schritte! Schlüssel klirren, und das Schloss schnappt auf. Der Gefängniswärter streckt sein Gorillagesicht in die Zelle.

»Los, Fuller. Sachen mitnehmen und mitkommen!«

»Werde ich endlich freigelassen?«

Er erhält keine Antwort, hat aber auch nicht damit gerechnet. Der Wärter ist ungefähr so gesprächig wie der Vorsitzende eines Taubstummenkongresses. Fuller wird durch lepröse Flure und einen in der sengenden Hitze bratenden Hof in das Büro des Gefängnisdirektors geführt. Außer dem Direktor – es ist derselbe, mit dem Laurie erst vor wenigen Tagen zu tun gehabt hat – befinden sich noch ein Sergeant und dieser Mistkerl von Rudy im Zimmer. Fuller spürt, wie seine Anspannung sofort steigt. Am liebsten würde er Rudy an die Gurgel gehen, hält sich aber zurück. Der Soldat ist bewaffnet, und der Wärter könnte ihm mit einer einzigen Ohrfeige den Kopf von den Schultern reißen.

»Sie schon wieder!«, knurrt er. »Was wollen Sie denn dieses Mal?«

»Sie zu einem Ausflug mitnehmen«, antwortet Rudy.

Fuller zieht misstrauisch die Augenbrauen zusammen. Rudy wendet sich an den Direktor und bittet ihn mit einer Geste, das Reden zu übernehmen. Der Direktor setzt eine altmodische Brille auf und liest ein Dokument vor.

»Gemäß dem Beschluss der Ministerrunde vom 23. Dezember verfüge ich die vorläufige Überführung von Mister Anthony Fuller nach Kongoussi zum Zweck des Besuchs der Bohrstelle und der Kenntnisnahme der Lebensumstände der Bewohner. Die Überführung findet in bewachten Militärfahrzeugen statt. In Kongoussi wird Mr. Fuller in der Garnison des 4. Infanterieregiments untergebracht, und zwar gemäß den für Offiziere vorgesehenen Bedingungen. Gezeichnet: Aissa Bamory, Justizministerin und Siegelbewahrerin.« Der Gefängnisdirektor hebt den Kopf und schiebt die Brille auf die Stirn. »So! Wenn Sie bereit sind, Mr. Fuller, können Sie sofort abreisen.«

»Ich bin überhaupt nicht bereit«, raunzt Fuller. »Ich will endlich duschen.«

»Ich fürchte, das ist nicht möglich«, erklärt der Direktor, bricht ab, denkt nach und fügt hinzu: »Angesichts Ihres Standes und um Ihnen zu beweisen, dass wir wirklich keine Wilden sind, stelle ich Ihnen einen Eimer Wasser aus meinem eigenen Vorrat zur Verfügung. Sie können sich in meinem Bad erfrischen.«

»Zu gütig«, faucht Anthony.

Der Direktor erhebt sich mühsam.

»Kommen Sie, es geht hier entlang. Wärter, begleiten Sie uns bitte.«

»Sie brauchen mir Ihren Gorilla nicht aufs Auge zu drücken. Ich fliehe ganz bestimmt nicht.«

»Wir sind keine Wilden, Mr. Fuller – was man von euch Amerikanern nicht immer behaupten kann.«

Eine halbe Stunde später steigt Anthony frisch gewaschen, rasiert und umgezogen in den Daewoo-Pritschenwagen, der im Hof wartet. Rudy und zwei bewaffnete Soldaten begleiten ihn. Der Sergeant nimmt im Führerhaus Platz. Rudy hat ein in Zeitungspapier gewickeltes Paket unter dem Arm, dessen Form Fuller sofort mit schrecklichen Erlebnissen verbindet. Unwillkürlich beginnt er zu zittern.

»Keine Sorge«, lächelt Rudy. »Ich werde Ihnen die Maske nicht noch einmal zumuten – es sei denn, ich werde dazu gezwungen. Ich will sie nur ihrer Besitzerin zurückbringen.«

Der Kleinlaster fährt an, verlässt den Gefängnishof und reiht sich in den spärlichen Verkehr von Ouaga ein. Innerhalb von zehn Minuten ist Fuller wieder ebenso staubig und verschwitzt wie in seiner Zelle.

Fullers Unlust und Griesgrämigkeit, die er auf den ersten Kilometern an den Tag gelegt hat, weichen allmählich einer bewussteren Wahrnehmung der trostlosen Landstriche, die der Pritschenwagen durchquert. Fuller sieht Autowracks und ausgetrocknete, von Geiern abgenagte menschliche Knochen am Straßenrand. Er sieht aussterbende Dörfer, Menschen, die wie lebende Skelette dahinwanken, Kinder mit aufgetriebenen Bäuchen und erlebt Streit an den Tanklastern, die Wasser bringen. Er sieht tote Bäume, unfruchtbare, mit rotem Laterit bedeckte Felder und das wenige, übriggebliebene Vieh, das sich kaum auf den Beinen halten kann und sich mit den letzten harten Büschen als Futter begnügen muss. Er sieht geschlossene Geschäfte, verlassene Häuser, deren Läden im Harmattan klappern, Alte, die an Mauern lehnen und nur noch den Tod erwarten. Er sieht den weißglühenden Himmel, an dem die Sonne wie eine Bombe in Zeitlupe droht … Er sagt nichts, doch auf seinem finsteren Gesicht zeichnet sich zunächst Überraschung, dann Bestürzung und schließlich Entsetzen ab. Rudy beobachtet Fuller ganz genau und beschließt, dass Anthony noch nicht genug gesehen hat. Aber eine Rundfahrt durch Kongoussi wird ihm vielleicht den Rest geben.

In Kongoussi angekommen, gibt Rudy dem Sergeanten Anweisung, durch die Stadt zu fahren und sich dabei auf die Altstadt, das Marktviertel und die umliegenden Hügel zu konzentrieren, wo früher die blühenden Gemüseplantagen lagen. Die Not, die langsame Agonie, der Tod, der im Schlepptau der Geier über das Land zieht, die trockene Verwesung, deren übler Gestank aus verbrannten Höfen aufsteigt, der armselige, kümmerliche Markt, die dürren Zombies, die durch die Straßen irren, die liegen gelassenen Leichen – das alles ruft bei Fuller geradezu körperliche Reaktionen hervor. Er kriecht auf seinem Sitz zusammen und verbirgt sein Gesicht in den Händen. Rudy richtet ihn wieder auf, dreht sein Gesicht zum Fenster und befiehlt ihm hinzuschauen. Zerfallende Hütten. Staubige, vom Wind blank gefegte Felder. Von Norden her in die Täler eindringende Sanddünen. Baobabs, die ihre gedrungenen, nackten Äste in den weißen Himmel strecken. Tote Tiere. Skelette. Autowracks. Aber auch – sieh nur hin, Fuller, sieh genau hin! – die Baustelle der nach Ouaga führenden Pipeline, wo sich halb nackte Arbeiter in der sengenden Hitze tummeln. Das Lachen satt getrunkener Kinder, die dem vorüberfahrenden Kleinlaster zuwinken. Stolze Frauen, die Kanister auf dem Kopf tragen. Männer, die eingestürzte Speicher reparieren. Bauern, die Furchen in den Laterit ziehen, Samen hineinlegen und sie mit einem dünnen Rinnsal abgemessenen Wassers gießen. Menschen, die *foggaras* graben, Rohre ineinanderstecken und versandete Absperrschieber reinigen. Der nackte, strahlende, kleine Junge, der sich einen Rest Wasser über den Kopf geschüttet hat und in dessen Kraushaar die Tropfen wie Diamanten funkeln. Und das Lächeln, die wiedergefundene Freude derer, die ein wenig Wasser zur Verfügung haben – genug zum Trinken, Waschen und zur Wiedererweckung des Gartens.

Die Tour endet auf dem Bohrgelände, in der summenden Betriebsamkeit der Baustelle, bei den seufzenden Pumpen, den brummenden Kompressoren, den Zisternen, die unter der Aufsicht der Soldaten gefüllt werden, und den geduldig und diszipliniert wartenden Frauen, die mit ihren Kalebassen, Eimern und Kanistern für das kostenlose Wasser anstehen. Diejenigen, die ihren Teil bekommen haben, machen sich mit vorsichtigen Schritten auf den Heimweg, um nur ja keinen Tropfen zu verschütten; aber sie strahlen, weil ihnen das Leben wieder neu geschenkt wurde.

Schließlich parkt der Daewoo am Eingang des Militärlagers. Die Ankömmlinge werden mit einem Glas frischen Wassers begrüßt. Fuller trinkt ohne großes Getue aus dem Gemeinschaftsbecher.

Seine Hände zittern, und in seinen Augen stehen Tränen. Ein hochgewachsener, schlanker, sehr gut gekleideter Schwarzer tritt auf ihn zu. Er sieht aus wie ein junger Intellektueller. In seiner Begleitung befindet sich eine blonde, sonnengebräunte, Fuller unbekannte Frau in Shorts und T-Shirt, die ihn in ziemlich überheblichem Ton anspricht.

»Nun, Mr. Fuller, ist Ihre Reise zu Ihrer Zufriedenheit verlaufen? Hat Ihnen die kleine Sightseeingtour gefallen?«

Fuller weiß nicht, was er darauf erwidern soll. Er gibt sich damit zufrieden, mit feuchten Augen und einem dicken Kloß im Hals langsam den Kopf zu schütteln.

»Antworte«, drängt Rudy. »Es ist irgendwie anders als Paradise Island, nicht wahr?«

»Also … ich wusste wirklich nicht … dass es so schlimm …«, presst Fuller schließlich hervor.

»Ach, tatsächlich nicht?«, mokiert sich Laurie. »Mr. Fuller, arme Menschen zu bestehlen ist kein Vergehen, sondern ein Verbrechen. Ich hoffe, das ist Ihnen inzwischen klar geworden. Was glauben Sie wohl, wie viele Menschen Ihrer Habgier zum Opfer gefallen wären, wenn Sie den Wasserfund für sich beansprucht hätten?«

»Ich weiß es nicht. Die Einwohnerzahl des Landes ist mir nicht bekannt.«

»Weil Sie sich gar nicht erst informiert haben! Es sind etwas mehr als zehn Millionen, ohne diejenigen, die bereits gestorben sind – also nochmals etwa die Hälfte. Aber diese Zahlen werden in Ihren Abrechnungen nicht erfasst, oder? Was bedeuten Ihnen schon zehn Millionen Schwarze, die in einem der ärmsten Länder der Welt vor sich hin vegetieren? Die kann man getrost vernachlässigen, nicht wahr? Sie rentieren sich nicht. Aber die Pools in den Enklaven von Kansas zu füllen, das rentiert sich!«

Laurie ist so aufgebracht, dass ihre Stimme zittert und ihre Augen Blitze sprühen. Abou steht bewundernd und von Liebe überwältigt in ihrer Nähe, darf sie jedoch nicht berühren, denn er ist im Dienst. Er hat den Auftrag, Fullers Gewahrsam im Lager zu überwachen. Abou wirft seinem Bruder Moussa einen stolzen Blick zu, den dieser jedoch nicht wahrnimmt, weil er damit beschäftigt ist, Fuller mit einer Mischung aus Widerwillen und Neugier zu beobachten.

»Ehrlich gesagt dachte ich dabei nicht unbedingt an die Pools von Kansas ...« Anthony unterbricht sich, seufzt, fährt sich mit seiner staubigen Hand über das Gesicht und fährt mit gefestigter Stimme fort, als habe er soeben einen Entschluss gefasst. »Hören Sie, meine Dame, und auch Sie, Rudy. Hören Sie mir alle gut zu!« Erwartungsvolles Schweigen breitet sich aus. »Es ist richtig, dass ich, als ich diesen Wasserfund ausbeuten wollte, der rechtmäßig mir zustehen sollte, nichts über die Zustände in diesem Land wusste. Es ist richtig, dass man mich nicht ausreichend informiert hat. Es ist aber ebenfalls richtig, dass es mir egal war. Ich nahm nur meine eigene Wirklichkeit zur Kenntnis – mein Land, das ebenfalls verdurstet, das Vieh, das zu Tausenden elend zugrunde geht, Felder, die austrocknen, und eine Wirtschaft, die in die Rezession abdriftet. Doch jetzt habe ich gesehen, was sich hier abspielt, und mir fehlen die Worte. Im Vergleich zu Burkina Faso ist Kansas eine blühende Landschaft und hat Wasser im Überfluss. Daher habe ich mich zu dem Entschluss durchgerungen, dass ich Ihnen diesen Wasserfund nicht nur ohne Vorbehalt als Ihr Eigentum zugestehe, sondern dass ich Ihnen auch helfen möchte, ihn zu erschließen. Ich besitze Tochtergesellschaften, die sich mit Bohrung, Wasserversorgung und -verteilung beschäftigen. Innerhalb weniger Monate könnte ich im gesamten Land ein funktionierendes Wasserleitungsnetz aufbauen. Und glauben Sie nicht, dass ich das tun würde, um Sie auszubeuten. Himmel, nein! Ich würde es tun, weil Sie es brauchen und Resourcing in der Lage ist, es zu liefern. Und um stolz darauf zu sein, wenigstens einmal in meinem Leben eine hilfreiche, uneigennützige Tat vollbracht zu haben, ohne ausschließlich an meinen Profit zu denken. So, das war schon alles. Jetzt können Sie mit mir machen, was Sie wollen«, endet er leise.

Das Publikum, das hauptsächlich aus Soldaten und einigen neugierig herbeigeeilten Arbeitern besteht, sieht sich zunächst verdutzt an, ehe jemand zögernd zu klatschen beginnt und eine Welle von Applaus ins Rollen bringt. Sogar Moussa applaudiert. Anthony hebt den Kopf, lächelt stolz und lässt bewusst eine Träne herabkollern, die sich in seinem Augenwinkel gebildet hat.

»Sehr gut, Fuller! Wirklich gut!«, lobt Rudy. »Eine tolle Rede, flammend, ehrlich und fähig, die Massen zu begeistern. Nicht schlecht für eine Improvisation.« Fuller dreht sich selbstzufrieden zu Rudy um. »Aber leider glaube ich Ihnen keine Sekunde. Wer so verdorben ist, ändert sich nicht innerhalb einiger Stunden. Bringt ihn fort!«

Der richtige Augenblick

Sie haben den Partner fürs Leben gefunden.
Sind Sie ganz sicher, dass Sie ihm/ihr im entscheidenden Augenblick nur Glück mitgeben?
VirOcid®. Genießen Sie das Leben ohne Risiko.
Die Impfung ist wirksam gegen alle bekannten Mutationen des HIV-Virus: HIV +, HIV 2+, HIV 3+ und HIV R.
VirOcid® ist verschreibungspflichtig und wird vom Arzt nach einer eingehenden, kostenlosen Vorsorgeuntersuchung verabreicht.
VirOcid® ist **unwirksam** bei HIV-infizierten Personen.
VirOcid® ist ein Produkt der Gruppe Pharmacia *ww*.

An diesem Abend beschließt Moussa, über Nacht auf der Baustelle zu bleiben, weil er noch sehr viel zu tun hat. Erstens muss er seine gesamte Dokumentation zusammensuchen und die Dateien auf den mitgebrachten Quantum Physics übertragen, weil Abou seinen eigenen Computer zerschossen hat, und zweitens hat eine der Pumpen wegen zu hohen Drucks den Geist aufgegeben, und er muss daher seine gesamten Berechnungen noch einmal überprüfen. Rudy hat es ebenfalls vorgezogen, im Militärcamp zu nächtigen, weil er Fuller noch »ein paar Würmer aus der Nase ziehen« will, doch Laurie hat sein komplizenhaftes Augenzwinkern sehr wohl zur Kenntnis genommen. Und so sitzen an diesem Abend nur sie und Abou in dem kleinen grauen Dienstwagen, in dem sie Abou nach der Arbeit nach Hause bringt.

Unterwegs unterhalten sie sich über Fullers anregende Rede. Genau wie Rudy glaubt auch Abou nicht an Fullers guten Willen. »Dieser Mann ist in tiefster Seele schlecht. Das spüre ich.« Laurie ist unschlüssig. Sie hätte Fuller gern auf die Probe gestellt und ihm einen schriftlich festgelegten, hieb- und stichfesten Vertrag zur Partnerschaft mit der Obersten Wasserbehörde von Burkina Faso vorgelegt.

»Er verfügt über die entsprechende Logistik und eine Technologie, die schwierig zu bekommen und extrem teuer ist, selbst wenn man sie aus China bezieht«, argumentiert sie. »Sollte er sie tatsächlich kostenlos zur Verfügung stellen, wäre es ein deutlicher wirtschaftlicher Fortschritt gegenüber dem alten Versorgungsnetz, das mit Sicherheit einige Lecks hat.«

»Es gibt ein Sprichwort, das lautet: ›Wenn du die Schlange am Schwanz ziehst, beißt sie.‹ Vielleicht ist Fuller ja heute sogar ehrlich gewesen. Aber sobald er die Hand auf dem Wasserhahn hat, wird er sich unsere Oberste Wasserbehörde mit Haut und Haar einverleiben, und dann ist er es, der die Rechnungen verschickt.«

Laurie verteidigt ihren Standpunkt eher lasch, denn im Grunde weiß sie längst, dass Rudy und Abou recht haben – ein Mensch, der von frühester Kindheit an daran gewöhnt ist, dass sich alles, was er berührt, in Dollars verwandelt, wird nicht wie durch ein Wunder plötzlich zum Menschenfreund, selbst wenn er mit seinen schicken Burton-Schuhen durch die bitterste Not gestapft ist. Eine wirklich positive Veränderung seiner Persönlichkeit könnte man wohl erst nach geraumer Zeit feststellen, allerdings hat Laurie keine Ahnung, wie es mit Fuller weitergehen soll. Sicher wird man ihn vor Gericht stellen, aber was dann?

Im Übrigen spürt sie, dass das Gespräch mit Abou eher oberflächlich dahinplätschert, weil sie sich beide bemühen, die Gefühle im Zaum zu halten, die sich in Seitenblicken, Herzklopfen, flüchtig gestreiften Händen und Hitzewallungen äußern. Seit Laurie und Abou an jenem schönen Tag der Befreiung zueinanderfanden, haben sie sich zwar schon oft umarmt und geküsst, abends jedoch hat Laurie den jungen Mann vor seiner Haustür abgesetzt und Zuflucht bei Etienne und Alimatou gesucht, wo sie sich jede Nacht gestreichelt und dabei an Abou gedacht hat. An diesem Abend aber – es ist der vierte – spürt sie, dass es anders ablaufen wird. Zwischen ihnen herrscht eine starke erotische Spannung, und um sie herum gibt es eine Art Übereinstimmung, die deutlich macht: Jetzt ist der richtige Augenblick gekommen. Während Laurie das Auto vor dem Haus parkt, klopft ihr Herz zum Zerspringen, und sie errötet wie ein fünfzehnjähriges Mädchen. Dabei ist sie dreißig Jahre alt und hat, ohne eine ausgesprochene Sexbombe zu sein, ihre Erfahrungen gemacht. Als Achtzehnjährige hat sie sogar einmal mit einem flotten Vierer herumexperimentiert, um ihre Anti-Aids-Impfung zu feiern. Abou hingegen ist wahrscheinlich unerfahren – zumindest geht Laurie davon aus – und sollte daher verwirrter sein als sie.

Das ist er auch. Auch er hat die kaum verhohlenen Gefühle gespürt, das aufsteigende Begehren und das Herannahen des richtigen Augenblicks. Er nimmt Lauries Hände und flüstert:

»Dann also – bis morgen?«

Laurie seufzt, lächelt und wagt den Schritt.

»Abou, ich habe Durst. Hast du etwas zu trinken im Haus?«

»Aber ja! Ja, natürlich.«

Hand in Hand steigen sie die beiden Stockwerke hinauf und betreten die dunkle, überhitzte Wohnung. Sofort beginnt Laurie zu schwitzen. Trotzdem schmiegt sie sich in der Garderobe an Abou und gibt ihm einen langen, leidenschaftlichen Kuss. Dabei spürt sie eine Verhärtung, die sich gegen ihre Shorts drängt. Abou begehrt sie. Sie trennen sich, Abou schaltet das Licht ein und geht in die Küche, um den Kühlschrank zu inspizieren.

»Leider ist nur Bier da.«

»Das passt doch prima.«

Er nimmt zwei Gläser vom Regal und will sie zum Abkühlen in den neben dem Spülstein stehenden Eimer tauchen, als ihm plötzlich eine andere Idee kommt. Aus reiner Neugier öffnet er den Wasserhahn. Die Rohre fauchen und gurgeln, denn sie sind lange nicht benutzt worden. Ein paar Tropfen erscheinen, der Wasserhahn spuckt, zischt und spritzt in unregelmäßigen Abständen, und dann fließt Wasser. Zunächst ist es noch braun, doch es wird zunehmend klarer. Sprachlos beobachtet Abou das Wunder.

»Laurie!«, ruft er schließlich völlig aus dem Häuschen. »Das Wasser läuft!«

»Ich sehe es«, lächelt sie. »Hast du eine Dusche?«

»Sicher. Glaubst du, sie funktioniert?«

Abou eilt ins Bad und öffnet den Wasserhahn. Auch hier ist es das gleiche Schauspiel. Entzückt hält Abou den Kopf unter den kühlenden Strahl. Laurie kommt hinzu und klatscht vor Freude in die Hände wie ein kleines Mädchen.

»Sollen wir duschen, Abou?«

»Hm, ich weiß nicht, ob es ausreichend Wasser für zwei gibt.«

»Dann duschen wir eben zusammen. Platz genug ist ja da!«

Die Wanddusche sprüht ihren Strahl direkt in den Abfluss, der in den leicht abgesenkten Kachelboden eingelassen ist. Ein Nylonvorhang trennt sie vom restlichen Raum ab. Ohne Abous Einverständnis abzuwarten, zieht Laurie T-Shirt, Shorts und Slip aus und lacht über seine weit aufgerissenen Augen.

»Dein … deine … also, da bist du ja auch blond!«, stammelt er.

»Klar! Ich bin schließlich eine echte Blondine.«

Sie gleitet unter den kühlen Strahl und stößt kleine, entzückte Schreie aus. Abou, der seine Verlegenheit nicht zugeben will, zieht sich hastig aus und gesellt sich zu Laurie unter die Dusche.

»Hast du Seife oder Duschgel?« Abou greift nach einer Flasche auf dem Waschbeckenrand und reicht sie ihr. »Wäschst du mich?«, kokettiert Laurie.

Abou wagt zunächst kaum, sie zu berühren, doch Laurie küsst ihn so leidenschaftlich, dass er kühner wird und ihren Körper von oben bis unten mit dem Gel liebkost. Hingerissen verweilt er bei ihren festen Brüsten, ihrem runden Po und den langen, sehnigen Schenkeln … Er küsst ihre Lippen, wagt sich langsam weiter nach unten vor, leckt ihre Nippel, die sich sofort aufrichten, fährt mit den Lippen über ihren leicht gewölbten Bauch, vergräbt die Nase in dem blonden, anziehenden Gekräusel und berührt ihre rosige Vulva mit der Zungenspitze. Lachend stößt sie ihn zurück.

»Du kitzelst mich!«

Abou richtet sich auf. Nun ist es an Laurie, seinen Körper mit Gel und Küssen zu erkunden. Sofort stellt sie fest, dass er, wie sie auch, die drei roten Punkte der Anti-Aids-Impfung auf der linken Schulter trägt. Eine echte Impfung, vermutet sie. Als Sohn der Präsidentin ist er bestimmt nicht dem Betrug mit dem billigen Impfstoff aufgesessen, der aus irgendeiner dubiosen Quelle stammte und Zehntausende von Afrikanern tötete, die sich sicher geschützt glaubten. Sie stellt ebenfalls fest, dass Abou so aufgewühlt ist, dass er nicht steif wird. Sein Penis ist hübsch und hat genau die richtige Größe, doch er ist weich.

»Laurie«, stottert er peinlich berührt, »ich weiß auch nicht, was mit mir los ist ...«

»Kein Problem. Lass mich nur machen. Alles wird gut.«

Sie kniet vor ihm nieder, umfasst sein Glied, massiert es ein wenig und nimmt es dann in den Mund. Es schmeckt nach Mann und nach Seife. Zögernd und zu Beginn ein wenig linkisch – wie lange hat sie so etwas nicht mehr gemacht? *Ach, vergiss es, heute ist ein neuer Tag, und dies ist ein neues Leben* –, wird Laurie schnell sicherer und findet zu den richtigen Bewegungen der Hände, der Lippen und der Zunge. Um sich für ihre Aufgabe zu stimulieren, kitzelt sie sich mit den Fingern der freien Hand. Abou sieht ihr perplex und wie versteinert zu. Wie eine wohltuende Woge ergießt sich das Wasser über sie und trägt zum Entzücken an dieser Fellatio bei. Und Laurie hat Erfolg: Abous Penis wird wieder größer. Sie beschleunigt ihre Bewegungen, lutscht, saugt, leckt und massiert. Auch in ihr steigt Wärme auf. Abou wird härter und härter ... stöhnt ... hechelt. Es kommt ...

»Oh, Laurie! Oh!«

Sie zieht sich zurück, aber zu spät. In einem einzigen, mächtigen Zusammenziehen ejakuliert Abou ihr mitten ins Gesicht. Laurie bekommt ein paar Tropfen auf die Lippen und findet den Geschmack gut – ein wenig scharf, ein wenig süß. Sie nimmt das noch zuckende Glied wieder in den Mund, schluckt alles, was noch hervordringt, und leckt es bis zum letzten Tropfen auf. Abou kann es nicht fassen.

»Du machst das wie … wie im Pornofilm.«

»Hast du Pornofilme gesehen?«

»Ab und zu schon«, gesteht er. »In 3D auf Maya. Aber ich wusste nicht, dass … dass Mädchen so etwas wirklich tun. In echt, meine ich.«

»Eine Frau, die ihren Mann liebt, kann alles Mögliche für ihn tun. Weißt du, beim Sex gibt es keine Tabus. Für mich jedenfalls nicht.«

»Heißt das, dass du mich liebst, Laurie?«

»Ich denke schon«, lächelt sie. »Und jetzt bist du dran.«

»Inwiefern dran?«

»Mir zu beweisen, dass du mich liebst.«

»Aber jetzt geht es nicht mehr.« Er hebt sein schlaff gewordenes Glied hoch.

»Mit den Fingern und der Zunge. Mach es wie ich.«

Mit gespreizten Schenkeln lehnt sie sich gegen die triefende Wand. Abou kniet sich vor sie hin und reibt sie zunächst mit einem, dann mit zwei Fingern und führt sie in die feuchte Perlmuttspalte ein. Laurie hält seine Hand fest.

»Langsam. Du tust mir weh. Du musst ganz sanft sein … Siehst du, so …«

Sie zeigt es ihm. Abou erweist sich als gelehriger Schüler und liebkost sie mit Lippen und Fingerspitzen. Er wagt es, zu lecken, zu saugen und zu knabbern, lässt seine Zunge vorsichtig zwischen die angeschwollenen Lippen gleiten, ehe er tief in sie eindringt. Lauries Inneres ist warm, feucht und honigsüß. Es ist gut … Mit einem Finger tastet er sich zwischen ihre Pobacken, liebkost den Anus und führt sanft den Zeigefinger ein, wie er es in den Filmen gesehen hat. Laurie erschauert, lässt es aber geschehen. Gleichzeitig dringt er mit dem Daumen in ihre Vagina ein und beginnt, ihn vor- und rückwärts zu bewegen. Laurie drängt sich ihm entgegen, seufzt und stöhnt.

»Geht es? Tue ich dir weh?«

»Nein, Abou. Es ist wunderbar … Mach weiter … Ja, mit der Zunge …«

Er leckt, saugt, liebkost und reibt und vergisst auch nicht das rosa Knöpfchen der Klitoris, an dem er sanft knabbert. Alle Finger, die Lippen und die Zunge sind in Bewegung. Keuchend stößt Laurie mit den Hüften. Sie greift nach Abous Kopf und presst ihn in ihren Schoß. Er spürt, wie sie immer schneller pulsiert, zieht sich aber nicht zurück. Auch er möchte sie schmecken und ihren Hochgenuss in sich aufnehmen. Plötzlich stößt sie einen Schrei aus und bäumt sich auf. In Zuckungen strömt es warm aus ihr hervor, doch im Wasser löst sich alles schnell auf. Die Zuckungen lassen nach; Laurie seufzt und entspannt sich. Lächelnd richtet Abou sich auf. In Lauries Augen tanzen tausend Sterne.

Mit einem Mal versiegt das Wasser mit einem letzten hohlen Röcheln in der Röhre. Die tägliche Zuteilung ist verbraucht. Laurie und Abou sehen sich ein wenig verlegen an. Laurie senkt den Blick und streckt die Hand nach Abous Glied aus, das sich wieder aufgerichtet hat. Das Feuer der Jugend!

Sie laufen ins Schlafzimmer und werfen sich auf das Bett, das aus einer einfachen, mit einem frischen Betttuch bedeckten Schaumgummimatratze besteht. Alle Verlegenheit ist verschwunden. Erneut beginnen sie, sich mit Augen, Fingern und Zunge zu entdecken. Abou bewundert Lauries feste Brüste mit den kleinen, aufgerichteten Nippeln, ihre geschwungene Taille, die langen Beine, den nur ganz sanft gewölbten Bauch und ihre blonde Scham; sie bestaunt sein großes Glied, das schwarz und glänzend wie Ebenholz ist, die feste Rundung seiner Pobacken, seine muskulösen Schenkel, sein Sixpack und die unbehaarte, glänzende Brust. Nachdem sie sich fiebernd vor Erregung wiederentdeckt und erneut gekostet haben, gibt sie sich ihm mit durchgedrücktem Rücken und hoch erhobenen Beinen hin. Er dringt ein wenig zu schnell und zu hart in sie ein.

»Vorsichtig, mein Liebster … das ist eine empfindliche Stelle.«

»Entschuldige, Schatz … ist es so besser?«

»Einfach göttlich.«

Leider bleibt es nicht lange so göttlich. Abou ist viel zu erregt, bewegt sich zu schnell, bemerkt es und versucht, sich zurückzuhalten – aber vergeblich. Er ergießt sich, als Laurie gerade erst auf dem

Weg zum Höhepunkt ist. Der Absturz ist brutal und frustrierend, doch sie ist ihm nicht böse. Sein Gesicht ist dunkel vor Scham, und seine Augen glitzern verräterisch. Laurie küsst ihn zärtlich und tröstet ihn.

»Du, das ist ganz normal. Du kannst dich noch nicht richtig kontrollieren. Aber je öfter wir es tun, desto besser wird es klappen. Mir gefällt es, wie sensibel du auf meine Wünsche eingehst. Ehrlich gesagt hatte ich ein bisschen Sorge, dass du dich als Macho entpuppen könntest.«

»Also wirklich! Schließlich hat meine Mutter mich gut erzogen! Und auch Salah hat mir ein paar Dinge verraten.«

»Was denn, zum Beispiel?«

»›Eine Frau ist wie ein Kristallglas: Wenn du sie roh behandelst, zerbricht sie. Wenn du sie aber richtig liebkost, beginnt sie zu singen.‹«

»Das ist zwar absolut Macho, aber trotzdem hübsch«, lacht Laurie. »Deinem Salah sei vergeben. Sag mal, hattest du nicht etwas von Bier gesagt?«

»Klar! Ich hole es.«

Beide lehnen mit dem Rücken an der Wand, trinken genüsslich schweigend ihr Bier, liebkosen sich ab und zu und genießen ihre Liebe, die sie in elektrisiert bebende Wellen und sinnliche Harmonien versetzt. Abous Blick schweift ins Leere. Tausend Gedanken schwirren ihm durch den Kopf. Laurie bemerkt seine Abwesenheit.

»Woran denkst du?«

Er wendet ihr das Gesicht zu und sieht sie ernst an.

»Laurie, Liebling, ich möchte, dass du meine Frau wirst.«

Ihr Lächeln erlischt.

»Hm, auch in dieser Hinsicht bist du zu schnell. Wir kennen uns doch kaum.«

»Aber du hast gesagt, dass du mich liebst. Und ich liebe dich auch. Ich bete dich sogar an!«

»Ach, Liebster.« Sie küsst ihn zärtlich. »Heute lieben wir uns ganz tief, aber was ist morgen? Wir sollten erst ein wenig Zeit vergehen lassen, ehe wir noch einmal darüber reden.«

»Wie viel Zeit?« Ehe Laurie antworten kann, fährt Abou fort: »Im Ernst – ich habe nachgedacht, und es ist möglich. Du hast gesagt, dass dich in Frankreich nichts und niemand erwartet. Ich habe eine Stellung und kann in der Armee Karriere machen. Inzwischen bin ich schon Sergeant; ich könnte durchaus noch General werden. Ich werde gut bezahlt; du brauchst also nicht zu arbeiten, und ich kann dir alles schenken, was du dir wünschst – Kleider, Schmuck …«

»Und was ist mit deiner Initiation? Ist das Bangré mit einer Karriere in der Armee vereinbar?«

»Nein.« Abou verzieht das Gesicht. »Aber für dich lasse ich das Bangré gern sausen.«

Laurie schüttelt den Kopf.

»Nein, Abou. Es ist zwar freundlich von dir gedacht, aber eine Frau lässt sich nicht mit einer guten Stellung, Kleidern und Schmuck kaufen. Jedenfalls ich nicht! Was ich brauche, ist ein Mann, der mich liebt und auf den ich immer zählen kann. Mir ist es egal, ob er reich oder arm ist oder ob er eine Stellung hat. Wichtig ist, dass man füreinander einsteht – verstehst du?« Abou nickt langsam. »Außerdem wäre es schade, wenn du eine traditionelle Kunst für eine Militärkarriere opfern würdest.«

»Aber wenn ich nicht in der Armee bleibe, was soll ich dann tun? Und wie kann ich unseren Lebensunterhalt verdienen?«

»Ich weiß es nicht. Ich habe noch nicht darüber nachgedacht … Außerdem kann ich doch auch arbeiten. Deine Mutter hat mir einen Job angeboten.«

»Nein, das schickt sich nicht. Der Mann muss arbeiten, nicht die Frau. Eine Frau muss sich um das Haus und die Kinder kümmern.«

»Ach ja? Hat deine Mutter dir das beigebracht?«

»Nein. Das verlangt die Tradition.«

»Vergiss die Tradition, Abou.«

»Aber du hast doch gerade noch gesagt, dass ich weiter das Bangré studieren soll …«

»Das ist nicht das Gleiche. Es gibt gute und schlechte Traditionen.« Laurie seufzt, als sie erkennt, dass Abou nicht begreift. »Es wird lange dauern, dir das zu erklären, Liebling. Ich denke, dass wir in vielerlei Hinsicht noch Zeit brauchen, um uns wirklich zu verstehen ... Aber die Zeit werden wir uns nehmen, nicht wahr? Inzwischen gibt es Dringenderes zu tun.«

»Was denn?«

»Das!«

Sie nimmt Abous Penis in die Hand, an dem sie so lange herumgespielt hat, dass er wieder steif geworden ist. Erneut führt sie ihn zum Mund und erfreut sich an seinem Geschmack und seiner Härte. Abou streckt sich aus. Laurie legt sich umgekehrt auf ihn und bietet ihm ihre feuchte Vulva dar. Er wühlt sein Gesicht hinein, genießt ihren Duft, kostet ihren Honig und spielt mit der Zunge. Lauries Erregung steigert sich schnell, als begänne sie gleich da, wo sie zuvor aufgehört hat. Kurz vor dem Höhepunkt dreht sie sich um und setzt sich rittlings auf sein hartes Glied. Abou bewegt die Hüften ... Fast sofort wird Laurie von einem Orgasmus überrollt, der sie mitreißt wie ein Tsunami. Sie bäumt sich auf, stößt und stöhnt. Wellen der Lust folgen brennend und explosionsartig dicht aufeinander. Abou hält durch. Er atmet tief und zwingt sich, sein eigenes Pulsieren im Zaum zu halten. Nach einem letzten Aufbäumen fällt Laurie zitternd und wie geleert auf das Bett. Abou aber kann immer noch. Entzückt dreht Laurie sich auf den Bauch. Ihre Vagina ist gereizt und schmerzt ein wenig, aber sie sehnt sich nach einem weiteren Höhepunkt. Zu viele Jahre war sie einsam und allein ... Abou dringt vorsichtig in sie ein. Dabei streichelt er sie am ganzen Körper. Sanft bewegt er sich in ihr hin und her und reißt sie mit in Wellen des Entzückens, die immer höher und immer stärker werden, bis sie schließlich in ihrem Innersten aufbranden und ihren ganzen Körper mit ihrer herrlichen Gischt erfüllen. Der Orgasmus kommt plötzlich, wie ein neuer Tsunami, der umso stärker ist, als Abou sich gleichzeitig in ihr ergießt – gemeinsam explodieren sie in einer Springflut von Gefühlen.

Endlich sinken beide in sich zusammen – erschöpft, befriedigt und mit schmerzenden Gliedmaßen, aber auf dem Gipfel der Liebe. Eng aneinandergeschmiegt, feucht und klebrig, schlafen sie sofort in den Düften ihrer Lust ein. Und Laurie träumt.

Abou ist ein Zauberheiler, und sie selbst hat einen wichtigen Posten in Fatimatas Regierung. Ihre Arbeit besteht hauptsächlich darin, mithilfe taoistischer Zitate mit den Chinesen zu verhandeln. Sie und Abou wohnen in einer großen, runden Hütte. Es ist die Hütte von Hadé, wie Abou sie ihr beschrieben hat – seltsame Masken, beunruhigende Fetische, getrocknete Pflanzen und Schalen mit merkwürdigen, manchmal haarsträubenden Dingen –, eben eine Hexenhöhle wie in einem Kindermärchen. Abou tanzt und trägt dabei ein Gewand aus Bastfasern, eine Hyänenmaske und einen geschnitzten Stab, mit dem er versucht, die nackte, über einen Quantum Physics gebeugte Laurie zu penetrieren …

Laurie wacht auf. Tatsächlich versucht Abou noch im tiefen Schlaf, sie zu nehmen. Doch er ist am Ende seiner Kraft, und sein Glied wird nicht richtig steif. Sie dreht sich um, küsst ihn, und dann schlafen sie wieder ein. Abous weiches Geschlecht liegt geborgen in Lauries warmer Hand. Draußen kräht ein Hahn und verkündet die Wiederkehr des Tages und des Lebens.

Begnadigung

Reaktionen auf die Entführung von Anthony Fuller, Vorstandsvorsitzender der Resourcing

Präsident Jim Bones, USA:

Wir schließen eine Militärintervention nicht aus

Präsident Hans Schiller, EU:

Diese Angelegenheit geht uns nichts an

Jiang Lizhi, Generalsekretärin der Partei »Neuer Friede«, China:

Wir werden unserem Wirtschaftspartner zur Seite stehen

Amadou Diallo, stellv. Dir. der Afrikanischen Bank für Entwicklung (Westafrika):

Präsidentin Konaté weiß, was sie tut

Generaldirektion Resourcing (Kansas, USA):

Wir werden alles tun, um unseren Chef zu befreien

Mrs. Pamela Hutchinson, Ehefrau von Anthony Fuller:
Lösegeldforderung – ja oder nein?
Hier anklicken und weiterlesen
<euronews.com>

»Gemäß den im Vorfeld zitierten Zivilrechten und des militärischen Ehrenkodex erkläre ich den früheren General Victor Kawongolo des Hochverrats und der Verschwörung gegen das Vaterland für schuldig. Hinzu kommen Meuterei, Entführung und Freiheitsberaubung in mehreren Fällen, kriegerische Handlungen in Friedenszeiten, Aneignung fremder Güter in betrügerischer Absicht, Beschädigung von Staatseigentum, Aufruf zum Aufstand, Mitgliedschaft in einer kriminellen Vereinigung und Unterschlagung öffentlicher Gelder. Aufgrund der vorgenannten Vergehen verurteile ich den ehemaligen General Victor Kawongolo zum Tod durch Erschießen. Das Urteil wird gemäß den militärischen Regeln durch ein noch zu bestimmendes Erschießungskommando vollstreckt. Möchten Sie sich zu dem Urteil äußern, Monsieur Kawongolo?«

Vor dem Militärgericht herrscht tödliches Schweigen. Alle Augen richten sich auf Kawongolo, der auf der Anklagebank in sich zusammengesunken ist. Zwei Soldaten, die ihn rechts und links bewachen, fühlen sich sichtlich unwohl in ihrer Haut.

Kawongolo hebt den Kopf und lässt den müden Blick über das Tribunal schweifen, das ausschließlich aus Militärs besteht, mit Ausnahme von Präsidentin Fatimata Konaté, die als oberste Befehlshaberin des Heeres ebenfalls anwesend ist. Er richtet die umschatteten Augen auf den Richter, der auf einem erhöhten Podest sitzt und niemand anders ist als der inzwischen zum General ernannte frühere Oberst Barry, der Sieger über die Rebellen und »Befreier« von Burkina Faso.

»Ich möchte bitte noch etwas sagen«, murmelt er mit bedrückter Stimme.

»Bitte stehen Sie auf und sprechen Sie lauter.«

Kawongolo gehorcht und bemüht sich, eine gerade und stolze Haltung einzunehmen, wie sie seinem früheren Rang entsprochen hätte. Doch es gelingt ihm nur zur Hälfte. Die im Arrest verbrachte Woche hat ihn körperlich und seelisch gebrochen.

»Alles, was ich getan habe und dessen Sie mich beschuldigen, ist nur zu einem einzigen Zweck geschehen: Ich wollte meiner Ehefrau die völlige Erblindung ersparen. Die trügerischen Versprechungen der NSA-Agenten habe ich für bare Münze genommen und ernsthaft geglaubt, dass sie meine Frau als Gegenleistung für meine Hilfe von den besten amerikanischen Spezialisten behandeln lassen würden. Ich gebe zu, dass ich dumm und naiv war. Jetzt muss ich mit meinem Leben dafür bezahlen, aber das kann ich akzeptieren.« Er wendet sich an Fatimata. »Saibatou aber kann nichts dafür. Sie ist unschuldig und wusste von nichts. Jetzt ist sie schwer krank. Ich bitte Sie, Madame, lassen Sie sie behandeln. Das ist alles, worum ich Sie bitte.«

Kawongolo lässt sich schwer auf die Anklagebank zurückfallen. Seine Augen sind trüb vor Kummer. Fatimata hebt die Hand und bittet um das Wort. Barry nickt ihr zu. Mit deutlicher, klarer Stimme verkündet sie:

»Ich möchte Ihnen versichern, Monsieur Kawongolo, dass wir Ihren letzten Wunsch erfüllen werden. Ihre Ehefrau wird so bald wie möglich von einem Spezialisten behandelt. Und sollten Sie meine Zusage bezweifeln, darf ich Sie daran erinnern, dass nach unseren alten Bräuchen der letzte Wunsch eines Delinquenten heilig ist. Wer ein solches Versprechen nicht erfüllt, ist ebenfalls des Todes.«

Die Versammlung applaudiert Fatimata, die sich würdevoll wieder setzt. Barry wartet, bis Ruhe eingekehrt ist, und schließt die Sitzung.

»Die Vollstreckung des Urteils erfolgt übermorgen, am 28. Dezember im Morgengrauen, vorbehaltlich einer eventuellen Begnadigung von höchster Stelle. Frau Präsidentin, meine Herren, die Verhandlung ist geschlossen.«

Am Ausgang der Militärakademie von Kadiogo, wo die Sitzung stattgefunden hat, trifft Fatimata auf die Justizministerin Aissa Bamory und die Ministerin für Wasserversorgung und Ressourcenverwaltung Claire Kando, die inzwischen zur vorläufigen Premierministerin befördert wurde. *Aus vorläufig könnte gut endgültig werden*, denkt die Präsidentin. *Claire ist kompetent, effizient, kompromisslos und nicht korrupt.* Sie muss lächeln, als sie die beiden Frauen nebeneinanderstehen sieht, denn sie sind so unterschiedlich wie Tag und Nacht. Claire ist klein, trocken, faltig und geht ein wenig gebeugt. Ihr mageres Gesicht verschwindet fast unter einer riesigen Brille. Dem gegenüber ist Aissa groß, blühend und üppig mit sinnlichen Lippen in einem schönen, rundlichen Gesicht; ihre Mandelaugen haben den verstorbenen Issa Coulibaly – Friede sei seiner Seele – derart bezaubert, dass er nur knapp einer Klage wegen sexueller Nötigung entging. Claire ist grob, direkt und streng, Aissa hingegen blumig, heiter und versöhnlich. Für das Fernsehen würde sie als Premierministerin sicher mehr hergeben … Doch Aissa und Claire verstehen sich wie Schwestern und lieben ihre Präsidentin. Sie sind beide mit dem Motorroller da und bieten Fatimata an, sie zum Präsidentenpalast mitzunehmen und unterwegs in einem Bistro anzuhalten, um einen Tee zu trinken. Ursprünglich sollte Fatimata mit General Barry zurückfahren – dem sie übrigens das Verteidigungsministerium anbieten will –, doch der spricht noch mit seinen Untergebenen über die vorgesehenen Exekutionen, die zu planen sind: Der ehemalige General hat auch sechs Offiziere mit ins Unglück gerissen. Fatimata stimmt also der kleinen Spritztour unter Frauen zu. Sie schlängeln sich zu dritt auf zwei Rollern durch den langsam wieder auflebenden Verkehr, der deutlich an Dichte zugenommen hat, seit die Tanklastzüge wieder sauberes Wasser verteilen. Abgesehen davon ist die Pipeline nur noch zwanzig Kilometer entfernt! Schaulustige, die ihre Präsidentin erkennen, winken ihr fröhlich nach, und auch ein paar Hurrarufe hallen ihr hinterher.

In der Avenue Nelson Mandela halten sie vor einem von einem Chinesen geführten Gemischtwarenladen, dem ein kleines, für seinen echten chinesischen Tee berühmtes Café angeschlossen ist. Aissa bestellt kennerhaft einen *Lapsang Souchong*, Claire einen *Oolong* und Fatimata einen mit Jasmin aromatisierten *Nan Yu*, der dem grünen Tee, den sie üblicherweise trinkt, am nächsten kommt. Nachdem Aissa ihren Aufguss gekostet hat, ruft sie den Chinesen zu sich.

»Ihr Tee ist heute viel besser als sonst«, lobt sie ihn. »Haben Sie eine neue Lieferung bekommen?«

»Es liegt am Wasser, Madame«, lächelt der Inhaber und verbeugt sich. »Das Wasser, das wir jetzt bekommen, ist hervorragend.«

»Das Wasser aus Kongoussi«, nickt Claire mit einem freundlichen Schmunzeln, das ihr das Aussehen eines Frosches verleiht.

»Es ist unvergleichlich gut. Schade nur, dass es ziemlich teuer ist.«

»Das Wasser ist teurer geworden?« Claire runzelt die Stirn. »Das ist aber nicht normal, Fatimata.«

»Da hast du völlig recht«, nickt Fatimata. »Erinnere mich bitte daran, dass ich gleich im Präsidentenpalast den Direktor der Obersten Wasserbehörde zu mir bitte.«

»Ach, die Frau Präsidentin höchstpersönlich!«, reagiert der Chinese und verbeugt sich noch einmal so freundlich. »Welch hohe Ehre für mein bescheidenes Lokal. Gestatten Sie mir, Sie zu dem Tee einzuladen.«

»Aber nein, wir bezahlen natürlich …«

»Ich gestatte mir, auf meinem Angebot zu bestehen, ehrenwerte Präsidentin. Und dann – warten Sie bitte …« Er geht in seinen Laden und kommt kurze Zeit später mit einem Teller voller Ingwer- und Sesamplätzchen zurück. »Als bescheidene Beilage zum Tee.« Anschließend stellt er einen winzigen, in Zellophan gewickelten Buddha vor jede der Damen hin. »Und das hier ist ein Glücksbringer aus echter Jade. Mögen die Götter und die Geister der Vorfahren Sie segnen, meine Damen.«

Gerührt bedanken sie sich bei ihm. Der Chinese will gehen, kommt aber doch noch einmal zurück.

»Dürfte ich Ihre Liebenswürdigkeit ausnutzen und Ihnen eine Frage stellen, geschätzte Kundinnen?«

»Aber bitte sehr. Nutzen Sie aus«, antwortet Aissa, die sich das Lachen kaum noch verbeißen kann.

»Hat Tensing den Zuschlag für die Bewässerungssysteme in Kongoussi bekommen?«

Claire und Aissa sehen Fatimata fragend an. Die Präsidentin

runzelt die Stirn. Hat sich die Nachricht etwa schon herumgesprochen?«

»Die Verhandlungen sind noch nicht abgeschlossen«, weicht sie aus. »Wieso fragen Sie?«

»Ich besitze Tensing-Aktien.«

Endlich lässt der Inhaber sie allein. Aissa knabbert einen Keks. Claire aber ist wütend.

»Was war das?«, raunzt sie Fatimata an. »Sollen etwa die Chinesen die Bewässerung von Kongoussi übernehmen?«

»Ich fürchte, ja«, gesteht die Präsidentin verwirrt. »Moussa und der Direktor der CooBam haben sich wohl einwickeln lassen.«

»Und wo war deine Beraterin? Warum hat sie es zugelassen?«

»Das weiß ich leider nicht.«

»Aber ich weiß es«, gluckst Aissa. »Laurie schwebt im Augenblick auf Wolke sieben.«

»Was willst du damit sagen?«

»Na, dass sie verliebt ist.«

»Ach ja?« Fatimata ist bass erstaunt. »Etwa in Rudy?«

»Aber nein! In Abou! In deinen Sohn Abou.«

Fatimata reißt die Augen auf.

»Abou geht mit Laurie?«

»Ich glaube sogar, dass es ein bisschen mehr ist. Liebste Fatou, ich glaube, du solltest von Zeit zu Zeit einmal von deinen Geschäften aufblicken und dich um deine Familie kümmern. Das ist ein Rat unter Freunden und hat nichts mit Politik zu tun.«

Fatimata errötet. Aissa nimmt sich einen weiteren Keks.

»Du hast vermutlich recht«, murmelt sie. »Aber immerhin ist der Junge volljährig und Laurie eine gute Partie. Vielleicht ein bisschen zu alt für ihn …«

Claire rutscht bereits seit einer ganzen Weile auf ihrem Stuhl herum. Jetzt kann sie ihre Ungeduld nicht mehr bezähmen.

»Genug getratscht! Ich wüsste nämlich gern, was sich bei Gericht abgespielt hat. Ist Kawongolo verurteilt worden?«

»Ja, und zwar zum Tod. Zusammen mit sechs seiner Komplizen. Übermorgen wird er exekutiert. Ich habe ihm versprochen, mich um seine Frau zu kümmern. Wir sollten sie wirklich behandeln lassen.«

»Willst du ihn nicht begnadigen?«, fragt Aissa.

»Kawongolo? Nein. Zwar hat er sich reinlegen lassen, aber man organisiert nicht einfach so einen Putsch, nur weil man möchte, dass die eigene Frau in den USA behandelt wird. Das ist lächerlich. Er muss andere Absichten gehabt haben.«

»Begnadige ihn. Bitte!« Aissa legt ihre Hand auf Fatimatas Arm.

»Warum? Hast du etwa Mitleid mit ihm?«

»Nicht mit ihm, aber mit Saibatou. Ihr Ehemann wird tot sein, ehe sie ihr Augenlicht wiederhat. Ich glaube, in diesem Fall bleibt sie lieber blind; sie sieht ihn ja ohnehin nie wieder.«

Fatimata presst die Lippen zusammen und nickt langsam.

»Ich denke darüber nach. Aber selbst wenn ich ihn begnadige, kommt er sein Leben lang nicht mehr aus dem Gefängnis.«

»Immer noch besser als der Tod. Die beiden lieben sich wirklich sehr.«

Claire zuckt die Schultern. Aissa knabbert ihr drittes Plätzchen.

»Ihr seid ganz schön sentimental, ihr beiden! Auf Putsch steht nun einmal die Todesstrafe. Punkt. Und was Saibatou angeht – woher willst du das Geld nehmen, sie in die Staaten zu schicken? Darf ich dich daran erinnern, dass uns der Haushalt für das kommende Jahr keinerlei Spielraum lässt?«

Die Präsidentin betrachtet Claire mit ihrer verkniffenen Miene, den hervorstehenden Augen hinter der riesigen Brille und ihrem Herz, das so trocken ist wie der Wüstensand, und fragt sich ernsthaft, ob sie nicht doch lieber Aissa zur Premierministerin berufen soll.

»Claire, das war sein Letzter Wille. Ich kann mich da nicht einfach so herausstehlen.«

»Wenn du ihn begnadigst, war es nicht sein letzter Wille.«

»Schluss damit!« Fatimata schlägt mit der flachen Hand auf den Tisch, dass die Tassen klirren. »Ich werde Kawongolo begnadigen, und ich werde Saibatou nach Amerika schicken. Und zwar mit Fullers Flugzeug. So kostet uns wenigstens die Reise weniger. Und damit betrachte ich die Diskussion als beendet!«

In diesem Augenblick meldet sich ihr Telefon. Sie löst den Clip von ihrem Boubou und meldet sich.

»Ja? Yéri? Was ist los? ... Ja und? ... Gut. Ich bin unterwegs.« Sie schaltet ab. »Irgendetwas ziemlich Wichtiges, wie es scheint. Yéri kommt mir sehr verunsichert vor. Das kenne ich sonst gar nicht von ihr. Wir sollten uns sputen.«

Das »Wichtige« entpuppt sich als ein Fax aus dem Weißen Haus, das Yéri Fatimata kommentarlos reicht.

Von: James H. Bones
Präsident der Vereinigten Staaten
An: Fatimata Konaté
Präsidentin von Burkina Faso

Weißes Haus, Washington D.C.
26. Dezember 2030

Sehr geehrte Madame Konaté,

vor nunmehr acht Tagen entführten Sie ohne jegliches Motiv und gegen internationales Recht den amerikanischen Staatsbürger Anthony Fuller, den Sie seither gefangen halten. In dieser Geiselnahme sehen wir einen terroristischen Akt, der sich unmittelbar gegen die Interessen Amerikas richtet. Hinzu kommt, dass Sie wissentlich die Plünderung der amerikanischen Botschaft geduldet haben und den amerikanischen Botschafter Gary Jackson seither ohne Anklage und ohne den ihm zustehenden Rechtsbeistand unter Arrest halten. Dieses Verhalten widerspricht allen demokratischen Spielregeln und wird von uns daher als direkter Angriff auf amerikanisches Territorium behandelt.

In Übereinstimmung mit beiden Häusern des Kongresses und der obersten Heeresleitung erkläre ich hiermit dem Land Burkina Faso offiziell den Krieg. Sollten die Herren Fuller und Jackson nicht innerhalb von achtundvierzig Stunden auf Kosten Ihrer Regierung zu ihren Familien zurückgekehrt sein, werden wir Waffengewalt anwenden. Der Erstschlag findet in genau neunundvierzig Stunden vom Zeitpunkt der Faxabsendung gerechnet statt. Eine weitere Aufforderung erfolgt nicht.

Gezeichnet James H. Bones,
Präsident der Vereinigten Staaten

»Er blufft«, erklärt Fatimata, wird aber trotzdem fahl.

»Sind Sie sicher?«, fragt Yéri beunruhigt.

»Fast. Trotzdem solltest du bitte sofort den Ministerrat zusammenrufen. Höchste Dringlichkeitsstufe!«

Geist

»Die aggressive Arroganz Amerikas sucht wirklich ihresgleichen. Unseren Handelspartner Burkina Faso anzugreifen, um einen angeblich als Geisel festgehaltenen Amerikaner zu befreien, ist ungefähr so, als zünde man einen Wald an, um ein auf einem Baum festsitzendes Kätzchen freizubekommen: lächerlich, unangemessen und eine offene Verletzung der neuen Ökologiegesetze. Präsident Bones sollte sich drei Punkte vor Augen halten: Erstens haben viele amerikanische Unternehmen ihren Geschäftssitz in China oder im asiatischen Block, zweitens sind Indien, Lateinamerika und die Drachenstaaten unsere Verbündeten, und drittens ist die Bewaffnung der Vereinigten Staaten im Vergleich zu unserer Technologie hoffnungslos veraltet.«

Ausschnitt aus einer Rede von Li Yaobang,
Präsidentin von China

Abou sitzt im Lateritstaub, hält seine Uzi zwischen den Schenkeln und betrachtet mit zurückgelegtem Kopf den Mond. Der Wind hat nachgelassen; die Nacht ist ruhig und unerwartet mild. Die Temperatur liegt nicht höher als 30 Grad. Abou träumt davon, jetzt mit

Laurie hier zu sein, sie in den Armen zu halten und gemeinsam mit ihr den Mond anzusehen oder sich im roten Sand der Hügel zu lieben. Mit liebeskrankem Herzen denkt er an ihren gebräunten Körper, ihre haselnussbraunen Augen, ihren Naschkatzenmund, der so gerne lacht, und an ihre Art, die Welt und sie beide zu sehen – eine Art, die sich deutlich von seiner unterscheidet. Wie gern wäre er jetzt bei ihr! Doch es ist unmöglich. An diesem Abend ist er zur Wache vor dem Zelt eingeteilt, in dem Anthony Fuller gefangen gehalten wird. Die schönen Tage sind zu Ende; der normale Dienst samt seiner Routine und seinen Zwängen hat wieder begonnen. So bald würde es keinen Sonderurlaub mehr geben, den Abou mit seiner Liebsten verbringen könnte, hat Hauptmann Yaméogo ihm mitgeteilt. Abou seufzt und blickt auf die Uhr. Noch drei Stunden … Was nützt es eigentlich, Fuller im Lager festzuhalten? Gestern und vorgestern haben er und Rudy ihn mit in die Hügel genommen, in die Armenviertel und die umliegenden Dörfer. Sie haben ihn gezwungen, aus dem Auto auszusteigen, mit den Leuten zu reden, in die Scheiße zu treten und kranke Babys und leprakranke Greise zu berühren. Fuller hat sich wieder des Langen und Breiten darüber ausgelassen, wie sehr ihn die Not berühre und dass er den Burkinern helfen wolle; für eine solche humanitäre Leistung wäre er bereit, den gesamten Konzern Resourcing zu mobilisieren. Rudy glaubt ihm noch immer nicht, und auch Abou spürt Schurkerei und Kalkül unter dem ehrlichen Erscheinungsbild. Der Mann versucht lediglich, seine Haut zu retten und Zeit zu schinden. Aber Zeit wofür? Was würde man mit ihm anfangen? Zwar ist ein Gerichtstermin anberaumt, aber Rudy behauptet, es gebe keinen Beweis, dass Fuller den Putsch finanziert hat. Und Fuller selbst hat deutlich gemacht, dass er vor Gericht alles leugnen würde. Der einzige Zeuge, der gegen ihn hätte aussagen können – der von Rudy verwundete NSA-Mann –, ist im Krankenhaus von Ouaga gestorben. Er hat die Amputation seines infizierten Beins nicht überlebt. Was also dann? Ihn freilassen, damit er nach Hause zurückkehren kann? Man denkt darüber nach, hat Laurie erzählt, weil die Vereinigten Staaten mit einer militärischen Intervention drohen. China hat die Drohung mit heftiger Kritik aufgenommen und seinerseits von der Heraufbeschwörung eines Weltkriegs gesprochen, denn Lateinamerika und der asiatische Block wären ebenfalls bereit, für Burkina Faso einzutreten. Abou kümmert sich eher selten um Politik, doch er begreift, dass es in den Machtzentren nur so kracht. Und das alles wegen des kleinen Burkina Fasos, und des Weißen, der da hinter ihm im Zelt kauert? Ist das nicht ein bisschen übertrieben? Könnte man sie nicht ein für alle Mal in Frieden lassen? Wie dem auch sei, Fatimata ist gar nicht gut auf Rudy zu sprechen, weil sie ihn für die Ursache dieser weltweiten Krise hält, obwohl Fullers Entführung zum Scheitern des Putsches beigetragen hat. Rudy ist es egal. Er tut ohnehin, was er will. Insgeheim bewundert Abou ihn. Rudy ist ein fanatischer, unabhängiger Krieger, der vor nichts zurückschreckt, wenn es darum geht, eine von ihm für gerecht erachtete Sache zu verteidigen. Abou wäre gern auch so und bemüht sich, Rudys Beispiel zu folgen. Kein Mitleid für den Abschaum! Eigentlich sollte man Fuller töten, solange man ihn in der Hand hat. Damit wären alle Probleme mit einem Schlag gelöst … Aber schließlich ist es nicht er, der entscheidet, während Amerika und China drauf und dran sind, sich wegen Fuller den Krieg zu erklären.

Doch, du kannst entscheiden. Sein Schicksal liegt in deinen Händen.

»Was?«

Abou richtet sich auf. Er hat klar und deutlich tief in seinem Ohr eine Stimme gehört – eine Stimme ohne Hall und Klang.

Warum bringst du ihn nicht einfach in die Wüste?

»Wer ist da? Wer spricht?«

Abou steht auf, bringt seine Uzi in Anschlag und beobachtet die dunklen Schatten, die in der klaren Nacht zwischen den Zelten liegen. Und plötzlich sieht er ihn. Als hätte er sich aus einem Mondstrahl materialisiert, steht er vor Abou.

Der Geist des Targi ist in eine beige Djellaba gehüllt. Der dichte, indigofarbene Cheche verbirgt das leere Gesicht, an seiner Hüfte hängt der traditionelle Dolch. Es ist derselbe Targi, der Abou während des Sturms erschienen ist, als er mit Salah den Eingang der Baustelle bewachte. Im Mondlicht wirkt er fast durchsichtig.

Langsam nähert er sich Abou, der wie angewurzelt dasteht und am ganzen Körper zittert. Seine stummen Schritte wirbeln nicht das kleinste Staubkörnchen auf und hinterlassen keine Spur im pudrigen Laterit.

Nimm ihn mit, säuselt das Phantom. *Liefere ihn seinem Schicksal aus. Die* kel essuf *wissen schon, was sie mit ihm tun müssen*.

Stumm und starr vor Angst sieht Abou zu, wie der blaue Mann ohne Gesicht ganz dicht an ihm vorbeigeht – sieht er nicht so etwas wie glühende Augen unter dem Cheche? –, um die Ecke des Zeltes biegt und verschwindet. Noch geraume Zeit bleibt Abou wie erstarrt stehen und bemüht sich, sein wild pochendes Herz zu beruhigen und wieder normal zu atmen.

Und so findet Rudy ihn vor – Abou, der unbeweglich wie eine Statue vor Fullers Zelt steht und die Nacht mit entsetztem Blick fixiert. Rudy hat sich auf der Baustelle häuslich eingerichtet. Er wohnt jetzt in der Hütte eines bei den Aufständen getöteten Arbeiters.

»Was ist denn mit dir los, Abou? Man könnte meinen, dir wäre ein Gespenst über den Weg gelaufen.«

Abou schüttelt sich, blinzelt und versucht ein Lächeln.

»Genau das ist auch der Fall. Ich habe einen Geist gesehen. Er hat mit mir gesprochen.«

»Im Ernst? Erzähle!«

Sie setzen sich in den Sand, und Abou berichtet von seiner Begegnung. Seine Stimme zittert noch immer ein wenig.

»Glaubst du, das war das Bangré?«, fragt Rudy.

»Das Bangré ist die Welt der Geister ...«

Der Holländer nickt ernst.

»Weißt du, was ich merkwürdig finde, Abou? Ich konnte heute Abend nicht einschlafen, weil ich dauernd an Fuller und das ganze Trara seinetwegen denken musste. Ich glaube – nein, ich bin sicher –, dass Fatimata Angst bekommen hat und ihn nach Hause schicken wird. Wahrscheinlich hat Laurie sie überzeugt, dass er wirklich helfen will.«

»Sie ist sich dessen gar nicht mehr so sicher«, wirft Abou ein.

»Egal. Jedenfalls habe ich mir überlegt, dass es doch zu blöd wäre, wenn man Fuller einfach laufen ließe, nach all dem Unheil, das er angerichtet hat. Ihn umzubringen wäre aber ein Verbrechen. Und da ist mir eingefallen, dass wir ihn vielleicht einfach in der Wüste verlieren könnten. Er hat eine gewisse Chance, da heil rauszukommen, aber er wird es ganz schön schwer haben. Und genau das wollen wir ja. Er soll erfahren, wie es ist, wenn man gar nichts mehr hat, zu Fuß gehen muss und Hunger und Durst leidet. Ich komme also her, um dir von meiner Idee zu erzählen, und du sagst mir, dass ein Geist dir befohlen hat, genau das zu tun! Findest du nicht, dass das ein merkwürdiger Zufall ist?«

»Es ist kein Zufall. Der Geist hat auch zu dir gesprochen.«

»Glaubst du? Ich habe keinen Geist gesehen.«

»Aber die Hyänenmaske ist noch in deiner Hütte.«

»Das stimmt.« Rudy steht auf. »Gut. Tun wir es?«

»Was?«

»Wir bringen Fuller in die Wüste.«

»Jetzt?«

»Genau der richtige Zeitpunkt, findest du nicht? Es ist Nacht, du hast Wachdienst, und alle schlafen.«

»Und wie sollen wir erklären, dass er nicht mehr da ist?«

»Du sagst einfach, er wäre geflüchtet.«

»Das ist aber eine Lüge ...«

»Nur zum Teil, denn wir lassen ihn ja flüchten.«

Abou denkt einige Zeit nach. Schließlich lächelt er und schlägt in Rudys Hand ein.

»Okay, Rudy. Ich riskiere zwar eine Rüge, aber was soll's? Die Lösung gefällt mir.«

»Und außerdem hat das Bangré gesprochen, nicht wahr? Dem können wir schließlich nicht zuwiderhandeln.«

Weil es in der Wüste keinen fassbaren Reichtum gibt und weil nichts zu sehen und zu hören ist, das innere Leben jedoch nicht einschläft, sondern sich im Gegenteil verstärkt, wird man zwangsläufig erkennen, dass der Mensch vor allem durch unsichtbare Herausforderungen angeregt wird.

Antoine de Saint-Exupéry,
Brief an eine Geisel (1943)

Anthony Fuller träumt, dass er aus der afrikanischen Hölle befreit worden ist und an Bord seiner Privatmaschine auf dem Flughafen von Lawrence landet. Er wird begrüßt wie ein Held – man hat den roten Teppich ausgerollt, eine große Menschenmenge applaudiert ihm, und selbst der Präsident der Vereinigten Staaten ist zu seiner Begrüßung angereist. Zutiefst beglückt steigt er die Treppe hinunter. Plötzlich muss er erkennen, dass der Präsident aussieht wie Moses Callaghan, der Guru der Göttlichen Legion, dass er Pamela in den Armen hält und dass neben ihm Tony Junior mit der Hyänenmaske auf dem Gesicht im Rollstuhl sitzt. »Du wirst sterben, Vater«, lacht er.

Erschrocken fährt Anthony aus dem Schlaf hoch. Sofort legt sich eine Hand über seinen Mund. Er reißt die Augen auf. Es ist ein schwarzer Soldat, den er nicht erkennt, weil für ihn ohnehin alle Schwarzen gleich aussehen.

»Wir machen einen kleinen Spaziergang, Fuller«, flüstert eine Stimme unmittelbar neben seinem Ohr.

Die Stimme kennt Anthony nur allzu gut. Aus dem Augenwinkel sieht er glatte Haare und einen hängenden Wikingerschnurrbart. Was, zum Teufel, will dieser verdammte Flugzeugentführer noch von ihm? Doch er hat nicht lange Zeit, sich zu fragen, weil etwas auf seinem Gesicht befestigt wird und ihm sofort die ganze Hölle an die Kehle springt.

Anthony taucht in ein Universum aus Asche und Feuer, in eine Sarabande der Dämonen, bevölkert von brüllenden, aus Flammen schnellenden Monstern und dieser Karikatur einer Hyäne mit gesträubter Mähne und irren Augen, die sich vor ihm dreht und tanzt, springt, beißt und sich entfernt, ehe alles wieder von vorn beginnt. Sie tanzt einen wahnwitzigen Totentanz, einen Reigen aus Sterben und Irrsinn, dem er sich nicht entziehen kann, diese lachende Hyäne, die ständig das Aussehen verändert, Tony Juniors Eulengesicht annimmt, dann wieder den stumpfsinnigen Ausdruck von Wilbur – sie lacht und jubelt, springt und tanzt in einem tödlichen Wirbel ... Er schreit, doch sein Mund bleibt stumm; er weint, doch keine Träne benetzt seine Augen; er blutet, doch es sind Würmer und Eiter, die aus seiner Haut kriechen.

Er weiß nicht, wie lange die Tortur andauert, denn in der Hölle hat die Zeit keine Bedeutung, und die Ewigkeit ist lang. Dunkel wird er sich bewusst, dass er sich fortbewegt – aber läuft er selbst, um seinen Peinigern zu entkommen, oder sind es die Dämonen, die ihn zu einer noch größeren Qual zerren?

Plötzlich taucht Fuller an der Oberfläche einer kalten, trockenen Nacht auf. Kein Feuer mehr, kein Entsetzen, keine brüllenden Monster und keine lachende Hyäne. Die letzten Visionen lösen sich zitternd in einer endlosen, leeren Finsternis auf. Am Himmel flimmern unzählige Sterne, die Erde besteht aus öden, von wenigen Dornensträuchern unterbrochenen Wellen. Eine sterbende Schöpfung. Ist er in die Welt der Lebenden zurückgekehrt? Noch nicht einmal ein Windhauch ist zu spüren ... In der Grabesruhe schlägt eine Autotür. Ein Motor wird angelassen; sein Surren entfernt sich rasch. Anthony läuft in die Richtung des Geräuschs und sieht zwei rote Lichter – die Augen eines Dämons? –, die zwischen den Dünen holpern und schnell in einer Staubwolke aus seinem Blickfeld entschwinden. Der Staub löst sich im klaren Himmel auf, und das Motorengeräusch vergeht ebenso wie der schwache, aber deutliche Abgasgeruch. Die Welt findet zu ihrer versteinerten Unbeweglichkeit zurück, zur absoluten Stille endloser Einsamkeit.

Nach und nach wird Fuller bewusst, dass er sich mutterseelenallein im absoluten Nichts befindet. Sein verwirrter Geist, der noch von einem urweltlichen Entsetzen gebrandmarkt ist, rekonstruiert ganz allmählich das, was sich in Wirklichkeit abgespielt haben muss: Man hat ihm die Hyänenmaske wieder aufgesetzt, und Rudy und der unbekannte Soldat sind mit ihm in die Wüste gefahren, in der vollen Absicht, ihn dort zu verlieren. Anthony lächelt, doch sein Lächeln verzieht sich sofort zu einer schmerzlichen Grimasse. Sein Gesicht ist von Bisswunden übersät, und er blutet, wie er schnell bemerkt, als er vorsichtig seine Wangen abtastet. Dann sind die Dämonen und die Hyäne doch nicht nur Einbildung gewesen! Bei dieser Feststellung kehrt das Entsetzen erneut zurück. Fuller dreht sich um, späht in die Nacht, wirbelt zur anderen Seite, hält Ausschau nach einer Bewegung, nach glühenden Augen und lauscht auf ein Lachen … Nichts! Langsam entspannt Fuller sich. Er scheint dem Albtraum tatsächlich entkommen zu sein! Jetzt muss er nur noch die Spuren des Autos wiederfinden, das ja mit Sicherheit auf einer Piste oder Straße gefahren ist … Haben diese naiven Burschen tatsächlich geglaubt, sie könnten ihn irgendwo aussetzen? Schließlich ist Fuller nicht von gestern!

Er macht sich auf den Weg, ungefähr in die Richtung, in die das Motorengeräusch und die roten Lichter verschwunden sind. Es geht nur mühsam voran. Immer wieder versinken Fullers Füße im pudrigen Sand. Allmählich kommt Wind auf. Er hört es, und er spürt es auf der Haut. Zunächst ist der Wind kaum wahrnehmbar – wie der laue, trockene Atem eines Sterbenden oder ein sanfter Seufzer –, doch dann frischt er auf, pfeift vernehmlich und führt Sandpartikel mit sich. Die Dünengrate geraten in Bewegung, in den Senken bilden sich Wirbel, und die Zweige des ausgetrockneten Buschwerks peitschen ins Leere. Mit gesenktem Kopf beschleunigt Anthony seine Schritte. Er sucht nach den Reifenspuren, kann aber trotz angestrengtestem Hinsehen nichts als über den Boden treibenden Sand erkennen – Sand, der vom immer stärker werdenden Wind aufgewirbelt wird und um ihn herumtanzt, Kreisel aus Staub, Strudel aus Quarz … *Nein! Nein!* Fuller beginnt zu rennen, doch der Wind verfolgt ihn und flüstert ihm undeutliche Verwünschungen in die

Ohren. Der Sand spielt mit ihm Haschen, bildet vergängliche Figuren, in denen er seine Schimären wiedererkennt … *Nein! Nicht hier! Ich lebe. Ich lebe in der Wirklichkeit!* Ist es so? Das Firmament ist ausgewischt, der Horizont besteht nur mehr aus wogendem Staub, die zeitweise erkennbaren Büsche sehen wie drohend kauernde Kreaturen mit gesträubtem Fell aus, die nur darauf warten, sich auf ihn zu stürzen. Anthony rennt kopflos weiter. Er schreit, doch der Wind brüllt lauter als er. Die toten Stimmen in seinen Ohren werden lauter: *Du wirst sterben … Du wirst sterben …*

Er stolpert über einen halb im Sand begrabenen Busch und fällt der Länge nach hin. Einen Moment lang bleibt er auf dem Bauch liegen, während Sand und Wind in ihrem irrwitzigen Reigen um ihn herumtanzen, Todesdrohungen ausstoßen und verzerrte Dämonengesichter entstehen lassen. Plötzlich spürt er, dass jemand da ist. Ein Schatten fällt auf ihn. Sind sie zurückgekommen? Wollen sie ihn abholen? Hatten sie schließlich doch noch Mitleid mit ihm? Er hebt den Kopf und wendet das mit blutigem Sand verkrustete Gesicht nach oben.

Es ist ein hochgewachsener, schlanker, schlaksiger Targi. Er trägt eine beige Djellaba. Sein Kopf ist mit einem indigofarbenen Cheche verhüllt, der das ganze Gesicht mit Ausnahme seiner stahlgrauen Augen bedeckt. In der Hand hält er die *takouba*, den schmalen, spitzen Dolch der Tuareg.

»Bitte, helfen Sie mir«, murmelt Fuller. Sein Stolz ist dahin.

Der Targi beginnt zu lachen. Mit seiner freien Hand streift er sich langsam den Cheche vom Gesicht.

Er hat Wilburs Gesicht. Nein, das von Tony. Von Wilbur. Von Tony …

»Du wirst sterben, Vater.«

Fuller heult vor Entsetzen auf.

Der Targi hebt seine *takouba* und stößt ihm die Klinge mitten ins Herz.

Ein Hirte vom Stamm der Fulbe entdeckte heute Morgen in der Provinz Soum, etwa fünfzehn Kilometer nördlich von Tongomayel, mitten in der Wüste die Leiche eines etwa fünfzigjährigen Weißen. Der Mann hatte sich offenbar verirrt und ist entweder verdurstet oder der Hitze zum Opfer gefallen. Sein Gesicht war bereits von Geiern entstellt, und er hatte keinerlei Gepäck oder Ausweispapiere bei sich, die Aufschluss über seine Identität geben könnten. Allerdings ist anzunehmen, dass der Leichenfund nach Angaben des mit der Untersuchung betrauten Kommissars Ouattara in direktem Zusammenhang mit der Flucht von Anthony Fuller steht, dem Vorstandsvorsitzenden der Resourcing *ww*. Fuller entkam in der Nacht von Mittwoch auf Donnerstag aus dem Militärlager von Kongoussi, in dem er vorläufig festgehalten wurde …

Abou presst Lauries Hand und lauscht angestrengt dem kleinen Transistorradio von Bana, das an der Wand hängt und leise vor sich hin brabbelt. Es ist Zeit für die Nachrichten auf La Voix des Lacs. Die Rede ist von Fullers Flucht und von seiner Leiche, die man in der Wüste von Soum gefunden hat. Seine Leiche? Er hätte nicht sterben sollen! Abou macht sich bittere Vorwürfe. Er hat das Gefühl, eine große Dummheit begangen zu haben. Und die Tatsache, dass Hadé sie so lange warten lässt, bestätigt diese Vermutung. Aber das Bangré … Auch Laurie wird jetzt aufmerksam.

»Was ist los, Abou, mein Schatz? Du machst einen so sorgenvollen Eindruck. Befürchtest du etwa, dass deine Großmutter mich nicht leiden kann?«

»Nein, das ist es nicht …«

Wieder widmet er seine Aufmerksamkeit dem Radio. In einem Interview erwähnt Kommissar Ouattara die Möglichkeit, dass der Tote einem Verbrechen zum Opfer gefallen ist, obwohl er keine anderen Verletzungen aufweist als die von den Geiern stammenden

Gesichtswunden. Dass er weder Papiere noch irgendwelche Habseligkeiten bei sich hatte, könnte auch auf einen Raubmord hinweisen. Es ist bekannt, dass die Wüstengebiete im Norden des Landes häufig von Plünderern und Wegelagerern heimgesucht werden. Wie und warum Fuller – falls es sich überhaupt um ihn handelt – bis hierhin vorgedrungen ist, bleibt dem Kommissar ein Rätsel. Dass Fuller aus dem Lager geflohen ist, steht hingegen fest und wurde auch von Hauptmann Yaméogo bestätigt; Abou hat sich für seine Unaufmerksamkeit eine weitere Rüge eingehandelt. Trotzdem hat der Hauptmann sich großzügig gezeigt und Abou gestattet, seine Großmutter zu besuchen, um sich behandeln zu lassen. Abou gibt ihm gegenüber vor, er sei krank und brauche eine entsprechende Medizin. Von morgen an allerdings hat er vierzehn Tage lang Lagerarrest und darf das Camp nicht verlassen.

Als Laurie merkt, wie gebannt Abou den Nachrichten lauscht, hört sie ebenfalls genauer hin. Nach und nach dämmert ihr, was geschehen ist.

»Sag mal«, fragt sie halblaut, »das waren doch nicht zufällig Rudy und du? Habt ihr etwa Fuller in die Wüste gebracht?«

»Ja«, murmelt Abou mit gesenktem Kopf. »Aber wir haben ihn nicht getötet«, beeilt er sich hinzuzufügen. »Wir haben ihn einfach laufen lassen.«

»Aber … aber das ist ja …« Laurie fehlen die Worte.

»Wir wollten ihm nur eine Lektion erteilen«, erklärt Abou. »Es war nicht einmal gefährlich. Er sollte bloß erkennen, wie schwer das Leben hier ist. Das nächste Dorf war höchstens drei Stunden Fußmarsch entfernt.«

»Aber Fuller sollte nach Ouaga zurückkehren und dort vor Gericht gestellt werden!«

»Rudy sagt, dass Fatimata ihn nach Hause schicken wollte.«

»Hatte etwa Rudy diese geniale Idee?«

»Äh … ja und nein. Es war ein Geist aus dem Bangré, der es uns befohlen hat.«

Laurie vergräbt das Gesicht in den Händen. Sie traut ihren Ohren nicht. Ein *Geist* soll den beiden befohlen haben, Fuller in der

Wüste auszusetzen? Dieses Bangré scheint ja einen breiten Rücken zu haben!

Auf der entgegengesetzten Hofseite ist Hadé endlich von ihrer Bank unter der Tamarinde aufgestanden und watschelt in ihre Hütte. Im Vorübergehen macht sie Abou ein Zeichen. Der junge Mann steht auf und greift nach der Maske, die er, in viele Schichten Zeitungspapier eingewickelt, wieder mitgebracht hat. Laurie folgt ihm.

Das Innere der Hütte sieht fast so aus, wie sie es sich vorgestellt hat – Masken, Umhänge aus Pflanzenfasern, getrocknete Pflanzen, Figuren und Amulette. In einer Ecke steht ein mit Kaurimuscheln geschmücktes Tongefäß, aus dem duftender Rauch aufsteigt und das eine unbewusste Furcht in ihr wachruft. Ob das der berühmte Fetisch ist, der die »Sicht« in das Bangré gestattet?

Abou legt die Maske am Fuß eines Pfeilers ab und greift nach Lauries Hand.

»Großmutter, das ist meine Verlobte …«

Er spricht nicht weiter. Hadé schenkt ihm nicht die geringste Aufmerksamkeit. Sie wirbelt in der Hütte herum, stellt Dinge um, hängt ein herumliegendes Kleidungsstück auf, beschäftigt sich hastig und nervös. Erstaunt bemerkt Laurie, dass sie ihren Besuchern nicht einmal den traditionellen Becher mit frischem Wasser gereicht hat.

Plötzlich baut sie sich vor ihrem Enkel auf. Ihre großen Augen sprühen Blitze.

»Abou, hast du eigentlich nur heiße Luft in deinem Schädel? Oder ist es die Liebe, die dich blind und taub werden lässt?«

Abou zieht den Kopf ein. Seit seiner Ankunft spürt er, dass ein Gewitter in der Luft liegt. Es war wohl nicht die beste Idee, dass er Laurie ausgerechnet heute mitgebracht hat, aber sie hat ein Auto, und er kann nicht fahren.

»Sagst du das wegen … wegen Fuller?«, erkundigt er sich mit jämmerlicher Miene.

Hadé antwortet nicht, sondern wettert weiter. Noch nie hat Abou sie so aufgebracht erlebt.

»Wozu habe ich dir eigentlich all diese Dinge beigebracht?

Wozu habe ich dir gezeigt, wie man im Bangré liest? Wozu brauchst du deine und meine Kräfte, wenn du nicht einmal in der Lage bist, deinen Feind zu erkennen, wenn du ihn direkt vor der Nase hast? Hat dich im Bangré jemals ein Geist angesprochen? Hat dir je ein Geist gesagt, dass du dieses oder jenes tun oder lassen sollst? Antworte!«

»Nein.« Abous Stimme ist kaum zu hören. Er schwitzt.

»Und diesen angeblichen Targi, hast du den nicht vielleicht schon früher gesehen? Und habe ich dir nicht gezeigt, wer es ist? Wo hast du bloß deinen Kopf? Oh, Wendé! Und dabei habe ich all meine Hoffnungen auf dich gesetzt.«

Abou möchte am liebsten im Erdboden versinken. Laurie hat es vorgezogen, die Hütte zu verlassen, um ihm noch größere Peinlichkeit zu ersparen.

»War es etwa ... der Feind, Großmutter? Das Gesicht des Hasses?«

»Nicht zu fassen!« Hadé schüttelt betrübt den Kopf. »Und du hast ihm brav gehorcht, ohne dir Fragen zu stellen und ohne auch nur zu versuchen, klarzusehen.«

»Das verstehe ich nicht. Warum wollte unser Feind, dass wir Fuller in die Wüste bringen? Hätte er ihn nicht eher schützen sollen? War Fuller nicht sein Verbündeter?«

»Auch das habe ich dir längst erklärt, aber du scheinst ja nichts zu behalten. Im Augenblick steckt dein Gehirn offenbar in deinem Penis.«

»Großmutter!«

»Ich sage die Wahrheit, Abou, und das weißt du auch. Du bist heute gekommen, um mir mitzuteilen, dass du auf das Bangré verzichten willst, um General zu werden und Laurie an deiner Seite zu behalten. Habe ich recht?«

Abou errötet. Obwohl er weiß, dass seine Großmutter in seinen Gedanken lesen kann wie in einem offenen Buch, wollte er ihr den Sachverhalt ein wenig anders darstellen.

»Aber so wirst du sie nicht halten können, und das weißt du ebenfalls.«

»Ja, sie hat es mir gesagt. Wohlstand interessiert sie nicht. Aber ich will sie doch glücklich machen, und dafür brauche ich Geld!«

Hadé seufzt.

»Sohn, du fängst an, wie ein Weißer zu denken. Das ist nicht gut. Bist du wirklich der Ansicht, das Bangré wäre eine Art Zauberkunststück, um deinen Freunden zu imponieren? Oder so etwas wie eine Sportart, mit der man einfach aufhört, wenn einem danach ist? Glaubst du, du müsstest den Kinderkram aufgeben und dich ernsteren Dingen wie beispielsweise einer Karriere in der Armee widmen, um einen Hausstand gründen zu können? Denkst du wirklich so, Abou?«

»Nein, ich …«

»Sei ganz ehrlich!«

Abou senkt den Blick. Tatsächlich muss er sich eingestehen, dass ihm solche Gedanken durchaus durch den Kopf gegangen sind. Als vernunftgeprägte Westeuropäerin glaubt Laurie nicht an das Bangré; Abou hat sich überlegt, dass er so werden müsste wie sie, um harmonisch mit ihr zusammenleben zu können. Immerhin hat sie deutlich gemacht, dass sie einander verstehen müssten.

»Ja, Großmutter«, gibt er flüsternd zu.

Hadé hält in ihrer Wanderung durch die Hütte inne, setzt sich in ihren niedrigen Sessel, nimmt Abous Hände und zwingt ihn, vor ihr in die Hocke zu gehen. Sie sieht ihm lange und tief in die Augen. Ihr Blick ist so intensiv, dass er schließlich verlegen den Kopf abwenden muss.

»Hör mir gut zu, mein Sohn. Das, was ich dir jetzt sage, ist sehr wichtig, denn es geht um deine Zukunft und um dein Leben. Passt du auf?«

»Ja, Großmutter, ich höre dir zu.«

»Wenn du weiter so denkst, wirst du alles verlieren. Und zwar nicht nur Laurie, sondern auch deine Karriere, deine Gesundheit, deine Seele und schließlich dein Leben. Es ist nicht so, als ob du das Bangré gewählt hättest – nein, das Bangré hat dich ausgesucht. Dass ich dich einweihe, hat nichts mit Erziehung zum traditionellen Denken unserer Vorfahren zu tun. Ich habe erkannt, dass du die Begabung hast und dass du die Kräfte sehen und spüren kannst wie ich. Wendé hat mir gezeigt, dass ich dir beibringen muss, wie man die Kräfte beherrscht, um Gutes zu vollbringen. Würde ich dich nicht einweihen, würden die Kräfte sich über kurz oder lang deiner bemächtigen, um Schlechtes zu tun. Wenn du jetzt aufhörst, Abou, wird genau das geschehen. Wenn du aber anfängst, Schlechtes zu tun, wirst du dein eigenes Leben damit zerstören.«

»Aber ich habe bestimmt nicht die Absicht ...«

»Unterbrich mich nicht. Wenn du dich zu einer Militärkarriere zwingst, wirst du Menschen töten müssen. Du hast so etwas schon getan, nicht wahr? Menschen zu töten vermehrt die bösen und negativen Kräfte. Es nährt und stärkt den Feind. Es wird dich vereinnahmen, Abou, und du wirst sein Sklave werden. Von nun an kannst du dich nicht mehr zurückziehen, alles vergessen und so tun, als ob nichts gewesen wäre. Dazu ist es zu spät.«

»Was du da sagst, macht mir Angst, Großmutter«, gesteht Abou mit zitternder Stimme.

»Das hoffe ich sogar. Wenn du nämlich keine Angst hättest, wärst du entweder dumm oder ahnungslos. Allerdings darf die Angst dich nicht daran hindern, tätig zu werden, deinen Fehler wiedergutzumachen und die bösen Kräfte daran zu hindern, sich weiter in der Welt zu verbreiten.«

»Aber was soll ich tun?«

»Das musst du ganz allein herausfinden. Du kennst die Kraft und weißt, wo sie herkommt. Wenn du es vergessen hast, solltest du dich anstrengen, dass die Erinnerung zurückkehrt. Und bitte deinen Freund Rudy, dir dabei zu helfen. Auch er steht unter dem Einfluss, ist aber nicht so sensibel wie du. Er kann seinen Geist verschließen und kämpfen. Du hingegen musst deinen Geist öffnen und dich für die positiven Kräfte empfänglich zeigen.« Hadé unterbricht sich. Ihre Augen schweifen kurz ins Leere ab. Schließlich nickt sie und fährt fort: »Ja, ihr beide gemeinsam, ihr könnt es schaffen ...«

»Was denn, Großmutter?«

»Den Feind zu töten.«

»Aber gerade hast du noch gesagt, dass man nicht töten soll ...«

»Nein, Menschen soll man auch nicht töten. Übrigens auch keine Tiere. Doch dieser Feind ... er ist kein Mensch. Er ist auch nicht der Geist eines Toten. Er ist etwas Schädliches, das man zerstören muss. Er ist eine Kraft des Chaos.«

»Ich weiß, wer er ist«, erklärt Abou stolz. »Fuller hat Rudy und mir von ihm erzählt. Er heißt Tony. Tony Junior.«

Tatsächlich hat Fuller von ihm gesprochen, während sie ihn durch die Elendsviertel führten. Er wollte sie beschwichtigen und ihr Mitleid erwecken, indem er sein gescheitertes Leben vor ihnen ausbreitete: die schwierige Scheidung von seiner Frau, die einer apokalyptischen Sekte namens »Göttliche Legion« angehört, welche Rudy offenbar bekannt ist; sein von Zipzap und Maya abhängiger Sohn, der von Outers getötet wurde und dessen Gespenst ihn immer noch verfolgte; sein jüngster Spross, ein missglückter, an Progeria leidender Klon, der ungute Schwingungen um sich verbreitete – zumindest verspürte Fuller solche – und für den sich die Göttliche Legion interessierte, weil er laut Pamela im Besitz der göttlichen Gnade sein sollte ...

»Von wegen göttliche Gnade«, schimpfte Fuller. »Ich halte Tony für ebenso krank und schädlich wie diese Spinner. Gleich und gleich gesellt sich eben gern ... Es wundert mich nicht im Geringsten, dass dieser gemeingefährliche Irre Callaghan den wiedergeborenen Jesus in ihm sieht. Meine Fresse! Wenn Jesus wirklich so ist, dann werden wir tatsächlich vom Satan regiert, wie die Juden glauben. Wir haben die Hölle noch nicht verlassen ...«

Rudy hörte nur mit einem Ohr hin, doch in Abou weckte Fullers Rede düstere Vorahnungen, denen er allerdings nicht sofort auf den Grund ging. Jetzt weiß er, dass dies ein gravierender Fehler war. Hätte er besser nachgedacht, hätte er verstanden, dass Tony Junior nicht der Verbündete seines Vaters, sondern sein Gegner war. Und nun hat Hadé ihm auch noch gezeigt, dass er nicht mehr den Kopf in den Sand stecken kann, weil er durch seine Blindheit mitschuldig geworden ist. Er hat den bösen Kräften geholfen und muss jetzt versuchen zu retten, was zu retten ist – allerdings mit anderen Waffen als seiner Uzi. Es geht ja auch nicht mehr nur darum, seinen Bruder aus der Hand der Terroristen zu befreien, sondern darum, die Welt vor dem drohenden Chaos und gleichzeitig sein eigenes Leben zu schützen.

»Ich sehe, dass du zu verstehen beginnst«, lächelt Hadé. Ihr Zorn ist verraucht.

»Wie es aussieht, bleibt mir keine Wahl ...«

»Nein, mein Sohn, dir bleibt keine Wahl.«

Nicht ganz mühelos erhebt sich Hadé aus ihrem Sessel. Sie scheint sehr müde zu sein. Als sie aufrecht steht, zieht sie ihren Boubou zurecht und setzt eine freundliche Miene auf.

»Wolltest du mir nicht deine charmante Verlobte vorstellen?«

Die Welt vor dem Chaos retten

»Seine Leiche? Sie schicken uns seine Leiche?«

»Ja, Mr. President. Es heißt, dass Fuller bei einem Fluchtversuch von Banditen angegriffen wurde.«

»Man sollte sie ausrotten! Das Land muss im Krieg ertrinken! Einen solchen Affront können wir doch nicht durchgehen lassen!«

»Ich fürchte, ein Krieg kommt nicht infrage, Mr. President. China hat erklärt ...«

»Ich weiß, ich weiß!« Bones seufzt. »Welche anderen Möglichkeiten bleiben uns? Ein Handelsembargo vielleicht?«

»Daran haben wir auch schon gedacht. Allerdings machen amerikanische Wirtschaftsgüter nicht einmal ein Prozent ihres Imports aus. Außerdem würde sich nur England uns anschließen.«

Gespräch zwischen Präsident Bones und einem seiner Berater, abgehört im Weißen Haus durch die NSA

Auf dem Rückweg von Ouahigouya fahren Laurie und Abou an der Baustelle vorbei, um Rudy abzuholen, doch er ist nicht da. Erfolglos suchen sie ihn in der ganzen Stadt. Seit regelmäßig Wasser fließt, erwacht Kongoussi zu neuem Leben; viele Cafés und Bars haben wieder geöffnet. Doch auch dort können sie ihn nicht finden. Abou ist enttäuscht, denn er wollte Rudy sofort in den Auftrag einweihen, den seine Großmutter ihm gegeben hatte. Laurie hingegen fühlt sich eher erleichtert, denn sie hat nur ein Ziel: schnell ihre Tasche bei Étienne und Alimatou zu holen, sie in Abous Zimmer zu bringen und sich dann bis zur völligen Erschöpfung mit ihm der Liebe hinzugeben – umso mehr, als sie ab morgen vierzehn Tage auf ihn verzichten muss. Sie hat fast geweint, als Abou ihr auf dem Rückweg von der Strafmaßnahme erzählt hat. Ihre Liebe steht ihnen ins Gesicht geschrieben. Bei anderen Menschen ruft ihr Anblick oft ein verständnisvolles Lächeln hervor, doch es gibt auch Eifersüchteleien … Eifersüchtig sind zum Beispiel diejenigen Regimentskameraden von Abou, die ihre Liebste zu Hause zurücklassen mussten, vor allem aber Félicité, die Laurie mit so viel Hass verfolgt, dass diese nicht länger beim Bürgermeister und seiner Frau wohnen kann. Étienne und Alimatou sind darüber sehr enttäuscht und schämen sich für das Verhalten ihrer Tochter. Hadé hat sogar festgestellt, dass Laurie von einem *wackman* aus Kongoussi – es ist derjenige, der auf dem Markt seine Amulette verkauft – »verhext« wurde; er hat eine schwere Krankheit auf sie herabbeschworen. Laurie war wie vor den Kopf geschlagen, doch Hadé hat nur darüber gelacht.

»Keine Sorge, Abou ist Ihr bester Schutz. Das, was er jede Nacht in Ihnen hinterlässt, immunisiert Sie besser als irgendetwas, das ich Ihnen geben könnte.«

Abou errötete tief, doch Laurie musste sich zusammennehmen, um nicht laut herauszuprusten. Allerdings kühlte Hadé ihre Heiterkeit schnell ab.

»Solange Sie bei ihm bleiben, sind Sie gegen den bösen Zauber geschützt.«

Laurie findet Rudy schließlich bei Étienne Zebango. Er lehnt im abgedunkelten Hof unter einem verdorrten, von einer Horde lärmender Geckos belagerten Nérébaum in einem Liegestuhl. Auf seinem Schoß sitzt Félicité und hat den Arm um seine Schultern gelegt. Ihr Kopf ruht an seiner Schulter. Als Laurie auftaucht, richtet sie sich abrupt auf und erdolcht sie mit Blicken.

»Ups! Entschuldigt bitte die Störung. Rudy, wir haben dich überall gesucht, aber wenn du anderweitig beschäftigt bist …«

»Nun ja …«

Félicité läuft über den Hof nach Hause und lässt die Tür lautstark hinter sich ins Schloss fallen. Rudy breitet in einer gottergebenen Geste die Arme aus. »Jetzt nicht mehr. Brauchst du mich, Laurie?«

»Wir sind gerade von Abous Großmutter zurückgekommen. Abou wollte dich sprechen. Aber sag mal, du und Félicité … ich wusste ja nicht …«

»Ich auch nicht.« Rudy steht auf und streckt sich. »Sie kam völlig verheult auf die Baustelle und wollte unbedingt Abou sprechen. Ich habe ihr erklärt, dass er nach Ouahigouya gefahren ist, ohne ihr allerdings zu sagen, dass er mit dir unterwegs war. Daraufhin wollte sie sofort mit dem Motorroller hinter ihm herfahren. Sie hat ein echtes Faible für ihn.«

»Ich weiß.« Laurie seufzt. »Sie hat mich sogar durch einen *wackman* verhexen lassen.«

»Ach nee!«

»Abou schützt mich mit seinem … Na ja, er schützt mich eben. Und du hast Félicité getröstet, sie nach Hause gebracht, und ich habe euch im entscheidenden Augenblick gestört, richtig?«

»So entscheidend nun auch wieder nicht. Ich glaube kaum, dass wir viel weiter gegangen wären. Sie ist noch ein Kind und für meinen Geschmack ein wenig zu pummelig … Und du? Alles in Ordnung mit Abou?«

»Mit uns läuft es einfach super! Übrigens wollte ich gerade meine Sachen holen, weil ich ab jetzt bei ihm wohne.«

»Geht das nicht ein bisschen schnell? Ich meine, natürlich geht es mich nichts an …«

»Du hast es erfasst!«

»Aber seit du mit ihm vögelst, wirkst du wie ein kleines Mädchen, das gerade erst die Freuden der Liebe entdeckt. War es vorher wirklich so schlimm?«

»Ich habe absolut keine Lust, darüber zu reden, Rudy. Abou wartet im Auto auf dich. Am besten, du gehst gleich zu ihm. Er hat dir ein paar ganz interessante Dinge zu erzählen.«

Damit lässt sie Rudy stehen. Er schüttelt den Kopf und seufzt. Überrascht stellt er fest, dass er so etwas wie einen kleinen, eifersüchtigen Stich empfindet. *Wenn ich gewollt hätte, hätte ich sie auch vögeln können*, denkt er machohaft. Dabei ist das Thema Sex niemals zwischen ihnen aufgetaucht, noch nicht einmal als spontanes Begehren in den schönsten Saharanächten. *Ich sollte mir vielleicht auch ein Mädchen suchen … zumindest, falls ich mich entschließen kann hierzubleiben.* Flüchtig denkt er an Yéri Diendéré, Fatimatas hübsche junge Sekretärin, die er zwei- oder dreimal gesehen hat. Ein wirklich charmantes Lächeln … *Bestimmt ist sie verheiratet und hat einen Haufen Kinder. Hör auf zu fantasieren, Rudy! Deine Trauer ist noch nicht beendet.* Seine Trauer … Er hatte sie fast vergessen. *Aneke … Kristin … Wo seid ihr?*

»Rudy?« Erschrocken sieht Abou ihn auf sich zukommen. »Was ist los mit dir? Stimmt etwas nicht?«

»Nicht weiter schlimm. Mich hat nur gerade meine Vergangenheit eingeholt.« Rudy öffnet die Autotür und lässt sich auf die hintere Bank fallen. »Ich habe gehört, du hättest mir interessante Dinge zu erzählen. Was war bei Hadé los?«

»Ich habe ihr Laurie vorgestellt. Meine Großmutter findet sie sehr nett. Freundlich, gesetzt, offen und mit vielen Qualitäten begabt. Außerdem hat sie entdeckt, dass Félicité sie hat verhexen lassen …«

»Das hat mir Laurie eben schon erzählt.«

»Überleg mal! Ich habe nichts bemerkt. Sie hätte krank werden können, und ich hätte nicht einmal gewusst, warum!«

»Angeblich beschützt du sie.«

»Ja, aber ich hätte es selbst sehen müssen. Ich mache mir ernsthafte Vorwürfe. Ich bin zu blöd für das Bangré … Übrigens haben wir beide eine ziemliche Dummheit begangen, Rudy.«

»Und zwar?«

»Dass wir Fuller in die Wüste gebracht haben. Es waren nämlich nicht die *zindamba*, die es uns befohlen haben. Es war der *Feind*.«

»Welcher Feind?«

Abou berichtet von seinem Gespräch mit Hadé, wird aber von Laurie unterbrochen, die mit ihrer großen Tasche kommt. Er steigt aus, um ihr zu helfen, das Gepäckstück im Kofferraum zu verstauen. Als er seinen Platz auf dem Beifahrersitz wieder einnimmt, fällt sein Blick zufällig auf den Hofeingang des Bürgermeisters. Dort steht Félicité. Trotz der Dunkelheit erkennt er ihre wutflammenden Augen. Mit verzerrtem Gesicht führt sie in einer knappen Geste den Zeigefinger über ihren Hals, dreht sich um und verschwindet im Hof. Abou zuckt die Schultern und lässt die Autotür hinter sich ins Schloss fallen.

Während der Fahrt schweigt er angespannt. An jeder Kreuzung beobachtet er die Passanten und versucht, einen Blick in überholende oder kreuzende Fahrzeuge zu werfen. Seine Unruhe bleibt Laurie natürlich nicht verborgen.

»Worüber machst du dir Sorgen?«

Abou erzählt ihr von Félicités drohend gegen ihn gerichteten Geste. Laurie muss lächeln.

»Was kümmert es dich? Sie ist doch noch …«

Sie unterbricht sich. Eigentlich hat sie sagen wollen: »Sie ist doch noch ein halbes Kind«, ohne daran zu denken, dass Félicité annähernd genauso alt ist wie Abou.

»Ach, weißt du«, fährt sie fort, »sie hat mich doch auch verhexen lassen. Es funktioniert nicht.«

»Immerhin ist sie die Tochter des Bürgermeisters. Sie hat Verbindungen und kann Leute beeinflussen.«

Sie erreichen das ganz in Dunkel getauchte, kleine Mietshaus mit den Dienstwohnungen. Laurie parkt den Wagen auf dem Hof. Alle drei steigen aus. Während sie sich über den Kofferraum beugt, um nach ihrer Tasche zu greifen, bleibt Abou wachsam neben ihr stehen.

Und das rettet sie.

»Achtung«, schreit er mit einem Mal.

Aus der Dunkelheit stürzen drei Gestalten mit gezückten Messern auf sie zu. Abou schleudert dem Ersten Lauries Tasche vor die Füße. Der Mann stolpert. Der Zweite wirft sein Messer und verfehlt Abou um Haaresbreite. Der Dritte wirft sich auf Laurie, rollt mit ihr über den Boden und versucht, sie zu erstechen. Blitzschnell zieht Rudy seine Luger, lädt und schießt. Der Angreifer zuckt zusammen. Ein roter Fleck breitet sich auf seinem Rücken aus. Rudy zielt auf den Ersten, der sich wieder aufgerappelt hat, und schießt ihn mitten in den Kopf. Der Messerwerfer will fliehen. Abou hebt das Messer auf und jagt hinter ihm her.

»Lass ihn mir!«, ruft er Rudy zu, der schon auf den Mann zielt. Er erreicht den Flüchtenden mit wenigen Sprüngen, zerrt ihn zu Boden und hält ihm das Messer an die Kehle.

»Wer hat euch geschickt? Antworte, oder ich steche zu.«

»Eine junge Frau«, stammelt der Auftragsmörder mit dem Gesicht auf dem aufgesprungenen Boden.

»Der Name?«

»Kenne ich nicht.«

»Wie viel hat sie dir bezahlt?«

»Fünftausend CFA und viel Wasser.«

»Teufel noch mal, das sind nicht mal acht Euro. Ein Leben ist hier nicht gerade viel wert«, bemerkt Rudy, der hinzugetreten ist. »Hast du erfahren, was du wissen wolltest, Abou?«

»Ja. Zumindest das meiste.«

»Gut, dann geh beiseite.«

Rudy zielt sorgfältig auf den Kopf des ausgemergelten Mannes, der panisch mit den Augen rollt.

»Töten Sie mich nicht! Bitte!«

»Das passt mir aber gar nicht.«

»Nein, Rudy, lass ihn leben«, geht Abou dazwischen. »Ich möchte, dass er zu Félicité geht und ihr sagt, dass es schiefgegangen ist, dass seine beiden Kumpel tot sind und dass sie, sollte sie noch ein einziges Mal auf die Idee kommen, mir Totschläger auf den Hals zu schicken oder jemanden verhexen zu lassen, als Nächste dran glauben muss – ganz gleich, ob sie die Tochter des Bürgermeisters ist oder nicht. Sie sollte immer daran denken, dass ich im Bangré unterwiesen bin.«

»Hast du verstanden, du Pimpf?«, raunzt Rudy den Mann an und versetzt ihm einen Fußtritt in die Rippen. »Wiederhole, was du ausrichten sollst.«

Der Mann wiederholt Abous Worte mit bibbernder Stimme. Abou tritt beiseite und lässt ihn aufstehen.

»Und jetzt verschwinde«, schnauzt Rudy ihn an. »Und wehe, du lässt dich noch einmal hier blicken! Meine Knarre hat ein ausgezeichnetes Gedächtnis.« Er fuchtelt ihm mit der Luger vor der Nase herum.

Der Mann macht, dass er wegkommt. Abou und Rudy gehen zu Laurie, die am ganzen Leib zitternd neben ihrer Tasche wartet. Fürsorglich erkundigt sich Abou:

»Hat er dir wehgetan, Schatz?«

»Nein, nein, es geht schon.«

Mit gesenktem Kopf und über der Brust gekreuzten Händen vermeidet Laurie den Blick auf die beiden im Staub liegenden Leichen. Während Abou sie wie eine Schwerkranke stützt und in seine Wohnung bringt, verscheucht Rudy die Schaulustigen, die aus allen Ecken herbeiströmen.

»Weg da! Hier gibt es nichts zu sehen.«

»Mein Gott, galt das euch?«, will Moussa wissen, der ihnen im Flur entgegenkommt und sieht, wie aufgelöst und schmutzig Laurie ist, dass sein Bruder vor Aufregung zittert und Rudy immer noch die Waffe in der Hand hält. »Ich habe die Schüsse gehört. Seid ihr angegriffen worden?«

Abou erzählt seinem Bruder von dem Scharmützel.

»Dürfte ich bitte duschen?«, unterbricht ihn Laurie. »Vielleicht beruhigt mich das ein wenig.«

»Aber natürlich«, sagt Moussa. »Du brauchst nicht zu fragen – schließlich bist du hier zu Hause.«

»Wenn du magst, komme ich mit«, schlägt Abou vor.

»Heute nicht, Liebster. Ich möchte gern einen Augenblick allein sein.«

Sie verschwindet mit ihrer Tasche. Abou bleibt enttäuscht zurück. Rudy versucht, eine Erklärung zu liefern.

»Sie ist schockiert, dass ich Menschen töte. Sie glaubt, dass ich es gern tue.«

»Du hast jemanden getötet, Rudy?«, wundert sich Moussa.

»Manchmal geht es nicht anders. Es war Notwehr!«

Abou beendet seinen Bericht, in dem er Rudy in den höchsten Tönen lobt: Wäre er nicht da gewesen, gäbe es Laurie und ihn nicht mehr, behauptet er.

»Ich glaube, wir sollten lieber die Polizei rufen«, meint Moussa. »Im Viertel geht so etwas schnell herum, und ich habe keine Lust, Ärger zu bekommen.«

»Den kriegst du aber garantiert, wenn du die Bullen rufst.«

»Rudy, wir sind die Söhne der Präsidentin!«

»Okay, mach, was du willst.«

Moussa ruft auf der Wache an und wiederholt die Geschichte, die sein Bruder ihm erzählt hat. Abou hält es für notwendig, Laurie über den bevorstehenden Besuch der Polizei zu informieren. Sie steht unter der Dusche und ist dabei, sich energisch abzuseifen. Abou hat noch Zeit, ihren eingeschäumten Körper zu bewundern, ehe sie seine Anwesenheit bemerkt. Sie stößt einen kleinen Schrei aus und bedeckt hastig ihre Scham, ehe sie ihn erkennt und anlächelt.

»Ach du bist es. Du hast mich erschreckt.«

»Entschuldige. Die Polizei ist gleich hier. Moussa hat angerufen.«

»Ich habe keine Lust, mit ihnen zu reden. Ich brauche heute nur noch Ruhe und Einsamkeit.«

»Und was soll ich sagen, wenn sie nach dir fragen?«

»Sag ihnen, der Angriff hätte mich schockiert und so erschöpft, dass ich mich ausruhen muss. Das entspricht übrigens der Wahrheit.«

»Aber Laurie, willst du etwa die ganze Nacht allein bleiben?«

Laurie lacht über seine bestürzte Miene, steigt aus der Dusche, presst sich nass, wie sie ist, an ihn und küsst ihn leidenschaftlich.

»Ich habe nicht vergessen, dass heute unsere letzte Nacht vor der langen Trennung ist. Wir machen etwas ganz Besonderes daraus, das verspreche ich dir. Ich warte in unserem Zimmer auf dich. Komm bald nach!«

Zwanzig Minuten später stehen die Polizisten auf der Matte.

Kommissar Ouattara höchstpersönlich hat es sich nicht nehmen lassen, sie zu begleiten. Verblüfft blinzelnd stellt er fest, dass Rudy gemütlich mit einer Büchse Bier im Wohnzimmer auf der Couch sitzt.

»Sie schon wieder! Sie sind wohl immer da, wo es Ärger gibt!«

»Tja, so ist nun mal das Leben!«, antwortet der Holländer stoisch.

»Haben Sie die Banditen da draußen erschossen?«

»In Notwehr.«

»Dann sind Sie also bewaffnet. Haben Sie überhaupt einen Waffenschein?«

»Kommissar«, geht Moussa dazwischen. »Bitte keine Haarspaltereien. Rudy hat den Sohn der Präsidentin vor einem Angriff geschützt. Verwechseln Sie nicht Täter und Opfer.«

Ouattara grummelt zunächst, dann raunzt er in unfreundlichem Ton, dass er Aussagen braucht und Verhöre führen muss, um eine Ermittlung in die Wege leiten zu können. Abou zieht sich einigermaßen gut aus der Affäre, vermeidet es, Félicité zu erwähnen, und führt den Angriff auf einen versuchten Diebstahl zurück. Der Kommissar gibt sich damit zufrieden, zumal es sich bei den beiden Toten um Banditen handelt, die bereits wegen mehrerer Raubüberfälle von der Polizei gesucht wurden. Moussa entspannt die Atmosphäre zusätzlich dadurch, dass er eine Runde kühles Bier ausgibt, das die Polizisten freudig annehmen. Dennoch mustert Ouattara Rudy nach wie vor misstrauisch mit seinen hervorquellenden Kuhaugen.

»Eines Tages kriege ich Sie an den Hammelbeinen«, droht er.

»Man könnte fast meinen, dass der Kommissar dich nicht gerade in sein Herz geschlossen hat!«, stellt Abou fest, nachdem die Polizisten gegangen sind.

»Er verabscheut mich«, grinst Rudy. »Vor allem, seit Abou und ich dich sozusagen vor seiner Nase befreit haben. Er hält mich für einen Flugzeugentführer und ist wütend darüber, dass ich unter dem Schutz der Präsidentin stehe …«

»Aber nicht mehr lang. Erst heute Nachmittag habe ich mit meiner Mutter telefoniert. Sie ist ziemlich wütend auf dich und beschuldigt dich, Fuller getötet und ein Riesendurcheinander verursacht zu haben. Stimmt das?«

Abou und Rudy wechseln einen kurzen Blick, den Moussa nicht sieht.

»So ein Quatsch! Fuller ist abgehauen, hat sich in der Wüste verirrt und ist offenbar von Wegelagerern getötet worden.«

»Das ist die offizielle Version, aber die glaube ich nicht. Du hast den Mann in die Wüste gebracht, nicht wahr?« Er wendet sich an Abou. »Und du warst dabei, richtig?«

Abou verzieht das Gesicht und zuckt die Schultern.

»Weißt du, Rudy, Moussa ist mein Bruder. Ich finde, er darf es erfahren. Außerdem müssen wir darüber reden, wie es jetzt weitergeht.«

Rudy nickt zustimmend. Abou beginnt zu erzählen, und zwar vom ersten Auftauchen des Targi-Gespenstes im Militärlager bis hin zu Hadés Erklärung und dem Auftrag, den sie Rudy und ihm mehr oder weniger dringend ans Herz gelegt hat, nämlich den Feind in seinem Unterschlupf aufzustöbern und unschädlich zu machen, um die Welt vor dem Chaos zu retten. Moussa hört stumm zu. Nur manchmal reißt er erschrocken die Augen auf.

»Das ist doch verrückt!«, seufzt er, als Abou fertig ist. »Einfach … einfach unglaublich! Wenn ich dich richtig verstehe, willst du jetzt einzig auf die … na ja, Hirngespinste von Großmutter Hadé hin nach Amerika fahren und den geklonten Sohn von Anthony Fuller ermorden? Denn darauf läuft es ja wohl hinaus, oder?«

»Schon, allerdings mit einer Ausnahme. Nicht ich fahre, sondern er.«

Abou zeigt auf Rudy, der wieder nickt.

»So habe ich es auch verstanden«, stimmt er zu. »Gleichzeitig erlöse ich eure Mutter von meiner peinlichen Anwesenheit. Schließlich bin ich hier nicht mehr erwünscht …«

»Sag mal, glaubst du etwa auch an diesen Zauberkram?«, ruft Moussa ehrlich entsetzt.

»Natürlich glaube ich daran. Ich halte weder deine Großmutter für geistig zurückgeblieben noch deinen Bruder für einen leicht zu beeinflussenden Spinner. Außerdem hat Fuller uns das, was Hadé gesagt hat, selbst bestätigt – nämlich dass sein Klon von Grund auf bösartig ist. Und du darfst mir ruhig glauben, dass die Göttliche Legion keine Gemeinschaft sanftmütiger Erleuchteter ist. Sie haben meine Frau und meine Tochter auf dem Gewissen – einmal abgesehen von dreihunderttausend weiteren Opfern –, und sie haben mein Land verwüstet.«

»Du gehst also wirklich?« Moussa kann es noch immer nicht ganz glauben.

»Ja, ich gehe. Der Auftrag gefällt mir. Erstens kann ich mich endlich rächen, und zweitens hilft es mir vielleicht dabei, mit meiner Trauer fertig zu werden.«

»Wo willst du hingehen?« Laurie steht in eine leichte Tunika gehüllt schlaftrunken auf der Schwelle. »Entschuldigt bitte, ich muss eingeschlafen sein.«

»In die Vereinigten Staaten.«

»Und was willst du da?«

»Leute umbringen.«

Onchozerkose

Im gesamten Jahr 2029 hat sich die Sahara um etwa 35 Kilometer in Richtung Süden ausgedehnt, was einem Tagesmittel von etwa 100 Metern entspricht, und zwar trotz aller Dünenbefestigungsprogramme, Wiederaufforstungen, Pflanzungen und Bewässerungsvorhaben. Für die ersten sechs Monate des Jahres 2030 liegen die Schätzungen bei 25 Kilometern. Sollte die Verwüstung weiter in dieser Geschwindigkeit voranschreiten, müssen wir davon ausgehen, dass in ungefähr 15 Jahren das gesamte Gebiet Nordafrikas eine Wüste sein wird, die sich von Algier bis Abidjan und von Dakar bis Djibouti erstreckt.

Bericht des Global Climate Change Institute für das Jahr 2030

Seit drei Tagen weht der Harmattan ohne Unterbrechung und hindert Rudy daran, seinen Plan durchzuführen. Er wartet darauf, mit Fullers Flugzeug in die Vereinigten Staaten aufzubrechen und bei dieser Gelegenheit sowohl Saibatou Kawongolo als auch Anthonys Leichnam mitzunehmen. Rudy nutzt die drei Tage, um bis ins Detail ein Vorhaben auszuarbeiten, das durchaus zur Reise ohne Wiederkehr geraten könnte.

Die Versöhnung mit Fatimata geht leichter vonstatten, als er es befürchtet hat. Rudy spricht einfach im Präsidentenpalast vor, wo er sofort einen Termin erhält.

»Ich habe die Lösung für all Ihre Probleme«, erklärt er sofort, als er das große, abgedunkelte Büro der Präsidentin betritt.

»Das Problem sind einzig und allein Sie«, antwortet sie kühl.

»Sehen Sie die Dinge doch nicht so negativ, Madame Konaté. Schön und gut – Fuller ist tot, aber stört Sie das wirklich? Haben Ihnen die Vereinigten Staaten den Krieg erklärt? Nein. Hat der Rest der Welt Zeter und Mordio geschrien? Auch nicht. Hat Burkina Faso unter Repressalien zu leiden, unter Vergeltungsmaßnahmen oder einem wie auch immer gearteten Embargo? Ebenfalls nicht. Ganz im Gegenteil – die Medien stellen Sie als Musterbeispiel für eine dauerhafte Weiterentwicklung dar, als afrikanische Lösung des afrikanischen Problems. China hat sich zu Ihrem Beschützer erklärt, was Sie weitestgehend unantastbar macht. Fullers Tod wird als bedauerlicher Zwischenfall angesehen, wenn nicht gar als ausgleichende Gerechtigkeit.«

Fatimata muss ihm wohl oder übel zustimmen. Die amerikanischen Kriegsdrohungen gingen nicht über leere Ankündigungen hinaus und manifestierten sich allenfalls im vollständigen Verschwinden von Coca-Cola aus Bars und Geschäften; natürlich wurde das Getränk umgehend durch Pepsi *made in Thailand* ersetzt. Camel und Philip Morris jedoch sind weiterhin überall als Schmuggelware erhältlich. Ein internationales Strafgericht hat eine Abmahnung formuliert, in der es Burkina Faso auffordert, seine ausländischen Mitbürger besser zu schützen, China hingegen hat dem Land tonnenweise transgenen Reis gespendet und sich im Gegenzug eine bestimmte Quote aus dem Ertrag des Gemüseanbaus für die nächsten fünf Jahre gesichert.

»Ihre Lösungen erscheinen mir nach wie vor suspekt«, entgegnet die Präsidentin dennoch. »Um welche Probleme geht es denn überhaupt?«

Rudy legt ihr seinen Plan dar: Er will Fullers Leichnam überführen, Saibatou Kawongolo zu einem Spezialisten bringen, die Boeing, die auf dem Flughafen langsam versandet, ihren rechtmäßigen Besitzern zurückgeben und Fatimata von seiner unerwünschten Gegenwart befreien.

»Sie wollen in die Vereinigten Staaten reisen? Ehrlich gesagt wundert mich dieser Vorschlag aus Ihrem Munde.«

»Ich habe auch persönliche Gründe«, erklärt Rudy.

Fatimata, die weder nachtragend ist noch auf ihren Ansichten beharrt, geht davon aus, dass Rudy versucht, seinen Fehltritt auf ehrenhafte Weise zu büßen, und bietet ihm an, im Präsidentenpalast zu wohnen, bis der Harmattan sich beruhigt und Rudy alle nötigen Vorbereitungen getroffen hat.

Auf Yéris Computer findet Rudy eine Privatklinik, die in relativer Nähe zu seinem Zielort liegt. Es ist die Klinik eines gewissen Dr. Kevorkian in Lawrence, der sich auf seiner Homepage rühmt, so gut wie jeden Schaden mittels genetischer Behandlung heilen zu können. Vorsichtshalber ruft er erst einmal an.

»Durch Parasiten hervorgerufene Erkrankungen fallen eigentlich nicht in unser Aufgabengebiet«, erklärt Dr. Kevorkian. »Wir sind eher auf die Behandlung pränataler oder angeborener Gendefekte spezialisiert. Allerdings manifestiert sich die Onchozerkose häufig durch eine Läsion der Linse, die wir mit Sicherheit auf genetischem Weg wiederherstellen können, sobald die Patientin frei von Fadenwürmern ist. Ist die Krankheit weit fortgeschritten?«

»Ich glaube schon.«

»Wird sie medikamentös behandelt?«

»Im Bereich der Möglichkeiten sicher. Ich rufe aus Burkina Faso an …«

Bei diesem Wort flammt der höfliche, aber neutrale Tonfall des Arztes geradezu auf. Er erklärt, dass er einer Staatsangehörigen dieses vorbildhaften Staates mit seinen »bescheidenen Mitteln« gerne helfen würde, und hält die Erfahrung, eine parasitär bedingte Läsion mit genetischen Maßnahmen behandeln zu dürfen, für »begeisternd und bereichernd«.

»Wissen Sie, an anderen Patienten verdiene ich so viel, dass ich auch einmal in die Forschung investieren kann, selbst wenn es sich um ein Verlustgeschäft handelt.«

»In die Forschung? Soll das heißen, dass es sich, sollten Sie Madame Kawongolo von der Onchozerkose heilen können, um eine Premiere handelt?«

»In diesem fortgeschrittenen Stadium, ja. Bis zum jetzigen Zeitpunkt hat sich der Westen nie sonderlich für Tropenkrankheiten interessiert. Seit sie allerdings auch in den ehemals gemäßigten Zonen häufiger auftreten und massenhaft Weiße befallen, fängt man allmählich an, sich ernsthaft damit zu beschäftigen. Wussten Sie, dass man schon seit dreißig Jahren einen Impfstoff gegen Malaria haben könnte, wenn man ein wenig investiert hätte?«

»Gibt es den nicht schon längst?«

»O nein, mein Lieber. Es wird ihn in etwa zwei Jahren geben, wenn wir ausreichend westliche Patienten haben, die ihn rentabel machen.«

Rudy spielt den vorgelegten Ball sofort zurück.

»Und Sie, Herr Doktor? Was machen Sie aus Ihrer Erfahrung, falls das Experiment gelingt? Warten Sie auch auf eine profitable Kundschaft, oder würden Sie Ihre Erkenntnisse den Tausenden Afrikanern schenken, die sie bitter benötigen?«

Am anderen Ende der Leitung entsteht ein kurzes Schweigen.

»Sie stellen mich da vor ein sehr interessantes ethisches Problem. Sie können sich sicher vorstellen, dass ich kein einsamer Forscher bin, der sich tief in ein Labor vergraben über seine Mikroskope beugt. Ich bin vertragsmäßig an Krankenhäuser, Universitäten und einen Pharmakonzern gebunden, und natürlich will jeder sein Stück vom Kuchen abhaben. Die Antwort auf Ihre Frage ist also nicht so einfach, wie es auf den ersten Blick erscheint. Aber ich werde darüber nachdenken. Wir sprechen uns noch … falls ich zu einem positiven Resultat komme.«

Rudy bittet Yéri um Saibatous Adresse, um ihr die gute Nachricht selbst zu überbringen. Entgegen jeder Erwartung bietet Yéri ihm an, ihn zu begleiten. In ihrem kleinen Elektro-Daihatsu, der sie quer durch den der Trockenheit zum Opfer gefallenen Bois de Boulogne – er wird gerade wieder aufgeforstet – zur Straße nach Kaya bringt, versucht Rudy, mit Fatimatas hübscher Sekretärin zu flirten. Dabei stellt er sich zwar ein wenig unbeholfen an, meint es aber durchaus ernst. Ihr Phlegma gefällt ihm ebenso wie ihre Intelligenz, er bewundert ihren Körper, die Gazellenaugen und die seidige schwarze Haut, die er zu berühren wagt. Sie lächelt über seine Komplimente, schiebt aber seine Hand sanft zurück. Beim zweiten Versuch macht ihr eisiger Blick Rudy klar, dass es keinen Sinn hat, es weiter zu versuchen.

Den Grund dafür versteht er, als sie bei Saibatou ankommen. Sie wohnt auf einem etwas abseits gelegenen Besitz. Unter hohen, noch lebenden Bäumen liegt ein großes, modernes Haus im traditionellen sudanesischen Stil. Rudy und Yeri werden von einer Bediensteten in einen großen, hellen Salon geführt, wo sie von einer stolzen, hochmütigen Frau von etwa dreißig Jahren erwartet werden, die einmal sehr schön gewesen sein muss, deren Gesicht jedoch von der Onchozerkose völlig entstellt ist. Graue Pusteln sind über ihre Haut verstreut, überall hat sie eitrige Wunden, und in ihren trüben, verschleierten Augen scheinen rote Äderchen geplatzt zu sein – doch das sind die Fadenwürmer, die sich in ihnen eingenistet haben. Trotzdem schmiegt sich Yéri eng an die junge Frau, küsst sie auf den Mund und schenkt ihr einen Blick, in dem weit mehr als nur Mitleid zu lesen ist. Saibatou ist zwar fast blind, bemerkt Rudys Überraschung aber sofort, obwohl sie nicht mehr von ihm erkennen kann als einen verschwommenen Fleck, der sich im Zimmer bewegt.

»Sie dürfen mich nicht missverstehen, Mr. Klaas«, erklärt sie. »Zwar sind Yéri und ich uns näher als zwei Schwestern, aber ich liebe meinen Ehemann von ganzem Herzen und werde ihn nie verlassen, auch wenn er sein Leben im Gefängnis verbringen muss.«

»Kein Problem, Madame Kawongolo. Es liegt mir fern, Sie in irgendeiner Weise zu verurteilen. Ich wollte Ihnen nur eine gute Nachricht überbringen, denn ich habe eine Klinik gefunden, die sich nicht nur bereit erklärt hat, Sie zu behandeln, sondern der es sogar eine Ehre ist.«

»Tatsächlich?« Saibatous Gesicht strahlt auf. »Wo denn?«

»In den Vereinigten Staaten. Wenn Sie wollen, bringe ich Sie hin.«

»Ob ich will? Mein Gott! Was für eine Frage! Ich werde endlich wieder leben!«

»Ist das nicht wundervoll, Liebling?«, hakt Yéri nach.

Die beiden Frauen fallen sich um den Hals. Saibatou hat Tränen in den Augen, was sehr schmerzhaft sein muss, denn sie tupft sie sofort ab. Rudy hat fast ein schlechtes Gewissen, dem Glück einen Dämpfer versetzen zu müssen.

»Ich muss Ihnen allerdings mitteilen, dass der Erfolg der Behandlung nicht garantiert werden kann. Soweit ich weiß, handelt es sich um eine noch im Experimentierstadium befindliche Gentherapie.«

»Egal. Auch wenn es nur eine winzige Heilungschance gibt, will ich es probieren. Ansonsten bleibt mir nichts, als hier im Dunkel langsam zu sterben, denn ohne meinen Mann und ohne meine Kunst hat mein Leben keinen Sinn.«

»Nun, du hast ja noch mich«, meldet sich Yéri.

»Schon, aber dich könnte ich auch nicht sehen. Wenn ich aber gesund werde …«

Saibatou dreht sich mit ausgebreiteten Armen um die eigene Achse. Rudy begreift, dass sie ihm die vielen Bilder zeigen will, die an den Wänden des Wohnzimmers hängen. Es handelt sich um fast impressionistische, farbige Szenen aus dem Buschland und einige weibliche Akte, die alle von Yéri inspiriert sind. Bei näherer Betrachtung der Gemälde kann Rudy deutlich das Fortschreiten der

Krankheit feststellen; der Strich wird von Mal zu Mal ungenauer, Farben fließen ineinander, und auch Irrtümer und Ungenauigkeiten treten in zunehmendem Maß auf. Das letzte Bild von Yéri, das ein Jahr alt ist, scheint von einem farbenblinden Kind hingekleckst worden zu sein.

»Sie betrachten meine Bilder, nicht wahr? Sie sehen, wie das Unglück seinen Lauf genommen hat. Meine letzten Werke sind noch im Atelier. Ich zeige sie niemandem, weil ich mich ihrer schäme.«

»Warum? Es ist doch nicht Ihre Schuld.«

»Natürlich nicht. Aber stellen Sie sich einen Musiker vor, dessen Finger steif vom Rheuma sind, oder einen Schriftsteller, der Alzheimer hat. Sie hören oder lesen ihre besten Werke, auf die die Künstler wirklich stolz sein dürfen, vergleichen sie mit dem armseligen Mist, den sie jetzt noch hervorbringen … und müssen weinen. Ich habe nicht einmal mehr die Chance, meine früheren Werke zu sehen.«

»Sie werden wieder gesund, Madame. Davon bin ich fest überzeugt. Sobald der Harmattan sich beruhigt hat, brechen wir auf. Halten Sie sich bereit.«

Nun muss Rudy nur noch Fullers Piloten finden. Nach der Niederschlagung des Putsches hat sich niemand mehr um sie gekümmert. Trotz Backofenhitze und Sandsturm macht er sich auf die Suche in den Hotels, Bars und Restaurants von Ouaga, im Krankenhaus und in der Christlichen Mission … ohne Erfolg. Niemand hat zwei Yankees im Cowboylook gesehen. Erst auf dem Weg durch die Avenue Kennedy kommt Rudy die zündende Idee: die amerikanische Botschaft!

Das Botschaftsgebäude ist von den Aufständischen, die den NSA-Agenten an einer Straßenlaterne aufgehängt haben und mit dem Botschafter Gary Jackson gern das Gleiche getan hätten, hätte er nicht den Wagen der Präsidentin angehalten, teilweise zerstört und angezündet worden. Die beiden Piloten kampieren blass, schmutzig und ausgezehrt zwischen den Trümmern wie zwei Schiffbrüchige auf einer einsamen Insel. Völlig verängstigt empfangen sie Rudy mit einem drohend erhobenen Schreibtischbein.

»Hey, Jungs, was glaubt ihr, wo ihr seid? Im Dschungel? Da draußen ist eine Stadt! Warum treibt ihr euch in dieser Ruine herum?«

»Da draußen sind lauter Neger«, stöhnt Bill.

»Die wollen uns kaltmachen«, flüstert Hank. »Unseren Chef haben sie auch abgemurkst.«

Rudy lacht laut auf.

»Klar! Wenn sie euch finden, stopfen sie euch in ihre großen Kannibalentöpfe, kochen euch und stecken sich eure Fingerknöchelchen in die Nase! Los, ihr Stoffel, kommt mit in den Präsidentenpalast und richtet euch erst einmal wieder menschenwürdig her.«

»Warum?«, fragt Bill misstrauisch. »Da steckt doch irgendeine Schweinerei dahinter, oder?«

»Ihr fahrt heim, Jungs. Und da wollt ihr doch sicher einigermaßen repräsentabel aussehen, oder?«

Endlich, am vierten Tag, legt sich der Harmattan und schwächt sich zu einer leichten, mit rotem Staub beladenen Brise ab. Saibatou hat gepackt; Adama Palenfo, der Finanzminister, hat das von Kawongolo für die Behandlung seiner Frau veruntreute Geld freigegeben; Rudy hat mit Abou telefoniert, die letzten Details ihres Plans besprochen und sich verabschiedet; die Piloten haben das Flugzeug überprüft, dessen Türen repariert worden sind, und es bis auf die versandeten Reaktoren in gutem Zustand vorgefunden; Fullers Sarg hat man in einem gekühlten Frachtraum verstaut. Alles ist bereit zum Start. In letzter Minute wartet Justizministerin Aissa Bamory noch mit einer Überraschung auf: In Übereinstimmung mit Fatimata – vielleicht auch unter ihrem Einfluss – hat sie sich entschlossen, die ohnehin schon angespannten Beziehungen zu den Vereinigten Staaten nicht noch weiter zu vergiften und ihnen ihren Botschafter zurückzugeben. Und so nimmt Gary Jackson an der Reise teil. Auch Rudys heftiger Protest nützt nichts; der juristische Entschluss steht unumstößlich fest.

»In diesem Fall soll er sich wenigstens nützlich machen und mir einen Diplomatenpass ausstellen«, verlangt er. »Dann kann ich wenigstens ohne großen Ärger in die Staaten einreisen.«

»Fragen Sie ihn«, schlägt Aissa vor. »Er ist so froh, ungeschoren davonzukommen, dass er sicher alles tut, was Sie von ihm verlangen.«

Als es schließlich wirklich losgeht, ist niemand am Flughafen – außer Yéri und zwei Polizisten, die Jackson bis ins Flugzeug begleiten. Dass Abou im Militärlager unter Hausarrest steht, kann Rudy noch begreifen. Aber dass Laurie, die wie eine Zecke an dem Kerl hängt, sich nicht einmal aufraffen konnte, die hundertfünfzehn Kilometer nach Ouaga zu kommen, ärgert ihn. Moussa hat wahrscheinlich auf der Baustelle zu tun, und Fatimata dürfte ebenfalls beschäftigt sein …

Wahre Krieger sind eben immer einsam, denkt Rudy ein wenig verbittert. Mit schwerem Herzen sieht er zu, wie die Türen der Maschine sich schließen.

Verpflichtungen

> Die Umsätze der Gruppe Resourcing mit ihren 37 Tochtergesellschaften entsprechen etwa dem gesamten Bruttoinlandsprodukt der 70 ärmsten Länder der Erde. Das persönliche Vermögen des Vorstandsvorsitzenden von Resourcing, Anthony Fuller, erreicht ungefähr die Höhe des spanischen Staatshaushalts.
>
> C. Mungo, *Immer reicher, immer ärmer* (2030)

»Samuel Grabber, ein in Geschäftskreisen bekannter Anwalt, der sich in der Hauptsache um die Angelegenheiten des Konzerns Resourcing *ww* kümmerte, kam heute Morgen auf der K10 zwischen Lawrence und Topeka ums Leben. Sein Wagen wurde auf dem Standstreifen aufgefunden, wo das Kontrollsystem ihn automatisch zum Stehen brachte, nachdem er gegen die Sicherheitsbarriere geprallt war. Am Wagen wurden mehrere Einschusslöcher gefunden. Grabber selbst wurde von zwei Kugeln in den Kopf getroffen. Eine der Schussverletzungen war tödlich. Nach Polizeiangaben handelte es sich vermutlich um eine Outer-Attacke, auch wenn die Möglichkeit einer Abrechnung nach einem verlorenen Prozess von den Ermittlern noch nicht ganz ausgeschlossen werden kann. Soeben erreicht uns die Meldung, dass die sterblichen Überreste von Anthony Fuller, dem verstorbenen Vorstandsvorsitzenden der Resourcing *ww*, heute mit seinem eigenen Flugzeug nach Lawrence überführt werden. Beigesetzt wird er in der Enklave Eudora, wo er mit seiner Ehefrau wohnte. Fuller starb am vergangenen Donnerstag in dem afrikanischen Land Burkina Faso, wohin er sich begeben hatte, um eine Meinungsverschiedenheit mit der Regierung des Landes bezüglich eines Wasservorkommens zu regeln. Ein Satellit von GeoWatch, einer hundertprozentigen Tochter von Resourcing, hatte den Wasserfund erstmalig dokumentiert. Fuller, der in Afrika in Geiselhaft gehalten wurde, soll zu fliehen versucht haben und bei dieser Gelegenheit von Banditen ermordet worden sein.«

Pamela streicht über die Fernbedienung und kehrt zu Lord's Channel zurück. Sie schämt sich ein wenig, dass sie kurz auf die Lokalnachrichten umgeschaltet hat, aber irgendwie muss sie sich informieren. Auf Lord's Channel wird nur über Gott und die Göttliche Legion gesprochen. Pamela hat alle Abonnements ihrer Online-Zeitungen gekündigt und lediglich *Die Stimme des Herrn* behalten, die ausschließlich Mitgliedern vorbehaltene Berichterstattung. Übrigens hat Bruder Ezechiel sie selbst darauf gebracht, den Sender zu wechseln, denn schon am Morgen gegen halb zehn rief er sie an, um ihr mit unverhohlener Freude Grabbers Tod mitzuteilen.

»Stellen Sie sich doch bloß vor, Pamela – jetzt, wo Grabber und Ihr Ehemann nicht mehr unter den Lebenden weilen, hindert uns nichts mehr daran, die Kontrolle über Resourcing zu übernehmen und Ihre Villa wirklich zum Haus Gottes zu machen. Sehen Sie nicht, dass es ein Fingerzeig Gottes ist? Der Schöpfer selbst wünscht, dass sich endlich alles regelt.«

Pamela warf einen Blick auf Tony Junior, der zufrieden und harmlos vor sich hin sabberte. Zwar nickte sie zu Nelsons Vorschlägen, doch sie konnte bisweilen nicht umhin, zu denken, dass der lange Arm der Göttlichen Legion manchmal die Hand des Schöpfers zu ersetzen schien … Ein unfrommer, wenn nicht gar häretischer Gedanke, den sie eilig wieder beiseiteschob.

Der nächste Anruf kommt vom einzigen Bestattungsinstitut Eudoras. Nachdem man von der Überführung Fullers erfahren hat, möchte man wissen, auf welche Weise der verstorbene Vorstandsvorsitzende vom Flughafen zu seiner letzten Ruhestätte geleitet werden soll. Wünscht Pamela einen großartigen Konvoi? Oder etwas Diskreteres? Lieber im Auto oder mit dem Hubschrauber? Soll bereits am Flughafen eine kurze Zeremonie stattfinden? Oder soll sich alles auf den Friedhof konzentrieren? Hat sie an eine Totenwache gedacht? Wollte Mr. Fuller beerdigt oder eingeäschert werden? Die Einäscherung liefert Energie, die ins Netz eingespeist werden kann – das verringert die Kosten …

»Tun Sie, was Sie für richtig halten«, murmelt Pamela, genervt von den vielen Fragen. »Ich nehme an, ich muss auf dem Friedhof anwesend sein?«

»Das ist ja wohl das Mindeste, gnädige Frau«, antwortet der Bestatter empört. »Der gesamte Vorstand von Resourcing ist da, ebenso die Familie des Verstorbenen. Deshalb muss ich ja auch wissen, ob ich sie zur Landung des Flugzeugs an den Flughafen oder gleich zum Friedhof bestellen soll …«

»Wie Sie wollen. Aber nicht zu pompös«, schneidet Pamela seinen Redeschwall ab und legt auf.

Sie seufzt. Ein anstrengender Tag steht ihr bevor, umso mehr, als vermutlich auch Journalisten anwesend sein würden. Sie würde Fragen beantworten müssen, ohne auf die Göttliche Legion einzugehen – darauf hat Nelson sie bereits eingeschworen – und die Rolle der trauernden Witwe spielen. Muss sie etwa die ganze Gesellschaft zum Essen einladen? Um Himmels willen nein! Es sollte vollauf genügen, Tische in einem Restaurant zu reservieren. Totenwache kommt auch nicht infrage, denn wie hatte Callaghan noch angeordnet? »Kein Ungläubiger darf das Haus Gottes betreten.«

Wieder klingelt das Telefon. Auf dem Bildschirm erkennt Pamela den bebrillten, kahlköpfigen Buchhaltertyp, der zu den Aposteln des Reverends gehört: Bruder Marc. Ein kurzer Schauder läuft ihren Rücken entlang, und sie spürt, dass sie unwillkürlich errötet. Ängstlich überlegt sie, ob sie irgendeinen Fauxpas begangen hat und getadelt werden soll. Kann die Legion wissen, dass sie einen Nachrichtenkanal eingeschaltet hat, obwohl es eigentlich verboten ist? Doch der Apostel lächelt ihr freundlich zu.

»Schwester Salome, freuen Sie sich und loben Sie den Herrn. Reverend Callaghan höchstpersönlich wird Sie demnächst besuchen kommen.«

»Du lieber Himmel!« Pamela reißt die Augen auf. »Wann denn?«

»So bald wie möglich. Wahrscheinlich unmittelbar nach der Beisetzung Ihres Gatten. Man soll das Eisen schmieden, solange es heiß ist …«

»Das Eisen schmieden? Was wollen Sie damit ausdrücken, Bruder Marc?«

Das Lächeln des Apostels erlischt. Seine kleinen Lottokugelaugen hinter den getönten Brillengläsern werden hart.

»Sollten Sie Ihre Verpflichtungen vergessen haben, Schwester Salome? Muss ich Sie an Ihre Zusage erinnern, Ihren Besitz der Göttlichen Legion zu stiften?«

»Stimmt, das ist richtig.«

»Außerdem haben Sie sich verpflichtet, die Leitung der Resourcing in die Hände der Geschäftsführung unserer Firma Capital Investments zu legen. Muss ich Sie auch daran erinnern?«

»Welche Leitung? Entschuldigen Sie, Bruder Marc, aber davon weiß ich nichts.«

»Hat Bruder Ezechiel Ihnen noch nichts davon gesagt? Dann wird er es sicher demnächst tun. Und noch etwas, Schwester Salome: Anlässlich der Beisetzung werden Sie dem Verwaltungsrat der Resourcing gegenüberstehen …«

»Woher wissen Sie das?«

»Vergessen Sie nicht, dass Gott selbst mit dem Reverend spricht. Außerdem möchte ich Sie bitten, mich nicht zu unterbrechen. Sie werden Ihnen Fragen stellen, versuchen, Informationen aus Ihnen herauszulocken, und wissen wollen, wie Sie mit dem Nachlass Ihres Gatten verfahren werden. Sie sollten sich so bedeckt wie möglich halten. Je weniger Sie den Herrschaften mitteilen, desto besser für uns – und für Sie natürlich auch. Haben Sie das verstanden, Schwester Salome?«

»Ja, aber … Ich habe mich nie um die Geschäfte meines Mannes gekümmert und natürlich keine Ahnung, wie man einen derart großen Konzern leitet.«

»Das brauchen Sie auch jetzt nicht zu lernen.« Bruder Marc lächelt wieder. »Bruder Ezechiel wird die Sache in die Hand nehmen. Er wird Ihnen alles erklären, was Sie wissen müssen; Sie brauchen nur an den Stellen zu unterschreiben, die er Ihnen zeigt. Danach können Sie sich ganz Ihrer Frömmigkeit, der Göttlichen Legion und dem Geheiligten Geist widmen, wie es Ihre Aufgabe ist.«

Der Geheiligte Geist! Das ist der Name, den die Göttliche Legion inzwischen für Tony Junior verwendet. Pamela wirft einen schnellen Blick in seine Richtung. Er sieht fern. Gut!

»In diesem Sinne, Schwester Salome – bereiten Sie sich darauf vor, den Reverend so zu empfangen, wie es sich gehört. Gott segne Sie.«

»Gottes Gnade sei mit Ihnen, Bruder Marc.«

Pamela legt auf und geht in die Fernsehecke, um die Lautstärke ein wenig zu drosseln, die ihr viel zu hoch und ausgesprochen lärmend erscheint. Was ist das bloß? Es hört sich an wie Schreie und Schüsse, aber so etwas gibt es nicht auf Lord's Channel.

Beim Anblick des Holo-Bildes muss sie einen Schreckensschrei ersticken. Da läuft nicht mehr Lord's Channel, sondern ein superbrutaler, ziemlich obszöner Manga in 3D! Wesen in Leder und Metall zerfleischen sich gegenseitig und schlachten sich mit riesengroßen Waffen ab, während sich halb nackte Kreaturen lasziv zu ihren Füßen suhlen. Das Ganze wird von einem entsetzlichen Harsh-Gedudel untermalt. Pamela greift hastig nach der Fernbedienung und will umschalten, als sie feststellt, dass sich das Gerät außerhalb der Reichweite von Tony Junior befindet. Aber auch wenn es sich in seiner Nähe befände, wäre er nicht in der Lage, danach zu greifen … Tony starrt wie gebannt auf den Bildschirm. Seine Augen treten vor

Erregung aus den Höhlen, der Speichel läuft in Strömen über sein Kinn, und er sieht richtiggehend gierig aus.

Angeekelt schaltet Pamela den Fernseher aus.

Lass die Glotze an. Ich will das sehen.

»Tony? Das warst nicht du, oder? Du hast jetzt nicht mit mir gesprochen?«

Mach die Glotze an!

Ohne ihr Zutun gleitet Pamelas Hand auf die Fernbedienung zu …

»Nein, Tony! Nein!«

Du gehorchst!

Pamelas zitternder Zeigefinger berührt die Taste »On«. In diesem Augenblick ertönt die Klingel an der Haustür.

Der Druck in ihrem Kopf und ihrem Arm lässt abrupt nach, so als höre ein schriller Ton plötzlich auf. Pamela schreckt zurück, wirft Junior einen entsetzten Blick zu, läuft in die Diele und betätigt den Türöffner, ohne auch nur einen Blick auf die Überwachungsanlage zu werfen.

Vor ihr steht Robert Nelson. Angesichts von Pamelas geradezu irrem Gesichtsausdruck erlischt sein Lächeln.

»Schwester Salome? Was ist los mit Ihnen?«

Einem Reflex folgend, lässt sie sich in seine Arme fallen. Er umfängt sie und streichelt ihr Haar und ihren Hals.

»Scht … scht … Entspannen Sie sich. Erzählen Sie erst einmal, was passiert ist.«

»Es ist wegen To… Tony«, schluchzt Pamela. »Er macht mich fertig.«

»Er macht Sie fertig?« Nelson streift Pamelas Stirn mit einem flüchtigen Kuss. »Was soll das heißen?«

»Er zappt selbstständig auf verkommenen Fernsehkanälen herum. Und wenn ich den Fernseher ausschalte, zwingt er mich, ihn wieder einzuschalten …«

»Na, na. Sie sprechen doch vom Messias, oder? Vom Geheiligten Geist! Wenn man Sie so reden hört, könnte man meinen, es handele sich um einen Ausbund des Bösen!«

»Manchmal frage ich mich, ob er das nicht in Wahrheit ist«, wagt Pamela halblaut zu gestehen.

»Salome! Was reden Sie denn da? Bereuen Sie auf der Stelle! Tun Sie Buße!«

Plötzlich dringt aus dem Wohnzimmer das leise Gebrabbel des Fernsehers zu ihnen hinaus.

»Er hat ihn wieder eingeschaltet. Ganz allein. Sehen Sie doch selbst, wenn Sie mir nicht glauben!«

Nelson stürzt hastig ins Wohnzimmer. Pamela folgt ihm auf dem Fuß. Tony sitzt sehr gerade in seinem Rollstuhl, wirft ihnen einen flüchtigen Blick zu und konzentriert sich wieder auf den Fernseher, auf dem eine Veranstaltung der Göttlichen Legion läuft. Nelson breitet die Arme aus.

»Ich sehe absolut nichts Anormales. Der Junge schaut Lord's Channel. Liebste Schwester, sind Sie sicher, dass Sie nicht vom Teufel versucht worden sind? Möchten Sie vielleicht beichten? Wissen Sie, wir alle haben manchmal sündige Wünsche und Gedanken. Ich schließe mich da nicht aus, obwohl ich schon viel abgehärteter sein sollte als Sie. Eine gute Beichte vernichtet die Versuchung und gestattet dem Herrn zu verzeihen. Liegt Ihnen daran, Salome?«

»Ja … ich könnte mir vorstellen, dass es hilft.«

»Schön«, lächelt Nelson zufrieden. »Kommen Sie, wir gehen ins Arbeitszimmer Ihres Mannes. Erstens haben wir dort unsere Ruhe, und zweitens können wir uns gleich anschließend daranmachen, bestimmte, für Ihr Erbe wichtige Dokumente zu prüfen.«

Der junge Anwalt greift ungeniert nach Pamelas Hand und zieht sie hinter sich her in Fullers Arbeitszimmer, dem Schauplatz vieler Schändlichkeiten, deren sie sich unwillkürlich mit Abscheu erinnert.

Junior sieht ihnen hinterher. Er kneift die grauen Augen zusammen, und der Speichel rinnt in langen Fäden über sein Kinn. Man könnte meinen, er lächelt. Kaum ist die Tür hinter Pamela und Nelson ins Schloss gefallen, wendet sich Tonys Blick wieder dem Bildschirm zu. Das holografische Feld zittert, zeigt Streifen und stellt sich dann wieder auf den Manga-Sender ein. Dieses Mal ohne Ton, denn Tony will hören, was sich im Büro abspielt.

Unter der dünnen Decke, die seine verkümmerten Beine verbirgt, bewegt sich etwas. Zum ersten Mal im Leben erigiert Tonys Glied.

ZWÖLFTES KAPITEL

Und wieder überleben

»Unsere Mutter Erde ist zornig. Sie schüttelt das Joch ab, das der weiße Mann ihr seit Jahrhunderten auferlegt hat. Das Bleichgesicht hat alles verwüstet, hat den Kreislauf der Natur aus dem Gleichgewicht gebracht und die Harmonie der Welt gestört. Brüder, ich sage euch, Mutter Erde ist entschlossen, sie alle zu töten, selbst wenn die Natur dafür Tausende von Jahren leiden muss und die meisten Lebenden damit zum Untergang verdammt sind. Mutter Erde hat kein Mitleid; sie trennt nicht die Spreu vom Weizen, wie es der Gott der Weißen tut. Auch wir werden untergehen, meine Brüder, wenn wir fortfahren, dem Weg des weißen Mannes zu folgen und ihn auf der Straße des Unglücks zu begleiten, die in eine Wüste führt. Aber noch können wir die Richtung ändern. Noch können wir als letztes altes Volk dieser Erde den Weg wiederfinden, den unsere Väter und Großväter verloren haben, den aber die Geister des Windes, des Wassers, der Bäume und der Steine noch kennen. Brüder, wenn wir überleben wollen, ist es wichtig, wieder so zu leben wie früher, um uns an die neuen Zeiten anpassen zu können. Es ist wichtig, auf Autos, Strom und Internet zu verzichten, auf all die verfänglichen und trügerischen Versuchungen der Weißen. Es ist an der Zeit, wieder barfuß auf geheiligter Erde zu gehen, auch wenn sie uns verbrennt; die Unempfindlichkeit wird wiederkehren, genau wie die Ausdauer, das Durchhaltevermögen und die Geduld. Wir müssen wieder lernen, in der Wüste zu leben, uns mit wenigem zufriedenzugeben, in der Sonne zu gehen und unter den Sternen zu schlafen. Wir müssen unser Land zurückerobern und das Bleichgesicht, diesen großen Zerstörer, verjagen. Brüder, wir müssen das Kriegsbeil ausgraben. Die Weißen liegen im Sterben – geben wir ihnen den

Gnadenstoß. Nur so können wir die Harmonie der neuen Zeit entdecken und darauf hoffen, dass Mutter Erde uns ihren gerechten Zorn erspart. Brüder aller Stämme, vereinen wir uns zum letzten Kampf: dem Kampf des Lebens gegen den Tod, der Harmonie gegen das Chaos, von Wakan Tanka gegen die weißen Dämonen.«

Hier ist Radio K-Tribe. Sie hörten den Häuptling des Stammes der Shawnee, Last Prophet Tenskwatawa. Auf United_Shawnee_Nation.org haben Sie die Möglichkeit zu einem Chat mit Last Prophet Tenskwatawa, der sich auf Ihre Fragen freut. Das war die Sendung »Stammestribüne«. Im Anschluss hören Sie »Lieder der Erde« mit Grand Plain Buffalo. Doch zunächst ein kurzer Spot unseres Sponsors New Era Teepees ...

Druck

Freunde, es gibt Grund zur Freude. Für Kansas ist endlich Regen angesagt! Wie der Wetterdienst mitteilt, wird die seit einem Monat nahezu ortsfeste Hochdruckzone von Nordwesten her von herannahenden Tiefdruckgebieten vertrieben. Die Temperaturen sollen sinken – gestern haben wir in Topeka 24,7 Grad Celsius gemessen, ein absoluter Rekord für den Monat Januar –, und es wird endlich regnen. Allerdings verdanken wir diesen Regen wieder einmal Superzellengewittern, die meist sehr heftig ausfallen, oft Hagel mitbringen und aus denen sich leider häufig Tornados entwickeln. Seid also vorsichtig, Freunde, und beachtet die Unwetterwarnungen und entsprechenden Vorsichtsmaßnahmen, die auf AccuWeather.com aufgelistet sind. Und vergesst vor allen Dingen nicht, das kostbare Regenwasser in euren Zisternen aufzufangen!

Bei der Einreise nach Amerika leistet Anthony Fullers Sarg Rudy bessere Dienste als Gary Jacksons widerwillig ausgestellter Diplomatenpass, denn er öffnet ihm sozusagen Tür und Tor. Die sterblichen Überreste Fullers werden in der Ankunftshalle des Flughafens von Lawrence bereits von einem Komitee erwartet, das deutlich zahlreicher ist als das Abschiedsdefilee in Ouaga: Der Verwaltungsrat der Resourcing ist komplett unter der Führung von Anthonys langjähriger, treuer Sekretärin Amy angetreten, unterstützt von einigen Angestellten und Filialdirektoren. Ein Mitglied der Kanzlei Grabber & Associates vertritt den verstorbenen Samuel Grabber, Richard Fuller III., Anthonys Vater, bemüht sich um Haltung, und selbst John und Tabitha Bournemouth sind anwesend. Nur Pamela Hutchinson und ihre Familie fehlen …

Weil auf dem Flughafen von Lawrence normalerweise keine internationalen Flüge landen, reduzieren sich die Zollformalitäten auf ein absolutes Minimum. Sarg und Gepäck werden gescannt, die Passagiere müssen sich ausweisen. Rudy stellt sich als Begleitperson von Saibatou Kawongolo vor, die ihr Gesicht hinter einer schwarzen Sonnenbrille verbirgt und tatsächlich nichts sieht. Man gibt sich mit dieser Erklärung zufrieden, die durch ein Fax der Klinik von Dr. Kevorkian und Rudys Diplomatenpass gestützt wird. Lediglich die beiden Piloten hätten die Wahrheit enthüllen können, doch Rudy hat ihnen gedroht, ihre Familien auszulöschen, sollten sie auch nur ein Sterbenswörtchen verraten. Kaum haben Bill und Hank wieder festen Boden unter den Füßen, machen sie sich hastig und unauffällig davon.

Das Empfangskomitee ist natürlich nicht wegen Rudy und Saibatou gekommen, denen man kaum einen flüchtigen Blick gönnt. Nur Richard III. spricht den Holländer kurz an, um nach Einzelheiten zum Tod seines Sohnes zu fragen. Rudy spielt den Unwissenden.

»Dazu kann ich Ihnen absolut keine Auskunft geben, Sir. Ich bin nur als Begleitung einer fast erblindeten Dame mitgekommen.«

»Darf ich Ihnen mitteilen, dass Sie in der Privatmaschine meines Sohnes gereist sind?«

Rudy setzt ein harmloses Lächeln auf.

»Daher also der viele Luxus! Ich hatte mich schon gewundert, dass die Regierung von Burkina Faso ihren Ministern ein solches Flugzeug zur Verfügung stellt.«

»Wurde mein Sohn wenigstens gut behandelt?«

»Er hat die Reise im gekühlten Frachtraum verbracht – das ist alles, was ich Ihnen dazu sagen kann.«

Ein Angestellter des Bestattungsinstituts lenkt Fullers Vater ab, weil er wissen will, wie die Rangordnung aussehen soll, in welcher der Konvoi den Verstorbenen zu seiner letzten Ruhestätte begleitet. Der alte Industriekapitän entfernt sich mit dem Bestatter, dessen Frage Rudy endlich zu der zündenden Idee verholfen hat, wie er sich in die Enklave einschmuggeln könnte. Während der Reise hat er sich am bordeigenen Computer über Eudora informiert und erfahren, dass die Enklave durch eine undurchdringliche Plasmabarriere geschützt wird, und es nur einen Zugang gibt, nämlich über die südliche Abfahrt des K10-Highways. Die Kontrollen am Checkpoint sind überdies ungleich strenger als am Flughafen. Für Rudy besteht nicht die geringste Aussicht, ohne eine offizielle, gewissenhaft überprüfte Einladung eines genau identifizierten Einwohners auf das Gebiet der Enklave gelassen zu werden. Lange hat er über dieses Problem nachgedacht, ohne allerdings eine vernünftige Lösung zu finden. Hier jedoch bietet sich wie aus heiterem Himmel eine Möglichkeit. Jetzt oder nie, denkt er. Einen in Tränen aufgelösten Autokonvoi, der eine lokale Berühmtheit zu Grabe geleitet, würde man hoffentlich weniger scharf kontrollieren.

Rudy geht zu Saibatou zurück, die ein wenig verloren in der metallisch kühlen Halle wartet.

»Madame Kawongolo, es tut mir wirklich leid, aber ich kann Sie nicht zur Klinik begleiten. Mir ist gerade etwas außerordentlich Wichtiges dazwischengekommen. Mit einem Taxi werden Sie es doch sicher auch schaffen, oder?«

»Machen Sie sich um mich keine Sorgen, Rudy. Ich komme sehr gut allein klar.«

Ihr unsicheres Lächeln allerdings straft ihre Aussage Lügen. Rudy, der ein ungutes Gefühl dabei hat, Saibatou im Stich zu lassen, geht zum nächstgelegenen Schalter und spricht die junge Dame an.

»Könnten Sie mir bitte helfen, Miss? Wären Sie so freundlich, jemanden zu rufen, der sich um diese blinde Dame dort kümmert? Sie braucht ein Taxi.«

»Das nehme ich gleich selbst in die Hand, Sir«, antwortet sie und steht auf.

»Sehr freundlich von Ihnen. Könnten Sie mir vielleicht auch noch sagen, wo ich eine Autovermietung finde?«

»Gleich da hinten am Ende der Halle. Sehen Sie das Logo von Hertz?«

»Ach ja, vielen Dank!«

Während die Bodenstewardess in jener mitleidigen Haltung zu Saibatou tritt, die Gesunde häufig Behinderten gegenüber annehmen, läuft Rudy mit großen Schritten ans Ende der Ankunftshalle und stützt sich auf den Schalter der Autovermietung. Der Vermieter ist überglücklich, endlich einmal etwas zu tun zu haben, und regelt alles in kürzester Zeit. Er knöpft Rudy die Hälfte seiner verbliebenen Euros ab und stellt ihm für das Wochenende einen mit Wasserstoffzellen angetriebenen Toyota Cosma zur Verfügung, der Montagabend wieder am Flughafen stehen muss.

»Wie komme ich am besten nach Eudora?«, erkundigt Rudy sich.

»Über die K10. Der Wagen verfügt über ein stimmgesteuertes Navigationsgerät und zeigt Ihnen den Weg. Das Passwort ist ›Cosma‹. Sie können das Auto auch so programmieren, dass es ohne Ihr Zutun fährt. Die Gebrauchsanweisung befindet sich im Handschuhfach.«

»Vielen Dank.«

Zehn Minuten später saust Rudy über die städtische Umgehungsstraße in Richtung der K10. Wobei sausen eine gnadenlose Übertreibung ist, denn der Toyota weigert sich standhaft, die Höchstgeschwindigkeit zu überschreiten. Wenn Rudy das Gaspedal tritt, schrillt ein durchdringender Alarm auf, und eine synthetische Frauenstimme mahnt:

»*Piep*. Sie sind nicht autorisiert, die Höchstgeschwindigkeit zu überschreiten. Wünschen Sie, dass ich den Fahrvorgang übernehme?«

»Nein, Cosma«, knurrt Rudy.

Er sucht nach einer Möglichkeit, den Bordcomputer außer Gefecht zu setzen, findet aber nichts und stößt einen entnervten Seufzer aus. Schließlich sagt er sich resigniert, dass er Fullers Begleitzug vermutlich auch so noch einholen kann, weil sich diese Art von Prozession meist recht langsam fortbewegt, auch wenn sie motorisiert ist – es ist, als befürchte man, dem Toten Angst zu machen, wenn man sich zu schnell fortbewegt.

Tatsächlich holt er den Konvoi wenige Meilen nach der Autobahnauffahrt von Lawrence ein. Rudy überholt die vier letzten Wagen, ordnet sich in der Mitte des Trauerzuges ein und passt seine Geschwindigkeit dem allgemeinen Schleichtempo an. Der Toyota meldet sich natürlich sofort.

»*Piep*. Ihre Geschwindigkeit liegt unter der auf Autobahnen zugelassenen Höchstgeschwindigkeit. Wünschen Sie, dass ich den Fahrvorgang übernehme?«

»Nein, Cosma.«

»Dann überholen Sie bitte jetzt das vor Ihnen fahrende Fahrzeug, falls die Verkehrsbedingungen es zulassen.«

»Cosma, ich überhole überhaupt niemanden. Ich befinde mich in einem Trauerzug.«

Der Bordcomputer scheint über die Information nachzugrübeln.

»Herzliches Beileid. *Piep*.«

Der Toyota schaltet ganz von selbst die Warnblinkanlage ein. Während Rudy noch sucht, wo er sie wieder abstellen kann, tun die anderen Autos es ihm nach. Er lässt sie also weiterblinken.

Die gemütliche Fahrt gibt ihm Gelegenheit, die Landschaft zu betrachten, die früher einmal sehr heiter gewesen sein muss – wellige Hügel, schattige Täler, Seen und Teiche, Wälder und Haine. Inzwischen ist sie jedoch fast ebenso dem Tod geweiht wie die Savanne von Burkina Faso: Die Hügel sind kahl. Die wenigen Bäume haben keine Blätter mehr, und das Bett des Wakarusa ist so gut wie trocken. Moderkraut überwuchert die Felder mit großen, graugrünen Flecken, Schneisen der Zerstörung kennzeichnen die Landstriche, die von Tornados heimgesucht wurden. Hier und da entdeckt Rudy zerstörte Häuser, verlassene Bauernhöfe oder ein schmutziges Outer-Lager im Gelände. Die Autobahn wird von einem hohen Elektrozaun begrenzt, der zudem noch mit Stacheldraht abgesichert ist und an allen höher liegenden Stellen von Kameras mit langen Objektiven überwacht wird. *Entweder ist das Land wirklich gefährlich, oder die Reichen, die hier fahren, haben nicht mehr alle Tassen im Schrank*, sinniert Rudy. Schließlich erreichen sie die Abfahrt, die nach Eudora führt. Pompös schlägt der Konvoi den Weg zur Church Street ein.

An der Schranke bleiben alle stehen. Rudy lässt die Scheibe herunter und wirft einen Blick nach draußen. Vor der Wagenkolonne erhebt sich etwas, das sehr gut der Eingang eines Hochsicherheitslagers sein könnte: zwei von Kontrollbaracken flankierte und mit Maschinengewehren bestückte Wachtürme, eine doppelte, mit einem zusätzlichen Laserstrahl verstärkte Schranke quer über die Straße, ein Raketenwerfer und ein Panzer, die auf einem Ausweichparkplatz stehen, sowie bewaffnete Soldaten – vermutlich eher Milizionäre. Rechts und links der Wachtürme erhebt sich eine fünfzehn Meter hohe Plasmamauer, die sich im bleichen Tageslicht mit einem rötlichen Schimmer bemerkbar macht und sich weit jenseits der Büsche und Bäume hinzieht. Selbst von seinem entfernten Standpunkt aus hat Rudy den Eindruck, ein leichtes Knistern zu hören. Während Fuller mit den Milizionären verhandelt, presst sich sein Herz zusammen. Er sieht, wie einer der Bewaffneten die Autos zählt, ein anderer geht langsam an der stehenden Kolonne entlang und inspiziert jeden einzelnen Wagen. Wird man ihn entdecken? Verhaften? Verbannen? Nein. Der Laserstrahl wird abgeschaltet, die Schranken heben sich, Richard Fuller steigt in seine Limousine ein, die Milizionäre kehren auf ihre Posten zurück, und der Konvoi setzt sich langsam in Bewegung. Im Schritttempo passieren die Autos den Kontrollpunkt. Als Rudy zwischen den beiden Baracken unter einem Bogen hindurchfährt, der stark an eine Scannerbrücke erinnert, krampfen sich seine Hände um das Lenkrad. Wie gut, dass er seine Pistole nicht mitgebracht hat … Ein paar bis an die Zähne bewaffnete Kerle in grauem Drillich mit der Aufschrift *Eudora Civic Corp.* mustern ihn eingehend, während Rudy es tunlichst vermeidet, ihren Blick zu erwidern. Sie halten ihn nicht an. Und dann ist er durch. Der Fuchs ist im Hühnerstall!

Rudy begleitet die Wagenkolonne bis zum Friedhof, wo alle ihre

Autos auf dem Parkplatz abstellen. Er parkt den Toyota ein wenig abseits und wartet geduldig, bis sich die Trauergäste am Grab versammelt haben, ehe er den Motor wieder anlässt und sich langsam entfernt.

Er fährt ins Stadtzentrum und findet in der Main Street in der Nähe des stillgelegten Bahnhofs ein kleines Hotel, das vermutlich eher für Handwerker gedacht ist, die in Eudora arbeiten, als für Gäste der reichen Einwohner der Enklave. Der Hotelbesitzer ist ein alter Mann, der sich ständig über die faltige Stirn wischt und den guten, alten Zeiten hinterhertrauert. Bei ihm mietet Rudy ein abgenutztes, aber sauberes Zimmer zu einem moderaten Preis. Nachdem er sich eingerichtet und mit stark gechlortem Wasser erfrischt hat, das kärglich aus einem gurgelnden Wasserhahn träufelt, beschließt er, das Terrain zu erkunden. Er studiert den Stadtplan, den er im Flugzeug ausgedruckt und auf dem er Fullers Adresse eingetragen hat, nachdem er sie den Piloten mühsam aus den Rippen leiern musste. Das Haus liegt im Westen der Stadt, am Ende einer Sackgasse, die in die 2076th East Road mündet, in einem bewaldeten, von Weihern durchzogenen Gebiet, das an den Wakarusa grenzt. Es ist nicht sehr weit; er kann zu Fuß gehen, was ihm nach den vielen Stunden im Flugzeug sicher guttun wird.

Das Unwohlsein überfällt ihn, als er auf der 12th Street West am Park der Grundschule vorübergeht, deren Evergreen®-Rasen von Moderkraut zerfressen ist. Es ist ein seltsam diffuses Gefühl, anders als Migräne, eher wie ein starker Druck im Innern seines Schädels, der seine Bewegungen verlangsamt und seine Gedanken verwirrt. Rudy schiebt das Gefühl auf den langen Flug, die Müdigkeit, die Zeitverschiebung und möglicherweise die Plasmabarriere, deren rötlichen Schein er in der Ferne sehen kann und die mit Sicherheit für eine starke elektrostatische Aufladung der Atmosphäre sorgt.

Er biegt nach links in die Winchester Road ab, dann geht es rechts in die 1369th North Road. Die Häuser werden jetzt geräumiger und liegen in baumbestandenen, von Mauern oder Gittern umgebenen Parks, deren Einfahrten mit Alarmanlagen und Überwachungskameras gesichert sind. Das Nobelviertel der Stadt! Rudy kann kaum noch laufen. Der Druck in seinem Hinterkopf hat sich massiv verstärkt. Jeder Schritt kostet ihn unendliche Überwindung; einen Fuß vor den anderen zu setzen wird so anstrengend, dass er unwillkürlich Grimassen schneidet und in Schweiß gebadet ist …

Als Rudy schließlich die 2076th East Road erreicht, hat er nur noch einen Wunsch: umzukehren und so schnell wie möglich zu verschwinden. Dabei wirkt die Umgebung alles andere als bedrohlich – im Gegenteil. In gepflegten Teichen dümpeln Boote, die an kleinen Stegen vertäut sind; Trauerweiden und Schilf wechseln sich mit majestätischen Baumriesen ab, makellose Rasenflächen werden von Blumenrabatten begrenzt, unter Zypressen und Eiben herrscht angenehmer Schatten, und in der Ferne brummt irgendwo ein Rasenmäher. Woher kommt bloß diese irrationale Angst, die ihm Herzklopfen verursacht und ihm die Haare zu Berge stehen lässt?

Erst als er unter Mühen in die Sackgasse abbiegt, in der das Haus der Fullers liegt – ihm ist, als wate er durch Leim oder kämpfe gegen einen Orkan an –, begreift Rudy plötzlich die Ursache seiner Not: *Tony Junior!* Das Monstrum weiß, dass er sich in Eudora aufhält, ahnt vielleicht auch seine Absichten und drängt ihn mit seiner geballten mentalen Kraft zurück.

Hi, hi, hi, klingt es in seinen Ohren oder vielleicht auch in seinem Kopf. Es hört sich an wie das Lachen einer Hyäne … Plötzlich erinnert sich Rudy an die antike Maske, die ihm dabei half, Fuller zu hypnotisieren und zu entführen. Eine erschrockene Frage taucht in seiner erhitzten Fantasie auf: War das alles etwa geplant? Die Maske, die Entführung, die unerwartete Wendung in der Wüste – kann Tony Junior diese Dinge schon im Voraus ersonnen haben? Hat er Rudy, Abou und Hadé von Anfang an manipuliert? In diesem Fall wäre der geklonte Junge deutlich stärker, als sie vermutet haben, und Rudy hätte nicht die geringste Chance gegen ihn.

Verschwinde, du Affe, hört er oder glaubt es zu hören. Mit zusammengebissenen Zähnen, geballten Fäusten und vor Anstrengung und Panik verzerrtem Gesicht gelingt es Rudy, noch ein paar Meter weiterzugehen. Er sieht ein großes Tor, mit dem das Ende der Sackgasse versperrt ist. Jenseits davon erkennt er durch Schweiß und

Tränen hindurch ein weißes, unter Bäumen gelegenes, kreuzförmig erbautes Haus, dessen Freitreppe von Säulen gesäumt ist ... Der Druck in Rudys Gehirn wird so stark, als wäre er mindestens tausend Meter tief im Meer getaucht. Seine Nase blutet, und seine Ohren dröhnen ... Er kann nicht mehr! Hastig dreht er sich um und rennt wie von Teufeln gejagt davon. Eine unsichtbare, starke Hand scheint ihn vorwärtszudrücken.

Als Rudy das Hotel erreicht, ist er zwar außer Atem, doch sonst geht es ihm wieder gut. Er lässt sich auf das Bett sinken und erholt sich kurz, ehe er wieder aufsteht und nach dem Mobiltelefon greift, das er im Flugzeug gefunden hat und das wahrscheinlich Fuller gehört. Er wählt Lauries Nummer. Es dauert lange, ehe sie abhebt.

»Laurie? Hier ist Rudy ... Ach, habe ich dich geweckt? Das tut mir leid.« Er schaut auf die Uhr. In Kongoussi muss es mitten in der Nacht sein. »Du musst bitte ganz dringend zu Abou gehen ... Ja, ich weiß, dass er Ausgangssperre hat. Mach es irgendwie möglich. Die Sache ist sehr ernst und unglaublich wichtig! ... Nein, ich kann es dir nicht erklären. Aber er wird sich darum kümmern, wenn du darauf bestehst ... Morgen früh? Ja, das geht. Er soll mich zurückrufen. Schreibst du dir die Nummer auf? ... Ja klar, ich rufe sofort zurück ... Nein, das ist schon in Ordnung. Ich habe hier Kredit. Gute Nacht, Laurie. Und entschuldige bitte, dass ich dich geweckt habe.«

Das Tier überwältigen

Wir jedoch, wir haben die Möglichkeit, die Augen auch in der Nacht zu öffnen – im *ndimsi*. Im *ndimsi* ist es, als befänden wir uns im Licht. [...] Du kannst bis nach Europa sehen, bis dorthin und noch weiter, obwohl du zu Hause bist. Mit dem *ndimsi* verhält es sich so: Du siehst das Schlechte und das Gute.

Din (Heiler aus dem Volk der Douala, Kamerun)

»Großmutter, ich brauche deine Hilfe!«

»Ich weiß, mein Sohn. Rudy ist in Gefahr, nicht wahr?«

Hadés Antwort verblüfft Laurie ungemein. Sie und Abou sind gerade erst angekommen und in die Hütte gebeten worden; sie wüsste nicht, wann Abou seine Großmutter hätte informieren können, zumal sie kein Telefon besitzt. Es ist wohl tatsächlich so, dass Hadé über bestimmte »Begabungen« verfügt; das hat Abou ihr immer wieder klarzumachen versucht. Bei ihrem ersten Besuch hat sie diese Begabungen allerdings nicht erkennen können. Sie hat lediglich eine korpulente alte Dame erlebt, die sehr wütend auf ihren Enkel war, sich ihr gegenüber aber ausgesprochen nett verhielt. Nur die Fetische, Masken und Amulette in der Hütte könnten darauf hinweisen, dass Hadé mit den Geistern in Verbindung steht … oder mit Menschen, die daran glauben. Doch soeben hat sie einen Beweis ihrer Hellsichtigkeit geliefert – oder ihrer perfekten Kenntnis der Kungelei zwischen Rudy und Abou.

Laurie hat erst im Auto erfahren, was eigentlich los ist. Natürlich hatte sie schon vorher gewisse Vermutungen, denn Rudy ist nicht der Typ, der als Begleitung von Saibatou Kawongolo mal eben kurz in die Vereinigten Staaten fliegt. Der besorgte Anruf mitten in der Nacht bestärkte Lauries Verdacht. Dennoch folgte sie seiner Bitte und fuhr gleich früh am nächsten Morgen ins Militärlager, ging zu Hauptmann Yaméogo und fragte ihn, ob Abou einen dringenden Anruf tätigen dürfe – es ginge um seine Großmutter und seine »Behandlung«. Der Hauptmann gab ihrer Bitte gutmütig wie immer nach. Abou durfte Rudy vom Diensttelefon der Armee aus anrufen. Im Anschluss an das Gespräch bat er um Sonderurlaub, weil er Hadé besuchen müsse.

»Sergeant Diallo, Sie missbrauchen Ihre Privilegien!«, brüllte Yaméogo, beruhigte sich dann aber wieder. »Gut, wenn Ihre Großmutter Sie braucht, gestatte ich Ihnen, nach Ihrem Dienst hinzufahren. Unter einer Bedingung: Sie sind morgen früh rechtzeitig auf Ihrem Posten.«

»Zu Befehl, Herr Hauptmann.«

»Rühren.«

Daraufhin zwinkerte Yaméogo Laurie zu. Sein Blick war eindeutig anzüglich. Er war mit Sicherheit der Meinung, dass es sich bei dieser Großmuttergeschichte um einen Vorwand handele, dass Laurie einfach nur Sehnsucht nach Abou hatte und dass die beiden die Nacht mit wildem Sex verbringen würden. Um ehrlich zu sein, hatte sie selbst auch schon an etwas Ähnliches gedacht. Doch es war wirklich so, dass Abou unverzüglich zu Hadé fahren musste; er hatte es Rudy am Telefon versprochen.

»Ich werde gegen acht Uhr abends dort sein. Geht das? Wie groß ist der Zeitunterschied? Sechs Stunden? Das wäre doch in Ordnung für dich, oder? ... Okay. Gute Nacht, Rudy.«

Den ganzen Tag musste Laurie ihre Ungeduld zügeln. Was heckten die beiden da wieder aus? Und was sollte das Versteckspiel? Wenn Abou jetzt schon Dinge vor ihr verheimlichte, würde ihre Beziehung sicher nicht sehr lange halten. Bei Dienstende um halb sieben holte sie ihn mit dem Auto ab und machte ihrem Unmut sofort Luft.

»Abou, diese Dummheiten mit Rudy reichen jetzt allmählich. Ich denke, du solltest mir endlich alles erklären. Ich behalte mir übrigens das Recht vor, dich zu hindern, wenn ich der Meinung bin, dass du dich da in etwas hineinreitest.«

Zerknirscht erzählte er ihr alles: vom Grund für Hadés Zorn, vom stärker werdenden, verhängnisvollen Einfluss des Feindes und seiner Verbindung mit der Göttlichen Legion, von der Notwendigkeit seiner Vernichtung, von Rudys Bereitschaft – um nicht zu sagen: Selbstaufopferung –, diesen Auftrag auszuführen, und von der mentalen Unterstützung, mit der Abou und Hadé ihm helfen konnten. Sprachlos und erstaunt hörte Laurie ihm zu. Schließlich nickte sie, ohne ihren Zweifel zu verhehlen.

»Wenn ich dich recht verstanden habe, habt ihr einen Kampf der Guten gegen das Böse vom Zaun gebrochen. Ihr kämpft gegen Satan oder den Antichrist, ihr wollt das Tier überwältigen, wie der Erzengel Michael den Drachen überwältigt hat. Das ist ja richtig mythologisch!«

»Davon verstehe ich nichts, Laurie. Ich weiß nur, dass es schwierig wird. Und sicher auch gefährlich.«

»Musst du es denn tun?«

»Ich muss meinen Fehler wiedergutmachen.«

Was sollte sie darauf antworten? Dem war nichts entgegenzusetzen. Sie stellte sich Abous Teilnahme an Rudys Kampf als eine Art mentale Konzentrationsübung vor, als Meditation oder höchstens so etwas wie Selbsthypnose, ganz ähnlich der psychologischen Konditionierung vor einer wichtigen Bewährungsprobe … verbunden mit streng traditionellen Bräuchen, Zauber, Befragung von Kauri-Muscheln oder esoterischen Zeichen im Sand, vielleicht einem Maskentanz oder einer von Nadeln durchbohrten Puppe als Symbol der Bösen.

Doch es ist ganz anders.

Hadé geht zum Regal, nimmt eine Handvoll Kräuter aus einem Behältnis, ein wenig geriebenen Stein oder schwärzliche Kohle aus einem anderen und wirft beides in das merkwürdige muschelgeschmückte Tonbehältnis, aus dessen Öffnung ständig eine bläuliche, nach Weihrauch duftende Rauchfahne dringt. Sofort wird der Rauch dicht, bitter, braun und erstickend. Laurie kneift die Augen zusammen und beginnt zu husten.

»Komm her, mein Sohn.«

Abou steht auf und geht zu seiner Großmutter. Laurie sieht, dass er zittert und dass sein Blick trüb ist.

»Muss ich hinausgehen?«, fragt sie.

Laurie weiß, dass es bei afrikanischen Zauberern mehrere Anlernstufen gibt und dass einige in der Anwesenheit von Laien nicht durchgeführt werden können. Angesichts von Abous gequältem Gesichtsausdruck ahnt sie, dass ihm etwas sehr Schwieriges bevorsteht: Sie hat Angst um ihn und würde gern in seiner Nähe bleiben, um ihn mit ihrer Liebe zu unterstützen.

»Bleiben Sie ruhig hier, Laurie. Abou könnte Ihren Beistand brauchen, denn er ist enger an Sie als an mich gebunden. Aber ich warne Sie: Es wird nicht sehr angenehm, doch Sie dürfen weder schreien noch mit ihm reden oder versuchen, ihn von dort, wo er ist, zurückzuholen. Versprechen Sie mir das?«

»Ich verspreche es Ihnen, Madame«, nickt Laurie ernst.

Dieses Mal muss Hadé Abou nicht mehr zwingen, den Kopf in den Rauch zu halten. Auf ein Zeichen von ihr steckt er ihn sofort in die Öffnung des Fetischs. Seine Großmutter steht über ihn gebeugt und atmet ebenfalls tief die bitteren, übel riechenden Dünste ein. *Halluzinogene*, denkt Laurie, die sich sehr beherrschen muss, um nicht zu husten. Obwohl sie sich bemüht, so wenig wie möglich von dem braunen Rauch einzuatmen, spürt sie, wie ihr Kopf sich dreht. Am Fetisch wechseln Hadé und Abou einige Worte in Moré, die Laurie zwar nicht versteht, doch von denen sie ahnt, dass sie mit großer Macht beladen sind. Hadé stimmt eine Art Beschwörungsformel an, Abous Antworten sind rau, erstickt und immer gleich.

Plötzlich wirft er sich nach hinten. Seine Augen quellen aus den Höhlen, er krümmt sich, als hätte er einen Stromschlag erhalten, und stößt unartikulierte Laute aus.

»Ich sehe ihn, Großmutter! Ich sehe ihn!«, ruft er schließlich.

»Geh näher an ihn heran, Sohn. Näher!«

Hadé wechselt ins Moré. Langsam beginnt Abou, sich um die eigene Achse zu drehen. Dabei bewegt er sich sehr merkwürdig, zieht die Knie hoch, breitet die Arme aus und schlägt mit ihnen wie mit Flügeln. Laurie muss einen ängstlichen Aufschrei unterdrücken, denn das Gesicht ihres Liebsten hat sich vollständig verändert. Seine Augen, die rund wie Kugeln hervorstehen, schimmern in einem rötlichen Glanz; ein grässliches, raubtierhaftes Grinsen zerrt seine Lippen empor und enthüllt die Zähne; sein aufgequollenes Gesicht zuckt so stark, dass sich selbst die Ohren mitbewegen. Immer schneller dreht er sich um Hadé, die selbst mit ausgebreiteten Armen herumwirbelt. Soweit Laurie es im dichten Qualm erkennen kann, hat sich ihr Gesicht nicht verändert. In der Hütte ist es dunkel. Draußen sind die letzten Strahlen der untergehenden Sonne erloschen. Ein blakendes Öllicht schafft es kaum, die finsteren Rauchspiralen zu durchdringen. Laurie hustet – sie kann nicht anders. Doch das seltsame Ballett, das sich vor ihren Augen abspielt, scheint davon nicht gestört zu werden. Abou wirbelt so schnell herum, dass er kaum noch den Boden zu berühren scheint. Im Zentrum des von ihm beschriebenen Kreises dreht sich Hadé wie ein tanzender Derwisch. Ihr Boubou bauscht sich um sie. Auch der Rauch ringelt sich spiralförmig nach oben, und am Rand der Windungen glaubt Laurie plötzlich, Formen zu erkennen … Sie blinzelt und reibt sich die Augen, doch die Formen bleiben, dunstig, aber eindeutig, mal Mensch, mal Tier, manchmal eine Mischung aus beidem und umso bedrohlicher, als man sie nicht genau erkennen kann. Augen glühen auf, rote und gelbe Punkte in der Finsternis … *Halluzinationen, nichts als Halluzinationen*, versucht Laurie sich zu überzeugen, doch sie spürt die körperliche Anwesenheit der Kreaturen, fühlt ihren Atem, vielleicht sogar eine Art Murmeln und dann – eine Berührung! Sie zuckt zurück, kann einen Schrei nicht zurückhalten, schlägt sich die Hand vor den Mund: Auf keinen Fall schreien, hat Hadé gesagt. Mutig wagt sie, sich umzudrehen … Etwas Großes, Schwarzes pulsiert in der Dunkelheit oder schlägt mit den Flügeln. In panischer Angst nähert Laurie sich Abou, der sie anrempelt, umreißt und selbst stürzt. Instinktiv greift Laurie nach seiner Hand. Er reißt sich los und beginnt, kriechend um sie herumzutanzen – vielleicht fliegt er auch unmittelbar über dem Boden. Hadé schlägt ebenso mit den Armen – mit den Flügeln? – und dreht sich schwerfällig im Kreis. Es ist eine Art Tanz, dessen Ziel es zu sein scheint, die Dämonen (handelt es sich um solche?) davon abzuhalten, sich auf sie zu stürzen.

Plötzlich hält Abou in seiner Bewegung inne. Er kauert sprungbereit wie ein Panther, der sich auf seine Beute stürzen will. Laurie kann sein Gesicht im Halbschatten erkennen. Es hat nichts Menschliches mehr. Er sieht aus wie eine der Masken, die an den Balken der Hütte hängen, mit gebleckten Zähnen, großen, kugeligen Augen und einer Tierschnauze. Selbst die kurzen krausen Haare sträuben sich wie eine explodierende Krone um seinen Kopf.

»Jetzt!«, ruft Hadé.

Abou springt mit einem katzenartigen Satz in die Finsternis – und verschwindet.

Er kommt nicht ein Stück weiter auf die Füße, hält sich auch nicht an den Balken der Hütte fest oder durchdringt das Grasdach – er verschwindet ganz einfach. Das ist zu viel für Laurie. Ein entsetzlicher Schmerz durchfährt sie. Ihr Herz setzt einen Schlag aus. Sie versinkt in ein rotes, weiches Nichts.

Sie weiß nicht, ob sie nur einige Minuten oder viele Stunden ohnmächtig war. Als sie aufwacht, liegt Abou neben ihr. Sein Körper wird von so heftigen Zuckungen geschüttelt, dass er manchmal vom Boden abzuheben scheint. Sein Atem geht schwer und abgehackt, seine Gesichtszüge werden von schrecklichen Ticks verzerrt, seine Augen rollen in ihren Höhlen. Hadé ist mit hängenden Armen in ihrem Sessel zusammengesunken. Sie wirkt erschöpft. Die Dämonen sind geflohen oder haben sich in der Finsternis verkrochen. Der stinkende Rauch ist weniger dicht und nicht mehr so erstickend.

Laurie vergisst ihr Versprechen und greift nach Abous Hand, die wie ein elektrisierter Froschschenkel zuckt. Sie drückt sie ganz fest und überhäuft ihn mit all ihrer Liebe, ihrer Zärtlichkeit und ihrem Begehren. Innerlich beschwört sie ihn: *Ich liebe dich, Abou. Halte durch. Halte durch. Komm wieder zurück. Ich brauche dich. Ich liebe dich, ich liebe dich …* Langsam wird Abou ruhiger. Seine Krämpfe lassen nach, die Gesichtszuckungen werden seltener, seine Augen rollen nicht mehr, und die Atmung wird regelmäßiger. Nur seine Beine galoppieren weiter, als marschiere er in irgendeinem unbekannten Land.

Lange bleibt Laurie an ihn geschmiegt liegen, hält seine Hand in ihrer und absorbiert seine Energie, die sich wie glühende Lava in ihrem Körper ausbreitet. Abou beruhigt sich, schläft vielleicht sogar ein … Plötzlich reißt ihn ein unglaublicher Ausbruch vom Boden. Ohne Anlauf vollführt er einen kompletten Salto rückwärts über den Kopf, bleibt flach auf dem Bauch liegen, springt mit einem Satz auf die Beine, kniet hin, kreuzt die Arme über der Brust, lässt den Kopf auf die Oberschenkel fallen und stöhnt wie in höchster Qual.

»Abou! Liebling! Was ist los? Hast du Schmerzen?«, schreit Laurie auf.

Sie spürt seine Hand, die sie verbrennt, als halte sie ein glühendes Scheit.

Abou hebt den Kopf. Sein Gesicht ist grau und schweißnass. Er zittert. Seine blutunterlaufenen Augen streifen Laurie voller Angst … dann plötzlich bleiben sie hängen und erkennen sie.

Er seufzt, versucht zu lächeln und setzt sich schwerfällig auf den Boden.

»Der Blitz«, flüstert er. »Ich glaube, es ist vorbei.«

Hadé scheint der gleichen Ansicht zu sein. Sie liegt mit ausgebreiteten Armen in ihrem niedrigen Sessel, den Kopf zur Seite geneigt, und schnarcht friedlich vor sich hin.

Das Übel ausmerzen

> Und ich sah das Tier und die Könige der Erde und ihre Heere versammelt, Krieg zu führen gegen den, der auf dem Pferd sitzt, und gegen sein Heer. Und das Tier wurde überwältigt und mit ihm der falsche Prophet, der die Zeichen vor ihm getan und durch sie alle in die Irre geführt hatte, die das Mal des Tieres empfangen und ihre Knie gebeugt hatten vor seinem Bild. Bei lebendigem Leib wurden die beiden in den Feuersee geworfen, der im Schwefel brennt.
>
> *Offenbarung* 19, 19–20

Am Tag nach der Beerdigung laden sich Moses Callaghan und seine Apostel bei Pamela zum Mittagessen ein. Vielleicht ist es auch eher so, dass sie die Räumlichkeiten in Besitz nehmen, denkt Pamela angesichts ihres Verhaltens. Sie besichtigen die Villa vom Speicher bis zum Keller, notieren sich, welche Möbel umgestellt und welche Zimmer neu eingerichtet werden müssen, werfen Nippessachen und Deko-Artikel, die sie für das Haus des Herrn als ungeeignet erachten, ohne große Umstände auf den Boden – darunter auch ein gerahmtes Porträt von Pamelas Eltern, das sie aber im letzten Moment vor dem Autodafé retten kann. Anschließend schlendern sie durch den Park und beschließen Veränderungen, ohne sie auch nur zu fragen. Um ausreichend Erwählte aufnehmen zu können – natürlich nur handverlesene Individuen, die in der Lage sind, ihrem Glauben durch eine großzügige Spende Ausdruck zu verleihen –, denen es gestattet wird, den Geheiligten Geist zu besuchen, muss selbstverständlich ein Parkplatz eingerichtet werden, außerdem sollten Stände aufgebaut werden; dort drüben könnte man vielleicht eine Kapelle errichten, der Weiher müsste natürlich zugeschüttet werden, die Bäume auf der Anhebung da vorn werden abgeholzt, um Platz für ein großes Kruzifix zu schaffen, und den Pool könnte man in ein überdimensionales Weihwasserbecken verwandeln ... Robert Nelson führt die Gruppe herum, als gehöre das Anwesen ihm persönlich und als hätte er längst alles geplant. Unterwürfig und servil stimmt er allen Vorschlägen zu, nickt, bestätigt und lobt. Einigermaßen verwirrt folgt Pamela ihnen durch den Park. Wie soll sie das verstehen? Handelt es sich um eine Ehrenbezeigung, die man ihr erweist, oder verletzen diese Leute ihr Heim und ihr Privatleben?

Nach der Hausbegehung versammeln sich alle um den großen Tisch, den Pamela im Esszimmer hat aufstellen lassen. Da sie keine Zeit gehabt hat, eine dem Reverend würdige Mahlzeit für so viele Teilnehmer vorzubereiten, hat sie das Essen bei Feinkost Greenbaum bestellt, der alle Veranstaltungen und Empfänge in Eudora beliefert. Natürlich weiß sie, dass sie sich nicht von einem Juden hätte beliefern lassen dürfen (»sie sind alle Verräter und Feinde Christi«, wettert Callaghan immer über sie), aber Greenbaum ist wirklich der beste Partyservice von Eudora. Außerdem hätte sie sonst nach Lawrence oder Kansas City fahren müssen.

Einer der Apostel flüstert dem Reverend etwas zu. Callaghan hebt den Kopf und hebt die dichten Augenbrauen.

»Salome, ich zähle dreizehn Gedecke auf dem Tisch. Willst du etwa Unheil auf uns herabbeschwören? Willst du, dass der Satan sich mit an den Tisch setzt? Willst du Gott lästern?« Mit seinen langen Armen wischt er einen Porzellanteller vom Tisch. Scheppernd zerklirrt das edle Geschirr auf den Fliesen. »Eine Frau hat in der Küche zu essen, wo ihr Platz ist.«

Pamela errötet unter der Demütigung. Tief in ihrem Herzen spürt sie das Aufkeimen einer aufmüpfigen Regung, doch Nelson lässt sie nicht zu Wort kommen.

»Meister, darf ich Sie in aller Bescheidenheit daran erinnern, dass diese Frau die unbefleckte Mutter des Geheiligten Geistes und damit ebenfalls heilig ist? Sie vom Mahl auszuschließen würde bedeuten, dass wir ihre Heiligkeit nicht zu schätzen wissen. Bieten wir lieber ihrem Sohn an, sich uns anzuschließen; auf diese Weise wird die Unglückszahl neutralisiert.«

Der gute Robert, denkt Pamela lächelnd. Ihr Herz zerschmilzt und wird von einer wohligen Welle überrollt, die sie erzittern lässt. Ist das Liebe? Wieder spürt sie dieses warme Gefühl zwischen ihren Schenkeln … Schamhaft wendet sie sich ab. Sie fühlt sich schuldig, weil sie in einem solch feierlichen Moment unreine Gedanken und den Wunsch nach Wollust verspürt. Ihr fällt der flüchtige Augenblick wieder ein, als Nelson sie bei seinem letzten Besuch in Anthonys Arbeitszimmer auf den Mund küsste. Zwar musste sie heftig gegen ihre eigenen Begierden ankämpfen, doch sie wehrte ihn ab, nahm die Hand des jungen Anwalts von ihrem Knie und zog sich in eine würdige Witwenhaltung zurück, obwohl ihr ganzer Körper brannte und schrie: *Nimm mich! Nimm mich!* Bruder Ezechiel ließ (leider!) sofort von ihr ab, entschuldigte sich und rechtfertigte sein Verhalten, indem er das Hohelied Salomos zitierte und ziemlich wortreich erklärte, dass Pamela als Witwe nicht mehr durch die heiligen Fesseln der Ehe gebunden sei und dass die Göttliche Legion die Wiederverheiratung von Witwen gestatte, dass es notwendig sei, die Herde des Herrn zu vergrößern, und dass der Herr Mann und Frau mit Fortpflanzungsorganen ausgestattet habe, damit man sich ihrer bediene, ohne selbstverständlich in ein ausschweifendes Leben oder gar die Prostitution abzugleiten … Unglücklicherweise jedoch war der gnädige Augenblick verstrichen, und Bruder Ezechiel wiederholte seine Annäherungsversuche nicht.

Callaghan akzeptiert Nelsons Argument und geht sogar selbst ins Wohnzimmer, um den frisch gebadeten und ganz in Weiß gekleideten Tony Junior zu holen. Das faltige Gesicht des Klons bleibt trotz der vielen Menschen in seinem sonst so leeren Haus starr und ausdruckslos. Nur die grauen Augen, das einzig Bewegliche in seinen eingefrorenen Zügen, mustern jeden einzelnen Anwesenden bis ins Detail und sezieren ihn mit der Genauigkeit eines Laserstrahls.

Moses schiebt Juniors Rollstuhl an das eine Ende des großen Tisches, Pamela deckt den vierzehnten Teller auf und setzt sich an die Seite ihres Sohnes, um ihn zu füttern. Nach dem üblichen Tischgebet setzen sich alle. Nur der Reverend, der den Platz gegenüber dem Geheiligten Geist am anderen Ende des Tisches eingenommen hat, bleibt in seiner vollen Zweimetergröße stehen. Er breitet die Arme über Teller und Bestecke aus, nimmt eine dicke Scheibe Brot aus dem Korb, dankt Gott, bricht das Brot in vier Teile, reicht diese an seine Tischnachbarn weiter und sagt:

»Nehmet und esst alle davon: Das ist mein Leib, der für euch hingegeben wird.«

Anschließend schenkt er sich ein Glas Wein ein, hebt es hoch über seinen Kopf und deklamiert:

»Nehmet und trinket daraus: Das ist der Kelch des neuen und ewigen Bundes, mein Blut, das für euch und für alle vergossen wird zur Vergebung der Sünden.«

Wie alle anderen erhält auch Pamela ein Stück Brot und einen Schluck Wein, die sie nur zögernd schluckt. Mag ja sein, dass Moses Callaghan ein Auserwählter ist, aber gibt ihm dies das Recht, sich Jesus gleichzusetzen? Nelson bemerkt ihre Unsicherheit, streicht ihr über die Hand und flüstert ihr zu:

»Essen und trinken Sie, Schwester Salome. Heute sitzt der auferstandene Christus mit uns am Tisch. Da er jedoch nicht in der Lage ist, selbst Brot und Wein mit uns zu teilen, tut der Reverend es an seiner Stelle.«

Gegen Ende der Pseudo-Abendmahlsfeier heftet Callaghan den Blick auf Tony Junior, der ihn seinerseits mit seinen grauen Augen fixiert. Moses nickt, breitet die Arme erneut aus und verkündet mit donnernder Stimme:

»Brüder, ich sage euch – er ist auf dem Weg. Der Abgesandte des Teufels, der Gefolgsmann Satans ist nicht mehr fern und wird erneut versuchen, dem Leben des Auferstandenen ein Ende zu setzen. Gerade jetzt ist er dabei, die Waffen zu wetzen und die Dämonen zu rufen.« Die Anwesenden werfen sich fragende Blicke zu. »Nein«, fährt Callaghan fort, »unter uns ist kein Verräter. An diesem Tisch sitzt kein Judas. Die Gefahr kommt von draußen, aus dem Ausland, von Negern und Ungläubigen! Wir müssen doppelt wachsam sein! Aber jetzt lasst uns essen.«

Die gesamte Tischrunde hält Callaghans Aufruf für eine Parabel oder eine generelle Warnung. Seit jeher ist der Reverend schnell bei der Hand, Schwarze, Juden oder Ungläubige anzuprangern, und nimmt gern jede Gelegenheit dazu wahr. Und so speisen sie mit gutem Appetit und loben die Hausherrin für ihre Kochkunst, woraufhin sie tief errötet. Soll sie gestehen, dass dieses Essen von unreinen Händen zubereitet wurde? Nein, keinesfalls! Sie würden sofort in ihr die Verräterin sehen, einen neuen, weiblichen Judas! Ihre Verwirrung wird für Schüchternheit gehalten, und glücklicherweise wirft Callaghan ihr keinen seiner schrecklich durchdringenden Blicke zu. Er ist dabei, sich mit seinen engsten Vertrauten viel trivialeren Problemen zu widmen – nämlich Pamelas Erbe auseinanderzudividieren. Sie rechnen durch, wie viel Prozent von Fullers Vermögen man ihr zugestehen kann, überlegen, wie man die Besitzurkunden am besten auf die Göttliche Legion überschreibt und wie Pamelas Status und Vorrechte bei Resourcing dabei ins Gewicht fallen, denken darüber nach, wie die unterschiedlichen Tochtergesellschaften zusammenhängen, versuchen herauszufinden, wen man schmieren oder bedrohen muss und wie man Druck auf den Verwaltungsrat ausüben kann, damit er die Treuhänderschaft von Capital Investments akzeptiert. Auch der Jahresumsatz und die Möglichkeit einer Übernahme werden besprochen. Bei alledem wird Pamela weder zu Rate gezogen noch zu ihrer Ansicht befragt: Ihre Rolle beschränkt sich darauf, den Geheiligten Geist zu füttern …

Der jedoch weigert sich zu essen und wird von Minute zu Minute unruhiger. Er stöhnt, stößt unzusammenhängende Laute aus, presst die Lippen zusammen und verschmäht die Nahrung, die Pamela ihm reicht. Es gelingt ihm sogar, sich keuchend vor Anstrengung aufzubäumen. Plötzlich stößt er einen so durchdringenden Schrei aus, dass alle aufmerksam werden.

»O Herr … Liebling, was ist mit dir? Bist du krank?«

Noch nie hat Pamela Tony so erlebt. Er schwitzt, und sein sonst so unbewegliches Gesicht zuckt krampfhaft. Er sabbert, murmelt Unverständliches und heult auf vor Schmerz – vielleicht auch vor Angst, denn seine blutunterlaufenen Augen sind voller Entsetzen aufgerissen. Mit einer hektischen, unkontrollierten Geste wischt er den Teller von seinem Rollstuhltablett. Platte samt Inhalt scheppern auf den Boden. Er biegt und windet sich so sehr, dass man den Eindruck hat, er mache Anstalten aufzustehen.

»Ist es möglich, dass der Geheiligte Geist seiner fleischlichen Hülle zu entrinnen versucht?«, überlegt einer der Apostel.

»Bekämpft er vielleicht eine Anfechtung Satans?«, schlägt ein anderer vor.

»Oder werden wir Zeuge eines Wunders? Vielleicht steht er gleich auf und spricht zu uns«, sagt ein Dritter.

»Vielleicht kämpft er, um sein Übel auszumerzen«, fügt der Erste hinzu. »Er könnte seine Heilkunst bei sich selbst anwenden.«

Alle Blicke richten sich auf den Reverend, um ihn nach seiner Ansicht zu fragen – der einzigen, die wirklich zählt. Doch Callaghan äußert sich nicht. Er sitzt hoch aufgerichtet am Ende der Tafel und beobachtet Tony, der sich am anderen Ende in Krämpfen und Schmerzen windet.

»Hat er seine Medikamente genommen?«, erkundigt sich Nelson bei Pamela. »Vielleicht hat er einen Anfall.«

Sie schüttelt ratlos den Kopf.

»Er weigert sich, etwas einzunehmen. Ich rufe lieber Doktor Kevorkian an.«

»Salome, du mischst dich da nicht ein!«, poltert Callaghan.

Er steht so hastig auf, dass sein Stuhl umfällt, geht mit großen Schritten um den Tisch herum zu Tony und nimmt sein kleines, von Angst und Schmerz verzerrtes Gesicht in seine großen Hände.

»Auferstandener, Geheiligter Geist, Sohn Gottes, sieh mich an und sage mir, ob es die Dämonen sind, die dich angreifen. Sind es die Gesandten dieses Gegners, von dem du eben zu mir gesprochen hast? Antworte, ich beschwöre dich!«

Er zwingt Tonys Kopf in seine Richtung. Man hört die Nackenwirbel knacken. Pamela will zu ihrem Sohn, doch Nelson hält sie fest und drückt sie eng an sich. Von Callaghans Händen wie von einer Schraubzwinge festgehalten, wendet Junior ihm seine unruhigen, tränenden Augen zu, in denen Moses mit seinem durchdringenden Blick liest. Beide verharren einen angespannten Moment lang auf diese Weise. Die Anwesenden sind wie elektrisiert. Plötzlich lässt Callaghan Tony los und hebt die Arme zum Himmel.

»Aaah! Ich wusste es! *Vade retro, Satanas!*« Er stürzt sich wieder auf Tony und schwenkt das große, goldene, mit Diamanten besetzte Kruzifix vor seiner Nase. »Im Namen des Vaters, des Sohnes und des Heiligen Geistes. Dämon, ich befehle dir, dieses Kind zu verlassen. Kehre zurück in die Abgründe deiner Hölle. Herr, geheiligt werde dein Name, erlöse uns von dem Übel und der Versuchung. Hinaus mit euch, ihr Hunde, ihr Zauberer, ihr Unkeuschen, ihr Mörder, ihr Götzendiener und Lügner! Weicht, ihr Dämonen! Lob, Preis und Ehre sei dir, allmächtiger Herr, der du warst und bist. Verbanne Satan in die Höllenqual, in den Feuersee, der im Schwefel brennt!«

Callaghans Beschwörungen zeigen nicht die geringste Auswirkung auf Junior, der nach wie vor krampft und zuckt, als würde er von unsichtbaren Kräften geschüttelt. Sein Gesicht verzerrt sich weiter zu den schrecklichsten Grimassen. Pamela versucht erneut, zu ihrem Sohn zu eilen, doch Nelson hält sie mit fester Hand zurück. Callaghan ruft seinen Leibwächter zu sich.

»Luke, da draußen ist jemand. Ich weiß zwar nicht, wo, aber weit kann er nicht sein. Nimm deine Leute mit, finde ihn und leg ihn um.«

»Wie sieht er aus?«

»Er ist Ausländer. Soviel ich weiß, hat er halblanges, glattes schwarzes Haar und einen hängenden Wikingerschnurrbart. Er darf nicht herkommen – auf gar keinen Fall. Hast du mich verstanden?«

Luke nickt und macht drei ebenfalls bewaffneten Aposteln ein Zeichen. Zu viert verlassen sie die Villa.

Tony hat sich inzwischen ein wenig beruhigt und ist in seinem Rollstuhl zusammengesunken. Moses kniet vor ihm nieder und fragt leise:

»Sohn Gottes, kannst du jetzt mit mir reden? Kannst du mir mehr darüber mitteilen?«

Juniors Kopf wendet sich langsam und stockend dem Reverend zu, als drehe er sich zögernd auf einer schlecht gefetteten Achse. Er sieht ihn mit seinen grauen Augen an, die aufgewühlt sind wie ein stürmischer See. Plötzlich bäumt er sich mit seinem ganzen kleinen Körper auf, wirft den Kopf nach hinten und schreit:

»*Zindamba! Zindamba! Zindamba!*«

Es sind die ersten Worte, die er je gesprochen hat. Aber auch die letzten.

Der bewaffnete Arm des Herrn

Ich bin vom Herrn erwählt und stehe unter seinem besonderen Schutz. Ich bin sein Wort und sein bewaffneter Arm. Ich bin der Prophet mit dem Auftrag, den zu verkünden, der nach mir kommt. Man darf mich mit Daniel oder Johannes dem Täufer vergleichen – ich schäme mich dessen nicht, denn in Wahrheit bin ich ihr wiedergeborener Geist. Wie sie bin ich unverwundbar, und kein Leid kann mir etwas anhaben, denn Gott hat mich auserwählt, sein Wort zu lehren. Wie ihnen auch hat mir ein Engel verkündet, dass die neuen Zeiten angebrochen sind. Der Antichrist und seine dekadenten Rassen werden vernichtet. Der neue Messias wird kommen, um auf der Erde die Ordnung der Gerechten einzuführen. Gott hat mir den Auftrag gegeben, seine Ankunft anzukündigen und vorzubereiten, die Spreu vom Weizen zu trennen und die Armee des Weißen Reiters zu einen, um die Horden des Teufels zu bekämpfen. Aus meinem Mund dringt ein scharfes Schwert.

Moses Callaghan,
Gott spricht zu mir (DL Publishings 2024)

Gegen vierzehn Uhr verlässt Rudy sein Hotel. Er ist mit einer Beretta 9 mm bewaffnet, die er am Morgen im örtlichen Drugstore erworben hat. Der entspannte Gang, mit dem er sich zum zweiten Mal zum Anwesen Fullers aufmacht, ist vorgetäuscht. Unterwegs wirft er verstohlene Blicke auf die an allen möglichen Stellen angebrachten Überwachungskameras: Er entdeckt sie an jeder Straßenkreuzung, über Geschäften und eingebaut in Straßenlaternen und Ampelanlagen. Auf keinen Fall ist dies der richtige Zeitpunkt, durch auffälliges Verhalten auf sich aufmerksam zu machen. Tief in seinem Innern betet Rudy darum, dass Abou jetzt wirklich bei Hadé ist und das vollendet, was sie gemeinsam geplant haben – den Geist Tony Juniors so intensiv zu beschäftigen, dass es Rudy gelingt, bis zu ihm vorzudringen. Kurz vor seinem Aufbruch hat er noch einmal versucht, Laurie anzurufen, doch sie meldete sich nicht. Wenn sie ihr Telefon ausgeschaltet hat, dann vermutlich, weil sie ebenfalls bei Hadé ist – zumindest hofft Rudy das. Natürlich gibt es keine Garantie dafür, dass es Abou und seiner Großmutter gelingt, den Klon außer Gefecht zu setzen oder auch nur zu erreichen. Das Ganze ist vom Zufall abhängig und basiert auf Glauben und Vertrauen, wie alles, was mit Magie zu tun hat. Weil es aber auch schon mit Fuller funktioniert hat, glaubt Rudy daran. Er *will* daran glauben!

Doch es gibt noch etwas, das ihn beunruhigt. In dem Café, wo er mittags ziemlich schlecht gegessen hat, flimmerte eine Sturmwarnung über den Bildschirm, die kurz vor seinem Aufbruch auf dem kleinen Fernseher in seinem Hotelzimmer wiederholt wurde. Angeblich entstanden gerade im Osten von Kansas Superzellengewitter mit einem hohen Tornadopotenzial. Eine besondere Unwetterwarnung galt für Douglas County, wo man die Bevölkerung aufforderte, sich keinesfalls mehr im Freien aufzuhalten, sondern die eigenen oder die vom Staat zur Verfügung gestellten Schutzkeller aufzusuchen. Rudy verließ das Hotel trotzdem, denn zu diesem Zeitpunkt war es nicht mehr möglich, die Durchführung des Plans zu vertagen.

Die Luft ist schwül, feucht und stickig. Rudy kommt es so vor, als hätte er flüssiges Blei in den Adern oder schwimme in einem See aus Pech. Der Himmel hat seine Farbe von Blassblau zu einem flockigen

Weiß verändert, in dem sich verwaschene Wölbungen abzeichnen. Er sieht aus wie eine riesige, umgestülpte Schüssel mit gestockter Milch. In den Straßen herrscht so gut wie kein Verkehr mehr. Die wenigen Fußgänger hasten mit gesenkten Köpfen nach Hause; letzte Autos huschen vorbei, als fürchteten sie, die wattige Stille zu stören, die über der Stadt liegt. Es ist die Ruhe vor dem Sturm. Schon hört man in der Ferne ein dumpfes Grollen. Summend fliegt eine Drohne über Rudys Kopf hinweg. Mit klopfendem Herzen zieht er den Kopf ein. Hat man ihn etwa entdeckt? Nein, es ist eine von der Stadt eingesetzte Maschine, die ihre Nachricht auf den fotosensiblen Scheiben hinterlässt:

ACHTUNG, DRINGENDE TORNADOWARNUNG
EINSTUFUNG: F4 ODER F5
SUCHEN SIE UMGEHEND IHRE SCHUTZKELLER AUF!

Was tun? Sich in Sicherheit bringen auf das Risiko hin, dass alles schiefgeht? Es trotzdem versuchen, auch wenn sein Leben am seidenen Faden hängt? Im Übrigen könnte dieser Tornado sich sogar als nützlich erweisen, weil er die Aufmerksamkeit von Rudy ablenkt … Er beschließt weiterzugehen und sich vor Ort zu entscheiden; außerdem besitzen die Fullers mit Sicherheit einen eigenen Schutzkeller.

Er nähert sich dem Nobelviertel. Im Gegensatz zum Vortag spürt er weder den Druck im Schädel noch die Schwere in den Gliedmaßen und auch nicht die Angst, die ihn schließlich zum Umkehren zwang. Entweder hat der Klon ihn nicht bemerkt, oder es fehlt ihm an Kraft, ihn zurückzudrängen. Abou scheint am Werk zu sein. Rudy lächelt voll Vertrauen und legt einen Schritt zu.

Achtung!

Die Warnung erscheint vor seinem inneren Auge, als er gerade in die 2076th East Road einbiegen will, sich also unmittelbar vor dem Ziel befindet. Im gleichen Augenblick erkennt er eine Gestalt am Ende der Straße und sieht einen Blitz. Ohne nachzudenken, lässt er sich zu Boden fallen. Eine Detonation zerreißt die Stille. Kreischend stiebt eine Schar Vögel auf. Die Kugel pfeift über Rudy hinweg, der sich hinter einen geparkten Wagen rollen lässt und die Beretta aus der Tasche seines Blousons angelt. Er hört hastige Schritte auf dem Asphalt, dann ein Rascheln im Gras. Sie sind zu mehreren. Die Schritte nähern sich. Man versucht, ihn einzukreisen. Eng an das Auto gekauert, sucht Rudy die nähere Umgebung nach einer besseren Deckung ab. Plötzlich erkennt er aus dem Augenwinkel eine lebhafte Bewegung. Er wirbelt herum und schießt. Ein Schrei. Der Mann sinkt auf dem Bürgersteig in sich zusammen. Einer weniger. Eine Gewehrsalve knattert. Die Autoscheiben zersplittern. Eine Scherbe ritzt Rudys Wange. Bis Rudy es wagt, mit einem Sprung in die Büsche am Straßenrand zu hechten, ist die Autotür mit Einschüssen übersät. Die Schüsse lassen nicht nach. Erde und Pflanzenteile spritzen empor. Rudy schießt aufs Geratewohl, trifft aber niemanden.

Mit einem Mal wird es still. Die Verfolger scheinen sich neu aufzustellen. Wer mag es sein? Von Tony Junior oder seiner Mutter beauftragte Milizionäre der Eudora Civic Corp.? Doch die hätten ihn als sozusagen offizielle Polizei der Enklave vermutlich festgenommen und keinen Hinterhalt gestellt. Banditen? Auftragsmörder? Eine private Wachmannschaft? Rudy hat keine Zeit, seine Hypothesen zu vertiefen, denn die Schießerei geht weiter. Die Männer ballern wie wild auf das Gebüsch, hinter dem er sich verkrochen hat. Glücklicherweise liegt er in einer flachen, durch das Grünzeug verborgenen Kuhle; die Kugeln pfeifen vorbei, ohne seinen in die trockene Erde geschmiegten Köper auch nur zu streifen. Seine Gegner scheinen keinen Wärmesensor in ihrer Zielvorrichtung zu haben.

Der Kugelhagel hält an. Vorsichtig hebt Rudy den Kopf und versucht, durch die Blätter hindurch etwas zu erkennen. Ein Klackern zu seiner Rechten. Jemand hat ein neues Magazin eingelegt. Rudy verändert seine Lage geringfügig und entdeckt einen Kerl, der halb hinter einem Baum hervorschaut. Rudy zielt und schießt. Der Mann lässt die Waffe fallen und taumelt gegen den Baumstamm. Nummer zwei! Rudys Schuss allerdings hat den anderen gezeigt, wo er sich versteckt. Der folgende Kugelhagel ist deutlich präziser. Kriechend zieht Rudy sich ins Unterholz zurück – und landet an einem Zaun. Scheiße! Darüberklettern? Nein, viel zu hoch und dreifach mit Stacheldraht gesichert. Die Gräser rechts und links rascheln. Nun sitzt Rudy wirklich in der Klemme: hinter ihm der Zaun, vor ihm die leere Straße und auf beiden Seiten mindestens ein bewaffneter Kerl. Auf einen Baum klettern? Man würde ihn sofort entdecken, während die dichten, niedrigen Büsche ihn im Augenblick wenigstens noch verbergen.

Als er aufsieht, bemerkt Rudy, dass das Tageslicht erheblich nachgelassen hat und der eben noch gelbliche Himmel pechschwarz geworden ist. Wind ist aufgekommen, zerrt an Laub und Büschen und wird von Sekunde zu Sekunde stärker. Und jetzt nimmt Rudy auch den Lärm wahr, auf den er bisher nicht geachtet hat, weil er sich einzig für das Vordringen seiner Gegner interessierte. Es hört sich an wie ein Mittelding zwischen dem Rollen eines schweren Güterzugs und dem pfeifenden Dröhnen von Flugzeugreaktoren und ist so laut, dass es sogar den schnell herannahenden Donner übertönt. In rasender Geschwindigkeit kommt es näher.

Neben Rudy raschelt das Laub erneut, dann rennt jemand auf der Straße davon. Die Angreifer fliehen, ohne sich Zeit zu nehmen, in Deckung zu gehen. Rudy reißt die Pistole hoch, schießt dann aber doch nicht. Die Windböen zerren ihn fast von den Beinen, und das Getöse hinter ihm schwillt furchterregend an. Es brüllt und dröhnt, die Erde zittert, Dinge fliegen durch die Luft, die Bäume biegen sich bis zum Boden. In dem Tohuwabohu kann Rudy das trockene Knallen brechenden Holzes unterscheiden, stürzende Steine, metallisches Kreischen, Reißgeräusche … *Der Tornado!* Er kommt! Er kommt mit einer Wahnsinnsgeschwindigkeit direkt auf ihn zu.

Immer noch liegt Rudy flach auf dem Boden zwischen den Büschen. Um ihn herum gibt es Bäume, Häuser, Autos und alle möglichen anderen Dinge, die eine Windhose wegreißen und auf ihn niederfallen lassen kann. Was soll er tun? Wo kann er sich in Sicherheit bringen? Zu spät, Rudy, es ist zu spät! Du kannst nichts anderes tun, als dich flach auf den Boden zu pressen, einzugraben, festzuklammern und zu beten, dass der Wirbel dich verschont.

Und das tut Rudy. Er vergräbt sich, so gut es eben geht, in einem Zierpflanzenbeet und klammert sich mit aller Kraft an Wurzeln, die ihm einigermaßen solide erscheinen. Solide? Ein Tornado kann einen Lastwagen hochheben und ganze Dächer mit sich in die Höhe reißen … Und nun ist er da.

Im Handumdrehen verwandelt sich die Welt in ein Urchaos. Der Druck ist so gewaltig, dass Rudy das Blut aus Nase und Ohren schießt. Er presst sich in die Erde und versucht vergeblich zu atmen. Der Tumult ist unbeschreiblich, das Getöse kaum noch erträglich. Rudy schließt die Augen. Er will nichts sehen. Der Boden unter ihm bebt, Erde wirbelt auf. Trümmerstücke prasseln nieder, rings um ihn kracht und knattert es. Der Busch, an den er sich klammert, wird aus dem Boden gerissen. Ein großes Stück reißt ab und fliegt davon.

Auch Rudy selbst glaubt zu fliegen. Immer noch krallt er sich mit zusammengebissenen Zähnen, tauben Ohren, komprimierter Lunge und halb erstickt an das knorrige Holz. Er dreht sich inmitten eines gigantischen Chaos aus Erde, Zweigen und Blättern und weiß nicht, wo er sich befindet – noch am Boden oder schon hoch im Himmel? Schepperndes Metall kracht unmittelbar neben ihm zu Boden, ein ohrenbetäubender Knall setzt sein Echo bis in die Ferne fort. Ein Blitz von dantesken Ausmaßen blendet ihn trotz geschlossener Augenlider; es riecht stark nach Ozon …

Allmählich erschöpfen sich die entfesselten Elemente. Der unerträgliche Lärm lässt nach und wird zum Donnergrollen eines fast normalen Gewitters. Tausende von Trümmerstücken prasseln um Rudy herum auf den Boden. Das ohrenbetäubend jaulende Dröhnen entfernt sich samt seiner Zerstörungswut, der Wind schwächt sich so weit ab, dass er wieder atmen kann. Rudy holt tief Luft und wagt es, die Augen zu öffnen und den Kopf zu heben. Die ersten Regentropfen platschen dick, fett und schwarz auf sein erdiges Gesicht. Nur mit Mühe kommt er wieder auf die zitternden Beine …

Die Umgebung ist nicht wiederzuerkennen. Im von Blitzen durchzuckten und vom Donner dröhnenden Halbdunkel kann er nichts als Ruinen und Zerstörung erkennen: Umgestürzte Bäume, verwüstete Beete, pflanzliches Durcheinander und allerlei Schutt bedecken die Straße. Das Auto, hinter dem er sich vor seinen Angreifern in Sicherheit gebracht hat, liegt mitten auf der Fahrbahn auf dem Dach; auch andere Fahrzeuge sind schlicht weggeweht oder unter abgebrochenen Ästen begraben worden. Der Zaun, der eben noch seinen Rückzug behinderte, ist abgerissen und hat sich um einen durchgetrennten Baumstamm gewickelt.

Rudy kann noch immer nicht fassen, dass er überlebt hat. Den Grund dafür begreift er erst später, als er sich im strömenden Regen einen Weg zum Anwesen der Fullers bahnt. Der Tornado hat ihn nur gestreift; er hat nur die Randausläufer mitbekommen. Die eigentliche Trombe – der wirbelnde Rüssel – hat ihn verschont, denn bei Windgeschwindigkeiten zwischen vierhundert und fünfhundert Stundenkilometern in ihrem Innern wäre er einfach weggerissen worden. Er erinnert sich an Bilder, auf denen die Verwüstungen durch einen Tornado sich auf eine Straßenseite beschränkten, während auf der anderen Seite nicht der kleinste Schaden entstanden war, Bilder von Häusern, von denen nur noch eine Hälfte stand, und Geschichten von einem Tornado, der eine Kuh mit sich fortgerissen und mehrere Hundert Meter weiter unversehrt auf einer anderen Weide wieder abgesetzt hatte. Wäre Rudy nicht von seinen Angreifern aufgehalten worden, wer weiß, wo und in welchem Zustand er sich jetzt befände!

Während er sich halb blind im strömenden, von Blitzen durchzuckten Regen vorwärtstastet, stellt er fest, dass er genau in die Zerstörungsschneise des Tornados hineinläuft. Sie ist nur wenige Hundert Meter breit, doch hier ist kein Stein auf dem anderen geblieben. Es ist, als ob ein riesiger, von einem verrückten Gott gesteuerter Bulldozer über Land gefahren wäre und alles im Weg Liegende dem Erdboden gleichgemacht hätte.

Das Tor zum Besitz der Fullers ist aus den Fundamenten gerissen worden und liegt verbogen mitten auf der Straße. Viele Bäume sind umgestürzt und blockieren die gekieste Einfahrt. Rudy muss sich einen Weg bahnen und zwischen abgebrochenen Ästen hindurchklettern. Die Auffahrt mündet in einen Hof, auf dem mehrere Autos parken – oder eher wild durcheinandergewürfelt worden sind. Sie stehen kreuz und quer, sind teilweise ineinandergekracht, haben dicke Beulen, sind mit Trümmern übersät und haben eingedrückte Scheiben. Eines der Autos zieht Rudys Aufmerksamkeit auf sich. Es ist eine weiße Cadillac-Stretchlimousine mit der Zulassung GOD 999. Ein enorm dicker Lärchenast hat die Fahrgastzelle unter sich begraben. Auf der Motorhaube prunkt ein stolzes Silberkreuz. Auch die anderen Autos gehören zur Luxusklasse, aber der Cadillac ist bestimmt Eigentum eines Stars. Ein Star? Hier? Bei den Fullers?

Rudy schlägt sich gegen die Stirn. Natürlich – die Göttliche Legion! Die Killer, die auf ihn gewartet haben … Logisch! Tony Junior hat ihnen vermutlich mitgeteilt, dass Rudy sich in der Nähe aufhält. O je, das würde seine Aufgabe nicht gerade erleichtern!

Er verdoppelt seine Vorsichtsmaßnahmen. Versteckt hinter einem großen, goldfarbenen Buick, beobachtet er die vor ihm liegende Villa mit ihrer großen Veranda und der mit griechischen Säulen geschmückten Freitreppe. Im abgehackten Licht der Blitze und durch den sintflutartigen Regen, der von einem anthrazitfarbenen Himmel herabstürzt, sieht es so aus, als hätte das Haus ordentlich etwas abbekommen. Das Dach des rechten Flügels ist komplett weggerissen worden, die anderen Dachflächen haben große Löcher, einige Fenster sind zerbrochen, ein Baum ist auf den Giebel gestürzt und hat ihn völlig zerstört. Im Innern ist kein Licht zu sehen.

Rudy schnellt hinter dem Buick hervor und huscht auf die Veranda. Er wird nicht mit Schüssen empfangen. Sind die da drin etwa alle tot? Er rüttelt am Griff der schweren Eichentür. Sie ist natürlich verschlossen. Doch in den großen Panoramascheiben zu seiner Rechten ist kein Glas mehr. Mit der Beretta in der Hand schiebt sich Rudy an der Mauer entlang, erreicht das nächstgelegene Fenster und wirft einen vorsichtigen Blick hinein. Im Stroboskop der Blitze sieht er ein großes, verwüstetes Wohnzimmer, in dem es wie aus Eimern gießt. Rudy stiehlt sich hinein. Geduckt schleicht er mit gezückter Pistole vorwärts. Seine Springerstiefel knirschen auf den Glasscherben, was allerdings im brüllenden, nicht enden wollenden Donnergetöse kaum zu hören ist.

Wieder blitzt es. Da ist jemand! Rudy hat mitten im Wohnzimmer eine Gestalt gesehen, die im strömenden Regen kauert. Nein … sie kniet. Sie kniet vor einem … ja, es scheint ein Rollstuhl zu sein. Und im Rollstuhl sitzt ein kleines, zusammengeschrumpft aussehendes Wesen, das plötzlich den Kopf hebt und Rudy zwei phosphoreszierende Augen zuwendet.

Blöder Affe!, erklingt es in seinem Schädel, der plötzlich wie in einem Schraubstock zusammengedrückt wird. Rudy versucht, sich dem Gnom noch einige Schritte zu nähern und die Waffe zu heben, doch ein roter Schleier legt sich vor seine Augen, seine Nase beginnt wieder zu bluten, und sein Schädel scheint explodieren zu wollen. Die Beine geben unter ihm nach, und er fällt ebenfalls auf die Knie. Das Pfeifen in seinen Ohren ist kaum auszuhalten, und der Druck im Kopf wird unerträglich … *Abou! Tu etwas! Er tötet mich!*

Doch es ist nicht Abou, der Rudy zu Hilfe kommt, sondern das Gewitter. Für den Bruchteil einer Sekunde ist der Salon in blendende Helligkeit getaucht, die sich in einen ohrenbetäubenden Knall auflöst. Es ist, als ob sich der Erdboden auftue. Rudy wird mit voller Wucht rückwärtskatapultiert und knallt gegen die durchnässte Wand. Er kann nichts mehr sehen, seine Haare knistern, Krämpfe schütteln seine Gliedmaßen, Elektrowellen bringen seine Nerven zum Zucken, und sein Herz gerät aus dem Takt. Der Druck in seinem Schädel jedoch hat aufgehört. Nur langsam verschwindet die Überspannung aus seinem Körper. Seine Augen erholen sich von der blendenden Helligkeit des Blitzes. Zitternd gelingt es ihm, aufzustehen und sich in die Nähe des Rollstuhls zu tasten. Die immer noch im Sekundentakt über den Himmel zuckenden Blitze ermöglichen ihm zu erkennen, was geschehen ist. Der Rollstuhl hat sich in ein rauchendes Wrack verwandelt, in dem sich eine nur noch ansatzweise erkennbare, menschliche Gestalt befindet. Daneben liegt eine Frau von etwa vierzig Jahren mit verkohlten Haaren und verbrannten Kleidern, auf deren geschwärztem, mit Brandblasen übersätem Gesicht ein Ausdruck unendlicher Überraschung liegt.

Der Blitz! Rudy erwacht aus seiner Betäubung. Plötzlich versteht er. Der Blitz hat Tony Junior getötet!

Ein Geräusch aus dem Hintergrund holt ihn brutal in die Realität zurück. Ein neuerlicher Blitz zerreißt die Wolken. Rudy erkennt eine Gruppe von Männern. Sie sind aus dem Keller gekommen, wo sie sich in Sicherheit gebracht hatten, und stehen nun unschlüssig am Eingang zum Wohnzimmer. Ein Riese, der bestimmt über zwei Meter groß ist, überragt sie alle. Seine Augen unter den buschigen Brauen sind voller Glut. Rudy reißt seine Waffe hoch, doch niemand beachtet ihn. Man nimmt ihn nicht einmal wahr. Alle Blicke sind wie gebannt auf den Rollstuhl gerichtet, in dem die verkohlten Reste eines kleinen Körpers vor sich hin rauchen.

Moses Callaghan bewegt stumm die Lippen, bis er leise die Worte hervorpresst:

»*Eli, Eli, lama asabthani?* – Gott, mein Gott, warum hast du mich verlassen?«

Plötzlich entdeckt Callaghans Sicherheitschef Rudy neben dem Rollstuhl und Pamelas Leiche.

»Da! Der hat ihn getötet!«, schreit er auf und zieht seine Waffe.

Ihm bleibt keine Zeit mehr, sie abzufeuern. Rudy war auf der Hut. Im vagen Schein der zuckenden Blitze leert er sein Magazin in Richtung der Wohnzimmertür. Die Männer nehmen Reißaus. Sie rempeln einander an wie Schafe, die durch ein zu enges Tor gejagt werden. Sie wollen nur noch verschwinden, als ob Tonys Tod ihnen allen Mut und jeglichen Kampfgeist geraubt hätte.

Rudy legt ein neues Magazin in seine Beretta ein und schleicht sich vorsichtig an die Tür. Er zählt drei Tote – nein zwei: der, der gewarnt hat, und ein junger Mann mit Bürstenschnitt und freundlichem Gesicht. Der dritte Mann ist schwer verletzt. Es ist der Riese mit den buschigen Augenbrauen. Regen prasselt auf sein Gesicht und vermischt sich mit dem aus seiner Brust strömenden Blut. Er sieht Rudy mit fiebrigem, verschleiertem Blick an.

»Ich habe alles mit angesehen«, keucht er mit pfeifender Stimme. »Du warst es nicht … du hast den Geheiligten Geist nicht getötet. Gott selbst war es … Ah! …« Seine Züge verzerren sich zu einer schmerzerfüllten Maske. »Ich bin verdammt!«

»Moses Callaghan?«

Jetzt erst erkennt Rudy das markante, scharf geschnittene Gesicht, das in den Medien immer so vorteilhaft wirkte, wenn es darum ging, einen Buhmann zu benennen.

»Und du, du bist … du bist … der bewaffnete Arm des Herrn …

Inzwischen weiß ich, dass ich dem Antichrist gedient habe. Mich erwartet die Hölle … der Feuersee … der Schwefel …«

Mit diesen Worten stirbt Callaghan. Sein letzter Atemzug ist ein Röcheln von Schmerz und einer unaussprechlichen Angst.

Mit schleppendem Schritt verlässt Rudy den Ort des Massakers. Seine Pistole wiegt unendlich schwer. Er kehrt in den verwüsteten Park zurück. Der Regen lässt nach, das Gewitter entfernt sich. Sobald er die von Trümmern blockierte Straße erreicht hat, geht er langsam in Richtung seines Hotels zurück, wo – hoffentlich – sein Gepäck und der gemietete Toyota auf ihn warten, falls der Tornado nicht alles in Schutt und Asche gelegt hat. Er weiß nicht, was er tun soll, und nicht, wohin er sich wenden soll. Seine Aufgabe ist vollbracht. Er fühlt sich leer, niedergeschlagen und von Gott und der Welt verlassen – ganz ähnlich wie damals, als er an Bord des Zodiac der Feuerwehr von Lelystad durch das überschwemmte Swifterbant fuhr.

Als er die Winchester Road hinaufgeht, wo entlang des Parks der Grundschule weniger Trümmer liegen, dringt ein neues, in einer Enklave eher ungewohntes Geräusch an sein Ohr. Das Klappern von Hufen – vielen Hufen. Und plötzlich, an der Ecke zur 12th West Street, sieht er sie: Es ist eine Reitergruppe.

Hastig sucht Rudy die Umgebung nach einem Unterschlupf ab, doch außer der verwaisten Straße und dem von Moderkraut zerfressenen Park ist da nichts. Außerdem haben die Reiter ihn längst gesehen und kommen direkt auf ihn zu. Und so bleibt er stehen und wartet. Was hat er schon zu verlieren?

Die Reiter kreisen ihn ein und richten ihre Gewehre auf ihn. Sie tragen Jeans, Hemden oder T-Shirts und vom Regen durchweichte Jacken. Ihre langen schwarzen Haare werden von mit Federn geschmückten Stirnbändern gehalten, die dunklen Gesichter sind mit farbigen Flecken und Streifen bemalt.

Es sind Indianer. Indianer auf dem Kriegspfad.

Indianer in Eudora? In diesem Augenblick wird Rudy klar, dass die Plasmabarriere dem Tornado vermutlich nicht standgehalten hat!

Er wendet den Indianern sein schmutziges Gesicht zu – und bricht in schallendes Gelächter aus.

Meine Damen, meine Herren, liebe Kollegen,
ich freue mich, Ihnen voller Glück und Stolz einen weiteren Sieg auf dem Gebiet der genetischen Behandlung einer Krankheit mitteilen zu können, von der Millionen Menschen befallen sind. Es ist eine Krankheit, für die sich der Westen bisher nicht interessiert hat, weil sie dort kaum verbreitet ist, doch das kann sich schnell ändern. Ich spreche von der Onchozerkose. Nicht von der Erkrankung selbst, bei der es sich, wie Sie wissen, um eine durch eine Knäuelfilarie namens *Onchocerca volvulus* hervorgerufene Helminthiase handelt, die man auf klassische Art mit Diethylcarbamazin oder Ivermectin behandeln kann, sondern von ihren Folgen, der Schädigung im subkutanen und vor allem im okularen Bereich. Bei den Augenschädigungen ist vor allem die Linse betroffen, was eine völlige Erblindung nach sich ziehen kann. Nun, geschätzte Kollegen, die Folgeerscheinung der Erblindung haben wir ab sofort im Griff. Wir haben eine Möglichkeit gefunden, durch eine Behandlung auf genetischer Basis unseren Patienten sozusagen zu neuen Augen zu verhelfen. Es scheint, als könne diese Art der Behandlung auch bei anderen Augenproblemen Wirkung zeigen, doch in dieser Hinsicht befinden wir uns noch im Forschungsstadium. Allerdings habe ich mich nach reiflicher Überlegung entschlossen, die Formel für die Behandlung dem am stärksten betroffenen Kontinent zu überlassen. Ja, Sie haben mich richtig verstanden. Ich werde die Formel nicht verkaufen, sondern verschenken.

Auszug aus der Rede von Dr. Kevorkian beim jährlichen OMS-Kongress am 3. Februar 2031

Das Empfangskomitee, das Saibatou Kawongolo bei ihrer Ankunft auf dem Flughafen von Mopti in Mali erwartet, ist deutlich größer als bei ihrer fast heimlichen Abreise an Bord von Fullers BBJ 3-A zwei Monate zuvor. Neben Yéri Diendéré sind Fatimata Konaté und ihr Amtsbruder Omar Songho, Präsident von Mali, nebst ihren jeweiligen Gesundheitsministern anwesend, außerdem Laurie und Abou, Amadou Diallo, stellvertretender Direktor der Bank für Entwicklung und Exehemann der Präsidentin, eine beträchtliche Anzahl von Ärzten sowohl aus Mali als auch aus Burkina Faso sowie einige Repräsentanten von Hilfsorganisationen, die hauptsächlich auf dem Gebiet der Medizin arbeiten. Und natürlich eine ganze Horde von Journalisten.

Die eigens von den Chinesen angemietete Antonov Long Range Cargo, die Saibatou aus Kansas nach Hause bringt, kommt nämlich nicht leer: Ihre ansehnlichen Frachträume sind bis oben hin voller Kisten mit dem Aufdruck: *World Health Organization – Generic Medicine*. Unter der anonymen Bezeichnung verbergen sich Millionen versiegelter, mit einer farblosen Flüssigkeit gefüllter Spritzen, die mit dem sibyllinischen Code DNA-OCO47 bedruckt sind. Die Leute jedoch, die darauf warten, haben einen anderen, viel ausdrucksvolleren Namen gefunden: *Klarblick*. Saibatou, die als erster Mensch mit dem Medikament behandelt wurde, hat den Namen erfunden, als sie eines Tages mit Yéri telefonierte. »Mein Blick ist so klar geworden – geradezu unglaublich klar. Von meinem Zimmer aus kann ich die kleinsten Zweige an den Bäumen ganz hinten im Park erkennen. Ach, Liebste, ich freue mich auf unser Wiedersehen. Ich freue mich unendlich darauf, dein schönes Gesicht endlich wieder betrachten zu können!«

Trotz der brütenden Hitze dieser letzten Februartage wartet das Empfangskomitee geduldig in der Ankunftshalle, die einer Sauna gleicht. Das Flugzeug hat Verspätung. Die beiden Präsidenten diskutieren leise mit ihren Ministern über bestimmte Klauseln ihres Partnerschaftsvertrages mit China. Als Gegenleistung für den finanziellen Aufwand des Charterns der Antonov sind die Chinesen am Patent des OCO47 interessiert. Die Ärzte studieren interessiert die von Dr. Kevorkian an Fatimata geschickte E-Mail, in der er nicht nur detailliert die Wirkungsweise des Medikaments auf die Linse beschreibt, sondern auch die möglichen Nebenwirkungen anführt, die allerdings noch nicht über einen längeren Zeitraum hinweg nachgewiesen wurden. Auch das Protokoll von Saibatous Behandlung hat er mitgeschickt. Die Mitarbeiter der Hilfsorganisationen, deren Lkws im Frachtbereich zum Beladen bereitstehen, planen mit ihren Organizern in der Hand die erste Auslieferungsphase. Amadou Diallo begrüßt seinen Sohn und lernt Laurie kennen, die er »sehr schön und äußerst charmant« findet; Abou gefällt der Blick, mit dem sein Vater Laurie betrachtet, ganz und gar nicht. Yéri Diendéré schließlich, die eigentlich bei Fatimata bleiben müsste, um dem Gespräch zuzuhören und die einzelnen Vorschläge zu notieren, geht nervös in der Ankunftshalle auf und ab und wendet den Blick nicht von Uhr und Ankunftstafel.

Erst kürzlich hat Fatimata von der Verbindung zwischen ihrer Sekretärin und Saibatou erfahren, und zwar anlässlich von Yéris häufigen Telefonaten mit der Klinik in Kansas und der auffälligen Nervosität, mit der ihre sonst so phlegmatische Sekretärin das Resultat der Behandlung erwartete.

»Was ist denn los, Yéri?«, fragte die Präsidentin irgendwann aufgebracht. »Warum interessierst du dich denn dermaßen für Saibatou? Was hat das zu bedeuten?«

»Wir lieben uns«, gestand Yéri mit verschämt in den Händen vergrabenem Gesicht.

Im ersten Augenblick blieb Fatimatas Mund vor Überraschung offen, dann aber brach sie zur großen Überraschung ihrer Sekretärin in ein herzliches Lachen aus.

»Na, so was! Aber jetzt verstehe ich endlich, warum ich dich noch nie mit einem jungen Mann gesehen habe, obwohl es ja eine Menge gut aussehender Kandidaten gibt, die gar nicht abgeneigt wären. Und auch, warum du Saibatou Modell gestanden hast. Ich dachte immer, du wolltest dir eine Kleinigkeit nebenher verdienen. Weißt du, dass ich sogar einmal vorhatte, dich Abou vorzustellen?«

»Dann sind Sie mir also nicht böse, Fatimata?«

»Dir böse sein? Warum sollte ich? Ich bin nicht deine Mutter, und es steht dir frei, dich zu entscheiden, wie es dir Spaß macht. Außerdem kann ich nur sagen, dass du eine wirklich gute Wahl getroffen hast, dich in eine so große Künstlerin wie Saibatou zu verlieben.«

»Danke, Fatimata. Vielen, vielen Dank.«

Yéri fiel der Präsidentin um den Hals und gab ihr einen herzhaften Kuss. Sie war sichtlich erleichtert, endlich ihr Geheimnis los zu sein, dass sie eine Frau liebte. Seither ist die ohnehin schon innige Beziehung zwischen der Präsidentin und ihrer jungen Sekretärin noch intensiver geworden. Fatimata hat Yéri sogar gestanden, dass sie sich immer eine Tochter wie sie gewünscht habe, woraufhin Yéri erwiderte, dass sie Fatimata immer schon so geliebt habe, als wäre die Präsidentin ihre wahre Mutter.

»Verstehen Sie, Fatimata, die Männer interessieren sich nur für meinen Hintern. Frauen aber können erkennen, dass ich auch ein Herz und einen Kopf habe ...«

Endlich landet die geräumige Antonov. Yéri hält es in der Halle nicht mehr aus. Sie läuft in den Ankunftsbereich und duckt sich unter den entrüsteten Rufen der Zollbeamten unter der Zollschranke durch, ehe die Flughafenpolizei sie erwischt. Sie wehrt sich mit so viel Wut und veranstaltet ein derartiges Theater, dass Präsident Songho schließlich aufmerksam wird.

»Ist das nicht Ihre Sekretärin, die da drüben von der Polizei festgehalten wird?«, erkundigt er sich bei Fatimata.

»Aber ja, das ist Yéri! Was, zum Teufel, ist mit ihr los?«

Gefolgt von einer Schar Journalisten, die einen Eklat wittern, nähern sie sich dem Handgemenge. Die Polizisten haben große Schwierigkeiten, Yéri in den Publikumsbereich zurückzubringen. Sie windet sich wie ein Aal und tritt so heftig um sich, dass einer der Polizisten schließlich seinen Gummiknüppel zückt. Sofort geht Fatimata dazwischen:

»Lassen Sie sie los. Die Dame ist meine Sekretärin und stellt keine wie auch immer geartete Gefahr dar.«

»Aber sie ist unberechtigt in einen für die Öffentlichkeit nicht zugänglichen Bereich vorgedrungen«, argumentiert der Polizist empört.

»Gut, dann erteile ich ihr in meiner Eigenschaft als Präsidentin von Burkina Faso ab sofort die Berechtigung. Ihre ... ihre Tante ist soeben gelandet, und sie hat das Recht, sie unter Ausschluss der Öffentlichkeit als Erste zu begrüßen. Oder spricht von Ihrer Seite aus etwas dagegen, Präsident Songho?«

»Nicht, dass ich wüsste«, nickt dieser. »Lassen Sie die junge Dame bitte sofort los!«

Widerwillig lassen die Polizisten Yéri laufen. Wie ein Wirbelwind saust sie durch die Gänge und rennt auf das glühend heiße Rollfeld hinaus, wo die Frachtmaschine gerade mit pfeifenden Reaktoren zum Stehen kommt. Kaum ist die Treppe an die Flugzeugtür gefahren worden, als Yéri sie auch schon hinaufstürmt. Sobald die Tür geöffnet wird, ist Yéri so schnell im Innern der Maschine, dass sie Saibatou, die sich gerade zum Aussteigen fertig macht, fast umrennt. Sehnsüchtig nimmt sie ihre Liebste in die Arme und presst sie an sich.

»Saibatou! Liebling! Endlich bist du wieder da!«

»Yéri? Bist du das?«

Erschrocken weicht Fatimatas Sekretärin einen Schritt zurück und schaut in Saibatous Gesicht.

»Siehst du mich denn nicht?«

»Doch ...«

Saibatous neue Augen sind hinter einer großen Sonnenbrille verborgen. Langsam nimmt sie die Brille ab und schaut Yéri an, die bestürzt ihren Blick erwidert. Zwar sind die Augäpfel der Künstlerin wieder makellos weiß, doch ihre ehemals tiefschwarze Iris schimmert jetzt in der Farbe eines klaren Bergsees und verleiht ihrem Blick etwas Fremdes, fast Beängstigendes.

»Mein Gott, Saibatou! Was haben sie mit dir gemacht?«

»Eine unvorhersehbare Nebenwirkung ... Aber ich schwöre dir, ich sehe absolut klar.« Sie kneift die Augen zusammen und unterdrückt eine schmerzliche Grimasse. »Helles Licht macht mir noch ein wenig zu schaffen, aber daran werde ich mich wohl mit der Zeit gewöhnen.« Saibatou umschlingt Yéris schlanke Taille. »Aber ich kann dich sehen, Liebste. Ich sehe dich gut – allzu gut!«

»Allzu gut?«, hakt Yéri mit erhobenen Augenbrauen nach.

»Ich sehe jetzt auch deine Aura, Yéri. Ich kann die Wellen und Schwingungen erkennen, die du ausstrahlst. Es sieht aus wie ein goldener Schein, der dich umgibt. Zum Beispiel kann ich deine Liebe sehen. Sie entspringt dort«, Saibatou legt ihre Hand auf Yéris Bauch, »und wickelt lange Kupferfäden um mich herum, die in mich eindringen und mein Herz zum Beben bringen. Wirklich, Yéri, ich kann es sehen«, fügt sie hinzu und muss angesichts der bestürzten Miene ihrer Freundin lächeln.

Unter den amüsierten Blicken der taiwanesischen Stewardess, die geduldig darauf wartet, dass ihre »ehrenwerte Passagierin« endlich aussteigt, tauschen Yéri und Saibatou einen langen, leidenschaftlichen Kuss. Dann setzt Saibatou ihre Sonnenbrille wieder auf und betritt vorsichtig die Plattform. Dabei hält sie Yéris Hand ganz fest. Die dunklen Augengläser mildern zwar die blendende Helligkeit der Sonne, doch die glänzenden Aluminiumstufen kann sie gut erkennen. Trotzdem wirkt ihr Schritt ein wenig zögernd – es ist die Folge einer langen Gewohnheit.

»Diese Aura«, fragt Yéri, »siehst du die nur bei mir oder bei allen anderen auch?«

»Bei allen. Zum Beispiel kann ich erkennen«, setzt sie leise hinzu, »dass die Stewardess uns mit vanillefarbenen Sympathiewellen umgibt. Und die zwei Typen da unten auf dem Elektrokarren schicken uns ungesund purpurne Schwingungen der Begierde. Pfui! Ihre Aura ist scheußlich!«

»Aber – stört dich das denn gar nicht?«

»Ob es mich stört? Im Gegenteil, ich finde es ungeheuer spannend. Yéri, mein Schatz, was glaubst du, wie ich jetzt malen werde! Meine Bilder werden vielleicht seltsam aussehen, aber sie zeigen die ganze Wahrheit.«

»Jeder Teil dieses Landes ist meinem Volke heilig. Jeder Hang, jedes Tal, jede Ebene und jedes Gehölz ist geheiligt durch eine zärtliche Erinnerung oder eine traurige Erfahrung meines Stammes. Sogar die scheinbar stumm in der Sonne brütenden Felsen der Küste in ihrer feierlichen Größe sind getränkt von Erinnerungen an vergangene Ereignisse, die mit dem Schicksal meines Volkes verbunden waren … Und wenn der letzte Rote Mann von dieser Erde verschwunden sein wird und die Erinnerung an ihn unter den Weißen zu einem Mythos geworden ist, dann werden diese Gestade wimmeln von den unsichtbaren Toten meines Stammes; und wenn sich eure Kindeskinder allein fühlen auf dem Feld, im Geschäft, auf der großen Straße oder in der Stille der Wälder: Sie werden nicht allein sein … In der Nacht, wenn die Straßen eurer Städte und Dörfer still geworden sind und ihr sie verlassen wähnt, werden sie voll sein von den zurückkehrenden Scharen, die einst dieses wundervolle Land bevölkerten und es jetzt noch lieben. Der Weiße Mann wird nie allein sein …«

Auszug aus der Rede des indianischen Häuptlings
Noah Seattle, 1854

Der Angriff auf die Ranch von John Bournemouth erfolgt in der Morgendämmerung, zu jener blassen und ungewissen Stunde, wenn der Schlummer die Oberhand gewinnt, die Wachsamkeit nachlässt und man sich sagt, dass die Nacht wieder einmal ruhig gewesen ist und dass jetzt nichts mehr passieren kann. Er beginnt mit einem blendenden, ungeheuren Blitz, der sich mehrere Hundert Kilometer weit entlang des elektrischen Stacheldrahts fortsetzt, welcher die zehntausend Hektar Land umschließt und unter der Überspannung schmilzt und in sich zusammensinkt. Gleichzeitig generiert ein Zug aus hochenergetischen Mikrowellen ein elektromagnetisches Feld, das sämtliche Drohnen, Überwachungskameras und elektronisch betriebenen Waffen im Umkreis von hundert Kilometern außer Gefecht setzt. Der Blitz stammt von einem Spannungserhöher, der eine pulsierende Spannung von zweihunderttausend Volt erzeugt, und die Mikrowellen aus einer HERF – High Energy Radio Frequency –, einer mit einem Ringkerntransformator ausgestatteten Hochfrequenzkanone. Beide Geräte wurden wenige Wochen zuvor aus der ehemaligen Enklave Eudora gestohlen und dienten ursprünglich der Erstellung der Plasmabarriere, die das Gelände der Enklave umschloss. Long John Goldenfinger, der an der Haskell Indian Nations University ein Diplom in Teilchenphysik erworben hat und der Bruder des Häuptlings der Shawnee-Indianer ist, hat sie so umfunktioniert, dass sie in einem Minimum von Zeit ein Maximum an Energie liefern, obwohl sie lediglich von einer Lkw-Batterie gespeist werden. Das gesamte Material ist in einer Nacht-und-Nebel-Aktion von einem diskret operierenden Kommando an Ort und Stelle installiert worden. Der Spannungserhöher wurde dort an die Stacheldrahtzäune angeschlossen, wo sie dem ausgetrockneten Flussbett des Neosho folgen, denn in dem Canyon ist praktisch keine Radarüberwachung möglich. Die HERF wurde direkt auf die Ranch ausgerichtet und mit einer einfachen Fernbedienung ausgelöst. Die erste Phase des Angriffs erweist sich als voller Erfolg.

Die zweite Phase folgt einem eher klassischen Muster. Ein Osage- und zwei Shawnee-Stämme, die sich in der Neosho-Schlucht verborgen haben, erstürmen in vollem Galopp das Hauptquartier der verwirrten Wachmannschaften, die verblüfft vor Bildschirmen sitzen, auf denen nichts als elektronisches Schneegestöber zu sehen ist. Der Kampf ist kurz, blutig und mitleidlos. Die Indianer sind dank ihrer Ausrüstung mit Pfeil und Bogen oder altmodischen Gewehren und Karabinern eindeutig im Vorteil. Ohne Laserpeilung, optoelektronische Zielvorrichtung, selbstregulierten Abschuss und elektrostatische Kühlung sind die Sturmgewehre und Automatikwaffen der Wachen quasi nutzlos. Die rein manuelle Bedienung verwandelt sie in viel zu schwere, wenig präzise Büchsen. Einzelne Gruppen von Indianern kümmern sich um die mit Geländewagen ausgerüsteten Patrouillen, die auf dem gesamten Gebiet der Ranch verteilt sind, den Blitz gesehen haben und sich nun fragen, warum ihre verdammten Vehikel nicht anspringen und wieso sie das Hauptquartier nicht erreichen können. Außerdem lassen die Angreifer zwanzigtausend Stück Vieh frei, bis auf eine alte Kuh, die sie für den Eigenbedarf behalten. Der größte Teil der Truppe aber kümmert sich darum, die Wachen unschädlich zu machen. Die Gegenwehr ist minimal. Auch die zweite Phase erweist sich als erfolgreich. Bei lediglich drei getöteten Shawnees und einem verletzten Osage überlebt keiner der fünfzig Wachmänner der Ranch von John Bournemouth.

Der Gouverneur von Kansas, dessen im Westernstil ausgestattete Villa durch den Mikrowellenangriff in völliges Dunkel getaucht ist, macht sich derweil in seine Schlafanzughose. Hektisch bemüht er sich, Polizei, Ordnungskräfte und Armee mit allen ihm zur Verfügung stehenden Geräten zu benachrichtigen, doch nichts funktioniert mehr. Er hat auch schon versucht zu fliehen, doch weder seine Autos noch sein Privatflugzeug springen an. Daraufhin hat er sich mit Tabitha eingeschlossen – wenigstens die Riegel kann man noch von Hand vorschieben – und zwingt sich gegen jede Vernunft zu der Hoffnung, dass sein Haus dem Angriff der Wilden standhält.

Die Indianer jedoch brauchen nur wenige Sekunden, um die Villa zu stürmen. Türen werden eingetreten, Läden aus der Verankerung gerissen und Scheiben zertrümmert. Die sogenannten Wilden tragen Federn und große Kriegsbemalung, und ihr Häuptling schwingt den Tomahawk, was bedeutet, dass sie weder Mitleid walten lassen noch Gefangene machen werden. Die Männer schwärmen in den fast tausend Quadratmetern der Ranch aus und zerstören alles, was sie nicht brauchen können. Die wenigen Dinge, die ihnen von Nutzen sind und mitgenommen werden sollen, stapeln sie auf dem großen Bisonfellteppich im Wohnzimmer.

Rudy, der den Angriff von einem Pick-up aus verfolgt hat, gesellt sich jetzt ebenfalls zu den Indianern und nimmt fröhlich an der Plünderung teil. Er war es, der die Idee zu der elektromagnetischen Bombe hatte, denn er erinnert sich noch sehr genau daran, wie es in seinem Land nach der Explosion des Damms aussah. Geräte, die dafür konzipiert sind, eine Plasmabarriere von vierzigtausend Volt über Jahre hinweg aufrechtzuerhalten, dürften locker in der Lage sein, jedes nur mögliche elektronische Gerät außer Gefecht zu setzen, erklärte er Long John Goldenfinger. Ohne Elektronik aber sind die Weißen aufgeschmissen – es ist, als müssten sie in die Steinzeit oder zumindest in die Zeit der Petroleumlampen zurückkehren, doch sie haben vergessen, wie das geht.

Last Prophet hielt den Vorschlag für eine ausgezeichnete Idee und berief umgehend ein Powwow mit den Stammesältesten ein, auf dem beschlossen werden sollte, ob man das Bleichgesicht als Bruder der Shawnee aufnehmen oder töten sollte wie die anderen. Eine große Mehrheit sprach sich für seine Aufnahme in den Stamm aus, vor allem, nachdem Rudy im Verlauf der obligatorischen Prüfung bewiesen hatte, dass er sowohl schießen als auch kämpfen konnte.

Seither nimmt er an allen Beutezügen teil. Er schlägt sogar selbst Ziele vor, wie zum Beispiel die Büros und Sender der Göttlichen Legion oder die Wohnungen ihrer Mitglieder. In dem goldenen Buick hat er nämlich eine ausgesprochen interessante Mitgliederliste gefunden. Der Gouverneur von Kansas hingegen ist ein persönliches Anliegen von Häuptling Tenskwatawa und seinem Stamm. Schikaniert, betrogen, unterdrückt und in ein Reservat zusammengepfercht, das mit den Jahren immer kleiner wurde, wollten sie sich nur noch rächen, ihr Land zurückerobern und einen Betrug wiedergutmachen – den Betrug an ihrem Vorfahren Paschal Fish Jr., der 1857 das gesamte Gebiet von Eudora einer Gruppe deutscher Einwanderer gegen eine Handvoll Talmi und Glassteine sowie viele falsche Versprechungen überlassen hatte.

Rudy war sofort einverstanden. Der Gouverneur? Warum nicht? Seinetwegen sogar alle Gouverneure, sofern sie sich nicht mit den Indianern solidarisch erklärten und ihre Gesinnung dadurch bewiesen, dass sie auf ihren Reichtum verzichteten und in einem Tipi wohnten. Last Prophet musste darüber lachen. Dieses Bleichgesicht mit seinem abgedrehten Humor gefällt ihm. Rudy hätte einen guten Indianer abgegeben.

Ein Osage findet Prosper. Der Diener von John Bournemouth hat sich, grau vor Angst, in einem Schuppen versteckt. Der Indianer lässt den schwarzen Bruder frei, ohne die anderen nach ihrer Ansicht zu fragen – sie wären ohnehin alle einverstanden gewesen.

Rudy hat das Glück, John Bournemouth selbst aufzustöbern, und zwar im letzten Refugium, das ihm einfiel: den Toiletten in der ersten Etage.

»Gnade!«, stammelt der fette, von Schweiß und Urin durchnässte Gouverneur. »Sie sind doch Amerikaner, Sir, Sie verstehen mich bestimmt. Ich habe niemandem etwas zuleide getan.«

»Ich bin nicht Amerikaner, sondern Holländer. Und ich hasse reiche Bonzen. Raus mit dir, du Fettkloß!«

Mit Fußtritten jagt er Bournemouth die Treppe hinunter, bringt ihn stöhnend und vollgepisst ins Wohnzimmer und bietet ihn Tenskwatawa an, der stolz und würdevoll über seine Beute wacht und seinen Kriegstomahawk quer über der Brust trägt.

»Bitte sehr, Häuptling. Er gehört dir.«

»Nicht skalpieren! Bitte, bitte nicht skalpieren!«, schreit Bournemouth schrill vor Angst.

»Skalpiert haben immer nur die Weißen, nicht wir Indianer«, gibt Last Prophet voller Verachtung zurück. »Dich müsste man abstechen wie ein Schwein, zertreten wie Ungeziefer und verbrennen wie Unrat.«

Mit einer verblüffend schnellen Bewegung schwenkt der Shawnee-Häuptling seinen Tomahawk und lässt ihn auf Bournemouths Schädel sausen, der wie eine reife Melone zerplatzt. Rudy tritt einen Schritt zurück, ist aber nicht schnell genug und bekommt Spritzer von Blut, Knochen und Hirn ab. Der Gouverneur sackt auf dem Fell eines auf seinem Besitz selbst erlegten Bisons in sich zusammen.

Aus der oberen Etage ertönen spitze Schreie, die Rudy von der schrecklichen Szene ablenken und verhindern, dass er sich auf den Teppich übergibt. Eine Gruppe von Indianern schleppt ein dunkelhaariges, sehr spärlich bekleidetes Mädchen die Treppe hinunter, das sich aus Leibeskräften wehrt und schreit wie am Spieß.

»Die haben wir unter dem Bett gefunden«, erklärt einer der Shawnees. »Ihr Zimmer ist das reinste Freudenhaus.«

»Bestimmt die Schnalle des Gouverneurs«, vermutet ein anderer. »Oder eine Nutte, die er sich hat kommen lassen.«

»Ich bin seine Ehefrau«, entrüstet sich Tabitha, steht auf und wirft Tenskwatawa einen bitterbösen Blick zu. »Und ich lasse nicht zu, dass man mich auf diese Weise behandelt.«

»Du bist nicht mehr seine Ehefrau«, erwidert Last Prophet. »Sieh mal!«

Er dreht sie so, dass sie genau vor Bournemouths Leiche steht, deren Blut und Hirn auf den Teppich sickern. Tabitha wird bleich, würgt und schlägt die Hand vor den Mund. Dann atmet sie tief durch, dreht sich wieder um und mustert den Häuptling der Shawnees.

»Ich nehme an, dass Sie mich jetzt alle vergewaltigen und anschließend umbringen werden, nicht wahr?« Sie beginnt zu kokettieren und streichelt sich die unter der Nuisette nackten Brüste. »Großer Häuptling, wenn du willst, gehöre ich dir allein.«

Der Ausdruck von Verachtung und Ekel, der flüchtig über das unbewegliche Gesicht des Shawnee huscht, ist Antwort genug. Last Prophet macht eine Kopfbewegung zu Rudy, der den Blick kaum von den goldenen Gliedmaßen des Models abwenden kann.

»Willst du sie?«

Rudy zögert einen Augenblick. Er hat lange nicht mehr gevögelt, sie ist zu allem bereit, um ihre Haut zu retten, sieht außerdem super aus, und möglicherweise wird sich so bald keine weitere Möglichkeit ergeben ... Doch plötzlich muss er an Aneke denken und schüttelt den Kopf.

»Nein. Sie ist nur eine Nutte.«

»Du hast recht«, nickt Tenskwatawa.

Und mit einem weiteren Schlag des Tomahawks schickt er Tabitha zu ihrem Gatten.

Nachdem sie in der Villa niemanden mehr vorfinden, verstauen die Shawnee ihre Beute in Rudys Pick-up, stecken die Ranch in Brand, steigen auf ihre nervösen Pferde, reiten in die weite, vertrocknete Prärie hinaus und stimmen einen uralten Kriegsgesang an.

Pathologische Befunde im Zusammenhang mit Sonneneinstrahlung
Erhebung aus dem Jahr 2030 (in Bezug auf das Jahr 2000)

Karzinome:	+ 287,3 %
Grauer Star:	+ 63,1 %
Konjunktivitis:	+ 54,8 %
Dermatosen:	+ 132,6 %
Immunschwächen:	+ 343,8 %*
Insolationen:	+ 430,9 %
(davon mit tödlichem Ausgang:	+ 128,6 %)
Melanome:	+ 176,1 %

* Mehrfachursachen möglich

Jahresbericht 2031 der Weltgesundheitsorganisation

Laurie geht es nicht gut. Wie ein Häufchen Elend schleppt sie sich durch die Gärten von Kongoussi, zwischen Bohnenstangen, Reihen von Tomatenpflanzen, Salatbeeten, Feldern mit Süßkartoffeln und Dattelplantagen hindurch. In den einzelnen Gevierten sind Messfühler für bioprogrammierte Bewässerung eingelassen. Mit unsicheren Schritten steigt sie über die unter Druck stehenden Rohre aus Kevlar, hydrostatische Sprinkleranlagen und Drain-Back-Systeme, schwankend weicht sie den solarbetriebenen Hebepumpen aus, die hier und da auf dem Hügel stehen und deren Gehäuse mit dem Logo von Tensing versehen sind. Mit einer müden Handbewegung begrüßt sie die Bauern, die damit beschäftigt sind, zu graben, zu harken, zu verziehen oder zu ernten. In ihrem Kopf dreht sich alles, und ihre Beine fühlen sich an, als wären sie voller Blei. Sie schwitzt stark, ihre Haut brennt, und ihre tränenden, verschleierten Augen flimmern trotz der Sonnenbrille, die sie jetzt praktisch ununterbrochen trägt. Laurie ist müde – unendlich müde.

Zu Beginn dachte sie, dass ihr Unwohlsein mit den drastisch steigenden Temperaturen des herannahenden Sommers zu tun hätte und sowohl Haut als auch Augen durch den ständig wehenden Sandwind gereizt würden. Sie hat die Sonnenbrille aufgesetzt, sich mit Sunblocker eingerieben und Medikamente gegen Parasiten jeglicher Art geschluckt. Abou hat sie nichts gesagt, um ihn nicht zu beunruhigen. Natürlich bemerkte er trotzdem ihre Erschöpfung, die sie auch mit langen Siestas und durchgeschlafenen Nächten nicht in den Griff bekam; er sah, dass ihre klaren blauen Augen sich verschleierten, dass die Schönheitsflecke und Muttermale sich auf ihrer hellen Haut vergrößerten und zu unschönen, braunen Stellen wurden und dass sich auf ihrer samtigen Haut an Armen, Hals und Schenkeln feine Fältchen bildeten. Abou nahm jedoch an, es handele sich bei den Symptomen um die Folgen des Zaubers durch den von Félicité beauftragten *wackman* aus Kongoussi, und war sich sicher, er könne dazu beitragen, dass sich das Übel nicht verschlimmerte, indem er Laurie von ganzem Herzen liebte und so oft wie möglich mit ihr schlief, wie Hadé es ihm nahegelegt hatte. Doch inzwischen ist es so weit, dass sie sich nichts mehr vormachen können.

Moussa, der sie atemlos und durchgeschwitzt im Büro vorfand, schickte sie mit dem dringenden Rat nach Hause, einen Arzt aufzusuchen. Laurie stieg in ihren kleinen Dienstwagen – in dem es so heiß war, dass ihr fast schlecht wurde –, doch anstatt ihrem »Chef« zu gehorchen, fuhr sie in die Hügel und suchte nach Abou, der dort seit drei Monaten ein eigenes Stück Land bewirtschaftet.

Abou hat sich inzwischen entschlossen, nach dem Wehrdienst seine Militärkarriere endgültig an den Nagel zu hängen und sich als Heiler niederzulassen. Weil dieser Beruf allerdings abgesehen von einigen Naturalspenden eher wenig einbringt, hat er sich überlegt, dass er sich mit ein paar Hühnern und einem eigenen Garten wenigstens einigermaßen über Wasser halten kann.

Abou ist gerade dabei, die feinporigen Rohre zu überprüfen, mit deren Hilfe seine Parzelle bewässert wird, denn er ist der Meinung, dass zu wenig Wasser heraussickert. Allerdings wird die gesamte Bewässerungsanlage von den Büros der CooBam aus mit Computern der Firma Tensing gesteuert. Er sieht Laurie kommen und richtet sich lächelnd auf. Doch sein Lächeln erlischt schnell wieder, denn Laurie verhält sich ganz anders, als er es gewohnt ist. Anstatt auf ihn zuzulaufen und ihm um den Hals zu fallen, zieht sie die Füße nach, schwankt und stolpert häufig. Er ist es, der auf sie zustürmt und sie gerade noch rechtzeitig auffängt, ehe sie ohnmächtig wird.

Ihr Zustand hat sich derart verschlechtert, dass sie keinen Augenblick verlieren dürfen. Abou hebt sie auf – sie hat stark abgenommen und wiegt in seinen muskulösen Armen fast gar nichts mehr – und hastet fast im Laufschritt den Hügel hinunter zum Auto. Laurie hat ihm inzwischen das Autofahren beigebracht, doch wirklich gut kann er es immer noch nicht. Jetzt aber muss es einfach klappen! Er findet den Schlüssel in der Tasche ihrer Shorts, lässt den Motor aufjaulen und irrt sich bei den Gängen. Das Auto schleudert und holpert so heftig über die Spurrillen der Piste, dass Laurie wieder zu sich kommt.

»Abou? Was tust du da? Wo fahren wir hin?«

»Zu Großmutter, mein Schatz. Dir scheint es gar nicht gut zu gehen.«

»Ich glaube, ich brauche eher einen Arzt.«

»Ärzte können nichts gegen einen bösen Zauber unternehmen«, erklärt Abou kategorisch.

»Dann lass wenigstens mich fahren …«

»Dazu bist du nicht mehr in der Lage.«

Er erreicht die geteerte Straße, fädelt sich ohne den kleinsten Blick über die Schulter ein und gerät erneut ins Schleudern. Der Hyundai rutscht über den Asphalt, doch Abou schafft es, ihn abzufangen. Der Fahrer eines völlig überladenen Motorrollers, der bei diesem Manöver in die Botanik abgedrängt wird, schreit ihm eine ganze Kaskade von Flüchen hinterher. In voller Geschwindigkeit und mit aufgeblendeten Scheinwerfern durchquert er die Stadt, hupt ständig, wird an den Kreuzungen keinen Deut langsamer und handelt sich jede Menge Beleidigungen und Ärger ein. Es grenzt an ein Wunder, dass sie ohne größeren Schaden die Straße nach Ouahigouya erreichen. Laurie neben ihm bekommt von alledem nichts mit, denn sie ist erneut bewusstlos geworden.

Abou schafft die hundertfünfzehn Kilometer von Kongoussi nach Ouahigouya in kaum einer Stunde, was angesichts seiner mangelnden Fahrpraxis, des schlechten Straßenzustands und des Verkehrs, der seit den Zeiten der Trockenheit deutlich zugenommen hat, ein echter Rekord ist. Mehrfach hat er großes Glück, dass es nicht zu einem schweren Unfall kommt, er überholt, ohne sich darum zu kümmern, ob ihm jemand entgegenkommt, scheucht Fußgänger, Radfahrer und Motorräder rücksichtslos von der Straße, sprengt erst eine Ziegen- und später eine Kuhherde auseinander, ohne ein einziges Tier auch nur zu berühren, muss sich aber von den Fulbe-Hirten die schlimmsten Verwünschungen nachrufen lassen, weil ihre Tiere in die Savanne davongelaufen sind. Endlich erreicht er Hadés Hof. Der Wagen ist völlig überhitzt. Mehrere Warnleuchten blinken. Abou nimmt die immer noch ohnmächtige Laurie auf die Arme und trägt sie im Laufschritt zu seiner Großmutter, die gemeinsam mit Bana und Magéné die relative »Abendkühle« im Schatten der Tamarinde genießt.

»Großmutter! Großmutter! Laurie geht es sehr schlecht. Es ist mir nicht gelungen, sie vor dem Zauber des *wackman* zu schützen!«

Vorsichtig legt Abou Laurie auf die Matte zu Füßen des Baumes.

»Welcher Zauber? Welcher *wackman*?«

»Erinnerst du dich nicht? Félicité hat doch im vergangenen Winter einen *wackman* bezahlt, der Laurie verzaubern sollte. Du hast mir damals gesagt, dass meine Liebe genügen würde, sie davor zu schützen.«

Mühsam geht Hadé neben Laurie in die Knie. Sie untersucht die junge Frau gründlich, tastet Arme, Hals und Gesicht ab, fährt mit ihrer pummeligen Hand unter ihr T-Shirt, hört ihr Herz ab, betastet ihren Plexus und ihren Bauch. Schließlich sieht sie Abou an und schüttelt enttäuscht den Kopf.

»Schlimm, dass du wirklich so gar nichts behältst. Was macht es für einen Sinn, wenn du ins Bangré sehen kannst, wenn es dir nicht einmal gelingt, deinen liebsten Schatz richtig anzuschauen? Mit dieser Medizin der Weißen, die überall verteilt wird, kann das doch inzwischen jeder!«

Hadé spielt auf Klarblick an, die Gentherapie zur Behandlung von durch Onchozerkose hervorgerufenen Läsionen. Zwar heilt die Medizin tatsächlich, doch sie hat eine überraschende Nebenwirkung: Einige Patienten entwickeln eine Art »Zweites Gesicht« und können, wie Saibatou, die Aura und Gefühle von Menschen als farbige Lichtwellen erkennen. Inzwischen sind die Leute ganz wild auf das Medikament, und viele nehmen es in großen Mengen, aber ohne jeden Nebeneffekt ein, denn die Begabung entwickelt sich nur bei denjenigen, die wegen einer wirklichen Onchozerkose behandelt werden. Die Gesundheitsminister der westafrikanischen Länder sahen sich gezwungen, die kostenlose Abgabe von OCO47 zu unterbinden, das Medikament als psychotrope Substanz zu klassifizieren und es nur noch auf Rezept abzugeben, was allerdings einen blühenden Schwarzmarkt nicht verhindern konnte. Viele Amulettverkäufer haben OCO47 in ihr Sortiment aufgenommen: Das Wundermittel, das Seherkräfte verleiht! Mit Klarblick erfährst du, ob deine Frau dich noch liebt. Klarblick zeigt dir, wer dein Feind ist. Mit Klarblick enttarnst du Lügner und Heuchler.

Doch im Fall Laurie handelt es sich um etwas völlig anderes. Während der Ausbildung hat Hadé versucht, Abou beizubringen, die Energie zu sehen, die in jedem menschlichen Wesen zirkuliert, ihre unterschiedlichen Formen zu erkennen und sich das Wissen darüber anzueignen, wodurch sich diese Energie verändert oder blockiert wird und wie man dagegen vorgehen kann. Es ist eine andere Art, mit dem Bangré umzugehen, wesentlich subtiler als das Herbeirufen von Geistern, der Kampf gegen *zindambas* oder auch die Beeinflussung des Geistes auf die Entfernung. Zu Hadés großem Missfallen zeigt Abou allerdings bisher keinerlei Sachkenntnis, was diese delikate Kunst angeht. Er ist noch meilenweit davon entfernt, ein so guter Heiler zu sein, wie er es gern wäre.

»Schau einmal genau hin, mein Sohn. Siehst du denn nicht, dass in Laurie nicht die geringste Hexerei am Werk ist?«

»Großmutter«, braust Abou auf, »jetzt ist nicht der richtige Zeitpunkt für eine Lehrstunde. Vielleicht stirbt sie gerade!«

»Tss!« Hadé zuckt die Schultern. »Sie ist lediglich sehr schwach und vor allem völlig dehydriert. Magéné, hol mir bitte frisches Wasser und gib eine Prise von dem grauen Pulver hinein, du weißt schon, dem aus der Kalebasse darüber …«

Magéné nickt und verschwindet im Haus. In diesem Augenblick öffnet Laurie langsam die Augen.

»Ich habe Durst«, flüstert sie mit aufgesprungenen Lippen.

»Du bekommst gleich Wasser, Liebling.« Abou beugt sich über Laurie und küsst sie. Ihr Atem ist heiß und trocken. »Großmutter wird dir helfen …«

»Nein, Sohn«, unterbricht Hadé mit harter Stimme. »*Du* wirst ihr helfen. Beobachte sie. Sieh sie dir genau an, wie ich es dir beigebracht habe. Verändere deine Wahrnehmung, Abou. Erkenne!«

Zögernd und nervös gehorcht Abou. Er setzt sich auf die Fersen und tastet nun seinerseits Lauries abgemagerten Körper ab, streicht über ihre mit bräunlichen Melanomen übersäte Haut, als überflöge er eine Landschaft, und versucht, unter dem vordergründigen Erscheinungsbild den Fluss der Energie in der Tiefe zu entdecken. Seine Konzentration wird jäh von Magéné unterbrochen, die einen Becher mit trübem Wasser bringt. Er nimmt den Becher und flößt Laurie das Gebräu ein. Sofort kehrt etwas Farbe in ihre Wangen zurück, und sie scheint ein wenig zu Kräften zu kommen.

»Was tust du da, Abou? Du kitzelst mich! Aber doch nicht vor den Leuten …«

»Pst, Liebste! Ich versuche, deine Krankheit zu finden.«

Er nimmt seine Erforschung mit Händen und Augen wieder auf, wie er es viele Male bei Hadé gesehen hat. Er spürt das schwache Klopfen von Lauries Herz, fühlt ihre Muskeln unter seinen Fingern und hört das Gurgeln ihrer inneren Organe. Eine merkwürdige Hitze steigt von Lauries Haut auf, die an manchen Stellen so heiß ist, dass er sich zu verbrühen glaubt. Einen Augenblick lang meint er, eine Art dunkelroter Aura um sie zu sehen, die von den vielen braunen Flecken auf ihrer Haut ausstrahlt. Doch die Anstrengung der Konzentration ermüdet ihn; seine Unsicherheit und Nervosität gewinnen wieder die Oberhand. Er setzt sich auf die Matte und wischt sich den Schweiß von der Stirn.

»Ich schaffe es nicht, Großmutter«, seufzt er. »Ich sehe zwar, dass sie krank ist, aber ich weiß beim besten Willen nicht, was es sein könnte.«

»Was hast du gesehen? Erzähl mir alles ganz genau.«

Abou erklärt ihr, was er gespürt hat. Hadé nickt bestätigend.

»Gut, Sohn. Für den Anfang war das gar nicht so schlecht. Und du hast erkannt, dass nichts davon mit Hexerei zu tun hat.«

»Ich weiß nicht ... Was hat sie, Großmutter? Sag es mir.«

»Ganz einfach. Sie hat Hautkrebs. Es liegt an der Sonne.«

Beunruhigt setzt Laurie sich auf.

»Ich habe Krebs, Hadé? Sind Sie sicher?«

»Ja, mein Kind. Und zusätzlich noch ein paar andere kleine Übel, die jedoch nicht weiter gefährlich sind. Sagen wir, sie haben von Ihrem geschwächten Immunsystem profitiert, sind aber ganz einfach mit Pflanzen und Tinkturen zu heilen. Was allerdings den Krebs angeht ...«

»Dagegen kann man auch etwas tun«, erklärt Laurie mit fester Stimme. »Ich habe gehört, dass neunzig Prozent aller Fälle mit Chemo- und Gentherapie heilbar sind.«

»Das ist sicher richtig«, nickt Hadé, »sofern man die Veränderung rechtzeitig erkennt und die entsprechenden Medikamente zur Verfügung hat. Ihr Krebs jedoch ist schon in einem sehr weit fortgeschrittenen Stadium, Laurie. Sie haben sich zu lang in der Sonne aufgehalten und vergessen, dass Ihre Haut weiß und damit erheblich anfälliger ist.«

»Und was tun wir jetzt?«

»Es gibt zwei Möglichkeiten. Entweder, Sie kehren nach Europa zurück und lassen sich mit Chemotherapie und genmedizinisch behandeln. Die Prozedur ist lang, teuer und schmerzhaft. Sie hinterlässt auf jeden Fall Spuren. Sie dürfen sich niemals wieder der Sonne aussetzen und müssen Ihr Leben lang Medikamente nehmen. So geht man im Westen gegen die Krankheit vor.«

»Und die andere Möglichkeit?«

»Ich befreie Sie in einer einzigen Nacht – heute Nacht – ein für alle Mal von dem Übel.«

»Ist das wahr?« Ein hoffnungsvolles Lächeln bringt Lauries Gesicht zum Strahlen.

»Ich bin noch nicht fertig. Es würde nämlich bedeuten, dass ich die Krankheit auf mich nehme. Der Vorgang ist so anstrengend, dass ich ihn vermutlich nicht überlebe; wenn ich aber nicht daran sterbe, werde ich so krank sein, dass mein Leben keinen Pfifferling mehr wert ist.«

Laurie reißt die Augen auf.

»So hoch ist der Preis?«

»Ja, Laurie, so hoch ist der Preis.«

Laurie und Abou wechseln einen schmerzlichen, unendlich hilflosen Blick. Dann schüttelt Laurie den Kopf.

»Nein, Hadé. Auf keinen Fall werde ich Ihr Leben für meine Gesundheit opfern. Da nehme ich lieber die westliche Art in Kauf. Auch wenn ich mein Leben lang darunter leiden muss und auch wenn ich daran sterben sollte.«

Bei diesen Worten schießen Abou die Tränen in die Augen. Vergeblich bemüht er sich, sie zurückzuhalten. Laurie nimmt seine Hand und drückt sie sehr fest.

»Du kommst natürlich mit, mein Liebling. Mit dem, was du schon gelernt hast, kannst du die Nebenwirkungen der Chemo sicher auf ein Minimum reduzieren.«

»Darauf würde ich nicht wetten«, wendet Hadé ein. »Die Medizin der Weißen ist zu stark und zu zerstörerisch. Sind Sie außerdem wirklich sicher, Laurie, dass Abou Ihnen nach Europa folgen könnte?«

»Ich werde alles daransetzen.«

Doch tief in ihrem Innern weiß Laurie, dass sie nicht viel tun kann. Europas Grenzen sind verschlossen und verriegelt. Der *Limes*, der das Mittelmeer in zwei Hälften teilt, ist ebenso unüberwindbar wie die Plasmabarriere einer Enklave. Europa ist unendlich stolz darauf, die Einwanderungsrate auf null gedrückt zu haben. Moussa war einer der Letzten, die zum Studium zugelassen wurden, und als er nach Burkina Faso zurückkehrte, war ihm bewusst, dass es eine Rückkehr für immer war. Abou auf legale Weise nach Europa mitzunehmen würde einen so langen und so schwierigen Kleinkrieg bedeuten, dass Laurie wahrscheinlich sterben würde, ehe auch nur eine geringe Hoffnung auf ein Einreisevisum bestünde. Nein, realistisch betrachtet sähe es so aus, dass sie allein nach Europa zurückkehren müsste.

Abou verlieren oder Hadé verlieren … Es gibt nur diese Alternative.

Die alte Heilerin nickt lächelnd, als hätte sie Lauries Gedanken mitverfolgt.

»Da ist noch etwas, das ich Ihnen bisher noch nicht gesagt habe.«

»Was denn?«, begehrt Laurie auf. »Habe ich vielleicht auch noch Aids?«

»Nein. Sie sind schwanger.«

»*Was*? Aber wie … Ich habe meine Monatsblutung noch nicht gehabt …«

»Die werden Sie auch nicht bekommen.«

»Ist das wahr, Großmutter?« Abous Lächeln trocknet seine Tränen. »Sie ist schwanger? Von mir?«

»Natürlich von dir, Dummkopf!« Hadé wendet sich wieder der jungen Frau zu, die am Stamm der Tamarinde lehnt. »Wenn Sie eine Chemo- oder Gentherapie machen, muss der Fötus natürlich abgetrieben werden. Eine solche Behandlung und werdendes Leben schließen einander aus.«

Das ist zu viel für Laurie. Sie vergräbt den Kopf in den Händen. Erst Krebs und dann auch noch schwanger … Bis zur Stunde hat sie den Gedanken an ein eigenes Kind immer verdrängt. Was hätte es für eine Zukunft? In welcher Art von Welt würde es leben – oder überleben – müssen? Einige Forscher gehen inzwischen davon aus, dass die Menschheit keine hundert Jahre mehr überlebt, weil die Erde der Venus immer ähnlicher wird. Es wäre absolut unverantwortlich, ein Baby in eine solche Welt zu setzen.

Abou ist natürlich ganz anderer Ansicht: Sie lieben sich, sie leben zusammen, sie bekommen ein Kind und sichern damit die Zukunft – so ist die Normalität.

»Nicht viele Kinder«, sagte er eines Abends, »nicht einmal zwei – ein einziges genügt. Wenn es niemanden mehr gibt, der nach uns kommt, wozu leben wir dann? Was wäre das Ziel?«

Laurie konnte erklären, so viel sie wollte – die Klimaerwärmung, der Venuseffekt, die unsichere Zukunft der Menschheit –, Abou blieb verbohrt.

»Die Afrikaner sind an Hitze gewöhnt und wissen, wie man in der Wüste überlebt. Sie werden es überstehen.«

Nun ja, eine Generation mehr könnte man ihnen vielleicht zugestehen. Aber irgendwann wird der Zeitpunkt kommen, wo nicht einmal mehr die Skorpione die Hitze aushalten werden. Und dann ein Kind? Nein danke.

Dabei blieb es schließlich, weil sie begriffen, dass die Frage nach einem Kind immer ein Streitpunkt zwischen ihnen sein würde. Streiten aber wollen sie sich so wenig wie möglich.

»Nun, Laurie, wie entscheiden Sie sich?«, fragt Hadé in ihre Gedanken hinein. »Falls Sie Skrupel haben, denken Sie daran, dass ich ohnehin alt bin. Ganz gleich, wie Sie sich entscheiden – ich habe sowieso nicht mehr lange zu leben. Still, Sohn, ich weiß, wovon ich rede. Einen Krebs zu heilen wäre für mich eine Vollendung – sozusagen der Gipfel meiner Kunst. Mein Lebenswerk hätte einen krönenden Abschluss, und ich könnte in aller Ruhe sterben. Allenfalls tut es mir leid, nicht mehr mitzuerleben, wie Abou seine Fähigkeiten weiterentwickelt. Aber die Grundzüge kennt er. Er muss nur weitermachen und viel an sich arbeiten. Magéné kann ihm dabei helfen, denn sie weiß alles über Heilkräuter und Arzneien. Genau genommen gibt es gar keine andere Wahl, denn eure Jugend, eure Liebe und das Kind, das ihr erwartet, sind das Opfer einer alten Frau am Ende ihres Lebens mehr als wert. Stehen Sie auf, Laurie, und kommen Sie mit in meine Hütte.«

»Nein, Hadé, warten Sie. Ich kann das nicht … kann das nicht annehmen!«

»Aufstehen, habe ich gesagt! Oder soll Abou Sie tragen? Trag sie, Sohn.«

»Ja, Großmutter.«

Abou nimmt Laurie in die Arme. Zunächst wehrt sie sich noch ein wenig, gibt aber schnell nach und schmiegt sich in die festen Muskeln ihres Liebsten. Er weint. Auch Laurie spürt, wie ihr die Tränen über die fleckigen Wangen rinnen. Hadé, die vor ihnen herwatschelt, dreht sich um und droht mit dem Finger.

»Jetzt hört endlich auf, herumzuheulen wie kleine Kinder. Ihr seid schließlich erwachsen, oder? Und ihr habt noch das ganze Leben vor euch. Außerdem«, fügt sie leiser hinzu, »wenn Abou mir ordentlich hilft, dann lebe ich vielleicht sogar lange genug, um die Geburt dieses Babys noch mitzuerleben.«

Mit diesen Worten schiebt sie den Batikvorhang vor ihrer Tür beiseite und betritt den duftenden Halbschatten ihrer Hütte. Abou folgt ihr mit Laurie auf den Armen, wie zwei Jungvermählte, die ihr Brautgemach aufsuchen.

Yann Arthus-Bertrand, *La Terre vue du ciel*, La Martinière, 1999
Alain Bihr, *Le Spectre de l'extreme droite*, Les éditions de l' Atelier, 1998
Pascal Boniface, *Les Guerres de demain*, Le Seuil, 2001
Octavia Butler, *La Parabole du semeur/La Parabole des talents*, Au Diable Vauvert, 2001
Denis Duclos, *Le Complexe du loup-garou*, Pocket/Agora, 1998
Kabire Fidaali, *Le Pouvoir du Bangré*, Presses de la Renaissance, 1987
Thierry Gaudin (dir.), *2100, récit du prochain siècle*, Payot, 1990
Amadou Hampâté Bâ, *Contes initiatiques peuls*, Pocket, 2000
Herve Kempf (Hsg.), *Coup de chaud sur la planète*, Librio/Le Monde, 2001
Edwige Lambert (dir.), *Désert*, Autrement, 1983
Alain Laurent, *Désirs de desert*, Autrement, 2000
Rachid Mimouni, *L'Honneur de la tribu*, Laffont, 1989
Theodore Monod, *Méharées*, Actes Sud, 1989
Jean-Marie Pelt, *La Terre en héritage*, Fayard, 2000
Ignacio Ramonet, *Géopolitique du chaos*, Galilée, 1997; *Guerres du XXI siècle*, Galilée, 2002
Ichtiaque Rasool, *Système Terre*, Flammarion, 1993
Robert Sadourny, *Le Climat de la Terre*, Flammarion, 1994
Joseph E. Stiglitz, *La Grande Desillusion*, Fayard, 2002
Aminata Traore, *Le Viol de l'imaginaire*, Fayard/Actes Sud, 2002
Immanuel Wallerstein, *L'Utopistique, ou les choix politiques du XXI siècle*, L'Aube, 2000
Conflits futurs et armements (Seminar im Laboratoire de stratégie de l'armement, 2002)

Zeitschriften: *Pour la science, Sciences et Avenir* …
Zeitungen: *Courrier international, Le Monde diplomatique* …
Internet: infoguerre.com, fasonews.net, burkinaonline.bf, eudoraks.com, delaplanete.org, terresacree.org, notre-planete.info, cybersahara.com, sahariens.info … und Google als Suchmaschine.

Juno Reactor (Großbritannien – Südafrika)
Anathema (Großbritannien)
Covenant (Schweden)
Fields of the Nephilim (Großbritannien)
Flash Field (USA)
Front 242 (Belgien)
Front Line Assemblv (Kanada)
Hocico (Mexiko)
Icon of Coil (Norwegen)
Killing Jokc (Großbritannien)
Kirlian Camera (Italien)
Laibach (Slowenien)
Leather Strip (Dänemark)
Mesh (Großbritannien)
Neuroticfish (Deutschland)
Rachid Taha (Algerien)
Siderartica (Italien)
Suicide Commando (Belgien)
Tinariwen (Mali)
Transglobal Underground (Großbritannien)
Velvet Acid Christ (USA)
The Young Gods (Schweiz) …

Danksagung

Mein Dank geht an:
Neuromancien für seine technischen Ratschläge
Nestor Oedraogo, Korrespondent in Kongoussi (Burkina Faso)
Licorne für ihre Kritik und ihre tägliche Unterstützung

Ebenfalls danken möchte ich:

dem Centre National du Livre (CNL) für die Zuerkennung eines Stipendiums für literarisches Schaffen;

der Gemeinde Châteldon (Puy-de-Dôme) für den herzlichen Empfang;

Tony Bernard, Bürgermeister von Châteldon, und Dominique Aloé, seiner Beigeordneten für kulturelle Aufgaben, die mich begeistert unterstützt haben;

Mireille Rivalland und Pierre Michaut vom Verlag L'Atalante, die sofort an das Projekt glaubten und mit viel Geduld darauf gewartet haben;

Thomas Bauduret, der mich auf seiner Harley zwischen den niederländischen Poldern herumkutschiert hat;

Jean-Luc Boivent für seine Dokumentation über die Wüste

und allen in der Bibliografie aufgeführten Autoren und Internetseiten für ihre wertvollen Analysen und Informationen sowie den genannten Musikgruppen, die zur Atmosphäre dieses Buches beigetragen haben.

Kontakt: www.noosfere.net Ligny
Verteiler: http: fr.groups.yahoo.com group jmligny

Die Übersetzerin dankt Herrn Johannes Mann für seine wertvolle und kompetente Unterstützung.

Die Menschheit vor ihrer größten Herausforderung: Das Ende des Erdölzeitalters steht bevor!

Andreas Eschbach
AUSGEBRANNT
Thriller
ca. 752 Seiten
Gebunden mit Schutzumschlag
ISBN 978-3-7857-2274-9

Stellen Sie sich vor, der Liter Superbenzin würde über 4 Euro kosten. Ein Albtraum? Ja. Bloß wäre es erst der Anfang. Denn das Ölzeitalter wird nicht erst mit dem letzten Barrel enden. Es endet, sobald mehr verbraucht wird, als gefördert werden kann. Und dieser Moment ist näher, als die meisten ahnen. Das Problem: Niemand hat einen Plan für die Zeit danach. Auch Markus Westermann weiß von all dem nichts – bis er Karl Walter Block kennen lernt. Der alte Öltechniker behauptet, dass in den Tiefen der Erde noch genug Öl für die nächsten tausend Jahre schlummert, und dass nur er die Methode kennt, wie man es findet. Als in Saudi-Arabien das größte Ölfeld der Welt versiegt, steht die Menschheit plötzlich vor ihrer größten Herausforderung …

Gustav Lübbe Verlag
Auch als Hörbuch bei Lübbe Audio